古典小说大字本

醒世恒言

上

冯梦龙 编 ◎ 顾学颉 校注

人民文学出版社

图书在版编目(CIP)数据

醒世恒言：上下／(明)冯梦龙编；顾学颉校注. -- 北京：人民文学出版社，2024(2026.1重印)
(古典小说大字本)
ISBN 978-7-02-018613-6

Ⅰ. ①醒… Ⅱ. ①冯… ②顾… Ⅲ. ①《醒世恒言》 Ⅳ. ①I242.3

中国国家版本馆CIP数据核字(2024)第072643号

责任编辑 董岑仕
装帧设计 刘 远
责任印制 张 娜

出版发行 人民文学出版社
社　　址 北京市朝内大街166号
邮政编码 100705

印　　刷 三河市鑫金马印装有限公司
经　　销 全国新华书店等

字　　数 648千字
开　　本 710毫米×1000毫米 1/16
印　　张 58.5 插页3
印　　数 5001—8000
版　　次 1956年7月北京第1版
印　　次 2026年1月第2次印刷

书　　号 978-7-02-018613-6
定　　价 75.00元(全二册)

目　录

前　言

明代末年，著名的民间文学家冯梦龙收集了宋元明三代的话本和拟话本小说——即白话短篇小说——编纂成为三部集子：《喻世明言》、《警世通言》和本书《醒世恒言》，每集四十篇，合称“三言”。又与后出的《拍案惊奇》初刻、二刻，总称“三言、二拍”，是中国古代白话短篇小说的宝藏，中国文学史上的一份丰富而珍奇的遗产。同时，也是世界文学小说这个门类的前驱，文学宝山群中的一座巨峰，全世界爱好文学的人们的共同财富。

中国的白话短篇小说，是从口头文学开始的。最初的创作者是讲故事的说书人，也就是宋代的所谓“说话”人。他们把历史上的传说和当时社会上的新鲜故事，编排成一篇篇独立的篇目，作为说书卖艺的内容，对着听众讲说。由于讲说时备忘和传授生徒的需要，就把这些讲说的内容用白话文字记录下来，它的底本习惯上称为“话本”（这个名称，最初并不仅限于短篇小说，后来才成为白话短篇小说的专称）。之后，经过长期的反复增删、修改，并经文人润饰，开始分别以单篇文字的形式流传，后又被汇集成为话本集。这就是我们今天所看到的“三言、二拍”和《今古奇观》等这类形式的白话短篇小说集。话本这种体制，唐人讲唱佛经故事，已开其端。两宋以来，逐渐形成并发展起来。到了明代，为适应社会听众（读者）的需求，文人们模拟话本形式进行小说创作的风气，颇为盛行；现在人们称这类模拟作品为“拟话本”。

话本和拟话本，都是在城市相当发达的条件下才有可能产生的。宋代的一些大城市，商品经济已经相当发达，虽然后来遭受了元代的若干破坏和阻碍（也有个别城市，在那时有着畸形的发展），但到明代，经过一段恢复时期，又继续发展起来，赶上并超过了两宋的水平，而逐步形成、达到了中国的资本主义萌芽时期。逐渐扩大的市民阶层，在社会生活中日益占着重要的地位。他们在政治、经济、文化各方面都有了自己的明显要求；而社会生活的各方面，也必然会产生出各种适合他们要求的东西来满足他们。——“说话”，就是在文化生活方面适应他们的要求的一种文娱技艺。

“说话”技艺中，原本有许多“家数”（门类），其中以“小说”和“讲史”两类为主。前者所说的主要内容是社会现实生活，也就是以市民本身或市民所熟悉的人物、事情为主的短篇故事。“讲史”所说的则是历史上的帝王将相、英雄好汉之类人物的长篇故事。这两种“说话”，特别受到广大市民群众的爱好和欢迎，这正好反映出市民阶层要求从自己的角度来认识现实，认识历史；特别是“小说”，正好反映出市民要求把自己阶层正面或反面的人物通过文学作品表现出来，而加以欣赏、歌颂，或予以鞭挞、唾弃。

“小说”的底本，最初内容较为简单，还不能离开口头文学而单独存在，在社会上独立地流行。随着“说话”技艺的发展和听众要求的不断提高，口头创作过程中一些较成熟的经验，自然会不断地用文字记录巩固下来，逐渐积累而增加到底本中去。这种底本，经过这样长期、集体的艺术加工，并经过一些与“说话人”有联系的、或对民间文学有兴趣的作家们有意识的润饰或改编，便逐步达到了一定的艺术完美程度，而脱离口头文学的初级阶段，成为完整的书写文学，独立地在社会上流传起来。这就使得这种文学集中了长期的群众和作家的艺术创造，在思想性、艺术性等方面具有了新颖的、优秀的突出表现，因而更受到历代广大读者的欢迎。

“话本”成为书写文学以后，开始以单篇形式流传。到明代中叶，才有汇集许多单篇、刊印成集的“话本”集出现。冯梦龙所编的“三言”，成书较晚，其中《醒世恒言》为最晚，出版于明天启丁卯年(1627)，其中收录的宋元人的作品较少，除了少数几篇如《十五贯》、《小水湾》、《勘皮靴》、《闹樊楼》、《张孝基》、《神臂弓》、《鱼服证仙》等篇，可从作品中的语气、地名、文字、风格、口语等方面大致推知为宋元之作而外，其馀绝大多数是明人之作，很大可能还有冯氏的作品在内。

这些故事，有来源于史传的，也有出于历代笔记、小说的，而最多最根本的源头，则直接来自民间传说故事，来自社会的实际生活。通过这些故事情节和人物形象，从不同的角度、不同的程度上，反映出了当时各种社会生活和人民的愿望。尤其是话本小说的产生和发展，是以城市的发达为主要条件的，因此，它对于两宋以迄明代城市发达以后的市民阶层的生活面貌和思想感情，有着较广泛、较细致深刻的描绘。这就使作品带来了新颖的、优秀的风格。当然，市民阶层作为一个社会力量来看，当时还很薄弱，不够强大,在思想意识、价值观念等方面,还远远不能形成为自己的、系统的一套东西。他们的意识和感情本身,必然还同时包含着封建的、庸俗的一面,也必然会在作品里表现出来。不过,总的来讲,初期的民主主义思想,人道主义精神,乐观健康的情绪,以及对封建制度和封建礼教的某些方面加以冷讽热嘲,加以揶揄讥刺甚至反对等等较积极进步的因素,仍然占作品中的主导成分。

例如:主张婚姻自由,男女结合应以真正的爱情为基础,这是市民阶层初期民主思想的一种表现。本书中反映这种思想的作品较多,像《卖油郎》、《闹樊楼》、《吴衙内》、《黄秀才》等篇都是。但在同书里,也有为封建说教,宣扬"从一而终"、"守节"的作品,虽然不多,但正好说明了市民阶层思想中附庸于封建思想的落后的一面。

本书另一重要内容,则是大胆地暴露、揭发了封建统治头子们的穷奢极欲、荒淫无耻的生活。像隋炀帝的"召谴",金海陵的"亡身",都罪有应得,万死不足蔽其辜的。通过这类历史故事,把统治者们隐藏在庄严、神圣伪装之下的许多丑恶残暴的面貌、具体罪行,一一地在人民面前公开讲说、揭露、传布,戳穿他们的伪善和尊严,这都是很有积极意义的。封建社会里,僧侣也是构成统治阶级的一个社会阶层。他们之中,有的利用宗教愚弄人民,骗取土地和政治上的特权。更坏的则进一步在"庄严慈悲"的金像下面,进行糜烂、荒淫、诈骗、劫杀的勾当。如本书所写的非空庵、宝莲寺、宝华寺、二郎庙等,哪一处不是愚弄、危害人民的渊薮!

本书里有很大一部分是明代的作品。这个时期,中国封建社会内部的商品经济,已大量发展起来。一般地讲,中国的资本主义萌芽开始于这个阶段。作为市民文学特点的话本文学,自然会把这一时期的经济生活和由此而产生的思想意识反映到作品中来。像《施润泽》、《徐老仆》等篇都透露出一些消息,尤其前者,施由一个小手工业者,几年间就把一个小织布厂发展成为拥有三、四十张织布机的大户,更有典型意义。

其他如《钱秀才》、《乔太守》等篇,对旧式婚姻的讽刺;《一文钱》对恶霸地主武断乡曲的揭露;《十五贯》对官吏糊涂断案的嘲讽,以及《灌园叟》、《卢太学》、《二郎神》等篇,也都是历来被人称道的作品,值得仔细一读。

总之,这几十篇作品,产生的时代和背景都不相同,因而内容是比较丰富而复杂的。甚至有些作品里,常常是美丑杂陈,瑕瑜互见,既有歌颂、向往美好的一面,同时也往往夹杂着一些封建说教和对人民的不适当的看法,以及因果报应和色情渲染等等。对于这些,希望读者阅读时用批判的眼光去辨别和抉择,对每一具体篇章,要具体分析,用不同的态度去对待。要清醒地意识到这是几百年、上千年以前古人写的东西。

《醒世恒言》因为刊行较晚,文人创作的成分较多,修订润饰之处较精,所以有许多篇的艺术成就,如结构的完整,人物形象的刻划鲜明,情节描绘的细腻,语汇的丰富等等,都远非在它之前的质朴简古之作所能比拟。

本书初版于 1956 年。当时因《醒世恒言》的原刻本在国内已不易见到;流传在日本的叶敬池原刻本因故无法借到,只好以过去上海出版的"世界文库"复排叶敬池本为底本,并参校了衍庆堂刻本和《今古奇观》等有关书籍。对于其中错讹缺漏之处,作了订正、增补。此次据日本内阁文库所藏叶敬池原刻影印本,重行作了全面的校订。但影印的原刻本中,仍有不少漏、误及很明显的错别字;因而仍根据衍庆堂本、《今古奇观》等书对影印本作了较详细的校勘,并予以订正、增补。明显的错别字如"百(白)银"、"真学(孝)贞(真)廉"之类,则径行改正,不作说明。此外,对于注释和标点,也作了全面的修订补正。书中个别色情描绘的字句、片段,作了必要的删节。《金海陵纵欲亡身》一篇,本来是删除存目,根据编辑部的意见,保留了该篇并作适当的删节。这次根据影印本恢复原刻本的工作过程中,除了我已校出的部分外,编辑部的降云同志还帮我详细地校勘一遍,并补订了一些疏漏,供我决定取舍,特在此向她致谢。校释工作中可能还存在某些缺点、错误,希望读者、专家指教。

顾 学 颉

1992 年 2 月;1993 年 10 月修订于病榻,时年八十晋一。

叙

六经国史而外，凡著述皆小说也。而尚理或病于艰深，修词或伤于藻绘，则不足以触里耳而振恒心。此《醒世恒言》四十种，所以继《明言》、《通言》而刻也。明者，取其可以导愚也。通者，取其可以适俗也。恒则习之而不厌，传之而可久。三刻殊名，其义一耳。夫人居恒动作言语不甚相悬。一旦弄酒，则叫号踯躅，视堑如沟，度城如槛。何则？酒浊其神也。然而斟酌有时，虽毕吏部、刘太常未有时时如滥泥者。岂非醒者恒而醉者暂乎？繇此推之，惕孺为醒，下石为醉；却嘑为醒，食嗟为醉；剖玉为醒，题石为醉。又推之，忠孝为醒，而悖逆为醉；节俭为醒，而淫荡为醉；耳和目章，口顺心贞为醒；而即聋从昧，与顽用嚚为醉。人之恒心，亦可思已。从恒者吉，背恒者凶。心恒心，言恒言，行恒行。入夫妇而不惊，质天地而无怍。下之巫医可作，而上之善人君子圣人亦可见。恒之时义大矣哉！自昔浊乱之世，谓之天醉。天不自醉人醉之，则天不自醒人醒之。以醒天之权与人，而以醒人之权与言。言恒而人恒，人恒而天亦得其恒，万世太平之福，其可量乎！则兹刻者，虽与《康衢》、《击壤》之歌，并传不朽可矣。崇儒之代，不废二教，亦谓导愚适俗,或有藉焉。以二教为儒之辅可也。以《明言》、《通言》、《恒言》为六经国史之辅,不亦可乎？若夫淫谈亵语,取快一时,贻秽百世,夫先自醉也,而又以狂药饮人,吾不知视此三言者得失何如也？

天启丁卯中秋陇西可一居士题于白下之栖霞山房。

第一卷

两县令竞义婚孤女

风水人间不可无,也须阴骘两相扶。

时人不解苍天意,枉使身心着意图。

话说近代浙江衢州府,有一人姓王名奉,哥哥姓王名春,弟兄各生一女:王春的女儿名唤琼英,王奉的叫做琼真。琼英许配本郡一个富家潘百万之子潘华,琼真许配本郡萧别驾①之子萧雅,都是自小聘定的。琼英年方十岁,母亲先丧,父亲继殁。那王春临终之时,将女儿琼英托与其弟,嘱付道:“我并无子嗣,只有此女。你把做嫡女看成。待其长成,好好嫁去潘家。你嫂嫂所遗房奁衣饰之类,尽数与之。有潘家原聘财礼置下庄田,就把与他做脂粉之费。莫负吾言!”嘱罢,气绝。殡葬事毕,王奉将侄女琼英接回家中,与女儿琼真作伴。

忽一年元旦,潘华和萧雅不约而同到王奉家来拜年。那潘华生得粉脸朱唇,如美女一般,人都称玉孩童。萧雅一脸麻子,眼眍

---

① 别驾——官名,在汉代,是州刺史的佐吏。宋明清各代,在州、府都设有通判,是州、府长官的副手,职务大体和别驾类似,所以后来“别驾”成了“通判”的别称。

齿龅①，好似飞天夜叉模样。一美一丑，相形起来，那标致的越觉美玉增辉，那丑陋的越觉泥涂无色。况且潘华衣服炫丽，有心卖富，脱一通换一通。那萧雅是老实人家，不以穿着为事。常言道：佛是金装，人是衣装。世人眼孔浅的多，只有皮相，没有骨相。王家若男若女，若大若小，那一个不欣羡潘小官人美貌，如潘安再出，暗暗地颠唇簸嘴，批点那飞天夜叉之丑。王奉自己也看不过，心上好不快活。不一日，萧别驾卒于任所。萧雅奔丧，扶柩而回。他虽是个世家，累代清官，家无馀积，自别驾死后，日渐消索。潘百万是个暴富，家事日盛一日。王奉忽起一个不良之心，想道："萧家甚穷，女婿又丑。潘家又富，女婿又标致。何不把琼英琼真暗地兑转，谁人知道？也不教亲生女儿在穷汉家受苦。"主意已定，到临嫁之时，将琼真充做侄女，嫁与潘家，哥哥所遗衣饰庄田之类，都把他去；却将琼英反为己女，嫁与那飞天夜叉为配，自己薄薄备些妆奁嫁送。琼英但凭叔叔做主，敢怒而不敢言。谁知嫁后，那潘华自恃家富，不习诗书，不务生理，专一嫖赌为事。父亲累训不从，气愤而亡。潘华益无顾忌，日逐与无赖小人酒食游戏。不上十年，把百万家资败得罄尽，寸土俱无。丈人屡次周给他，如炭中沃雪，全然不济。结末迫于冻馁，瞒着丈人，要引浑家去投靠人家为奴。王奉闻知此信，将女儿琼真接回家中养老，不许女婿上门。潘华流落他乡，不知下落。那萧雅勤苦攻书，后来一举成名，直做到尚书地位，琼英封一品夫人。有诗为证：

① 眼抠齿龅——眼抠，眼眶洼陷深入。齿龅，牙齿又大又稀，不整齐。

目前贫富非为准，久后穷通未可知。

颠倒任君瞒昧做，鬼神昭鉴定无私。

看官，你道为何说这王奉嫁女这一事？只为世人但顾眼前，不思日后；只要损人利己，岂知人有百算，天只有一算。你心下想得滑碌碌的一条路，天未必随你走哩。还是平日行善为高。今日说一段话本，正与王奉相反，唤做《两县令竞义婚孤女》。这桩故事，出在梁、唐、晋、汉、周五代①之季。其时周太祖郭威在位，改元广顺，虽居正统之尊，未就混一之势。四方割据称雄者，还有几处，共是五国三镇。那五国？

周郭威　　南汉刘晟　　北汉刘旻

南唐李昇　　蜀孟知祥

那三镇？

吴越钱镠　　湖南周行逢　　荆南高季昌

单说南唐李氏有国，辖下江州地方，内中单表江州德化县中一个知县，姓石名璧，原是抚州临川县人氏，流寓建康。四旬之外，丧了夫人，又无儿子，止有八岁亲女月香，和一个养娘②随任。那官人为官清正，单吃德化县中一口水③。又且听讼明决，雪冤理滞，

① 梁、唐、晋、汉、周五代——唐亡，当时拥有兵权的藩镇朱全忠、李存勖、石敬瑭、刘知远、郭威等先后称帝（自907年至960年），成立中央政府，史称“五代”。另外，地方割据政权有吴、前蜀、楚、南汉、闽、吴越、南平、后蜀、南唐、北汉等十国。合称为“五代十国”。最后被北宋统一。

② 养娘——婢女，丫头。有时也泛称女仆。

③ 单吃德化县中一口水——晋代邓攸作吴郡太守，自己载米赴任，俸禄无所受，仅饮吴水而已，见《晋书》。这里用来形容廉洁不贪污。

果然政简刑清，民安盗息。退堂之暇，就抱月香坐于膝上，教他识字，又或叫养娘和他下棋，蹴踘①，百般顽耍。他从旁教导。只为无娘之女，十分爱惜。一日，养娘和月香在庭中蹴那小小球儿为戏。养娘一脚踢起，去得势重了些，那球击地而起，连跳几跳的溜溜滚去，滚入一个地穴里。那地穴约有二三尺深，原是埋缸贮水的所在。养娘手短揽他不着，正待跳下穴中去拾取球儿。石璧道："且住！"问女儿月香道："你有甚计较，使球儿自走出来么？"月香想了一想，便道："有计了！"即教养娘去提过一桶水来，倾在穴内。那球便浮在水面。再倾一桶，穴中水满，其球随水而出。石璧本是要试女孩儿的聪明。见其取水出球，智意过人，不胜之喜。

闲话休叙。那官人在任不上二年，谁知命里官星不现，飞祸相侵。忽一夜仓中失火，急去救时，已烧损官粮千馀石。那时米贵，一石值一贯五百。乱离之际，军粮最重。南唐法度，凡官府破耗军粮至三百石者，即行处斩。只为石璧是个清官，又且火灾天数，非关本官私弊。上官都替他分解保奏。唐主怒犹未息，将本官削职，要他赔偿。估价共该一千五百馀两。把家私变卖，未尽其半。石璧被本府软监，追逼不过，郁成一病，数日而死。遗下女儿和养娘二口，少不得着落牙婆官卖，取价偿官。这等苦楚，分明是：

屋漏更遭连夜雨，船迟又遇打头风。

却说本县有个百姓，叫做贾昌，昔年被人诬陷，坐②假人命事，问成死罪在狱。亏石知县到任，审出冤情，将他释放。贾昌衔保家

---

① 蹴踘(cù jū)——或作蹴鞠。蹴，用脚踢。踘，用皮子包着毛的皮球。蹴踘，就是踢球。

② 坐——由于、因为某种事而犯了罪。这里作动词，科以罪名的意思。

活命之恩，无从报效。一向在外为商，近日方回。正值石知县身死。即往抚尸恸哭，备办衣衾棺木，与他殡殓。合家挂孝，买地茔葬。又闻得所欠官粮尚多，欲待替他赔补几分，怕钱粮干系，不敢开端惹祸。见说小姐和养娘都着落牙婆官卖。慌忙带了银子，到李牙婆家，问要多少身价。李牙婆取出朱批的官票来看：养娘十六岁，只判得三十两。月香十岁，到判了五十两。却是为何？月香虽然年小，容貌秀美可爱；养娘不过粗使之婢，故此判价不等。贾昌并无吝色，身边取出银包，兑足了八十两纹银，交付牙婆，又谢他五两银子，即时领取二人回家。李牙婆把两个身价，交纳官库。地方①呈明石知县家财人口变卖都尽。上官只得在别项那移②赔补，不在话下。

却说月香自从父亲死后，没一刻不啼啼哭哭。今日又不认得贾昌是什么人，买他归去，必然落于下贱。一路痛哭不已。养娘道："小姐，你今番到人家去，不比在老爷身边，只管啼哭，必遭打骂。"月香听说，愈觉悲伤。谁知贾昌一片仁义之心，领到家中，与老婆相见，对老婆说："此乃恩人石相公的小姐。那一个就是伏侍小姐的养娘。我当初若没有恩人，此身死于缧绁③。今日见他小姐，如见恩人之面。你可另收拾一间香房，教他两个住下，好茶好饭供待他，不可怠慢。后来倘有亲族来访，那时送还，也尽我一点报效之心。不然之时，待他长成，就本县择个门当户对的人家，一夫一妇，嫁他出去，恩人坟墓也有个亲人看觑。那个养娘依旧得他

① 地方——地保，犹如后来的保甲长一类的人。

② 那移——同"挪移"。挪借移用，拿甲项的钱用于乙项用途上。

③ 缧绁（léi xiè）——捆罪犯的黑色绳子；引申为牢狱、刑法的代称。

伏侍小姐，等他两个作伴，做些女工，不要他在外答应。”月香生成伶俐，见贾昌如此分付老婆，慌忙上前万福道：“奴家卖身在此，为奴为婢，理之当然。蒙恩人抬举，此乃再生之恩。乞受奴一拜，收为义女。”说罢，即忙下跪。贾昌那里肯要他拜，别转了头，忙教老婆扶起道：“小人是老相公的子民，这蝼蚁之命，都出老相公所赐。就是这位养娘，小人也不敢怠慢，何况小姐！小人怎敢妄自尊大。暂时屈在寒家，只当宾客相待。望小姐勿责怠慢，小人夫妻有幸。”月香再三称谢。贾昌又分付家中男女，都称为石小姐。那小姐称贾昌夫妇，但呼贾公贾婆，不在话下。

原来贾昌的老婆，素性不甚贤慧。只为看上月香生得清秀乖巧，自己无男无女，有心要收他做个螟蛉①女儿。初时甚是欢喜，听说宾客相待，先有三分不耐烦了。却灭不得石知县的恩，没奈何依着丈夫言语，勉强奉承。后来贾昌在外为商，每得好细好绢，先尽上好的寄与石小姐做衣服穿。比及回家，先问石小姐安否。老婆心下渐渐不平。又过些时，把马脚露出来了。但是贾昌在家，朝饔夕餐，也还成个规矩，口中假意奉承几句。但背了贾昌时，茶不茶，饭不饭，另是一样光景了。养娘常叫出外边杂差杂使，不容他一刻空闲。又每日间限定石小姐要做若干女工针指还他。倘手迟脚慢，便去捉鸡骂狗，口里好不干净哩。正是：

人无千日好，花无百日红。

养娘受气不过，禀知小姐。欲待等贾公回家，告诉他一番。月

① 螟蛉（míng líng）——一种绿色小虫，蜾蠃捕螟蛉喂它的幼虫，古人误解，以为它养螟蛉为子，所以一般称养子为螟蛉。义本《诗经》：“螟蛉有子，蜾蠃负之。”

香断然不肯。说道:“当初他用钱买我,原不指望他抬举。今日贾婆虽有不到之处,却与贾公无干。你若说他,把贾公这段美情都没了。我与你命薄之人,只索忍耐为上。”忽一日,贾公做客回家,正撞着养娘在外汲水,面庞比前甚是黑瘦了。贾公道:“养娘,我只教你伏侍小姐,谁要你汲水?且放着水桶,另叫人来担罢。”养娘放了水桶,动了个感伤之念,不觉滴下几点泪来。贾公要盘问时,他把手拭泪,忙忙的奔进去了。贾公心中甚疑。见了老婆,问道:“石小姐和养娘没有甚事么?”老婆回言:“没有。”初归之际,事体多头,也就阁过一边。又过了几日,贾公偶然到近处人家走动,回来不见老婆在房,自往厨下去寻他说话。正撞见养娘从厨下来,也没有托盘,右手拿一大碗饭,左手一只空碗,碗上顶一碟腌菜叶儿。贾公有心闪在隐处看时,养娘走进石小姐房中去了。贾公不省得这饭是谁吃的,一些荤腥也没有。那时不往厨下,竟悄悄的走在石小姐房前,向门缝里张时,只见石小姐将这碟腌菜叶儿过饭。心中大怒,便与老婆闹将起来。老婆道:“荤腥尽有,我又不是不舍得与他吃。那丫头自不来担,难道要老娘送进房去不成?”贾公道:“我原说过来,石家的养娘,只教他在房中与小姐作伴。我家厨下走使的又不少,谁要他出房担饭!前日那养娘噙着两眼泪在外街汲水,我已疑心,是必家中把他难为了。只为匆忙,不曾细问得。原来你恁地无恩无义!连石小姐都怠慢。见[①]放着许多荤菜,却教他吃白饭,是甚道理?我在家尚然如此,我出外时,可知连饭也没得与他们吃饱。我这番回来,见他们着实黑瘦了。”老婆道:“别

① 见——同“现”,现成。

人家丫头，那要你恁般疼他。养得白白壮壮，你可收用他做小老婆么？”贾公道：“放屁！说的是什么话！你这样不通理的人，我不与你讲嘴。自明日为始，我教当直①的每日另买一分肉菜供给他两口，不要在家火中算帐，省得夺了你的口食，你又不欢喜。”老婆自家觉得有些不是，口里也含含糊糊的哼了几句，便不言语了。从此贾公分付当直的，每日肉菜分做两分。却叫厨下丫头们，各自安排送饭。这几时，好不齐整。正是：

人情若比初相识，到底终无怨恨心。

贾昌因牵挂石小姐，有一年多不出外经营。老婆却也做意修好，相忘于无言。月香在贾公家，一住五年，看看长成。贾昌意思要密访个好主儿，嫁他出去了，方才放心，自家好出门做生理。这也是贾公的心事，背地里自去勾当。晓得老婆不贤，又与他商量怎的。若是凑巧时，赔些妆奁嫁出去了，可不干净，何期姻缘不偶。内中也有缘故：但是出身低微的，贾公又怕辱莫②了石知县，不肯俯就；但是略有些名目的，那个肯要百姓人家的养娘为妇；所以好事难成。贾公见姻事不就，老婆又和顺了，家中供给又立了常规，舍不得担阁生意，只得又出外为商。未行数日之前，预先叮咛老婆有十来次，只教好生看待石小姐和养娘两口。又请石小姐出来，再三抚慰，连养娘都用许多好言安放。又分付老婆道：“他骨气也比你重几百分哩。你切莫慢他。若是不依我言语，我回家时，就不与你认夫妻了。”又唤当直的和厨下丫头，都分付遍了，方才

① 当直——即当值；值日当差的，管事的人。

② 辱莫——辱没。

出门。

临岐费尽叮咛语，只为当初受德深。

却说贾昌的老婆，一向被老公在家作兴①石小姐和养娘，心下好生不乐。没奈何，只得由他。受了一肚子的腌臜②昏闷之气。一等老公出门，三日之后，就使起家主母的势来。寻个茶迟饭晏小小不是的题目，先将厨下丫头试法，连打几个巴掌，骂道："贱人，你是我手内用钱讨的，如何恁地托大③！你恃了那个小主母的势头，却不用心伏侍我？家长在家日，纵容了你。如今他出去了，少不得要还老娘的规矩。除却老娘外，那个该伏侍的？要饭吃时，等他自担，不要你们献勤，却担误老娘的差使！"骂了一回，就乘着热闹中，唤过当直的，分付将贾公派下另一分肉菜钱，干折进来，不要买了。当直的不敢不依。且喜月香能甘淡薄，全不介意。又过了些时，忽一日，养娘担洗脸水，迟了些，水已凉了。养娘不合哼了一句。那婆娘听得了，特地叫来发作道："这水不是你担的。别人烧着汤，你便胡乱用些罢。当初在牙婆家，那个烧汤与你洗脸？"养娘耐嘴不住，便回了几句言语道："谁要他们担水烧汤！我又不是不曾担水过的，两只手也会烧火。下次我自担水自烧，不费厨下姐姐们力气便了。"那婆娘提醒了他当初曾担水过这句话，便骂道："小贱人！你当先担得几桶水，便在外边做身做分，哭与家长知道，连累老娘受了百般呕气。今日老娘要讨个帐儿。你既说会担

① 作兴——苏湘皖鄂一带方言，谓敬重、爱好、流行为作兴。这里是说纵容、娇惯。

② 腌臜（ā zā）——（心里）别扭；不痛快。

③ 托大——自己认为有所恃而觉得了不起，抬高自己，自高自大。

水，会烧火，把两件事都交在你身上。每日常用的水，都要你担，不许缺乏。是火，都是你烧。若是难为了柴①，老娘却要计较。且等你知心知意的家长回家时，你再啼啼哭哭告诉他便了，也不怕他赶了老娘出去。”月香在房中，听得贾婆发作自家的丫头，慌忙移步上前，万福谢罪，招称许多不是，叫贾婆莫怪。养娘道：“果是婢子不是了！只求看小姐面上，不要计较。”那老婆愈加忿怒，便道：“什么小姐，小姐！是小姐，不到我家来了。我是个百姓人家，不晓得小姐是什么品级，你动不动把来压老娘。老娘骨气虽轻，不受人压量的。今日要说个明白。就是小姐，也说不得费了大钱讨的。少不得老娘是个主母。贾婆也不是你叫的。”月香听得话不投机，含着眼泪，自进房去了。那婆娘分付厨中，不许叫“石小姐”，只叫他“月香”名字。又分付养娘，只在厨下专管担水烧火，不许进月香房中。月香若要饭吃时，待他自到厨房来取。其夜，又叫丫头搬了养娘的被窝到自己房中去。月香坐个更深，不见养娘进来，只得自己闭门而睡。又过几日，那婆娘唤月香出房，却教丫头把他的房门锁了。月香没了房，只得在外面盘旋。夜间就同养娘一铺睡。睡起时，就叫他拿东拿西，役使他起来。在他矮檐下，怎敢不低头。月香无可奈何，只得伏低伏小。那婆娘见月香随顺了，心中暗喜，蓦地开了他房门的锁，把他房中搬得一空。凡丈夫一向寄来的好细好缎，曾做不曾做得，都迁入自己箱笼，被窝也收起了不还他。月香暗暗叫苦，不敢则声②。

① 难为了柴——这里是说糟蹋柴，多烧了柴的意思。

② 则声——作声，做声。

忽一日,贾公书信回来,又寄许多东西与石小姐。书中嘱付老婆:“好生看待,不久我便回来。”那婆娘把东西收起,思想道:“我把石家两个丫头作贱勾了。丈夫回来,必然厮闹。难道我惧怕老公,重新奉承他起来不成?那老亡八把这两个瘦马①养着,不知作何结束!他临行之时,说道:‘若不依他言语,就不与我做夫妻了。’一定他起了什么不良之心。那月香好副嘴脸,年已长成。倘或有意留他,也不见得。那时我争风吃醋便迟了。人无远虑,必有近忧。一不做,二不休,索性把他两个卖去他方,老亡八回来也只一怪。拚得厮闹一场罢了,难道又去赎他回来不成?好计,好计!”正是:

眼孔浅时无大量,心田偏处有奸谋。

当下那婆娘分付当直的:“与我唤那张牙婆到来,我有话说。”不一时,当直的将张婆引到。贾婆教月香和养娘都相见了,却发付他开去。对张婆说道:“我家六年前,讨下这两个丫头。如今大的忒大了,小的又娇娇的,做不得生活,都要卖他出去。你与我快寻个主儿。”原来当先官卖之事,是李牙婆经手。此时李婆已死,官私做媒,又推张婆出尖②了。张婆道:“那年纪小的,正有个好主儿在此,只怕大娘不肯。”贾婆道:“有甚不肯?”张婆道:“就是本县大

① 瘦马——旧时,扬州一带,有些人买女孩子养着,教她吹弹歌唱,长大了卖给人家作姨太太或娼妓,这种女孩子被称为“瘦马”。唐白居易《有感》诗云:“莫养瘦马驹,莫教小妓女;后事在目前,不信君看取。”把“瘦马驹”和“小妓女”对举,后来就径称小妓女一类的人为“瘦马”。

② 出尖——出人之上,第一,为首。强出头招揽事情也叫“出尖”。这里是前一意。

尹①老爷复姓钟离,名义,寿春人氏,亲生一位小姐,许配德安县高大尹的长公子,在任上行聘的。不日就要来娶亲了。本县嫁装都已备得十全,只是缺少一个随嫁的养娘。昨日大尹老爷唤老媳妇当官分付过了。老媳妇正没处寻。宅上这位小娘子,正中其选。只是异乡之人,怕大娘不舍得与他。”贾婆想道:“我正要寻个远方的主顾,来得正好!况且知县相公要了人去,丈夫回来,料也不敢则声。”便道:“做官府家的陪嫁,胜似在我家十倍,我有什么不舍得。只是不要亏了我的原价便好。”张婆道:“原价许多?”贾婆道:“十来岁时,就是五十两讨的。如今饭钱又弄一主在身上了。”张婆道:“吃的饭是算不得帐。这五十两银子在老媳妇身上。”贾婆道:“那一个老丫头也替我觅个人家便好。他两个是一伙儿来的。去了一个,那一个也养不住了。况且年纪一二十之外,又是要老公的时候,留他甚么!”张婆道:“那个要多少身价?”贾婆道:“原是三十两银子讨的。”牙婆道:“粗货儿,直不得这许多。若是减得一半,老媳妇到有个外甥在身边,三十岁了,老媳妇原许下与他娶一房妻小的。因手头不宽展,捱下去。这到是雌雄一对儿。”贾婆道:“既是你的外甥,便让你五两银子。”张婆道:“连这小娘子的媒礼在内,让我十两罢。”贾婆道:“也不为大事。你且说合起来。”张婆道:“老媳妇如今先去回复知县相公。若讲得成时,一手交钱,一手就要交货的。”贾婆道:“你今晚还来不?”张婆道:“今晚还要与外甥商量,来不及了。明日早来回话。多分②两个都要成的。”

① 大尹——县令的别称。
② 多分(fèn)——多半,大半,有很大成分。

说罢，别去，不在话下。

却说大尹钟离义到任有一年零三个月了。前任马公，是顶那石大尹的缺。马公升任去后，钟离义又是顶马公的缺。钟离大尹与德安高大尹原是个同乡。高大尹生下二子，长曰高登，年十八岁；次曰高升，年十六岁。这高登便是钟离公的女婿。原来钟离公未曾有子，止生此女，小字瑞枝，年方一十七岁，选定本年十月望日出嫁。此时九月下旬，吉期将近。钟离公分付张婆，急切要寻个陪嫁。张婆得了贾家这头门路，就去回复大尹。大尹道："若是人物好时，就是五十两也不多。明日库上来领价，晚上就要过门的。"张婆道："领相公钧旨。"当晚回家，与外甥赵二商议，有这相应①的亲事，要与他完婚。赵二先欢喜了一夜。次早，赵二便去整理衣褶，准备做新郎。张婆在家中，先凑足了二十两身价，随即到县取知县相公钧帖，到库上兑了五十两银子，来到贾家，把这两项银子交付与贾婆，分疏②得明明白白。贾婆都收下了。少顷，县中差两名皂隶③，两个轿夫，抬着一顶小轿，到贾家门首停下。贾婆初时都不通月香晓得。临期竟打发他上轿。月香正不知教他那里去，和养娘两个，叫天叫地，放声大哭。贾婆不管三七二十一，和张婆两个，你一推，我一掇，掇他出了大门。张婆方才说明："小娘子不要啼哭了！你家主母，将你卖与本县知县相公处做小姐的陪嫁。此去好不富贵！官府衙门，不是要处，事到其间，哭也无益。"月香只得收泪，上轿而去。轿夫抬进后堂。月香见了钟离义，还只万

① 相(xiāng)应——相适应，相宜，指便宜，价钱小的，花钱不多的。

② 分疏——分别一样一样讲清楚。

③ 皂隶——衙门里的差役。

福。张婆在傍道："这就是老爷了，须下个大礼！"月香只得磕头。立起身来，不觉泪珠满面。张婆教他拭干了泪眼，引入私衙，见了夫人和瑞枝小姐。问其小名，对以"月香"。夫人道："好个'月香'二字！不必更改，就发他伏侍小姐。"钟离公厚赏张婆，不在话下。

可怜宦室娇香女，权作闺中使令人。

张婆出衙，已是酉牌时分。再到贾家，只见那养娘正思想小姐，在厨下痛哭。贾婆对他说道："我今把你嫁与张妈妈的外甥，一夫一妇，比月香到胜几分。莫要悲伤了！"张婆也劝慰了一番。赵二在混堂①内洗了个净浴，打扮得帽儿光光，衣衫簇簇，自家提了一碗灯笼②前来接亲。张婆就教养娘拜别了贾婆。那养娘原是个大脚，张婆扶着步行到家，与外甥成亲。

话休絮烦。再说月香小姐自那日进了钟离相公衙内，次日，夫人分付新来婢子，将中堂打扫。月香领命，携帚而去。钟离义梳洗已毕，打点早衙理事，步出中堂，只见新来婢子呆呆的把着一把扫帚，立于庭中。钟离公暗暗称怪。悄地上前看时，原来庭中有一个土穴，月香对了那穴，汪汪流泪。钟离公不解其故。走入中堂，唤月香上来，问其缘故。月香愈加哀泣，口称不敢。钟离公再三诘问。月香方才收泪而言道："贱妾幼时，父亲曾于此地教妾蹴球为戏，误落球于此穴。父亲问妾道：'你可有计较③，使球自出于穴，不须拾取？'贱妾答云：'有计。'即遣养娘取水灌之。水满球浮，自

① 混堂——澡堂。
② 一碗灯笼——古时点灯，用盏碟或碗盛油，加上灯捻，就可点燃照明，外面再加上灯罩，可以提着；所以一只灯笼叫作"一碗灯笼"。
③ 计较——这里是计算、办法的意思。

出穴外。父亲谓妾聪明,不胜之喜。今虽年久,尚然记忆。睹物伤情,不觉哀泣。愿相公俯赐矜怜,勿加罪责!"钟离公大惊道:"汝父姓甚名谁?你幼时如何得到此地?须细细说与我知。"月香道:"妾父姓石名璧,六年间在此作县尹①。只天火烧仓,朝廷将父革职,勒令倍偿。父亲病郁而死。有司将妾和养娘官卖到本县贾公家。贾公向被冤系,蒙我父活命之恩,故将贱妾甚相看待,抚养至今。因贾公出外为商,其妻不能相容,将妾转卖于此。只此实情,并无欺隐。"

今朝诉出衷肠事,铁石人知也泪垂。

钟离公听罢,正是兔死狐悲,恶伤其类:"我与石璧一般是个县尹。他只为遭时不幸,遇了天灾,亲生女儿就沦于下贱。我若不闻不见,到也罢了;天教他到我衙里。我若不扶持他,同官体面何存!石公在九泉之下,以我为何如人!"当下请夫人上堂,就把月香的来历细细叙明。夫人道:"似这等说,他也是个县令之女,岂可贱婢相看。目今女孩儿嫁期又逼,相公何以处之?"钟离公道:"今后不要月香服役,可与女孩儿姊妹相称。下官自有处置。"即时修书一封,差人送到亲家高大尹处。高大尹拆书观看,原来是求宽嫁娶之期。书上写道:

婚男嫁女,虽父母之心;舍己成人,乃高明之事。近因小女出阁,预置媵婢②月香。见其颜色端丽,举止安详,心窃异之。细访来历,乃知即两任前石县令之女。石公廉吏,因仓火

① 尹——原本脱,据衍庆堂本及《今古奇观》补。

② 媵(yìng)婢——陪嫁的丫头。

失官丧躯，女亦官卖，转展售于寒家。同官之女，犹吾女也。此女年已及笄，不惟不可屈为媵婢，且不可使吾女先此女而嫁。仆今急为此女择婿。将以小女薄奁嫁之。令郎姻期，少待改卜。特此拜恳，伏惟情谅。钟离义顿首。

高大尹看了道："原来如此！此长者之事，吾奈何使钟离公独擅其美！"即时回书云：

鸾凤之配，虽有佳期；狐兔之悲，岂无同志。在亲翁既以同官之女为女，在不佞宁不以亲翁之心为心？三复示言，令人悲恻。此女廉吏血胤①，无惭阀阅②。愿亲家即赐为儿妇，以践始期。令爱别选高门，庶几两便。昔蘧伯玉耻独为君子③，仆今者愿分亲翁之谊。高原顿首。

使者将回书呈与钟离公看了。钟离公道："高亲家愿娶孤女，虽然义举；但吾女他儿，久已聘定，岂可更改？还是从容待我嫁了石家小姐，然后另备妆奁，以完吾女之事。"当下又写书一封，差人再达高亲家。高公开书读道：

娶无依之女，虽属高情；更已定之婚，终乖正道。小女与令郎，久谐凤卜，准拟鸾鸣。在令郎停妻而娶妻，已违古礼；使小女舍婿而求婿，难免人非。请君三思，必从前议。义惶恐再拜。

---

① 血胤(yìn)——血统，后代。

② 阀阅——大官员家的门前立两根大木柱，表示功勋、地位，称为"阀阅"，故作为官家的代称，见《后汉书·韦彪传》。

③ 蘧伯玉耻独为君子——蘧伯玉，春秋时卫国的贤臣，与孔子同时。"蘧伯玉耻独为君子"这句话，见于《后汉书·王畅传》。这件事最初出于何书，清代经学家惠栋也没考证出来；尚待考。

高公读毕，叹道："我一时思之不熟。今闻钟离公之言，惭愧无地。我如今有个两尽之道，使钟离公得行其志，而吾亦同享其名；万世而下，以为美谈。"即时复书云：

以女易女，仆之慕谊虽殷；停妻娶妻，君之引礼甚正。仆之次男高升，年方十七，尚未缔姻。令爱归我长儿，石女属我次子。佳儿佳妇，两对良姻。一死一生，千秋高谊。妆奁不须求备，时日且喜和同。伏冀俯从，不须改卜。原惶恐再拜。

钟离公得书，大喜道："如此处分，方为双美。高公义气，真不愧古人。吾当拜其下风矣。"当下即与夫人说知，将一副妆奁，剖为两分，衣服首饰，稍稍增添。二女一般，并无厚薄。到十月望前两日，高公安排两乘花花细轿，笙箫鼓吹，迎接两位新人。钟离公先发了嫁妆去后，随唤出瑞枝、月香两个女儿，教夫人分付他为妇之道。二女拜别而行。月香感念钟离公夫妇恩德，十分难舍，号哭上轿。一路趱行，自不必说。到了县中，恰好凑着吉日良时，两对小夫妻，如花如锦，拜堂合卺。高公夫妇欢喜无限。正是：

百年好事从今定，一对姻缘天上来。

再说钟离公嫁女三日之后，夜间忽得一梦，梦见一位官人，幞头象简①，立于面前，说道："吾乃月香之父石璧是也。生前为此县大尹，因仓粮失火，赔偿无措，郁郁而亡。上帝察其清廉，悯其无罪，敕封吾为本县城隍之神。月香吾之爱女，蒙君高谊，拔之泥中，成其美眷，此乃阴德之事。吾已奏闻上帝。君命中本无子嗣，上帝

① 幞头象简——幞头，官员所戴的冠帻。象简，用象牙做成的、臣子上朝时所拿的手板，有事就写在上面，防备遗忘。

以公行善，赐公一子，昌大其门。君当致身高位，安享遐龄①。邻县高公与君同心，愿娶孤女，上帝嘉悦，亦赐二子高官厚禄，以酬其德。君当传与世人，广行方便，切不可凌弱暴寡，利己损人。天道昭昭，纤毫洞察。”说罢，再拜。钟离公答拜起身，忽然踏了衣服前幅，跌上一交，猛然惊醒，乃是一梦。即时说与夫人知道。夫人亦嗟呀不已。待等天明，钟离公打轿到城隍庙中焚香作礼，捐出俸资百两，命道士重新庙宇，将此事勒碑，广谕众人。又将此梦备细写书报与高公知道。高公把书与两个儿子看了，各各惊讶。钟离夫人年过四十，忽然得孕生子，取名天赐。后来钟离义归宋，任至龙图阁大学士，寿享九旬。子天赐，为大宋状元。高登、高升俱仕宋朝，官至卿宰。此是后话。

且说贾昌在客中，不久回来，不见了月香小姐和那养娘。询知其故，与婆娘大闹几场。后来知得钟离相公将月香为女，一同小姐嫁与高门。贾昌无处用情，把银二十两，要赎养娘送还石小姐。那赵二恩爱夫妻，不忍分拆，情愿做一对投靠。张婆也禁他不住。贾昌领了赵二夫妻，直到德安县，禀知大尹高公。高公问了备细，进衙又问媳妇月香，所言相同。遂将赵二夫妇收留，以金帛厚酬贾昌。贾昌不受而归。从此贾昌恼恨老婆无义，立誓不与他相处；另招一婢，生下两男。——此亦作善之报也。后人有诗叹云：

人家要娶择高门，谁肯周全孤女婚？

试看两公阴德报，皇天不负好心人。

① 遐龄——高寿。

第 二 卷

三孝廉让产立高名

紫荆枝下还家日，花萼楼中合被时。

同气从来兄与弟，千秋羞咏《豆萁诗》。

这首诗，为劝人兄弟和顺而作，用着三个故事，看官听在下一一分剖。第一句说："紫荆枝下还家日。"昔时有田氏兄弟三人，从小同居合爨。长的娶妻，叫田大嫂；次的娶妻，叫田二嫂。妯娌和睦，并无间言。惟第三的年小，随着哥嫂过日。后来长大娶妻，叫田三嫂。那田三嫂为人不贤，恃着自己有些妆奁，看见夫家一锅里煮饭，一桌上吃食，不用私钱，不动私秤，便私房要吃些东西，也不方便。日夜在丈夫面前撺掇①："公堂钱库田产，都是伯伯们掌管，一出一入，你全不知道。他是亮里，你是暗里。用一说十，用十说百，那里晓得！目今虽说同居，到底有个散场。若还家道消乏下来，只苦得你年幼的。依我说，不如早早分析，将财产三分拨开，各人自去营运，不好么？"田三一时被妻言所惑，认为有理，央亲戚对哥哥说，要分析而居。田大、田二初时不肯，被田三夫妇内外连连

① 撺掇（cuān duo）——怂恿，促成，劝诱。

催逼，只得依允，将所有房产钱谷之类，三分拨开，分毫不多，分毫不少。只有庭前一棵大紫荆树，积祖①传下，极其茂盛，既要析居，这树归着那一个？可惜正在开花之际，也说不得了。田大至公无私，议将此树砍倒，将粗本分为三截，每人各得一截，其馀零枝碎叶，论秤分开。商议已妥，只待来日动手。次日天明，田大唤了两个兄弟，同去砍树。到得树边看时，枝枯叶萎，全无生气。田大把手一推，其树应手而倒，根芽俱露。田大住手，向树大哭。两个兄弟道："此树值得甚么！兄长何必如此痛惜！"田大道："吾非哭此树也。想我兄弟三人，产于一姓，同爷合母，比这树枝枝叶叶，连根而生，分开不得，根生本，本生枝，枝生叶，所以荣盛。昨日议将此树分为三截，那树不忍活活分离，一夜自家枯死。我兄弟三人若分离了，亦如此树枯死，岂有荣盛之日，吾所以悲哀耳。"田二、田三闻哥哥所言，至情感动："可以人而不如树乎？"遂相抱做一堆，痛哭不已。大家不忍分析，情愿依旧同居合爨。三房妻子听得堂前哭声，出来看时，方知其故。大嫂二嫂，各各欢喜。惟三嫂不愿，口出怨言。田三要将妻逐出。两个哥哥再三劝住。三嫂羞惭，还房自缢而死。此乃自作孽不可活。这话阁过不题。再说田大可惜那棵紫荆树，再来看时，其树无人整理，自然端正，枝枯再活，花萎重新，比前更加烂熳。田大唤两个兄弟来看了，各人嗟讶不已。自此田氏累世同居。有诗为证：

紫荆花下说三田，人合人离花亦然。

同气连枝原不解，家中莫听妇人言。

---

① 积祖——累世，好多代的意思。

第二句说:“花萼楼中合被时。”那花萼楼在陕西长安城中,大唐玄宗皇帝所建。玄宗皇帝就是唐明皇。他原是唐家宗室,因为韦氏乱政,武三思专权,明皇起兵诛之,遂即帝位。有五个兄弟,皆封王爵,时号“五王”。明皇友爱甚笃,起一座大楼,取《诗经·棠棣》之义①,名曰花萼。时时召五王登楼欢宴。又制成大幔,名为“五王帐”。帐中长枕大被,明皇和五王时常同寝其中。有诗为证:

羯鼓频敲玉笛催,朱楼宴罢夕阳微。

宫人秉烛通宵坐,不信君王夜不归。

第四句说:“千秋羞咏《豆萁诗》。”后汉魏王曹操长子曹丕,篡汉称帝。有弟曹植,字子建,聪明绝世。操生时最所宠爱,几遍欲立为嗣而不果。曹丕衔其旧恨,欲寻事而杀之。一日,召子建问曰:“先帝每夸汝诗才敏捷,朕未曾面试。今限汝七步之内,成诗一首。如若不成,当坐汝欺诳之罪。”子建未及七步,其诗已成。中寓规讽之意。诗曰:

煮豆燃豆萁,豆在釜中泣。

本是同根生,相煎何太急。

曹丕见诗感泣,遂释前恨。后人有诗为证:

从来宠贵起猜疑,七步诗成亦可危。

堪叹釜萁仇未已,六朝骨肉尽诛夷。

---

① 《诗经·棠棣》之义——《诗经》,是我国最古的一部诗歌总集。《棠棣》,是其中的一篇,里面有这样的诗句:“棠棣之华(花),鄂(萼)不韡韡;凡今之人,莫如兄弟。”据前人解释,是用花和花蒂的相互依附生辉,比喻兄弟的相互友爱。

说话的,为何今日讲这两三个故事?只为自家要说那三孝廉让产立高名。这段话文①不比曹丕忌刻,也没子建风流,胜如紫荆花下三田,花萼楼中诸李,随你不和顺的弟兄,听着在下讲这节故事,都要学好起来。正是:

要知天下事,须读古人书。

这故事出在东汉光武年间。那时天下乂安②,万民乐业,朝有梧凤之鸣,野无谷驹之叹③。原来汉朝取士之法,不比今时。他不以科目取士,惟凭州郡选举。虽则有博学宏词,贤良方正等科,惟以孝廉为重。孝者,孝弟;廉者,廉洁。孝则忠君,廉则爱民。但是举了孝廉,便得出身做官。若依了今日的事势,州县考个童生,还有几十封荐书。若是举孝廉时,不知多少分上钻刺④,依旧是富贵子弟钻去了。孤寒的便有曾参之孝,伯夷⑤之廉,休想扬名显姓。只是汉时法度甚妙:但是举过某人孝廉,其人若果然有才有德,不拘资格,骤然升擢,连举主俱纪录受赏;若所举不得其人,后日或贪

---

① 话文——指宋元以来说书人所讲的故事,即"话本",也就是宋元明时代的白话短篇小说。

② 乂(yì)安——太平无事。

③ 朝有梧凤之鸣,野无谷驹之叹——梧凤,《诗经·卷阿》:"凤凰鸣矣,于彼高冈。梧桐生矣,于彼朝阳。"古人认为太平的时候,凤凰就出现。这一句是说:朝里有凤凰集在梧桐上叫,表示天下太平。谷驹,《诗经·白驹》:"皎皎白驹,在彼空谷。"是说:很好一匹白马,却放在山谷里不使用;用以讽刺国王不能任用贤臣。

④ 钻刺——钻营请托,说人情,走后门。

⑤ 曾参、伯夷——曾参,春秋时人,孔子的弟子,以孝顺父母著称。伯夷,是商代孤竹君的儿子。他和他的弟弟叔齐互相推让,不肯作国君,后来两人都饿死在首阳山。

财坏法,轻则罪黜,重则抄没,连举主一同受罪。那荐人的,与所荐之人,休戚相关,不敢胡乱。所以公道大明,朝班清肃。不在话下。

且说会稽郡阳羡县,有一人姓许名武①,字长文,十五岁上,父母双亡。虽然遗下些田产童仆,奈门户单微,无人帮助。更兼有两个兄弟,一名许晏,年方九岁,一名许普,年方七岁,都则幼小无知,终日赶着哥哥啼哭。那许武日则躬率童仆,耕田种圃,夜则挑灯读书。但是耕种时,二弟虽未胜耰锄,必使从旁观看。但是读书时,把两个小兄弟,坐于案旁,将句读亲口传授,细细讲解,教以礼让之节,成人之道。稍不率教,辄跪于家庙之前,痛自督责,说自己德行不足,不能化诲,愿父母有灵,启牖②二弟,涕泣不已。直待兄弟号泣请罪,方才起身,并不以疾言倨色相加也。室中只用铺陈③一副,兄弟三人同睡。如此数年,二弟俱已长成,家事亦渐丰盛。有人劝许武娶妻。许武答道:"若娶妻,便当与二弟别居。笃夫妇之爱,而忘手足之情,吾不忍也。"繇是昼则同耕,夜则同读,食必同器,宿必同床。乡里传出个大名,都称为"孝弟许武"。又传出几句口号,道是:

阳羡许季长,耕读昼夜忙。教诲二弟俱成行,不是长兄是父娘。

---

① 许武——东汉时人。他和他弟弟让产的事,见《后汉书·循吏传》附《许荆传》中。

② 启牖(yǒu)——启,启发;牖,诱导。启牖,启发、开导,说服教育。

③ 铺陈——亦作铺程;被褥,卧具等。

时州牧郡守①，俱闻其名，交章荐举，朝廷征为议郎。下诏会稽郡。太守奉旨，檄下县令，刻日劝驾。许武迫于君命，料难推阻，分付两个兄弟："在家躬耕力学，一如我在家之时，不可懈惰废业，有负先人遗训。"又嘱付奴仆："俱要小心安分，听两个家主役使，早起夜眠，共扶家业。"嘱付已毕，收拾行装。不用官府车辆，自己雇了脚力登车。只带一个童儿，望长安进发。不一日，到京朝见受职。长安城中，闻得孝弟许武之名，争来拜访识荆②。此时望重朝班，名闻四野。朝中大臣探听得许武尚未婚娶，多欲以女妻之者。许武心下想道："我兄弟三③人，年皆强壮，皆未有妻。我若先娶，殊非为兄之道。况我家世耕读，侥幸备员朝署，便与缙绅大家为婚，那女子自恃家门，未免骄贵之气。不惟坏了我儒素门风，异日我两个兄弟娶了贫贱人家女子，妯娌之间，怎生相处！从来兄弟不睦，多因妇人而起，我不可不防其渐也。"腹中虽如此踌论，却是说不出的话。只得权辞④以对，说家中已定下糟糠⑤之妇，不敢停妻再娶，恐被宋弘所笑。众人闻之，愈加敬重。况许武精于经术，朝廷有大政事，公卿不能决，往往来请教他。他引古证今，议论悉中

① 州牧郡守——汉代地方行政制度：把全国划分为若干州（约如后代的省），州的长官是刺史，后改称州牧。州下面，管辖若干郡（约如后代的府），郡的长官是郡守，后改称太守。

② 识荆——唐代李白《与韩荆州书》："生不愿封万户侯，但愿一识韩荆州。"后来就把"识荆"二字当作初次见面认识的敬辞。

③ 三——原本误作二，据《今古奇观》及下文改。

④ 权辞——权，不依常法，临机应变的意思。权辞，临机应变推托的话。

⑤ 糟糠——东汉光武帝（刘秀）想把他的姐姐嫁给宋弘，暗示宋弘同原来的妻子离婚。宋弘说："贫贱之交不可忘，糟糠之妻不下堂。"拒绝了刘秀。糟糠，贫穷人所吃的食物；后来用作贫贱时共患难的妻子的代称。

窾要①。但是许武所议,众人皆以为确不可易。公卿倚之为重。不数年间,累迁至御史大夫②之职。忽一日,思想二弟在家,力学多年,不见州郡荐举,诚恐怠荒失业,意欲还家省视。遂上疏,其略云:

臣以菲才,遭逢圣代,致位通显,未谋报称,敢图暇逸?但古人云:"人生百行,孝弟为先。""不孝有三③,无后为大。"先父母早背④,域兆⑤未修。臣弟二人,学业未立。臣三十未娶。五伦之中,乃缺其三。愿赐臣假,暂归乡里。倘念臣犬马之力,尚可鞭笞,奔驰有日。

天子览奏,准给假暂归,命乘传⑥衣锦还乡,复赐黄金二十斤为婚礼之费。许武谢恩辞朝,百官俱于郊外送行。正是:

报道锦衣归故里,争夸白屋⑦出公卿。

许武既归,省视先茔已毕,便乃纳还官诰,只推有病,不愿为官。过了些时,从容召二弟至前,询其学业之进退。许晏、许普应答如流,理明词畅。许武心中大喜。再稽查田宅之数,比前恢廓数

---

① 中(zhòng)窾要——窾,空。要,要害。中窾要,打中了空隙、紧要的地方,抓住要害的意思。

② 御史大夫——在汉代是上卿的地位,仅次于丞相;掌管纠察百官。

③ 不孝有三——古人认为这样三件事情,都是对父母不孝的,即:曲意阿从,陷亲(父母)于不义;亲老家贫,不为禄仕;无后、没有儿子。见《孟子·离娄》章赵岐注。

④ 早背——(父母)早死。

⑤ 域兆——茔地,墓地。

⑥ 传——官家驿站所备用的车子。

⑦ 白屋——指用茅草盖的,或用本色木料不加彩色做成的房子。意指贫贱人所住的房屋。

倍,皆二弟勤俭之所积也。武于是遍访里中良家女子,先与两个兄弟定亲,自己方才娶妻,续又与二弟婚配。约莫数月,忽然对二弟说道:“吾闻兄弟有析居之义。今吾与汝,皆已娶妇,田产不薄,理宜各立门户。”二弟唯唯惟命。乃择日治酒,遍召里中父老。三爵已过,乃告以析居之事。因悉召僮仆至前,将所有家财,一一分剖。首取广宅自予,说道:“吾位为贵臣,门宜棨戟①,体面不可不肃。汝辈力田耕作,得竹庐茅舍足矣。”又阅田地之籍,凡良田悉归之己,将硗薄者量给二弟。说道:“我宾客众盛,交游日广,非此不足以供吾用。汝辈数口之家,但能力作,只此可无冻馁。吾不欲汝多财以损德也。”又悉取奴仆之壮健伶俐者,说道:“吾出入跟随,非此不足以给使令。汝辈合力耕作,正须此愚蠢者作伴,老弱馈食足矣,不须多人费汝衣食也。”众父老一向知许武是个孝弟之人,这番分财,定然辞多就少。不想他般般件件,自占便宜。两个小兄弟所得,不及他十分之五,全无谦让之心,大有欺凌之意。众人心中甚是不平。有几个刚直老人气忿不过,竟自去了。有个心直口快的,便想要开口,说公道话,与两个小兄弟做乔主张②。其中又有个老成的,背地里捏手捏脚,教他莫说。以此罢了。那教他莫说的,也有些见识。他道:“富贵的人,与贫贱的人,不是一般肚肠。许武已做了显官,比不得当初了。常言道:疏不间亲。你我终是外人,怎管得他家事。就是好言相劝,料未必听从,枉费了唇舌,到挑拨他兄弟不和。倘或做兄弟的肯让哥哥,十分之美,你我又呕这闲

① 棨戟——本是武器,后来作为一种仪仗;古代大官员的随从、卫队和守门的人所拿的东西。

② 做乔主张——乔,假,故意。做乔主张,这里是胡乱作主张的意思。

气则甚！若做兄弟的心上不甘,必然争论。等他争论时节,我们替他做个主张,却不是好!”正是:

事非干己休多管,话不投机莫强言。

原来许晏、许普,自从蒙哥哥教诲,知书达礼,全以孝弟为重。见哥哥如此分析,以为理之当然,绝无几微①不平的意思。许武分拨已定,众人皆散。许武居中住了正房,其左右小房,许晏、许普各住一边。每日率领家奴下田耕种,暇则读书,时时将疑义叩问哥哥,以此为常。妯娌之间,也学他兄弟三人一般和顺。从此里中父老,人人薄许武之所为,都可怜他两个兄弟。私下议论道:“许武是个假孝廉,许晏、许普才是个真孝廉。他思念父母面上,一体同气,听其教诲,唯唯诺诺,并不违拗,岂不是孝;他又重义轻财,任分多分少,全不争论,岂不是廉。”起初里中传个好名,叫做“孝弟许武”,如今抹落了武字,改做“孝弟许家”。把许晏、许普弄出一个大名来。那汉朝清议②极重,又传出几句口号,道是:

假孝廉,做官员;真孝廉,出口钱③。假孝廉,据高轩;真孝廉,守茅檐。假孝廉,富田园;真孝廉,执锄镰。真为玉,假为瓦,瓦为厦,玉抛野。不宜真,只宜假。

那时明帝即位,下诏求贤,令有司访问笃行有学之士,登门礼聘,传驿至京。诏书到会稽郡,郡守分谕各县。县令平昔已知许晏、许普

① 几微——极小,非常隐微,一点点。

② 清议——社会上清明公正的言论;略近于后代所说的舆论。

③ 口钱——即丁口钱,亦称口算,汉初创行的丁口税:十五岁以上到五十六岁,每人每年缴纳一百二十文钱。作了官,可以免纳这种钱。

让产不争之事,又值父老公举他真孝①真廉,行过其兄,就把二人申报本郡。郡守和州牧,皆素闻其名,一同举荐。县令亲到其门,下车投谒,手捧玄纁束帛②,备陈天子求贤之意。许晏、许普,谦让不已。许武道:"幼学壮行,君子本分之事。吾弟不可固辞。"二人只得应诏,别了哥嫂,乘传到于长安,朝见天子。拜舞已毕,天子金口玉言,问道:"卿是许武之弟乎?"晏、普叩头应诏。天子又道:"闻卿家有孝弟之名。卿之廉让,有过于兄,朕心嘉悦。"晏、普叩头道:"圣运龙兴,辟门访落③,此乃帝王盛典。郡县不以臣晏臣普为不肖,有溷圣聪。臣幼失怙恃④,承兄武教训,兢兢自守,耕耘诵读之外,别无他长。臣等何能及兄武之万一。"天子闻对,嘉其谦德,即日俱拜为内史⑤。不五年间,皆至九卿⑥之位。居官虽不如乃兄赫赫之名,然满朝称为廉让。忽一日,许武致家书于二弟。二弟拆开看之,书曰:

匹夫而膺辟召,仕宦而至九卿,此亦人生之极荣也。二疏

① 孝——原本误作"学",据《今古奇观》改。

② 玄纁(xūn)束帛——古代聘问时所用的礼物。玄纁,绛黑色。束,十端为束,就是五匹。帛,绸子。

③ 辟门访落——辟门,《书经·舜典》:"辟四门。"开门迎贤的意思。访落,《诗经·周颂》中的篇名。访,访问;落,开始。就是开始作皇帝的时候,就延访群臣的意思。

④ 失怙(hù)恃——《诗经·蓼莪》:"无父何怙,无母何恃。"后人因谓丧父为"失怙",丧母为"失恃"。就是说:死了父母,失了依靠。

⑤ 内史——管理首都地方的长官。汉初设左右内史,后改称左冯翊及京兆尹。

⑥ 九卿——中央政府里九个单位的首脑,共称九卿;历代名称不尽相同,汉代是:太常、光禄勋、卫尉、太仆、廷尉、大鸿胪、宗正、大司农、少府等九卿。

有言①:“知足不辱,知止不殆。”既无出类拔萃之才,宜急流勇退,以避贤路。

晏、普得书,即日同上疏辞官。天子不许。疏三上。天子问宰相宋均道:“许晏、许普壮年入仕,备位九卿,朕待之不薄,而屡屡求退,何也?”宋均奏道:“晏、普兄弟三人,天性孝友。今许武久居林下,而晏、普并驾天衢②,其心或有未安。”天子道:“朕并召许武,使兄弟三人同朝辅政何如?”宋均道:“臣察晏、普之意,出于至诚。陛下不若姑从所请,以遂其高。异日更下诏征之。或访先朝故事,就近与一大郡,以展其未尽之才,因使便道归省,则陛下好贤之诚,与晏、普友爱之义,两得之矣。”天子准奏,即拜许晏为丹阳郡太守,许普为吴郡太守,各赐黄金二十斤,宽假三月,以尽兄弟之情。许晏、许普谢恩辞朝,公卿俱出郭,到十里长亭,相饯而别。晏、普二人,星夜回到阳羡,拜见了哥哥,将朝廷所赐黄金,尽数献出。许武道:“这是圣上恩赐,吾何敢当!”教二弟各自收去。次日,许武备下三牲祭礼,率领二弟到父母坟茔,拜奠了毕,随即设宴遍召里中父老。许氏三兄弟,都做了大官,虽然他不以富贵骄人,自然声势赫奕。闻他呼唤,尚不敢不来,况且加个“请”字。那时众父老来得愈加整齐。许武手捧酒卮,亲自劝酒。众人都道:“长文公与二哥三哥接风之酒,老汉辈安敢僭先!”比时风俗淳厚,乡党序齿③,许武出仕已久,还叫一句“长文公”,那两个兄弟,又下一辈了,虽

---

① 二疏有言——疏广,西汉时人,他和他的侄子疏受一同在朝作官。他对疏受说:“吾闻知足不辱,知止不殆。功遂身退,天之道也。”两人于是辞官回家。事见《汉书》本传。

② 林下、天衢——林下,指乡间。天衢,天路,指朝廷;在朝廷里作官的意思。

③ 序齿——不以官爵的高下分先后,而以年龄的大小为次序的意思。

是九卿之贵，乡尊故旧，依旧称“哥”。许武道：“下官此席，专屈诸乡亲下降，有句肺腑之言奉告。必须满饮三杯，方敢奉闻。”众人被劝，只得吃了。许武教两个兄弟次第把盏，各敬一杯。众人饮罢，齐声道：“老汉辈承贤昆玉①厚爱，借花献佛，也要奉敬。”许武等三人，亦各饮讫。众人道：“适才长文公所论金玉之言，老汉辈拱听已久，愿得示下。”许武叠两个指头，说将出来。言无数句，使听者毛骨耸然。正是：

斥鷃不知大鹏，河伯不知海若②。

圣贤一段苦心，庸夫岂能测度。

许武当时未曾开谈，先流下泪来。吓得众人惊惶无措。两个兄弟慌忙跪下，问道：“哥哥何故悲伤？”许武道：“我的心事，藏之数年，今日不得不言。”指着晏、普道：“只因为你两个名誉未成，使我作违心之事，冒不韪③之名，有玷于祖宗，贻笑于乡里，所以流泪。”遂取出一卷册籍，把与众人观看。——原来是田地屋宅及历年收敛米粟布帛之数。众人还未晓其意。许武又道：“我当初教育两个兄弟，原要他立身行道，扬名显亲。不想我虚名早著，遂先显达。二弟在家，躬耕力学，不得州郡征辟。我欲效古人祁大夫内举不避亲④，诚恐不知二弟之学行

① 昆玉——就是“昆仲”的意思，对人兄弟的敬称，犹如说“贵兄弟”。

② 斥鷃不知大鹏，河伯不知海若——斥鷃，小鸟名。大鹏，一种大鸟，一飞几万里。斥鷃觉得自己在树上飞来飞去，已经很好了，它笑大鹏为什么要飞那么远。河伯，河神。海若，海神。河伯自以为河里的水很多，再没有其他的水能和他相比，后来他看见海的时候，才大为惊叹。这两个寓言，都出于《庄子》。

③ 不韪(wěi)——不对。

④ 祁大夫内举不避亲——祁奚，春秋晋国人。他作中军尉，告老回家，晋君问谁可以接替他的这个职务，他先推举了他的一个仇人，后来又推荐了自己的儿子，认为这两个人都是最适当的人选。所以当时有“内举不避亲，外举不避怨”的说法，表明他公正无私。事见《左传》。

者,说他因兄而得官,误了终身名节。我故倡为析居之议,将大宅良田,强奴巧婢,悉据为己有。度吾弟素敦爱敬,决不争竞。吾暂冒贪饕之迹,吾弟方有廉让之名。果蒙乡里公评,荣膺征聘。今位列公卿,官常无玷,吾志已遂矣。这些田房奴婢,都是公共之物,吾岂可一人独享!这几年以来,所收米谷布帛,分毫不敢妄用,尽数开载在那册籍上。今日交付二弟,表为兄的向来心迹,也教众乡尊得知。”众父老到此,方知许武先年析产一片苦心。自愧见识低微,不能窥测,齐声称叹不已。只有许晏、许普哭倒在地,道:“做兄弟的,蒙哥哥教训成人,侥幸得有今日。谁知哥哥如此用心!是弟辈不肖,不能自致青云之上,有累兄长。今日若非兄长自说,弟辈都在梦中。兄长盛德,从古未有。只是弟辈不肖之罪,万分难赎。这些小家财,原是兄长苦挣来的,合该兄长管业。弟辈衣食自足,不消兄长挂念。”许武道:“做哥的力田有年,颇知生殖。况且宦情已淡,便当老于耰锄,以终天年。二弟年富力强,方司民社①,宜资庄产,以终廉节。”晏、普又道:“哥哥为弟辈而自污。弟辈既得名,又欲得利,是天下第一等贪夫了。不惟玷辱了祖宗,亦且玷辱了哥哥。万望哥哥收回册籍,聊减弟辈万一之罪。”众父老见他兄弟三人交相推让,你不收,我不受,一齐向前劝道:“贤昆玉所言,都则一般道理。长文公若独得了这田产,不见得向来成全两位这一段苦心。两位若径受了,又负了令兄长文公这一段美意。依老汉辈愚见,宜作三股均分,无厚无薄,这才见兄友弟恭,各尽其道。”他三个兀自②你推我让。那父老中有前番那几个刚直的,挺身向前,厉声说道:

① 民社——人民和社稷;就是作地方官的意思,这里指作太守。

② 兀(wù)自——尚,犹,还是。

"吾等适才处分,甚得中正之道。若再推逊,便是矫情沽誉了。把这册籍来,待老汉与你分剖。"许武弟兄三人,更不敢多言,只得凭他主张。当时将田产配搭三股分开,各自管业。中间大宅,仍旧许武居住。左右屋宇窄狭,以所在粟帛之数补偿晏、普,他日自行改造。其僮婢,亦皆分派。众父老都称为公平。许武等三人施礼作谢,邀入正席饮酒,尽欢而散。许武心中终以前番析产之事为歉,欲将所得良田之半,立为义庄①,以赡乡里。许晏、许普闻知,亦各出己产相助。里中人人叹服。又传出几句口号来,道是:

真孝廉,惟许武;谁继之?晏与普。弟不争,兄不取。作义庄,赡乡里。呜呼孝廉谁可比!

晏、普感兄之义,又将朝廷所赐黄金,大市牛酒,日日邀里中父老与哥哥会饮。如此三月,假期已满,晏、普不忍与哥哥分别,各要纳还官诰。许武再三劝谕,责以大义。二人只得听从,各携妻小赴任。却说里中父老,将许武一门孝弟之事,备细申闻郡县。郡县为之奏闻。圣旨命有司旌表其门,称其里为孝弟里。后来三公②九卿,交章荐许武德行绝伦,不宜逸之田野。累诏起用。许武只不奉诏。有人问其缘故。许武道:"两弟在朝居位之时,吾曾讽以知足知止。我若今日复出应诏,是自食其言了。况方今朝廷之上,是非相激,势利相倾,恐非缙绅之福;不如躬耕乐道之为愈耳。"人皆服其高见。再说晏、普到任,守其乃兄之教,各以清节自励,大有政声。后闻其兄高致,不肯出山。弟兄相约,各将印绶纳还,奔回田里,日奉其兄为山水之游,尽老百年而

① 义庄——立庄、置田收租,用来救济族中贫乏的人,这种庄称为"义庄"。

② 三公——中央政府中三种最高级的官职,历代名称不尽相同:西汉以大司马、大司徒、大司空为"三公";东汉时以太尉、司徒、司空为"三公"。

终。许氏子孙昌茂，累代衣冠不绝，至今称为“孝弟许家”云。后人作歌叹道：

今人兄弟多分产，古人兄弟亦分产。
古人分产成弟名，今人分产但嚣争。
古人自污为孝义，今人自污争微利。
孝义名高身并荣，微利相争家共倾。
安得尽居孝弟里，却把阋墙①人愧死。

① 阋(xì)墙——《诗经·棠棣》：“兄弟阋墙，外御其务(侮)。”阋墙，就是在家里吵架的意思。

第三卷

卖油郎独占花魁

年少争夸风月，场中波浪偏多。有钱无貌意难和，有貌无钱不可。　　就是有钱有貌，还须着意揣摩。知情识趣俏哥哥，此道谁人赛我。

这首词名为〔西江月〕，是风月机关中撮要之论。常言道："妓爱俏，妈爱钞。"所以子弟①行中，有了潘安般貌，邓通般钱，自然上和下睦，做得烟花寨内的大王，鸳鸯会上的主盟。然虽如此，还有个两字经儿，叫做帮衬。帮者，如鞋之有帮；衬者，如衣之有衬。但凡做小娘②的，有一分所长，得人衬贴，就当十分。若有短处，曲意替他遮护，更兼低声下气，送暖偷寒，逢其所喜，避其所讳，以情度情，岂有不爱之理。这叫做帮衬。风月场中，只有会帮衬的最讨便宜，无貌而有貌，无钱而有钱。假如郑元和③在卑田院④做了乞儿，此时囊箧俱空，容颜非

---

① 子弟——嫖客。

② 小娘——这里指妓女。

③ 郑元和——唐人传说故事：书生郑元和因热恋妓女李娃（宋元人传为李亚仙），以致穷困落魄。后来李娃设法救护他，使他读书作了官。见唐人白行简《李娃传》。

④ 卑田院——应作悲田院。佛教称贫穷为"悲田"。卑田院，由公家出钱，寺庙主办，收容无依靠的老年人的处所，后来成了乞丐收容所。

旧，李亚仙于雪天遇之，便动了一个恻隐之心，将绣襦包裹，美食供养，与他做了夫妻。这岂是爱他之钱，恋他之貌？只为郑元和识趣知情，善于帮衬，所以亚仙心中舍他不得。你只看亚仙病中想马板肠汤吃，郑元和就把个五花马杀了，取肠煮汤奉之。只这一节上，亚仙如何不念其情。后来郑元和中了状元，李亚仙封做汧国夫人。《莲花落》打出万年策，卑田院变做了白玉楼。一床锦被遮盖，风月场中反为美谈。这是：

运退黄金失色，时来铁也生光。

话说大宋自太祖开基，太宗嗣位，历传真、仁、英、神、哲，共是七代帝王，都则偃武修文，民安国泰。到了徽宗道君皇帝，信任蔡京、高俅、杨戬、朱勔①之徒，大兴苑囿，专务游乐，不以朝政为事。以致万民嗟怨，金虏乘之而起，把花锦般一个世界，弄得七零八落。直至二帝蒙尘，高宗泥马渡江②，偏安一隅，天下分为南北，方得休息。其中数十年，百姓受了多少苦楚。正是：

甲马丛中立命，刀枪队里为家。

杀戮如同戏耍，抢夺便是生涯。

内中单表一人，乃汴梁城外安乐村居住，姓莘，名善，浑家阮氏。夫妻两口，开个六陈铺儿③。虽则粜米为生，一应麦豆茶酒油

① 蔡京、高俅、杨戬、朱勔——都是北宋末年的奸臣，《宋史》有传。

② 高宗泥马渡江——高宗（赵构），宋徽宗（赵佶）的儿子，封康王。金人灭北宋，把徽宗、钦宗掳去以后，金人追赶他，相传他骑了一匹马渡过长江；过江之后，才发现所骑的是一匹泥马。

③ 六陈铺儿——米、大麦、小麦、大豆、小豆、芝麻等六种粮食可以久藏，叫作“六陈”；粮食铺也叫作“六陈铺儿”。

盐杂货，无所不备，家道颇颇①得过。年过四旬，止生一女，小名叫做瑶琴。自小生得清秀，更且资性聪明。七岁上，送在村学中读书，日诵千言。十岁时，便能吟诗作赋。曾有《闺情》一绝，为人传诵。诗云：

朱帘寂寂下金钩，香鸭沉沉冷画楼。

移枕怕惊鸳并宿，挑灯偏惜蕊双头。

到十二岁，琴棋书画，无所不通。若题起女工一事，飞针走线，出人意表。此乃天生伶俐，非教习之所能也。莘善因为自家无子，要寻个养女婿，来家靠老。只因女儿灵巧多能，难乎其配。所以求亲者颇多，都不曾许。不幸遇了金虏猖獗，把汴梁城围困，四方勤王之师虽多，宰相主了和议，不许厮杀，以致虏势愈甚。打破了京城，劫迁了二帝。那时城外百姓，一个个亡魂丧胆，携老扶幼，弃家逃命。

却说莘善领着浑家阮氏，和十二岁的女儿，同一般逃难的，背着包裹，结队而走。

忙忙如丧家之犬，急急如漏网之鱼。担渴担饥担劳苦，此行谁是家乡；叫天叫地叫祖宗，惟愿不逢鞑虏②。正是：宁为太平犬，莫作乱离人！

正行之间，谁想鞑子到不曾遇见，却逢着一阵败残的官兵。他看见许多逃难的百姓，多背得有包裹，假意呐喊道：“鞑子来了！”沿路放起一把火来。此时天色将晚，吓得众百姓落荒乱窜，你我不

① 颇颇——“颇”字的重叠语；就是很、甚的意思。

② 鞑虏——这两字和后文中的“鞑子”，都是指金人。

相顾。他就乘机抢掠。若不肯与他,就杀害了。这是乱中生乱,苦上加苦。却说莘氏瑶琴,被乱军冲突,跌了一交,爬起来,不见了爹娘。不敢叫唤,躲在道傍古墓之中,过了一夜。到天明,出外看时,但见满目风沙,死尸横路。昨日同时避难之人,都不知所往。瑶琴思念父母,痛哭不已。欲待寻访,又不认得路径。只得望南而行。哭一步,捱一步。约莫走了二里之程。心上又苦,腹中又饥。望见土房一所,想必其中有人,欲待求乞些汤饮。及至向前,却是破败的空屋,人口俱逃难去了。瑶琴坐于土墙之下,哀哀而哭。自古道:无巧不成话。恰好有一人从墙下而过。那人姓卜,名乔,正是莘善的近邻,平昔是个游手游食,不守本分,惯吃白食,用白钱的主儿。人都称他是卜大郎。也是被官军冲散了同伙,今日独自而行。听得啼哭之声,慌忙来看。瑶琴自小相认,今日患难之际,举目无亲,见了近邻,分明见了亲人一般,即忙收泪,起身相见。问道:"卜大叔,可曾见我爹妈么?"卜乔心中暗想:"昨日被官军抢去包裹,正没盘缠。天生这碗衣饭,送来与我,正是奇货可居①。"便扯个谎,道:"你爹和妈,寻你不见,好生痛苦。如今前面去了。分付我道:'倘或见我女儿,千万带了他来,送还了我。'许我厚谢。"瑶琴虽是聪明,正当无可奈何之际,君子可欺以其方②,遂全然不疑,随着卜乔便走,正是:

① 奇货可居——奇货,贵重的货物。居,囤积。就是说:把贵重货物囤积起来,等待高价出卖。

② 君子可欺以其方——君子,过去一般指有道德的人。方,方正,正直。这句话是说:君子这类人很正直,不懂人家的坏心眼;坏人就可以利用这一点去欺骗他们。

情知不是伴，事急且相随。

卜乔将随身带的干粮，把些与他吃了，分付道："你爹妈连夜走的。若路上不能相遇，直要过江到建康府，方可相会。一路上同行，我权把你当女儿，你权叫我做爹。不然，只道我收留迷失子女，不当稳便①。"瑶琴依允。从此陆路同步，水路同舟，爹女相称。到了建康府，路上又闻得金兀术四太子，引兵渡江。眼见得建康不得宁息。又闻得康王即位，已在杭州驻跸②，改名临安。遂趁船到润州。过了苏常嘉湖，直到临安地面，暂且饭店中居住。也亏卜乔，自汴京至临安，三千馀里，带那莘瑶琴下来。身边藏下些散碎银两，都用尽了，连身上外盖衣服③，脱下准④了店钱，止剩得莘瑶琴一件活货，欲行出脱⑤。访得西湖上烟花王九妈家要讨养女，遂引九妈到店中，看货还钱。九妈见瑶琴生得标致，讲了财礼五十两。卜乔兑足了银子，将瑶琴送到王家。原来卜乔有智，在王九妈前，只说："瑶琴是我亲生之女，不幸到你门户人家⑥，须是款款⑦的教训，他自然从顺，不要性急。"在瑶琴面前，又只说："九妈是我至亲，权时把你寄顿他家。待我从容访知你爹妈下落，再来领你。"以此，瑶琴欣然而去。

① 不当稳便——不大稳妥、妥当。
② 驻跸——皇帝出外住在哪里叫作"驻跸"。跸，含有禁止行人、打扫道路及警卫等意。
③ 外盖衣服——外面的衣服，即长衫一类的衣服。
④ 准——兑换，抵偿。
⑤ 出脱——出卖。
⑥ 门户人家——妓院。
⑦ 款款——温柔缓和。

可怜绝世聪明女，堕落烟花罗网中。

王九妈新讨了瑶琴，将他浑身衣服，换个新鲜，藏于曲楼深处，终日好茶好饭，去将息他，好言好语，去温暖他。瑶琴既来之，则安之。住了几日，不见卜乔回信。思量爹妈，噙着两行珠泪，问九妈道："卜大叔怎不来看我？"九妈道："那个卜大叔？"瑶琴道："便是引我到你家的那个卜大郎。"九妈道："他说是你的亲爹。"瑶琴道："他姓卜，我姓莘。"遂把汴梁逃难，失散了爹妈，中途遇见了卜乔，引到临安，并卜乔哄他的说话，细述一遍。九妈道："原来恁地①，你是个孤身女儿，无脚蟹②。我索性与你说明罢：那姓卜的把你卖在我家，得银五十两去了。我们是门户人家，靠着粉头过活。家中虽有三四个养女，并没个出色的。爱你生得齐整，把做个亲女儿相待。待你长成之时，包你穿好吃好，一生受用。"瑶琴听说，方知被卜乔所骗，放声大哭。九妈劝解，良久方止。自此九妈将瑶琴改做王美，一家都称为美娘，教他吹弹歌舞，无不尽善。长成一十四岁，娇艳非常。临安城中，这些富豪公子，慕其容貌，都备着厚礼求见。也有爱清标的，闻得他写作俱高，求诗求字的，日不离门。弄出天大的名声出来，不叫他美娘，叫他做花魁娘子。西湖上子弟编出一只《挂枝儿》③，单道那花魁娘子的好处：

小娘中，谁似得王美儿的标致，又会写，又会画，又会做诗，吹弹歌舞都馀事。常把西湖比西子，就是西子比他也还不

---

① 恁地——如此的，这样的。

② 无脚蟹——螃蟹没有脚就走不成，比喻无依靠的女人。

③ 《挂枝儿》——民间歌曲名，内容多半是讲男女爱情的；明代冯梦龙辑有《挂枝儿》。

如！那个有福的汤①着他身儿，也情愿一个死。

只因王美有了个盛名，十四岁上就有人来讲梳弄②。一来王美不肯，二来王九妈把女儿做金子看成，见他心中不允，分明奉了一道圣旨，并不敢违拗。又过了一年，王美年方十五。原来门户中梳弄也有个规矩，十三岁太早，谓之试花，皆因鸨儿爱财，不顾痛苦。那子弟也只博个虚名，不得十分畅快取乐。十四岁谓之开花，此时天癸已至，男施女受，也算当时了。到十五岁谓之摘花，在平常人家还算年小，惟有门户人家以为过时。王美此时未曾梳弄，西湖上子弟又编出一只《挂枝儿》来：

王美儿，似木瓜，空好看，十五岁还不曾与人汤一汤。有名无实成何干，便不是石女，也是二行子的娘，若还有个好好的羞羞也，如何熬得这些时痒。

王九妈听得这些风声，怕坏了门面，来劝女儿接客。王美执意不肯，说道："要我会客时，除非见了亲生爹妈。他肯做主时，方才使得。"王九妈心里又恼他，又不舍得难为他。捱了好些时。偶然有个金二员外，大富之家，情愿出三百两银子，梳弄美娘。九妈得了这主大财，心生一计，与金二员外商议，若要他成就，除非如此如此。金二员外意会了。其日八月十五日，只说请王美湖上看潮。请至舟中，三四个帮闲，俱是会中之人，猜拳行令，做好做歉，将美娘灌得烂醉如泥。扶到王九妈家楼中，卧于床上，不省人事。此时天气和暖，又没几层衣服。妈儿亲手伏侍。比及美娘醒将转来，已

① 汤——挨着，接触。

② 梳弄——或作"梳笼"；旧时妓女第一次接客的意思。从前妓院里的清倌（处女）头上只梳辫子；接客以后就梳髻，叫作"梳弄"。

被金二员外耍得勾了。欲待挣扎，争奈手足俱软，由他轻薄了一回，直待绿暗红飞，方始雨收云散，正是：

雨中花蕊方开罢，镜里娥眉不似前。

五鼓时，美娘酒醒，已知鸨儿用计，破了身子。自怜红颜命薄，遭此强横，起来解手，穿了衣服，自在床边一个斑竹榻上，朝着里壁睡了，暗暗垂泪。金二员外来亲近他时，被他劈头劈脸，抓有几个血痕。金二员外好生没趣。捱得天明，对妈儿说声："我去也。"妈儿要留他时，已自出门去了。从来梳弄的子弟，早起时，妈儿进房贺喜，行户①中都来称庆，还要吃几日喜酒。那子弟多则住一二月，最少也住半月二十日。只有金二员外侵早出门，是从来未有之事。王九妈连叫诧异，披衣起身上楼，只见美娘卧于榻上，满眼流泪。九妈要哄他上行，连声招许多不是。美娘只不开口。九妈只得下楼去了。美娘哭了一日，茶饭不沾。从此托病，不肯下楼，连客也不肯会面了。

九妈心下焦燥。欲待把他凌虐，又恐他烈性不从，反冷了他的心肠。欲待繇他，本是要他赚钱。若不接客时，就养到一百岁也没用。踌躇数日，无计可施。忽然想起，有个结义妹子，叫做刘四妈，时常往来。他能言快语，与美娘甚说得着。何不接取他来，下个说词。若得他回心转意，大大的烧个利市②。当下叫保儿去请刘四妈到前楼坐下，诉以衷情。刘四妈道："老身是个女随何，雌陆

① 行户——指王九妈以外的其他妓院。

② 烧个利市——商店开张，烧纸敬神，叫作"烧利市"；做头一笔生意叫作"发利市"。

贾①,说得罗汉思情,嫦娥想嫁。这件事都在老身身上。”九妈道:“若得如此,做姐的情愿与你磕头。你多吃杯茶去,省得说话时口干。”刘四妈道:“老身天生这副海口,便说到明日,还不干哩。”刘四妈吃了几杯茶,转到后楼,只见楼门紧闭。刘四妈轻轻的叩了一下,叫声:“侄女!”美娘听得是四妈声音,便来开门。两下相见了。四妈靠桌朝下而坐,美娘傍坐相陪。四妈看他桌上铺着一幅细绢,才画得个美人的脸儿,还未曾着色。四妈称赞道:“画得好!真是巧手!九阿姐不知怎生样造化,偏生遇着你这一个伶俐女儿。又好人物,又好技艺,就是堆上几千两黄金,满临安走遍,可寻出个对儿么?”美娘道:“休得见笑!今日甚风吹得姨娘到来?”刘四妈道:“老身时常要来看你,只为家务在身,不得空闲。闻得你恭喜梳弄了。今日偷空而来,特特与九阿姐叫喜。”美儿听得提起梳弄二字,满脸通红,低着头不来答应。刘四妈知他害羞,便把椅儿掇上一步,将美娘的手儿牵着,叫声:“我儿!做小娘的,不是个软壳鸡蛋,怎的这般嫩得紧?似你恁地怕羞,如何赚得大主银子?”美娘道:“我要银子做甚?”四妈道:“我儿,你便不要银子,做娘的,看得你长大成人,难道不要出本?自古道,靠山吃山,靠水吃水。九阿姐家有几个粉头,那一个赶得上你的脚跟来?一园瓜,只看得你是个瓜种。九阿姐待你也不比其他。你是聪明伶俐的人,也须识些轻重。闻得你自梳弄之后,一个客也不肯相接。是甚么意儿?都像你的意时,一家人口,似蚕一般,那个把桑叶喂他?做娘的抬举你一分,你也要与他争口气儿,莫要反讨众丫头们批点。”美娘道:

① 随何、陆贾——两人都是秦末汉初有名的说客、辩士。

“繇他批点，怕怎的！”刘四妈道：“阿呀！批点是个小事，你可晓得门户中的行径么？”美娘道：“行径便怎的？”刘四妈道：“我们门户人家，吃着女儿，穿着女儿，用着女儿，侥幸讨得一个像样的，分明是大户人家置了一所良田美产。年纪幼小时，巴不得风吹得大。到得梳弄过后，便是田产成熟，日日指望花利到手受用。前门迎新，后门送旧，张郎送米，李郎送柴，往来热闹，才是个出名的姊妹行家。”美娘道：“羞答答，我不做这样事！”刘四妈掩着口，格的笑了一声，道：“不做这样事，可是繇得你的？一家之中，有妈妈做主。做小娘的若不依他教训，动不动一顿皮鞭，打得你不生不死。那时不怕你不走他的路儿。九阿姐一向不难为你，只可惜你聪明标致，从小娇养的，要惜你的廉耻，存你的体面。方才告诉我许多话，说你不识好歹，放着鹅毛不知轻，顶着磨子不知重①，心下好生不悦。教老身来劝你。你若执意不从，惹他性起，一时翻过脸来，骂一顿，打一顿，你待走上天去！凡事只怕个起头。若打破了头时，朝一顿，暮一顿，那时熬这些痛苦不过，只得接客，却不把千金声价弄得低微了。还要被姊妹中笑话。依我说，吊桶已自落在他井里，挣不起了。不如千欢万喜，倒在娘的怀里，落得自己快活。”美娘道：“奴是好人家儿女，误落风尘。倘得姨娘主张从良②，胜造九级浮图。若要我倚门献笑③，送旧迎新，宁甘一死，决不情愿。”

---

① 放着鹅毛不知轻，顶着磨子不知重——两句是比喻不知轻重，不识利害的意思。

② 从良——古代妓女隶属在乐籍，是一种贱业；脱籍嫁人叫作“从良”。奴婢赎身也叫“从良”。

③ 倚门献笑——指妓女生涯，语出《史记》：“刺绣文不如倚市门。”

刘四妈道:“我儿,从良是个有志气的事,怎么说道不该!只是从良也有几等不同。”美娘道:“从良有甚不同之处?”刘四妈道:“有个真从良,有个假从良。有个苦从良,有个乐从良。有个趁好的从良,有个没奈何的从良。有个了从良,有个不了的从良。我儿耐心听我分说。如何叫做真从良?大凡才子必须佳人,佳人必须才子,方成佳配。然而好事多磨,往往求之不得。幸然两下相逢,你贪我爱,割舍不下。一个愿讨,一个愿嫁。好像捉对的蚕蛾,死也不放。这个谓之真从良。怎么叫做假从良?有等子弟爱着小娘,小娘却不爱那子弟。本心不愿嫁他,只把个嫁字儿哄他心热,撒漫①使钱。比及成交,却又推故不就。又有一等痴心子弟,明晓得小娘心肠不对他,偏要娶他回去。拚着一主大钱,动了妈儿的火,不怕小娘不肯。勉强进门,心中不顺,故意不守家规。小则撒泼放肆,大则公然偷汉。人家容留不得,多则一年,少则半载,依旧放他出来,为娼接客。把从良二字,只当个撰钱②的题目。这个谓之假从良。如何叫做苦从良?一般样子弟爱小娘,小娘不爱那子弟,却被他以势凌之。妈儿惧祸,已自许了。做小娘的,身不繇主,含泪而行。一入侯门,如海之深,家法又严,抬头不得。半妾半婢,忍死度日。这个谓之苦从良。如何叫做乐从良?做小娘的,正当择人之际,偶然相交个子弟。见他情性温和,家道富足,又且大娘子③乐善,无男无女,指望他日过门,与他生育,就有

① 撒漫——漫,放,散。撒漫,就是挥霍无度,随意花钱的意思。
② 撰钱——同“赚钱”。
③ 大娘子——大老婆。

主母之分。以此嫁他，图个日前安逸，日后出身。这个谓之乐从良。如何叫做趁好的从良？做小娘的，风花雪月，受用已勾，趁这盛名之下，求之者众，任我拣择个十分满意的嫁他，急流勇退，及早回头，不致受人怠慢。这个谓之趁好的从良。如何叫做没奈何的从良？做小娘的，原无从良之意，或因官司逼迫，或因强横欺瞒，又或因债负太多，将来赔偿不起，别口气，不论好歹，得嫁便嫁，买静求安，藏身之法，这谓之没奈何的从良。如何叫做了从良？小娘半老之际，风波历尽，刚好遇个老成的孤老①，两下志同道合，收绳卷索，白头到老，这个谓之了从良。如何叫做不了的从良？一般你贪我爱，火热的跟他，却是一时之兴，没有个长算。或者尊长不容，或者大娘妒忌，闹了几场，发回妈家，追取原价。又有个家道凋零，养他不活，苦守不过，依旧出来赶趁②，这谓之不了的从良。"美娘道："如今奴家要从良，还是怎地好？"刘四妈道："我儿，老身教你个万全之策。"美娘道："若蒙教导，死不忘恩。"刘四妈道："从良一事，入门为净。况且你身子已被人捉弄过了，就是今夜嫁人，叫不得个黄花女儿③。千错万错，不该落于此地。这就是你命中所招了。做娘的费了一片心机，若不帮他几年，趁过千把银子，怎肯放你出门？还有一件，你便要

① 孤老——《说文》："婟，婟嫪也。"《说文通训定声》："今谚谓女所私为婟嫪，俗作孤老。"妓女对长期固定的客人，非正式夫妻关系中的妇女对所结识的男人，都叫作"孤老"。

② 赶趁——旧时，下等妓女自动到酒楼筵前歌唱，借以获得一点钱物，叫作"赶趁"，就是"打酒座"。

③ 黄花女儿——处女。

从良,也须拣个好主儿。这些臭嘴臭脸的,难道就跟他不成?你如今一个客也不接,晓得那个该从,那个不该从?假如你执意不肯接客,做娘的没奈何,寻个肯出钱的主儿,卖你去做妾,这也叫做从良。那主儿或是年老的,或是貌丑的,或是一字不识的村牛,你却不肮脏了一世!比着把你料在水里,还有扑通的一声响,讨得傍人叫一声可惜。依着老身愚见,还是俯从人愿,凭着做娘的接客。似你恁般才貌,等闲的料也不敢相扳。无非是王孙公子,贵客豪门,也不辱莫了你。一来风花雪月,趁着年少受用,二来作成妈儿起个家事,三来使自己也积攒些私房,免得日后求人。过了十年五载,遇个知心着意的,说得来,话得着,那时老身与你做媒,好模好样的嫁去,做娘的也放得你下了。可不两得其便?"美娘听说,微笑而不言。刘四妈已知美娘心中活动了,便道:"老身句句是好话。你依着老身的话时,后来还要感激我哩。"说罢,起身。王九妈伏于楼门之外,一句句都听得的。美娘送刘四妈出房,劈面撞着了九妈,满面羞惭,缩身进去。王九妈随着刘四妈,再到前楼坐下。刘四妈道:"侄女十分执意,被老身右说左说,一块硬铁看看溶做热汁。你如今快快寻个覆帐①的主儿,他必然肯就。那时做妹子的再来贺喜。"王九妈连连称谢。是日备饭相待,尽醉而别。后来西湖上子弟们又有只《挂枝儿》,单说那刘四②妈说词一节:

刘四妈,你的嘴舌儿好不利害!便是女随何,雌陆贾,

① 覆帐——妓女接待第二个客人,和他发生关系,叫作"覆帐"。

② 刘四——原本误作"王九",据《今古奇观》改;下句同。

不信有这大才！说着长，道着短，全没些破败。就是醉梦中，被你说得醒；就是聪明的，被你说得呆。好个烈性的姑姑，也被你说得他心地改。

再说王美娘才听了刘四妈一席话儿，思之有理。以后有客求见，欣然相接。覆帐之后，宾客如市。捱三顶五，不得空闲，声价愈重。每一晚白银十两，兀自你争我夺。王九妈趁了若干钱钞，欢喜无限。美娘也留心要拣个心满意足的，急切难得。正是：

易求无价宝，难得有情郎。

话分两头。再说临安城清波门里，有个开油店的朱十老，三年前过继一个小厮，也是汴京逃难来的，姓秦名重，母亲早丧，父亲秦良，十三岁上将他卖了，自己在上天竺去做香火①。朱十老因年老无嗣，又新死了妈妈，把秦重做亲子看成，改名朱重，在店中学做卖油生理。初时父子坐店甚好。后因十老得了腰痛的病，十眠九坐，劳碌不得，另招个伙计，叫做邢权，在店相帮。光阴似箭，不觉四年有馀。朱重长成一十七岁，生得一表人才，虽然已冠，尚未娶妻。那朱十老家有个使女，叫做兰花，年已二十之外，有心看上了朱小官人，几遍的到下钩子去勾搭他。谁知朱重是个老实人，又且兰花龌龊丑陋，朱重也看不上眼。以此落花有意，流水无情。那兰花见勾搭朱小官人不上，别寻主顾，就去勾搭那伙计邢权。邢权是望四②之人，没有老婆，一拍就上。两个暗地偷情，不止一次。反怪

① 香火——在寺庙里烧香、点火、打杂的人。
② 望四——望，接近，将近。望四，将近四十岁。

朱小官人碍眼,思量寻事赶他出门。邢权与兰花两个,里应外合,使心设计。兰花便在朱十老面前,假意撇清①说:“小官人几番调戏,好不老实!”朱十老平时与兰花也有一手,未免有拈酸之意。邢权又将店中卖下的银子藏过,在朱十老面前说道:“朱小官在外赌博,不长进,柜里银子,几次短少,都是他偷去了。”初次朱十老还不信,接连几次,朱十老年老糊涂,没有主意,就唤朱重过来,责骂了一场。朱重是个聪明的孩子,已知邢权与兰花的计较,欲待分辨,惹起是非不小。万一老者不听,枉做恶人。心生一计,对朱十老说道:“店中生意淡薄,不消得二人。如今让邢主管坐店,孩儿情愿挑担子出去卖油。卖得多少,每日纳还,可不是两重生意?”朱十老心下也有许可之意。又被邢权说道:“他不是要挑担出去,几年上偷银子做私房,身边积趱有馀了,又怪你不与他定亲,心下怨怅,不愿在此相帮,要讨个出场,自去娶老婆,做人家哩。”朱十老叹口气道:“我把他做亲儿看成,他却如此歹意!皇天不祐!罢,罢,不是自身骨血,到底粘连不上,繇他去罢!”遂将三两银子,把与朱重,打发出门。寒夏衣服和被窝都教他拿去。这也是朱十老好处。朱重料他不肯收留,拜了四拜,大哭而别。正是:

孝己杀身因谤语,申生②丧命为谗言。

亲生儿子犹如此,何怪螟蛉受枉冤。

---

① 假意撇清——本来不清白、不清高,自己故意表示清白、清高,叫作“假撇清”。

② 孝己、申生——孝己,历史传说:他是殷高宗武丁的太子,很孝顺父母;因后母的谗害,被放逐而死。申生,春秋时晋献公的世子,被献公的小夫人骊姬所陷害,自杀。

原来秦良上天竺做香火，不曾对儿子说知。朱重出了朱十老之门，在众安桥下赁了一间小小房儿，放下被窝等件，买巨锁儿锁了门，便往长街短巷，访求父亲。连走几日，全没消息。没奈何，只得放下。在朱十老家四年，赤心忠良，并无一毫私蓄。只有临行时打发这三两银子，不勾本钱，做什么生意好？左思右量，只有油行买卖是熟间①。这些油坊多曾与他识熟，还去挑个卖油担子，是个稳足的道路。当下置办了油担家火，剩下的银两，都交付与油坊取油。那油坊里认得朱小官是个老实好人。况且小小年纪，当初坐店，今朝挑担上街，都因邢伙计挑拨他出来，心中甚是不平，有心扶持他，只拣窨清②的上好净油与他，签子上又明让他些。朱重得了这些便宜，自己转卖与人，也放些宽。所以他的油比别人分外容易出脱。每日尽有些利息，又且俭吃俭用，积下东西来，置办些日用家业，及身上衣服之类，并无妄废。心中只有一件事未了，牵挂着父亲，思想："向来叫做朱重，谁知我是姓秦！倘或父亲来寻访之时，也没有个因由。"遂复姓为秦。说话的，假如上一等人，有前程的，要复本姓，或具札子奏过朝廷，或关白礼部、太学、国学等衙门，将册籍改正，众所共知。一个卖油的，复姓之时，谁人晓得？他有个道理，把盛油的桶儿，一面大大写个秦字，一面写汴梁二字，将油桶做个标识，使人一览而知。以此临安市上，晓得他本姓，都呼他为秦卖油。时值二月天气，不暖不寒，秦重闻知昭庆寺僧人，要起个九昼夜功德，用油必多，遂挑了油担来寺中卖油。那些和尚们

① 熟间——熟悉的地方，指熟悉的行业。

② 窨清——形容油在地窨里埋藏过后的澄清的颜色。

也闻知秦卖油之名,他的油比别人又好又贱,单单作成他。所以一连这九日,秦重只在昭庆寺走动。正是:

刻薄不赚钱,忠厚不折本。

这一日是第九日了。秦重在寺出脱了油,挑了空担出寺。其日天气晴明,游人如蚁。秦重绕河而行。遥望十景塘桃红柳绿,湖内画船箫鼓,往来游玩,观之不足,玩之有馀。走了一回,身子困倦,转到昭庆寺右边,望个宽处,将担子放下,坐在一块石上歇脚。近侧有个人家,面湖而住,金漆篱门,里面朱栏内,一丛细竹。未知堂室何如,先见门庭清整。只见里面三四个戴巾的①从内而出,一个女娘后面相送。到了门首,两下把手一拱,说声请了,那女娘竟进去了。秦重定睛观之,此女容颜娇丽,体态轻盈,目所未睹,准准的呆了半晌,身子都酥麻了。他原是个老实小官,不知有烟花行径,心中疑惑,正不知是什么人家。方在疑思之际,只见门内又走出个中年的妈妈,同着一个垂髫的丫鬟,倚门闲看。那妈妈一眼瞧着油担,便道:"阿呀!方才要去买油,正好有油担子在这里,何不与他买些?"那丫鬟取了油瓶出来,走到油担子边,叫声:"卖油的!"秦重方才知觉,回言道:"没有油了!妈妈要用油时,明日送来。"那丫鬟也识得几个字,看见油桶上写个秦字,就对妈妈道:"卖油的姓秦。"妈妈也听得人闲讲,有个秦卖油,做生意甚是忠厚。遂分付秦重道:"我家每日要油用,你肯挑来时,与你做个主顾。"秦重道:"承妈妈作成,不敢有误。"那妈妈与丫鬟进去了。秦重心中想道:"这妈妈不知是那女娘的什么人?我每日到他家

① 戴巾的——指读书人、作官的人。旧时,一般老百姓不准戴巾。

卖油，莫说赚他利息，图个饱看那女娘一回，也是前生福分。”正欲挑担起身，只见两个轿夫，抬着一顶青绢幔的轿子，后边跟着两个小厮，飞也似跑来。到了其家门首，歇下轿子。那小厮走进里面去了。秦重道：“却又作怪！看他接什么人？”少顷之间，只见两个丫鬟，一个捧着猩红的毡包，一个拿着湘妃竹攒花的拜匣，都交付与轿夫，放在轿座之下。那两个小厮手中，一个抱着琴囊，一个捧着几个手卷，腕上挂碧玉箫一枝，跟着起初的女娘出来。女娘上了轿，轿夫抬起望旧路而去。丫鬟小厮，俱随轿步行。秦重又得亲炙一番，心中愈加疑惑。挑了油担子，洋洋的去。

不过几步，只见临河有一个酒馆。秦重每常不吃酒，今日见了这女娘，心下又欢喜，又气闷，将担子放下，走进酒馆，拣个小座头坐了。酒保问道：“客人还是请客，还是独酌？”秦重道：“有上好的酒，拿来独饮三杯。时新果子一两碟，不用荤菜。”酒保斟酒时，秦重问道：“那边金漆篱门内是什么人家？”酒保道：“这是齐衙内①的花园。如今王九妈住下。”秦重道：“方才看见有个小娘子上轿，是什么人？”酒保道：“这是有名的粉头，叫做王美娘，人都称为花魁娘子。他原是汴京人，流落在此。吹弹歌舞，琴棋书画，件件皆精。来往的都是大头儿，要十两放光，才宿一夜哩。可知小可的也近他不得。当初住在涌金门外，因楼房狭窄，齐舍人与他相厚，半载之前，把这花园借与他住。”秦重听得说是汴京人，触了个乡里

① 衙内——本是掌理禁卫的官职；唐代藩镇相沿用自己的子弟管领这种职务，宋元时代于是称呼贵家子弟为“衙内”。

之念，心中更有一倍光景。吃了数杯，还了酒钱，挑了担子，一路走，一路的肚中打稿①道："世间有这样美貌的女子，落于娼家，岂不可惜！"又自家暗笑道："若不落于娼家，我卖油的怎生得见！"又想一回，越发痴起来了，道："人生一世，草生一秋。若得这等美人搂抱了睡一夜，死也甘心。"又想一回道："呸！我终日挑这油担子，不过日进分文，怎么想这等非分之事！正是癞蛤蟆在阴沟里想着天鹅肉吃，如何到口！"又想一回道："他相交的，都是公子王孙。我卖油的，纵有了银子，料他也不肯接我。"又想一回道："我闻得做老鸨的，专要钱钞。就是个乞儿，有了银子，他也就肯接了，何况我做生意的，青青白白之人。若有了银子，怕他不接！只是那里来这几两银子？"一路上胡思乱想，自言自语。你道天地间有这等痴人，一个做小经纪的，本钱只有三两，却要把十两银子去嫖那名妓，可不是个春梦！自古道：有志者事竟成。被他千思万想，想出一个计策来。他道："从明日为始，逐日将本钱扣出，馀下的积趱上去。一日积得一分，一年也有三两六钱之数。只消三年，这事便成了。若一日积得二分，只消得年半。若再多得些，一年也差不多了。"想来想去，不觉走到家里，开锁进门。只因一路上想着许多闲事，回来看了自家的床铺，惨然无欢，连夜饭也不要吃，便上了床。这一夜翻来覆去，牵挂着美人，那里睡得着。

只因月貌花容，引起心猿意马。

捱到天明，爬起来，就装了油担，煮早饭吃了，锁了门，挑着

---

① 肚中打稿——心里暗想。

担子，一径走到王九妈家去。进了门，却不敢直入，舒着头，往里面张望。王九妈恰才起床，还蓬着头，正分付保儿买饭菜。秦重认得声音，叫声："王妈妈。"九妈往外一张，见是秦卖油，笑道："好忠厚人！果然不失信。"便叫他挑担进来，称了一瓶，约有五斤多重，公道还钱。秦重并不争论。王九妈甚是欢喜，道："这瓶油，只勾我家两日用。但隔一日，你便送来，我不往别处去买了。"秦重应诺，挑担而出。只恨不曾遇见花魁娘子。"且喜扳下主顾，少不得一次不见，二次见，二次不见，三次见。只是一件，特为王九妈一家挑这许多路来，不是做生意的勾当。这昭庆寺是顺路。今日寺中虽然不做功德，难道寻常不用油的？我且挑担去问他。若扳得各房头做个主顾，只消走钱塘门这一路，那一担油尽勾出脱了。"秦重挑担到寺内问时，原来各房和尚也正想着秦卖油。来得正好，多少不等，各各买他的油。秦重与各房约定，也是间一日便送油来用。这一日是个双日。自此日为始，但是单日，秦重别街道上做买卖；但是双日，就走钱塘门这一路。一出钱塘门，先到王九妈家里，以卖油为名，去看花魁娘子。有一日会见，也有一日不会见。不见时费了一场思想，便见时也只添了一层思想。正是：

天长地久有时尽，此恨此情无尽期。

再说秦重到了王九妈家多次，家中大大小小，没一个不认得是秦卖油。时光迅速，不觉一年有馀。日大日小，只拣足色细丝①，

① 足色细丝——足色，十足的成色。细丝，宋代称雪白银两为"细丝放光银子"。

或积三分,或积二分,再少也积下一分。凑得几钱,又打换大块头。日积月累,有了一大包银子,零星凑集,连自己也不知多少。其日是单日,又值大雨,秦重不出去做买卖。看了这一大包银子,心中也自喜欢。“趁今日空闲,我把他上一上天平,见个数目。”打个油伞,走到对门倾银铺里,借天平兑银。那银匠好不轻薄,想着:“卖油的多少银子,要架天平?只把个五两头等子与他,还怕用不着头纽哩。”秦重把银子包解开,都是散碎银两。大凡成锭的见少,散碎的就见多。银匠是小辈,眼孔极浅,见了许多银子,别是一番面目,想道:“人不可貌相,海水不可斗量。”慌忙架起天平,搬出若大若小许多法马。秦重尽包而兑,一厘不多,一厘不少,刚刚一十六两之数,上秤便是一斤。秦重心下想道:“除去了三两本钱,馀下的做一夜花柳之费,还是有馀。”又想道:“这样散碎银子,怎好出手!拿出来也被人看低了!见成倾银店中方便,何不倾成锭儿,还觉冠冕①。”当下兑足十两,倾成一个足色大锭,再把一两八钱,倾成水丝一小锭。剩下四两二钱之数,拈一小块,还了火钱,又将几钱银子,置下镶鞋净袜,新褶了一顶万字头巾。回到家中,把衣服浆洗得干干净净,买几根安息香,薰了又薰。拣个晴明好日,侵早打扮起来。

虽非富贵豪华客,也是风流好后生。

秦重打扮得齐齐整整,取银两藏于袖中,把房门锁了,一径望王九妈家而来。那一时好不高兴。及至到了门首,愧心复萌,想道:“时常挑了担子在他家卖油,今日忽地去做嫖客,如何开口?”

① 冠冕——有体面,有面子的意思。

正在踌躇之际，只听得呀的一声门响，王九妈走将出来。见了秦重，便道："秦小官今日怎的不做生意，打扮得恁般济楚①，往那里去贵干？"事到其间，秦重只得老着脸，上前作揖。妈妈也不免还礼。秦重道："小可并无别事，专来拜望妈妈。"那鸨儿是老积年②，见貌辨色，见秦重恁般装束，又说拜望，"一定是看上了我家那个丫头，要嫖一夜，或是会一个房③。虽然不是个大势主菩萨，搭在篮里便是菜，捉在篮里便是蟹，赚他钱把银子买葱菜，也是好的。"便满脸堆下笑来，道："秦小官拜望老身，必有好处。"秦重道："小可有句不识进退的言语，只是不好启齿。"王九妈道："但说何妨。且请到里面客坐里细讲。"秦重为卖油虽曾到王家整百次，这客坐里交椅，还不曾与他屁股做个相识。今日是个会面之始。王九妈到了客坐，不免分宾而坐，向着内里唤茶。少顷，丫鬟托出茶来，看时却是秦卖油，正不知什么缘故，妈妈恁般相待，格格低了头只管笑。王九妈看见，喝道："有甚好笑！对客全没些规矩！"丫鬟止住笑，收了茶杯自去。王九妈方才开言问道："秦小官有甚话，要对老身说？"秦重道："没有别话，要在妈妈宅上请一位姐姐吃杯酒儿。"九妈道："难道吃寡酒，一定要嫖了。你是个老实人，几时动这风流之兴？"秦重道："小可的积诚，也非止一日。"九妈道："我家这几个姐姐，都是你认得的。不知你中意那一位？"秦重道："别个都不要，单单要与花魁娘子相处一宵。"九妈只道取笑他，就变了

① 济楚——整洁、整齐。李清照〔永遇乐〕："簇带争济楚。"《今古奇观》作"齐楚"。

② 老积年——阅历很深，懂得人情世故的人。

③ 会一个房——和妓女发生一次关系。

脸道:“你出言无度!莫非奚落老娘么?”秦重道:“小可是个老实人,岂有虚情。”九妈道:“粪桶也有两个耳朵,你岂不晓得我家美儿的身价!倒了你卖油的灶①,还不勾半夜歇钱哩。不如将就拣一个适兴罢。”秦重把颈一缩,舌头一伸,道:“恁的好卖弄!不敢动问,你家花魁娘子一夜歇钱要几千两?”九妈见他说耍话,却又回嗔作喜,带笑而言道:“那要许多!只要得十两敲丝②。其他东道杂费,不在其内。”秦重道:“原来如此,不为大事。”袖中摸出这秃秃里一大锭放光细丝银子,递与鸨儿道:“这一锭十两重,足色足数,请妈妈收着。”又摸出一小锭来,也递与鸨儿,又道:“这一小锭,重有二两,相烦备个小东。望妈妈成就小可这件好事,生死不忘,日后再有孝顺。”九妈见了这锭大银,已自不忍释手,又恐怕他一时高兴,日后没了本钱,心中懊悔,也要尽他一句才好。便道:“这十两银子,你做经纪的人,积趱不易,还要三思而行。”秦重道:“小可主意已定,不要你老人家费心。”

九妈把这两锭银子收于袖中,道:“是便是了。还有许多烦难哩。”秦重道:“妈妈是一家之主,有甚烦难?”九妈道:“我家美儿,往来的都是王孙公子,富室豪家,真个是‘谈笑有鸿儒,往来无白丁’。他岂不认得你是做经纪的秦小官,如何肯接你?”秦重道:“但凭妈妈怎的委曲宛转,成全其事,大恩不敢有忘!”九妈见他十分坚心,眉头一皱,计上心来,扯开笑口道:“老身已替你排下计策,只看你缘法如何。做得成,不要喜;做不成,不要怪。美儿昨日

① 倒了你卖油的灶——把家里所有财产全倒出来的意思,犹如说“倾家”,是一句很刻薄挖苦的话。

② 敲丝——古代银两都敲印着圆丝纹,叫作“敲丝”。

在李学士家陪酒,还未曾回。今日是黄衙内约下游湖。明日是张山人一班清客,邀他做诗社。后日是韩尚书的公子,数日前送下东道在这里。你且到大后日来看。还有句话,这几日你且不要来我家卖油,预先留下个体面。又有句话,你穿着一身的布衣布裳,不像个上等嫖客。再来时,换件细缎衣服,教这些丫头们认不出你是秦小官。老娘也好与你装谎。”秦重道:“小可一一理会得。”说罢,作别出门,且歇这三日生理,不去卖油,到典铺里买了一件见成半新不旧的细衣,穿在身上,到街坊闲走,演习斯文模样。正是:

未识花院行藏,先习孔门规矩。

丢过那三日不题。到第四日,起个清早,便到王九妈家去。去得太早,门还未开。意欲转一转再来。这番装扮希奇,不敢到昭庆寺去,恐怕和尚们批点。且到十景塘散步。良久又踅转来。王九妈家门已开了。那门前却安顿得有轿马,门内有许多仆从,在那里闲坐。秦重虽然老实,心下到也乖巧,且不进门,悄悄的招那马夫问道:“这轿马是谁家的?”马夫道:“韩府里来接公子的。”秦重已知韩公子夜来留宿,此时还未曾别。重复转身,到一个饭店之中,吃了些见成茶饭,又坐了一回,方才到王家探信。只见门前轿马已自去了。进得门时,王九妈迎着,便道:“老身得罪,今日又不得工夫了。恰才韩公子拉去东庄赏早梅。他是个长嫖,老身不好违拗。闻得说,来日还要到灵隐寺,访个棋师赌棋哩。齐衙内又来约过两三次了。这是我家房主,又是辞不得的。他来时,或三日五日的住了去,连老身也定不得个日子。秦小官,你真个要嫖,只索耐心再等几日。不然,前日的尊赐,分毫不动,要便奉还。”秦重道:“只怕妈妈不作成。若还迟,终无失,就是一万年,小可也情愿等着。”九妈道:“恁地时,老身便好张主①!”秦重作别,方欲起身,九妈又道:“秦小官人,老身还有句话。你下次若来讨信,不要早了。约莫申牌时分,有客没客,老身把个实信与你。倒是越晏些越好。这是老身的妙用,你休错怪。”秦重连声道:“不敢,不敢!”这一日秦重不曾做买卖。次日,整理油担,挑往别处去生理,不走钱塘门一路。每日生意做完,傍晚时分就打扮齐整,到王九妈家探信,只是不得工夫。又空走了一月有馀。

那一日是十二月十五,大雪方霁,西风过后,积雪成冰,好不寒冷。却喜地下干燥。秦重做了大半日买卖,如前妆扮,又去探信。王九妈笑容可掬,迎着道:“今日你造化,已是九分九厘了。”秦重道:“这一厘是欠着什么?”九妈道:“这一厘么?正主儿还不在家。”秦重道:“可回来么?”九妈道:“今日是俞太尉家赏雪,筵席就备在湖船之内。俞太尉是七十岁的老人家,风月之事,已是没分。原说过黄昏送来。你且到新人房里,吃杯烫风酒,慢慢的等他。”秦重道:“烦妈妈引路。”王九妈引着秦重,弯弯曲曲,走过许多房头,到一个所在,不是楼房,却是个平屋三间,甚是高爽。左一间是丫鬟的空房,一般有床榻桌椅之类,却是备官铺的;右一间是花魁娘子卧室,锁着在那里。两旁又有耳房。中间客坐上面,挂一幅名人山水,香几上博山古铜炉②,烧着龙涎香饼,两旁书桌,摆设些古玩,壁上贴许多诗稿。秦重愧非文人,不敢细看。心下想道:“外房如此整齐,内室铺陈,必然华丽。今夜尽我受用。十两一夜,也

① 张主——主张,作主。

② 博山古铜炉——香炉名。博山,海中山名。香炉顶部制作博山的形状,里面可以燃香,叫作“博山炉”。后成为名贵的香炉的代称。

不为多。”九妈让秦小官坐于客位,自己主位相陪。少顷之间,丫鬟掌灯过来,抬下一张八仙桌儿,六碗时新果子,一架攒盒佳肴美酝,未曾到口,香气扑人。九妈执盏相劝道:“今日众小女都有客,老身只得自陪,请开怀畅饮几杯。”秦重酒量本不高,况兼正事在心,只吃半杯。吃了一会,便推不饮。九妈道:“秦小官想饿了,且用些饭再吃酒。”丫鬟捧着雪花白米饭,一吃一添,放于秦重面前,就是一盏杂和汤。鸨儿量高,不用饭,以酒相陪。秦重吃了一碗,就放箸。九妈道:“夜长哩,再请些。”秦重又添了半碗。丫鬟提个行灯来,说:“浴汤热了,请客官洗浴。”秦重原是洗过澡来的,不敢推托,只得又到浴堂,肥皂香汤,洗了一遍。重复穿衣入坐。九妈命撤去肴盒,用暖锅下酒。此时黄昏已绝,昭庆寺里的钟都撞过了,美娘尚未回来。

玉人何处贪欢耍?等得情郎望眼穿!

常言道:等人心急。秦重不见表子回家,好生气闷。却被鸨儿夹七夹八,说些风话劝酒。不觉又过了一更天气。只听外面热闹闹的,却是花魁娘子回家。丫鬟先来报了。九妈连忙起身出迎。秦重也离坐而立。只见美娘吃得大醉,侍女扶将进来,到于门首,醉眼朦胧,看见房中灯烛辉煌,杯盘狼籍,立住脚问道:“谁在这里吃酒?”九妈道:“我儿,便是我向日与你说的那秦小官人。他心中慕你,多时的送过礼来。因你不得工夫,担阁他一月有馀了。你今日幸而得空,做娘的留他在此伴你。”美娘道:“临安郡中,并不闻说起有什么秦小官人!我不去接他。”转身便走。九妈双手托开,即忙拦住道:“他是个志诚好人,娘不误你。”美娘只得转身,才跨进房门,抬头一看那人,有些面善,一时醉了,急切叫不出来,便道:

"娘,这个人我认得他的,不是有名称的子弟。接了他,被人笑话。"九妈道:"我儿,这是涌金门内开段铺的秦小官人。当初我们住在涌金门时,想你也曾会过,故此面善。你莫识认错了。做娘的见他来意志诚,一时许了他,不好失信。你看做娘的面上,胡乱留他一晚。做娘的晓得不是了,明日却与你陪礼。"一头说,一头推着美娘的肩头向前。美娘拗妈妈不过,只得进房相见。正是:

千般难出虔婆口,万般难脱虔婆手。

饶君纵有万千般,不如跟着虔婆走。

这些言语,秦重一句句都听得,佯为不闻。美娘万福过了,坐于侧首,仔细看着秦重,好生疑惑,心里甚是不悦,嘿嘿无言。唤丫鬟将热酒来,斟着大钟。鸨儿只道他敬客,却自家一饮而尽。九妈道:"我儿醉了,少吃些么!"美儿那里依他,答应道:"我不醉!"一连吃上十来杯。这是酒后之酒,醉中之醉,自觉立脚不住。唤丫鬟开了卧房,点上银釭,也不卸头,也不解带,踻脱了绣鞋,和衣上床,倒身而卧。鸨儿见女儿如此做作,甚不过意。对秦重道:"小女平日惯了,他专会使性。今日他心中不知为什么有些不自在,却不干你事。休得见怪!"秦重道:"小可岂敢!"鸨儿又劝了秦重几杯酒。秦重再三告止。鸨儿送入卧房,向耳傍分付道:"那人醉了,放温存些。"又叫道:"我儿起来,脱了衣服,好好的睡。"美娘已在梦中,全不答应。鸨儿只得去了。丫鬟收拾了杯盘之类,抹了桌子,叫声:"秦小官人,安置罢。"秦重道:"有热茶要一壶。"丫鬟泡了一壶浓茶,送进房里。带转房门,自去耳房中安歇。秦重看美娘时,面对里床,睡得正熟,把锦被压于身下。秦重想酒醉之人,必然怕冷,又不敢惊醒他。忽见阑干上又放着一床大红纻丝的锦被。轻轻的取下,盖在美娘身上,把银灯挑得亮亮的,取了这壶热茶,脱鞋上床,捱在美娘身边,左手抱着茶壶在怀,右手搭在美娘身上,眼也不敢闭一闭。正是:

未曾握雨携云,也算偎香倚玉。

却说美娘睡到半夜,醒将转来,自觉酒力不胜,胸中似有满溢之状。爬起来,坐在被窝中,垂着头,只管打干哕①。秦重慌忙也坐起来。知他要吐,放下茶壶,用手抚摩其背。良久,美娘喉间忍不住了,说时迟,那时快,美娘放开喉咙便吐。秦重怕污了被窝,把自己道袍的袖子张开,罩在他嘴上。美娘不知所以,尽情一呕,呕毕,还闭着眼,讨茶漱口。秦重下床,将道袍轻轻脱下,放在地平之上,摸茶壶还是暖的。斟上一瓯香喷喷的浓茶,递与美娘。美娘连吃了二碗,胸中虽然略觉豪燥,身子兀自倦怠。仍旧倒下,向里睡去了。秦重脱下道袍,将吐下一袖的腌臜,重重裹着,放于床侧,依然上床,拥抱似初。美娘那一觉直睡到天明方醒。覆身转来,见傍边睡着一人,问道:"你是那个?"秦重答道:"小可姓秦。"美娘想起夜来之事,恍恍惚惚,不甚记得真了,便道:"我夜来好醉!"秦重道:"也不甚醉。"又问:"可曾吐么?"秦重道:"不曾。"美娘道:"这样还好。"又想一想道:"我记得曾吐过的,又记得曾吃过茶来,难道做梦不成?"秦重方才说道:"是曾吐来。小可见小娘子多了杯酒,也防着要吐,把茶壶暖在怀里。小娘子果然吐后讨茶,小可斟上,蒙小娘子不弃,饮了两瓯。"美娘大惊道:"脏巴巴的,吐在那里?"秦重道:"恐怕小娘子污了被褥,是小可把袖子盛了。"美娘

① 打干哕(yuě)——呕吐而又吐不出来所发出的声音。

道："如今在那里？"秦重道："连衣服裹着，藏过在那里。"美娘道："可惜坏了你一件衣服。"秦重道："这是小可的衣服，有幸得沾小娘子的馀沥。"美娘听说，心下想道："有这般识趣的人！"心里已有四五分欢喜了。

此时天色大明，美娘起身，下床小解。看着秦重，猛然想起是秦卖油，遂问道："你实对我说，是什么样人？为何昨夜在此？"秦重道："承花魁娘子下问，小子怎敢妄言。小可实是常来宅上卖油的秦重。"遂将初次看见送客，又看见上轿，心下想慕之极，及积趱嫖钱之事，备细述了一遍。"夜来得亲近小娘子一夜，三生有幸，心满意足。"美娘听说，愈加可怜，道："我昨夜酒醉，不曾招接得你。你干折了多少银子，莫不懊悔？"秦重道："小娘子天上神仙，小可惟恐伏侍不周，但不见责，已为万幸。况敢有非意之望！"美娘道："你做经纪的人，积下些银两，何不留下养家？此地不是你来往的。"秦重道："小可单只一身，并无妻小。"美娘顿了一顿，便道："你今日去了，他日还来么？"秦重道："只这昨宵相亲一夜，已慰生平，岂敢又作痴想！"美娘想道："难得这好人，又忠厚，又老实，又且知情识趣，隐恶扬善，千百中难遇此一人。可惜是市井之辈。若是衣冠子弟，情愿委身事之。"正在沉吟之际，丫鬟捧洗脸水进来，又是两碗姜汤。秦重洗了脸，因夜来未曾脱帻，不用梳头，呷了几口姜汤，便要告别。美娘道："少住不妨，还有话说。"秦重道："小可仰慕花魁娘子，在傍多站一刻，也是好的。但为人岂不自揣！夜来在此，实是大胆。惟恐他人知道，有玷芳名。还是早些去了安稳。"美娘点了一点头，打发丫鬟出房，忙忙的开了减妆①，取出二十两银子，

① 减妆——旧时妇女所用的装盛化妆品的匣子。

送与秦重道："昨夜难为了你，这银两权奉为资本，莫对人说。"秦重那里肯受。美娘道："我的银子，来路容易。这些须酬你一宵之情，休得固逊。若本钱缺少，异日还有助你之处。那件污秽的衣服，我叫丫鬟湔洗干净了还你罢。"秦重道："粗衣不烦小娘子费心。小可自会湔洗。只是领赐不当。"美娘道："说那里话！"将银子挜①在秦重袖内，推他转身。秦重料难推却，只得受了，深深作揖，卷了脱下这件龌龊道袍，走出房门。打从鸨儿房前经过，鸨儿看见，叫声："妈妈！秦小官去了。"王九妈正在净桶上解手，口中叫道："秦小官，如何去得恁早？"秦重道："有些贱事，改日特来称谢。"不说秦重去了；且说美娘与秦重虽然没点相干，见他一片诚心，去后好不过意。这一日因害酒，辞了客在家将息。千个万个孤老都不想，倒把秦重整整的想了一日。有〔挂枝儿〕为证：

俏冤家，须不是串花家的子弟，你是个做经纪本分人儿，那匡②你会温存，能软款，知心知意。料你不是个使性的，料你不是个薄情的。几番待放下思量也，又不觉思量起。

话分两头，再说邢权在朱十老家，与兰花情热，见朱十老病废在床，全无顾忌。十老发作了几场。两个商量出一条计策来，俟夜静更深，将店中资本席卷，双双的桃之夭夭③，不知去向。次日天明，十老方知。央及邻里，出了个失单，寻访数日，并无动静。深悔

① 挜（yà）——强给人家东西。

② 匡——即"恇"的借字，料想，料到。

③ 桃之夭夭——本是《诗经·周南·桃夭》篇中的一句诗；这里借"桃"谐"逃"的音，就是逃走的意思。

当日不合为邢权所惑,逐了朱重。如今日久见人心,闻知朱重,赁居众安桥下,挑担卖油,不如仍旧收拾他回来,老死有靠。只怕他记恨在心。教邻舍好生劝他回家,但记好,莫记恶。秦重一闻此言,即日收拾了家伙,搬回十老家里。相见之间,痛哭了一场。十老将所存囊橐,尽数交付秦重。秦重自家又有二十馀两本钱,重整店面,坐柜卖油。因在朱家,仍称朱重,不用秦字。不上一月,十老病重,医治不痊,呜呼哀哉。朱重捶胸大恸,如亲父一般,殡殓成服,七七做了些好事。朱家祖坟在清波门外,朱重举丧安葬,事事成礼。邻里皆称其厚德。事定之后,仍先开铺。原来这油铺是个老店,从来生意原好;却被邢权刻剥存私,将主顾弄断了多少。今见朱小官在店,谁家不来作成。所以生理比前越盛。朱重单身独自,急切要寻个老成帮手。有个惯做中人的,叫做金中,忽一日引着一个五十馀岁的人来。原来那人正是莘善,在汴梁城外安乐村居住。因那年避乱南奔,被官兵冲散了女儿瑶琴,夫妻两口,凄凄惶惶,东逃西窜,胡乱的过了几年。今日闻临安兴旺,南渡人民,大半安插在彼。诚恐女儿流落此地,特来寻访,又没消息。身边盘缠用尽,欠了饭钱,被饭店中终日赶逐,无可奈何。偶然听见金中说起朱家油铺,要寻个卖油帮手。自己曾开过六陈铺子,卖油之事,都则在行。况朱小官原是汴京人,又是乡里,故此央金中引荐到来。朱重问了备细,乡人见乡人,不觉感伤。"既然没处投奔,你老夫妻两口,只住在我身边,只当个乡亲相处,慢慢的访着令爱消息,再作区处。"当下取两贯钱把与莘善,去还了饭钱,连浑家阮氏也领将来,与朱重相见了,收拾一间空房,安顿他老夫妻在内。两口儿也尽心竭力,内外相帮。朱重甚是欢喜。光阴似箭,不觉一年有馀。多有人见朱小官年长未娶,家道又好,做人又志诚,情愿白白把女儿送他为妻。朱重因见了花魁娘子,十分容貌,等闲的不看在眼,立心要访求个出色的女子,方才肯成亲。以此日复一日,担阁下去。正是:

曾观沧海难为水,除却巫山不是云。

再说王美娘在九妈家,盛名之下,朝欢暮乐,真个口厌肥甘,身嫌锦绣。然虽如此,每遇不如意之处,或是子弟们任情使性,吃醋挑槽①,或自己病中醉后,半夜三更,没人疼热,就想起秦小官人的好处来。只恨无缘再会。也是他桃花运尽,合当变更。一年之后,生出一段事端来。

却说临安城中,有个吴八公子,父亲吴岳,见为福州太守。这吴八公子,打从父亲任上回来,广有金银。平昔间也喜赌钱吃酒,三瓦两舍②走动。闻得花魁娘子之名,未曾识面,屡屡遣人来约,欲要嫖他。王美娘闻他气质不好,不愿相接,托故推辞,非止一次。那吴八公子也曾和着闲汉们亲到王九妈家几番,都不曾会。其时清明节届,家家扫墓,处处踏青。美娘因连日游春困倦,且是积下许多诗画之债,未曾完得,分付家中:“一应客来,都与我辞去。”闭了房门,焚起一炉好香,摆设文房四宝,方欲举笔,只听得外面沸腾,却是吴八公子,领着十馀个狼仆,来接美娘游湖。因见鸨儿每次回他,在中堂行凶,打家打伙,直闹到美娘房前。只见房门锁闭。

① 挑槽——一作跳槽;嫖客抛弃原来相好的妓女,另结新欢,叫作“挑槽”。

② 三瓦两舍——宋代游戏娱乐场所的总称;其中包括茶楼、酒馆、妓院、赌场、杂耍场等等。

原来妓家有个回客法儿,小娘躲在房内,却把房门反锁,支吾客人,只推不在。那老实的就被他哄过了。吴公子是惯家,这些套子,怎地瞒得。分付家人扭断了锁,把房门一脚踢开。美娘躲身不迭①,被公子看见,不由分说,教两个家人,左右牵手,从房内直拖出房外来,口中兀自乱嚷乱骂。王九妈欲待上前陪礼解劝,看见势头不好,只得闪过。家中大小,躲得没半个影儿。吴家狼仆牵着美娘,出了王家大门,不管他弓鞋窄小,望街上飞跑。八公子在后,扬扬得意。直到西湖口,将美娘㧐下了湖船,方才放手。美娘十二岁到王家,锦绣中养成,珍宝般供养,何曾受恁般凌贱。下了船,对着船头,掩面大哭。吴八公子全不放下面皮,气忿忿的像关云长单刀赴会,一把交椅,朝外而坐,狼仆侍立于傍。一面分付开船,一面数一数二的发作一个不住:"小贱人,小娼根,不受人抬举!再哭时,就讨打了!"美娘那里怕他,哭之不已。船至湖心亭,吴八公子分付摆盒在亭子内,自己先上去了,却分付家人:"叫那小贱人来陪酒。"美娘抱住了栏杆,那里肯去,只是嚎哭。吴八公子也觉没兴。自己吃了几杯淡酒,收拾下船,自来扯美娘。美娘双脚乱跳,哭声愈高。八公子大怒,教狼仆拔去簪珥。美娘蓬着头,跑到船头上,就要投水,被家童们扶住。公子道:"你撒赖便怕你不成!就是死了,也只费得我几两银子,不为大事。只是送你一条性命,也是罪过。你住了啼哭时,我就放你回去,不难为你。"美娘听说放他回去,真个住了哭。八公子分付移船到清波门外僻静之处,将美娘绣鞋脱下,去其裹脚,露出一对金莲,如两条玉笋相似。教狼仆扶他

① 不迭——不及,来不及。

上岸，骂道："小贱人！你有本事，自走回家，我却没人相送。"说罢，一篙子撑开，再向湖中而去。正是：

焚琴煮鹤①从来有，惜玉怜香几个知！

美娘赤了脚，寸步难行。思想："自己才貌两全，只为落于风尘，受些轻贱。平昔枉自结识许多王孙贵客，急切用他不着，受了这般凌辱。就是回去，如何做人？到不如一死为高。只是死得没些名目，枉自享个盛名，到此地位，看着村庄妇人，也胜我十二分。这都是刘四妈这个花嘴，哄我落坑堕堑，致有今日！自古红颜薄命，亦未必如我之甚！"越思越苦，放声大哭。事有偶然，却好朱重那日到清波门外朱十老的坟上，祭扫过了，打发祭物下船，自己步回，从此经过。闻得哭声，上前看时，虽然蓬头垢面，那玉貌花容，从来无两，如何不认得！吃了一惊，道："花魁娘子，如何这般模样？"美娘哀哭之际，听得声音厮熟，止啼而看，原来正是知情识趣的秦小官。美娘当此之际，如见亲人，不觉倾心吐胆，告诉他一番。朱重心中十分疼痛，亦为之流泪。袖中带得有白绫汗巾一条，约有五尺多长，取出劈半扯开，奉与美娘裹脚，亲手与他拭泪。又与他挽起青丝，再三把好言宽解。等待美娘哭定，忙去唤个暖轿，请美娘坐了，自己步送，直到王九妈家。九妈不得女儿消息，在四处打探，慌迫之际，见秦小官送女儿回来，分明送一颗夜明珠还他，如何不喜！况且鸨儿一向不见秦重挑油上门，多曾听得人说，他承受了朱家的店业，手头活动，体面又比前不同，自然括目相待②。又见女

① 焚琴煮鹤——琴，本是弹奏的乐器，却拿来当柴烧；鹤本是养着欣赏的，却拿来煮着吃：比喻不懂风雅，糟踏好东西的意思。

② 括目相待——括，应作刮。刮目相待，用另一种眼光，即用与以前不同的眼光相看待。

儿这等模样，问其缘故，已知女儿吃了大苦，全亏了秦小官。深深拜谢，设酒相待。日已向晡，秦重略饮数杯，起身作别。美娘如何肯放，道："我一向有心于你，恨不得你见面。今日定然不放你空去。"鸨儿也来扳留。秦重喜出望外。是夜，美娘吹弹歌舞，曲尽生平之技，奉承秦重。秦重如做了一个游仙好梦，喜得魄荡魂消，手舞足蹈。夜深酒阑，二人相挽就寝。云雨之事，其美满更不必言。

一个是足力后生，一个是惯情女子。这边说，三年怀想，费几多役梦劳魂；那边说，一年相思，喜侥幸粘皮贴肉。一个谢前番帮衬，合今番恩上加恩；一个谢今夜总成，比前夜爱中添爱。红粉妓倾翻粉盒，罗帕留痕；卖油郎打泼油瓶，被窝沾湿。可笑村儿干折本，作成小子弄风流。

云雨已罢，美娘道："我有句心腹之言与你说，你休得推托。"秦重道："小娘子若用得着小可时，就赴汤蹈火，亦所不辞，岂有推托之理。"美娘道："我要嫁你。"秦重笑道："小娘子就嫁一万个，也还数不到小可头上，休得取笑，枉自折了小可的食料。"美娘道："这话实是真心，怎说取笑二字！我自十四岁被妈妈灌醉，梳弄过了。此时便要从良。只为未曾相处得人，不辨好歹，恐误了终身大事。以后相处的虽多，都是豪华之辈，酒色之徒，但知买笑追欢的乐意，那有怜香惜玉的真心。看来看去，只有你是个志诚君子，况闻你尚未娶亲。若不嫌我烟花贱质①，情愿举案齐眉②，白头奉

① 烟花贱质——指作妓女。

② 举案齐眉——东汉时，梁鸿和孟光夫妇两人，互相尊敬；孟光做好了饭给梁鸿吃，总是把案（托盘一类的东西）举得和眉毛一样高，表示恭敬。

侍。你若不允之时，我就将三尺白罗，死于君前，表白我这片诚心，也强如昨日死于村郎之手，没名没目，惹人笑话。”说罢，呜呜的哭将起来。秦重道：“小娘子休得悲伤。小可承小娘子错爱，将天就地，求之不得，岂敢推托。只是小娘子千金声价，小可家贫力薄，如何摆布。也是力不从心了。”美娘道：“这却不妨。不瞒你说，我只为从良一事，预先积趱些东西，寄顿在外。赎身之费，一毫不费你心力。”秦重道：“就是小娘子自己赎身，平昔住惯了高堂大厦，享用了锦衣玉食，在小可家，如何过活？”美娘道：“布衣蔬食，死而无怨。”秦重道：“小娘子虽然——只怕妈妈不从。”美娘道：“我自有道理。如此如此，这般这般。”两个直说到天明。

原来黄翰林的衙内，韩尚书的公子，齐太尉的舍人，这几个相知的人家，美娘都寄顿得有箱笼。美娘只推要用，陆续取到密地，约下秦重，教他收置在家。然后一乘轿子，抬到刘四妈家，诉以从良之事。刘四妈道：“此事老身前日原说过的。只是年纪还早，又不知你要从那一个？”美娘道：“姨娘，你莫管是甚人，少不得依着姨娘的言语，是个真从良，乐从良，了从良；不是那不真，不假，不了，不绝的勾当。只要姨娘肯开口时，不愁妈妈不允。做侄女的没别孝顺，只有十两金子，奉与姨娘，胡乱打些钗子；是必在妈妈前做个方便。事成之时，媒礼在外。”刘四妈看见这金子，笑得眼儿没缝，便道：“自家儿女，又是美事，如何要你的东西！这金子权时领下，只当与你收藏。此事都在老身身上。只是你的娘，把你当个摇钱之树，等闲也不轻放你出去。怕不要千把银子。那主儿可是肯出手的么？也得老身见他一见，与他讲通方好。”美娘道：“姨娘莫管闲事，只当你侄女自家赎身便了。”刘四妈道：“妈妈可晓得你到我家来?”美娘道:“不晓得。”四妈道:“你且在我家便饭。待老身先到你家,与妈妈讲。讲得通时,然后来报你。”

刘四妈顾乘轿子,抬到王九妈家。九妈相迎入内。刘四妈问起吴八公子之事,九妈告诉了一遍。四妈道:“我们行户人家,到是养成个半低不高的丫头,尽可赚钱,又且安稳。不论什么客就接了,倒是日日不空的。侄女只为声名大了,好似一块鲞鱼①落地,马蚁儿都要钻他。虽然热闹,却也不得自在。说便许多一夜,也只是个虚名。那些王孙公子来一遍,动不动有几个帮闲,连宵达旦,好不费事。跟随的人又不少,个个要奉承得他到。一些不到之处,口里就出粗哩嗹罗嗹的骂人,还要弄损你家伙,又不好告诉他家主,受了若干闷气。况且山人墨客,诗社棋社,少不得一月之内,又有几时官身②。这些富贵子弟,你争我夺,依了张家,违了李家,一边喜,少不得一边怪了。就是吴八公子这一个风波,吓杀人的,万一失蹉,却不连本送了。官宦人家,和他打官司不成!只索忍气吞声。今日还亏着你家时运③高,太平没事,一个霹雳空中过去了。倘然山高水低,悔之无及。妹子闻得吴八公子不怀好意,还要到你家索闹。侄女的性气又不好,不肯奉承人。第一这一件,乃是个惹祸之本。”九妈道:“便是这件,老身好不担忧。就是这八公子,也

① 鲞(xiǎng)鱼——鳓鱼腌干了叫作“鳓鲞”,石首鱼腌干了的叫作“白鲞”。味道都很鲜美。

② 一月之内,又有几时官身——古时妓女有官伎和私娼之分;隶属于官家所设立的教坊乐籍的,叫作“官伎”。官伎供奉内廷,承应官府。逢节日,要上官厅参见庆贺。平时官府有宾客宴会,也可随时叫她们去歌唱侍筵,叫作“唤官身”。

③ 时运——原本作“香烟”,据衍庆堂本及《今古奇观》改。

是有名有称的人,又不是下贱之人。这丫头抵死不肯接他,惹出这场寡气。当初他年纪小时,还听人教训。如今有了个虚名,被这些富贵子弟夸他奖他,惯了他性情,骄了他气质,动不动自作自主。逢着客来,他要接便接。他若不情愿时,便是九牛也休想牵得他转。”刘四妈道:“做小娘的略有些身分,都则如此。”王九妈道:“我如今与你商议。倘若有个肯出钱的,不如卖了他去,到得干净。省得终身担着鬼胎过日。”刘四妈道:“此言甚妙。卖了他一个,就讨得五六个。若凑巧撞得着相应的,十来个也讨得的。这等便宜事,如何不做!”王九妈道:“老身也曾算计过来。那些有势有力的不肯出钱,专要讨人便宜。及至肯出几两银子的,女儿又嫌好道歉,做张做智的①不肯。若有好主儿,妹子做媒,作成则个。倘若这丫头不肯时节,还求你撺掇。这丫头做娘的话也不听,只你说得他信,话得他转。”刘四妈呵呵大笑道:“做妹子的此来,正为与侄女做媒。你要许多银子便肯放他出门?”九妈道:“妹子,你是明理的人。我们这行户中,只有贱买,那有贱卖?况且美儿数年盛名满临安,谁不知他是花魁娘子。难道三百四百,就容他走动?少不得要他千金。”刘四妈道:“待妹子去讲。若肯出这个数目,做妹子的便来多口。若合不着时,就不来了。”临行时,又故意问道:“侄女今日在那里?”王九妈道:“不要说起,自从那日吃了吴八公子的亏,怕他还来淘气,终日里抬个轿子,各宅去分诉。前日在齐太尉家,昨日在黄翰林家,今日又不知在那家去了。”刘四妈道:“有了你老人家做主,按定了坐盘星②,也不容侄女不肯。万一不肯时,做妹子自会劝他。

① 做张做智的——或作张致。装模作样的意思。

② 坐盘星——一名“定盘星”。秤上的第一颗星,位置为秤锤和秤盘成平衡状态时秤锤的悬点;因用以比喻对一切事情的主意、标准的意思。

只是寻得主顾来，你却莫要捉班做势。”九妈道：“一言既出，并无他说。”九妈送至门首。刘四妈叫声咶噪，上轿去了。这才是：

数黑论黄雌陆贾，说长话短女随何。

若还都像虔婆口，尺水能兴万丈波。

刘四妈回到家中，与美娘说道：“我对你妈妈如此说，这般讲，你妈妈已自肯了。只要银子见面，这事立地便成。”美娘道：“银子已曾办下，明日姨娘千万到我家来，玉成其事。不要冷了场，改日又费讲。”四妈道：“既然约定，老身自然到宅。”美娘别了刘四妈，回家一字不题。次日，午牌时分，刘四妈果然来了。王九妈问道：“所事如何？”四妈道：“十有八九，只不曾与侄女说过。”四妈来到美娘房中，两下相叫了，讲了一回说话。四妈道：“你的主儿到了不曾？那话儿在那里？”美娘指着床头道：“在这几只皮箱里。”美娘把五六只皮箱一时都开了，五十两一封，搬出十三四封来，又把些金珠宝玉算价，足勾千金之数。把个刘四妈惊得眼中出火，口内流涎，想道：“小小年纪，这等有肚肠！不知如何设法，积下许多东西？我家这几个粉头，一般接客，赶得着他那里！不要说不会生发①，就是有几文钱在荷包里，闲时买瓜子磕，买糖儿吃，两条脚带破了，还要做妈的与他买布哩。偏生九阿姐造化，讨得着，年时赚了若干钱钞，临出门还有这一主大财，又是取诸宫中②，不劳馀力。”这是心中暗想之语，却不曾说出来。美娘见刘四妈沉吟，只道他作难索谢，慌忙又取出四匹潞绸，两股宝钗，一对凤头玉簪，放

① 生发——孳生，想办法赚钱。

② 取诸宫中——引用《孟子》中的话：从自己家里取出来的意思。

在桌上，道："这几件东西，奉与姨娘为伐柯之敬。"刘四妈欢天喜地对王九妈说道："侄女情愿自家赎身，一般身价，并不短少分毫。比着孤老赎身更好。省得闲汉们从中说合，费酒费浆，还要加一加二的谢他。"王九妈听得说女儿皮箱内有许多东西，到有个咈然之色①。你道却是为何？世间只有鸨儿最狠，做小娘的设法些东西，都送到他手里，才是快活。也有做些私房在箱笼内，鸨儿晓得些风声，专等女儿出门，捵开锁钥，翻箱倒笼取个罄空。只为美娘盛名之下，相交都是大头儿，替做娘的挣得钱钞，又且性格有些古怪，等闲不敢触犯他。故此卧房里面，鸨儿的脚也不搠进去。谁知他如此有钱。刘四妈见九妈颜色不善，便猜着了，连忙道："九阿姐，你休得三心两意。这些东西，就是侄女自家积下的，也不是你本分之钱。他若肯花费时，也花费了。或是他不长进，把来津贴了得意的孤老，你也那里知道！这还是他做家的好处。况且小娘自己手中没有钱钞，临到从良之际，难道赤身赶他出门？少不得头上脚下都要收拾得光鲜，等他好去别人家做人。如今他自家拿得出这些东西，料然一丝一线不费你的心。这一主银子，是你完完全全鳖在腰跨里的。他就赎身出去，怕不是你女儿。倘然他挣得好时，时朝月节，怕他不来孝顺你。就是嫁了人时，他又没有亲爹亲娘，你也还去做得着他的外婆，受用处正有哩。"只这一套话，说得王九妈心中爽然。当下应允。刘四妈就去搬出银子，一封封兑过，交付与九妈，又把这些金珠宝玉，逐件指物作价。对九妈说道："这都是做妹子的故意估下他些价钱。若换与人，还便宜得几十两银子。"王

① 咈(fú)然之色——不乐，不愿意，否认的样子。

九妈虽同是个鸨儿,到是个老实头儿,凭刘四妈说话,无有不纳。

刘四妈见王九妈收了这主东西,便叫亡八写了婚书,交付与美儿。美儿道:“趁姨娘在此,奴家就拜别了爹妈出门,借姨娘家住一两日,择吉从良,未知姨娘允否?”刘四妈得了美娘许多谢礼,生怕九妈翻悔,巴不得美娘出了他门,完成一事,说道:“正该如此。”当下美娘收拾了房中自己的梳台拜匣,皮箱铺盖之类。但是鸨儿家中之物,一毫不动。收拾已完,随着四妈出房,拜别了假爹假妈,和那姨娘行中,都相叫了。王九妈一般哭了几声。美娘唤人挑了行李,欣然上轿,同刘四妈到刘家去。四妈出一间幽静的好房,顿下美娘行李。众小娘都来与美娘叫喜。是晚,朱重差莘善到刘四妈家讨信,已知美娘赎身出来。择了吉日,笙箫鼓乐娶亲。刘四妈就做大媒送亲,朱重与花魁娘子花烛洞房,欢喜无限。

虽然旧事风流,不减新婚佳趣。

次日,莘善老夫妇请新人相见,各各相认,吃了一惊。问起根由,至亲三口,抱头而哭。朱重方才认得是丈人丈母。请他上坐,夫妻二人,重新拜见。亲邻闻知,无不骇然。是日,整备筵席,庆贺两重之喜,饮酒尽欢而散。三朝之后,美娘教丈夫备下几副厚礼,分送旧相知各宅,以酬其寄顿箱笼之恩,并报他从良信息。此是美娘有始有终处。王九妈、刘四妈家,各有礼物相送,无不感激。满月之后,美娘将箱笼打开,内中都是黄白之资,吴绫蜀锦,何止百计,共有三千馀金,都将匙钥交付丈夫,慢慢的买房置产,整顿家当。油铺生理,都是丈人莘公管理。不上一年,把家业挣得花锦般相似,驱奴使婢,甚有气象。

朱重感谢天地神明保佑之德,发心于各寺庙喜舍合殿油烛一套,供琉璃灯油三个月;斋戒沐浴,亲往拈香礼拜。先从昭庆寺起,其他灵隐、法相、净慈、天竺等寺,以次而行。就中单说天竺寺,是观音大士的香火,有上天竺、中天竺、下天竺,三处香火俱盛,却是山路,不通舟楫。朱重叫从人挑了一担香烛,三担清油,自己乘轿而往。先到上天竺来。寺僧迎接上殿。老香火秦公点烛添香。此时朱重居移气,养移体①,仪容魁岸,非复幼时面目,秦公那里认得他是儿子。只因油桶上有个大大的秦字,又有汴梁二字,心中甚以为奇。也是天然凑巧。刚刚到上天竺,偏用着这两只油桶。朱重拈香已毕,秦公托出茶盘,主僧奉茶。秦公问道:“不敢动问施主,这油桶上为何有此三字?”朱重听得问声,带着汴梁人的土音,忙问道:“老香火,你问他怎么?莫非也是汴梁人么?”秦公道:“正是。”朱重道:“你姓甚名谁?为何在此出家?共有几年了?”秦公把自己姓名乡里,细细告诉:“某年上避兵来此,因无活计,将十三岁的儿子秦重,过继与朱家。如今有八年之远。一向为年老多病,不曾下山问得信息。”朱重一把抱住,放声大哭道:“孩儿便是秦重。向在朱家挑油买卖。正为要访求父亲下落,故此于油桶上,写汴梁秦三字,做个标识。谁知此地相逢!真乃天与其便!”众僧见他父子别了八年,今朝重会,各各称奇。朱重这一日,就歇在上天竺,与父亲同宿,各叙情节。次日,取出中天竺、下天竺两个疏头②换过,内中朱重,仍改做秦重,复了本姓,两处烧香礼拜已毕,转到

① 居移气,养移体——气,气质;体,身体。就是说:一个人因为环境、营养改变好了,使得他的气质、身体也跟着改变了原来的样子。语见《孟子》。

② 疏头——和尚、道士祈祷诵经之前,向神前焚化的祷词。

上天竺，要请父亲回家，安乐供养。秦公出家已久，吃素持斋，不愿随儿子回家。秦重道："父亲别了八年，孩儿有缺侍奉。况孩儿新娶媳妇，也得他拜见公公方是。"秦公只得依允。秦重将轿子让与父亲乘坐，自己步行，直到家中。秦重取出一套新衣，与父亲换了，中堂设坐，同妻莘氏双双参拜。亲家莘公、亲母阮氏，齐来见礼。此日大排筵席。秦公不肯开荤，素酒素食。次日，邻里敛财称贺。一则新婚，二则新娘子家眷团圆，三则父子重逢，四则秦小官归宗复姓：共是四重大喜。一连又吃了几日喜酒。秦公不愿家居，思想上天竺故处清净出家。秦重不敢违亲之志，将银二百两，于上天竺另造净室一所，送父亲到彼居住。其日用供给，按月送去。每十日亲往候问一次。每一季同莘氏往候一次。那秦公活到八十馀，端坐而化。遗命葬于本山。此是后话。

却说秦重和莘氏，夫妻偕老，生下两个孩儿，俱读书成名。至今风月中市语，凡夸人善于帮衬，都叫做"秦小官"，又叫"卖油郎"。有诗为证：

春来处处百花新，蜂蝶纷纷竞采春。
堪爱豪家多子弟，风流不及卖油人。

第四卷

灌园叟晚逢仙女

连宵风雨闭柴门，落尽深红只柳存。

欲扫苍苔且停帚，阶前点点是花痕。

这首诗为惜花而作。昔唐时有一处士姓崔，名玄微，平昔好道，不娶妻室，隐于洛东。所居庭院宽敞，遍植花卉竹木。构一室在万花之中，独处于内。童仆都居苑外，无故不得辄入。如此三十馀年，足迹不出园门。时值春日，院中花木盛开，玄微日夕徜徉其间。一夜，风清月朗，不忍舍花而睡。乘着月色，独步花丛中。忽见月影下，一青衣冉冉而来。玄微惊讶道："这时节那得有女子到此行动？"心下虽然怪异，又想道："且看他到何处去？"那青衣不往东，不往西，径至玄微面前，深深道个万福。玄微还了礼，问道："女郎是谁家宅眷？因何深夜至此？"那青衣启一点朱唇，露两行碎玉道："儿家与处士相近。今与女伴过上东门①，访表姨，欲借处士院中暂憩，不知可否？"玄微见来得奇异，欣然许之。青衣称谢，原从旧路转去。不一时，引一队女子，分花约柳而来，与玄微一一

① 上东门——洛阳的一个城门名，亦名"建春门"。

相见。玄微就月下仔细看时,一个个姿容媚丽,体态轻盈,或浓或淡,妆束不一。随从女郎,尽皆妖艳。正不知从那里来的。相见毕,玄微邀进室中,分宾主坐下。开言道:"请问诸位女娘姓氏。今访何姻戚,乃得光降敝园?"一衣绿裳者答道:"妾乃杨氏。"指一穿白的道:"此位李氏。"又指一衣绛服的道:"此位陶氏。"遂逐一指示。最后到一绯衣小女,乃道:"此位姓石,名阿措。我等虽则异姓,俱是同行姊妹。因封家十八姨,数日云欲来相看,不见其至。今夕月色甚佳,故与姊妹们同往候之。二来素蒙处士爱重,妾等顺便相谢。"玄微方待酬答,青衣报道:"封家姨①至。"众皆惊喜出迎。玄微闪过半边观看。众女子相见毕,说道:"正要来看十八姨;为主人留坐,不意姨至;足见同心。"各向前致礼。十八姨道:"屡欲来看卿等,俱为使命所阻。今乘间至此。"众女道:"如此良夜,请姨宽坐,当以一尊为寿。"遂授旨青衣去取。十八姨问道:"此地可坐否?"杨氏道:"主人甚贤,地极清雅。"十八姨道:"主人安在?"玄微趋出相见。举目看十八姨,体态飘逸,言词泠泠有林下风气②。近其傍,不觉寒气侵肌,毛骨竦然。逊入堂中,侍女将桌椅已是安排停当。请十八姨居于上席。众女挨次而坐。玄微末位相陪。不一时,众青衣取到酒肴,摆设上来。佳肴异果,罗列满案。酒味醇浓,其甘如饴,俱非人世所有。此时月色倍明,室中照耀,如同白日。满坐芳香,馥馥袭人。宾主酬酢,杯觥交杂。酒至半酣,一红裳女子满斟大觥,送与十八姨道:"儿有一歌,请为歌

① 封家姨——神话故事中管刮风的女神;也叫作"封家十八姨"或"风姨"。
② 林下风气——古时形容妇女态度优美、高尚,举动不庸俗的样子,称为"林下风"。

之。"歌云:

绛衣披拂露盈盈,淡染胭脂一朵轻。

自恨红颜留不住,莫怨春风道薄情。

歌声清婉,闻者皆凄然。又一白衣女子送酒道:"儿亦有一歌。"歌云:

皎洁玉颜胜白雪,况乃当年对芳月。

沉吟不敢怨春风,自叹容华暗消歇。

其音更觉惨切。那十八姨性颇轻佻,却又好酒。多了几杯,渐渐狂放。听了二歌,乃道:"值此芳辰美景,宾主正欢,何遽作伤心语!歌旨又深刺予①,殊为慢客。须各罚以大觥,当另歌之。"遂手斟一杯递来。酒醉手软,持不甚牢,杯才举起,不想袖在筯上一兜,扑碌的连杯打翻。这酒若翻在别个身上,却也罢了,恰恰里尽泼在阿措身上。阿措年娇貌美,性爱整齐,穿的却是一件大红簇花绯衣。那红衣最忌的是酒,才沾滴点,其色便败,怎经得这一大杯酒!况且阿措也有七八分酒意,见污了衣服,作色道:"诸姊便有所求,吾不畏尔!"即起身往外就走。十八姨也怒道:"小女弄酒,敢与吾为抗耶?"亦拂衣而起。众女子留之不住,齐劝道:"阿措年幼,醉后无状,望勿记怀。明日当率来请罪!"相送下阶。十八姨忿忿向东而去。众女子与玄微作别,向花丛中四散而走。玄微欲观其踪迹,随后送之。步急苔滑,一交跌倒。挣起身来看时,众女子俱不见了。心中想道:"是梦却又未曾睡卧。若是鬼,又衣裳楚楚,言语历历。是人,如何又倏然无影?"胡猜乱想,惊疑不定。回入堂中,桌椅依

① 刺予——刺,讽刺;予,我,自称。

然，摆设杯盘，一毫已无；惟觉馀馨满室。虽异其事，料非祸祟，却也无惧。

到次晚，又往花中步玩。见诸女子已在，正劝阿措往十八姨处请罪。阿措怒道："何必更恳此老妪？有事只求处士足矣。"众皆喜道："妹言甚善。"齐向玄微道："吾姊妹皆住处士苑中，每岁多被恶风所挠，居止不安。常求十八姨相庇。昨阿措误触之，此后应难取力。处士倘肯庇护，当有微报耳。"玄微道："某有何力，得庇诸女？"阿措道："只求处士每岁元旦，作一朱幡，上图日月五星之文，立于苑东，吾辈则安然无恙矣。今岁已过，请于此月二十一日平旦，微有东风，即立之，可免本日之难。"玄微道："此乃易事，敢不如命。"齐声谢道："得蒙处士慨允，必不忘德。"言讫而别，其行甚疾。玄微随之不及。忽一阵香风过处，各失所在。玄微欲验其事，次日即制办朱幡。候至廿一日，清早起来，果然东风微拂。急将幡竖立苑东。少顷，狂风振地，飞沙走石，自洛南一路，摧林折树；惟苑中繁花不动。玄微方晓诸女者，众花之精也。绯衣名阿措，即安石榴也。封十八姨，乃风神也。到次晚，众女各裹桃李花数斗来谢道："承处士脱某等大难，无以为报。饵①此花英，可延年却老。愿长如此卫护，某等亦可致长生。"玄微依其言服之，果然容颜转少，如三十许人。后得道仙去。有诗为证：

洛中处士爱栽花，岁岁朱幡绘采茶。

学得餐英堪不老，何须更觅枣如瓜②。

---

① 饵——服食，吃。

② 枣如瓜——神仙故事：仙境冥海出产的枣像瓜一样大，人吃了就可成仙。见《汉武内传》。又，海上仙人安期生吃的枣如瓜大，见《史记·封禅书》。

列位莫道小子说风神与花精往来,乃是荒唐之语。那九州四海之中,目所未见,耳所未闻,不载史册,不见经传,奇奇怪怪,跷跷蹊蹊的事,不知有多多少少。就是张华的《博物志》①,也不过志其一二;虞世南的行书厨②,也包藏不得许多。此等事甚是平常,不足为异。然虽如此,又道是子不语怪③,且阁过一边。只那惜花致福,损花折寿,乃见在功德,须不是乱道。列位若不信时,还有一段《灌园叟晚逢仙女》的故事,待小子说与列位看官们听。若平日爱花的,听了自然将花分外珍重。内中或有不惜花的,小子就将这话劝他,惜花起来。虽不能得道成仙,亦可以消闲遣闷。

你道这段话文出在那个朝代?何处地方?就在大宋仁宗年间,江南平江府东门外长乐村中。这村离城只有二里之远。村上有个老者,姓秋名先,原是庄家出身,有数亩田地,一所草房。妈妈水氏已故,别无儿女。那秋先从幼酷好栽花种果,把田业都撇弃了,专于其事。若偶觅得种异花,就是拾着珍宝,也没有这般欢喜。随你极紧要的事出外,路上逢着人家有树花儿,不管他家容不容,便陪着笑脸,捱进去求玩。若平常花木,或家里也在正开,还转身得快。倘然是一种名花,家中没有的,虽或有,已开过了,便将正事撇在半边,依依不舍,永日忘归。人都叫他是花痴。或遇见卖花的

① 《博物志》——书名。旧题“晋张华撰”。是一部笔记性质的书。

② 虞世南的行书厨——虞世南,唐初博学家,曾官秘书监。行书厨,活的书柜子,说他记得很多书、博学的意思。唐太宗出行,有人建议要带着书一起走。唐太宗说:不用,有虞世南在,他就是“行秘书”(活的图书馆)。

③ 子不语怪——《论语》中全句是:“子不语怪力乱神。”就是说:孔子平常不讲怪异等事。

有株好花，不论身边有钱无钱，一定要买。无钱时便脱身上衣服去解当。也有卖花的知他僻性，故高其价，也只得忍贵买回。又有那破落户晓得他是爱花的，各处寻觅好花折来，把泥假捏个根儿哄他，少不得也买。有恁般奇事！将来①种下，依然肯活。日积月累，遂成了一个大园。那园周围编竹为篱，篱上交缠蔷薇、荼蘼、木香、刺梅、木槿、棣棠、金雀，篱边遍下蜀葵、凤仙、鸡冠、秋葵、莺粟等种。更有那金萱、百合、剪春罗、剪秋罗、满池娇、十样锦、美人蓼、山踯躅、高良姜、白蛱蝶、夜落金钱、缠枝牡丹等类，不可枚举。遇开放之时，烂如锦屏。远篱数步，尽植名花异卉。一花未谢，一花又开。向阳设两扇柴门，门内一条竹径，两边都结柏屏遮护。转过柏屏，便是三间草堂。房虽草创，却高爽宽敞，窗槅明亮。堂中挂一幅无名小画，设一张白木卧榻。桌凳之类，色色洁净。打扫得地下无纤毫尘垢。堂后精舍数间，卧室在内。那花卉无所不有，十分繁茂。真个四时不谢，八节②长春。但见：

梅标清骨，兰挺幽芳。茶呈雅韵，李谢浓妆。杏娇疏雨，菊傲严霜。水仙冰肌玉骨，牡丹国色天香。玉树亭亭阶砌，金莲冉冉池塘。芍药芳姿少比，石榴丽质无双。丹桂飘香月窟，芙蓉冷艳寒江。梨花溶溶夜月，桃花灼灼朝阳。山茶花宝珠称贵，蜡梅花磬口③方香。海棠花西府④为上，瑞香花金边最

---

① 将来——拿来。

② 四时、八节——四时：春夏秋冬。八节：立春、春分、立夏、夏至、立秋、秋分、立冬、冬至。

③ 磬口——或作“罄口”；蜡梅的一种。花五瓣，就是盛开的时候，也常常半含；出自河南，色香形都是第一。

④ 西府——海棠中四种之一。树略高，叶茂枝柔，花色浅绛如深胭脂色。

良。玫瑰杜鹃，烂如云锦，绣球郁李，点缀风光。说不尽千般花卉，数不了万种芬芳。

篱门外，正对着一个大湖，名为朝天湖，俗名荷花荡。这湖东连吴淞江，西通震泽，南接庞山湖。湖中景致，四时晴雨皆宜。秋先于岸傍堆土作堤，广植桃柳。每至春时，红绿间发，宛似西湖胜景。沿湖遍插芙蓉，湖中种五色莲花。盛开之日，满湖锦云烂熳，香气袭人，小舟荡桨采菱，歌声泠泠。遇斜风微起，偎船竞渡，纵横如飞。柳下渔人，艤船晒网。也有戏儿的，结网的，醉卧船头的，没水赌胜的，欢笑之音不绝。那赏莲游人，画船箫管鳞集，至黄昏回棹，灯火万点，间以星影萤光，错落难辨。深秋时，霜风初起，枫林渐染黄碧，野岸衰柳芙蓉，杂间白蘋红蓼，掩映水际；芦苇中鸿雁群集，嘹呖干云①，哀声动人。隆冬天气，彤云密布，六花飞舞，上下一色。那四时景致，言之不尽。有诗为证：

朝天湖畔水连天，不唱渔歌即采莲。

小小茅堂花万种，主人日日对花眠。

按下散言，且说秋先每日清晨起来，扫净花底落叶，汲水逐一灌溉。到晚上又浇一番。若有一花将开，不胜欢跃。或暖壶酒儿，或烹瓯茶儿，向花深深作揖，先行浇奠，口称花万岁三声，然后坐于其下，浅斟细嚼。酒酣兴到，随意歌啸。身子倦时，就以石为枕，卧在根傍。自半含至盛开，未尝暂离。如见日色烘烈，乃把棕拂蘸水沃之。遇着月夜，便连宵不寐。倘值了狂风暴雨，即披蓑顶笠，周行花间检视。遇有欹枝，以竹扶之。虽夜间，还起来巡看几次。若

① 干云——形容声音响亮，上达天空的意思。

花到谢时，则累日叹息，常至堕泪。又不舍得那些落花，以棕拂轻轻拂来，置于盘中，时尝观玩。直至干枯，装入净瓮。满瓮之日，再用茶酒浇奠，惨然若不忍释。然后亲捧其瓮，深埋长堤之下，谓之“葬花”。倘有花片，被雨打泥污的，必以清水再四涤净，然后送入湖中，谓之“浴花”。

平昔最恨的是攀枝折朵。他也有一段议论，道：“凡花一年只开得一度，四时中只占得一时，一时中又只占得数日。他熬过了三时的冷淡，才讨得这数日的风光。看他随风而舞，迎人而笑，如人正当得意之境，忽被摧残，巴此数日甚难，一朝折损甚易。花若能言，岂不嗟叹。况就此数日间，先犹含蕊，后复零残。盛开之时，更无多了。又有蝶攒，蜂采，鸟啄虫钻，日炙风吹，雾迷雨打，全仗人去护惜他，却反恣意拗折，于心何忍！且说此花自芽生根，自根生本，强者为干，弱者为枝。一干一枝，不知养成了多少年月。及候至花开，供人清玩，有何不美，定要折他！花一离枝，再不能上枝，枝一去干，再不能附干，如人死不可复生，刑不可复赎，花若能言，岂不悲泣！又想他折花的，不过择其巧干，爱其繁枝，插之瓶中，置之席上，或供宾客片时侑酒之欢，或助婢妾一日梳妆之饰，不思客觞可饱玩于花下，闺妆可借巧于人工。手中折了一枝，树上就少了一枝。今年伐了此干，明年便少了此干。何如延其性命，年年岁岁，玩之无穷乎？还有未开之蕊，随花而去，此蕊竟槁灭枝头，与人之童夭何异？又有原非爱玩，趁兴攀折。既折之后，拣择好歹，逢人取讨，即便与之。或随路弃掷，略不顾惜。如人横祸枉死，无处申冤。花若能言，岂不痛恨！”他有了这段议论，所以生平不折一枝，不伤一蕊。就是别人家园上，他心爱着那一种花儿，宁可终日看玩。假饶①那花主人要取一枝一朵来赠他,他连称罪过,决然不要。若有傍人要来折花者,只除他不看见罢了;他若见时,就把言语再三劝止。人若不从其言,他情愿低头下拜,代花乞命。人虽叫他是花痴,多有可怜他一片诚心,因而住手者。他又深深作揖称谢。又有小厮们要折花卖钱的,他便将钱与之,不教折损。或他不在时,被人折损,他来见了损处,必凄然伤感,取泥封之,谓之"医花"。为这件上,所以自己园中不轻易放人游玩。偶有亲戚邻友要看,难好回时,先将此话讲过,才放进去。又恐秽气触花,只许远观,不容亲近。倘有不达时务的,捉空摘了一花一蕊,那老儿便要面红颈赤,大发喉急②。下次就打骂他,也不容进去看了。后来人都晓得了他的性子,就一叶儿也不敢摘动。

大凡茂林深树,便是禽鸟的巢穴。有花果处,越发千百为群。如单食果实,到还是小事。偏偏只拣花蕊啄伤。惟有秋先却将米谷置于空处饲之,又向禽鸟祈祝。那禽鸟却也有知觉,每日食饱,在花间低飞轻舞,宛啭娇啼,并不损一朵花蕊,也不食一个果实。故此产的果品最多,却又大而甘美。每熟时就先望空祭了花神,然后敢尝。又遍送左近邻家试新,馀下的方鬻。一年到有若干利息。那老者因得了花中之趣,自少至老,五十馀年,略无倦怠。筋骨愈觉强健。粗衣淡饭,悠悠自得。有得赢馀,就把来周济村中贫乏。自此合村无不敬仰,又呼为秋公。他自称为灌园叟。有诗为证:

朝灌园兮暮灌园,灌成园上百花鲜。

① 假饶——假定,假使。

② 喉急——着急,焦急,生气。

花开每恨看不足，为爱看园不肯眠。

话分两头。却说城中有一人姓张，名委，原是个宦家子弟；为人奸狡诡谲，残忍刻薄。恃了势力，专一欺邻吓舍，扎害良善。触着他的，风波立至，必要弄得那人破家荡产，方才罢手。手下用一班如狼似虎的奴仆，又有几个助恶的无赖子弟，日夜合做一块，到处闯祸生灾，受其害者无数。不想却遇了一个又狠似他的，轻轻捉去，打得个臭死。及至告到官司，又被那人弄了些手脚①，反问输了。因妆了幌子，自觉无颜，带了四五个家人，同那一班恶少，暂在庄上遣闷。那庄正在长乐村中，离秋公家不远。一日早饭后，吃得半酣光景，向村中闲走，不觉来到秋公门首。只见篱上花枝鲜媚，四围树木繁翳，齐道："这所在到也幽雅！是那家的？"家人道："此是种花秋公园上，有名叫做花痴。"张委道："我常闻得说庄边有什么秋老儿，种得异样好花。原来就住在此。我们何不进去看看？"家人道："这老儿有些古怪，不许人看的。"张委道："别人或者不肯，难道我也是这般？快去敲门！"那时园中牡丹盛开，秋公刚刚浇灌完了，正将着一壶酒儿，两碟果品，在花下独酌，自取其乐。饮不上三杯，只听得闹闹的敲门响，放下酒杯，走出来开门一看，见站着五六个人，酒气直冲。秋公料道必是要看花的，便拦住门口，问道："列位有甚事到此？"张委道："你这老儿不认得我么？我乃城里有名的张衙内。那边张家庄便是我家的。闻得你园中好花甚多，特来游玩。"秋公道："告衙内，老汉也没种甚好花，不过是桃杏之类，都已谢了。如今并没别样花卉。"张委睁起双眼道："这老儿

① 弄了些手脚——使了些手段、办法。

恁般可恶！看看花儿打甚紧①，却便回我没有。难道吃了你的？”秋公道：“不是老汉说谎，果然没有。”张委那里肯听，向前叉开手，当胸一掀，秋公站立不牢，踉踉跄跄，直撞过半边。众人一齐拥进。秋公见势头凶恶，只得让他进去，把篱门掩上，随着进来，向花下取过酒果，站在傍边。众人看那四边花草甚多，惟有牡丹最盛。那花不是寻常玉楼春之类，乃五种有名异品。那五种？

黄楼子　绿蝴蝶　西瓜穰　舞青猊　大红狮头②

这牡丹乃花中之王，惟洛阳为天下第一。有“姚黄”“魏紫”③名色，一本价值五千。你道因何独盛于洛阳？只为昔日唐朝有个武则天皇后，淫乱无道，宠幸两个官儿，名唤张易之、张昌宗，于冬月之间，要游后苑，写出四句诏来，道：

来朝游上苑，火速报春知。

百花连夜发，莫待晓风吹。

不想武则天原是应运之主，百花不敢违旨，一夜发蕊开花。次日驾幸后苑，只见千红万紫，芳菲满目，单有牡丹花有些志气，不肯奉承女主幸臣，要一根叶儿也没有。则天大怒，遂贬于洛阳。故此洛阳牡丹冠于天下。有一只〔玉楼春〕词，单赞牡丹花的好处。词云：

名花绰约东风里，占断韶华都在此。芳心一片可人怜，春

① 打甚紧——有什么要紧，即不要紧的意思。

② 黄楼子、绿蝴蝶、西瓜穰、舞青猊、大红狮头——都是牡丹不同品种的别名。

③ 姚黄魏紫——宋代牡丹花中两种名贵的品种。姚黄，千叶黄花，出于姚氏家。魏紫，千叶肉红花，出于魏氏家。因而得名。

色三分愁雨洗。　玉人尽日恹恹地，猛被笙歌惊破睡。起临妆镜似娇羞，近日伤春输与你。

那花正种在草堂对面，周遭以湖石栏之，四边竖个木架子，上覆布幔，遮蔽日色。花本高有丈许，最低亦有六七尺，其花大如丹盘，五色灿烂，光华夺目。众人齐赞："好花！"张委便踏上湖石去嗅那香气。秋先极怪的是这节。乃道："衙内站远些看，莫要上去。"张委恼他不容进来，心下正要寻事，又听了这话，喝道："你那老儿住在我庄边，难道不晓得张衙内名头么？有恁样好花，故意回说没有。不计较就勾了，还要多言，那见得闻一闻就坏了花？你便这般说，我偏要闻。"遂把花逐朵攀下来，一个鼻子凑在花上去嗅。那秋老在傍，气得敢怒而不敢言。也还道略看一回就去；谁知这厮故意卖弄道："有恁样好花，如何空过？须把酒来赏玩。"分付家人快去取。秋公见要取酒来赏，更加烦恼，向前道："所在蜗窄①，没有坐处。衙内止看看花儿，酒还到贵庄上去吃。"张委指着地上道："这地下尽好坐。"秋公道："地上龌龊，衙内如何坐得？"张委道："不打紧，少不得有毡条遮衬。"不一时，酒肴取到，铺下毡条，众人团团围坐，猜拳行令，大呼小叫，十分得意。只有秋公骨笃了嘴②，坐在一边。

那张委看见花木茂盛，就起个不良之念，思想要吞占他的。斜着醉眼，向秋公道："看你这蠢老儿不出，到会种花，却也可取。赏你一杯酒。"秋公那里有好气答他，气忿忿的道："老汉天性不会饮酒。衙内自请。"张委又道："你这园可卖么？"秋公见口声来得不

① 蜗窄——形容自己住的房屋狭窄，好像蜗牛壳一样。白居易《卜居》诗："长羡蜗牛犹有舍，不如硕鼠解藏身。"

② 骨笃了嘴——噘着嘴，生气的样子。

好，老大惊讶，答道："这园是老汉的性命，如何舍得卖？"张委道："什么性命不性命！卖与我罢了。你若没去处，一发连身归在我家。又不要做别事，单单替我种些花木，可不好么？"众人齐道："你这老儿好造化，难得衙内恁般看顾。还不快些谢恩？"秋公看见逐步欺负上来，一发气得手足麻软，也不去睬他。张委道："这老儿可恶！肯不肯，如何不答应我？"秋公道："说过不卖了，怎的只管问？"张委道："放屁！你若再说句不卖，就写帖儿，送到县里去。"秋公气不过，欲要抢白几句，又想一想，他是有势力的人，却又醉了，怎与他一般样见识？且哄了去再处。忍着气答道："衙内总要买，必须从容一日，岂是一时急骤的事。"众人道："这话也说得是。就在明日罢。"此时都已烂醉，齐立起身。家人收拾家伙先去。秋公恐怕折花，预先在花边防护。那张委真个走向前，便要踹上湖石去采。秋先扯住道："衙内，这花虽是微物，但一年间不知废多少工夫，才开得这几朵。不争①折损了，深为可惜。况折去不过二三日就谢的，何苦作这样罪过！"张委喝道："胡说！有甚罪过！你明日卖了，便是我家之物。就都折尽，与你何干！"把手去推开。秋公揪住死也不放，道："衙内便杀了老汉，这花决不与你摘的。"众人道："这老儿其实可恶！衙内采朵花儿，值什么大事，妆出许多模样！难道怕你就不摘了？"遂齐走上前乱摘。把那老儿急得叫屈连天，舍了张委，拚命去拦阻。扯了东边，顾不得西首。顷刻间摘下许多。秋老心疼肉痛，骂道："你这班贼男女，无事登门，将我欺负，要这性命何用！"赶向张委身边，撞个满怀。去得势

① 不争——如若，如其。

猛，张委又多了几杯酒，把脚不住，翻筋斗跌倒。众人都道："不好了！衙内打坏也！"齐将花撇下，一赶过来，要打秋公。内中有一个老成些的，见秋公年纪已老，恐打出事来，劝住众人，扶起张委。张委因跌了这交，心中转恼，赶上前打得个只蕊不留，撒作遍地，意尤未足，又向花中践踏一回。可惜好花，正是：

老拳毒手①交加下，翠叶娇花一旦休。

好似一番风雨恶，乱红零落没人收。

当下只气得个秋公怆地呼天②，满地乱滚。邻家听得秋公园中喧嚷，齐跑进来。看见花枝满地狼籍，众人正在行凶，邻里尽吃一惊，上前劝住。问知其故，内中到有两三个是张委的租户，齐替秋公陪个不是，虚心冷气，送出篱门。张委道："你们对那老贼说，好好把园送我，便饶了他。若说半个不字，须教他仔细着。"恨恨而去。邻里们见张委醉了，只道酒话，不在心上。覆身转来，将秋公扶起，坐在阶沿上。那老儿放声号恸。众邻里劝慰了一番，作别出去，与他带上篱门，一路行走。内中也有怪秋公平日不容看花的，便道："这老官儿③真个忒煞④古怪，所以有这样事，也得他经一遭儿，警戒下次。"内中又有直道的道："莫说这没天理的话！自古道：种花一年，看花十日。那看的但觉好看，赞声好花罢了，怎得知种花的烦难。只这几朵花，正不知费了许多辛苦，才培植得恁般

① 手——原本作"酒"，据《今古奇观》改。

② 怆地呼天——怆，一般作"抢"。抢地，用头触地。呼天，喊天。这四个字就是形容着急时乱撞乱叫的样子。

③ 老官儿——老头儿。现在湖南一带还称老头儿为"老官儿"。

④ 忒煞——太，过甚。

茂盛。如何怪得他爱惜!”

不题众人,且说秋公不舍得这些残花,走向前将手去检起来看,见践踏得凋残零落,尘垢沾污,心中凄惨,又哭道:“花阿!我一生爱护,从不曾损坏一瓣一叶,那知今日遭此大难!”正哭之间,只听得背后有人叫道:“秋公为何恁般痛哭?”秋公回头看时,乃是一个女子,年约二八,姿容美丽,雅淡梳妆,却不认得是谁家之女。乃收泪问道:“小娘子是那家?至此何干?”那女子道:“我家居在左近。因闻你园中牡丹花茂盛,特来游玩,不想都已谢了。”秋公题起牡丹二字,不觉又哭起来。女子道:“你且说有甚苦情,如此啼哭?”秋公将张委打花之事说出。那女子笑道:“原来为此缘故。你可要这花原上枝头么?”秋公道:“小娘子休得取笑!那有落花返枝的理?”女子道:“我祖上传得个落花返枝的法术,屡试屡验。”秋公听说,化悲为喜道:“小娘子真个有这法术么?”女子道:“怎的不真?”秋公倒身下拜道:“若得小娘子施此妙术,老汉无以为报,但每一种花开,便来相请赏玩。”女子道:“你且莫拜,去取一碗水来。”秋公慌忙跳起去取水,心下又转道:“如何有这样妙法?莫不是见我哭泣,故意取笑?”又想道:“这小娘子从不相认,岂有要我之理。还是真的。”急舀了一碗清水出来。抬头不见了女子,只见那花都已在枝头,地下并无一瓣遗存。起初每本一色,如今却变做红中间紫,淡内添浓,一本五色俱全,比先更觉鲜妍。有诗为证:

曾闻湘子将花染①,又见仙姬会返枝。

① 湘子将花染——神仙故事:韩湘子能在筵席间开顷刻花,聚一堆土,用盆盖着,过一会,就长出碧牡丹来。

信是至诚能动物，愚夫犹自笑花痴。

当下秋公又惊又喜道："不想这小娘子果然有此妙法。"只道还在花丛中，放下水，前来作谢。园中团团寻遍，并不见影。乃道："这小娘子如何就去了？"又想道："必定还在门口。须上去求他，传了这个法儿。"一径赶至门边，那门却又掩着。拽开看时，门首坐着两个老者，就是左近邻家，一个唤做虞公，一个叫做单老，在那里看渔人晒网。见秋公出来，齐立起身拱手道："闻得张衙内在此无理，我们恰往田头，没有来问得。"秋公道："不要说起，受了这班泼男女的殴气①。亏着一位小娘子走来，用个妙法，救起许多花朵，不曾谢得他一声，径出来了。二位可看见往那一边去的？"二老闻言，惊讶道："花坏了，有甚法儿救得？这女子去几时了？"秋公道："刚方出来。"二老道："我们坐在此好一回，并没个人走动，那见什么女子？"秋公听说，心下恍悟道："恁般说，莫不这位小娘子是神仙下降？"二老问道："你且说怎的救起花儿？"秋公将女子之事叙了一遍。二老道："有如此奇事！待我们去看看。"秋公将门拴上，一齐走至花下，看了连声称异道："这定然是个神仙。凡人那有此法力！"秋公即焚起一炉好香，对天叩谢。二老道："这也是你平日爱花心诚，所以感动神仙下降。明日索性到教张衙内这几个泼男女看看，羞杀了他。"秋公道："莫要！莫要！此等人即如恶犬，远远见了就该避之，岂可还引他来。"二老道："这话也有理。"秋公此时非常欢喜，将先前那瓶酒热将起来，留二老在花下玩赏，至晚而别。二老回去一传，合村人都晓得，明日俱要来看，还

① 殴气——怄气。

恐秋公不许。谁知秋公原是有意思的人，因见神仙下降，遂有出世之念，一夜不寐，坐在花下存想。想至张委这事，忽地开悟道：“此皆是我平日心胸褊窄，故外侮得至。若神仙汪洋度量，无所不容，安得有此！”至次早，将园门大开，任人来看。先有几个进来打探，见秋公对花而坐，但分付道：“任凭列位观看，切莫要采便了。”众人得了这话，互相传开。那村中男子妇女，无有不至。

按下此处，且说张委至次早，对众人道：“昨日反被那老贼撞了一交，难道轻恕了不成？如今再去要他这园。不肯时，多教些人从，将花木尽打个希烂，方出这气。”众人道：“这园在衙内庄边，不怕他不肯。只是昨日不该把花都打坏，还留几朵，后日看看，便是。”张委道：“这也罢了。少不得来年又发。我们快去，莫要使他停留长智①。”众人一齐起身，出得庄门，就有人说：“秋公园上神仙下降，落下的花，原都上了枝头，却又变做五色。”张委不信道：“这老贼有何好处，能感神仙下降？况且不前不后，刚刚我们打坏，神仙就来？难道这神仙是养家的不成？一定是怕我们又去，故此诌这话来央人传说。见得他有神仙护卫，使我们不摆布他。”众人道：“衙内之言极是。”顷刻，到了园门口，见两扇柴门大开，往来男女络绎不绝，都是一般说话。众人道：“原来真有这等事！”张委道：“莫管他，就是神仙见坐着，这园少不得要的。”弯弯曲曲，转到草堂前，看时，果然话不虚传。这花却也奇怪，见人来看，姿态愈艳，光采倍生，如对人笑的一般。张委心中虽十分惊讶，那吞占念

① 停留长智——时间久了，对方就会想出对付的办法；就是迟则生变的意思。

头，全然不改。看了一回，忽地又起一个恶念，对众人道："我们且去。"齐出了园门。众人问道："衙内如何不与他要园?"张委道："我想得个好策在此，不消与他说得，这园明日就归于我。"众人道："衙内有何妙算?"张委道："见今贝州王则谋反①，专行妖术。枢密府行下文书来，普天下军州严禁左道，捕缉妖人。本府见出三千贯赏钱，募人出首。我明日就将落花上枝为由，教张霸到府，首②他以妖术惑人。这个老儿熬刑不过，自然招承下狱。这园必定官卖。那时谁个敢买他的？少不得让与我。还有三千贯赏钱哩。"众人道："衙内好计！事不宜迟，就去打点起来。"当时即进城，写下首状。次早，教张霸到平江府出首。这张霸是张委手下第一出尖的人，衙门情熟，故此用他。大尹正在缉访妖人，听说此事，合村男女都见的，不繇不信。即差缉捕使臣③带领几个做公的，押张霸作眼④，前去捕获。张委将银布置停当，让张霸与缉捕使臣先行，自己与众子弟随后也来。缉捕使臣一径到秋公园上。那老儿还道是看花的，不以为意。众人发一声喊，赶上前一索捆翻。秋公吃这一吓不小。问道："老汉有何罪犯？望列位说个明白。"众人口口声声，骂做妖人反贼，不繇分诉，拥出门来。邻里看见，无不失惊，齐上前询问。缉捕使臣道："你们还要问么？他所犯的事也不

① 贝州王则谋反——贝州，今河北清河县地。王则，涿州人，于宋仁宗（赵祯）庆历七年（1047）冬，据贝州起义，自称"东平郑王"，国号"安阳"，年号"得胜"。前后六十六日，被擒，死。

② 首——告发他人的罪行叫作"首"。

③ 缉捕使臣——宋元时代官役名，管缉捕盗贼的。宋代有"都辖使臣"，是专管缉捕盗贼的官役，见《武林旧事》。

④ 作眼——做眼线，牵线；带领人去捉拿人，探消息。

小，只怕连村上人都有分哩。"那些愚民，被这大话一寒，心中害怕，尽皆洋洋走开，惟恐累及。只有虞公、单老，同几个平日与秋公相厚的，远远跟来观看。

且说张委俟秋公去后，便与众子弟来锁园门。恐还有人在内，又检点一过，将门锁上。随后赶上府前。缉捕使臣已将秋公解进，跪在月台上，见傍边又跪着一人，却不认得是谁。那些狱卒都得了张委银子，已备下诸般刑具伺候。大尹喝道："你是何处妖人，敢在此地方上将妖术煽惑百姓？有几多党羽？从实招来！"秋公闻言，恰如黑暗中闻个火炮，正不知从何处起的。禀道："小人家世住于长乐村中，并非别处妖人，也不晓得什么妖术。"大尹道："前日你用妖术使落花上枝，还敢抵赖！"秋公见说到花上，情知是张委的缘故。即将张委要占园打花，并仙女下降之事，细诉一遍。不想那大尹性是偏执的，那里肯信，乃笑道："多少慕仙的，修行至老，尚不能得遇神仙；岂有因你哭，花仙就肯来？既来了，必定也留个名儿，使人晓得，如何又不别而去？这样话哄那个！不消说得，定然是个妖人。快夹起来！"狱卒们齐声答应，如狼虎一般，蜂拥上来，揪翻秋公，扯腿拽脚，刚要上刑，不想大尹忽然一个头晕，险些儿跌下公座。自觉头目森森，坐身不住。分咐上了枷扭，发下狱中监禁，明日再审。狱卒押着，秋公一路哭泣出来。看见张委，道："张衙内，我与你前日无怨，往日无仇，如何下此毒手，害我性命！"张委也不答应，同了张霸，和那一班恶少，转身就走。虞公、单老，接着秋公，问知其细，乃道："有这等冤枉的事！不打紧，明日同合村人，具张连名保结，管你无事。"秋公哭道："但愿得如此，便好。"狱卒喝道："这死囚还不走！只管哭什么！"秋公含着眼泪进狱。

邻里又寻些酒食，送至门上。那狱卒谁个拿与他吃，竟接来自去受用。到夜间，将他上了囚床，就如活死人一般，手足不能少展。心中苦楚，想道："不知那位神仙救了这花，却又被那厮借此陷害。神仙呵！你若怜我秋先，亦来救拔性命，情愿弃家入道。"一头正想，只见前日那仙女，冉冉而至。秋公急叫道："大仙救拔弟子秋先则个①！"仙女笑道："汝欲脱离苦厄么？"上前把手一指，那枷扭纷纷自落。秋先爬起来，向前叩头道："请问大仙姓氏。"仙女道："吾乃瑶池王母座下司花女，怜汝惜花志诚，故令诸花返本。不意反资奸人谗口。然亦汝命中合有此灾，明日当脱。张委损花害人，花神奏闻上帝，已夺其算②。助恶党羽，俱降大灾。汝宜笃志修行，数年之后，吾当度汝。"秋先又叩首道："请问上仙修行之道。"仙女道："修仙径路甚多，须认本源。汝原以惜花有功，今亦当以花成道。汝但饵百花，自能身轻飞举。"遂教其服食之法。秋先稽首叩谢起来，便不见了仙子。抬头观看，却在狱墙之上，以手招道："汝亦上来，随我出去。"秋先便向前攀援了一大回，还只到得半墙，甚觉吃力。渐渐至顶，忽听得下边一棒锣声，喊道："妖人走了，快拿下！"秋公心下惊慌，手酥脚软，倒撞下来，撒然惊觉，元在囚床之上。想起梦中言语，历历分明，料必无事，心中稍宽。正是：

但存方寸无私曲，料得神明有主张。

且说张委见大尹已认做妖人，不胜欢喜。乃道："这老儿许多清奇古怪，今夜且请在囚床上受用一夜，让这园儿与我们乐罢。"

---

① 则个——加重语气、表示希望的语助词，略近"着"或"者"。

② 算——寿数，寿命。

众人都道:“前日还是那老儿之物,未曾尽兴。今日是大爷的了,须要尽情欢赏。”张委道:“言之有理!”遂一齐出城,教家人整备酒肴,径至秋公园上,开门进去。那邻里看见是张委,心下虽然不平,却又惧怕,谁敢多口。且说张委同众子弟走至草堂前,只见牡丹枝头一朵不存,原如前日打下时一般,纵横满地。众人都称奇怪。张委道:“看起来,这老贼果系有妖法的。不然,如何半日上倏尔又变了?难道也是神仙打的?”有一个子弟道:“他晓得衙内要赏花,故意弄这法儿来羞我们。”张委道:“他便弄这法儿,我们就赏落花。”当下依原铺设毡条,席地而坐,放开怀抱恣饮。也把两瓶酒赏张霸到一边去吃。看看饮至月色挫西①,俱有半酣之意,忽地起一阵大风。那风好利害!

善聚庭前草,能开水上萍。

腥闻群虎啸,响合万声松。

那阵风却把地下这些花朵吹得都直竖起来,眨眼间俱变做一尺来长的女子。众人大惊,齐叫道:“怪哉!”言还未毕,那些女子迎风一幌,尽已长大,一个个姿容美丽,衣服华艳,团团立做一大堆。众人因见恁般标致,通看呆了。内中一个红衣女子却又说起话来,道:“吾姊妹居此数十馀年,深蒙秋公珍重护惜。何意蓦遭狂奴,俗气熏炽,毒手摧残,复又诬陷秋公,谋吞此地。今仇在目前,吾姊妹曷不戮力击之!上报知己之恩,下雪摧残之耻,不亦可乎?”众女郎齐声道:“阿妹之言有理!须速下手,毋使潜遁!”说罢,一齐举袖扑来。那袖似有数尺之长,如风翻乱飘,冷气入骨。

---

① 挫西——渐渐往西边下坠。

众人齐叫有鬼，撇了家伙，望外乱跑。彼此各不相顾。也有被石块打脚的，也有被树枝抓面的，也有跌而复起，起而复跌的，乱了多时，方才收脚。点检人数都在，单不见了张委、张霸二人。此时风已定了，天色已昏。这班子弟各自回家，恰像检得性命一般，抱头鼠窜而去。家人喘息定了，唤几个生力庄客，打起火把，覆身去抓寻。直到园上，只听得大梅树下有呻吟之声。举火看时，却是张霸被梅根绊倒，跌破了头，挣扎不起。庄客着两个先扶张霸归去。众人周围走了一遍，但见静悄悄的万籁无声。牡丹棚下，繁花如故，并无零落。草堂中杯盘狼籍，残酒淋漓。众人莫不吐舌称奇。一面收拾家火，一面重复照看。这园子又不多大，三回五转，毫无踪影。——难道是大风吹去了？女鬼吃去了？正不知躲在那里。延捱了一会，无可奈何，只索回去过夜，再作计较。方欲出门，只见门外又有一伙人，提着行灯进来。不是别人，却是虞公、单老，闻知众人遇鬼之事，又闻说不见了张委，在园上抓寻，不知是真是假，合着三邻四舍，进园观看。问明了众庄客，方知此事果真，二老惊诧不已。教众庄客且莫回去，"老汉们同列位还去抓寻一遍。"众人又细细照看了一下，正是兴尽而归，叹了口气，齐出园门。二老道："列位今晚不来了么？老汉们告过，要把园门落锁。没人看守得，也是我们邻里的干系。"此时庄客们，蛇无头而不行，已不似先前声势了，答应道："但凭，但凭。"两边人犹未散，只见一个庄客在东边墙角下叫道："大爷有了！"众人蜂拥而前。庄客指道："那槐枝上挂的，不是大爷的软翅纱巾①么？"众人道："既有了巾儿，人也只

① 软翅纱巾——官员戴的一种头巾。

在左近。”沿墙照去，不多几步，只叫得声：“苦也！”原来东角转弯处，有个粪窖，窖中一人，两脚朝天，不歪不斜，刚刚倒种在内。庄客认得鞋袜衣服，正是张委。顾不得臭秽，只得上前打捞起来。虞单二老暗暗念佛，和邻舍们自回。众庄客抬了张委，在湖边洗净。先有人报去庄上。合家大小，哭哭啼啼，准备棺衣入殓，不在话下。其夜，张霸破头伤重，五更时亦死。此乃作恶的见报。正是：

两个凶人离世界，一双恶鬼赴阴司。

次日，大尹病愈升堂，正欲吊审秋公之事，只见公差禀道：“原告张霸同家长张委，昨晚都死了。”如此如此，这般这般。大尹大惊，不信有此异事。须臾间，又见里老乡民，共有百十人，连名具呈前事。诉说秋公平日惜花行善，并非妖人。张委设谋陷害，神道报应，前后事情，细细分剖。大尹因昨日头晕一事，亦疑其枉。到此心下豁然。还喜得不曾用刑。即于狱中吊出秋公，当堂释放。又给印信告示①，与他园门张挂，不许闲人损坏他花木。众人叩谢出府。秋公向邻里作谢，一路同回。虞单二老，开了园门，同秋公进去。秋公见牡丹茂盛如初，伤感不已。众人治酒，与秋公压惊。秋公又答席。一连吃了数日酒席。闲话休题。自此之后，秋公日饵百花，渐渐习惯，遂谢绝了烟火之物。所鬻果实钱钞，悉皆布施②。不数年间，发白更黑，颜色转如童子。一日正值八月十五，丽日当天，万里无瑕。秋公正在房中趺坐③，忽然祥风微拂，彩云如蒸，空中音乐嘹亮，异香扑鼻，青鸾白鹤，盘旋翔舞，渐至庭前。云中正立

---

① 印信告示——盖有官印的布告。

② 布施——把自己的财物施舍给人家。

③ 趺坐——和尚盘起两腿坐着，叫作“趺坐”。

着司花女，两边幢幡宝盖，仙女数人，各奏乐器。秋公看见，扑翻身便拜。司花女道："秋先，汝功行圆满，吾已奏闻上帝，有旨封汝为护花使者，专管人间百花。令汝拔宅上升。但有爱花惜花的，加之以福，残花毁花的，降之以灾。"秋公向空叩首谢恩讫，随着众仙登云。草堂花木，一齐冉冉升起，向南而去。虞公、单老和那合村之人都看见的，一齐下拜。还见秋公在云中举手谢众人，良久方没。此地遂改名升仙里，又谓之百花村。

园公一片惜花心，道感仙姬下界临。

草木同升随拔宅，淮南①不用炼黄金。

① 淮南——汉淮南王刘安服食求仙，相传他白天里全家升天，都成了仙。

第　五　卷

大树坡义虎送亲

举世芒芒无了休，寄身谁识等浮沤！
谋生尽作千年计，公道还当万古留。
西下夕阳谁把手？东流逝水绝回头。
世人不解苍天意，恐使身心半夜愁。

这八句诗，奉劝世人，公道存心，天理用事，莫要贪图利己，谋害他人。常言道：使心用心，反害其身。你不存天理，皇天自然不佑。昔有一人，姓韦，名德，乃福建泉州人氏，自幼随着父亲，在绍兴府开个倾银铺儿。那老儿做人公道，利心颇轻；为此主顾甚多，生意尽好。不几年，攒了好些家私。韦德年长，娶了邻近单裁缝的女儿为媳。那单氏到有八九分颜色，本地大户，情愿出百十贯钱讨他做偏房，单裁缝不肯。因见韦家父子本分，手头活动，况又邻居，一夫一妇，遂就了这头亲事。何期婚配之后，单裁缝得病身亡。不上二年，韦老亦病故。韦德与浑家单氏商议，如今举目无亲，不若扶柩还乡。单氏初时不肯，拗丈夫不过，只得顺从。韦德先将店中粗重家伙变卖，打叠行李，顾了一只长路船，择个出行吉日，把父亲灵柩装载，夫妻两口儿下船而行。

原来这稍公，名叫做张稍，不是个善良之辈，惯在河路内做些淘摸①生意的。因要做这私房买卖，生怕伙计泄漏，却寻着一个会撑船的哑子做个帮手。今日晓得韦德倾银多年，囊中必然充实。又见单氏生得美丽，自己却没老婆。两件都动了火。下船时就起个不良之心，奈何未得其便。一日，因风大难行，泊舟于江郎山下。张稍心生一计，只推没柴，要上山砍些乱柴来烧。这山中有大虫，时时出来伤人，定要韦德作伴同去。韦德不知是计，随着张稍而走。张稍故意弯弯曲曲，引到深山之处。四顾无人，正好下手。张稍砍下些丛木在地，却教韦德打捆。韦德低着头，只顾检柴，不防张稍从后用斧劈来，正中左肩，扑地便倒。重复一斧，向脑袋劈下，血如涌泉，结果了性命。张稍连声道："干净，干净！来年今日，叫老婆与你做周年。"说罢，把斧头插在腰里，柴也不要了，忙忙的空身飞奔下船。单氏见张稍独自回来，就问丈夫何在。张稍道："没造化！遇了大虫，可怜你丈夫被他衔去了。亏我跑得快，脱了虎口。连砍下的柴，也不敢收拾。"单氏闻言，捶胸大哭。张稍解劝道："这是生成八字，内注定虎伤，哭也没用。"单氏一头哭，一头想道："闻得虎遇夜出山，不信白日里就出来伤人。况且两人双双同去，如何偏拣我丈夫吃了？他又全没些损伤，好不奇怪！"便对张稍道："我丈夫虽然衔去，只怕还挣得脱不死。"张稍道："猫儿口中，尚且挖不出食，何况于虎！"单氏道："然虽如此，奴家不曾亲见。就是真个被虎吃了，少不得存几块骨头。烦你引奴家去，检得回来，也表我夫妻之情。"张稍道："我怕虎不敢去。"单氏又哀哀的

① 淘摸——偷盗。

哭将起来。张稍想道："不引他去走一遍，他心不死。"便道："娘子，我引你去看，不要哭。"单氏随即上岸，同张稍进山路来。先前砍柴，是走东路，张稍恐怕妇人看见死尸，却引他从西路走。单氏走一步，哭一步。走了多时，不见虎迹。张稍指东话西，只望单氏倦而思返。谁知他定要见丈夫的骨血，方才指实。张稍见单氏不肯回步，扯个谎，望前一指道："小娘子，你只管要行，兀的[①]不是大虫来了？"单氏抬头而看，才问一声："大虫在那里？"声犹未绝，只听得林中呫喇的一阵怪风，忽地跳出一只吊睛白额虎，不歪不斜，正望着张稍当头扑来。张稍躲闪不及，只叫得一声"阿呀！"被虎一口衔着背皮，跑入深林受用去了。

单氏惊倒在地，半日方醒。眼前不见张稍，已知被大虫衔去。始信山中真个有虎，丈夫被虎吃了，此言不谬。心中害怕，不敢前行。认着旧路，一步步哭将转来。未及出山，只见一个似人非人的东西，从东路直冲出来。单氏只道又是虎，叫道："我死也！"望后便倒。耳根边忽听说："娘子，你如何却在这里？"双手来扶。单氏睁眼看时，却是丈夫韦德，血污满面，所以不像人形。原来韦德命不该死，然虽被斧劈伤，一时闷绝。张稍去后，却又醒将转来，挣扎起身，扯下脚带，将头裹缚停当，挪步出山，来寻张稍讲话。却好遇着单氏。单氏还认着丈夫被虎咬伤，以致如此。听韦德诉出其情，方悟张稍欺心使计，谋害他丈夫，假说有虎。后来被虎咬去，此乃神明遣来，剿除凶恶。夫妻二人，感谢天地不尽。回到船中，那哑子做手势，问船主如何不来。韦德夫妻与他说明本

① 兀的——这个。

末。哑子合着掌,忽然念出一声"南无阿弥陀佛",便能说话,将张稍从前过恶,一一说出。再问他时,依旧是个哑子。——此亦至异之事也。韦德一路相帮哑子行船。直到家中,将船变卖了,造一个佛堂与哑子住下,日夜烧香。韦德夫妇终身信佛。后人论此事,咏诗四句:

伪言有虎原无虎,虎自张稍心上生。
假使张稍心地正,山中有虎亦藏形。

方才说虎是神明遣来,剿除凶恶,此亦理之所有。看来虎乃百兽之王,至灵之物,感仁吏而渡河①,伏高僧而护法②,见于史传,种种可据。如今再说一个义虎知恩报恩,成就了人间义夫节妇,为千古佳话。正是:

说时节妇生颜色,道破奸雄丧胆魂。

话说大唐天宝年间,福州漳浦县下乡,有一人姓勤,名自励,父母俱存,家道粗足。勤自励幼年时,就聘定同县林不将的女儿潮音为妻。茶枣③俱已送过,只等长大成亲。勤自励十二岁上,就不肯读书。出了学堂,专好使枪轮棒。父母单生的这个儿子,甚是姑息,不去拘管着他。年登十六,生得身长力大,猿臂善射,武艺过

① 感仁吏而渡河——东汉时,刘昆作弘农太守。原来,崤渑驿道上常出现老虎伤人,行旅不通。据传说:刘昆作了三年太守,政绩很好,老虎也受了感动,都背着小虎过了河。

② 伏高僧而护法——据传唐代善觉禅师养着两只老虎,名叫"大空"、"小空",作他的侍者。

③ 茶枣——这里指订婚时向女家送的聘礼。

人。常言“同声相应，同气相求”①，自有一班无赖子弟，三朋四友，和他檠鹰放鹞，驾犬驰马，射猎打生为乐。曾一日射死三虎。忽见个黄衣老者，策杖而前，称赞道：“郎君之勇，虽昔日卞庄、李存孝②不是过也！但好生恶杀，万物同情。自古道：人无害虎心，虎无伤人意。郎君何故必欲杀之？此兽乃百兽之王，不可轻杀。当初黄公有道术，能以赤刀制虎，尚且终为虎害③。郎君若自恃其勇，好杀不已，将来必犯天道之忌，难免不测之忧矣。”勤自励闻言省悟，即时折箭为誓，誓不杀虎。忽一日，独往山中打生，得了几项野味而回。行至中途，地名大树坡，见一黄斑老虎，误陷于槛阱之中，猎户偶然未到。其虎见勤自励到来，把前足跪地，俯首弭耳，口中作声，似有乞怜之意。自励道：“业畜，我已誓不害你了。但你今日自投槛阱，非干我事。”其虎眼观自励，口中呜呜不已。自励道：“我今做主放你，你今后切莫害人。”虎闻言点头。自励破阱放虎。虎得命，狂跳而去。自励道：“人以获虎为利，我却以放虎为仁。我欲仁而使人失其利，非忠恕之道也。”遂将所得野味，置于阱中，空手而回。正是：

得放手时须放手，可施恩处便施恩。

只因勤自励不务本业，家道渐渐消乏。又且素性慷慨好客，时

---

① 同声相应二句——是说志趣相投的人，彼此合得来，语出《易经》。

② 卞庄、李存孝——卞庄子，春秋时鲁国人，有勇力，曾一次刺死两只虎。李存孝，本名安敬思，五代时李克用的义子。相传他有打虎之力。

③ 黄公有道术，能以赤刀制虎，尚且终为虎害——黄公，东海人。据传：他善于幻术。秦末，东海出现了白虎，皇帝下诏派他用赤刀去除虎害，结果被虎咬死了。

常引着这伙三朋四友，到家蒿恼①，索酒索食。勤公、勤婆，爱子之心无所不至，初时犹勉强支持；以后支持不来，只得对儿子说道："你今年已大长，不思务本作家，日逐游荡，有何了日！别人家儿子似你年纪，或农或商，胡乱得些进益，以养父母。似你有出气，无进气，家事日渐凋零，兀自三兄四弟，酒食征逐，不知做爹娘的将没作有，千难万难，就是衣饰典卖，也有尽时。将来手足无措，连爹娘也有饿死之日哩。我如今与你说过，再别人上门时，茶也没有一杯与他吃了，你莫着急！"勤自励被爹娘教训了一遍，嘿嘿无言，走出去了。真个好几日没有人上门蒿恼。约莫一月有馀，勤自励又引十来个猎户到家，借锅煮饭。勤公也道："容他煮罢。"勤婆不肯道："费柴费火，还是小事。只是才说得儿子回心，清净了这几日，老娘心里好不喜欢。今日又来缠帐。开了端，辞得那一个！他日又赔茶赔酒。老娘支持得怕了，索性做个冷面，莫惯他罢。"勤公见勤婆不允，闪过一边。勤婆将中门闭了，从门内说道："我家不是公馆，柴火不便，别处去利市。"众人闻言，只索去了。勤自励满面羞惭，叹口气，想道："我自小靠爹娘过活，没处赚得一文半文，家中来路又少，也怪爹娘不得。闻得安南作乱，朝廷各处募军，本府奉节度使②文牒，大张榜文。众兄弟中已有几个应募去了。凭着我一身本事，一刀一枪，或者博得个衣锦还乡，也不见得。守着这六尺地上，带累爹娘受气，非丈夫之所为也。只是一件，爹娘若知我应募从军，必然不允。功名之际，只可从权。我自有个道

① 蒿恼——搅扰，麻烦。

② 节度使——官名。唐代在全国各重要地方设置节度使或观察使等官，管理几个州（府）的军政事务。

理。”当下瞒过勤公、勤婆，竟往府中投军。太守试他武艺出众，将他充为队长，军政司①上了名字。不一日招募数足，领兵官点名编号，给了口粮，制办衣甲器械，择个出征吉日，放炮起身。勤自励也不对爹娘说知。直到上路三日之后，遇了个县中差役，方才写寄一封书信回来。勤公拆书开看时，写道：

男自励无才无能，累及爹妈。今已应募，充为队长，前往安南。幸然有功，必然衣锦还乡。爹娘不必挂念！

勤公看毕，呆了半晌，开口不得。勤婆道：“儿子那里去了？写什么言语在书上？你不对我说？”勤公道：“对你说时，只怕急坏了你！儿子应募充军，从征安南去了。”勤婆笑道：“我说多大难事，等儿子去十日半月后，唤他回来就是了。”勤公道：“妇道家不知利害！安南离此有万里之遥，音信尚且难通。况他已是官身，此去刀剑无情，凶多吉少。万一做了沙场之鬼，我两口儿老景谁人侍奉？”勤婆就哭天哭地起来。勤公也流泪不止。过了数日，林亲家亦闻此信，特地自来问个端的。勤公、勤婆遮瞒不得，只得实说了。伤感了一场。林公回去说知，举家都不欢喜。正是：

乐莫乐兮新相知，悲莫悲兮生别离。

他人分离犹自可，骨肉分离苦杀我。

光阴似箭，不觉三年，勤自励一去，杳无音信。林公频频遣人来打探消息，都则似金针堕海，银瓶落井，全没些影响。同县也有几个应募去的，都则如此。林公的妈妈梁氏对丈夫说道：“勤郎一去，三年不回，不知死活存亡。女儿年纪长成了，把他担误，不是个

① 军政司——管理军政、召募的机构。

常法。你也该与勤亲家那边讨个决裂①。虽然亲则是亲,各儿各女,两个肚皮里出来的。我女儿还不认得女婿的面长面短,却教他活活做孤孀不成?”林公道:“阿妈说的是。”即忙来到勤家,对勤公道:“小女年长,令郎杳无归信。倘只是不归,作何区处?老荆日夜愁烦,特来与亲家商议。”勤公已知其意,便道:“不肖子无赖,有误令爱芳年。但事已如此,求亲家多多上覆亲母,耐心再等三年。若六年不回,任凭亲家将令爱别许高门,老汉再无言语。”林公见他说得达理,只得唯唯而退。回来与妈妈说知。梁氏向来知道女婿不学本分,心中不喜。今三年不回,正中其意。听说还要等三年,好不焦燥。恨不得十日缩做一日,把三年一霎儿过了,等女儿再许个好人。光阴似箭,不觉又过了三年。林公道:“勤亲家之约已满了。我再去走一番,看他更有何说?”梁氏道:“自古道,一言既出,驷马难追。他既有言在前,如今怪不得我了。有路自行,又去对他说甚么!且待女儿有了对头,才通他知道,也不迟。”林公又道:“阿妈说得是。然虽如此,也要与孩儿说知。”梁氏道:“潮音这丫头,有些古怪劣别②,只如此对他说,勤郎六年不回,教他改配他人,他料然不肯,反被勤老儿笑话。须得如此如此。”林公又道:“阿妈说得是。”次日,梁氏正同女儿潮音一处坐,只见林公从外而来,故意大惊小怪的说道:“阿妈,你知道么?怪道勤郎无信回来,原来三年前便死于战阵了。昨日有军士在安南回,是他亲见的。”潮音听说,面如土色,阁泪而不敢下,慌忙走进自己房里去了。妈

① 决裂——破裂;这里指解除婚约的决定。

② 劣别——别扭,固执。

妈亦假做叹息,连称可怜。过了数日,林婆对女儿说道:“死者不能复生。他自没命,可惜你青春年少。我已教你父亲去寻媒说合,将你改配他人。乘这少年时,夫妻恩爱,莫教挫过。”潮音道:“母亲差矣!爹把孩儿从小许配勤家,一女不吃两家茶。勤郎在,奴是他家妻;勤郎死,奴也是他家妇。岂可以生死二心!奴断然不为!”妈妈道:“孩儿休如此执见!爹妈单生你一人,并无兄弟。你嫁得着人时,爹妈也得半子之靠。况且未过门的媳妇,守节也是虚名。现放着活活的爹妈,你不念他日后老景凄凉,却去恋个死人,可不是个痴愚不孝之辈!”潮音被骂,不敢回言。就有男媒女妁,来说亲事。潮音拗爹妈不过,心生一计,对爹妈说道:“爹妈主张,孩儿焉敢有违。只是孩儿一闻勤郎之死,就将身别许他人,于心何忍。容孩儿守制三年,以毕夫妻之情,那时但凭爹妈。不然,孩儿宁甘一死,决不从命。”林公与梁氏见女儿立志甚决,怕他做出短见之事,只得繇他。正是:

一人立志,万夫莫夺。

却说勤公夫妇见儿子六年不归,眼见得林家女儿是别人家的媳妇了。后来闻得媳妇立志要守三年,心下不胜之喜。“若巴得这三年内儿子回家,还是我的媳妇。”光阴似箭,不觉又过了三年。潮音只认丈夫真死,这三年之内,素衣蔬食,如真正守孝一般。及至年满,竟绝了荤腥之味。身上又不肯脱素穿色①。说起议婚,便要寻死。林公与妈妈商议:“女孩儿执性如此,改嫁之事,多应不成。如之奈何?”梁氏道:“密地择了人家,在我哥哥家受聘,不要

① 脱素穿色——素,白衣,即孝服。色,有颜色的衣服,即吉服。

通女孩儿得知。到临嫁之期,只说内侄做亲,来接女孩儿。哄得他易服上轿,鼓乐人从,都在半路迎接。事到其间,不怕他不从。”林公又道:“妈妈说得是。”林公果然与舅子梁大伯计议定了,许了李承务①家三舍人②。自说亲以至纳聘,都在梁大伯家里。夫妻两口去受聘时,对女儿只说梁大伯大儿子定亲。潮音那里疑心。吉期将到,梁大伯假说某日与儿子完婚,特迎取姐夫一家到家中去接亲。梁氏先自许过他一定都来。至期,大伯差人将两顶轿子,来接姐姐和外甥女。梁氏自己先装扮了,教女儿换了色服同去。潮音不知是计,只得易服随行。女孩儿家不出闺门,不知路径。行了一会,忽然山凹里灯笼火把,鼓乐喧天,都是娶亲的人众,中途等候,摆列轿前,吹打而去。潮音觉道事体有变,没奈何在轿内啼啼哭哭。众人也那里管他,只顾催趱轿夫飞走。到一个去处,忽然阴云四合,下一阵大雨。众人在树林中暂歇,等雨过又行。走不上几步,抖然起一阵狂风,灯火俱灭,只见一只黄斑吊睛白额虎,从半空中跳将下来。众人发声喊,都四散逃走。

未知性命如何?已见亡魂丧胆。

风定虎去,众人叫声谢天,吹起火来,整顿重行。只见轿夫叫道:“不好了!”起初两乘轿子,都是实的。如今一乘是空的。举火照时,正不见了新人。轿门都撞坏了。不是被大虫衔去是甚么!梁氏听说,呜呜的啼哭起来。这些娶亲的没了新人,好没兴头,乐

① 承务——“承务郎”的省称。宋代,八品的地方官的勋阶叫作“承务郎”;金、元时代,从七品上的勋阶也叫作“承务郎”。

② 舍人——本是官名,后来作为官家或财主家的儿子的敬称,犹如称“公子”。

人也不吹打了，灯火也息了一半。众人商量道："如何是好？"欲待追寻，黑夜不便，也没恁般胆气。欲待各散去讫，怕又遇别个虎。不若聚做一块，同到林家，再作区处。所谓乘兴而去，败兴而回。且说林公正闭着门，在家里收拾，听得敲门甚急，忙来开看，只见两乘轿子，依旧抬转，许多人从，一个个垂首丧气，都如丧家之狗。吃了一惊，正不知是甚么缘故？——"莫非女孩儿不从，在轿里又弄出什么把戏？"心头犹如几百个铆锤打着，急问其故。梁氏在轿中哭将出来，哽哽咽咽，一字也说不出。众人将中途遇虎之事，叙了一遍。林公也捶胸大恸，懊悔无及："早知我儿如此薄命，依他不嫁也罢！如今断送①得他好苦！"一面令人去报李承务和梁大伯两家知道；一面聚集庄客，准备猎具，专等天明，打点搜山捕获大虫，并寻女儿骨殖。正是：

悲悲切切思闺女，口口声声恨大虫。

话分两头，却说勤自励自从应募投军，从征安南，力战有功，都督哥舒翰用为帐下虞候②，解所佩宝剑赐之，甚加信用。三年之后，吐番入寇，勤自励又随哥舒翰调兵征讨。平定之后，朝廷拜哥舒翰为大元帅，率领本部将校，雄军十万，镇守潼关。勤自励以两次军功，那时已做到都指挥③之职。何期安禄反乱④，杀到潼关，哥舒翰正值患病，抵敌不住，开关纳降。勤自励孤掌难鸣，弃其部

---

① 断送——葬送。

② 虞候——武官名。唐代方镇都置有都虞候，治不守法的人；后来，方镇的亲随小军校也叫作"虞候"。

③ 都指挥——武官名。唐代方镇所属的军校。

④ 安禄反乱——安禄，指安禄山。唐天宝十四年（755）他在渔阳起兵反唐，攻破长安。

下,只身仗剑而逃。一路辛苦不题。事有凑巧,恰好林公嫁女这一晚,勤自励回到家中,见了父母,拜伏于地,口称:“恕孩儿不孝之罪。”勤公、勤婆仔细看时,方才认得是儿子。去时虽然长大,还没这般雄伟,又添上一嘴胡须,边塞风霜,容颜都改变了。勤公、勤婆痛定思痛,不觉流泪。勤公道:“我儿如何一去十年,音信全无?多有人说,你已没于战阵。哭得做爹妈的眼泪俱枯了。”勤婆道:“莫说十年之前,就是早回一日也还好,不见得媳妇随了别人。”勤自励道:“我媳妇怎么说?”勤婆道:“你去了三年之后,丈人就要将媳妇别许人家,是你爹爹不肯,勉强留了三年。以后媳妇闻你身死,自家立志守孝三年。如今第十个年头,也难怪他,刚刚是今晚出门嫁人。”勤自励听说,眉根倒竖,牙齿咬得格格的响,叫道:“那个鸟①百姓敢讨勤自励的老婆!我只教他认一认我手中的宝剑!”说罢,狠狠的仗剑出门。妈妈从小管他不下的,今日那里留得他住,只得繇他,捏着两把汗,在草堂中等候消息。正是:

　　青龙共白虎同行,吉凶事全无未保。

却说勤自励自小认得丈人林公家里,打这条路迎将上去。走了多时,将近黄昏,遇了一阵大雨,衣服都沾湿了。记得这地方唤做大树坡,有一株古树,约莫十来围大,中间都是空的,可以避雨。勤自励走到树边,挨身入内,甚是宽转。那雨虽然大,落不多时就止了。勤自励却待跳出,半空中又刮起一阵大风。勤自励想道:“索性等着过了这阵风走罢。”又道:“这风有些腥气,好古怪!”舒

① 鸟——古时此字念 diǎo,音同“屌”(现在有些地方的方音还是这样读);因而借用为骂人的话。

着头往外张望，见两盏红灯，若隐若现。忽地刮喇的一声响亮，如天崩地裂，一件东西向前而坠。惊得勤自励倒身入内。少顷风定，耳边但闻呻吟之声。此时云收雨散，天边露出些微月。勤自励就月光下上前看时，那呻吟的却是个女子。勤自励扶起，细叩来历。那女子半晌方言，说道："奴家林氏之女潮音也。"勤自励记得妻子的小名，未知是否，问道："你可有丈夫么？"潮音道："丈夫勤自励虽曾聘定，尚未过门。只为他十年前应募从军，久无音信。爹妈要将奴改适他姓。奴家誓死不从。爹妈背地将奴家许聘与谁家，只说舅舅家来接，骗奴上轿，中路方知。正待寻死，忽然一阵狂风，火光之下，看见个黄斑吊睛白额虎，冲人而来，径向轿中，将奴衔出，撇在此地。虎已去了，幸不损伤。官人不知尊姓何名？若得送奴归还父母之家，家中必有厚报。"勤自励道："则小子便是勤自励，先征安南，又征吐番，后来又随哥舒元帅镇守潼关，适才回家。听说你家中将你嫁人，在于今晚，以此仗剑而来，欲剿那些败坏纲常之辈。何期于此相遇！这是天遣大虫送还与我，省得我勤自励舞刀轮剑，乃是万千之幸！"潮音道："官人虽如此说，奴家未曾过门，不识丈夫之面。今日一言之下，岂敢轻信。官人还是引奴回家，使我爹爹识认女婿，也不负奴家数年苦守之志。"勤自励道："你家老禽兽把一女许配两家，这等不仁不义之辈，还去见他则甚！我如今背你到我家中，先参见了舅姑①，然后遣人通知你家，也把那老禽兽羞他一羞。"说罢，不管潮音肯不肯，把他负于背上，左手向后拦住他的金莲，右手仗剑，跳着烂地而回。行不多步，忽闻虎啸之声。

① 舅姑——古代，儿媳妇称公公为"舅"，称婆婆为"姑"。

遥见前山之上,双灯冉冉。细视,乃一只黄斑吊睛白额虎。那两个红灯,虎之睛光也。勤自励猛然想着十年之前,曾在此处破开槛阱,放了一只黄斑吊睛白额虎。"今日如何就晓得我勤自励回家,去人丛中衔那媳妇还我,岂非灵物!"遂高声叫道:"大虫,谢送媳妇了!"那虎大啸一声,跳而藏影。后人论起那虎报恩事,以为奇谈,多有题咏。惟胡曾①先生一首最好。诗曰:

从来只道虎伤人,今日方知虎报恩。

多少负心无义汉,不如禽兽有情亲。

再说勤公、勤婆在家悬悬而望。听得脚步响,忙点灯出来看时,只见儿子勤自励背上负了一个人,来到草堂,放于地下,叫道:"爹妈,则教你今夜认得媳妇!"勤公、勤婆见是个美貌女子,细叩来历,方知大虫报恩送亲一段奇事。双双举手加额,连称惭愧②。勤婆遂将媳妇扶到房中,粥汤将息③。次早差人去林亲家处报信。却说林公那日黑早,便率领庄客,绕山寻绰了一遍,不见动静。叹口气,只得回家。忽见勤公遣人报喜,说夜来儿子已回,大虫衔来送还他家。那里肯信!"我晓得了,这是勤亲家晓得女孩儿被虎衔去,故造此话来奚落④我!"妈妈梁氏道:"天下何事不有!前日我家走失了一只花毛鸡,被邻舍家收着。过了一日,野猫衔个鸡到我家来。赶脱了猫儿,看那鸡,正是我家走失的这一只花毛鸡。有这般巧事!况且虎是个大畜生,最有灵性。我又闻得一个故事。

① 胡曾——唐代邵阳人,著有《咏史诗》等。

② 惭愧——表示惊喜、难得、侥幸的口气;和一般作羞惭的意思不同。

③ 将息——调护,休养。

④ 奚落——讥笑,讽刺。

昔时有个书生，住在孤村，夜间听得窗外声响，看时，窗棂里伸一只虎掌进来，掌有竹刺甚大。书生悟其来意，拔出其刺。明晚，虎衔一羊来谢。可见虎通人性。或者天可怜女孩儿守志，遣那大虫来送归勤家，亦未可知。你且到勤家看女婿曾回不曾回，便有分晓。”林公又道：“阿妈说得是。”当日林公来到勤家。勤公出迎，分宾而坐。细述夜来之情。林公满面羞惭，谢罪不已。“求见贤婿和小女之面。”勤自励初时不肯认丈人，被爹娘先劝了多时，又碍浑家的面皮，故此只得出来相见，气忿忿的作了个揖，就走开去了。勤公教勤婆将媳妇装扮起来，却请林公进房，父女会面，出于意外，犹如梦中相逢，欢喜无限。要接女儿回家。勤公、勤婆不肯。择了吉日，就于家中拜堂成亲。李承务家已知勤自励回来，自没话说。后来郭李二元帅恢复长安①，肃宗皇帝登极，清查文武官员。肃宗自为太子时，曾闻勤自励征讨之功。今番贼党簿籍中，没有他名字，嘉其未曾从贼，再起为亲军都指挥使。累征安庆绪、史思明②有功。年老致仕③，夫妻偕老。有诗为证：

但行刻薄人皆怨，能布恩施虎亦亲。

奉劝人行方便事，得饶人处且饶人。

---

① 郭李二元帅恢复长安——郭，郭子仪；李，李光弼。两人都是唐代的大将，作过天下兵马副元帅；在平定安史之乱的战争中，立下大功。至德二年(757)郭子仪带兵收复长安。后进封为太尉、中书令，当时称为“郭令公”。本书第六卷所说的“郭令公”，就是指他。

② 安庆绪、史思明——安，是安禄山的儿子；史，是安禄山的部将。安禄山死后，他们继续叛乱。后来，安庆绪被史所杀；史又被自己的儿子史朝义所杀。

③ 致仕——过去，作官的人，到了一定的年龄，告老回家，叫作“致仕”。

第六卷

小水湾天狐诒书

蠢动含灵俱一性，化胎湿卵命相关。

得人济利休忘却，雀也知恩报玉环。

这四句诗，单说汉时有一秀才，姓杨名宝，华阴人氏，年方弱冠，天资颖异，学问过人。一日，正值重阳佳节，往郊外游玩。因行倦，坐于林中歇息。但见树木蓊郁①，百鸟嘤鸣，甚是可爱。忽闻扑碌的一声，堕下一只鸟来，不歪不斜，正落在杨宝面前。口内吱吱的叫，却飞不起，在地下乱扑。杨宝道："却不作怪！这鸟为何如此？"向前拾起看时，乃是一只黄雀，不知被何人打伤，叫得好生哀楚。杨宝心中不忍，乃道："将回去喂养好了放罢。"正看间，见一少年，手执弹弓，从背后走过来道："秀才，这黄雀是我打下的，望乞见还。"杨宝道："还亦易事。但禽鸟与人体质虽异，生命则一，安忍戕害。况杀百命，不足供君一膳，鬻万鸟不能致君之富。奚不别为生业？我今愿赎此雀之命。"便去身边取出钱钞来。少年道："某非为口腹利物，不过游戏试技耳。既秀才要此雀，即便

① 蓊郁(wěng yù)——茂盛的样子。

相送。”杨宝道:“君欲取乐,禽鸟何辜!”少年谢道:“某知过矣!”遂投弓而去。杨宝将雀回家,贮于巾箱中,日采黄花蕊饲之,渐渐羽翼长换。育至百日,便能飞翔。时去时来,杨宝十分珍重,忽一日,去而不回。杨宝心中正在气闷。只见一个童子单眉细眼,身穿黄衣,走入其家,望杨宝便拜。杨宝急忙扶起。童子将出玉环一双,递与杨宝道:“蒙君救命之恩,无以为报,聊以微物相奉。掌此当累世为三公。”杨宝道:“与卿①素昧平生,何得有救命之说?”童子笑道:“君忘之耶?某即林中被弹,君巾箱中饲黄花蕊之人也。”言讫,化为黄雀而去。后来杨宝生子震,明帝朝为太尉;震子秉,和帝朝为太尉;秉子赐,安帝朝为司徒;赐子彪,灵帝朝为司徒。果然世世三公,德业相继,有诗为证:

黄花饲雀非图报,一片慈悲利物心。
累世簪缨看盛美,始知仁义值千金。

说话的,那黄雀衔环的故事,人人晓得,何必费讲!看官们不知,只为在下今日要说个少年,也因弹了个异类上起,不能如弹雀的恁般悔悟,干把个老大家事,弄得七颠八倒,做了一场话柄,故把衔环之事,做个得胜头回②。劝列位须学杨宝这等好善行仁,莫效那少年招灾惹祸。正是:

得闭口时须闭口,得放手时须放手。

① 卿——本是古时君对臣稍带敬意的称呼;秦汉以后,平辈的人也互相称“卿”,含有亲近的意思。

② 得胜头回——说书人的术语。在正故事之前,先讲一小段故事做引子,叫作“得胜头回”,取其吉利的意思。

若能放手和闭口，百岁安宁有八九。

话说唐玄宗时，有一少年，姓王名臣，长安人氏，略知书史，粗通文墨，好饮酒，善击剑，走马挟弹，尤其所长。从幼丧父，惟母在堂，娶妻于氏。同胞兄弟王宰，膂力过人，武艺出众，充羽林[1]亲卫，未有妻室。家颇富饶，童仆多人。一家正安居乐业；不想安禄山兵乱，潼关失守，天子西幸。王宰随驾扈从，王臣料道立身不住，弃下房产，收拾细软，引母妻婢仆，避难江南，遂家于杭州，地名小水湾，置买田产，经营过日。后来闻得京城克复，道路宁静，王臣思想要往都下寻访亲知，整理旧业，为归乡之计。告知母亲，即日收拾行囊，止带一个家人，唤做王福，别了母妻，繇水路直至扬州马头上。那扬州隋时谓之江都，是江淮要冲，南北襟喉之地，往来樯艣[2]如麻。岸上居民稠密，做买做卖的，挨挤不开，真好个繁华去处。当下王臣舍舟登陆，雇倩脚力，打扮做军官模样，一路游山玩水，夜宿晓行。不则[3]一日，来至一所在，地名樊川，乃汉时樊哙所封食邑之处。这地方离都城已不多远。因经兵火之后，村野百姓，俱潜避远方，一路绝无人烟，行人亦甚稀少。但见：

冈峦围绕，树木阴翳，危峰秀拔插青霄，峻巅崔嵬横碧汉。斜飞瀑布，喷万丈银涛；倒挂藤萝，飏千条锦带。云山漠漠，鸟道逶迤行客少；烟林霭霭，荒村寥落土人稀。山花多艳如含笑，野鸟无名只乱啼。

王臣贪看山林景致，缓辔而行，不觉天色渐晚。听见茂林中，

---

① 羽林——皇帝的禁卫军，唐代有左右羽林军。

② 樯艣——樯，船上的桅杆。艣，同“橹”，划船的工具。

③ 则——这里同“只”。

似有人声。近前看时,原来不是人,却是两个野狐,靠在一株古树上,手执一册文书,指点商确①,若有所得,相对谈笑。王臣道:“这孽畜作怪!不知看的是什么书?且教他吃我一弹。”按住丝韁,绰起那水磨角靶弹弓,探手向袋中摸出弹子放上,觑得较亲,弓开如满月,弹去似飞星,叫声“着!”那二狐正在得意之时,不防林外有人窥看。听得弓弦响,方才抬头观看,那弹早已飞到,不偏不斜,正中执书这狐左目。弃下书,失声嗥叫,负痛而逃。那一个狐,却待就地去拾,被王臣也是一弹,打中左腮,放下四足,嗥叫逃命。王臣纵马向前,教王福拾起那书来看,都是蝌蚪之文②,一字不识。心中想道:“不知是甚言语在上?把去慢慢访博古者问之。”遂藏在袖里,拨马出林,循大道望都城而来。那时安禄山虽死,其子安庆绪犹强,贼将史思明降而复叛,藩镇又各拥重兵,俱蓄不臣之念。恐有奸细,至京探听,故此门禁十分严紧,出入盘诘。刚到晚,城门就闭。王臣抵城下时,已是黄昏时候。见城门已扃,即投旅店安歇。到店门口,下马入来。主人家见他悬弓佩剑,军官打扮,不敢怠慢,上前相迎道:“长官请坐。”便令小二点杯茶儿递上。王福将行李卸下,驮进店中。王臣道:“主人家,有稳便房儿,开一间与我。”答道:“舍下客房尽多,长官只拣中意的住便了。”即点个灯火,引王臣往各房看过,择了一间洁净所在,将行李放下,把生口牵入后边喂料。收拾停当,小二进来问道:“告长官,可吃酒么?”王臣道:“有好酒打两角,牛肉切一盘。伴当们照依如此。”小二答应

① 商确——一般作“商榷”,或“商搉”;商量、讨论;筹画。

② 蝌蚪之文——即科斗文,古代篆书中的一体,很难认识。笔画头粗尾细,形状有点像蝌蚪,所以叫作“蝌蚪文”。

出去。王臣把房门带转,也走到外边。小二捧着酒肉问道:“长官,酒还送到房里去饮,或就在此间?”王臣道:“就在此罢。”小二将酒摆在一副座头上,王臣坐下。王福在旁斟酒。吃过两三杯,主人家上前问道:“长官从那镇到此?”王臣道:“在下从江南来。”主人家道:“长官语音,不像江南人物。”王臣道:“实不相瞒,在下原是京师人氏。因安禄山作乱,车驾幸蜀,在下挈家避难江南。今知贼党平复,天子还都,先来整理旧业,然后迎接家小归乡。因恐路上不好行走,故此军官打扮。”主人家道:“原来是自家人!老汉一向也避在乡村,到此不上一年哩。”彼此因是乡人,分外亲热。各诉流离之苦。正是:

江山风景依然是,城郭人民半已非。

两下正说得热闹,忽听得背后有人叫道:“主人家,有空房宿歇么?”主人家答应道:“房屋还有,不知客官有几位安歇?”答道:“只有我一人。”主人家见是个单身,又没包裹,乃道:“若止你一人,不敢相留。”那人怒道:“难道赖了你房钱,不肯留我?”主人家道:“客官,不是这般说。只因郭令公留守京师,颁榜远近旅店,不许容留面生歹人。如隐匿藏留者,查出重治。况今史思明又乱,愈加紧急。今客官又无包裹,又不相认,故不好留得。”那人答道:“原来你不认得我,我就是郭令公家丁胡二。因有事往樊川去了转回,赶进城不及,借你店里歇一宵,故此没有包裹。你若疑惑,明早同到城门上去,问那管门的,谁个不认得我。”这主人家被他把大帽儿一磕,便信以为真,乃道:“老汉一时不晓得是郭爷长官,莫怪,请里边房里去坐。”那人道:“且慢着。我肚里饿了,有酒饭讨些来吃了,进房不迟。”又道:“我是吃斋,止用素酒。”走过来,向王臣桌上对面坐下。小二将酒菜放下。王臣举目看时,见他把一只袖子遮着左眼,似觉疼痛难忍之状。那人开言道:"主人家,我今日造化低,遇着两个毛团①,跌坏了眼。"主人家道:"遇着什么?"答道:"从樊川回来,见树林中两个野狐打滚嗥叫,我赶上前要去拿他,不想绊上一交,狐又走了,反在地上磕损眼睛。"主人家道:"怪道长官把袖遮着眼儿。"王臣接口道:"我今日在樊川过,也遇着两个野狐。"那人忙问道:"可曾拿到么?"王臣道:"他在林中把册书儿观看,被我一弹,打了执书这狐左眼,遂弃书而逃。那一个方待去拾,又被我一弹打在腮上,也亡命而走。故此只取得这册书,没有拿到。"那人和主人家都道:"野狐会看书,这也是奇事!"那人又道:"那书上都是甚么事体?借求一观。"王臣道:"都是异样篆书,一字也看他不出。"放下酒杯,便向袖中去摸那册书出来。说时迟,那时快,手还未到袖里时,不想主人家一个孙儿,年才五六岁,正走出来。小厮家眼净,望见那人是个野狐,却叫不出名色,奔向前指住道:"老爹!怎么这个大野猫坐在此?还不赶他!"王臣听了,便省悟是打坏眼的这狐,急忙拔剑,照顶门就砍。那狐望后一躲,就地下打个滚,露出本相,往外乱跑。王臣仗剑追赶了十数家门面,向个墙里跳进。王臣因黑夜之间,无门寻觅,只得回转。主人家点个灯火,同着王福一齐来迎着道:"饶他性命罢。"王臣道:"若不是令孙看破,几乎被这孽畜赚了书去。"主人家道:"这毛团也奸巧哩!只怕还要生计来取。"王臣道:"今后有人把野狐事来诱我的,定然是这孽畜,便挥他一剑。"一头说,已到店里。店左

① 毛团——骂禽兽的话。这里指狐狸。

店右住宿的客商闻得,当做一件异事,都走出来讯问,到拌得口苦舌干。王臣吃了夜饭,到房中安息。自想野狐忍痛来掇赚①这册书,必定有些妙处,愈加珍秘。至三更时分,外边一片声打门叫道:"快把书还了我!寻些好事酬你!若不还时,后来有些事故,莫要懊悔。"王臣听得,气忿不过,披衣起身,拔剑在手,又恐惊动众人,悄悄的步出房来,去摸那大门时,主人家已自下了锁。心中想道:"便叫起主人开门出去,那毛团已自走了,砍他不着,空惹众人憎厌,不如别着鸟气,来朝却又理会。"王臣依先进房睡了。那狐喊了多时,方去。合店的人,尽皆听得。到次早,齐劝王臣道:"这书既看不出字,留之何益,不如还他去罢。倘真个生出事来,懊悔何及!"王臣若是个见机的,听了众人言语,把那册书掷还狐精,却也罢了。只因他是个倔强汉子,不依众人说话,后来被那狐精把个家业弄得七零八落。正是:

不听好人言,必有恓惶泪。

当下王臣吃了早饭,算还房钱,收拾行李,上马进城。一路观看,只见屋宇残毁,人民稀少,街市冷落,大非昔日光景。来到旧居地面看时,惟存一片瓦砾之场。王臣见了,不胜凄惨。无处居住,只得寻个寓所安顿了行李,然后去访亲族。却也存不多几家。相见之间,各诉向来踪迹。说到那伤心之处,不觉扑簌簌泪珠抛洒。王臣又言:"今欲归乡,不想屋宇俱已荡尽,没个住身之处。"亲戚道:"自兵乱已来,不知多少人家,父南子北,被掳被杀,受无限惨祸。就是我们一个个都从刀尖上脱过来的,非容易得有今日。像

① 掇(duō)赚——哄骗,诱诓。

你家太平无事,止去了住宅,已是无量之福了。况兼你的田产,亏我们照管,依然俱在。若有念归乡,整理起来,还可成个富家。”王臣谢了众人,遂买了一所房屋,制备日用家伙物件,将田园逐一经理停妥。约过两月,王臣正走出门,只见一人从东而来,满身穿着麻衣,肩上背个包裹,行履如飞,渐渐至近。王臣举目观看,吃了一惊。这人不是别个,乃是家人王留儿。王臣急呼道:“王留儿,你从那里来?却这般打扮?”王留儿见叫,乃道:“原来官人住在这里!教我寻得个发昏!”王臣道:“你且说为何恁般妆束?”王留儿道:“有书在此,官人看就知道。”至里边放下包裹,打开取出书信,递与家主。王臣接来拆开看时,却是母亲手笔。上写道:

从汝别后,即闻史思明复乱,日夕忧虑,遂沾重疾,医祷无效,旦夕必登鬼籍矣。年踰六秩,已不为夭。第恨衰年值此乱离,客死远乡,又不得汝兄弟送我之终,深为痛心耳。但吾本家秦,不愿葬于外地。而又虑贼势方炽,恐京城复如前番不守,又不可居。终夜思之,莫若尽弃都下破残之业,以资丧事。迎吾骨入土之后,原返江东。此地田土丰阜,风俗醇厚,况惜开创甚难,决不可轻废。俟干戈宁静,徐图归乡可也。倘违吾言,自罹罗网,颠覆宗祀,虽及泉下,誓不相见。汝其志之!

王臣看毕,哭倒在地道:“指望至此重整家业,同归故乡,不想母亲反为我而忧死。早知如此,便不来得也罢!悔之何及!”哭了一回,又问王留儿道:“母亲临终,可还有别话?”王留儿道:“并无别话,止叮嘱说:此处产业向已荒废,总然恢复,今史思明作反,京城必定有变,断不可守。教官人作速一切处置,备办丧葬之事,迎柩葬后,原往杭州避乱。若不遵依,死不瞑目。”王臣道:“母亲遗命,岂敢违逆！况江东真似可居,长安战争未息,弃之甚为有理。”急忙制办缞裳,摆设灵座,一面差人往坟上收拾,一面央人将田宅变卖。王留儿住了两日,对王臣道:“官人修筑坟墓起来,尚有整月淹迟,家中必然悬望。等小人先回,以安其心。”王臣道:“此言正合我意。”即便写下家书,取出盘缠,打发他先回。王留儿临出门,又道:“小人虽去,官人也须作速处置快回。”王臣道:“我恨不得这时就飞到家,何消叮嘱!”王留儿出门,洋洋而去。且说王臣这些亲戚晓得,都来吊唁,劝他不该把田产轻废。王臣因是母命,执意不听众人言语,心忙意急,上好田产,都只卖得个半价。盘桓二十馀日,坟上开土筑穴,诸事色色俱已停妥,然后打叠行装,带领仆从离了长安,星夜望江东赶来,迎灵车安葬。可怜:

仗剑长安悔浪游,归心一片水东流。

北堂空作斑衣梦,泪洒白云天尽头。

话分两头。且说王臣母妻在家,真个闻得史思明又反,日夜忧虑王臣,懊悔放他出门。过了两三月,一日,忽见家人来报,王福从京师赍信回了。姑媳闻言,即教唤进。王福上前叩头,将书递上。却见王福左眼损坏。无暇详问,将书拆开观看。上写道:

> 自离膝下,一路托庇粗安。至都查核旧业,幸得一毫不废,已经理如昔矣。更喜得遇故知胡八判官,引至元丞相门下,颇蒙青盼扶持,一官幽蓟,诰身已领,限期甚迫。特遣王福迎母同之任所。书至,即将江东田产尽货,火速入京。勿计微值,有误任期。相见在迩,书不多赘。男臣百拜。

姑媳看罢书中之意,不胜欢喜,方问道:“王福,为甚损了一目?”王福道:“不要说起！在生口上打瞌睡,不想跌下来,磕损了这眼。”又问:“京师近来光景,比旧日何如?亲戚们可都在么?”王福道:“满城残毁过半,与前大不相同了。亲戚们杀的杀,掳的掳,逃的逃,总来存不多几家。尚还有抢去家私的,烧坏屋宇的,占去田产的。惟有我家田园屋宅,一毫不动。”姑媳闻说,愈加欢悦。乃道:“家业又不曾废,却又得了官职,此皆天地祖宗保佑之力。感谢不尽！到临起身,须做场好事报答。再祈此去前程远大,福禄永长。”又问道:“那胡八判官是谁?”王福道:“这是官人的故交。”王妈妈道:“向来从不见说起有姓胡做官的来往。”媳妇道:“或者近日相交的,也未可知。”王福接口道:“正是近日相识的。”当下问了一回,王妈妈道:“王福,你路上辛苦了,且去吃些酒饭,歇息则个。”到了次日,王福说道:“奶奶这里收拾起来,也得好几日。官人在京,却又无人服侍。待小人先去回覆,打叠停当,候奶奶一到,即便起身往任,何如?”王妈妈道:“此言甚是有理。”写起书信,付些盘缠银两,打发先行。王福去后,王妈妈将一应田地宇舍,什物器皿,尽行变卖,止留细软东西。因恐误了儿子任期,不择善价,半送与人。又延请僧人做了一场好事,然后雇下一只官船,择日起程。有几个平日相往的邻家女眷,俱来相送,登舟而别。离了杭州,由嘉禾苏州常润州一路,出了大江,望前进发。那些奴仆,因家主得了官,一个个手舞足蹈,好不兴头！

避乱南驰实可哀,谁知富贵逼人来。

举家手额欢声沸,指日长安昼锦回。

且说王臣自离都下,兼程而进。不则一日,已到扬州马头上。把行李搬在客店上,打发生口去了。吃了饭,教王福向河下雇觅船只。自己坐在客店门首,守着行囊,观看往来船只。只见一只官船溯流而上,船头站着四五个人,喜笑歌唱,甚是得意。渐渐至近。打一看时,不是别个,都是自己家人。王臣心中惊异道:“他们不在家中服役,如何却在这只官船上?”又想道:“想必母亲亡后,又归他人了。”正疑讶间,舱门帘儿启处,一个女子舒头而望。王臣仔细观看,又是房中侍婢。连称“奇怪!”刚欲询问,那船上家人却也看见,齐道:“官人如何也在这里?却又恁般服色?”忙教稍子拢船。早惊动舱中王妈妈姑媳,掀帘观看。王臣望见母亲尚在,急将麻衣脱下,打开包裹,换了衣服巾帻。船上家人登岸相迎。王臣教将行李齐搬下船,自己上船来见母亲。一眼觑着王留儿在船头上,不问情繇,揪住便打。王妈妈走出说道:“他又无罪过,如何把他来打?”王臣见母亲出来,放手上前拜道:“都是这狗才将母亲书信至京,误传凶信,陷儿于不孝!”姑媳俱惊讶道:“他日日在家,何尝有书差到京中!”王臣道:“一月前,赍母亲书来,书中写的如此如此,这般这般。住了两日,遣他先回,安慰家中。然后将田产处置了,星夜赶来,怎说不曾到京?”合家大惊道:“有这等异事!那里一般又有个王留儿?”连王留儿到笑起来道:“莫说小人到京,就是这个梦也不曾做。”王妈妈道:“你且取书来看,可像我的字迹?”王臣道:“不像母亲字迹,我如何肯信?”便打开行李,取出书来看时,乃是一幅素纸,那有一个字影。把王臣惊得目睁口呆,只管将这纸来翻看。王妈妈道:“书在那里?把来我看。”王臣道:“却不作怪!书上写着许多言语,如何竟变做一幅白纸?”王妈妈不信道:“焉有此理!自从你出门之后,并无书信往来。直至前日,你差王福将书接我,方有一信,令他先来覆你。如何有个假王留儿将假书哄你?

如今却又说变了白纸！这是那里学来这些鬼话。”王臣听说王福曾回家这话，也甚惊骇，乃道：“王福在京，与儿一齐起身到此，几曾教他将书来接母亲？”姑媳都道：“呀！这话愈加说得混帐了！一月前王福送书到家，书上说都中产业俱在，又遇什么胡八判官，引在元丞相门下，得了官职，教将江东田宅，尽皆卖了，火速入京，同往任上。故此弃了家业，雇倩船只入京。怎说王福没有回来？”王臣大惊道：“这事一发奇怪！何曾有甚胡八判官引到元丞相门下，选甚官职，有书迎接母亲？”王妈妈道：“难道王福也是假的？快叫来问。”王臣道：“他去唤船了，少刻就来。”众家人都到船头上一望，只见王福远远跑来，却也穿着凶服。众人把手乱招。王福认得是自家人，也道诧异，说：“他们如何都在这里？”走近船边，众人看时，与前日的王福不同了。前日左目已是损坏，如今这王福两只大眼滴溜溜，恰如铜铃一般。众人齐问道：“王福，你前日回家，眼已瞎了，如今怎又好好地？”王福向众人喷一口涎沫道：“啐！你们的眼便瞎了。我何曾回家？却又咒我眼瞎！”众人笑道：“这事真个有些古怪。奶奶在舱中唤你，且除下身上麻衣，快去相见。”王福见说，呆了一呆道：“奶奶还在？”众人道：“那里去了，不在？”王福不信，也不脱麻衣，径撞入舱来。王臣看见，喝道：“这狗才，奶奶在这里，还不换了衣服来见？”王福慌忙退出船头，脱下，进舱叩头。王妈妈擦磨老眼，仔细一看，连称：“怪哉！怪哉！前日王福回家，左眼已损，今却又无恙。料然前日不是他了。”急去开出那封书来看时，也是一张白纸，并无一点墨迹。那时合家惶惑，正不知假王留儿、王福是甚变的？又不知有何缘故，却哄骗两头把家业破毁？还恐后来尚有变故。惊疑不定。

王臣沉思凝想了半日，忽想到假王福左眼是瞎的，恍然而悟，乃道："是了！是了！原来却是这孽畜变来弄我。"王妈妈急问是甚东西。王臣乃将樊川打狐得书，客店变人诒骗，和夜间打门之事说出。又道："当时我只道这孽畜不过变人来骗此书，到不提防他有恁般贼智。"众人闻言，尽皆摇首咋舌道："这妖狐却也奸狡利害哩！隔着几多路，却会仿着字迹人形，把两边人都弄得如要戏一般。早知如此，把那书还了他去也罢。"王臣道："叵耐这孽畜无礼！如今越发不该还他了！若再缠帐，把那祸种头①一火而焚之。"于氏道："事已如此，莫要闲讲了。且商量正务。如今住在这里，不上不下，还是怎生计较？"王臣道："京中产业俱已卖尽，去也没个着落。况兼路途又远。不如且归江东。"王妈妈道："江东田宅也一毫无存，却住在何处？"王臣道："权赁一所住下，再作区处。"当下拨转船头，原望江东而回。那些家人起初像火一般热，到此时化做冰一般冷，犹如断线偶戏②，手足撣软③，连话都无了。正是乘兴而来，败兴而返。到了杭州，王臣同家人先上岸，在旧居左近赁了一所房屋，制办日用家伙，各色停当，然后发起行李，迎母妻进屋。计点囊橐，十无其半，又恼又气。门也不出，在家纳闷。这些邻家见王妈妈去而复回，齐来询问。王臣道知其详，众人俱以为异事，互相传说。遂嚷遍了半个杭城。

一日，王臣在堂中，督率家人收拾，只见外边一人走将入来，威

① 那祸种头——指狐狸的那一册蝌蚪文书。

② 断线偶戏——偶戏，木偶戏。木偶的各部分有线牵着；人扯动线，木偶就能动作，断了线就不能动了。

③ 撣(dǎn)软——瘫软；肢体麻痹不能举动的病症。

仪济楚,服饰整齐。怎见得?但见:

头戴一顶黑纱唐巾,身穿一领绿罗道袍;碧玉环正缀巾边,紫丝绦横围袍上;袜似两堆白雪,舄如二朵红云。堂堂相貌,生成出世之姿;落落襟怀,养就凌云之气。若非天上神仙,定是人间官宰。

那人走入堂中,王臣仔细打一看时,不是别人,正是同胞兄弟王宰。当下王宰向前作揖道:"大哥别来无恙?"王臣还了个礼,乃道:"贤弟,亏你寻到这里!"王宰道:"兄弟到京回旧居时,见已化为白地。只道罹于兵火,甚是悲痛。即去访问亲故,方知合家向已避难江东。近日大哥至京,整理旧业,因得母亲凶问,刚始离京。兄弟闻了这信,遂星夜赶来。适才访到旧居,邻家说新迁于此,母亲却也无恙,故此又到舟中换了衣服才来。母亲如今在那里?为何反迁在这等破屋里边?"王臣道:"一言难尽!待见过了母亲,与你细说。"引入后边,早有家人报知王妈妈。王妈妈闻得次儿归家,好生欢喜。即忙出来。恰好遇见,王宰倒身下拜。拜毕起身。王妈妈道:"儿!我日夜挂心,一向好么?"王宰道:"多谢母亲记念。待儿见过了嫂嫂,少停细细说与母亲知道。"当下王臣浑家并一家婢仆,都来见过。王宰扯王臣往外就走。王妈妈也随出来。至堂中坐下,问道:"大哥,你且先说,因甚弄得恁般模样?"王臣乃将樊川打狐起,直至两边掇赚,变卖产业,前后事细说一遍。王宰听了道:"元来有这个缘故,以致如此!这却是你自取,非干野狐之罪。那狐自在林中看书,你是官道行路,两不妨碍,如何却去打他,又夺其书?及至客店中,他忍着疼痛,来赚你书,想是万不得已而然。你不还他罢了,怎地又起恶念,拔剑斩逐?及至夜间好言苦求，你又执意不肯。况且不识这字，终于无用，要他则甚！今反吃他捉弄得这般光景，都是自取其祸。”王妈妈道：“我也是这般说。要他何用！如今反受其累！”王臣被兄弟数落一番，嘿然不语，心中好不耐烦。王宰道：“这书有几多大？还是什么字体？”王臣道：“薄薄的一册，也不知什么字体，一字也识不出。”王宰道：“你且把我看看。”王妈妈从旁衬道：“正是！你去把来与兄弟看看，或者识得这字也不可知。”王宰道：“这字料也难识，只当眼见希奇物罢了。”当时王臣向里边取出，到堂中，递与王宰。王宰接过手，从前直揭至后，看了一看，乃道：“这字果然稀见！”便立起身，走在堂中，向王臣道：“前日王留儿就是我。今日天书已还，不来缠你了。请放心！”一头说，一头往外就奔。王臣大怒，急赶上前，大喝道：“孽畜大胆，那里走？”一把扯住衣裳，走的势发，扯的力猛，只听得聒喇一响，扯下一幅衣裳。那妖狐索性把身一抖，卸下衣服，见出本相，向门外乱跑，风团①也似去了。王臣同家人一齐赶到街上，四顾观看，并无踪影。王臣一来被他破荡了人家，二来又被他数落这场，三来不忿得这书，咬牙切齿，东张西望寻觅。只见一个瞎道人，站在对面檐下。王臣问道：“可见一个野狐从那里去了？”瞎道人把手指道：“向东边去了。”王臣同家人急望东而赶。行不上五六家门面，背后瞎道人叫道：“王臣，前日王福便是我，令弟也在这里。”众人闻得，复转身来。两个野狐执着书儿在前戏跃。众人奋勇前来追捕。二狐放下四蹄，飞也似去了。王臣刚奔到自己门首，王妈妈叫道：“去了这败家祸胎，已是安稳了。又赶他则甚！还不

① 风团——比喻迅速，快；刀剑锐利也叫作“风团”。这里是用前一义。

进来?”王臣忍着一肚子气,只得依了母亲,唤转家人进来。逐件检起衣服观看,俱随手而变。你道都是甚么东西?

破芭蕉,化为罗服;烂荷叶,变做纱巾。碧玉环,柳枝圈就;紫丝绦,薜萝搓成。罗袜二张白素纸,朱舄两片老松皮。

众人看了,尽皆骇异道:“妖狐神通这般广大!二官人不知在何处,却变得恁般断像?”王臣心中转想转恼,气出一场病来,卧床不起。王妈妈请医调治,自不必说。过了数日,家人们正在堂中,只见走进一个人来。看时,却是王宰,也是纱巾罗服,与前妖狐一般打扮。众家人只道又是假的,一齐乱喊道:“妖狐又来了!”各去寻棍觅棒,拥上前乱打。王宰喝道:“这些泼男女,为何这等无礼!还不去报知奶奶!”众人那个採①他,一味乱打。王宰止遏不住,惹恼性子,夺过一根棒来,打得众人四分五落,不敢近前,都闪在里边门旁指着骂道:“你这孽畜!书已拿去了,又来做甚?”王宰不解其意,心下大怒,直打入去。众人往内乱跑。早惊动王妈妈,听得外边喧嚷,急走出来,撞见众人,问道:“为何这等慌乱?”众人道:“妖狐又变做二官人模样,打进来也。”王妈妈惊道:“有这等事!”言还未毕,王宰已在面前。看见母亲,即撇下棒子,上前叩拜道:“母亲,为甚这些泼男女将儿叫做妖狐孽畜,执棍乱打?”王妈妈道:“你真个是我孩儿不?”王宰道:“儿是母亲生的,有什么假!”正说间,外面七八个人,扛抬铺程行李进来。众家人方知是真,上前叩头谢罪。王宰问其缘故。王妈妈乃将妖狐前后事细说,又道:“汝兄为此气成病症,尚未能愈。”王宰闻言,亦甚惊骇道:“恁样说起

① 採——通“睬”,理会。

来，儿在蜀中，王福曾赍书至，也是这狐假的了。”王妈妈道：“你且说书上怎写？”王宰道：“儿是随驾入蜀，分隶于剑南节度严武部下，得蒙拔为裨将。故上皇还京①，儿不相从归国。两月前，忽见王福赍哥哥书来，说：向避难江东，不幸母亲有变，教儿速来计议，扶柩归乡。王福说：要至京打扫茔墓，次日先行。儿为此辞了本官，把许多东西都弃下了，轻装兼程趱来。才访至旧居，邻家指引至此。知母亲无恙，复到舟中易服来见。正要问哥哥为甚把这样凶信哄我，不想却有此异事！”即去行李中开出那封书来看时，也是一幅白纸。合家又好笑，又好恼。王宰同母至内见过嫂子，省视王臣，道其所以。王臣又气得个发昏。王妈妈道：“这狐虽然惫懒②，也亏他至蜀中赚你回来，使我母子相会。将功折罪，莫怨他罢！”王臣病了两个月，方才痊可。遂入籍于杭州。所以至今吴越间称拐子为野狐精，有所本也。

蛇行虎走各为群，狐有天书狐自珍。

家破业荒书又去，令人千载笑王臣。

---

① 上皇还京——上皇，指唐玄宗（李隆基）；京，指长安。安禄山变乱，玄宗传位给儿子肃宗（李亨），自己做“太上皇”，逃往四川。后来乱事平定，他又回到长安。

② 惫懒——泼皮无赖。

第　七　卷

钱秀才错占凤凰俦

渔船载酒日相随，短笛芦花深处吹。

湖面风收云影散，水天光照碧琉璃。

这首诗是宋时杨备①游太湖所作。这太湖在吴郡西南三十馀里之外。你道有多少大？东西二百里，南北一百二十里，周围五百里，广三万六千顷，中有山七十二峰，襟带三州。那三州？

苏州　　湖州　　常州

东南诸水皆归。一名震泽，一名具区，一名笠泽，一名五湖。何以谓之五湖？东通长洲松江，南通乌程雪溪，西通义兴荆溪，北通晋陵滆湖，东通嘉兴韭溪，水凡五道，故谓之五湖。那五湖之水，总是震泽分流，所以谓之太湖。就太湖中，亦有五湖名色，曰：菱湖，游湖，莫湖，贡湖，胥湖。五湖之外，又有三小湖：扶椒山东曰梅梁湖；杜圻之西，鱼查之东曰金鼎湖；林屋之东曰东皋里湖，吴人只称做太湖。那太湖中七十二峰，惟有洞庭两山最大。东洞庭曰东

① 杨备——宋代庆历时官尚书虞部员外郎。著有《姑苏百题》、《金陵览古》等诗。

山，西洞庭曰西山。两山分峙湖中。其馀诸山，或远或近，若浮若沉，隐见出没于波涛之间。有元人许谦①诗为证：

周回万水入，远近数州环。

南极疑无地，西浮直际山。

三江归海表，一径界河间。

白浪秋风疾，渔舟意尚闲。

那东西两山在太湖中间，四面皆水，车马不通。欲游两山者，必假舟楫，往往有风波之险。昔宋时宰相范成大②在湖中遇风，曾作诗一首：

白雾漫空白浪深，舟如竹叶信浮沉。

科头宴起吾何敢，自有山川印此心。

话说两山之人，善于货殖③，八方四路，去为商为贾。所以江湖上有个口号，却做"钻天洞庭"。内中单表西洞庭有个富家，姓高，名赞，少年惯走湖广，贩卖粮食。后来家道殷实了，开起两个解库，托着四个伙计掌管，自己只在家中受用。浑家金氏，生下男女二人，男名高标，女名秋芳。那秋芳反长似高标二岁。高赞请个积

① 许谦——元代金华人，字益之，号白云山人，终身讲学，不肯作官。著有《白云集》等书。

② 范成大——宋代诗人。字致能，号石湖居士，官参知政事（次于宰相的官职）。著有《石湖集》。

③ 货殖——经商，作生意。商人把货物反复买卖，货物、利息越积越多，好像货物生殖出来的一样，所以叫作"货殖"。

年老教授在家馆谷①，教着两个儿女读书。那秋芳资性聪明，自七岁读书，至十二岁，书史皆通，写作俱妙。交十三岁，就不进学堂，只在房中习学女工，描鸾刺凤。看看长成一十六岁，出落②得好个女儿，美艳非常，有〔西江月〕为证：

面似桃花含露，体如白雪团成。眼横秋水黛眉清，十指尖尖春笋。　袅娜休言西子，风流不让崔莺。金莲窄窄瓣儿轻，行动一天丰韵。

高赞见女儿人物整齐，且又聪明，不肯将他配个平等之人③，定要拣个读书君子，才貌兼全的配他，聘礼厚薄到也不论。若对头好时，就赔些妆奁嫁去，也自情愿。有多少豪门富室，日来求亲的。高赞访得他子弟才不压众，貌不超群，所以不曾许允。虽则洞庭在水中央，三州通道，况高赞又是个富家，这些做媒的四处传扬，说高家女子，美貌聪明，情愿赔钱出嫁，只要择个风流佳婿。但有一二分才貌的，那一个不挨风缉缝，央媒说合。说时夸奖得潘安般貌，子建般才。及至访实，都只平常。高赞被这伙做媒的哄得不耐烦了，对那些媒人说道："今后不须言三语四。若果有人才出众的，便与他同来见我。合得我意，一言两决，可不快当！"自高赞出了这句言语，那些媒人就不敢轻易上门。正是：

眼见方为是，传言未必真。

---

① 馆谷——请先生在家里教小孩念书，东家供给先生的食宿，叫作"馆谷"。

② 出落——男女青春期容貌变化比较秀丽，叫作"出落"。这里作动词，"长成"、"形成"的意思。

③ 平等之人——平常的人；封建社会里认为作官、读书的人是上等人，其馀的人是平常的人；这里意思是指作生意的人。

试金今有石,惊破假银人。

话分两头。却说苏州府吴江县平望地方,有一秀士,姓钱名青,字万选。此人饱读诗书,广知今古,更兼一表人才。也有〔西江月〕为证:

出落唇红齿白,生成眼秀眉清。风流不在着衣新,俊俏行中首领。　　下笔千言立就,挥毫四坐皆惊。青钱万选好声名,一见人人起敬。

钱生家世书香,产微业薄,不幸父母早丧,愈加零替。所以年当弱冠,无力娶妻。止与老仆钱兴相依同住。钱兴日逐做些小经纪供给家主,每每不敷,一饥两饱。幸得其年游庠①。同县有个表兄,住在北门之外,家道颇富,就延他在家读书。那表兄姓颜,名俊,字伯雅,与钱生同庚生,都则一十八岁,颜俊只长得三个月,以此钱生呼之为兄。父亲已逝,止有老母在堂,亦未曾定亲。说话的,那钱青因家贫未娶;颜俊是富家之子,如何一十八岁,还没老婆?其中有个缘故。那颜俊有个好高之病,立誓要拣个绝美的女子,方与他缔姻,所以急切不能成就。况且颜俊自已又生得十分丑陋。怎见得?亦有〔西江月〕为证:

面黑浑如锅底,眼圆却似铜铃。痘疤密摆泡头钉,黄发鬅松两鬓。　　牙齿真金镀就,身躯顽铁敲成。楂开五指鼓锤能,枉了名呼颜俊。

---

① 游庠——庠,古代地方的学校的名称。科举时代,准备考科举的人称为"童生",经过县、府、院的初试和复试,考取了就是"秀才",或叫作"庠生",也称为"游庠"、"入泮"。

那颜俊虽则丑陋,最好妆扮,穿红着绿,低声强笑,自以为美。更兼他腹中全无滴墨,纸上难成片语,偏好攀今掉古,卖弄才学。钱青虽知不是同调,却也借他馆地,为读书之资,每事左凑①着他。故此颜俊甚是喜欢,事事商议而行,甚说得着。话休絮烦。一日,正是十月初旬天气,颜俊有个门房远亲,姓尤名辰,号少梅,为人生意行中,颇颇伶俐,也领借颜俊些本钱,在家开个果子店营运过活。其日在洞庭山贩了几担橙橘回来,装做一盘,到颜家送新。他在山上闻得高家选婿之事,说话中间偶然对颜俊叙述,也是无心之谈。谁知颜俊到有意了,想道:"我一向要觅一头好亲事,都不中意。不想这段姻缘却落在那里!凭着我恁般才貌,又有家私,若央媒去说,再增添几句好话,怕道不成?"那日一夜睡不着。天明起来,急急梳洗了,到尤辰家里。尤辰刚刚开门出来,见了颜俊,便道:"大官人为何今日起得恁早?"颜俊道:"便是有些正事,欲待相烦。恐老兄出去了,特特早来。"尤辰道:"不知大官人有何事见委?请里面坐了领教。"颜俊到坐启②下,作了揖,分宾而坐。尤辰又道:"大官人但有所委,必当效力,只怕用小子不着。"颜俊道:"此来非为别事,特求少梅作伐。"尤辰道:"大官人作成小子赚花红钱,最感厚意。不知说的是那一头亲事?"颜俊道:"就是老兄昨日说的洞庭西山高家这头亲事,于家下甚是相宜。求老兄作成小子则个。"尤辰格的笑了一声道:"大官人莫怪小子直言!若是第二家,小子也就与你去说了。若是高家,大官人作成别人做媒罢。"颜俊道:

① 左凑——迁就,顺着。
② 坐启——或作"坐起",客房。

“老兄为何推托？这是你说起的，怎么又叫我去寻别人？”尤辰道：“不是小子推托。只为高老有些古怪，不容易说话，所以迟疑。”颜俊道：“别件事，或者有些东扯西拽，东掩西遮，东三西四，不容易说话。这做媒乃是冰人撮合，一天好事，除非他女儿不要嫁人便罢休。不然，少不得男媒女妁。随他古怪，煞须知媒人不可怠慢。你怕他怎的！还是你故意作难，不肯总成[1]我这桩美事。这也不难，我就央别人去说。说成了时，休想吃我的喜酒！”说罢，连忙起身。那尤辰领借了颜俊家本钱，平日奉承他的，见他有怫然不悦之意，即忙回船转舵道：“大官人莫要性急，且请坐下，再细细商议。”颜俊道：“肯去说便去，不肯去就罢了。有甚话商量得！”口里虽则是恁般说了，身子却又转来坐下。尤辰道：“不是我故意作难，那老儿真个古怪。别家相媳妇，他偏要相女婿。但得他当面看得中意，才将女儿许他。有这些难处，只怕劳而无功，故此不敢把这个难题目包揽在身上。”颜俊道：“依你说，也极容易。他要当面看我时，就等他看个眼饱。我又不残疾，怕他怎地！”尤辰不觉呵呵大笑道：“大官人，不是冲撞你说。大官人虽则不丑，更有比大官人胜过几倍的，他还看不上眼哩。大官人若是不把与他见面，这事纵没一分二分，还有一厘二厘。若是当面一看，便万分难成了。”颜俊道：“常言无谎不成媒。你与我包谎，只说十二分人才，或者该是我的姻缘，一说一就，不要面看，也不可知。”尤辰道：“倘若要看时，却怎地？”颜俊道：“且到那时，再有商量。只求老兄速去一言。”尤辰道：“既蒙吩咐，小子好歹去走一遭便了。”颜俊临起身，

① 总成——作成，成全，照顾，帮助人成功，使其达到目的。

又叮咛道:“千万,千万!说得成时,把你二十两这纸借契,先奉还了。媒礼花红在外。”尤辰道:“当得,当得!”颜俊别去。不多时,就教人封上五钱银子,送与尤辰,为明日买舟之费。颜俊那一夜在床上又睡不着,想道:“倘他去时不尽其心,葫芦提①回复了我,可不枉走一遭!再差一个伶俐家人跟随他去,听他讲甚言语。好计,好计!”等待天明,便唤家童小乙来,跟随尤大舍往山上去说亲。小乙去了,颜俊心中牵挂,即忙梳洗,往近处一个关圣庙中求签,卜其事之成否。当下焚香再拜,把签筒摇了几摇,扑的跳出一签。拾起看时,却是第七十三签。壁上写得有签诀四句,云:

忆昔兰房分半钗,而今忽把信音乖。

痴心指望成连理,到底谁知事不谐。

颜俊才学虽则不济,这几句签诀,文义显浅,难道好歹不知。求得此签,心中大怒,连声道:“不准,不准!”撒袖出庙门而去。回家中坐了一会,想道:“此事有甚不谐!难道真个嫌我丑陋,不中其意?男子汉须比不得妇人,只是出得人前罢了。一定要选个陈平、潘安②不成?”一头想,一头取镜子自照。侧头侧脑的看了一回,良心不昧,自己也看不过了。把镜子向桌上一撇,叹了一口寡气,呆呆而坐。准准的闷了一日。不题。

且说尤辰是日同小乙驾了一只三橹快船,趁着无风静浪,咿呀的摇到西山高家门首停舶,刚刚是未牌时分。小乙将名帖递了。高公出迎,问其来意。说是与令爱作伐。高赞问是何宅。尤辰道:

① 葫芦提——含糊,笼统,糊里糊涂,马马虎虎。

② 陈平、潘安——陈平,西汉时人。潘安,潘岳,字安仁,一般称他为“潘安”,晋代人。两人都长得很漂亮,古代把他们当作美男子的代表。

“就是敝县一个舍亲，家业也不薄，与宅上门户相当。此子年方十八，读书饱学。”高赞道：“人品生得如何？老汉有言在前，定要当面看过，方敢应承。”尤辰见小乙紧紧靠在椅子后边，只得不老实扯个大谎，便道：“若论人品，更不必言。堂堂一躯，十全之相；况且一肚文才，十四岁出去考童生，县里就高高取上一名。这几年为丁了父忧，不曾进院，所以未得游庠。有几个老学，看了舍亲的文字，都许他京解之才①。就是在下，也非惯于为媒的。因年常在贵山买果，偶闻令爱才貌双全，老翁又慎于择婿，因思舍亲，正合其选，故此斗胆轻造。”高赞闻言，心中甚喜。便道：“令亲果然有才有貌，老汉敢不从命。但老汉未曾经目，终不放心。若是足下引令亲过寒家一会，更无别说。”尤辰道：“小子并非谬言。老翁他日自知。只是舍亲是个不出书房的小官人，或者未必肯到宅上。就是小子撺掇来时，若成得亲事还好，万一不成，舍亲何面目回转！小子必然讨他抱怨了。”高赞道：“既然人品十全，岂有不成之理。老夫生性是这般小心过度的人，所以必要着眼。若是令亲不屑下顾，待老汉到宅，足下不意之中，引令亲来一观，却不妥帖？”尤辰恐怕高赞身到吴江，访出颜俊之丑，即忙转口道：“既然尊意决要会面，小子还同舍亲奉拜，不敢烦尊驾动履②。”说罢，告别。高公那里肯放，忙教整酒肴相款。吃到更馀，高公留宿。尤辰道：“小舟带有铺陈，明日要早行。即今奉别。等舍亲登门，却又相扰。”高公取

① 京解之才——秀才经过省试，考取了叫作“举人”，一般又称为“解元”，或“发解”。举人到京城经过会试、殿试，考取了就是“进士”。京解之才，就是说有考中举人、进士的才能。

② 履——原本作“定”，据《今古奇观》改。

舟金一封相送。尤辰作谢下船。次早顺风,拽起饱帆,不勾大半日就到了吴江。颜俊正呆呆的站在门前望信。一见尤辰回家,便迎住问道:"有劳老兄往返,事体如何?"尤辰把问答之言,细述一遍。"他必要面会,大官人如何处置?"颜俊嘿然无言。尤辰便道:"暂别再会。"自回家去了。颜俊到里面,唤过小乙来问其备细,只恐尤辰所言不实。小乙说来果是一般。颜俊沉吟了半晌,心生一计,再走到尤辰家,与他商议。不知说的是甚么计策?正是:

为思佳偶情如火,索尽枯肠夜不眠。

自古姻缘皆分定,红丝①岂是有心牵。

颜俊对尤辰道:"适才老兄所言,我有一计在此。也不打紧。"尤辰道:"有何好计?"颜俊道:"表弟钱万选,向在舍下同窗读书。他的才貌比我胜几分儿。明日我央及他同你去走一遭,把他只说是我,哄过一时。待行过了聘,不怕他赖我的姻事。"尤辰道:"若看了钱官人,万无不成之理。只怕钱官人不肯。"颜俊道:"他与我至亲,又相处得极好。只央他点一遍名儿,有甚亏他处!料他决然无辞。"说罢,作别回家。其夜,就到书房中陪钱万选夜饭,酒肴比常分外整齐。钱万选愕然道:"日日相扰,今日何劳盛设?"颜俊道:"且吃三杯,有小事相烦贤弟则个。只是莫要推故。"钱万选道:"小弟但可效劳之处,无不从命。只不知甚么样事?"颜俊道:"不瞒贤弟说,对门开果子店的尤少梅,与我作伐,说的女家,是洞庭西山高家。一时间夸了大口,说我十分才貌。不想说得忒高兴

① 红丝——唐代张嘉贞想选郭元振为婿,令五个女儿手中各拿一根丝线,线头露在帷幕外,使郭元振随便牵一根线;郭牵了一根红丝,于是娶得他的第三个女儿。

了，那高老定要先请我去面会一会，然后行聘。昨日商议，若我自去，恐怕不应了前言。一来少梅没趣，二来这亲事就难成了。故此要劳贤弟认了我的名色，同少梅一行，瞒过那高老，玉成这头亲事，感恩不浅。愚兄自当重报。”钱万选想了一想，道：“别事犹可，这事只怕行不得。一时便哄过了，后来知道，你我都不好看相。”颜俊道：“原只要哄过这一时。若行聘过了，就晓得也何怕他。他又不认得你是什么人。就怪也只怪得媒人，与你什么相干！况且他家在洞庭西山，百里之隔，一时也未必知道。你但放心前去，到不要畏缩。”钱万选听了，沉吟不语。欲待从他，不是君子所为；欲待不从，必然取怪，这馆就处不成了，事在两难。颜俊见他沉吟不决，便道：“贤弟，常言道：天摊下来，自有长的撑住。凡事有愚兄在前，贤弟休得过虑。”钱万选道：“然虽如此，只是愚弟衣衫褴褛，不称仁兄之相。”颜俊道：“此事愚兄早已办下了。”是夜无话。

次日，颜俊早起，便到书房中，唤家童取出一皮箱衣服，都是绫罗绸绢时新花样的翠颜色，时常用龙涎庆真饼①熏得扑鼻之香，交付钱青行时更换，下面净袜丝鞋，只有头巾不对②，即时与他折了一顶新的。又封着二两银子送与钱青道：“薄意权充纸笔之用，后来还有相酬。这一套衣服，就送与贤弟穿了。日后只求贤弟休向人说，泄漏其事。今日约定了尤少梅，明日早行。”钱青道：“一依尊命。这衣服小弟暂时借穿，回时依旧纳还。这银子一发不敢领

① 龙涎庆真饼——龙涎，抹香鲸肠内分泌出的一种香料，可以制香。龙涎庆真饼，用龙涎香料制成的香饼。

② 只有头巾不对——明代规定：生员（秀才）戴软巾，垂带。钱青是秀才，戴这种巾；颜俊不是秀才，所以和他的头巾不同。

了。"颜俊道:"古人车马轻裘,与朋友共,就没有此事相劳,那几件粗衣奉与贤弟穿了,不为大事。这些须薄意,不过表情,辞时反教愚兄惭愧。"钱青道:"既是仁兄盛情,衣服便勉强领下,那银子断然不敢领。"颜俊道:"若是贤弟固辞,便是推托了。"钱青方才受了。颜俊是日约会尤少梅。尤辰本不肯担这干纪,只为不敢得罪于颜俊,勉强应承。颜俊预先备下船只,及船中供应食物,和铺陈之类,又拨两个安童①伏侍,连前番跟去的小乙,共是三人。绢衫毡包,极其华整。隔夜俱已停当。又吩咐小乙和安童到彼,只当自家大官人称呼,不许露出个钱字。过了一夜,侵早就起来催促钱青梳洗穿着。钱青贴里贴外,都换了时新华丽衣服,行动香风拂拂,比前更觉标致。

分明荀令留香去,疑是潘郎掷果回。

颜俊请尤辰到家,同钱青吃了早饭,小乙和安童跟随下船。又遇了顺风,片帆直吹到洞庭西山,天色已晚。舟中过宿。次日,早饭过后,约莫高赞起身;钱青全柬写颜俊名字拜帖,谦逊些,加个晚字。小乙捧帖,到高家门首投下,说:"尤大舍引颜宅小官人特来拜见。"高家仆人认得小乙的,慌忙通报。高赞传言快请。假颜俊在前,尤辰在后,步入中堂。高赞一眼看见那个小后生,人物轩昂②,衣冠济楚③,心中已自三分欢喜。叙礼已毕,高赞看椅上坐。钱青自谦幼辈,再三不肯。只得东西昭穆④坐下。高赞肚里暗暗欢

① 安童——侍童,书童。
② 轩昂——态度举动,高超不凡的样子。
③ 济楚——整齐鲜明。
④ 昭穆——古代祖庙的次序,左边为"昭",右边为"穆",后作为"左右"的代词。

喜："果然是个谦谦君子。"坐定，先是尤辰开口，称谢前日相扰。高翁答言多慢。接口就问道："此位就是令亲颜大官人？前日不曾问得贵表①。"钱青道："年幼无表。"尤辰代言："舍亲表字伯雅。伯仲之伯，雅俗之雅。"高赞道："尊名尊字，俱称其实。"钱青道："不敢！"高赞又问起家世。钱青一一对答。出词吐气，十分温雅。高赞想道："外才已是美了。不知他学问如何？且请先生和儿子出来相见，盘他一盘，便见有学无学。"献茶二道，吩咐家人："书馆中请先生和小舍出来见客。"去不多时，只见五十多岁一个儒者，引着一个垂髫②学生出来。众人一齐起身作揖。高赞一一通名："这位是小儿的业师，姓陈，见在府庠；这就是小儿高标。"钱青看那学生，生得眉清目秀，十分俊雅。心中想着："此子如此，其姊可知。颜兄好造化哩！"又献了一道茶，高赞便对先生道："此位尊客是吴江颜伯雅，年少高才。"那陈先生已会了主人之意，便道："吴江是人才之地，见高识广，定然不同。请问贵邑有三高祠，还是那三个？"钱青答言："范蠡、张翰、陆龟蒙③。"又问："此三人何以见得他高处？"钱青一一分疏出来。两个遂互相盘问了一回。钱青见那先生学问平常，故意谭天说地，讲古论今，惊得先生一字俱无，连称

① 表——即表字，表号；正名之外的一个名号。如本文钱青字万选，万选就是他的"表字"。

② 垂髫（tiáo）——古代成年人才把头发盘在头上；小孩子的头发垂搭着，叫作"垂髫"。

③ 范蠡、张翰、陆龟蒙——范蠡，战国时越国的大夫，他帮助越王勾践灭吴之后，就弃官泛舟五湖。张翰，晋代吴郡人。一天，想到家乡的莼菜和鲈鱼味道很美，他就辞官回家。陆龟蒙，长洲（吴县）人，隐居不作官，自号"江湖散人"、"天随子"，是唐代的诗人。因为他们都辞官隐居，所以后来合称为"三高"。

道:“奇才,奇才!”把一个高赞就喜得手舞足蹈。忙唤家人,悄悄吩咐备饭,要整齐些。家人闻言,即时摆开桌子,排下五色果品。高赞取杯箸安席。钱青答敬谦让了一回,照前昭穆坐下。三汤十菜,添案①小吃,顷刻间,摆满了桌子,真个咄嗟而办。你道为何如此便当?原来高赞的妈妈金氏,最爱其女。闻得媒人引颜小官人到来,也伏在遮堂背后张看。看见一表人才,语言响亮,自家先中意,料高老必然同心,故此预先准备筵席。一等吩咐,流水的就搬出来。宾主共是五位。酒后饭,饭后酒,直吃到红日衔山。钱青和尤辰起身告辞。高赞心中甚不忍别,意欲攀留数日。钱青那里肯住。高赞留了几次,只得放他起身。钱青拜别了陈先生,口称承教,次与高公作谢道:“明日早行,不得再来告别!”高赞道:“仓卒怠慢,勿得见罪。”小学生也作揖过了。金氏已备下几色嗄程②相送,无非是酒米鱼肉之类。又有一封舟金。高赞扯尤辰到背处,说道:“颜小官人才貌,更无他说。若得少梅居间成就,万分之幸。”尤辰道:“小子领命。”高赞直送上船,方才分别。当夜夫妻两口,说了颜小官人一夜。正是:

不须玉杵千金聘,已许红绳两足缠。

再说钱青和尤辰,次日开船,风水不顺,直到更深,方才抵家。颜俊兀自秉烛夜坐,专听好音。二人叩门而入,备述昨朝之事。颜俊见亲事已成,不胜之喜,忙忙的就本月中择个吉日行聘。果然把那二十两借契送还了尤辰,以为谢礼。就择了十二月初三日成亲。

① 添案——案,案酒;指下酒的菜肴。

② 嗄程——送行的礼物;路菜。

高赞得意了女婿,况且妆奁久已完备,并不推阻。日往月来,不觉十一月下旬,吉期将近。原来江南地方娶亲,不行古时亲迎之礼,都是女亲家和阿舅自送上门。女亲家谓之送娘,阿舅谓之抱嫁。高赞为选中了乘龙佳婿①,到处夸扬,今日定要女婿上门亲迎,准备大开筵宴,遍请远近亲邻吃喜酒。先遣人对尤辰说知。尤辰吃了一惊,忙来对颜俊说了。颜俊道:"这番亲迎,少不得我自去走遭。"尤辰跌足道:"前日女婿上门,他举家都看个勾,行乐图②也画得出在那里。今番又换了一个面貌,教做媒的如何措辞?好事定然中变!连累小子必然受辱!"颜俊听说,反抱怨起媒人来道:"当初我原说过来,该是我姻缘,自然成就。若第一次上门时,自家去了,那见得今日进退两难!都是你捉弄我,故意说得高老十分古怪,不要我去,教钱家表弟替了。谁知高老甚是好情,一说就成,并不作难。这是我命中注定,该做他家的女婿,岂因见了钱表弟方才肯成!况且他家已受聘礼了,他的女儿就是我的人了。敢道个不字么?你看我今番自去,他怎生发付我?难道赖我的亲事不成?"尤辰摇着头道:"成不得!人也还在他家!你狠到那里去?若不肯把人送上轿,你也没奈何他!"颜俊道:"多带些人从去,肯便肯,不肯时打进去,抢将回来。便告到官司,有生辰吉帖为证。只是赖婚的不是,我并没差处。"尤辰道:"大官人休说满话③!常言道:恶龙不斗地头蛇。你的从人虽多,怎比得坐地的,有增无减。万一弄

① 乘龙佳婿——东汉时,太尉桓焉把两个女儿嫁给了两个很有名望的大官,当时称为"两女俱乘龙"。后来把"乘龙"当作好女婿的代称。

② 行乐图——人们游玩消遣的画图或人像,叫作"行乐图"。

③ 满话——自大、自满的话。

出事来,缠到官司,那老儿诉说,求亲的是一个,娶亲的又是一个。官府免不得与媒人诘问。刑罚之下,小子只得实说。连钱大官人前程干系,不是要处。”颜俊想了一想道:“既如此,索性不去了。劳你明日去回他一声,只说前日已曾会过了,敝县没有亲迎的常规,还是从俗送亲罢。”尤辰道:“一发成不得。高老因看上了佳婿,到处夸其才貌。那些亲邻专等亲迎之时,都要来厮认。这是断然要去的。”颜俊道:“如此,怎么好?”尤辰道:“依小子愚见,更无别策。只得再央令表弟钱大官人走遭。索性哄他到底。哄得新人进门,你就靠家大了。不怕他又夺了去。结姻之后,纵然有话,也不怕他了。”颜俊顿了一顿口道:“话到有理!只是我的亲事,到作成别人去风光。央及他时,还有许多作难哩。”尤辰道:“事到其间,不得不如此了。风光只在一时,怎及得大官人终身受用!”颜俊又喜又恼。

当下别了尤辰,回到书房,对钱青说道:“贤弟,又要相烦一事。”钱青道:“不知兄又有何事?”颜俊道:“出月初三,是愚兄毕姻之期。初二日就要去亲迎。原要劳贤弟一行,方才妥当。”钱青道:“前日代劳,不过泛然之事。今番亲迎,是个大礼,岂是小弟代得的!这个断然不可!”颜俊道:“贤弟所言虽当,但因初番会面,他家已认得了。如今忽换我去,必然疑心。此事恐有变卦。不但亲事不成,只恐还要成讼。那时连贤弟也有干系。却不是为小妨大,把一天好事自家弄坏了?若得贤弟亲迎回来,成就之后,不怕他闲言闲语。这是个权宜之术。贤弟须知:塔尖上功德①,休得固

① 塔尖上功德——比喻只剩下最后一点小的工程。

辞。"钱青见他说得情辞恳切,只索依允。颜俊又唤过吹手及一应接亲人从,都吩咐了说话,不许漏泄风声。取得亲回,都有重赏。众人谁敢不依。到了初二日侵晨,尤辰便到颜家相帮,安排亲迎礼物,及上门各项赏赐,都封得停停当当。其钱青所用,及儒巾圆领丝绦皂靴,并皆齐备。又分派各船食用,大船二只,一只坐新人,一只媒人共新郎同坐;中船四只,散载众人;小船四只,一者护送,二者以备杂差。十馀只船,筛锣掌号,一齐开出湖去。一路流星炮杖,好不兴头。正是:

门阑多喜气,女婿近乘龙。

船到西山,已是下午。约莫离高家半里停泊。尤辰先到高家报信。一面安排亲迎礼物,及新人乘坐百花彩轿,灯笼火把,共有数百。钱青打扮整齐,另有青绢暖轿,四抬四绰,笙箫鼓乐,径望高家而来。那山中远近人家,都晓得高家新女婿才貌双全,竞来观看,挨肩并足,如看神会故事的一般热闹。钱青端坐轿中,美如冠玉,无不喝采。有妇女曾见过秋芳的,便道:"这般一对夫妻,真个郎才女貌！高家拣了许多女婿,今日果然被他拣着了。"不题众人。且说高赞家中,大排筵席,亲朋满坐,未及天晚,堂中点得画烛通红。只听得乐声聒耳,门上人报道:"娇客①轿子到门了。"傧相②披红插花,忙到轿前作揖,念了诗赋,请出轿来。众人谦恭揖让,延至中堂奠雁。行礼已毕,然后诸亲一一相见。众人见新郎标致,一个个暗暗称羡。献茶后,吃了茶果点心,然后定席安位。此

① 娇客——对女婿的敬称。

② 傧相——结婚时,赞礼司仪的人。

日新女婿与寻常不同,面南专席,诸亲友环坐相陪,大吹大擂的饮酒。随从人等,外厢另有款待。且说钱青坐于席上,只听得众人不住声的赞他才貌,贺高老选婿得人。钱青肚里暗笑道:“他们好似见鬼一般!我好像做梦一般!做梦的醒了,也只扯淡①。那些见神见鬼的,不知如何结末哩?我今日且落得受用。”又想道:“我今日做替身,担了虚名,不知实受还在几时?料想不能如此富贵。”转了这一念,反觉得没兴起来。酒也懒吃了。高赞父子,轮流敬酒,甚是殷勤。钱青怕担误了表兄的正事,急欲抽身。高赞固留,又坐了一回。用了汤饭,仆从的酒都吃完了。约莫四鼓,小乙走在钱青席边,催促起身。钱青教小乙把赏封②给散,起身作别。高赞量度已是五鼓时分,赔嫁妆奁俱已点检下船,只待收拾新人上轿。只见船上人都走来说:“外边风大,难以行船。且消停一时,等风头缓了好走。”原来半夜里便发了大风。那风刮得好利害!只见:

山间拔木扬尘,湖内腾波起浪。

只为堂中鼓乐喧阗,全不觉得。高赞叫乐人住了吹打,听时,一片风声,吹得怪响。众皆愕然。急得尤辰只把脚跳。高赞心中大是不乐。只得重请入席,一面差人在外专看风色。看看天晓,那风越狂起来,刮得彤云密布,雪花飞舞。众人都起身看着天,做一块儿商议。一个道:“这风还不像就住的。”一个道:“半夜起的风,原要半夜里住。”又一个道:“这等雪天,就是没风也怕行不得。”又一个道:“只怕这雪还要大哩。”又一个道:“风太急了,住了风,只

---

① 扯淡——胡扯,不相干。

② 赏封——过去,给仆人的钱用红纸封包着,叫作“赏封”。

怕湖胶①。”又一个道:“这太湖不愁他胶断,还怕的是风雪。”众人是恁般闲讲。高老和尤辰好生气闷!又捱一会,吃了早饭,风愈狂,雪愈大,料想今日过湖不成。错过了吉日良时,残冬腊月,未必有好日了。况且笙箫鼓乐,乘兴而来,怎好教他空去。事在千难万难之际,坐间有个老者,唤做周全,是高赞老邻,平日最善处分乡里之事。见高赞沉吟无计,便道:“依老汉愚见,这事一些不难。”高赞道:“足下计将安在?”周全道:“既是选定日期,岂可错过!令婿既已到宅,何不就此结亲?趁这筵席,做了花烛。等风息,从容回去,岂非全美。”众人齐声道:“最好!”高赞正有此念,却喜得周老说话投机。当下便吩咐家人,准备洞房花烛之事。却说钱青虽然身子在此,本是个局外之人。起初风大风小,也还不在他心上。忽见周全发此议论,暗暗心惊,还道高老未必听他。不想高老欣然应允,老大着忙,暗暗叫苦。欲央尤少梅代言,谁想尤辰平昔好酒,一来天气寒冷,二来心绪不佳,斟着大杯,只顾吃。吃得烂醉如泥,在一壁厢空椅子上,打鼾去了。钱青只得自家开口道:“此百年大事,不可草草。不妨另择个日子,再来奉迎。”高赞那里肯依,便道:“翁婿一家,何分彼此!况贤婿尊人,已不在堂,可以自专。”说罢,高赞入内去了。钱青又对各位亲邻,再三央及,不愿在此结亲。众人都是奉承高老的,那一个不极口赞成。钱青此时无可奈何,只推出恭。到外面时,却叫颜小乙与他商议。小乙心上也道不该,只教钱秀才推辞,此外别无良策。钱青道:“我已辞之再四,其奈高老不从!若执意推辞,反起其疑。我只要委曲周全你家主一桩大

① 湖胶——湖结了冰,冻住了。

事,并无欺心。若有苟且,天地不容。”主仆二人,正在讲话,众人都攒拢来道:“此是美事,令岳意已决矣。大官人不须疑虑!”钱青嘿然无语。众人揖钱青请进。午饭已毕,重排喜筵。傧相披红喝礼,两位新人打扮登堂,照依常规行礼,结了花烛。正是:

百年姻眷今宵就,一对夫妻此夜新。

得意事成失意事,有心人遇没心人。

其夜酒阑人散,高赞老夫妇亲送新郎进房,伴娘替新娘卸了头面。几遍催新郎安置,钱青只不答应。正不知什么意故。只得伏侍新娘先睡,自己出房去了。丫鬟将房门掩上,又催促官人上床。钱青心上如小鹿乱撞①,勉强答应一句道:“你们先睡。”丫鬟们乱了一夜,各自倒东歪西去打瞌睡。钱青本待秉灯达旦,一时不曾讨得几枝蜡烛。到烛尽时,又不好声唤,忍着一肚子闷气,和衣在床外侧身而卧。也不知女孩儿头东头西。次早清清天亮,便起身出外,到舅子书馆中去梳洗。高赞夫妻只道他少年害羞,亦不为怪。是日雪虽住了,风尚不息。高赞且做庆贺筵席。钱青吃得酩酊大醉,坐到更深进房。女孩儿又先睡了。钱青打熬不过,依旧和衣而睡。连小娘子的被窝儿也不敢触着。又过一晚,早起时,见风势稍缓,便要起身。高赞定要留过三朝,方才肯放。钱青拗不过,只得又吃了一日酒。坐间背地里和尤辰说起夜间和衣而卧之事。尤辰口虽答应,心下未必准信。事已如此,只索由他。却说女孩儿秋芳,自结亲之夜,偷眼看那新郎,生得果然齐整,心中暗暗欢喜。一连两夜,都则衣不解带,不解其故。“莫非怪我先睡了,不曾等待

① 心上如小鹿乱撞——比喻因紧张、惊慌而心头跳动的意思。

得他?”此是第三夜了,女孩儿预先吩咐丫鬟,只等官人进房,先请他安息。丫鬟奉命,只等新郎进来,便替他解衣科帽。钱青见不是头,除了头巾,急急的跳上床去,贴着床里自睡,仍不脱衣。女孩儿满怀不乐,只得也和衣睡了。又不好告诉爹娘。到第四日,天气晴和,高赞预先备下送亲船只,自己和老婆亲送女孩儿过湖。娘女共是一船,高赞与钱青、尤辰又是一船。船头俱挂了杂彩,鼓乐振天,好生闹热。只有小乙受了家主之托,心中甚不快意。驾个小小快船,赶路先行。

话分两头。且说颜俊自从打发众人迎亲去后,悬悬而望。到初二日半夜,听得刮起大风大雪,心上好不着忙。也只道风雪中船行得迟,只怕挫了时辰。那想道过不得湖!一应花烛筵席,准备十全,等了一夜,不见动静,心下好闷。想道:“这等大风,到是不曾下船还好。若在湖中行动,老大担忧哩。”又想道:“若是不曾下船,我岳丈知道错过吉期,岂肯胡乱把女儿送来,定然要另选个日子。又不知几期吉利?可不闷杀了人!”又想道:“若是尤少梅能事时,在岳丈前撺掇,权且迎来,那时我那管时日利与不利,且落得早些受用。”如此胡思乱想,坐不安席,不住的在门前张望。到第四日风息,料道决有佳音。等到午后,只见小乙先回报道:“新娘已取来了。不过十里之遥。”颜俊问道:“吉期挫过,他家如何肯放新人下船?”小乙道:“高家只怕挫过好日,定要结亲。钱大官人已替东人权做新郎三日了。”颜俊道:“既结了亲,这三夜钱大官人难道竟在新人房里睡的?”小乙道:“睡是同睡的,却不曾动弹。那钱大官人是看得熟鸭蛋,伴得小娘眠的①。”颜俊骂道:“放屁!

① 看得熟鸭蛋,伴得小娘眠的——形容人好,不好“食”“色”,也就是没有发生肉体关系的隐语。

那有此理！我托你何事？你如何不叫他推辞；却做下这等勾当？”小乙道：“家人也说过来。钱大官人道：‘我只要周全你家之事。若有半点欺心，天神鉴察。’”颜俊此时：

怒从心上起，恶向胆边生。

一把掌将小乙打在一边，气忿忿的奔出门外，专等钱青来厮闹。恰好船已拢岸。钱青终有细腻，预先嘱咐尤辰伴住高老，自己先跳上岸。只为自反无愧①，理直气壮，昂昂的步到颜家门首。望见颜俊，笑嘻嘻的正要上前作揖，告诉衷情，谁知颜俊以小人之心，度君子之腹，此际便是仇人相见，分外眼睁，不等开言，便扑的一头撞去，咬定牙根，狠狠的骂道：“天杀的！你好快活！”说声未毕，揸开五指，将钱青和巾和发，扯做一把。乱踢乱打，口里不绝声的道：“天杀的！好欺心！别人费了钱财，把与你见成受用！”钱青口中也自分辩。颜俊打骂忙了，那里听他半个字儿。家人也不敢上前相劝。钱青吃打慌了，但呼救命。船上人听得闹吵，都上岸来看。只见一个丑汉，将新郎痛打，正不知甚么意故。都走拢来解劝，那里劝得他开。高赞盘问他家人，那家人料瞒不过，只得实说了。高赞不闻犹可，一闻之时，心头火起，大骂尤辰无理，做这等欺三瞒四的媒人，说骗人家女儿。也扭着尤辰乱打起来。高家送亲的人，也自心怀不平，一齐动手要打那丑汉。颜家的家人回护家主，就与高家从人对打。先前颜俊和钱青是一对厮打，以后高赞和尤辰是两对厮打。结末两家家人，扭做一团厮打。看的人重重叠叠，越发多了，街道拥塞难行，却似：

① 自反无愧——自己问心无愧。

九里山前摆阵势，昆阳城下赌输赢①。

事有凑巧，其时本县大尹，恰好送了上司回轿，至于北门，见街上震天喧嚷，却是厮打的。停了轿子，喝教拿下。众人见知县相公拿人，都则散了。只有颜俊兀自扭住钱青，高赞兀自扭住尤辰，纷纷告诉，一时不得其详。大尹都教带到公庭，逐一细审，不许搀口。见高赞年长，先叫他上堂诘问。高赞道："小人是洞庭山百姓，叫做高赞，为女择婿，相中了女婿才貌，将女许配。初三日，女婿上门亲迎，因被风雪所阻。小人留女婿在家，完了亲事。今日送女到此。不期遇了这个丑汉，将小人的女婿毒打。小人问其缘故，却是那丑汉买嘱媒人，要哄骗小人的女儿为婚，却将那姓钱的后生，冒名到小人家里。老爷只问媒人，便知奸弊。"大尹道："媒人叫甚名字？可在这里么？"高赞道："叫做尤辰，见在台下。"大尹喝退高赞，唤尤辰上来，骂道："弄假成真，以非为是，都是你弄出这个伎俩！你可实实供出，免受重刑。"尤辰初时还只含糊抵赖。大尹发怒，喝教取夹棍伺候。尤辰虽然市井，从未熬刑，只得实说。起初颜俊如何"央小人去说亲"，高赞如何作难，要选才貌。后来如何央钱秀才冒名去拜望。直到结亲始末，细细述了一遍。大尹点头道："这是实情了。颜俊这厮费了许多事，却被别人夺了头筹②，也怪不得发恼。只是起先设心哄骗的不是。"便教颜俊，审其口词。

---

① 九里山前摆阵势，昆阳城下赌输赢——九里山前，历史传说故事：楚汉相争，韩信在九里山前摆六十四卦阵，设十面埋伏，逼着项羽自刎于乌江。昆阳城下，刘秀（汉光武帝）和王莽的主力军队曾在昆阳决战，打败了王莽的军队。

② 夺了头筹——得了头彩。这里是比喻第一个和新娘发生关系的意思。

颜俊已听尤辰说了实话，又见知县相公词气温和，只得也叙了一遍。两口相同。大尹结末唤钱青上来。一见钱青青年美貌，且被打伤，便有几分爱他怜他之意。问道："你是个秀才，读孔子之书，达周公之礼，如何替人去拜望迎亲，同谋哄骗，有乖行止？"钱青道："此事原非生员所愿。只为颜俊是生员表兄，生员家贫，又馆谷于他家，被表兄再四央求不过，勉强应承。只道一时权宜，玉成其事。"大尹道："住了！你既为亲情而往，就不该与那女儿结亲了。"钱青道："生员原只代他亲迎。只为一连三日大风，太湖之隔，不能行舟，故此高赞怕误了婚期，要生员就彼花烛。"大尹道："你自知替身，就该推辞了。"颜俊从傍磕头道："青天老爷！只看他应承花烛，便是欺心。"大尹喝道："不要多嘴，左右扯他下去。"再问钱青："你那时应承做亲，难道没有个私心？"钱青道："只问高赞便知。生员再三推辞，高赞不允。生员若再辞时，恐彼生疑，误了表兄的大事。故此权成大礼。虽则三夜同床，生员和衣而睡，并不相犯。"大尹呵呵大笑道："自古以来，只有一个柳下惠坐怀不乱。那鲁男子①就自知不及，风雪之中，就不肯放妇人进门了。你少年子弟，血气未定，岂有三夜同床，并不相犯之理？这话哄得那一个！"钱青道："生员今日自陈心迹，父母老爷未必相信。只教高赞去问自己的女儿，便知真假。"大尹想道："那女儿若有私情，如

① 柳下惠、鲁男子——柳下惠，春秋时鲁国人。相传：他曾用自己的身体，偎暖了一个没有宿处冻倒的女子；可是他们并没有发生不正当的关系，所以称为"坐怀不乱"。鲁男子，鲁国人。一天夜晚大风雨，邻家寡妇的房屋坏了，想到他家避雨；他为了避嫌疑，拒绝了那个寡妇。

何肯说实话。”当下想出个主意来，便教左右唤到老实稳婆①一名，到舟中试验高氏是否处女，速来回话。不一时，稳婆来覆知县相公，那高氏果是处子，未曾破身。颜俊在阶下听说高氏还是处子，便叫喊道：“既是小的妻子不曾破坏，小的情愿成就。”大尹又道：“不许多嘴！”再叫高赞道：“你心下愿将女儿配那一个？”高赞道：“小人初时原看中了钱秀才。后来女儿又与他做过花烛。虽然钱秀才不欺暗室②，与小女即无夫妇之情，已定了夫妇之义。若教女儿另嫁颜俊，不惟小人不愿，就是女儿也不愿。”大尹道：“此言正合吾意。”钱青心下到不肯，便道：“生员此行，实是为公不为私。若将此女归了生员，把生员三夜衣不解带之意全然没了。宁可令此女别嫁，生员决不敢冒此嫌疑，惹人谈论。”大尹道：“此女若归他人，你过湖这两番替人诓骗，便是行止有亏，干碍前程了。今日与你成就亲事，乃是遮掩你的过失。况你的心迹已自洞然，女家两相情愿，有何嫌疑？休得过让，我自有明断。”遂举笔判云：

高赞相女配夫，乃其常理；颜俊借人饰己，实出奇闻。东床③已招佳选，何知以羊易牛④；西邻纵有责言⑤，终难指

① 稳婆——收生婆，替人接生的老婆子。

② 不欺暗室——在人家看不见的地方，也是规规矩矩，不做欺心的事。

③ 东床——晋代郗鉴派人挑选女婿，王家的许多子弟都很矜持做作，只有王羲之坦腹睡在东床上吃东西，很自然，郗就把女儿嫁给他。

④ 以羊易牛——语出《孟子》。齐宣王看见人牵一条牛去杀，他不忍看，教人用一只羊替换那条牛。这里是指钱青代替颜俊的事。

⑤ 西邻责言——语出《左传》：“西邻责言，不可偿也。”这里是说：亲戚家纵然有责备的话。

鹿为马①。两番渡湖,不让传书柳毅②;三宵隔被,何惭秉烛云长③。风伯为媒,天公作合。佳男配了佳妇,两得其宜;求妻到底无妻,自作之孽。高氏断归钱青,不须另作花烛。颜俊既不合设骗局于前,又不合奋老拳于后。事已不谐,姑免罪责。所费聘仪,合助钱青,以赎一击之罪。尤辰往来煽诱,实启衅端,重惩示儆。

判讫,喝教左右,将尤辰重责三十板,免其画供,竟行逐出,盖不欲使钱青冒名一事彰闻于人也。高赞和钱青拜谢。一干人出了县门,颜俊满面羞惭,敢怒而不敢言,抱头鼠窜而去。有好几月不敢出门。尤辰自回家将息棒疮不题。

却说高赞邀钱青到舟中,反殷勤致谢道:"若非贤婿才行俱全,上官起敬,小女几乎错配匪人。今日到要屈贤婿同小女到舍下少住几时。不知贤婿宅上还有何人?"钱青道:"小婿父母俱亡,别无亲人在家。"高赞道:"既如此,一发该在舍下住了。老夫供给读书。贤婿意下如何?"钱青道:"若得岳父扶持,足感盛德。"是夜开船离了吴江,随路宿歇。次日早到西山。一山之人闻知此事,皆当新闻传说。又知钱青存心忠厚,无不钦仰。后来钱青一举成名,夫

① 指鹿为马——秦代权臣赵高想专权用事,在秦二世面前指着一只鹿硬说是一匹马。其他的人怕他的权势,也附和说是马。

② 传书柳毅——唐代传奇中的神仙故事:书生柳毅看见龙王的女儿、龙女三娘被丈夫虐待,就替她带了一封信给娘家。后来龙女回到娘家,和柳毅结了婚。元人作有《柳毅传书》杂剧。

③ 秉烛云长——相传:关羽(字云长)投降曹操的时候,曹操故意让他和刘备的妻子住宿在一间房子里;关羽为了君臣的礼节和避免嫌疑,他就拿着烛站在门外,一直到天亮。

妻偕老。有诗为证：

丑脸如何骗美妻，作成表弟得便宜。

可怜一片吴江月，冷照鸳鸯湖上飞。

第八卷

乔太守乱点鸳鸯谱

自古姻缘天定，不繇人力谋求。有缘千里也相投，对面无缘不偶。　仙境桃花出水①，宫中红叶传沟②。三生簿上注风流，何用冰人开口。

这首〔西江月〕词，大抵说人的婚姻，乃前生注定，非人力可以勉强。今日听在下说一桩意外姻缘的故事，唤做《乔太守乱点鸳鸯谱》。这故事出在那个朝代？何处地方？那故事出在大宋景祐年间，杭州府，有一人姓刘名秉义，是个医家出身。妈妈谈氏，生得一对儿女。儿子唤做刘璞，年当弱冠，一表非俗，已聘下孙寡妇的女儿珠姨为妻。那刘璞自幼攻书，学业已就。到十六岁上，刘秉义欲令他弃了书本，习学医业。刘璞立志大就，不肯改业，不在话下。女儿小名慧娘，年方一十五岁，已受了邻近开生药铺裴九老家之

① 仙境桃花出水——古代神话：东汉时，刘晨、阮肇入天台采药，迷路不得返，遇见桃源里两个仙女，留他们在那里住了半年。

② 宫中红叶传沟——唐代传说故事：一个宫女在红叶上题诗，从御沟中流出，被一个士人拾得，也题了一首诗在叶上，流送入宫。因此，后来两人成了夫妇。

聘。那慧娘生得姿容艳丽，意态妖娆，非常标致。怎见得？但见：

蛾眉带秀，凤眼含情，腰如弱柳迎风，面似娇花拂水。体态轻盈，汉家飞燕同称；性格风流，吴国西施并美。蕊宫仙子谪人间，月殿嫦娥临下界。

不题慧娘貌美。且说刘公见儿子长大，同妈妈商议，要与他完姻。方待教媒人到孙家去说，恰好裴九老也教媒人来说，要娶慧娘。刘公对媒人道："多多上覆裴亲家，小女年纪尚幼，一些妆奁未备，须再过几时，待小儿完姻过了，方及小女之事。目下断然不能从命。"媒人得了言语，回覆裴家。那裴九老因是老年得子，爱惜如珍宝一般，恨不能风吹得大，早些儿与他毕了姻事，生男育女。今日见刘公推托，好生不喜。又央媒人到刘家说道："令爱今年一十五岁，也不算做小了。到我家来时，即如女儿一般看待，决不难为。就是妆奁厚薄，但凭亲家，并不计论。万望亲家曲允则个。"刘公立意先要与儿子完姻，然后嫁女。媒人往返了几次，终是不允。裴九老无奈，只得忍耐。当时若是刘公允了，却不省好些事体。止因执意不从，到后生出一段新闻，传说至今。正是：

只因一着错，满盘俱是空。

却说刘公回脱了裴家，央媒人张六嫂到孙家去说儿子的姻事。元来孙寡妇母家姓胡，嫁的丈夫孙恒，原是旧家子弟。自十六岁做亲，十七岁就生下一个女儿，唤名珠姨，才隔一岁，又生个儿子，取名孙润，小字玉郎。两个儿女，方在襁褓①中，孙恒就亡过了。亏孙寡妇有些节气，同着养娘，守这两个儿女，不肯改嫁。因此人都

① 襁褓（qiǎng bǎo）——包裹小孩的布和被子。

唤他是孙寡妇。光阴迅速,两个儿女,渐渐长成。珠姨便许了刘家,玉郎从小聘定善丹青①徐雅的女儿文哥为妇。那珠姨、玉郎都生得一般美貌,就如良玉碾成,白粉团就一般。加添资性聪明,男善读书,女工针指。还有一件,不但才貌双全,且又孝悌兼全。闲话休题。

且说张六嫂到孙家传达刘公之意,要择吉娶小娘子过门。孙寡妇母子相依,满意欲要再停儿时。因想男婚女嫁,乃是大事,只得应承,对张六嫂道:"上覆亲翁亲母,我家是孤儿寡妇,没甚大妆奁嫁送,不过随常粗布衣裳。凡事不要见责。"张六嫂覆了刘公。刘公备了八盒羹果礼物并吉期送到孙家。孙寡妇受了吉期,忙忙的制办出嫁东西。看看日子已近,母子不忍相离,终日啼啼哭哭。谁想刘璞因冒风之后,出汗虚了,变为寒症,人事不省,十分危笃。吃的药就如泼在石上,一毫没用。求神问卜,俱说无救。吓得刘公夫妻魂魄都丧,守在床边,吞声对泣。刘公与妈妈商议道:"孩儿病势恁样沉重,料必做亲不得。不如且回了孙家。等待病痊,再择日罢。"刘妈妈道:"老官儿,你许多年纪了,这样事难道还不晓得?大凡病人势凶,得喜事一冲就好了。未曾说起的还要去相求;如今现成事体,怎么反要回他!"刘公道:"我看孩儿病体,凶多吉少。若娶来家冲得好时,此是万千之喜,不必讲了。倘或不好,可不害了人家子女,有个晚嫁②的名头。"刘妈妈道:"老官,你但顾了别人,却不顾自己。你我费了许多心机,定得一房媳妇。谁知孩儿命

① 善丹青——会画画。

② 晚嫁——改嫁,再醮。

薄，临做亲，却又患病起来。今若回了孙家，孩儿无事，不消说起。万一有些山高水低①，有甚把臂②，那原聘还了一半，也算是他们忠厚了。却不是人财两失！”刘公道：“依你便怎样？”刘妈妈道：“依着我，分付了张六嫂，不要题起孩儿有病，竟娶来家，就如养媳妇一般。若孩儿病好，另择日结亲。倘然不起，媳妇转嫁时，我家原聘并各项使费，少不得班足了，放他出门，却不是个万全之策。”刘公耳朵原是棉花做的③，就依着老婆，忙去叮嘱张六嫂不要泄漏。自古道，若要不知，除非莫为。刘公便瞒着孙家，那知他紧间壁的邻家姓李名荣，曾在人家管过解库，人都叫他做李都管，为人极是刁钻，专一打听人家的细事，喜谈乐道。因他做主管时，得了些不义之财，手中有钱，所居与刘家基址相连，意欲强买刘公房子，刘公不肯，为此两下面和意不和，巴不能刘家有些事故，幸灾乐祸。晓得刘璞有病危急，满心欢喜，连忙去报知孙家。孙寡妇听见女婿病凶，恐防误了女儿，即使养娘去叫张六嫂来问。张六嫂欲待不说，恐怕刘璞有变，孙寡妇后来埋怨。欲要说了，又怕刘家见怪。事在两难，欲言又止。孙寡妇见他半吞半吐，越发盘问得急了。张六嫂隐瞒不过，乃说：“偶然伤风，原不是十分大病。将息到做亲时，料必也好了。”孙寡妇道：“闻得他病势十分沉重，你怎说得这般轻易？这事不是当耍的。我受了千辛万苦，守得这两个儿女成人，如珍宝一般。你若含糊赚了我女儿时，少不得和你性命相博，

① 山高水低——比喻发生意外；这里指人死了。

② 把臂——把柄，凭据。

③ 耳朵原是棉花做的——形容耳朵软，容易听人家的话，被人家的话所打动，自己拿不定主意。

那时不要见怪。”又道：“你去到刘家说：若果然病重，何不待好了，另择日子。总是儿女年纪尚小，何必恁般忙迫。问明白了，快来回报一声。”张六嫂领了言语，方欲出门，孙寡妇又叫转道：“我晓得你决无实话回我的。我令养娘同你去走遭，便知端的。”张六嫂见说教养娘同去，心中着忙道：“不消得！好歹不误大娘之事。”孙寡妇那里肯听，教了养娘些言语，跟张六嫂同去。张六嫂撇脱不得，只得同到刘家。恰好刘公走出门来。张六嫂欺养娘不认得，便道：“小娘子少待，等我问句话来。”急走上前，拉刘公到一边，将孙寡妇适来言语细说。又道：“他因放心不下，特教养娘同来讨个实信。却怎的回答？”刘公听见养娘来看，手足无措，埋怨道：“你怎不阻挡住了？却与他同来！”张六嫂道：“再三拦阻，如何肯听，教我也没奈何。如今且留他进去坐了，你们再去从长计较回他，不要连累我后日受气。”说还未毕，养娘已走过来。张六嫂就道：“此间便是刘老爹。”养娘深深道个万福。刘公还了礼道：“小娘子请里面坐。”一齐进了大门，到客坐内。刘公道：“六嫂，你陪小娘子坐着，待我教老荆①出来。”张六嫂道：“老爹自便。”刘公急急走到里面，一五一十，学于妈妈。又说：“如今养娘在外，怎地回他？倘要进来探看孩儿，却又如何掩饰？不如改了日子罢。”妈妈道：“你真是个死货！他受了我家的聘，便是我家的人了。怕他怎的！不要着忙，自有道理。”便教女儿慧娘：“你去将新房中收拾整齐，留孙家妇女吃点心。”慧娘答应自去。刘妈妈即走向外边，与养娘相见

① 老荆——对人说起自己妻子的一种谦称，或称“拙荆”。“荆”是“荆钗布裙”的意思，言其俭朴。

毕，问道："小娘子下顾，不知亲母有甚话说？"养娘道："俺大娘闻得大官人有恙，放心不下，特教男女①来问候。二来上覆老爹大娘：若大官人病体初痊，恐未可做亲。不如再停几时，等大官人身子健旺，另拣日罢。"刘妈妈道："多承亲母过念，大官人虽是有些身子不快，却是偶然伤风，原非大病。若要另择日子，这断不能勾的。我们小人家的买卖，千难万难，方才支持得停当。如错过了，却不又费一番手脚。况且有病的人，正要得喜事来冲，他病也易好。常见人家要省事时，选借这病来见喜，何况我家吉期送已多日，亲戚都下了帖儿请吃喜筵，如今忽地换了日子，他们不道你家不肯，必认做我们讨媳妇不起。传说开去，却不被人笑耻，坏了我家名头。烦小娘子回去上覆亲母，不必担忧。我家干系大哩！"养娘道："大娘话虽说得是。请问大官人睡在何处？待男女候问一声，好家去回报大娘，也教他放心。"刘妈妈道："适来服了发散的药，正熟睡在那里。我与小娘子代言罢。事体总在刚才所言了，更无别说。"张六嫂道："我原说偶然伤风，不是大病。你们大娘，不肯相信，又要你来。如今方见老身不是说谎的了。"养娘道："既如此，告辞罢。"便要起身。刘妈妈道："那有此理！说话忙了，茶也还没有吃，如何便去？"即邀到里边，又道："我房里腌腌臜臜，到在新房里坐罢。"引入房中，养娘举目看时，摆设得十分齐整。刘妈妈又道："你看我家诸事齐备，如何肯又改日子？就是做了亲，大官人到还要留在我房中歇宿，等身子全愈了，然后同房哩。"养娘见他整备得停当，信以为实。当下刘妈妈教丫鬟将出点心茶来摆

① 男女——古代奴仆自称为"男女"。

上,又教慧娘也来相陪。养娘心中想道:“我家珠娘是极标致的了,不想这女娘也恁般出色!”吃了茶,作别出门。临行,刘妈妈又再三嘱付张六嫂,“是必来覆我一声。”

养娘同着张六嫂回到家中,将上项事说与主母。孙寡妇听了,心中到没了主意,想道:“欲待允了,恐怕女婿真个病重,变出些不好来,害了女儿。将欲不允,又恐女婿果是小病已愈,误了吉期。”疑惑不定,乃对张六嫂道:“六嫂,待我酌量定了,明早来取回信罢。”张六嫂道:“正是,大娘从容计较计较,老身明早来也。”说罢自去。且说孙寡妇与儿子玉郎商议:“这事怎生计结?”玉郎道:“看起来还是病重,故不要养娘相见。如今必要回他另择日子,他家也没奈何,只得罢休。但是空费他这番东西,见得我家没有情义。倘后来病好相见之间,觉道没趣。若依了他们时,又恐果然有变,那时进退两难,懊悔却便迟了。依着孩儿,有个两全之策在此,不知母亲可听?”孙寡妇道:“你且说是甚两全之策?”玉郎道:“明早教张六嫂去说,日子便依着他家,妆奁一毫不带。见喜过了,到第三朝就要接回。等待病好,连妆奁送去。是恁样,纵有变故,也不受他们笼络,这却不是两全其美。”孙寡妇道:“你真是个孩子家见识!他们一时假意应承娶去,过了三朝,不肯放回,却怎么处?”玉郎道:“如此怎好?”孙寡妇又想了一想道:“除非明日教张六嫂依此去说,临期教姐姐闪过一边,把你假扮了送去。皮箱内原带一副道袍鞋袜。预防到三朝,容你回来,不消说起。倘若不容,且住在那里,看个下落。倘有三长两短,你取出道袍穿了,竟自走回,那个扯得你住!”玉郎道:“别事便可,这件却使不得!后来被人晓得,教孩儿怎生做人?”孙寡妇见儿子推却,心中大怒道:“纵别人晓得,不过是耍笑之事,有甚大害!”玉郎平昔孝顺,见母亲发怒,连忙道:“待孩儿去便了。只不会梳头,却怎么好?”孙寡妇道:“我教养娘伏侍你去便了。”计较已定,次早张六嫂来讨回音,孙寡妇与他说如此如此,恁般恁般。“若依得,便娶过去。依不得,便另择日罢。”张六嫂覆了刘家,一一如命。你道他为何就肯了?只因刘璞病势愈重,恐防不妥,单要哄媳妇到了家里,便是买卖了。故此将错就错,更不争长竞短。那知孙寡妇已先参透机关①,将个假货送来。刘妈妈反做了:

周郎妙计高天下,赔了夫人又折兵。

话休烦絮。到了吉期,孙寡妇把玉郎妆扮起来,果然与女儿无二,连自已也认不出真假。又教习些女人礼数。诸色好了,只有两件难以遮掩,恐怕露出事来。那两件?第一件是足与女子不同。那女子的尖尖趫趫,凤头一对,露在湘裙之下,莲步轻移,如花枝招飐一般。玉郎是个男子汉,一只脚比女子的有三四只大。虽然把扫地长裙遮了,教他缓行细步,终是有些蹊跷。这也还在下边,无人来揭起裙儿观看,还隐藏得过。第二件是耳上的环儿。此乃女子平常时所戴,爱轻巧的,也少不得戴对丁香儿,那极贫小户人家,没有金的银的,就是铜锡的,也要买对儿戴着。今日玉郎扮做新人,满头珠翠;若耳上没有环儿,可成模样么?他左耳还有个环眼,乃是幼时恐防难养穿过的。那右耳却没眼儿,怎生戴得?孙寡妇左思右想,想出一个计策来。你道是甚计策?他教养娘讨个小小膏药,贴在右耳。若问时,只说环眼生着痯疮,戴不得环子。露出

① 参透机关——看穿了阴谋、暗算。

左耳上眼儿掩饰。打点停当，将珠姨藏过一间房里，专候迎亲人来。到了黄昏时候，只听得鼓乐喧天，迎亲轿子已到门首。张六嫂先入来，看见新人打扮得如花神一般，好不欢喜。眼前不见玉郎，问道："小官人怎地不见？"孙寡妇道："今日忽然身子有些不健，睡在那里，起来不得。"那婆子不知就里，不来再问。孙寡妇将酒饭犒赏了来人，宾相念起诗赋，请新人上轿。玉郎兜上方巾①，向母亲作别。孙寡妇一路假哭，送出门来。上了轿子，教养娘跟着，随身只有一只皮箱，更无一毫妆奁。孙寡妇又叮嘱张六嫂道："与你说过，三朝就要送回的，不要失信！"张六嫂连声答应道："这个自然！"

不题孙寡妇。且说迎亲的，一路笙箫聒耳，灯烛辉煌，到了刘家门首，宾相进来说道："新人将已出轿，没新郎迎接，难道教他独自拜堂不成？"刘公道："这却怎好？不要拜罢！"刘妈妈道："我自有道理。教女儿陪拜便了。"即令慧娘出来相迎。宾相念了阑门诗赋②，请新人出了轿子。养娘和张六嫂两边扶着。慧娘相迎，进了中堂，先拜了天地，次及公姑亲戚，双双却是两个女人同拜。随从人没一个不掩口而笑。都相见过了，然后姑嫂对拜。刘妈妈道："如今到房中去与孩儿冲喜。"乐人吹打，引新人进房，来至卧床边，刘妈妈揭起帐子，叫道："我的儿，今日娶你媳妇来家冲喜，你须挣扎精神则个。"连叫三四次，并不则声。刘公将灯照时，只见头儿歪在半边，昏迷去了。原来刘璞病得身子虚弱，被鼓乐一震，

① 兜上方巾——古时结婚，新娘头上用一块大的红巾盖着，叫作"盖头"。

② 念了阑门诗赋——古时结婚的一种仪式：新娘刚到男家大门时，男家摆上香案，宾相带着新郎行礼，口里念着吉利的诗句；然后再请新娘进门。

故此昏迷。当下老夫妻手忙脚乱，掐住人中，即教取过热汤，灌了几口，出了一身冷汗，方才苏醒。刘妈妈教刘公看着儿子，自己引新人进新房中去。揭起方巾，打一看时，美丽如画。亲戚无不喝采。只有刘妈妈心中反觉苦楚。他想："媳妇恁般美貌，与儿子正是一对儿。若得双双奉侍老夫妻的暮年，也不枉一生辛苦。谁想他没福，临做亲却染此大病，十分中到有九分不妙。倘有一差两误，媳妇少不得归于别人，岂不目前空喜！"

不题刘妈妈心中之事。且说玉郎也举目看时，许多亲戚中，只有姑娘生得风流标致。想道："好个女子，我孙润可惜已定了妻子。若早知此女恁般出色，一定要求他为妇。"这里玉郎方在赞羡，谁知慧娘心中也想道："一向张六嫂说他标致，我还未信，不想话不虚传。只可惜哥哥没福受用，今夜教他孤眠独宿。若我丈夫像得他这样美貌，便称我的生平了。只怕不能够哩！"不题二人彼此欣羡。刘妈妈请众亲戚赴过花烛筵席，各自分头歇息。宾相乐人，俱已打发去了。张六嫂没有睡处，也自归家。玉郎在房，养娘与他卸了首饰，秉烛而坐，不敢便寝。刘妈妈与刘公商议道："媳妇初到，如何教他独宿。可教女儿去陪伴。"刘公道："只怕不稳便。繇他自睡罢。"刘妈妈不听，对慧娘道："你今夜相伴嫂嫂在新房中去睡，省得他怕冷静。"慧娘正爱着嫂嫂，见说教他相伴，恰中其意。刘妈妈引慧娘到新房中道："娘子，只因你官人有些小恙，不能同房，特令小女来陪你同睡。"玉郎恐露出马脚，回道："奴家自来最怕生人，到不消罢。"刘妈妈道："呀！你们姑嫂年纪相仿，即如姊妹一般，正好相处，怕怎的！你若嫌不稳时，各自盖着条被儿，便不妨了。"对慧娘道："你去收拾了被窝过来。"慧娘答应而去。玉郎此时，又惊又喜。喜的是心中正爱着姑娘标致，不想天与其便，刘妈妈令来陪卧，这事便有几分了。惊的是恐他不允，一时叫喊起来，反坏了自己之事。又想道："此番挫过，后会难逢！看这姑娘年纪已在当时，情窦料也开了。须用计缓缓撩拨热了，不怕不上我钓。"心下正想，慧娘教丫鬟拿了被儿同进房来，放在床上，刘妈妈起身，同丫鬟自去。慧娘将房门闭上，走到玉郎身边，笑容可掬，乃道："嫂嫂，适来见你一些东西不吃，莫不饿了？"玉郎道："到还未饿。"慧娘又道："嫂嫂，今后要甚东西，可对奴家说知，自去拿来，不要害羞不说。"玉郎见他意儿殷勤，心下暗喜，答道："多谢姑娘美情！"慧娘见灯上结着一个大大花儿，笑道："嫂嫂，好个灯花儿，正对着嫂嫂，可知喜也！"玉郎也笑道："姑娘休得取笑，还是姑娘的喜信。"慧娘道："嫂嫂话儿到会耍人。"两个闲话一回。

慧娘道："嫂嫂，夜深了，请睡罢。"玉郎道："姑娘先请。"慧娘道："嫂嫂是客，奴家是主，怎敢僭先！"玉郎道："这个房中还是姑娘是客。"慧娘笑道："恁样占先了。"便解衣先睡。养娘见两下取笑，觉道玉郎不怀好意，低低说道："官人，你须要斟酌，此事不是当耍的。倘大娘知了，连我也不好。"玉郎道："不消嘱付，我自晓得。你自去睡。"养娘便去旁边打个铺儿睡下。玉郎起身携着灯儿，走到床边，揭起帐子照看，只见慧娘卷着被儿，睡在里床，见玉郎将灯来照，笑嘻嘻的道："嫂嫂，睡罢了，照怎的？"玉郎也笑道："我看姑娘睡在那一头，方好来睡。"把灯放在床前一只小桌儿上，解衣入帐。对慧娘道："姑娘，我与你一头睡了，好讲话耍子。"慧娘道："如此最好。"玉郎钻下被里，卸了上身衣服，下体小衣却穿着，问道："姑娘，今年青春了？"慧娘道："一十五岁。"又问："姑娘许的是那一家?"慧娘怕羞,不肯回言。玉郎把头挜到他枕上,附耳道:"我与你一般是女儿家,何必害羞。"慧娘方才答道:"是开生药铺的裴家。"又问道:"可见说佳期还在何日?"慧娘低低道:"近日曾教媒人再三来说。爹道奴家年纪尚小,回他们再缓几时哩。"玉郎笑道:"回了他家,你心下可不气恼么?"慧娘伸手把玉郎的头推下枕来,道:"你不是个好人!哄了我的话,便来耍人。我若气恼时,你今夜心里还不知怎地恼着哩。"玉郎依旧又挜到枕上道:"你且说我有甚恼?"慧娘道:"今夜做亲没有个对儿,怎地不恼?"玉郎道:"如今有姑娘在此,便是个对儿了,又有甚恼!"慧娘笑道:"恁样说,你是我的娘子了。"玉郎道:"我年纪长似你,丈夫还是我。"慧娘道:"我今夜替哥哥拜堂,就是哥哥一般,还该是我。"玉郎道:"大家不要争,只做个女夫妻罢。"两个说风话耍子,愈加亲热。玉郎料想没事,乃道:"既做了夫妻,如何不合被儿睡?"口中便说,两手即掀开他的被儿,挜过身来,伸手便去摸他身上,腻滑如酥,下体却也穿着小衣。慧娘此时已被玉郎调动春心,忘其所以,任玉郎摩弄,全然不拒。慧娘也把手来将玉郎浑身一摸,吃了一惊,缩手不迭,乃道:"你是何人,却假装着嫂嫂来此?"玉郎道:"我便是你的丈夫了,又问怎的。"慧娘双手推开半边道:"你若不说真话,我便叫喊起来,教你了不得!"玉郎着了急,连忙道:"娘子不消性急,待我说便了。我是你嫂嫂的兄弟玉郎,闻得你哥哥病势沉重,未知怎地。我母亲不舍得姐姐出门,又恐误了你家吉期,故把我假装嫁来。等你哥哥病好,然后送姐姐过门。不想天付良缘,到与娘子成了夫妇。此情只许你我晓得,不可泄漏。"慧娘初时只道是真女人,尚然心爱,如今却是个男子,岂不欢喜。况且已被玉郎先引得神魂飘荡，又惊又喜，半推半就，道："元来你们恁样欺心。"玉郎那有心情回答，双手紧紧抱住，即便恣意风流：

　　一个是青年孩子，初尝滋味；一个是黄花女儿，乍得甜头。一个说，今宵花烛到成就了你我姻缘；一个说，此夜衾裯便试发了夫妻恩爱。一个说，前生有分，不须月老冰人；一个道，异日休忘，说尽山盟海誓。各燥自家脾胃，管甚么姐姐哥哥。且图眼下欢娱，全不想有夫有妇。双双蝴蝶花间舞，两两鸳鸯水上游。

云雨已毕，紧紧偎抱而睡。且说养娘恐怕玉郎弄出事来，卧在旁边铺上，眼也不合。听着他们初时还说话笑耍，次后只听得床稜摇戛，气喘吁吁，已知二人成了那事，暗暗叫苦。到次早起来，慧娘自向母亲房中梳洗。养娘替玉郎梳妆，低低说道："官人，你昨夜恁般说了，却又口不应心，做下那事！倘被他们晓得，却怎处？"玉郎道："又不是我去寻他，他自送上门来，教我怎生推却！"养娘道："你须拿住主意便好。"玉郎道："你想恁样花一般的美人，同床而卧，便是铁石人也打熬不住，叫我如何忍耐得过！你若不泄漏时，更有何人晓得。"妆扮已毕，来刘妈妈房里相见。刘妈妈道："儿，环子也忘戴了？"养娘道："不是忘了，因右耳上环眼生了痈疮，戴不得，还贴着膏药哩。"刘妈妈道："原来如此。"玉郎依旧来至房中坐下。亲戚女眷都来相见。张六嫂也到。慧娘梳裹罢，也到房中，彼此相视而笑。是日刘公请内外亲戚吃庆喜筵席，大吹大擂，直饮到晚，各自辞别回家。慧娘依旧来伴玉郎。这一夜颠鸾倒凤，海誓山盟，比昨倍加恩爱。看看过了三朝，二人行坐不离。到是养娘捏着两把汗，催玉郎道："如今已过三朝，可对刘大娘说，回去罢。"玉郎与慧娘正火一般热，那想回去，假意道："我怎好启齿说要回去，须是母亲叫张六嫂来说便好。"养娘道："也说得是。"即便回家。

却说孙寡妇虽将儿子假妆嫁去，心中却怀着鬼胎。急切不见张六嫂来回覆，眼巴巴望到第四日，养娘回家，连忙来问。养娘将女婿病凶，姑娘陪拜，夜间同睡相好之事，细细说知。孙寡妇跌足叫苦道："这事必然做出来也！你快去寻张六嫂来。"养娘去不多时，同张六嫂来家。孙寡妇道："六嫂前日讲定的，三朝便送回来，今已过了，劳你去说，快些送我女儿回来。"张六嫂得了言语，同养娘来至刘家。恰好刘妈妈在玉郎房中闲话。张六嫂将孙家要接新人的话说知。玉郎、慧娘不忍割舍，到暗暗道："但愿不允便好！"谁想刘妈妈真个说道："六嫂，你媒也做老了，难道恁样事还不晓得？从来可有三朝媳妇便归去的理么？前日他不肯嫁来，这也没奈何。今既到我家，便是我家的人了，还像得他意！我千难万难，娶得个媳妇，到三朝便要回去，说也不当人子。既如此不舍得，何不当初莫许人家。他也有儿子，少不也要娶媳妇。看三朝可肯放回家去？闻得亲母是个知礼之人，亏他怎样说了出来？"一番言语，说得张六嫂哑口无言。不敢回覆孙家。那养娘恐怕有人闯进房里，冲破二人之事，到紧紧守着房门，也不敢回家。

且说刘璞自从结亲这夜，惊出那身冷①汗来，渐渐痊可。晓得妻子已娶来家，人物十分标致，心中欢喜，这病愈觉好得快了。过了数日，挣扎起来，半眠半坐，日渐健旺，即能梳裹，要到房中来看浑家。刘妈妈恐他初愈，不耐行动，叫丫鬟扶着，自己也随在后，慢

① 冷——原本脱，据《今古奇观》补。与前文互应。

腾腾的走到新房门口。养娘正坐在门槛之上,丫鬟道:“让大官人进去。”养娘立起身来,高声叫道:“大官人进来了。”玉郎正搂着慧娘调笑,听得有人进来,连忙走开。刘璞掀开门帘跨进房来。慧娘道:“哥哥,且喜梳洗了。只怕还不宜劳动。”刘璞道:“不打紧!我也暂时走走,就去睡的。”便向玉郎作揖。玉郎背转身,道了个万福。刘妈妈道:“我的儿,你且慢作揖么!”又见玉郎背立,便道:“娘子,这便是你官人。如今病好了,特来见你,怎么到背转身子?”走向前,扯近儿子身边,道:“我的儿,与你恰好正是个对儿。”刘璞见妻子美貌非常,甚是快乐。真个是人逢喜事精神爽,那病平去了几分。刘妈妈道:“儿去睡了罢,不要难为身子。”原叫丫鬟扶着,慧娘也同进去。玉郎见刘璞虽然是个病容,却也人材齐整,暗想道:“姐姐得配此人,也不辱抹了。”又想道:“如今姐夫病好,倘然要来同卧,这事便要决撒①。快些回去吧。”到晚上对慧娘道:“你哥哥病已好了,我须住身不得。你可撺掇母亲送我回家,换姐姐过来,这事便隐过了。若再住时,事必败露。”慧娘道:“你要归家,也是易事。我的终身,却怎么处?”玉郎道:“此事我已千思万想。但你已许人,我已聘妇,没甚计策挽回,如之奈何?”慧娘道:“君若无计娶我,誓以魂魄相随。决然无颜更事他人!”说罢,呜呜咽咽哭将起来。玉郎与他拭了眼泪道:“你且勿烦恼,容我再想。”自此两相留恋,把回家之事到阁起一边。一日午饭已过,养娘向后边去了。二人将房门闭上,商议那事,长算短算,没个计策,心下苦楚,彼此相抱暗泣。

① 决撒——有败露、被识破、戳穿、破裂等义。

且说刘妈妈自从媳妇到家之后,女儿终日行坐不离。刚到晚,便闭上房门去睡,直至日上三竿,方才起身,刘妈妈好生不乐。初时认做姑嫂相爱,不在其意。已后日日如此,心中老大疑惑。也还道是后生家贪眠懒惰,几遍要说。因想媳妇初来,尚未与儿子同床,还是个娇客,只得耐住。那日也是合当有事。偶在新房前走过,忽听得里边有哭泣之声。向壁缝中张时,只见媳妇共女儿互相搂抱,低低而哭。刘妈妈见如此做作,料道这事有些蹊跷。欲待发作,又想儿子才好,若知得,必然气恼,权且耐住。便掀门帘进来,门却闭着。叫道:"快些开门!"二人听见是妈妈声音,拭干眼泪,忙来开门。刘妈妈走将进去,便道:"为甚青天白日,把门闭上,在内搂抱啼哭?"二人被问,惊得满面通红,无言可答。刘妈妈见二人无言,一发是了,气得手足麻木。一手扯着慧娘道:"做得好事!且进来和你说话。"扯到后边一间空屋中来。丫鬟看见,不知为甚,闪在一边。刘妈妈扯进了屋里,将门闩上,丫鬟伏在门上张时,见妈妈寻了一根木棒,骂道:"贱人!快说实话,便饶你打骂。若一句含糊,打下你这下半截来!"慧娘初时抵赖。妈妈道:"贱人!我且问你:他来得几时,有甚恩爱割舍不得,闭着房门,搂抱啼哭?"慧娘对答不来。妈妈拿起棒子要打,心中却又不舍得。慧娘料是隐瞒不过,想道:"事已至此,索性说个明白,求爹妈辞了裴家,配与玉郎。若不允时,拚个自尽便了。"乃道:"前日孙家晓得哥哥有病,恐误了女儿,要看下落,叫爹妈另自择日。因爹妈执意不从,故把儿子玉郎假妆嫁来。不想母亲叫孩儿陪伴,遂成了夫妇。恩深义重,誓必图百年偕老。今见哥哥病好,玉郎恐怕事露,要回去换姐姐过来。孩儿思想,一女无嫁二夫之理,叫玉郎寻门路娶我为妻。因无良策,又不忍分离,故此啼哭。不想被母亲看见。只此便是实话。”刘妈妈听罢,怒气填胸,把棒撇在一边,双足乱跳,骂道:“原来这老乞婆恁般欺心,将男作女哄我!怪道三朝便要接回。如今害了我女儿,须与他干休不得!拚这老性命结识这小杀才罢!”开了门,便赶出来。慧娘见母亲去打玉郎,心中着忙,不顾羞耻,上前扯住。被妈妈将手一推,跌在地上。爬起时,妈妈已赶向外边去了。慧娘随后也赶将来,丫鬟亦跟在后边。且说玉郎见刘妈妈扯去慧娘,情知事露,正在房中着急。只见养娘进来道:“官人,不好了!弄出事来也!适在后边来,听得空屋中乱闹。张看时,见刘大娘拿大棒子拷打姑娘,逼问这事哩。”玉郎听说打着慧娘,心如刀割,眼中落下泪来,没了主意。养娘道:“今若不走,少顷便祸到了。”玉郎即忙除下簪钗,挽起一个角儿,皮箱内开出道袍鞋袜穿起,走出房来,将门带上。离了刘家,带跌奔回家里。正是:

　　拆破玉笼飞彩凤,顿开金锁走蛟龙。

孙寡妇见儿子回来,恁般慌急,又惊又喜,便道:“如何这般模样?”养娘将上项事说知。孙寡妇埋怨道:“我叫你去,不过权宜之计,如何却做出这般没天理事体!你若三朝便回,隐恶扬善,也不见得事败。可恨张六嫂这老虔婆①,自从那日去了,竟不来覆我。养娘,你也不回家走遭,叫我日夜担愁!今日弄出事来,害这姑娘,却怎么处?要你不肖子何用!”玉郎被母亲嗔责,惊愧无地。养娘道:“小官人也自要回的,怎奈刘大娘不肯。我因恐他们做出事

① 虔婆——贼婆,骂人的话。

来，日日守着房门，不敢回家。今日暂走到后边，便被刘大娘撞破。幸喜得急奔回来，还不曾吃亏。如今且叫小官人躲过两日。他家没甚话说，便是万千之喜了。”孙寡妇真个叫玉郎闪过，等候他家消息。

且说刘妈妈赶到新房门口，只见门闭着，只道玉郎还在里面，在外骂道：“天杀的贼贱才！你把老娘当做什么样人，敢来弄空头，坏我的女儿！今日与你性命相博，方见老娘手段。快些走出来！若不开时，我就打进来了！”正骂时，慧娘已到。便去扯母亲进去。刘妈妈骂道：“贱人，亏你羞也不羞，还来劝我！”尽力一摔，不想用力猛了，将门靠开。母子两个都跌进去，搅做一团。刘妈妈骂道：“好天杀的贼贱才，到放老娘这一交！”即忙爬起寻时，那里见个影儿。那婆子寻不见玉郎，乃道：“天杀的好见识！走得好！你便走上天去，少不得也要拿下来。”对着慧娘道：“如今做下这等丑事，倘被裴家晓得，却怎地做人？”慧娘哭道：“是孩儿一时不是，做差这事。但求母亲怜念孩儿，劝爹爹怎生回了裴家，嫁着玉郎，犹可挽回前失。倘若不允，有死而已。”说罢，哭倒在地。刘妈妈道：“你说得好自在话儿！他家下财纳聘，定着媳妇，今日平白地要休这亲事，谁个肯么？倘然问因甚事故要休这亲，叫你爹怎生对答！难道说我女儿自寻了一个汉子不成？”慧娘被母亲说得满面羞惭，将袖掩着痛哭。刘妈妈终是禽犊之爱①，见女儿恁般啼哭，却又恐哭伤了身子，便道：“我的儿，这也不干你事，都是那老虔婆

① 禽犊之爱——禽犊，小牛。禽犊之爱，老牛对小牛的母爱；比喻父母对儿女的爱。

设这没天理的诡计,将那杀才乔妆嫁来。我一时不知,叫你陪伴,落了他圈套。如今总是无人知得。把来阁过一边,全你的体面,这才是个长策。若说要休了裴家,嫁那杀才,这是断然不能。”慧娘见母亲不允,愈加啼哭。刘妈妈又怜又恼,到没了主意。

正闹间,刘公正在人家看病回来,打房门口经过,听得房中啼哭,乃是女儿的声音,又听得妈妈话响,正不知为着甚的,心中疑惑。忍耐不住,揭开门帘,问道:“你们为甚恁般模样?”刘妈妈将前项事,一一细说。气得刘公半晌说不出话来。想了一想,到把妈妈埋怨道:“都是你这老乞婆害了女儿!起初儿子病重时,我原要另择日子。你便说长道短,生出许多话来,执意要那一日。次后孙家叫养娘来说,我也罢了,又是你弄嘴弄舌,哄着他家。及至娶来家中,我说待他自睡罢,你又偏生推女儿伴他。如今伴得好么!”刘妈妈因玉郎走了,又不舍得女儿,难为一肚子气,正没发脱,见老公倒前倒后,数说埋怨,急得暴躁如雷,骂道:“老忘八!依你说起来,我的孩儿应该与这杀才骗的!”一头撞个满怀。刘公也在气恼之时,揪过来便打。慧娘便来解劝。三人搅做一团,滚做一块,分拆不开。丫鬟着了忙,奔到房中报与刘璞道:“大官人,不好了!大爷大娘在新房中相打哩。”刘璞在榻上爬起来,走至新房,向前分解。老夫妻见儿子来劝,因惜他病体初愈,恐劳碌了他,方才罢手。犹兀自老忘八老乞婆相骂。刘璞把父亲劝出外边,乃问:“妹子,为甚在这房中厮闹,娘子怎又不见?”慧娘被问,心下惶愧,掩面而哭,不敢则声。刘璞焦躁道:“且说为着甚的?”刘婆方把那事细说。将刘璞气得面如土色。停了半晌,方道:“家丑不可外扬。倘若传到外边,被人耻笑。事已至此,且再作区处。”刘妈妈方才住口，走出房来。慧娘挣住不行。刘妈妈一手扯着便走，取巨锁将门锁上。来至房里，慧娘自觉无颜，坐在一个壁角边哭泣。正是：

饶君掬尽湘江水，难洗今朝满面羞。

且说李都管听得刘家喧嚷，伏在壁上打听。虽然晓得些风声，却不知其中细底。次早，刘家丫鬟走出门来，李都管招到家中问他。那丫鬟初时不肯说。李都管取出四五十钱来与他道："你若说了，送这钱与你买东西吃。"丫鬟见了铜钱，心中动火。接过来藏在身边，便从头至尾，尽与李都管说知。李都管暗喜道："我把这丑事报与裴家，撺掇来闹吵一场，他定无颜在此居住，这房子可不归于我了？"忙忙的走至裴家，一五一十报知，又添些言语，激恼裴九老。那九老夫妻，因前日娶亲不允，心中正恼着刘公。今日听见媳妇做下丑事，如何不气！一径赶到刘家，唤出刘公来发话道："当初我央媒来说要娶亲时，千推万阻，道：女儿年纪尚小，不肯应承。护在家中，私养汉子。若早依了我，也不见得做出事来。我是清清白白的人家，决不要这样败坏门风的好东西。快还了我昔年聘礼，另自去对亲，不要误我孩儿的大事。"将刘公嚷得面上一回红，一回白。想道："我家昨夜之事，他如何今早便晓得了？这也怪异！"又不好承认，只得赖道："亲家，这是那里说起，造恁般言语污辱我家？倘被外人听得，只道真有这事，你我体面何在！"裴九老便骂道："打脊①贱才！真个是老忘八。女儿现做着恁样丑事，那个不晓得了！亏你还长着鸟嘴，在我面前遮掩。"赶近前把手向

① 打脊——打脊背；骂人该挨受杖刑的意思。

刘公脸上一搇①道:“老忘八!羞也不羞!待我送个鬼脸儿与你戴了见人。”刘公被他羞辱不过,骂道:“老杀才,今日为甚赶上门来欺我?”便一头撞去,把裴九老撞倒在地。两下相打起来。里边刘妈妈与刘璞听得外面喧嚷,出来看时,却是裴九老与刘公厮打,急向前拆开。裴九老指着骂道:“老忘八打的好!我与你到府里去说话。”一路骂出门去了。刘璞便问父亲:“裴九因甚清早来厮闹?”刘公把他言语学了一遍。刘璞道:“他家如何便晓得了?此甚可怪。”又道:“如今事已彰扬,却怎么处?”刘公又想起裴九老恁般耻辱,心中转恼,顿足道:“都是孙家老乞婆,害我家坏了门风,受这样恶气!若不告他,怎出得这气?”刘璞劝解不住。刘公央人写了状词,望着府前奔来。正值乔太守早堂放告。这乔太守虽则关西人,又正直,又聪明,怜才爱民,断狱如神,府中都称为乔青天。

却说刘公刚到府前,劈面又遇着裴九老。九老见刘公手执状词,认做告他,便骂道:“老忘八,纵女做了丑事,到要告我,我同你去见太爷。”上前一把扯住,两下又打将起来。两张状词,都打失了。二人结做一团,直至堂上。乔太守看见,喝叫各跪一边。问道:“你二人叫甚名字?为何结扭相打?”二人一齐乱嚷。乔太守道:“不许搀越!那老儿先上来说。”裴九老跪上去诉道:“小人叫做裴九,有个儿子裴政,从幼聘下边刘秉义的女儿慧娘为妻。今年都已十五岁了。小人因是老年爱子,要早与他完姻。几次央媒去说,要娶媳妇,那刘秉义只推女儿年纪尚小,勒掯②不许。谁想他

① 搇(qìn)——同“揿”,用手按物。

② 勒掯——有挟制、留难、勒索、强迫等义。

纵女卖奸，恋着孙润，暗招在家，要图赖亲事。今早到他家里说，反把小人殴辱。情极了，来爷爷台下投生。他又赶来扭打。求爷爷作主，救小人则个！”乔太守听了，道：“且下去。”唤刘秉义上去问道：“你怎么说？”刘公道：“小人有一子一女。儿子刘璞，聘孙寡妇女儿珠姨为妇，女儿便许裴九的儿子。向日裴九要娶时，一来女儿尚幼，未曾整备妆奁，二来正与儿子完姻，故此不允。不想儿子临婚时，忽地患起病来。不敢叫与媳妇同房。令女儿陪伴嫂子。那知孙寡妇欺心，藏过女儿，却将儿子孙润假妆过来，到强奸了小人女儿。正要告官。这裴九知得了，登门打骂。小人气忿不过，与他争嚷。实不是图赖他的婚姻。”乔太守见说男扮为女，甚以为奇，乃道：“男扮女妆，自然有异。难道你认他不出？”刘公道：“婚嫁乃是常事，那曾有男子假扮之理，却去辨他真假？况孙润面貌，美如女子。小人夫妻见了，已是万分欢喜，有甚疑惑。”乔太守道：“孙家既以女许你为媳，因甚却又把儿子假妆？其中必有缘故。”又道：“孙润还在你家么？”刘公道：“已逃回去了。”乔太守即差人去拿孙寡妇母子三人，又差人去唤刘璞、慧娘兄妹俱来听审。不多时，都已拿到。

乔太守举目看时，玉郎姊弟，果然一般美貌，面庞无二。刘璞却也人物俊秀，慧娘艳丽非常。暗暗欣羡道：“好两对青年儿女！”心中便有成全之意。乃问孙寡妇：“因甚将男作女，哄骗刘家，害他女儿？”孙寡妇乃将女婿病重，刘秉义不肯更改吉期，恐怕误了女儿终身，故把儿子妆去冲喜，三朝便回。是一时权宜之策。不想刘秉义却教女儿陪卧，做出这事！乔太守道：“元来如此！”问刘公道：“当初你儿子既是病重，自然该另换吉期。你执意不肯，却主何意？假若此时依了孙家，那见得女儿有此丑事？这都是你自起衅端，连累女儿。”刘公道：“小人一时不合听了妻子说话，如今悔之无及。”乔太守道：“胡说！你是一家之主，却听妇人言语。”又唤玉郎、慧娘上去说：“孙润，你以男假女，已是不该。却又奸骗处女，当得何罪？”玉郎叩头道：“小人虽然有罪，但非设意谋求，乃是刘亲母自遣其女陪伴小人。”乔太守道：“他因不知你是男子，故令他来陪伴，乃是美意。你怎不推却？”玉郎道：“小人也曾苦辞，怎奈坚执不从。”乔太守道：“论起法来，本该打一顿板子才是。姑念你年纪幼小，又系两家父母酿成，权且饶恕。”玉郎叩头泣谢。乔太守又问慧娘：“你事已做错，不必说起。如今还是要归裴氏？要归孙润？实说上来。”慧娘哭道：“贱妾无媒苟合，节行已亏，岂可更事他人。况与孙润恩义已深，誓不再嫁。若爷爷必欲判离，贱妾即当自尽。决无颜苟活，贻笑他人。”说罢，放声大哭。乔太守见他情词真恳，甚是怜惜，且喝过一边。唤裴九老分付道：“慧娘本该断归你家。但已失身孙润，节行已亏。你若娶回去，反伤门风，被人耻笑，他又蒙二夫之名，各不相安。今判与孙润为妻，全其体面。令孙润还你昔年聘礼。你儿子另自聘妇罢。”裴九老道：“媳妇已为丑事，小人自然不要。但孙润破坏我家婚姻，今原归于他，反周全了奸夫淫妇，小人怎得甘心！情愿一毫原聘不要，求老爷断媳妇另嫁别人，小人这口气也还消得一半。”乔太守道：“你既已不愿娶他，何苦又作此冤家！”刘公亦禀道：“爷爷，孙润已有妻子，小人女儿岂可与他为妾？”乔太守初时只道孙润尚无妻子，故此斡旋①。见刘

① 斡旋——转圜，调停。

公说已有妻,乃道:“这却怎么处?”对孙润道:“你既有妻子,一发不该害人闺女了!如今置此女于何地?”玉郎不敢答应。乔太守又道:“你妻子是何等人家?可曾过门么?”孙润道:“小人妻子是徐雅女儿,尚未过门。”乔太守道:“这等易处了。”叫道:“裴九,孙润原有妻未娶。如今他既得了你媳妇,我将他妻子断偿你的儿子,消你之忿。”裴九老道:“老爷明断,小人怎敢违逆?但恐徐雅不肯。”乔太守道:“我作了主,谁敢不肯!你快回家引儿子过来。我差人去唤徐雅带女儿来当堂匹配。”裴九老即忙归去,将儿子裴政领到府中。徐雅同女儿,也唤到了。乔太守看时,两家男女却也相貌端正,是个对儿。乃对徐雅道:“孙润因诱了刘秉义女儿,今已判为夫妇。我今作主,将你女儿配与裴九儿子裴政,限即日三家俱便婚配回报。如有不伏者,定行重治。”徐雅见太守作主,怎敢不依,俱各甘伏。乔太守援笔判道:

弟代姊嫁,姑伴嫂眠。爱女爱子,情在理中。一雌一雄,变出意外。移干柴近烈火,无怪其燃;以美玉配明珠,适获其偶。孙氏子因姊而得妇,搂处子不用踰墙①;刘氏女因嫂而得夫,怀吉士初非衒玉②。相悦为婚,礼以义起。所厚者薄,事可权宜。使徐雅别婿裴九之儿,许裴政改娶孙郎之配。夺人妇人亦夺其妇,两家恩怨,总息风波。独乐乐不若与人乐,三

① 搂处子不用踰墙——《孟子》:“踰东家墙而搂其处子。”就是跳过东边邻家的墙,去搂抱一个处女的意思。

② 怀吉士初非衒玉——《诗经·野有死麕》篇:“有女怀春,吉士诱之。”就是说:女的想结婚,男的去和她恋爱的意思。“衒玉”,卖弄,自夸的意思。

对夫妻，各谐鱼水。人虽兑换，十六两原只一斤；亲是交门，五百年决非错配。以爱及爱，伊父母自作冰人①；非亲是亲，我官府权为月老。已经明断，各赴良期。

乔太守写毕，叫押司②当堂朗诵与众人听了。众人无不心服，各各叩头称谢。乔太守在库上支取喜红六段，叫三对夫妻披挂起来，唤三起乐人，三顶花花轿儿，抬了三位新人。新郎及父母，各自随轿而出。此事闹动了杭州府，都说好个行方便的太守。人人诵德，个个称贤。自此各家完亲之后，都无说话。李都管本欲唆孙寡妇、裴九老两家与刘秉义讲嘴，鹬蚌相持③，自己渔人得利。不期太守善于处分，反作成了孙玉郎一段良姻。街坊上当做一件美事传说，不以为丑。他心中甚是不乐。未及一年，乔太守又取刘璞、孙润，都做了秀才，起送科举。李都管自知惭愧，安身不牢，反躲避乡居。后来刘璞、孙润同榜登科，俱任京职，仕途有名，扶持裴政亦得了官职。一门亲眷，富贵非常。刘璞官直至龙图阁学士。连李都管家宅反归于刘氏。刁钻小人，亦何益哉！后人有诗，单道李都管为人不善，以为后戒。诗云：

为人忠厚为根本，何苦刁钻欲害人！
不见古人卜居者，千钱只为买乡邻。

---

① 冰人——晋代索统善于占梦。有一人梦见站在冰上，和冰下人讲话；去问他。他说：冰上为阳，冰下为阴：你应当替人作媒。后来因称媒人为“冰人”。

② 押司——旧时地方衙门里管理文书、狱讼等事的吏。

③ 鹬蚌相持——古代寓言故事：鹬用嘴啄蚌，蚌夹住它的嘴不放，相持不下，结果，都被渔人捉住。这个故事，常用来比喻双方相争，使第三者得利。

又有一诗,单夸乔太守此事断得甚好:

鸳鸯错配本前缘,全赖风流太守贤。

锦被一床遮尽丑,乔公不枉叫青天。

第九卷

陈多寿生死夫妻

世事纷纷一局棋，输赢未定两争持。

须臾局罢棋收去，毕竟谁赢谁是输？

这四句诗，是把棋局比着那世局。世局千腾万变，转盼皆空，政①如下棋的较胜争强，眼红喉急，分明似孙庞斗智②，赌个你死我活，又如刘项争天下③，不到乌江不尽头。及至局散棋收，付之一笑。所以高人隐士，往往寄兴棋枰，消闲玩世。其间吟咏，不可胜述。只有国朝曾棨④状元应制诗做得甚好，诗曰：

两君相敌立双营，坐运神机决死生。

十里封疆驰骏马，一川波浪动金兵。

---

① 政——同"正"。

② 孙庞斗智——孙膑，战国时齐国人，和庞涓同在鬼谷子那里学兵法。后来，庞作魏将，嫉妒孙的才能，把孙骗去刖足黥面。孙用计逃往齐国。在齐国和魏国的一次战斗中，孙设计围困庞涓，涓自杀。明代历史小说中，有"孙庞斗智"的故事。

③ 刘项争天下——刘邦和项羽争夺天下，最后，项羽在垓下战败，自刎于乌江。

④ 国朝曾棨——国朝，这里指明朝。曾棨，明永丰人。是永乐时的状元，有《西墅集》。

虞姬歌舞悲垓下，汉将旌旗逼楚城。

兴尽计穷征战罢，松阴花影满棋枰。

此诗虽好，又有人驳他，说虞姬汉将一联，是个套话。第七句说兴尽计穷，意趣便萧索了。应制诗是进御的，圣天子重瞳①观览，还该要有些气象。同时洪熙②皇帝御制一篇，词意宏伟，远出寻常。诗曰：

二国争强各用兵，摆成队伍定输赢。

马行曲路当先道，将守深营戒远征。

乘险出车收散卒，隔河飞炮下重城。

等闲识得军情事，一着功成定太平。

今日为何说这下棋的话？只为有两个人家，因这几着棋子，遂为莫逆之交，结下儿女姻亲。后来做出花锦般一段说话，正是：

夫妻不是今生定，五百年前结下因。

话说江西分宜县，有两个庄户③人家，一个叫做陈青，一个叫做朱世远，两家东西街对面居住。论起家事，虽然不算大富长者，靠祖上遗下些田业，尽可温饱有馀。那陈青与朱世远，皆在四旬之外，累代邻居，志同道合，都则本分为人，不管闲事，不惹闲非。每日吃了酒饭，出门相见，只是一盘象棋，消闲遣日。有时迭为宾主，不过清茶寡饭，不设酒肴，以此为常。那些三邻四舍，闲时节也到

① 重瞳——两个瞳孔。古代相传舜的眼睛是重瞳，是一种异相；所以后来泛称皇帝的眼睛为“重瞳”。

② 洪熙——明仁宗（朱高炽）的年号（公元1425年）。

③ 庄户——地主。

两家去看他下棋顽耍。其中有个王三老,寿有六旬之外,少年时也自欢喜象戏,下得颇高。近年有个火症,生怕用心动火,不与人对局了。日常无事,只以看棋为乐,早晚不倦。说起来,下棋的最怕傍人观看。常言道:傍观者清,当局者迷。倘或傍观的口嘴不紧,遇煞着①处溜出半句话来,赢者反输,输者反赢,欲待发恶,不为大事;欲待不抱怨,又忍气不过。所以古人说得好:

观棋不语真君子,把酒多言是小人。

可喜王三老偏有一德,未曾分局时,绝不多口。到胜负已分,却分说那一着是先手,所以赢;那一着是后手,所以输。朱陈二人到也喜他讲论,不以为怪。一日,朱世远在陈青家下棋,王三老亦在座。吃了午饭,重整棋枰,方欲再下,只见外面一个小学生踱将进来。那学生怎生模样?

面如傅粉,唇若涂朱,光着靛一般的青头,露着玉一样的嫩手。仪容清雅,步履端详;却疑天上仙童,不信人间小子。

那学生正是陈青的儿子,小名多寿,抱了书包,从外而入。跨进坐启,不慌不忙,将书包放下椅子之上,先向王三老叫声公公,深深的作了个揖。王三老欲待回礼,陈青就坐上一把按住道:"你老人家不须多礼。却不怕折了那小厮一世之福?"王三老道:"说那里话!"口中虽是恁般说,被陈青按住,只把臀儿略起了一起,腰儿略曲了一曲,也算受他半礼了。那小学生又向朱世远叫声伯伯,作揖下去。朱世远还礼时,陈青却是对坐,隔了一张棋桌,不便拖拽,只得也作揖相陪。小学生见过了二位尊客,才到父亲跟前唱喏,立

① 煞着——即杀着。指最关紧要、决定成败的一步棋。

起身来，禀道："告爹爹：明日是重阳节日，先生放学回去了。直过两日才来。分付孩儿回家，不许顽耍。限着书，还要读哩。"说罢，在椅子上取了书包，端端正正，走进内室去了。王三老和朱世远见那小学生行步舒徐，语音清亮，且作揖次第，甚有礼数，口中夸奖不绝。王三老便问："令郎几岁了？"陈青答应道："是九岁。"王三老道："想着昔年汤饼会①时，宛如昨日。倏忽之间，已是九年，真个光阴似箭，争教我们不老！"又问朱世远道："老汉记得宅上令爱也是这年生的。"朱世远道："果然，小女多福，如今也是九岁了。"王三老道："莫怪老汉多口，你二人做了一世的棋友，何不扳做儿女亲家？古时有个朱陈村，一村中只有二姓，世为婚姻。如今你二人之姓，适然相符，应是天缘。况且好男好女，你知我见，有何不美？"朱世远已自看上了小学生，不等陈青开口，先答应道："此事最好！只怕陈兄不愿。若肯俯就，小子再无别言。"陈青道："既蒙朱兄不弃寒微，小子是男家，有何推托？就烦三老作伐。"王三老道："明日是个重阳日，阳九不利。后日大好个日子，老夫便当登门。今日一言为定，出自二位本心。老汉只图吃几杯见成喜酒，不用谢媒。"陈青道："我说个笑话你听。玉皇大帝要与人皇对亲，商量道：两亲家都是皇帝，也须得个皇帝为媒才好。乃请灶君皇帝往下界去说亲。人皇见了灶君，大惊道：那做媒的怎的这般样黑？灶君道：从来媒人那有白做的！"王三老和朱世远都笑起来。朱陈二人又下棋到晚方散。

① 汤饼会——小孩生下三天，宾客来庆贺，主人设筵招待，叫作"汤饼会"，也叫作"做三朝"。

只因一局输赢子，定了三生男女缘。

次日，重阳节无话。到初十日，王三老换了一件新开折的色衣，到朱家说亲。朱世远已自与浑家柳氏说过，夸奖女婿许多好处。是日一诺无辞，财礼并不计较。他日嫁送，称家之有无，各不责备便了。王三老即将此言回复陈青。陈青甚喜，择了个和合①吉日，下礼为定。朱家将庚帖回来。吃了一日喜酒。从此亲家相称，依先下棋来往。时光迅速，不觉过了六年。陈多寿年一十五岁，经书皆通。指望他应试，登科及第，光耀门楣。何期运限不佳，忽然得了个恶症，叫做癞。初时只道疥癣，不以为意。一年之后，其疾大发，形容改变，弄得不像模样了。

肉色焦枯，皮毛皴裂。浑身毒气，发成斑驳奇疮；遍体虫钻，苦杀晨昏怪痒。任他凶疥癣，只比三分；不是大麻疯，居然一样。粉孩儿变作蛤蟆相，少年郎活像老鼋头，搔爬十指带脓腥，龌龊一身皆恶臭。

陈青单单生得这个儿子，把做性命看成。见他这个模样，如何不慌。连象棋也没心情下了。求医问卜，烧香还愿，无所不为。整整的乱了一年。费过了若干钱钞，病势不曾减得分毫。老夫妻两口愁闷，自不必说。朱世远为着半子之情，也一般着忙，朝暮问安，不离门限。延捱过三年之外，绝无个好消息。朱世远的浑家柳氏，闻知女婿得个恁般的病症，在家里哭哭啼啼，抱怨丈夫道："我女儿又不腌臭起来，为甚忙忙的九岁上就许了人家？如今却怎么好！

① 和合——神名。取其和谐和好的意思，所以在婚礼时祭他。这里是选择了一个星相迷信所谓的诸事相合的日子的意思。

索性那癞蛤蟆死了,也出脱了我女儿。如今死不死,活不活,女孩儿年纪看看长成,嫁又嫁他不得,赖又赖他不得,终不然看着那癞子守活孤孀不成！这都是王三那老乌龟,一力撺掇,害了我女儿终身。”把王三老千乌龟,万乌龟的骂。哭一番,骂一番。朱世远原有怕婆之病,凭他夹七夹八,自骂自止,并不敢开言。一日,柳氏偶然收拾橱柜子,看见了象棋盘和那棋子,不觉勃然发怒,又骂起丈夫来,道:“你两个老忘八,只为这儿着象棋上说得着,对了亲,赚了我女儿,还要留这祸胎怎的!”一头说,一头走到门前,把那象棋子乱撒在街上,棋盘也掼①做几片。朱世远是本分之人,见浑家发性,拦他不住,洋洋的躲开去了。女儿多福又怕羞,不好来劝,任他絮聒个不耐烦,方才罢休。自古道:

隔墙须有耳,窗外岂无人。

柳氏镇日在家中骂媒人,骂老公,陈青已自晓得些风声,将信未信。到满街撒了棋子,是甚意故,陈青心下了了。与浑家张氏两口儿商议道:“以己之心,度人之心。我自家晦气,儿子生了这恶疾,眼见得不能痊可,却教人家把花枝般女儿伴这癞子做夫妻,真是罪过。料女儿也必然怨伤。便强他进门,终不和睦,难指望孝顺。当初定这房亲事,都是好情,原不曾费甚大财。千好万好,总只一好,有心好到底了,休得为好成歉②,从长计较,不如把媳妇庚帖送还他家,任他别缔良姻。倘然皇天可怜,我孩儿有病痊之日,怕没有老婆？好歹与他定房亲事。如今害得人家夫妻反目,哭哭

① 掼(guàn)——用力丢东西。
② 为好成歉——把好意变成恶意,将恩作仇的意思。

啼啼,絮絮聒聒,我也于心何忍。”计议已定,忙到王三老家来。王三老正在门首,同几个老人家闲坐白话。见陈青到,慌忙起身作揖,问道:“令郎两日尊恙好些么?”陈青摇首道:“不济。正有句话,要与三老讲。屈三老到寒舍一行。”王三老连忙随着陈青到他家坐启内,分宾坐下。献茶之后,三老便问:“大郎有何见教?”陈青将自己坐椅掇近三老,四膝相凑,吐露衷肠。先叙了儿子病势如何的利害,次叙着朱亲家夫妇如何的抱怨。这句话王三老却也闻知一二,口中只得包慌①:“只怕没有此事。”陈青道:“小子岂敢乱言。今日小子到也不怪敝亲家。只是自己心中不安,情愿将庚帖退还,任从朱宅别选良姻。此系两家稳便,并无勉强。”王三老道:“只怕使不得!老汉只管撮合,那有拍开之理。足下异日翻悔之时,老汉却当不起。”陈青道:“此事已与拙荆再四商量过了,更无翻悔。就是当先行过些须②薄礼,也不必见还。”王三老道:“既然庚帖返去,原聘也必然还璧。但吉人天相,令郎尊恙,终有好日,还要三思而行。”陈青道:“就是小儿侥幸脱体,也是水底捞针,不知何日到手,岂可担阁人家闺女。”说罢,袖中取出庚帖,递与王三老,眼中不觉流下泪来。王三老亦自惨然,道:“既是大郎主意已定,老汉只得奉命而行。然虽如此,料令亲家是达礼之人,必然不允。”陈青收泪而答道:“今日是陈某自己情愿,并非舍亲家相逼。若舍亲家踌躅之际,全仗三老撺掇一声,说陈某中心计较,不是虚情。”三老连声道:“领命,领命!”当下起身,到于朱家。朱世远迎

① 包慌——包涵,遮饰。

② 些须——原本脱些字,据下文补。些须,微小,很少的意思。

接,讲礼而坐。未及开言,朱世远连声唤茶。这也有个缘故,那柳氏终日在家中千乌龟万乌龟指名骂媒人,王三老虽然不闻,朱世远却于心有愧,只恐三老见怪,所以殷勤唤茶。谁知柳氏恨杀王三老做错了媒,任丈夫叫唤,不肯将茶出来。此乃妇人小见。坐了一会,王三老道:"有句不识进退的话,特来与大郎商量。先告过,切莫见怪。"原来朱世远也是行一,里中都称他做朱大郎。朱世远道:"有话尽说。你老人家有甚差错,岂有见怪之理。"王三老方才把陈青所言退亲之事,备细说了一遍。"此乃令亲家主意,老汉但传言而已。但凭大郎主张。"朱世远终日被浑家聒絮得不耐烦,也巴不能个一掤两开。只是自己不好启齿。得了王三老这句言语,分明是朝廷新颁下一道赦书,如何不喜。当下便道:"虽然陈亲家贤哲,诚恐后来翻悔,反添不美。"王三老道:"老汉都曾讲过。他主意已决,不必怀疑。宅上庚帖,亦交付在此。大郎请收过。"朱世远道:"聘礼未还,如何好收他的庚帖?"王三老道:"他说些须薄聘,不须提起。是老汉多口,说道:既然庚帖返去,原聘必然返璧。"朱世远道:"这是自然之理。先曾受过他十二两银子,分毫不敢短少。还有银钗二股,小女收留,容讨出一并奉还。这庚帖权收在你老人家处。"王三老道:"不妨事,就是大郎收下。老汉暂回,明日来领取聘物。却到令亲处回话。"说罢分别。有诗为证:

月老系绳今又解,冰人传语昔皆讹。
分宜好个王三老,成也萧何败也何①。

① 成也萧何败也何——汉高祖(刘邦)的大将韩信,起初因为萧何的推荐而被重用,后来又因萧何的设计而被杀害,所以民间有这样的说法。

朱世远随即入内，将王三老所言退亲之事，述与浑家知道。柳氏喜不自胜。自己私房银子也搜括将出来，把与丈夫，凑足十二两之数。却与女孩儿多福讨那一对银钗。却说那女儿虽然不读诗书，却也天生志气。多时听得母亲三言两语，絮絮聒聒，已自心慵意懒。今日与他讨取聘钗，明知是退亲之故，并不答应一字，径走进卧房，闭上门儿，在里面啼哭。朱世远终是男子之辈，见貌辨色，已知女孩儿心事。对浑家道："多福心下不乐，想必为退亲之故。你须慢慢偎①他，不可造次。万一逼得他紧，做出些没下稍勾当②，悔之何及！"柳氏听了丈夫言语，真个去敲那女儿的房门，低声下气的叫道："我儿，钗子肯不肯繇你，何须使性！你且开了房门，有话时，好好与做娘的讲。做娘的未必不依你。"那女儿初时不肯开门，柳氏连叫了几次，只得拔了门攥③，叫声："开在这里了。"自向兀子上气忿忿的坐了。柳氏另掇个兀子傍着女儿坐了，说道："我儿，爹娘为将你许错了对头，一向愁烦。喜得男家愿退，许了一万个利市，求之不得。那癞子终无好日，可不误了你终身之事。如今把聘钗还了他家，恩断义绝。似你恁般容貌，怕没有好人家来求你。我儿休要执性，快把钗儿出来还了他罢。"女儿全不做声，只是流泪。柳氏偎了半晌，看见女儿如此模样，又款款的说道："我儿，做爹娘的都只是为好，替你计较。你愿与不愿，直直的与我说，恁般自苦自知，教爹娘如何过意。"女儿恨穷道："为好，为好！要讨那钗子也尚早！"柳氏道："阿呀！两股钗儿，连头连脚，

① 偎——这里是接近、劝说的意思。

② 没下稍勾当——没有好下场的事；这里指自杀。

③ 攥(shuān)——应作"櫎"，即"闩"字。

也重不上二三两,什么大事。若另许个富家,金钗玉钗都有。”女儿道:“那希罕金钗玉钗!从没见好人家女子吃两家茶。贫富苦乐,都是命中注定。生为陈家妇,死为陈家鬼,这银钗我要随身殉葬的,休想还他!”说罢,又哀哀的哭将起来。柳氏没奈何,只得对丈夫说,女儿如此如此:“这门亲多是退不成了。”朱世远与陈青肺腑之交,原不肯退亲。只为浑家絮聒不过,所以巴不得撒开,落得耳边清净。谁想女儿恁般烈性,又是一重欢喜,便道:“恁的时,休教苦坏了女孩儿。你与他说明,依旧与陈门对亲便了。”柳氏将此言对女儿说了,方才收泪。正是:

三冬不改孤松操,万苦难移烈女心。

当晚无话。次日,朱世远不等王三老到来,却自己走到王家,把女儿执意不肯之情,说了一遍,依旧将庚帖送还。王三老只称:“难得,难得!”随即往陈青家回话,如此这般。陈青退此亲事,十分不忍。听说媳妇守志不从,愈加欢喜。连连向王三老作揖道:“劳动,劳动!然虽如此,只怕小儿病症不痊,终难配合。此事异日还要烦三老开言。”王三老摇手道:“老汉今番说了这一遍,以后再不敢奉命了。”闲话休题,却说朱世远见女儿不肯悔亲,在女婿头上愈加着忙,各处访问名医国手,赔着盘缠,请他来看治。那医家初时来看,定说能医,连病人服药,也有些兴头。到后来不见功效,渐渐的懒散了。也有讨着荐书到来,说大话,夸大口,索重谢,写包票,都只有头无尾。日复一日;不觉又捱了二年有馀。医家都说是个痼疾,医不得的了。多寿叹口气,请爹妈到来,含泪而言道:“丈人不允退亲,访求名医用药,只指望我病有痊可之期。如今服药无效,眼见得没有好日。不要赚了人家儿女。孩儿决意要退这头亲事了。”陈青道：“前番说了一场，你丈人丈母都肯，只为你媳妇执意不从，所以又将庚帖送来。”多寿道：“媳妇若晓得孩儿愿退，必然也放下了。”妈妈张氏道：“孩儿，且只照顾自家身子，休牵挂这些闲事。”多寿道：“退了这头亲，孩儿心下到放宽了一件。”陈青道：“待你丈人来时，你自与他讲便了。”说犹未了，丫鬟报道：“朱亲家来看女婿。”妈妈躲过。陈青邀入内书房中，多寿与丈人相见，口中称谢不尽。朱世远见女婿三分像人，七分像鬼，好生不悦。茶罢，陈青推故起身。多寿吐露衷肠，说起自家病势不痊，难以完婚，决要退亲之事。袖中取出柬帖一幅，乃是预先写下的四句诗。朱世远展开念道：

命犯孤辰①恶疾缠，好姻缘是恶姻缘。

今朝撒手红丝去，莫误他人美少年。

原来朱世远初次退亲，甚非本心，只为浑家逼迫不过。今番见女婿恁般病体，又有亲笔诗句，口气决绝，不觉也动了这个念头。口里虽道：“说那里话！还是将息贵体要紧。”却把那四句诗褶好，藏于袖中。即便抽身作别，陈青在坐启下接着，便道：“适才小儿所言，出于至诚，望亲家委曲劝谕令爱俯从则个。庚帖仍旧纳还。”朱世远道：“既然贤乔梓②谆谆分付，权时收下，再容奉复。”陈青送出门前。朱世远回家，将女婿所言与浑家说了。柳氏道：“既然女婿不要媳妇时，女孩儿守他也是扯淡。你把诗意解说与女儿听，料他必然回心转意。”朱世远真个把那柬帖递与女儿，说：

① 孤辰——即孤虚，又称为“空亡”；迷信星相方士的术语。据说，命里犯了孤虚，结婚就不吉利。

② 贤乔梓——乔，高木。梓，小树。引申为对人家父子的敬称。

"陈家小官人病体不痊，亲自向我说，决要退婚。这四句诗便是他的休书了。我儿也自想终身之事，休得执迷。"多福看了诗句，一言不发，回到房中，取出笔砚，就在那诗后也写四句：

运蹇虽然恶疾缠，姻缘到底是姻缘。

从来妇道当从一，敢惜如花美少年。

自古道：好事不出门，恶事扬千里。只为陈小官自家不要媳妇，亲口回绝了丈人，这句话就传扬出去。就有张家嫂，李家婆，一班靠撮合山养家的，抄了若干表号，到朱家议亲。说的都是名门富室，聘财丰盛。虽则媒人之口，不可尽信，却也说得柳氏肚里热蓬蓬的，分明似钱玉莲①母亲，巴不得登时撇了王家，许了孙家。谁知女儿多福，心如铁石，并不转移。看见母亲，好茶好酒款待媒人，情知不为别件。丈夫病症又不痊，爹妈又不容守节，左思右算，不如死了干净。夜间灯下取出陈小官人诗句，放在桌上，反复看了一回，约莫哭了两个更次，乘爹妈睡熟，解下束腰的罗帕，悬梁自缢。正是：

三寸气在千般用，一日无常万事休。

此际已是三更时分。也是多福不该命绝，朱世远在睡梦之中，恰像有人推醒，耳边只闻得女儿呜呜的哭声，吃了一惊，擦一擦眼睛，摇醒浑家，说道："适才闻得女孩儿啼哭，莫非做出些事来？且去看他一看。"浑家道："女孩儿好好的睡在房里，你却说鬼话。要看时，你自去看，老娘要睡觉哩。"朱世远披衣而起，黑暗里开了房门，摸到女儿卧房门首，双手推门不开。连唤几声，女孩儿全不答

① 钱玉莲——戏剧《荆钗记》中的女主角。详见本书卷二十"荆钗记"注。

应。只听得喉间痰响,其声异常。当下心慌,尽生平气力,一脚把房门踢开,已见桌上残灯半明不灭,女儿悬梁高挂,就如走马灯一般,团团而转。朱世远吃这一惊非小,忙把灯儿剔明,高叫:“阿妈快来,女孩儿缢死了!”柳氏梦中听得此言,犹如冷雨淋身,穿衣不及,驮了被儿,就哭儿哭肉的跑到女儿房里来。朱世远终是男子汉,有些智量,早已把女儿放下,抱在身上,将膝盖紧紧的抵住后门,缓缓的解开颈上的死结,用手去摩。柳氏一头打寒颤,一头叫唤。约莫半个时辰,渐渐魄返魂回,微微转气。柳氏口称谢天谢地,重到房中穿了衣服,烧起热水来,灌下女儿喉中,渐渐苏醒。睁开双眼,看见爹妈在前,放声大哭。爹妈道:“我儿!蝼蚁尚且贪生,怎的做此短见之事?”多福道:“孩儿一死,便得完名全节。又唤转来则甚?就是今番不死,迟和早少不得是一死。到不如放孩儿早去,也省得爹妈费心。譬如当初不曾养下孩儿一般。”说罢,哀哀的哭之不已。朱世远夫妻两口,再三劝解不住,无可奈何。比及天明,朱世远教浑家窝伴①女儿在床眠息,自己径到城隍庙里去抽签。签语云:

时运未通亨,年来祸害侵。

云开终见日,福寿自天成。

细详签意,前二句已是准了。第三句云开终见日,是否极泰来之意。末句福寿自天成,女儿名多福,女婿名多寿,难道陈小官人病势还有好日?一夫一妇,天然成配?心中好生委决不下。回到家中,浑家兀自在女儿房里坐着。看见丈夫到来,慌忙摇手道:

① 窝伴——安慰、作伴,带有监视防范的意思。

“不要则声！女儿才停了哭，睡去了。”朱世远夜来剔灯之时，看见桌上一副柬帖，无暇观看。其时取而观之，原来就是女婿所写诗句，后面又有一诗，认得女儿之笔。读了一遍，叹口气道：“真烈女也！为父母者，正当玉成其美，岂可以非理强之。”遂将城隍庙签词，说与浑家道：“福寿天成，神明嘿定。若私心更改，皇天必不护祐。况女孩儿吟诗自誓，求死不求生。我们如何看守得他了日。倘然一个眼蹉①，女儿死了时节，空负不义之名，反作一场笑话。据吾所见，不如把女儿嫁与陈家，一来表得我们好情，二来遂了女儿之意，也省了我们干纪。不知妈妈心下如何？”柳氏被女儿吓坏了，心头兀自突突的跳，便答应道：“随你作主，我管不得这事！”朱世远道：“此事还须央王三老讲。”事有凑巧，这里朱世远走出门来，恰好王三老在门首走过。朱世远就迎住了，请到家中坐下，将前后事情，细细述了一遍。“如今欲把女儿嫁去，专求三老一言。”王三老道：“老汉曾说过，只管撮合，不管撒开。今日大郎所言，是仗义之事，老汉自当效劳。”朱世远道：“小女儿见了小婿之诗，曾和得一首，情见乎词。若还彼处推托，可将此诗送看。”王三老接了柬帖，即便起身。只为两亲家紧对门居住，左脚跨出了朱家，右脚就跨进了陈家，甚是方便。陈青听得王三老到来，只认是退亲的话，慌忙迎接问道：“三老今日光降，一定朱亲家处有言。”王三老道：“正是。”陈青道：“今番退亲，出于小儿情愿，亲家那边料无别说。”王三老道：“老汉今日此来，不是退亲，到是要做亲。”陈青道：“三老休要取笑。”王三老就将朱宅女儿如何寻死，他爹妈如何心

① 一个眼蹉——一时没注意到。

慌,“留女儿在家,恐有不测,情愿送来伏侍小官人。老汉想来,此亦两便之事。令亲家处脱了干纪,获其美名。你贤夫妇又得人帮助,令郎早晚也有个着意之人照管,岂不美哉!”陈青道:“虽承亲家那边美意,还要问小儿心下允否?”王三老就将柬帖所和诗句呈于陈青道:“令媳和得有令郎之诗。他十分性烈。令郎若不允从,必然送了他性命,岂不可惜!”陈青道:“早晚便来回复。”当下陈青先与浑家张氏商议了一回,道:“媳妇如此性烈,必然贤孝。得他来贴身看觑,夫妇之间,比爹娘更觉周备。万一度得个种时,就是孩儿无命,也不绝了我陈门后代。我两个做了主,不怕孩儿不依。”当下双双两口,到书房中,对儿子多寿说知此事。多寿初时推却;及见了所和之诗,顿口无言。陈青已知儿子心肯。回复了王三老,择下吉日,又送些衣饰之类。那边多福知是陈门来娶,心安意肯。至期,笙箫鼓乐,娶过门来。街坊上听说陈家癞子做亲,把做新闻传说道:“癞蛤蟆也有吃天鹅肉的日子。”又有刻薄的闲汉,编为口号四句:

伯牛命短①偏多寿,娇香女儿偏逐臭。

红绫被里合欢时,粉花香与脓腥斗。

闲话休题。却说朱氏自过门之后,十分和顺。陈小官人全得他殷勤伏侍。怎见得?

着意殷勤,尽心伏侍。熬汤煮药,果然味必亲尝。早起夜眠,真个衣不解带。身上东疼西痒,时时抚摩。衣裳血臭脓腥,勤勤煎洗。分明傅母育娇儿,只少开胸喂乳。又似病姑逢

① 伯牛命短——冉耕,字伯牛,春秋时人,孔子的弟子。害有恶疾,早卒。

孝妇,每思割股烹羹。雨云休想欢娱,岁月岂辞劳苦。唤娇妻有名无实,怜少妇少乐多忧。

如此两年,公婆无不欢喜。只是一件,夫妇日间孝顺无比,夜里各被各枕,分头而睡,并无同衾共枕之事。张氏欲得他两个配合雌雄,却又不好开言。忽一日进房,见媳妇不在,便道:"我儿,你枕头龌龊了,我拿去与你拆洗。"又道:"被儿也龌龊了。"做一包儿卷了出去,只留一床被、一个枕头在床。明明要他夫妇二人共枕同衾,生儿度种的意思。谁知他夫妇二人,肚里各自有个主意。陈小官人肚里道:"自己十死九生之人,不是个长久夫妻,如何又去污损了人家一个闺女?"朱小娘子肚里又道:"丈夫恁般病体,血气全枯,怎经得女色相侵?"所以一向只是各被各枕,分头而睡。是夜只有一床被,一个枕,却都是朱小娘子的卧具。每常朱小娘子伏侍丈夫先睡,自己灯下还做针指。直待公婆都睡了,方才就寝。当夜多寿与母亲取讨枕被,张氏推道:"浆洗未干,胡乱同宿一夜罢。"朱氏将自己枕头让与丈夫安置。多寿又怕污了妻子的被窝,和衣而卧。多福亦不解衣。依旧两头各睡。次日,张氏晓得了,反怪媳妇做格①,不去勾搭儿子干事,把一团美意,看做不良之心,捉鸡骂狗,言三语四,影射②的发作了一场。朱氏是个聪明女子,有何难解。惟恐伤了丈夫之意,只作不知,暗暗偷泪。陈小官人也理会得了几分,甚不过意。如此又捱过了一个年头。当初十五岁上得病,十六岁病凶,十九岁上退亲不允,二十一岁上做亲。自从得病到

① 做格——矜持,做作,摆架子。

② 影射——暗指;口里讲这样,实际上指的是那样。

今,将近十载,不生不死,甚是闷人。闻得江南新到一个算命的瞎子,叫做灵先生,甚肯直言。央他推算一番,以决死期远近。原来陈多寿自得病之后,自嫌丑陋,不甚出门。今日特为算命,整整衣冠,走到灵先生铺中来。那先生排成八字,推了五星运限,便道:"这贵造是宅上何人?先告过了,若不见怪,方敢直言。"陈小官人道:"但求据理直言,不必忌讳。"先生道:"此造四岁行运,四岁至十三,童限不必说起,十四岁至二十三,此十年大忌,该犯恶疾,半死不生。可曾见过么?"陈小官人道:"见过了。"先生道:"前十年,虽是个水缺,还跳得过。二十四到三十三,这一运更不好。船遇危波亡桨柁,马逢峭壁断缰绳。此乃夭折之命。有好八字再算一个。此命不足道也。"小官人闻言,惨然无语。忙把命金送与先生,作别而行。腹内寻思,不觉泪下。想着:"那先生算我前十年已自准了,后十年运限更不好,一定是难过。我死不打紧,可怜贤德娘子伏侍了我三年,并无一宵之好。如今又连累他受苦怎的?我今苟延性命,与死无二,便多活几年,没甚好处。不如早早死了,出脱了娘子。也得他趁少年美貌,别寻头路。"此时便萌了个自尽之念。顺路到生药铺上,赎了些砒霜,藏在身边。回到家中,不题起算命之事。至晚上床,却与朱氏叙话道:"我与你九岁上定亲,指望长大来夫唱妇随,生男育女,把家当户。谁知得此恶症,医治不痊。惟恐担误了娘子终身,两番情愿退亲。感承娘子美意不允,拜堂成亲。虽有三年之处,却是有名无实,并不敢污损了娘子玉体。这也是陈某一点存天理处。日后陈某死了,娘子别选良缘,也教你说得嘴响,不累你叫做二婚之妇。"朱氏道:"官人,我与你结发夫妻,苦乐同受。今日官人患病,即是奴家命中所招。同生同死,有何理说!别缔良姻这话,再也休题。"陈小官人道:“娘子性烈如此。但你我相守,终非长久之计。你伏事我多年,夫妻之情,已自过分。此恩料今生不能补报,来生定有相会之日。”朱氏道:“官人怎说这伤心话儿?夫妻之间,说甚补报?”两个你对我答,足足的说了半夜方睡。正是:

夫妻只说三分话,今日全抛一片心。

次日,陈小官人又与父母叙了许多说话,这都是办了个死字,骨肉之情,难割难舍的意思。看看至晚,陈小官人对朱氏说:“我要酒吃。”朱氏道:“你闲常怕发痒,不吃酒。今日如何要吃?”陈小官人道:“我今日心上有些不爽快,想酒,你与我热些烫一壶来。”朱氏为他夜来言语不祥,心中虽然疑惑,却不想到那话儿。当下问了婆婆讨了一壶上好酽酒,烫得滚热,取了一个小小杯儿,两碟小菜,都放在桌上。陈小官人道:“不用小杯,就是茶瓯吃一两瓯,到也爽利。”朱氏取了茶瓯,守着要斟。陈小官人道:“慢着,待我自斟。我不喜小菜,有果子讨些来下酒。”把这句话遣开了朱氏。揭开壶盖,取出包内砒霜,向壶中一倾,忙斟而饮。朱氏走了几步,放心不下。回头一看,见丈夫手慌脚乱,做张做智,老大疑惑。恐怕有些跷蹊。慌忙转来,已自呷了一碗。又斟上第二碗。朱氏见酒色不佳,按住了瓯子,不容丈夫上口。陈小官人道:“实对你说,这酒内下了砒霜。我主意要自尽,免得累你受苦。如今已吃下一瓯,必然无救。索性得我尽醉而死,省得费了工夫。”说罢,又夺第二瓯去吃了。朱氏道:“奴家有言在前,与你同生同死。既然官人服毒,奴家义不独生。”遂夺酒壶在手,骨都都①吃个罄尽。此时陈小

① 骨都都——形容喝酒很急的声音。

官人腹中作耗，也顾不得浑家之事。须臾之间，两个做一对儿跌倒。时人有诗叹此事云：

病中只道欢娱少，死后方知情义深。

相爱相怜相殉死，千金难买两同心。

却说张氏见儿子要吃酒，妆了一碟巧糖，自己送来。在房门外，便听得服毒二字，吃了一惊，三步做两步走。只见两口儿都倒在地下，情知古怪。着了个忙，叫起屈来。陈青走到，见酒壶里面还剩有砒霜。平昔晓得一个单方，凡服砒霜者，将活羊杀了，取生血灌之，可活。也是二人命中有救，恰好左邻是个卖羊的屠户。连忙唤他杀羊取血。此时朱世远夫妻都到了。陈青夫妇自灌儿子，朱世远夫妇自灌女儿。两个亏得灌下羊血，登时呕吐，方才苏醒。馀毒在腹中，兀自皮肤迸裂，流血不已。调理月馀，方才饮食如故。有这等异事！朱小娘子自不必说。那陈小官人害了十年癞症，请了若干名医，用药全无功效。今日服了毒酒，不意中，正合了以毒攻毒这句医书，皮肤内迸出了许多恶血，毒气泄尽，连癞疮渐渐好了。比及将息平安，疮痂脱尽，依旧头光面滑，肌细肤荣。走到人前，连自己爹娘都不认得。分明是脱皮换骨，再投了一个人身。此乃是个义夫节妇一片心肠，感动天地，所以毒而不毒，死而不死，因祸得福，破泣为笑。城隍庙签诗所谓“云开终见日，福寿自天成”，果有验矣。陈多寿夫妇俱往城隍庙烧香拜谢。朱氏将所聘银钗布施作供。王三老闻知此事，率了三邻四舍，提壶挈盒，都来庆贺。吃了好几日喜酒。陈多寿是年二十四岁，重新读书，温习经史。到三十三岁登科，三十四岁及第。灵先生说他十年必死之运，谁知一生好事，偏在这几年之中。从来命之理微，常人岂能参透。言祸言福，未可尽信也。再说陈青和朱世远从此亲情愈高，又下了几年象棋，寿并八十馀而终。陈多寿官至佥宪①。朱氏多福，恩爱无比。生下一双儿女，尽老百年。至今子孙繁盛。这回书唤作《生死夫妻》。诗曰：

从来美眷说朱陈②，一局棋枰缔好姻。
只为二人多节义，死生不解赖神明。

① 佥宪——古时称御史为宪台。明代，都察院设有左右佥都御史（正四品），所以称为"佥宪"。

② 朱陈——唐白居易有《朱陈村》诗："徐州古丰县，有村曰朱陈。……一村唯两姓，世世为婚姻。"这里用白诗来切合朱多福陈多寿两人的婚姻。

第十卷

刘小官雌雄兄弟

衣冠未必皆男子，巾帼如何定妇人？

历数古今多怪事，高山为谷海生尘。

且说国朝成化年间，山东有一男子，姓桑，名茂，是个小家之子。垂髫时，生得红白细嫩。一日，父母教他往村中一个亲戚人家去。中途遇了大雨，闪在冷庙中躲避。那庙中先有一老妪也在内躲雨，两个做一堆儿坐地。那雨越下越大，出头不得。老妪看见桑茂标致，将言语调他。桑茂也略通些情窍，只道老妪要他干事。临上交时，原来老妪腰间到有本钱，把桑茂后庭弄将起来。事毕，雨还未止。桑茂终是孩子家，便问道："你是妇道，如何有那话儿？"老妪道："小官，我实对你说，莫要泄漏于他人。我不是妇人，原是个男子。从小缚做小脚，学那妇道妆扮，习成低声哑气，做一手好针线，潜往他乡，假称寡妇，央人引进豪门巨室行教。女眷们爱我手艺，便留在家中，出入房闱，多与妇女同眠，恣意行乐。那妇女相处情厚，整月留宿，不放出门。也有闺女贞娘，不肯胡乱的，我另有个媚药儿，待他睡去，用水喷在面上，他便昏迷不醒，任我行事。及至醒来，我已得手，他自怕羞辱，不敢声张。还要多赠金帛送我出门,嘱付我莫说。我今年四十七岁了。走得两京九省,到处娇娘美女,同眠同卧,随身食用,并无缺乏,从不曾被人识破。"桑茂道:"这等快活好事,不知我可学得么?"老妪道:"似小官恁般标致,扮妇女极像样了。你若肯投我为师,随我一路去,我就与你缠脚,教导你做针线,引你到人家去,只说是我外甥女儿,得便就有良遇。我一发把媚药方儿传授与你,包你一世受用不尽。"桑茂被他说得心痒,就在冷庙中四拜,投老妪为师,也不去访亲访眷,也不去问爹问娘。等待雨止,跟着老妪便走。那老妪一路与桑茂同行同宿。出了山东境外,就与桑茂三绺梳头,包裹中取女衫换了,脚头缠紧,套上一双窄窄的尖头鞋儿,看来就像个女子,改名郑二娘。后来年长到二十二岁上,桑茂要辞了师父,自去行动。师父分付道:"你少年老成,定有好人相遇。只一件,凡得意之处,不可久住。多则半月,少则五日,就要换场,免露形迹。还一件,做这道儿,多见妇人,少见男子。切忌与男子相近交谈。若有男子人家,预先设法躲避。倘或被他看出破绽,性命不保。切记,切记!"桑茂领教,两下分别。

后来桑茂自称郑二娘,各处行游哄骗。也走过一京四省。所奸妇女,不计其数。到三十二岁上,游至江西一个村镇,有个大户人家女眷留住,传他针线。那大户家妇女最多,桑茂迷恋不舍,住了二十馀日不去。大户有个女婿,姓赵,是个纳粟监生①,一日,赵

① 纳粟监生——按规定的办法进入"国子监"念书的叫作"监生"。用捐纳粟米或银子的方式取得这种资格的,叫作"纳粟监生"。明代规定:生员纳赀入监叫"纳贡",老百姓纳赀入监叫"例监"。但不一定到国子监肄业。有了"监生"的资格,也可以去考举人。

监生到岳母房里作揖，偶然撞见了郑二娘，爱其俏丽，嘱付妻子接他来家。郑二娘不知就里，欣然而往。被赵监生邀入书房，拦腰抱住，定要求欢。郑二娘抵死不肯，叫喊起来。赵监生本是个粗人，惹得性起，不管三七二十一，竟按倒在床上去解他裤裆。郑二娘挡抵不开，被赵监生一手插进，摸着了那话儿，方知是男人女扮。当下叫起家人，一索捆翻，解到官府。用刑严讯，招称真姓真名，及向来行奸之事，污秽不堪。府县申报上司，都道是从来未有之变。具疏奏闻，刑部以为人妖败俗，律所不载，拟成凌迟重辟①，决不待时。可怜桑茂假充了半世妇人，讨了若干便宜，到头来死于赵监生之手。正是：

福善祸淫天有理，律轻情重法无私。

方才说的是男人妆女败坏风化的。如今说个女人妆男，节孝兼全的来正本②，恰似：

薰莸不共器，尧桀好相形。

毫厘千里谬，认取定盘星。

这话本也出在本朝宣德年间。有一老者，姓刘名德，家住河西务③镇上。这镇在运河之旁，离北京有二百里之地。乃各省出入京都的要路。舟楫聚泊，如蚂蚁一般。车音马迹，日夜络绎不

① 凌迟重辟——凌迟，即剐刑，古代的一种酷刑：先砍断罪犯的肢体，然后再穿断咽喉，使他多受痛苦，慢慢死掉。重辟，即大辟，就是死刑。

② 正本——正，端正，作动词用。本，指社会上的风俗道德。另一义为“够本”；因为入话讲的是败坏风俗的故事，正文则是赞美提倡正派行为，好像做生意，算是够了本钱。

③ 河西务——地名，在河北省武清县东北，古为设务征税之处，因在运河西岸，故名河西务。当漕运要地，昔时商业颇盛。

绝。上有居民数百馀家。边河为市,好不富庶。那刘德夫妻两口,年纪六十有馀,并无弟兄子女。自己有几间房屋,数十亩田地,门首又开一个小酒店儿。刘公平昔好善,极肯周济人的缓急。凡来吃酒的,偶然身边银钱缺少,他也不十分计较。或有人多把与他,他便勾了自己价银,馀下的定然退还,分毫不肯苟取。有晓得的,问道:“这人错与你的,落得将来受用,如何反把来退还?”刘公说:“我身没有子嗣,多因前生不曾修得善果,所以今世罚做个无祀之鬼。岂可又为恁样欺心的事!倘然命里不该时,错得一分到手,或是变出些事端,或是染患些疾病,反用去几钱,却不到折便宜。不若退还了,何等安逸。”因他做人公平,一镇的人无不敬服,都称为刘长者。一日,正值隆冬天气,朔风凛冽,彤云密布,降下一天大雪。原来那雪:

能穿帷幕,善度帘栊。乍飘数点,俄惊柳絮飞扬,狂舞一番,错认梨花乱坠。声从竹叶传来,香自梅枝递至。塞外征人穿冻甲,山中隐士拥寒衾。王孙绮席倒金尊,美女红炉添兽炭。

刘公因天气寒冷,暖起一壶热酒,夫妻两个向火对饮,吃了一回,起身走到门首看雪。只见远远一人背着包裹,同个小厮迎风冒雪而来。看看至近,那人扑的一交,跌在雪里,挣扎不起。小厮便向前去搀扶。年小力微,两个一拖,反向下边跌去,都滚做一个肉饺儿。爬了好一回,方才得起。刘公擦摩老眼看时,却是六十来岁的老儿,行缠绞脚,八搭麻鞋①,身上衣服甚是褴褛。这小厮到也

① 行缠绞脚,八搭麻鞋——行缠,一名“行滕”,缠腿用的;现在军队里叫作“裹腿”或“绑腿”。八搭麻鞋,两旁有耳,可以穿系起来的一种草鞋。

生得清秀。脚下穿一双小布裕鞋①。那老儿把身上的雪儿抖净，向小厮道："儿，风雪甚大，身上寒冷，行走不动。这里有酒在此，且买一壶来，荡荡寒再行。"便走入店来，向一副座头坐下，把包裹放在桌上。小厮坐于旁边。刘公去暖一壶热酒，切一盘牛肉，两碟小菜，两副杯箸，做一盘儿托过来摆在桌上。小厮捧过壶来，斟上一杯，双手递与父亲，然后筛与自己。刘公见他年幼，有些礼数，便问道："这位是令郎么？"那老儿道："正是小犬。"刘公道："今年几岁了？"答道："乳名申儿，十二岁了。"又问道："客官尊姓？是往那里去的？恁般风雪中行走？"那老儿答道："老汉方勇，是京师龙虎卫②军士，原籍山东济宁。今要回去取讨军庄盘缠，不想下起雪来。"问主人家尊姓。刘公道："在下姓刘，招牌上近河，便是贱号。"又道："济宁离此尚远，如何不寻个脚力，却受这般辛苦？"答道："老汉是个穷军，那里雇得起脚力！只得慢慢的捱去罢了。"刘公举目看时，只见他单把小菜下酒，那盘牛肉，全然不动。问道："长官父子想都是奉斋么？"答道："我们当军的人，吃什么斋！"刘公道："既不奉斋，如何不吃些肉儿？"答道："实不相瞒。身边盘缠短少，吃小菜饭儿，还恐走不到家。若用了这大菜，便去了几日的口粮，怎生得到家里？"刘公见他说得恁样穷乏，心中惨然，便道："这般大雪，腹内得些酒肉，还可挡得风寒，你只管用，我这里不算帐罢了。"老军道："主人家休得取笑！那有吃了东西，不算帐之理？"刘公道："不瞒长官说，在下这里，比别家不同。若过往客官，

---

① 裕鞋——深勒棉鞋。

② 京师龙虎卫——卫，明代军事编制名称。龙虎卫，属于北京左军都督府。

偶然银子缺少，在下就肯奉承。长官既没有盘缠，只算我请你罢了。”老军见他当真，便道：“多谢厚情，只是无功受禄，不当人子①。老汉转来，定当奉酬。”刘公道：“四海之内，皆兄弟也。这些小东西，值得几何，怎说这奉酬的话！”老军方才举箸，刘公又盛过两碗饭来，道：“一发吃饱了好行路。”老军道：“忒过分了！”父子二人正在饥馁之时，拿起饭来，狼餐虎咽，尽情一饱。这才是：

救人须救急，施人须当厄。

渴者易为饮，饥者易为食。

当下吃完酒饭，刘公又叫妈妈点两杯热茶来吃了。老军便腰间取出银子来还饭钱。刘公连忙推住道：“刚才说过，是我请你的，如何又要银子？恁样时，到像在下说法卖这盘肉了。你且留下，到前途去盘缠。”老军便住了手，千恩万谢，背上了包裹，作辞起身。走出门外，只见那雪越发大了。对面看不出人儿。被寒风一吹，倒退下几步。小厮道：“爹，这样大雪，如何行走？”老军道：“便是没奈何，且捱到前途，觅个宿店歇罢。”小厮眼中便流下泪来。刘公心中不忍，说道：“长官，这般风寒大雪，着甚要紧，受此苦楚！我家空房床铺尽有，何不就此安歇，候天晴了走，也未迟。”老军道：“若得如此，甚好。只是打搅不当。”刘公道：“说那里话！谁人是顶着房子走的？快些进来，不要打湿了身上。”老军引着小厮，重新进门。刘公领去一间房里，把包裹放下。看床上时，席子草荐都有。刘公还恐怕他寒冷，又取出些稻草来，放在上面。老军

① 不当人子——犹如说“罪过”，对于尊长亵渎、不敬，或有劳、道歉的意思。

打开包裹,将出被窝铺下。此时天气尚早,准顿好了,同小厮走出房来。刘公已将店面关好,同妈妈向火。看见老军出房,便叫道:“方长官,你若冷时,有火在此,烘一烘暖活也好。”老军道:“好到好,只是奶奶在那里,恐不稳便。”刘公道:“都是老人家了,不妨得。”老汉方才同小厮走过来,坐于火边。那时比前又加识熟,便称起号来。说:“近河,怎么只有老夫妻两位?想是令郎们另居么?”刘公道:“不瞒你说,老拙夫妻今年都痴长六十四岁,从来不曾生育,那里得有儿子?”老军道:“何不承继一个,伏侍你老年也好。”刘公答道:“我心里初时也欲得如此。因常见人家承继来的,不得他当家替力,反惹闲气,不如没有的到得清净。总要时,急切不能有个中意的,故此休了这念头。若得你令郎这样一个,却便好了。只是如何得能够?”两个闲话一回,看看已晚。老军讨了个灯火,叫声安置,同儿子到客房中来安歇。对儿子说:“儿,今日天幸得遇这样好人。若没有他时,冻也要冻死了。明日莫管天晴下雪,早些走罢。打搅他,心上不安。”小厮道:“爹说得是!”父子上床安息。

不想老军受了些风寒,到下半夜,火一般热起来,口内只是气喘,讨汤水吃。这小厮家夜晚间又在客店里,那处去取。巴到天明,起来开房门看时,那刘公夫妻还未曾起身。他又不敢惊动。原把门儿掩上,守在床前。少顷,听得外面刘公咳嗽声响,便开门走将出来。刘公一见,便道:“小官儿,如何起得恁早?”小厮道:“告公公得知,不想爹爹昨夜忽然发起热来,口中不住吁喘,要讨口水吃,故此起得早些。”刘公道:“阿呀!想是他昨日受些寒了。这冷水怎么吃得?待我烧些热汤与你。”小厮道:“怎好又劳公公?”刘公便教妈妈烧起一大壶滚汤。刘公送到房里，小厮扶起来吃了两碗。老军睁眼观看，见刘公在旁，谢道："难为你老人家！怎生报答？"刘公走近前道："休恁般说。你且安心自在，盖热了，发出些汗来便好了。"小厮放倒下去。刘公便扯被儿与他盖好。见那被儿单薄，说道："可知道着了寒！如何这被恁薄？怎能发的汗出？"妈妈在门口听见，即去取出一条大絮被来道："老官儿，有被在此。你与他盖好了。这般冷天气，不是当耍的。"小厮便来接去。刘公与他盖得停当，方才走出。少顷，梳洗过，又走进来，问："可有汗么？"小厮道："我才摸时，并无一些汗气。"刘公道："若没汗时，这寒气是感得重的了。须请个太医来用药，表他的汗出来方好。不然，这风寒怎能勾发泄？"小厮道："公公，身伴无钱，将何请医服药？"刘公道："不消你费心，有我在此。"小厮听说，即便叩头道："多蒙公公厚恩，救我父亲。今生若不能补报，死当为犬马偿恩。"刘公连忙扶起道："快不要如此，既在此安宿，我便是亲人了，岂忍坐视！你自去房中伏侍，老汉与你迎医。"其日雪止天霁，街上的积雪被车马践踏，尽为泥泞，有一尺多深。刘公穿了木屐，出街头望了一望，复身进门。小厮看刘公转进来，只道不去了，噙着两行珠泪，方欲上前叩问，只见刘公从后屋牵出个驴儿骑了，出门而去。小厮方才放心。且喜太医住得还近，不多时便到了。那太医也骑个驴儿，家人背着药箱，随在后面，到门首下了。刘公请进堂中，吃过茶，然后引至房里。此时老军已是神思昏迷，一毫人事不省。太医诊了脉，说道："这是个双感伤寒，风邪已入于腠理①。伤寒书上

① 腠理——中医术语：皮肤之间叫作"腠理"。

有两句歌云：‘两感伤寒不须治，阴阳毒过七朝期。’此乃不治之症。别个医家，便要说还可以救得。学生是老实的，不敢相欺。这病下药不得了。”小厮见说，惊得泪如雨下，拜倒在地上道：“先生可怜我父子是个异乡之人，怎生用贴药救得性命，决不忘恩！”太医扶起道：“不是我作难，其实病已犯实，教我也无奈。”刘公道：“先生，常言道：药医不死病，佛度有缘人。你且不要拘泥古法，尽着自家意思，大了胆医去，或者他命不该绝，就好了也未可知。万一不好，决无归怨你之理。”先生道：“既是长者恁般说，且用一贴药看。若吃了发得汗出，便有可生之机，速来报我，再将药与他吃。若没有汗时，这病就无救了，不消来覆我。”教家人开了药箱儿，撮了一贴药剂，递与刘公道：“用生姜为引，快煮与他吃。这也是万分之一，莫做指望。”刘公接了药，便去封出一百文钱，递与太医道：“些少药资，权为利市。”太医必不肯受而去。刘公夫妻两口，亲自把药煎好，将到房中与小厮相帮，扶起吃了，将被没头没脑的盖下。小厮在旁守候。刘公因此事忙乱一朝，把店中生意都担阁了，连饭也没工夫去煮。直到午上，方吃早膳。刘公去唤小厮吃饭。那小厮见父亲病重，心中慌急，那里要吃。再三劝慰，才吃了半碗。看看到晚，摸那老军身上，并无一些汗点。那时连刘公也慌张起来。又去请太医时，不肯来了。准准到第七日，呜呼哀哉。正是：

三寸气在千般用，一日无常万事休。

可怜那小厮申儿哭倒在地。刘公夫妇见他哭的悲切，也涕泪交流，扶起劝道：“方小官，死者不可复生，哭之无益。你且将息自己身子。”小厮双膝跪下哭告道：“儿不幸，前年丧母，未能入土，故与父谋归原籍，求取些银两来殡葬。不想逢此大雪，路途艰楚。得遇恩人，赐以酒饭，留宿在家，以为万千之幸。谁料皇天不祐，父忽骤病。又蒙恩人延医服药，日夜看视，胜如骨肉。只指望痊愈之日，图报大恩。那知竟不能起，有负盛意！此间举目无亲，囊乏钱钞，衣棺之类，料不能办。欲求恩人借数尺之土，把父骸掩盖，儿情愿终身为奴仆，以偿大德。不识恩人肯见允否？”说罢，拜伏在地。刘公扶起道：“小官人休虑！这送终之事，都在于我。岂可把来藁葬①？”小厮又哭拜道：“得求隙地埋骨，已出望外，岂敢复累恩人费心坏钞！此恩此德，教儿将何补报？”刘公道：“这是我平昔志愿，那望你的报偿！”当下忙忙的取了银子，便去买办衣衾棺木。唤两个土工来，收拾入殓过了。又备羹饭祭奠，焚化纸钱。那小厮悲恸，自不必说。就抬到屋后空地上埋葬好了。又立一个牌额，上写“龙虎卫军士方勇之墓”。诸事停当，小厮向刘公夫妇叩头拜谢。过了两日，刘公对小厮道：“我欲要教你回去，访问个亲族来，搬丧回乡，又恐怕你年纪幼小，不认得路途。你且暂住我家，俟有识熟的在此经过，托他带回故乡，然后徐图运柩回去。不知你的意下何如？”小厮跪下泣告道：“儿受公公如此大恩，地厚天高，未曾报得，岂敢言归！且恩人又无子嗣，儿虽不才，倘蒙不弃，收充奴仆，朝夕伏侍，少效一点孝心。万一恩人百年之后，亦堪为坟前拜扫之人。那时到京取回先母遗骨，同父骸葬于恩人墓道之侧，永守于此，这便是儿之心愿。”刘公夫妇大喜道：“若得你肯如此，乃天赐与我为嗣！岂有为奴仆之理！今后当以父子相称。”小厮道：“既蒙收留，

① 藁葬——没有棺材，仅用草裹着尸体埋葬，叫作“藁葬”。

即今日就拜了爹妈。”便掇两把椅儿居中放下,请老夫妇坐了,四双八拜,认为父子。遂改姓为刘。刘公又不忍没其本姓,就将方字为名,唤做刘方。自此日夜辛勤,帮家过活,奉侍刘公夫妇,极其尽礼孝敬。老夫妇也把他如亲生一般看待。有诗为证:

　　刘方非亲是亲,刘德无子有子。
　　小厮事死事生,老军虽死不死。

时光似箭,不觉刘方在刘公家里已过了两个年头。时值深秋,大风大雨,下了半月有馀,那运河内的水,暴涨有十来丈高下,犹如白沸汤一般,又紧又急。往来的船只,坏了无数。一日午后,刘方在店中收拾,只听得人声鼎沸。他只道什么火发,忙来观看,见岸上人挨挤不开,都望着河中。急走上前来看时,却是上流头一只大客船,被风打坏,淌将下来,船上之人,飘溺已去大半。馀下的抱桅攀舵,呼号哀泣,口叫“救人”。那岸上看的人,虽然有救捞之念,只是风水利害,谁肯从井救人。眼盼盼看他一个个落水,口中只好叫句“可怜”而已。忽然一阵大风,把那船吹近岸旁。岸上人一齐喊声“好了”!顷刻挠挠钩子二十多张,一齐都下,搭住那船,救起十数多人,各自分头投店内。有一个少年,年纪不上二十,身上被挠钩摘伤几处,行走不动,倒在地下,气息将绝,尚紧紧抱住一只竹箱,不肯放舍。刘方在旁睹景伤情,触动了自己往年冬间之事,不觉流下泪来,想道:“此人之苦,正与我一般。我当时若没有刘公时,父子尸骸不知归于何处矣。这人今日却便没人怜救了。且回去与爹妈说知,救其性命。”急急转家,把上项事报知刘公夫妇,意欲扶他回家调养。刘公道:“此是阴德美事,为人正该如此。”刘妈妈道:“何不就同他来家?”刘方道:“未曾禀过爹妈,怎敢擅便?”刘公道:“说那里话！我与你同去。”父子二人,行至岸口,只见众人正围着那少年观看。刘公分开众人,捱身而入,叫道:“小官人,你挣扎着,我扶你到家去将息。”那少年睁眼看了一看,点点头儿。刘公同刘方向前搀扶。一个年幼力弱,一个年老衰迈,全不济事。旁边转过一个轩跎刺①的后生道:“老人家闪开,待我来。”向前一抱,轻轻的就扶了起来。那后生在右,刘公在左,两边挟住胳膊便走。少年虽然说话不出,心下却甚明白,把嘴努着竹箱,刘方道:“这箱子待我与你驮去。”把来背在肩上,在前开路。众人闪在两边,让他们前行,随后便都跟来看。内中认得刘公的,便道:“还是刘长者有些义气。这个异乡落难之人,在此这一回②,并没有个慈悲的,肯收留回去,偏他一晓的了便搀扶回家。这样人,真个世间少有！只可惜无个儿子,这也是天公没分晓。”又有道:“他虽没有亲儿,如今承继这刘方,甚是孝顺,比嫡亲的尤胜,这也算是天报他了。”那不认得的,见他老夫妻自来搀扶一个小厮,与他驮了竹箱,就认做那少年的亲族。以后见土人纷纷传说,方才晓得,无不赞叹其义。还有没肚子的人③,称量他那竹箱内有物无物,财多财少。此乃是人面相似,人心不同,不在话下。

且说刘公同那后生扶少年到家,向一间客房里放下。刘公叫声“劳动”,后生自去。刘方把竹箱就放在后生之旁。刘妈妈连忙去取干衣,与他换下湿衣,然后扶在铺上。原来落水人吃不得热酒,刘公晓得这道数。教妈妈取酽酒略温一下,尽着少年痛饮,就

① 轩跎刺——高大有力的意思。
② 一回——一会儿,不久。
③ 没肚子的人——没有度量,没有见识的人。

取刘方的卧被,与他盖了。夜间就教刘方伴他同卧。到次早,刘公进房来探门。那少年已觉健旺,连忙挣扎起来,要下床称谢。刘公急止住道:“莫要劳动,调养身子要紧!”那少年便向枕上叩头道:“小子乃垂死之人,得蒙公公救拔,实乃再生之父母。但不知公公尊姓?”刘公道:“老拙姓刘。”少年道:“原来与小子同姓。”刘公道:“官人那里人氏?”少年答道:“小子刘奇,山东张秋人氏。二年前,随父三考在京。不幸遇了时疫,数日之内,父母俱丧。无力扶柩还乡,只得将来火化。”指着竹箱道:“奉此骸骨归葬。不想又遭此大难。自分必死,天幸得遇恩人,救我之命。只是行李俱失,一无所有,将何报答大恩?”刘公道:“官人差矣!不忍之心,人皆有之。救人一命,胜造七级浮屠。若说报答,便是为利了。岂是老汉的本意。”刘奇见说,愈加感激。将息了两日,便能起身,向刘公夫妇叩头泣谢。那刘奇为人温柔俊雅,礼貌甚恭。刘公夫妇十分爱他。早晚好酒好食管待。刘奇见如此殷勤,心上好生不安。欲要辞归,怎奈钩伤之处溃烂成疮,步履不便,身边又无盘费,不能行动。只得权且住下。正是:

不恋故乡生处好,受恩深处便为家。

却说刘方与刘奇年貌相仿,情投契合,各把生平患难细说。二人因念出处相同,遂结拜为兄弟,友爱如嫡亲一般。一日,刘奇对刘方道:“贤弟如此青年美质,何不习些书史?”刘方道:“弟甚有此志,只是无人教导。”刘奇道:“不瞒贤弟说,我自幼攻书,博通今古,指望致身青云。不幸先人弃后,无心于此。贤弟肯读书时,寻些书本来,待我指引便了。”刘方道:“若得如此,乃弟之幸也。”连忙对刘公说知。刘公见说是个饱学之士,肯教刘方读书,分外欢喜。即便去买许多书籍。刘奇罄心指教,那刘方颖悟过人,一诵即解。日里在店中看管,夜间挑灯而读。不过数月,经书词翰,无不精通。

且说刘奇在刘公家中住有半年,彼此相敬相爱,胜如骨肉。虽然依傍得所,只是终日坐食,心有不安。此时疮口久愈,思想要回故土,来对刘公道:“多蒙公公夫妇厚恩,救活残喘,又搅扰半年,大恩大德,非口舌可谢。今欲暂辞公公,负先人骸骨归葬。服阕①之后,当图报效。”刘公道:“此乃官人的孝心,怎好阻当。但不知几时起行?”刘奇道:“今日告过公公,明早就走。”刘公道:“既如此,待我去觅个便船与你。”刘奇道:“水路风波险恶,且乏盘缠,还从陆路行罢。”刘公道:“陆路脚力之费,数倍于舟,且又劳碌。”刘奇道:“小子不用脚力,只是步行。”刘公道:“你身子怯弱,如何走得远路?”刘奇道:“公公,常言道的好,有银用银,无银用力。小子这样穷人,还惜得什么辛苦!”刘公想了一想道:“这也易处。”便叫妈妈整备酒肴,与刘奇送行。饮至中间,刘公泣道:“老拙与官人萍水相逢,聚首半年,恩同骨肉,实是不忍分离。但官人送尊人入土,乃人子大事,故不好强留。只是自今一别,不知后日可能得再见了?”说罢,歔欷不胜。刘妈妈与刘方尽皆泪下。刘奇也泣道:“小子此行,实非得已。俟服一满,即星夜驰来奉候,幸勿过悲。”刘公道:“老拙夫妇年近七旬,如风中之烛,早暮难保。恐君服满来时,在否不可知矣。倘若不弃,送尊人入土之后,即来看我,也是

① 服阕——服孝期满。封建时代,按照人与人的亲疏尊卑的关系,规定出不同的服孝期限。父母死了,子女就要服孝三年,期限满了叫作“服阕”。

一番相知之情。”刘奇道：“既蒙嘱咐，敢不如命？”一宿晚景不题。到了次早清晨，刘妈妈又整顿酒饭与他吃了。刘公取出一个包裹，放在桌上，又叫刘方到后边牵出那小驴儿来，对刘奇道：“此驴畜养已久，老汉又无远行，少有用处，你就乘他去罢，省得路上雇倩。这包裹内是一床被窝，几件粗布衣裳，以防路上风寒。”又在袖中摸一包银子交与道：“这三两银子，将就盘缠，亦可到得家了。但事完之后，即来走走，万勿爽信。”刘奇见了许多厚赠，泣拜道：“小子受公公如此厚恩，今生料不能报，俟来世为犬马以酬万一。”刘公道：“何出此言！”当下将包裹竹箱都装在生口身上，作别起身。刘公夫妇送出门首，洒泪而别。刘方不忍分舍，又送十里之外，方才分手。正是：

萍水相逢骨肉情，一朝分袂泪俱倾。

骊驹唱罢劳魂梦，人在长亭共短亭。

且说刘奇一路夜住晓行，饥餐渴饮，不一日来到山东故乡。那知去年这场大风大雨，黄河泛溢，张秋村镇，尽皆漂溺，人畜庐舍，荡尽无遗。举目遥望时，几十里田地，绝无人烟。刘奇无处投奔，只得寄食旅店。思想欲将骸骨埋葬于此，却又无处依栖，何以营生。须寻了个着落之处，然后举事。遂往各处市镇乡村访问亲旧，一无所遇。住了月馀，这三两银子盘费将尽。心下着忙：“若用完了这银子，就难行动了。不如原往河西务去求恩人一搭①空地，埋了骨殖，倚傍在彼处，还是个长策。”算还店钱，上了生口，星夜赶来，到了刘公门首，下了生口。看时，只见刘方正在店中，手里拿着

① 一搭——一块。

一本书儿在那里观看。刘奇叫声“贤弟,公公妈妈一向好么?”刘方抬头看时,却是刘奇。把书撇下,忙来接住生口,牵入家中,卸了行李,作揖道:“爹妈日夜在此念兄。来得正好!”一齐走入堂中。刘公夫妇看见,喜从天降,便道:“官人,想杀我也!”刘奇上前倒身下拜。刘公还礼不迭。见罢,问道:“尊人之事,想已毕了?”刘奇细细泣诉前因。又道:“某故乡已无处容身,今复携骸骨而来,欲求一搭馀地葬埋,就拜公公为父,依傍于此,朝夕奉侍,不知尊意允否?”刘公道:“空地尽有,任凭取择。但为父子,恐不敢当。”刘奇道:“若公公不屑以某为子,便是不允之意了。”即便请刘公夫妇上坐,拜为父子,将骸骨也葬于屋后地上。自此兄弟二人,并力同心,勤苦经营,家业渐渐兴隆。奉侍父母,备尽人子之礼。合镇的人,没一个不欣羡刘公无子而有子,皆是阴德之报。

时光迅速,倏忽又经年馀。父子正安居乐业,不想刘公夫妇,年纪老了,筋力衰倦,患起病来。二子日夜伏侍,衣不解带,求神罔效,医药无功。看看待尽。二子心中十分悲切,又恐伤了父子之心,惟把言语安慰,背地吞声而泣。刘公自知不起,呼二子至床前分付道:“我夫妻老年孤孑,自谓必作无祀之鬼,不意天地怜念,赐汝二人与我为嗣。名虽义子,情胜嫡血。我死无遗恨矣!但我去世之后,汝二人务要同心经业,共守此薄产。我于九泉亦得瞑目。”二子哭拜受命。又延两日,夫妻相继而亡。二子怆地呼天,号淘痛哭,恨不得以身代替。置办衣衾棺椁,极其从厚。又请僧人做九昼夜功果超荐。入殓之后,兄弟商议筑起一个大坟,要将三家父母合葬一处。刘方遂至京中,将母柩迎来,择了吉日,以刘公夫妇葬于居中,刘奇迁父母骸骨葬于左边,刘方父母葬在右边,三坟拱列,如连珠相似。那合镇的人,一来慕刘公向日忠厚之德,二来敬他弟兄之孝,尽来相送。

话休絮烦。且说刘奇二人,自从刘公亡后,同眠同食,情好愈笃。把酒店收了,开起一个布店来。四方过往客商来买货的,见二人少年志诚,物价公道,传播开去,慕名来买者,挨挤不开。一二年间,挣下一个老大家业,比刘公时已多数倍。讨了两房家人,两个小厮,动用家伙器皿,甚是次第①。那镇上有几个富家,见二子家业日裕,少年未娶,都央媒来与之议姻。刘奇心上已是欲得,只是刘方却执意不愿。刘奇劝道:“贤弟今年一十有九,我已二十有二,正该及时求配,以图生育,接续三家宗祀,不知贤弟为何不愿?”刘方答道:“我与兄方在壮年,正好经营生理,何暇去谋此事。况我弟兄向来友爱,何等安乐!万一娶了一个不好的,反是一累,不如不娶为上。”刘奇道:“不然,常言说得好,无妇不成家。你我俱在店中支持了生意时,里面绝然无人照管。况且交友渐广,设有个客人到来,中馈②无人主持,成何体面。此还是小事。当初义父以我二人为子时,指望子孙绍他宗祀,世守此坟。今若不娶,必然湮绝,岂不负其初念,何颜见之泉下。”再三陈说,刘方只把言支吾,终不肯应承。刘奇见兄弟不允,自己又不好独娶。一日,偶然到一相厚朋友钦大郎家中去探望。两个偶然言及姻事,刘奇乃把刘方不肯之事,细细说与。又道:“不知舍弟是甚主意?”钦大郎笑道:“此事浅而易见。他与兄共创家业,况他是先到,兄是后来,不

① 甚是次第——很整齐,有头绪,有排场的意思。

② 中馈——指主妇所管理的家务、饮食等事。

忿得兄先娶，故此假意推托。”刘奇道：“舍弟乃仁义端直之士，决无此事。”钦大郎道：“令弟少年英俊，岂不晓得夫妇之乐，恁般推阻。兄若不信，且教个人私下去见他，先与之为媒，包你一说就是。”刘奇被人言所惑，将信将疑，作别而回。恰好路上遇见两个媒婆，正要到刘奇家说亲，所说的是本镇开绸缎店崔三朝奉①家。叙起年庚，正与刘方相合。刘奇道：“这门亲，正对我家二官人。只是他有些古怪，人面前就害羞。你只悄地去对他说。若说得成时，自当厚酬。我且不归去，坐在巷口油店里等你回话。”两个媒婆应声而去。不一时，回复刘奇道：“二官人果是古怪。老媳妇恁般撺掇，只是不允。再说时，他喉急起来，好教媳妇们老大没趣。”刘奇方才信刘方不肯是个真心。但不知什么意故。一日，见梁上燕儿营巢，刘奇遂题一词于壁上，以探刘方之意。词云：

营巢燕，双双雄，朝暮衔泥辛苦同。若不寻雌继壳卵，巢成毕竟巢还空。

刘方看见，笑诵数次，亦援笔和一首于后，词云：

营巢燕，双双飞，天设雌雄事久期。雌兮得雄愿已足，雄兮将雌胡不知？

刘奇见了此词，大惊道：“据这词中之意，吾弟乃是个女子了。怪道他恁般娇弱，语音纤丽，夜间睡卧，不脱内衣，连袜子也不肯去。酷暑中还穿着两层衣服。原来他却学木兰②所为。”虽然如

① 朝奉——秦始皇令当时的一些富豪和朝臣一起向他朝见、请安，称为“奉朝请”；后世就称富翁或当铺里管事的人为“朝奉”。

② 木兰——古乐府《木兰辞》中的女主角。她女扮男装，代父从军，在军中十二年，没有人知道她是女子。

此,也还疑惑,不敢去轻易发言。又到钦大郎家中,将词念与他听。钦大郎道:“这词意明白,令弟确然不是男子。但与兄数年同榻,难道看他不出?”刘奇叙他向来并未曾脱衣之事。钦大郎道:“恁般一发是了!如今兄当以实问之,看他如何回答。”刘奇道:“我与他恩义甚重,情如同胞,安忍启口。”钦大郎道:“他若果然是个女子,与兄成配,恩义两全,有何不可。”谈论已久,钦大郎将出酒肴款待。两人对酌,竟不觉至晚。刘奇回至家时,已是黄昏时候。刘方迎着,见他已醉,扶进房中问道:“兄从何处饮酒,这时方归?”刘奇答道:“偶在钦兄家小饮,不觉话长坐久。”口中虽说,细细把他详视。当初无心时,全然不觉是女。此时已是有心辨他真假,越看越像是个女子。刘奇虽无邪念,心上却要见个明白,又不好直言。乃道:“今日见贤弟所和燕子词,甚佳,非愚兄所能及。但不知贤弟可能再和一首否?”刘方笑而不答,取过纸笔来,一挥而就。词云:

营巢燕,声声叶,莫使青年空岁月。可怜和氏璧无瑕,何事楚君终不纳?

刘奇接来看了,便道:“原来贤弟果是女子。”刘方闻言,羞得满脸通红,未及答言。刘奇又道:“你我情同骨肉,何必避讳。但不识贤弟昔年因甚如此妆束?”刘方道:“妾初因母丧,随父还乡,恐途中不便,故为男扮。后因父殁,尚埋浅土,未得与母同葬。妾故不敢改形。欲求一安身之地,以厝①先灵。幸得义父遗此产业,父母骸骨,得以归土。妾是时意欲说明,因思家事尚微,恐兄独力

① 厝(cuò)——停柩待葬,俗称“浅葬”。

难成,故复迟迟。今见兄屡劝妾婚配,故不得不自明耳。”刘奇道:“原来贤弟用此一段苦心,成全大事。况我与你同榻数年,不露一毫圭角,真乃节孝兼全,女中丈夫,可敬可羡!但弟词中已有俯就之意,我亦决无他娶之理。萍水相逢,周旋数载,昔为弟兄,今为夫妇,此岂人谋,实繇天合。倘蒙一诺,便订百年。不知贤弟意下如何?”刘方道:“此事妾亦筹之熟矣。三宗坟墓,俱在于此,妾若适他人,父母三尺之土,朝夕不便省视。况义父义母,看待你我犹如亲生。弃此而去,亦难恝然①。兄若不弃陋质,使妾得侍箕帚,供奉三姓香火,妾之愿也。但无媒私合,于礼有亏。惟兄裁酌而行,免受傍人谈议,则全美矣。”刘奇道:“贤弟高见,即当处分。”是晚两人便分房而卧。次早,刘奇与钦大郎说了,请他大娘为媒,与刘方说合。刘方已自换了女妆。刘奇备办衣饰,择了吉日,先往三个坟墓上祭告过了,然后花烛成亲,大排筵席,广请邻里。那时哄动了河西务一镇,无不称为异事。赞叹刘家一门孝义贞烈。刘奇成亲之后,夫妇相敬如宾,挣起大大家事,生下五男二女。至今子孙蕃盛,遂为巨族。人皆称为刘方三义村云。有诗为证:

无情骨肉成吴越②,有义天涯作至亲。

三义村中传美誉,河西千载想奇人。

---

① 恝(jiá)然——忽视,忍心,无动于衷。

② 无情骨肉成吴越——如若没有感情,连亲兄弟也会变成仇敌。吴和越是春秋时代两个敌对的国家,因作为仇敌的代词。

第十一卷

苏小妹三难新郎

聪明男子做公卿，女子聪明不出身。
若许裙钗应科举，女儿那见逊公卿？

自混沌初辟，乾道成男，坤道成女，虽则造化无私，却也阴阳分位。阳动阴静，阳施阴受，阳外阴内。所以男子主四方之事，女子主一室之事。主四方之事的，顶冠束带，谓之丈夫；出将入相，无所不为；须要博古通今，达权知变。主一室之事的，三绺梳头，两截穿衣，一日之计，止无过饔飧井臼；终身之计，止无过生男育女。所以大家闺女，虽曾读书识字，也只要他识些姓名，记些帐目。他又不应科举，不求名誉，诗文之事，全不相干。然虽如此，各人资性不同。有等愚蠢的女子，教他识两个字，如登天之难。有等聪明的女子，一般过目成诵，不教而能。吟诗与李杜争强，作赋与班马①斗胜，这都是山川秀气，偶然不钟于男而钟于女。且如汉有曹大家②，他是个班固之妹，

---

① 李、杜、班、马——李白、杜甫，是唐代的两个大诗人。班固、司马相如，是汉代的两个文学家，善于作辞赋。

② 曹大家（gū）——即班昭；曹世叔的妻子，东汉时人。她的哥哥班固著《汉书》，未完成就死了，她代为续成。汉和帝（刘肇）请她到宫里做后妃们的老师，尊称她为“大家”。

代兄续成汉史。又有个蔡琰①,制《胡笳十八拍》,流传后世。晋时有个谢道韫②,与诸兄咏雪,有柳絮随风之句,诸兄都不及他。唐时有个上官婕妤③,中宗皇帝教他品第朝臣之诗,臧否一一不爽。至于大宋妇人,出色的更多。就中单表一个叫作李易安④,一个叫作朱淑真⑤。他两个都是闺阁文章之伯,女流翰苑之才。论起相女配夫,也该对个聪明才子。争奈月下老错注了婚籍,都嫁了无才无学之人,每每怨恨之情,形于笔札。有诗为证:

鸥鹭鸳鸯作一池,曾知羽翼不相宜!
东君不与花为主,何似休生连理枝!

那李易安有《伤秋》一篇,调寄〔声声慢〕:

寻寻觅觅,冷冷清清,凄凄惨惨戚戚。乍暖还寒时候,正难将息。三杯两盏淡酒,怎敌他晚来风力!雁过也,总伤心,却是旧时相识。　满地黄花堆积,憔悴损,如今有谁忺摘。守着窗儿,独自怎生得黑!梧桐更兼细雨⑥,到黄昏,点点滴

① 蔡琰——东汉时人,蔡邕的女儿。曾被匈奴人掳去,曹操派人把她赎回。相传,《胡笳十八拍》琴曲是她作的。

② 谢道韫——晋代人,谢奕的女儿;有名的才女。一天大雪,她叔父谢安说:下雪好像什么呢?她兄弟说:"撒盐空中差可拟。"她说:"未若柳絮因风起。"

③ 上官婕妤——即上官婉儿;唐代人。很有文才,善于作诗。武则天作皇帝的时候,派她掌管诰命。婕妤,宫中女官名。

④ 李易安——李清照,字易安,济南人,赵明诚的妻子,宋代著名的女词家,著有《漱玉词》。

⑤ 朱淑真——宋代的女词家,钱塘人。她嫁的丈夫很不好,常怀幽怨,著有《断肠集》。

⑥ 更兼细雨——原作"更无细雨",《全宋词》作"梧桐更兼细雨",据改。

滴,这次第怎一个愁字了得!

朱淑真时值秋间,丈夫出外,灯下独坐无聊,听得窗外雨声滴点,吟成一绝:

> 哭损双眸断尽肠,怕黄昏到又昏黄。
>
> 那堪细雨新秋夜,一点残灯伴夜长!

后来刻成诗集一卷,取名《断肠集》。

说话的,为何单表那两个嫁人不着的?只为如今说一个聪明女子,嫁着一个聪明的丈夫,一唱一和,遂变出若干的话文。正是:

> 说来文士添佳兴,道出闺中作美谈。

话说四川眉州,古诗谓之蜀郡,又曰嘉州,又曰眉山。山有蟇颐、峨眉,水有岷江、环湖,山川之秀,钟于人物。生出个博学名儒来,姓苏名洵,字允明,别号老泉。当时称为老苏。老苏生下两个孩儿,大苏小苏。大苏名轼,字子瞻,别号东坡;小苏名辙,字子由,别号颍滨。两子都有文经武纬之才,博古通今之学,同科及第,名重朝廷,俱拜翰林学士之职。天下称他兄弟,谓之二苏。称他父子,谓之三苏。这也不在话下。更有一桩奇处,那山川之秀,偏萃于一门。两个儿子未为希罕,又生个女儿,名曰小妹,其聪明绝世无双,真个闻一知二,问十答十。因他父兄都是个大才子。朝谈夕讲,无非子史经书,目见耳闻,不少诗词歌赋。自古道:近朱者赤,近墨者黑①。况且小妹资性过人十倍,何事不晓。十岁上随父兄

① 近朱者赤,近墨者黑——接近红色的就容易变红,接近黑色的就容易变黑。

居于京师寓中,有绣球花一树,时当春月,其花盛开。老泉赏玩了一回,取纸笔题诗。才写得四句,报道:门前客到。老泉阁笔而起。小妹闲步到父亲书房之内,看见桌上有诗四句:

天巧玲珑玉一邱,迎眸烂熳总清幽。

白云疑向枝间出,明月应从此处留。

小妹览毕,知是咏绣球花所作,认得父亲笔迹,遂不待思索,续成后四句云:

瓣瓣拆开蝴蝶翅,团团围就水晶球。

假饶借得香风送,何羡梅花在陇头。

小妹题诗依旧放在桌上,款步归房。老泉送客出门,复转书房。方欲续完前韵,只见八句已足。读之词意俱美。疑是女儿小妹之笔。呼而问之,写作果出其手。老泉叹道:"可惜是个女子!若是个男儿,可不又是制科中一个有名人物!"自此愈加珍爱其女,恣其读书博学,不复以女工督之。看看长成一十六岁,立心要妙选天下才子,与之为配。急切难得。忽一日,宰相王荆公着堂候官请老泉到府与之叙话。原来王荆公,讳安石,字介甫。未得第时,大有贤名。平时常不洗面,不脱衣,身上虱子无数。老泉恶其不近人情,异日必为奸臣,曾作《辨奸论》以讥之,荆公怀恨在心。后来见他大苏小苏连登制科,遂舍怨而修好。老泉亦因荆公拜相,恐妨二子进取之路,也不免曲意相交。正是:

古人结交在意气,今人结交为势利。

从来势利不同心,何如意气交情深。

是日,老泉赴荆公之召,无非商量些今古,议论了一番时事,遂取酒对酌,不觉忘怀酩酊。荆公偶然夸奖小儿王雱,读书只一遍,便能背诵。老泉带酒答道:“谁家儿子读两遍!”荆公道:“到是老夫失言,不该班门弄斧。”老泉道:“不惟小儿只一遍,就是小女也只一遍。”荆公大惊道:“只知令郎大才,却不知有令爱。眉山秀气,尽属公家矣。”老泉自悔失言,连忙告退。荆公命童子取出一卷文字,递与老泉道:“此乃小儿王雱窗课①,相烦点定。”老泉纳于袖中,唯唯而出。回家睡至半夜,酒醒,想起前事:“不合自夸女孩儿之才。今介甫将儿子窗课属②吾点定,必为求亲之事。这头亲事,非吾所愿,却又无计推辞。”沉吟到晓,梳洗已毕,取出王雱所作,次第看之,真乃篇篇锦绣,字字珠玑,又不觉动了个爱才之意。“但不知女儿缘分如何?我如今将这文卷与女儿观之,看他爱也不爱。”遂隐下姓名,分付丫鬟道:“这卷文字,乃是个少年名士所呈,求我点定。我不得闲暇,转送与小姐,教他批阅,阅完时,速来回话。”丫鬟将文字呈上小姐,传达太老爷分付之语。小妹滴露研朱,从头批点,须臾而毕。叹道:“好文字!此必聪明才子所做。但秀气泄尽,华而不实,恐非久长之器。”遂于卷面批云:

新奇藻丽,是其所长;含蓄雍容,是其所短。取巍科③则有馀,享大年则不足。

后来王雱十九岁中了头名状元,未几夭亡。可见小妹知人之明。这是后话。却说小妹写罢批语,叫丫鬟将文卷纳还父亲。老泉一见大惊!“这批语如何回复得介甫!必然取怪。”一时污损了卷面,无可奈何,却好堂候官到门:“奉相公钧旨,取昨日文卷,面

① 窗课——初学的人练习作的诗文;这里单指文章。

② 属——同嘱,嘱托。

③ 巍科——高科,高中,科举考试录取在最前列的意思。

见太爷,还有话禀。”老泉此时,手足无措,只得将卷面割去,重新换过,加上好批语,亲手交与堂候官收讫。堂候官道:“相公还分付得有一言,动问:贵府小姐曾许人否?倘未许人,相府愿谐秦晋。”老泉道:“相府议亲,老夫岂敢不从。只是小女貌丑,恐不足当金屋之选①。相烦好言达上。但访问自知,并非老夫推托。”堂候官领命,回复荆公。荆公看见卷面换了,已有三分不悦。又恐怕苏小姐容貌真个不扬,不中儿子之意。密地差人打听。原来苏东坡学士,常与小姐互相嘲戏。东坡是一嘴胡子,小妹嘲云:

口角几回无觅处,忽闻毛里有声传。

小妹额颅凸起,东坡答嘲云:

未出庭前三五步,额头先到画堂前。

小妹又嘲东坡下颏之长云:

去年一点相思泪,至今流不到腮边。

东坡因小妹双眼微抠②,复答云:

几回拭脸深难到,留却汪汪两道泉。

访事的得了此言,回复荆公,说:“苏小姐才调委实高绝。若论容貌,也只平常。”荆公遂将姻事阁起不题。然虽如此,却因相府求亲一事,将小妹才名播满了京城。以后闻得相府亲事不谐,慕而来求者,不计其数。老泉都教呈上文字,把与女孩儿自阅。也有一笔涂倒的,也有点不上两三句的。就中只有一卷,文字做得好。

① 金屋之选——相传:汉武帝(刘彻)幼时,他姑母问他:“你愿意娶老婆不?”并指着自己的女儿阿娇,说:“你看她好不好?”刘彻说:“若得阿娇,当用金屋把她装起来。”

② 抠(kōu)——这里通“眍”,形容眼眶洼进,深陷。

看他卷面写有姓名,叫做秦观。小妹批四句云:

今日聪明秀才,他年风流学士。

可惜二苏同时,不然横行一世。

这批语明说秦观的文才,在大苏小苏之间,除却二苏,没人及得。老泉看了,已知女儿选中了此人。分付门上:“但是秦观秀才来时,快请相见。馀的都与我辞去。”谁知众人呈卷的,都在讨信。只有秦观不到。却是为何?那秦观秀才字少游,他是扬州府高邮人。腹饱万言,眼空一世。生平敬服的,只有苏家兄弟,以下的都不在意。今日慕小妹之才,虽然衒玉求售,又怕损了自己的名誉,不肯随行逐队,寻消问息。老泉见秦观不到,反央人去秦家寓所致意。少游心中暗喜。又想道:“小妹才名得于传闻,未曾面试。又闻得他容貌不扬,额颅凸出,眼睛凹进,不知是何等鬼脸?如何得见他一面,方才放心。”打听得三月初一日,要在岳庙烧香,趁此机会,改换衣装,觑个分晓。正是:

眼见方为的,传闻未必真。

若信传闻语,枉尽世间人。

从来大人家女眷入庙进香,不是早,定是夜。为甚么?早则人未来,夜则人已散。秦少游到三月初一日五更时分,就起来梳洗,打扮个游方道人模样:头裹青布唐巾,耳后露两个石碾的假玉环儿,身穿皂布道袍,腰系黄绦,足穿净袜草履,项上挂一串拇指大的数珠①,手中托一个金漆钵盂,侵早就到东岳庙前伺候。天色黎明,苏小姐轿子已到。少游走开一步,让他轿子入庙,歇于左廊之

① 数珠——一名“念珠”“念佛珠”;和尚、道士们颈项上挂的珠串。

下。小妹出轿上殿。少游已看见了。虽不是妖娆美丽,却也清雅幽闲,全无俗韵。“但不知他才调真正如何?”约莫焚香已毕,少游却循廊而上,在殿左相遇。少游打个问讯云:

小姐有福有寿,愿发慈悲。

小妹应声答云:

道人何德何能,敢求布施!

少游又问讯云:

愿小姐身如药树,百病不生。

小妹一头走,一头答云:

随道人口吐莲花,半文无舍。

少游直跟到轿前,又问讯云:

小娘子一天欢喜,如何撒手宝山?

小妹随口又答云:

风道人恁地贪痴,那得随身金穴!

小妹一头说,一头上轿。少游转身时,口中喃出一句道:“‘风道人’得对‘小娘子’,万千之幸!”小妹上了轿,全不在意。跟随的老院子①,却听得了,怪这道人放肆,方欲回身寻闹,只见廊下走出一个垂髫的俊童,对着那道人叫道:“相公这里来更衣。”那道人便前走,童儿后随。老院子将童儿肩上悄地捻了一把,低声问道:“前面是那个相公?”童儿道:“是高邮秦少游相公。”老院子便不言语。回来时,就与老婆说知了。这句话就传入内里。小妹才晓得那化缘的道人是秦少游假妆的,付之一笑。嘱付丫鬟们休得

① 老院子——老仆人。

多口。

话分两头。且说秦少游那日饱看了小妹容貌不丑,况且应答如响,其才自不必言。择了吉日,亲往求亲。老泉应允。少不得下财纳币。此是二月初旬的事。少游急欲完婚,小妹不肯。他看定秦观文字,必然中选。试期已近,欲要象简乌纱,洞房花烛。少游只得依他。到三月初三礼部大试之期,秦观一举成名,中了制科。到苏府来拜丈人,就禀复完婚一事。因寓中无人,欲就苏府花烛。老泉笑道:"今日挂榜,脱白挂绿①,便是上吉之日,何必另选日子。只今晚便在小寓成亲,岂不美哉!"东坡学士从傍赞成。是夜与小妹双双拜堂,成就了百年姻眷。正是:

聪明女得聪明婿,大登科后小登科。

其夜月明如昼。少游在前厅筵宴已毕,方欲进房,只见房门紧闭,庭中摆着小小一张桌儿,桌上排列纸墨笔砚,三个封儿,三个盏儿,一个是玉盏,一个是银盏,一个是瓦盏。青衣小鬟守立旁边。少游道:"相烦传语小姐,新郎已到,何不开门?"丫鬟道:"奉小姐之命,有三个题目在此。三试俱中式,方准进房。这三个纸封儿便是题目在内。"少游指着三个盏道:"这又是甚的意思?"丫鬟道:"那玉盏是盛酒的,那银盏是盛茶的,那瓦盏是盛寡水的。三试俱中,玉盏内美酒三杯,请进香房。两试中了,一试不中,银盏内清茶解渴,直待来宵再试。一试中了,两试不中,瓦盏内呷口淡水,罚在外厢读书三个月。"少游微微冷笑道:"别个秀才来应举时,就要告

① 脱白挂绿——脱去白色服装,换上绿色的官服。宋代规定:进士和秀才穿白细布襕衫;七品以上的官员服绿。金代,进士考试,考中的分上中下三甲;中下甲的进士服绿,赐银带。

命题容易了，下官曾应过制科，青钱万选①，莫说三个题目，就是三百个，我何惧哉！"丫鬟道："俺小姐不比平常盲试官，'之乎者也'应个故事而已。他的题目好难哩！第一题，是绝句一首，要新郎也做一首，合了出题之意，方为中式。第二题四句诗，藏着四个古人，猜得一个也不差，方为中式。到第三题，就容易了，止要做个七字对儿，对得好便得饮美酒进香房了。"少游道："请第一题。"丫鬟取第一个纸封拆开，请新郎自看。少游看时，封着花笺一幅，写诗四句道：

铜铁投洪冶，蝼蚁上粉墙。

阴阳无二义，天地我中央②。

少游想道："这个题目，别人做定猜不着。则我曾假扮做云游道人，在岳庙化缘，去相那苏小姐。此四句乃含着'化缘道人'四字，明明嘲我。"遂于月下取笔写诗一首于题后云：

"化"工何意把春催？"缘"到名园花自开。

"道"是东风原有主，"人"人不敢上花台。

丫鬟见诗完，将第一幅花笺折做三叠，从窗隙中塞进，高叫道："新郎交卷，第一场完。"小妹览诗，每句顶上一字，合之乃"化缘道人"四字，微微而笑。少游又开第二封看之，也是花笺一幅，题诗四句：

---

① 青钱万选——唐代张鷟作的文章很好，人家称赞他的文章好像青铜钱一样，万选万中，篇篇都好。

② 铜铁四句——每句暗含一个字的意义，合成"化缘道人"四字，以嘲笑秦少游。第一句，铜铁投入火炉就"化"了。蚂蚁顺着墙往上爬，切"缘"字。一阴一阳谓之"道"，切"道"字。人，在天之下，地之上，切"人"字。

强爷胜祖有施为,凿壁偷光夜读书。

缝线路中常忆母,老翁终日倚门闾①。

少游见了,略不凝思,一一注明。第一句是孙权,第二句是孔明,第三句是子思,第四句是太公望。丫鬟又从窗隙递进。少游口虽不语,心下想道:“两个题目,眼见难我不倒,第三题是个对儿,我五六岁时便会对句,不足为难。”再拆开第三幅花笺,内出对云:

闭门推出窗前月。

初看时觉道容易,仔细思来,这对出得尽巧。若对得平常了,不见本事。左思右量,不得其对。听得谯楼三鼓将阑,构思不就,愈加慌迫。却说东坡此时尚未曾睡,且来打听妹夫消息。望见少游在庭中团团而步,口里只管吟哦“闭门推出窗前月”七个字,右手做推窗之势。东坡想道:“此必小妹以此对难之。少游为其所困矣!我不解围,谁为撮合?”急切思之,亦未有好对。庭中有花缸一只,满满的贮着一缸清水,少游步了一回,偶然倚缸看水。东坡望见,触动了他灵机,道:“有了!”欲待教他对了,诚恐小妹知觉,连累妹夫体面,不好看相。东坡远远站着咳嗽一声,就地下取小小砖片,投向缸中。那水为砖片所激,跃起几点,扑在少游面上。水中天光月影,纷纷淆乱。少游当下晓悟,遂援笔对云:

投石冲开水底天。

---

① 强爷四句——每句切合一个人的名号。第一句,比祖、父更有作为,暗指孙子有权,即孙权。第二句,用汉朝匡衡把邻居的墙壁挖一个孔,透进灯光读书的故事,暗切孔明(诸葛亮字孔明)。第三句,用“慈母手中线”的诗句,暗含儿子在外思念母亲的意思,切合子思(孔子的孙子)。第四句,“老翁”,切合“太公”;“倚门闾”,倚门闾而望之意,切合“望”字,暗指太公望(姜尚的别称)。

丫鬟交了第三遍试卷,只听呀的一声,房门大开,内又走出个侍儿,手捧银壶,将美酒斟于玉盏之内,献上新郎,口称:"才子请满饮三杯,权当花红赏劳。"少游此时意气扬扬,连进三盏,丫鬟拥入香房。这一夜,佳人才子,好不称意。正是:

欢娱嫌夜短,寂寞恨更长。

自此夫妻和美,不在话下。后少游宦游浙中,东坡学士在京,小妹思想哥哥,到京省视。东坡有个禅友,叫做佛印禅师,尝劝东坡急流勇退①。一日寄长歌一篇,东坡看时,却也写得怪异,每二字一连,共一百三十对字。你道写的是甚字?

野野	鸟鸟	啼啼	时时	有有	思思	春春	气气
桃桃	花花	发发	满满	枝枝	莺莺	雀雀	相相
呼呼	唤唤	岩岩	畔畔	花花	红红	似似	锦锦
屏屏	堪堪	看看	山山	秀秀	丽丽	山山	前前
烟烟	雾雾	起起	清清	浮浮	浪浪	促促	潺潺
湲湲	水水	景景	幽幽	深深	处处	好好	追追
游游	傍傍	水水	花花	似似	雪雪	梨梨	花花
光光	皎皎	洁洁	玲玲	珑珑	似似	坠坠	银银
花花	折折	最最	好好	柔柔	茸茸	溪溪	畔畔
草草	青青	双双	蝴蝴	蝶蝶	飞飞	来来	到到
落落	花花	林林	里里	鸟鸟	啼啼	叫叫	不不
休休	为为	忆忆	春春	光光	好好	杨杨	柳柳

① 急流勇退——作官得意的时候,及早告退,避免统治阶级内部矛盾、倾轧的危险,古人叫作"急流勇退";就像在急水中行船,赶早躲开危险境地的意思。

枝枝　头头　春春　色色　秀秀　时时　常常　共共
饮饮　春春　浓浓　酒酒　似似　醉醉　闲闲　行行
春春　色色　里里　相相　逢逢　竞竞　忆忆　游游
山山　水水　心心　息息　悠悠　归归　去去　来来
休休　役役

东坡看了两三遍，一时念将不出，只是沉吟。小妹取过，一览了然，便道："哥哥，此歌有何难解！待妹子念与你听。"即时朗诵云：

野鸟啼，野鸟啼时时有思。有思春气桃花发，春气桃花发满枝。满枝莺雀相呼唤，莺雀相呼唤岩畔。岩畔花红似锦屏，花红似锦屏堪看。堪看山，山秀丽，秀丽山前烟雾起。山前烟雾起清浮，清浮浪促潺湲水。浪促潺湲水景幽，景幽深处好，深处好追游。追游傍水花，傍水花似雪，似雪梨花光皎洁。梨花光皎洁玲珑，玲珑似坠银花折。似坠银花折最好，最好柔茸溪畔草。柔茸溪畔草青青，双双蝴蝶飞来到。蝴蝶飞来到落花，落花林里鸟啼叫。林里鸟啼叫不休，不休为忆春光好。为忆春光好杨柳，杨柳枝头春色秀。枝头春色秀时常共饮，时常共饮春浓酒。春浓酒似醉，似醉闲行春色里。闲行春色里相逢，相逢竞忆游山水。竞忆游山水心息，心息悠悠归去来，归去来休休役役。

东坡听念，大惊道："吾妹敏悟，吾所不及！若为男子，官位必远胜于我矣。"遂将佛印原写长歌，并小妹所定句读，都写出来，做一封儿寄与少游。因述自己再读不解，小妹一览而知之故。少游初看佛印所书，亦不能解。后读小妹之句，如梦初觉，深加愧叹。

答以短歌云：

未及梵僧歌，词重而意复。

字字如联珠，行行如贯玉。

想汝惟一览，顾我劳三复。

裁诗思远寄，因以真类触。

汝其审思之，可表予心曲。

短歌后制成叠字诗一首，却又写得古怪：

别离时闻漏转

忆　　　　　　静

期归阻久伊思

少游书信到时，正值东坡与小妹在湖上看采莲。东坡先拆书看了，递与小妹，问道："汝能解否？"小妹道："此诗乃仿佛印禅师之体也。"即念云：

静思伊久阻归期，久阻归期忆别离。

忆别离时闻漏转，时闻漏转静思伊。

东坡叹道："吾妹真绝世聪明人也！今日采莲胜会，可即事各和一首，寄与少游，使知你我今日之游。"东坡诗成，小妹亦就。小妹诗云：

阕新歌声漱玉

一　　　　　　采

津杨绿在人莲

东坡诗云：

力微醒时已暮

酒　　　　　　赏

飞如马去归花

照少游诗念出，小妹叠字诗，道是：

采莲人在绿杨津，在绿杨津一阕新。

一阕新歌声嗽玉,歌声嗽玉采莲人。

东坡叠字诗,道是:

赏花归去马如飞,去马如飞酒力微。

酒力微醒时已暮,醒时已暮赏花归。

二诗寄去,少游读罢,叹赏不已。其夫妇酬和之诗甚多,不能详述。后来少游以才名被征为翰林学士,与二苏同官。一时郎舅三人,并居史职,古所希有。于是宣仁太后亦闻苏小妹之才,每每遣内官赐以绢帛或饮馔之类,索他题咏。每得一篇,宫中传诵,声播京都。其后小妹先少游而卒,少游思念不置,终身不复娶云。有诗为证:

文章自古说三苏,小妹聪明胜丈夫。

三难新郎真异事,一门秀气世间无。

第十二卷

佛印师四调琴娘

文章落处天须泣，此老已亡吾道穷。

才业谩夸生仲达①，功名犹继死姚崇②。

人间便觉无清气，海内安能见古风。

平日万篇何所在？六丁收拾上瑶宫。

这八句诗是谁做的？是宋理宗皇帝朝一个官人，姓刘名克庄③，道号后村先生做的。

单说那神宗皇帝朝有个翰林学士，姓苏名轼，字子瞻，道号东坡居士。本贯是西川眉州眉山县人氏。这学士平日结识一个道友，叫做佛印④禅师。你道这禅师如何出身？他是江西饶州府浮梁县人氏，姓谢名端卿，表字觉老，幼习儒书，通古今之蕴；旁通二

---

① 仲达——司马懿，字仲达，三国时魏国的丞相。有雄才，多权变。

② 姚崇——字元之，唐代有名的宰相和史学家。

③ 刘克庄——原本脱"克"字，今补正。刘克庄，字潜夫，号后村，南宋有名的词人。

④ 佛印——名了元，字觉老，苏东坡贬黄州，佛印住庐山，相与唱和，见《续传灯录》。

氏①,负博洽之声。一日应举到京,东坡学士闻其才名,每与谈论,甚相敬爱。屡同诗酒之游,遂为莫逆之友。忽一日,神宗皇帝因天时亢旱,准了司天台奏章,特于大相国寺建设一百八分大斋,征取名僧,宣扬经典,祈求甘雨,以救万民。命翰林学士苏轼制就吁天文疏,就命轼充行礼官,主斋。三日前,便要到寺中斋宿。先有内官到寺看阅斋坛,传言御驾不日亲临。方丈中铺设御座,一切规模,务要十分齐整。把个大相国寺打扫得一尘不染,妆点得万锦攒花。府尹预先差官四围把守,不许闲人入寺,恐防不时触突了圣驾。这都不在话下。

却说谢端卿在东坡学士坐间闻知此事,问道:"小弟欲兄长挈带入寺,一瞻御容,不知可否?"东坡那时只合一句回绝了他,何等干净。只为东坡要得端卿相伴,遂对他说道:"足下要去,亦有何难。只消扮作侍者模样,在斋坛上承直。圣驾临幸时,便得饱看。"谢端卿那时若不肯扮做侍者,也就罢了。只为一时稚气,遂欣然不辞。先去借办行头,装扮的停停当当,跟随东坡学士入相国寺来。东坡已自分付了主僧,只等报一声圣驾到来,端卿就顶侍者名色上殿执役。闲时陪东坡在净室闲讲。且说起斋之日,主僧五鼓鸣钟聚众。其时香烟缭绕,灯烛辉煌,幡幢五采飘扬,乐器八音嘹亮,法事之盛,自不必说。东坡学士起了香头,拜了佛像,退坐于僧房之内。早斋方罢,忽传御驾已到。东坡学士执掌丝纶②,日觐天颜,到也不以为事。慌得谢端卿面上红热,心

① 二氏——释道两教,合称为"二氏"。
② 执掌丝纶——古代称帝王的话和诏书敕命为"丝纶"。翰林学士替皇帝草拟诏书敕命,所以叫作"执掌丝纶"。

头突突地跳。矜持了一回,按定心神,来到大雄宝殿,杂于侍者之中,无过是添香剪烛,供食铺灯。不一时神宗皇帝驾到。东坡学士同众僧摆班跪迎,进入大殿。内官捧有内府龙香,神宗御手拈香已毕,铺设净褥,行三拜礼。主僧引驾到于方丈。神宗登了御座。众人叩见了毕,神宗夸东坡学士所作文疏之美。东坡学士再拜,口称不敢。主僧取旨献茶,捧茶盘的却是谢端卿。原来端卿因大殿行礼之时,拥拥簇簇,不得仔细瞻仰,特地充作捧茶盘的侍者,直捱到龙座御膝之前,偷眼看圣容时,果然龙凤之姿,天日之表,天威咫尺,毛骨俱悚,不敢恣意观瞻,慌忙退步。却被神宗龙目看见了。只为端卿生得方面大耳,秀目浓眉,身躯伟岸①,与其他侍者不同,所以天颜刮目。当下开金口,启玉言,指着端卿问道:“此侍者何方人氏?在寺几年了?”主僧先不曾问得备细,一时不能对答。还是谢端卿有量,叩头奏道:“臣姓谢名端卿,江西饶州府人,新来寺中出家。幸瞻天表,不胜欣幸。”神宗见他应对明敏,龙情大喜。又问:“卿颇通经典否?”端卿奏道:“臣自少读书,内典②也颇知。”神宗道:“卿既通内典,赐卿法名了元,号佛印,就于御前披剃为僧。”那谢端卿的学问,与东坡肩上肩下,他为应举到京,指望一举成名,建功立业,如何肯做和尚。常言道:王言如天语,违背圣旨,罪该万死。今日玉音分付,如何敢说我是假充的侍者,不愿为僧?心下十万分不乐,一时出于无奈。只得叩头谢恩。当下主僧引端卿重来正殿,参见了如

① 伟岸——壮大,魁梧。
② 内典——佛教的经典。

来，然后引至御前，如法披剃。钦赐紫罗袈裟一领，随驾礼部官取羊皮度牒①一道，中书房填写佛印法名及生身籍贯，奉旨披剃年月，付端卿受领。端卿披了袈裟，紫气腾腾，分明是一尊肉身罗汉，手捧度牒，重复叩头谢恩。神宗道："卿既为僧，即委卿协理斋事。异日精严戒律，便可作本寺主持，勿得玷辱宗门，有负朕意。"说罢起驾。东坡和众僧于寺门之外跪送过了，依元来做斋事，不在话下。

从此阁起端卿名字，只称佛印。众人都称为印公。为他是钦赐剃度，好生敬重。原来故宋时最以剃度为重。每度牒一张，要费得千贯钱财方得到手。今日端卿不费分文，得了度牒为僧。若是个真侍者，岂不是千古奇逢，万分欢喜。只为佛印弄假成真，非出本心，一时勉强出家，有好几时气闷不过。后来只在相国寺翻经转藏，精通佛理，把功名富贵之想，化作清净无为之业。他原是明悟禅师转世，根气不同，所以出儒入墨②，如洪炉点雪③。东坡学士他是个用世之人，识见各别。他道："谢端卿本为上京赴举，我带他到大相国寺，教他假充侍者，瞻仰天颜，遂尔披剃为僧，却不是我连累了他！他今在空门枯淡，必有恨我之

① 羊皮度牒——古代僧道出家，向政府缴纳一定的钱，由政府颁发的凭照、证书叫作度牒。

② 出儒入墨——儒，儒家；墨，墨家。儒、墨是春秋战国时代学术思想界两个学派的名称。封建时代，以儒家为正统思想，其他各家为"异端"。"出儒入墨"，就是说：离开了儒家思想，入到墨家思想。这里的"墨"是指佛家。

③ 洪炉点雪——大火炉里放进一点雪，马上就融化；比喻思想改变，领悟得很快的意思。

意。虽然他戒律精严,只恐体面上矜持。心中不能无动。"每每于语言之间,微微挑逗。谁知佛印心冷如冰,口坚如铁,全不见丝毫走作①。东坡只是不信。后来东坡为吟诗触犯了时相,连遭谪贬。直到哲宗皇帝元祐年间,复召为翰林学士。其时佛印游方转来,仍在大相国寺挂锡②,年力尚壮。东坡一见,想起初年披剃之事,遂劝佛印:"若肯还俗出仕,下官当力荐清职。"佛印那里肯依!东坡遂嘲之曰:

不毒不秃,不秃不毒。转毒转秃,转秃转毒。

佛印笑而不答。那一日,仲春天气。学士正在府中闲坐,只见院子来报:"佛印禅师在门首。"学士听得,教请入来。须臾之间,佛印入到堂上。见学士叙礼毕,教院子点将茶来。茶罢,学士便令院子于后园中洒扫亭轩,邀佛印同到园中,去一座相近后堂的亭子坐定。院子安排酒果肴馔之类。排完,使院子斟酒。二人对酌,酒至三巡。学士道:"筵中无乐,不成欢笑。下官家中有一乐童,令歌数曲,以助筵前之乐。"道罢,便令院子传言入堂内去。不多时,佛印蓦然耳内听得有人唱词,真个唱得好!

声清韵美,纷纷尘落雕梁;字正腔真,拂拂风生绮席。若上苑流莺巧啭,似丹山彩凤和鸣。词歌白雪阳春,曲唱清风明月。

---

① 走作——安徽方言谓酿一次酒为"一作"。如酿坏或发酸,叫作"走作"。因谓凡失去原来模样,或不能实现原定计划的,也叫作"走作"。

② 挂锡——锡,和尚所持的手杖。挂锡,行脚僧投宿寺院,把衣钵杖等物都悬挂在僧堂的钩上,叫作"挂锡"、"挂单",或"挂搭"。后来这两字就成了和尚住宿的代词。

佛印听至曲终，道："奇哉！韩娥之吟，秦青①之词，虽不遏住行云，也解梁尘扑簇。"东坡道："吾师何不留一佳作？"佛印道："请乞纸笔。"学士遂令院子取将文房四宝，放在面前。佛印口中不道，心下自言："唱却十分唱得好了，却不知人物生得如何？"遂拈起笔来，做一词，词名〔西江月〕：

窄地重重帘幙，临风小小亭轩，绿窗朱户映婵娟，忽听歌讴宛转。　既是耳根有分，因何眼界无缘？分明咫尺遇神仙，隔个绣帘不见！

佛印写罢，学士大笑曰："吾师之词，所恨不见。"令院子向前把那帘子只一卷，卷起一半。佛印打一看时，只见那女孩儿半截露出那一双弯弯小脚儿。佛印口中不道，心下思量："虽是卷帘已半，奈帘钩低下，终不见他生得如何。"学士道："吾师既是见了，何惜一词。"佛印见说，便拈起笔来，又做一词，词名〔品字令〕：

觑着脚，想腰肢如削。歌罢遏云声，怎得向掌中托。

醉眼不如归去，强罢身心虚霍。几回欲待去掀帘，犹恐主人恶。

佛印意不尽，又做四句诗道：

只闻檀板与歌讴，不见如花似玉眸。

焉得好风从地起，倒垂帘卷上金钩。

佛印吟诗罢，东坡大笑。教左右卷上绣帘，唤出那女孩儿，从里面走出来，看着佛印，道了个深深万福。那女孩儿端端正正，整

① 韩娥、秦青——韩娥，韩国的一个善于歌唱的人，据说她歌唱之后，"馀音绕梁，三日不绝"。秦青，也是古代善歌的人，据说他的歌声可以"响遏行云"。两人故事，均见于《列子》。

容敛袂，立于亭前。佛印把眼一觑，不但唱得好，真个生得好。但见：

娥眉淡拂，莲脸微匀。轻盈真物外之仙，雅淡有天然之态。衣染鲛绡，手持象板，呈露笋指尖长；足步金莲，行动凤鞋弓小。临溪双洛浦，对月两嫦娥。好好好，好如天上女；强强强，强似月中仙。

东坡唤院子斟酒，叫那女孩儿"近前来，与吾师把盏。"学士道："此女小字琴娘，自幼在于府中，善知音乐，能抚七弦之琴，会晓六艺之事。吾师今日既见，何惜佳作。"佛印当时已自八分带酒，言称告回。琴娘曰："禅师且坐，再饮几杯。"佛印见学士所说，便拿起笔来，又写一词，词名〔蝶恋花〕：

执板娇娘留客住，初整金钗，十指尖尖露。歌断一声天外去，清音已遏行云住。　　耳有姻缘能听事，眼有姻缘，便得当前觑。眼耳姻缘都已是，姻缘别有知何处？

佛印写罢，东坡见了大喜。便唤琴娘就唱此词劝酒，再饮数杯。佛印大醉，不知词中语失。天色已晚，学士遂令院子扶入书房内，安排和尚睡了。学士心中暗想："我一向要劝这和尚还俗出仕，他未肯统口①。趁他今日有调戏琴娘之意，若得他与这小妮子上得手时，便是出家不了。那时拿定他破绽，定要他还俗，何怕他不从！好计，好计！"即唤琴娘到于面前道："你省得那和尚做的词中意？后两句道：眼耳姻缘都已是，姻缘别有知何处？这和尚不是好人，其中有爱慕你之心。你可今夜到书院内相伴和尚就寝。须

① 统口——改口；答应改变原来主张的意思。

要了事,可讨执照①来。我明日赏你三千贯,作房奁之资。我与你主张,教你出嫁良人。如不了事,明日唤管家婆来,把你决竹篦二十②,逐出府门。”琴娘听罢,唬得颤作一团,道:“领东人钧旨。”离了房中,轻移莲步,怀着羞脸,径来到书院内。佛印已自大醉,昏迷不省,睡在凉床之上。壁上灯尚明。琴娘无计奈何,坐在和尚身边,用尖尖玉手去摇那和尚时,一似蜻蜓摇石柱,蝼蚁撼太山。和尚鼻息如雷,那里摇得觉。话休絮烦。自初更摇起,只要守和尚省觉,直守到五更,也不省。那琴娘心中好慌,不觉两眼泪下。自思量道:“倘或今夜不了得事,明日乞二十竹篦,逐出府门,却是怎地好!”无奈和尚大醉,不了得事。琴娘弹眼泪,却好弹在佛印脸上。只见那佛印飒然惊觉,闪开眼来,壁上灯尚明。去那灯光之下,只见一个如花似玉女子,坐在身边。佛印大惊道:“你是谁家女子?深夜至此,有何理说?”琴娘见问,且惊且喜,揣③着羞脸,道个万福道:“贱妾乃日间唱曲之琴娘也。听得禅师词中有爱慕贱妾之心,故夤夜前来,无人知觉。欲与吾师效云雨之欢,万乞勿拒则个。”佛印听说罢,大惊曰:“娘子差矣!贫僧夜来感蒙学士见爱,置酒管待,乘醉乱道,此词岂有他意。娘子可速回。倘有外人见之,无丝有线④,吾之清德一旦休矣。”琴娘听罢,那里肯去。佛印见琴娘只管尤殢⑤不肯去,便道:“是了,是了,此必是学士教你苦难我来!

---

① 执照——证据。
② 决竹篦二十——打二十竹板。
③ 揣——藏、躲。
④ 无丝有线——“丝”谐“私”的音;“线”,痕迹。就是说:虽然没有私情,但是有痕迹;尽管没有那样的事,但仍有嫌疑的意思。
⑤ 尤殢(tì)——放娇撒赖,纠纠缠缠。

吾修行数年,止以诗酒自娱,岂有尘心俗意。你若实对我说,我有救你之心。如是不从,别无区处。”琴娘见佛印如此说罢,眼中垂泪道:“此果是学士使我来。如是吾师肯从贱妾云雨之欢,明日赏钱三千贯,出嫁良人。如吾师不从,明日唤管家婆决竹篦二十,逐出府门。望吾师周全救我。”道罢,深深便拜。佛印听罢,呵呵大笑。便道:“你休烦恼!我救你。”遂去书袋内,取出一幅纸,有见成文房四宝在桌上,佛印捻起笔来,做了一只词,名〔浪淘沙〕:

昨夜遇神仙,也是姻缘。分明醉里亦如然。睡觉来时浑是梦,却在身边。 此事怎生言?岂敢相怜!不曾抚动一条弦。传与东坡苏学士,触处封全。

佛印写了,意不尽,又做了四句诗:

传与巫山窈窕娘,休将魂梦恼襄王。

禅心已作沾泥絮,不逐东风上下狂。

当下琴娘得了此词,径回堂中呈上学士。学士看罢,大喜,自到书院中,见佛印盘膝坐在椅上。东坡道:“善哉,善哉!真禅僧也!”亦赏琴娘三百贯钱,择嫁良人。东坡自此将佛印愈加敬重,遂为入幕之宾①。虽妻妾在傍,并不回避。佛印时时把佛理晓悟东坡,东坡渐渐信心。后来东坡临终不乱,相传已证正果。至今人犹唤为坡仙。多得佛印点化之力。有诗为证:

东坡不能化佛印,佛印反得化东坡。

若非佛力无边大,那得慈航渡爱河!

① 入幕之宾——晋代谢安和王坦之到桓温那里讨论事情,桓温令郗超睡在帐中偷听。风动帐开,谢安看见了,笑着说:“郗生可谓入幕之宾矣。”

第十三卷

勘皮靴单证二郎神

柳色初浓，馀寒似水，纤雨如尘。一阵东风，縠纹微皱，碧波粼粼。　　仙娥花月精神，奏凤管鸾箫斗新。万岁声中，九霞杯内，长醉芳春。

这首词调寄〔柳梢青〕，乃故宋时一个学士所作。单表北宋太祖开基，传至第八代天子，庙号徽宗，便是神霄玉府虚净宣和羽士道君皇帝。这朝天子，乃是江南李氏后主①转生。父皇神宗天子，一日在内殿看玩历代帝王图像，见李后主风神体态，有蝉脱秽浊，神游八极之表②，再三赏叹。后来便梦见李后主投身入宫，遂诞生道君皇帝。少时封为端王。从小风流俊雅，无所不能。后因哥哥哲宗天子上仙，群臣扶立端王为天子。即位之后，海内乂安，朝廷无事。道君皇帝颇留意苑囿。宣和元年，遂即京城东北隅，大兴工

---

① 江南李氏后主——指南唐后主李煜。他擅长文词、音乐，后来国亡降宋，被害。

② 有蝉脱秽浊，神游八极之表——"脱"，应作"蜕"；蝉脱，蝉脱去外壳。这句是用《史记·屈原传》"蝉蜕于秽浊"的话。八极，八方极远的地方。表，外。这两句是形容人的风神洒脱，超然世外，一点也不带世俗之气的样子。

役,凿池筑囿,号寿山银岳。命宦官梁师成董其事。又命[1]朱勔取三吴二浙三川两广珍异花木,瑰奇竹石以进,号曰“花石纲”[2]。竭府库之积聚,萃天下之伎巧,凡数载而始成。又号为万岁山。奇花美木,珍禽异兽,充满其中。飞楼杰阁,雄伟瓌丽,不可胜言。内有玉华殿,保和殿,瑶林殿,大宁阁,天真阁,妙有阁,层峦阁,琳霄亭,骞凤垂云亭,说不尽许多景致。时许侍臣蔡京、王黼、高俅、童贯、杨戬、梁师成纵步游赏。时号“宣和六贼”。有诗为证:

琼瑶错落密成林,竹桧交加尔有阴。

恩许尘凡时纵步,不知身在五云深。

单说保和殿西南,有一坐玉真轩,乃是官家第一个宠幸安妃娘娘妆阁,极是造得华丽。金铺屈曲[3],玉槛玲珑,映彻辉煌,心目俱夺。时侍臣蔡京等,赐宴至此,留题殿壁。有诗为证:

保和新殿丽秋辉,诏许尘凡到绮闱。

雅宴酒酣添逸兴,玉真轩内看安妃。

不说安妃娘娘宠冠六宫。单说内中有一位夫人,姓韩名玉翘。妙选入宫,年方及笄。玉佩敲磬,罗裙曳云;体欺皓雪之容光,脸夺芙蓉之娇艳。只因安妃娘娘三千宠爱偏在一身,韩夫人不沾雨露之恩。时值春光明媚,景色撩人,未免恨起红茵,寒生翠被。月到

---

① 命——原本作“一”,据衍庆堂本改。

② 花石纲——成群结队地运输货物,规定一定的重量和件数叫作“纲”,在宋代大都是官差性质,例如“盐纲”、“茶纲”等。宋徽宗(赵佶)向南方搜括奇花异石,运到汴梁,故有“花石纲”的名称。

③ 金铺屈曲——金铺,大门上用金(铜)做成的兽形或龙蛇形的图案,用它来衔着门环,叫作“金铺”。屈曲,即“屈戌”,门窗上的铰钮。

瑶阶,愁莫听其凤管;虫吟粉壁,怨不寐于鸳衾。既厌晓妆,渐融春思,长吁短叹,看看惹下一场病来。有词为证:

任东风老去,吹不断泪盈盈。记春浅春深,春寒春暖,春雨春晴,都断送佳人命。落花无定挽春心。芳草犹迷舞蝶,绿杨空语流莺。　玄霜着意捣初成,回首失云英①。但如醉如痴,如狂如舞,如梦如惊,香魂至今迷恋,问真仙消息最分明。几夜相逢何处,清风明月蓬瀛②。

渐渐香消玉减,柳颦花困,太医院诊脉,吃下药去,如水浇石一般。忽一日,道君皇帝在于便殿,敕唤殿前太尉杨戬前来,天语传宣道:"此位内家③,原是卿所进奉。今着卿领去,到府中将息病体。待得痊安,再许进宫未迟。仍着光禄寺每日送膳,太医院④伺候用药。略有起色,即便奏来。"当下杨戬叩头领命,即着官身私身⑤搬运韩夫人宫中箱笼装奁,一应动用什物器皿。用暖舆抬了韩夫人,随身带得养娘二人,侍儿二人。一行人簇拥着,都到杨太尉府中。太尉先去对自己夫人说知,出厅迎接。便将一宅分为两院,收拾西园与韩夫人居住,门上用锁封着,只许太医及内家人役往来。太尉夫妻二人,日往候安一次。闲时就封闭了门。门傍留

① 玄霜、云英——玄霜,仙家丹药名。云英,神仙故事中的女仙,嫁给裴航。两人用玉杵玉臼捣仙药,后来都成了仙。

② 此词原本有脱误,今据《花草粹编》卷十一补正。"断送佳人命"句,系冯氏所改,原作为"都来助诗人兴"。

③ 内家——宫内人。

④ 光禄寺、太医院——光禄寺,掌管皇帝的膳食和祭品等事的衙门。太医院,掌管皇帝医疗事情的衙门。

⑤ 官身、私身——官身,官府的差役。私身,私人的仆役。

一转桶,传递饮食、消息。正是:

映阶碧草自春色,隔叶黄鹂空好音。

将及两月,渐觉容颜如旧,饮食稍加。太尉夫妻好生欢喜。办下酒席,一当起病,一当送行。当日酒至五巡,食供两套,太尉夫人开言道:"且喜得夫人贵体无事,万千之喜。旦晚奏过官里,选日入宫,未知夫人意下如何?"韩夫人叉手告太尉、夫人道:"氏儿不幸,惹下一天愁绪,卧病两月,才得小可。再要在此宽住几时。伏乞太尉、夫人方便,且未要奏知官里。只是在此打搅,深为不便。氏儿别有重报,不敢有忘。"太尉、夫人只得应允。过了两月,却是韩夫人设酒还席。叫下一名说评话的先生,说了几回书。节次说及唐朝宣宗宫内,也是一个韩夫人。为因不沾雨露之恩,思量无计奈何。偶向红叶上题诗一首,流出御沟。诗曰:

流水何太急?深宫尽日闲。

殷勤谢红叶,好去到人间。

却得外面一个应试官人,名唤于佑,拾了红叶,就和诗一首。也从御沟中流将进去。后来那官人一举成名。天子体知此事,却把韩夫人嫁与于佑。夫妻百年偕老而终。这里韩夫人听到此处,蓦上心来,忽地叹一口气。口中不语,心下寻思:"若得奴家如此侥幸,也不枉了为人一世!"当下席散,收拾回房。睡至半夜,便觉头痛眼热,四肢无力,遍身不疼不痒,无明①业火熬煎,依然病倒。这一场病,比前更加沉重。正是:

屋漏更遭连夜雨,船迟更遇打头风。

---

① 无明——佛教名词。就是痴念。也作"病"解释。

太尉夫人早来候安，对韩夫人说道："早是①不曾奏过官里宣取入宫。夫人既到此地，且是放开怀抱，安心调理。且未要把入宫一节，记挂在心。"韩夫人谢道："感承夫人好意，只是氏儿病入膏肓，眼见得上天远，入地便近，不能报答夫人厚恩。来生当效犬马之报。"说罢，一丝两气，好伤感人。太尉夫人甚不过意，便道："夫人休如此说。自古吉人天相，眼下凶星退度，自然贵体无事。但说起来，吃药既不见效，枉淘坏②了身子。不知夫人平日在宫，可有甚愿心未经答谢？或者神明见责，也不可知。"韩夫人说道："氏儿入宫以来，每日愁绪萦丝，有甚心情许下愿心。但今日病势如此，既然吃药无功，不知此处有何神圣，祈祷极灵，氏儿便对天许下愿心。若得平安无事，自当拜还。"太尉夫人说道："告夫人得知。此间北极佑圣真君，与那清源妙道二郎神，极是灵应。夫人何不设了香案，亲口许下保安愿心。待得平安，奴家情愿陪夫人去赛神答礼。未知夫人意下何如？"韩夫人点头应允。侍儿们即取香案过来。只是不能起身，就在枕上，以手加额，祷告道："氏儿韩氏，早年入宫，未蒙圣眷，惹下业缘病症，寄居杨府。若得神灵庇护，保佑氏儿身体康健，情愿绣下长幡二首，外加礼物，亲诣庙廷顶礼酬谢。"当下太尉夫人，也拈香在手，替韩夫人祷告一回，作别，不提。可霎作怪，自从许下愿心，韩夫人渐渐平安无事。将息至一月之后，端然好了。太尉夫人不胜之喜。又设酒起病，太尉夫人对韩夫人说道："果然是神道有灵，胜如服药万倍。却是不可昧心，负了所许之物。"韩夫人道："氏儿怎敢负心！目下绣了长幡，还要屈夫人同去了还愿心。未知

① 早是——幸是，幸亏。

② 淘坏——淘，淘洗，淘漉，挖浚。淘坏，这里指多服药物损伤了身体的意思。

夫人意下何如?”太尉夫人答道:“当得奉陪。”当日席散,韩夫人取出若干物事,制办赛神礼物,绣下四首长幡。自古道得好:

火到猪头烂,钱到公事办。

凭你世间稀奇作怪的东西,有了钱,那一件做不出来。不消几日,绣就长幡,用根竹竿叉起,果然是光彩夺目。选了吉日良时,打点信香礼物,官身私身,簇拥着两个夫人,先到北极佑圣真君庙中。庙官①知是杨府钩眷,慌忙迎接至殿上,宣读疏文,挂起长幡。韩夫人叩齿②礼拜。拜毕,左右两廊游遍。庙官献茶。夫人分付当道的赏了些银两,上了轿簇拥回来。一宿晚景不提。明早又起身,到二郎神庙中。却惹出一段蹊跷作怪的事来。正是:

情知语是钩和线,从前钓出是非来。

话休烦絮。当下一行人到得庙中。庙官接见,宣疏拈香礼毕。却好太尉夫人走过一壁厢。韩夫人向前轻轻将指头挑起销金黄罗帐幔来。定睛一看,不看时万事全休,看了时,吃那一惊不小!但见:

头裹金花幞头,身穿赭衣绣袍,腰系蓝田玉带,足登飞凤乌靴。虽然土木形骸,却也丰神俊雅,明眸皓齿。但少一口气儿,说出话来。

当下韩夫人一见,目眩心摇,不觉口里悠悠扬扬,漏出一句俏语低声的话来:“若是氏儿前程远大,只愿将来嫁得一个丈夫,恰似尊神模样一般,也足称生平之愿。”说犹未了,恰好太尉夫人走

① 庙官——宋代皇帝崇奉道教,本卷中所叙,用了许多道教的名词。庙官,就是管理道教观宇的道官。

② 叩齿——迷信的说法:向神祷告之前,把上下牙齿不住地对击,这个祷告才灵验有效。这种动作叫作“叩齿”。

过来，说道："夫人，你却在此祷告甚么？"韩夫人慌忙转口道："氏儿并不曾说甚么。"太尉夫人再也不来盘问。游玩至晚，归家，各自安歇不题。正是：

要知心腹事，但听口中言。

却说韩夫人到了房中，卸去冠服，挽就乌云，穿上便服，手托香腮，默默无言。心心念念，只是想着二郎神模样。蓦然计上心来，分付侍儿们端正香案，到花园中人静处，对天祷告："若是氏儿前程远大，将来嫁得一个丈夫，好像二郎尊神模样，煞强似入宫之时，受千般凄苦，万种愁思。"说罢，不觉纷纷珠泪滚下腮边。拜了又祝，祝了又拜。分明是痴想妄想。不道有这般巧事！韩夫人再三祷告已毕，正待收拾回房，只听得万花深处，一声响喨，见一尊神道，立在夫人面前。但见：

龙眉凤目，皓齿鲜唇，飘飘有出尘之姿，冉冉有惊人之貌。

若非阆苑瀛洲客，便是餐霞吸露人。

仔细看时，正比庙中所塑二郎神模样，不差分毫来去。手执一张弹弓，又像张仙送子①一般。韩夫人又惊又喜。惊的是天神降临，未知是祸是福；喜的是神道欢容笑口，又见他说出话来。便向前端端正正道个万福，启朱唇，露玉齿，告道："既蒙尊神下降，请到房中，容氏儿展敬。"当时二郎神笑吟吟同夫人入房，安然坐下。夫人起

---

① 张仙送子——神仙故事：张远霄，眉山人；五代时游青城山得道。曾有四目老人传以弓弹，谓能避疫。又，五代蜀主孟昶有挟弹的画像。宋灭蜀后，孟昶的妃子花蕊夫人把像带入宋宫悬挂，宋太祖（赵匡胤）看见了，问她，她诡称是张仙的像；供他，可令人得子。民间流传，就把两件事混成为一个故事。

居①已毕，侍立在前。二郎神道："早蒙夫人厚礼。今者小神偶然闲步碧落②之间，听得夫人祷告至诚。小神知得夫人仙风道骨，原是瑶池一会中人。只因夫人凡心未静，玉帝暂谪下尘寰，又向皇宫内苑，享尽人间富贵荣华。谪限满时，还归紫府③，证果非凡。"韩夫人见说，欢喜无任。又拜祷道："尊神在上：氏儿不愿入宫。若是氏儿前程远大，将来嫁得一个良人，一似尊神模样，偕老百年，也不辜负了春花秋月，说甚么富贵荣华！"二郎神微微笑道："此亦何难。只恐夫人立志不坚。姻缘分定，自然千里相逢。"说毕起身，跨上槛窗，一声响喨，神道去了。韩夫人不见便罢，既然见了这般模样，真是如醉如痴，和衣上床睡了。正是：

　　欢娱嫌夜短，寂寞恨更长。

番来覆去，一片春心，按纳不住。自言自语，想一回，定一回："适间尊神降临，四目相视，好不情长！怎地又瞥然而去。想是聪明正直为神，不比尘凡心性，是我错用心机了！"又想一回道："是适间尊神丰姿态度，语笑雍容，宛然是生人一般。难说见了氏儿这般容貌，全不动情？还是我一时见不到处，放了他去？算来还该着意温存。便是铁石人儿，也告得转。今番错过，未知何日重逢！"好生摆脱不下。眼巴巴盼到天明，再做理会。及至天明，又睡着去了。直到傍午，方才起来。当日无情无绪，巴不到晚。又去设了香案，到花园中祷告如前："若得再见尊神一面，便是三生有幸。"说话之间，忽然一声响喨，夜来二郎神又立在面前。韩夫人喜不自胜，将

① 起居——问候，请安。
② 碧落——道教称天上、仙界为"碧落"。
③ 紫府——道教称天府、神仙的洞府为"紫府"。

一天愁闷，已冰消瓦解了。即便向前施礼，对景忘怀：“烦请尊神入房，氏儿别有衷情告诉。”二郎神喜孜孜堆下笑来，便携夫人手，共入兰房。夫人起居已毕。二郎神正中坐下，夫人侍立在前。二郎神道：“夫人分有仙骨，便坐不妨。”夫人便斜身对二郎神坐下。即命侍儿安排酒果，在房中一杯两盏，看看说出衷肠话来。道不得个：

春为茶博士，酒是色媒人。

当下韩夫人解佩①出湘妃之玉，开唇露汉署之香②，“若是尊神不嫌秽亵，暂息天上征轮，少叙人间恩爱。”二郎神欣然应允，携手上床，云雨绸缪。夫人倾身陪奉，忘其所以。盘桓至五更。二郎神起身，嘱付夫人保重，再来相看。起身穿了衣服，执了弹弓，跨上槛窗，一声响喨，便无踪影。韩夫人死心塌地，道是神仙下临，心中甚喜。只恐太尉夫人催他入宫，只有五分病，装做七分病，间常不甚十分欢笑。每到晚来，精神炫耀，喜气生春。神道来时，三杯已过，上床云雨，至晓③便去，非止一日。忽一日，天气稍凉，道君皇帝分散合宫秋衣。偶思韩夫人，就差内侍捧了旨意，敕赐罗衣一袭，玉带一围，到于杨太尉府中。韩夫人排了香案，谢恩礼毕，内侍便道：“且喜娘娘贵体无事。圣上思忆娘娘，故遣赐罗衣玉带，就问娘娘病势已痊，须早早进宫。”韩夫人管待使臣，便道：“相烦内

① 解佩——传说故事：郑交甫将往楚国去，经过汉皋台下，遇见两个女子，她们解下佩珠送给郑交甫。一会儿，两个女子都不见了。

② 汉署之香——汉代，尚书郎向皇帝奏事，口里要含着“鸡舌香”，以免口里的气味熏触了皇帝。汉署之香，就是指“鸡舌香”。

③ 晓——原本误作“晚”，据文意及衍庆堂本改。

侍则个。氏儿病体只去得五分。全赖内侍转奏,宽限进宫,实为恩便。"内侍应道:"这个有何妨碍。圣上那里也不少娘娘一个人。入宫时,只说娘娘尚未全好,还须耐心保重便了。"韩夫人谢了,内侍作别不题。到得晚间,二郎神到来,对韩夫人说道:"且喜圣上宠眷未衰,所赐罗衣玉带,便可借观。"夫人道:"尊神何以知之?"二郎神道:"小神坐观天下,立见四方。谅此区区小事,岂有不知之理?"夫人听说,更一发将出来看。二郎神道:"大凡世间宝物,不可独享。小神缺少围腰玉带。若是夫人肯舍施时,便完成善果。"夫人便道:"氏儿一身已属尊神,缘分非浅。若要玉带,但凭尊神将去。"二郎神谢了。上床欢会。未至五更起身,手执弹弓,拿了玉带,跨上槛窗,一声响喨,依然去了。却不道是:

若要人不知,除非己莫为。

韩夫人与太尉居止,虽是一宅分为两院,却因是内家内人,早晚愈加堤防。府堂深稳,料然无闲杂人辄敢擅入。但近日来常见西园彻夜有火,唧唧哝哝,似有人声息。又见韩夫人精神旺相,喜容可掬。太尉再三踌蹰。便对自己夫人说道:"你见韩夫人有些破绽出来么?"太尉夫人说道:"我也有些疑影。只是府中门禁甚严,决无此事,所以坦然不疑。今者太尉既如此说,有何难哉。且到晚间,着精细家人,从屋上扒去,打探消息,便有分晓,也不要错怪了人。"太尉便道:"言之有理。"当下便唤两个精细家人,分付他如此如此,教他"不要从门内进去,只把摘花梯子,倚在墙外,待人静时,直扒去韩夫人卧房,看他动静,即来报知。此事非同小可的勾当,须要小心在意。"二人领命去了。太尉立等他回报。不消两个时辰,二人打看得韩夫人房内这般这般,便教太尉屏去左右,方才将所见韩夫人房内坐着一人说话饮酒，"夫人房内声声称是尊神，小人也仔细想来，府中墙垣又高，防闲又密，就有歹人，插翅也飞不进。或者真个是神道也未见得。"太尉听说，吃那一惊不小。叫道："怪哉！果然有这等事！你二人休得说谎。此事非同小可。"二人答道："小人并无半句虚谬。"太尉便道："此事只许你知我知，不可泄漏了消息。"二人领命去了。太尉转身对夫人一一说知。"虽然如此，只是我眼见为真。我明晚须亲自去打探一番，便看神道怎生模样。"捱至次日晚间，太尉复唤过昨夜打探二人来，分付道："你两人着一个同我过去，着一人在此伺候。休教一人知道。"分付已毕，太尉便同一人过去，捏脚捏手，轻轻走到韩夫人窗前，向窗眼内把眼一张，果然是房中坐着一尊神道，与二人说不差。便待声张起来，又恐难得脱身。只得忍气吞声，依旧过来，分付二人休要与人胡说。转入房中，对夫人说知就里："此必是韩夫人少年情性，把不住心猿意马，便遇着邪神魍魉①，在此淫污天眷，决不是凡人的勾当。便须请法官调治。你须先去对韩夫人说出缘由，待我自去请法官便了。"夫人领命。明早起身，到西园来，韩夫人接见。坐定，茶汤已过，太尉夫人屏去左右，对面论心，便道："有一句话要对夫人说知。夫人每夜房中，却是与何人说话，唧唧哝哝，有些风声，吹到我耳朵里。只是此事非同小可，夫人须一一说知，不要隐瞒则个。"韩夫人听说，满面通红，便道："氏儿夜间房中并没有人说话。只氏儿与养娘们闲消遣，却有甚人到来这里！"太尉夫人听说，便把太尉夜来所见模样，一一说过。韩夫人吓得目睁

① 魍魉（wǎng liǎng）——山精水怪；妖怪。

口呆,罔知所措。太尉夫人再三安慰道:“夫人休要吃惊。太尉已去请法官到来作用,便见他是人是鬼。只是夫人到晚间,务要陪个小心,休要害怕。”说罢,太尉夫人自去。韩夫人到捏着两把汗。看看至晚,二郎神却早来了。但是他来时,那弹弓紧紧不离左右。却说这里太尉请下灵济宫林真人手下的徒弟,有名的王法官,已在前厅作法。比至黄昏,有人来报:“神道来了。”法官披衣仗剑,昂然而入,直至韩夫人房前,大踏步进去,大喝一声:“你是何妖邪!却敢淫污天眷!不要走,吃吾一剑!”二郎神不慌不忙,便道:“不得无礼!”但见:

左手如托泰山,右手如抱婴孩,弓开如满月,弹发似流星。

当下一弹,中王法官额角上,流出鲜血来,霍地望后便倒,宝剑丢在一边。众人慌忙向前扶起,往前厅去了。那神道也跨上槛窗,一声响喨,早已不见。当时却是怎地结果?正是:

说开天地怕,道破鬼神惊。

却说韩夫人见二郎神打退了法官,一发道是真仙下降,愈加放心,再也不慌。且说太尉已知法官不济。只得到赔些将息钱,送他出门。又去请得五岳观潘道士来。那潘道士专一行持五雷天心正法①,再不苟且,又且足智多谋。一闻太尉呼唤,便来相见。太尉免不得将前事一一说知。潘道士便道:“先着人引领小道到西园看他出没去处,但知是人是鬼。”太尉道:“说得有理。”当时,潘道士别了太尉,先到西园韩夫人卧房,上上下下,看了一会。又请出

① 五雷天心正法——道教所说的迷信的法术的一种,据说可以降伏妖魔。亦名“掌心雷”。

韩夫人来拜见了，看了他气色。转身对太尉说："太尉在上，小道看来，韩夫人面上，部位气色，并无鬼祟相侵。只是一个会妖法的人做作。小道自有处置。也不用书符咒水打鼓摇铃，待他来时，小道瓮中捉鳖，手到拿来。只怕他识破局面，再也不来，却是无可奈何。"太尉道："若得他再也不来，便是干净了。我师且留在此，闲话片时则个。"说话的，若是这厮识局知趣，见机而作，恰是断线鹞子，一般再也不来，落得先前受用了一番，且又完名全节，再去别处利市，有何不美，却不道是："得意之事，不可再作，得便宜处，不可再往。"

却说那二郎神毕竟不知是人是鬼。却只是他尝了甜头，不达时务，到那日晚间，依然又来。韩夫人说道："夜来氏儿一些不知，冒犯尊神。且喜尊神无事，切休见责。"二郎神道："我是上界真仙，只为与夫人仙缘有分，早晚要度夫人脱胎换骨，白日飞升。叵耐这蠢物！便有千军万马，怎地近得我！"韩夫人愈加钦敬，欢好倍常。却说早有人报知太尉。太尉便对潘道士说知。潘道士禀知太尉，低低分付一个养娘，教他只以服事为名，先去偷了弹弓，教他无计可施。养娘去了。潘道士结束得身上紧簇，也不披法衣，也不仗宝剑，讨了一根齐眉短棍，只教两个从人，远远把火照着，分付道："若是你们怕他弹子来时，预先躲过，让我自去，看他弹子近得我么？"二人都暗笑道："看他说嘴！少不得也中他一弹。"却说养娘先去，以服事为名，挨挨擦擦，渐近神道身边。正与韩夫人交杯换盏，不堤防他偷了弹弓，藏过一壁厢。这里从人引领潘道士到得门前，便道："此间便是。"丢下法官，三步做两步，躲开去了。却说潘道士掀开帘子，纵目一观，见那神道安坐在上。大喝一声，舞起棍来,匹头匹脑,一径打去。二郎神急急取那弹弓时,再也不见。只叫得一声“中计!”连忙退去,跨上槛窗。说时迟,那时快,潘道士一棍打着二郎神后腿,却打落一件物事来。那二郎神一声响喨,依然向万花深处去了。潘道士便拾起这物事来,向灯光下一看,却是一只四缝乌皮皂靴。且将去禀覆太尉道:“小道看来,定然是个妖人做作,不干二郎神之事。却是怎地拿他便好?”太尉道:“有劳吾师,且自请回。我这里别有措置,自行体访。”当下酬谢了潘道士去了。结过一边。

太尉自打轿到蔡太师府中,直至书院里,告诉道:如此如此,这般这般。“终不成恁地便罢了!也须吃那厮耻笑,不成模样!”太师道:“有何难哉!即今着落开封府滕大尹领这靴去作眼,差眼明手快的公人,务要体访下落,正法施行。”太尉道:“谢太师指教。”太师道:“你且坐下。”即命府中张干办火速去请开封府滕大尹到来。起居拜毕,屏去人从,太师与太尉齐声说道:“帝辇之下,怎容得这等人在此做作!大尹须小心在意,不可怠慢。此是非同小可的勾当。且休要打草惊蛇,吃他走了。”大尹听说,吓得面色如土,连忙答道:“这事都在下官身上。”领了皮靴,作别回衙,即便升厅,叫那当日缉捕使臣王观察过来,喝退左右,将上项事细说了一遍。“与你三日限,要捉这个杨府中做不是的人来见我。休要大惊小怪。仔细体察,重重有赏。不然,罪责不小。”说罢,退厅。王观察领了这靴,将至使臣房里,唤集许多做公人,叹了一口气,只见:

眉头搭上双锁锁,腹内新添万斛愁。

却有一个三都捉事使臣姓冉名贵,唤做冉大,极有机变。不知替王观察捉了几多疑难公事。王观察极是爱他。当日冉贵见观察眉头不展,面带忧容,再也不来答扰,只管南天北地,七十三八十四说开了去。王观察见他们全不在意,便向怀中取出那皮靴向桌上一丢,便道:"我们苦杀是做公人!世上有这等糊涂官府。这皮靴又不会说话,却限我三日之内,要捉这个穿皮靴在杨府中做不是的人来。你们众人道是好笑么?"众人轮流将皮靴看了一会。到冉贵面前。冉贵也不采,只说:"难、难、难!官府真个糊涂。观察,怪不得你烦恼。"那王观察不听便罢,听了之时,说道:"冉大,你也只管说道难,这桩事便恁地干休罢了?却不难为了区区小子,如何回得大尹的说话?你们众人都在这房里撰过钱来使的,却说是难、难、难!"众人也都道:"贼情公事还有些捉摸。既然晓得他是妖人,怎地近得他。若是近得他,前日潘道士也捉勾多时了。他也无计奈何,只打得他一只靴下来。不想我们晦气,撞着这没头脑的官司,却是真个没捉处。"当下王观察先前只有五分烦恼,听得这篇言语,句句说得有道理,更添上十分烦恼。只见那冉贵不慌不忙,对观察道:"观察且休要输了锐气。料他也只是一个人,没有三头六臂,只要寻他些破绽出来,便有分晓。"即将这皮靴番来覆去,不落手看了一回。众人都笑起来,说道:"冉大,又来了!这只靴又不是一件稀奇作怪,眼中少见的东西,止无过皮儿染皂的,线儿扣缝的,蓝布吊里的,加上楦头,喷口水儿,弄得紧棚棚好看的。"冉贵却也不来揽揽①,向灯下细细看那靴时,却是四条缝,缝得甚是紧密。看至靴尖,那一条缝略有些走线。冉贵偶然将小指头拨一拨,拨断了两股线,那皮就有些撬起来。向灯下照照里面时,却是

① 揽揽——即兜揽,招揽。这里是理睬、理会的意思。

蓝布托里。仔细一看,只见蓝布上有一条白纸条儿,便伸两个指头进去一扯,扯出纸条。仔细看时,不看时万事全休,看了时,却如半夜里拾金宝的一般。那王观察一见也便喜从天降,笑逐颜开。众人争上前看时,那纸条上面却写着:"宣和三年三月五日铺户任一郎造。"观察对冉大道:"今岁是宣和四年。眼见得做这靴时,不上二年光景。只捉了任一郎,这事便有七分。"冉贵道:"如今且不要惊了他。待到天明,着两个人去,只说大尹叫他做生活,将来一索捆番,不怕他不招。"观察道:"道你终是有些见识!"当下众人吃了一夜酒,一个也不敢散。看看天晓,飞也似差两个人捉任一郎。不消两个时辰,将任一郎赚到使臣房里,番转了面皮,一索捆番。"这厮大胆,做得好事!"把那任一郎吓了一跳,告道:"有事便好好说。却是我得何罪,便来捆我?"王观察道:"还有甚说!这靴儿可不是你店中出来的?"任一郎接着靴,仔细看了一看,告观察:"这靴儿委是男女做的。却有一个缘故:我家开下铺时,或是官员府中定制的,或是使客往来带出去的,家里都有一本坐簿①,上面明写着某年某月某府中差某干办来定制做造。就是皮靴里面,也有一条纸条儿,字号与坐簿上一般的。观察不信,只消割开这靴,取出纸条儿来看,便知端的。"王观察见他说着海底眼②,便道:"这厮老实,放了他好好与他讲。"当下放了任一郎,便道:"一郎休怪,这是上司差遣,不得不如此。"就将纸条儿与他看。任一郎看了道:"观察,不打紧。休说是一两年间做的,就是四五年前做的,坐簿还在

① 坐簿——底帐。

② 海底眼——底细,根源,内情。

家中。却着人同去取来对看，便有分晓。”当时又差两个人，跟了任一郎，脚不点地，到家中取了簿子，到得使臣房里。王观察亲自从头检看。看至三年三月五日，与纸条儿上字号对照相同。看时，吃了一惊，做声不得。却是蔡太师府中张干办来定制的。王观察便带了任一郎，取了皂靴，执了坐簿，火速到府厅回话。此是大尹立等的勾当，即便出至公堂。王观察将上项事说了一遍，又将簿子呈上。将这纸条儿亲自与大尹对照相同。大尹吃了一惊。“原来如此。”当下半疑不信，沉吟了一会，开口道：“恁地时，不干任一郎事，且放他去。”任一郎磕头谢了，自去。大尹又唤转来分付道：“放便放你，却不许说向外人知道。有人问你时，只把闲话支吾开去。你可小心记着。”任一郎答应道：“小人理会得。”欢天喜地的去了。

大尹带了王观察、冉贵二人，藏了靴儿簿子，一径打轿到杨太尉府中来。正直太尉朝罢回来。门吏报覆，出厅相见。大尹便道：“此间不是说话处。”太尉便引至西偏小书院里，屏去人从，止留王观察、冉贵二人，到书房中伺候。大尹便将从前事历历说了一遍，如此如此，“却是如何处置？下官未敢擅便。”太尉看了，呆了半晌，想道：“太师国家大臣，富贵极矣，必无此事。但这只靴是他府中出来的，一定是太师亲近之人，做下此等不良之事。”商量一会，欲待将这靴到太师府中面质一番。诚恐干碍体面，取怪不便。欲待阁起不题，奈事非同小可，曾经过两次法官，又着落缉捕使臣，拿下任一郎问过，事已张扬。一时糊涂过去，他日事发，难推不知。倘圣上发怒，罪责非小。左思右想，只得分付王观察、冉贵自去。也叫人看轿，着人将靴儿簿子，藏在身边，同大尹径奔一处来。

正是：

踏破铁靴无觅处，得来全不费工夫。

当下太尉大尹，径往蔡太师府中。门首伺候报覆多时，太师叫唤入来书院中相见。起居茶汤已毕。太师曰："这公事有些下落么？"太尉道："这贼已有主名了。却是干碍太师面皮，不敢擅去捉他。"太师道："此事非同小可，我却如何护短得？"太尉道："太师便不护短，未免吃个小小惊恐。"太师道："你且说是谁？直恁地疑难！"太尉道："乞屏去从人，方敢胡言。"太师即时将从人赶开。太尉便开了文匣，将坐簿呈上与太师检看过了，便道："此事须太师爷自家主裁，却不干外人之事。"太师连声道："怪哉！怪哉！"太尉道："此系紧要公务，休得见怪下官。"太师道："不是怪你，却是怪这只靴来历不明。"太尉道："簿上明写着府中张干办定做，并非谎言。"太师道："此靴纵是张千定造，交纳过了，与他无涉。说起来，我府中冠服衣靴履袜等件，各自派一个养娘分掌。或是府中自制造的，或是往来馈送，一出一入的，一一开载明白，逐月缴清报数，并不紊乱。待我吊查底簿，便见明白。"即便着人去查那一个管靴的养娘，唤他出来。当下将养娘唤至，手中执着一本簿子。太师问道："这是我府中的靴儿，如何得到他人手中？即便查来。"当下养娘逐一查检，看得这靴是去年三月中，自着人制造的，到府不多几时，却有一个门生，叫做杨时，便是龟山先生，与太师极相厚的。升了近京一个知县，前来拜别。因他是道学先生，衣敝履穿，不甚齐整。太师命取圆领一袭，银带一围，京靴一双，川扇四柄，送他作嗄程。这靴正是太师送与杨知县的。果然前件开写明白。太师即便与太尉大尹看了。二人谢罪道："恁地又不干太师府中之事！适间言语冲撞，只因公事相逼，万望太师海涵！”太师笑道：“这是你们分内的事，职守当然，也怪你不得。只是杨龟山如何肯恁地做作？其中还有缘故。如今他任所去此不远。我潜地唤他来问个分晓①。你二人且去，休说与人知道。”二人领命，作别回府不题。

太师即差干办火速去取杨知县来。往返两日，便到京中，到太师跟前。茶汤已毕，太师道：“知县为民父母，却恁地这般做作；这是迷天之罪。”将上项事一一说过。杨知县欠身禀道：“师相在上。某去年承师相厚恩，未及出京，在邸中忽患眼痛。左右传说，此间有个清源庙道二郎神，极是肹蚃②有灵，便许下愿心，待眼痛痊安，即往拈香答礼。后来好了，到庙中烧香。却见二郎神冠服件件整齐，只脚下乌靴绽了，不甚相称。下官即将这靴舍与二郎神供养去讫。只此是真实语。知县生平不欺暗室，既读孔、孟之书，怎敢行盗跖之事？望太师详察。”太师从来晓得杨龟山是个大儒，怎肯胡作。听了这篇言语，便道：“我也晓得你的名声。只是要你来时问个根由，他们才肯心服。”管待酒食，作别了知县自去，分付休对外人泄漏。知县作别自去。正是：

日前不做亏心事，半夜敲门不吃惊。

太师便请过杨太尉、滕大尹过来，说开就里，便道：“恁地又不干杨知县事。还着开封府用心搜捉便了。”当下大尹做声不得。仍旧领了靴儿，作别回府，唤过王观察来分付道：“始初有些影响，如今都成画饼。你还领这靴去，宽限五日，务要捉得贼人回话。”

① 分晓——明白。

② 肹蚃（xī xiǎng）——一作肸蚃，声响四处传布，灵感通幽的意思。

当下王观察领这差使,好生愁闷。便到使臣房里,对冉贵道:“你看我晦气!千好万好,全仗你跟究出任一郎来。既是太师府中事体,我只道官官相护,就了其事。却如何从新又要这个人来,却不道是生菜铺中没买他处!我想起来,既是杨知县舍与二郎神,只怕真个是神道一时风流兴发,也不见得。怎生地讨个证据回复大尹?”冉贵道:“观察不说,我也晓得不干任一郎事,也不干蔡太师、杨知县事。若说二郎神所为,难道神道做这等亏心行当①不成。一定是庙中左近妖人所为。还到庙前庙后,打探些风声出来。捉得着,观察休欢喜;捉不着,观察也休烦恼。”观察道:“说得是。”即便将靴儿与冉贵收了。冉贵却装了一条杂货担儿,手执着一个玲珑珰琅的东西,叫做个惊闺②,一路摇着,径奔二郎神庙中来。歇了担儿,拈了香,低低祝告道:“神明鉴察,早早保佑冉贵捉了杨府做不是的,也替神道洗清了是非。”拜罢,连讨了三个签,都是上上大吉。冉贵谢了出门,挑上担儿,庙前庙后,转了一遭,两只眼东观西望,再也不闭。看看走至一处,独扇门儿,门傍却是半窗,门上挂一顶半新半旧斑竹帘儿,半开半掩,只听得叫声:“货卖过来!”冉贵听得叫,回头看时,却是一个后生妇人。便道:“告小娘子,叫小人有甚事?”妇人道:“你是收买杂货的,却有一件东西在此,胡乱卖几文与小厮买嘴吃。你用得也用不得?”冉贵道:“告小娘子,小人这个担儿,有名的叫做百纳仓,无有不收的。你且把出来看。”妇人便叫小厮拖出来与公公看。当下小厮拖出什么东西来?

① 行(háng)当——本指某行职业的意思,这里是事情、行为的意思。

② 惊闺——贩卖针线脂粉的人所拿的带有铃铛的小鼓;摇动作响,吸引人家出外买物,称为“惊闺”。

正是：

鹿迷秦相应难辨，蝶梦庄周未可知。

当下拖出来的，却正是一只四缝皮靴，与那前日潘道士打下来的一般无二。冉贵暗暗喜不自胜。便告小娘子："此是不成对的东西，不值甚钱。小娘子实要许多，只是不要把话来说远了。"妇人道："胡乱卖几文钱，小厮们买嘴吃，只凭你说罢了。只是要公道些。"冉贵便去便袋里摸一贯半钱来，便交与妇人道："只恁地肯卖便收去了。不肯时，勉强不得。正是一物不成，两物见在。"妇人说："甚么大事，再添些罢。"冉贵道："添不得。"挑了担儿就走。小厮就哭起来。妇人只得又叫回冉贵来便道："多少添些，不打甚紧。"冉贵又去摸出二十文钱来道："罢，罢，贵了，贵了！"取了靴儿，往担内一丢，挑了便走。心中暗喜："这事已有五分了！且莫要声张，还要细访这妇人来历，方才有下手处。"是晚，将担子寄与天津桥一个相识人家，转到使臣房里。王观察来问时，只说还没有消息。

到次日，吃了早饭，再到天津桥相识人家，取了担子，依先挑到那妇人门首。只见他门儿锁着，那妇人不在家里了。冉贵眉头一皱，计上心来。歇了担子，捱门儿看去。只见一个老汉坐着个矮凳儿，在门首将稻草打绳。冉贵陪个小心，问道："伯伯，借问一声。那左手住的小娘子，今日往那里去了？"老汉住了手，抬头看了冉贵一看，便道："你问他怎么！"冉贵道："小子是卖杂货的。昨日将钱换那小娘子旧靴一只，一时间看不仔细，换得亏本了。特地寻他退还讨钱。"老汉道："劝你吃亏些罢。那雌儿不是好惹的。他是二郎庙里庙官孙神通的亲表子。那孙神通一身妖法，好不利害！

这旧靴一定是神道替下来，孙神通把与表子换些钱买果儿吃的。今日那雌儿往外婆家去了。他与庙官结识，非止一日。不知甚么缘故，有两三个月忽然生疏。近日又渐渐来往了。你若与他倒钱，定是不肯，惹毒了他，对孤老说了，就把妖术禁你，你却奈何他不得！”冉贵道：“原来恁地，多谢伯伯指教。”冉贵别了老汉，覆身挑了担子，嘻嘻的喜容可掬，走回使臣房里来。王观察迎着问道：“今番想得了利市了？”冉贵道：“果然，你且取出前日那只靴来我看。”王观察将靴取出。冉贵将自己换来这只靴比照一下，毫厘不差。王观察忙问道：“你这靴那里来的？”冉贵不慌不忙，数一数二，细细分剖出来：“我说不干神道之事，眼见得是孙神通做下的不是！便不须疑！”王观察欢喜的没入脚处，连忙烧了利市，执杯谢了冉贵：“如今怎地去捉？只怕漏了风声，那厮走了，不是要处！”冉贵道：“有何难哉！明日备了三牲礼物，只说去赛神还愿。到了庙中，庙主自然出来迎接。那时掷盏为号，即便捉了。不费一些气力。”观察道：“言之有理。也还该禀知大尹，方去捉人。”当下王观察禀过大尹，大尹也喜道：“这是你们的勾当。只要小心在意，休教有失。我闻得妖人善能隐形遁法，可带些法物去，却是猪血狗血大蒜臭屎，把他一灌，再也出豁①不得。”王观察领命，便去备了法物。过了一夜，明晨早到庙中，暗地着人带了四般法物，远远伺候。捉了人时，便前来接应。分付已了，王观察却和冉贵换了衣服，众人簇拥将来，到殿上拈香。庙官孙神通出来接见。宣读疏文未至四五句，冉贵在傍斟酒，把酒盏望下一掷，众人一齐动手，捉

① 出豁——出脱，有办法；出息。这里是逃脱、变化的意思。

了庙官。正是：

浑似皂雕追紫燕，真如猛虎啖羊羔。

再把四般法物劈头一淋。庙官知道如此作用，随你泼天的神通，再也动弹不得。一步一棍，打到开封府中来。府尹听得捉了妖人，即便升厅，大怒喝道："叵耐这厮！帝辇之下，辄敢大胆，兴妖作怪，淫污天眷，奸骗宝物，有何理说！"当下孙神通初时抵赖，后来加起刑法来，料道脱身不得。只得从前一一招了，招称："自小在江湖上学得妖法，后在二郎庙出家，用钱赍缘作了庙官。为因当日在庙中听见韩夫人祷告，要嫁得个丈夫，一似二郎神模样。不合辄起奸心，假扮二郎神模样，淫污天眷，骗得玉带一条。只此是实。"大尹叫取大枷枷了，推向狱中，教禁子好生在意收管，须要请旨定夺。当下叠成文案，先去禀明了杨太尉。太尉即同到蔡太师府中商量，奏知道君皇帝，倒了圣旨下来："这厮不合淫污天眷，奸骗宝物，准律凌迟处死。妻子没入官。追出原骗玉带，尚未出笏①，仍归内府。韩夫人不合辄起邪心，永不许入内，就着杨太尉做主，另行改嫁良民为婚。"当下韩氏好一场惶恐。却也了却想思债，得遂平生之愿。后来嫁得一个在京开官店的远方客人，说过不带回去的。那客人两头往来，尽老百年而终。这是后话。开封府就取出庙官孙神通来，当堂读了明断②，贴起一片芦席，明写犯由，判了一个剐字，推出市心，加刑示众。正是：

从前作过事，没兴一齐来。

---

① 尚未出笏——还没有被用过、卖出的意思。

② 明断——公平明白的判决；这里指皇帝的"圣旨"。

当日看的真是挨肩叠背。监斩官读了犯由,刽子叫起恶杀都来①。一齐动手,剐了孙神通,好场热闹。原系京师老郎传流,至今编入野史。正是:

但存夫子三分礼,不犯萧何六尺条。
自古奸淫应横死,神通纵有不相饶。

① 恶杀都来——恶杀,即恶煞,凶神。古代在行刑、斩人的时候,刽子手照例喊叫"恶杀都来",然后执行。

第十四卷

闹樊楼多情周胜仙

太平时节日偏长，处处笙歌入醉乡。

闻说鸾舆且临幸，大家拭目待君王。

这四句诗乃咏御驾临幸之事。从来天子建都之处，人杰地灵，自然名山胜水，凑着赏心乐事。如唐朝，便有个曲江池；宋朝，便有个金明池，都有四时美景，倾城士女王孙，佳人才子，往来游玩。天子也不时驾临，与民同乐。如今且说那大宋徽宗朝年东京金明池边，有座酒楼，唤作樊楼①。这酒楼有个开酒肆的范大郎。兄弟范二郎，未曾有妻室。时值春末夏初，金明池游人赏玩作乐。那范二郎因去游赏，见佳人才子如蚁。行到了茶坊里来，看见一个女孩儿，方年二九，生得花容月貌。这范二郎立地多时，细看那女子，生得：

色色易迷难拆。隐深闺，藏柳陌；足步金莲，腰肢一捻，嫩脸映桃红，香肌晕玉白。娇姿恨惹狂童，情态愁牵艳客。芙蓉帐里作鸾凰，云雨此时何处觅？

---

① 樊楼——亦名丰乐楼；北宋时东京（开封）有名的一座大酒楼。

原来情色都不由你。那女子在茶坊里，四目相视，俱各有情。这女孩儿心里暗暗地喜欢，自思量道：“若还我嫁得一似这般子弟，可知①好哩。今日当面挫过，再来那里去讨？”正思量道：“如何着个道理和他说话？问他曾娶妻也不曾？”那跟来女使和奶子②，都不知许多事。你道好巧！只听得外面水盏响。女孩儿眉头一纵，计上心来，便叫：“卖水的，倾一盏甜蜜蜜的糖水来。”那人倾一盏糖水在铜盂儿里，递与那女子。那女子接得在手，才上口一呷，便把那个铜盂儿望空打一丢，便叫：“好好！你却来暗算我！你道我是兀谁？”那范二听得道：“我且听那女子说。”那女孩儿道：“我是曹门里周大郎的女儿；我的小名叫作胜仙小娘子，年一十八岁，不曾吃人暗算。你今却来算我！我是不曾嫁的女孩儿。”这范二自思量道：“这言语跷蹊，分明是说与我听。”这卖水的道：“告小娘子！小人怎敢暗算！”女孩儿道：“如何不是暗算我？盏子里有条草。”卖水的道：“也不为利害。”女孩儿道：“你待算我喉咙，却恨我爹爹不在家里。我爹若在家，与你打官司。”奶子在傍边道：“却也叵耐这厮！”茶博士③见里面闹吵，走入来道：“卖水的，你去把那水好好挑出来。”对面范二郎道：“他既暗递与我，我如何不回他④？”随即也叫：“卖水的，倾一盏甜蜜蜜糖水来。”卖水的便倾一盏糖水在手，递与范二郎。二郎接着盏子，吃一口水，也把盏子望空一丢，大叫起来道：“好好！你这个人真个要暗算人！你道我是兀谁？

① 可知——当然；那就。
② 奶(nǎi)子——指奶妈、保姆，年龄较大的女仆。
③ 茶博士——即卖茶水的人。下文的酒博士，即卖酒的人。
④ 他既暗递二句——原本有脱误，据衍庆堂本补正。

我哥哥是樊楼开酒店的,唤作范大郎,我便唤作范二郎,年登一十九岁,未曾吃人暗算。我射得好弩,打得好弹,兼我不曾娶浑家。”卖水的道:“你不是风!是甚意思,说与我知道?指望我与你作媒?你便告到官司,我是卖水,怎敢暗算人!”范二郎道:“你如何不暗算?我的盂儿里,也有一根草叶。”女孩儿听得,心里好欢喜。茶博士入来,推那卖水的出去。女孩儿起身来道:“俺们回去休。”看着那卖水的道:“你敢随我去?”这子弟思量道:“这话分明是教我随他去。”只因这一去,惹出一场没头脑官司。正是:

言可省时休便说,步宜留处莫胡行。

女孩儿约莫去得远了,范二郎也出茶坊,远远地望着女孩儿去。只见那女子转步,那范二郎好喜欢,直到女子住处。女孩儿入门去,又推起帘子出来望。范二郎心中越喜欢。女孩儿自入去了。范二郎在门前一似失心风的人,盘旋走来走去,直到晚方才归家。且说女孩儿自那日归家,点心也不吃,饭也不吃,觉得身体不快。做娘的慌问迎儿道:“小娘子不曾吃甚生冷?”迎儿道:“告妈妈,不曾吃甚。”娘见女儿几日只在床上不起,走到床边问道:“我儿害甚的病?”女孩儿道:“我觉有些浑身痛,头疼,有一两声咳嗽。”周妈妈欲请医人来看女儿;争奈员外出去未归,又无男子汉在家,不敢去请。迎儿道:“隔一家有个王婆,何不请来看小娘子?他唤作王百会,与人收生,作针线,作媒人,又会与人看脉,知人病轻重。邻里家有些些事都浼他。”周妈妈便令迎儿去请得王婆来。见了妈妈,妈妈说女儿从金明池走了一遍,回来就病倒的因由。王婆道:“妈妈不须说得。待老媳妇与小娘子看脉自知。”周妈妈道:“好好!”迎儿引将王婆进女儿房里。小娘子正睡哩,开眼叫声“少礼。”王婆道:“稳便!老媳妇与小娘子看脉则个。”小娘子伸出手臂来,教王婆看了脉。道:“娘子害的是头疼浑身痛,觉得恹恹地恶心。”小娘子道:“是也。”王婆道:“是否?”小娘子道:“又有两声咳嗽。”王婆不听得万事皆休,听了道:“这病跷蹊!如何出去走了一遭,回来却便害这般病!”王婆看着迎儿奶子道:“你们且出去,我自问小娘子则个。”迎儿和奶子自出去。王婆对着女孩儿道:“老媳妇却理会得这病。”女孩儿道:“婆婆,你如何理会得?”王婆道:“你的病唤作心病。”女孩儿道:“如何是心病?”王婆道:“小娘子,莫不见了甚么人,欢喜了,却害出这病来?是也不是?”女孩儿低着头了叫:“没。”王婆道:“小娘子,实对我说。我与你作个道理,救了你性命。”那女孩儿听得说话投机,便说出上件事来,“那子弟唤作范二郎。”王婆听了道:“莫不是樊楼开酒店的范二郎?”那女孩儿道:“便是。”王婆道:“小娘子休要烦恼,别人时老身便不认得。若说范二郎,老身认得他的哥哥嫂嫂,不可得的好人。范二郎好个伶俐子弟。他哥哥见教我与他说亲。小娘子,我教你嫁范二郎,你要也不要?”女孩儿笑道:“可知好哩。只怕我妈妈不肯。”王婆道:“小娘子放心,老身自有个道理,不须烦恼。”女孩儿道:“若得恁地时,重谢婆婆。”王婆出房来,叫妈妈道:“老媳妇知得小娘子病了。”妈妈道:“我儿害甚么病?”王婆道:“要老身说,且告三杯酒吃了却说。”妈妈道:“迎儿,安排酒来请王婆。”妈妈一头请他吃酒,一头问婆婆:“我女儿害甚么病?”王婆把小娘子说的话一一说了一遍。妈妈道:“如今却是如何?”王婆道:“只得把小娘子嫁与范二郎。若还不肯嫁与他,这小娘子病难医。”妈妈道:“我大郎不在家,须使不得。”王婆道:“告妈妈,不若与小娘子下了定,等大郎归后,却做亲。且眼下救小娘子性命。”妈妈允了道:“好好,怎地作个道理?”王婆道:“老媳妇就去说,回来便有消息。”王婆离了周妈妈家,取路径到樊楼,来见范大郎,正在柜身里坐。王婆叫声万福。大郎还了礼道:“王婆婆,你来得正好。我却待使人来请你。”王婆道:“不知大郎唤老媳妇作甚么?”大郎道:“二郎前日出去归来,晚饭也不吃,道:‘身体不快。’我问他那里去来?他道:‘我去看金明池。’直至今日不起,害在床上,饮食不进。我待来请你看脉。”范大娘子出来与王婆相见了,大娘子道:“请婆婆看叔叔则个。”王婆道:“大郎,大娘子,不要人来,老身自问二郎,这病是甚的样起?”范大郎道:“好好!婆婆自去看,我不陪你了。”王婆走到二郎房里,见二郎睡在床上。叫声:“二郎,老媳妇在这里。”范二郎闪开眼道:“王婆婆,多时不见,我性命休也。”王婆道:“害甚病便休?”二郎道:“觉头疼恶心,有一两声咳嗽。”王婆笑将起来。二郎道:“我有病,你却笑我!”王婆道:“我不笑别的,我得知你的病了。不害别病,你害曹门里周大郎女儿;是也不是?”二郎被王婆道着了,跳起来道:“你如何得知?”王婆道:“他家教我来说亲事。”范二郎不听得说万事皆休,听得说好喜欢。正是:

人逢喜信精神爽,话合心机意趣投。

当下同王婆厮赶着出来,见哥哥嫂嫂。哥哥见兄弟出来,道:“你害病却便出来?”二郎道:“告哥哥,无事了也。”哥嫂好快活。王婆对范大郎道:“曹门里周大郎家,特使我来说二郎亲事。”大郎欢喜。话休絮烦。两下说成了,下了定礼,都无别事。范二郎闲时不着家,从下了定,便不出门,与哥哥照管店里。且说那女孩儿闲时不作针线,从下了定,也肯作活。两个心安意乐,只等周大郎归来作亲。三月间下定,直等到十一月间,等得周大郎归家。少不得邻里亲戚洗尘,不在话下。到次日,周妈妈与周大郎说知上件事。周大郎道:“定了未?”妈妈道:“定了也。”周大郎听说,双眼圆睁,看着妈妈骂道:“打脊老贱人!得谁言语,擅便说亲!他高杀①也只是个开酒店的。我女儿怕没大户人家对亲,却许着他。你倒了志气,干出这等事,也不怕人笑话。”正恁的骂妈妈,只见迎儿叫:“妈妈,且进来救小娘子。”妈妈道:“作甚?”迎儿道:“小娘子在屏风后,不知怎地气倒在地。”慌得妈妈一步一跌,走上前来,看那女孩儿。倒在地下:

未知性命如何,先见四肢不举。

从来四百四病,惟气最重。原来女孩儿在屏风后听得做爷的骂娘,不肯教他嫁范二郎,一口气塞上来,气倒在地。妈妈慌忙来救。被周大郎牵住,不得他救。骂道:“打脊贼娘!辱门败户的小贱人,死便教他死,救他则甚?”迎儿见妈妈被周大郎牵住,自去向前,却被大郎一个漏风掌②打在一壁厢。即时气倒妈妈。迎儿向前救得妈妈苏醒,妈妈大哭起来。邻舍听得周妈妈哭,都走来看。张嫂,鲍嫂,毛嫂,刁嫂,挤上一屋子。原来周大郎平昔为人不近道理,这妈妈甚是和气,邻舍都喜他,周大郎看见多人,便道:“家间私事,不必相劝。”邻舍见如此说,都归去了。妈妈看女儿时,四肢冰冷。妈妈抱着女儿哭。本是不死,因没人救,却死了。周妈妈骂周大郎:“你直恁地毒害!想必你不舍得三五千贯房奁,故意把我女儿坏了性命!”周大郎听得,大怒道:

① 高杀——杀,犹如说“死”,形容达到极点的意思。高杀,高到极点。

② 漏风掌——伸开五指的手掌,大巴掌。

“你道我不舍得三五千贯房奁。这等奚落我！”周大郎走将出去。周妈妈如何不烦恼。一个观音也似女儿，又伶俐，又好针线，诸般都好，如何教他不烦恼！离不得周大郎买具棺木，八个人抬来。周妈妈见棺材进门，哭得好苦！周大郎看着妈妈道：“你道我割舍不得三五千贯房奁，你看女儿房里，但有的细软，都搬在棺材里。”只就当时，叫仵作①人等入了殓，即时使人吩咐管坟园张一郎、兄弟二郎：“你两个便与我砌坑子。”吩咐了毕，话休絮烦，功德水陆也不作，停留也不停留，只就来日便出丧，周妈妈教留几日，那里拗得过来。早出了丧，埋葬已了，各人自归。

可怜三尺无情土，盖却多情年少人。

话分两头。且说当日一个后生的，年三十馀岁，姓朱名真，是个暗行②人，日常惯与仵作的做帮手，也会与人打坑子。那女孩儿入殓及砌坑，都用着他。这日葬了女儿回来，对着娘道：“一天好事投奔我。我来日就富贵了。”娘道：“我儿有甚好事？”那后生道：“好笑，今日曹门里周大郎女儿死了，夫妻两个争竞道：‘女孩儿是爷气死了，’斗别气，约莫有三五千贯房奁，都安在棺材里。有恁的富贵，如何不去取之？”那作娘的道：“这个事却不是要的事。又不是八棒十三的罪过③，又兼你爷有样子。二十年前时，你爷去掘

① 仵(wǔ)作——官署中专门检验死伤的吏役。

② 暗行——做盗贼，干坏事的行道。

③ 又不是八棒十三的罪过——指最轻的刑罚。宋代杖刑中最轻的一等，只杖击十三下；笞刑中最轻的只杖八下或七下。就是说：盗墓是犯了极重大的罪行；不是什么打几下就完了的罪。

一家坟园，揭开棺材盖，尸首觑着你爷笑起来。你爷吃了那一惊，归来过得四五日，你爷便死了。孩儿，切不可去。不是要的事！”朱真道：“娘，你不得劝我。”去床底下拖出一件物事来把与娘看。娘道：“休把出去罢！原先你爷曾把出去使得一番便休了。”朱真道：“各人命运不同。我今年算了几次命，都说我该发财。你不要阻当我。”你道拖出的是甚物事？原来是一个皮袋，里面盛着些挑刀斧头，一个皮灯盏，和那盛油的罐儿，又有一领蓑衣。娘都看了，道：“这蓑衣要他作甚？”朱真道：“半夜使得着。”当日是十一月中旬，却恨雪下得大。那厮将蓑衣穿起，却又带一片，是十来条竹皮编成的一行，带在蓑衣后面。原来雪里有脚迹，走一步，后面竹片扒得平，不见脚迹。当晚约莫也是二更左侧，吩咐娘道：“我回来时，敲门响，你便开门。”虽则京城闹热，城外空阔去处，依然冷静。况且二更时分，雪又下得大，兀谁出来。

朱真离了家。回身看后面时，没有脚迹。迤逦到周大郎坟边，到萧墙[①]矮处，把脚跨过去。你道好巧，原来管坟的养只狗子。那狗子见个生人跳过墙来，从草窠里爬出来便叫。朱真日间备下一个油糕，里面藏了些药在内。见狗子来叫，便将油糕丢将去。那狗子见丢甚物过来，闻一闻见香便吃了。只叫得一声，狗子倒了。朱真却走近坟边。那看坟的张二郎叫道：“哥哥，狗子叫得一声，便不叫了，却不作怪！莫不有甚做不是的在这里？起去看一看。”哥哥道：“那作不是的来偷我甚么？”兄弟道：“却才狗子大叫一声便不叫了，莫不有贼？你不起去，我自起去看一看。”那兄弟爬起来，

① 萧墙——本指屏风；这里指垣墙。

披了衣服,执着枪在手里,出门去看。朱真听得有人声,悄地把蓑衣解下,捉脚步走到一株杨柳树边。那树好大,遮得正好。却把斗笠掩着身子和腰,蹭在地下,蓑衣也放在一边。望见里面开门,张二走出门外,好冷,叫声道:“畜生,做甚么叫?”那张二是睡梦里起来,被雪雹风吹,吃一惊,连忙把门关了。走入房去,叫:“哥哥,真个没人。”连忙脱了衣服,把被匹头兜了①,道:“哥哥,好冷!”哥哥道:“我说没人!”约莫也是三更前后,两个说了半晌,不听得则声了。朱真道:“不将辛苦意,难近世间财。”抬起身来,再把斗笠戴了,着了蓑衣,捉脚步到坟边,把刀拨开雪地。俱是日间安排下脚手,下刀挑开石板下去,到侧边端正了,除下头上斗笠,脱了蓑衣在一壁厢,去皮袋里取两个长钉子,在砖缝里放上一个皮灯盏,竹筒里取出火种吹着了,油罐儿取油,点起那灯,把刀挑开命钉②,把那盖天板丢在一壁,叫:“小娘子莫怪,暂借你些个富贵,却与你作功德。”道罢,去女孩儿头上便除头面。有许多金珠首饰,尽皆取下了。只有女孩儿身上衣服,却难脱。那厮好会,去腰间解下手巾,去那女孩儿膊项上阁起,一头系在自膊项上,将那女孩儿衣服脱得赤条条地,小衣也不着。那厮可霎闼耐处,见那女孩儿白净身体,那厮淫心顿起,按捺不住③,奸了女孩儿。你道好怪!只见女孩儿睁开眼,双手把朱真抱住。怎地出豁?正是:

曾观《前定录》④,万事不由人。

① 匹头兜了——连着头一起蒙盖着。
② 命钉——把棺材盖和棺材匣钉在一起的钉子叫作“命钉”。
③ 按捺不住——忍耐不住。
④ 《前定录》——唐钟辂撰。记命中“前定”的故事数十条。

原来那女儿一心牵挂着范二郎，见爷的骂娘，斗别气死了。死不多日，今番得了阳和之气，一灵儿又醒将转来。朱真吃了一惊。见那女孩儿叫声："哥哥，你是兀谁？"朱真那厮好急智，便道："姐姐，我特来救你。"女孩儿抬起身来，便理会得了。一来见身上衣服脱在一壁，二来见斧头刀仗在身边，如何不理会得。朱真欲待要杀了，却又舍不得。那女孩儿道："哥哥，你救我去见樊楼酒店范二郎，重重相谢你。"朱真心中自思，别人兀自坏钱①取浑家，不能得恁地一个好女儿。救将归去，却是兀谁得知。朱真道："且不要慌，我带你家去，教你见范二郎则个。"女孩儿道："若见得范二郎，我便随你去。"当下朱真把些衣服与女孩儿着了，收拾了金银珠翠物事衣服包了，把灯吹灭，倾那油入那油罐儿里，收了行头，揭起斗笠，送那女子上来。朱真也爬上来，把石头来盖得没缝。又捧些雪铺上。却教女孩儿上脊背来。把蓑衣着了，一手挽着皮袋，一手绾着金珠物事，把斗笠戴了，迤逦取路，到自家门前，把手去门上敲了两三下。那娘的知是儿子回来，放开了门。朱真进家中，娘的吃一惊道："我儿，如何尸首都驮回来？"朱真道："娘不要高声。"放下物件行头，将女孩儿入到自己卧房里面。朱真提起一把明晃晃的刀来，觑着女孩儿道："我有一件事和你商量。你若依得我时，我便将你去见范二郎。你若依不得我时，你见我这刀么？砍你作两段。"女孩儿慌道："告哥哥，不知教我依甚的事？"朱真道："第一，教你在房里不要则声；第二，不要出房门。依得我时，两三日内，说与范二郎。若不依我，杀了你。"女孩儿道："依得，依得。"朱真吩

① 坏钱——费钱，用钱。

咐罢,出房去与娘说了一遍。话休絮烦。夜间离不得伴那厮睡。一日两日,不得女孩儿出房门。那女孩儿问道:“你曾见范二郎么?”朱真道:“见来。范二郎为你害在家里,等病好了,却来取你。”自十一月二十日,头至①次年正月十五日。当日晚朱真对着娘道:“我每年只听得鳌山②好看,不曾去看。今日去看则个。到五更前后,便归。”朱真吩咐了,自入城去看灯。你道好巧!约莫也是更尽前后,朱真的老娘在家,只听得叫“有火!”急开门看时,是隔四五家酒店里火起,慌杀娘的,急走入来收拾。女孩儿听得,自思道:“这里不走,更待何时!”走出门首,叫婆婆来收拾。娘的不知是计,入房收拾。女孩儿从热闹里便走,却不认得路,见走过的人,问道:“曹门里在那里?”人指道:“前面便是。”迤逦入了门,又问人:“樊楼酒店在那里?”人说道:“只在前面。”女孩儿好慌。若还前面遇见朱真,也没许多话。女孩儿迤逦走到樊楼酒店,见酒博士在门前招呼。女孩儿深深地道个万福。酒博士还了喏道:“小娘子没甚事?”女孩儿道:“这里莫是樊楼?”酒博士道:“这里便是。”女孩儿道:“借问则个,范二郎在那里么?”酒博士思量道:“你看二郎!直引得光景上门。”酒博士道:“在酒店里的便是。”女孩儿移身直到柜边,叫道:“二郎万福!”范二郎不听得都休,听得叫,慌忙走下柜来,近前看时,吃了一惊,连声叫“灭,灭!”女孩儿道:“二哥,我是人,你道是鬼?”范二郎如何肯信。一头叫“灭,灭!”一只手扶着凳子。却恨凳子上有许多汤桶儿,慌忙用手提起一

① 头至——或作“投至”;到。

② 鳌山——宋代,京城里在过年节的时候,把千百种彩灯,扎成一座鳌山的形状,供人观赏,叫作“鳌山”。

只汤桶儿来，觑着女子脸上丢将过去。你道好巧！去那女孩儿太阳上打着。大叫一声，匹然①倒地。慌杀酒保，连忙走来看时，只见女孩儿倒在地下。性命如何？正是：

小园昨夜东风恶，吹折江梅就地横。

酒博士见那女孩儿时，血浸着死了。范二郎口里兀自叫“灭，灭！”范大郎见外头闹吵，急走出来看了，只听得兄弟叫“灭，灭！”大郎问兄弟：“如何作此事？”良久定醒。问：“做甚打死他？”二郎道：“哥哥，他是鬼！曹门里贩海②周大郎的女儿。”大郎道：“他若是鬼，须没血出。如何计结？”去酒店门前哄动有二三十人看，即时地方便入来捉范二郎。范大郎对众人道：“他是曹门里周大郎的女儿，十一月已自死了。我兄弟只道他是鬼，不想是人，打杀了他。我如今也不知他是人是鬼。你们要捉我兄弟去，容我请他爷来看尸则个。”众人道：“既是恁地，你快去请他来。”范大郎急奔到曹门里周大郎门前，见个奶子问道：“你是兀谁？”范大郎道：“樊楼酒店范大郎在这里，有些急事，说声则个。”奶子即时入去请。不多时，周大郎出来，相见罢。范大郎说了上件事，道：“敢烦认尸则个，生死不忘。”周大郎也不肯信。范大郎闲时不是说谎的人。周大郎同范大郎到酒店前看见也呆了，道：“我女儿已死了，如何得再活？有这等事！”当地方不容范大郎分说，当夜将一行人拘锁，到次早解入南衙开封府。包大尹看了解状，也理会不下。权将范

① 匹然——蓦然，猛然一下。

② 贩海——做海外生意，贩卖海外货物的。宋初，设“榷署”于开封，管理海外贸易的事，准许商人出海外贩物。做这种生意的商人叫作“贩海”。

二郎送狱司①监候。一面相尸，一面下文书行使臣房审实。作公的一面差人去坟上掘起看时，只有空棺材。问管坟的张一、张二，说道："十一月间，雪下时，夜间听得狗子叫。次早开门看，只见狗子死在雪里，更不知别项因依②。"把文书呈大尹。大尹焦躁，限三日要捉上件贼人。展个两三限，并无下落。好似：

金瓶落井全无信，铁枪磨针尚少功。

且说范二郎在狱司闲想："此事好怪！若说是人，他已死过了。见有入殓的仵作及坟墓在彼可证。若说是鬼，打时有血，死后有尸，棺材又是空的。"展转寻思，委决不下。又想道："可惜好个花枝般的女儿！若是鬼，倒也罢了。若不是鬼，可不枉害了他性命！"夜里番来覆去，想一会，疑一会，转睡不着。直想到茶坊里初会时光景，便道："我那日好不着迷哩！四目相视，急切不能上手。不论是鬼不是鬼，我且慢慢里商量，直恁性急，坏了他性命，好不罪过！如今陷于缧绁，这事又不得明白，如何是了！悔之无及！"转悔转想，转想转悔。捱了两个更次，不觉睡去。梦见女子胜仙，浓妆而至。范二郎大惊道："小娘子原来不死。"小娘子道："打得偏些，虽然闷倒，不曾伤命。奴两遍死去，都只为官人。今日知道官人在此，特特相寻，与官人了其心愿。休得见拒，亦是冥数当然。"范二郎忘其所以，就和他云雨起来。枕席之间，欢情无限。事毕，珍重而别。醒来方知是梦。越添了许多想悔。次夜亦复如此。到第三夜，又来，比前愈加眷恋。临去告诉

① 狱司——即"司狱司"；管理诉讼、牢狱的机构。

② 因依——因由，原故。

道:"奴寿阳未绝。今被五道将军①收用。奴一心只忆着官人,泣诉其情,蒙五道将军可怜,给假三日。如今限期满了。若再迟延,必遭呵斥。奴从此与官人永别。官人之事,奴已拜从五道将军。但耐心,一月之后,必然无事。"范二郎自觉伤感,啼哭起来。醒了,记起梦中之言,似信不信。刚刚一月三十个日头,只见狱卒奉大尹钧旨,取出范二郎赴狱司勘问。原来开封府有一个常卖②董贵,当日绾着一个篮儿,出城门外去。只见一个婆子在门前叫常卖,把着一件物事递与董贵。是甚的?是一条珠子结成的栀子花。那一夜朱真归家,失下这朵珠花。婆婆私下检得在手,不理会得直几钱,要卖一两贯钱作私房。董贵道:"要几钱?"婆子道:"胡乱。"董贵道:"还你两贯。"婆子道:"好。"董贵还了钱,径将来使臣房里,见了观察,说道恁地。即时观察把这朵栀子花径来曹门里,教周大郎、周妈妈看,认得是女儿临死带去的。即时差人捉婆子。婆子说:"儿子朱真不在。"当时搜捉朱真不见,却在桑家瓦里看耍,被作公的捉了,解上开封府。包大尹送狱司勘问上件事情。朱真抵赖不得,一一招伏。当案薛孔目初拟朱真劫坟当斩;范二郎免死,刺配牢城营。未曾呈案。其夜梦见一神如五道将军之状,怒责薛孔目曰:"范二郎有何罪过,拟他刺配!快与他出脱了。"薛孔目醒来,大惊,改拟范二郎打鬼,与人命不同,事属怪异,宜径行释放。包大尹看了,都依拟。范二郎欢天喜地回家。后来娶妻,不忘周胜仙之情,岁时到五道将军

① 五道将军——迷信传说中的东岳的属神。古人认为他是掌管人的生死的神。

② 常卖——拿着东西到处叫卖的小贩,宋代叫作"常卖"。

庙中烧纸祭奠。有诗为证：

情郎情女等情痴，只为情奇事亦奇。
若把无情有情比，无情翻似得便宜。

第十五卷

赫大卿遗恨鸳鸯绦

皮包血肉骨包身，强作娇妍诳惑人。

千古英雄皆坐此，百年同共一坑尘。

这首诗乃昔日性如子所作，单戒那淫色自戕的。论来好色与好淫不同。假如古诗云："一笑倾人城，再笑倾人国。岂不顾倾城与倾国，佳人难再得！"此谓之好色。若是不择美恶，以多为胜，如俗语所云："石灰布袋，到处留迹，"其色何在？但可谓之好淫而已。然虽如此，在色中又有多般。假如张敞画眉，相如病渴，虽为儒者所讥，然夫妇之情，人伦之本，此谓之正色。又如娇妾美婢，倚翠偎红；金钗十二行①，锦障五十里②；樱桃杨柳，歌舞擅场，碧月紫云，风流姱艳；虽非一马一鞍，毕竟有花有叶，此谓之傍色。又如锦营献笑，花阵图欢，露水③分司，身到偶然留影；风云随例，颜开

① 金钗十二行——姬妾众多的意思。

② 锦障五十里——晋代石崇和王恺互相以奢侈相夸耀：王恺作紫丝布步障四十里，石崇作锦步障五十里。

③ 露水——男女偶然一次的结合，很快就分开了，就像露水沾在草上，很快就干一样；所以称这种不正当的男女关系为"露水夫妻"。

那惜缠头①。旅馆长途,堪消寂寞,花前月下,亦助襟怀。虽市门之游②,豪客不废;然女闾③之遗,正人耻言,不得不谓之邪色。至如上蒸下报④,同人道于兽禽;钻穴逾墙,役心机于鬼蜮;偷暂时之欢乐,为万世之罪人,明有人诛,幽蒙鬼责,这谓之乱色。又有一种不是正色,不是傍色。虽然比不得乱色,却又比不得邪色。填塞了虚空圈套,污秽却清净门风;惨同神面刮金,恶胜佛头浇粪,远则地府填单,近则阳间业报。奉劝世人,切须谨慎!正是:

不看僧面看佛面,休把淫心杂道心。

说这本朝宣德年间,江西临江府新淦县,有个监生,姓赫名应祥,字大卿,为人风流俊美,落拓不羁,专好的是声色二事。遇着花街柳巷,舞榭歌台,便恋留不舍,就当做家里一般,把老大一个家业,也弄去了十之三四。浑家陆氏,见他恁般花费,苦口谏劝。赫大卿到道老婆不贤,时常反目。因这上,陆氏立誓不管,领着三岁一个孩子喜儿,自在一间净室里持斋念佛,由他放荡。一日,正值清明佳节,赫大卿穿着一身华丽衣服,独自一个到郊外游青游玩。有宋张咏⑤诗为证:

春游千万家,美人颜如花。

---

① 缠头——古代,舞时用锦缠在头上,舞罢,宾客赠送罗锦给舞者,叫作"缠头"。后引申为送给妓女的金钱的代词。

② 市门之游——逛妓院。

③ 女闾——春秋时齐桓公所创设的妓院。

④ 上蒸下报——晚辈男子和长辈女子通奸,叫作"蒸"或"烝";相反,叫作"报"。

⑤ 张咏——字复之,宋鄄城人。有《乖崖集》。

三三两两映花立,飘飘似欲乘烟霞。

赫大卿只拣妇女丛聚之处,或前或后,往来摇摆,卖弄风流,希图要逢着个有缘分的佳人。不想一无所遇,好不败兴。自觉无聊,走向一个酒馆中,沽饮三杯。上了酒楼,拣沿街一副座头坐下。酒保送上酒肴,自斟自饮,倚窗观看游人。不出三杯两盏,吃勾半酣,起身下楼。算还酒钱,离了酒馆。一步步任意走去。此时已是未牌时分。行了多时,渐渐酒涌上来,口干舌燥,思量得盏茶来解渴便好。正无处求觅,忽抬头见前面林子中,幡影摇拽,磬韵悠扬,料道是个僧寮道院,心中欢喜。即忙趋向前去。抹过林子,显出一个大庵院来。赫大卿打一看时,周遭都是粉墙包裹,门前十来株倒垂杨柳,中间向阳两扇八字墙门,上面高挂金字扁额,写着非空庵三字。赫大卿点头道:"常闻得人说,城外非空庵中有标致尼姑。只恨没有工夫,未曾见得。不想今日趁了这便。"即整顿衣冠,走进庵门。转东一条鹅卵石街,两边榆柳成行,甚是幽雅。行不多步,又进一重墙门,就是小小三间房子,供着韦驼尊者。庭中松柏参天,树上鸟声嘈杂。从佛背后转进,又是一条横街。大卿径望东首行去,见一座雕花门楼,双扉紧闭。上前轻轻扣了三四下,就有个垂髫女童,呀的开门。那女童身穿缁衣,腰系丝绦,打扮得十分齐整。见了赫大卿,连忙问讯。大卿还了礼,跨步进去看时,一带三间佛堂,虽不甚大,到也高敞。中间三尊大佛,相貌庄严,金光灿烂。大卿向佛作了揖,对女童道:"烦报令师,说有客相访。"女童道:"相公请坐,待我进去传说。"须臾间,一个少年尼姑出来,向大卿稽首。大卿急忙还礼,用那双开不开,合不合,惯输情,专卖俏,软眯瞇①的俊眼,仔细一觑。这尼姑年纪不上二十,面庞白皙如

① 眯瞇——形容眼睛要睁不睁,要闭不闭的样子。

玉,天然艳冶,韵格非凡。大卿看见恁般标致,喜得神魂飘荡。一个揖作了下去,却像初出锅的糍粑,软做一塌,头也伸不起来。礼罢,分宾主坐下,想道:“今日撞了一日,并不曾遇得个可意人儿。不想这所在到藏着如此妙人。须用些水磨工夫①撩拨他,不怕不上我的钩儿。”大卿正在腹中打点草稿,谁知那尼姑亦有此心。从来尼姑庵也有个规矩,但凡客官到来,都是老尼迎接答话。那少年的,如闺女一般,深居简出,非细相熟的主顾,或是亲戚,方才得见。若是老尼出外,或是病卧,竟自辞客。就有非常势要的,立心要来认那小徒,也少不得三请四唤,等得你个不耐烦,方才出来。这个尼姑为何挺身而出?有个缘故。他原是个真念佛,假修行,爱风月,嫌冷静,怨恨出家的主儿。偶然先在门隙里,张见了大卿这一表人材,到有几分看上了。所以挺身而出。当下两只眼光,就如针儿遇着磁石,紧紧的摄在大卿身上,笑嘻嘻的问道:“相公尊姓贵表?府上何处?至小庵有甚见谕?”大卿道:“小生姓赫名大卿,就在城中居住。今日到郊外踏青,偶步至此。久慕仙姑清德,顺便拜访。”尼姑谢道:“小尼僻居荒野,无德无能,谬承枉顾,蓬荜生辉。此处来往人杂,请里面轩中待茶。”大卿见说请到里面吃茶,料有几分光景,好不欢喜。即起身随入。行过几处房屋,又转过一条回廊,方是三间净室,收拾得好不精雅。外面一带,都是扶栏,庭中植梧桐二树,修竹数竿,百般花卉,纷纭辉映,但觉香气袭人。正中间供白描大士像②一轴,古铜炉中,香烟馥馥,下设蒲团一坐,左一间

① 水磨工夫——周密、细致、耐心的工夫,手段。

② 白描大士像——白描,画画的一种方法:用淡墨勾勒轮廓,不用彩色,叫作“白描”。大士像,观世音菩萨的像。

放着朱红厨柜四个，都有封锁，想是收藏经典在内；右一间用围屏围着，进入看时，横设一张桐柏长书桌，左设花藤小椅，右边靠壁一张斑竹榻儿，壁上悬一张断纹古琴，书桌上笔砚精良，纤尘不染。侧边有经卷数帙。随手拈一卷翻看，金书小楷，字体摹仿赵松雪①，后注年月，下书弟子空照薰沐写。大卿问："空照是何人？"答道："就是小尼贱名。"大卿反复玩赏，夸之不已。两个隔着桌子对面而坐。女童点茶到来。空照双手捧过一盏，递与大卿，自取一盏相陪。那手十指尖纤，洁白可爱。大卿接过，啜在口中，真个好茶！有吕洞宾茶诗为证：

玉蕊旗枪称绝品，僧家造法极工夫。
兔毛瓯浅香云白，虾眼汤翻细浪休。
断送睡魔离几席，增添清气入肌肤。
幽丛自落溪岩外，不肯移根入上都。

大卿问道："仙庵共有几位？"空照道："师徒四众。家师年老，近日病废在床，当家就是小尼。"指着女童道："这便是小徒。他还有师弟在房里诵经。"赫大卿道："仙姑出家几年了？"空照道："自七岁丧父，送入空门，今已十二年矣。"赫大卿道："青春十九，正在妙龄，怎生受此寂静？"空照道："相公休得取笑！出家胜俗家数倍哩。"赫大卿道："那见得出家的胜似俗家？"空照道："我们出家人，并无闲事缠扰，又无儿女牵绊，终日诵经念佛，受用一炉香，一壶茶，倦来眠纸帐②，闲暇理丝桐③，好不安闲自在。"大卿道："闲暇

① 赵松雪——赵孟頫，字子昂，号松雪道人。元代著名的书画家。
② 纸帐——纸作成的帐子。用藤皮茧纸勒作皱纹，把线缝起来。稀布作顶。帐上或画梅花，或画蝴蝶。
③ 丝桐——琴的别称。

理丝桐，弹琴时也得个知音的人儿在傍喝采方好。这还罢了。则这倦来眠纸帐，万一梦魇起来，没人推醒，好不怕哩！”空照已知大卿下钓，含笑而应道：“梦魇杀了人也不要相公偿命。”大卿也笑道：“别的魇杀了一万个全不在小生心上，像仙姑恁般高品，岂不可惜！”两下你一句，我一声，渐渐说到分际。大卿道：“有好茶再求另泼一壶来吃。”空照已会意了。便教女童去廊下烹茶。大卿道：“仙姑卧房何处？是什么纸帐？也得小生认一认。”空照此时欲心已炽，按纳不住，口里虽说道：“认他怎么？”却早已立起身来。大卿上前拥抱，先做了个“吕”字。空照往后就走。大卿接脚跟上。空照轻轻的推开后壁，后面又有一层房屋，正是空照卧处。摆设更自济楚。大卿也无心观看，两个相抱而入。遂成云雨之欢。有《小尼姑》曲儿为证：

小尼姑，在庵中，手拍着桌儿怨命。平空里吊下个俊俏官人，坐谈有几句话，声口儿相应。你贪我不舍，一拍上就圆成。虽然不是结发的夫妻，也难得他一个字儿叫做肯。

二人正在酣美之处，不堤防女童推门进来，连忙起身。女童放下茶儿，掩口微笑而去。看看天晚，点起灯烛，空照自去收拾酒果蔬菜，摆做一桌，与赫大卿对面坐下。又恐两个女童泄漏机关，也教来坐在傍边相陪。空照道：“庵中都是吃斋，不知贵客到来，未曾备办荤味，甚是有慢。”赫大卿道：“承贤师徒错爱，已是过分。若如此说，反令小生不安矣。”当下四人杯来盏去，吃到半酣，大卿起身捱至空照身边，把手勾着颈儿，将酒饮过半杯，递到空照口边。空照将口来承，一饮而尽。两个女童见他肉麻，起身回避。空照一把扯道：“既同在此，料不容你脱白。”二人挣脱不开，将袖儿掩在面上。大卿上前抱住,扯开袖子,就做了个嘴儿。二女童年在当时,情窦已开。见师父容情,落得快活。四人搂做一团,缠做一块,吃得个大醉,一床而卧,相偎相抱,如漆如胶。赫大卿放出平生本事,竭力奉承。尼姑俱是初得甜头,恨不得把身子并做一个。到次早,空照叫过香公,赏他三钱银子,买嘱他莫要泄漏。又将钱钞教去买办鱼肉酒果之类。那香公平昔间,捱着这儿碗黄虀淡饭,没甚肥水到口,眼也是盲的,耳也是聋的,身子是软的,脚儿是慢的。此时得了这三钱银子,又见要买酒肉,便觉眼明手快,身子如虎一般健,走跳如飞。那消一个时辰,都已买完。安排起来,款待大卿,不在话下。

却说非空庵原有两个房头,东院乃是空照,西院的是静真,也是个风流女师。手下止有一个女童,一个香公。那香公因见东院连日买办酒肉,报与静真。静真猜算空照定有些不三不四的勾当。教女童看守房户,起身来到东院门口。恰好遇见香公,左手提着一个大酒壶,右手拿个篮儿,开门出来。两下打个照面,即问道:"院主往那里去?"静真道:"特来与师弟闲话。"香公道:"既如此,待我先去通报。"静真一手扯住道:"我都晓得了,不消你去打照会。"香公被道着心事,一个脸儿登时涨红,不敢答应。只得随在后边,将院门闭上,跟至净室门口,高叫道:"西房院主在此拜访。"空照闻言,慌了手脚,没做理会。教大卿闪在屏后,起身迎住静真。静真上前一把扯着空照衣袖,说道:"好呀,出家人干的好事,败坏山门。我与你到里正处去讲。"扯着便走。吓得个空照脸儿就如七八样的颜色染的,一搭儿红一搭儿青,心头恰像千百个铁槌打的,一回儿上一回儿下,半句也对不出,半步也行不动。静真见他这个模样,呵呵笑道:“师弟不消着急!我是要你。但既有佳宾,如何瞒着我独自受用?还不快请来相见?”空照听了这话,方才放心。遂令大卿与静真相见。大卿看静真姿容秀美,丰采动人,年纪有二十五六上下。虽然长于空照,风情比他更胜。乃问道:“师兄上院何处?”静真道:“小尼即此庵西院,咫尺便是。”大卿道:“小生不知,失于奉谒。”两下闲叙半晌。静真见大卿举止风流,谈吐开爽,凝眸留盼,恋恋不舍。叹道:“天下有此美士,师弟何幸,独擅其美!”空照道:“师兄不须眼热。倘不见外,自当同乐。”静真道:“若得如此,佩德不浅。今晚奉候小坐,万祈勿外。”说罢,即起身别。回至西院,准备酒肴伺候。不多时,空照同赫大卿携手而来。女童在门口迎候。赫大卿进院,看时,房廊花径,亦甚委曲。三间净室,比东院更觉精雅。但见:

潇洒亭轩,清虚户牖。画列江南烟景,香焚真腊沉檀。庭前修竹,风摇一派珮环声;帘外奇花,日照千层锦绣色。松阴入槛琴书润,山色侵轩枕簟凉。

静真见大卿已至,心中欢喜。不复叙礼,即便就坐。茶罢,摆上果酒肴馔。空照推静真坐在赫大卿身边,自己对面相陪。又扯女童打横而坐。四人三杯两盏,饮勾多时。赫大卿把静真抱置膝上,又教空照坐至身边。两手勾着颈项儿,百般旖旎①。傍边女童面红耳热,也觉动情。直饮到黄昏时分,空照起身道:“好做新郎,明日早来贺喜。”讨个灯儿,送出门口自去。女童叫香公关门闭户,进来收拾家火,将汤净过手脚。赫大卿抱着静真上床,解脱衣

① 旖旎——柔弱、温柔的样子。

裳，钻入被中。酥胸紧贴，玉体相偎。赫大卿乘着酒兴，尽生平才学，恣意搬演，把静真弄得魄丧魂消，骨酥体软，四肢不收，委然席上。睡至巳牌时分，方才起来。自此之后，两院都买嘱了香公，轮流取乐。赫大卿淫欲无度，乐极忘归。将近两月，大卿自觉身子困倦，支持不来，思想回家。怎奈尼姑正是少年得趣之时，那肯放舍。赫大卿再三哀告道："多承雅爱，实不忍别。但我到此两月有馀，家中不知下落，定然着忙。待我回去，安慰妻孥，再来陪奉。不过四五日之事，卿等何必见疑？"空照道："既如此，今晚备一酌为饯，明早任君回去。但不可失信，作无行之人。"赫大卿设誓道："若忘卿等恩德，犹如此日！"空照即到西院，报与静真。静真想了一回道："他设誓虽是真心，但去了必不能再至。"空照道："却是为何？"静真道："是这样一个风流美貌男子，谁人不爱！况他生平花柳多情，乐地不少。逢着便留恋几时。虽欲要来，势不可得。"空照道："依你说还是怎样？"静真道："依我却有个绝妙策儿在此，教他无绳自缚，死心塌地守着我们。"空照连忙问计。静真伸出手叠着两个指头，说将出来，有分教赫大卿：

　　生于锦绣丛中，死在牡丹花下。

当下静真道："今夜若说饯行，多劝几杯，把来灌醉了，将他头发剃净，自然难回家去。况且面庞又像女人，也照我们妆束，就是达摩祖师亲来也相不出他是个男子。落得永远快活。且又不担干纪，岂非一举两便！"空照道："师兄高见，非我可及。"到了晚上，静真教女童看守房户，自己到东院见了赫大卿道："正好欢娱，因甚顿生别念？何薄情至此！"大卿道："非是寡情，止因离家已久，妻孥未免悬望，故此暂别数日，即来陪侍。岂敢久抛，忘卿恩爱！"静真道:“师弟已允,我怎好免强。但君不失所期,方为信人。”大卿道:“这个不须多嘱!”少顷,摆上酒肴,四尼一男,团团而坐。静真道:“今夜置此酒,乃离别之筵,须大家痛醉。”空照道:“这个自然!”当下更番劝酬,直饮至三鼓,把赫大卿灌得烂醉如泥,不省人事。静真起身,将他巾帻脱下,空照取出剃刀,把头发剃得一茎不存,然后扶至房中去睡,各自分别就寝。赫大卿一觉,直至天明,方才苏醒。傍边伴的却是空照。翻转身来,觉道精头皮在枕上抹过。连忙把手摸时,却是一个精光葫芦。吃了一惊,急忙坐起,连叫道:“这怎么说?”空照惊醒转来,见他大惊小怪,也坐起来道:“郎君不要着恼!因见你执意要回,我师徒不忍分离,又无策可留,因此行这苦计,把你也要扮做尼姑,图个久远快活。”一头说,一头即倒在怀中,撒娇撒痴,淫声浪语,迷得个赫大卿毫无张主。乃道:“虽承你们好意,只是下手太狠!如今教我怎生见人?”空照道:“待养长了头发,见也未迟。”赫大卿无可奈何,只得依他,做尼姑打扮,住在庵中,昼夜淫乐。空照、静真已自不肯放空,又加添两个女童:

或时做联床会,或时做乱点军。那壁厢贪淫的肯行谦让?这壁厢买好的敢惜精神?两柄快斧不勾劈一块枯柴,一个疲兵怎能当四员健将。灯将灭而复明,纵是强阳之火;漏已尽而犹滴,那有润泽之时。任教铁汉也消熔,这个残生难过活。

大卿病已在身,没人体恤。起初时还三好两歉,尼姑还认是躲避差役。次后见他久眠床褥,方才着急。意欲送回家去,却又头上没了头发,怕他家盘问出来,告到官司,败坏庵院,住身不牢。若留在此,又恐一差两误,这尸首无处出脱,被地方晓得,弄出事来,性命不保。又不敢请觅医人看治。止教香公去说病讨药。犹如浇在石上,那有一些用处。空照、静真两个,煎汤送药,日夜服侍,指望他还有痊好的日子。谁知病势转加,淹淹待毙。空照对静真商议道:"赫郎病体,万无生理,此事却怎么处?"静真想了一想道:"不打紧!如今先教香公去买了几担石灰。等他走了路,也不要寻外人收拾;我们自己与他穿着衣服,依般尼姑打扮。棺材也不必去买,且将老师父寿材来盛了。我与你同着香公女童相帮抬到后园空处,掘个深穴,将石灰倾入,埋藏在内,神不知,鬼不觉,那个晓得!"不道二人商议。且说赫大卿这日睡在空照房里,忽地想起家中,眼前并无一个亲人,泪如雨下。空照与他拭泪,安慰道:"郎君不须烦恼!少不得有好的日子。"赫大卿道:"我与二卿邂逅①相逢,指望永远相好。谁想缘分浅薄,中道而别,深为可恨。但起手原是与卿相处。今有一句要紧话儿,托卿与我周旋。万乞不要违我。"空照道:"郎君如有所嘱,必不敢违。"赫大卿将手在枕边取出一条鸳鸯绦②来。——如何叫做鸳鸯绦?原来这绦半条是鹦哥绿,半条是鹅儿黄,两样颜色合成,所以谓之鸳鸯绦。——当下大卿将绦付与空照,含泪而言道:"我自到此,家中分毫不知。今将永别,可将此绦为信,报知吾妻,教他快来见我一面,死亦瞑目。"空照接绦在手,忙使女童请静真到厢房内,将绦与他看了,商议报信一节。静真道:"你我出家之人,私藏男子,已犯明条。况又弄得淹淹欲死。他浑家到此,怎肯干休,必然声张起来。你我如何收拾?"空照到底是个嫩货,心中犹豫不忍。静真劈手夺取绦来,望

① 邂逅(xiè hòu)——事先没有约会,偶然遇见叫作"邂逅"。

② 绦(tāo)——用丝线编织成的带子。

着天花板上一丢，眼见得这绦有好儿时不得出世哩。空照道："你撇了这绦儿，教我如何去回复赫郎？"静真道："你只说已差香公将绦送去了，他娘子自不肯来，难道问我个违限不成？"空照依言回复了大卿。大卿连日一连问了几次，只认浑家怀恨，不来看他，心中愈加凄惨，呜呜而泣。又捱了几日，大限已到，呜呼哀哉。

地下忽添贪色鬼，人间不见假尼姑。

二尼见他气绝，不敢高声啼哭，饮泣而已。一面烧起香汤，将他身子揩抹干净，取出一套新衣，穿着停当，叫起两个香公，将酒饭与他吃饱，点起灯烛，到后园一株大柏树傍边，用铁锹掘了个大穴，倾入石灰，然后抬出老尼姑的寿材，放在穴内。铺设好了，也不管时日利也不利，到房中把尸首翻在一扇板门之上。众尼相帮香公，扛至后园，盛殓在内。掩上材盖，将就钉了。又倾上好些石灰，把泥堆上，匀摊与平地一般，并无一毫形迹。可怜赫大卿自清明日缠上了这尼姑，到此三月有馀，断送了性命，妻孥不能一见，撇下许多家业，埋于荒园之中，深为可惜！有小词为证：

贪花的，这一番你走错了路！千不合，万不合，不该缠那小尼姑！小尼姑是真色鬼，怕你缠他不过。头皮儿都擂光了，连性命也呜呼！埋在寂寞的荒园也，这是贪花的结果。

话分两头，且说赫大卿浑家陆氏，自从清明那日赫大卿游春去了，四五日不见回家。只道又在那个娼家留恋，不在心上。已后十来日不回，叫家人各家去挨问，都道清明之后，从不曾见。陆氏心上着忙。看看一月有馀，不见踪迹。陆氏在家日夜啼哭，写了招子，各处粘贴，并无下落。合家好不着急！那年秋间久雨，赫家房子倒坏甚多。因不见了家主,无心葺理。直至十一月间,方唤几个匠人修造。一日,陆氏自走出来,计点工程,一眼觑着个匠人,腰间系一条鸳鸯绦儿,依稀①认得是丈夫束腰之物,吃了一惊。连忙唤丫鬟教那匠人解下来看。这匠人叫做蒯三,泥水木作,件件精熟,有名的三料匠。赫家是顶门主顾,故此家中大小无不认得。当下见掌家娘子要看,连忙解下,交于丫鬟。丫鬟又递与陆氏。陆氏接在手中,反覆仔细一认,分毫不差。只因这条绦儿,有分教:

贪淫浪子名重播,稔色尼姑祸忽临。

原来当初买这绦儿,一样两条,夫妻各系其一。今日见了那绦,物是人非,不觉扑簌簌流下泪来。即叫蒯三问道:"这绦你从何处得来的?"蒯三道:"在城外一个尼姑庵里拾的。"陆氏道:"那庵叫什么庵?尼姑唤甚名字?"蒯三道:"这庵有名的非空庵。有东西两院,东房叫做空照,西房叫做静真。还有几个不曾剃发的女童。"陆氏又问:"那尼姑有多少年纪了?"蒯三道:"都只好二十来岁。到也有十分颜色。"陆氏听了,心中揣度:"丈夫一定恋着那两个尼姑,隐他庵中了。我如今多着几个人将了这绦,叫蒯三同去做个证见,满庵一搜,自然出来的。"方才转步,忽又想道:"焉知不是我丈夫掉下来的?莫要枉杀了出家人。再问他个备细。"陆氏又叫住蒯三问道:"你这绦几时拾的?"蒯三道:"不上半月。"陆氏又想道:"原来半月之前,丈夫还在庵中。事有可疑!"又问道:"你在何处拾的?"蒯三道:"在东院厢房内,天花板上拾的。也是大雨中淋漏了屋,教我去翻瓦,故此拾得。不敢动问大娘子,为何见了此绦,只管盘问?"陆氏道:"这绦是我大官人的。自

① 依稀——仿佛,好像,有点像。

从春间出去,一向并无踪迹。今日见了这绦,少不得绦在那里,人在那里。如今就要同你去与尼姑讨人。寻着大官人回来,照依招子上重重谢你。”蒯三听罢,吃了一惊:“那里说起!却在我身上要人!”便道:“绦便是我拾得,实不知你们大官人事体。”陆氏道:“你在庵中共做几日工作?”蒯三道:“西院共有十来日,至今工钱尚还我不清哩。”陆氏道:“可曾见我大官人在他庵里么?”蒯三道:“这个不敢说谎,生活便做了这几日,任我们穿房入户,却从不曾见大官人的影儿。”陆氏想道:“若人不在庵中,虽有此绦,也难凭据。”左思右算,想了一回,乃道:“这绦在庵中,必定有因。或者藏于别处,也未可知。适才蒯三说庵中还少工钱。我如今赏他一两银子,教他以讨银为名,不时去打探,少不得露出些圭角①来。那时着在尼姑身上,自然有个下落。”即唤过蒯三,吩咐如此如此,恁般恁般。“先赏你一两银子。若得了实信,另有重谢。”那匠人先说有一两银子,后边还有重谢,满口应承,任凭差遣。陆氏回到房中,将白银一两付与,蒯三作谢回家。

到了次日,蒯三挨到饭后,慢慢的走到非空庵门口。只见西院的香公坐在门槛上,向着日色脱开衣服捉虱子。蒯三上前叫声香公。那老儿抬起头来,认得是蒯匠,便道:“连日不见。怎么有工夫闲走?院主正要寻你做些小生活,来得凑巧。”蒯匠见说,正合其意。便道:“不知院主要做甚么?”香公道:“说便恁般说,连我也不知。同进去问,便晓得。”把衣服束好,一同进来。弯弯曲曲,直

① 圭角——圭,上圜下方的一种玉器。圭角,指圭的锋铓棱角。引申作形迹、迹象的意思。

到里边净室中。静真坐在那里写经。香公道："院主，蒯待诏①在此。"静真把笔放下道："刚要着香公来叫你做生活，恰来得正好。"蒯三道："不知院主要做甚样生活？"静真道："佛前那张供桌，原是祖传下来的。年深月久，漆都落了。一向要换，没有个施主。前日蒙钱奶奶发心舍下几根木子。今要照依东院一般做张佛柜。选着明日是个吉期，便要动手。必得你亲手制造；那样没用副手，一个也成不得的。工钱素性②一并罢。"蒯三道："恁样，明日准来。"口中便说，两只眼四下瞧看。静室内空空的，料没个所在隐藏。即便转身，一路出来，东张西望。想道："这絛在东院拾的，还该到那边去打探。"走出院门，别了香公，径到东院。见院门半开半掩，把眼张看，并不见个人儿。轻轻的捱将进去，捏手捏脚逐步步走入。见锁着的空房，便从门缝中张望，并无声息。却走到厨房门首，只听得里边笑声，便立定了脚，把眼向窗中一觑，见两个女童搅做一团玩耍。须臾间，小的跌倒在地，大的便扛起双足，跨上身去，学男人行事，捧着亲嘴。小的便喊。大的道："孔儿也被人弄大了，还要叫喊！"蒯三正看得得意，忽地一个喷嚏，惊得那两个女童连忙跳起，问道："那个？"蒯三走近前去，道："是我。院主可在家么？"口中便说，心内却想着两个举动，忍笑不住，格的笑了一声。女童觉道被他看见，脸都红了，

① 待诏——汉代，被政府征辟到京师作官的人称为"待诏公车"。唐代，把擅长文词、经术以及僧道、卜祝、术艺、书弈等类的人都养在政府机关里，随时等待皇帝的诏命派用，那些人被称为"待诏"。后引申作为对工匠、手艺人的称呼。

② 素性——率性。

道："蒯待诏，有甚说话?"蒯三道："没有甚话。要问院主借工钱用用。"女童道："师父不在家里，改日来罢。"蒯三见回了，不好进去，只得覆身出院。两个女童把门关上，口内骂道："这蛮子好像做贼的，声息不见，已到厨下了，恁样可恶!"蒯三明明听得，未见实迹，不好发作。一路思想："孔儿被人弄大了，这话虽不甚明白，却也有些跷蹊。且到明日再来探听。"至次日早上，带着家伙，径到西院，将木子量划尺寸，运动斧锯裁截。手中虽做家伙，一心察听赫大卿消息。约莫未牌时分，静真走出观看。两下说了一回闲话。忽然抬头见香灯中火灭，便教女童去取火。女童去不多时，将出一个灯盏火儿，放在桌上，便去解绳，放那香灯。不想绳子放得忒松了，那盏灯望下直溜。事有凑巧，物有偶然，香灯刚落下来，恰好静真立在其下，不歪不斜，正打在他的头上。扑的一声，那盏灯碎做两片，这油从头直浇到底。静真心中大怒，也不顾身上油污，赶上前一把揪住女童头发，乱打乱踢，口中骂着："骚精淫妇娼根，被人入昏了，全不照管，污我一身衣服!"蒯三撇下手中斧凿，忙来解劝开了。静真怒气未息，一头走，一头骂，往里边更换衣服去了。那女童打的头发散做一背，哀哀而哭。见他进去，口中喃喃的道："打翻了油便恁般打骂!你活活弄死了人，该问甚么罪哩?"蒯三听得这话，即忙来问。正是：

情知语似钩和线，从头钓出是非来。

原来这女童年纪也在当时，初起见赫大卿与静真百般戏弄，心中也欲得尝尝滋味。怎奈静真情性利害，比空照大不相同，极要拈酸吃醋。只为空照是首事之人，姑容了他。汉子到了自己房头,囫囵①吃在肚子,还嫌不够,怎肯放些须空隙与人！女童含忍了多时,衔恨在心。今日气怒间,一时把真话说出。不想正凑了蒯三之趣。当下蒯三问道:“他怎么弄死了人?”女童道:“与东房这些淫妇,日夜轮流快活,将一个赫监生断送了。”蒯三道:“如今在那里?”女童道:“东房后园大柏树下埋的不是?”蒯三还要问时,香公走将出来,便大家住口。女童自哭向里边去了。蒯三思量这话,与昨日东院女童的正是暗合,眼见得这事有九分了。不到晚,只推有事,收拾家伙,一口气跑至赫家,请出陆氏娘子,将上项事一一说知。陆氏见说丈夫死了,放声大哭。连夜请亲族中商议停当,就留蒯三在家宿歇。到次早,唤集童仆,共有二十来人,带了锄头铁锹斧头之类,陆氏把孩子教养娘看管,乘坐轿子,蜂拥而来。那庵离城不过三里之地,顷刻就到了。陆氏下了轿子,留一半人在门口把住,其馀的担着锄头铁锹,随陆氏进去。蒯三在前引路,径来到东院扣门。那时庵门虽开,尼姑们方才起身。香公听得扣门,出来开,看见有女客,只道是烧香的,进去报与空照知道。那蒯三认得里面路径,引着众人,一直望里边径闯。劈面遇着空照。空照见蒯三引着女客,便道:“原来是蒯待诏的宅眷。”上前相迎。蒯三、陆氏也不答应,将他挤在半边。众人一溜烟向园中去了。空照见势头勇猛,不知有甚缘故,随脚也赶到园中。见众人不到别处,径至大柏树下,运起锄头铁耙,四下乱撬。空照知事已发觉,惊得面如土色。连忙覆身进来,对着女童道:“不好了！赫郎事发了！快些随我来逃命!”两个女童都也吓得目睁口呆,跟着空照罄身而

① 囫囵(hú lún)——整个儿。

走。方到佛堂前,香公来报说:“庵门口不知为甚,许多人守在,不容我出去。”空照连声叫:“苦也!且往西院去再处。”四人飞走到西院,敲开院门,吩咐香公闭上。“倘有人来扣,且勿要开。”赶到里边,那时静真还未起身,门上闭着。空照一片声乱打。静真听得空照声音,急忙起来,穿着衣服,走出问道:“师弟为甚这般忙乱?”空照道:“赫郎事体,不知那个漏了消息,蒯木匠这天杀的,同了许多人径赶进后园,如今在那里发掘了。我欲要逃走,香公说门前已有人把守,出去不得。特来与你商议。”静真听说,吃这一惊,却也不小!说道:“蒯匠昨日也在这里做生活,如何今日便引人来?却又知得恁般详细。必定是我庵中有人走漏消息,这奴狗方才去报新闻。不然,何由晓得我们的隐事。”那女童在旁闻得,懊悔昨日失言,好生惊惶,东院女童道:“蒯匠有心,想非一日了。前日便悄悄直到我家厨下来听消耗①,被我们发作出门。但不知那个泄漏的?”空照道:“这事且慢理论。只是如今却怎么处?”静真道:“更无别法,只有一个走字。”空照道:“门前有人把守。”静真道:“且看后门。”先教香公打探,回说并无一人。空照大喜,一面教香公把外边门户一路关锁,自己到房中取了些银两,其馀尽皆弃下。连香公共是七人,一齐出了后门,也把锁儿锁了。空照道:“如今走在那里去躲好?”静真道:“大路上走,必然被人遇见,须从僻路而去。往极乐庵暂避。此处人烟稀少,无人知觉。了缘与你我情分又好,料不推辞。待事平定,再作区处。”空照连声道是,不管地上高低,望着小径,落荒而走。投极乐庵躲避,不在话下。

---

① 消耗——这里是消息、音信的意思。

且说陆氏同蒯三众人，在柏树下一齐着力，锄开面上土泥，露出石灰，都道是了。那石灰经了水，并作一块，急切不能得碎。弄了大一回，方才看见材盖。陆氏便放声啼哭。众人用铁锹垦去两边石灰，那材盖却不能开。外边把门的等得心焦，都奔进来观看。正见弄得不了不当，一齐上前相帮，掘将下去，把棺木弄清，提起斧头，砍开棺盖。打开看时，不是男子，却是一个尼姑。众人见了，都慌做一堆。也不去细认，俱面面相觑，急把材盖掩好。说话的，我且问你：赫大卿死未周年，虽然没有头发，夫妻之间，难道就认不出了？看官有所不知。那赫大卿初出门时，红红白白，是个俊俏子弟，在庵中得了怯症，久卧床褥，死时只剩得一把枯骨。就是引镜自照，也认不出当初本身了。况且骤然见了个光头，怎的不认做尼姑？当下陆氏到埋怨蒯三起来，道："特地教你探听，怎么不问个的确，却来虚报？如今弄这把戏；如何是好？"蒯三道："昨天小尼明明说的，如何是虚报？"众人道："见今是个尼姑了，还强辨到那里去！"蒯三道："莫不掘错了？再在那边垦下去看。"内中有个老年亲戚道："不可，不可！律上说，开棺见尸者斩。况发掘坟墓，也该是个斩罪。目今我们已先犯着了。倘再掘起一个尼姑，到去顶两个斩罪不成？不如快去告官，拘昨日说的小尼来问，方才扯个两平。若被尼姑先告，到是老大利害。"众人齐声道是。急忙引着陆氏就走。连锄头家伙到弃下了。从里边直至庵门口，并无一个尼姑。那老者又道："不好了！这些尼姑，不是去叫地方，一定先去告状了，快走，快走！"吓得众人一个个心下慌张，把不能①脱离了

① 把不能——巴不得。

此处。教陆氏上了轿子,飞也似乱跑,望新淦县前来禀官。进得城时,亲戚们就躲去了一半。

正是话分两头,却是陆氏带来人众内,有个雇工人,叫做毛泼皮,只道棺中还有甚东西,闪在一边,让众人去后,揭开材盖,掀起衣服,上下一翻,更无别物。也是数合当然,不知怎地一扯,那裤子直褪下来,露出那件话儿。毛泼皮看了笑道:“原来不是尼姑,却是和尚。”依旧将材盖好,走出来四处张望。见没有人,就踅到一个房里,正是空照的净室。只拣细软取了几件,揣在怀里,离了非空庵,急急追到县前。正值知县相公在外拜客。陆氏和众人在那里伺候。毛泼皮上前道:“不要着忙;我放不下,又转去相看。虽不是大官人,却也不是尼姑,到是个和尚。”众人都欢喜道:“如此还好!只不知这和尚,是甚寺里,却被那尼姑谋死?”你道天下有恁般巧事!正说间,傍边走出一个老和尚来,问道:“有甚和尚谋死在那个尼姑庵里?怎么一个模样?”众人道:“是城外非空庵东院,一个长长的黄瘦小和尚,像死不多时哩。”老和尚见说,便道:“如此说来,一定是我的徒弟了。”众人问道:“你徒弟如何却死在那里?”老和尚道:“老僧是万法寺住持觉圆,有个徒弟叫做去非,今年二十六岁,专一不学长俊。老僧管他不下。自今八月间出去,至今不见回来。他的父母又极护短。不说儿子不学好,反告小僧谋死。今日在此候审。若得死的果然是他,也出脱了老僧。”毛泼皮道:“老师父,你若肯请我,引你去看如何?”老和尚道:“若得如此,可知好么!”正待走动,只见一个老儿,同着一个婆子,赶上来,把老和尚接连两个巴掌,骂道:“你这贼秃!把我儿子谋死在那里?”老和尚道:“不要嚷,你儿子如今有着落了。”那老儿道:“如今在那里?”老和尚道:“你儿子与非空庵尼姑串好,不知怎样死了,埋在他后园。”指着毛泼皮道:“这位便是证见。”扯着他便走。那老儿同婆子一齐跟来,直到非空庵。那时庵傍人家尽皆晓得,若老若幼,俱来观看。毛泼皮引着老和尚,直至里边。只见一间房里,有人叫响。毛泼皮推门进去看时,却是一个将死的老尼姑,睡在床上叫喊:“肚里饿了,如何不将饭来我吃?”毛泼皮也不管他,依旧把门拽上。同老和尚到后园柏树下,扯开材盖。那婆子同老儿擦磨老眼仔细看,依稀有些相像,便放声大哭。看的人都拥做一堆。问起根由,毛泼皮指手划脚,剖说那事。老和尚见他认了,只要出脱自己,不管真假,一把扯道:“去,去,去,你儿子有了,快去禀官,拿尼姑去审问明白,再哭未迟。”那老儿只得住了,把材盖好,离了非空庵,飞奔进城。到县前时,恰好知县相公方回。那拘老和尚的差人,不见了原被告,四处寻觅,奔了个满头汗。赫家众人见毛泼皮老和尚到了,都来问道:“可真是你徒弟么?”老和尚道:“千真万真!”众人道:“既如此,并做一事,进去禀罢。”差人带一干人齐到里边跪下。到先是赫家人上去禀说家主不见缘由,并见蒯匠丝绦,及庵中小尼所说,开棺却是和尚尸首,前后事一一细禀。然后老和尚上前禀说,是他徒弟,三月前蓦然出去,不想死在尼姑庵里,被伊父母讦告。“今日已见明白,与小僧无干,望乞超豁。”知县相公问那老儿道:“果是你的儿子么?不要错了。”老儿禀道:“正是小人的儿子,怎么得错!”知县相公即差四个公差到庵中拿尼姑赴审。差人领了言语,飞也似赶到庵里,只见看的人,便拥进拥出,那见尼姑的影儿。直寻到一间房里,单单一个老尼在床将死快了。内中有一个道:“或者躲在西院。”急到西院门口,见门闭着。敲了一回,无人答应。公差心中焦躁,俱从后园墙上爬将过去。见前后门户,尽皆落锁。一路打开搜看,并不见个人迹。差人各溜①过几件细软东西。到拿地方同去回官。知县相公在堂等候,差人禀道:"非空庵尼姑都逃躲不知去向。拿地方在此回话。"知县问地方道:"你可晓得尼姑躲在何处?"地方道:"这个小人们那里晓得!"知县喝道:"尼姑在地方上偷养和尚,谋死人命,这等不法勾当,都隐匿不报。如今事露,却又纵容躲过,假推不知。既如此,要地方何用?"喝教拿下去打。地方再三苦告,方才饶得。限在三日内,准要一干人犯。召保在外,听候获到审问。又发两张封皮,将庵门封锁不题。

且说空照、静真同着女童香公来到极乐庵中。那庵门紧紧闭着。敲了一大回,方才香公开门出来。众人不管三七二十一,一齐拥入。流水叫香公把门闭上。庵主了缘早已在门傍相迎。见他们一窝子都来,且是慌慌张张,料想有甚事故。请在佛堂中坐下。一面教香公去点茶。遂开言问其来意。静真扯在半边,将上项事细说一遍。要借庵中躲避。了缘听罢,老大吃惊。沉吟了一回,方道:"二位师兄有难来投,本当相留。但此事非同小可!往远处逃遁,或可避祸。我这里墙卑室浅,耳目又近。倘被人知觉,莫说师兄走不脱,只怕连我也涉在浑水内。如何躲得!"你道了缘因何不肯起来?他也是个广开方便门的善知识②,正勾搭万法寺小和尚去非做了光头夫妻,藏在寺中三个多月。虽然也扮作尼姑,常恐露

① 溜——顺便暗中拿走。

② 善知识——佛教名词。闻名为"知",见形为"识":就是善友,好伴侣的意思。

出事来。故此门户十分紧急。今日静真也为那桩事败露来躲避，恐怕被人缉着，岂不连他的事也出丑，因这上不肯相留。空照师徒见了缘推托，面面相觑，没做理会。到底静真有些贼智，晓得了缘平昔贪财，便去袖中摸出银子，拣上二三两，递与了缘道："师兄之言，虽是有理，但事起仓卒，不曾算得个去路，急切投奔何处？望师兄念向日情分，暂容躲避两三日。待势头稍缓，然后再往别处。这些少银两，送与师兄为盘缠之用。"果然了缘见着银子，就忘了利害，乃道："若只住两三日，便不妨碍。如何要师兄银子！"静真道："在此搅扰，已是不当，岂可又费师兄。"了缘假意谦让一回，把银收过。引入里边去藏躲。且说小和尚去非，闻得香公说是非空庵师徒五众，且又生得标致，忙走出来观看。两下却好打个照面，各打了问讯。静真仔细一看，却不认得。问了缘道："此间师兄，上院何处？怎么不曾相会？"了缘扯个谎道："这是近日新出家的师弟，故此师兄还认不得。"那小和尚见静真师徒姿色胜似了缘，心下好不欢喜。想道："我好造化！那里说起，天赐这几个妙人在此，少不得都刮上他，轮流儿取乐快活！"当下了缘备办些素斋款待。静真、空照心中有事，耳热眼跳，坐立不宁，那里吃得下饮食。到了申牌时分，向了缘道："不知庵中事体若何？欲要央你们香公去打听个消息，方好计较长策。"了缘即教香公前去。那香公是个老实头，不知利害，一经奔到非空庵前，东张西望。那时地方人等正领着知县钧旨，封锁庵门，也不管老尼死活，反锁在内，两条封皮，交叉封好。方待转身，见那老儿探头探脑，幌来幌去，情知是个细作，齐上前喝道："官府正要拿你，来得恰好！"一个拿起索子，向颈上便套。吓得香公身酥脚软，连声道："他们借我庵中躲避，央来打听的。其实不干我事。”众人道:“原晓得你是打听的。快说是那个庵里?”香公道:“是极乐庵里。”众人得了实信,又叫几个帮手,押着香公齐到极乐庵,将前后门把好,然后叩门。里边晓得香公回了,了缘急急出来开门。众人一拥而入,迎头就把了缘拿住,押进里面搜捉,不曾走了一个。那小和尚着了忙,躲在床底下,也被搜出。了缘向众人道:“他们不过借我庵中暂避,其实做的事体,与我分毫无干。情愿送些酒钱与列位,怎地做个方便,饶了我庵里罢。”众人道:“这使不得!知县相公好不利害哩!倘然问在何处拿的,教我们怎生回答?有干无干,我们总是不知,你自到县里去分辨。”了缘道:“这也容易。但我的徒弟乃新出家的,这个可以免得。望列位做个人情。”众人贪着银子,却也肯了。内中又有个道:“成不得!既是与他没相干,何消这等着忙,直躲入床底下去?一定也有些跷蹊。我们休担这样干系。”众人齐声道是。都把索子扣了,连男带女,共是十人,好像端午的粽子,做一串儿牵出庵门,将门封锁好了,解入新淦县来。一路上了缘埋怨静真连累,静真半字不敢回答。正是:

老龟蒸不烂,移祸于空桑①。

此时天色傍晚,知县已是退衙。地方人又带回家去宿歇。了缘悄悄与小和尚说道:“明日到堂上,你只认作新出家的徒弟,切

---

① 老龟蒸不烂,移祸于空桑——相传:三国时,有人入山捕一大龟,献给孙权。权命煮之,烧柴万车,龟仍不烂。诸葛恪说:燃以老桑,乃熟。权使伐桑煮龟,很快就煮烂了,见《异苑》。白居易《杂感》诗:“……老龟烹不烂,延祸及枯桑。城门自焚爇,池鱼罹其殃……”就是俗语所说城门失火,殃及池鱼的意思。

莫要多讲。待我去分说，料然无事。”到次日，知县早衙，地方解进去禀道：“非空庵尼姑俱躲在极乐庵中，今已缉获，连极乐庵尼姑通拿在此。”知县教跪在月台东首。即差人唤集老和尚、赫大卿家人、蒯三、并小和尚父母来审。那消片刻，俱已唤到。令跪在月台西首。小和尚偷眼看见，惊异道：“怎么我师父也涉在他们讼中？连爹妈都在此，一发好怪！”心下虽然暗想，却不敢叫唤，又恐师父认出，到把头儿别转，伏在地上。那老儿同婆子，也不管官府在上，指着尼姑，带哭带骂道：“没廉耻的狗淫妇！如何把我儿子谋死？好好还我活的便罢！”小和尚听得老儿与静真讨人，愈加怪异，想道：“我好端端活在此，那里说起却与他们索命？”静真空照还认是赫大卿的父母，那敢则声。知县见那老儿喧嚷，呵喝住了，唤空照、静真上前问道：“你既已出家，如何不守戒律，偷养和尚，却又将他谋死？从实招来，免受刑罚。”静真、空照自己罪犯已重，心慌胆怯，那五脏六腑，犹如一团乱麻，没有个头绪。这时见知县不问赫大卿的事情，去问什么和尚之事，一发摸不着个头路。静真那张嘴头子，平时极是能言快语，到这回恰如生漆获牢，鱼胶粘住，挣不出一个字儿。知县连问四五次，刚刚挣出一句道：“小尼并不曾谋死那个和尚。”知县喝道：“见今谋死了万法寺和尚去非，埋在后园，还敢抵赖！快夹起来！”两边皂隶答应如雷，向前动手。了缘见知县把尸首认做去非，追究下落，打着他心头之事，老大惊骇，身子不摇自动。想道：“这是那里说起！他们乃赫监生的尸首，却到不问，反牵扯我身上的事来，真也奇怪！”心中没想一头处将眼偷看小和尚。小和尚已知父母错认了，也看着了缘，面面相觑。且说静真、空照俱是娇滴滴的身子，嫩生生的皮肉，如何经得这般刑罚，夹棍刚刚套上，便晕迷了去，叫道："爹爹不消用刑，容小尼从实招认。"知县止住左右，听他供招。二尼异口齐声说道："爹爹，后园埋的不是和尚，乃是赫监生的尸首。"赫家人闻说原是家主尸首，同蒯三俱跪上去，听其情款。知县道："即是赫监生，如何却是光头？"二尼乃将赫大卿到寺游玩，勾搭成奸，及设计剃发，扮作尼姑，病死埋葬，前后之事，细细招出。知县见所言与赫家昨日说话相合，已知是个真情。又问道："赫监生事已实了，那和尚还藏在何处？一发招来！"二尼哭道："这个其实不知。就打死也不敢虚认。"知县又唤女童香公逐一细问，其说相同，知得小和尚这事与他无干。又唤了缘、小和尚上去问道："你藏匿静真空照等在庵，一定与他是同谋的了。也夹起来！"了缘此时见静真等供招明白，和尚之事，已不缠牵在内，肠子宽了。从从容容的禀道："爹爹不必加刑，容小尼细说。静真等昨到小尼庵中，假说被人扎诈，权住一两日，故此误留。其他奸情之事，委实分毫不知。"又指着小和尚道："这徒弟乃新出家的，与静真等一发从不相认。况此等无耻勾当，败坏佛门体面，即使未曾发出，小尼若稍知声息，亦当出首，岂肯事露之后，还敢藏匿。望爹爹详情超豁①。"知县见他说的有理，笑道："话到讲得好。只莫要心不应口。"遂令跪过一边。喝叫皂隶将空照、静真各责五十，东房女童各责三十，两个香公各打二十，都打的皮开肉绽，鲜血淋漓。打罢，知县举笔定罪。静真、空照设计恣淫，伤人性命，依律拟斩。东房二女童，减等，杖八十，官卖。两个香公，知情不举，俱问杖罪。非空庵藏奸之薮，拆毁入官。了

① 超豁——原宥免罪。

缘师徒虽不知情,但隐匿奸党,杖罪纳赎①。西房女童,判令归俗。赫大卿自作之孽,已死勿论。尸棺着令家属领归埋葬。判毕,各令画供。

那老儿见尸首已不是他儿子,想起昨日这场啼哭,好生没趣,愈加忿恨。跪上去禀知县,依旧与老和尚要人。老和尚又说徒弟偷盗寺中东西,藏匿在家,反来图赖,两下争执,连知县也委决不下。意为老和尚谋死,却不见形迹,难以入罪。将为果躲在家,这老儿怎敢又与他讨人。想了一回,乃道:“你儿子生死没个实据,怎好问得!且押出去,细访个的确证见来回话。”当下空照、静真、两个女童都下狱中。了缘、小和尚并两个香公,押出召保。老和尚与那老儿夫妻,原差押着,访问去非下落。其馀人犯,俱释放宁家。大凡衙门,有个东进西出的规矩。这时一干人俱从西边丹墀下走出去。那了缘因哄过了知县,不曾出丑,与小和尚两下暗地欢喜。小和尚还恐有人认得,把头直低向胸前,落在众人背后。也是合当败露。刚出西脚门,那老儿又揪住老和尚骂道:“老贼秃!谋死了我儿子,却又把别人的尸首来哄我么?”夹嘴连腮,只管乱打。老和尚正打得连声叫屈,没处躲避,不想有十数个徒弟徒孙们,在那里看出官,见师父被打,齐赶向前推翻了那老儿,挥拳便打。小和尚见父亲吃亏,心中着急,正忘了自己是个假尼姑,竟上前劝道:“列位师兄不要动手。”众和尚举眼观看,却便是去非。忙即放了那老儿,一把扯住小和尚叫道:“师父,好了!去非在此!”押保差人还不知就里,乃道:“这是极乐庵里尼姑,押出去召保的,你们休

① 纳赎——纳钱赎罪。这里“杖罪纳赎”,就是纳钱赎免杖罪的意思。

错认了。”众和尚道：“哦！原来他假扮尼姑在极乐庵里快活，却害师父受累！”众人方才明白是个和尚，一齐都笑起来。傍边只急得了缘叫苦连声，面皮青染。老和尚分开众人，揪过来，一连四五个聒子①，骂道：“天杀的奴狗材！你便快活，害得我好苦！且去见老爷来！”拖着便走。那老儿见了儿子已在，又做了假尼姑，料道到官必然责罚，向着老和尚连连叩头道：“老师父，是我无理得罪了！情愿下情陪礼。乞念师徒分上，饶了我孩儿，莫见官罢！”老和尚因受了他许多荼毒，那里肯听，扭着小和尚直至堂上。差人押着了缘，也随进来。知县看见问道：“那老和尚为何又结扭尼姑进来？”老和尚道：“爷爷，这不是真尼姑，就是小院徒弟去非假扮的。”知县闻言，也忍笑不住道：“如何有此异事？”喝教小和尚从实供来。去非自知隐瞒不过，只得一一招承。知县录了口词，将僧尼各责四十，去非依律问徒，了缘官卖为奴，极乐庵亦行拆毁。老和尚并那老儿，无罪释放。又讨连具枷枷了，各搽半边黑脸，满城迎游示众。那老儿婆子，因儿子做了这不法勾当，哑口无言，惟有满面鼻涕眼泪，扶着枷梢，跟出衙门。那时哄动了满城男女，扶老挈幼，俱来观看。有好事的，作个歌儿道：

可怜老和尚，不见了小和尚；原来女和尚，私藏了男和尚。分明雄和尚，错认了雌和尚。为个假和尚，带累了真和尚。断过死和尚，又明白了活和尚。满堂只叫打和尚，满街争看迎和尚。只为贪那裤裆中硬崛崛一个莽和尚，弄坏了庵院里娇滴滴许多骚和尚。

---

① 聒子——耳光，打嘴巴。

且说赫家人同蒯三急奔到家，报知主母。陆氏闻言，险些哭死。连夜备办衣衾棺椁，禀明知县，开了庵门，亲自到庵，重新入殓，迎到祖茔，择日安葬。那时庵中老尼，已是饿死在床。地方报官盛殓，自不必说。这陆氏因丈夫生前不肯学好，好色身亡，把孩子严加教诲。后来明经①出仕，官为别驾之职。有诗为证：

野草闲花恣意贪，化为蜂蝶死犹甘。

名庵并入游仙梦，是色非空作笑谈。

① 明经——"贡生"的别称。"贡生"，是在秀才之中挑选出来贡献给国子监肄业的意思。有了贡生的资格，也可以做小官。

第十六卷

陆五汉硬留合色鞋[1]

得便宜处笑嘻嘻，不遂心时暗自悲。

谁识天公颠倒用，得便宜处失便宜。

近时有一人，姓强，平日好占便宜，倚强凌弱，里中都惧怕他，熬出一个浑名，叫做强得利。一日，偶出街市行走，看见前边一个单身客人，在地下检了一个兜肚儿，提起颇重，想来其中有物，慌忙赶上前拦住客人，说道："这兜肚是我腰间脱下来的，好好还我。"客人道："我在前面走，你在后面来，如何到是你腰间脱下来的？好不通理！"强得利见客人不从，就擘手去抢，早扯住兜肚上一根带子。两下你不松，我不放，街坊人都走拢来，问其缘故。二人各争执是自己的兜肚儿。众人不能剖判。其中一个老者开言道："你二人口说无凭，且说兜肚中什么东西。合得着便是他的。"强得利道："谁耐烦与你猜谜道白。我只认得自己的兜肚，还我便休。若不还时，与你并个死活。"只这句话，众人已知

① 合色鞋——用几种颜色的料子拼凑而成的一种鞋。疑即北宋末年所谓"错到底"一类的鞋。

不是强得利的兜肚了。多有惧怕强得利的,有心帮衬他,便上前解劝道:“客人,你不识此位强大哥么?是本地有名的豪杰。这兜肚,你是地下检的,料非已物。就把来结识了这位大哥,也是理所当然。”客人被劝不过,便道:“这兜肚果然不是小人的。只是财可义取,不可力夺。既然列位好言相劝,小人情愿将兜肚打开,看是何物。若果有些采头,分作三股。小人与强大哥各得一股,那一股送与列位们做个利市,店中共饮三杯,以当酬劳。”那老者道:“客官最说得是。强大哥且放手,都交付与老汉手里。”老者取兜肚打开看时,中间一个大布包,包中又有三四层纸,裹着光光两锭雪花样的大银,每锭有十两重。强得利见了这两锭银子,爱不可言,就使欺心起来,便道:“论起三股分开,可惜錾①坏了这两个锞儿。我身边有几两散碎银子,要去买生口的,把来送与客人,留下这锞儿与我罢。”一头说,一头在腰里摸将出来三四个零碎包儿,凑起还称不上四两银子,连众人吃酒东道都在其内。客人如何肯收。两下又争嚷起来,又有人点拨客人道:“这位强大哥不是好惹的!你多少得些采去罢。”老者也劝道:“客官,这四两银子,都把与你,我们众人这一股不要了。那一日不吃酒,省了这东道奉承你二位罢。”口里说时,那两锭银子在老者手中,已被强得利擘手抢去了。那客人没奈何,只得留了这四两银子。强得利道:“虽然我身边没有碎银,前街有个酒店,是我舅子开的。有劳众位多时,少不得同去一坐。”众人笑道:“恁地时,连客官也去吃三杯。今后就做个相识。”一行十四五人,同走到

① 錾(zàn)——凿开。

前街朱三郎酒店里大楼上坐下。强得利一来白白里得了这两锭大银,心中欢喜,二来感谢众人帮衬,三来讨了客人的便宜,又赖了众人一股利市,心上也未免有些不安。况且是自己舅子开张的酒店,越要卖弄,好酒好食,只顾教搬来,吃得个不亦乐乎。众人个个醉饱,方才撒手。共吃了三两多银子。强得利教记在自家帐上。众人出门作别,各自散讫。客人干净得了四两银子,也自归家去了。

过了两日,强得利要买生口,舅子店里又来取酒钱,家中别无银两,只得把那两锭雪白样的大银,在一个倾银铺里去倾销,指望加出些银水。那银匠接银在手,翻覆看了一回,手内颠上几颠,问道:"这银子那里来的?"强得利道:"是交易上来的。"银匠道:"大郎被人哄了。这是铁胎假银。外边是细丝,只薄薄一层皮儿,里头都是铅铁。"强得利不信,只要錾开。银匠道:"錾坏时,大郎莫怪。"银匠动了手,乒乒乓乓錾开一个口子,那银皮裂开,里面露出假货。强得利看了,自也不信:一生不曾做这折本的交易,自作自受,埋怨不得别人。坐在柜桌边,呆呆的对着这两锭银子只顾看。引下许多人进店,都来认那铁胎银的,说长说短。强得利心中越气。正待寻事发作,只见门外两个公差走入,大喝一声,不由分说,将链子扣了强得利的颈,连这两锭银子,都解到一个去处来。原来本县库上钱粮收了几锭假银,知县相公暗差做公的在外缉访。这兜肚里银子,不知是何人掉下的,那锭样正与库上的相同。因此被做公的拿了,解上县堂。知县相公一见了这锭样,认定是造假银的光棍,不容分诉,一上打了三十毛板①,将强得利送入监里,要他赔

① 毛板——竹板。

补库上这几锭银子。三日一比较。强得利无可奈何,只得将田产变价上库,又央人情在知县相公处说明这两锭银子的来历。知县相公听了分上①,饶了他罪名,释放宁家。共破费了百外银子。一个小小家当,弄得七零八落,被里中做下几句口号,传做笑话,道是:

强得利,强得利,做事全不济!得了两锭寡铁,破了百金家计。公堂上毛板是我打来,酒店上东道别人吃去。似此折本生涯,下次莫要淘气。从今改强为弱,得利唤做失利。再来吓里欺邻,只怕缩不上鼻涕。

这段话叫做《强得利贪财失采》,正是:得便宜处失便宜。如今再讲一个故事,叫做《陆五汉硬留合色鞋》,也是为讨别人的便宜,后来弄出天大的祸来。正是:

爽口食多应损胃,快心事过必为殃。

话说国朝弘治年间,浙江杭州府城,有一少年子弟,姓张名荩,积祖是大富之家。幼年也曾上学攻书。只因父母早丧,没人拘管,把书本抛开,专与那些浮浪子弟往来,学就一身吹弹蹴踘,惯在风月场中卖弄,烟花阵里钻研。因他生得风流俊俏,多情知趣,又有钱钞使费,小娘们多有爱他的,奉得神魂颠倒,连家里也不思想。妻子累谏不止,只索由他。一日,正值春间,西湖上桃花盛开。隔夜请了两个名妓,一个唤做娇娇,一个叫做倩倩,又约了一般几个子弟,教人唤下湖船,要去游玩。自己打扮起来,头戴一顶时样绉

① 分上——人情。

纱巾，身穿着银红吴绫道袍，里边绣花白绫袄儿，脚下白绫袜，大红鞋，手中执一柄书画扇子。后面跟一个垂髫标致小厮，叫做清琴，是他的宠童，左臂上挂着一件披风，右手拿着一张弦子，一管紫箫，都是蜀锦制成囊儿盛裹。离了家中，望钱塘门摇摆而来。却打从十官子巷中经过。忽然抬头，看见一家临街楼上，有个女子揭开帘儿，泼那梳妆残水。那女子生得甚是娇艳。怎见得？有〔清江引〕为证：

谁家女儿，委实的好，赛过西施貌。面如白粉团，鬓似乌云绕。若得他近身时，魂灵儿都掉了。

张荩一见，身子就酥了半边，便立住脚，不肯转身。假意咳嗽一声。那女子泼了水，正待下帘，忽听得咳嗽声响，望下观看，一眼瞧见个美貌少年，人物风流，打扮乔画，也凝眸流盼。两面对觑，四目相视，那女子不觉微微而笑。张荩一发魂不附体。只是上下相隔，不能通话。正看间，门里忽走出个中年人来。张荩慌忙回避。等那人去远，又复走转看时，女子已下帘进去。站立一回，不见踪影。教清琴记了门面，明日再来打探。临行时，还回头几次。那西湖上，平常是他的脚边路，偏这日见了那女子，行一步，懒一步，就如走几百里山路一般，甚是厌烦。出了钱塘门，来到湖船上。那时两个妓女和着一班子弟，都已先到。见张荩上船，俱走出船头相迎。张荩下了船，清琴把衣服弦子箫儿放下。稍子开船，向湖心中去。那一日天色晴明，堤上桃花含笑，柳叶舒眉，往来踏青士女，携酒挈榼，纷纷如蚁。有诗为证：

山外青山楼外楼，西湖歌舞几时休？
暖风薰得游人醉，错把杭州作汴州。

且说张荩船中这班子弟们,一个个吹弹歌唱,施逞技艺。偏有张荩一意牵挂那楼上女子,无心欢笑,托腮呆想。他也不像游春,到似伤秋光景。众人都道:“张大爷平昔不是恁般,今日为何如此不乐?必定有甚缘故。”张荩含糊答应,不言所以。众人又道:“大爷不要败兴,且开怀吃酒,有甚事等我众弟兄与你去解纷。”又对娇娇、倩倩道:“想是大爷怪你们不来帮衬,故此着恼。还不快奉杯酒儿下礼?”娇娇、倩倩,真个筛过酒来相劝。张荩被众人鬼浑,勉强酬酢,心不在焉。未到晚,就先起身。众人亦不强留。上了岸,进钱塘门,原打十官子巷经过。到女子门首,复咳嗽一声。不见楼上动静。走出巷口,又踅转来,一连数次,都无音响。清琴道:“大爷,明日再来罢。若只管往来,被人疑惑。”张荩依言,只得回家。明日到他家左近访问,是何等人家。有人说:“他家有名叫做潘杀星潘用,夫妻两个,止生一女,年才十六,唤做寿儿。那老儿与一官宦人家薄薄里有些瓜葛,冒着他的势头,专在地方上吓诈人的钱财,骗人酒食。地方上无一家不怕他,无一个不恨他。是个赖皮刁钻主儿。”张荩听了,记在肚里,慢慢的在他门首踱过。恰好那女子开帘远望,两下又复相见。彼此以目送情,转加亲热。自此之后。张荩不时往来其下探听,以咳嗽为号。有时看见,有时不见。眉来眼去,两情甚浓。只是无门得到楼上。一夜,正是三月十五,皓月当天,浑如白昼。张荩在家坐立不住,吃了夜饭,趁着月色,独步到潘用门首,并无一个人来往。见那女子正卷起帘儿,倚窗望月。张荩在下看见,轻轻咳嗽一声。上面女子会意,彼此微笑。张荩袖中摸出一条红绫汗巾,结个同心方胜①,团做一块,望上掷来。那女子双手来

① 同心方胜——叠成的菱形的花样。

接，恰好正中。就月底下仔细看了一看，把来袖过。就脱下一只鞋儿投下。张荩双手承受，看时是一只合色鞋儿。将指头量摸，刚刚一折①。把来系在汗巾头上，纳在袖里，望上唱个肥喏。女子还了个万福。正在热闹处，那女子被父母呼唤，只得将窗儿闭上，自下楼去。张荩也兴尽而返。归到家里，自在书房中宿歇。又解下这只鞋儿，在灯前细玩，果是金莲一瓣，且又做得甚精细。怎见得？也有〔清江引〕为证：

觑鞋儿三寸，轻罗软窄，胜蕖花片。若还绣满花，只费分毫线。怪他香喷喷不沾泥，只在楼上转。

张荩看了一回，依旧包在汗巾头上，心中想道："须寻个人儿通信与他，怎生设法上得楼去方好。若只如此空砑光②。眼饱肚饥，有何用处！"左思右算，除非如此，方能到手。明日午前，袖了些银子，走至潘家门首。望楼上不见可人，便远远的借个人家坐下。看有甚人来往。事有凑巧，坐不多时，只见一个卖婆，手提着个小竹撞③，进他家去。约有一个时辰，依原提着竹撞出来，从旧路而去。张荩急赶上一步。看时不是别人，却是惯走大家卖花粉的陆婆。就在十官子巷口居住。那婆子以卖花粉为名，专一做媒作保，做马泊六④，正是他的专门。故此家中甚是活动。儿子陆五汉在门前杀猪卖酒，平昔酗酒撒泼，是个凶徒。连那婆子时常要教

---

① 折(zhǎ)——张开拇指与中指，其两端的距离叫作"折"，约五寸左右。同"拃"。

② 砑(yà)光——眉来眼去，调情。

③ 小竹撞——用篾做成的盛东西的小竹匣子。

④ 马泊六——宋元时代市井隐语，用"马"比喻妇女，如上了手叫作"人马"；从中拉拢不正当的男女关系的人叫作"马泊六"。

训几拳的。婆子拍打，每事到都依着他，不敢一毫违拗。当下张荩叫声陆妈妈。陆婆回头认得，便道："呀，张大爷何来？连日少会。"张荩道："适才去寻个朋友不遇，便道在此经过。你怎一向不到我家走走？那些丫头们，都望你的花哩。"陆婆道："老身日日要来拜望大娘，偏有这些没正经事，绊住身子，不曾来得。"一头说，已到了陆婆门首。只见陆五汉在店中卖肉卖酒，十分热闹。陆婆道："大爷吃茶去便好。只是家间齷齪，不好屈得贵人。"张荩道："茶到不消，还要借几步路说话。"陆婆道："少待。"连忙进去，放了竹撞出来道："大爷有甚事作成老媳妇？"张荩道："这里不是说话之处，且随我来。"直引到一个酒楼上，拣个小阁儿中坐下。酒保放下杯筯，问道："可还有别客么？"张荩道："只我二人。上好酒暖两瓶来，时新果子，先将来案酒。好嗄饭①只消三四味就勾了。"酒保答应下去。不一时，都已取到。摆做一桌子。斟过酒来，吃了数杯。张荩打发酒保下去，把阁子门闭了，对陆婆道："有一事要相烦妈妈，只怕你做不来。"那婆子笑道："不是老身夸口，凭你天大样疑难事体，经着老身，一了百当。大爷有甚事，只管分付来，包在我身上与你完成。"张荩道："只要如此便好。"当下把两臂靠在桌上，舒着颈，向婆子低低说道："有个女子，要与我勾搭，只是没有做脚的，难得到手。晓得你与他家最熟，特来相求，去通个信儿。若说法得与我一会，决不忘恩。今日先有十两白物在此，送你开手。事成之后，还有十两。"便去袖里摸出两个大锭，放在桌上。陆婆道："银子是小事，你且说是那一家的雌儿？"张荩道："十官子

① 嗄饭——同"下饭"；指下饭的菜。

巷潘家寿姐,可是你极熟的么?”陆婆道:“原来是这个小鬼头儿。我常时见他端端正正,还是黄花女儿,不像要寻野食吃的,怎生着了你的道儿?”张荩把前后遇见,并夜来赠鞋的事,细细与婆子说知。陆婆道:“这事到也有些难处哩。”张荩道:“有甚难处?”陆婆道:“他家的老子利害,家中并无一个杂人,止有嫡亲三口,寸步不离。况兼门户谨慎,早闭晏开,如何进得他家?这个老身不敢应承。”张荩道:“妈妈,你适才说天大极难的事,经了你就成。这些小事,如何便推故不肯与我周全?想必嫌谢礼微薄,故意作难么?我也不管,是必要在你身上完成。我便再加十两银子,两匹段头,与你老人家做寿衣何如?”陆婆见着雪白两锭大银,眼中已是出火,却又贪他后手找帐,心中不舍。想了一回,道:“既大爷恁般坚心,若老身执意推托,只道我不知敬重了。待老身竭力去图,看你二人缘分何如。倘图得成,是你造化了。若图不成,也勉强不得,休得归罪老身。这银子且留在大爷处,待有些效验,然后来领。他与你这只鞋儿,到要把来与我,好去做个话头。”张荩道:“你若不收银子,我怎放心!”陆婆道:“既如此,权且收下。若事不谐,依旧璧还。”把银揣在袖里。张荩摸出汗巾,解下这只合色鞋儿,递与陆婆。陆婆接在手中,细细看了一看,喝采道:“果然做得好!”将来藏过。两个又吃了一回酒食,起身下楼,算还酒钱,一齐出门。临别时,陆婆又道:“大爷,这事须缓缓而图,性急不得的。若限期限日,老身就不敢奉命了。”张荩道:“只求妈妈用心,就迟几日也不大紧。倘有些好消息,竟到我家中来会。”道罢,各自分别而去。正是:

要将撮合三杯酒,结就欢娱百岁缘。

且说潘寿儿自从见了张荩之后,精神恍惚,茶饭懒沾,心中想道:"我若嫁得这个人儿,也不枉为人一世!但不知住在那里?姓甚名谁?"那月夜见了张荩,恨不得生出两个翅儿,飞下楼来,随他同去。得了那条红汗巾,就当做情人一般,抱在身边而卧。睡到明日午牌时分,还痴迷不醒。直待潘婆来唤,方才起身。又过两日,早饭已后,潘用出门去了,寿儿在楼上,又玩弄那条汗巾。只听得下面有人说话响,却又走上楼来。寿儿连忙把汗巾藏过。走到胡梯边看时,不是别人,却是卖花粉的陆婆。手内提着竹撞,同潘婆上来。到了楼上,陆婆道:"寿姐,我昨日得了几般新样好花,特地送来与你。"连忙开了竹撞,取出一朵来道:"寿姐,你看何如?可像真的一般么?"寿儿接过手来道:"果然做得好!"陆婆又取出一朵来,递与潘婆道:"大娘,你也看看,只怕后生时,从不曾见恁样花样哩。"潘婆道:"真个我幼时只戴得那样粗花儿,不像如今做得这样细巧。"陆婆道:"这个只算中等,还有上上号的。若看了眼,盲的就亮起来,老的便少起来,连寿还要增上几年哩。"寿儿道:"你一发拿出来与我瞧瞧。"陆婆道:"只怕你不识货,出不得这样贵价钱。"寿儿道:"若买你的不起,看是看得起的。"陆婆陪笑道:"老身是取笑话儿,寿姐怎认真起来?就连我这篮儿都要了,也值得几何!待我取出来与你看。只拣好的,任凭取择。"又取出几朵来,比前更加巧妙。寿儿拣好的取了数朵,道:"这花怎么样卖?"陆婆道:"呀!老身每常①何曾与你争惯价钱,却要问价起来?但凭你分付罢了。"又道:"大娘,有热茶便相求一碗。"潘婆道:"看花

① 每常——往日,平常。

兴了①,连茶都忘记去取。你要热的,待我另烧起来。"说罢,往楼下而去。陆婆见潘婆转了身,把竹撞内花朵整顿好了,却又从袖中摸出一个红细包儿,也放在里边。寿儿问道:"这包的是什么东西?"陆婆道:"是一件要紧物事,你看不得的。"寿儿道:"怎么看不得?我偏要看。"把手便去取。陆婆口中便说:"决不与你看!"却放个空让他一手掂起,连叫阿呀,假意来夺时,被寿儿抢过那边去。打开看时,却是他前夜赠与那生的这只合色鞋儿。寿儿一见,满面通红。陆婆便劈手夺去道:"别人的东西,只管乱抢!"寿儿道:"妈妈,只这一只鞋儿,甚么好东西,恁般尊重!把细儿包着,却又人看不得。"陆婆笑道:"你便这样说不值钱!却不道有个官人,把这只鞋儿当似性命一般,教我遍处寻访那对儿哩。"寿儿心中明白是那人教他来通信,好生欢喜。便去取出那一只来,笑道:"妈妈,我到有一只在此,正好与他恰是对儿。"陆婆道:"鞋便对着了,你却怎么发付那生?"寿儿低低道:"这事妈妈总是晓得的了,我也不消瞒得,索性问个明白罢。那生端的是何等之人?姓甚名谁?平昔做人何如?"婆子道:"他姓张名荩,家中有百万家私,做人极是温存多情。为了你,日夜牵肠挂肚,废寝忘餐。晓得我在你家相熟,特央我来与你讨信。可有个法儿放他进来么?"寿儿道:"你是晓得我家爹爹又利害,门户甚是紧急,夜间等我吹息灯火睡过了,还要把火来照过一遍,方才下去歇息。怎么得个策儿与他相会?妈妈,你有什么计策,成就了我二人之事,奴家自有重谢。"陆婆相了一相道:"不打紧,有计在此。"寿儿连忙问道:"有何计策?"陆婆道:

① 兴了——高了兴。

"你夜间早些睡了,等爹妈上来照过,然后起来。只听下边咳嗽为号,把几匹布接长垂下楼来,待他从布上攀缘而上。到五更时分,原如此而下。就往来百年,也没有那个知觉。任凭你两个取乐,可不好么?"寿儿听说,心中欢喜道:"多谢妈妈玉成。还是几时方来?"陆婆道:"今日天晚已来不及,明日侵早去约了他,到晚来便可成事。只是再得一件信物与他,方见老身做事的当。"寿儿道:"你就把这对鞋儿,一总拿去为信。他明晚来时,依旧带还我。"说犹未了,潘婆将茶上来。陆婆慌忙把鞋藏于袖中,啜了两杯茶。寿儿道:"陆妈妈,花钱今日不便,改日奉还罢。"陆婆道:"就迟几日不妨得。老身不是这琐碎的。"取了竹撞,作别起身。潘婆母子直送到中门口。寿儿道:"妈妈,明日若空,走来话话。"陆婆道:"晓得。"这是两个意会的说话,潘婆那里知道。正是:

浪子心,佳人意,不禁眉来和眼去。虽然色胆大如天,中间还要人传会。伎俩熟,口舌利,握雨携云多巧计。虔婆绰号马泊六,多少良家受他累。不怕天,不怕地,不怕傍人闲放屁;只须瞒却父和娘,暗中撮就鸳鸯对。朝相对,暮相对,想得人如痴与醉。不是冤家不聚头,杀却虔婆方出气。

且说陆婆也不回家,径望张荩家来。见了他浑家,只说卖花。问张荩时,却不在家。张荩合家那些妇女,把他这些花都抢一个干净,也有现,也有赊,混了一回。等他不及,作别起身。明日绝早,袖了那双鞋儿,又到张家问时,说:"昨夜没有回来,不知住在那里。"陆婆依旧回到家中。恰好陆五汉要杀一口猪,因副手出去了,在那里焦躁。见陆婆归家,道:"来得极好!且相帮我缚一缚猪儿。"那婆子平昔惧怕儿子,不敢不依,道:"待我脱了衣服帮你。”望里边进去。陆五汉就随他进来,见婆子脱衣时,落下一个红细包儿。陆五汉只道是包银子,拾起来,走到外边,解开看时,却是一双合色女鞋。喝采道:“谁家女子,有恁般小脚!”相了一会,又道:“这个小脚女子,必定是有颜色的。若得抱在身边睡一夜,也不枉此一生!”又想道:“这鞋如何在母亲身边?却又是穿旧的。有恁般珍重,把䌷儿包着。其中必有缘故。待他寻时,把话儿吓他,必有实信。”原把来包好,揣在怀里。婆子脱过衣裳,相帮儿子缚猪来杀了,净过手,穿了衣服,却又要去寻张荩。临出门,把手摸袖中时,那双鞋儿却不见了。连忙复转身寻时,影也不见。急得那婆子叫天叫地。陆五汉冷眼看母亲恁般着急,由他寻个气叹,方才来问道:“不见了什么东西?这样着急!”婆子道:“是一件要紧物事,说不得的。”陆五汉道:“若说个影儿,或者你老人家目力不济,待我与你寻看。如说不得的,你自去寻,不干我事。”婆子见儿子说话跷蹊,便道:“你若拾得,还了我,有许多银子在上,勾你做本钱哩。”陆五汉见说有银子,动了火,问道:“拾到是我拾得。你说那根由与我,方才还你。”婆子叫到里边去,一五一十,把那两个前后的事,细细说与。陆五汉探了婆子消息,心中欢喜,假意惊道:“早是与我说知,不然,几乎做出事来。”婆子道:“却是为何?”陆五汉道:“自古说得好,若要不知,除非莫为。这样事,怎掩得人的耳目。况且潘用那个老强盗,可是惹得他的么?倘或事露,晓得你赚了银两,与他做脚,那时不要说把我做本钱,只怕连我的店底都倒在他手里,还不像意①哩。”陆婆被儿子一吓,心中老大惊慌,道:

① 像意——惬意,满意。

“儿说得有理！如今我把这银子和鞋儿还了他，只说事体不谐，不管他闲帐罢了。”陆五汉笑道：“这银子在那里？”陆婆便去取出来与儿子看。五汉把来袖了道：“母亲，这银子和鞋儿，留在这里。万一后日他们从别处弄出事来，连累你时，把他做个证见。若不到这田地，那银子落得用的，他敢来讨么？”陆婆道：“倘张大老来问回音，却怎么处？”五汉道：“只说他家门户紧急，一时不能。若有机会，便来通报。回他数次，自然不来了。”那婆子银子鞋儿都被五汉拿去，又不敢讨，手中没了把柄，又怕弄出事来，也不敢去约张荩。且说陆五汉把这十两银子，办起几件华丽衣服，也买一顶绉纱巾儿，到晚上等陆婆睡了，约莫一更时分，将行头打扮起来，把鞋儿藏在袖里，取锁反锁了大门，一径到潘家门首。其夜微云笼月，不甚分明，且喜夜深人静。陆五汉在楼墙下，轻轻咳嗽一声。上面寿儿听得，连忙开窗。那窗臼里，呀的有声。寿儿恐怕惊醒爹妈，即桌上取过茶壶来，洒些茶在里边，开时却就不响。把布一头紧紧的缚在柱上，一头便垂下来。陆五汉见布垂下，满心欢喜。撩衣拔步上前，双手挽住布儿，两脚挺在墙上，逐步捱将上去。顷刻已到楼窗边，轻轻跨下。寿儿把布收起，将窗儿掩上。陆五汉就双手抱住，便来亲嘴。寿儿即把舌儿度在五汉口中，此时两情火热，又是黑暗之中，那辨真假，相偎相抱，解衣就寝。真个你贪我爱，被陆五汉恣情取乐。正是：

豆蔻包香，却被枯藤胡缠；海棠含蕊，无端暴雨摧残。鸺鹠占锦鸳之窠，凤皇作凡鸦之偶。一个口里呼肉肉肝肝，还认做店中行货；一个心里想亲亲爱爱，那知非楼下可人。红娘约张珙错订郑恒，郭素学王轩偶迷西子。可怜美玉娇香体，轻付屠酤市井人。

当下雨散云收，方才叙阔。五汉将出那双鞋儿，细述向来情款。寿儿也诉想念之由。情犹未足，再赴阳台，愈加恩爱。到了四更，即便起身。开了窗，依旧把布放下。五汉攀援下去，急奔回家。寿儿把布收起藏过，轻轻闭上窗儿，原复睡下。自此之后，但是雨下月明，陆五汉就不来。馀则无夜不会。往来约有半年，十分绸缪。那寿儿不觉面目语言，非复旧时。潘用夫妻，心中疑惑，几遍将女儿盘问，寿儿只是咬定牙根，一字不吐。那晚五汉又来，寿儿对他说道："爹妈不知怎么，有些知觉，不时盘问。虽然再四白赖过了，两夜防谨愈严。倘然候着，大家不好。今后你且勿来。待他懈怠些儿，再图欢会。"五汉口中答道："说得是！"心内甚是不然。到四更时，又下楼去了。当夜潘用朦胧中，觉道楼上有些唧唧哝哝。侧着耳要听个仔细，然后起来捉奸。不想听了一回，忽地睡去，天明方醒，对潘婆道："阿寿这贱人，做下不明白的勾当，是真了。他却还要口硬。我昨夜明明里听得楼上有人说话。欲待再听几句，起身去捉他，不想却睡着去。"潘婆道："便是我也有些疑心。但算来这楼上没个路道儿通得外边。难道是神仙鬼怪，来无迹，去无踪？"潘用道："如今少不得打他一顿，拷问他真情出来。"潘婆道："不好！常言道：家丑不可外扬。若还一打，邻里都要晓得了。传说开去，谁肯来娶他。如今也莫论有这事没这事，只把女儿卧房迁在楼下。临卧时将他房门上落了锁，万无他虞。你我两口搬在他楼上去睡，看夜间有何动静，便知就里。"潘用道："说得有理。"到晚间吃晚饭时，潘用对寿儿道："今后你在我房中睡罢。我老夫妇要在楼上做房了。"寿儿心中明白，不敢不依。只暗暗地叫苦。

当夜互相更换。潘用把女儿房门锁了,对老婆道:"今夜有人上楼时,拿住了,只做贼论,结果了他,方出我这气。"把窗儿也不扣上,准候拿人。

不题潘用夫妻商议。且说陆五汉当夜寿儿叮嘱他且缓几时来,心上不悦。却也熬定了数晚,果然不去。过了十馀日,忽一晚淫心荡漾,按纳不住,又想要与寿儿取乐。恐怕潘用来捉奸,身边带着一把杀猪的尖刀防备。出了大门,把门反锁好了,直到潘家门首,依前咳嗽。等候一回,楼上毫无动静。只道寿儿不听见,又咳嗽两声,更无音响。疑是寿儿睡着了。如此三四番,看看等至四鼓,事已不谐,只得回家。心中想道:"他见我好几夜不去,如何知道我今番在此?这也不要怪他。"到次夜又去。依原不见动静。等得不耐烦,心下早有三分忿怒。到第三夜,自己在家中吃个半酣,等到更阑,掮了一张梯子,直到潘家楼下。也不打暗号,一径上到楼窗边,把窗轻轻一拽,那窗呀的开了。五汉跳身入去,抽起梯子,闭上窗儿,摸至床上来。正是:

一念愿邀云雨梦,片时飞过凤凰楼。

却说潘用夫妻初到楼上这两夜,有心采听风声,不敢熟睡。一连十馀夜,静悄悄地老鼠也不听得叫一声,心中已疑女儿没有此事,堤防便懈怠了。事有偶然,恰好这一夜寿儿房门上的搭钮断了,下不得锁。潘婆道:"只把前后门锁断,房门上用个封条封记,这一夜料没甚事。"潘用依了他说话。其夜老夫妻也用了几杯酒,带着酒兴,两口儿一头睡了,做了些不三不四没正经的生活,身子困倦,紧紧抱住睡熟。故此五汉上来,开闭窗槅,分毫不知。且说五汉摸到床边,正要解衣就寝,却听得床上两个人在一头打齁。心中大怒道:“怪道两夜咳嗽,他只做睡着不瞅采我!原来这淫妇又勾搭上了别人,却假意推说父母盘问,教我且不要来。明明断绝我了!这般无恩淫妇,要他怎的!”身边取出尖刀,把手摸着二人颈项,轻轻透入,尖刀一勒,先将潘婆杀死。还怕咽喉未断,把刀在内三四卷,眼见不能活了。覆刀转来,也将潘用杀死。揩抹了手上血污,将刀藏过。推开窗子,把梯儿坠下。跨出楼窗,把窗依旧闭好。轻轻溜将下来,担起梯子,飞奔回家去了。且说寿儿自换了卧房,恐怕情人又来打暗号,露出马脚,放心不下。到早上不见父母说起,那一日方才放心。到十馀日后,全然没事了。这一日睡醒了,守到巳牌时分,还不见父母下楼,心中奇怪。晓得门上有封记,又不敢自开。只在房中声唤道:“爹妈起身罢!天色晏了,如何还睡?”叫唤多时,并不答应。只得开了房门,走上楼来。揭开帐子看时,但见满床流血,血泊里挺着两个尸首。寿儿惊倒在地,半晌方苏,抚床大哭,不知何人杀害。哭了一回,想道:“此事非同小可!若不报知邻里,必要累及自己。”即便取了钥匙,开门出来,却又怕羞,立在门内喊道:“列位高邻,不好了!我家爹妈不知被甚人杀死?乞与奴家作主!”连喊数声,那些对门间壁,并街上过往的人听见,一齐拥进,把寿儿到挤在后边。都问道:“你爹妈睡在那里?”寿儿哭道:“昨夜好好的上楼,今早门户不开。不知何人,把来双双杀死。”众人见说在楼上,都赶上楼。揭开帐子看时,老夫妻果然杀死在床。众人相看这楼,又临着街道,上面虽有楼窗,下面却是包檐墙,无处攀援上来。寿儿又说门户都是锁好的,适才方开。家中却又无别人。都道:“此事甚是蹺蹊,不是当要的!”即时报地方总甲①来

① 总甲——明清时代的职役名称;即差役中快手的小头目。

看了，同着四邻，引寿儿去报官。可怜寿儿从不曾出门，今日事在无奈，只得把包头齐眉兜了，锁上大门，随众人望杭州府来。那时哄动半个杭城，都传说这事。陆五汉已晓得杀错了，心中懊悔不及，失张失智①，颠倒在家中寻闹。陆婆向来也晓得儿子些来踪去迹，今番杀人一事，定有干涉，只是不敢问他，却也怀着鬼胎，不敢出门。正是：

理直千人必往，心亏寸步难移。

且说众人来到杭州府前，正值太守坐堂，一齐进去禀道："今有十官子巷潘用家，夜来门户未开，夫妻俱被杀死，同伊女寿儿特来禀知。"太守唤上寿儿问道："你且细说父母什么时候睡的？睡在何处？"寿儿道："昨夜黄昏时，吃了夜饭，把门户锁好，双双上楼睡的。今早巳牌时分，不见起身。上楼看时，已杀在被中。楼上窗槅依旧关闭，下边门户一毫不动，封锁依然。"太守又问道："可曾失甚东西？"寿儿道："件件俱在。"太守道："岂有门户不开，却杀了人？东西又一件不失。事有可疑。"想了一想，又问道："你家中还有何人？"寿儿道："止有嫡亲三口，并无别人。"太守道："你父亲平昔可有仇家么？"寿儿道："并没有甚仇家。"太守道："这事却也作怪。"沉吟了半晌，心中忽然明白，教寿儿抬起头来，见包头盖着半面。太守令左右揭开看时，生得非常艳丽。太守道："你今年几岁了？"寿儿道："十七岁了。"太守道："可曾许配人家么？"寿儿低低道："未曾。"太守道："你的睡处在那里？"寿儿道："睡在楼下。"太守道："怎么你到住在下边，父母反居楼上？"寿儿道："一向是奴睡

① 失张失智——丧魂失魄，没有主意的样子。

在楼上，半月前换下来的。”太守道：“为甚换了下来？”寿儿对答不来，道：“不知爹妈为甚要换。”太守喝道：“这父母是你杀的！”寿儿着了急，哭道：“爷爷，生身父母，奴家敢做这事！”太守道：“我晓得不是你杀的，一定是你心上人杀的。快些说他名字上来！”寿儿听说，心中慌张，赖道：“奴家足迹不出中门，那有此等勾当！若有时，邻里一定晓得。爷爷问邻里，便知奴家平昔为人了。”太守笑道：“杀了人，邻里尚不晓得，这等事邻里如何晓得？此是明明你与奸夫往来，父母知觉了。故此半月前换你下边去睡，绝了奸夫的门路。他便忿怒杀了。不然，为甚换你在楼下去睡？”俗语道：贼人心虚。寿儿被太守句句道着心事，不觉面上一回红，一回白，口内如吃子①一般，半个字也说不清洁。太守见他这个光景，一发是了，喝教左右拶②起。那些皂隶飞奔上前，扯出寿儿手来，如玉相似，那禁得恁般苦楚。拶子才套得指头上，疼痛难忍，即忙招道：“爷爷，有，有，有个奸夫！”太守道：“叫甚名字？”寿儿道：“叫做张荩。”太守道：“他怎么样上你楼来？”寿儿道：“每夜等我爹妈睡着，他在楼下咳嗽为号。奴家把布接长，系一头在柱上垂下，他从布上攀引上楼。未到天明，即便下去。如此往来，约有半年。爹妈有些知觉，几次将奴盘问，被奴赖过。奴家嘱咐张荩，今后莫来，省得出丑。张荩应允而去。自此爹妈把奴换在楼下来睡。又将门户尽皆下锁。奴家也要隐恶扬善，情愿住在下边，与他断绝。只此便是实情。其爹妈被杀，委果不知情由。”

① 吃子——结巴，口吃，说不清话的人。

② 拶(zǎn)——即拶子，古时酷刑的一种。用五根细木棒编在一起，套在罪犯的手指头上，用力收紧，使他疼痛，招供。

太守见他招了，喝教放了拶子，起签差四个皂隶速拿张荩来审。那四个皂隶，飞也似去了。这是：

闭门家里坐，祸从天上来。

且说张荩自从与陆婆在酒店中别后，即到一个妓家住了三夜。回家知陆婆来寻过两遍，急去问信时，陆婆因儿子把话吓住，且又没了鞋子，假意说道："鞋子是寿姐收了。教多多拜上，如今他父亲利害，门户紧急，无处可入。再过几时，父亲即要出去。约有半年方才回来。待他起身后，那时可放胆来会。"张荩只道是真话，不时探问消息。落后又见寿儿几遭，相对微笑。两下都是错认。寿儿认做夜间来的即是此人，故见了喜笑。张荩认做要调戏他上手，时常现在他眼前卖俏。日复一日，并无确信。张荩渐渐忆想成病，在家服药调治。那日正在书房中闷坐，只见家人来说，有四个公差在外面，问大爷什么说话。张荩见说，吃了一惊，想道："除非妓弟家什么事故。"不免出厅相见，问其来意。公差答道："想是为什么钱粮里役事情，到彼自知。"张荩便放下了心，讨件衣服换了，又打发些钱钞，随着皂隶望府中而来。后面许多家人跟着。一路有人传说潘寿儿同奸夫杀了爹妈。张荩听了，甚是惊骇。心下想道："这丫头弄出恁样事来？早是我不曾与他成就！原来也是个不成才的烂货！险些把我也缠在是非之中。"不一时，来到公厅。太守举目观看张荩，却是个标致少年，不像个杀人凶徒，心下有些疑惑。乃问道："张荩，你如何奸骗了潘用女儿，又将他夫妻杀死？"那张荩乃风流子弟，只晓得三瓦两舍，行奸卖俏，是他的本等①，何曾看见官府的威严。一拿到

① 本等——本分、分内的事。

时，已是胆战心惊。如今听说把潘寿儿杀人的事，坐在他身上，就是青天里打下一个霹雳，吓得半个字也说不出。挣了半日，方才道："小人与潘寿儿虽然有意，却未曾成奸。莫说杀他父母，就是楼上从不曾到。"太守喝道："潘寿儿已招与你通奸半年，如何尚敢抵赖！"张荩对潘寿儿道："我何尝与你成奸，却来害我？"起初潘寿儿还道不是张荩所杀。这时见他不认奸情，连杀人事到疑心是真了。一口咬住，哭哭啼啼，张荩分辩不清。太守喝教夹起来。只听得两傍皂隶一声吆喝，蜂拥上前，扯脚拽腿。可怜张荩从小在绫罗堆里滚大的，就捱着线结也还过不去①，如何受得这等刑罚。夹棍刚套上脚，就杀猪般喊叫，连连叩头道："小人愿招。"太守教放了夹棍，快写供状上来。张荩只是啼哭道："我并不知情，却教我写甚么来！"又向潘寿儿说道："你不知被那个奸骗了，却扯我抵当！如今也不消说起，但凭你怎么样说来，我只依你的口招承便了。"潘寿儿道："你自作自受，怕你不招承！难道你不曾在楼下调戏我？你不曾把汗巾丢上来与我？你不曾接我的合色鞋？"张荩道："这都是了。只是我没有上楼与你相处。"太守喝道："一事真，百事真。还要多说！快快供招！"张荩低头。只听潘寿儿说一句，便写一句，轻轻里把个死罪认在身上。画供已毕，呈与太守看了，将张荩问实斩罪。寿儿虽不知情，因奸伤害父母，亦拟斩罪。各责三十，上了长板。张荩押付死囚牢里，潘寿自入女监收管，不在话下。

① 捱着线结也还过不去——线结，线疙瘩。这句是说：身上挨着衣服上的线疙瘩，还会感到不舒服。

且说张荩幸喜皂隶们知他是有钞主儿，还打个出头棒子①，不致十分伤损。来到牢里叫屈连声，无门可诉。这些狱卒分明是挑一担银子进监，那个不欢喜，那个不把他奉承。都来问道："张大爷，你怎么做恁般勾当？"张荩道："列位大哥，不瞒你说，当初其实与那潘寿姐曾见过一面。两下虽然有意，却从不曾与他一会。不知被甚人骗了，却把我来顶缸②！你道我这样一个人，可是个杀人的么？"众人道："既如此，适才你怎么就招了？"张荩道："我这瘦怯怯的身子可是熬得刑的么？况且新病了数日，刚刚起来，正是雪上加霜一般。若招了，还活得几日。若不招，这条性命今夜就要送了。这也是前世冤业，不消说起。但潘寿姐适才说话，历历有据，其中必有缘故。我如今愿送十两银子与列位买杯酒吃，引我去与潘寿姐一见，细细问明这事，我死亦瞑目。"内中一个狱卒头儿道："张大爷要看见潘寿儿也不难。只是十两太少。"张荩道："再加五两罢。"禁子头道："我们人众，分不来，极少也得二十两。"张荩依允。两个禁子扶着两腋，直到女监栅门外。潘寿儿正在里面啼哭。狱卒扶他到栅门，只见了张荩，便一头哭，一头骂道："你这无恩无义的贼！我一时迷惑，被你奸骗，有甚亏了你，下这样毒手，杀我爹妈，害我性命！"张荩道："你且不要嚷。如今待我细细说与你详察。起初见你时，多承顾盼留恋，彼此有心。以后月夜我将汗巾赠你，你将合色鞋来酬我。我因无由相会，打听卖花的陆婆在你家走动，先送他十两银子，将那鞋儿来讨信，他来回说：鞋便你收了，只

① 出头棒子——亦名"出头棍"；旧时衙役受了贿赂，在打板子的时候，好像用力很重，但罪犯并不感觉很疼痛，这种手法，叫作"打出头棒子"。

② 顶缸——含有顶替，顶缺，代人受过等义。

因父亲利害,门户紧急,目下要出去几个月。待起身后,即来相约。是从那日为始,朝三暮四,约了无数日子。已及半年,并无实耗。及至有时见你,却又微笑。教我日夜牵挂,成了思忆之病,在家服药,何尝到你楼上,却来诬害我至此地位!"寿儿哭道:"负心贼!你还要赖哩!那日你教陆婆将鞋来约会了,定下计策,教我等爹妈睡着,听下边咳嗽为号,把布接长,垂下来与你为梯。到次夜,你果然在下边咳嗽。我依法用布引你上楼。你出鞋为信。此后每夜必来。不想爹妈有些知觉,将我盘问几次。我对你说:此后且莫来,恐防事露,大家坏了名声。等爹妈不堤防了,再图相会。那知你这狠心贼,就衔恨我爹妈。昨夜不知怎生上楼,把来杀了。如今到还抵赖,连前面的事,都不肯承认!"张荩想了一想道:"既是我与你相处半年,那形体声音,料必识熟。你且细细审视,可不差么?"众人道:"张大爷这话说得极是。若果然不差,你也须不是人了。不要说问斩罪,就问凌迟也不为过。"寿儿见说,踌躇了半晌,又睁目把他细细观看。张荩连问道:"是不是?快些说出,不要迟疑。"寿儿道:"声音甚是不同,身子也觉大似你。向来都是黑暗中,不能详察。止记得你左腰间有个疮痕肿起,大如铜钱。只这个便是色认①。"众人道:"这个一发容易明白。张大爷,你且脱下衣来看。若果然没有,明日禀知太爷,我众人为证,出你罪名。"于是张荩满心欢喜道:"多谢列位。"连忙把衣服褪下。众人看时,遍身洁白如玉,腰间那有疮痕。寿儿看了,哑口无言。张荩道:"小娘子,如今可知不是我么?"众人道:"不消说了,这便真正冤枉。明日与你禀

① 色认——记号。

官。”当下依旧扶到一个房头,住了一宵。

明早,太守升堂,众禁子跪下,将昨夜张荩与潘寿儿面证之事,一一禀知。太守大惊。即便吊出二人复审,先唤张荩上去,张荩从头至尾,细诉一遍,太守道:“你那只鞋儿付与陆婆去后,不曾还你?”张荩道:“正是。”又唤寿儿上去。寿儿也把前后事,又细细呈说。太守道:“那鞋儿果是原与陆婆拿去,明晚张荩到楼,付你的么?”寿儿道:“正是。”太守点头道:“这等①,是陆婆卖了张荩,将鞋另与别人冒名奸骗你了。”即便差人去拿那婆子。不多时,婆子拿到。太守先打四十,然后问道:“当初张荩央你与潘寿儿通信,既约了明晚相会,你如何又哄张荩不教他去,却把鞋儿与别人冒名去奸骗?从实说来,饶你性命!若半句虚了,登时敲死。”那婆子被这四十打得皮开肉绽,那敢半字虚妄。把那卖花为由,定策期约,连寻张荩不遇,回来帮儿子杀猪,落掉鞋子,并儿子恐吓说话,已后张荩来讨信,因无了鞋子,含糊哄他等情,一一细诉。其奸骗杀人情由,却不晓得。太守见说话与二人相合,已知是陆五汉所为。即又差人将五汉拿到。太守问道:“陆五汉,你奸骗了良家女子,却又杀他父母。有何理说!”陆五汉赖道:“爷爷,小人是市井愚民,那有此事!这是张荩央小人母亲做脚,奸了潘家女儿,杀了他父母,怎推到小人身上!”寿儿不等他说完,便喊道:“奸骗奴家的声音,正是那人!爷爷止验他左腰可有肿起疮痕,便知真假!”太守即教皂隶剥下衣服看时,左腰间果有疮痕肿起。陆五汉方才口软,连称情愿偿命,把前后奸骗误杀潘用夫妻等情,一一供出。

① 这等——这样。

太守喝打六十,问成斩罪。追出行凶尖刀上库。寿儿依先原拟斩罪。陆婆说诱良家女子,依律问徒。张荩不合希图奸骗,虽未成奸,实为祸本,亦问徒罪,召保纳赎。当堂一一判定罪名,备文书申报上司。那潘寿儿思想:“却被陆五汉奸骗,父母为我而死,出乖露丑!”懊悔不及,无颜再活,立起身来,望丹墀阶沿青石上一头撞去,脑浆迸出,顷刻死于非命。

可怜慕色如花女,化作含冤带血魂。

太守见寿儿撞死,心中不忍,喝教把陆五汉再加四十,凑成一百,下在死囚牢里,听候文书转日,秋后处决。又拘邻里,将寿儿尸骸抬出,把潘用房产家私尽皆变卖,备棺盛殓三尸,买地埋葬。馀银入官上库,不在话下。

且说张荩见寿儿触阶而死,心下十分可怜。想道:“皆因为我,致他父子丧身亡家。”回至家中,将银两酬谢了公差狱卒等辈,又纳了徒罪赎银,调养好了身子,到僧房道院礼经忏超度潘寿儿父子三人。自己吃了长斋,立誓再不奸淫人家妇女,连花柳之地也绝足不行。在家清闲自在,直至七十而终。时人有诗叹云:

赌近盗兮奸近杀,古人说话不曾差。
奸赌两般都不染,太平无事做人家。

第十七卷

张孝基陈留认舅

士子攻书农种田，工商勤苦挣家园。

世人切莫闲游荡，游荡从来误少年。

尝闻得老郎①们传说，当初有个贵人，官拜尚书，家财万贯，生得有五个儿子。只教长子读书，以下四子农工商贾，各执一艺。那四子心下不悦，却不知甚么缘故。央人问老尚书："四位公子何故都不教他习儒？况且农工商贾劳苦营生，非上人②之所为。府上富贵安享有馀，何故舍逸就劳，弃甘即苦？只恐四位公子不能习惯。"老尚书呵呵大笑，叠着两指，说出一篇长话来，道是：

世人尽道读书好，只恐读书读不了！

读书个个望公卿，几人能向金阶跑？

郎不郎时秀不秀③，长衣一领遮前后。

---

① 老郎——指说书人的师傅；教说唱的人。

② 上人——上等人。封建时代，把读书、作官的人看作是上等人。

③ 郎不郎时秀不秀——《诗经·小雅·大田》篇："不稂不莠。""稂""莠"是外形类似禾苗的两种植物。后来又说成"不郎不秀"，就是不成材的意思。

畏寒畏暑畏风波，养成娇怯难生受①。
算来事事不如人，气硬心高妄自尊。
稼穑不知贪逸乐，那知逸乐会亡身。
农工商贾虽然贱，各务营生不辞倦。
从来劳苦皆习成，习成劳苦筋力健。
春风得力总繁华，不论桃花与菜花。
自古成人不自在，若贪安享岂成家！
老夫富贵虽然爱，戏场纱帽轮流戴。
子孙失势被人欺，不如及早均平派。
一脉书香付长房，诸儿恰好四民良。
暖衣饱食非容易，常把勤劳答上苍。

老尚书这篇话，至今流传人间，人多服其高论。为何的？多有富贵子弟，担了个读书的虚名，不去务本营生，戴顶角巾，穿领长衣，自以为上等之人，习成一身轻薄，稼穑艰难，全然不知。到知识渐开，恋酒迷花，无所不至。甚者破家荡产，有上稍时没下稍②。所以古人云：五谷不熟，不如荑稗。贪却赊钱，失却见在。这叫做：

受用须从勤苦得，淫奢必定祸灾生。

说这汉末时，许昌有一巨富之家，其人姓过名善，真个田连阡陌，牛马成群，庄房屋舍，几十馀处，童仆厮养，不计其数。他虽然是个富翁，一生省俭做家，从没有穿一件新鲜衣服，吃一味可口东

① 生受——这里是吃苦耐劳的意思。
② 有上稍时没下稍——有头无尾；有好上场没有好下场，没有好结果。

西;也不晓得花朝月夕,同个朋友到胜景处游玩一番;也不曾四时八节,备个筵席,会一会亲族,请一请乡党。终日缩在家中,皱着两个眉头,吃这碗枯茶淡饭。一把匙钥,紧紧挂在身边,丝毫东西,都要亲手出放。房中桌上,更无别物,单单一个算盘,几本账簿。身子恰像生铁铸就,熟铜打成,长生不死一般,日夜思算,得一望十,得十望百,堆积上去,分文不舍得妄费。正是:

世无百岁人,枉作千年调。

那过善年纪五十馀外,合家称做太公。妈妈已故,止有儿女二人。儿子过迁,已聘下方长者之女为媳。女儿淑女,尚未议姻。过善见儿子人材出众,性质聪明,立心要他读书。却又慳吝,不肯延师在家。送到一个亲戚人家附学。谁知过老本是个看财童子,儿子却是个败家五道。平昔有几件毛病:见了书本,就如冤家;遇着妇人,便是性命。喜的是吃酒,爱的是赌钱,蹴踘打弹,卖弄风流,放鹞擎鹰,争夸豪侠,耍拳走马骨头轻,使棒轮枪心窍痒。自古道:物以类聚。过迁性喜游荡,就有一班浮浪子弟引诱打合。这时还惧怕父亲,早上去了,至晚而归。过善一心单在钱财上做工夫的人,每日见儿子早出晚入,只道是在学里,那个去查考。况且过迁把钱买嘱了送饭的小厮,日逐照旧送饭,到半路上作成他饱啖,归来瞒得铁桶相似。过善何繇得知。过迁在先生面前,只说家中有事,不得工夫。过几日间,或去点个卯儿,又时常将些小东西孝顺。那先生一来见他不像个读书之人,二来见他老官儿也不像认真要儿读书的,三来又贪着些小利,总然有些知觉,也装聋作哑,只当不知,不去拘管他。所以过迁得恣意无藉①,家中毫不知觉。

① 恣意无藉——任意无所顾忌,无赖。

常言说得好,若要不知,除非莫为。不想方长者晓得了,差人上覆过善。过善不信。想道:“若在外恁般游荡,也得好些银子使费,他却从何而来?况且小厮日日送饭到学,并不说起不在,那有这事!”又想道:“方亲家是个真诚之人,必是有因,方才来说,不可不信。”便唤送饭的小厮来问道:“小官人日日不在学里,你把饭都与那个吃了?”这小厮是个教熟猢狲,便道:“呀!小官人无一日不在学里,那个却掉这样大谎?”过善只道小厮家是实话,更不再问。到晚间过迁回来,这小厮先把信儿透与知道。到了房中,过善问道:“你如何不在学里读书,每日在外游荡?”过迁道:“这是那个说?快叫来,打他几个耳聒子,戒他下次不许说谎!我那一日不在学里。造这话来谤我!”过善一来是爱子,二来料他没银使费,况说话与小厮一般,遂信以为实然,更不题起。正是:

因无背后眼,只当耳边风。

过了几日,方长者又教人来说:“太公如何不拘管小官人到学里读书,仍旧纵容在外狂放?”过善道:“不信有这等事!”即教人在学里去问,看他今日可在。家人到学看时,果然不见个影儿。问那先生时,答道:“他说家中有事,好几日不到学了。”家人急忙归家,回复了过善。过善大怒道:“这畜生原来恁地!”即将送饭小厮拷打起来。这小厮吃打不过,说道:“小官人每日不知在何处顽耍,果然不到学中。再三教我瞒着太公。”过善听说,气得手足俱战,恨不得此时那不肖子就立在眼前,一棒敲死,方泄其忿。却得淑女在傍解劝。捱到晚间,过迁回家,老儿满肚子气,已自平下了一半。才骂得一句:“畜生!你在外胡为,瞒得我好!”淑女就接口道:“哥哥,你这几日在那里顽耍?气坏了爹爹!还不跪着告罪?”过迁真个就跪下去,扯个谎道:“孩儿一向在学攻书。这三两日因同学朋友家中赛神做会，邀孩儿去看，诚恐爹爹嗔责，分付小厮莫说。望爹爹恕孩儿则个！”淑女道：“爹爹息怒，哥哥从今读书便了。”过善被他一片谎言瞒过，又信以为实。当下骂了一场，关他在家中看书，不放出门。隔了两日，有人把几百亩田卖与过善，议定价钱，做下文书。到后房一只箱内去取银子。开箱看时，吃了一惊。那箱内约有二千馀金，已去其大半。原来过迁晓得有银在内，私下配个匙钥。夜间俟父亲妹子睡着，便起来悄悄拱开，偷去花费。陆续取溜了，他也不知用过多少。当下过善叫屈连天。淑女听得，急忙来问。见说没了银子，便道：“这也奇怪，在此间的东西，如何失了？爹莫不记错了，没有这许多？”过善道：“不错，不错！原来这畜生偷我的银子在外花费。”即忙寻了一条棒子，唤过迁到来。此时银子为重，把怜爱之情，阁过一边。不由分说，扯过来，一顿棍棒只打得满地乱滚。淑女负命解劝，将过善拉过一边，扯住了棒儿。过善喝道：“畜生！你怎样偷的？在那处花费？实说出来，还有个商量。若一句支吾，定然活活打死。”过迁打急了，只得一一直说，连那匙钥在裤带上解将下来。气得过善双脚乱跳道：“留你这畜生，总是不肖之子，被人耻笑！不如早死，到得干净。”又要来打。那时阖家男女都来下跪讨饶。过善讨条链子，锁在一间空房里去，连这田也不买了。气倒在一个壁角边坐地。这老儿虽是一时气不过，把儿子痛打一顿，却又十分肉疼。想道：“看他这模样儿，也不像落莫①的！谁道到是个败子！怎地使他回心转意便好？”心下踌躇，无计可施。淑女劝道：“爹爹，事已至此，气亦无益。只因哥哥年纪幼小，被人诱引，以致如此。今后但在家中读书，不要放他

① 落莫——落魄，没落。

出门，远着这班人，他的念头自然息了。”众家人也劝道：“太公关锁小官人，也不是长法。如今年已长大，何不与他完了姻事？有娘子绊住身子，料必不想到外边游荡。岂不两全其美。”过善见说，深以为然。两三日后，放其锁禁，又将好言教诲。过迁受了这场打骂，勉强住在家中，不敢出门。

半月之后，过善择了吉日，叫媒人往方家去说，要娶媳妇过门。方长者也是大富之家，妆奁久已完备，一诺无辞。到了吉期，迎娶来家。那过善素性俭朴，诸事减省，草草而已。且说过迁初婚时，见浑家面貌美丽，妆奁富盛，真个日日住在家中，横竖成双，全不想到外边游荡。过善见儿子如此，甚是欢喜。过了几时，方氏归宁回去。过迁在家无聊，三不知①闪出去寻着旧日这班子弟，到各处顽耍。只是手中没有钱钞使费，不能恣意。想起浑家箱笼中必然有物，将出旧日手段，逐一拽开搜寻去撒漫。使得手滑了，连衣饰都把来弄得罄尽。不一日，浑家归来，见箱笼俱空，叫苦不迭。盘问过迁时，只推不知。夫妻反目起来。过善闻知，气得手足麻冷。唤出儿子来，一把头发揪翻，乱踢乱打。这番连淑女也劝解不住了。过善喝道：“只道你这畜生改悔前非，尚有成人之日。不想原复如是，我还有甚指望！不如速死，留我老性命再活几日！”见旁边有个棒槌，便抢在手，劈头就打。吓得淑儿魂不附体，双手扳住臂膊哭道：“爹爹，别件打犹可，这东西断然使不得的！”方氏见势头利害，心中惧怕，说道：“公公请息怒，媳妇没不多几件东西，不为大事。”过善方才放手。淑女劝父亲到房中坐下，告道：“爹爹

① 三不知——一件事的开始、中间过程和结尾都不知道，叫作“三不知”。语见《左传》。后引申作不料、突然的意思。

只有一子,怎生如此毒打？万一失手打坏,后来倚靠何人?”过善道：“这畜生到底不成人的了！还指望倚靠着他！打死了也省得被人谈耻。”淑女道:“自古道:败子回头便作家。哥哥方才少年,那见得一世如此！不争今日一时之怒,一下打死,后来思想,悔之何及!”过善被女儿苦劝一番,怒气少息。欲要访问同游这班人告官惩治,又怕反用银子,只得忍耐。自此之后,过迁日日躲在房里,不敢出门,连父亲面也不敢见。常言道:偷食猫儿性不改。他在外边放荡惯了,看着家中,犹如牢狱一般,那里坐立得住。过了月馀,瞒着父亲,悄悄却又出去。浑家再三苦谏,全不作准。欲要向过善说知,又见打得利害,不敢开口。只得到与他隐瞒。过迁此时身边并无财物,寡闯了几日,甚觉没趣。料道家中,决然无处出豁。私下将田产央人四处抵借银子,日夜在花街柳巷,酒馆赌坊迷恋,不想回家。方氏察听得实,恐怕在外学出些不好事来,只得告知过善。过善大惊道:“我只道这畜生还躲在房里,原来又出去了!”埋怨方氏道:“娘子,这畜生初出去时,何不就说,直至今日方言?”方氏道:“因见公公打得利害,故不敢说。”过善道:“这样不肖子,打死罢了,要他何用!”当下便差人四下寻觅。淑儿姑嫂二人,反替他担着愁担子。将棍棒之类,预先都藏过了。早有人报知过迁。过迁量得此番归家,必然锁禁,不能出来,索性莫归罢。遂请着妓者藏在闲汉人家取乐。觉道有人晓得,即又换场。一连在外四五个月。这些家人们虽然知得些风声,那个敢与小主人做冤家。只推没处寻觅。过善愈加气恼。写一纸忤逆状子①,告在县里。却得闲汉们替过迁衙门上下使费,也不上紧拿人。常言道:水平不波,人平不言。这班闲汉替

① 忤逆状子——忤逆,不孝顺父母。忤逆状子,告儿女不孝顺的状词。

过迁衙门打点使钱,亦是有所利而为之。若是得利均分,到也和其光而同其尘①了。因有手迟脚慢的,眼看别人赚钱,心中不忿,却去过老面前搬嘴,说:“令郎与某人某人往来,怎样嫖赌,将田产与某处抵银多少,算来共借有三千银子。”把那老儿吓得面如土色,想道:“畜生恁般大胆,如此花费,能消几时! 再过一二年,连我身子也是别人的了。”问道:“如今这畜生在那里?”其人道:“见在东门外三里桥北堍②下老王三家。他前门是不开的。进了小巷,中间有个小小竹园,便是他后门。内有茅亭三间,此乃令郎安顿之所。”过善得了下落,唤了五六个家人跟随,一径出东门,到三里桥,分付众人,在桥下伺候:“莫要惊走了那畜生。待我唤你们时,便一齐上前。”也是这日合当有事,过迁恰好和一个朋友说话,不觉送出园门。作别过了,方欲转身,忽听得背后吆喝一声:“畜生那里走?”过迁回头一看,原来是父亲,吓得双脚俱软,寸步也移不动。说时迟,那时快,过善赶上一步,不由分说,在地下拾起一块大石,口里恨着一声,照过迁顶门擘将去,咶剌一声响,只道这畜生今番性命休矣。正是:

地府忽增不肖鬼,人间已少败家精。

这一响,只道打碎天灵盖③了。不想过迁后生眼快,见父亲来得凶恶,刚打下时,就傍边一闪。那石块恰恰中在侧边一堆乱砖上,打得砖头乱滚下来。过迁望着巷口便跑。不想去得力猛,反把过善冲倒。过善爬起身来,一头赶,一头喊道:“杀爹的逆贼走了! 快些拿住!”众

① 和其光而同其尘——语见《老子》。这是老子的一种消极处世态度,意思是说:处世应该不露锋芒,与尘俗相合,不自立异。这里是同流合污的意思。

② 堍(tù)——桥畔,桥旁边。

③ 天灵盖——颅顶骨,脑盖。

家人听得家长声唤,都走拢来看时,过迁已自去得好远。过善气得一句话也说不出,只叫快赶,赶着的有赏。众人领命,分头追赶小官人。过善独自个气忿忿地坐在桥上。约有两个时辰,不见回报。天色将晚,只得忍着气,一步步捱到家里。淑女见父亲馀怒未息,已猜着八九,上前问其缘故。过善细细告说如此如此。淑女含泪劝道:"爹爹年过五旬,又无七男八女,只有这点骨血。总虽不肖,但可教诲。何忍下此毒手!适来幸喜他躲闪得快,不致伤身。倘有失错,岂不覆宗绝祀!爹爹,今后断不可如此!"过善咬牙切齿恨道:"我便为无祀之鬼也罢!这畜生定然饶他不得!"

不题淑女苦劝父亲,且说过迁得了性命,不论高低,只望小路乱跑。正行间,背后二人飞也似赶来,一把扯住,定要小官人同回。你道这二人是谁?乃过善家里义仆小三、小四兄弟。两个领着老主之命,做一路儿追赶小官人。恰好在此遇见。过迁挣脱不开,心中忿怒,提起拳头,照着小四心窝里便打。小四着了拳,只叫得一声"阿呀!"仰后便倒,更不做声。小三见兄弟跌闷在地,只道死了,高声叫起屈来。扭住小官人死也不放。事到其间,过迁也没了主意。"左右是个左右,不是他便是我,一发并了命罢。"捏起两个拳头,没头没脑,乱打将来。他曾学个拳法,颇有些手脚。小三如何招架得住,只得放他走了。回身看小四时,已自苏醒。小三扶他起来,就近处讨些汤水,与他吃了。两个一同回家,报与家主。别个家人赶不着的,也都回了。过善只是叹气,不在话下。且说过迁一头走,一头想:"父亲不怀好意了。见今县里告下忤逆,如今又打死小四,罪上加罪。这条性命休矣!称①身边

① 称——这里同"趁"。

还存得三四两银子,可做盘缠,且往远处逃命,再作区处。"算计已定,连夜奔走。正是:

忙忙如丧家之狗,急急如漏网之鱼。

过迁去有半年,杳无音信,里中传为已死。这些帮闲的要自脱干系,撺掇债主,教人来过家取讨银子。若不还银,要收田产。那债主都是有势有力之家。过善不敢冲撞,只得缓词谢之。回得一家去时,接脚又是一家来说。门上络绎不绝,都是讨债之人。过善索性不出来相见。各家见不应承,齐告在县里。差人拘来审问。县令看了文契,对过善道:"这都是你儿子借的,须赖不得。"过善道:"逆子不遵教诲,被这班小人引诱为非,将家业荡费殆尽,向告在台①,逃遁于外,未蒙审结。所存些少,止勾小人送终之用,岂可复与逆子还债。况子债亦无父还之理。"县令笑道:"汝尚不肯与子还债,外人怎肯把银与汝子白用!且引诱汝子者,决非放债之人,如何赖得?总之,汝子不肖,莫怪别人。但父在子不得自专。各家贪图重利,与败子私自立券,其心亦是不良。今照契偿还本银,利钱勿论。银完之日,原契当堂销毁。居中人重责问罪。"过善被官府断了,怎敢不依。只得逐一清楚,心中愈加痛恨。到以儿子死在他乡为乐,全无思念之意。正是:

种田不熟不如荒,养儿不肖不如无。

话休烦絮。且说过善女儿淑女,天性孝友,相貌端庄,长成一十八岁,尚未许人。你道恁样大富人家,为甚如此年纪犹未议婚?过善只

① 向告在台——台,对人尊称之词;这里指县令。向告在台,过去已经在您(指县令)那里告过了。

因是个爱女,要觅个嗜嗻①女婿为配,所以高不成,低不就,拣择了多少子弟,没个中意的,蹉跎至今。又因儿子不肖,越把女儿值钱,要择个出人头地的,赘入家来,付托家事。故此愈难其配。话分两头。却说过善邻近有一人,姓张名仁,世代耕读,家颇富饶。夫妻两口,单生一子,取名孝基,生得相貌魁梧,人物济楚,深通今古,广读诗书。年方二十,未曾婚配。张仁正央媒人寻亲,恰好说至过家。过善已曾看见孝基这个丰仪,却又门当户对,心中大喜,道:"得此子为婚,我女终身有托矣!"张仁是个独子,本不舍得赘出。因过善央媒再三来说,又闻其女甚贤,故此允了。少不得问名纳彩,奠雁传书,赘入过家。孝基虽然赘在过家,每日早晚省视父母,并无少怠。夫妻相待,犹如宾客,敬重过善,同于父母。又且为人谦厚,待人接物,一团和气,上下之人,无不悦服。过善爱之如子。凡有疑难事体,托他支理,看其材干。孝基条分理析,井井有方。过善因此愈加欢喜。只有方氏在房,思想丈夫,不知在于何处,并无消耗,未知死活存亡,日夜悲伤不已。

光阴如箭,张孝基在过家不觉又是二年有馀。过善忽然染病,求神罔效,用药无功。方氏姑嫂二人,昼夜侍奉汤药。孝基居在外厢,综理诸事。那老儿渐渐危笃,自料不起,分付女儿治酒,遍请邻里亲戚到家,嘱付道:"列位高亲在上。老汉托赖天地祖宗,挣得这些薄产,指望传诸子孙,世守其业。不幸命薄,生此不肖逆贼,破费许多。向已潜遁在外,未知死生。幸尔尚有一女,所配得人,聊慰老景。不想今得重疾,不久谢世。故特请列位到来,做个证明,将所有财产,尽传付女夫,接绍我家宗祀。久已写下遗嘱,烦列位各署个花押。倘或逆子犹在,

① 嗜嗻(shē zhē)——一作"奢遮",了不起、出众惊人的意思。

探我亡后,回家争执,竟将此告送官司,官府自然明白。”遂于枕边摸出遗嘱,教家人递与众人观看。此时众人疑是张孝基见识,尚未开言,只见张孝基说道:“多蒙岳父大恩。但岳父现有子在,万无财产反归外姓之理。以小婿愚见,当差人四面访觅大舅回来,将家业付之,以全父子之情。小婿夫妻自当归宗。设或大舅身已不幸,尚有舅嫂守节,当交与掌管,然后访族中之子,立为后嗣。此乃正理。若是小婿承受,外人必有逐子爱婿之谤。鸠僭鹊巢①,小婿亦被人谈论。这决不敢奉命。”淑女也道:“哥哥只因惧怕爹爹责罚,故躲避在外,料必无恙。丈夫乃外姓之人,岂敢承受。”众人见他夫妻说话出于至诚。遂齐声说道:“令婿令爱之言,亦似有理。且待寻访小官人,一年半载,待有的信,再作区处。”过善道:“小婿之言,不是爱我,乃是害我。”众人道:“如何是害太公?”过善道:“老汉一生辛苦,挣得这些家事,逆子视之犹如粪土,不上半年,破散四千馀金。如此挥霍,便铜斗家计②,指日可尽。财产既尽,必至变卖茔墓。那时不惟老汉不能入土,恐祖宗在土之骨,反暴弃荒野矣。”孝基又道:“大舅昔因年幼,为匪人诱惑所致。今已年长,又有某辈好言劝喻,料必改过自新,决不至此。”过善道:“未必,未必!有我在日,严加责罚,尚不改悛。我死之后,又何人得而禁之!”众人都道:“依着我们愚见,不若均分了,两全其美。令郎回时,也没得话说。”过善只是不许。孝基夫妇再三苦辞。过

① 鸠僭鹊巢——《诗经·召南·鹊巢》:“维鹊有巢,维鸠居之。”相传:鸠鸟自己不作巢,强占鹊作好了的巢作为自己的。后来用为强占旁人的产业或东西的代词。

② 铜斗家计——铜斗,铜制的酒器,这里是用来形容富美、牢固;家计,家产、财产。

善大怒道:“汝亦效逆子要殴死我么?”众人见他发怒,乃对孝基道:“令岳执意如此,不必辞了。”遂将遗嘱各写了花押,递与过老。淑女又道:“爹爹家财尽付与我夫妇,嫂嫂当置于何地?”过善道:“我已料理在此,不消你虑。”将遗嘱付过孝基。孝基夫妇泣拜而受。过善又摸出二纸捏在手中,请过方长者近前,说道:“逆子不肖,致令爱失其所天①,老汉心实不安。但耽误在此,终为不了。老汉已写一执照于此,付与令爱。老汉亡后,烦亲家引回,另选良配。万一逆子回来有言,执此赴官诉理。外有田百亩,以偿逆子所费妆奁。”道罢,将二纸递与。方长者也不来接,答道:“小女既归令郎,乃亲家家事,已与老夫无干。况寒门从无二嫁之女。非老夫所愿闻,亲家请勿开口。”道罢,往外就走。孝基苦留不住。过善呼媳妇出来说知。方氏大哭道:“妾闻妇人之义,从一而终。夫死而嫁,志者耻为。何况妾夫尚在,岂可为此狗彘之事!”过善又道:“逆子总在,这等不肖,守之何益!”方氏道:“妾夫虽不肖,妾志不可改。必欲夺妾之志,有死而已。”过善道:“你有此志气,固是好事。但我亡后,家产已付女夫掌管。你居于此,须不稳便。”淑女道:“爹爹,嫂嫂既肯守节,家业自然该他承受。孩儿归于夫家,才是正理。”方氏道:“姑娘,我又无子嗣,要这些家财何用!公公既有田百亩于我,当归母家,以赡此生。即丈夫回家,亦可度日。”众人齐声称好。过善道:“媳妇,你与过门争气,这百亩田尚少,再增田二百亩,银子二百两,与你终身受用。”方氏含泪拜谢。分拨已

① 所天——指丈夫。封建社会里,男尊女卑,妇人以丈夫为“所天”,认为丈夫是所依靠的“天”。

定，过善教女婿留亲戚邻里于堂中饮酒，至晚方散。那过善本来病势已有八九分了，却又勉强料理这事。喉长气短，费舌劳唇，劳碌这半日，到晚上愈加沉重。女儿媳妇守在床边，啼啼哭哭。张孝基备办后事，早已停当。又过数日，呜呼哀哉！正是：

三寸气在千般用，一旦无常万事休。

女儿媳妇都哭得昏迷几次。张孝基也十分哀痛。衣衾棺椁，极其华美。七七之中，开丧受吊，延请僧道，修做好事，以资冥福。择选吉日，葬于祖茔。每事务从丰厚。殡葬之后，方氏收拾，归于母家。姑嫂不忍分舍，大哭而别，不在话下。且说张孝基将丈人所遗家产钱财米谷，一一登记账簿，又差人各处访问过迁，并无踪影。时光似箭，岁月如流，倏忽便过五年。那时张孝基生下两个儿子，门首添个解当铺儿，用个主管，总其出入。家事比过善手内，又增几倍。

话休烦絮。一日张孝基有事来到陈留郡中，借个寓所住下。偶同家人到各处游玩。末后来至市上，只见个有病乞丐，坐在一人家檐下。那人家驱逐他起身。张孝基心中不忍，教家人朱信舍与他几个钱钞。那朱信原是过家老仆，极会鉴貌辨色，随机应变，是个伶俐人儿。当下取钱递与这乞丐，把眼观看，吃了一惊。急忙赶来，对张孝基说道："官人向来寻访小官人下落。适来丐者，面貌好生厮像。"张孝基便定了脚，分付道："你再去细看。若果是他，必然认得你。且莫说我是你家女婿，太公产业，都归于我。只说家已破散，我乃是你新主人，看他如何对答，然后你便引他来相见。我自有处①。"朱信得了言语，覆身转去，见他正低着头，把钱系在

① 有处——有处理的办法的意思。

一根衣带上，藏入腰里。朱信仔细一看，更无疑惑。那丐者起先舍钱与他时，其心全在钱上，那个来看舍钱的是谁。这次朱信去看时，他已把钱藏过，也举起眼来，认得是自家家人，不觉失声叫道："朱信，你同谁在这里？"朱信便道："小官人，你如何流落至此？"过迁泣道："自从那日逃奔出门，欲要央人来劝解爹爹，不想路上恰遇着小三、小四兄弟两个拦阻住了，务要拖我回家。我想爹爹正在盛怒之时，这番若回，性命决然难活。匆忙之际，一拳打去，不意小四跌倒便死。心中害怕，连夜逃命。奔了几日，方到这里。在客店中歇了几时，把身边银两吃尽，被他赶将出来。无可奈何，只得求乞度命。日夜思家，没处讨个信息。天幸今日遇你。可实对我说，那日小四死了，爹爹有何话说？"朱信道："小四当时醒了转来，不曾得死。太公已去世五年矣。"过迁见说父亲已死，叫声："苦也！"望下便倒。朱信上前扶起，喉中哽咽，哭不出声。呜呜了好一回，方才放声大哭道："我指望回家，央人求告收留，依原父子相聚，谁想已不在了！"悲声惨切。朱信亦不觉堕泪。哭了一回，乃问道："爹爹既故，这些家私是谁掌管？"朱信道："太公未亡之前，小官人所借这些债主，齐来取索。太公不肯承认。被告官司，衙门中用了无数银子。及至审问，一一断还，田产已去大半。小娘子出嫁，妆奁又去了好些。太公临终时，恨小官人不学好，尽数分散亲戚。存下些少，太公死后，家无正主，童仆等辈，一顿乱抢，分毫不留。止存住宅，卖与我新主人张大官人，把来丧中殡葬之用。如今寸土俱无了。"过迁见说，又哭起来道："我只道家业还在，如今挣扎性命回去，学好为人。不料破费至此！"又问道："家产便无了，我浑家却在何处？妹子嫁于那家？"朱信道："小娘子就嫁在近处人家。

大嫂到不好说。”过迁道：“却是为何？”朱信道：“太公因久不见小官人消息，只道已故，送归母家，令他改嫁。”过迁道：“可晓得嫁也不曾？”朱信道：“老奴为投了新主人，不时差往远处，在家日少，不曾细问，想是已嫁去了。”过迁抚膺大恸道：“只为我一身不肖，家破人亡，财为他人所有，妻为他人所得，诚天地间一大罪人也！要这狗命何用！不如死休！”望着阶沿石上便要撞死。朱信一把扯住道：“小官人，蝼蚁尚且贪生，如何这等短见！”过迁道：“昔年还想有归乡的日子，故忍耻偷生。今已无家可归，不如早些死了，省得在此出丑。”朱信道：“好死不如恶活！不可如此。老奴新主人做人甚好，待我引去相见，求他带回乡里。倘有用得着你之处，就在他家安身立命，到老来还有个结果。若死在这里，有谁收取你的尸骸？却不枉了这一死！”过迁沉吟了一回道：“你话到说得是。但羞人子①，怎好去相见？万一不留，反干折这番面皮②。”朱信道：“至此地位，还顾得什么羞耻！”过迁道：“既如此，不要说出我真姓名来，只说是你的亲戚罢。”朱信道：“适才我先讲过了，怎好改得？”当下过迁无奈，只得把身上破衣裳整一整，随朱信而来。张孝基远远站在人家屋下，望见他啼哭这一段光景，觉道他有懊悔之念，不胜叹息。过迁走近孝基身边，低着头站下。朱信先说道：“告官人，正是老奴旧日小主人。因逃难出来，流落在此。求官人留他则个。”便叫道：“过来见了官人。”过迁上前欲要作揖，去扯那袖子，却都只有得半截，又是破的，左扯也盖不来手，右扯也遮不着

① 羞人子——羞愧的意思。

② 反干折这番面皮——反而白白地丢一回脸。

臂。只得抄着手,唱个喏。张孝基看了,愈加可怜。因是舅子,不好受他的礼,还了个半礼,乃道:“嗳!你是个好人家子息,怎么到这等田地?但收留你回去,没有用处,却怎好?”朱信道:“告官人,随分胡乱留他罢。”张孝基道:“你可会灌园①么?”过迁道:“小人虽然不会,情愿用心去学。”张孝基道:“只怕你是受用的人,如何吃得恁样辛苦?”过迁道:“小人到此地位,如何敢辞辛苦!”张孝基道:“这也罢。只是依得三件事,方带你回去。若依不得,不敢相留。”过迁道:“不知是那三件?”张孝基道:“第一件,只许住在园上,饭食教人送与你吃,不许往外行走。若跨出了园门,就不许跨进园门。”过迁道:“小人玷辱祖宗,有何颜见人,往外行走!住在园上,正是本愿。这个依得。”张孝基见说话有自愧之念,甚是欢喜。又道:“第二件,要早起晏息,不许贪眠懒惰偷工。”过迁道:“小人天未明就起身,直至黑了方止。若有月的日子,夜里也做。怎敢偷工!这个也依得。”孝基又道:“夜里到不消得。只日里不偷工就够了。第三件,若有不到之处,任凭我责罚,不许怨怅。”过迁道:“既蒙收养,便是重生父母。但凭责罚,死而无怨。”张孝基道:“既都肯依,随我来。”也不去闲玩,覆转身引到寓所门口。过迁随将进来。主人家见是个乞丐,大声叱咤,不容进门。张孝基道:“莫赶他,这是我家的人。”主人家道:“这乞丐常是在这里讨饭吃,怎么是在府上家人?”朱信道:“一向流落在此,今日遇见的。”到里边开了房门,张孝基坐下,分付道:“你随了我,这模样不好看相。朱信,你去教主人家烧些汤与他洗净了身子,省两件衣服与他

① 灌园——种菜园子。

换了,把些饭食与他吃。”朱信便去教主人家烧起汤来,唤过迁去洗浴。过迁自出门这几年,从不曾见汤面。今日这浴,就如脱皮退壳,身上鏖糟①,足足洗了半缸。朱信将衣服与他穿起,梳好了头发,比前便大不相同。朱信取过饭来,恣意一饱。那过迁身子本来有些病体,又苦了一苦,又在当风处洗了浴,见着饭又多吃了碗,三合凑,到夜里生起病来。张孝基倩医调治,有一个多月,方才痊愈。

张孝基事体已完,算还了房钱,收拾起身。又雇了个生口与过迁乘坐。一行四众,循着大路而来。张孝基开言道:“过迁,你是旧家子弟,我不好唤你名字。如今改叫做过小乙。”又分付朱信:“你们叫他小乙哥,两下稳便。”朱信道:“小人知道。”张孝基道:“小乙,今日路上无聊,你把向日兴头事情,细细说与我消遣。”过迁道:“官人,往事休题!若说起来,羞也羞死了。”张孝基道:“你当时是个风流趣人,有甚么羞!且略说些么。”过迁被逼不过,只得一一直说前后浪费之事。张孝基道:“你起初恁般快活,前日街头这样苦楚,可觉有些过不去么?”过迁道:“小人当时年幼无知,又被人哄骗,以致如此。懊悔无及矣!”张孝基道:“只怕有了银子,还去快活哩。”过迁道:“小人性命已是多的了,还做这桩事,便杀我也不敢去!”张孝基又对朱信道:“你是他老家人,可晓得太公少年时也曾恁般快活过么?”朱信道:“可怜他日夜只想做人家,何曾舍得使一文屈钱!却想这样事!”孝基道:“你且说怎地样做人家?”朱信扳指头一岁起运,细说怎地勤劳,如何辛苦,方挣得这等家事。不想小乙哥把来看得像土块一般,弄得人亡家破。过迁听

① 鏖糟——肮脏,污垢。

了，只管哀泣。张孝基道："你如今哭也迟了，只是将来学做好人，还有个出头日子。"一路上热一句，冷一句，把话打着他心事。过迁渐渐自怨自艾①，懊悔不迭。正是：

临崖立马收缰晚，船到江心补漏迟。

在路行了几日，来到许昌，张孝基打发朱信先将行李归家，报知浑家。自同过迁径到自己家中，见过父母，将此事说知。令过迁相见已毕，遂引到后园，打扫一间房子，把出被窝之类，交付安歇。又分付道："不许到别处行走。我若查出时，定然责罚。"过迁连声答应："不敢，不敢！"孝基别了父母，回至家中，悄悄与浑家说了。浑家再三称谢，不题。

且说过迁当晚住下。次日清早，便起身担着器具去锄地。看那园时，甚是广阔。周围编竹为篱，张太公也是做家之人，并不种甚花木，单种的是蔬菜。灌园的非止一人。过迁初时，那里运弄得来。他也不管，一味蛮垦。过了数日，渐觉熟落，好不欢喜。每日担水灌浇，刈草锄垦，也不与人搭话。从清晨直至黄昏，略不少息。或遇凄风楚雨之时，思想父亲，吞声痛泣，欲要往坟上叩个头儿。又守着规矩，不敢出门。想起妹子，闻说就嫁在左近，却不知是那家。意欲见他一面。又想："今日落于人后，何颜去见妹子。总不嫌我，倘被妹夫父母兄弟奚落，却不自取其辱！"索性把这念头休了。且说张孝基日日差人察听，见如此勤谨，万分欢喜。又教人私下试他，说："小乙哥，你何苦日夜这般劳碌？偷些工夫同我到街坊上顽耍顽耍，请你吃三杯，可好么？"过迁大怒道："你这人自己

① 自怨自艾（yì）——自己怨恨自己的错误，愿意悔改。

怠惰，已是不该，却又来引诱我为非！下次如此，定然禀知官人。”一日，张孝基自来查点，假意寻他事过，高声叱喝要打。过迁伏在地上，说道：“是小人有罪，正该责罚。”张孝基恨了几声，乃道：“姑恕你初次，且不计较。倘若再犯，定然不饶。”过迁顿首唯唯。自此之后，愈加奋励。约莫半年，并无倦怠之意。足迹不敢跨出园门。张孝基见他悔过之念已坚。一日，教人拿着一套衣服并巾帻鞋袜之类，来到园上，对过迁道：“我看你作事勤谨，甚是可用。如今解库中少个人相帮，你到去得。可戴了巾帻，随我同去。”过迁道：“小人得蒙收留灌园，已出望外，岂敢复望解库中使令？”张孝基道：“不必推辞，但得用心支理，便是你的好处了。”过迁即便裹起巾帻，整顿衣裳。此时模样，比前更是不同。随孝基至堂中，作别张太公出门。路上无颜见人，低着头而走。不一时，望见自家门首，心中伤感，暗自掉下泪来。到得门口，只见旧日家人都叉手拱立两边，让张孝基进门。过迁想道：“我家这些人，如何都归在他家？想是随屋卖的了。”却也不敢呼唤。只低着头而走。众家人随后也跟进来。到了堂中，便立住脚不行。见桌椅家伙之类，俱是自家故物，愈加凄惨。张孝基道：“你随我来，教你见一个人。”过迁正不知见那个，只得又随着而走。却从堂后转向左边。过迁认得这径道乃他家旧时往家庙去之路。渐渐至近，孝基指着堂中道：“有人在里边，你进去认一认。”过迁急忙走去，抬头看见父亲神影①，翻身拜倒在地，哭道：“不肖子流落卑污，玷辱家门，生不能侍奉汤药，死不能送骨入土，忤逆不道，粉骨难赎！”以头叩地，血被

① 神影——画像。

于面。正哭间,只听得背后有人哭来,叫道:“哥哥,你一去不回,全不把爹爹为念!”过迁举眼见是妹子,一把扯住道:“妹子,只道今生已无再见之期,不料复得与你相会!”哥妹二人,相持大哭。

昔年流落实堪伤,今日相逢转断肠。

不是一番寒彻骨,怎得梅花扑鼻香!

哥妹哭了一回,过迁向张孝基拜谢道:“若非妹丈救我性命,必作异乡之鬼矣。大恩大德,将何补报!”张孝基扶起道:“自家骨肉,何出此言!但得老舅改过自新,以慰岳丈在天之灵,胜似报我也。”过迁泣谢道:“不肖谨守妹丈向日约束,倘有不到处,一依前番责罚。”张孝基笑道:“前者老舅不知详细,故用权宜之策。今已明白,岂有是理。但须自戒可也。”当下张孝基唤众家人来,拜见已毕,回至房中。淑女整治酒肴款待。过迁乃问:“你的大嫂嫁了何人?”淑女道:“哥哥,你怎说这话!却不枉杀了人!当日爹爹病重,主张教嫂嫂转嫁,嫂嫂立志不从。”乃把前事细说一遍。又道:“如今见守在家,怎么说他嫁人!”过迁见说妻子贞节,又不觉泪下,乃道:“我那里晓得!都是朱信之言。”张孝基道:“此乃一时哄你的话。待过几时,同你去见令岳。迎大嫂来家。”过迁道:“这个我也不想矣。但要到爹爹墓上走遭。”张孝基道:“这事容易!”到次早备办祭礼,同到墓上。过迁哭拜道:“不肖子违背爹爹,罪该万死!今愿改行自新,以赎前非。望乞阴灵洞鉴。”祝罢,又哭。张孝基劝住了,回到家里,把解库中银钱点明,付与过迁掌管。那过迁虽管了解库,一照灌园时早起晏眠,不辞辛苦。出入银两,公平谨慎。往来的人,无不欢喜。将张孝基夫妻恭敬犹如父母。倘有疑难之事,便来请问。终日住在店中,毫无昔日之态。此时亲戚尽晓得他已回家，俱来相探。彼此只作个揖，未敢深谈。过了两三个月，张孝基还恐他心活，又令人来试他说：“小官人，你平昔好顽，没银时还各处抵借来用。今见放着白晃晃许多东西，到呆坐看守！近日有个绝妙的人儿，有十二分才色，藏在一个所在。若有兴，同去吃杯茶，何如？”过迁听罢，大喝道：“你这鸟人！我只因当初被人引诱坏了，弄得破家荡产，几乎送了性命。心下正恨着这班贼男女，你却又来哄我！”便要扯去见张孝基。那人招称不是，方才罢了。孝基闻知如此，不胜之喜。

时光迅速，不觉又是半年。张孝基把库中账目，细细查算，分毫不差。乃对过迁说道：“不孝有三，无后为大。向日你初回时，我便要上覆令岳，迎大嫂与老舅完聚。恐他还疑你是个败子，未必肯许。故此止了。今你悔过之名，人都晓得，去迎大嫂，料无推托。如今可即同去。”过迁依允。淑女取出一副新鲜衣服与他穿起，同至方家。方长者出来相见。过迁拜倒在地道：“小婿不肖，有负岳父、贤妻！今已改过前非，欲迎令爱完聚。”方长者扶起道：“不消拜，你之所行，我尽已知道。小女既归于汝，老夫自当送来。”张孝基道：“亲翁还在何日送来？”方长者道：“就明日便了。”张孝基道：“亲翁亦求一顾，尚有话说。”方长者应允。二人作别，回到家里。张孝基遍请亲戚邻里，于明日吃庆喜筵席。到次日午前，方氏已到。过迁哥妹出去相迎。相见之间，悲喜交集。方氏又请张孝基拜谢。少顷，诸亲俱到，相见已毕，无不称赞孝基夫妇玉成之德，过迁改悔之善，方氏志节之坚。不一时，酒筵完备。张孝基安席定位，叙齿而坐。酒过数巡，食供三套，张孝基起身进去，教人捧出一个箱儿，放于桌上，讨个大杯，满斟热酒，亲自递与过迁道：“大舅，满饮此杯。”过迁见孝基所敬，不敢推托，双手来接道：“过迁理合敬妹丈，如何反劳尊赐？”张孝基道：“大舅就请干了，还有话说。”过迁一吸而尽。孝基将钥匙开了那只箱儿，箱内取出十来本文簿，递与过迁道：“请收了这几本账目。”过迁接了，问道：“妹丈，这是什么账？”张孝基道：“你且收下，待我细说。”乃对众人道：“列位尊长在上，小生有一言相禀。”众人俱站立起身道：“不知足下有何见谕？老汉们愿闻清诲。”遂侧耳拱听。张孝基叠出两个指头，说将出来，言无数句，使听者无不啧啧称羡。正是：

钱财如粪土，仁义值千金。

曾记床头语，穷通不二心。

当下张孝基说道：“昔年岳父只因大舅荡费家业，故将财产传与小生。当时再三推辞，岳父执意不从。因见正在病中，恐触其怒，反非爱敬之意，故勉强承受。此皆列位尊长所共见，不必某再细言。及岳父弃世之后，差人四处寻访大舅。四五年间，毫无踪影。天意陈留得遇。当时本欲直陈，交还原产。仍恐其旧态犹存，依然浪费，岂不反负岳父这段恩德！故将真情隐匿，使之耕种，绳以规矩，劳其筋骨，苦其心志，养以良言劝喻，隐语讽刺，冀其悔过自新。幸喜彼亦自觉前非，怨艾日深，幡然迁改。及令管库，处心公平，临事驯谨。数月以来，丝毫不苟。某犹恐其心未坚，几遍教人试诱，心如铁石，片语难投。竟为志诚君子矣！故特请列位尊长到此，将昔日岳父所授财产，并历年收积米谷布帛银钱，分毫不敢妄用，一一开载账上。今日交还老舅。明早同令妹即搬归寒舍矣。”又在箧中取出一纸文书，也奉与过迁道：“这幅纸乃昔年岳父遗嘱，一发奉还。适来这杯酒，乃劝大舅，自今以后，兢兢业业，克俭克勤,以副岳父泉台之望。勿得意盈志满,又生别念。戒之,戒之!”众人到此,方知昔年张孝基苦辞不受,乃是真情,称叹不已。过迁见说,哭拜于地道:“不肖悖逆天道,流落他乡,自分横死街衢①,永无归期。此产岂为我有!幸逢妹丈救回故里,朝夕训诲,激励成人,全我父子,完我夫妇,延我宗祀,正所谓生我者父母,成我者妹丈。此恩此德,高天厚地,杀身难报。即使执鞭随镫,亦为过分。岂敢复有他望!况不肖一生违逆父命,罪恶深重,无门可赎。今此产乃先人主张授君,如归不肖,却不又逆父志,益增我罪!”张孝基扶起道:“大舅差矣!岳父一世辛苦,实欲传之子孙世守。不意大舅飘零于外,又无他子可承,付之于我,此乃万不得已,岂是他之本念。今大舅已改前愆,守成其业,正是继父之志。岳父在天,亦必徜徉长笑,怎么反增你罪?”过迁又将言语推辞,两下你让我却,各不肯收受。连众人都没主意。方长者开言对张孝基道:“承姑丈高谊,小婿义不容辞。但全归之,其心何安!依老夫愚见,各受其半,庶不过情。”众人齐道:“长者之言甚是!昔日老汉们亦有此议,只因太公不允,所以止了。不想今日原从这着。可见老成之见,大略相同。”张孝基道:“亲翁,子承父业,乃是正理,有甚不安。若各分其半,即如不还一般了。这怎使得!”方长者又道:“既不愿分,不若同居于此,协力经营。待后分之子孙,何如?”张孝基道:“寒家自有敝庐薄产,子孙岂可占过氏之物。”众人见执意不肯,俱劝过迁受领。过迁却又不肯。跑进里边,见妹子正与方

① 自分(fèn)横死街衢——分,料。横死,非正命而死。街衢,街道上。就是说:自己料到应该冻饿夭折,死在街头上的。

氏饮酒，过迁上前哭诉其事，教妹子劝张孝基受其半。那知淑女说话与丈夫一般。过迁夫妇跪拜哀求，只是不允。过迁推托不去，再拜而受。众人齐赞道："张君高义，千古所无！"唐人罗隐[①]先生有赞云：

能生之，不能富之；能富之，不能教之。死而生之，贫而富之，小人而君子之。呜呼孝基，真可为百世之师！

当日直饮至晚而散。到次日，张孝基叫浑家收拾回家。过迁苦留道："妹丈财产既已不受，且同居于此，相聚几时，何忍遽别！"张孝基道："我家去此不远，朝暮便见，与居此何异。"过迁料留不住，乃道："既如此，容明日治一酌与妹丈为饯，后日去何如？"孝基许之。次日，过迁大排筵席，广延男女亲邻，并张太公夫妇。张妈妈守家不至。请张太公坐了首席。其馀宾客依次而坐。里边方氏姑嫂女亲，自不必说。是日筵席，水陆毕备，极其丰富。众客尽欢而别。客去后，张孝基对过迁道："大舅，岳父存日，从不曾如此之费。下次只宜俭省，不可以此为则。"过迁唯唯。次日，孝基夫妇，止收拾妆奁中之物，其馀一毫不动，领着两个儿子，作辞起身。过迁、方氏同婢仆，直送至张家，置酒款待而回。自此之后，过迁操守愈励。遂为乡闾善士。只因勤苦太过，渐渐习成父亲悭吝样子。后亦生下一子，名师俭。因惩自己昔年之失，严加教诲。此是后话不题。

且说里中父老，敬张孝基之义，将其事申闻郡县。郡县上之于

① 罗隐——唐末诗人，有《罗昭谏集》。

朝。其时正是曹丕篡汉,欲收人望①,遂下书征聘。孝基恶魏乃僭窃之朝,耻食其禄,以亲老为辞,不肯就辟。后父母百年后,哀毁骨立,丧葬合礼,其名愈著。州郡俱举孝廉②。凡五诏,俱以疾辞。有人问其缘故。孝基笑而不答,隐于田里,躬耕乐道,教育二子。长子名继,次子名绍,皆仁孝有学行,里中咸愿与之婚,孝基择有世德者配之。孝基年五十外,忽梦上帝膺召,夫妇遂双双得疾。二子日夜侍奉汤药,衣不解带。过迁闻知,率其子过师俭同来,亦如二子一般侍奉。孝基谢而止之。过迁道:"感君之德,恨不能身代。今聊效区区,何足为谢。"过了数日,夫妇同逝。临终之时,异香满室。邻里俱闻空中车马音乐之声,从东而去。二子哀恸,自不必说。那过迁哭绝复苏,至于呕血。丧葬之费,俱过迁为之置办。二子泣辞再三,过迁不允。一月后,有亲友从洛中回来,至张家吊奠,述云:"某日于嵩山游玩,忽见旌幢驺御③满野。某等避在林中观看。见车上坐着一人,绛袍玉带,威仪如王者,两边锦衣花帽,侍卫多人。仔细一认,乃是令先君。某等惊喜,出林趋揖。令先君下车相慰。某等问道:'公何时就征,遂为此显官?'令先君答云:'某非阳官,乃阴职也。上帝以某还财之事,命主此山。烦传示吾子,不必过哀。'言讫,倏然不见。方知令先君已为神矣。"二子闻言,不胜哀感。那时传遍乡里,无不叹异。相率为善,名其里为义感乡。晋武帝时,州郡举二子孝廉,俱为显官。过迁年至八旬外而终。两

① 人望——负有声望的人。

② 举孝廉——汉代规定:郡国(指地方官)向朝廷推荐孝顺父母、行为清廉的人到朝里作官,叫作"举孝廉"。

③ 驺(zōu)御——驭车的人,引申作车马、随从的意思。

家子孙繁盛，世为姻戚云。

还财阴德庆流长，千古名传义感乡。

多少竞财疏骨肉，应知无面向嵩山。

第十八卷

施润泽滩阙遇友

还带曾消纵理纹，返金种得桂枝芬。

从来阴骘①能回福，举念须知有鬼神。

这首诗引着两个古人阴骘的故事。第一句说：还带曾消纵理纹，乃唐朝晋公裴度之事。那裴度未遇时，一贫如洗，功名蹭蹬②。就一风鉴③，以决行藏④。那相士说："足下功名事，且不必问。更有句话，如不见怪，方敢直言。"裴度道："小生因在迷途，故求指示。岂敢见怪！"相士道："足下縢蛇纵理纹入口⑤，数年之间，必致饿死沟渠。"连相钱俱不肯受。裴度是个知命君子，也不在其意。一日，偶至香山寺闲游。只见供桌上光华耀目。

① 阴骘(zhì)——暗中对人家做了好事，不让人知道，古人叫作"阴骘"或"阴德"。

② 蹭蹬(cèng dèng)——失势，不得意。

③ 风鉴——看相的方术；因而作为看相的人、相士的代称。

④ 行藏——行动，出处的意思。

⑤ 縢蛇纵理纹入口——星相迷信的说法：鼻下左右两条纹叫作"縢蛇纹"；纹的尾端如果通到口边，叫作"縢蛇纹入口"，这个人将来就会饿死。

近前看时,乃是一围宝带。裴度检在手中,想道:“这寺乃冷落所在,如何却有这条宝带?”翻阅了一回,又想道:“必有甚贵人,到此礼佛更衣。祗候①们不小心,遗失在此。定然转来寻觅。”乃坐在廊庑下等候。不一时,见一女子走入寺来,慌慌张张,径望殿上而去。向供桌上看了一看,连声叫苦,哭倒于地。裴度走向前问道:“小娘子因何恁般啼泣?”那女子道:“妾父被人陷于大辟,无门伸诉。妾日至此恳佛阴祐。近日幸得从轻赎锾②。妾家贫无措,遍乞高门。昨得一贵人矜怜,助一宝带。妾以佛力所致,适携带呈于佛前,稽首叩谢。因赎父心急,竟忘收此带,仓忙而去。行至半路方觉。急急赶来取时,已不知为何人所得。今失去这带,妾父料无出狱之期矣。”说罢又哭。裴度道:“小娘子不必过哀,是小生收得,故在此相候。”把带递还。那女子收泪拜谢:“请问姓字,他日妾父好来叩谢。”裴度道:“小娘子有此冤抑,小生因在贫乡,不能少助为愧。还人遗物,乃是常事,何足为谢!”不告姓名而去。过了数日,又遇向日相士,不觉失惊道:“足下曾作何好事来?”裴度答云:“无有。”相士道:“足下今日之相,比先大不相牟。阴德纹大见,定当位极人臣,寿登耄耋,富贵不可胜言。”裴度当时犹以为戏语。后来果然出将入相,历事四朝,封为晋国公,年享上寿。有诗为证:

纵理纹生相可怜,香山还带竟安然。

① 祗(zhī)候——本是宋代武官的一种名称;元代,各路、县,都设有祗候若干名,就是较高级的衙役。后来,富贵人家的仆役头,也称为“祗候”,或“祗候人”。

② 赎锾(huán)——赎罪的金钱。古代刑法规定:某些罪准许罪犯缴纳一定数目的金钱,就可免刑。

淮西荡定①功英伟，身系安危三十年。

第二句说是：返金种得桂枝芬。乃五代窦禹钧之事。那窦禹钧，蓟州人氏，官为谏议大夫，年三十而无子。夜梦祖父说道："汝命中已该绝嗣，寿亦只在明岁。及早行善，或可少延。"禹钧唯唯。他本来是个长者，得了这梦，愈加好善。一日薄暮，于延庆寺侧，拾得黄金三十两，白金二百两。至次日清早，便往寺前守候。少顷，见一后生涕泣而来。禹钧迎住问之。后生答道："小人父亲身犯重罪，禁于狱中，小人遍恳亲知，共借白金二百两，黄金三十两。昨将去赎父，因主库者不在而归。为亲戚家留款，多吃了杯酒，把东西遗失。今无以赎父矣！"窦公见其言已合银数，乃袖中摸出还之，道："不消着急，偶尔拾得在此，相候久矣。"这后生接过手，打开看时，分毫不动。叩头泣谢。窦公扶起，分外又赠银两而去。其他善事甚多，不可枚举。一夜，复梦祖先说道："汝合无子无寿。今有还金阴德种种，名挂天曹，特延算三纪②，赐五子显荣。"窦公自此愈积阴功。后果连生五子，长仪，次俨，三侃，四偁，五僖，俱仕宋为显官。窦公寿至八十二，沐浴相别亲戚，谈笑而卒。长乐老冯道③有诗赠之云：

燕山窦十郎，教子有义方。

① 淮西荡定——吴元济是当时的一个藩镇，作淮西节度使；拥兵叛变唐政权。唐宪宗于元和十二年(817)命裴度作淮西招讨使，擒吴元济，平定淮西。

② 延算三纪——算，寿算；纪，十二年为一纪。延算三纪，就是延长寿命三十六年。

③ 长乐老冯道——冯道，五代时人。历事唐、晋、汉、周四朝，都作大官，自号"长乐老"。

灵椿一株老，丹桂五枝芳。

说话的，为何道这两桩故事？只因亦有一人曾还遗金，后来虽不能如二公这等大富大贵，却也免了一个大难，享个大大家事。正是：

种瓜得瓜，种豆得豆。一切祸福，自作自受。

说这苏州府吴江县离城七十里，有个乡镇，地名盛泽，镇上居民稠广，土俗淳朴，俱以蚕桑为业。男女勤谨，络纬机杼之声，通宵彻夜。那市上两岸绸丝牙行①，约有千百馀家，远近村坊织成绸匹，俱到此上市。四方商贾来收买的，蜂攒蚁集，挨挤不开，路途无伫足之隙；乃出产锦绣之乡，积聚绫罗之地。江南养蚕所在甚多，惟此镇处最盛。有几句口号为证：

东风二月暖洋洋，江南处处蚕桑忙。

蚕欲温和桑欲干，明如良玉发奇光。

缲成万缕千丝长，大筐小筐随络床。

美人抽绎沾唾香，一经一纬机杼张。

咿咿轧轧谐宫商，花开锦簇成匹量。

莫忧八口无餐粮，朝来镇上添远商。

且说嘉靖年间，这盛泽镇上有一人，姓施名复，浑家喻氏，夫妻两口，别无男女。家中开张绸机，每年养几筐蚕儿，妻络夫织，甚好过活。这镇上都是温饱之家，织下绸匹，必积至十来匹，最少也有五六匹，方才上市。那大户人家积得多的便不上市，都是牙行引客商上门来买。施复是个小户儿，本钱少，织得三四匹，便去上市出

① 牙行——代客卖买货物，从中收取佣金的行铺。

脱。一日,已积了四匹,逐匹把来方方折好,将个布袱儿包裹,一径来到市中。只见人烟辏集,语话喧阗,甚是热闹。施复到个相熟行家来卖。见门首拥着许多卖绸的,屋里坐下三四个客商。主人家跕在柜身里,展看绸匹,估喝①价钱。施复分开众人,把绸递与主人家。主人家接来,解开包袱,逐匹翻看一过,将秤准了一准,喝定价钱,递与一个客人道:"这施一官是忠厚人,不耐烦的,把些好银子与他。"那客人真个只拣细丝称准,付与施复。施复自己也摸出等子来准一准,还觉轻些,又争添上一二分,也就罢了。讨张纸包好银子,放在兜肚里,收了等子包袱,向主人家拱一拱手,叫声有劳,转身就走。行不上半箭之地,一眼觑见一家街沿之下,一个小小青布包儿。施复趱步向前,拾起袖过,走到一个空处,打开看时,却是两锭银子,又有三四件小块,兼着一文太平钱儿。把手攧一攧,约有六两多重。心中欢喜道:"今日好造化!拾得这些银子,正好将去凑做本钱。"连忙包好,也揣在兜肚里,望家中而回。一头走,一头想:"如今家中见开这张机,尽勾日用了。有了这银子,再添上一张机,一月出得多少绸,有许多利息。这项银子,譬如没得,再不要动他。积上一年,共该若干,到来年再添上一张。一年又有多少利息。算到十年之外,便有千金之富。那时造什么房子,买多少田产。"正算得熟滑,看看将近家中,忽地转过念头,想道:"这银两若是富人掉的,譬如牯牛身上拔根毫毛,打甚么紧,落得将来受用。若是客商的,他抛妻弃子,宿水餐风,辛勤挣来之物,今失落了,好不烦恼。如若有本钱的,他拚这账生意扯直,也还不在

① 估喝——口内叫唱所卖的货物的价格,叫作"估喝"。

心上;倘然是个小经纪,只有这些本钱,或是与我一般样苦挣过日,或卖了绸,或脱了丝,这两锭银乃是养命之根,不争失了,就如绝了咽喉之气,一家良善,没甚过活,互相埋怨,必致鬻身卖子。倘是个执性的,气恼不过,肮脏①送了性命,也未可知。我虽是拾得的,不十分罪过。但日常动念,使得也不安稳。就是有了这银子,未必真个营运发积起来。一向没这东西,依原将就过了日子。不如原往那所在,等失主来寻,还了他去,到得安乐。"随复转身而去,正是:

多少恶念转善,多少善念转恶。

劝君诸善奉行,但是诸恶莫作。

当下施复来到拾银之处,靠在行家柜边,等了半日,不见失主来寻。他本空心出门的,腹中渐渐饥饿。欲待回家吃了饭再来,犹恐失主一时间来,又不相遇。只得忍着等候。少顷,只见一个村庄后生,汗流满面,闯进行家,高声叫道:"主人家,适来银子忘记在柜上,你可曾检得么?"主人家道:"你这人好混帐!早上交银子与了你,这时节却来问我,你若忘在柜上时,莫说一包,再有几包也有人拿去了。"那后生连把脚跌道:"这是我的种田工本,如今没了,却怎么好?"施复问道:"约莫有多少?"那后生道:"起初在这里卖的丝银六两二钱。"施复道:"把什么包的?有多少件数?"那后生道:"两大锭,又是三四块小的,一个青布银包包的。"施复道:"恁样,不消着急。我拾得在此,相候久矣。"便去兜肚里摸出来,递与那人。那人连声称谢。接过手,打开看时,分毫不动。那时往来的人,当做奇事,拥上一堆,都问道:"在那里拾的?"施复指道:"在这

① 肮脏——这里是糟踏的意思。

阶沿头拾的。"那后生道:"难得老哥这样好心,在此等候还人。若落在他人手里,安肯如此。如今到是我拾得的了。情愿与老哥各分一半。"施复道:"我若要,何不全取了,却分你这一半?"那后生道:"既这般,送一两谢仪与老哥买果儿吃。"施复笑道:"你这人是个呆子!六两三两都不要,要你一两银子何用!"那后生道:"老哥,银子又不要,何以相报?"众人道:"看这位老兄,是个厚德君子,料必不要你报。不若请到酒肆中吃三杯,见你的意罢了。"那后生道:"说得是。"便来邀施复同去。施复道:"不消得,不消得,我家中有事,莫要担阁我工夫。"转身就走。那后生留之不住。众人道:"你这人好造化!掉了银子,一文钱不费,更捞到手。"那后生道:"便是,不想世间原有这等好人。"把银包藏了,向主人说声打搅,下阶而去。众人亦赞叹而散。也有说:"施复是个骇子,拾了银子不会将去受用,却骇站着等人来还。"也有说:"这人积此阴德,后来必有好处。"不题众人。且说施复回到家里,浑家问道:"为甚么去了这大半日?"施复道:"不要说起,将到家了,因着一件事,覆身转去,担阁了这一回。"浑家道:"有甚事担阁?"施复将还银之事,说向浑家。浑家道:"这件事也做得好。自古道:'横财不富命穷人。'倘然命里没时,得了他反生灾作难,到未可知。"施复道:"我正为这个缘故,所以还了他去。"当下夫妇二人,不以拾银为喜,反以还银为安。衣冠君子①中,多有见利忘义的,不意愚夫愚妇到有这等见识。

从来作事要同心,夫唱妻和种德深。

① 衣冠君子——指封建统治阶级里的官绅。

万贯钱财如粪土，一分仁义值千金。

自此之后，施复每年养蚕，大有利息，渐渐活动。那育蚕有十体、二光、八宜等法，三稀五广之忌。① 第一要择蚕种。蚕种好，做成茧小而明厚坚细，可以缫丝。如蚕种不好，但堪为绵纩，不能缫丝，其利便差数倍。第二要时运。有造化的，就蚕种不好，依般做成丝茧。若造化低的，好蚕种，也要变做绵茧。北蚕三眠，南蚕俱是四眠。眠起饲叶，各要及时。又蚕性畏寒怕热，惟温和为得候。昼夜之间，分为四时。朝暮类春秋，正昼如夏，深夜如冬，故调护最难。江南有谣云：

做天莫做四月天，蚕要温和麦要寒。

秧要日时麻要雨，采桑娘子要晴干。

那施复一来蚕种拣得好；二来有些时运。凡养的蚕，并无一个绵茧；缫下丝来，细员②匀紧，洁净光莹，再没一根粗节不匀的。每筐蚕，又比别家分外多缫出许多丝来。照常织下的绸拿上市去，人看时光彩润泽，都增价竞买，比往常每匹平添钱多银子。因有这些顺溜，几年间，就增上三四张绸机，家中颇颇饶裕。里中遂庆个号儿叫做施润泽。却又生下一个儿子，寄名观音大士，叫做观保。年才二岁，生得眉目清秀，到好个孩子。话休烦絮。那年又值养蚕之

---

① 育蚕有十体、二光、八宜等法，三稀五广之忌——都是养蚕的一些经验、方法。十体：寒、热、饥、饱、稀、密、眠、起、紧、慢（饲喂时的紧、慢）。二光，应作“三光”，即：白光，向食；青光，厚饲，皮皱为饥；黄光，以渐住食。八宜：方眠时宜暗；眠起以后宜明；蚕小并向眠，宜暖；蚕大并起时，宜明，宜凉；向食，宜有风，宜加叶紧饲；新起时怕风，宜薄叶慢饲。三稀：下蛾，上箔，入簇。五广：一人，二桑，三屋，四箔，五簇，都应很宽广，开阔。

② 员——同“圆”。

时，才过了三眠，合镇阙了桑叶，施复家也只勾两日之用。心下慌张，无处去买。大率蚕市时，天色不时阴雨，蚕受了寒湿之气，又食了冷露之叶，便僵死，十分之中，就只好存其半。这桑叶就有馀了。那年天气温暖，家家无恙，叶遂短阙。且说施复正没处买桑叶，十分焦躁，忽见邻家传说洞庭山馀下桑叶甚多，合了十来家过湖去买。施复听见，带了些银两，把被窝打个包儿，也来趁船。这时也是未牌时候，开船摇橹，离了本镇。过了平望，来到一个乡村，地名滩阙。这去处在太湖之傍，离盛泽有四十里之远。天已傍晚，过湖不及，遂移舟进一小港泊住，稳缆停桡，打点收拾晚食，却忘带了打火刀石。众人道："那个上涯去取讨个火种便好？"施复却如神差鬼使一般，便答应道："待我去。"取了一把麻骨①，跳上岸来。见家家都闭着门儿。你道为何，天色未晚，人家就闭了门？那养蚕人家，最忌生人来冲。从蚕出至成茧之时，约有四十来日，家家紧闭门户，无人往来。任你天大事情，也不敢上门。当下施复走过几家，初时甚以为怪，道："这些人家，想是怕鬼拖了人去，日色还在天上，便都闭了门。"忽地想起道："呸！自己是老看蚕，到忘记了这取火乃养蚕家最忌的。却兜揽这帐！如今那里去讨？"欲待转来，又想道："方才不应承来，到也罢了。若空身回转，教别个来取得时，反是老大没趣。或者有家儿不养蚕的也未可知。"依旧又走向前去。只见一家门儿半开半掩。他也不管三七廿一，做两步跨到檐下，却又不敢进去。站在门外，舒颈望着里边，叫声："有人么？"里边一个女人走出来，问道："什么人？"施复满面陪着笑道：

① 麻骨——麻秸，可以点火。

"大娘子,要相求个火儿。"妇人道:"这时节,别人家是不肯的。只我家没忌讳。便点个与你也不妨得。"施复道:"如此,多谢了!"即将麻骨递与,妇人接过手,进去点出火来。施复接了,谢声打搅,回身便走。走不上两家门面,背后有人叫道:"那取火的转来,掉落东西了。"施复听得,想道:"却不知掉了甚的?"又覆走转去。妇人说道:"你一个兜肚落在此了。"递还施复。施复谢道:"难得大娘子这等善心。"妇人道:"何足为谢!向年我丈夫在盛泽卖丝,落掉六两多银子,遇着个好人拾得,住在那里等候。我丈夫寻去,原封不动,把来还了,连酒也不要吃一滴儿。这样人方是真正善心人!"施复见说,却与他昔年还银之事相合,甚是骇异,问道:"这事有几年了?"妇人把指头抡算道:"已有六年了。"施复道:"不瞒大娘子说,我也是盛泽人,六年前也曾拾过一个卖丝官人六两多银子,等候失主来寻,还了去。他要请我,也不要吃他的。但不知可就是大娘子的丈夫?"妇人道:"有这等事!待我教丈夫出来,认一认可是?"施复恐众人性急,意欲不要。不想手中麻骨火将及点完。乃道:"大娘子,相认的事甚缓,求得个黄同纸①去引火时,一发感谢不尽。"妇人也不回言,径往里边去了。顷刻间,同一个后生跑出来。彼此睁眼一认,虽然隔了六年,面貌依然。正是昔年还银义士。正是:

一叶浮萍归大海,人生何处不相逢。

当下那后生躬身作揖道:"常想老哥,无从叩拜,不意今日天赐下顾。"施复还礼不迭。二人作过揖,那妇人也来见个礼。后生

① 黄同纸——就是用表芯纸搓成的细纸卷,供点火、吸烟用的。

道："向年承老哥厚情，只因一时仓忙，忘记问得尊姓大号住处。后来几遍到贵镇卖丝，问主人家，却又不相认。四面寻访数次，再不能遇见。不期到在敝乡相会。请里面坐。"施复道："多承盛情垂念。但有几个朋友，在舟中等候火去作晚食，不消坐罢。"后生道："何不一发请来？"施复道："岂有此理！"后生道："既如此；送了火去来坐罢。"便教浑家取个火来。妇人即忙进去。后生问道："老哥尊姓大号？今到那里去？"施复道："小子姓施名复，号润泽。今因缺了桑叶，要往洞庭山去买。"后生道："若要桑叶，我家尽有，老哥今晚住在寒舍，让众人自去。明日把船送到宅上，可好么？"施复见说他家有叶，好不欢喜。乃道："若宅上有时，便省了小子过湖，待我回覆众人自去。"妇人将出火来，后生接了，说："我与老哥同去。"又分付浑家，快收拾夜饭。当下二人拿了火来至船边，把火递上船去。众人一个个眼都望穿，将施复埋怨道："讨个火什么难事！却去这许多时？"施复道："不要说起，这里也都看蚕，没处去讨。落后相遇着这位相熟朋友，说了几句话，故此迟了，莫要见怪！"又道："这朋友偶有馀叶在家中，我已买下，不得相陪列位过湖了。包袱在舱中，相烦拿来与我。"众人检出付与。那后生便来接道："待我拿罢！"施复叫道："列位，暂时抛撇，归家相会。"别了众人，随那后生转来。乃问道："适来忙促，不曾问得老哥贵姓大号。"答道："小子姓朱名恩，表字子义。"施复道："今年贵庚多少？"答道："二十八岁。"施复道："恁样，小子叨长老哥八年！"又问："令尊令堂同居么？"朱恩道："先父弃世多年，止有老母在堂。今年六十八岁了，吃一口长素。"二人一头说，不觉已至门首。朱恩推开门，请施复屋里坐下。那棹上已点得灯烛。朱恩放下包裹道："大嫂快把茶来。"声犹未了，浑家已把出两杯茶,就门帘内递与朱恩。朱恩接过来,递一杯与施复。自己拿一杯相陪。又问道:“大嫂,鸡可曾宰么?”浑家道:“专等你来相帮。”朱恩听了,连忙把茶放下,跳起身要去捉鸡。原来这鸡就罩在堂屋中左边。施复即上前扯住道:“既承相爱,即小菜饭儿也是老哥的盛情,何必杀生!况且此时鸡已上宿,不争我来又害他性命,于心何忍!”朱恩晓得他是个质直之人,遂依他说,仍复坐下道:“既如此说,明日宰来相请。”叫浑家道:“不要宰鸡了,随分有现成东西,快将来吃罢。莫饿坏了客人。酒烫热些。”施复道:“正是忙日子,却来蒿恼。幸喜老哥家没忌讳还好。”朱恩道:“不瞒你说,旧时敝乡这一带,第一忌讳是我家。如今只有我家无忌讳。”施复道:“这却为何?”朱恩道:“自从那年老哥还银之后,我就悟了这道理。凡事是有个定数,断不由人,故此绝不忌讳,依原年年十分利息。乃知人家都是自己见神见鬼,全不在忌讳上来。妖由人兴,信有之也。”施复道:“老哥是明理之人,说得极是。”朱恩又道:“又有一节奇事,常年我家养十筐蚕,自己园上叶吃不来,还要买些。今年看了十五筐,这园上桑又不曾增一棵两棵,如今够了自家,尚馀许多,却好又济了老哥之用。这桑叶却像为老哥而生,可不是个定数?”施复道:“老哥高见,甚是有理。就如你我相会,也是个定数。向日你因失银与我识面;今日我亦因失物,尊嫂见还。方才言及前情,又得相会。”朱恩道:“看起来,我与老哥乃前生结下缘分,方得如此。意欲结为兄弟,不知尊意若何?”施复道:“小子别无兄弟。若不相弃,可知好哩。”当下二人就堂中八拜为交,认为兄弟。施复又请朱恩母亲出来拜见了。朱恩重复唤浑家出来,见了结义伯伯。一家都欢欢喜喜。不一时,将出酒肴,无非鱼肉之类。二人对酌。朱恩问道:“大哥有几位令郎?”施复答道:“只有一个,刚才二岁。不知贤弟有几个?”朱恩道:“止有一个女儿,也才二岁。”便教浑家抱出来,与施复观看。朱恩又道:“大哥,我与你兄弟之间,再结个儿女亲家何如?”施复道:“如此最好。但恐家寒攀陪不起。”朱恩道:“大哥何出此言!”两下联了姻事,愈加亲热。杯来盏去,直饮至更馀方止。朱恩寻扇板门,把凳子两头阁着,支个铺儿在堂中右边,将荐席铺上。施复打开包裹,取出被来抖好。朱恩叫声安置,将中门闭上,向里面去了。施复吹息灯火,上铺卧下,翻来覆去,再睡不着。只听得鸡在笼中不住吱吱喳喳,想道:“这鸡为甚么只管咭咶?”约莫一个更次,众鸡忽然乱叫起来,却像被什么咬住一般。施复只道是黄鼠狼来偷鸡,霍地①跳起身,将衣服披着急来看这鸡。说时迟,那时快,才下铺,走不上三四步,只听得一时响亮,如山崩地裂,不知甚东西打在铺上,把施复吓得半步也走不动。且说朱恩同母亲浑家正在那里饲蚕,听得鸡叫,也认做黄鼠狼来偷,急点火出来看。才动步,忽听见这一响,惊得跌足叫苦道:“不好了!是我害了哥哥性命也,怎么处?”飞奔出来。母妻也惊骇,道:“坏了,坏了!”接脚追随。朱恩开了中门,才跨出脚,就见施复站在中间,又惊又喜道:“哥哥,险些儿吓杀我也!亏你如何走得起身,脱了这祸?”施复道:“若不是鸡叫得慌,起身来看,此时已为齑粉矣。不知是甚东西打将下来?”朱恩道:“乃是一根车轴阁在上边,不知怎地却掉下来?”将火照时,那扇门打得粉碎,凳子都跌倒了。车轴滚在壁边,有巴斗粗大。施复看了,伸出舌头缩不上去。此时朱恩母妻见施复无恙,已自进去了。那鸡也寂然无声。朱恩道:“哥哥起初不要杀鸡,谁想就亏他救了性命。”二人遂立誓

① 霍地——猛然地,忽然地。

戒了杀生。有诗为证。

昔闻杨宝酬恩雀，今见施君报德鸡。

物性有知皆似此，人情好杀复何为？

当下朱恩点上灯烛，卷起铺盖，取出稻草，就地上打个铺儿与施复睡了。到次早起身，外边却已下雨。吃过早饭，施复便要回家。朱恩道："难得大哥到此！须住一日，明早送回。"施复道："你我正在忙时，总然留这一日，各不安稳。不如早得我回去，等空闲时，大家宽心相叙几日。"朱恩道："不妨得！譬如今日到洞庭山去了。住在这里话一日儿。"朱恩母亲也出来苦留。施复只得住下。到巳牌时分，忽然作起大风，扬沙拔木，非常利害。接着风，就是一阵大雨。朱恩道："大哥，天遣你遇着了我，不去得还好。他们过湖的，有些担险哩。"施复道："便是。不想起这等大风，真个好怕人子①！"那风直吹至晚方息。雨也止了。施复又住了一宿。次日起身时，朱恩桑叶已采得完备。他家自有船只，都装好了。吃了饭，打点起身。施复意欲还他叶钱，料道不肯要的，乃道："贤弟，想你必不受我叶钱，我到不虚文了。但你家中脱不得身，送我去便担阁两日工夫。若有人顾一个摇去，却不两便？"朱恩道："正要认着大哥家中，下次好来往，如何不要我去？家中也不消得我。"施复见他执意要去，不好阻挡。遂作别朱恩母妻，下了船。朱恩把船摇动。刚过午，就到了盛泽。施复把船泊住，两人搬桑叶上岸。那些邻家也因昨日这风，都担着愁担子，俱在门首等候消息。见施复到时，齐道："好了，回来也！"急走来问道："他们那里去了不见？

① 好怕人子——非常怕人。子，语助词，无义。

共买得几多叶?”施复答道:“我在滩阙遇见亲戚家,有些馀叶送我,不曾同众人过湖。”众人俱道:“好造化,不知过湖的怎样光景哩?”施复道:“料然没事。”众人道:“只愿如此便好。”施复就央几个相熟的,将叶相帮搬到家里。谢声有劳,众人自去。浑家接着,道:“我正在这里忧你,昨日恁样大风,不知如何过了湖?”施复道:“且过来见了朱叔叔,慢慢与你细说。”朱恩上前深深作揖。喻氏还了礼。施复道:“贤弟请坐,大娘快取茶来,引孩子来见丈人。”喻氏从不曾见过朱恩,听见叫他是贤弟,又称他是孩子丈人,心中惑突,正不知是兀谁①。忙忙点出两杯茶,引出小厮来。施复接过茶,递与朱恩。自己且不吃茶,便抱小厮过来,与朱恩看。朱恩见生得清秀,甚是欢喜。放下茶,接过来抱在手中。这小厮却如相熟的一般,笑嘻嘻全不怕生。施复向浑家说道:“这朱叔叔便是向年失银子的。他家住在滩阙。”喻氏道:“原来就是向年失银的。如何却得相遇?”施复乃将前晚讨火落了兜肚,因而言及,方才相会留住在家,结为兄弟。又与儿女联姻,并不要宰鸡,亏鸡警报,得免车轴之难。所以不曾过湖。今日将叶送回。前后事细细说了一遍。喻氏又惊又喜,感激不尽。即忙收拾酒肴款待。正吃酒间,忽闻得邻家一片哭声。施复心中怪异。走出来问时,却是昨日过湖买叶的翻了船,十来个人都淹死了,只有一个人得了一块船板,浮起不死。亏渔船上救了回来报信。施复闻得,吃这惊不小。进来学向朱恩与浑家听了,合掌向天称谢。又道:“若非贤弟相留,我此时亦在劫中矣。”朱恩道:“此皆大哥平昔好善之报,与我何干!”

① 兀谁——兀,发语词。兀谁,什么人。

施复留朱恩住了一宿。到次早,朝膳已毕,施复道:“本该留贤弟闲玩几日,便是晓得你家中事忙,不敢担误在此。过了蚕事,然后来相请。”朱恩道:“这里原是不时往来的,何必要请。”施复又买两盒礼物相送。朱恩却也不辞。别了喻氏,解缆开船。施复送出镇上,方才分手。正是:

只为还金恩义重,今朝难舍弟兄情。

且说施复是年蚕丝利息比别年更多几倍。欲要又添张机儿,怎奈家中窄隘,摆不下机床。大凡人时运到来,自然诸事遇巧。施复刚愁无处安放机床,恰好间壁邻家住着两间小房,连年因蚕桑失利,嫌道住居风水不好,急切要把来出脱,正凑了施复之便。那邻家起初没售主时,情愿减价与人。及至施复肯与成交,却又道方员无真假,比原价反要增厚,故意作难刁蹬①,直征个心满意足,方才移去。那房子还拆得如马坊一般。施复一面唤匠人修理,一面择吉铺设机床。自己将把锄头去垦机坑。约摸锄了一尺多深,忽锄出一块大方砖来。揭起砖时,下面圆圆一个坛口,满满都是烂米。施复说道:“可惜这一坛米,如何却埋在地下?”又想道:“上边虽然烂了,中间或者还好。”丢了锄头,把手去捧那烂米。还不上一寸,便露出一搭雪白的东西来。举目看时,不是别件,却是腰间细两头趫②,凑心的细丝锭儿。施复欲待运动,恐怕被匠人们撞见,沸扬开去。急忙原把土泥掩好,报知浑家。直至晚上,匠人去后,方才搬运起来,约有千金之数。夫妻们好不欢喜!施复因免了两次大

① 刁蹬——刁难,故意为难。

② 腰间细两头趫——古时银锭的形状,是两头趫起,中间洼下。

难，又得了这注财乡，愈加好善。凡力量做得的好事，便竭力为之。做不得的，他也不敢勉强。因此里中随有长者之名。夫妻依旧省吃俭用，昼夜营运。不上十年，就长①有数千金家事。又买了左近一所大房居住，开起三四十张绸机，又讨几房家人小厮，把个家业收拾得十分完美。儿子观保，请个先生在家，教他读书，取名德胤。行聘礼定了朱恩女儿为媳。俗语道得好：六亲合一运。那朱恩家事也颇颇长起。二人不时往来，情分胜如嫡亲。

话休烦絮。且说施复新居房子，别屋都好，惟有厅堂摊塌坏了，看看要倒。只得兴工改造。他本寒微出身，辛苦作家惯了，不做财主身分，日逐也随着做工的搬瓦弄砖，拿水提泥。众人不晓得他是勤俭，都认做借意监工，没一个敢怠惰偷力。工作半月有馀，择了吉日良时，立柱上梁。众匠人都吃利市酒去了。止存施复一人，两边检点，柱脚若不平准的，便把来垫稳。看到左边中间柱脚歪斜，把砖去垫。偏有这等作怪的事，左垫也不平，右垫又不稳。索性拆开来看，却原来下面有块三角沙石，尖头正向着上边，所以垫不平。乃道："这些匠工精鸟账②！这块石怎么不去了，留在下边？"便将手去一攀，这石随手而起。拿开石看时，到吃一惊。下面雪白的一大堆银子，其锭大小不一。上面有几个一样大的，腰间都束着红绒，其色甚是鲜明。又喜又怪。喜的是得这一大注财物，怪的是这几锭红绒束的银子，他不知藏下几多年了，颜色还这般鲜明。当下不管好歹，将衣服做个兜儿，抓上许多，原把那块石盖好，

① 长（zhǎng）——增长。
② 精鸟（diǎo）账——骂人的意思。精，专会，善于。鸟账，敷衍了事，拆烂污的意思。

飞奔进房,向床上倒下。喻氏看见,连忙来问:"是那里来的?"施复无暇答应。见儿子也在房中,即叫道:"观保快同我来!"口中便说,脚下乱跑。喻氏即解其意。父子二人来至外边,教儿子看守,自己分几次搬完。这些匠人酒还吃未完哩。施复搬完了,方与浑家说知其故。夫妻三人好不喜!把房门闭上,将银收藏,约有二千馀金。红绒束的,止有八锭,每锭准准三两。收拾已完,施复要拜天地。换了巾帽长衣,开门出来。那些匠人,手忙脚乱,打点安柱上梁。见柱脚倒乱,乃道:"这是谁个弄坏了?又要费一番手脚。"施复道:"你们垫得不好,须还要重整一整。"工人知是家长所为,谁敢再言。流水自去收拾,那晓其中奥妙。施复仰天看了一看,乃道:"此时正是卯时了,快些竖起来。"众匠人闻言,七手八脚。一会儿便安下柱子,抬梁上去。里边托出一大盘抛梁馒首,分散众人。邻里们都将着果酒来与施复把盏庆贺。施复因掘了藏,愈加快活,分外兴头。就吃得个半醺。正是:

人逢喜事精神爽,月到中秋分外明。

施复送客去后,将巾帽长衣脱下,依原随身短衣,相帮众人。到巳牌时分,偶然走至外边,忽见一个老儿庞眉白发,年约六十已外,来到门首,相了一回,乃问道:"这里可是施家么?"施复道:"正是,你要寻那个?"老儿道:"要寻你们家长,问句话儿。"施复道:"小子就是。老翁有甚话说?请里面坐了。"那老儿听见就是家主,把他上下只管瞧看,又道:"你真个是么?"施复笑道:"我不过是平常人,那个肯假!"老儿举一举手,道:"老汉不为礼了。乞借一步话说。"拉到半边,问道:"宅上可是今日卯时上梁安柱么?"施复道:"正是。"老儿又道:"官人可曾在左边中间柱下得些财采?"

施复见问及这事，心下大惊，想道："他却如何晓得？莫不是个仙人。"因道着心事，不敢隐瞒，答道："果然有些。"老儿又道："内中可有八个红绒束的锭么？"施复一发骇异，乃道："有是有的，老翁何由知得这般详细？"老儿道："这八锭银子，乃是老汉的，所以知得。"施复道："既是老翁的，如何却在我家柱下？"那老儿道："有个缘故。老汉叫做薄有寿，就住在黄江南镇上，止有老荆两口，别无子女。门首开个糕饼馒头等物点心铺子，日常用度有馀，积至三两，便倾成一个锭儿。老荆孩子气，把红绒束在中间，无非尊重之意。因墙卑室浅，恐露人眼目，缝在一个暖枕之内，自谓万无一失。积了这几年，共得八锭，以为老夫妻身后之用，尽有馀了。不想今早五鼓时分，老汉梦见枕边走出八个白衣小厮，腰间俱束红绦，在床前商议道：'今日卯时，盛泽施家竖柱安梁，亲族中应去的，都已到齐了。我们也该去矣。'有一个问道：'他们都在那一个所在？'一个道：'在左边中间柱下。'说罢，往外便走。有一个道：'我们住在这里一向，如不别而行，觉道忒薄情了。'遂俱覆转身向老汉道：'久承照管，如今却要抛撇，幸勿见怪！'那时老汉梦中，不认得那八个小厮是谁，也不晓得是何处来的。问他道：'八位小官人是几时来的？如何都不相认？'小厮答道：'我们自到你家，与你只会得一面，你就把我们撇在脑后，故此我们便认得你，你却不认得我。'又指腰间红绦道：'这还是初会这次，承你送的。你记得了么？'老汉一时想不着几时与他的，心中止挂欠无子，见其清秀，欲要他做个干儿，又对他道：'既承你们到此，何不住在这里；父子相看，帮我做个人家？怎么又要往别处去？'八个小厮笑道：'你要我们做儿子，不过要送终之意。但我们该旺处去的。你这老官儿消受不起。'道罢,一齐往外而去。老汉此时觉道睡在床上,不知怎地身子已到门首,再三留之,头也不回。惟闻得说道:'天色晏了,快走罢。'一齐乱跑。老汉追将上去,被草根绊了一交,惊醒转来,与老荆说知,就疑惑这八锭银子作怪。到早上拆开枕看时,都已去了。因要试验此梦,故特来相访,不想果然。"

施复听罢,大惊道:"有这样奇事!老翁不必烦恼,同我到里面来坐。"薄老道:"这事已验,不必坐了。"施复道:"你老人家许多路来,料必也饿了。见成点心吃些去也好。"这薄老儿见留他吃点心,到也不辞,便随进来。只见新竖起三间堂屋,高大宽敞,木材巨壮,众匠人一个个乒乒乓乓,耳边惟闻斧凿之声,比平常愈加用力。你道为何这般勤谨?大凡新竖屋那日,定有个犒劳筵席,利市赏钱。这些匠人打点吃酒要钱,见家主进来,故便假殷勤讨好。薄老儿看着如此热闹,心下嗟叹道:"怪道这东西欺我消受他不起,要望旺处去!原来他家恁般兴头!咦,这银子却也势利得狠哩!"不一时,来至一小客座中,施复请他坐下,急到里边向浑家说知其事。喻氏亦甚怪异,乃对施复道:"这银子既是他送终之物,何不把来送还,做个人情也好。"施复道:"正有此念,故来与你商量。"喻氏取出那八锭银子,把块布包好。施复袖了,分付讨些酒食与他吃。复到客座中摸出包来,道:"你看,可是那八锭么?"薄老儿接过打开一看,分毫不差,乃道:"正是这八个怪物!"那老儿把来左翻右相,看了一回,对着银子说道:"我想你缝在枕中,如何便会出来黄江泾?到此有十里之远,人也怕走,还要趁个船儿。你又没有脚,怎地一回儿就到了这里?"口中便说,心下又转着苦挣之难,失去之易,不觉眼中落下两点泪来。施复道:"老翁不必心伤!小子情愿送还,赠你老人家百年之用。"薄老道:"承官人厚情。但老汉无福享用,所以走了。今若拿去,少不得又要走的,何苦讨恁般烦恼吃!"施复道:"如今乃我送你的,料然无妨。"薄老只把手来摇道:"不要,不要!老汉也是个知命的,勉强来,一定不妙。"施复因他坚执不要,又到里边与浑家商议。喻氏道:"他虽不要,只我们心上过意不去。"又道:"他或者消受这十锭不起,一二锭量也不打紧。"施复道:"他执意一锭也不肯要。"喻氏道:"我有个道理在此。把两锭裹在馒头里,少顷送与他作点心。到家看见,自然罢了。难道又送来不成?"施复道:"此见甚妙。"喻氏先支持酒肴出去。薄老坐了客位,施复对面相陪。薄老道:"没事打搅官人,不当人子!"施复道:"见成菜酒,何足挂齿!"当下三杯两盏,吃了一回。薄老儿不十分会饮,不觉半醉。施复讨饭与他吃罢,将要起身作谢,家人托出两个馒头。施复道:"两个粗点心,带在路上去吃。"薄老道:"老汉酒醉饭饱,连夜饭也不要吃了,路上如何又吃点心?"施复道:"总不吃,带回家去便了。"薄老儿道:"不消得,不消得!老汉家中做这项生意的,日逐自有。官人留下赏人罢。"施复把来推在袖里道:"我这馒头馅好,比你铺中滋味不同。将回去吃,便晓得。"那老儿见其意殷勤,不好固辞,乃道:"没甚事到此,又吃又袖,罪过,罪过!"拱拱手道:"多谢了!"往外就走。施复送出门前,那老儿自言自语道:"来便来了,如今去不知可就有便船?"施复见他醉了,恐怕遗失了这两个馒头,乃道:"老翁,不打紧,我家有船,教人送你回去。"那老儿点头道:"官人,难得你这样好心!可知有恁般造化!"施复唤个家人,分付道:"你把船送这大伯子回去,务要送至家中,认了住处,下次好去拜访。"家人应诺。

薄老儿相辞下船，离了镇上，望黄江泾而去。那老儿因多了几杯酒，一路上问长问短，十分健谈①。不一时已到，将船泊住，扶那老儿上岸，送到家中。妈妈接着，便问："老官儿，可有这事么？"老儿答道："千真万真。"口中便说，却去袖里摸出那两个馒头，递与施复家人道："一官宅上事忙，不留吃茶了。这馒头转送你当茶罢。"施家人答道："我官人特送你老人家的，如何却把与我？"薄老道："你官人送我，已领过他的情了。如今送你，乃我之情。你不必固拒。"家人再三推却不过，只得受了，相别下船，依旧摇回。到自己河下，把船缆好，拿着馒头上岸。恰好施复出来。一眼看见，问道："这馒头我送薄老官的，你如何拿了回来？"答道："是他转送小人当茶，再三推辞不脱，勉强受了他的。"施复暗笑道："原来这两锭银那老儿还没福受用，却又转送别人。"想道："或者到是那人造化，也未可知。"乃分付道："这两个馒头滋味，比别的不同，莫要又与别人。"答应道："小人晓得。"那人来到里边寻着老婆，将馒头递与。还未开言说是那里来的，被伙伴中叫到外边吃酒去了。原来那人已有两个儿女，正害着痞膨食积病症。当下婆娘接在手中，想道："若被小男女看见，偷去吃了，到是老大②利害。不如把去大娘换些别样点心哄他罢。"即便走来向主母道："大娘，丈夫适才不知那里拿这两个馒头。我想小男女正害肚腹病，倘看见偷吃了，这病却不一发加重！欲要求大娘换甚不伤脾胃的点心，哄那两个男女。"说罢，将馒头放在桌上。喻氏不知其细，遂拣几件付与他去。

① 健谈——会谈话，长于言谈。

② 老大——很，非常。

将馒头放过。少顷,施复进来,把薄老转与家人馒头之事,说向浑家,又道:“谁想到是他的造化!”喻氏听了,乃知把来换点心的就是,答道:“原来如此!却也奇异!”便去拿那两个馒头,递与施复道:“你拍这馒头来看。”施复不知何意,随手拍开,只听得棹上当的一响。举目看时,乃是一锭红绒束的银子。问道:“馒头如何你又取了他的?”喻氏将那婆娘来换点心之事说出。夫妻二人,不胜嗟叹。方知银子赶人,麾之不去;命里无时,求之不来。施复因怜念薄老儿,时常送些钱米与他,到做了亲戚往来。死后,又买块地儿殡葬。后来施德胤长大,娶朱恩女儿过门,夫妻孝顺。施复之富,冠于一镇。夫妇二人,各寿至八十外,无疾而终。至今子孙蕃衍,与滩阙朱氏,世为姻谊云。有诗为证:

六金还取事虽微,感德天心早鉴知。

滩阙巧逢恩义报,好人到底得便宜。

第十九卷

白玉娘忍苦成夫

两眼乾坤旧恨，一腔今古闲愁。隋宫吴苑旧风流，寂寞斜阳渡口。　兴到豪吟百首，醉馀凭吊千秋。神仙迂怪总虚浮，只有纲常不朽。

这首〔西江月〕词，是劝人力行仁义，扶植纲常。从古以来，富贵空花，荣华泡影，只有那忠臣孝子，义夫节妇，名传万古。随你负担小人，闻之起敬。今日且说义夫节妇：如宋弘不弃糟糠，罗敷不从使君①，此一辈岂不是扶植纲常的？又如黄允欲娶高门，预逐其妇②；买臣③宦达太晚，见弃于妻，那一辈岂不是败坏纲常的？真个是人心不同，泾渭各别。有诗为证：

---

① 罗敷不从使君——罗敷，古乐府《陌上桑》中的女主角。她有一次在野地采桑，一个官员（使君）看见了，想调戏她，要她同坐车一起走，她说："罗敷自有夫，使君自有妇。"拒绝了官员的要求。

② 黄允欲娶高门，预逐其妇——黄允，原本误作王允，今改正。黄允，东汉时人。大官僚袁隗想把女儿嫁给黄允，黄允听到这个消息，就同他原来的妻子夏侯氏离婚。临分别时，夏侯氏当着许多宾客把黄允的一些不可告人的丑事都说出来了。黄从此倒霉，再也不能出头。

③ 买臣——朱买臣，汉代会稽人。家里很穷，卖柴为生。他的妻子吵着改了嫁。后来朱作会稽太守，前妻看见了，惭忿而死。

黄允弃妻名遂损，买臣离妇志堪悲！

夫妻本是鸳鸯鸟，一对栖时一对飞。

话中单表宋末时，一个丈夫姓程，双名万里，表字鹏举，本贯彭城人氏。父亲程文业，官拜尚书。万里十六岁时，椿萱俱丧。十九岁以父荫补国子生员①。生得人材魁岸，志略非凡。性好读书，兼习弓马。闻得元兵日盛，深以为忧。曾献战守和三策，以直言触忤时宰，恐其治罪，弃了童仆，单身潜地走出京都。却又不敢回乡，欲往江陵府，投奔京湖制置使②马光祖。未到汉口，传说元将兀良哈歹③统领精兵，长驱而入，势如破竹。程万里闻得这个消息，大吃一惊，遂不敢前行。踌躇之际，天色已晚，但见：

片片晚霞迎落日，行行倦鸟盼归巢。

程万里想道："且寻宿店，打听个实信，再作区处。"其夜，只闻得户外行人，奔走不绝，却都是上路逃难来的百姓，哭哭啼啼，耳不忍闻。程万里已知元兵迫近，夜半便起身，趁众同走。走到天明，方才省得忘记了包裹在客店中。来路已远，却又不好转去取讨。身边又没盘缠，腹中又饿，不免到村落中告乞一饭，又好挣扎路途。约莫走半里远近，忽然斜插里一阵兵，直冲出来。程万里见了，飞向侧边一个林子里躲避。那枝兵不是别人，乃是元朝元帅兀良哈

① 以父荫补国子生员——荫，或作"廕"。封建时代，官员的子孙，凭借父、祖的关系，可以照规定取得国子监监生的资格，称为"廕生"或"官生"。

② 制置使——官名。宋代在各路设有制置使，掌管本路各州军马、屯防、捍御等事。

③ 兀良哈歹——即"兀良合台"，元代的大将；因有战功，被封为大元帅。

歹部下万户①张猛的游兵。前锋哨探,见一个汉子,面目雄壮,又无包裹,躲向树林中而去,料道必是个细作,追入林中,不管好歹,一索捆翻,解到张万户营中。程万里称是避兵百姓,并非细作。张万户见他面貌雄壮,留为家丁。程万里事出无奈,只得跟随。每日间见元兵所过残灭,如秋风扫叶,心中暗暗悲痛,正是:

宁为太平犬,莫作离乱人。

却说张万户乃兴元府人氏。有千斤膂力,武艺精通。昔年在乡里间豪横,守将知得他名头,收在部下为偏裨之职。后来元兵犯境,杀了守将,叛归元朝。元主以其有献城之功,封为万户,拨在兀良哈歹部下为前部向导。屡立战功。今番从军日久,思想家里,写下一封家书,把那一路掳掠下金银财宝,装做一车,又将掳到人口男女,分做两处,差帐前两个将校,押送回家。可怜程万里远离乡土,随着众人,一路啼啼哭哭,直至兴元府,到了张万户家里,将校把家书金银,交割明白,又令那些男女叩见了夫人。那夫人做人贤慧,就各拨一个房户居住。每日差使伏侍。将校讨了回书,自向军前回复去了。程万里住在兴元府,不觉又经年馀。那时宋元两朝讲和,各自罢军,壮士宁家。张万户也回到家中。与夫人相见过了,合家奴仆,都来叩头。程万里也只得随班行礼。又过数日,张万户把掳来的男女,拣身材雄壮的留了几个,其馀都转卖与人。张万户唤众人来分付道:"你等不幸生于乱离时世,遭此涂炭,或有父母妻子,料必死于乱军之手。就是汝等,还喜得遇我,所以尚在。

① 万户——官名。元代在各路设有万户府,是管军事的机关;分上中下三等:上万户府管军七千以上;中,五千以上;下,三千以上。每府置达噜噶齐、万户、副万户等官。

逢着别个，死去几时了。今在此地，虽然是个异乡，既为主仆，即如亲人一般。今晚各配妻子与你们，可安心居住，勿生异心。后日带到军前，寻些功绩，博个出身，一般富贵。若有他念，犯出事来，断然不饶的。”家人都流泪叩头道：“若得如此，乃老爹再生之恩，岂敢又生他念。”当晚张万户就把那掳来的妇女，点了几名。夫人又各赏几件衣服。张万户与夫人同出堂前，众妇女跟随在后。堂中灯烛辉煌。众人都叉手侍立两傍。张万户一一唤来配合。众人一齐叩首谢恩，各自领归房户。且说程万里配得一个女子，引到房中，掩上门儿，夫妻叙礼。程万里仔细看那女子，年纪到有十五六岁，生得十分美丽，不像个以下之人①。怎见得？有〔西江月〕为证：

两道眉弯新月，一双眼注微波，青丝七尺挽盘螺，粉脸吹弹得破。　　望日嫦娥盼夜，秋宵织女停梭，画堂花烛听欢呼，兀自含羞怯步。

程万里得了一个美貌女子，心中欢喜，问道：“小娘子尊姓何名？可是从幼在宅中长大的么？”那女子见问，沉吟未语，早落下两行珠泪。程万里把袖子与他拭了，问道：“娘子为何掉泪？”那女子道：“奴家本是重庆人氏，姓白，小字玉娘，父亲白忠，官为统制②。四川制置使余玠，调遣镇守嘉定府。不意余制置身亡，元将兀良哈歹乘虚来攻。食尽兵疲，力不能支。破城之日，父亲被擒，不屈而死。兀良元帅怒我父守城抗拒，将妾一门抄戮。张万户怜

① 以下之人——下等人，指奴婢。

② 统制——宋代武官名。统率军马的官。有统制、同统制、副统制等名目。

妾幼小,幸得免诛。带归家中为婢,伏侍夫人。不意今日得配君子。不知君乃何方人氏,亦为所掳?”程万里见说亦是羁囚,触动其心,不觉也流下泪来。把自己家乡姓名,被掳情由,细细说与。两下凄惨一场,却已二鼓。夫妻解衣就枕。一夜恩情,十分美满。明早,起身梳洗过了,双双叩谢张万户已毕,玉娘原到里边去了。程万里感张万户之德,一切干办公事,加倍用心,甚得其欢。其夜是第三夜了。程万里独坐房中,猛然想起功名未遂,流落异国,身为下贱,玷宗辱祖,可不忠孝两虚!欲待乘间逃归,又无方便。长叹一声,潸潸泪下。正在自悲自叹之际,却好玉娘自内而出。万里慌忙拭泪相迎,容颜惨淡,馀涕尚存。玉娘是个聪明女子,见貌辨色,当下挑灯共坐,叩其不乐之故。万里是个把细的人,仓卒之间,岂肯倾心吐胆。自古道:

夫妻且说三分话,未可全抛一片心。

当下强作笑容,只答应得一句道:“没有甚事!”玉娘情知他有含糊隐匿之情,更不去问他。直至掩户息灯,解衣就寝之后,方才低低启齿,款款开言道:“程郎,妾有一言,日欲奉劝,未敢轻谈。适见郎君有不乐之色,妾已猜其八九。郎君何用相瞒!”万里道:“程某并无他意,娘子不必过疑。”玉娘道:“妾观郎君才品,必非久在人后者。何不觅便逃归,图个显祖扬宗,却甘心在此,为人奴仆!岂能得个出头的日子!”程万里见妻子说出恁般说话,老大惊讶。心中想道:“他是妇人女子,怎么有此丈夫见识,道着我的心事?况且寻常人家,夫妇分别,还要多少留恋不舍。今成亲三日,恩爱方才起头,岂有反劝我还乡之理?只怕还是张万户教他来试我。”

便道:“岂有此理!我为乱兵所执,自分必死。幸得主人释放,留为家丁,又以妻子配我,此恩天高地厚,未曾报得,岂可为此背恩忘义之事。汝勿多言!”玉娘见说,嘿然无语。程万里愈疑是张万户试他。到明早起身,程万里思想:“张万户教他来试我,我今日偏要当面说破,固住了他的念头,不来堤防,好办走路。”梳洗已过,请出张万户到厅上坐下,说道:“禀老爹,夜来妻子忽劝小人逃走。小人想来,当初被游兵捉住,蒙老爹救了性命,留作家丁。如今又配了妻子。这般恩德,未有寸报。况且小人父母已死,亲戚又无,只此便是家了,还教小人逃到那里去?小人昨夜已把他埋怨一番。恐怕他自己情虚,反来造言累害小人,故此特禀知老爹。”张万户听了,心中大怒,即唤出玉娘骂道:“你这贱婢!当初你父抗拒天兵,兀良元帅要把你阖门尽斩,我可怜你年纪幼小,饶你性命。又恐为乱军所杀,带回来恩养长大,配个丈夫。你不思报效,反教丈夫背我,要你何用!”教左右快取家法①来,吊起贱婢打一百皮鞭。那玉娘满眼垂泪,哑口无言。众人连忙去取索子家法,将玉娘一索捆翻。正是:

　　分明指与平川路,反把忠言当恶言。

程万里在旁边,见张万户发怒,要吊打妻子,心中懊悔道:“原来他是真心,到是我害他了!”又不好过来讨饶。正在危急之际,恰好夫人闻得丈夫发怒,要打玉娘,急走出来救护。原来玉娘自到他家,因德性温柔,举止闲雅,且是女工中第一伶俐,夫人平昔极喜

① 家法——封建社会里,家长对于家庭成员和奴仆,有处罚的权力;这种处罚,叫作“家法”,是与“国法”相对而言的。这里指责打奴仆的刑具。

欢他的。名虽为婢,相待却像亲生一般。立心要把他嫁个好丈夫。因见程万里人材出众,后来必定有些好日,故此前晚就配与为妻。今日见说要打他,不知因甚缘故,特地自己出来。见家人正待要动手,夫人止住,上前道:“相公因甚要吊打玉娘?”张万户把程万里所说之事告与夫人。夫人叫过玉娘道:“我一向怜你幼小聪明,特拣个好丈夫配你,如何反教丈夫背主逃走?本不当救你便是。姑念初犯,与老爹讨饶。下次再不可如此!”玉娘并不回言,但是流泪。夫人对张万户道:“相公,玉娘年纪甚小,不知世务,一时言语差误,可看老身分上,姑恕这次罢。”张万户道:“既夫人讨饶,且恕这贱婢。倘若再犯,二罪俱罚。”玉娘含泪叩谢而去。张万户唤过程万里道:“你做人忠心,我自另眼看你。”程万里满口称谢。走到外边,心中又想道:“还是做下圈套来试我。若不是,怎么这样大怒要打一百,夫人刚开口讨饶,便一下不打?况夫人在里面,那里晓得这般快就出来护救?且喜昨夜不曾说别的言语还好。”到了晚间,玉娘出来,见他虽然面带忧容,却没有一毫怨恨意思。程万里想道:“一发是试我了。”说话越加谨慎。又过了三日,那晚,玉娘看了丈夫,上下只管相着,欲言不言。如此三四次,终是忍耐不住,又道:“妾以诚心告君,如何反告主人,几遭箠挞!幸得夫人救免。然细观君才貌,必为大器。为何还不早图去计?若恋恋于此,终作人奴,亦有何望!”程万里见妻子又劝他逃走,心中愈疑道:“前日恁般嗔责,他岂不怕,又来说起?一定是张万户又教他来试我念头果然决否。”也不回言,径自收拾而卧。到明早,程万里又来禀知张万户。张万户听了,暴躁如雷,连喊道:“这贱婢如此可恨,快拿来敲死了罢!”左右不敢怠缓,即向里边来唤。夫人见唤玉娘，料道又有甚事，不肯放将出来。张万户见夫人不肯放玉娘出来，转加焦躁。却又碍着夫人面皮，不好十分催逼。暗想道："这贱婢已有外心，不如打发他去罢。倘然夫妻日久恩深，被这贱婢哄热，连这好人的心都要变了。"乃对程万里道："这贱婢两次三番，诱你逃归，其心必有他念。料然不是为你。久后必被其害。待今晚出来，明早就教人引去卖了，别拣一个好的与你为妻。"程万里见说要卖他妻子，方才明白浑家果是一片真心，懊悔失言。便道："老爹如今警戒两番，下次谅必不敢。总再说，小人也断然不听。若把他卖了，只怕人说小人薄情，做亲才六日，就把妻子来卖。"张万户道："我做了主，谁敢说你！"道罢，径望里边而去。夫人见丈夫进来，怒气未息，恐还要责罚玉娘，连忙教闪过一边，起身相迎，并不问起这事。张万户却又怕夫人不舍得玉娘出去，也分毫不题。

且说程万里见张万户决意要卖，心中不忍割舍，坐在房中暗泣。直到晚间，玉娘出来，对丈夫哭道："妾以君为夫，故诚心相告，不想君反疑妾有异念，数告主人。主人性气粗雄，必然怀恨。妾不知死所矣！然妾死不足惜，但君堂堂仪表，甘为下贱，不图归计为恨耳！"程万里听说，泪如雨下，道："贤妻良言指迷，自恨一时错见，疑主人使汝试我，故此告知。不想反累贤妻！"玉娘道："君若肯听妾言，虽死无恨。"程万里见妻子恁般情真，又思明日就要分离，愈加痛泣。却又不好对他说知，含泪而寝。直哭到四更时分。玉娘见丈夫哭之不已，料必有甚事故，问道："君如此悲恸，定是主人有害妾之意。何不明言？"程万里料瞒不过，方道："自恨不才，有负贤妻。明日主人将欲鬻汝，势已不能挽回。故此伤痛！"玉娘闻言，悲泣不胜。两个搅做一团，哽哽咽咽，却又不敢放声。

天未明，即便起身梳洗。玉娘将所穿绣鞋一只，与丈夫换了一只旧履，道：“后日倘有见期，以此为证。万一永别，妾抱此而死，有如同穴。”说罢，复相抱而泣，各将鞋子收藏。到了天明，张万户坐在中堂，教人来唤。程万里忍住眼泪，一齐来见。张万户道：“你这贱婢！我自幼抚你成人，有甚不好，屡教丈夫背主！本该一剑斩你便是。且看夫人分上，姑饶一死。你且到好处受用去罢。”叫过两个家人分付道：“引他到牙婆人家去，不论身价，但要寻一下等人家，磨死这不受人抬举的贱婢便了。”玉娘要求见夫人拜别。张万户不许。玉娘向张万户拜了两拜，起来对着丈夫道声保重，含着眼泪，同两个家人去了。程万里腹中如割，无可奈何，送出大门而回。正是：

世上万般哀苦事，无非死别与生离。

比及夫人知觉，玉娘已自出门去了。夫人晓得张万户情性，诚恐他害了玉娘性命。今日脱离虎口，到也繇他。且说两个家人，引玉娘到牙婆家中，恰好市上有个经纪人家，要讨一婢。见玉娘生得端正，身价又轻，连忙兑出银子，交与张万户家人，将玉娘领回家去不题。且说程万里自从妻子去后，转思转悔，每到晚间，走进房门，便觉惨伤。取出那两只鞋儿，在灯前把玩一回，呜呜的啼泣一回。哭勾多时，方才睡卧。次后访问得，就卖在市上人家，几遍要悄地去再见一面，又恐被人觑破，报与张万户，反坏了自己大事。因此又不敢去。那张万户见他不听妻子言语，信以为实，诸事委托，毫不堤防。程万里假意殷勤，愈加小心。张万户好不喜欢，又要把妻子配与。程万里不愿，道：“且慢着，候随老爷到边上去有些功绩回来，寻个名门美眷，也与老爷争气。”光阴迅速，不觉又过年馀。

那时兀良哈歹在鄂州镇守,值五十诞辰,张万户昔日是他麾下裨将,收拾了许多金珠宝玉,思量要差一个能干的去贺寿,未得其人。程万里打听在肚里,思量趁此机会,脱身去罢。即来见张万户道:“闻得老爹要送兀良爷的寿礼,尚未差人。我想众人都有掌管,脱身不得。小人总是在家没有甚事,到情愿任这差使。”张万户道:“若得你去最好。只怕路上不惯,吃不得辛苦。”程万里道:“正为在家自在惯了,怕后日随老爹出征,受不得辛苦,故此先要经历些风霜劳碌,好跟老爹上阵。”张万户见他说得有理,并不疑虑,就依允了。写下问候书札,上寿礼帖,又取出一张路引①,以防一路盘诘。诸事停当,择日起身。程万里打叠行李,把玉娘绣鞋,都藏好了。到临期,张万户把东西出来,交付明白,又差家人张进,作伴同行。又把十两银子与他盘缠。程万里见又有一人同去,心中烦恼。欲要再禀,恐张万户疑惑。且待临时,又作区处。当下拜别张万户,把东西装上生口,离了兴元,望鄂州而来。一路自有馆驿支讨口粮,并无担阁。不则一日,到了鄂州,借个饭店寓下。来日清早,二人赍了书札礼物,到帅府衙门挂号伺候。那兀良元帅是节镇重臣,故此各处差人来上寿的,不计其数。衙门前好不热闹。三通画角,兀良元帅开门升帐。许多将官僚属,参见已过,然后中军官引各处差人进见,呈上书札礼物。兀良元帅一一看了,把礼物查收,分付在外伺候回书。众人答应出来不题。

且说程万里送礼已过,思量要走,怎奈张进同行同卧,难好脱身。心中无计可施。也是他时运已到,天使其然。那张进因在路

① 路引——路单,护照。

上鞍马劳倦,却又受了些风寒,在饭店上生起病来。程万里心中欢喜:“正合我意!”欲要就走,却又思想道:“大丈夫作事,须要来去明白。”原向帅府候了回书。到寓所看张进时,人事不省,毫无知觉。自己即便写下一封书信,一齐放入张进包裹中收好。先前这十两盘缠银子,张进便要分用。程万里要稳住张进的心,却总放在他包裹里面。等到鄂州一齐买人事①送人。今日张进病倒,程万里取了这十两银子,连路引铺陈②,打做一包,收拾完备,却叫过主人家来分付道:“我二人乃兴元张万户老爹特差来与兀良爷上寿,还要到山东史丞相处公干。不想同伴的上路辛苦,身子有些不健。如今行动不得。若等他病好时,恐怕误了正事。只得且留在此调养几日。我先往那里公干回来,与他一齐起身。”即取出五钱银子递与道:“这薄礼权表微忱。劳主人家用心看顾,得他病体痊安,我回时还有重谢。”主人家不知是计,收了银子道:“早晚伏侍,不消牵挂。但长官须要作速就来便好。”程万里道:“这个自然。”又讨些饭来吃饱,背上包裹,对主人家叫声暂别,大踏步而走。正是:

鳌鱼脱却金钩去,摆尾摇头再不来。

离了鄂州,望着建康而来。一路上有了路引,不怕盘诘,并无阻滞。此时淮东地方,已尽数属了胡元。万里感伤不已。一径到宋朝地面,取路直至临安。旧时在朝宰执,都另换了一班人物。访得现任枢密副使③周翰,是父亲的门生,就馆于其家。正值度宗收

① 人事——指礼物。
② 铺陈——行李。
③ 枢密副使——枢密院,宋代掌管全国军事的机关,枢密院的正副长官叫作“枢密使”和“枢密副使”。

录先朝旧臣子孙,全亏周翰提挈,程万里亦得补福建福清县尉。寻了个家人,取名程惠,择日上任。不在话下。

且说张进在饭店中,病了数日,方才精神清楚。眼前不见了程万里。问主人家道:“程长官怎么不见?”主人家道:“程长官十日前说还要往山东史丞相处公干。因长官有恙,他独自去了,转来同长官回去。”张进大惊道:“何尝又有山东公干!被这贼趁我有病逃了。”主人家惊问道:“长官一同来的,他怎又逃去?”张进把当初掳他情由细说。主人懊悔不迭。张进恐怕连他衣服取去。即忙教主人家打开包裹看时,却留下一封书信,并兀良元帅回书一封,路引盘缠,尽皆取去。其馀衣服,一件不失。张进道:“这贼狼子野心!老爹恁般待他,他却一心恋着南边。怪道连妻子也不要。”又将息了数日,方才行走得动。便去禀知兀良元帅,另自打发盘缠路引。一面行文挨获程万里。那张进到店中算还了饭钱,作别起身。星夜赶回家,参见张万户,把兀良元帅回书呈上看过,又将程万里逃归之事禀知。张万户将他遗书拆开看时,上写道:

门下贱役程万里,奉书恩主老爷台下:万里向蒙不杀之恩,收为厮养,委以腹心,人非草木,岂不知感。但闻越鸟南栖,狐死首丘①,万里亲戚坟墓,俱在南朝,早暮思想,食不甘味。意欲禀知恩相,乞假归省,诚恐不许,以此斗胆辄行。在恩相幕从如云,岂少一走卒。放某还乡如放一鸽耳。大恩未

① 越鸟南栖,狐死首丘——比喻人怀念故乡的意思。南方出产的鸟,飞到北方,也要落在树的南边枝上。狐死的时候,总要把头朝向着它的窟穴。

报，刻刻于怀。衔环结草①，生死不负。

张万户看罢，顿足道："我被这贼用计瞒过，吃他逃了！有日拿住，教他碎尸万段。"后来张万户贪婪太过，被人参劾，全家抄没，夫妻双双气死。此是后话不题。

且说程万里自从到任以来，日夜想念玉娘恩义，不肯再娶。但南北分争，无由访觅。时光迅速，岁月如流，不觉又是二十馀年。程万里因为官清正廉能，已做到闽中安抚使②之职。那时宋朝气数已尽，被元世祖直捣江南，如入无人之境。逼得宋末帝奔入广东崖山海岛中驻跸。止有八闽全省，未经兵火。然亦弹丸之地，料难抵敌。行省官不忍百姓罹于涂炭，商议将图籍版舆，上表亦归元主。元主将合省官俱加三级。程万里升为陕西行省参知政事③。到任之后，思想兴元乃是所属地方。即遣家人程惠，将了向日所赠绣鞋，并自己这只鞋儿，前来访问妻子消息，不题。

且说娶玉娘那人，是市上开酒店的顾大郎，家中颇有几贯钱钞。夫妻两口，年纪将近四十，并无男女。浑家和氏，每劝丈夫讨

---

① 衔环结草——两个报恩的故事。衔环，杨宝的事，见本书卷六。结草，据《左传》记载：春秋时，魏颗的父亲临死，吩咐把他的姨太太殉葬，魏颗没有照办，却把那个姨太太改嫁了。后来，打仗的时候，有一个老人把地上的草结起来绊倒敌人，使魏颗获胜。魏颗夜晚做梦，才知道老人便是那个姨太太的父亲的"鬼魂"。

② 安抚使——官名。宋代于各路置"安抚司"，长官叫作"安抚使"，掌管一路的军政和民政。

③ 陕西行省参知政事——陕西行省，是"陕西等处行中书省"的简称。元代分全国为若干行政单位，称为"行中书省"（约相当于现在的"省"）。每省分设丞相（从一品）一人，平章（从一品）二人，左右丞（正二品）各一人，参知政事（从二品）二人，主管全省的政务。

个丫头伏侍,生育男女。顾大郎初时恐怕淘气,心中不肯。到是浑家叮嘱牙婆寻觅。闻得张万户家发出个女子,一力撺掇讨回家去。浑家见玉娘人物美丽,性格温存,心下欢喜。就房中侧边打个铺儿。到晚间又准备些夜饭,摆在房中。玉娘暗解其意,佯为不知。坐在厨下,和氏自家走来道:“夜饭已在房里了,你怎么反坐在此?”玉娘道:“大娘自请,婢子有在这里。”和氏道:“我们是小户人家,不像大人家有许多规矩。止要勤俭做人家,平日只是姊妹相称便了。”玉娘道:“婢子乃下贱之人,倘有不到处,得免嗔责足矣。岂敢与大娘同列!”和氏道:“不要疑虑!我不是那等嫉妒之辈。就是娶你,也到是我的意思。只为官人中年无子,故此劝他娶个偏房。若生得一男半女,即如与我一般。你不要害羞,可来同坐吃杯合欢酒。”玉娘道:“婢子蒙大娘抬举,非不感激。但生来命薄,为夫所弃,誓不再适。倘必欲见辱,有死而已。”和氏见说,心中不悦道:“你既自愿为婢,只怕吃不得这样苦哩。”玉娘道:“但凭大娘所命。若不如意,任凭责罚。”和氏道:“既如此,可到房中伏侍。”玉娘随至房中。他夫妻对坐而饮,玉娘在傍筛酒,和氏故意难为他。直饮至夜半,顾大郎吃得大醉,衣也不脱,向床上睡了。玉娘收拾过家火,向厨中吃些夜饭,自来铺上和衣而睡。明早起来,和氏限他一日纺绩。玉娘头也不抬,不到晚都做完了,交与和氏。和氏暗暗称奇。又限他夜中趱赶多少。玉娘也不推辞,直纺到晓。一连数日如此,毫无厌倦之意。顾大郎见他不肯向前,日夜纺绩,只道浑家妒忌,心中不乐。又不好说得。几番背他浑家与玉娘调戏。玉娘严声厉色。顾大郎惧怕浑家知得笑话,不敢则声。过了数日,忍耐不过。一日对浑家道:“既承你的美意,娶这婢子与我,如何教他日夜纺绩,却不容他近我?”和氏道:“非我之过。只因他第一夜，如此作乔①，恁般推阻。为此我故意要难他转来。你如何反为好成歉？”顾大郎不信道：“你今夜不要他纺绩，教他早睡，看是怎么？”和氏道：“这有何难。”到晚间，玉娘交过所限生活。和氏道：“你一连做了这几时，今晚且将息一晚，明日做罢。”玉娘也十数夜不睡，觉道甚劳倦，甚合其意。吃过夜饭，收拾已完，到房中各自睡下。玉娘是久困的人，放倒头便睡着了。顾大郎悄悄的到他铺上，轻轻揭开被，捱进身子，把他身上一摸，却原来和衣而卧。顾大郎即便与他解脱衣裳。那衣带都是死结，如何扯拽得开。顾大郎性急，把他乱扯。才扯断得一条带子，玉娘在睡梦中惊醒，连忙跳起。被顾大郎双手抱住，那里肯放。玉娘乱喊杀人。顾大郎道：“既在我家，喊也没用。不怕你不从我！”和氏在床，假做睡着，声也不则。玉娘摔脱不得，心生一计。道：“官人，你若今夜辱了婢子，明日即寻一条死路。张万户夫人平昔极爱我的。晓得我死了，料然决不与你干休。只怕那时破家荡产，连性命亦不能保，悔之晚矣。”顾大郎见说，果然害怕，只得放手，原走到自己床上睡了。玉娘眼也不合，直坐到晓。和氏见他立志如此，料不能强，反认为义女。玉娘方才放心。夜间只是和衣而卧。日夜辛勤纺织。约有一年，玉娘估计积成布匹，比身价已有二倍，将来交与顾大郎夫妇，求为尼姑。和氏见他诚恳，更不强留。把他这些布匹，尽施与为出家之费。又备了些素礼，夫妇两人，同送到城南昙花庵出家。玉娘本性聪明，不勾三月，把那些经典讽诵得烂熟。只是心中记挂着丈夫，不知可能勾脱身走逃。将那两只鞋子，做个囊儿盛

① 作乔——装假，装模作样。

了，藏于贴肉。老尼出庵去了，就取出观玩，对着流泪。次后央老尼打听，知得乘机走了，心中欢喜。早晚诵经祈保。又感顾大郎夫妇恩德，也在佛前保祐。后来闻知张万户全家抄没，夫妇俱丧。玉娘想念夫人幼年养育之恩，大哭一场，礼忏追荐。诗云：

数载难忘养育恩，看经礼忏荐夫人。

为人若肯存忠厚，虽不关亲也是亲。

且说程惠奉了主人之命，星夜赶至兴元城中，寻个客店寓下。明日往市中，访到顾大郎家里。那时顾大郎夫妇，年近七旬，须鬓俱白，店也收了，在家持斋念佛。人都称他为顾道人。程惠走至门前，见老人家正在那里扫地。程惠上前作揖道："太公，借问一句说话。"顾老还了礼。见不是本处乡音，便道："客官可是要问路径么？"程惠道："不是。要问昔年张万户家出来的程娘子，可在你家了？"顾老道："客官，你是那里来的？问他怎么？"程惠道："我是他的亲戚，幼年离乱时失散。如今特来寻访。"顾老道："不要说起！当初我因无子，要娶他做个通房①。不想自到家来，从不曾解衣而睡。我几番挺弄他，他执意不从。见他立性贞烈，不敢相犯，到认做义女。与老荆就如嫡亲母子。且是勤俭纺织，有时直做到天明。不上一年，将做成布匹，抵偿身价，要去出家。我老夫妻不好强留，就将这些布匹，送与他出家费用。又备些素礼，送他到南城县花庵为尼。如今二十馀年了，足迹不曾出那庵门。我老夫妇到时常走去看看他，也当做亲人一般。又闻得老尼说，至今未尝解衣寝卧，

① 通房——即通房丫头，地位在姨太太和丫头之间；名义是丫头，实际上是姨太太。

不知他为甚缘故。这几时因老病不曾去看得。客官,既是你令亲,径到那里去会便了。路也不甚远。见时,到与老夫代言一声。”程惠得了实信,别了顾老,问昙花庵一路而来。不多时就到了。看那庵也不甚大。程惠走进了庵门,转过左边,便是三间佛堂。见堂中坐着个尼姑诵经,年纪虽是中年,人物到还十分整齐。程惠想道:“是了。”且不进去相问,就在门槛上坐着,袖中取出这两只鞋来细玩,自言自语道:“这两只好鞋,可惜不全!”那诵经的尼姑,却正是玉娘。他一心对在经上。忽闻得有人说话,方才抬起头来。见一人坐在门槛上,手中玩弄两只鞋子,看来与自己所藏无二。那人却又不是丈夫。心中惊异,连忙收掩经卷,立起身向前问讯①。程惠把鞋放在槛上,急忙还礼。尼姑问道:“檀越②,借鞋履一观。”程惠拾起递与,尼姑看了,道:“檀越,这鞋是那里来的?”程惠道:“是主人差来寻访一位娘子。”尼姑道:“你主人姓甚?何处人氏?”程惠道:“主人姓程,名万里,本贯彭城人氏,今现任陕西参政。”尼姑听说,即向身边囊中取出两只鞋来,恰好正是两对。尼姑眼中流泪不止。程惠见了,倒身下拜道:“相公特差小人来寻访主母。适才问了顾太公,指引到此,幸而得见。”尼姑道:“你相公如何得做这等大官?”程惠把历官闽中,并归元升任至此,说了一遍。又道:“相公分付,如寻见主母,即迎到任所相会。望主母收拾行装,小人好去雇倩车辆。”尼姑道:“吾今生已不望鞋履复合。今幸得全,吾愿毕矣,岂别有他想。你将此鞋归见相公、夫人,为吾致意,须做好

① 问讯——和尚、尼姑、道士向人合掌行礼,叫作“问讯”。
② 檀越——佛教称施主为“檀越”。

官，勿负朝廷，勿虐民下。我出家二十馀年，无心尘世久矣。此后不必挂念。”程惠道：“相公因念夫人之义，誓不再娶。夫人不必固辞。”尼姑不听，望里边自去。程惠央老尼再三苦告，终不肯出。

程惠不敢苦逼。将了两双鞋履，回至客店，取了行李，连夜回到陕西衙门。见过主人，将鞋履呈上，细述顾老言语，并玉娘认鞋，不肯同来之事。程参政听了，甚是伤感。把鞋履收了，即移文本省。那省官与程参政昔年同在闽中为官，有僚友之谊。见了来文，甚以为奇。即行檄仰兴元府官吏，具礼迎请。兴元府官，不敢怠慢，准备衣服礼物，香车细辇，笙箫鼓乐，又取两个丫鬟伏侍，同了僚属，亲到昙花庵来礼请。那时满城人家尽皆晓得，当做一件新闻。扶老挈幼，争来观看。且说太守同僚属到了庵前下马，约退从人，径进庵中。老尼出来迎接。太守与老尼说知来意，要请程夫人上车。老尼进去报知。玉娘见太守与众官来请，料难推托，只得出来相见。太守道：“本省上司奉陕西程参政之命，特着下官等具礼迎请夫人上车，往陕西相会。车舆已备，望夫人易换袍服，即便登舆。”教丫鬟将礼物服饰呈上。玉娘不敢固辞，教老尼收了。谢过众官，即将一半礼物送与老尼为终老之资，馀一半嘱托地方官员将张万户夫妻以礼改葬，报其养育之义。又起七昼夜道场，追荐白氏一门老小。好事已毕，丫鬟将袍服呈上。玉娘更衣，到佛前拜了四拜，又与老尼作别。出庵上车。府县官俱随于后。玉娘又分付：还要到市中去拜别顾老夫妻。路上鼓乐喧闹，直到顾家门首下车。顾老夫妇出来，相迎庆喜。玉娘到里边拜别。又将礼物赠与顾老夫妇，谢他昔年之恩。老夫妻流泪收下。送至门前，不忍分别。玉娘亦觉惨然，含泪登车。各官直送至十里长亭而别。太守又委僚属李克复，率领步兵三百，防护车舆。一路经过地方，官员知得，都来迎送馈礼。直至陕西省城，那些文武僚属，准备金鼓旗幡，离城十里迎接。程参政也亲自出城远迎。一路金鼓喧天，笙箫振地，百姓们都满街结彩，香花灯烛相迎。直至衙门后堂私衙门口下车。程参政分付僚属明日相见。把门掩上，回至私衙。夫妻相见，拜了四双八拜，起来相抱而哭。各把别后之事，细说一遍。说罢，又哭。然后奴仆都来叩见。安排庆喜筵席。直饮至二更，方才就寝。可怜成亲止得六日，分离到有二十馀年。此夜再合，犹如一梦。次日，程参政升堂，僚属俱来送礼庆贺。程参政设席款待。大吹大擂，一连开宴三日。各处属下晓得，都遣人称贺，自不必说。

且说白夫人治家有方，上下钦服。因自己年长，料难生育，广置姬妾。程参政连得二子，自己直加衔平章①，封唐国公，白氏封一品夫人，二子亦为显官。后人有诗为证：

六日夫妻廿载别，刚肠一样坚如铁。

分鞋今日再成双，留与千秋作话说。

① 加衔平章——“平章”比“参知政事”品级稍高，因皇帝认为程万里作官很好，所以给他加上“平章”的官衔。

第二十卷

张廷秀逃生救父

万事由天莫强求，何须苦苦用机谋。
饱三餐饭常知足，得一帆风便可收。
生事事生何日了？害人人害几时休？
冤家宜解不宜结，各自回头看后头。

话说国朝自洪武爷开基，传至万历爷，乃第十三代天子。那爷爷圣武神文，英明仁孝，真个朝无幸位，野没遗贤。内中单表江西南昌府进贤县，有一人姓张名权，祖上原是富家，报充了个粮长①。那知就这粮长役内坏了人家，把房产陆续弄完。传到张权父亲，已是寸土不存。这役子还不能脱。间壁是个徽州小木匠店。张权幼年间终日在那店门首闲看，拿匠人的斧凿学做，这也是一时戏耍。不想父母因家道贫乏，见儿子没甚生理，就送他学成这行生意。后来父母亡过，那徽州木匠也年老归乡。张权便顶着这店。因做人诚实，尽有主顾，苦挣了几年，遂娶了个浑家陈氏。夫妻二人将就

① 粮长——明初，编赋役黄册，以一百十户为一里，推丁粮多的十户人家为"长"；馀百户为十甲，甲凡十人。每岁，由里长一人，甲首一人，管一里一甲丁粮赋役等事。

过活。怎奈里役还不时缠扰。张权与浑家商议,离了故土,搬至苏州阊门外皇华亭侧边开个店儿。自起了个别号,去那白粉墙上写两行大字,道:“江西张仰亭精造坚固小木家火,不误主顾。”张权自到苏州,生意顺溜,颇颇得过。却又踏肩①生下两个儿子。常言道得好:只愁不养,不愁不长。不觉已到七八岁上。送在邻家一个义学中读书。大的取名廷秀,小的唤做文秀。这学中共有十来个孩子,止他两个教着便会。不上几年,把经书读得希烂。看看廷秀长成一十三岁,文秀一十二岁,都生得眉目疏秀,人物轩昂。那时先生教他学做文字,却就知布局练格,琢句修词。这张权虽是手艺之人,因见二子勤苦读书,也有个向上之念。谁想这年一秋无雨,作了个旱荒,寸草不苗。大户人家有米的,却又关仓遏粜②。只苦得那些小百姓,若老若幼③,饿死无数。官府看不过,开发义仓,赈济百姓。关支的十无三四④,白白里与吏胥做了人家。又发米于各处寺院煮粥救济贫民。却又把米侵匿,一碗粥中不上几颗米粒。还有把糠秕木屑搅和在内,凡吃的俱各呕吐,往往反速其死。上人只道百姓咸受其惠,那里晓得恁般弊窦,有名无实。正是:

　　随你官清似水,难逃吏滑如油。

且说张权因逢着荒年,只得把儿子歇了学,也教他学做木匠。二子天性聪明,那消几日,就学会了。且又做得精细,比积年老匠

---

① 踏肩——肩挨肩;紧挨着的意思。

② 关仓遏粜(tiào)——关闭粮仓,停止粜米。就是囤积居奇,不肯出卖粮食的意思。

③ 若老若幼——或老或幼,就是连老带幼。

④ 关支的十无三四——关支,发给,支出。就是说:支出发给百姓的,十分之中不到三四分。

更胜几分。喜得张权满面添花。只是木匠便会了,做下家火摆在门首,绝无人买。不勾几时,将平日积下些小本钱,看看摸尽,连衣服都解当①来吃在肚里。张权心下着忙,与浑家陈氏商议,要寻个所在趁工②几时,度过荒年,再作区处。出去走了几日,无个安身之地。只得依先在门首磨打家火。眼巴巴望个主顾来买。一日,正当午后,只见一人年纪五十以上,穿着一身细绢衣服,后边小厮跟随,在街上踱将过去。忽抬头看见张权门首摆列许多家火,做得精致,就停住脚观看。张权瞧见,便放下手中生活,上前招架道:"员外要甚家火?里面请看。"那人走上阶头,问道:"这些家火都是你自己做的么?"张权道:"尽是小子亲手所造。木料又干又厚,工夫精细,比别家不同。若是作成小子,情愿奉让加一。"那人道:"我买到不要买,问你可肯到人家做些家火么?"张权道:"这也使得。不知尊府住在何处?要做甚家火?"那人道:"我家住在专诸巷内天库前,有名开玉器铺的王家。要做一副嫁妆。木料尽多,只要做得坚固,精巧。完了嫁妆,还要做些桌椅书橱等类。你若肯做时,再拣两个好副手同来。"张权正要寻恁般所在,这却不是天赐其便。乃答道:"多承员外下顾,不知还在几时动手?"那人道:"你若有工夫,就是明日做起。"张权道:"既如此,明日小子早到宅上伺候便了。"说罢,那人作别而去。你道那人是何等样人物?原来姓王名宪,积祖豪富,家中有几十万家私。传到他手里,却又开起一个玉器铺儿,愈加饶裕。人见他有钱,都称做王员外。那王员外

① 解当——典当。

② 趁工——寻找一点临时工作。

虽然是个富家，做人到也谦虚忠厚，乐善好施。只是一件，年过五旬，却没有子嗣。浑家徐氏，单生两个女儿。长的唤做瑞姐，二年前已招赘了个女婿赵昂在家。次女玉姐，年方一十四岁，未有姻事；生的人物聪明，姿容端正。王员外夫妻钟爱犹胜过长女。那赵昂原是个旧家子弟，王员外与其父是通家好友。因他父母双亡，王员外念是故人之子，就赘入为婿。又与他纳粟入监，指望读书成器。谁知赵昂一纳了监生，就扩而充之起来，把书本撇开，穿着一套阔服，终日在街坊摇摆。为人且又奸狡险恶。见王员外没有儿子，以为自己是个赘婿，这家私恰像板膀上刊定是他承受，家业再没统移的了。遇着个老婆却又是个不贤慧的班头，一心只向着老公。见父母喜欢妹子，恐怕也赘个女婿，分了家私，好生妒忌。有《赘婿诗》说得好：

人家赘婿一何痴！异种如何接本支？
两口未曾沾孝顺，一心只想霸家私。
愁深祇为防生舅，念狠兼之妒小姨。
半子虚名空受气，不如安命没孩儿。

话分两头。且说张权正愁没饭吃，今日揽了这桩大生意，心中好不欢喜。到次日起来，弄了些柴米在家，分付浑家照管门户，同着两个儿子，带了斧凿锯子，进了阊门，来到天库前。见个大玉器铺子。张权约莫是王家了。立住脚正要问人时，只见王员外从里边走将出来。张权即忙上前相见。王员外问道："有几个副手在此？"张权道："止有两个。"便教儿子过来见了员外。弟兄两人将家火递与父亲，向前深深作揖。王员外还了个半礼。见是两个小厮，便道："我因要做好生火，故此寻你，怎么教这小厮家来做？"张权正要开言,廷秀上前道:“员外!自古道:后生可畏。年纪虽小,手段不小。且试做来看,莫要就轻忽了人。”王员外看见二子人物清秀,且又能言快语,乃问道:“这两个小厮是你甚人?”张权道:“是小子的儿子。”王员外道:“你到生的这两个好儿子!”张权道:“不敢,只是没饭吃。”王员外道:“有了恁样儿子,愁甚没饭吃!随我到里边来。”当下父子三人一齐跟进大厅。王员外唤家人王进开了一间房子,搬出木料,交与张权,分付了样式。父子三人量画定了,动起斧锯,手忙脚乱,直做到晚。吃了夜饭,又讨些灯火,做起夜作。半夜方睡。一连做了五日,成了几件家火,请王员外来看。王员外逐件仔细一观,连声喝采道:“果然做得精巧!”他把家火看了一回,又看张权儿子一回。见他弟兄两个,只顾做生活,头也不抬,不觉触动无子之念,嘿然伤感。走入里边,坐在房中一个壁角里,两个眉头蹙做一堆,骨嘟了嘴①,口也不开。浑家徐氏看见恁般模样,连问几声也不答应。急走到外边来,问员外适才与谁惹气。都说才看了新做的家火进来,并不曾与甚人惹气。徐氏问明白了,又走到房里。见丈夫依旧如此闷坐,乃上前道:“员外,家中吃的尽有,穿的尽有,虽没有万贯家私,也算做是个财主。况今年纪五十之外,便日日快活,到八十岁也不上三十年了。着甚要紧,恁般烦恼!”王员外道:“妈妈,正为后头日子短了,因此烦恼。你想我辛勤了半世,挣得这些少家私,却不曾生得个儿子,传授与他,接绍香烟。就是有两个女儿,纵养他一百来岁,终是别人家媳妇,与我毫没相干。譬如瑞姐,自与他做亲之后,一心只对着丈夫,

① 骨嘟了嘴——鼓起嘴巴,恼怒生气不语的样子。

把你我便撇在脑后,何尝牵挂父母,着些痛热!反不如张木匠是个手艺之人。看他年纪还小我十来年,到生得两个好儿子,一个个眉清目秀,齿白唇红。且又聪明勤谨,父子恩恩爱爱,不教而善。适才完下几件家火,十分精巧。便是积年老手段,也做他不过。只可惜落在他家,做了木匠。若我得了这样一个儿子,就请个先生教他读书,怕不是联科及第,光耀祖宗。"徐氏见丈夫烦恼,便解慰道:"员外,这也不难!常言道:有意种花花不活,无心插柳柳成阴。既张木匠儿子恁般聪明俊秀,何不与他说,承继一个,岂不是无子而有子。"王员外闻言,心中欢喜,道:"妈妈所见极是!但不知他可肯哩?"当夜无话。

到次日饭后,王员外走到厅上,张权上前说道:"员外,小子今晚要回去看看家里,相求员外借些工钱,买办柴米,安顿了敝房①,明日早来。"员外道:"这个易处!我有句话儿问你。"张权道:"不知员外有甚分付?"王员外道:"两位令郎今年几岁?叫甚名字?"张权道:"大的名廷秀,年十四岁了;小的名文秀,年十二岁了。"王员外道:"可识字么?"张权道:"也曾读过几年书。只为读不起,就住了,字到也识的。"王员外道:"我欲要承继大令郎为子,做个亲家往来,你可肯么?"张权道:"员外休得取笑!小子乃手艺之人,怎敢仰攀宅上!就是小儿也没有恁样福分。"王员外道:"何出此言!贫富那个是骨里带来的。你若肯时,就择个吉日过门。我便请个先生教他。这些小家私好歹都是他的。"张权见王员外认真

① 敝房——对人家讲到自己妻子时的谦称,犹如说"敝室",就是妻子;这里指张权的老婆。

要过继他儿子,满面堆起笑来,道:“既承员外提拔小儿,小子怎敢固辞。今晚且同回去,与敝房说知。待员外择日过门罢。”王员外道:“说得是。”进来回复了徐氏,取出一两银子工钱,付与张权。到晚上领着二子,作别回家。陈氏接着,张权把王员外要过继儿子一事,与浑家说知。夫妻欢天喜地。就是廷秀见说要请先生教他读书,也甚欲得。

话休烦絮。王员外拣了吉日,做下一身新衣,送来穿着。张权将廷秀打扮起来,真个人是衣妆,佛是金妆,廷秀穿了一身华丽衣服,比前愈加丰采,全不像贫家之子。当下廷秀拜别母亲,作辞兄弟。陈氏又将好言训诲,教他孝顺亲热,谦恭下气。廷秀唯唯。虽然不是长别,母子未免流泪。张权亲自送到王家。只见厅上大排筵席,亲朋满座。见说到了,尽来迎接。到厅与众亲戚作揖过了,先引去拜过家庙,然后请王员外夫妇到厅上坐下,廷秀上前四双八拜,又与赵昂夫妇对拜。又到里边与玉姐相见。其馀内外男女亲戚,一一拜见已毕,入席饮酒。就改名王廷秀。与玉姐两下同年,因小两个月,排行三官。廷秀在席上谦恭揖让,礼数甚周。亲友无不称赞。内中止有赵昂夫妇心中不悦。当日大吹大擂,鼓乐喧天,直到更馀而散。次日,张权同着次子来谢过了王员外,依先到大厅上去做生活。王员外数日内便聘了个先生到家,又对张权说:“二令郎这样青年美质,岂可将他埋没,何不教他同廷秀一齐读书,就在这里吃些现成茶饭?”张权道:“只是又来相扰,小子心上不安。”王员外道:“如今已是一家,何出此言!”自此文秀也在王家读书。张权另叫副手相帮,不题。且说廷秀弟兄弃书原不多时,都还记得。那先生见二子聪明，尽心指教。一年之间，三场[1]俱通。此时王员外家火已是做完，张权趁了若干工银。王员外分外又资助些银两，依旧在家开店过日。

虽然将上不足，也是比下有馀。

且说王员外次女玉姐，年已一十五岁，未曾有亲事。做媒的络绎不绝。王员外因是爱女，要择个有才貌的女婿。不知说过多少人家，再没有中意的。看见廷秀勤谨读书，到有心就要把他为婿。还恐不能成就，私下询问先生，先生极口称赞二子文章，必然是个大器。王员外见先生赞得太过，只道是面谀之词，反放心不下。即讨几篇文字，送与相识老学观看。所言与先生相合。心下喜欢，来对浑家商议。徐氏也爱廷秀人材出众，又肯读书，一力撺掇。王员外的主意已定。央族弟王三叔往张家为媒。王三叔得了言语，一径来到张家，把王员外要赘廷秀为婿的话，说与张权。张权推托门户不当，不肯应承。王三叔道："此是家兄因爱令郎才貌，异日定有些好处，故此情愿。又非你去求他，何必推辞。"张权方才依允。王三叔回覆了王员外，便去择选吉日行聘。不题。单表赵昂夫妻初时见王员外承继张廷秀为子，又请先生教他读书，心中已是不乐；只不好来阻当。今日见说要将玉姐赘他为婿，愈加妒忌。夫妻两个商议了说话，要来拦阻这事。当下赵昂先走入来见王员外道："有句话儿，本不该小婿多口。只是既在此间，事同一体，不得不

① 三场——明代规定：乡试（省试）在八月举行，会试（京试）在二月；各分为三场，每场考三天。初场考《四书》、经义和试帖诗；二场考论、判、诏、表；三场考经、史、时务策。这里说"三场俱通"，就是把初、二、三场所应考的东西都学会了。

说。又恐说时，反要招怪。不敢启齿。”王员外道：“我有甚差误处，得你点拨，乃是正理，怎么怪你！”赵昂道：“便是小姨的亲事，向日有多少名门巨族求亲，岳父都不应承。如何却要配与三官？我想他是个小户出身，岳父承继在家，不过是个养子，原不算十分正经，无人议论。今若赘做女婿，岂不被人笑话！”王员外笑道：“贤婿，这事不劳你过忧。我自有主见在此。常言道：会嫁嫁对头，不会嫁嫁门楼。我为这亲事，不知拣过多少子弟，并没有一个入眼。他虽是小家出身，生得相貌堂堂，人材出众，且又肯读书，做的文字人人都称赞，说他定有科甲之分。放着恁般目知眼见的到不嫁，难道到在那些酒包饭袋里去搜觅？若拣个好的，也还有指望。倘一时没眼色，配着个不僧不俗，如醉如痴的蠢材，岂不反误了终身！如今纵有人笑话，不过是一时。倘后来有些好处，方见我有先见之明。”赵昂听说，呵呵的笑道：“若论他相貌，也还有两分可听。若说他会做文字，人人称赞，这便差了。且不要论别处，只这苏州城里有无数高才绝学，朝吟暮读，受尽了灯窗之苦，尚不能勾飞黄腾达。他才开荒田，读的年把书，就要想中举人进士，岳父，你且想！每科普天下只中得三百个进士，就如筛眼里隔出来一般，如何把来看的恁般容易？这些称赞文字的，皆欺你不晓得其中道理。见你这般认真，难好败兴，把凑趣的话儿哄你。如何便信以为实？”王员外正要开言，傍边转过瑞姐道：“爹爹，凭着我们这样人家，妹子恁般容貌，怕没有门当户对人家来对亲，却与这木匠的儿子为妻？岂不玷辱门风，被人耻笑！据我看起来，这斧头锯子，便是他的本等，晓得文字怎么样做。我的妹子做了匠人的妻子，有甚好处！后来怎好与他往来？”王员外见说，心中大怒，道：“他既做了我的子婿，传授这些家业。纵然读书不成，就坐吃到老，也还有馀。那见得原做木匠，与你难好相往！我看起来，他目下虽穷，后来只怕你还赶他脚跟不着哩。那个要你管这样闲帐，可不扯淡么！”一头说，径望里边而走。羞得赵昂夫妻满面通红，连声道：“干我甚事！只为体面上不好看，故此好言相劝，何消如此发怒！只怕后来懊悔，想我们今日的说话便迟了！”王员外也不理他。直至房中，怒气不息。徐氏看见，便问道：“为甚气的恁般模样？”王员外将适来之事备细说知。徐氏也好生不悦。王员外因赵昂奚落廷秀，心中不忿，务要与他争气。到把行聘的事搁起。收拾五百两银子，将拜匣盛了，教个心腹的家人拿着，自己悄悄送与张权，教他置买一所房子，弃了木匠行业，另开别店，然后择日行聘。张权夫妻见王员外恁般慷慨，千恩万谢，感激不尽。自古道：无巧不成话。张权正要寻觅大房，不想左间壁一个大布店，情愿连房带店出脱与人，却不是一事两便。张权贪他现成，忍贵顶了这店，开张起来。又讨下一房家人，一个养娘。家中置办得十分次第。然后王员外选日行聘，大开筵席，广请亲朋。虽是廷秀行聘，却又不放回家。止有赵昂自觉没趣，躲了出去。瑞姐也坐在房里，不肯出来。因是赘婿，到是王员外送聘，张权回礼。诸色丰盛，邻里无不喝采。自此之后，张权店中日盛一日，挨挤不开。又僱了个伙计相帮。大凡人最是势利，见张权恁般热闹，把张木匠三字撇过一边，尽称为张仰亭。正是：

运退黄金无色，时来铁也增光。

话分两头。且说赵昂自那日被王员外抢白了，把怒气都迁到张家父子身上。又见张权买房开店,料道是丈人暗地与他的银子,越加忿怒,成了个不解之仇。思量要谋害他父子性命,独并王员外家私。只是没有下手之处,与老婆商议。那老婆道:"不难!我有个妙策在此。教他有口难分,死在狱底。"赵昂满心欢喜,请问他其策。那婆娘道:"谁不晓得张权是穷木匠。今骤然买了房子,开张大店,只有你我便知道是老不死将银子买的。那些邻里如何知得,心下定然疑惑。如今老厌物要亲解白粮到京。乘他起身去后,拚几十两银子买嘱捕人,教强盗扳他同伙打劫,窝顿赃物在家。就拘邻里审时,料必实说:当初其实穷的,不知如何骤富。合了强盗的言语。这个死罪那里逃得过去!房产家私,必然入官变卖。那时老厌物已不在家,他又是异乡之人,又无亲族,谁人去照管。这条性命,决无活理!等张木匠死了,慢慢用软计在老厌物面前冷丢,掇张廷秀出门。再寻个计策,做成圈套,装在玉姐名下,只说与人有奸。老厌物是直性的人,听得了恁样话,自然逼他上路。去了这个祸根,还有甚人来分得我家的东西!"赵昂见说,连连称妙。只等王员外起身解粮,便来动手。且说王员外因田产广多,点了个白粮解户①。欲要包与人去,恐不了事,只得亲往。顺便带些玉器,到京发卖,一举两得。遂将家中事体料理停当,即日起身。分付廷秀用心读书。又教浑家好生看待。大凡人结交富家,自然有许多的礼数。像王员外这般远行,少不得亲戚都要饯送,有好几日酒席。那张权一来是大恩人,二来又是新亲家,一发理之当然,自

① 白粮解户——明代,在正漕粮之外,苏、松、常、嘉、湖五府输运给内府白熟粳糯十七万馀石,各府部送糙粳米四万馀石。这种粮叫作"白粮"。解送白粮到京城去的人家叫作"白粮解户"。

不必说。到临行这日,张权父子三人直送至船上而别。

却说赵昂眼巴巴等丈人去后,要寻捕人陷害张权,却又没有个熟脚商议,问兀谁好?忽地思量起来:"幼时有个同窗杨洪,闻得现今当充捕人。何不去投他。但不知住在那里。"暗想道:"且走到府前去访问,料必有人晓得。"即与老婆要了五十两银子,打作一包。又取了些散碎银两。忙忙的走到府门口。只见做公的,东一堆,西一簇,好生热闹。赵昂有事在身,无心观看。见一个老年公差,举一举手道:"上下可晓得巡捕杨洪住在何处?"那公差答道:"便是杨黑心么?他住在乌鹊桥巷内。刚才走进总捕厅①里去了。"赵昂谢声道:"承教了。"飞向总捕厅衙前来看。只见杨洪从里边走出。赵昂上前迎住拱手道:"有一件事,特来相求。屈兄一步。"杨洪道:"有甚见谕,就此说也不妨。"赵昂道:"这里不是说话之处。"两下厮挽着出了府门,到一个酒店中,拣副僻静座头坐下。叙了些疏阔寒温。酒保将酒果嗄饭摆来。两人吃了一回,赵昂开言低低道:"此来相烦,不为别事。因有个仇家,欲要在兄身上,分付个强盗扳他,了其性命,出这口恶气。"便摸出银子来,放在桌上,把包摊开道:"白银五十两,先送与兄。事就之日,再送五十两。凑成一百。千万不要推托。"自古道:公人见钱,犹如苍蝇见血。那杨洪见了雪白的一大包银子,怎不动火!连叫:"且收过了说话。恐被人看见,不当稳便。"赵昂依旧包好,放在半边。杨洪道:"且说那仇家是何等样人?姓甚?名谁?有甚家事?拿了时,可有亲丁出来打官司告状的么?"赵昂道:"他名叫张权,江西小木

① 总捕厅——捕盗贼的机关。

匠出身,住在阊门皇华亭侧。旧时原是个穷汉,近日得了一注不明不白的钱财,买起一所大房,开张布店。止有两个儿子,都还是黄毛小厮①。此外更无别人,不消虑得。”杨洪道:“这样不打紧!前日刚拿五个强盗,是打劫庞县丞的。因总捕侯爷公出,尚未到官。待我分付了,叫他当堂招出,包你稳稳问他个死罪。那时就狱中结果他的性命,如反掌之易了。”赵昂深深作揖道:“全仗老兄着力!正数之外,另自有报。”杨洪道:“我与尊相从小相知,怎说恁样客话!”把银子袖过。两下又吃了一大回酒,起身会钞。临出店门,赵昂又千叮万嘱。杨洪道:“不须多话!包你妥当!”拱拱手,原向府内去了。赵昂回到家里,把上项事说与老婆知道。两人暗自欢喜。

且说杨洪得了银子,也不通伙计得知。到衙前完了些公事,回到家中,将银交与老婆藏好。便去买些鱼肉安排起来。又打一大壶酒,烫得滚热。又煮一大锅饭。收拾停当,把中门闭上。走到后边,将钥匙开了阱房。那五个强盗见他进门,只道又来拷打,都慌张了。口中只是哀告。杨洪笑道:“我岂是要打你!只为我们这些伙计,见我不动手,只道有甚私弊,故此不得不依他们转动。两日见你众人吃这些痛苦,心中好生不忍。今日趁伙计都不在此,特买些酒肉与你们将息一日,好去见官。”那些强盗见说不去打他,反有酒肉来吃,喜出望外。一个个千恩万谢。须臾搬进,摆做一台。却是每人一碗肉,一碗鱼,一大碗酒,两大碗饭。杨洪先将一名开了铁链,放他饮啖。那强盗连日没有酒肉到口,又受了许多痛

① 黄毛小厮——年轻的小孩子。

苦。一见了,犹如饿虎见羊,不勾大嚼,顷刻吃个干净。吃完了,依旧锁好。又放一个起来。那未吃的口中好不流涎。不一时轮流都吃遍了。杨洪收过家火,又走进来问道:"你们曾偷过阊门外开布店张木匠张权的东西么?"都道:"没有。"杨洪道:"既没有,为何晓得你们事露,连日叫人来叮嘱,要快些了你们性命?你们各自去想一想。或者有些什么冤仇?"众强盗真个各去胡思乱想。内中一个道:"是了,是了!三月前我曾在阊门外一个布店买布,为争等子头上起,被我痛骂了一场。想是他怀恨在心,故此要来伤我们性命。"杨洪便趁势道:"这等,不消说起是了。但不过是件小事,怎么就要害许多人的性命?那人心肠却也太狠!"众强盗见说,一个个咬牙切齿。杨洪道:"你们要报仇,有甚难处!明日解审时,当堂招他是个同伙,一向打劫的赃物,都窝在他家。况他又是骤发,咬实了,必然难脱。却教他陪你吃苦。况他家中有钱,也落得他使用。"又说道:"切不要就招。待拷问到后边,众口一词招出,方像真的。"众人俱各欢喜,道:"还是杨阿叔有见识。"杨洪又说了他出身细底,又吩咐莫与伙计们得知。"他们通得了钱,都是一路。"众强盗牢记在心。杨洪见事已谐,心中欢喜。依旧将门锁好。又来到府前打听,侯同知晚上回府,便会同了众捕快,次日解官。有诗为证:

只因强盗设捕人,谁知捕人赛强盗!

买放真盗扳平民,官法纵免幽亦报。

次早,众捕快都至杨洪家里,写了一张解呈,拿了赃物。带着这班强盗来到总捕厅前伺候。不多时,侯爷升堂。杨洪同众捕快将强盗解进,跪在厅前,把解呈递上,禀道:"前日在平望地方,擒获强盗一起五名，正是打劫庞县丞的真赃真盗，解在台下。”侯爷将解呈看了，五个强盗，都有姓名：计文，吉适，袁良，段文，陶三虎。点过了名，又将赃物逐一点明，不多什么东西。便问捕快道：“闻得庞县丞十分贪污，囊橐甚多，俱被劫去，如何只有这几件粗重东西？其馀的都在那里？”众捕快禀道：“小的们所获，只有这几件。此外并没有了。或者他们还窝在那处。老爷审问便知。”侯爷唤上强盗问道：“你一班共有几人？做过几年？打劫多少人家？赃物都窝顿在何处？从实细说，饶你刑罚。”众强盗一一招称，只有五个，并无别人。劫过东西，俱已花费。止存这些，馀外更没有窝顿所在。侯爷大怒，讨过夹棍，一齐夹起。才套得上，都喊道：“还有几名，都已逃散。只有一个江西木匠张权，住在阊门外边，向来打劫银两都窝在他家。如今见开布店。”侯爷见异口同声，认以为实，连忙起签，差原捕杨洪等，押着两名强盗作眼，同去擒拿张权起赃连解。那三名锁在庭柱上，等解到同审。侯爷再理别事。

且说杨洪同众人押着强盗，一径望阊门而去。赵昂也在府前探听。看见杨洪，已知事妥。自己躲过一边。却教手下人，远远跟去，看其动静。杨洪到了张权门首，立住脚道：“这里是了。”只见张权在店中做生意，挤着许多主顾，打发不开。杨洪分开众人，托地跳进店里，将链子望张权颈上便套。张权叫声：“阿呀！却是为何？”杨洪伸开手，两个大巴掌，骂道：“你这强盗！还要问甚？你打劫许多东西，在家好快活，却带累我们，不时比捕！”张权连声叫苦道：“这是那里说起！”正要分辨时，众捕人押着强盗，望里边去了。杨洪恐怕众人拣好东西藏过，忙将张权锁好，又取出铁扭上了，也牵入里面起赃。那时惊得一家无处躲避。门前买布的，与伙计讨了银钱，自往别处去买。看的人拥做一屋。众捕快将一应细软，都搜括出来，只拣银两衣饰，各自溜过，其馀打起几个大包，连店中布匹，尽情收拾。张权夫妻抱头大哭道："不知这场横祸那里飞来！"两下分舍不得。捕人上前拆开，牵着便走。那些邻里不晓得的，认以为真，便道："我说他一向家事不济，如何忽地买起房屋，开这样大铺子？又与儿子定亲。只道他掘了藏①，原来却做了这行生意，故此有钱。"有几个相识晓得些的，与他分剖说："是个好人！这些东西，是亲家王员外扶持的。不知为甚被人扳害？"众人那里肯信。一路上说好说歹，不止一个，都跟来看。且说杨洪一班，押张权到了府中。侯爷在堂立等回话。解将进去跪下，把东西放做一堂。杨洪禀道："张权拿到了。"侯爷教放下柱上三个强盗同审。又将东西逐一验过。张权上前泣诉道："爷爷，小人是个良民，从来与这班人不曾识面，何尝与他同盗。其实是霹空陷害，望爷爷超拔！"侯爷喝道："既不曾同盗，这些赃物那里来的？"张权道："这东西是小人自己挣的，并非赃物。"乃对众强盗道："我从不曾认得你们。有甚冤仇，今日害我？"众强盗道："我们本不欲招你出来。只因熬刑不过，一时招出。你也承认罢，省得受那痛苦！"张权高声叫屈道："你这些千刀万剐的强盗，得了那个钱财，却来害我！"众强盗道："张权，仁心天理，打劫庞县丞，是你起的祸根。其地虽不曾同去，拿来的东西俱放在你家营运，如何赖得？"张权又禀道："爷爷，小人住在此地，将有二十年了，并不曾与人角口一番，怎敢为此等犯法之事！若有此情，必能搬向隐僻所在去了，岂

① 掘了藏——在地下挖掘出了埋藏的金银。

敢还在闹市上开店？爷爷不信，可拘四邻地方来问，便知小人平素。”侯爷见他苦苦折辨不招，对众强盗道：“你这班人，想必把真强盗隐匿，陷害平人。”教都夹起来。众皂隶一齐向前动手。夹得五个强盗杀猪般叫喊，只是一口咬定张权是个同伙，不肯改口。又道：“爷爷，他是小木匠，那个不晓得是个穷汉。如何骤然置买房屋，开起恁样大布店来？只这个就明白了。”侯爷道：“是。你是个穷木匠，为何忽地骤富？这个须没得辨！”喝教也夹起来。张权上前再三分辩，是亲家王员外扶持的银子。侯爷那里肯听。可怜张权何尝经此痛苦。今日上了夹棍，又加一百杠子，死而复苏。熬炼不过，只得枉招。侯爷见已招承，即放了夹棍，各打四十毛板，将招繇做实，依律都拟斩罪。赃物贮库。张权房屋家私，尽行变卖入官。画供已毕，上了脚镣手扭，发下司狱司①监禁。连夜备文申报上司。正是：

闭门家里坐，祸从天上来。

话分两头。且说陈氏见丈夫拿去，哭死在地。亏养娘救醒。便教家人伙计随去看个下落，顺便报与二子。廷秀兄弟正在书院读书，见报父亲被强盗攀了，吓得魂飞魄散。撇下书本，带跌而奔。先生也随将来看。里边徐氏晓得，连忙教几个家人探听。廷秀弟兄，随了家人，赶到府中。父亲已是解进衙门。立在外边打探。听得辨了半日，也上夹棍。着了急，便要望里边去禀。被先生一把扯住，道：“你若进去，也被粘住身子，那个出头去辨冤？”二子见先生之言有理，便住了脚。听父亲夹得声音凄惨，都叫起屈来。被把门

① 司狱司——明代，各府设有“司狱司”，是管理牢狱的机关。

人驱逐出外边。少顷,见两个人扶着父亲出来,两眼闭着,半死半活。又晓得问实斩罪,上前抱住放声大哭。一个字也说不出。张权耳内闻得儿子声音,方才挣眼一看,泪如珠涌,欲待吩咐几声,被杨洪走上前,一手推开廷秀,扶挟而行,脚不点地,直至司狱司前,交与禁子,开了监门,扶将进去。廷秀弟兄,欲待也跟入去,禁子那里肯容。连忙将监门闭上。可怜二子哭倒在地。那先生同伙计家人,随后也到。将廷秀扶起道:"事已至此,哭亦无益。且回家去,再作区处。"二子无奈,只得收泪,对禁子道:"列位大叔在上,可怜老父是含冤负屈之人,凡事全仗照管,自当重报。"禁子道:"小官人,常言道:靠山吃山,靠水吃水。做公的买卖,千钱赊不如八百现。我们也不管你冤屈不冤屈,也不想甚重报,有,便如今就送与我们,凡事自然看顾一分。若没有,也便罢了。决无人来催讨。那远话儿且请收着,等你不及。"廷秀道:"今日不曾准备在此,明早即来相恳。"禁子道:"既恁样,放心请回,我们自理会得。"廷秀弟兄同众人转来。也不到丈人家里,一径出阊门,去看母亲。走至门首,只见侯同知已差人将房子锁闭。两条封皮,交叉封着。陈氏同养娘都在门首啼哭。一见儿子到来,相抱而哭。真个是痛上加痛,悲中转悲。旁边看的人,无不垂泪称冤。那伙计并家人,见恁般光景,也不相顾,各自去寻活路。母子计议,无处投奔。只得同到丈人家里暂住,再作区处。到了王员外门口,廷秀先进去报知。徐氏与女儿出来迎接。相见已罢,请入房里。那时赵昂已往杨洪家去探听。瑞姐晓得,也来相见。廷秀母子,将前后事情哭诉一番。徐氏也觉惨伤。玉姐暗自流泪。只有瑞姐心中欢喜,假意劝慰。当晚徐氏准备酒肴款待。陈氏水米不沾,一味悲泣。徐氏解劝不止。

到次日，廷秀与母亲商议，要牢中去看父亲，说："昨日已许了禁子东西。如今一无所有，如何是好！"正没做理会，徐氏走来，知得，便去取出十两银子，递与廷秀道："你且先将去用。若少时，再对我说。等你父亲回家，就易处了。"陈氏谢道："屡承亲家厚恩，无门可报！今日又来累及亲家损钞，今生不能相报，死当衔结以报大恩！"徐氏道："说那里话！亲翁在患难之际，员外又不在家，不能分忧。些小东西，何足为谢！"当下弟兄二人，将银留了八两，把二两封好，央先生同到司狱司前，送与禁子。禁子嫌少。又增了一两，方才放二人进去。先生自在外边等候。禁子引二子来到后监。见父亲倒在一个壁角边乱草之上，两腿皮开肉绽，脚镣手扭，紧紧锁牢，淹淹止存一息。二子一见，犹如乱箭攒心，放声号哭，奔向前来，叫声："爹爹，孩儿在此！"把他扶将起来。那张权睁开眼见了儿子，呜呜的哭道："儿，莫不是与你梦中相会么？"廷秀说："爹爹，那里说起！降着这场横祸！到此地位，如何是好？"张权抚着二子道："我的儿，做爹的为了一世善人，不想受此恶报，死于狱底。我死也罢了，只是受了王员外厚恩，未曾报得，不能瞑目！你们后来，倘有成人之日，勿要忘了此人。"廷秀道："爹爹，且宽心将养身子，待孩儿拚命往上司衙门诉冤，务必救爹爹出去。"张权摇着手道："不可，不可！如今乃是强盗当堂扳实，并不知何人诬陷，去告谁好？况侯同知见任在此。就准下来，他们官官相护，必不肯翻招，反受一场苦楚。况你年纪幼小，有甚力量，干此大事？我受刑已重，料必不久。也别没甚话吩咐，只有你母亲，早晚好好伏侍，即如与我一般。用心去读书，倘有好日，与爹争口气罢。"说罢，父子又哭。

冤情说到伤心处，铁石人闻也断肠。

旁边有一人名唤种义，昔年因路见不平，打死人命，问绞在监。见他父子如此哭泣，心中甚不过意。便道："你们父子且勿悲啼。我种义平生热肠仗义，故此遭了人命。昨日见你进来，只道真是强盗，不在心上。谁想有此冤枉！我种义岂忍坐视！二位小官人放心回去读书。今后令尊早晚酒食，我自支持，不必送来。棒疮目下虽凶，料必不至伤身。其馀监中一应使用，有我在此，量他决不敢来要你银子。等待新按院①按临，那时去伸冤，必然有个生路。"廷秀弟兄听说，连忙叩拜道："多蒙义士厚意。老父倘有出头之日，决不忘报！"种义扶起道："不要拜谢！且扶令尊到我房中去歇息。"二子便去搀张权起来。张权腿上疼痛，二子年幼力弱，那里挣扎得起。种义忍不住，自己揎拳裸袖，向前扶起，慢慢的逐步捱到前边种义房中。就教他睡在自己床铺上。取出棒疮膏，与张权贴好。廷秀见有倚靠，略略心宽。取出二两银子，送与种义，为盘缠之费。种义初时不肯受。廷秀弟兄再三哀恳，方才受了。父子留恋不忍分离。怎奈天色渐晚，禁子催促，只得含泪而别。出了监门，寻着先生，取路回家。廷秀弟兄一路商议："母亲住在王家，终不稳便。不若就司狱司左近赁间房子居住，早晚照管父亲，却又便当。"计议已定，到家与母亲说知。次日将馀下的银两，赁下两间房屋，置办几件日用家火。廷秀告知徐氏，说："母亲自要去住。"徐氏与玉姐苦留不住，只得差人相送。又赠些银米礼物。陈氏同

① 按院——指巡按御史。在明朝，巡按御史是皇帝派至各地巡察政治、刑事和处理要案的官员。

二子,领着养娘,进了新房。自到牢中看了丈夫。相见之间,哀苦自不必说。弟兄二人住过三四日,依原来到王家读书。终是挂念父亲,不时出入,把学业都荒疏了。

不说廷秀,且说赵昂自从陷害张权之后,又与妻子计较,要撚廷秀出门。那婆娘道:"要他出门,也甚容易。止要多费几两银子。"赵昂道:"有甚好计?你且说来。便费几两银子,也是甘心的。"那婆娘道:"要他出去,除非将家中大小男女都把银子买嘱停当。等父亲回时,七张八嘴,都说廷秀偷东西在外嫖赌。他见众人说话相同,自然半信半疑。那时我与你再把冷话去激发,必定赶他出门。待廷秀去后,且再算计玉姐。"赵昂依着老婆,把银子买嘱家中婢仆。这些小人,那知礼义,见了银子,谁不依允。不则一日,王宪京中解粮回家。合家大小都来相见;惟有廷秀因母亲有病,归家探看,不在眼前。那时文秀已是久住在家,伏侍母亲,不在话下。王员外便问:"三官如何不见?"众人俱推不知。徐氏便接过口来,把张权被人陷害前后事情,细说一遍。又道:"想他看候父亲去了。"王员外闻言,心中惊讶。少顷,廷秀归来相见。王员外又细询他父亲之事。廷秀哭诉一番,哀求搭救。王员外道:"你自去读书。待我心定了,与你计较这事。"廷秀拜谢,自归书房。到次日早上,记挂母亲,也不与先生说知,又回去候问。不想王员外一起身,便来拜望先生,又不见了廷秀。问先生时,说清早出外去了。王员外心中便有几分不喜。与先生叙了些间阔之情。查点廷秀功课,却又甚少。先生怕主人见怪,便道:"令郎自从令亲家被陷之后,不时往来看觑,学业也荒疏了。"王员外见说废了功课,愈加不乐。别了先生,走到外边。见书童进来,便问道:"可晓得三官那里去了?”那书童已得过赵昂银子,一见家主问时,便答道:“三官这一向不时在外嫖赌,整几夜不回。”王员外似信不信,喝退书童,心中疑惑。又去访问家中童仆,都是一般言语。古语道得好:“众口铄金,积毁销骨。”王员外平日极是爱惜廷秀,被众人谗言一说,即信以为真,暗暗懊悔道:“当初指望他读书成人,做了这事。不想张权问罪在牢,其中真假未知。他又不学长俊①,嫖赌兼全,后来岂不误了女儿终身?昔年赵昂和瑞姐曾来劝谏,只为一时之惑,反将他来嗔责。如今却应了他们口嘴,如何是好!”委决不下,在厅中团团走转。那时这些奴仆,都将家中访问之事,报与赵昂。赵昂大喜,已知计中八九,到外边来打探。恰好遇着丈人。不等王员外开口,便道:“小婿今日又有一句话要说。只恐岳父又要见怪,不好说得。”王员外道:“往事休题!你说,如今有甚事情?”赵昂道:“从岳父去后,张木匠做了强盗,问成死罪在牢。小婿初时,还只道是被人诬陷。据他邻里说来,却真有这事。况且三官趁岳父不在家中,日逐以看父为由,留恋嫖赌。亲邻晓得的,无不议论岳父:扳个强盗亲家,招个败家女婿。连小婿也无颜见人。当初若听了小婿之言,决无有今日之事。”起初王员外已有八九分不悦,又被赵昂这班言语一说,凑成一十二分,气得哑口无言。沉吟半晌,方才道:“起初是我一时见不到,错怪了你!成就这事。如今懊悔无及!”赵昂便道:“依小婿之见,尚有挽回。”王员外忙问道:“你且说怎的可以挽回?”赵昂道:“若是毕姻过了,这便无可奈何。如今幸喜未曾成亲。岳父

① 长俊——长进,上进。

何不等廷秀回家,责骂一场,驱逐出门,一面速央媒妁寻个门当户对人家,将玉姐嫁去。他年纪又小,又无亲族,何人与他理论这事。设或告到官司,见已婚配,必无断与之理。况且是强盗之子,官府自然又当别论。是恁样,还不被人笑话。若不听小婿之言,后来使玉姐身无所倚,出乖露丑,玷辱门风,那时懊悔,却不迟了?”王员外若是个有主意的,还该往别处访问个的确,也不做了有始无终薄倖之人。只因他是个直性汉子,不曾转这念头,遂听信了赵昂言语,点头道:“是。”晓得浑家平昔喜欢廷秀,恐怕拦阻,也不到后边与他说知。同赵昂坐在厅中,专等廷秀回来不题。

且说廷秀至家,见过母亲,也恐丈人寻问,急急就回家。到厅前见丈人与赵昂坐着说话,便上前作揖。王宪也不回礼,变了脸问道:“你不在学中读书,却到何处去游荡?”廷秀看见词色不善,心中惊骇。答道:“因母亲有病,回去探看。”王员外道:“这也罢了。且问你:自我去后,做有多少功课?可将来看。”廷秀道:“只为爹爹被陷,终日奔走,不曾十分读书,功课甚少。”王员外怒道:“当初指望你读书有些好日,故此不计贫富,继你为子。又聘你为婿。那知你家是个不良之人,做下这般勾当,玷辱我家。你这畜生,又不学好,乘我出外,终日游荡嫖赌,被人耻笑!我的女儿从小娇养起来,若嫁你恁样无籍,有甚出头日子!这里不是你安身之处,快快出门,饶你一顿孤拐①。若再迟延,我就要打了。”那些童仆,看见家主盘问这事,恐怕叫来对证,都四散走

① 孤拐——指脚孤拐,即踝骨;这里是打踝骨的意思。

开。廷秀见丈人忽地心变,心中苦楚,哭倒在地道:"孩儿父子,蒙爹爹大恩,正图报效。不幸被人诬陷,悬望爹爹归家救拔。不知何人嗔怪孩儿,搬斗是非,离间我父子。孩儿倘有不到之处,但凭责罚,死而无怨。若要孩儿出门,这是断然不去!"一头说,一头哭,好不凄惨。赵昂恐丈人回心转来,便衬道:"三官,只是你不该这样没正经。如今哭也迟了。"廷秀道:"我何尝干这等勾当,却霹空生造!"赵昂道:"这话一发差了。那个与你有仇,造言谤你?况岳父又不是肯听是非的。必定做下一遭两次,露人眼目。如今岳父察晓的实,方才着恼,怎么反归怨别人?"廷秀道:"有那个看见的,须叫他来对证。"王员外骂道:"畜生!若要不知,除非莫为。你在外胡行,那个不晓得,尚要抵赖。"便抢过一根棒子,劈头就打道:"畜生,还不快走!"廷秀反向前抱住痛哭道:"爹爹,就打死也决不去的。"赵昂急忙扯开道:"三官,岳父是这样执性的,你且依他暂去,待气平了,少不得又要想你,那时却不原是父子翁婿。如今正在气恼上,你便哭死,料必不听。"廷秀见丈人声势凶狠,赵昂又从旁尖言冷语帮扶,心中明白是他撺掇,料道安身不住,乃道:"既如此,待我拜谢了母亲去罢。"王员外那里肯容,连先生也不许他见。赵昂推着廷秀背上,往外而走,道:"三官,你怎么恁样不识气,又要见岳母做甚?"将他扨出大门而去,正是:

人情若比初相识,到底终无怨恨心。

且说徐氏在里面听得堂中喧嚷哭泣,只道王员外打小厮们,那里想到廷秀身上,故此不在其意。童仆们也没一个露些声息。到午后闻得先生也打发去了,心中有些疑惑。问众家人,都推不知。至晚,王员外进房,询问其故,方晓得廷秀被人搬了是非赶逐去了。

徐氏再三与他分辨,劝员外原收留回来。怎奈王员外被谗言蛊惑,立意不肯,反道徐氏护短。那玉姐心如刀割,又不敢在爹妈面前明言,只好背地里啼哭。徐氏放心不下,几遍私自差人去请他来见。那些童仆与赵昂通是一路,只推寻访不着。

按下徐氏母子,且说廷秀离了王家,心中又苦又恼。不顾高低,乱撞回来。只见文秀正在门首,问道:“哥哥如何又走转来?”廷秀气塞咽喉,那里答得出半个字儿。文秀道:“哥哥因甚气得这般模样?”廷秀停了一回,方将上项事,说与兄弟。文秀道:“世态炎凉,自来如此,不足为异。只是王员外平昔待我父子何等破格①,今才到家,蓦地生起事端。赵昂又在旁帮扶。必然都是他的缘故。如今且莫与母亲说知,恐晓得了,愈加烦恼。”廷秀道:“贤弟之言甚是。”次日,来到牢中,看觑父亲。那时张权亏了种义,棒疮已好,身体如旧。廷秀也将其事哭诉。张权闻得,嗟叹王员外有始无终。种义便道:“恁般说起来,莫不你的事情,也是赵昂所为?”张权道:“我与他素无仇隙,恐没这事!”廷秀道:“只有定亲时,闻得他夫妻说我家是木匠,阻当岳父不要赘我。岳父不听,反受了一场抢白。或者这个缘故上起的。”种义道:“这样说,自然是他了。如今且不要管是与不是。目下新按院将到镇江,小官人可央人写张状子去告。只说赵昂将银买嘱捕人强盗,故此扳害。待他们自去分辨。若果然是他陷害,动起刑具,少不得内中有人招称出来。若不是时,也没甚大害。”张权父子连声道是。廷秀作别出监。兄弟商议停当,央人写下状词,要往镇江去告状。常言道:机

① 破格——破除成例,不受成规的限制。

不密，祸先招。这样事体，只宜悄然商议。那张权是个老实头，不曾经历事体的；种义又是粗直之人，说话全不照管：早被一个禁子听见。这禁子与杨洪乃是姑舅弟兄，闻此消息，飞风便去报知。杨洪听得，吃了一吓，连忙来寻赵昂商议。走到王员外门首，不敢直入。见个小厮进去，央他传报说："有府前姓杨的，要寻赵相公说话。"赵昂料是杨洪，即便出来相见。问道："杨兄有甚话说？"杨洪扯到一个僻静所在，将："张廷秀已晓得你我害他，即日要往按院去告状。倘若准了，到审问时，用起刑具，一时熬不得，招出真情，反坐转来，却不自害自身！幸喜表弟闻得来报，故此特来商议。"赵昂听了，惊得半晌说不出话来。乃道："如此却怎么好？"杨洪道："一不做，二不休，尊相便拚用几两银子，我便拚折些工夫，连这两个小厮一送了，方才斩草除根。"赵昂道："银子是小事，只没有个妙策。"杨洪道："不打紧，他们是个穷鬼，料道雇船不起，少不得是趁船。我便装起捕盗船来，教我兄弟同两个副手，泊在阊门。再令表弟去，打听了起身日子，暗随他出城，招揽下船。我便先到镇江伺候。孩子家那知路径。载他径到江中，撺入水里，可不干净？"赵昂大喜。教杨洪少待，便去取出三十两银子，送与杨洪道："烦兄用心，务除其根！事成之日，再当重谢。"杨洪收了银子，作别而去。

且说廷秀打听得按院已到①，央人写了状词，要往镇江去告。那时陈氏病体痊愈，已知王员外赶逐回来，也只索无奈。见说要去告状，对廷秀道："你从未出路，独自个去，我如何放心。须是弟兄

---

① 按院已到——原本作"将及过江"，语意不明，据衍庆堂本改。

同行,路上还有些商量。”廷秀道:“若得兄弟去便好。只是母亲在家,无人伏侍。”陈氏道:“来往不过数日。况且养娘在家陪伴,不消牵挂。”廷秀依着母亲,收拾盘缠,来到监中,别过父亲,背上行李,径出阊门来搭船。刚走到渡僧桥,只听得背后有人叫道:“二位小官人往那里去?”廷秀道:“往镇江去。”那人道:“到镇江有便船在此。又快当,又安稳。”廷秀听说有便船,便立住脚,与文秀说道:“若是便船,到强如在航船上挨挤。”文秀道:“任凭哥哥主张。”廷秀对船家说道:“你船在那里?可就开么?”船家道:“我们是本府理刑厅捉来差往公干的,私己①搭一二人,路上去买酒吃。若没人也就罢了,有甚担阁。”廷秀道:“既如此,带了我们去。”船家引他下了船,住在稍上。少顷,只见一人背着行李而来,稍公接着上船。那人便问:“这两个孩子是何人?”稍公道:“这两个小官人,也要往镇江的,容小人们带他去,趁几文钱,路上买酒吃。望乞方便。”那人道:“止这两个,便容了你。多便使不得。”稍公道:“只此两个,也是偶然遇着,岂敢多搭。”说罢,连忙开船。你道这人是何等样人?就是杨洪兄弟杨江。稍公便是副手。当下杨江问道:“二位小官人姓甚?住在何处?到镇江去何干?”廷秀说了姓名居处,又说父亲被人陷害缘由。如今要往按院告状。杨江道:“原来是好人家儿女,可怜,可怜!你住在稍上不便,也到舱中来坐。”廷秀道:“如此多谢了!”弟兄搬到舱中住下。杨江一路殷勤,到买酒肉相请,又许他到衙门上看顾。弟兄二人,感激不尽。那船乃是捕盗的快船,趁着顺风,连夜而走。次日傍晚就到了镇江。船家与廷

① 私己——私下,暗中。

秀讨了船钱，假意催促上岸。廷秀取了行李，便要起身。杨江道："你这船家，忒煞①不行方便！这两位小官人，从不曾出路的。此时天色已晚，教他那里去寻宿处？"又向廷秀道："莫要理他！今夜且在舟中住了，明早同上涯去，寻寓所安下。就到察院前去打听按院几时按临，却不又省了今夜房钱？"廷秀弟兄只认做好人，连声称谢。依原把包裹放下。杨江取出钱钞，教稍公买办些酒肉，吩咐移船到稳处安歇。稍公答应，将船直撑出西门闸外，沿江阔处停泊。稍公安排鱼肉，送入舱里。杨江满斟苦劝，将廷秀弟兄灌得大醉，人事不省，倒在舱中。那时，杨洪已约定在此等候。稍公口中唿哨②一声，便跳下船。即忙解缆开船，悄悄的摇出江口，沿溜而下。过了焦山，到一宽阔处，取出索子，将他弟兄捆绑起来，恰如两只馄饨相似。二子身上疼痛，从醉梦中惊醒，挣扎不动。却待喊叫，被杨洪、杨江扛起，向江中扑通的撺将下去。眼见得二子性命休了。

可怜世上聪明子，化作江中浪宕魂。

你想长江中是何等样水！那水从四川、湖广、江西一路上流冲将下来，浑如滚汤一般紧急，到了镇江，直溜入海，就是落下一块砂石，少不得随流而下。偏有廷秀弟兄，撇入江中，却反逆流上去。杨洪、杨江望见，也道奇怪。拨转船头赶上，各提起篙子，照着头上便射。说时迟，那时快，篙子离身，不上一尺，早被三四个大浪，把二子直涌开去，连船险些儿掀翻。那篙子便不能伤。杨江料道必

① 忒(tè)煞——太甚的意思。

② 唿哨——蹙唇而呼出的一种尖锐声音，就是打暗号。

无活理，原移至沿口泊下。次早开船，归到苏州，回复了赵昂。赵昂心中大喜，又找了三十两银子。杨洪兀自嫌少，两下面红颈赤而别。不在话下。

且说河南府有一人唤做褚卫，年纪六十已外，平昔好善，夫妻二人，吃着一口长斋。并无儿女，专在江南贩布营生。一日正装着一大船布匹，出了镇江，望河南进发。行不上三十馀里，天色将晚，风逆浪大，只得随帮停泊江中。睡到夜半，听得船旁像有物踵响①。他也不在其意。方欲合眼，又像有人推醒一般，那船旁踵得越响了，隐隐又有人声。心中奇怪，爬起来，开了篷窗。打一看时，只见水面上浮着一人，口内微微有声。褚卫慌忙叫起水手，捞救上船。打起火来看时，却是十五六岁一个小厮，生得眉清目秀，浑身绑缚，微微止有一息。与他下了索子，烧起热汤灌了几口，那孩子渐渐醒转，呕出许多清水。褚卫将干衣与他换了，询其缘故。小厮哭诉道："小人名唤张文秀，只因父亲被人陷害在牢，同哥哥廷秀，来镇江按院告状，趁了个便船，说是苏州理刑差人，一路假意殷勤照顾。昨夜到了镇江，又留住在船，将酒灌醉我弟兄，双双绑入水中。正不晓得他是何人，害我等性命！天幸得遇恩人救拔。但不知恩人高姓大号？这里是何处？离镇江多少路了？怎地送得小人归家，决不忘恩！"褚卫本是好善之人，见他说得苦楚，心下十分可怜。初时到有送他回去之念，忽地想起镇江到此乃是逆水，怎么反淌②了上来？莫非此子后来有些好处，暗中自有鬼神护佑么？我

① 踵响——撞响。
② 淌（tǎng）——流。

今尚无子嗣，何不留他回去，做个螟蛉之子，却不是好。”乃哄他道：“我是河南褚卫，贩布回去。这里离镇江已远，有一千馀里，怎能送你归家？况昨夜谋你的必是对头，是差来心腹，故此下这样毒手。今依旧回家，必然又寻别事害你。我今又无儿子。若不弃嫌，认做父子，随归家去。明年带你下来，访出昨夜之人，然后去告理，救你父亲，可不好么？”文秀虽然记挂父母，到此无可奈何，只得依允。就拜褚卫为父，改名褚嗣茂，带上河南不题。

且说张廷秀被杨洪捆入水中，自分必死。不想半沉半浮，被大浪直涌到一个沙洲边芦苇之旁。到了天明，只见船只甚多，俱在江心中往来，叫喊不闻。至午后，有一只船旁洲而来，廷秀连喊救命。那船拢到洲边，捞上船去，割断绳索，放将起来，且喜得毫无伤损。廷秀举目看船中时，却是两个中年汉子，十来个小厮，约莫俱有十六七岁。你道是何等样人？原来是浙江绍兴府孙尚书府中戏子。那两个中年人，一个是师父潘忠，一个是管箱的家人，领着行头往南京去做戏，在此经过。恰好救了廷秀。取几件干衣与他换了，问其缘故。廷秀把父亲被害，要到按院伸冤，被船上谋害之事，哭诉一遍。又道：“多蒙救了性命。若得送我回家，定然厚报。”那潘忠因班中装生的哑了喉咙，正要寻个顶替。见廷秀人物标致，声音响亮。却又年纪相仿，心下暗喜道：“若教此人起来，到好个生脚。”心下怀了这个私念，就是顺路往苏州去，谅道也还不肯放他转身，莫说如今却是逆路。当下潘忠道：“我们乃绍兴孙尚书府中子弟，到南京去做生意，那有工夫拗转去，送你回家？如今到京已近，不如随我们去住下，慢慢觅便人带你归家。你若不肯时，我们也不管闲帐，原送你到沙洲上，等候别个便船带回去罢。”廷秀听得说出这话,连忙道:“既然不是顺路,情愿随列位到京。”潘忠道:“这便使得。”廷秀自己虽然得了性命,却又想着兄弟,必定死了,不住流泪。那日乃是顺风,晚间便到南京。次早入城,寻寓所安下。那孙府戏子,原是有名的。一到京中,便有人叫去扮演。廷秀也随着行走。过了数日,潘忠对廷秀道:“众人在此做生意,各要趁钱回去养家的,谁个肯白白养你!总然有便带你回家,那盘费从何而来?不如暂学些本事,吃些活饭,那时回去,却也容易。”廷秀思想:“亏他们救了性命,空手坐食,心上已是过意不去。”又听了潘忠这班说话,愈觉羞惭。暗道:“我只指望图个出身日子,显祖扬宗,那知霹空降下这场没影奇祸,弄得家破人亡,父南子北,流落至此!若学了这等下贱之事,这有甚么长俊。如不依他,定难存住。”却又想道:“昔日箕子为奴①,伍员②乞食,他们都是大豪杰,在患难之际,也只得从权。我今日到此地位,也顾不得羞耻了。且暂度几时,再做区处。”遂应承了潘忠,就学个生脚。他资性本来聪慧,教来曲子,那消几遍,却就会了。不勾数日,便能登场。扮来的戏,出人意表,贤愚共赏,无一日空闲。在京半年有馀,积趱了些银两。想道:“如今盘缠已有,好回家了。”谁想潘忠先揣知其意,悄悄溜过了他的银子。廷秀依旧一双空手,不能归去。潘忠还恐他私下去了,行坐不离。廷秀脱身不得,只得住下。这叫做:

---

① 箕子为奴——箕子,商纣王的大臣,纣荒淫无道,箕子谏阻,没有被采纳,于是假装疯狂,作了奴隶。

② 伍员——即伍子胥。春秋时楚国人。因父兄都被楚王所杀,逃难到吴国。相传:他在路上没有饭吃,就沿路吹箫乞食。后来,他作了吴国的大将,率兵打败了楚国。

情知不是伴，事急且相随。

话分两头。却说陈氏自从打发儿子去后，只愁年幼，上司衙门利害，恐怕言语中差错。再不想到有人谋害。已到十日之外，风吹草动，也认做儿子回来，急出门观看。渐渐过了半月二十日，一发专坐在门首盼望。那时还道按院未曾到任，在彼等候。后来闻得按院镇江行事已完，又按临别处。得了这个消息，急得如煎盘上蚂蚁，没奔一头处。急到监中对丈夫说知，央人遍贴招帖，四处寻访，并无踪迹。正不知何处去了。夫妻痛哭懊悔道："早知如此，不教他去也罢！如今冤屈未伸，到先送了两个孩儿。后来倚靠谁人？"转思转痛，愈想愈悲。初时还痴心妄想有归家日子。过了年馀，不见回来，料想已是死了。招魂设祭，日夜啼啼哭哭。一个养娘却又患病死了。止留得孤身孤影，越发凄惨。正是：

屋漏更遭连夜雨，船迟又遇打头风。

且说王员外自那日听了赵昂言语，将廷秀逐出，意欲就要把玉姐另配人家。一来恐廷秀有言，二来怕人诽议，未敢便行。次后闻得廷秀弟兄往镇江按院告状，只道他告赖亲这节，老大着忙。口虽不言，暗自差人打听。渐渐知得二子去后，不知死活存亡。有了这个消耗，不胜欢喜，即央媒寻亲。媒人得了这句口风，互相传说开去。那些人家只贪王员外是无子富翁，那管曾经招过养婿？数日间就有几十家来相求。玉姐初时见逐出廷秀，已是无限烦恼，还指望父亲原收留回来，总然不留回家，少不得嫁去成亲。后来微闻得有不好的信息，也还半信半疑。今番见父亲流水选择人家改嫁，料想廷秀死是实了。也怕不得羞耻，放声哭上楼去。原来王员外的房屋，却是一间楼子，下边老夫妻睡处，楼上乃玉姐卧室。当下玉姐在楼上啼哭，送来茶饭也不要吃。他想道：“我今虽未成亲，却也从幼夫妻。他总无禄夭亡，我岂可偷生改节！莫说生前的人唾骂，就是死后亦有何颜见彼！与其忍耻苟活，何不从容就死。一则与丈夫争气，二则见我这点真心。只有母亲放他不下！事到如今，也说不得了。”想一回，哭一回，渐渐哭得前声不接后气。那徐氏把他当做掌上之珠，见哭得恁般模样，急得无法可治。口中连连的劝他：“莫要哭。且说为甚缘故？”自己却又鼻涕眼泪流水淌出来。玉姐只得从实说出。徐氏劝道：“儿，不要睬那老没志气！凡事有我在此做主。明日就差人去访问三官下落。设或真有些山高水低，好歹将家业分一半与你守节。若老没志气执意要把你改嫁，我拚得与他性命相搏。”又对丫鬟道：“快去叫员外来，说个明白。”又吩咐：“倘有人在彼，莫说别话。”丫鬟急忙忙的来请。谁想王员外因有个媒人说：一个新进学小秀才来求亲。闻得才貌又美，且是名门旧族，十分中意。款留媒人酒饭，正说得浓酽①，饮得高兴。丫鬟说声院君②相请，只听耳边风，如何肯走起身。丫鬟站勾腿酸脚麻，只得进去回覆。徐氏百般苦劝，刚刚略止，又加个赵昂老婆闯上楼来，重新哭起。你道却是为何？那赵昂摆布了张权，赶逐了廷秀，还要算计死了玉姐，独吞家业。因无机会，未曾下手。今见王员外另择人匹配，满怀不乐。又没个计策阻挡。在房与老婆商议。这时听得玉姐不愿，在楼上啼哭，却不正中其意！故此瑞姐走来，

① 浓酽——这里是指兴趣浓厚的意思。

② 院君——旧时小说里称官员或财主的妻子为“院君”，尊称的意思。

故意说道："妹子，你如何不知好歹？当初爹爹一时没志气，把你配个木匠之子，玷辱门风。如今去了，另配个门当户对人家，乃是你万分造化了。如何反恁地哭泣？难道做强盗的媳妇，木匠的老婆，到胜似有名称人家不成？"玉姐听这几句话，羞得满面通红，颠倒大哭起来。徐氏心中已是不悦。瑞姐还不达时务，扯做娘的到半边，低低说道："母亲，莫不妹子与那小杀才，背地里做下些蹊跷勾当，故此这般牵挂？"只这句话，恼得徐氏两太阳火星直爆，把瑞姐劈面一啐。又恐怕气坏了玉姐，不敢明说。止道："你是同胞姐妹，不怀好念。我方劝得他住，却走来激得重复啼哭，还要放恁般冷屁！由他是强盗媳妇，木匠老婆罢了，着你甚急，胡言乱语！"瑞姐被娘这场抢白，羞惭无地，连忙下楼，一头走一头说道："护短得好！只怕走尽天下，也没见人家有这样无耻闺女。早是不曾做亲，便恁般疼老公。若是生男育女的，真个要同死合棺材哩。亏他到挣得一副好老脸皮，全没一毫羞耻。"夹七夹八一路嚷去，明明要气玉姐上路。徐氏怕得合气，由他自说，只做不听见。玉姐正哭得头昏眼暗，全不觉得。看看到晚，王员外吃得烂醉。小厮扶进来，自去睡了，竟不知女儿这些缘故。徐氏陪伴玉姐坐至更馀，渐渐神思困倦，睡眼朦胧，打熬不住。向玉姐道："儿，不消烦恼，总在明早还你个决断。夜深了，去睡罢。"推至床上，除去簪钗，和衣衾在被里，下了帐幔。又吩咐丫鬟们照管火烛。大凡人家使女，极是贪眠懒做，十个里边，难得一个长俊。徐氏房中只有七八个丫鬟，有三个贴身伏侍玉姐的，就在楼上睡卧。那晚守到这时候，一个个拗腰凸肚，巴不能睡卧。见徐氏劝玉姐睡了，各自去收拾洴火，专等徐氏下楼，关上楼门，尽去睡了。徐氏下得楼来，看王员外醉卧正酣,也不去惊动他。将个灯火四面检点一遍,解衣就寝不题。

且说玉姐睡在床上,转思转苦,又想道:"母亲虽这般说,未必爹爹念头若何。总是依了母亲,到后终无结果。"又想起:"母亲忽地将姐姐抢白,必定有甚恶话伤我,故此这般发怒。我乃清清白白的人,何苦被人笑耻!不如死了,到得干净!"又哭了一个更次。听丫鬟们都齁齁睡熟,楼下也无一些声息。遂抽身起来,一头哭,一头检起一条汗巾,走到中间,掇个杌子①垫脚,把汗巾搭在梁上做个圈儿,将头套入。两脚登空,呜呼哀哉!正是:

难将幽恨和人说,应向泉台诉丈夫。

也是玉姐命不该绝。刚上得吊,不想一个丫鬟,因日间玉姐不要吃饭,瞒着那两个丫鬟,私自收去,尽情饱啖。到晚上,夜饭亦是如此。睡到夜半,心胸涨漫,肚腹疼痛,起身出恭②。床边却摸不着了净桶。那恭又十分紧急,叫苦连连。原来起初性急要睡,忘记担得,心下想着,精赤条条跑去寻那净桶。因睡得眼目昏迷,灯又半明半灭,不看见玉姐吊在梁间,心慌意急,扑的撞着,连杌子跌倒楼板上。一声响亮,楼下徐氏和丫鬟们,都从梦中惊觉。王员外是个醉汉,也吓醒了。忙问:"楼上什么响?"那丫鬟这一交跌去杌子,磕着了小腹,大小便齐流,撒做一地,滚做一身。抬头仔细看时,吓得叫声:"不好了!玉姐吊死!"王员外闻言,惊得一滴酒也无了,直跳起身。一面寻衣服,一面问道:"这是为何?"徐氏一声儿,一声肉,哭道:"都是你这老天杀的害了他!还问怎的?"王员

① 杌子——指"几"、"凳子"一类的东西。

② 出恭——明代在试场里设有"出恭入敬"牌,以防止考生擅离座位。如要上厕所,须领这块牌;因此称大便为"出恭"。

外没心肠再问,忙忙的寻衣服,只在手边混过,那里寻得出个头脑。偶扯着徐氏一件袄子,不管三七二十一,披在身上。又寻不见鞋子,赤着脚赶上楼去。徐氏止摸了一条裙子,却没有上身衣服。只得把一条单被,倦在身上,到拖着王员外的鞋儿,随后一步一跌,也哭上来。那老儿着了急,走到楼梯中间,一脚踏错,谷碌碌滚下去。又撞着徐氏,两个直跌到底,绞做一团。也顾不得身上疼痛,爬起来望上又跑。那门却还闭着,两个拳头如发擂般乱打。楼上楼下丫鬟,一齐起身。也有寻着裙子不见布衫的,也有摸了布衫不见裤子的,也有两只脚穿在一个裤管里的,也有反披了衣服摸不着袖子的。东扯西拽,你夺我争,纷纷乱嚷。那撒粪的丫鬟也自揩抹身子,寻觅衣服,竟不开门。王员外打得急了,三个丫鬟,都提着衣服来开。老夫妻推门进去,徐氏望见女儿这个模样,心肠迸裂,放声大哭。到底男子汉有些见识,王员外忍住了哭泣,赶向前将手在身上一摸,遍体火热,喉间斯垠垠①痰响,叫道:"妈妈莫要哭,还可救得!"便双手抱住,叫丫鬟拿起杌子上去解放。一面又叫扇些滚汤来。徐氏闻说还可救得,真个收了眼泪,点个灯来照看。那丫鬟扶起杌子,捏着一手腌臜,向鼻边一闻,臭气难当。急叫道:"杌上怎有许多污秽?"恰好徐氏将灯来照,看见一地尿屎。王员外踏在中间,还不知得。徐氏只认是女儿撒的,将火望下一撇,"这东西也出了,还有甚救!"又哭起来。原来缢死的人,大小便走了便救不得。当下王员外道:"莫管他!且放下来看。"丫鬟带着一手腌臜,站上去解放。心慌手软,如何解得开。王员外不耐烦,叫丫鬟寻柄

① 斯垠(yín)垠——形容喉间响声。

刀来,将汗巾割断,抱向床上,轻轻解开喉间死结。叫徐氏嘴对嘴打气,接连打了十数口气,只见咽喉气转,手足展施。又灌了几口滚汤,渐渐苏醒,还呜呜而哭。徐氏也哭道:“起先我恁样说了,如何又生此短见?”玉姐哭道:“儿如此薄命,总生于世,也是徒然!不如死休!”王员外方问徐氏道:“适来说我害了他,你且说个明白。”徐氏将女儿不肯改节的事说出。王员外道:“你怎地恁般执迷!向日我一时见不到,赚了你终身。如今畜生无了下落,别配高门,乃我的好意,为何反做出这等事来,险些把我吓死!”玉姐也不答应,一味哭泣。徐氏嚷道:“老无知!你当初称赞廷秀许多好处,方过继为子,又招赘为婿。都是自己主张,没有人撺掇。后来好端端在家,也不见有甚不长俊,又不知听了那个横死贼的说话,刚来家,便赶逐出去,致此无个下落。纵或真个死了,也隔一年半载,看女儿志向,然后酌量而行。何况目今未知生死,便瞒着我闹轰轰寻媒说亲,教他如何不气!早是救醒了还好。倘若完了帐,却怎地处?如今你快休了这念头,差人四下寻访。若还无恙,不消说起。设或真有不好消息,把家业分一半,与他守节。如若不听我言语,逼迫女儿一差两讹,与你须干休不得!”王员外见女儿这般执性,只得含糊答应,下楼去了。徐氏又对玉姐道:“我已说明了,不怕他不听。不要哭罢!且脱去腌臜衣服睡一觉,将息身子。”也不管玉姐肯不肯,流水把衣带乱扯。玉姐被娘逼不过,只得脱衣睡卧。乱到天明,看衣服上并无一毫污秽。那丫鬟隐瞒不过,方才实说。众丫鬟笑得个嘴歪。自此之后,玉姐住在楼上,如修行一般,足迹不走下来。王员外虽不差人寻觅廷秀,将亲事也只得阁过一边。徐氏恐女儿又弄这个把戏,自己伴他睡卧,寸步不离。见丈夫

不急寻问,私自赏了家人银子,差他体访。又叫去与陈氏讨个消耗。正是:

但愿应时还得见,须知胜似岳阳金。

且说赵昂的老婆,被做娘的抢白下楼,一路恶言恶语,直嚷到自己房中,说向丈夫。又道:"如今总是抓破脸了。待我朝一句,暮一句,好歹送这丫头上路。"到次早,闻得玉姐上吊之事,心中暗喜,假意走来安慰,背地里在王员外面前冷言酸语挑拨。又悄地将钱钞买嘱玉姐身边丫鬟,吩咐如下次上吊,由他自死,莫要声张。又打听得徐氏差人寻访廷秀,也多将银两买定,只说无处寻觅。赵昂见了丈人,马前健假殷勤,随风倒舵,掇臀捧屁,取他的欢心。王员外又为玉姐要守着廷秀,触恼了性子,到爱着赵昂夫妇小心热闹,每事言听计从。赵昂诸色趁意,自不必说,只有一件事在心上打搅。你道是甚的事?乃是杨洪这桩。那杨洪因与他干了两桩大事,不时来需索。赵昂初时打发了几次。后来颇觉厌烦,只是难好推托。及至送与,却又争多竞寡。落后回了两三遍,杨洪心中怀恨,口出怨言。赵昂恐走漏了消息,被丈人知得,忍着气依原馈送。杨洪见他害怕,一发来得勤了。赵昂无可奈何,想要出去躲避几时。恰好王员外又点着白粮解户。趁这个机会与丈人商议,要往京中选官,愿代去解粮,一举两得。王员外闻女婿要去选官,乃是美事,又替了这番劳碌,如何不肯。又与丈人要了千金,为干缺①之用。亲朋饯行已毕,临期又去安放了杨洪,方才上路。

① 干缺——活动一个差事,用金钱运动,谋一官职。

话分两头。再说张廷秀在南京做戏，将近一年，不得归家。一日，有礼部一位官长唤去承应。那官长姓邵，名承恩，进士出身，官为礼部主事①，本贯浙江台州府宁海县人氏。夫人朱氏，生育数胎，止留得一个女儿，年才一十五岁，工容贤德俱全。那日却是邵爷六十诞辰，同僚称贺，开筵款待。廷秀当场扮演，却如真的一般，满座称赞。那邵爷深通相法，见廷秀相貌堂堂，后来必有好处；又恐看错了，到半本时，唤廷秀近前仔细一观，果是个未发积的公卿，只可惜落于下贱。问了姓名，暗自留意。到酒阑人散，吩咐众戏子都去，止留正生在此，承应夫人。明日差人送来。潘忠恐廷秀脱身去了，满怀不欲。怎奈官府吩咐，可敢不依！连声答应。引着一班子弟自去。廷秀随着邵爷直到后堂。只见堂中灯烛辉煌，摆着桌榼，夫人同小姐向前相迎。众家人各自远远站立。廷秀也立在半边。堂中伏侍，俱是丫鬟之辈。先是小姐拜寿，然后夫人把盏称庆。邵爷回敬过了，方才就坐。唤廷秀叩见夫人，在旁唱曲。廷秀唱了一套。邵爷问道："张廷秀，我看你相貌魁梧，决非下流之人。你且实说：是何处人氏？今年几岁了？为甚习此下贱之事？细细说来，我自有处。"廷秀见问，向前细诉前后始末根由。又道："小的年纪十八，如今扮戏，实出无奈，非是甘心为此。"邵爷闻言，嗟叹良久。乃道："原来你抱此大冤。今若流为戏子，那有出头之日！既曾读书，必能诗词。随意作一首来，看是何如。"即令左右取过文房四宝，放在旁边一只桌上。廷秀拈起笔来，不解思索，顷刻而成，呈上。邵爷举目观看，乃是一首寿词，词名〔千秋岁〕，词云：

① 主事——约相当于后代部里的科长。

琼台琪草，玄鹤翔云表，华筵上笙歌绕。玉京瑶岛客，笑傲乾坤小。齐拍手唱道：长春人不老。　北阙龙章耀，南极祥光照，海屋内筹添了。青鸟衔笺至，传报群仙到，同嵩祝万年称寿考。

邵爷看了这词，不胜之喜，连声称好。乃道："夫人，此子才貌兼美，定有公卿之分。意欲螟蛉为子，夫人以为何如？"夫人道："此乃美事，有何不可！"邵爷对廷秀道："我今年已六十，尚无子嗣，你若肯时，便请个先生教你，也强如当场献丑。"廷秀道："若得老爷提拔，便是再生之恩。但小人出身微贱，恐为父子玷辱老爷。"邵爷道："何出此言！"当下四双八拜，认了父母。又与小姐拜为姊妹。就把椅子坐在旁边，改名邵翼明。吩咐家人都称大相公；如有违慢，定行重责，不在话下。且说潘忠那晚眼也不合，清早便来伺候。等到午上，不见出来。只得央门上人禀知。邵爷唤进去说道："张廷秀本是良家之子，被人谋害，亏你们救了，暂为戏子。如今我已收留了。你们另自合人罢。"教家人取五两银子赏他。潘忠听见邵爷留了廷秀，开了口半晌还合不下。无可奈何，只得叩头作谢而去。邵爷即日就请个先生，收拾书房读书。廷秀虽然荒废多时，恰喜得昼夜勤学，埋头两个多月，做来文字，浑如锦绣一般。邵爷好不快活。那年正值乡试①之期，即便援例入监。到秋间应试，中了第五名正魁。喜得邵爷眼花没缝。廷秀谢过主司，来

① 乡试——科举取士制度：每隔三年，分别在北京及各省举行一次乡试。有了秀才或监生资格的人，都可应试，考取了称为"举人"。

禀邵爷，要到苏州救父。邵爷道："你且慢着！不如先去会试。若得连科，谋选彼处地方，查访仇人正法，岂不痛快！倘或不中，也先差人访出仇家，然后我同你去，与地方官说知，拿来问罪。如今若去，便是打草惊蛇，必被躲过，可不劳而无功，却又错了会试？"廷秀见说得有理，只得依允。那时邵爷满意欲将小姐配他。因先继为子，恐人谈论。自不好启齿，倩媒略露其意。廷秀一则为父冤未泄，二则未知玉姐志向何如，不肯先作负心之人。与邵爷说明，止住此事，收拾上京会试。正是：

未行雪耻酬凶事，先作攀花折桂人。

话分两头。且说张文秀自到河南，已改名褚嗣茂。褚长者夫妻珍重如宝，延师读书。文秀因日夜思念父母兄长，身子虽居河南，那肝肠还挂在苏州，那有心情看到书上。眼巴巴望着褚长者往下路去贩布，跟他回家。谁知褚长者年纪老迈，家道已富，褚妈妈劝他弃了这行生意，只在家中营运。文秀闻得这个消息，一发忧郁成病。褚长者请医调治，再三解劝。约莫住了一年光景，正值宗师考取童生。文秀带病去赴试，便得入泮。常言道：福至心灵。文秀入泮之后，到将归家念头撇过一边，想道："我如今进身有路了。且赶一名遗才入场①。倘得侥幸连科及第，那时救父报仇，岂不易

① 且赶一名遗才入场——科举时代：学政（管辖、主持全省儒学和举业的主管官）在三年任期内，要分赴各府举行岁考和科考二次，称为"按临"。岁考是对秀才课艺的测验。取在一二等的则可应科考，是乡试的预备考试。学政在科考的基础上，甄别生员，编制名册，录送应试，叫作"录科"。怕有遗漏，再补考一次，叫作"录遗"。这句是说：趁着一次补考的机会，取得参加乡试的资格。

如翻掌!”有了这股志气,少不得天随人愿,果然有了科举,三场已毕,名标榜上。赴过鹿鸣宴①,回到家中拜见父母。喜得褚长者老夫妻天花乱坠。那时亲邻庆贺,宾客填门,把文秀好不奉承。多少富室豪门,情愿送千金礼物聘他为婿。文秀一心在父亲身上,那里肯要。忙忙的约了两个同年,收拾行李,带领仆从起身会试②。褚长者老夫妻直送到十里外,方才分别。在路晓行夜宿,非止一日,到了京都。觅个寓所安下。也是天使其然,廷秀、文秀兄弟恰好作寓在一处。左右间壁,时常会面。此时居移气,养移体,已非旧日枯槁之容了。然骨韵犹存,不免睹影思形。只是一个是浙江邵翼明贵介公子,一个是河南褚嗣茂富室之儿,做梦也不想到亲弟兄头上。不一日,三场已毕,同寓举人候榜,拉去行院③中游串,作东戏耍。只有邵褚二人,坚执不行。褚嗣茂遂于寓中,治帖邀请邵翼明闲讲,以遣寂寞。两下坐谈,愈觉情热。嗣茂先问:“邵兄何以不往曲中行走?莫非尊大人家训严切?”翼明潸然下泪答道:“小弟有伤心之事。就是今日会试,亦非得已,况于闲串,那有心情!只是尊兄为何也不去行走?如此少年老成,实是难得。”嗣茂凄然长叹道:“若说起小弟心事,比仁兄加倍不堪。还仗仁兄高发,替小

---

① 鹿鸣宴——唐制:诸州贡士行“乡饮酒”礼的时候,歌唱《诗经》中《鹿鸣》诗,明清时代,于乡试揭晓的第二天,主考以下的各官员以及新考取的举人,举行宴会,叫作“鹿鸣宴”。

② 会试——科举取士制度:乡试的第二年,在北京举行“会试”,由已取得举人资格的人应试。会试取中的,再由皇帝亲自主持一次考试,叫作“殿试”。“殿试”结果,分为三甲(三等),一甲仅三名,即状元、榜眼、探花,叫作“进士及第”;二甲为“进士出身”,三甲为“同进士出身”,统称“进士”。

③ 行院——妓院。

弟做个报仇泄恨之人。”翼明见话头有些相近，便道：“你我虽则隔省同年，今日天涯相聚，便如骨肉一般。兄之仇，即吾仇也。何不明言，与小弟知之？”嗣茂沉吟未答。连连被逼，只得叙出真情。才说得几句，不待词毕，翼明便道：“原来你就是文秀兄弟。则我就是你哥哥张廷秀！”两下抱头大哭，各叙冒姓来历。且喜都中乡科，京都相会。一则以悲，一则以喜。

分明久旱逢甘雨，赛过他乡遇故知。

莫问洞房花烛夜，且看金榜挂名时。

春榜既发，邵翼明、褚嗣茂俱中在百名之内。到得殿试，弟兄俱在二甲。观政已过，翼明选南直隶常州府推官①，嗣茂考选了庶吉士②，入在翰林。救父心急，遂告个给假，与翼明同回苏州。一面寓书打发家人归河南，迎褚长者夫妻至苏州相会，然后入京，不题。弟兄二人离了京师，由陆路而回。到了南京，廷秀先来拜见邵爷，老夫妻不胜欢喜。廷秀禀道：“兄弟文秀得河南褚长者救捞，改名褚嗣茂，亦中同榜进士，考选庶吉士，与儿同回，要见爹爹。”邵爷大惊道：“天下有此奇事！快请相见！”家人连忙请进。文秀到了厅上，扯把椅儿正中放下，请邵爷上坐，行拜见之礼。邵爷那里肯要，说道：“岂有此理！足下乃是尊客，老夫安敢僭妄？”文秀道：“家兄蒙老伯收录为子，某即犹子③也。理合拜见。”两下谦让一

① 推官——元明时代，各府设有“推官”，是掌理刑狱、在“知府”之下的第四位的官员，所以下文称“朱推官”为“四府”。

② 庶吉士——官名。挑选进士里面文学优等及善于写字的充任。三年期满，经过考试，叫作“散馆”。留在翰林院的，授给“编修”或“检讨”的官；不留的，授给“主事”“知县”等官。

③ 犹子——侄子称为“犹子”，犹如儿子一样的意思。

回。邵爷只得受了半礼。文秀又请老夫人出来拜见。邵爷备起庆喜筵席,直饮至更馀方止。次日,本衙门同僚知得,尽来拜访。弟兄二人以次答拜。是日午间小饮,邵爷问文秀道:"尊夫人还是向日聘在苏州?还是在河南娶的?"文秀道:"小侄因遭家难,尚未曾聘得。"邵爷道:"原来贤侄还没有姻事。老夫不揣,止有一女,年十六岁了。虽无容德,颇晓女红。贤侄倘不弃嫌,情愿奉侍箕帚。"文秀道:"多感老伯俯就,岂敢有违!但未得父母之命,不敢擅专。"廷秀道:"爹爹既有这段美情,俟至苏州,禀过父母,然后行聘便了。"邵爷道:"这也有理。"正话间,只听得外边喧嚷。教人问时,却是报邵爷升任福建提学佥事①。邵爷不觉喜溢于面。即吩咐家人犒劳报事的去了。廷秀弟兄起身把盏称贺。邵爷道:"如今总是一路。再过几日同行何如?"廷秀道:"待儿辈先行,在苏州相候罢。"邵爷依允。次日,即雇了船只,作别邵爷,带领仆从,离了南京。顺流而至,只一日已抵镇江。吩咐船家,路上不许泄漏是常州理刑,舟人那敢怠惰。过了镇江、丹阳,风水顺溜,两日已到苏州。把船泊在胥门马头上。弟兄二人只做平人打扮,带了些银两,也不教仆从跟随,悄悄的来得司狱司前。望见自家门头,便觉凄然泪下。走入门来,见母亲正坐在矮凳上,一头绩麻,一边流泪。上前叫道:"母亲,孩儿回来了!"哭拜于地。陈氏打磨泪眼,观看道:"我的亲儿,你们一向在那里不回?险些想杀了我!"相抱大哭。二子各将被害得救之故,细说一遍。又低低说道:"孩儿如今俱得中进士,选常州府推官,兄弟考选庶吉士。只因记挂爹妈,未去赴

① 提学佥事——官名。明代于提刑按察使司之下,设有提学佥事(五品)。

任，先来观看母亲。但不知爹爹身子安否？”陈氏听见儿子都已做官，喜从天降，把一天愁绪撇开，便道：“你爹全亏了种义，一向到也安乐。如今恤刑①坐于常熟，解审去了。只在明后日回来。你既做了官，怎地救得出狱？”廷秀道：“出狱是个易事。但没处查那害我父子的仇人，出这口恶气。”文秀道：“且救出了爹爹，再作区处。”廷秀又问道：“向来王员外可曾有人来询问？媳妇还是守节在家，还是另嫁人了？”陈氏道：“自你去后，从无个小使来走遭。我又日逐啼哭，也没心肠去问得。到是王三叔在门首经过说起，方晓得王员外要将媳妇改配，不从，上了吊救醒的。如今又隔年馀，不知可能依旧守节？我几遍要去，一则养娘又死，无人同去；二则想他既已断绝我家，去也甘受怠慢，故此却又中止。你今只记他好处，休记他歹处。总使媳妇已改嫁，明日也该去报谢。”廷秀听了这话，又增一番凄惨，齐答道：“母亲之言有理！”廷秀向文秀道：“爹爹又不在此，且去寻一乘轿子来，请母亲到船上去罢。”文秀即去雇下。陈氏收拾了几件衣服，其馀粗重家火，尽皆弃下。上了轿子，直至河口下船。可怜母子数年隔别，死里逃生；今日衣锦还乡，方得相会。这才是：

兄弟同榜，锦上添花；母子相逢，雪中送炭。

次早，二人穿起公服，各乘四人轿，来到府中。太爷还未升堂，先来拜理刑朱推官。那朱四府乃山东人氏，父亲朱布政与邵爷却是同年。相见之间，十分款洽。朱四府道：“二位老先生至此，缘何馆驿中通不来报？”廷秀道：“学生乃小舟来的，不曾干涉驿递，

① 恤刑——慎重刑罚，不使枉滥的意思；这里指复审。

故尔不知。"朱四府道:"尊舟泊在那一门?"廷秀道:"舟已打发去了,在专诸巷王玉器家作寓。"朱四府又道:"还在何日上任?"廷秀道:"尚有冤事在苏,还要求老先生昭雪,因此未曾定期。"朱四府道:"老先生有何冤事?"廷秀教朱爷屏退左右,将昔年父亲被陷前后情节,细细说出。朱四府惊骇道:"原来二位老先生乃是同胞,却又罹此奇冤!待太老先生常熟解审回时,即当差人送到寓所,查究仇家治罪。"弟兄一齐称谢。别了朱四府,又来拜谒太守。也将情事细说。俗语道:官官相为。见放着兄弟两个进士,莫说果然冤枉,就是真正强盗,少不得也要周旋。当下太守说话,也与朱四府相同。廷秀弟兄作谢相别,回到船里。对兄弟道:"我如今扮作贫人模样,先到专诸巷打探,看王员外如何光景。你便慢慢随后衣冠而来。"商议停当,廷秀穿起一件破青衣,戴个帽子,一径奔到王员外家来。且说赵昂二年前解粮进京,选了山西平阳府洪同县县丞。这个县丞,乃是数一数二的美缺①,顶针挨住②。赵昂用了若干银子,方才谋得。在家候缺年馀,前官方满,择吉起身。这日在家作别亲友,设戏筵款待,恰好廷秀来打探。听得里边锣鼓声喧,想道:"不知为甚恁般热闹?莫不是我妻子新招了女婿么?"心下疑惑。又想道:"且闯进去看是何如?"望着里边直闯,劈面遇见王进。廷秀叫声:"王进那里去?"王进认得是廷秀,吃了一惊,乃道:"呀,三官一向如何不见?"廷秀道:"在远处顽耍,昨日方回。我且问你,今日为何如此热闹?可是玉姐新招了女夫么?"王进在急处间,不

---

① 美缺——最好的职位,指封建社会里,官吏最容易剥削老百姓,最容易捞钱的职位。

② 顶针挨住——一个挨一个地等待的意思。

觉真心露吐,乃道:"阿弥陀佛!玉姐为了你,险些送了性命,怎说这话!"廷秀先已得了安家帖,便道:"你有事自去。"王进去后,又望里面而来。到了厅前,只见宾客满座,童仆纷纭。分开众人,上前先看一看,那赵昂在席上扬扬得意,戏子扮演的却是王十朋《荆钗记》①。心中想道:"当日丈人赶逐我时,赵昂在旁冷言挑拨,他今日正在兴头上,我且羞他一羞。"便推入厅中,举着手团团一转道:"列位高亲请了!"廷秀昔年去时,还未曾冠。今日身材长大,又戴着帽子,众亲眷便不认得是谁。廷秀覆身向王员外道:"爹爹拜揖!"终须是日逐相见的眼熟,王员外举目观看,便认得是廷秀,也吃一惊。想道:"闻得他已死了,如何还在?"又见满身褴褛,不成模样。便道:"你向来在何处?今日到此怎么?"廷秀道:"孩儿向在四方做戏,今日知赵姨夫荣任,特来扮一曲奉贺。"王员外因女儿作梗,不肯改节,初时见了到有个相留之念,故此好言问他。今听说在外做戏,恼得登时气涨紫了面皮,气倒在椅上,喝道:"畜生!谁是你的父亲?还不快走!"廷秀道:"既不要我为父子称呼,叫声岳丈何如?"王员外又怒道:"谁是你的岳丈?"廷秀道:"父亲虽则假的,岳父却是真的,如何也叫不得?"赵昂一见了廷秀,已是吓勾,面如土色。暗道:"这小杀才,已撇在江里死了,怎生的全然无恙?莫非杨洪得了他银子放他走了,却来哄我?"又听得称他是姨夫,也喝道:"张廷秀,那个是你的姨夫,到此胡言乱语?若不

① 《荆钗记》——元明最著名的四大传奇之一。剧情是:王十朋入京赴试,及第,因万俟丞相逼婚不从,改调潮阳。其妻钱玉莲在家,被继母勒嫁孙汝权,钱不从,投江遇救,最后和王团圆。

走,教人打你这花子的孤拐。”廷秀道:“赵昂,富贵不压于乡里。你便做得这个蚂蚁官儿,就是这等轻薄。我好意要做出戏儿贺你,反恁般无礼!”赵昂见叫了他的名字,一发大怒,连叫家人快锁这花子起来。那时王三叔也在座间,说道:“你们不要乱嚷。是亲不是亲,另日自说。既是他会做戏,好情来贺你,只当做戏子一般,演一出儿顽顽,有何不可,却这般着恼!”推着廷秀背道:“你自去扮起来,不要听他们。”众亲戚齐拍手道:“还是三叔说得有理!”将廷秀推入戏房中,把纱帽员领穿起,就顶王十朋《祭江》这一折①。廷秀想着玉姐曾被逼嫁上吊,恰与玉莲相仿,把胸中真境敷演在这折戏上,浑如王十朋当日亲临。众亲戚鼻涕眼泪都看出来,连声喝采不迭。只有王员外、赵昂又羞又气。正做之间,忽见外面来报,本府太爷来拜常州府理刑邵爷、翰林院褚爷。慌得众宾客并戏子,就存坐不住,戏也歇了。王员外、赵昂急奔出外边,对赍帖的道:“并没甚邵爷、褚爷在我家作寓。”赍帖的道:“邵爷今早亲口说寓在你家,如何没有?”将帖子撇下道:“你们自去回覆。”竟自去了。王员外和赵昂慌得手足无措,便道:“怎得个会说话的回覆?”廷秀走过来道:“爹爹,待我与你回罢。”王员外这时,巴不得有个人儿回话,便是好了。见廷秀肯去,到将先前这股怒气撇开,乃道:“你若回得甚好。”看他还穿着纱帽、员领,又道:“既如此,快去换了衣服。”廷秀道:“就是恁般罢了,谁耐烦去换!”赵昂道:“官府事情,不是取笑的。”廷秀笑道:“不打紧,凡事有我在此,料道不累你。”王员

① 折——也叫作“出”,约相当于现代戏剧的一幕。

外道:“你莫不风了?”廷秀又笑道:“就是风了,也让我自去,不干你们事。”只听得铺兵①锣响,太守已到。王员外、赵昂着了急,撇下廷秀,都进去了。廷秀走出门前,恰好太守下轿。两下一路打恭,直至茶厅上坐下攀谈。吃过两杯茶,谈论多时,作别而去。有诗为证:

谁识毗陵邵理刑,就是场中王十朋?

太守自来宾客散,仇人暗里自心惊。

却说玉姐日夕母子为伴,足迹不下楼来。那赵昂妻子因老公选了官,在他面前卖弄,他也全然不理。这一日,外边开筵做戏,瑞姐来请看戏,玉姐不肯。连徐氏因女儿不愿,也不走出来瞧。少顷,瑞姐见廷秀在厅前这番闹炒,心下也是骇异。又看见当场扮戏,故意跑进来报道:“妹子,好了!你日逐思想妹夫,如今已是来了。见在外边扮戏。”玉姐只道是生这话来笑他,脸上飞红,也不答应。徐氏也认是假话,不去采他。瑞姐见他们冷淡,又笑道:“再去看妹夫做戏。”即便下楼。不一时,丫鬟们都进来报,徐氏还不肯信,亲至遮堂②后一望:果是此人。心下又惊又喜。暗叹道:“如何流落到这个地位?”瑞姐道:“母亲,可是我说谎么?”徐氏不去应他。竟归楼上说与女儿。玉姐一言不发,腮边珠泪乱落。徐氏劝道:“女儿不必苦了,还你个夫妻快活过日。”劝了一回,恐王员外又把廷秀逐去,放心不下。复走出观看,只见赵昂和瑞姐望里边乱跑,随后王员外也跑进来。你道为何?原来王员外、赵昂,太

① 铺兵——元代,专送紧急公文的兵叫作“铺兵”;明代也有“弓铺兵”的名称。这里指地方的士兵。

② 遮堂——屏风一类的东西。

守到时,与众宾客躲入里边。忽见家人报道:“三官陪着太守,坐了说话。”众人通不肯信。齐至遮堂后张看,果然两下一递一答说话。王员外暗道:“原来这冤家已做官了,却乔妆来哄我?懊悔昔时错听了谗言,将他逐出。幸喜得女儿有志气,不肯改嫁,还好解释。不然,却怎生处?只是适来又伤了他几句言语,无颜相见。且叫妈妈来做个引头。”因此乱跑。自古道:贼人心虚。那赵昂因有旧事在心上,比王员外更是不同,吓的魂魄俱无。报知妻子,跑回房里,忙忙收拾,打帐明日起身,躲避这个冤家,连酒席也不想终了。正是:

早知今日,悔不当初!

且说王员外跑来撞见徐氏,便喊道:“妈妈,小女婿回了。”徐氏道:“回了便罢,何消恁般大惊小怪!”王员外道:“不消说起,适来如此如此。我因无颜见他,特请你做个解冤释结。”徐氏得了这几句话,喜从天降,乃道:“有这等事!”教丫鬟上楼报知玉姐,与王员外同出厅前。廷秀正送了太守进来。众亲眷都来相迎。徐氏道:“三官,想杀我也!你往何处去了?再无处寻访。”廷秀方上前请老夫妇坐下,纳头便拜。王员外以手扶住道:“贤婿,老夫得罪多矣,岂敢又要劳拜!”廷秀道:“某实不才,不能副岳丈之望,何云有罪!”拜罢起来,与众亲眷一一相见已毕。廷秀道:“赵姨夫如何不见?快请来相见。”童仆连忙进来。赵昂本不欲见他,又恐不出去,反使他疑心,勉强出来相见,说道:“适来言语冲撞,望勿记怀!”廷秀笑道:“是我不达,自取其辱,怎敢怪姨夫?”赵昂羞惭无地。王员外见廷秀冷言冷语,乃道:“贤婿,当初误听谗言,一时错怪你了,如今莫计较罢。”徐氏道:“你这几年却在那里?怎地就得了官？”廷秀乃将被人谋害，直至做官前后事细说。却又不说出兄弟做官的缘由。众亲眷听了，无不嗟叹。乃道：“只是有甚冤家下此毒手，可晓的么？”廷秀道：“若是晓的，却便好了。”那时廷秀便说，赵昂在旁边脸上一回红，一回白，好不着急。直听到不晓得这句，方才放下心肠。王三叔道：“不要闲讲了，且请坐着。待我借花献佛，奉敬一杯贺喜。”众亲眷多要逊廷秀坐第一位。廷秀不肯。再三谦让不过，只得依了他。竟穿着行头①中冠带，向外而坐。戏子重新登场定戏。这时众亲眷把他好不奉承。徐氏自归楼上，不在话下。

却说张权解审恤刑，却原是杨洪这班人押解。元来捕人拿了强盗，每至审录，俱要原捕押解。其中恐有冤枉，便要对审。故此脱他不得。那杨洪临起解时，先来与赵昂要来若干盘缠，与兄弟杨江一齐同去。及至转来，将张权送入狱中，弟兄二人假意来回复赵昂，又要需索他东西。到了专诸巷内，一路听得人说太守刚才到王家拜望。杨洪弟兄疑惑道：“赵昂是个监生官，如何太爷去拜他？且又不是属下。”到了王家门首，只听得里边便闹热做戏，门首悄悄的不见一人，却又不敢进去，坐在门前石头上，等候人出来传信。刚刚坐得，忽见一乘四人轿抬到门口歇下，走出一位少年官员。他二人连忙站起。那官员是谁？便是庶吉士张文秀。他跨入门来，抬头看见二人，到吃一吓。认得一个是杨洪，一个是谋他性命的公差。想道：“元来是他一路！不知为何坐在此间？”且不说破，竟望里边而去。杨洪已不认得，对兄弟说：“赵昂多大官儿，却有大官

① 行头——演戏所用的衣服物品。

府来拜!"你道杨洪如何便认不得了？文秀当初谋他命时，还是一个小厮，如今顶冠束带，换了一番景象，如何便认得出。文秀乃切骨之仇，日夜在心，故此一经眼，即便认得。且说文秀走入里边，早有人看见，飞报进去道："又有一位官府来拜了。"说声未了，文秀已至厅前。众亲眷并戏子们看见，各自四散奔开，只单撇下廷秀一人。王员外原在遮堂后张看。这官员却又比先前太守不同，廷秀也不与他作揖，站起来说道："你来了。"那官府道："如何见我来都走散了?"廷秀忍不住笑。文秀道："莫要笑！有句紧话在此。"附耳低声道："便是谋你我的公差与杨洪，都坐在外面。"廷秀惊道："有这等事！如何坐在这里？其中可疑。快些拿住，莫被他走了。"一面讨过冠带，换下身上行头。文秀即差众家人出去擒拿。廷秀一面讨过冠带，换去行头。且说众人赶出去，揪翻杨洪兄弟，拖入里边来。杨洪只道是赵昂的缘故，口中骂道："忘恩负义的贼！我与你干了许多大事，今日反打我么?"正在乱时，报道："理刑朱爷到了。"众家人将杨洪推在半边。廷秀兄弟出来相迎，接在茶厅上坐下。廷秀耐不住，乃道："老先生，天下有这般怪事！谋害愚兄弟的强盗，今日自来送死，已被拿住。"朱四府道："如今在那里?"廷秀教众人推到面前跪下。廷秀道："你二人可认得我了?"杨洪道："小人却认不得二位老爷。"文秀道："难道昔年趁船到镇江告状，绑入水中的人就不认得了。"二人闻言，已知是张廷秀弟兄。吓的缩作一堆。朱四府道："且问你有甚冤仇，谋害他一家?"二人道："没甚冤仇。"朱四府道："既无仇隙，如何生此歹心?"二人料然性命难存。想起赵昂平日送的银子，又不爽利，怎生放得他过！便道："不干小人之事，都是赵昂与他有仇，要谋害二位老爷父子，央小人行的。”廷秀弟兄闻言失惊道：“元来正是这贼！我与他有甚冤仇，害我父子？”朱四府道：“赵昂是何人？住在那里？”廷秀道：“是个粟监，就住在此间。”朱四府喝声：“快拿！”手下人一声答应，蜂拥进去，把赵昂拿出。那时惊得一家儿啼女哭，不知为甚。众亲都从后门走了，戏子见这等沸乱，也自各散去讫。赵昂见了杨洪二人，已知事露，并无半言。朱四府即起身同到府中，先差人到狱内将张权释放，讨乘轿子送到王家。然后细鞫赵昂。初时抵赖，用起刑具，方才一一吐实。杨洪又招出两个摇船帮手，顷刻也拿到来。赵昂、杨洪、杨江各打六十，依律问斩。两个帮手各打四十，拟成绞罪。俱发司狱司监禁。朱四府将廷秀父子被陷始末根由，备文申报抚按，会同题请，不在话下。

且说廷秀弟兄送朱四府去后，回到里边，易了公服。那时王员外已知先来那官便是张文秀。老夫妇齐出来相见。问朱四府因甚拿了赵昂？廷秀说出真情。王员外咬牙切齿，恨道：“原来都是这贼的奸计！”正说间，丫鬟来报，瑞姐吊死了。原来瑞姐知得事露，丈夫拿去，必无活理。自觉无颜见人，故此走了这条径路。王员外与徐氏因恨他夫妻生心害人，全无苦楚。一面买棺盛殓，自不必说。王员外分付重整筵席款待，一面差人到舟迎取陈氏。一时间家人报道：“朱爷差人送太老爷来了。”廷秀弟兄、王员外一齐出去相迎。恰好陈氏轿子也至。夫妻母子一见，相抱而哭。正是：

苦中得乐浑如梦，死里逃生喜欲狂。

一家骨肉重相聚，千载令人笑赵昂。

张权道：“我只道此生永无见期了，不料今日复能父子相逢！”一路哭入堂中。先向王员外、徐氏称谢。王员外再三请罪。然后二子叩拜,将赵昂设谋陷害前后情由,细细诉说。说到伤心之处,父子又哭。不想哭兴了,正忘记打发了朱爷差人。那差人央家人们来禀知,廷秀发个谢帖,赏差人三钱银子而去。当下徐氏邀陈氏自归后房,玉姐下楼拜见。姑媳又是一番凄楚。少顷,筵宴已完,内外两席,直饮到夜半方止。次日,廷秀弟兄到府中谢过朱四府。打发了船只。一家都住于王员外家中。等邵爷到后,完姻赴任。廷秀又将邵爷愿招文秀为婿的事,禀明父母。备下聘礼,一到便行。半月之后,邵爷方至。河南褚长者夫妻也到。常州府迎接的吏书也都到了。那时王员外门庭好不热闹。廷秀主意,原作成王三叔为媒,先行礼聘了邵小姐,然后选起吉期,弟兄一齐成亲。到了是日,王员外要夸炫亲戚,大开筵席,广请宾朋,笙箫括地,鼓乐喧天。花烛之下,乌纱绛袍,凤冠霞帔,好不气象。恰好两对新人,配着四双父母。有诗为证:

四姓亲家皆富贵,两双夫妇倍欢娱;
枕边忽诉伤心话,泪珠犹然洒绣幮。

那府县官闻知,都去称贺。三朝之后,各自分别起身。张权夫妻随廷秀常州上任,褚长者与文秀自往京中。邵爷自往福建。王员外因家业广大,脱身不得,夫妻在家受用。不则一日,圣旨倒下,依拟将赵昂、杨洪、杨江处斩。按院就委廷秀监斩。行刑之日,看的人如山如海。都道赵昂自作之孽,亲戚中无有怜之者。连丈人王员外也不到法场来看。正是:

善恶到头终有报,只争来早与来迟!
劝君莫把欺心使,湛湛青天不可欺。

廷秀念种义之恩,托朱爷与他开招释罪。又因父亲被人陷害,每事务必细询，鞫出实情，方才定罪。为此声名甚著。行取①至京，升为给事。文秀以散馆点了山西巡按。那张权念祖莹俱在江西，原归故里，恢复旧业，建第居住。后来邵爷与褚长者身故，廷秀兄弟，各自给假为之治丧营葬。待三年之后，方上表，复了本姓。廷秀生得三子，将次子继了王员外之后，三子继邵爷之后，以表不负昔年父子之恩。文秀亦生二子，也将次子绍了褚长者香火。张权夫妇寿至九旬之外，无疾而终。王员外夫妻亦享遐龄。廷秀弟兄俱官至八座②之位。至今子孙科甲不断。诗云：

繇来白屋出公卿，眼底穷通未可凭。
凡事但将天理念，安心自有福来迎。

① 行取——明清官吏铨转制度：在规定的年限，经过地方高级官员的保举，将外任的州县官调京，加以考选，补授科（给事中）、道（十三道监察御史）或部属（六部中的郎中、员外、主事等官），叫作“行取”，就是把地方官调升作中央机关的官。

② 八座——历代多以令、仆射及六部尚书为“八座”，就是中央的八种高级官职。这里是泛指，作到尚书一类的官职的意思。

古典
小说
大字本

醒世恒言

下

冯梦龙
编
◎
顾学颉
校注

人民文学出版社

第二十一卷

张淑儿巧智脱杨生

自昔财为伤命刃，从来智乃护身符。

贼髡毒手谋文士，淑女双眸识俊儒。

已幸馀生逃密网，谁知好事在穷途？

一朝获把封章奏，雪怨酬恩显丈夫。

话说正德年间，有个举人，姓杨名延和，表字元礼，原是四川成都府籍贯。祖上流寓南直隶扬州府地方做客。遂住扬州江都县。此人生得肌如雪晕，唇若朱涂，一个脸儿，恰像羊脂白玉碾成的，那里有什么裴楷①，那里有什么王衍②，这个杨元礼，便真正是神清气清第一品的人物。更兼他文才天纵，学问夙成，开着古书簿叶，一双手不住的翻，吸力豁刺③，不勾吃一杯茶时候，便看完一部。人只道他查点篇数，那晓得经他一展，逐行逐句，都稀烂的熟在肚子里头。一遇作文时节，铺着纸，研着墨，蘸着笔尖，飕飕声，簌簌声，直挥到底，好像猛雨般洒满一纸。句句是锦

① 裴楷——晋代闻喜人。容仪俊爽，当时称为“玉人”。

② 王衍——晋代临沂人。丰姿高彻，当时的人说他像“瑶林琼树”。

③ 吸力豁刺——形容翻书的声音。

绣文章。真个是：

笔落惊风雨，书成泣鬼神。

终非池沼物，堪作庙堂珍。

七岁能书大字，八岁能作古诗，九岁精通时艺①，十岁进了府庠，次年第一补廪②。父母相继而亡，丁忧③六载。元礼因为少孤，亲事也都不曾定得。喜得他苦志读书，十九岁便得中了乡场第二名。不得首荐，心中闷闷不乐。叹道："世少识者，"不耐烦赴京会试。那些叔伯亲友们，那个不来劝他及早起程。又有同年兄弟六人，时常催促同行。那杨元礼虽说不愿会试，也是不曾中得解元，气忿的说话，功名心原是急的。一日，被这几个同年们催逼不过，发起兴来，整治行李。原来父母虽亡，他的老尊原是务实生理的人，却也有些田房遗下。元礼变卖一两处为上京盘缠。同了六个乡同年，一路上京。那六位同年是谁？一个姓焦名士济，字子舟；一个姓王名元晖，字景照；一个姓张名显，字弢伯；一个姓韩名蕃锡，字康侯；一个姓蒋名义，字礼生；一个姓刘名善，字取之。六人里头，只有刘蒋二人家事凉薄些儿。那四位却也一个个殷足。

---

① 时艺——一名"时文"，即八股文。明清时代科举考试时的一种以《四书》、《五经》命题，规定一定格式、体裁、语言、字数的专门应考的文章。

② 补廪——明清时代，在"秀才"总称之下，按资格分为三种名目，即：附生、增生、廪生。初进学的为"附生"，循次经过岁科两考的成绩和时间、名额等条件，才能补为增生和廪生。补了廪生，每月可从儒学中领得一石米的供给，称为"廪膳"。

③ 丁忧——封建社会的丧制：遭遇父母的丧事，在三年内，官员例须停职守制，读书人不能参加考试，一般还要停止婚嫁筵宴，叫作"丁忧"。

那姓王的家私百万，地方上叫做小王恺①。说起来连这举人也是有些缘故来的。那时新得进身，这几个朋友，好不高兴，带了五六个家人上路。一个个人材表表，气势昂昂，十分齐整。怎见得？但见：

轻眉俊眼，绣腿花拳，风笠飘飘，雨衣鲜灿；玉勒马一声嘶破柳堤烟，碧帷车数武碾残松岭雪。右悬雕矢，行色增雄；左插鲛函，威风倍壮。扬鞭喝跃，途人谁敢争先；结队驱驰，村市尽皆惊盼。正是：处处绿杨堪系马，人人有路透长安。

这班随从的人打扮出路光景，虽然悬弓佩剑，实落是一个也动不得手的。大凡出路的人，第一是老成二字最为紧要。一举一动，俱要留心。千不合，万不合，是贪了小便宜。在山东兖州府马头上，各家的管家打开了银包，兑了多少铜钱，放在皮箱里头，压得那马背郎当②，担夫疼软③。一路上见的，只认是银子在内，那里晓得是铜钱在里头。行到河南府荥县地方相近，离城尚有七八十里。路上荒凉，远远的听得钟声清亮。抬头观看，望着一座大寺。

苍松虬结，古柏龙蟠。千寻峭壁，插汉芙蓉；百道鸣泉，洒空珠玉。螭头高拱，上逼层霄；鸱吻分张，下临无地。颤巍巍恍是云中双阙，光灿灿犹如海外五城。

寺门上有金字牌扁，名曰宝华禅寺。这几个连日鞍马劳顿，见了这么大寺，心中欢喜。一齐下马停车，进去游玩。但见稠阴夹

① 王恺——晋代人，王坦的儿子，兄弟都作大官，很有钱，当时没有人能赶上他们。

② 郎当——颓唐；疲困的样子。

③ 疼(tān)软——“疼”本是马害病的意思；疼软，就是累了，困了。

道，曲径纡回，旁边多少旧碑，七横八竖，碑上字迹模糊，看起来唐时开元年间建造。正看之间，有小和尚疾忙进报。随有中年和尚油头滑脸，摆将出来。见了这几位冠冕客人踱进来，便鞠躬迎进。逐一位见礼看座。问了某姓某处，小和尚掇出一盘茶来吃了。那几个随即问道："师父法号？"那和尚道："小僧贱号悟石。列位相公有何尊干，到荒寺经过？"众人道："我们都是赴京会试的。在此经过。见寺宇整齐，进来随喜①。"那和尚道："失敬，失敬！家师远出，有失迎接，却怎生是好？"说了三言两语，走出来吩咐道人摆茶果点心。便走到门前观看。只见行李十分华丽，跟随人役，个个鲜衣大帽。眉头一蹙，计上心来。暗暗地欢喜道："这些行李，若谋了他的，尽好受用。我们这样荒僻地面，他每②在此逗留，正是天送来的东西了。见物不取，失之千里。不免留住他们，再作区处。"转身进来，就对众举人道："列位相公在上，小僧有一言相告，勿罪唐突。"众举人道："但说何妨。"和尚道："说也奇怪，小僧昨夜得一奇梦，梦见天上一个大星，端端正正的落在荒寺后园地上，变了一块青石。小僧心上喜道：必有大贵人到我寺中。今日果得列位相公到此。今科状元，决不出七位相公之外。小僧这里荒僻乡村，虽不敢屈留尊驾，但小僧得此佳梦，意欲暂留过宿。列位相公，若不弃嫌，过了一宿，应此佳兆。只是山蔬野蔌，怠慢列位相公，不要见罪。"众举人听见说了星落后园，决应在我们几人之内，欲待

① 随喜——本是佛教徒瞻拜佛像，随像发生欢喜心的意思；一般当作参观佛寺解释。

② 每——元明小说戏剧中，常用在人称代词之后，如我每、他每等，用法同现在通用的"们"字。

应承过宿。只有杨元礼心中疑惑。密向众同年道:“这样荒僻寺院,和尚外貌虽则殷勤,人心难测。他苦苦要留,必有缘故。”众同年道:“杨年兄又来迂腐了。我们连主仆人夫,算来约有四十多人,那怕这几个乡村和尚。若杨年兄行李万有他虞,都是我众人赔偿。”杨元礼道:“前边只有三四十里,便到歇宿所在。还该赶去,才是道理。”却有张弢伯与刘取之都是极高兴的朋友,心上只是要住。对元礼道:“且莫说天色已晚,赶不到村店。此去途中,尚有可虑。现成这样好僧房,受用一宵,明早起身,也不为误事。若年兄必要赶到市镇,年兄自请先行,我们不敢奉陪。”那和尚看见众人低声商议,杨元礼声声要去。便向元礼道:“相公,此处去十来里有黄泥坝。歹人极多。此时天色已晚,路上难保无虞。相公千金之躯,不如小房过夜,明日早行,差得几时路程,却不安稳了多少。”元礼被众友牵制不过,又见和尚十分好意;况且跟随的人,见寺里热茶热水,也懒得赶路。向主人道:“这师父说黄泥坝晚上难走,不如暂过一夜罢。”元礼见说得有理,只得允从。众友吩咐抬进行李,明早起程。

那和尚心中暗喜中计。连忙备办酒席,吩咐道人,宰鸡杀鹅,烹鱼炮鳖,登时办起盛席来。这等地面那里买得凑手?原来这寺和尚极会受用,件色鸡鹅等类,都养在家里,因此捉来便杀,不费工夫。佛殿旁边转过曲廊,却是三间精致客堂,上面一字儿摆下七个筵席,下边列着一个陪桌,共是八席,十分齐整。悟石举杯安席。众同年序齿坐定。吃了数杯之后,张弢伯开言道:“列位年兄,必须行一酒令,才是有兴。”刘取之道:“师父,这里可有色盆?”和尚道:“有,有。”连唤道人取出色盆,斟着大杯,送第一位焦举人行令。焦子舟也不推逊,吃酒便掷,取么点为文星,掷得者卜色飞送。众人尝得酒味甘美,上口便干。原来这酒不比寻常,却是把酒来浸米,麯中又放些香料,用些热药,做来颜色浓酽,好像琥珀一般。上口甘香,吃了便觉神思昏迷,四肢痑软。这几个会试的路上吃惯了歪酒,水般样的淡酒,药般样的苦酒,还有尿般样的臭酒,这晚吃了恁般浓酝,加倍放出意兴来。猜拳赌色,一杯复一杯,吃一个不住。那悟石和尚又叫小和尚在外厢陪了这些家人,叫道人支持这些轿夫马夫,上下人等,都吃得泥烂。只有杨元礼吃到中间,觉酒味香浓,心中渐渐昏迷。暗道:"这所在那得恁般好酒!且是昏迷神思,其中决有缘故。"就地生出智着来,假做腹痛,吃不下酒。那些人不解其意,却道:"途路上或者感些寒气,必是多吃热酒,才可解散。如何倒不用酒?"一齐来劝。那和尚道:"杨相公,这酒是三年陈的,小僧辈置在床头,不敢轻用。今日特地开出来,奉敬相公。腹内作痛,必是寒气,连用十来大杯,自然解散。"杨元礼看他勉强劝酒,心上愈加疑惑,坚执不饮。众人道:"杨年兄为何这般扫兴?我们是畅饮一番,不要负了师父美情。"和尚合席敬大杯,只放元礼不过。心上道:"他不肯吃酒,不知何故?我也不怕他一个醒的跳出圈子外边去。"又把大杯斟送。元礼道:"实是吃不下了,多谢厚情。"和尚只得把那几位抵死劝酒。却说那些副手的和尚,接了这些行李,众管家们各拣洁净房头,铺下铺盖。这些吃醉的举人,大家你称我颂,乱叫着某状元、某会元,东歪西倒,跌到房中,面也不洗,衣也不脱,爬上床磕头便睡,齁齁鼻息,响动如雷。这些手下人也被道人和尚们大碗头劝着,一发不顾性命,吃得眼定口开,手痑脚软,做了一堆矬倒①。却说那和尚也在席上陪酒,他便如何不受酒毒?他每吩咐小和尚,另藏着一把注子②,色味虽同,酒力各别。间或客人答酒,只得呷下肚里,却又有解酒汤,在房里去吃了,不得昏迷。酒散归房,人人熟睡。那些贼秃们一个个磨拳擦掌,思量动手。悟石道:"这事须用乘机取势,不可迟延。万一酒力散了,便难做事。"吩咐各持利刃,悄悄的步到卧房门首,听了一番,思待进房中间,又有一个四川和尚,号曰觉空,悄向悟石道:"这些书呆不难了当,必须先把跟随人役完了事,才进内房,这叫做斩草除根,永无遗患。"悟石点头道:"说得有理。"遂转身向家人安歇去处,掇开房门,见头便割。这班酒透的人,匹力扑六③的好像切菜一般,一齐杀倒,血流遍地。其实堪伤!

却说那杨元礼因是心中疑惑,和衣而睡。也是命不该绝,在床上展转不能安寝。侧耳听着外边,只觉酒散之后,寂无人声。暗道:"这些和尚是山野的人,收了这残盘剩饭,必然聚吃一番,不然,也要收拾家火,为何寂然无声?"又少顷,闻得窗外悄步,若有人声,心中愈发疑异。又少顷,只听得外厢连叫哎哟,又有模糊口声。又听得匹扑的跳响,慌忙跳起道:"不好了,不好了!中了贼僧计也!"隐隐的闻得脚踪声近,急忙里用力去推那些醉汉,那里推得醒。也有木头般不答应的,也有胡胡卢卢说困话的。推了几推,只听得呀的房门声响。元礼顾不得别人,事急计生,耸身跳出后窗。见庭中有一棵大树,猛力爬上,偷眼观看。只见也有和尚,

① 矬倒——矬,矮、短的意思。矬倒,酒醉之后,缩倒作一团的样子。
② 注子——酒壶;形如长颈瓶,有盖、嘴、柄。后又去柄安系,叫作"偏提"。
③ 匹力扑六——形容杀头的声音。

也有俗人,一伙儿拥进房门,持着利刃,望颈便刺。元礼见众人被杀,惊得心摇胆战,也不知墙外是水是泥,奋身一跳,却是乱棘丛中。欲待蹲身,又想后窗不曾闭得,贼僧必从天井内追寻,此处不当稳便。用力推开棘刺,满面流血,钻出棘丛,拔步便走。却是硬泥荒地。带跳而走,已有二三里之远。云昏地黑,阴风淅淅,不知是什么所在。却都是废冢荒丘。又转了二个弯角儿,却见一所人家,孤丁丁住着,板缝内尚有火光。元礼道:“我已筋疲力尽,不能行动。此家灯火未息,只得哀求借宿,再作道理。”正是:

青龙白虎同行,凶吉全然未保。

元礼低声叩门,只见五十来岁一个老妪,点灯开门。见了元礼道:“夜深人静,为何叩门?”元礼道:“昏夜叩门,实是学生得罪。争奈急难之中,只得求妈妈方便。容学生暂息半宵。”老妪道:“老身孤寡,难好留你。且尊客又无行李,又无随从,语言各别,不知来历。决难从命!”元礼暗道:“事到其间,不得不以实情告他。妈妈在上,其实小生姓杨,是扬州府人,会试来此。被宝华寺僧人苦苦留宿。不想他忽起狼心,把我们六七位同年都灌醉了,一齐杀倒。只有小生不醉,幸得逃生。”老妪道:“哎哟!阿弥陀佛!不信有这样事!”元礼道:“你不信,看我面上血痕。我从后庭中大树上爬出,跳出荆棘丛中,面都刺碎。”老妪睁睛看时,果然面皮都碎。对元礼道:“相公果然遭难,老身只得留住。相公会试中了,看顾老身,就有在里头了。”元礼道:“极感妈妈厚情!自古道:救人一命,胜造七级浮屠。我替你关了门,你自去睡。我就在此桌儿上假寐片时。一待天明,即便告别。”老妪道:“你自请稳便。那个门没事,不劳相公费心。老身这样寒家,难得会试相公到来。常言道:

贵人上宅，柴长三千，米长八百。我老身有一个姨娘，是卖酒的，就住在前村。我老身去打一壶来，替相公压惊，省得你又无铺盖，冷冰冰地睡不去。”元礼只道脱了大难，心中又惊又喜，谢道：“多承妈妈留宿，已感厚情！又承赐酒，何以图报？小生倘得成名，决不忘你大德。”妈妈道：“相公且宽坐片时，有小女奉陪。老身暂去就来。女儿过来，见了相公。你且把门儿关着，我取了酒就来也。”那老妪吩咐女儿几句，随即提壶出门去了，不提。

却说那女子把元礼仔细端详，若有嗟叹之状。元礼道：“请问小姐姐今年几岁了？”女子道：“年方一十三岁。”元礼道：“你为何只管呆看小生？”女子道：“我看你堂堂容貌，表表姿材，受此大难，故此把你仔细观看。可惜你满腹文章，看不出人情世故。”元礼惊问道：“你为何说此几句，令我好生疑异？”女子道：“你只道我家母亲为何不肯留你借宿？”元礼道：“孤寡人家，不肯夤夜留人。”女子道：“后边说了被难缘因，他又如何肯留起来？”元礼道：“这是你令堂恻隐之心，留我借宿。”女子道：“这叫做燕雀处堂，不知祸之将及。”元礼益发惊问道：“难道你母亲也待谋害我不成？我如今孤身无物，他又何所利于我？小姐姐，莫非道我伤弓之鸟，故把言语来吓诈我么？”女子道：“你只道我家住居的房屋是那个的房屋？我家营运的本钱是那个的本钱？”元礼道：“小姐姐说话好奇怪！这是你家事，小生如何知道？”女子道：“妾姓张，有个哥哥，叫做张小乙，是我母亲过继的儿子，在外面做些小经纪。他的本钱，也是宝华寺悟石和尚的，这一所草房也是寺里搭盖的。哥哥昨晚回来，今日到寺里交纳利钱去了。幸不在家。若还撞见相公，决不相饶。”元礼想道：“方才众和尚行凶，内中也有俗人，一定是张小乙了。”便问道:“既是你妈妈和寺里和尚们一路,如何又买酒请我?”女子道:“他那里真个去买酒。假此为名,出去报与和尚得知。少顷他们就到了。你终须一死!我见你丰仪出众,决非凡品,故此对你说知。放你逃脱此难!”元礼吓得浑身冷汗,抽身便待走出。女子扯住道:“你去了不打紧,我家母亲极是利害,他回来不见了你,必道我泄漏机关。这场责罚,教我怎生禁受①?”元礼道:“你若有心救我,只得吃这场责罚,小生死不忘报。”女子道:“有计在此!你快把绳子将我绑缚在柱子上,你自脱身前去。我口中乱叫母亲,等他回来,只告诉他说你要把我强奸,绑缚在此。被我叫喊不过,也怕母亲归来,只得逃走了去。必然如此,方免责罚。”又急向箱中取银一锭与元礼道:“这正是和尚借我家的本钱。若母亲问起,我自有言抵对。”元礼初不欲受,思量前路盘缠,尚无毫忽,只得受了。把这女子绑缚起来,心中暗道:“此女仁智兼全,救我性命,不可忘他大恩。不如与他定约,异日娶他回去。”便向女子道:“小生杨延和,表字元礼,年十九岁,南直扬州府江都县人氏。因父母早亡,尚未婚配。受你活命之恩,意欲结为夫妇,后日娶你,决不食言。小姐姐意下如何?”女子道:“妾小名淑儿,今岁十三岁。若不弃微贱,永结葭莩②,死且不恨。只是一件:我母亲通报寺僧,也是平昔受他恩惠,故尔不肯负他。请君日后勿复记怀。事已危迫,君无留恋。”元礼闻言一毕,抽身往外便走。才得出门,回头一看,只见后边一队人众,持着火把,蜂拥而来。元礼魂飞魄丧,好像失心

① 禁受——禁当,承担,耐受。

② 葭莩(jiā fú)——葭,芦苇筲中的薄膜。葭莩,比喻亲戚关系很疏远、很薄的意思;后来径作“亲戚”解释。

风一般，望前乱跌，也不敢回头再看。

话分两头。单提那老妪打头，引僧觉空持棍在前，悟石随后，也有张小乙，通共有二十馀人，气吽吽一直赶到老妪家里。女子听得人声相近，乱叫乱哭。老妪一进门来，不见了姓杨的；只见女子被缚。吓了一跳，道："女儿为何倒缚在那里？"女子哭道："那人见母亲出去，竟要把我强奸，道我不从，竟把绳子绑缚了我。被我乱叫乱嚷，只得奔去。又转身进来要借盘缠。我回他没有，竟向箱中摸取东西，不知拿了甚么，向外就走。"那老妪闻言，好像落汤鸡一般，口不能言。连忙在箱子内查看，不见了一锭银子。叫道："不好了！前借师父的本钱，反被他掏摸去了。"众和尚不见杨元礼，也没工夫逗留，连忙向外追赶。又不知东西南北那一条路去了。走了一阵，只得叹口气回到寺中，跌脚叹道："打蛇不死，自遗其害。"事已如此，无可奈何！且把杀死众尸，埋在后园空地上。开了箱笼被囊等物，原来多是铜钱在内。银子也有八九百两。把些来分与觉空，又把些分与众和尚、众道人等。也分些与张小乙。人人欢喜，个个感激。又另把些送与老妪。一则买他的口，一则赔偿他所失本钱。依旧作借。

却说那元礼，脱身之后，黑地里走来走去，原只在一笪①地方，气力都尽。只得蹲在一个冷庙堂里头。天色微明，向前又走，已到荥县。刚待进城，遇着一个老叟，连叫："老侄，闻得你新中了举人，恭喜，恭喜！今上京会试，如何在此独步，没人随从？"那老叟你道是谁？却就是元礼的叔父，叫做杨小峰，一向在京生理，贩货

① 一笪(dá)——或作"一搭"，口语之讹；就是一带，一块。

下来,经繇河间府到往山东。劈面撞着了新中的侄儿,真是一天之喜。元礼正值穷途,撞见了自家的叔父,把宝华寺受难根因,与老妪家脱身的缘故一一告诉。杨小峰十分惊谎。挽着手,拖到饭店上吃了饭,就把身边随从的阿三送与元礼伏侍,又借他白银一百二三十两,又替他叫了骡轿送他进京。正叫做:

不是一番寒彻骨,怎得梅花扑鼻香!

元礼别了小峰,到京会试,中了第二名会魁。叹道:“我杨延和到底逊人一筹!然虽如此,我今番得中,一则可以践约,二则得以伸冤矣。”殿试中了第一甲第三名,入了翰林。有相厚会试同年舒有庆,他父亲舒珽,正在山东做巡按。元礼把六个同年及从人受害本末,细细与舒有庆说知。有庆报知父亲,随着府县拘提合寺僧人到县。即将为首僧人悟石、觉空二人,极刑鞫问,招出杀害举人原繇。押赴后园,起尸相验。随将众僧拘禁。此时张小乙已自病故了。舒珽即时题请灭寺屠僧,立碑道傍,地方称快。后边元礼告假回来,亲到废寺基址,作诗吊祭六位同年,不题。

却说那老妪原系和尚心腹,一闻寺灭僧屠,正待逃走。女子心中暗道:“我若跟随母亲同去,前日那杨举人从何寻问?”正在忧惶,只见一个老人家走进门来,问道:“这里可是张妈妈家?”老妪道:“老身亡夫,其实姓张。”老叟道:“令爱可叫做淑儿么?”老妪道:“小女的名字,老人家如何晓得?”老叟道:“老夫是扬州杨小峰,我侄儿杨延和,中了举人,在此经过,往京会试。不意这里宝华禅寺和尚忽起狼心,谋害同行六位举人,并杀跟随多命。侄儿幸脱此难。现今中了探花,感激你家令爱活命之恩,又谢他赠了盘缠银一锭,因此托了老夫到此说亲。”老妪听了,吓呆了半晌,无言回答。那女子窥见母亲情慌无措,扯他到房中说道:“其实那晚见他丰格超群,必有大贵之日。孩儿惜他一命,只得赠了盘缠放他逃去。彼时感激孩儿,遂订终身之约。孩儿道:母亲平昔受了寺僧恩惠,纵去报与寺僧知道,也是各不相负。你切不可怀恨。他有言在先,你今日不须惊怕。”杨小峰就接淑儿母子到扬州地方,赁房居住。等了元礼荣归,随即结姻。老妪不敢进见元礼,女儿苦苦代母请罪,方得相见。老妪匍伏而前。元礼扶起行礼,不提前事。却说后来淑儿与元礼生出儿子,又中辛未科状元,子孙荣盛。若非黑夜逃生,怎得佳人作合?这叫做:夫妻同是前生定,曾向蟠桃会里来。有诗为证:

春闱赴选遇强徒,解厄全凭女丈夫。

凡事必须留后着,他年方不悔当初。

第二十二卷

吕洞宾飞剑斩黄龙

暮宿苍梧，朝游蓬岛，朗吟飞过洞庭边。岳阳楼酒醉，借玉山作枕，容我高眠。出入无踪，往来不定，半是风狂半是颠。随身用提篮背剑，货卖云烟。　人间飘荡多年，曾占东华第一筵。推倒玉楼，种吾奇树；黄河放浅，栽我金莲。捽碎珊瑚，翻身北海，稽首虚皇高座前。无难事，要功成八伯，行满三千。

这只词儿名曰〔沁园春〕，乃是一位陆地大罗神仙①所作。那位神仙是谁？姓吕名岩，表字洞宾，道号纯阳子。自从黄粱梦②得悟，跟随师父钟离先生，每月在终南山学道。或一日，洞宾曰："弟子蒙我师度脱，超离生死，长生妙诀，俺道门中轮回还有尽处么？"师父曰："如何无尽！自从混沌初分以来，一小劫该十二万九千六百年，世上混一，圣贤皆尽。一大数二十五万九千二百年，儒教已

① 大罗神仙——道教称最高的天为"大罗天"。大罗神仙，就是最高的天上的神仙。

② 黄粱梦——神仙故事：吕洞宾上京赶考，在旅店里憩息，等着旅店作黄粱饭吃，遇见仙人钟离权度化他。他在那儿睡着了，梦见自己荣华富贵，历尽各种境界；可是醒来，黄粱饭还没煮熟。他从此就跟着钟离权学道成仙去了。

尽。阿修劫三十八万八千八百年,俺道门已尽。襄劫七十七万七千七百年,释教已尽。此是劫数。"洞宾又问:"我师,阎浮①世上,高低阔远,南北东西,俱有尽处么?"师父曰:"如何无尽处!且说中原之地,东至日出,西至日没,南至南蛮,北至幽燕,两轮日月,一合乾坤,四百座军州,三千座县分,七百座巡检司,此是中原之地。"洞宾曰:"弟子欲游中原,从何而起?从何而止?"师曰:"九九之数属阳,先从山前九州,山后九州,两淮三九二十七军州,河北四九三十六军州,关西五九四十五军州,西川六九五十四军州,荆湖七九六十三军州,江南九九八十一军州,海外潮阳四州,共计四百座军州。"洞宾曰:"四百座军州,有多少人烟?"师曰:"世上三山、六水、一分人烟。"洞宾又问:"我师成道之日,到今该多寿数?"师父曰:"数看汉朝四百七年,晋朝一百五十七年,唐朝二百八十八年,宋朝三百一十七年,算来计该一千年一百岁有零。"洞宾曰:"师父计年一千一百岁有零,度得几人?"师父曰:"只度得你一人。"洞宾曰:"缘何只度得弟子一人?只是俺道门中不肯慈悲,度脱众生。师父若教弟子三年严限,只在中原之地,度三千馀人,兴俺道家。"师父听得说,呵呵大笑:"吾弟住口!世上众生不忠者多,不孝者广。不仁不义众生,如何做得神仙?吾教汝去三年,但寻得一个来,也是汝之功。"洞宾曰:"只就今日拜辞吾师,弟子云游去了。"师父曰:"且住,且住!你去未得。吾有法宝,未曾传与汝。道童,与吾取过降魔太阿神光宝剑来。"道童取到。师父曰:

① 阎浮——佛教认为佛、神仙、人、鬼各有他们自己的世界。阎浮,是指人的世界。

“此剑是吾师父东华帝君传与吾。吾传与汝。”这洞宾双膝跪下：“领我师法旨。”师父曰：“此剑能飞取人头，言说住址姓名，念咒罢，此剑化为青龙，飞去斩首，口中衔头而来。有此灵显。有咒一道，飞去者如此如此。再有收回咒一道，如此如此。”言罢，洞宾纳头拜授。背了剑曰：“告吾师，弟子只今日拜辞下山去。”师曰：“且住，且住！你去未得。汝若要下山，依我三件事，方可去。”洞宾曰：“告我师，不知那三件事？”师曰：“第一件，到中原之地，休寻和尚闹，依得么？”洞宾曰：“依得。”师曰：“第二件，将吾宝剑去要将回来，休失落了，依得么？”洞宾曰：“依得。”师曰：“第三件，与你三年限满，休违了。如违了限，即当斩首灭形，依得么？”洞宾曰：“依得。”师父大喜道：“好去，好去！”洞宾曰：“蒙我师传法与弟子，年代劫数，地理路途，宝剑法语，弟子都省悟了。今作诗一首，拜谢吾师。弟子下山度人去也！”诗曰：

二十四神清，三千功行成。
云烟笼地轴，星月遍空明。
玉子何须种，金丹岂用耕？
个中玄妙诀，谁道不长生！

作诗已罢，师父呵呵大笑：“吾弟，汝去三年，度得人也回来，度不得人也回来，休违限次。宝剑休失落了。休惹和尚闹。速去速回！”洞宾拜辞师父下山。却不知度得人也度不得？正是：

情知语是钩和线，从头钓出是非来。

这洞宾一就下山，按落云头，来到阎浮世上，寻取有缘得道之士。整整行了一年，绝无踪迹。有诗为证：

自隐玄都不记春，几回沧海变成尘。

我今学得长生法，未肯轻传与世人。

洞宾行了一年，没寻人处，如之奈何。眉头一纵，计上心来。在山中曾听得师父说来，直上太虚顶上观看，但是紫气现处，五霸诸侯；黑气现处，山妖水怪；青气现处，得道神仙。去那无人烟处，喝声起，一道云头直到太虚顶上。东观西望，远远见一处青气充天而起。洞宾道："好！此处必有神仙。"云行一万，风送八千，料来千里路。云头一片，去心留不住。看看行到青气现处，不知何所。洞宾唤："土地安在？"一阵风过处，土地现形，怎生模样？

衣裁五短，帽裹三山，手中梨杖老龙形，腰间皂绦黑虎尾。

土地唱喏："告上仙，呼唤小圣，不知有何法旨？"洞宾曰："下界何处青气现者，谁家男子妇人？"土地道："下界西京河南府在城铜驼巷口有个妇人殷氏，约年三十有馀，不曾出嫁。累世奉道，积有阴果。此女唐朝殷开山的子孙，七世女身，因此青气现。"洞宾曰："速退。"风过处，土地去了。却说洞宾坠下云端，化作腌臜道人，直入城来。到铜驼巷口，见牌一面，上写"殷家浇造细心耐点清油蜡烛"。铺中立着个女娘，鱼魫冠儿①，道装打扮，眉间青气现。洞宾见了，叫声好，不知高低。正是：

踏破铁鞋无觅处，得来全不费工夫。

洞宾叫声"稽首"。看那娘子，正与浇蜡烛待诏说话。回头道："先生过一遭。"洞宾上前一看，见怒气太重，叫声"可惜"！去袖内拂下一张纸来。上有四句诗曰：

出山罚愿度三千，寻遍阎浮未结缘。

---

① 鱼魫冠儿——女道士所戴的尖形的帽子。

特地来时真有意，可怜殷氏骨难仙。

诗后写道："口口仙作"。这个女娘见那道人袖中一幅纸拂将下来。交人拾起看时，二口为吕，知是吕祖师化身。便教人急忙赶去，寻这个先生。先生化阵清风不见了。殷氏心中懊悔。正是：无缘对面不相逢！只因这四句诗，风魔了这女娘一十二年。后来坐化而亡。

只说洞宾不觉又早一年光景，无寻人处。再去太虚顶上观看，只见一匹马飞来。到面前下马离鞍，背上宣筒里取出请书来："告上仙，东京开封府马行街居住，奉道信官王惟善，于今月十四日，请道一坛，就家庭开建奉真清醮三百六十分位斋。请往来道士二千员，恭为纯阳真人度诞之辰。特赍请状拜请。"洞宾听说："吾忘其所以！来朝是吾生日。符官有劳心力远来！"符官曰："小圣直到终南山，见老师父说，上仙在中原之地，特寻到此，得见上仙。"洞宾于荆筐篮内，取一个仙果，与符使吃了。拜谢上马而去。洞宾一道云头直到东京人不到处，坠下云头，立住了脚。若还这般模样，被人识破。把头一摆，喝声变，变作一个腌臜疥癞先生入城。行到马行街，只见扬旛挂榜做好事。上朝请圣邀真。洞宾却好到。人若有愿，天必从之。且看那斋主有缘度他？洞宾到坛上看，却是个中贵官太尉①，好善奉真修道。眉间微微有些青气。洞宾肚内思量："此人时节未到。显些神通化他。初心不退，久后成其正果。"洞宾吃罢斋，支衬钱②五百文，白米五斗。洞宾言曰："贫道善能水墨画，用水一碗，也不用笔，取将绢一疋，画一幅山水相谢斋衬。"众人禀了太尉，取绢一幅与先生。先生磨那碗墨水，去绢

① 中贵官太尉——中贵官，贵幸的内臣，后指宦官。太尉，最高级的武官。

② 衬钱——即嚫钱；梵语谓施与为"嚫"；所以布施给僧道的金银衣物等叫作"衬金"或"嚫钱"。

上一泼，坏了那幅绢。太尉见道："这厮无礼！捉弄下官！与我拿来。"先生见太尉焦躁，转身便去。众人赶来，只见先生化阵清风而去。但见有幅白纸吊将下来。众人拿白纸来见太尉。太尉打开看时，有四句言语道：

斋道欲求仙骨，及至我来不识。

要知贫道姓名，但看绢画端的。

太尉教取恰才坏了的绢，再展开来看。不看时万事全休，看了纳头便拜。见甚么来？正是：

神仙不肯分明说，误了阎浮世上人。

王太尉取污了绢来看时，完然一幅全身吕洞宾。才信来的先生是神仙，悔之不及！将这幅仙画送进入后宫，太后娘娘裱褙了，内府侍奉。王太尉奏过，将房屋宅子，纳还朝廷，伴当家人都散了，直到武当山出家。山中采药，遭遇纯阳真人，得度为仙。这是后话。且说洞宾吕先生三年将满限期，一人不曾度得，如之奈何？心中闷倦。只得再在太虚顶上观看青气现处。只见正南上有青气一股。急驾云头望着青气现处，约行两个时辰，见青气至近。喝声住，唤："此间山神安在？"风过处，山神现形。金盔金甲锦袍，手执着开山斧，躬身唱喏："告上仙，有何法旨？"洞宾道："下方青气现处，是个甚么人家？"山神曰："下界江西地面，黄州黄龙山，下有个公公，姓傅，法名永善，广行阴骘，累世积善。因此有青气现。"洞宾曰："速退。"聚则成形，散则为气。先生坠下云来，直到黄龙山下傅家庭前。正见傅太公家斋僧。直至草堂上，见傅太公。先生曰："结缘增福，开发道心。"太公曰："先生少怪！老汉家斋僧不斋道。"洞宾曰："斋官，儒释道三教，从来总一家。"太公曰："偏不敬你道门！你那道家说谎太多。"洞宾曰："太公，那见俺道家说谎太多?”太公曰:“秦皇、汉武,尚且被你道家捉弄,何况我等!”先生曰:“从头至尾说,俺道家怎么捉弄秦皇汉武?”太公曰:“岂不闻白氏《讽谏》①曰:

海漫漫,直下②无底傍无边。云涛雪浪最深处,人传中有三神山。山上多生不死药,服之羽化为神仙。秦皇汉武信此语,方士年年采药去。蓬莱今古但闻名,烟水茫茫无觅处。海漫漫,风浩浩,眼穿不见蓬莱岛。不见蓬莱不肯归,童男童女舟中老。徐福狂言多诳诞,上元太乙虚祈祷。君看骊山顶上茂陵③头,毕竟悲风吹蔓草!何况玄元圣祖五千言④,不言药,不言仙,不言白日上青天。”

傅太公言毕,先生曰:“我道家说谎,你那佛门中有甚奇德处?”太公曰:“休言灵山活佛,且说俺黄龙山黄龙寺黄龙长老慧南禅师,讲经说法,广开方便之门;普度群生,接引菩提之路。说法如云,度人如雨。法座下听经闻法者,每日何止数千,尽皆欢喜。几曾见你道门中阐扬道法,普度群生,只是独吃自疴。因此不敬道门。”吕先生不听,万事全

① 白氏《讽谏》——白氏,指唐代诗人白居易。他作有很多首讽谕诗,新乐府五十首中有《海漫漫》,就是本篇所引的这一首。秦始皇时,齐人徐市(即徐福)等上书,说海中有三仙山,仙人居之,请与童男童女往求之。于是派徐市等数千人入海求之。汉武帝也相信方士李少君栾大等人的谎言,派人到海上求仙和长生不死之药,但都无结果。事见《史记》。

② 直下——正下边、正底下。

③ 骊山、茂陵——秦始皇葬在骊山;汉武帝葬在茂陵。这两句是说:他们求仙不成,终究还是死了,可见寻求仙人和长生药,都不可信。

④ 玄元圣祖五千言——玄元圣祖,即老子李耳,唐代皇帝认他为祖宗,追封他为大圣祖玄元皇帝。五千言,指老子所著《道德经》;书中并没有讲服长生药、求仙和白日升天的事。

休;听得时,怒气填胸。问太公:“这和尚今日说法么?”太公道:“一年四季不歇,何在乎今日。”吕先生不别太公,提了宝剑,径上黄龙山来,与慧南长老斗圣。谁胜谁赢?正是:

蜗角虚名,蝇头微利,算来直恁甘忙!事皆前定,谁弱与谁强?且趁闲身未老,尽容他些子①疏狂。百年里,浑教是醉,三万六千场。　思量,能几许?忧愁风雨,一半相妨。幸对清风明月,箪纹展帘幕高张。江南好,千钟美酒,一曲〔满庭芳〕②。

却才说不了,吕先生径望黄龙山上来,寻那慧南长老。话中且说黄龙禅师擂动法鼓,鸣钟击磬,集众上堂说法。正欲开口启齿,只见一阵风,有一道青气撞将入来,直冲到法座下。长老见了,用目一观,暗暗地叫声苦:“魔障到了!”便把手中界尺,去桌上按住大众道:“老僧今日不说法,不讲经,有一转语③问你大众。其中有答得的么?”言未了,去那人丛里走出那先生来道:“和尚,你快道来。”长老曰:

老僧今年胆大,黄龙山下扎寨。

袖中扬起金锤,打破三千世界。

先生呵呵大笑道:“和尚!前年不胆大,去年不胆大,明年亦不胆大,只今年胆大!你再道来。”和尚言:“老僧今年胆大。”先生道:“住!

---

① 些子——少许,一点。

② 〔满庭芳〕——按:原本此词脱误颇多,据《东坡乐府》补改;此词为苏东坡所作。

③ 转语——佛教参禅论道时,互相答问所用的一种机锋的话语;如常用的:“什么是干矢橛”等等。

贫道从来胆大，专会偷营劫寨。

夺了袖中金锤，留下三千世界。”

众人听得，发声喊，好似：一风撼折千竿竹，百万军中半夜潮。众人道：“好个先生，答得好！”长老拿界方按定，众人肃静。先生道：“和尚，这四句只当引子，不算输赢。我有一转语，和你赌赛输赢，不赌金珠富贵。”去背上拔出那口宝剑来，插在砖缝里双手拍着。“众人听贫道说：和尚赢，斩了小道。小道赢，要斩黄龙。”先生说罢，諕得人人失色，个个吃惊。只见长老道：“你快道来！”先生言：

铁牛耕地种金钱，石刻儿童把线穿。

一粒粟中藏世界，半升铛内煮山川。

白头老子眉垂地，碧眼胡僧手指天。

休道此玄玄未尽，此玄玄内更无玄。

先生说罢，便问和尚：“答得么？”黄龙道：“你再道来。”先生道：“铁牛耕地种金钱。”黄龙道：“住！”和尚言：

自有红炉种玉钱，比先毫发不曾穿。

一粒能化三千界，大海须还纳百川。

六月炉头喷猛火，三冬水底纳凉天。

谁知此禅真妙用，此禅禅内又生禅。

先生道：“和尚输了，一粒化不得三千界。”黄龙道：“怎地说，近前来，老僧耳聋！”先生不知是计，趱上法座边，被黄龙一把捽住：“我问你：一粒化不得三千界，你一粒怎地藏世界？且论此一句。我且问你：半升铛内煮山川，半升外在那里？”先生无言可答。和尚道：“我的禅大合小，你的禅小合大。本欲斩你，佛门戒杀。饶你这一次！”手起一界尺，打得先生头上一个疙瘩。通红了脸。众人一齐贺将起来。先生没出豁，看着黄龙长老，大笑三声，三摇头，三拍手，拿了宝剑，入了鞘子，望外便走。众人道：“输了呀！”黄龙禅师按下界方：“大众！老僧今日大难到了。不知明日如何？有一转语曰：

五五二十五，会打贺山鼓。黄龙山下看相扑，却来这里吃一赌。大地甜瓜彻底甜，生擦瓜儿连蒂苦。

大众，你道甚么三鼓掌，三摇头，三声大笑，作甚么生？咦！

本是醍醐①味，番成毒药仇。

今夜三更后，飞剑斩吾头。”

禅师道罢，众人皆散。和尚下座入方丈，集众道：“老僧今日对你们说，夜至三更，先生飞剑来斩老僧。老僧有神通，躲得过；神通小些，没了头。你众僧各自小心。”众僧合掌下跪：“长老慈悲，救度则个！”黄龙长老点头。伸两个指头，言不数句，话不一席，救了一寺僧众。正是：

劝君莫结冤，冤深难解结。

一日结成冤，千日解不彻。

若将恩报冤，如汤去泼雪。

若将冤报冤，如狼重见蝎。

我见结冤人，尽被冤磨折。

黄龙长老道：“众僧，牢关门户，休点灯烛。各人裹顶头巾，戴个帽儿，躲此一难，来日早见。”众僧出方丈，自言自语：“今日也说

① 醍醐——从乳酪中提炼出来的一种食品。

法，明日也说法，说出这个祸来！一寺三百馀僧，有分①切西瓜一般，都被切了头去！”胆大的在寺里，胆小的连夜走了。且说长老唤门公来。门公到面前唱个喏。长老道：“近前来。”耳边低低道了言语。门公领了法旨自去。天色已晚，闹了黄龙寺中，半夜不安迹。

话中却说吕先生坐在山岩里，自思：“限期已近，不曾度得一人。师父说道：休寻和尚闹！被他打了一界尺，就这般干罢？和尚，不是你便是我！飞将剑去斩了黄龙，教人说俺有气度。若不斩他，回去见师父如何答应？”抬头观看，星移斗转，正是三更时分。取出剑来，吩咐道：“吾奉本师法旨，带将你做护身之宝，休误了我。你去黄龙山黄龙寺，见长老慧南禅师，不问他行住坐卧间，速取将头来。”念念有词，喝声道：“疾！”豁剌剌一声响亮，化作一条青龙，径奔黄龙寺去。吕先生喝声采。去了多时，约莫四更天气，却似石沉沧海，线断风筝，不见回来。急念收咒语，念到有三千馀遍，不见些儿消息。吕先生慌了手脚。“倘或失了宝剑，斩首灭形！”连忙起身，驾起云头，直到黄龙寺前坠下云头。见山门佛殿大门一齐开着，却是长老吩咐门公，教他都不要关闭。吕先生见了道：“可惜早知这和尚不准备，直入到方丈，一剑挥为两段。”径到方丈里面，两枝大红烛点得明晃晃地，焚着一炉好香，香烟缭绕，禅床上坐着黄龙长老。长老高声大叫：“多口子②！你要剑，在这里！进来取去。”吕先生揭起帘子，走将入方丈去，道：“和尚，还我剑

① 有分（fèn）——分同“份”；这里是说，被切之中，自己也有份，也会被切。
② 多口子——“吕”字俗写是两个“口”字，所以称吕洞宾为“多口子”；即“吕”字的隐语。

来。"长老用手一指,那口剑一半插在泥里。吕先生肚里思量:"我去拔剑,被他暗算,如之奈何?"道:"和尚,罢,罢,罢!你还了我剑,两解手。"长老道:"多口子,老僧不与你一般见识。本欲斩了你。看你师父面。"洞宾听得:"直恁利害!就拔剑在手,斩这厮!"大踏步向前,双手去拔剑,却便似万万斤生铁铸牢在地上,尽平生气力来拔;不动分毫。黄龙大笑。"多口子,自古道:人无害虎心,虎无伤人意。我要还了你剑,教你回去见师父去;你心中却要拔剑斩吾!吾不还你剑。有气力拔了去。"吕先生道:"他禁法禁住了,如何拔得去!"便念解法,越念越牢,永拔不起。吕先生道:"和尚,还了我剑罢休。"长老道:"我有四句颂,你若参得透,还了你剑。"先生道:"你道来。"和尚怀中取出一幅纸来。纸上画着一个圈,当中间有一点,下面有一首颂曰:

丹在剑尖头,剑在丹心里。

若人晓此因,必脱轮回死。

吕先生见了,不解其意。黄龙曰:"多口子,省得么?"洞宾顿口无言。黄龙禅师道声:"俺护法神安在?"风过处,护法神现形。怎生打扮?

头顶金盔,绀红撒发朱缨,浑身金甲,妆成惯带,手中拿着降魔宝杵,貌若颜童。

护法神向前问讯:"不知我师呼召,有何法旨?"黄龙曰:"护法神,与我将这多口子押入困魔岩,待他参透禅机,引来见吾。每日天厨与他一个馒头。"护法神曰:"领我师法旨。"护法神道:"先生快请行!"吕先生道:"那里去?"护法神曰:"走,走!如不走,交你认得三洲感应护法韦驮尊天手中宝杵!只重得八万四千斤!你若不走，直压你入泥里去！”吕先生自思量：“师父教我不要惹和尚！”只得跟着护法神入困魔岩参禅。不在话下。

却说黄龙寺僧众，五更都到方丈参见长老。长老道：“夜来惊恐你们。”众僧曰：“得蒙长老佛法浩大，无些动静。”长老道：“你们自好睡，却好闹了一夜。”众僧道：“没有甚执照①？”长老用手一指，众人见了这口宝剑，却似：

分开八片顶阳骨，倾下半桶冰雪水。

众僧一齐礼拜，方见长老神通广大，法力高强。山前山后，城里城外，男子女人，僧尼道俗，都来方丈看剑的人，不知其数。闹了黄龙山，鼎沸了黄州府。

却说吕先生坐在困魔岩，耳畔听得闹嚷嚷地。便召山神。山神现形唱喏，问：“寺中为甚热闹？”山神曰：“告上仙：城里城外人都来看这口宝剑，人人拔不起，因此热闹。”洞宾道：“速退。”山神去了。先生自思：“闹了黄州，师父知道，怎地分说？自首免罪。”韦天不在，走出洞门，驾云而起。且说韦天到困魔岩，不见了吕先生，径来方丈报与黄龙禅师：“走了吕先生，不知吾师要赶他也不赶？”禅师道：“护法神，免劳生受。且回天宫。”化阵清风而去。却说吕先生一道云头，直到终南山洞门口立着。见道童向前稽首，道童施礼。吕先生道：“道童，师父在么？”道童言：“老师父山中采药，不在洞中。”吕先生径上终南山寻见师父，双膝跪下，俯伏在地。钟离师父呵呵大笑，自已知道了。“道弟子引将徒弟来了？不知度得几人？先将剑来还我。”吕先生告罪说：“不是处，望乞老

① 执照——凭据，证据。

师父将就解救弟子!”师父曰:“吾再三吩咐,休惹和尚们,你头上的疙瘩,尚且未消,有何面目见吾?你神通短浅,法力未精,如何与人斗胜?徒弟不曾度得一个,妆这辱门败户的事!俺且饶你初犯一次,速去取剑来。”吕先生拜:“告吾师,免弟子之罪。此剑被他禁住了,不能得回。”师父言:“吾修书一封,将去与吾师兄辟支佛看,自然还你。不可轻易,休损坏了封皮。”去荆筐篮里,取出这封书来。吕先生见了,纳头便拜:“吾师过去未来,俱已知道。”得了书,直到黄龙寺坠下云来。伽蓝①通报长老:“吕先生在方丈外听法旨。”黄龙道:“唤他进来。”伽蓝曰:“吾师有请。”洞宾直到方丈里,合掌顶礼。“来时奉本师法旨,有封书在此。”长老已知道:“教取书来。”吕先生双手献上。长老拆开,上面一个圆圈,圈外有一点在上,下有四句偈曰:

丹只是剑,剑只是丹。

得剑知丹,得丹知剑。

黄龙曰:“觑汝师父面皮,取了剑去。”洞宾向前,将剑轻轻拔起。“拜谢吾师。吕岩请问:吾师法语,‘圈子里一点’;本师法语,‘圈子上一点’,不知是何意故?”黄龙曰:“你肯拜我为师,传道与你。”吕先生言:“情愿皈依我师。”前三拜,后三拜,礼佛三拜,三三九拜,合掌跪膝谛听。黄龙曰:“汝在座前言,一粒粟中藏世界,小合大圈子上一点。吾答一粒能化三千界,大合小圈子内一点。这是道!吾传与你。”吕先生听罢,大彻大悟,如漆桶底脱②。“拜谢

① 伽蓝——佛寺里的护卫神。

② 漆桶底脱——漆桶里都是黑的,漆桶底脱了才漏出光亮来,比喻人一下子明白了,觉悟了的意思。

吾师,弟子回终南山去拜谢师父。”黄龙曰:“吾传道与汝。久后休言自会,或诗或词留为表记。就取文房四宝将来。”吕先生磨墨蘸笔,作诗一首。诗曰:

摔碎葫芦踏折琴,生来只念道门深。
今朝得悟黄龙术,方信从前枉用心。

作诗已毕,拜辞了黄龙禅师,径回终南山,见了本师,纳还了宝剑。从此定性,修真养道,数百年不下山。功成行满,成陆地神仙。正是:

朝骑白鹿升三岛,暮跨青鸾上九霄。

后府人于凤翔府天庆观壁上,见诗一首,字如龙蛇之形,诗后大书回道人三字。详之,知为纯阳祖师也。诗曰:

得道年来八百秋,不曾飞剑取人头。
玉皇未有天符至,且货乌金混世流。

第二十三卷

金海陵纵欲亡身

昨日流莺今日蝉，起来又是夕阳天。

六龙飞辔长相窘，何忍乘危自着鞭。

这四句诗，是唐朝司空图所作。他说流光迅速，人寿无多，何苦贪恋色欲，自促其命？看来这还是劝化平人的。平人所有者，不过一身一家，就是好色贪淫，还只心有馀而力不足。若是贵为帝王，富有四海，何令不从？何求不遂？假如商惑妲己，周爱褒姒，汉嬖飞燕，唐溺杨妃，他所宠者止于一人，尚且小则政乱民荒，大则丧身亡国。何况色不休，贪淫无度，不惜廉耻，不论纲常，若是安然无恙，皇天福善祸淫之理，也不可信了。如今说这金海陵，乃是大金国一朝聪明天子，只为贪淫无道，蔑礼败伦，坐了十二年宝位，改了三个年号，初次天德三年，二次贞元，也是三年，末次正隆六年。到正隆六年，大举侵宋，被弑于瓜洲。大定帝即位，追废为海陵王。后人将史书所载废帝海陵之事，敷演出一段话文，以为将来之戒。正是：

后人请看前人样，莫使前人笑后人。

话说金废帝海陵王，初名迪古，后改名亮，字元功，辽王宗傒第二子也。为人善饰诈慓急，多猜忌，残忍任数。年十八，以宗室子为奉国将军，赴梁王宗弼军前任使，梁王以为行军万户，迁骠骑上将军。未几，加龙虎卫上将军，累迁尚书右丞，留守汴京，领行台尚书省事，后召入为丞相。初，熙宗以太祖嫡孙嗣位，海陵念其父辽王本是长子，己亦是太祖嫡孙，合当有天下之分，遂怀觊觎，专务立威，以压伏人心，后竟弑熙宗而篡其位。心忌太宗诸子，恐为后患，欲除去之，与秘书监萧裕密谋。裕倾险巧诈，因搆致太傅宗本、秉德等反状，海陵杀宗本，遣使杀秉德、宗懿及太宗子孙七十馀人，秦王宗翰子孙三十馀人。宗本已死，裕乃取宗本门客萧玉，教以具款反状，令作主名上变。遍诏天下，天下冤之。萧裕以诛宗本功，为尚书右丞，累迁至平章政事，专恣威福，遂以谋逆赐死。此是后话。

且说海陵初为丞相，假意俭约，妾媵不过三数人。及践大位，侈心顿萌，淫志蛊惑，自徒单皇后而下，有大氏、萧氏、耶律氏，俱以美色被宠。凡平日曾与淫者，悉召入内宫，列之妃位。又广求美色，不论同姓异姓，名分尊卑，及有夫无夫，但心中所好，百计求淫，多有封为妃嫔者。诸妃名号，共有十二位，昭仪至充媛九位，婕妤、美人、才人三位。殿直最下，其他不可举数。大营宫殿，以处妃嫔。一木之费，至二千万，牵一车之力，至五百人。宫殿之饰，遍傅黄金，而后绚以五采，金屑飞空如落雪。一殿之费，以亿万计。成而复毁，务极华丽，这俱不必题起。

且说昭妃阿里虎，姓蒲察氏，驸马都尉没里野女也。生而妖娆娇媚，嗜酒跌宕。阿里虎嫁于宗室子阿虎迭，生女重节。七岁，阿虎迭伏诛，阿里虎不待闭丧，携重节再醮宗室南家。南家故善淫，阿里虎又以父所验方，修合春药，与南家昼夜宣淫。重节熟睹其丑态,阿里虎恬不讳也。久之,南家髓竭而死。南家父突葛速为南京元帅都监,知阿里虎淫荡丑恶,莫能禁止。因南家死,遂携阿里虎往南京,幽闭一室中,不令与人接见。阿里虎向闻海陵善嬲戏,好美色,恨天各一方,不得与之接欢。至是沉郁烦懑,无以自解。且知海陵亦在南京,乃自图其貌,题诗于上。诗曰:

阿里虎,阿里虎,夷光毛嫱非其伍。一旦夫死来南京,突葛爬灰真吃苦。有人救我出牢笼,脱却从前从后苦。

题毕,封缄固密,拔头上金簪一枝,银十两,贿嘱监守阍人,送于海陵。

海陵稔闻阿里虎之美,未之深信,一见此图,不觉手舞足蹈,羡慕不止。于是,托人达突葛速,欲娶之。突葛速不从,海陵故意扬言,突葛速有新台之行,欲突葛速避嫌而出之。突葛速知海陵之意,只不放出。及篡位三日,诏遣阿里虎归父母家,以礼纳之宫中。阿里虎益嗜酒喜淫,海陵恨相见之晚。数月后,特封贤妃,再封昭妃。

一日,阿虎迭女重节来朝。重节为海陵再从兄之女,阿里虎其生母也,留宿宫中。海陵猝至,见重节年将及笄,姿色顾眄,迥异诸女,不觉情动。思有以中之,而虞阿里虎之沮己。乃高张灯烛,令室中辉煌如昼,自傅淫药,与阿里虎及诸侍嫔裸逐而淫,以动重节。重节闻其嬉笑声,潜起以听,钻穴隙窥之,神痴心醉,几欲破户趋前,羞缩自止。海陵嬲谑至四鼓方止,诸嫔咸灭烛就寝。寂然无声,独重节咬指抚心,倏起倏卧,席不得暖。只得和衣拥被,长叹歪眠。忽闻阿里虎床复有声,欲再起窥之,头岑岑不止。倚枕听之,又闻有击户声。重节不应,击声甚急。重节问为谁,海陵捏作侍嫔取灯声，以促其开。重节强起，拔去门拴，海陵突入，搂抱接唇。重节欲脱身逃去，海陵力挽就榻中。盘桓一夜，谑浪千般。置阿里虎于不理者，将及旬矣。

阿里虎欲火高烧，情烟陡发，终日焦思，竟忘重节之未出宫也。命诸侍嫔侦察海陵之所在，一侍嫔曰："帝得新人，撇却旧人矣。"阿里虎惊问道："新人为谁，几时取入宫中？"侍嫔答道："帝幸阿虎重节于昭华宫，娘娘因何不知？"阿里虎面皮紫涨，怒发如火，搥胸跌脚，诟詈重节。侍嫔道："娘娘与之争锋，恐惹笑耻，且帝性躁急，祸且不测。"阿里虎道："彼父已死，我身再醮，恩义久绝，我怕谁笑话？我誓不与此淫种俱生，帝亦奈我何哉！"侍嫔道："重节少艾，帝得之，胜百斛明珠。娘娘齿长矣，自当甘拜下风，何必发怒。"阿里虎闻诮，愈怒道："帝初得我，誓不相舍。讵意来此淫种，夺我口食！"乃促步至昭华宫，见重节方理妆，一嫔捧凤钗于侧，遂向前批其颊，骂道："老汉不仁，不顾情分，贪图淫乐，固为可恨。汝小小年纪，又是我亲生儿女，也不顾廉耻，便与老汉苟合，岂是有人心的？"重节亦怒骂道："老贱不知礼义，不识羞耻，明烛张灯，与诸嫔裸裎夺汉，求快于心。我因来朝，踏此淫网，求生不得生，求死不得死，正怨你这老贱，只图利己，不怕害人，造下无边恶孽，如何反来打我？"两下言语不让一句，扭做一团，结做一块。众多侍嫔，从中劝释，阿里虎忿忿归宫，重节大哭一场，闷闷而坐。

顷之，海陵来，见重节面带忧容，两颊泪痕犹湿，便促膝近前，偎其脸问道："汝有恁事，如此烦恼？"重节沉吟不答。侍嫔道："昭妃娘娘批贵人面颊，辱骂陛下，是以贵人失欢。"海陵闻之，大怒道："汝勿烦恼，我当别有处分。"是日，阿里虎回宫，益嗜酒无赖，诋訾海陵不已，海陵遣人责让之。阿里虎恬无忌惮，暗以衣服遗前夫南家之子。海陵侦知之，怒道："身已归我，突葛速之情犹未断也。"由是宠衰。

海陵制：凡诸妃位，皆以侍女服男子衣冠，号假厮儿。有胜哥者，身体雄壮若男子，给侍阿里虎本位，见阿里虎忧愁抱病，夜不成眠，知其欲心炽也。乃托宫竖市角先生一具以进，阿里虎使胜哥试之，情若不足，兴更有馀。嗣是与之同卧起，日夕不须臾离。厨婢三娘者，不知其详，密以告海陵道："胜哥实是男子，扮作女耳，给侍昭妃非礼。"海陵曾幸胜哥，知其非男子，不以为嫌，惟使人诫阿里虎勿箠三娘。阿里虎怒三娘之泄其隐也，榜杀之。海陵闻昭妃阁有死者，想道：必三娘也，若果尔，吾必杀阿里虎。侦之，果然。是月，为太子光英生月，海陵私忌不行戮，徒单后又率诸妃嫔为之哀求，乃得免。胜哥畏罪，先仰药而亡。阿里虎闻海陵将杀己，又见胜哥先死，亦绝粒不食，日夕焚香吁天，以冀脱死。逾月，阿里虎已委顿不知所为，海陵乃使人缢杀之，并杀侍婢箠三娘者。因此不复幸昭华宫，出重节为民间妻。后屡召幸，出入昭妃位焉。

柔妃弥勒者，耶律氏之女。生有国色，族中人无不奇之。年十岁，色益丽，人益奇。弥勒亦自谓异于众人，每每沽娇夸诩。其母与邻母善，时时迭为宾主。邻母之子哈密都卢，年十二岁，丰姿颇美，间尝与弥勒儿戏于房中，互相嘲谑，遂及于乱。说话的，那十二岁的孩儿和那十岁的女儿，晓得什么做作？只无过是顽耍而已，怎么就说个乱字？看官们有所不知，北方男女，生得长大倜傥，容易知事。况且这些骚达子干事，不瞒着儿女，他们都看得惯熟了，故此小小年纪，便弄出事来。光阴荏苒，约摸有一年多光景。一日也是合当败露，弥勒正在房中洗浴，忘记上了门闩，恰好哈密都卢闯进房来，弥勒忙忙叫他回去，说："娘要来看添汤。"那哈密都卢见弥勒雪白身子在那浴盆中，有如玉柱一般，欢喜得了不得，偏要共盆洗浴。弥勒苦不肯容。正在拘执喧闹，其母突至，哈密都卢乘间逸去。母大怒，将弥勒痛箠戒训，关防严密，再不得与哈密都卢绸缪欢狎。倏经天德二年，弥勒年已踰笄，海陵闻其美也，使礼部侍郎迪辇阿不取之于汴京。

迪辇阿不者，华言萧珙也，为弥勒女兄择特懒之夫。芳年美貌，颇识风情。一见弥勒，心神摇动，惧惮海陵，强自沮遏。不意弥勒久别哈密都卢，欲火甚爇，见迪辇阿不生得标致，心里便有几分爱他，只是船只各居，难以通情达意。弥勒遂心生一计，诈言鬼魅相侵，夜半辄喊叫不止。相从诸婢无可奈何，只得请迪辇阿不同舟共济。果尔寂然，从婢实不察其隐衷也。于是眉目相调，情兴如火，彼此俱不能遏。遇晚便同席饮食，谑浪无所不至。所以不遽上手者，迪辇阿不谓弥勒真处子，恐点破其躯，海陵见罪故耳。一晚，维舟傍岸，大雨倾盆，雨下正欲安眠，忽闻歌声聒耳，迪辇阿不虑有穿窬，坐而听之，乃岸上更夫倡和山歌。歌云：

雨落沉沉不见天，八哥儿飞到画堂前。

燕子无窠梁上宿，阿姨相伴姐夫眠。

迪辇阿不听见此歌，叹道："作此歌者，明是讥诮下官，岂知下官并没这样事情。谚云：羊肉不吃得，空惹一身臊也。"叹息未毕，又闻得窣窣似有人行，定睛一看，只见弥勒踽踽凉凉，缓步至床前矣。迪辇阿不惊问："贵人何所见而来？"弥勒道："闻歌声而来，官人岂年高耳聋乎？"迪辇阿不道："歌声聒耳，下官正无以自明，贵人何不安寝?"弥勒道:"我不解歌,欲求官人解一个明白。"迪辇阿不遂将歌词四句,逐一分析讲解,弥勒不觉面赤耳热,偎着迪辇阿不道:"山歌原来如此,官人岂无意乎?"迪辇阿不跪于床前,告道:"下官心非木石岂能无情?但惧主上闻知,取罪不小。"弥勒便搂抱他起来,说道:"我和官人是至亲瓜葛,不比别人。到主上跟前,我自有道理支吾,不必惧怕。"当下两个兴发如狂,就在舟中成其云雨。但见:

蜂忙蝶恋,弱态难支;水渗露滋,娇声细作。一个原是惯熟风情,一个也曾略尝滋味。惯熟风情的,到此夜尽呈伎俩;略尝滋味的,喜今番方称情怀。一个道"大汉果胜似孩童",一个道"小姨又强如阿姊"。一个顾不得女身点破,一个顾不得王命紧严。鸳鸯云雨百年情,果然色胆天来大。

一路上朝欢暮乐,荏苒耽延。道出燕京,迪辇阿不父萧仲恭,为燕京留守,见弥勒面貌,知非处女,乃叹道:"上必以疑杀珙矣!"却不知珙之果有染也。已而入宫,弥勒自揣事必败露,惶悔无地。见海陵来,涕交颐下,战栗不敢迎。海陵淫兴大作,遂列烛两行,命侍嫔脱其衣而淫之。弥勒掩饰不来,只得任其做作。海陵见非处女,大怒道:"迪辇阿不乃敢盗尔元红,可恼可恨!"呼宫竖捆绑弥勒,审鞫其详。弥勒泣告道:"妾十三岁时,为哈密都卢所淫,以至于是,与迪辇阿不实无干涉。"海陵叱问:"哈密都卢何在?"弥勒道:"死已久矣。"海陵道:"哈密都卢死时几岁?"弥勒道:"方十六岁。"海陵怒道:"十六岁小孩童,岂能巨创汝耶?"弥勒泣告道:"贱妾死罪,实与迪辇阿不无干。"海陵笑道:"我知道了,是必哈密都卢取汝元红,迪辇阿不乘机入彀也。"弥勒顿首无言。即日,遣出宫,致迪辇阿不于死。弥勒出宫数月,海陵思之,复召入。封为充媛。封其母张氏华国夫人,伯母兰陵郡君萧氏为巩国夫人。越日,海陵诡以弥勒之命,召迪辇阿不妻择特懒入宫,乱之,笑曰:“迪辇阿不善躧混水,朕亦淫其妻以报之。”进封弥勒为柔妃,以择特懒给侍本位,时行幸焉。

崇义节度使乌带之妻定哥,姓唐姑氏,眼横秋水,如月殿姮娥;眉插春山,似瑶池玉女,说不尽的风流万种,窈窕千般。海陵在汴京时,偶于帘子下瞧见定哥美貌,不觉魄散魂飞,痴呆了半晌,自想道:“世上如何有这等一个美妇人,倒落在别人手里,岂不可惜?”便暗暗着人打听是谁家宅眷。探事人回覆,是节度使乌带之妻,极是好风月、有情趣的人。只是没人近得他,他家中侍婢极多,止有一个贵哥是他得意丫鬟,常川使用的。这贵哥也有几分姿色。海陵就思量一个计策,差人去寻著乌带家中时常走动的一个女待诏,叫他到家里来,与自己篦了头,赏他十两银子。这女待诏晓得海陵是个猜刻的人,又怕他威势,千推万阻,不敢受这十两银子。海陵道:“我赏你这几两银子,自有用你处,你不要十分推辞。”女待诏道:“但凭老爷分付。若可做的,小妇人尽心竭力去做就是,怎敢望这许多赏赐?”海陵笑道:“你不肯收我银子,就是不肯替我尽心竭力做了。你若肯为我做事,日后我还有抬举你处。”女待诏道:“不知要妇人做恁么事?”海陵道:“大街南首高门楼内,是乌带节度使衙门么?”女待诏答道:“是节度使衙。”海陵道:“闻你常常在他家中篦头,果然否?”女待诏道:“他夫人与侍婢,俱用小妇人篦头。”海陵道:“他家中有一个丫鬟,叫做贵哥,你认得否?”女待诏道:“这个是夫人得意的侍婢,与小妇人极是相好,背地里常常与小妇人东西，照顾着小妇人。”海陵道：“夫人心性何如？”女待诏道：“夫人端谨严厉，言笑不苟，只是不知为什么欢喜这贵哥？凭着他十分恼怒，若是贵哥站在面前一劝，天大的事也冰消了，所以衙内大小人都畏惧他。”海陵道：“你既与贵哥相好，我有一句话，央你传与贵哥。”女待诏道：“贵哥莫非与老爷沾亲带骨么？”海陵道：“不是。”女待诏道：“莫非与衙内女使们是亲眷往来，老爷认得他么？”海陵也说：“不是。”女待诏道：“莫非原是衙内打发出去的人？”海陵道：“也不是。”女待诏道：“既然一些没相干，要小妇人去对他说恁么话？”海陵道：“我有宝环一双，珠钏一对，央你转送与贵哥，说是我送与他的，你肯拿去么？”女待诏道：“拿便小妇人拿去，只是老爷与他既非远亲，又非近邻，平素不相识，平白地送这许多东西与他，倘他细细盘问时，叫小妇人如何答应？”海陵道：“你说得有理，难道教他猜哑谜不成？我说与你听，须要替我用心委曲，不可悦事。”女待诏道：“分付得明白，妇人自有处置。”海陵道：“我两日前，在帘子下看见他夫人立在那里，十分美貌可爱，只是无缘与他相会。打听得他家只有你在里面走动，夫人也只欢喜贵哥一人，故此赏你银子，央你转送这些东西与他，要他在夫人跟前通一个信儿，引我进去博他夫人一宵恩爱。”女待诏道：“偷寒送暖，大是难事，况且他夫人有些古怪兜搭，妇人如何去做得。”海陵怒道：“你这老虔婆，敢说三个不去么！我目下就断送你这老猪狗。”只这一句，吓得女待诏毛发都竖了，抖做一团，道：“妇人不说不去，只说这件事必须从容缓款，性急不得，怎么老爷就发起恼来。”海陵道：“我如今也不恼你了，只限你在一个月内，要圆成这事，不可十分怠缓。”女待诏唯唯连声，跑到家中，算计了一夜，没法入脚。只得早早起来,梳洗完毕,就把宝环珠钏藏在身边,一径走到乌带家中,迎门撞见贵哥。贵哥问道:“今日有何事,来得恁早?”女待诏道:“有一个亲眷,为些小官事,有两件好首饰,托我来府中变卖些银两,是以早来。”贵哥道:“首饰在那里?我用得的么。”女待诏道:“正是你们用得的,你换了他的倒好。”贵哥道:“要几贯钱?拿与我看一看。”女待诏道:“到房中才把与你看。”贵哥引他到了自家房内,便向厨柜里搬些点心果子请他吃,问他讨首饰看。那女待诏在身边摸出一双宝环,放在桌子上,那环上是四颗祖母绿镶嵌的,果然耀日层光,世所罕见。贵哥一见满心欢喜,便说:“他要多少银子?”女待诏道:“他要二千两一只,四千两一双。”贵哥舔舔道:“我只说几贯钱的东西,我便允得起,若说这许多银子,莫说我没有,就是我夫人,一时间也拿不出来,只好看看罢。”又道:“待我拿去与夫人瞧一瞧,也识得世间有这般好首饰。”女待诏道:“且慢着,我有句话与你说个明白,拿去不迟。”贵哥道:“有话尽说,不必隐瞒。”女待诏道:“我承你日常看顾,感恩不尽。今日有句不识进退的话说与你听,你不要恼我,不要怪我。”贵哥道:“你今日想是风了,你在府中走动多年,那一日不说几句话,怎的今日说话我就怪你恼你不成!你说你说。”女待诏道:“这环儿是一个人央我送你的,不要你的银子。还有一双珠钏在此。”连忙向腰间摸出珠钏,放在桌子上。贵哥见了笑道:“你这婆子说话真个风了,我从幼儿来在府中,再不曾出门去,又不曾与恁人相熟,为何有人送这几千两银子的首饰与我?想是那个要央人做前程,你婆子在外边指着我老爷的名头,说骗他这些首饰。今日露出马脚,恐怕我老爷知道,你故此早来府中,说这话骗我。”女待诏道:“若是这般说,我就该死了。你将耳朵来,我悄悄说与你听。"贵哥道:"这里再没有人来听的,你轻轻说就是了。"女待诏道:"这宝环珠钏,不是别人送你的,是那辽王宗偰第二世子,见做当朝右丞领行台尚书省事完颜迪古老爷央我送来与你的。"贵哥笑道:"那完颜老爷不是那白白净净没髭须的俊官儿么?"女待诏道:"正是那俊俏后生官儿。"贵哥道:"这到希奇了,他虽然与我老爷往来,不过是人情体面上走动。既非府中族分亲戚,又非通家兄弟,并不曾有杯酌往来。若说起我,一面也不曾相见,他如何肯送我这许多首饰?"女待诏道:"说来果忒希奇,忒好笑,我若不说,便不是受人之托,终人之事。我若轻轻说出来,连你也吃一个大惊。"贵哥笑道:"果是恁么事情,你须说个明白。"女待诏才定了喘息,低了声音附着贵哥耳朵说道:"数日前,完颜右丞在街上过,恰好你家夫人立在帘子下面,被他瞧见了,他思量要与你夫人会一会儿,没个进身的路头。打听得只有你在夫人跟前说得一句话,故此央我拿这宝环珠钏送与你。要你做个针儿将线引,你说希奇也不希奇;好笑也不好笑?"贵哥道:"癞蛤蟆躲在阴沟洞里,指望天鹅肉吃,忒差做梦了!夫人好不兜搭性子,侍婢们谁敢在他跟前道个'不'字?莫说眼生面不熟的人要见他,就是我老爷,与他做了这几年夫妻,他若不喜欢时,等闲不许他近身。怎么完颜右丞做这个大春梦来!"女待诏道:"依你这般说,大事成不得了。我依先拿这环钏送还了他,两下撒开,省得他来絮聒。"那贵哥口里虽是这般回复,恰看了这两双好环钏,有些脉黄地黑,心下不割舍得还他。便对女待诏道:"你是老人家,积年做马泊六的主子。又不是少年媳妇,不曾经识事的,又不是头生儿,为何这般性急。凡事须从长计较,三思而行,世上那里有一锹掘个井的道理。"女待诏道:"不是我性急,你说的话没有一些儿口风,教我如何去回复右丞?不如送还了他这两件首饰,倒得安静。"贵哥道:"说便是这般说,且把这环钏留在我这里。待我慢慢地看觑个方便时节,躐探一个消息回话你。若有得一线的门路,我便将这物件送了夫人。你对右丞说,另拿两件送我何如?"女待诏道:"这个使得,只是你须要小心在意,紧差紧做,不可丢得冰洋了。我过两三日就来讨个消息,好去回复右丞。"说毕,叫声聒噪去了。贵哥便把这东西放在自己箱内,踌蹰算计,不敢提起。

一夕晚,月明如昼,玉宇无尘。定哥独自一个坐在那轩廊下,倚著栏杆看月。贵哥也上前去,站在那里,细细地瞧他的面庞。果是生得有沉鱼落雁之容,闭月羞花之貌,只是眉目之间觉道有些不快活的意思。便猜破他的心事八九分,淡淡的说道:"夫人独自一个看月,也觉得凄凉,何不接老爷进来,杯酒交欢,同坐一看,更热闹有趣。"定哥皱眉答道:"从来说道,人月双清,我独自坐在月下,虽是孤另,还不辜负了这好月。若接这腌臜浊物来举杯邀月,可不被嫦娥连我也笑得俗了。"贵哥道:"夫人在上,小妮子蒙恩抬举,却不晓得怎么样的人叫做趣人?怎么样的叫做俗人?"定哥笑道:"你是也不晓得,我说与你听,日后拣一个知趣的才嫁他,若遇着那般俗物,宁可一世没有老公,不要被他污辱了身子。"贵哥道:"小妮子望夫人指教。"定哥道:"那人生得清标秀丽,倜傥脱洒,儒雅文墨,识重知轻,这便是趣人。那人生得丑陋鄙猥,粗浊蠢恶,取憎讨厌,龌龊不洁,这便是俗人。我前世里不曾栽修得,如今嫁了这个浊物,那眼稍里看得他上?到不如自家看看月,倒还有些趣。”贵哥道:“小妮子不知事,敢问夫人,比如小妮子,不幸嫁了个俗丈夫,还好再寻个趣丈夫么?”定哥哈哈的笑了一声道:“这妮子倒说得有趣,世上妇人,只有一个丈夫,那有两个的理? 这就是偷情不正气的勾当了。”贵哥道:“小妮子常听人说有偷情之事,原来不是亲丈夫就叫偷情了。”定哥道:“正是。你他日嫁了丈夫,莫要偷情。”贵哥带笑说道:“若是夫人包得小妮子嫁得个趣丈夫,又去偷什么情? 倘或像了夫人今日,眼前人不中意,常常讨不快活吃,不如背地里另寻一个清雅文物,知轻识重的,与他悄地往来,也晓得人道之乐。终不然人生一世,草生一秋,就只管这般闷昏昏过日子不成! 那见得那正气不偷情的,就举了节妇,名标青史。”定哥半晌不语,方才道:“妮子禁口,勿得胡言,恐有人听得,不当稳便。”贵哥道:“一府之中,老爷是主父,夫人是主母,再无以次做得主的人。老爷又趁常不在府中,夫人就真个有些小做作,谁人敢说个不字。况且说话之间,何足为虑。”定哥对着月色叹了一口气,欲言还止。贵哥又道:“小妮子是夫人心腹之人,夫人有甚心话不要瞒我。”定哥道:“你方才所言,我非不知。只是我如今好似笼中之鸟,就有此心,眼前也没一个中得我意的人,空费一番神思了。假如我眼里就看得一个人中意,也没个人与我去传消递息,他怎么到得这里来?”贵哥道:“夫人若果有得意的人,小妮子便做个红娘,替夫人传书递柬,怎么夫人说没人敢去?”定哥又迷迷的笑一声,不答应他。贵哥转身就走。定哥叫住他道:“你往那里去? 莫不是你见我不答应,心下著了忙么? 我不是不答应,只笑你这小妮子说话倒风得有趣。”贵哥道:“小妮子早间拾得一件宝贝,藏放在房里,要去拿来与夫人识一识宝。”定哥道:“恁么宝贝? 那里拾得来的？我又不是识宝的三叔公。”贵哥也不回言，忙忙的走回房中，拿了宝环珠钏，递与定哥道：“夫人，这两件首饰好做得人家的聘礼么？”定哥拿在手里，看了一回，道：“这东西那里来的？果是好得紧！随你恁么人家下聘，也没这等好首饰落盘，除非是皇亲国戚、驸马公侯人家，才拿得这样东西出来。你这妮子如何有在身边，实实的说与我听。”贵哥道：“不敢瞒夫人说，这是一个人央着女待诏，来我府里做媒，先行来的聘礼。”定哥笑道：“你这妮子，真个害风了，我无男无女，又没姑娘小叔，女待诏来替那个做媒？”贵哥道：“他也不说男说女，也不说姑娘小叔，他说的媒远不远千里，近只在目前。”定哥道：“难道女待诏来替你做媒？”贵哥道：“小妮子那得福来消受这宝环珠钏！”定哥道：“难道替侍女中那一个做媒不成？算来这些妮子，一发消受不起了。”贵哥道：“使女们如何有福消受这件，只除是天上仙姬，瑶台玉女，像得夫人这般人物，才有福受用他。”定哥笑道：“据你这般说，我如今另寻一个头路去做新媳妇，作兴女待诏做个媒人。你这妮子，做个从嫁罢。”贵哥跪在地上道：“若得夫人作成女待诏，小妮子情愿从嫁夫人。”定哥又嘻嘻地笑了一声，把贵哥打一掌道：“我一向好看你，你今日真真害风，说出许多风话来。倘若被人听见，岂不连我也没了体面。”贵哥道：“不是妮子胡言乱道，真真实实那女待诏拿这礼物来聘夫人。”定哥柳眉倒竖，星眼圆睁，勃然怒道：“我是二品夫人，不是小户人家孤孀嫠妇，他怎敢小觑我，把这样没根蒂的话来奚落我。明日对老爷说，着人去拿他来，拷打他一番，也出这一口气。”贵哥道：“夫人且莫恼怒，待小妮子悄悄地说出来，斗夫人一场好笑。俗语云：‘不说不笑，不打不叫。’只怕小妮子说出来，夫人又笑又叫。”定哥一向是喜欢贵哥的，大凡有事发怒，见了贵哥就解散了，何况他今日自家的言语唐突，怎肯与他计较？故此顺口说道：“你说我听。”那一腔怒气直走到爪哇国去了。贵哥道：“几日前头，有一个尚书右丞，打从俺府门首经过，瞧见夫人立在帘子下面，生得娇娆美艳，如毛嫱飞燕一般，他那一点魂灵儿就掉在夫人身上，归家去整整欣昏迷痴想了两日，再不得凑巧儿遇见夫人。因此上托这女待诏送这两件首饰与夫人，求夫人再见一面，夫人若肯看觑他，便再在帘子下与他一见，也好收他这两件环钏。况这个右丞就是那完颜迪古，好不生得聪俊洒落，极是有福分的官儿。算来夫人也曾瞧见他来。”定哥回嗔作喜道：“莫不是常来探望老爷的那少年官儿么？生得到也清俊文雅，只是这个人心性是不常的。”贵哥哈哈的笑道：“从来相面的先生，与人对坐着半日，从头看到脚下，又相手摸腰，还只知面不知心。夫人略瞧右丞一瞧，连心都瞧见了，岂不是两心相照。”定哥道：“丫头莫要嚷，我且问你，那女待诏怎么样对你说？你怎么样回话那女待诏？”贵哥道：“那女待诏是个老作家，恐怕一句说出来惹是非到了身上，便伸进吐出，团团圈圈，远远地说将来。我说：‘老婆子，你不消多说了，以定是有那个人儿，看上了我家夫人，你思量做个马百六，何苦扯扯拽拽，排布这个大套子。’那女待诏便拍手拍脚的笑起来，说道：‘好个乖乖姐姐，像似被人开过聪明孔了，一猜就猜着。’被小妮子照脸一口啐，唾骂他道：‘老虔婆！老花娘！你自没廉耻，被千人万人开了聪明孔，才学得这篦头生意。我是天生天化，踏着尾巴头便动的，那个和你这虔婆取笑。’那女待诏道：‘好姐姐，你不须发恼，我不过是趁口取笑你，难道你这般决烈索性的姐姐，身边就肯添个影人儿。'小妮子道:'你这般说,且饶你去,不许在此胡缠。'那女待诏又道:'我特特为着夫人来,被你抢白这一顿,怎么教我就去了。你且把夫人平日的性格说说我听,我是劈面相、闻声相、揣骨相、麻衣相、达磨相,一下里就知道他的心事了。'小妮子便道:'若问别样心事,我实实不曾晓得,若说我夫人,正色治家,严肃待众,见我们一些笑容也是没有的,谁敢在他跟前把身子侧立立儿。'那女待诏道:'若依这般说,就恭喜贺喜,我这马百六稳稳地做成了。'小妮子道:'你这般胡嘲乱讲,莫不惹得打下截来。'他道:'我是依着相书上相来的。'小妮子道:'相书上那一本有如此说话?'他道:'俗语说得好,嬉嬉哈哈,不要惹他。脸儿狠狠,一问就肯。'"定哥正呷着一口茶,听见贵哥这些话,不觉笑了一声,喷茶满面,骂道:"这虔婆一味油嘴,明日叫他来,打他几个耳聒子,才饶他。"说罢话时,炉烟已尽,织女横斜,漏下二鼓矣。贵哥伏侍定哥归房安置,就问道:"这两件宝贝放在那里好?"定哥道:"且放在我首饰箱内,好好锁着。"贵哥依言收拾不题。

恰说贵哥得了定哥这个光景,心中揣定有八九分稳的事也,安眠了一夜。到次日清晨,定哥在妆阁梳裹,贵哥站在那里伏侍他,看见他眉眼欣欣,比每日欢喜的不了,便从傍插一嘴道:"夫人今日何不着人去叫那虔婆来,打他一顿。"定哥笑道:"且从容,那婆子自然来。"贵哥道:"不是小妮子性急,实是气那老虔婆不过。"定哥道:"当怒火炎,惟忍水制。你不消性急。"贵哥又悄悄道:"大凡做事,只该一促一成,倘或夜长梦多,这般一个标致人物,被人搂上了,那时便迟了。"定哥道:"他自标致,要他做恁么?"贵哥道:"不是小妮子多言,老爷常常不在家,夫人独自一个颇是凄冷。小妮子

又要溺尿，不得夫人的脚，待这标致人来，替夫人一，也强如冬天用汤婆子，夏天用竹夫人。”定哥道：“丫头多嘴，我不要你管。”贵哥道：“小妮子蒙夫人抬举，故替夫人耽忧，怎么说个管着夫人。”定哥也不答应他的说话，向身边钞袋内摸出十两一锭的银子，递与贵哥道：“我把这银子赏赐你，拿去打一双镯儿戴在臂膊上，也是伏侍我一场恩念，你不可与众人知道。”贵哥叩头接了银子，对定哥道：“一丝为定，万金不移。夫人既酬谢了媒婆，媒婆即着人去寻女待诏，约那人晚上到府中来。”定哥掩口胡卢道：“黄花女儿做媒，自身难保，世间那有未出嫁的媒婆。”贵哥道：“虔婆也是女儿身，难道女儿就做不得虔婆。”定哥又笑道：“你说话真个乖巧好笑，只是人生路不熟，羞答答的怎好去约他。”贵哥道：“别的事怕羞，这事儿只有小妮子、女待诏知道，怕恁么羞。俗语道得好，羞一羞，抽一抽；羞两羞，抽两抽。只顾羞，只顾抽。若不羞，便不抽。”定哥道：“好女儿，你怎么学得这许多鬼话儿在肚里。”两个一递一句，说得梳妆事毕。贵哥便走到厅上，分付当直的：“去叫女待诏来，夫人要篦头绞面。”当直的道：“夫人又不出去烧香赴筵席，为何要绞面。”贵哥道：“夫人面上的毛可是养得长的？你休多管闲事。”当直的道：“少刻女待诏来，姐姐的毛一发央他绞一绞，省得养长了拖着地。”贵哥啐了一声，进里面去了。

不移时，女待诏到了，见过定哥。定哥领他到妆阁上去篦头，只叫贵哥在旁伏侍，其馀女使一个也不许到阁儿上来。女待诏到得妆阁上头，便打开家伙包儿，把篦箕一个个摆列在桌子上，恰是一个大梳，一个通梳，一个掠儿，四个篦箕，又有剔子、剔箒，一双簪子，共是十一件家伙。才把定哥头发放散了，用手去前前后后、左边右边，蒲睃摸索捏了一遍，才把篦箕篦上两三篦箕。贵哥在傍把嘴一努，那女待诏就知其意，顺口儿开科，说道："夫人头垢，气色及时，主有喜事临身。"贵哥插嘴道："应在几时得喜？"女待诏道："只在早晚之间，主有非常喜庆。"定哥道："朝廷没有覃恩，我又不讨封赠，有恁么非常的喜事？"女待诏道："该有个得活宝的喜气。"贵哥插嘴道："除了西洋国出的走盘珠，缅甸国出的缅铃，只有人才是活宝。若说起人时，府中且是多得紧，夫人恰是用不着的，你说恁么活宝不活宝？"女待诏道："人有几等人，物有几等物，宝有几等宝，活也有几等活。你这姐姐，只好躲在夫人跟前拆白道绿，喝五吆三，那曾见希奇的活宝来！"定哥心中虽是热燥得紧，只是口里说不出来。贵哥又问女待诏道："你今日来篦头还是来献宝？"定哥便把女待诏推了一推道："小妮子多嘴饶舌，你莫听他。"贵哥便向女待诏瞧了一眼，女待诏道："要活宝时尽有，只怕夫人不用。"贵哥道："夫人正用得着这活宝。"定哥道："还不噤声，谁许你多说。"贵哥道："我站在此禁不住口，我且站远些个。"说罢，洋洋的走过一边。定哥便道："婆子，我且问你，那人几时见我来？有恁话对你说？你怎么大胆就敢替他来诱骗我！"女待诏道："夫人勿罪，待老婆子细细告诉夫人。这个月那一日，夫人立在朱帘下边，瞧着那往来的人，恰好说的那人打从府门过，看见夫人容貌，便叹道：'天下怎么有这等一个美人，倒被别人娶了去，岂不是我没福。'"定哥笑道："这不是那人没福。"贵哥听得，又走来插嘴道："不是那人没福，是谁没福？"女待诏道："是我婆子没福。"贵哥道："怎么是你没福？"女待诏道："若是夫人不曾出阁，我去对那人说，做上一头媒，岂不撰那人百十两媒钱。"贵哥道："夫人倒肯作成你撰百十两银子，只怕那人没福受享着夫人。”定哥道：“他派演天汉，官居右相，那里少金钗十二，粉黛成行？说他没福，看来倒是我没福。”女待诏道：“夫人干净识得人，只是那人情重，眼睛里不轻意看上一个人，夫人如何得没福。”一边说，一边篦头。三个人说得火滚般热，竟没了一些避忌。

这定哥欢天喜地，开箱子取出一套好衣服，十两雪花银，赏与女待诏，道：“婆子今日篦得头好，权赏你这些东西，我日后还要重重酬你。”女待诏千恩万谢，收藏过了，才附着定哥耳朵说道：“请问夫人，还是婆子今日去约那人来，还是明日去约他？”定哥面皮通红，答应不出。贵哥道：“老虔婆作事颠倒，说话好笑，今日是一个黄道大吉日，诸样顺溜的，况且那人数日前就等你的回复，他心里好不急在那里，你如今忙忙去约他晚上来，他还等不得日落西山、月升东海，怎么说个明日？”定哥笑道：“痴丫头，你又不曾与那人相处几时，怎么连他的心事先瞧破来。”贵哥道：“小妮子虽然不曾与那人相处，恰是穿铁草鞋，走得人的肚子过。”定哥又冷笑了一声，低头弄着裙带子。女待诏道：“婆子如今去约那人，夫人把恁么物件为信。”贵哥将定哥一枝凤头金簪拿在手中，递与女待诏，那簪儿有何好处：

叶子金，出自异邦，色欺火赤。细抽丝，攒成双凤，状若天生。顶上嵌猫儿眼，闪一派光芒，冲霄耀日。口中衔金刚钻，垂两条珠结，似舞如飞。常绾青丝，好像乌云中赤龙出现。今藏翠袖，宛然九天降丹诏前来。这女待诏将着这一件东西，明是个消除孽障，救苦天尊，解散相思，五瘟使者。

贵哥把簪儿递与女待诏道：“这个就是信物了。”定哥笑道：

“这妮子好大胆，擅动我的首饰。”贵哥笑道：“小妮子头一次大胆，望夫人饶恕则个。”定哥道：“饶你饶你。”女待诏欢天喜地，接着簪儿，出门一径跑到海陵府中。

海陵正坐在书房里面，女待诏便走到那里，朝着海陵道：“老爷恭喜，老爷贺喜。”海陵道：“我托你的事，如今已是七八日了，我正在此恼你，你今日来贺恁么喜？”女待诏道：“老妇人如今不做待诏了，是一个檄定三秦扶炎刘的韩信，临潼斗宝尊周室的子胥，怀揣令旨兵符来救那困围城的烈丈夫，怎么还说个恼字。”海陵欣欣然道：“早知你干成了功劳，却是错怪了也。”那女待诏把前前后后的话，细细陈说了一遍，才向袖中取出那同心结的凤头簪儿，递与海陵道：“这便是皇王令旨，大将兵符，一到即行，不许迟滞。”欢喜得那海陵满身如虫钻虱咬，皮燥骨轻，坐立不牢，道：“这事亏着你了，只是我恁么时候好去？从那一条路入脚？”女待诏道：“黄昏时候，老爷把幅巾笼了头，穿上一件缁衣，只说夫人着婆子请来宣卷的尼姑，从左角门进去，万无一失。”海陵笑道：“这婆子，果然是智赛孙吴，谋欺陆贾，连我也走不出这个圈套了。”忙取银二十两赏他。女待诏道：“前日送与贵哥的宝环珠钏，贵哥就送与夫人作聘礼了，老爷今晚过去，须索另寻两件去送与他。”海陵道：“环儿钏子，我还有两对，比前日的更好，原留着送夫人的，夫人既收了那两对，我晚上另带这两对去送与他，你须先和他约会一个端正，后头好常常来往。”女待诏应允去见定哥，把海陵的说话回复了一遍。定哥满面堆下笑来，叫贵哥送他出门，嘱付道：“师父早些来。”女待诏一头走，悄悄地对贵哥说：“完颜老爷再三嘱谢你，说晚上另有环儿钏子送你，比前日又好，你须要温存抚惜他，不要只推在夫人身上。”贵哥啐了一声道:“好一个包前包后的马百六。”两下散去。看看天色晚了,定哥便分付前后关门,男妇各归房去。大小侍婢,俱各早早歇息,不许东穿西走,只留贵哥一个在房伏侍。

不觉谯楼鼓响,远寺钟鸣,这海陵瞒了徒单夫人,一个从人也不带着,独自一个走到女待诏家中,敲门叫道:“待诏在否?”只见女待诏提了一盏小灯笼走将出来开门,看见海陵黑魆魆的,独自立在街上,便道:“请进来,坐坐去。”海陵道:“这是什么时候了,还说坐坐。”女待诏道:“譬如他那里还不招架子,怎的这般性急。”海陵笑一声,拽了手就走。女待诏道:“放尊重些,不要连婆子也取笑。”两个提着这盏小灯笼,遮遮掩掩,走到乌带府衙角门首,轻轻敲上一下,那里面走出一个丫鬟,也拿了一碗小纱灯儿,迎门相叫。海陵走进门去,丫鬟便一地里拴上了门,女待诏扯扯海陵道:“颜师父,这个便是贵哥姐姐。”海陵听了女待诏话,便千揖万揖,谢了贵哥。又在袖子里取出两双环共钏与他,道:“屡劳姐姐费心,这物件权表寸心,望姐姐勿嫌轻薄。”女待诏从傍撺掇道:“老爷仔细看一看,不要错认了,若论这般一个好姐姐,就受老爷这聘礼也不为过。”海陵笑道:“原蒙姐姐错爱,才敢唐突,若论小生这般人物,岂不辱莫了姐姐。”女待诏道:“老爷不必过谦,姐姐不要害怕,你两个何不先吃个合卺杯儿。”海陵道:“婆婆说得极是,只是酒在那里?杯儿在那里?”女待诏搿着他两个的头道:“好个不聪明的老爷,杯儿就在嘴上,好酒就在嘴里,你两个香喷喷美甜甜,吣一个嘴就是合卺杯了。”海陵道:“果是小生呆蠢,见不到此。”便搂着贵哥,要与他做嘴。那贵哥扭头摇头,不肯顺从,被海陵拦腰抱住,左凑右凑,贵哥拗不过,只得做了个肥嘴。海陵就用出那水磨的工夫,咂咂咬咬,多时还不放松。女待诏笑道:“好姐姐,酒便少吃些,莫要贪杯吃醉了,撒酒风。”海陵便照女待诏肩胛上拍一下,道:“老虔婆,一味胡言,全不理论正事。”三个人说说道道,走到定哥房中。

只见灯烛辉煌,杯盘罗列,珍羞毕备,水陆兼陈,恰便似会亲见礼,男男女女斗新妆,庆喜芳筵,色色般般堆美品。海陵近前下拜,定哥慌忙答礼,分宾主坐下,女待诏道:“今日该坐床撒帐,你两个又不是亲家翁,如何对面坐着。”拖定哥过来,坐在海陵身边。贵哥嘻嘻地笑道:“你才做媒婆,又做搀扶婆了。”海陵道:“这个叫做一当两,大家免思想。”他两个并肩同坐,一递一杯,席前各叙相慕之意。女待诏坐在傍边,左斟右劝。贵哥捧着酒壶,立在椅子背后,看他们调情斗口,觉得脸上热了又冷,冷了又热。约莫酒至半酣,女待诏道:“欢娱夜短,寂寞更长,早结同心,莫教错过。”便收拾过酒肴几案,拽上了门关,自和贵哥去睡了。

他两个携归罗帐,各逞风流,解扣轻摹,卸衣交颈,说不尽百媚千娇,魂飞魄荡,正是:

春意满身扶不起,一双蝴蝶逐人来。

颠倒约有两个更次,还像鳔胶一般,不肯放开,两个狂得无度,方才合眼安息。那女待诏也鼾鼾的睡着不醒。只有贵哥一个,听他们一会,又走起来睃他们一会,耳闻目击这许多侮弄的光景,弄得没情没绪,辗转无聊,眼也合不上。看看谯楼上钟鸣漏尽,画角高吹,贵哥只得近前叫道:“鸡将鸣矣,请早起身,以图再会。”海陵从魂梦中爬起来,披衣就走。定哥也披了衣服要送海陵。海陵叫他将息,不要他起来。定哥分付贵哥:“好好送爷出去,你就进来。”贵哥便掌了灯，悄悄地一重重开了门，送海陵。海陵走得几步，见侧边一间厢房净荡荡没有人，便搂住贵哥求欢，贵哥道：“夫人极是疑心重的，我进去得迟，他岂不怪！”海陵道：“你是有功之人，夫人也要酬谢你的，定不作酸。”一头说，一头就抱了贵哥，走进厢房，恰好有旧椅子一张，靠着壁边，海陵就那椅子上与贵哥行事。原来贵哥年纪只得十五六岁，乌带虽是看上他，几番要偷摸他，怕着定哥，不曾到手。他只睃见定哥与海陵这般恩爱，只道怎地快乐，所以欣然相就。不道初时如此疼痛，连声告饶。海陵亦爱惜他，不敢恣意，却又舍不得放手，摩弄多时，才出角门而去。

却说定哥见贵哥送海陵去，许久不转，疑有别事，忙忙的潜踪蹑足，立在角门里等他。见他慢慢地转来，便将身子影在黑地里，听他说些甚话。只见他一路关门，口里喃喃的说道：“这桩事，有甚好处，却也当一件事去做他，真是好笑。”一头说，一头笑，望房里走，只道没人听见。不料定哥影着身子跟着他，走到房里转身去关房门，才看见定哥立在房门外，吓了一跌，羞得当不得。定哥扶他起来道：“你和他干得好事，我都瞧见了。”贵哥道：“并不干恁么事。”定哥道：“你赖到那里去，若是别一个，我实是容不得，他是你引进来的，果然不比我那浊物，如今正要和他来往，难道倒多你不成？只是你日后不要僭我的先头。”贵哥道：“小妮子安敢僭先，只望夫人饶恕。”说毕，大家欢欢喜喜，坐到天明不题。

从此以后，海陵不时到定哥那里，通宵作乐。贵哥和定哥两个，就像姊妹一般，不相嫌忌。渐渐的，侍女们也都知道，只是不敢管他闲事。所不知者，乌带一人而已。光阴似箭，约摸着往来有数个月。海陵是渔色的人，又寻着别个主儿去弄，有好一程不到定哥这里。这定哥偷垂泪眼,懒试新妆,冷落凄凉,埋怨懊悔,叫贵哥着人去寻女待诏,要他寄个信儿与海陵,催他再来。那女待诏又病倒在床上,走来不得。定哥捺不住那春心鼓动,欲念牢骚,过一日有如一年。见了乌带,就似眼中钉一般,一发惹动心中烦恼,没法计较。

家奴中有个阎乞儿,年纪不上二十,且是生得干净活脱,定哥看上了他,又怕贵哥不肯,不敢开言。凑着贵哥往娘家去了,便轻移莲步,独自一个走到厅前,只做叫阎乞儿分付说话,就与他结上了私情。怎见得私情好处:

一个是幽闺乍旷,一个是女色初侵;幽闺乍旷,有如饿虎擒羊,女色初侵,好似苍鹰逐兔。鸳鸯枕上,罗袜纵横;翡翠衾中,云鬓散乱。定哥许多欲为之兴趣,此际方酬;乞儿一段鏖战之精神,今宵毕露。惟愿同心天地老,何妨暮暮与朝朝。

如此往来,非止一夜。一日贵哥回来,看见定哥容颜不似前番愁闷,便问那人是几时来的。定哥道:“那人何曾肯来,不是跳槽,决是奉命往他方去了。我日夜在此想你、怨你,你为何今日才回?”贵哥道:“夫人如何是想我?如何是怨我?”定哥道:“亏你引得那人来,这便是想你。那人如今再不来,这便是怨你。”贵哥见定哥这样说话,心中有七八分疑惑,只是不敢问。停不移时,定哥叫贵哥到房中,要对他说些恁么话,却又脸红了不说,半吞半吐的束住了嘴。贵哥立了一会,只得问道:“夫人呼唤小妮子来,毕竟要分付些话,怎的又不开口?”定哥叹口气道:“你去得这几日,我惹下一桩事在这里,要和你商议,故此叫你来。及至你到我跟前,我又说不出了。”贵哥道:“夫人平日没一句话不对小妮子说的,怎么今日这般含糊疑虑?”定哥道:“我不好说得,我受了乞儿的亏。”贵哥道:“乞儿不过是抄化无赖的人,受了他亏,夫人若肯饶他,便不打紧,若不肯饶他,着当直的送到五城兵马司,打他一顿板子,重重的枷,枷示他两三个月,就出气了。”定哥道:“不是这个乞儿,所以要和你计较一个长便。”贵哥道:“不是这个乞儿,却是那个乞儿?”定哥道:“是家中的阎乞儿。”贵哥道:“若是阎乞儿冲激了夫人,一发好惩治的了。夫人自己不耐烦打他,也不消送官府,只待老爷回来,着着实实的打他几百,赶逐他离了府门,就勾了,有恁么长便短便要计较得!”定哥附着贵哥的耳朵道:“不是这般说话,数日前我被阎乞儿强奸了。不好对别个说得,只等你回来,和你商议一个长便。”贵哥笑道:“府中规矩,从来不许男子擅入中堂,便是那人来,也有个女待诏做牵头,小妮子做脚力,才走得进来。这狗才怎的敢闯进绣房强奸夫人,真是夫人受亏了。这狗才的胆不知是怎么样大的。但不知他是日间闯来的?是夜间闯来的?”定哥的脸红了又白,白了又红,羞惩满面道:“不瞒你说,是夜里进来的。”贵哥笑道:“据夫人说来,是和奸不是强奸了,不要说乞儿有罪,连夫人也有个罪了。”定哥道:“我睡着在床上,不知他怎地走将进来,把我骗了。”贵哥笑道:“这狗才倒是个啄木鸟。”定哥也笑道:“他怎的是个啄木鸟?”贵哥道:“小妮子闻得那啄木鸟把尖嘴在那树上画了几画,摇了几摇,那树木里头的蠹虫儿,自然钻出来等这鸟儿吃。夫人的房门谨谨拴上的,房中又有侍妾们相伴着,不知这狗才把甚的在夫人门上画得几画,摇得几摇,夫人的房门就自开了,岂不是个啄木鸟。”定哥笑道:“好姐姐,你又来取笑我。实实与你说,那人许久不来,我心里着实怨他。你又不在家中,没有一个知我心的,我冷落不过,故此将就容纳了乞儿。你如今既回来,我就断绝了他,再不许他进来就是。”贵哥道:“萧何律法:和奸也合杖开。夫人这说话,正合着律法,但凭夫人自家裁处。只怕那虫儿不肯躲,又要钻出来。”凑着他两个正在说话,当直的报说乌带回来,大家惊得面如土色,忙忙出去迎接,不在话下。

当时定哥虽对贵哥说了这一番,心中却不舍得断绝乞儿,依先暗暗地赶着空儿干事,只不敢通宵作乐。贵哥明知其事,也只做不知,不去参破他。婢中有个小底药师奴,一日撞遇定哥和乞儿在轩廊下说话,跑来告诉贵哥。贵哥叮嘱他,叫他不要多管,惹夫人责罚,故此小底药师奴也不对人说。乞儿常常来撩拨贵哥,要图贵哥打做一家。贵哥只是不理他。一日,乞儿张着眼错把贵哥一把搂住了,要吣嘴,被贵哥骂道:“你这狗才,身上惹下了凌迟的罪儿,还不知死活,又来撩我。我说出来时,只怕你这狗才死无葬身之地。”那乞儿吃了这一场抢白,暗暗对定哥说,才绝了这个念头,再不敢来诮弄贵哥。

后来海陵即了大位,乌带还做崇义节度使,每遇元会生辰,使家奴葛鲁葛温诣阙上寿。定哥亦使贵哥候问两宫太后起居。海陵一见贵哥,就想起昔日的情意,因贵哥传语定哥道:“自古天子亦有两后者,能杀汝夫以从我,当以汝为后。”贵哥归,具以海陵言告定哥。定哥笑道:“少时丑恶事已可耻,今儿女已成立,岂可更为此事,以贻儿女羞。”盖与阎乞儿相得,不忍舍之也。海陵闻其言,又使人对定哥说道:“汝不忍杀汝夫,我将族灭汝家。”定哥大恐,乃以子乌答补为辞,说彼常侍其父,无隙可乘。海陵即召乌答补为符宝祇候。定哥与贵哥商议道:“事不可止矣。”因乌带酒醉,令家奴葛鲁葛温缢杀乌带,时天德三年七月也。

乌带死,海陵伪为哀伤,以礼厚葬之。使小底药师奴传旨定哥,告以纳之之意。定哥将行,贵哥为从,小底药师奴谑之,曰:“夫人行矣,阎乞儿何以为情?”定哥惧其泄于海陵也,以奴婢十八口赂之,使无言与阎乞儿私事。定哥入宫,海陵册为娘子。贞元元年封贵妃,大爱幸,许以为后,赐其家奴孙梅进士及第。海陵每与定哥同辇游瑶池,诸妃步从之。阎乞儿以妃家旧人,得给侍本位。后海陵嬖幸愈多,定哥希得见。一日,独居楼上,海陵与他妃同辇从楼下过,定哥望见,号呼求去,诅骂海陵。海陵佯为不闻而去。定哥益无聊赖,欲复与乞儿通,乃使比丘尼向乞儿索所遗衣服以调之。乞儿识其意,笑曰:“妃今日富贵忘我耶?”定哥欲以计纳乞儿于宫中,恐阍者察其隐,乃先令侍儿以大箧盛亵衣其中,遣人载之入宫。阍者索之,见箧中皆亵衣,阍者已悔惧。定哥使人诘责阍者曰:“我天子妃,亲体之衣,尔故玩视,何也?我且奏闻之。”阍者惶惧甘死罪,请后不敢再视。定哥乃使尼以大箧盛乞儿载入宫中。阍者果不敢复索,乞儿入宫十馀日,定哥得恣情欢谑,喜出望外,然乐不可极。不得已,使衣妇人衣,杂诸侍婢,抵暮混出。贵哥闻其事,以告海陵。海陵乃缢死定哥,搜捕乞儿及比丘尼,皆伏诛。封贵哥莘国夫人,小底药师奴以匿定哥奸事,杖百五十,后亦赐死。

丽妃石哥者,定哥之妹,秘书监文之妻也,海陵与之私,欲纳之宫中,乃使文庶母按都瓜主文家。海陵谓按都瓜曰:“必出而妇,不然我将别有所行。”按都瓜以语文,文难之,按都瓜曰:“上谓别有所行,是欲杀汝也,岂以一妻杀其身乎?愚痴谅不至此。”文不得已,乃与石哥相持恸哭而别。是时海陵至中都,迎石哥于中都,纳之。

一日,海陵与石哥坐便殿,召文至前,指石哥问道:"卿还思此人否?"文答道:"侯门一入深如海,从此萧郎是路人。微臣岂敢再萌邪思。"海陵大喜道:"卿为人大忠厚。"乃以迪辇阿不之妻择特懒偿之,使为夫妇。及定哥缢死,遣石哥出宫,不数日复召入,封为昭仪。正隆元年封柔妃,二年进封丽妃。

昭媛察八者,姓耶律氏,尝嫁奚人萧堂古带。海陵闻其美,强纳之,封为昭媛,以萧堂古带为护卫。察八见海陵嫔御甚多,每以新欢间阻旧爱,不得已,勉意承欢,而心实恋恋堂古带也。一日,使侍女以软金鹌鹑袋子数枚,题诗一首,遗萧堂古带,诗云:

一入深宫尽日闲,思君欲见泪阑珊。

今生不结鸳鸯带,也应重过望夫山。

堂古带得之,惧祸及己,谒告往河间驿,无何事觉。海陵召问之,堂古带以实闻。海陵道:"此非汝之罪也,罪在思汝者,吾为汝结来生缘。"乃登宝昌楼,手刃察八,堕楼下死。诸后妃股栗,莫能仰视,并诛侍女之遗软金鹌鹑袋者。

海陵杀诸宗室,择其妇女之美者,皆欲纳之宫中,乃讽宰相道:"朕嗣续未广,此党人妇女,有朕中外亲,纳之宫中何如?"徒单贞以告萧裕,萧裕道:"近杀宗室,中外异议纷纭,奈何复为此耶?"徒单贞以其语复海陵。海陵道:"吾固知裕不肯从。"乃使贞自以己意讽萧裕,必欲裕等请行此事。贞不获辞,乃对裕说道:"上意已有所属,公固止之,祸将及矣。"萧裕道:"必不肯已,惟上择一人纳之。"徒单贞道:"必须公等白之。"裕知不可止,乃具奏,遂纳秉德弟糺里妻高氏、宗本子莎鲁剌妻、宗固子胡里剌妻、胡失来妻,又纳叔曹国王子宗敏妻阿懒于宫中，贞元元年，封为昭妃。大臣奏宗敏属近尊行，不可，乃令阿懒出宫，而封高氏为修仪，加其父高邪鲁瓦辅国上将军，母完颜氏封密国夫人。又宋王宗望女寿宁县主什古，梁王宗弼女静乐县主蒲剌及习撚，宗隽女师姑儿，皆海陵从姊妹也，混同郡君莎里古真，及其林余都，太傅宗本女也，为海陵再从姊妹。表兄张定安妻奈剌忽，丽妃妹蒲鲁胡只，皆有夫，惟什古丧夫。海陵无所忌耻，使高师姑、内哥、阿古等，传达言语，皆与之私。

内中莎里古真色最美，而善淫，高师姑对他说道："上之好美色，汝所知也，汝之美，主上能舍汝乎？主上于汝为再从姊妹，出阁之日，服制无矣，相遇犹路人然。汝曷不入侍于上，以博恩宠。"莎里古真笑而从之，入见海陵，海陵幸之，竭尽精力，博得古真一笑。次日，以其夫撒速近侍局直宿，海陵谓撒速道："尔妻年少，遇尔直宿，不可令宿于家，当令宿于妃位。"撒速默然不敢出一语。每召古真入，海陵必亲伺候于廊下，立久不至，则坐于高师姑膝上以望之。高师姑道："陛下尊为天子，嫔御满前，何劳苦如此。"海陵笑道："我固以天子为易得耳，此等期会，乃可贵也。"莎里古真一至，则捧惜拥持，无所不用其极，惟恐古真之不悦己。然古真在外，顿恣淫佚，恃宠笞决其夫，其夫亦不能制。见官之尊贵，人之有才者，及美貌而饶于淫具者，必招徕之，与之交合，不以为耻。海陵闻之，大怒道："尔爱贵官，有贵如天子者乎！尔爱人才，有才兼文武似我者乎！尔爱娱乐，有丰富伟岸过我者乎！"怒甚，气咽不能言。莎里古真恬不为意，嘻嘻的道："我只笑尔无能耳。"海陵又大怒，遣之出宫。后复思之，屡召入焉。

其妹余都，牌印松古剌妻也，海陵尝私之，谓之曰："汝貌虽不扬，而肌肤洁白可爱，胜莎里古真多矣。”余都恚曰：“古真既有貌，陛下何不易其肌肤，作一全人。”海陵道：“我又不是阎罗天子，安能取彼易此。”余都道：“从今以后，妾不敢复承幸御矣。”海陵慰之曰：“前言戏之耳，汝毋以我言为实而生怨恚也。”进封寿阳县主，出入贵妃位。

又使内哥召什古出入昭妃位，什古者，将军瓦剌哈迷妻也。瓦剌哈迷丰躯伟干，长九尺有奇，力能扛鼎，气可吞牛，一夕常淫二三姬，不则满身抽彻难熬，必提掇重物以泄其气。每与什古交合，什古辄娇颤踰时，瞑目欲死。后因瓦剌哈迷从征阵亡，什古不耐寡居，遂与门下少年相通，恨不畅意。少年乃觅淫药傅之，通宵不倦。什古笑道：“今日差强人意。”后有知之者，遂嘲少年为“差强人”以笑。海陵闻什古之善嬲也，遂使内哥传语什古道：“尔风流跌宕，冠绝一时，然沉溺下僚，未见风流元帅，岂不虚负此生。主上阳尊九五，杰出大僚，尔何不独当一队，分沾雨露以自快乎。”什古笑道：“主上虽雄，谅不能敌瓦剌哈迷之半。况且后宫森列，何必召妾。”内哥道：“主上属意尔久矣，尔若不往，恐上怒不测。”什古不得已，乃入宫焉。

海陵乘其未至，先于小殿暖位，置琴阮其中。什古来朝，见礼毕，海陵携其手坐于膝上，调琴拨阮以悦其心，进封昭宁公主，乃检《洞房春意》一册，戏道：“朕今宵与汝，将此二十四势，次第试之。”什古笑道：“陛下既欲挑战，妾敢不为应兵？”海陵未尽其势之半，意欲少息，什古抱持道：“陛下可谓善战矣，第恨具少弱耳。”海陵恧然道：“瓦剌哈迷之具何如？”什古道：“大异于是。”海陵不悦道：“汝齿长矣，汝色衰矣。朕不弃汝，汝之大幸，何得云尔？”什古愧恨而罢。翌日出宫,潜以其状对少年说道:“帝之交合,果有传授,非空搏也。”少年不谨,以其语泄之于人,人笑谓少年道:“帝今作差强人矣。”

奈剌忽者,蒲只哈剌赤女也,修美洁白,见者无不啧啧。及笄,嫁于节度使张定安为妻,定安为海陵表兄。海陵未冠时,常过定安家嬉戏,即与奈剌忽同席,接谈谑笑竟日,遂与之私。无何,张定安受熙宗命,出使于宋,海陵与奈剌忽通宵行乐,遂如夫妇。房中侍婢,无得免者。不料熙宗诏海陵赴梁王军前听用,海陵只得辞别奈剌忽而去,不复再见,直至即位方才又召奈剌忽出入柔妃位。

女使辟懒,有夫在外,海陵欲幸之,封以县君,召之入宫,恶其有娠,乃命人煎麝香汤,躬自灌之,且揉拉其腹。辟懒欲全性命,乃乞哀道:“苟得乳娩,当不举以待陛下。”海陵道:“若待大产,则汝阴宽衍,不可用矣。”竟揉堕其胎,越数日幸之。

蒲察阿虎迭女义察,海陵姊庆宜公主所生,幼养于辽王宗偘府中。及笄而嫁秉德之弟特里。秉德伏诛,义察当连坐。太后使梧桐请于海陵,由是得免。海陵遂白太后欲纳之。太后道:“是儿始生,先帝亲抱至吾家养之,至于成人。帝虽舅,犹父也,岂可为此非礼之事。”海陵屈于太后而止。义察跌宕喜淫,不安其室,遂与完颜守诚有奸。守诚本名遏里来,芳年淑艾,白皙过人,更善交接。义察绝爱之。太后窃知其事,乃以之嫁宗室安达海之子乙补剌,乙补剌不胜其欲,义察日与之反目。海陵不知其故,数使人讽乙补剌出之,因而纳之。太后初不知也,义察思念守诚,愁眉不展,每侍海陵,强为笑乐,转背即诅詈不已,侦者以告海陵,海陵怒道:“朕乃不如完颜守诚耶!”遂挞杀守诚,欲并杀义察,又得太后求哀,乃释放出宫。无何,义察家奴告义察痛守诚之死,日夜咒诅,语涉不道。海陵乃自临问,责义察道:“汝以守诚死詈我耶?守诚不可得见矣,朕今令汝往见之。”遂杀义察而分其尸。

太宗正阿里虎妻蒲速碗乃元妃之妹也,大有姿色,而持身颇正。因入见元妃,留宿于宫中。迨晚,海陵强之同坐饮宴,蒲速碗正色固拒,退食于元妃之幕,将周身衣服谨系牢结,坐而不卧,以防海陵之辱己。果然,谯楼鼓急,画角声催,银缸半灭半明,神思乍醒乍倦。海陵突至,强抱求欢,蒲速碗再四不从,海陵凌逼不已,相持相拒,将及更馀。海陵乃以力制之,怒发如雷,声如乳虎,喝令侍婢共挟持之,尽断其中外衣带。蒲速碗气索力疲,支撑不住,叫不得撞天的冤屈,只得紧闭着双眼,放开了两手,任凭着海陵百谑千嘲,千抽万迭,就像喉咙气断,死了不得知的一般。这海陵像心像意,侮弄了许多时节,见蒲速碗没有一些儿情趣,到也觉得没意思,兴尽而去。元妃问蒲速碗道:“妹妹,你平昔的兴在那里去了?今日做出这般模样。”蒲速碗道:“姐姐,你可是有人气的,古来那娥皇、女英,都是未出嫁的女子,所以帝尧把他嫁得舜哥天子。我是有丈夫的,若和你合著个老公,岂不惹人笑杀,连姐姐也做人不成了。”元妃道:“事到其间,连我也做不得主。俗语说得好,只好随乡入乡,那里顾得人笑耻。”蒲速碗道:“姐姐,你说得好话儿,这话儿只当不说罢。世上那有百世太平,千年天子。你倘或被人凌辱,你心里过去得否?”元妃惨沮不出一声。过了一夜,次日早晨,蒲速碗辞朝归去,再不入宫朝见。虽是海陵假托别样名目来宣召他,他也只以疾辞,道:“臣妾有死而已,不能复见娘娘。”海陵亦付之无可奈何也。

张仲轲者,幼名牛儿,乃市井无赖小人,惯说传奇小说,杂以排优诙谐语为业,其舌尖而且长,伸出可以舐著鼻子。海陵尝引之左右,以资戏笑。及即位,乃以为秘书郎,使之入直宫中,遇景生情,乘机谑浪,略无一些避忌。

又尝召侍臣聚于一殿,各露其移以相比并,大者列为第一班,赏以摧残不用宫女一人,给与阳侯牙牌一面。中者列为第二班,赏以楮钞百锭,给与阳伯牙牌一面。不及二等者为最下,不入选。除正殿朝参奏事,大酺宴赏,依次叙爵外,凡入宫直宿,内殿赐饮,即不论官爵崇卑,悉照牙牌,列成班次,以为笑乐。虽徒单贞亦不能免。百人之中,与海陵相伯仲者居其一,父叔事海陵者居其二,奴视海陵者百不得一也,时人为谣歌云:

朝廷做事忒兴阳,白做铨司开选场。

政事文章俱不用,惟须腰下硬帮帮。

那歌谣直传到海陵耳朵里,海陵也只当不得知,一味头只是作乐淫谑。不要说起那宫中嫔御,就是官庶妇人,曾蒙幸者,海陵也列在宫人数内,虽有丈夫的,皆分番出入,听其淫乱。海陵还不足意,欲把这些妇人随意幸之,限于更番不便,乃尽遣其丈夫往上京去了,恰把这些妇人都留在宫中。每当行幸,即令撤蔽去围帐,教坊司近前奏乐,幸已方止,再幸再奏,一幸必及数妇,徒以尽己之兴。而诸妇皆不畅所欲,人人嗟怨,尝幸室女,必乘兴狠触,不顾女之创痛。有不遂其情者,令妃嫔牵制其手足,使不得动。尝与妃嫔同坐,必自掷一物于地,使近侍环视之,他视者杀。又诫宫中给使男子,于妃嫔位举首者刓其目,出入不得独行便旋,须四人偕往,所司执刀监护。不由路者斩之,日入后,下阶砌行者死。告者赏钱百万,男女仓猝互相触,先声言者赏三品官,后言者死,齐言者皆释之。

有梁珫者,本大臭家奴,随元妃入宫,以阉竖事海陵。珫性便佞,善迎合人意。海陵特见宠信,言无不从,珫尝搆求海上仙方,远觅兴阳异物,修合媚药,以奉海陵。海陵试之,颇有效验,益肆淫蛊,中外嫔御妇女殆将万人,犹恨不得绝色,以逞心意。珫乃极言宋刘贵妃绝色倾国,海陵道:“汝试言其容止。”珫道:“鬓发腻理,姿质纤秾;体欺皓雪之容光,脸夺英华之濯艳;顾影徘徊,光彩溢目;承迎盻睐,举止绝伦;智算过人,歌舞出众。”海陵闻言大喜,自此决南征之意。将行,命县君高师姑预贮紫绡帐、画石床、鹧鸪枕、却尘褥、神丝绣被、瑟瑟幕、纹布巾。帐轻疏而薄,视之如无所碍,虽属隆冬而风不能入,盛暑则清凉自至,其色隐隐焉,忽不知其帐也,乃鲛绡之类。床文如锦绣,石体甚轻,郅支国所献。枕以七宝合为鹧鸪。褥色殷鲜,光软无比,云是却尘兽毛所为,出自句骊国。被绣三千鸳鸯,仍间以奇花异叶,上缀灵粟之珠,如果粒,五色辉焕。其幕色如瑟瑟,阔三丈,长百尺,轻明虚薄,无以为比,向空张之,则疏网之纹如碧丝之贯其珠,虽大雨暴降,不能湿漏,云以蛟人瑞香膏所傅故也。纹布巾,即手巾也,洁白如雪,光软如绵,拭水不濡,用之弥年,不生垢腻,乃得自鬼谷国者。俟得刘贵妃时用之。更带九玉钗、蠲忿犀、如意玉、龙绡衣、龙髯紫拂。钗刻九鸾,皆九色,其上有字白玉儿,工巧妙丽,殆非人制。犀圆如弹丸,带之令人蠲忿怒。玉类桃实,上有七孔,云是通明之象。衣重无一二两,傅之不盈一握。拂色紫如烂椹,可长三尺,削水晶为柄,刻红玉为环纽,或风雨晦暝,临流沾洒,则光彩动摇,奋然如怒,置于当中,则日无蝇虫，夜无蚊蚋，拂之为声，则鸡犬无不惊逸，垂之池潭，则鳞介之属，悉俯伏而至，引水于空中，则成瀑布，烧燕肉燻之，则焞焞焉若生云雾，云得于洞庭湖中者。俟得刘贵妃则以赐之。海陵件件色色，都打点端正，不想探事人来报，说刘贵妃已辞世矣。海陵好不痛惜，忙传下号令，说灭却宋时，把他死尸也抬来瞧一瞧，完了心中一念，这才是：

生前不结鸳鸯带，死后空劳李少君。

世宗时为济南尹，夫人乌林答氏，玉质凝肤，体轻气馥，绰约窈窕，转动照人。海陵闻其美，思有以通之，而乌林答氏端方严悫，无隙可乘。一日，传旨召之，世宗忿忿抗旨，不使之去。乌林答氏泣对世宗道："妾之身，王之身也，一醮不再，妾之志也。宁肯为上所辱？第妾不应召则无君，王不承旨则不臣，上坐是以杀王，王更何辞以免？我行当自勉，不以累王也。"世宗涕泣，不忍分离，乌林答氏毅然就道。一路上凄其沮忧，无以为情，行至良乡地方，乃将周身衣服缝纫固密，题诗一首于衣裾上，遂自杀，诗云：

世态翻如掌，君心狠似狼。
凶狂图快乐，淫逆灭纲常。
我死身无辱，夫存姓亦香。
敢劳传旨客，持血报君王。

乌林答氏既死，使者以讣闻。海陵伪为哀伤，命归其榇于世宗。世宗发榇视之，面色如生，血凝喉吻，抚尸痛悼，以礼葬焉。后世宗在位二十九年，不复立后者，以乌林答氏之死节也，此是后话。

却说海陵大举南侵，造战船于江上，毁民庐舍以为材，煮死人膏以为油，费财用如泥沙，视人命如草菅。既发兵南下，群臣因万民之嗟怨，立曹国公乌禄为帝，即位辽阳，改名雍，改元大定，通降海陵为王。海陵闻之，叹道："朕本欲削平江南，然后改元大定，今日之事，岂非天乎！"因出素所书"一着戎衣，天下大定"改元事，以示群臣。遂召诸将谋，帅师北还，至瓜州，浙西路都统制耶律元宜等谋弑之，箭入帐中。海陵以为宋兵追至，及视箭，曰："此我兵也。"欲取弓还射，忽又中一箭，仆地。延安少尹纳合傒鲁补先刃之，手足犹动，遂缢杀之。妃嫔等数十人皆遇害。

后世宗数海陵过恶，不当有王封土，不当在诸王茔域，乃降废为海陵王，复降为庶人，改葬于西南四十里，后人有词叹云：

世上谁人不爱色，惟有海陵无止极。
未曾立马向吴山，大定改元空叹息。
空叹息，空叹息，国破家亡回不得。
孤身客死倩人怜，万古传名为逆贼。

第二十四卷

隋炀帝逸游召谴

《玉树》歌残舞袖斜,景阳宫里剑如麻。

曙星自合临天下,千里空教怨丽华①。

这首诗单表隋文帝篡周灭陈,奄有天下,一统太平,真个治得外户不闭,路不拾遗。初时已立太子勇为东宫。却因不得母后独孤氏欢心。原来文帝独孤皇后最是妒忌,文帝畏而爱之。常言:"前代帝王,骨肉分争,皆因嫡庶相猜相忌,致有祸胎。今吾家五子同母,傍无异生之子,后来安享太平,绝无后患。"不想太子勇嫡妃元氏无宠,抑郁而死。专宠云定兴之女。所生子女,皆是庶出。独孤皇后心中甚是不愤。每每在文帝前谮愬太子勇之短。文帝极是惧内的,听他言话,太子勇日渐日疏。却有第二子晋王广,为扬州都总管②,生来聪明俊雅,仪容秀丽。十岁即好观古今书传,至于方药,天文地理,百家技艺术数,无不通晓。却只是心怀叵测,阴

① 丽华——即张丽华,陈后主(陈叔宝)的宠妃。陈亡,被隋军所擒,斩。

② 扬州都总管——隋代,在并、益、荆、扬四州置大总管,是都督军事、镇守要地的长官。

贼刻深,好钩索人情深浅,又能为矫情忍诟之事①。刺探得太子勇失爱母后,日夜思所以间之。日与萧妃独处,后宫皆不得御幸。每遇文帝及独孤皇后使来,必与萧妃迎门候接,饮食款待,如平交往来。临去,又以金钱纳诸袖中。以故人人到母后跟前,交口同声,誉称晋王仁孝聪明,不似太子寡恩傲礼,专宠阿云,致有如许豘犊②。独孤皇后大以为然。日夜谮之于文帝,说太子勇不堪承嗣大统。后来晋王广又多以金宝珠玉,结交越公杨素,令他谗废太子。杨素是文帝第一个有功之臣,言无不从。皇后谮之于内,杨素毁之于外。文帝积怒太子勇,已非一日。竟废太子勇为庶人,幽之别宫。却立晋王广为太子。受命之日,地皆震动。识者皆知其夺嫡阴谋。独杨素残忍深刻,扬扬得意,以为"太子由我得立"。威权震天下,百官皆畏而敬之。

后来独孤皇后崩,后宫却得近幸。文帝有一位宣华夫人陈氏,陈宣帝之女也。隋灭陈,配掖庭。性聪慧,姿貌无双。及皇后崩后,始进位为贵人。专房擅宠,后宫莫及。文帝寝疾于仁寿宫,夫人与太子广同侍疾。平旦,夫人出更衣,为太子所逼。夫人拒之,发乱神惊,归于帝所。文帝怪其容色有异。问其故,夫人泫然泣曰:"太子无礼!"文帝大恚曰:"畜生何足付大事!独孤误我!"盖指皇后也。因呼兵部尚书柳述,黄门侍郎元岩,司空越公杨素等曰:"召我儿来!"述等将呼太子广。帝曰:"勇也。"杨素曰:"国本

① 能为矫情忍诟(gòu)之事——矫情,违反本心,不近人情,假装出来的意思。忍诟,忍辱。诟同诟。这句是说:故意假装作出一些违背本心、忍辱低下的事。

② 豘犊(tún dú)——豘,同豚,猪;犊,小牛。这里是骂人的话。

不可屡易。臣不敢奉诏。”帝气哽塞,回面向内不言。素出语太子广曰:“事急矣!”太子广拜素曰:“愿以终身累公。”有顷,左右报素曰:“帝呼不应,喉中呦呦有声①。”素急入,文帝已崩矣。陈夫人与诸后宫相顾悲恸。晡时,太子广遣使者赍金合,缄封其际,亲书封字以赐夫人。夫人见之惶惧,以为药酒,不敢发。使者促之,乃开。见盒中有同心结数枚。宫人咸相庆曰:“得免死矣!”陈夫人恚而却坐,不肯致谢。宫人咸逼之,乃拜使者。太子夜入烝焉。明旦发丧,使人杀故太子勇而后即位。左右扶太子上殿。太子足弱,欲倒者数四,不能上。杨素叱去左右,以手扶接,太子援之乃上。百官莫不嗟叹。杨素归谓家人曰:“小儿子吾已提起教作大家,即不知能了当②否?”素恃已有功,于帝多呼为郎君。时宴内宫,宫人偶遗酒污素衣。素叱左右引下加挞焉。帝甚不平,隐忍不发。一日,帝与素钓鱼于后苑池上,并坐,左右张伞以遮日。帝起如厕,回见素坐赭伞下,风骨秀异,神彩毅然。帝大忌之。帝每欲有所为,素辄抑而禁之。由是愈不快于素。会素死,帝曰:“使素不死,夷其九族。”先是,素一日欲入朝,见文帝执金钺逐之,曰:“此贼,吾欲立勇,竟不从吾言!今必杀汝!”素惊怖入室。召子弟二人语曰:“吾必死矣!出见文帝如此如此。”移时而死。

帝自素死,益无忌惮,沉迷女色。一日顾诏近侍曰:“人主享天下之富,亦欲极当年之乐,自快其意。今天下富安,外内无事,正

① 素出语太子广曰等句——文句脱漏有误。按《隋炀帝海山记》(上)作:“素乃出语帝曰:‘事未可,更待之。’有顷,左右出报素曰:‘帝呼不应,喉中呦呦有声。’帝拜素:‘愿以终身累公。’素急入,帝已崩矣。”

② 了当——处理妥当。

吾行乐之日也。今宫殿虽壮丽显敞,苦无曲房小室,幽轩短槛。若得此,则吾期老于其中也。”近侍高昌奏曰:“臣有友项升,浙人也。自言能构宫室。”翌日,诏召问之。升曰:“臣乞先进图本。”后日进图,帝览之,大悦。即日诏有司供具材木,凡役夫数万,经岁而成。楼阁高下,轩窗掩映,幽房曲室,玉栏朱楯,互相连属,回环四合,牖户自通,千门万户,金碧相辉,照耀人耳目。金虬伏于栋下,玉兽蹲于户傍;壁砌生光,琐窗曜日,工巧之极,自古未之有比也。费用金宝珠玉,库藏为之一空。人误入其中者,虽终日不能出。帝幸之,大悦。顾左右曰:“使真仙游其中,亦当自迷也。可目之曰迷楼。”诏以五品官赐升,仍给内库金帛千疋赏之。诏选良家女数千以居楼中。帝每一幸,经月不出。是月,大夫何稠进御女车。车之制度绝小,只容一人,有机伏于其中。若御童女,则以机碍女之手足,女纤毫不能动。帝以处女试之,极喜。召何稠谓之曰:“卿之巧思,一何神妙如此!”以千金赠之。稠又进转关车,可以升楼阁,如行平地。车中御女,则自摇动。帝尤喜悦,谓稠曰:“此车何名?”稠曰:“臣任意造成,未有名也。愿赐佳名。”帝曰:“卿任其巧意以成车,朕得之,任其意以自乐,可命名任意车也。”帝又令画工绘画士女交合之图数十幅,悬于阁中。其年上官时自江外得替回,铸乌铜鉴①数十面,其高五尺,而阔三尺,磨以成镜为屏,环于寝所,诣阙投进。帝以屏纳迷楼中,而御女于其傍,纤毫运转,皆入于鉴中。帝大喜曰:“绘画得其形象耳,此得人之真容也,胜绘图万倍矣。”帝日夕沉荒于迷楼,罄竭其力,亦多倦息。又辟地周二百里为西

① 乌铜鉴——乌铜,即青铜,铜和锡的合金。乌铜鉴,用乌铜制成的镜子。

苑，役民力常百万，内为十六院。聚巧石为山，凿池为五湖四海，诏天下境内所有鸟兽草木，驿送京师。诏定西苑十六院名：

景明　迎晖　栖鸾　晨光　明霞　翠华

文安　积珍　影纹　仪凤　仁智　清修

宝林　和明　绮阴　绛阳

每院，择宫中佳丽谨厚有容色美人实之；选帝常幸御者为之首。分派宦者，主出入易市。又凿五湖。每湖四方十里。东曰翠光湖，南曰迎阳湖，西曰金光湖，北曰洁水湖，中曰广明湖。湖中积土石为山，构亭殿，屈曲环绕澄泓，皆穷极人间华丽。又凿北海，周环四十里，中有三山，效蓬莱、方丈、瀛洲①，其上皆台榭回廊，其下水深数丈。开通五湖北海，通行龙凤舸。帝多泛东湖，因制《湖上曲》〔望江南〕八阕云：

湖上月，偏照列仙家。水浸寒光铺枕簟，浪摇晴影走金蛇，偏称泛灵槎。　光景好，轻彩望中斜。清露冷侵银兔影，西风吹落桂枝花，开宴思无涯。

其二云：

湖上柳，烟里不胜催。宿雾洗开明媚眼，东风摇弄好腰肢，烟雨更相宜。　环曲岸，阴覆画桥低。线拂行人春晚后，絮飞晴雪暖风时，幽意更依依。

其三云：

湖上雪，风急堕还多。轻片有时敲竹户，素华无韵入澄波，望外玉相磨。　湖水远，天地色相和。仰面莫思梁苑

① 蓬莱、方丈、瀛洲——神仙故事中海中的三座仙山。

赋，朝来且听玉人歌，不醉拟如何？

其四云：

湖上草，碧翠浪通津。修带不为歌舞缓，浓铺堪作醉人茵，无意衬香衾。　晴霁后，颜色一般新。游子不归生满地，佳人远意正青春，留咏卒难伸。

其五云：

湖上花，天水浸灵芽。浅茫水边匀玉粉，浓苞天外剪明霞，只在列仙家。　开烂熳，插鬓若相遮。水殿春寒幽冷艳，玉轩晴照暖添华，清赏思何赊。

其六云：

湖上女，精选正轻盈。犹恨乍离金殿侣，相将尽是采莲人，清唱谩频频。　轩内好，嬉戏下龙津。玉管朱弦闻尽夜，踏青斗草事青春，玉辇从群真。

其七云：

湖上酒，终日助清欢。檀板轻声银甲缓，醅浮香米玉蛆寒，醉眼暗相看。　春殿晚，仙艳奉杯盘。湖上风光真可爱，醉乡天地就中宽，帝主正清安。

其八云：

湖上水，流绕禁园中。斜日暖摇清翠动，落花香暖众纹红，蘋末起清风。　闲纵目，鱼跃小莲东。泛泛轻摇兰棹稳，沉沉寒影上仙宫，远意更重重。

帝常游湖上，多令宫中美人歌唱此曲。大业六年，后苑草木鸟兽，繁息茂盛：桃蹊柳径，翠阴交合；金猿青鹿，动辄成群。自大内开为御道，直通西苑，夹道植长松高柳。帝多宿苑中，去来无时。

侍御多夹道而宿。帝往往于中夜即幸焉。道州贡矮民王义。眉目浓秀,应对敏捷。帝尤爱之。常从帝游,终不得入宫。曰:“尔非宫中物也。”义乃出,自宫以求进。帝由是愈加怜爱,得出入内寝。义多卧御榻下。帝游湖海回,多宿十六院。一夕,中夜,帝潜入栖鸾院。时夏气暄烦,院妃庆儿卧于帘下。初月照轩,甚是明朗。庆儿睡中惊魇,若不救者。帝使义呼庆儿。帝自扶起,久方清醒。帝曰:“汝梦中何故而如此?”庆儿曰:“妾梦中如常时,帝握妾臂,游十六院。至第十院,帝入坐殿上。俄时火发,妾乃奔走。回视帝坐烈焰中。惊呼人救帝,久方睡觉。”帝自强解曰:“梦死得生,火有威烈之势。吾居其中,得威者也。”后帝幸江都被弑。帝入第十院,居火中,此其应也。

一夕,帝因观殿壁上有广陵①图,帝注目视之移时,不能举步。时萧后在侧,谓帝曰:“知他是甚图画?何消帝如此挂心?”帝曰:“朕不爱此画,只为思旧游之处耳。”于是以左手凭后肩,右手指图上山水及人烟村落寺宇,历历皆如在目前。谓萧后曰:“朕昔征陈后主时游此。岂期久有天下,万机在躬,便不得豁然于怀抱也。”言讫,容色惨然。萧后奏曰:“帝意在广陵,何如一幸?”帝闻之,言下恍然。即日召群臣,言欲至广陵,旦夕游赏。议当泛巨舟,自洛入河,自河达海入淮,至广陵。群臣皆言:“似此程途,不啻万里,又孟津水紧,沧海波深,若泛巨舟,事恐不测。”时有谏议大夫萧怀静,乃皇后弟也,奏曰:“臣闻秦始皇时,金陵有王气,始皇使人凿断砥柱,王气遂绝。今睢阳有王气,又陛下喜在东南。欲泛孟津,

① 广陵——广陵,及下文所说的“江都”,都是扬州。

又虑危险。况大梁西北有故河道,乃是秦将王离畎水灌大梁之处①。乞陛下广集兵夫,于大梁起首开掘,西自河阴,引孟津水入,东至淮阴,放孟津水出,此间地不过千里。况于睢阳境内经过。一则路达广陵,二则凿穿王气。”帝闻奏大喜。出敕朝堂,有敢谏开河者斩。乃命征北大总管麻叔谋为开河都护,以荡寇将军李渊为开河副使。渊称疾不赴。即以左屯卫将军令狐达代之。诏发天下丁夫,男年十五以上,五十以下者皆至。如有隐匿者斩三族。凡役夫五百四十三万馀人,昼夜开掘,急如星火。又诏江淮诸州,造大船五百只。使命促督,民间有配著造船一只者,家产破用皆尽,犹有不足。枷项笞背,然后鬻卖子女以供官费。到得开河功役渐次将成,龙舟亦就。帝大喜,将幸江都。命越王侗②留守东都③。宫女半不随驾,争攀号留。且言辽东小国,不足以烦大驾,愿遣将征之。帝意不回。作诗留别宫人云:

我梦江都好,征辽亦偶然。
但存颜色在,离别只今年。

车驾既行,师徒百万。离都旬日,长安贡御车女袁宝儿,年十五,腰肢纤堕,骙憨多态。帝宠爱特厚。时洛阳进合蒂迎辇花,云:“得之嵩山坞中,人不知其名。采花者异而贡之。”会帝驾适至,因以“迎辇”名之。帝令宝儿持之,号曰司花女。时诏虞世南草《征

---

① 秦将王离畎水灌大梁之处——秦始皇二十二年(公元前225),秦将王贲攻魏,引河沟水灌魏都大梁,大梁城坏,魏王降秦。事见《史记》。这里作“王离”,误。

② 越王侗——即杨侗,杨广的孙子;后被立为恭帝。

③ 东都——指洛阳。

辽指挥德音敕》,宝儿持花侍侧,注视久之。帝谓世南曰:“昔传飞燕可掌上舞,朕常谓儒生饰于文字,岂人能若是乎?及今得宝儿,方昭前事。然多憨态,今注目于卿。卿才人,可便作诗嘲之。”世南应诏,为绝句云:

学画莺黄半未成,垂肩亸袖太憨生。

缘憨却得君王宠,长把花枝傍辇行。

帝大悦。既至汴京,帝御龙舟,萧后乘凤舸。于是吴越取民间女年十五六岁者五百人,谓之殿脚女,至龙舟凤舸。每船用彩缆十条,每条用殿脚女十人,嫩羊十口,令殿脚女与羊相间而行。时方盛暑,翰林学士虞世基献计,请用垂柳栽于汴渠两堤上。一则树根四散,鞠护河堤;二则牵舟之人,庇其阴;三则牵舟之羊,食其叶。上大喜。诏民间献柳一株,赏一匹绢。百姓竞献之。又令亲种。帝自种一株,群臣次第皆种,方及百姓。时有谣言曰:“天子先栽,然后百姓栽。”“栽”与“灾”同音,盖妖谶①也。栽毕,取御笔写赐垂柳姓杨,曰杨柳也。时舳舻相继,连接千里,自大梁至淮口,联绵不绝。锦帆过处,香闻数里。一日,帝将登龙舟,凭殿脚女吴绛仙肩,喜其媚丽,不与群辈等,爱之。久不移步。绛仙善画长蛾眉,帝色不自禁。回辇,召绛仙,将拜婕妤。萧后性妒忌,故不克谐。帝寝兴罢,擢为龙舟首楫,号曰崆峒夫人。由是殿脚女争效为长蛾眉。司宫吏日给螺子黛②五斛,号为蛾绿。螺子黛出波斯国,每颗值十金。后征赋不足,杂以铜黛给之。独绛仙得赐螺黛不绝。帝

① 妖谶(chèn)——谶,预先说出的话,事后有灵验;或作了后来的兆头,叫作“谶”。就是一种迷信的预言。妖谶,妖异的预言。

② 螺子黛——妇女修饰画眉所用的黑绿色的颜料,化妆品。

每倚帘视绛仙,移时不去。顾内谒者①曰:“古人言秀色若可餐,如绛仙真可疗饥矣。”因吟《持楫篇》赐之曰:

旧曲歌桃叶,新妆艳落梅。

将身傍轻楫,知是渡江来。

诏殿脚女千辈唱之。时越溪进耀光绫,绫纹突起,有光彩。帝独赐司花女及绛仙,他人莫预。萧后恚愤不怿。由是二姬稍稍不得亲幸,帝常登楼忆之,题《东南柱》二篇云:

黯黯愁侵骨,绵绵病欲成。

须知潘岳鬓,强半为多情。

又云:

不信长相忆,丝从鬓里生。

闲来倚槛立,相望几含情。

殿脚女自至广陵,悉命备月观行宫。绛仙辈亦不得亲侍寝殿。有郎将自瓜州宣事回,进合欢果一器。帝命小黄门以一双驰骑赐绛仙。遇马上摇动,合欢蒂解。绛仙拜赐,因附红笺小简上进曰:

驿骑传双果,君王宠念深。

宁知辞帝里,无复合欢心。

帝览之,不悦。顾小黄门曰:“绛仙如何辞怨之深也?”黄门拜而言曰:“适走马摇动,及月观,果已离解,不复连理。”帝因言曰:“绛仙不独容貌可观,诗意深切,乃女相如也。亦何谢左贵嫔②乎?”帝尝

① 内谒者——官名。隋代内侍省有内谒者监六人,内谒者十二人;掌管内外传达命令的事,多由宦官担任。

② 左贵嫔——贵嫔,宫内女官名。左贵嫔,即左芬,晋代人,左思的妹子。好学,善于写文章,所作赋颂,常为晋武帝(司马炎)所赞赏。

醉游后宫，偶见宫婢罗罗者，悦而私之。罗罗畏萧后，不敢迎帝。因托辞以程姬之疾①，不可荐寝。帝乃嘲之曰：

个人无赖是横波，黛染隆颅簇小峨。

幸好留侬伴成梦，不留侬住意如何？

帝自达广陵，沉湎滋深，荒淫无度，往往为妖祟所惑。尝游吴公宅鸡台②，恍惚间与陈后主相遇。帝幼年与后主甚善。乃起迎之，都忘其已死。后主尚唤帝为殿下。后主戴青纱皂帻，青绰袖，长裾，绿锦纯绿紫纹方平履。舞女数十，罗侍左右。中有一女殊色，帝屡目之。后主云："殿下不识此人耶？即张丽华贵妃也。每忆桃叶山③前乘战舰与此妃北渡。尔时丽华最恨，方倚临春阁，试东郭㕙紫毫笔④，书小砑红绡⑤作答江令'璧月'句⑥未终，见韩擒虎跃青骢马，拥万甲骑直来冲人，都不存去就之礼，以至有今日！"言罢，即以绿文测海酒蠡⑦，酌红梁新酿劝帝。帝饮之甚欢。因请丽华舞《玉树后庭花》。丽华白后主，辞以抛掷岁久，自井中出来，腰肢粗巨，无复往时姿态。帝再三强之。乃徐起舞，终一曲。后主

① 程姬之疾——程姬，汉景帝（刘启）的妃子。有一次，景帝召她，她因为有月经，不愿去；把侍婢唐儿装饰起来，夜晚里冒充她去到景帝那里。程姬之疾，就是指这件事。

② 鸡台——一名吴公台，在江苏江都西北四里。

③ 桃叶山——六合镇附近的山名。杨广灭陈时，曾在这里驻军。

④ 东郭㕙（jùn）紫毫笔——东郭㕙，狡兔名。兔毫可以作笔；这句就是说用最名贵的兔毫所制成的笔。

⑤ 砑红绡——压磨得光滑的一种红色的薄绢绸；上面可以写字。

⑥ 江令"璧月"句——江令，指江总；陈代的诗人。陈后主时，官仆射尚书令，所以称为"江令"。他每日跟着后主游宴，和朝臣们竞作艳诗，当时有"璧月夜夜满，琼树朝朝新"之句。

⑦ 酒蠡（lí）——酒杯。

问帝："萧妃何如此人？"帝曰："春兰秋菊，各一时之秀也。"后主复诵诗十数篇。帝不记之，独爱《小窗诗》及《寄侍儿碧玉诗》。《小窗诗》云：

午醉醒来晚，无人梦自惊。
夕阳如有意，偏傍小窗明。

《寄碧玉》云：

离别肠应断，相思骨合销。
愁魂若非散，凭仗一相招。

丽华拜求帝赐一章。帝辞以不能。丽华笑曰："尝闻'此处不留侬，会有留侬处。'安得言不能耶？"帝强为之，操笔立成，曰：

见面无多事，闻名尔许时。
坐来生百媚，实个好相知。

丽华捧诗，赧然不怿。后主问帝："龙舟之游乐乎？始谓殿下致治在尧舜之上，今日仍此逸游。大抵人生各图快乐，向时何见罪之深耶？三十六封书①，至今使人怏怏不悦。"帝忽悟其已死，叱之曰："何今日尚呼我为殿下，复以往事相讯耶？"恍惚不见，帝兀然不自知，惊悸移时。

帝后御龙舟，中道，夜半②，闻歌者甚悲，其辞曰：

我兄征辽东，饿死青山下。
今我挽龙舟，又困隋堤道。

① 三十六封书——隋军元帅杨广（隋炀帝）率大军围攻陈的时候，派人送玺书（盖有皇帝玉玺的文书）给陈后主，暴露他的二十桩罪恶。又抄了三十万份，分送各路军队。三十六封书，即指这件事。

② 夜半——据衍庆堂本补。

方今天下饥,路粮无些少。

前去三千程,此身安可保!

寒骨枕荒沙,幽魂泣烟草。

悲损门内妻,望断吾家老。

安得义男儿,焚此无主尸,

引其孤魂回,负其白骨归。

帝闻其歌,遽遣人求其歌者,至晓不得其人。帝颇徬徨,通夕不寐。帝知世祚已去,意欲遂幸永嘉,群臣皆不愿从。扬州朝百官,天下朝贡使无一人至者。有来者,在途遭兵夺其贡物。帝犹与群臣议,诏十三道起兵,诛不朝贡者。帝深识玄象,常夜起观天,乃召太史令袁充,问曰:“天象如何?”充伏地泣涕曰:“星文大恶!贼星逼帝座甚急,恐祸起旦夕!愿陛下遽修德灭之。”帝不乐,乃起,入便殿,索酒自歌曰:

宫木阴浓燕子飞,兴亡自古漫成悲。

他日迷楼更好景,宫中吐艳恋红辉。

歌竟,不胜其悲。近侍奏:“无故而歌甚悲,臣皆不晓。”帝曰:“休问!他日自知也。”俛首不语。召矮民王义问曰:“汝知天下将乱乎?”义泣对曰:“臣远方废民,得蒙上贡,进入深宫,久承恩泽,又常自宫①,以近陛下。天下大乱,固非今日。履霜坚冰,其渐久矣②。臣料大祸,事在不救。”帝曰:“子何不早告我也?”义曰:“臣惟不言,言即死久

① 宫——宫刑;古代酷刑之一,即男子割掉生殖器。做宦官的人,必须这样做。

② 履霜坚冰,其渐久矣——《易经·坤卦》:“履霜坚冰至。”就是说:地上踩着霜,就是天气快要更寒冷,要结冰的象征;比喻一切事都是由渐而来,事先有它一定的征兆的。

矣。”帝乃泣下沾襟，曰：“子为我陈败乱之理，朕贵知其故也。”明日，义上书曰：

臣本出南楚卑薄之地，逢圣明为治之时，不爱此身，愿从入贡。臣本侏儒，性尤蒙滞。出入左右，积有年岁。浓被圣私，皆逾素望。侍从乘舆，周旋台阁。臣虽至鄙，酷好穷经。颇知善恶之本源，少识兴亡之所以。还往民间，周知利害。深蒙顾问，方敢敷陈。自陛下嗣守元符，体临大器，圣神独断，谋谏莫从。大兴西苑，两至辽东。龙舟逾万艘，宫阙遍天下。兵甲常役百万，士民穷乎山谷。征辽者百不存十，殁葬者十未有一。帑藏全虚，谷粟涌贵，乘舆竟往，行幸无时。兵人侍从，常守空宫。遂令四方失望，天下为墟。方今有家之村，存者可数；子弟死于兵役，老弱困于蓬蒿。兵尸如岳，饿莩盈郊。狗彘厌人之肉，鸢鱼食人之馀。臭闻千里，骨积高原。阴风无人之墟，鬼哭寒草之下。目断平野，千里无烟。万民剥落，不保朝昏。父遗幼子，妻号故夫。孤苦何多，饥荒尤甚！乱离方始，生死谁知。人主爱人，一何至此！陛下圣性毅然，孰敢上谏。或有鲠言，即令赐死。臣下相顾，箝结自全。龙逢复生，安敢议奏！左右近臣，阿谀顺旨。迎合帝意，造作拒谏。皆出此途，乃逢富贵。陛下过恶，从何得闻？方今又败辽师，再幸东土，社稷危于春雪，干戈遍于四方。生民已入涂炭，官吏犹未敢言。陛下自惟：若何为计？陛下欲兴师，则兵吏不顺；欲行幸，则将卫莫从。适当此时，何以自处？陛下虽欲发愤修德，特加爱民，圣慈虽切救时，天下不可复得。大势已去，时不再来。巨厦之崩，一木不能支！洪河已决，掬壤不能救！臣本远人,不知忌讳。事急至此,安敢不言!臣今不死,后必死兵。敢献此书,延颈待尽。

帝省义奏,曰:“自古安有不亡之国,不死之主乎?”义曰:“陛下尚犹蔽饰己过!陛下常言:吾当跨三皇,超五帝,下视商周,使万世不可及。今日之势如何?能自复回都辇乎?”帝再三加叹。义曰:“臣昔不言,诚爱生也。今既具奏,愿以死谢。天下方乱,陛下自爱。”少选①,左右报曰:“义自刎矣。”帝不胜悲伤,命厚葬焉。时值阁裴虔通,虎贲郎将司马德戡,左右屯卫将军宇文化及,将谋作乱。因请放官奴,分直上下。帝可其奏,即下诏云:

寒暑迭用,所以成岁功也。日月代明,所以均劳逸也。故士子有游息之谈,农夫有休养之节。咨尔髦众:服役甚勤,执劳无怠;埃垢溢于爪发,虮虱结于兜鍪:朕甚悯之。俾尔休番,从便嬉戏,无烦方朔滑稽之请,而从卫士递上之文。朕于侍从之间,可谓恩矣!可依前件施行。

不数日,忽中夜闻外切切有声。帝急起,衣冠御内殿。坐未久,左右伏兵俱起。司马德戡携白刃向帝。帝叱之曰:“吾终年重禄养汝,吾无负汝,汝何得负我!”帝常所幸朱贵儿在帝傍,谓德戡曰:“三日前,帝虑侍卫秋寒,诏宫人悉絮袍裤,帝自临视。造数千领,两日毕功。前日颁赐,尔等岂不知也?何敢迫胁乘舆②!”乃大骂德戡。德戡斩之,血溅帝衣。德戡前数帝罪,且曰:“臣实负陛下!但今天下俱叛,二京已为贼据。陛下归亦无门,臣生亦无路。

① 少选——一会儿。
② 乘舆——或作“鸾舆”,皇帝所乘的车子,因作为皇帝的代词。

臣已亏臣节,虽欲复已,不可得也。愿得陛下首以谢天下!”乃携剑逼帝。帝复叱曰:“汝岂不知诸侯之血入地,大旱三年,况天子乎?死自有法!”命索药酒,不得。左右进练巾。逼帝入阁自经死。萧后率左右宫娥,辍床头小版为棺敛,粗备仪卫,葬于吴公台下。——即前此帝与陈后主相遇处也。初,帝不爱第三子齐王暕,见之常切齿。每行幸,辄录以自随。及是难作,谓萧后曰:“得非阿孩耶?”阿孩,齐王暕小字也。司马德戡等既弑帝。即驰遣骑兵执齐王暕于私第。倮跣驱至当街。暕曰:“大家[①]计必杀儿,愿容儿衣冠就死[②]。”——犹意帝遣人杀之。父子见杀,至死不明,可胜痛悼!后唐文皇太宗皇帝,提兵入京,见迷楼[③],太宗叹曰:“此皆民膏血所为也!”乃命放出诸宫女,焚其宫殿。火经月不灭。前谣前诗,无不应验。方知炀帝非天亡之也。后人有诗:

千里长河一旦开,亡隋波浪九天来。
锦帆未落干戈起,惆怅龙舟不更回。

① 大家——亲近、侍从官称皇帝为“大家”。这里指隋炀帝。

② 衣冠就死——穿好了衣服,戴好了帽子再去死;表示恭敬有礼貌的意思。

③ 后唐文皇太宗皇帝,提兵入京,见迷楼等句——迷楼在江都,不在长安。本书沿《迷楼记》之误,以为在长安,误。

第二十五卷

独孤生归途闹梦

东园蝴蝶正飞忙，又见罗浮花气香。

梦短梦长缘底事？莫贪磁枕误黄粱。

昔有夫妻二人，各在芳年，新婚燕尔，如胶似漆，如鱼似水。刚刚三日，其夫被官府唤去。原来为急解军粮事，文书上佥了他名姓，要他赴军前交纳。如违限时刻，军法从事。立刻起行，身也不容他转，头也不容他回。只捎得个口信到家。正是：上命所差，盖不繇己，一路趱行，心心念念，想着浑家。又不好向人告诉，只落得自己凄惶。行了一日，想到有万遍。是夜宿于旅店，梦见与浑家相聚如常，行其夫妇之事。自此无夜不梦。到一月之后，梦见浑家怀孕在身，醒来付之一笑。且喜如期交纳钱粮，太平无事，星夜赶回家乡。缴了批回，入门见了浑家，欢喜无限。那一往一来，约有三月之遥。尝言道：新娶不如远归。夜间与浑家细缪①恩爱，自不必说。其妻叙及别后想思，因说每夜梦中如此如此。所言光景，与丈夫一般无二，果然有了三个月身孕。若是其夫先说的，内中还有可

① 细缪——即绸缪；缠绵。这里指夫妻爱情很浓厚的意思。

疑;却是浑家先叙起的。可见梦魂相遇,又能交感成胎,只是彼此精诚所致。如今说个闹梦故事,亦繇夫妇积思而然。正是:

梦中识想非全假,白日奔驰莫认真。

话说大唐德宗皇帝贞元年间,有个进士复姓独孤,双名遐叔,家住洛阳城东崇贤里中。自幼颖异,十岁便能作文。到十五岁上,经史精通,下笔数千言,不待思索。父亲独孤及官为司封①之职。昔年存日,曾与遐叔聘下同县司农②白行简女儿娟娟小姐为妻。那娟娟小姐,花容月貌,自不必说;刺绣描花,也是等闲之事。单喜他深通文墨,善赋能诗。若教去应文科,稳稳里是个状元。与遐叔正是一双两好,彼此你知我见,所以成了这头亲事。不意遐叔父母连丧,丈人丈母亦相继弃世,功名未遂,家事日渐零落,童仆也无半个留存。刚刚剩得几间房屋。那白行简的儿子叫做白长吉,是个凶恶势利之徒。见遐叔家道穷了,就要赖他的婚姻,将妹子另配安陵富家。幸得娟娟小姐是个贞烈之女,截发自誓,不肯改节。白长吉强他不过,只得原嫁与遐叔。却是随身衣饰,并无一毫妆奁。止有从幼伏侍一个丫鬟翠翘从嫁。白氏过门之后,甘守贫寒,全无半点怨恨。只是晨炊夜绩,以佐遐叔读书。那遐叔一者敬他截发的志节,二者重他秀丽的词华,三者又爱他娇艳的颜色:真个夫妻相得,似水如鱼。白氏亲族中,到也怜遐叔是个未发达的才子,十分尊敬。止有白长吉一味趋炎附热,说妹子是穷骨头,要跟恁样饿

① 司封——官名。唐置;属吏部,有郎中、员外郎各一人,掌管封爵、袭荫、褒赠等事。

② 司农——官名。唐代有司农寺,为九寺之一;长官有"卿"及"少卿"。掌管全国钱谷的事。

莩,坏他体面。见了遐叔就如眼中之刺,肉内之钉。遐叔虽然贫穷,却又是不肯俯仰人的。因此两下遂绝不相往。时值贞元十五年,朝廷开科取士,传下黄榜,期于三月间诸进士都赴京师殿试。遐叔别了白氏,前往长安。自谓文才,必魁春榜。那知贡举的官,是礼部侍郎同平章事郑馀庆,本取遐叔卷子第一。岂知策上说着:奉天之难①,皆因奸臣卢杞窃弄朝权,致使泾原节度使姚令言与太尉朱泚,得以激变军心,劫夺府库。可见众君子共佐太平而不足,一小人搅乱天下而有馀。故人君用舍不可不慎。元来德宗皇帝心性最是猜忌,说他指斥朝廷,讥讪时政,遂将头卷废弃不录。那白氏两个族叔,一个叫做白居易,一个叫做白敏中,文才本在遐叔之下,却皆登了高科;单单只有遐叔一人落第,好生没趣!连夜收拾行李东归。白居易、白敏中知得,齐来饯行,直送到十里长亭而别。遐叔途中愁闷,赋诗一首。诗云:

童年挟策赴西秦,弱冠无成逐路人。

时命不将明主合,布衣空惹上京尘。

在路非止一日,回到东都,见了妻子,好生惭赧。终日只在书房里发愤攻书。每想起落第的光景,便凄然泪下。那白氏时时劝解道:"大丈夫功名终有际会,何苦颓折如此!"遐叔谢道:"多感娘子厚意,屡相宽慰。只是家贫如洗,衣食无聊。纵然巴得日后亨通,难救目前愁困,如之奈何?"白氏道:"俗谚有云:'十访九空,也好省穷。'我想公公三十年宦游,岂无几个门生故旧在要路的?你

① 奉天之难——奉天,陕西乾县。奉天之难,唐德宗(李适)建中四年(783),朱泚等反抗唐德宗,率兵攻入长安,德宗逃到乾县,过去历史上称这件事为"奉天之难"。

何不趁此闲时,一去访求?倘或得他资助,则三年诵读之费有所赖矣。”只这句话头,提醒了遐叔,答道:“娘子之言,虽然有理;但我自幼攻书,未尝交接人事;先父的门生故旧,皆不与知。止认得个韦皋,是京兆人,表字仲翔。当初被丈人张延赏逐出,来投先父,举荐他为官,甚是有恩。如今他现做西川节度使。我若去访他,必有所助。只是东都到西川,相隔万里程途,往返便要经年。我去之后,你在家中用度,从何处置?以此抛撇不下。”白氏道:“既有这个相识,便当整备行李,送你西去。家中事体,我自支持。总有缺乏,姑姊妹家,犹可假贷,不必忧虑。”遐叔欢喜道:“若得如此,我便放心前去。”白氏道:“但是路途跋涉,无人跟随,却怎的好?”遐叔道:“总然有人,也没许多盘费,只索罢了。”遂即拣了个吉日,白氏与遐叔收拾了寒暑衣装,带着丫鬟翠翘,亲至开阳门①外一杯饯送。夫妻正在不舍之际,骤然下起一阵大雨,急奔入路傍一个废寺中去躲避。这寺叫做龙华寺,乃北魏时,广陵王所建,殿宇十分雄壮。阶下栽种名花异果。又有一座钟楼,楼上铜钟,响闻五十里外。后被胡太后②移入宫中去了。到唐太宗时,有胡僧另铸一钟在上,却也响得二十馀里。到玄宗时,还有五百僧众,香火不绝,后遭安禄山贼党史思明攻陷东都,杀戮僧众,将钟磬毁为兵器,花果伐为樵苏:以此寺遂颓败。遐叔与白氏看了,叹道:“这等一个道场,难道没有发心的重加修造?”因向佛前祈祷,阴空保佑。若得成名时节,誓当捐俸,再整山门。雨霁之后,登途分别:正是:

① 开阳门——洛阳城门名。

② 广陵王、胡太后——广陵王,即拓跋羽,北魏献文帝(拓跋宏)的儿子。胡太后,即胡充华,北魏宣武帝(恪)的妃子,孝明帝(诩)的母亲。

蝇头微利驱人去,虎口危途访客来。

不题白氏归家。且说遐叔在路,晓行夜宿,整整的一个月,来到荆州地面。下了川船,从此一路都是上水。除非大顺风,方使得布帆。风略小些,便要扯着百丈。你道怎么叫做百丈?原来就是纤子。只那川船上的有些不同:用着一寸多宽的毛竹片子,将生漆绞着麻丝接成的,约有一百多丈,为此川中人叫做百丈。在船头立个辘轳,将百丈盘于其上。岸上扯的人,只听船中打鼓为号。遐叔看了,方才记得杜子美有诗道:"百丈内江船。"又道:"打鼓发船何处郎。"却就是这件东西。又走了十馀日,才是黄牛峡。那山形生成似头黄牛一般。三四十里外,便远远望见。这峡中的水更溜,急切不能勾到。因此上有个俗谚云:"朝见黄牛,暮见黄牛;朝朝暮暮,黄牛如故。"又走了十馀日,才是瞿塘峡。这水一发急紧。峡中有座石山,叫做滟滪堆。四五月间水涨,这堆止留一些些在水面上。下水的船,一时不及回避,触著这堆,船便粉碎,尤为利害。遐叔见了这般险路,叹道:"万里投人,尚未知失得如何,却先受许多惊恐!我娘子怎生知道?"原来巴东峡江一连三个:第一是瞿塘峡,第二是广阳峡,第三是巫峡。三峡之中,唯巫峡最长。两岸都是高山峻岭,古木阴森,映蔽江面,止露得中间一线的青天。除非日月正中时分,方有光明透下。数百里内,岸上绝无人烟;惟闻猿声昼夜不断。因此有个俗谚云:

巴东三峡巫峡长,猿鸣三声断客肠。

这巫峡上就是巫山,有十二个山峰。山上有一座高唐观。相传楚襄王曾在观中夜寝,梦见一个美人愿荐枕席。临别之时,自称是伏羲皇帝的爱女,小字瑶姬,未行而死。今为巫山之神。朝为行云,暮为行雨,朝朝暮暮,阳台之下。那襄王醒后,还想着神女。教大夫宋玉做《高唐赋》一篇,单形容神女十分的艳色。因此,后人立庙山上,叫做巫山神女庙。遐叔在江中遥望庙宇,掬水为浆,暗暗的祷告道:"神女既有精灵,能通梦寐。乞为我特托一梦与家中白氏妻子,说我客途无恙,免其愁念。当赋一言相谢,决不敢学宋大夫作此淫亵之语,有汙神女香名。乞赐仙鉴。"自古道的好:"有其人,则有其神。"既是祷告的许了做诗做赋,也发下这点虔诚,难道托梦的只会行云行雨,再没有别些灵感?少不得后来有个应验。正是:

祷祈仙梦通闺阁,寄报平安信一缄。

出了巫峡,再经由巴中、巴西地面,都是大江。不觉又行一个多月,方到成都。城外临着大江,却是濯锦江。你道怎么叫做濯锦江?只因成都造得好锦,朝廷称为"蜀锦"。造锦既成,须要取这江水再加洗濯,能使颜色倍加鲜明,故此叫做濯锦江。唐明皇为避安禄山之乱,曾驻跸①于此,改成都为南京。这便是西川节度使开府②之处。真个沃野千里,人烟凑集,是一花锦世界。遐叔无心观玩,一径入城,奔到帅府门首,访问韦皋消息。岂知数月前,因为云南蛮夷反叛,统领兵马征剿去了。须待平定之后,方得回府。你想那征战之事,可是期得日子定的么?遐叔得了这个消息,惊得进退无措,叹口气道:"常言鸟来投林,人来投主。偏是我遐叔恁般命

① 驻跸——见《卖油郎独占花魁》注。

② 开府——开建府署办公的意思。汉代,只有三公才能开府治事;后代,地方高级军政大员办公的地方,也称为"开府"。

薄！万里而来，却又投人不着。况一路盘缠已尽，这里又无亲识，只有来的路，没有去的路。天那！兀的不是活活坑杀我也！”自古道：吉人自有天相。遐叔正在帅府门首叹气，傍边忽转过一个道士问道：“君子何叹？”遐叔答道：“我本东都人氏，复姓独孤，双名遐叔。只因下第家贫，远来投谒故人韦仲翔，希他资助。岂知时命不济，早已出征去了。欲待候他，只恐奏捷无期，又难坐守。欲待回去，争奈盘缠已尽，无可图归。使我进退两难，是以长叹。”那道士说：“我本道家，专以济人为事，敝观去此不远。君子既在穷途，若不嫌粗茶淡饭，只在我观中权过几时，等待节使回府，也不负远来这次。”遐叔再三谢道：“若得如此，深感深感。只是不好打搅！”便随着道士径投观中而去。我想那道士与遐叔素无半面，知道他是甚底样人，便肯收留在观中去住？假饶这日无人搭救，却不穷途流落，几时归去？岂非是遐叔不遇中之遇？当下遐叔与道士离了节度府前，行不上一二里许，只见苍松翠柏，交植左右，中间龟背大路，显出一座山门，题着碧落观三个簸箕大的金字。这观乃汉时刘先主为道士李寂盖造的。至唐明皇时，有个得道的叫做徐佐卿，重加修建。果然是一尘不到，神仙境界。遐叔进入观中，瞻礼法像了，道士留入房内，重新叙礼，分宾主而坐。遐叔举目观看这房，收拾得十分清雅。只见壁上挂着一幅诗轴，你道这诗轴是那个名人的古迹？却就是遐叔的父亲司封独孤及送徐佐卿还蜀之作。诗云：

羽客笙歌去路催，故人争劝别离杯。

苍龙阙下长相忆，白鹤山头更不回。

元来昔日唐明皇闻得徐佐卿是个有道之士，用安车蒲轮①，征聘入朝。佐卿不愿为官，钦赐驰驿还山。满朝公卿大夫，赋诗相赠，皆不如独孤及这首。以此观中相传，珍重不啻拱璧②。遐叔看了父亲遗迹，不觉潸然泪下。道士道："君子见了这诗，为何掉泪？"遐叔道："实不相瞒，因见了先人之笔，故此伤感。"道士闻知遐叔即是独孤及之子，朝夕供待，分外加敬。光阴迅速，不觉过了半年。那时韦皋降服云南诸蛮，重回帅府。遐叔连忙备礼求见。一者称贺他得胜而回，二者诉说自己穷愁，远来干谒的意思。正是：

故人长望贵人厚，几个贵人怜故人。

那韦皋一见遐叔，盛相款宴，正要多留几日，少尽阔怀。岂知吐蕃赞普，时常侵蜀，专恃云南诸蛮为之向导。近闻得韦皋收服云南，失其羽翼，遂起雄兵三十馀万，杀过界来，要与韦皋亲决胜负。这是烽火紧切的事。一面写表申奏朝廷，一面兴师点将，前去抵敌。遐叔叹道："我在此守了半年，才得相见，忽又有此边报，岂不是命！"便向节度府中告辞。韦皋道："吐蕃入寇，满地干戈，岂还有路归得！我已分付道士好生管待。且等杀退番兵，道途宁静，然后慢慢的与仁兄饯行便了。"遐叔无奈，只得依允，照旧住在碧落观中。不在话下。

且说韦皋统领大兵，离了成都，直至葭萌关外，早与吐蕃人马

---

① 安车蒲轮——安车，一匹马拉的小车。蒲轮，用蒲草裹着车轮，使车行时不颠簸。安车蒲轮，是古代敬老尊贤，给老者贤者坐的车子；可以慢慢地走，不致颠簸不安。

② 不啻拱璧——不啻，不只，不异于。拱璧，两手拱抱的大玉璧；引申为珍贵物品的代称。

相遇。先差通使与他打话道:“我朝自与你国和亲之后,出嫁公主做你国赞婆,永不许兴兵相犯。如今何故背盟,屡屡扰我蜀地?”那赞普答道:“云南诸夷,元是臣伏我国的,你怎么辄敢加兵,侵占疆界?好好的还我云南,我便收兵回去。半声不肯,教你西川也是难保。”韦皋道:“圣朝无外,普天下那一处不属我大唐的?要战便战,云南断还不成。”原来吐蕃没有云南夷人向导,终是路径不熟。却被韦皋预在深林穷谷之间,遍插旗帜,假做伏兵,又教步军舞着藤牌,伏地而进。用大刀砍其马脚。一声炮响,鼓角齐鸣,冲杀过去。那吐蕃一时无措,大败亏输,被韦皋追逐出境,直到赞普新筑的王城,叫做末波城,尽皆打破。杀得吐蕃尸横遍野,血染成河。端的这场厮杀,可也功劳不小!韦皋见吐蕃远遁,即便下令班师,一面差裨将赍捷书飞奏朝廷。一路上:

喜孜孜鞭敲金凳响,笑吟吟齐唱凯歌声。

话分两头。却说独孤遐叔久住碧落观中,十分郁郁。信步游览,消遣客怀。偶到一个去处,叫做升仙桥,乃是汉朝司马相如在临邛县窃了卓文君回到成都。只因家事消条,受人侮慢,题下两行大字在这桥柱上,说道:“大丈夫不乘驷马高车,不过此桥。”后来做了中郎①,奉诏开通云南道径,持节而归,果遂其志。遐叔在那桥上,徘徊东望,叹道:“小生不愧司马之才,娘子尽有文君之貌。只是怎能勾得这驷马高车的日子?”下了桥,正待取路回观。此时恰是暮春天气,只听得林中子规一声声叫道:“不如归去!”遐叔听了这个鸟声,愈加愁闷。又叹道:“我当初与娘子临别,本以一年

① 中郎——秦汉时代的官名。掌管宿卫侍直,守门户;出,充车骑。

半载为期。岂知担阁到今,不能归去?天那!我不敢望韦皋的厚赠,只愿他早早退了番兵,送我归家,却也免得娘子在家朝夕悬望。"不觉春去夏来,又过一年有馀,才等候得韦皋振旅而还。那时捷书已到朝中。德宗天子知得韦皋战退吐蕃,成了大功,龙颜大喜。御笔加授兵部尚书太子太保,仍领西川节度使。回府之日,合属大小文武,那一个不奉牛酒拜贺!直待军门稍暇,遐叔也到府中称庆。自念客途无以为礼,做得《蜀道易》一篇。你道为何叫做《蜀道易》?当时唐明皇天宝末年,安禄山反乱,却是郑国公严武做西川节度。有个拾遗杜甫①,避难来到西川,又有丞相房绾也贬做节度府属官。只因严武性子颇多猜狠,所以翰林供奉李白,做《蜀道难》词。其尾特云:"锦城虽云乐,不如早归家。"乃是替房杜两公忧危的意思。遐叔故将这难字改作易字,翻成乐府。一者称颂韦皋功德,远过严武;二者见得自己侨遇②锦城,得其所主,不比房杜两公。以此暗暗的打动他。词云:

吁嗟蜀道,古以为难:蚕丛开国,山川郁盘;
秦置金牛,道路始刊。天梯石栈,勾接危峦。
仰薄青霄,俯挂飞湍。猿猱之捷,尚莫能干。
使人对此,宁不悲叹!自我韦公,建节当关。
荡平西寇,降服南蛮。风烟宁息,民物殷繁。
四方商贾,争出其间。匪无跋涉,岂乏跻攀;
若在衽席,既坦而安。蹲鸱疗饥,筒布御寒。

① 拾遗杜甫——拾遗,唐代谏官名。有左、右拾遗之分。唐代大诗人杜甫曾作过拾遗。

② 侨遇——"遇"应作"寓"。侨寓,客居外乡。

是称天府，为利多端。寄言客子，可以开颜。

锦城甚乐，何必思还！

韦皋看见《蜀道易》这一篇，不胜叹服。便对遐叔说："往时李白所作《蜀道难》词，太子宾客贺知章①称他是天上谪下来的仙人。今观仁兄高才，何让李白！老夫幕府正缺书记一员，意欲申奏取旨，借重仁兄为礼部员外，权充西川节度府记室参军②，庶得朝夕领教。不识仁兄肯曲从否？"遐叔答道："我朝最重科目。凡士子不繇及第出身，便做到九棘三槐③，终久被人欺侮。小生虽则三番落第，壮气未衰。怎忍把先世科名，一朝自废？如今叨寓贵镇，已过岁馀，寒荆白氏在家，久无音信。朝夕萦挂，不能去怀。巴得旌旆回府，正要告辞。伏乞俯鉴微情，勿嫌方命④。"韦皋谢道："既是仁兄不允，老夫亦不敢相强。只是目下岁暮，冰雪载途，不好行走。不若少待开春，治装送别，未为晚也。"遐叔一来见韦皋意思殷勤，二来想起天气果然寒冷，路上难行。又只得住下。捱过残腊，到了新年，又早是上元佳节。原来成都府地沃人稠，本是西南都会。自唐明皇驻跸之后，四方朝贡，皆集于此，便有京都气象。又经严郑公镇守巴蜀，专以平静为政，因此闾阎繁富，库藏充饶。现今韦皋

① 太子宾客贺知章——太子宾客，是调护、侍从、规谏太子的官。贺知章，唐代人，曾作过太子宾客、秘书监。

② 记室参军——古代的幕僚官。掌管表章、书信等事。

③ 九棘三槐——古代在皇帝的外朝种植槐树和棘树，作为朝见时朝臣的位置的标志；后来因用这四个字表示较高级的官位的意思。泛指三公、九卿的职位。

④ 方命——逆命，不听从命令；是没有遵照对方的意见办事，自己表示客气和歉意的话。

继他,降服云南诸夷,击破吐蕃五十万众,威名大振。这韦皋最是豪杰的性子,因见地方宁定,民心归附,预传号令,分付城内城外都要点放花灯,与民同乐。那道令旨传将出去,谁敢不依。自十三至十七,共是五夜,家家门首扎缚灯棚,张挂新奇好灯,巧样烟火,照耀如同白昼。狮蛮社火①,鼓乐笙箫,通宵达旦。韦皋每夜大张筵宴,在散花楼上,单请遐叔庆赏元宵。刚到下灯之日,遐叔便去告辞。韦皋再三苦留,终不肯住。乃对遐叔说道:“仁兄归心既决,似难相强。只是老夫还有一杯淡酒,些小资装,当在万里桥东,再与仁兄叙别。幸勿固拒。”即传令拨一船只,次日在万里桥伺候。送遐叔东归。又点长行军士一名护送。到明早,韦皋设宴在万里桥饯别遐叔。亲举金杯,说道:“此桥最古,昔诸葛孔明送费祎使吴,道是万里之行,实始于此。这桥因以得名。今仁兄青云万里,亦由今始,愿努力自爱。老夫蝉冠②虽敝,拱听泥金佳报③,特为仁兄弹之。”一连的劝了三杯,方才捧出一个锦囊,说道:“老夫深荷令先公推荐之力,得有今日。止因王事鞅掌④,未得少酬大恩。有累远临,岂不惭汗!但今盗贼生发,势难重挈。老夫聊备三百金,权充路费。此外别有黄金万两,蜀锦千端,俟道路稍宁,专人奉送。勿谓老夫轻薄,为负恩人也!”又唤过军士分付道:“一路小心

① 狮蛮社火——狮蛮,节日赛会扮演的狮子、蛮王。社火,节日所演的杂戏、杂要以及各种彩灯。

② 蝉冠……特为仁兄弹之——蝉冠,即“貂蝉冠”,古代贵显官员所戴的冠。汉代,王吉和贡禹是好朋友,当时称为“王阳在位,贡公弹冠”。弹冠,拂去冠上的尘土,表示去庆贺的意思。

③ 泥金佳报——唐代,进士及第,用泥金帖附在信中,报告录取了的喜讯。

④ 王事鞅掌——鞅掌,匆遽事多的意思。王事鞅掌,国事烦忙。

服事，不可怠慢。”军士叩头答应。遐叔再三拜谢道：“不才受此，已属过望，敢烦后命！”领了锦囊，军士跟随上船。那韦皋还在桥上，直等望不见这船，然后回府。不在话下。

且说遐叔别了韦皋，开船东去。原来下水船，就如箭一般急的，不消两三日，早到巫峡之下。远远的望见巫山神女庙。想起：“当初从此经过，暗祈神女托梦我白氏娘子，许他赋诗为谢。不知这梦曾托得去不曾托得去？我岂可失信。”便口占一首以偿宿愿。诗云：

古木阴生一线天，巫峰十二锁寒烟。

襄王自作风流梦，不是阳台云雨仙。

题毕，又向着山上作礼称谢。过了三峡，又到荆州。不想送来那军士，忽然生起病来。遐叔反要去服事他。又行了几日，来到汉口地方。自此从汝宁至洛阳，都是旱路。那军士病体虽愈，难禁鞍马驰骤。遐叔写下一封书信，留了些盘费，即令随船回去。独自个收拾行李登岸。却也会算计，自己买了一头生口，望东都进发。约莫行了一个月头，才到洛阳地面。离着开阳门只有三十馀里。是时天色傍晚，一心思量赶回家去，策马前行。又走了十馀里路，早是一轮月上。趁着月色，又走了十来里，隐隐的听得钟鸣鼓响。想道：“城门已闭，纵赶到也进城不及了。此间正是龙华古寺，人疲马乏，不若且就安歇。”解囊下马，投入山门。不争此一夜，有分教：

蝴蝶梦中逢佚女，鹭鸶杓底听娇歌。

话分两头。且说白氏自龙华寺前与遐叔分别之后，虽则家事荒凉,衣食无措;犹喜白氏女工精绝,翰墨傍通。况白姓又是个东京大族,姑姊妹间也有就他学习针指的,也有学做诗词的,少不得具些礼物为酬谢之资。因此尽堪支给。但时时记念丈夫临别之言,本以一年为约,如何三载尚未回家?况闻西川路上有的是一线天,人鲊瓮,蛇倒退,鬼见愁,都这般险恶地面。所以古今称说途路艰难,无如蜀道。想起丈夫经由彼处,必多惊恐。别后杳无书信,知道安否如何?"教我这条肚肠,怎生放得!"欲待亲往西川,体访消息。"只我女娘家,又是个不出闺门的人,怎生去得?除非梦寐之中,与他相见,也好得个明白。"因此朝夕悬念。睡思昏沉,深闺寂寞,兀坐无聊,题诗一首。诗云:

西蜀东京万里分,雁来鱼去两难闻。

深闺只是空相忆,不见关山愁杀人。

那白氏一心想着丈夫,思量要做个梦去寻访。想了三年有馀,再没个真梦。一日正是清明佳节,姑姊妹中,都来邀去踏青游玩。白氏那有恁样闲心肠!推辞不去。到晚上对着一盏孤灯,凄凄惶惶的呆想。坐了一个黄昏,回过头来,看见丫鬟翠翘已是齁齁睡去。白氏自觉没情没绪,只得也上床去睡卧。翻来覆去,那里睡得安稳。想道:"我直恁命薄!要得个梦儿去会他也不能勾!"又想道:"总然梦儿里会着了他,到底是梦中里说话,原作不得准。如今也说不得了。须是亲往蜀中访问他回来,也放下了这条肠子。"却又想道:"我家姊妹中晓得,怎么肯容我去!不如瞒着他们,就在明早悄悄前去。"正想之间,只听得喔喔鸡鸣,天色渐亮。即忙起身梳裹,扮作村庄模样。取了些盘缠银两,并几件衣服,打个包裹,收拾完备。看翠翘时,睡得正熟。也不通他知道,一路开门出去。离了崇贤里，顷刻出了开阳门，过了龙华寺，不觉又早到襄阳地面。有一座寄锦亭。原来苻秦时，有个安南将军窦滔，镇守襄阳，挈了宠妾赵阳台随任。抛下妻子苏氏。那苏氏名蕙，字若兰，生得才貌双绝。将一幅素锦，长广八寸，织成回文诗句，五色分章，计八百四十一字，诗三千七百五十二首，寄与窦滔。窦滔看见，立时送还阳台，迎接苏氏到任，夫妻恩爱，比前更笃。后人遂为建亭于此。那白氏在亭子上眺望良久，叹道："我虽不及若兰才貌，却也粗通文墨。纵有织锦回文，谁人为寄，使他早整归鞭，长谐伉俪乎？"乃口占《回文词》一首，题于亭柱上。词云：

阳春艳曲，丽锦夸文。伤情织怨，长路怀君。

惜别同心，膺填思悄。碧凤香残，青鸾梦晓。

若倒转来，又是一首好词：

晓梦鸾青，残香凤碧。悄思填膺，心同别惜。

君怀路长，怨织情伤。文夸锦丽，曲艳春阳。

白氏题罢，离了寄锦亭，不觉又过荆州，来到夔府。恰遇天晚，见前面有所庙宇，遂入庙中投宿。抬头观看，上面悬一金字扁额，写着高唐观三个大字。乃知是巫山神女之庙。便于神座前撮土为香，祷告道："我白氏小字娟娟，本在东京居住。只为儿夫独孤遐叔去访西川节度韦皋，一别三年，杳无归信，是以不辞跋涉，万里相寻。今夕寄宿仙宫，敢陈心曲。吾想神女曾能通梦楚王，况我同是女流，岂不托我一梦。伏乞大赐灵感，显示前期，不胜虔恳之至。"祷罢而睡。果然梦见神女备细说道："遐叔久寓西川，平安无恙。如今已经辞别，取路东归。你此去怎么还遇得他着？可早早回身家去。须防途次尚有虚惊。保重！保重！"那白氏飒然觉来，只见天已明了。想起神女之言,历历分明,料然不是个春梦。遂起来拜谢神女,出了庙门,重寻旧径,再转东都。在路晓行暮止,迤逦望东而来。此时正值暮春天气,只见一路上有的是红桃绿柳,燕舞莺啼。白氏贪看景致,不觉日晚,尚离开阳门二十馀里。便趁着月色,趱步归家。忽遇前面一簇游人,笑语喧杂,渐渐的走近。你道是甚么样人?都是洛阳少年,轻薄浪子。每遇花前月下,打伙成群,携着的锦瑟瑶笙,挈着的青尊翠幕,专惯窥人妇女,逞己风流。白氏见那伙人来得不三不四,却待躲避。原来美人映着月光,分外娇艳,早被这伙人瞧破。便一圈圈将转来,对白氏道:"我们出郭春游,步月到此,有月无酒,有酒无人,岂不孤负了这般良夜!此去龙华古寺不远,桃李大开。愿小娘子不弃,同去赏玩一回何如?"那白氏听见,不觉一点怒气,从脚底心里直涌到耳朵根边,把一个脸都变得通红了,骂道:"你须不是史思明的贼党,清平世界,谁敢调弄良家女子!况我不是寻常已下之人,是白司农的小姐,独孤司封的媳妇,前进士①独孤遐叔的浑家!谁敢罗唣!"怎禁这班恶少,那管甚么宦家良家。任你喊破喉咙,也全不作准。推的推,拥的拥,直逼入龙华寺去赏花。这叫做铁怕落炉,人怕落套。正是:

分明绣阁娇闺妇,权做征歌侑酒人。

且说遐叔因进城不及,权在龙华寺中寄宿一宵。想起当初从此送别,整整的过了三年,不知我白氏娘子,安否何如?因诵襄阳孟浩然的诗,说道:"近家心转切,不敢问来人。"吟咏数番,潸然泪

① 前进士——已考取进士的人,唐代称为"前进士"。这时,独孤生还没有及第,不应有这个称呼。

下。坐到更深,尚未能睡。忽听得墙外人语喧哗,渐渐的走进寺来。遐叔想道:“明明是人声,须不是鬼。似这般夜静,难道有甚官府到此?”正惶惑间,只见有十馀人,各执苕帚粪箕,将殿上扫除干净去讫。不多时,又见上百的人,也有铺设茵席的,也有陈列酒肴的,也有提着灯烛的,也有抱着乐器的,络绎而至,摆设得十分齐整。遐叔想道:“我晓得了,今日清明佳节,一定是贵家子弟出郭游春。因见月色如昼,殿庭下桃李盛开,烂熳如锦,来此赏玩。若见我时,必被他赶逐。不若且伏在后壁佛桌下,待他酒散,然后就寝。只是我恁般晦气,在古庙中要讨一觉安睡,也不能勾!”即起身躲在后壁,声也不敢则。又隔了一回,只见六七个少年,服色不一,簇拥着个女郎来到殿堂酒席之上。单推女郎坐在西首,却是第一个坐位。诸少年皆环向而坐,都属目在女郎身上。遐叔想道:“我猜是豪贵家游春的,果然是了。只这女郎不是个官妓,便是个上妓,何必这般趋奉他?难道有甚良家女子,肯和他们到此饮宴?莫不是强盗们抢夺来的?或拐骗来的?”只见那女郎侧身西坐,攒眉蹙额,有不胜怨恨的意思。遐叔凝着双眸,悄地偷看,宛似浑家白氏。吃了一惊,这身子就似吊在冰桶里,遍体冷麻,把不住的寒颤。却又想道:“呸!我好十分懞懂,娘子是个有节气的,平昔间终日住在房里,亲戚们也不相见,如何肯随这班人行走?世上面貌厮像的尽多,怎么这个女郎就认做娘子?”虽这般想,终是放心不下。悄地的在黑影子里一步步挨近前来,仔细再看,果然声音举止,无一件不是白氏,再无疑惑。却又想道:“莫不我一时眼花错认了?”又把眼来擦得十分明亮,再看时节,一发丝毫不差。却又想道:“莫不我睡了去,在梦儿里见他?”把眼睖睖,把脚踏踏,分明是醒的,怎么有此诧异的事!“难道他做闺女时尚能截发自誓,今日却做出这般勾当!岂为我久客西川,一定不回来了,遂改了节操?我想苏秦落第,嗔他妻子不曾下机迎接。后来做了丞相,尚然不肯认他。不知我明早归家,看他还有甚面目好来见我?”心里不胜忿怒,磨拳擦掌的要打将出去。因见他人多伙众,可不是倒捋虎须。且再含忍,看他怎生的下场。只见一个长须的,举杯向白氏道:“古语云,一人向隅,满坐不乐。我辈与小娘子虽然乍会,也是天缘。如此良辰美景,亦非易得。何苦恁般愁郁?请放开怀抱,欢饮一杯;并求妙音,以助酒情。”那白氏本是强逼来的,心下十分恨他。欲待不歌,却又想:“这班乃是无籍恶少,我又孤身在此,怕触怒了他,一时撒泼起来,岂不反受其辱!”只得拭干眼泪,拔下金雀钗,按板而歌。歌云:

今夕何夕?存耶?没耶?良人去兮天之涯,园树伤心兮三见花!

自古道:词出佳人口,那白氏把心中之事,拟成歌曲,配着那娇滴滴的声音,呜呜咽咽歌将出来,声调清婉,音韵悠扬,真个直令高鸟停飞,潜鱼起舞,满座无不称赞。长须的连称“有劳,有劳!”把酒一吸而尽。遐叔在黑暗中看见浑家并不推辞,就拔下宝钗按拍歌曲,分明认得是昔年聘物,心中大怒,咬碎牙关,也不听曲中之意,又要抢将出去厮闹。只是恐众寡不敌,反失便宜。又只得按捺住了,再看他们。只见行酒到一个黄衫壮士面前,也举杯对白氏道:“聆卿佳音,令人宿酲顿醒,俗念俱消。敢再求一曲,望勿推却。”白氏心下不悦,脸上通红,说道:“好没趣!歌一曲尽勾了,怎么要歌两曲?”那长须的便拿起巨觥说道:“请置监令。有拒歌者,

罚一巨觥。酒到不干,颜色不乐,并唱旧曲者,俱照此例。”白氏见长须形状凶恶,心中害怕,只得又歌一曲。歌云:

叹衰草,络纬声切切,良人一去不复返,今日坐愁鬓如雪。

歌罢,众人齐声喝采。黄衫人将酒饮干,道声“劳动!”遐叔见浑家又歌了一曲,愈加忿恨。恨不得眼里放出火来,连这龙华寺都烧个干净。那酒却行到一个白面少年面前,说道:“适来音调虽妙,但宾主正欢,歌恁样凄清之曲,恰是不称!如今求歌一曲有情趣的。”众人都和道:“说得有理!歌一个新意儿的,劝我们一杯!”白氏无可奈何,又歌一曲云:

劝君酒,君莫辞!落花徒绕枝,流水无返期。莫恃少年时,少年能几时?

白氏歌还未毕,那白面少年便嚷道:“方才讲过要个有情趣的,却故意唱恁般冷淡的声音!请监令罚一大觥。”长须人正待要罚,一个紫衣少年立起身来说道:“这罚酒且谩着。”白面少年道:“却是何为?”紫衣人道:“大凡风月场中,全在帮衬,大家得趣。若十分苛罚,反觉我辈俗了。如今且权寄下这杯,待他另换一曲,可不是好!”长须的道:“这也说得是。”将大觥放下,那酒就行到紫衣少年面前。白氏料道推托不得,勉强挥泪又歌一曲云:

怨空闺,秋日亦难暮!夫婿绝音书,遥天雁空度。

歌罢,白面少年笑道:“到底都是那些凄怆怨暮之声!再没一毫艳意!”紫衣人道:“想是他传派如此,不必过责。”将酒饮尽。行至一个皂帽胡人面前,执杯在手,说道:“曲理俺也不十分明白,任凭小娘子歌一个儿侑这杯酒下去罢了。但莫要冷淡了俺。”白氏因连歌几曲,气喘声促,心下好不耐烦!听说又要再歌,把头掉转,不去理他。长须的见不肯歌，叫道：“不应拒歌！”便抛一巨觥。白氏到此地位，势不容己，只得忍泣含啼，饮了这杯罚酒，又歌云：

切切夕风急，露滋庭草湿。

良人去不回，焉知掩闺泣！

皂帽胡人将酒饮罢，却行到一个绿衣少年，举杯请道：“夜色虽阑，兴犹未浅。更求妙音，以尽通宵之乐。”那白氏歌这一曲，声气已是断续，好生吃力！见绿衣人又来请歌，那两点秋波中扑簌簌泪珠乱洒。众人齐笑道：“对此好花明月，美酒清歌，真乃赏心乐事，有何不美？却恁般凄楚，忒煞不韵[①]！该罚，该罚！”白氏恐怕罚酒，又只得和泪而歌。歌云：

萤火穿白杨，悲风入荒草。

疑是梦中游，愁迷故园道。

白氏这歌，一发前声不接后气，恰如啼残的杜宇，叫断的哀猿。满座闻之，尽觉凄然。只见绿衣人将酒饮罢，长须的含着笑说道：“我音律虽不甚妙，但礼无不答。信口诌一曲儿，回敬一杯。你们休要笑话！”众人道：“你又几时进了这桩学问？快些唱来。”长须的顿开喉咙，唱道：

花前始相见，花下又相送。

何必言梦中，人生尽如梦！

那声音犹如哮虾蟆，病老猫，把众人笑做一堆，连嘴都笑歪了。说道：“我说你晓得什么歌曲！弄这样空头！”长须人到挣得好副老脸，但凭众人笑话，他却面不转色。直到唱完了，方答道：“休要

① 不韵——没有风趣。

见笑！我也是好价钱学来的哩。你们若学得我这几句，也尽勾了。”众人闻说，越发笑一个不止。长须的由他们自笑，却执起一个杯儿，满满斟上，欠身亲奉白氏一杯。直待饮干，然后坐下。遐叔起初见浑家随着这班少年饮酒，那气恼到包着身子。若没有这两个鼻孔，险些儿肚子也胀穿了。到这时见众人单逼着他唱曲，浑家又不胜忧恨，涕泪交零，方才明白是逼勒来的。这气到也略平了些。却又想：“我娘子自在家里，为何被这班杀才劫到这个荒僻所在？好生委决不下！我且再看他还要怎么？”只见席上又轮到白面的饮酒，他举着金杯，对白氏道：“适劳妙歌，都是忧愁怨恨的意思，连我等眼泪不觉吊将下来。终觉败兴！必须再求一风月艳丽之曲，我等洗耳拱听，幸勿推辞。”遐叔暗道：“这些杀才，劫掠良家妇女，在此歌曲，还有许多嫌好道歉！”那白氏心中正自烦恼，况且连歌数曲，口干舌燥，声气都乏了，如何肯再唱！低着头，只是不应。那长须的叫道：“违令！”又抛下一巨觥。这时遐叔一肚子气怎么再忍得住！暗里从地下摸得两块大砖橛子①，先一砖飞去，恰好打中那长须的头。再一砖飞去，打中白氏的额上。只听得殿上一片嚷将起来，叫道：“有贼，有贼！”东奔西散，一霎眼间早不见了。那遐叔走到殿上，四下打看，莫说一个人，连这铺设的酒筵器具，一些没有踪迹。好生奇怪！吓得眼跳心惊，把个舌头伸出，半晌还缩不进去。

那遐叔想了一会，叹道：“我晓得了！一定是我的娘子已死，他的魂灵游到此间，却被我一砖把他惊散了。”这夜怎么还睡得

① 砖橛子——碎砖，断了的砖。

着？等不得金鸡三唱，便束装上路。天色未明，已到洛阳城外。捱进开阳门，经奔崇贤里，一步步含着眼泪而来。遥望家门，却又不见一些孝事。那心儿里就是十五六个吊桶打水，七上八落的跳一个不止。进了大门，走到堂上，撞着梅香翠翘，连忙问道："娘子安否何如？"口内虽然问他，身上却担着一把冷汗，诚恐怕说出一句不吉利的话来。只见翠翘不慌不忙的答道："娘子睡在房里，说今早有些头痛，还未曾起来梳洗哩。"遐叔听见翠翘说道娘子无恙。这一句话就如分娩的孕妇，囫底①一声，孩子头落地，心下好不宽畅。只是夜来之事，好生疑惑。忙忙进到卧房里面问道："夜来做甚不好睡！今早走不起？"白氏答道："我昨夜害魇哩。只因你别去三年，杳无归信，我心中时常忧忆。夜来做成一梦，要亲到西川访问你的消息。直行至巫山地面，在神女庙里投歇。那神女又托梦与我，说你已离巴蜀，早晚到家。休得途中错过，枉受辛苦。我依还寻着旧路而回。将近开阳门二十馀里，踏着月色，要赶进城，忽遇一伙少年，把我逼到龙华寺玩月赏花。饮酒之间，又要我歌曲。整整的歌了六曲，还被一个长须的屡次罚酒。不意从空中飞下两块砖橛子，一块打了长须的头，一块打了我的额角上，瞥然惊醒，遂觉头痛。因此起身不得，还睡在这里。"遐叔听罢，连叫："怪哉，怪哉！怎么有恁般异事！"白氏便问有何异事。遐叔把昨夜寺中宿歇，看见的事情，从头细说一遍。白氏见说，也称奇怪，道："元来我昨夜做的却是真梦？但不知这伙恶少是谁？"遐叔道："这

① 囫(huò)底——本是形容牵船的声音，这里是形容小孩子生下来的声音。

也是梦中之事,不必要深究了。”

说话的,我且问你:那世上说谎的也尽多;少不得依经傍注,有个边际,从没有见你恁样说瞒天谎的祖师!那白氏在家里做梦,到龙华寺中歌曲,须不是亲身下降,怎么独孤遐叔便见他的形像?这般没根据的话,就骗三岁孩子也不肯信,如何哄得我过?看官有所不知:大凡梦者想也,因也;有因便有想,有想便有梦。那白氏行思坐想,一心记挂着丈夫,所以梦中真灵飞越,有形有像,俱为实境。那遐叔亦因想念浑家,幽思已极,故此虽在醒时,这点神魂,便入了浑家梦中。此乃两下精神相贯,魂魄感通,浅而易见之事;怎说在下掉谎!正是:

只因别后幽思切,致使精灵暗往回。

当下白氏说道:“梦中之事,所见皆同,这也不必说了。且问你:一去许久,并无音耗,虽则梦中在巫山庙祈梦,蒙神女指示,说你一路安稳,干求称意。我想蜀道艰难,不知怎生到得成都?便到了成都,不知可曾见韦皋?便见了韦皋,不知赠得你几何?”遐叔惊道:“我当初经过巫峡,听说山上神女颇有灵感,曾暗祈他托汝一梦,传个平安消息。不道果然梦见!真个有些灵感。只是我到得成都,偶值韦皋两次出征,因此在碧落观整整的住了两年。半路上走了半年。遂致担阁,有负初盟。犹喜得韦皋故人情重,相待甚厚。若不是我一意告辞,这早晚还被他留住,未得回来。”将那路途跋涉,旅邸凄凉,并韦皋款待赠金,差人远送,前后之事,一一细说。夫妻二人感叹不尽。把那三百金日逐用度,遐叔埋头读书。约莫半年有余,韦皋差两员将校,赍书送到黄金一万两,蜀锦一千匹。遐叔连忙写了谢书,款待来使去后,对白氏道:“我先人出仕三十馀年,何尝有此宦橐!我一来家世清白,二来又是儒素。只前次所赠,已足度日,何必又要许多!且把来封好收置,待我异日成名,另有用处。”白氏依着丈夫言语,收置不题。

且说唐朝制科,率以三岁为期。遐叔自贞元十五年下第,西游巴蜀,却错了十八年这次,直到二十一年,又该殿试时分。打叠行囊,辞别白氏,上京应举。那知贡举官乃是中书门下侍郎崔群,素知遐叔才名,有心检他出来取作首卷。呈上德宗天子,御笔亲题状元及第。那遐叔有名已久,榜下之日,那一个不以为得人。旧例游街三日,曲江赐宴,雁塔题名①。钦除翰林修撰,专知制诰②。谢恩之后,即写家书,差人迎接白氏夫人赴京,共享富贵。且说白氏在家,掐指过了试期,眼盼盼悬望佳音。一日,正在闺房中,忽听得堂前鼎沸。连忙教翠翘出去看时,恰正是京中走报的来报喜。白氏问了详细,知得丈夫中了头名状元,以手加额,对天拜谢。整备酒饭,管待报人。顷刻就嚷遍满城。白氏亲族中俱来称贺。那白长吉昔日把遐叔何等奚落;及至中了,却又老着脸皮,备了厚礼也来称贺。那白氏是个记德不记仇的贤妇,念着同胞分上,将前情一笔都勾。相见之间,千欢万喜。白长吉自捱进③了身子,无一日不来掇臀捧屁。就是平日从不往来,极疏冷的亲戚,也来殷勤趋奉。到教白氏应酬不暇。那赍书的差人,星夜赶至洛阳,叩见白氏,将

① 曲江赐宴,雁塔题名——唐代习俗:新考中的进士在长安城外曲江宴会;并把自己的姓名刻在雁塔的石头上作纪念,叫作“题名”。

② 翰林修撰,专知制诰——修撰,唐代只有史馆设“修撰”,编修国史。元代以后,翰林院才置“修撰”,后为状元专就之职。知制诰,在中书省专门草拟皇帝诏命的官。

③ 捱进——即“挨近”,勉强接近的意思。

书呈上。白氏拆开，看到书后有诗一首，云：

玉京仙府献书人，赐出宫袍似烂银。

寄语机中愁苦妇，好将颜面对苏秦。

白氏看罢，微微笑道："原来相公要迎我至京。"遂留下差人，择吉起程。那时府县拨送船夫，亲戚都来饯送。白长吉亲送妹子至京。遐叔接入衙门，夫妻相见，喜从天降。白长吉向前请罪。遐叔度量宽弘，全无芥蒂①。即便摆设家筵，款待不题。不想那年德宗皇帝晏驾，百官共立顺宗登位，不上半年，顺宗也就崩了。又立宪宗登位。改元元和元年。到四月间，遐叔早升任翰林院学士，知制诰如故。你道他为何升得恁骤？元来大行皇帝②的遗诏与新帝登极的诏书，前后四篇，都出遐叔之作。这是朝廷极大手笔，以此累功，不次迁擢。恰好五月间，有大赦天下诏书，遐叔乘这个机会，就讨了宣赦的差。夫妻二人，衣锦还乡。亲戚们都在十里外迎接。府县官也出郭相迎。遐叔回到家中，焚黄③谒墓，杀猪宰羊，做庆喜筵席，遍请亲邻。饮酒中间，说起龙华寺曾许下愿心，要把韦皋送来的黄金万两，蜀锦千匹，都舍在寺里，重修宝殿，再整山门。即便选择吉辰，兴动工役。其时白敏中以中书侍郎请告归家。白居易④新授杭州府太守，回来赴任。两个都到遐叔处贺喜。见此胜缘，各各布施。那州县官也要奉承遐叔，无一个不来助工。眼见得

① 芥蒂——鲠碍的东西。比喻心怀嫌怨，对人有隔阂。

② 大行皇帝——皇帝初死还未定谥号时，被称为"大行皇帝"。

③ 焚黄——黄，指黄表；祭神时焚化的一种黄色纸的名称。

④ 白居易——按：本文中所述白居易、白行简（居易之弟）、白敏中（居易之从弟）以及独孤遐叔等人事迹、时间，均系说书人随意编造的，与历史不合。

这龙华寺不日建造起来，比初时越觉齐整。但见：

宝殿嵯峨侵碧落，山门弘敞压阎浮。

却说韦皋久镇蜀地，自知年纪渐老。万一西番南夷，有些决撒①，恐损威名。上表固请骸骨，因荐遐叔自代。奉圣旨："韦皋镇蜀多年，功劳积著，可进光禄大夫、右丞相、同平章事，封襄国公，驰驿回朝。独孤遐叔累掌丝纶，王言无忝，访之舆望，佥谓通材；可加兵部侍郎，领西川节度使。仍着走马赴任，无得迟误。钦此！"遐叔接了诏书，恐怕违了钦限，便同白氏夫人乘传而去。未到半路，早有韦皋差官迎接，约定在夔府交代。恰好巫山神女庙正在夔府地方。遐叔与白氏乘此便道，先往庙中行香，谢他托梦的灵感。然后与韦皋相见。叙过寒温，送过敕印，把大小军政一一交盘明白。才吃公宴。当日遐叔就回了席。明早，点集车骑队伍，护送韦皋还朝。从此上任之后，专务镇静，军民安堵，威名更胜。朝廷累加褒赏。直做到太保兼吏兵二部尚书，封魏国公。白氏诰封魏国夫人。夫妻偕老，子孙荣盛。有诗为证：

梦中光景醒时因，醒若真时梦亦真。
莫怪痴人频做梦，怪他说梦亦痴人。

① 决撒——破裂；败露、戳穿的意思。这里是前一义。

第二十六卷

薛录事鱼服证仙

借问白龙缘底事？蒙他鱼服区区。虽然纵适在河渠，失其云雨势，无乃困余且①。　要识灵心能变化，须教无主常虚。非关喜里乍昏愚；庄周曾作蝶，薛伟亦为鱼。

话说唐肃宗乾元年间，有个官人姓薛名伟，吴县人氏，曾中天宝末年进士。初任扶风县尉②，名声颇著。升为蜀中青城县主簿。夫人顾氏，乃是吴门第一个大族。不惟容止端丽，兼且性格柔婉。夫妻相得，爱敬如宾。不觉在任又经三年，大尹升迁去了。上司知其廉能，即委他署摄③县印。那青城县本在穷山深谷之中，田地硗脊，历年岁歉民贫，盗贼生发。自薛少府署印，立起保甲之法，凡有盗贼，协力缉捕。又设立义学，教育人材。又开义仓，赈济孤寡。每至春间，亲往各乡，课农布种，又把好言劝谕，教他本分为人。因

---

① 余且（jù）——即"沮洳"二字的借用字的倒转；连泥带水卑洼之地。

② 县尉——唐代于每县设县令、县丞、主簿、县尉各若干员，分别管理一县的政务。后来按照职位高下的次序，又称县丞为"二衙"；主簿为"三衙"。县尉有两个，所以称为"四衙"和"五衙"。县尉，又别称为"少府"。

③ 署摄——代理。

此处处田禾大熟，盗贼尽化为良民。治得县中真个夜不闭户，路不拾遗。百姓戴恩怀德，编成歌谣，称颂其美。歌云：

秋至而收，春至而耘。吏不催租，夜不闭门。

百姓乐业，立学兴文。教养兼遂，薛公之恩。

自今孩童，愿以名存。将何字之？“薛儿”“薛孙”。

那薛少府不但廉谨仁慈，爱民如子，就是待那同僚，却也谦恭虚己，百凡从厚。原来这县中有一个县丞，一个主簿，两个县尉。那县丞姓邹名滂，也是进士出身；与薛少府恰是同年好友。两个县尉，一个姓雷，名济，一个姓裴，名宽。这三位官人，为官也都清正。因此臭味相投，每遇公事之暇，或谈诗，或弈棋，或在花前竹下，开樽小饮，彼来此往，十分款洽。一日正值七夕，薛少府在衙中与夫人乞巧饮宴。元来七夕之期，不论大小人家，少不得具些酒果为乞巧穿针之宴。——你道怎么叫做乞巧穿针？只因天帝有个女儿，唤做织女星，日夜辛勤织纴。天帝爱其勤谨，配与牵牛星为妇。谁知织女自嫁牛郎之后，贪欢眷恋，却又好梳妆打扮，每日只是梳头，再不去调梭弄织。天帝嗔怒，罚织女住在天河之东，牛郎住在天河之西。一年只许相会一度，正是七月七日。到这一日，却教喜鹊替他在天河上填河而渡。因此世人守他渡河时分，皆于星月之下，将彩线去穿针眼。穿得过的，便为得巧；穿不过的，便不得巧。以此卜一年的巧拙。你想那牛郎、织女眼巴巴盼了一年，才得相会，又只得三四个时辰，忙忙的叙述想念情悰，还恐说不了，那有闲工夫又到人间送巧？岂不是个荒唐之说！——且说薛少府当晚在庭中，与夫人互相劝酬，不觉坐到夜久更深，方才入寝。不道却感了些风露寒凉，遂成一病，浑身如炭火烧的一般，汗出如雨。渐渐三餐不进,精神减少,口里只说道:“我如今顷刻也捱不过了!你们何苦留我在这里!不如放我去罢!”你想病人说出这样话头,明明不是好消息了。吓得那顾夫人心胆俱落。难道就这等坐视他死了不成?少不得要去请医问卜,求神许愿。元来县中有一座青城山①,是道家第五洞天。山上有座庙宇,塑着一位老君,极有灵感。真是祈晴得晴,祈雨得雨,祈男得男,祈女得女。香火最盛。因此夫人写下疏文,差人到老君庙祈祷。又闻灵签最验,一来求他保佑少府,延福消菑②;二来求赐一签,审问凶吉。其时三位同僚闻得,都也素服角带,步至山上行香,情愿减损自己阳寿,代救少府。刚是同僚散后,又是合县父老,率着百姓们,一齐拜祷。显见得少府平日做官好处,能得人心如此。只是求的签是第三十二签。那签诀道:

百道清泉入大江,临流不觉梦魂凉。

何须别向龙门去?自有神鱼三尺长。

差人抄这签诀回衙,与夫人看了,解说不出。想道:“闻得往常间人求的皆如活见一般,不知怎地我们求的却说起一个鱼来,与相公的病全无着落?是吉是凶,好生难解!”以此心上就如十五六个吊桶打水,七上八落的,转加忧郁。又想道:“这签诀已不见怎的;且去访个医人来调治,倒是正经。”即差人去体访。却访得成

---

① 青城山——在今四川灌县西南。是道教所谓十大洞天中的第五洞天。十大洞天是:王屋、委羽、西城、西玄、青城、赤城、罗浮、句曲、林屋、括苍等十个山洞。

② 菑——同“灾”。

都府有个道人李八百,他说是孙真人①第一个徒弟。传得龙宫秘方有八百个,因此人都叫他做李八百。真个请他医的,手到病除,极有神效。他门上写下一对春联道:

药按韩康无二价,杏栽董奉②有千株。

但是请他的,难得就来。若是肯来,这病人便有些生机了。他要的谢仪,却又与人不同:也有未曾开得药箱,先要几百两的;也有医好了,不要分文酬谢,止要吃一醉的。也有闻召即往的,也有请杀③不去的:甚是捉他不定;大抵只要心诚他便肯来。夫人知得有这个医家,即差下的当人赍了礼物,星夜赶去请那李八百。恰好他在州里,一请便来。夫人心下方觉少宽。岂知他一进门来,还不曾诊脉,就道:"这病势虽则像个死的,却是个不死的。也要请我来则甚?"当下夫人备将起病根由,并老君庙里占的签诀尽数说与太医知道,求他用药。那李八百只是冷笑道:"这个病从来不上医书的!我也无药可用。唯有死后常将手去摸他胸前。若是一日不冷,一日不可下棺。待到半月二旬之外,他思想食吃,自然渐渐苏醒回来。那老君庙签诀,虽则灵应,然须过后始验。非今日所能猜度得的。"到底不肯下药,竟自去了。也不知少府这病当真不消吃药,自然无事?还是病已犯拙,下不得药的,故此托辞而去?正是:

① 孙真人——指孙思邈,唐代著名的医学、药学专家;著有《千金要方》,内容讲的是诊病、针灸和养生之道。

② 韩康、董奉——韩康,东汉霸陵人。在长安卖药三十馀年,口不二价;后隐居于霸陵山中。董奉,三国时吴国人。在庐山为人治病,不要钱,只要病家替他种一棵杏树。几十年中,共种了十万棵。他用杏子换谷,把谷分给贫穷的人。据说后来成了仙。

③ 请杀——杀,形容到了极点。请杀,就是拼命请的意思。

青龙共白虎同行，吉凶事全然未保。

夫人因见李八百去了，叹道：“这等有名的医人，尚不肯下药，难道还有别一个敢来下药？定然病势不救！唯有奄奄待死而已。”只见热了七日七夜，越加越重。忽然一阵昏迷，闭了眼去，再叫也不醒了。夫人一边啼哭，一边教人禀知三位同僚，要办理后事。那同僚正来问候，得了这个凶信，无不泪下。急至衙中向尸哭了一回，然后与夫人相见。又安慰一番。因是初秋时候，天气还热，分头去备办衣衾棺椁。到第三日，诸色完备，理当殡殓入棺。其时夫人扶尸恸哭，觉得胸前果然有微微暖气。以此信着李八百道人的说话，还要停在床里。只见家人们都道：“从来死人胸前尽有三四日暖的，不是一死便冷。此何足据！现今七月天道，炎热未退。倘遇一声雷响，这尸首就登时涨将起来，怎么还进得棺去？”夫人道：“李道人元说胸前一日不冷，一日不可入棺。如今既是暖的，就做不信他，守到半月二十多日，怎忍便三日内带热的将他殓了？况且棺木已备，等我自己日夜守他。只待胸前一冷，就入棺去，也不为迟。天那！但愿李道人的说话灵验，守得我相公重醒回来，何但救了相公一命，却不连我救了两命！”众人再三解说，夫人终是不听。拗他不过，只得依着。停下少府在床，谨谨看守，不在话下。

却说少府病到第七日，身上热极，便是顷刻也挨不过。一心思量要寻个清凉去处消散一消散，或者这病还有好的日子。因此悄地里背了夫人，瞒了同僚，竟提一条竹杖，私离衙斋。也不要一人随从。倏忽之间，已至城外。就如飞鸟辞笼，游鱼脱网一般，心下甚喜。早把这病都忘了。你道少府是个官,怎么出衙去,就没一个人知道?元来想极成梦,梦魂儿觉得如此,这身子依旧自在床上,怎么去得?单苦了守尸的哭哭啼啼,无明无夜,只望着死里求生。岂知他做梦的飘飘忽忽,无碍无拘,到也自苦中取乐。薛少府出了南门,便向山中游去。来到一座山,叫做龙安山,山上有座亭子,乃是隋文帝封儿子杨秀做蜀王,建亭于此,名为避暑亭。前后左右,皆茂林修竹,长有四面风来,全无一点日影。所以蜀王每到炎天,便率领宾客来此亭中避暑。果然好个清凉去处!少府当下看见,便觉心怀开爽。"若使我不出城,怎知山中有这般境界?但是我在青城县做了许多时,尚且不曾到此。想那三位同僚,怎么晓得?只合与他们知会,同携一尊,为避暑之宴。可惜有了胜地,少了胜友,终是一场欠事。"眼前景物可人,遂作诗一首。诗云:

偷得浮生半日闲,危梯绝壁自跻攀。

虽然呼吸天门近,莫遣乘风去不还。

薛少府在亭子里坐了一会,又向山中行去。那山路上没有些树木荫蔽,怎比得亭子里这般凉爽。以此越行越闷。渐渐行了十馀里,远远望见一条大江。你道这江是甚么江?昔日大禹治水,从岷山导出岷江。过了茂州威州地面,又导出这个江水来,叫做沱江。至今江岸上垂着大铁链,也不知道有多少长,沉在江底,乃是大禹锁着应龙的去处。元来禹治江水,但遇水路不通,便差那应龙前去。随你几百里的高山巨石,只消他尾子一抖,登时就分开做了两处。所以世称大禹叫个"神禹"。若不会驱使这样东西,焉能八年之间,洪水底定?至今泗江水上,也有一条铁链,锁着水母。其形似猕猴一般。这沱江却是应龙,皆因水功既成,锁着以镇后害。

岂不是个圣迹？当下少府在山中行得正闷，况又患着热症的，忽见这片沱江，浩浩荡荡，真个秋水长天一色，自然觉得清凉，直透骨髓，就恨不得把三步并做一步，风车似奔来。岂知从山上望时甚近，及至下得山来，又道还不曾到得沱江，却被一个东潭隔住。这潭也好大哩。水清似镜一般，不论深浅去处，无不见底。况又映着两岸竹树，秋色可掬。少府便脱下衣裳，向潭中洗澡。元来少府是吴人，生长泽国，从幼学得泅水。成人之后，久已不曾弄这本事。不意今日到此游戏，大快夙心。偶然叹道："人游到底不如鱼健！怎么借得这鱼鳞生在我身上，也好到处游去，岂不更快！"只见旁边有个小鱼，却觑着少府道："你要变鱼不难，何必假借。待我到河伯处，为你图之。"说声未毕，这小鱼早不见了。把少府吃上一惊，想道："我怎知这水里是有精怪的？岂可独自一个在里面洗澡！不如早早抽身去罢。"岂知少府既动了这个念头，便少不得堕了那重业障。只教：

衣冠暂解人间累，鳞甲俄看水上生。

薛少府正在沉吟，恰待穿了衣服，寻路回去。忽然这小鱼来报道："恭喜！河伯已有旨了。"早见一个鱼头人，骑着大鱼，前后导从的小鱼，不计其数，来宣河伯诏曰：

城居水游，浮沉异路。苟非所好，岂有兼通。尔青城县主簿薛伟，家本吴人，官亦散局①。乐清江之浩渺，放意而游；厌尘世之喧嚣，拂衣而去。暂从鳞化，未便终身。可权充东潭赤鲤。呜呼！纵远适以忘归，必受神明之罚；昧纤钩而食饵，难

① 散局——不是主管官的意思。

逃刀俎之菑。无或失身,以羞吾党。尔其勉之!

少府听诏罢,回顾身上,已都生鳞,全是一个金色鲤鱼。心下虽然骇异,却又想道:"事已如此,且待我恣意游玩一番,也晓得水中的意趣。"自此三江五湖,随其意向,无不游适。元来河伯诏书上说充东潭赤鲤,这东潭便似分定的地方一般,不论游到那里,少不得要回到那东潭安歇。单则那一件,也觉得有些儿不在。过了几日,只见这小鱼又来对薛少府道:"你岂不闻山西平阳府有一座山,叫个龙门山,是大禹治水时凿将开的,山下就是黄河。只因山顶上有水接着天河的水,直冲下来,做黄河的源头,所以这个去处,叫做河津。目今八月天气,秋潦将降,雷声先发。普天下鲤鱼,无有不到那里去跳龙门的。你如何不禀辞河伯,也去跳龙门?若跳得过时,便做了龙,岂不更强似做鲤鱼!"元来少府正在东潭里面住得不耐烦,听见这个消息,心中大喜。即便别了小鱼,竟到河伯处所。但见宫殿都是珊瑚作柱,玳瑁为梁,真个龙宫海藏,自与人世各别。其时河伯管下的地方,岷江、沱江、巴江、渝江、涪江、黔江、平羌江、射洪江、濯锦江、嘉陵江、青衣江、五溪、泸水、七门滩、瞿塘三峡,那一处鲤鱼不来禀辞要去跳龙门的。只有少府是金色鲤鱼,所以各处的都推他为首,同见河伯。旧规有个公宴,就如起送科举的酒席一般。少府和各处鲤鱼一齐领了宴,谢了恩,同向龙门跳去。岂知又跳不过,点额而回。你道怎么叫做点额?因为鲤鱼要跳龙门,逆水上去,把周身的精血都积聚在头顶心里,就如被朱笔在额上点了一点的。以此世人称下第的皆为点额,盖本于此。正是:

龙门浪急难腾跃,额上羞题一点红。

却说青城县里有个渔户叫做赵干,与妻子在沱江上网鱼为业。岂知网着一个癞头鼋,被他把网都牵了去,连赵干也几乎吊下江里。那妻子埋怨道:"我们专靠这网做本钱,养活两口。今日连本钱都弄没了,那里还有馀钱再讨得个网来?况且县间官府,早晚常来取鱼,你把甚么应付?"以此整整争了一夜。赵干被他絮聒不过,只得装一个钓竿,商量来东潭钓鱼。你道赵干为何舍了这条大江,却向潭里钓鱼?元来沱江流水最急,正好下网,不好下钓。故因想到东潭另做此一行生意。那钓钩上钩着香香的一大块油面,没下水中。薛少府自龙门点额回来,也有许多没趣,好几日躲在东潭,不曾出去觅食。肚中饥甚。忽然间赵干的渔船摇来,不免随着他船游去看看。只闻得饵香,便思量去吃他的。已是到了口边,想道:"我明明知他饵上有个钩子。若是吞了这饵,可不被他钓了去?我虽是暂时变鱼耍子,难道就没处求食,偏只吃他钓钩上的?"再去船傍周围游了一转,怎当那饵香得酷烈,恰似钻入鼻孔里的一般,肚中又饥,怎么再忍得住!想道:"我是个人身,好不多重。这此一钓钩怎么便钓得我起?便被他钓了去,我是县里三衙,他是渔户赵干,岂不认得,自然送我归县。却不是落得吃了他的?"方才把口就饵上一合,还不曾吞下肚子,早被赵干一掣,掣将去了。这便叫做眼里识得破,肚里忍不过。那赵干钩得一个三尺来长金色鲤鱼,举手加额,叫道:"造化,造化!我再钓得这等几个,便有本钱好结网了。"少府连声叫道:"赵干!你是我县里渔户,快送我回县去。"那赵干只是不应,竟把一根草索贯了鱼腮,放在舱里。只见他妻子说道:"县里不时差人取鱼。我想这等一个大鱼,若被县里一个公差看见,取了去,领得多少官价?不如藏在芦苇之中，等贩子投来，私自卖他，也多赚几文钱用。”赵干说道：“有理！”便把这鱼拿去藏在芦苇中，把一领破蓑衣遮盖。回来对妻子说：“若多卖得几个钱时，拼得沽酒来与你醉饮。今夜再发利市，安知明日不钓了两个？”

那赵干藏鱼回船，还不多时候，只见县里一个公差叫做张弼，来唤赵干道：“裴五爷要个极大的鱼做鲊吃。今早直到沱江边来唤你，你却又移到这个所在，教我团团寻遍，走得个汗流气喘。快些拣一尾大的，同我送去。”赵干道：“有累上下①走着屈路了。不是我要移到这里。只为前日弄没了网，无钱去买，没奈何，只得权到此钓几尾去做本钱。却又没个大鱼上钓。止有小鱼三四斤在这里。要便拿了去。”张弼道：“裴五爷分付要大鱼，小的如何去回话？”扑的跳下船，揭开舱板一看，果然通是小的。欲要把去权时答应，又想道：“这般宽阔去处，难道没个大鱼？一定这厮奸诈，藏在那里。”即便上岸各处搜看，却又不见。次后寻到芦苇中，只见一件破蓑衣掀上掀下的乱动。张弼料道必是鱼在底下。急走上前，揭起看时，却是一个三尺来长的金色鲤鱼。赵干夫妻望见，口里只叫得苦。张弼不管三七二十一，提了那鱼便走。回头向赵干说道：“你哄得我好！待禀了裴五爷，着实打你这厮。”少府大声叫道：“张弼，张弼！你也须认得我。我偶然游到东潭，变鱼耍子，你怎么见我不叩头，到提着我走？”张弼全然不理。只是提了鱼，一直奔回县去。赵干也随后跟来。那张弼一路走，少府也一路骂。提到城门口，只见一个把门的军，叫做胡健，对张弼说道：“好个大

① 上下——对差役的尊称。

鱼！只是裴五爷请各位爷饮宴，专等鱼来做鲊吃，道你去了许久不到，又飞出签来叫你。你可也走紧些。”少府抬头一看，正前日出来的那一座南门，叫做迎薰门，便叫把门军道：“胡健，胡健！前日出城时节，曾分付你道：我自私行出去的，不要禀知各位爷，也不要差人迎接。难道我出城不上一月，你就不记得了？如今正该去禀知各位爷，差人迎接才是，怎么把我不放在眼里，这等无状！”岂知把门军胡健也不听见，却与张弼一般。那张弼一径的提了鱼，进了县门。薛少府还叫骂不止。只见司户吏与刑曹吏①，两个东西相向在大门内下棋。那司户吏道：“好怕人子②！这等大鱼，可有十多斤重？”那刑曹吏道：“好一个活泼泼的金色鲤鱼！只该放在后堂绿漪池里养他看耍子，怎么就舍得做鲊吃了？”少府大叫道：“你两个吏，终日在堂上伏事我的，便是我变了鱼，也该认得，怎么见了我都不站起来，也不去报与各位爷知道？”那两个吏依旧在那里下棋，只不听见。少府想道：“俗谚有云：‘不怕官，只怕管。’岂是我管你不着，一些儿不怕我？莫不是我出城这几日，我的官被勾了？纵使勾了官，我不曾离任，到底也还管得他着。且待我见同僚时，把这起奴才从头告诉，教他一个个打得皮开肉绽。”看官们牢记下这个话头，待下回表白。

且说顾夫人谨守薛少府的尸骸，不觉过了二十多日，只见肌肉如故，并不损坏。把手去摸着心头，觉得比前更暖些。渐渐的上至喉咙，下至肚脐，都不甚冷了。想起道人李八百的说话，果然有些

---

① 司户吏与刑曹吏——古代县衙门里分设司功、司仓、司户、司兵、司法、司士等司（或称“曹”）。司户吏，就是“司户司”的吏；刑曹吏，就是“司法司”的吏。

② 好怕人子——就是好怕人的意思；子，语尾词，无意义。

灵验。因此在指顶上刺出鲜血来,写成一疏,请了几个有名的道士,在青城山老君庙里建醮,祈求仙方,保护少府回生。许下重修庙宇,再塑金身的愿心。宣疏之日,三位同僚与通县吏民,无不焚香代祷,如当日一般。我想古语有云,吉人天相。难道薛少府这等好官,况兼合县的官民又都来替他祈祷,怕就没有一些儿灵应?只是已死二十多日的人,要他依旧又活转来,虽则老君庙里许下愿的,从无不验之人;但是阎王殿前投到过的,那有退回之鬼!正是:

须知作善还酬善,莫道无神定有神。

却说是夜道士在醮坛上面,铺下七盏明灯,就如北斗七星之状。元来北斗第七个星,叫做斗杓,春指东方,夏指南方,秋指西方,冬指北方,在天上旋转的;只有第四个星,叫做天枢,他却不动。以此将这天枢星上一灯,特为本命星灯。若是灯明,则本身无事,暗则病势淹缠,灭则定然难救。其时道士手举法器,朗诵灵章①,虔心禳解,伏阴而去②,亲奏星官,要保护薛少府重还魂魄,再转阳间。起来看这七盏灯时,尽皆明亮。觉得本命那一盏尤加光彩,显见不该死的符验。便对夫人贺喜道:“少府本命星灯,光彩倍加,重生当在旦夕,切不可过于哀泣,恐惊动他魂魄不安,有难回转。”夫人含着两行眼泪谢道:“若得如此,也不枉做这个道场,和那昼夜看守的辛苦。”得了这个消息,心中少觉宽解。岂知朦胧睡去,做成一梦。明明见少府慌慌忙忙,精赤剥的跑入门来,满身都是鲜

① 灵章——指道教的经典、咒语。

② 伏阴而去——即过阴;一种迷信的禳解方式:道士或巫婆烧纸、敬神、念咒,作出种种仪式之后,据说,这个道士或巫婆的魂魄就离开躯壳到神那里去,听取神的指示;然后再把指示转告病人。这种方式,叫作“伏阴”。

血，把两只手掩着脖子叫道：“悔气，悔气！我在江上泛舟，情怀颇畅，忽然狂风陡作，大浪掀天，把舟覆了，却跌在水去。幸遇江神怜我阳寿未绝，赠我一领黄金锁子甲，送得出水。正待寻路入城，不意遇着剪径的强人，要谋这领金甲，一刀把我杀了。你若念夫妻情分，好生看守魂魄，送我回去。”夫人一闻此言，不觉放声大哭，就惊醒了。想道：“适间道士只说不死，如何又有此恶梦？我记得梦书上有一句道：梦死得生。莫非他眼下灾悔脱害，故此身上全无一丝一缕，亦未可知。只是紧紧的守定他尸骸便了。”到次日，夫人将醮坛上牺牲诸品，分送三位同僚。这个叫做“散福”。其日就是裴县尉作主，会请各衙，也叫做“饮福”。因此裴县尉差张弼去到渔户家取个大鱼来做鲊，好配酒吃。终是邹二衙为着同年情重，在席上叹道：“这酒与平常宴会不同，乃为薛公祈祷回生，半是醮坛上的品物。今薛公的生死，未知何如，教我们食怎下咽？”裴五衙便道：“古人临食不叹，偏是你念同年，我们不念同僚的？听得道士说他回生，不在昨晚，便是今日。我们且待鱼来做鲊下酒，拼吃个酩酊，只在席上等候他一个消息，岂不是公私两尽？”当日直到未牌时分，张弼方才提着鱼到阶下。元来裴五衙在席上作主，单为等鱼不到。只得停了酒，看邹二衙与雷四衙打双陆①。自己在傍边吃着桃子。忽回转头看见张弼，不觉大怒道：“我差你取鱼，如何去了许久？若不是飞签催你，你敢是不来了

① 双陆——一名“谱双”，古代的一种棋名。把木盘左右各画十二路，叫作“梁”；用木头做成三寸多长、上细下粗、形如棒槌的棋子，叫作“马”，黑白各十五枚。两人对下，用两粒或三粒骰子掷彩而行：白马从右到左，黑马从左到右，先出完的得胜。

么?”张弼只是叩头,把渔户赵干藏过大鱼的情节,备细禀上一遍。裴五衙便教当直的把赵干拖翻,着实打了五十下皮鞭,打得皮开肉绽,鲜血迸流。你道赵干为何先不走了,偏要跟着张弼到县,自讨打吃? 也只恋着这几文的官价,思量领去,却被打了五十皮鞭,价又不曾领得,岂不与这尾金色鲤鱼为贪着香饵上了他的钩儿一般! 正是:

世上死生皆为利,不到乌江不肯休①。

裴五衙把赵干赶了出去,取去来看,却是一尾金色鲤鱼,有三尺多长。喜叹:“此鱼甚好,便可付厨上做鲊来吃!”当下薛少府大声叫道:“我那里是鱼? 就是你的同僚,岂可错认得我了? 我受了许多人的侮慢,正要告诉列位与我出这一口恶气,怎么也认我做鱼,便付厨上做鲊吃? 若要作鲊,可不屈我杀了! 枉做这几时同僚,一些儿契分安在!”其时同僚们全然不礼。少府便情极了,只得又叫道:“邹年兄,我与你同登天宝末年进士,在都下往来最为交厚,今又在此同官,与他们不同。怎么不发一言,坐视我死?”只见邹二衙对裴五衙道:“以下官愚见,这鱼还不该做鲊吃。那青城山上老君祠前有老大的一个放生池,尽有建醮的人买着鱼鳖螺蛤等物投放池内。今日之宴,既是薛衙送来的散福,不若也将此鱼投于放生池内,见我们为同僚的情分,种此因果。”那雷四衙便从旁说道:“放鱼甚善! 因果之说,不可不信。况且酒席美肴馔尽勾多了,何必又要鲊吃?”此时薛少府在阶下,听见叹道:“邹年兄好没

① 不到乌江不肯休——项羽被围,自刎于乌江。这句话就是说:不到死不肯停止的意思。

分晓！既是有心救我，何不就送回衙里去，怎么又要送我上山，却不渴坏了我？虽然如此，也强如死在庖人之手。待我到放生池内，依还变了转来，重换冠带，再坐衙门。且莫说赵干这起狗才，看那同僚扎甚嘴脸来见我？”正在踌躇，又见那裴五衙答道：“老长官要放这鱼，是天地好生之心，何敢不听。但打醮是道家事，不在佛门那一教。要修因果，也不在这上。想道天生万物，专为养人。就如鱼这一种，若不是被人取吃，普天下都是鱼，连河路也不通了。凡人修善，全在一点心上，不在一张口上。故谚语有云：‘佛在心头坐，酒肉穿肠过。’又云：‘若依佛法，冷水莫呷。’难道吃了这个鱼，便坏了我们为同僚的心？眼见得好鱼不作鲊吃，倒平白地放了他去。安知我们不吃，又不被水獭吃了？总只一死，还是我们自吃了的是。”少府听了这话，便大叫道：“你看两个客人都要放我，怎么你做主人的偏要吃我？这等执拗！莫说同僚情薄，元来宾主之礼，也一些没有的。”元来雷四衙是个两可的人，见裴五衙一心要做鱼鲊吃，却又对邹二衙道：“裴长官不信因果，多分这鱼放生不成了。况今日是他做主人，要以此奉客，怎么好固拒他？我想这鱼不是我等定要杀他，只算今日是他数尽之日，救不得罢了。”当下少府即大声叫道：“雷长官，你好没主意，怎么两边撺掇！既是劝他放我，他便不听，你也还该再劝才是。怎么反劝邹年兄也不要救我？敢则你衙斋冷淡①，好几时没得鱼吃了，故此待他做鲊来，思量饱餐一顿么？”只得又叫邹二衙道：“年兄，年兄！你莫不是乔做人情故？假意劝了这几句，便当完了？你是再也不出半声了！自古道得好：‘一死一生，乃见交情。’若非今日我是死的，你是活的，怎知你为同

① 衙斋冷淡——衙门里很清苦的意思。

年之情淡薄如此！到底有个放我时节，等我依旧变了转来也少不得学翟廷尉的故事①，将那两句题在我衙门之上，与你看看！年兄，年兄，只怕你悔之晚矣！"少府虽则乱叫乱嚷，宾主都如不闻。当时裴五衙便唤厨役叫做王士良，因有手段，最整治得好鲊，故将这鱼交付与他，说道："又要好吃，又要快当。不然，照着赵干样子，也奉承你五十皮鞭。"那王士良一头答应，一头就伸过手提鱼。急得少府顶门上飞散了三魂，脚板底荡调了七魄，便大声哭起来道："我平昔和同僚们如兄如弟，极是交好，怎么今日这等哀告，只要杀我？哎，我知道了，一定是妒忌我掌印，起此一片恶心。须知这印是上司委把我的，不是我谋来掌的。若肯放我回衙，我就登时推印，有何难哉！"说了又哭，哭了又说。岂知同僚都做不听见。竟被王士良一把提到厨下，早取过一个砧头来放在上面。少府举眼看时，却认得是他手里一向做厨役的。便大叫道："王士良，你岂不认得我是薛三爷？若非我将吴下食谱传授与你，看你整治些甚样肴馔出来？能使各位爷这般作兴你？你今日也该想我平昔抬举之恩，快去禀知各位爷，好好送回衙去。却把我来放在砧头上待要怎的？"岂知王士良一些不礼，右手拿刀在手，将鱼头着实按上一下。激得少府心中不胜大怒！便骂："你这狗才！敢只会奉承裴五衙，全不怕我！难道我就没摆布你处？"一挣挣起来，将尾子向王士良脸上只一泼，就似打个耳聒子一般，打得王士良耳鸣眼暗，连忙举手掩面不迭，将那把刀直抛在地下去了。一边拾刀，一边却冷笑道：

① 翟廷尉的故事——翟公，汉代人。作廷尉时，宾客满门；罢官之后，就没有人到他家去了。后又作廷尉，宾客又想去；他就在大门上写着："一死一生，乃知交情；一贫一富，乃知交态；一贵一贱，交情乃见。"

"你这鱼！既是恁的健浪，停一会等我送你到滚锅儿里再游游去。"元来做鲊的，最要刀快，将鱼切得雪片也似薄薄的，略在滚水里面一转，便捞起来，加上椒料，泼上香油，自然松脆鲜美。因此王士良再把刀去磨一下。其时少府叫他不应，叹口气道："这次磨快了刀来，就是我命尽之日了。想起我在衙虽则患病，也还可忍耐。如何私自跑出，却受这般苦楚！若是我不见这个东潭；便见了东潭，也不下去洗澡；便洗个澡，也不思量变鱼！便思量变鱼，也不受那河伯的诏书，也不至有今日！总只未变鱼之先，被那小鱼十分撺掇；既变鱼之后，又被那赵干把香饵来哄我，都是命里凑着，自作自受，好埋怨那个！只可怜见我顾夫人在衙，无儿无女，将谁倚靠？怎生寄得一信与他，使我死也瞑目？"正在号咷大哭，却被王士良将新磨的快刀，一刀剁下头来。正是：三寸气在，谁肯输半点便宜；七尺躯亡，都付与一场春梦。眼见得少府这一番真个呜呼哀哉了！

未知少府生回日，已见鱼儿命尽时。

这里王士良刚把这鱼头一刀剁下，那边三衙中薛少府在灵床之上，猛地跳起来坐了。莫说顾夫人是个女娘家，就险些儿吓得死了；便是一家们在那里守尸的，那一个不摇首咋舌，叫道："好古怪！好古怪！我们一向紧紧的守定在此，从没个猫儿在他身上跳过，怎么就把死尸吊了起来①？"只见少府叹了口气，问道："我不知人事有几日了？"夫人答道："你不要吓我！你已死去了二十五日，只怕不会活哩。"少府道："我何曾死！只做得一个梦。不

① 从没个猫儿在他身上跳过，怎么就把死尸吊了起来——据说：猫在人尸体上跳过，阴电和阳电相吸引，尸体就会起立。

意梦去了这许多日!”便唤家人去看:“三位同僚,此时正在堂上,将吃鱼鲊。教他且放下了箸,不要吃。快请到我衙里来讲话。”果然同僚们在堂上饮酒,刚刚送到鱼鲊,正待举箸,只见薛衙人禀说:“少府活转来了,请三位爷莫吃鱼鲊,便过衙中讲话。”惊得那三位都暴跳起来,说道:“医人李八百的把脉,老君庙里铺灯,怎么这等灵验的紧!”忙忙的走过薛衙,连叫“恭喜,恭喜!”只见少府道:“列位可晓得么?适才做鲊的这尾金色鲤鱼便是不才。若不被王士良那一刀,我的梦几乎勾醒!”那三位茫茫不知其故。都说道:“天下岂有此事!且请老长官试说一番,容下官们洗耳拱听。”薛少府道:“适才张弼取鱼到时,邹年兄与雷长官打双陆,裴长官在傍吃桃子。张弼禀渔户赵干藏了大鱼,把小鱼搪塞。裴长官大怒,把赵干鞭了五十。这事有么?”三位道:“果是如此。只是老长官如何晓得恁详细?”少府道:“再与我唤赵干、张弼和那把守迎薰门军士胡健,户曹刑曹二吏,并厨役王士良来,待我问他。”那三位即便差人,都去唤到。少府问道:“赵干,你在东潭钓鱼,钓得个三尺来长金色鲤鱼,你妻子教你藏在芦苇之中,上头盖着旧蓑衣;张弼来取鱼时,你只推没有大鱼。却被张弼搜出,提到迎薰门下。门军胡健说道:裴五爷下飞签催你,你可走快些。到得县门,门内二吏东西相向,在那里下棋。一个说:‘鱼大得怕人子!作鲊来一定好吃。’一个说:‘这鱼可爱,只该畜在后堂池里,不该做鲊。’王士良把鱼按在砧头上,却被鱼跳起尾来,脸上打了一下。又去磨快了刀,方才下手。这事可都有么?”赵干等都惊道:“事俱有的!但不知三爷何繇知得?”少府道:“这鱼便是我做的。我自被钓之后,那一处不高声大叫,要你们送我回衙,怎么都不听我,却是甚主意!”赵干等都叩头道:“小的们实是不听见。若听见时,怎么敢不送回少府?”又问裴县尉道:“老长官要做鱼鲊之时,邹年兄再三劝你放生,雷长官在傍边撺掇,只是不听。催唤王士良提去。我因放声大哭,说:‘枉做这几时同僚,今日定要杀我!岂是仁者所为!’莫说裴长官不礼,连邹年兄雷长官,也更无一言。这是何意?”三位相顾道:“我们何尝听见些儿!”一齐起身请罪。少府笑道:“这鱼不死,我也不生。已作往事,不必再题了。”遂把赵干等打发出去。同僚们也作别回衙。将鱼鲊投弃水中,从此立誓再不吃鱼。元来少府叫哭,那曾有甚么声响,但见这鱼口动而已。乃知三位同僚与赵干等,都不听见,盖有以也。

且说顾夫人想起老君庙签诀的句语,无一字不验。乃将求签打醮事情,备细说与少府知道。就要打点了愿。少府惊道:“我在这里几多时,但闻得青城山上有座老君庙,是极盛的香火,怎知道灵应如此!”即便清斋七日,备下明烛净香,亲诣庙中偿愿。一面差人估计木料,装严金像,合用若干工价,将家财俸资凑来买办,择日兴工。到第七日早上,屏去左右,只带一个十二三岁的小门子①,自出了衙门,一步一拜,向青城山去。刚至半山,正拜在地,猛然听得有人叫道:“薛少府,你可晓得么?”少府不觉吃了一惊。抬头观看,乃是一个牧童,头戴箬笠,横坐青牛,手持短笛,从一个山坡边转出来的。当下少府问道:“你要我晓得甚么?”那牧童道:“你晓得神仙中有个琴高②,他本骑着赤鲤升天去的。只因

① 门子——伺候官员、和官员比较亲近、常在内衙的年轻差役。

② 琴高——神仙故事:琴高,周末赵国人。善鼓琴。他和弟子们相约:将入涿水中取龙子,某天可回。到时,他果然坐着一条鲤鱼出来了。

在王母座上,把那弹云璈的田四妃①觑了一眼,动了凡心,故此两个并谪人世。如今你的前身,便是琴高;你那顾夫人,便是田四妃。为你到官以来,迷恋风尘,不能脱离,故又将你权充东潭赤鲤,受着诸般苦楚,使你回头。你却怎么还不省得?敢是做梦未醒哩?”少府道:“依你说,我的前身,乃是神仙。今已迷惑,又须得一个师父来提醒便好。”牧童道:“你要个提醒的人,远不远千里,近只在目前。这成都府道人李八百,却不是个神仙?他本在汉时叫做韩康,一向卖药长安市上,口不二价。后来为一女子识破了,故此又改名为李八百。人只说他传授得孙真人八百个秘方,正不知他道术还在孙真人之上,实实活过八百多岁了。今你夫妻谪限将满,合该重还仙籍。何不去问那李八百,教他与你打破尘障?”元来夫人止与少府说得香愿的事,不曾说起李八百把脉情繇。因此牧童说着李八百名姓,少府一些也不晓得。心下想道:“山野牧童知道甚么,无过信口胡谈,荒唐之说,何足深信!我只是一步一拜,还愿便了。”岂知才回顾头来,那牧童与牛化作一道紫气,冲天而去。正是:

当面神仙犹不识,前生世事怎能知!

少府因自己做鱼之事,来得奇怪。今番看见牧童化风而去,心下越发惶惑。定道:“连那牧童也是梦中!”好生委决不下。不一时拜到山顶老君座前,叩谢神明保佑,再得回生。只在早晚选定吉日,偿还愿心。拜罢起来,看那老君神像,正是牧童的面貌。又见座傍塑着一头青牛,也与那牧童骑的一般。方悟道:“方才牧童,

① 弹云璈的田四妃——云璈,乐器名。田四妃,神仙故事中的一位女仙人。

分明是太上老君指引我重还仙籍,如何有眼无珠,当面错过?”乃再拜请罪。回至衙中,备将牧童的话,细细述与夫人知道。夫人方说起:“病危时节,曾请成都府道人李八百来看脉。他说是死而不死之症。须待死后半月二旬,自然慢慢的活将转来。不必下药。临起身时,又说:‘这签诀灵得紧。直到看见鱼时,方有分晓。’我想他能预知过去未来之事,岂不真是个仙人!莫说老君已经显出化身,指引你去。便不是仙人,既劳他看脉一回,且又这等神验,也该去谢他。”少府听罢,乃道:“元来又有这段姻缘!如何不去谢他。”又清斋了七日,徒步自往成都府去,访那道人李八百。恰好这一日,李八百正坐在医铺里面。一见少府,便问道:“你做梦可醒了未?”少府扑地拜下,答道:“弟子如今醒了。只求师父指教,使弟子脱离风尘,早闻大道。”李八百笑道:“你须不是没根基的,要去烧丹炼火①。你前世原是神仙谪下,太上老君已明明的对你说破。自家身子,还不省得,还来问人?敢是你只认得青城县主簿么?”当下少府恍然大悟,拜谢道:“弟子如今真个醒了!只是老君庙里香愿,尚未偿还。待弟子了愿之后,即便弃了官职,挈了妻子,同师父出家,证还仙籍,未为晚也。”遂别了李八百,急回至青城县,把李八百的话述与夫人知道。夫人也就言上省悟,前身元是西王母前弹云璈的田四妃。因动尘念堕落。当夜便与少府各自一房安下,焚香静坐,修证前因。次日,少府将印送与邹二衙署摄,备文申报上司。一面催趱工役,盖造殿庭,装严金像,极其齐整。刚到工完之日,那邹二衙为着当时许愿,也要分俸相助,约了两个县尉,

① 烧丹炼火——道教说法:烧炼丹药,丹成了,人吃下就可成仙。

到少府衙舍，说知此事。家人只道还在里边静坐，进去通报。只见案上遗下一诗，竟不知少府和夫人都在那里去了。家人拿那首诗递与邹二衙观看，乃是留别同僚吏民的，诗云：

鱼身梦幻欣无恙，若是鱼真死亦真。
到底有生终有死，欲离生死脱红尘。

邹二衙看了这诗，不胜嗟叹，乃道："年兄总要出家修行，也该与我们作别一声，如今觉道忒歉然了！谅来他去还未远。"即差人四下寻访，再也没些踪迹。正在惊讶，裴五衙笑道："二位老长官好不睹事！想他还掉不下水中滋味，多分又去变鲤鱼玩耍去了。只到东潭上抓他便了。"

不题同僚们胡猜乱想，再说少府和夫人不往别处，竟至成都去见那李八百。那李八百对着少府笑道："你前身元是琴高，因为你升仙不远，固令赤鲤专在东潭相候。今日依先还你赤鲤，骑坐上升，何如？"又对夫人道："自你谪后，西王母前弹云璈的暂借董双成①。如今依旧该是你去弹了。"自然神仙一辈，叫做会中人，再不消甚么口诀，甚么心法，都只是一笑而喻。其时少府夫人也对李八百说道："你先后卖药行医，救度普众，功行亦非小可，何必久混人世！"李八百道："我数②合与你同升，故在此相候。"顷刻间，祥云缭绕，瑞霭缤纷，空中仙音嘹亮，鸾鹤翱翔，仙童仙女，各执旛幢宝盖，前来接引。少府乘着赤鲤，夫人驾了紫霞，李八百跨上白鹤，一齐升天。遍成都老幼，那一个不看见，尽皆望空瞻拜，赞叹不已。

① 董双成——神仙故事中的仙女名；是西王母的侍女，会吹笙。
② 数——宗教迷信的说法，定数，命运注定的。

至今升仙桥圣迹犹存。诗云：

茫茫宇宙事端新，人既为鱼鱼复人。

识破幻形不碍性，休形修性即仙真。

第二十七卷

李玉英狱中讼冤

人间夫妇愿白首，男长女大无疾疢。男娶妻兮女嫁夫，频见森孙①会行走。若还此愿遂心怀，百年瞑目黄泉台。莫教中道有差跌，前妻晚妇情离乖。晚妇狠毒胜蛇蝎，枕边谮语无休歇。自己生儿似宝珍，他人子女遭磨灭②。饭不饭兮茶不茶，蓬头垢面徒伤嗟。君不见大舜历山终夜泣，闵骞十月衣芦花③！

这篇言语，大抵说人家继母心肠狠毒，将亲生子女胜过一颗九曲明珠，乃希世之宝，何等珍重。这也是人之常情，不足为怪。单可恨的，偏生要把前妻男女，百般凌虐，粪土不如。若年纪在十五六岁，还不十分受苦。纵然磨灭，渐渐长大，日子有数。惟有十岁

---

① 森孙——森，众多。森孙，许多孙子。

② 磨灭——折磨。

③ 大舜历山终夜泣，闵骞十月衣芦花——舜，古代历史传说中的一个帝王。历山，是他曾经在那里耕种过田地的地方。他的继母屡次想害他，他总是设法躲避、忍耐过去。终夜泣，是说他受了继母的陷害而整夜哭泣。闵骞，即闵子骞，春秋时鲁国人。性孝友。后母虐待他，把丝绵装在亲生的两个儿子的衣服里，把芦花装在闵子骞的衣服中。他父亲知道了，准备不要他的后母，他说："母在一子单，母去三子寒"，劝他父亲不要那样做。

内外的小儿女，最为可怜。然虽如此，其间原有三等。那三等？第一等，乃富贵之家，幼时自有乳母养娘伏侍，到五六岁便送入学中读书。况且亲族蕃盛，手下婢仆，耳目众多，尚怕被人谈论，还要存个体面。不致有饥寒打骂之苦。或者自生得有子女，要独吞家业，索性倒弄个斩草除根的手段，有诗为证：

　　焚廪捐阶事可伤，申生遭谤伯奇殃①。

　　后妻煽处从来有，几个男儿肯直肠。

第二等，乃中户人家，虽则体面还有，料道幼时，未必有乳母养娘伏侍，诸色尽要在继母手内出放。那饥寒打骂就不能勾免了。若父亲是个硬挣的，定然卫护女儿，与老婆反目厮闹，不许他凌虐。也有惧怕丈夫利害，背着眼方敢施行。倘遇了那不怕天，不怕地，也不怕羞，也不怕死，越杀越上的泼悍婆娘，动辄便拖刀弄剑，不是刎颈上吊，定是奔井投河，惯把死来吓老公，常有弄假成真，连家业都完在他身上。俗语道得好，逆子顽妻，无药可治。遇着这般泼妇，难道终日厮闹不成？少不得闹过几次，奈何他不下，到只得诈瞎装聋，含糊忍痛。也有将来过继与人，也有送去为僧学道，或托在父兄外家寄养。这还是有些血气的所为。又有那一种，横肚肠，烂心肝，忍心害理，无情义的汉子。前妻在生时，何等恩爱，把儿女也何等怜惜。到得死后，娶了晚妻，或奉承他妆奁富厚，或贪恋颜色美丽，或中年娶了少妇，因这几般上，弄得神魂颠倒，意乱心迷，

① 申生遭谤伯奇殃——申生，春秋时晋献公的太子。献公宠爱骊姬，骊姬想立她自己的儿子奚齐做太子，于是设计陷害申生，申生被迫自杀。伯奇，周宣王的大臣尹吉甫的儿子。受后母的谗害，被逐；他悲伤自己的遭遇，作《履霜操》曲。

将前妻昔日恩义，撇向东洋大海。儿女也渐渐做了眼中之钉，肉内之刺。到得打骂，莫说护卫劝解，反要加上一顿，取他的欢心。常有后生儿女都已婚嫁，前妻之子，尚无妻室。公论上说不去时，胡乱娶个与他。后母还千方百计，做下魇魅①，要他夫妻不睦。若是魇魅不灵，便打儿子，骂媳妇，撺掇老公告忤逆，赶逐出去。那男女之间，女儿更觉苦楚。孩子家打过了，或向学中攻书，或与邻家孩子们顽耍，还可以消遣。做了女儿时，终日不离房户，与那夜叉婆挤做一块，不住脚把他使唤，还要限每日做若干女工。做得少，打骂自不必说。及至趱足了，却又嫌好道歉，也原脱白②不过。生下儿女，恰像写着包揽文书的，日夜替他怀抱。倘若啼哭，便道是不情愿，使性儿难为他孩子。偶或有些病症，又道是故意惊吓出来的。就是身上有个蚊虫疤儿，一定也说是故意放来钉的。更有一节苦处，任你滴水成冰的天气，少不得向冰孔中洗浣污秽衣服，还要憎嫌洗得不洁净，加一场咒骂。熬到十五六岁，渐渐成人。那时打骂，就把污话来肮脏了。不骂要趁汉，定说想老公。可怜女子家无处伸诉，只好向背后吞声饮泣！倘或听见，又道装这许多妖势。多少女子当不起恁般羞辱，自去寻了一条死路。有诗为证：

不正夫纲但怕婆，怕婆无奈后妻何！
任他打骂亲生女，暗地心疼不敢诃。

第三等，乃朝趁暮食，肩担之家。此等人家儿女，纵是生母在

① 魇魅（yǎn mèi）——一种迷信的毒害人的方式。例如在木人或草人上，写着被害者的生辰年月，再用种种的咒语邪术，据说就可使被害者精神失常，甚至死亡。

② 脱白——推脱，解说。

时，只好苟免饥寒，料道没甚丰衣足食。巴到十来岁，也就要指望教去学做生意，趁三文五文帮贴柴火。若又遇着个凶恶继母，岂不是苦上加苦。口中吃的，定然有一顿没一顿，担饥忍饿。就要口热汤，也须请问个主意，不敢擅专。身上穿的，不是前拖一块，定是后破一片。受冻捱寒，也不敢在他面前说个冷字。那几根头发，整年也难得与梳子相会。胡乱挽个角儿，还不时挦得披头盖脸。两只脚久常赤着，从不曾见鞋袜面。若得了双草鞋，就胜如穿着粉底皂靴。专任的是劈柴烧火，担水提浆。稍不如意，软的是拳头脚尖，硬的是木柴棍棒。那咒骂乃口头言语，只当与他消闲。到得将就挑得担子，便限着每日要赚若干钱钞。若还缺了一文，少不得敲个半死。倘肯撺掇老公，卖与人家为奴，这就算他一点阴骘。所以小户人家儿女，经着后母，十个到有九个磨折死了。有诗为证：

小家儿女受难辛，后母加添妄怒嗔。

打骂饥寒浑不免，人前一样唤娘亲。

说话的为何只管絮絮叨叨，道后母的许多短处？只因在下今日要说一个继母谋害前妻儿女，后来天理昭彰，反受了国法，与天下的后母做个榜样，故先略道其概。这段话文，若说出来时：

直教铁汉也心酸，总是石人亦泪洒！

你道这段话文，出在那里？就在本朝正德年间，北京顺天府旗手卫①，有个荫籍百户李雄。他虽是武弁出身，却从幼聪明好学，

① 旗手卫——明代，于重镇要害的地方设“卫”；“上十二卫”中有“旗手卫”、“锦衣卫”、“羽林卫”等名目。一卫约有五千六百个兵士，设“指挥”统率；“卫”下面设“所”，一千一百二十人为“千户所”，设“千户”统率；一百一十二人为“百户所”，设“百户”统率。

深知典籍。及至年长，身材魁伟，膂力过人，使得好刀，射得好箭，是一个文武兼备的将官。因随太监张永征陕西安化王①有功，升锦衣卫千户。娶得个夫人何氏。夫妻十分恩爱。生下三女一男：儿子名曰承祖，长女名玉英，次女名桃英，三女名月英。元来是先花后果的。倒是玉英居长，次即承祖。不想何氏自产月英之后，便染了个虚怯症候。不上半年，呜呼哀哉。可怜：

留得旧时残锦绣，每因肠断动悲伤。

那时玉英刚刚六岁，承祖五岁，桃英三岁，月英止有五六个月。虽有养娘奶子伏侍，到底像小鸡失了鸡母，七慌八乱，啼啼哭哭。李雄见儿女这般苦楚，心下烦恼。只得终日住在家中窝伴。他本是个官身，顾着家里，便担阁了公事。到得干办了公事，却又没工夫照管儿女。真个公私不能两尽。捱了几个月日，思想终不是长法，要娶个继室。遂央媒寻亲。那媒婆是走千家踏万户的，得了这句言语，到处一兜，那些人家闻得李雄年纪止有三十来岁，又是锦衣卫千户，一进门就称奶奶，谁个不肯。三日之间，就请了若干庚帖送来，任凭李雄选择。俗语有云：姻缘本是前生定，不许今人作主张。李雄千择万选，却拣了个姓焦的人家女儿，年方一十六岁，父母双亡，哥嫂作主。那哥哥叫做焦榕，专在各衙门打干，是一个油里滑的光棍。李雄一时没眼色，成了这头亲事。少不得行礼纳聘。不则一日，娶得回家，花烛成亲。那焦氏生得有六七分颜色，女工针指，却也百伶百俐；只是心肠有些狠毒。见了四个小儿女，

① 张永征陕西安化王——张永，明正德时的宦官，统率“神机营”的军队。安化王，即明宗室朱寘镭。他于正德五年（1510）起兵反对明武宗（朱厚照），明武宗派张永领军攻讨，兵还未到，寘镭已被人所擒获。

便生嫉妒之念。又见丈夫十分爱惜,又不时叮嘱好生抚育。越发不怀好意。他想道:“若没有这一窝子贼男女,那官职产业好歹是我生子女来承受。如今遗下许多短命贼种,纵挣得泼天家计,少不得被他们先拔头筹。设使久后,也只有今日这些家业,派到我的子女,所存几何,可不白白与他辛苦一世?须是哄热了丈夫,后然用言语唆冷他父子,磨灭死两三个,止存个把,就易处了。”你道天下有恁样好笑的事!自己方才十五六岁,还未知命短命长,生育不生育,却就算到几十年后之事,起这等残忍念头,要害前妻儿女,可胜叹哉!有诗为证:

娶妻原为生儿女,见成儿女反为仇。

不是妇人心最毒,还因男子没长筹。

自此之后,焦氏将着丈夫百般殷勤趋奉。况兼正在妙龄,打扮得如花朵相似。枕席之间,曲意取媚。果然哄得李雄千欢万喜,百顺百依。只有一件不肯听。你道是那件?但说到儿女面上,便道:“可怜他没娘之子,年幼娇痴。倘有不到之处,须将好言训诲,莫要深责。”焦氏撺唆了几次,见不肯听,忍耐不住。一日趁老公不在家,寻起李承祖事过,揪来打骂。不道那孩子头皮寡薄,他的手儿又老辣。一顿乱打,那头上却如酵到馒头,登时肿起几个大疙瘩。可怜打得那孩子无个地孔可钻,号淘痛哭。养娘奶子解劝不住。那玉英年纪虽小,生性聪慧;看见兄弟无故遭此毒打,已明白晚母不是个善良之辈;心中苦楚,泪珠乱落。在旁看不过,向前道告:“母亲,兄弟年幼无知,望乞饶恕则个!”焦氏喝道:“小贱人!谁要你多言?难道我打不得的么?你的打也只在头上滴溜溜转了,却与别人讨饶?”玉英闻得这话,愈加哀楚。正打之间,李雄已回。那孩子抱住父亲,放声号恸。李雄见打得这般光景,暴躁如雷,翻天作地,闹将起来。那婆娘索性抓破脸皮,反要死要活,分毫不让。早有人报知焦榕,特来劝慰。李雄告诉道:"娶令妹来,专为要照管这几个儿女,岂是没人打骂,娶来凌贱不成!况又几番嘱付,可怜无母娇幼。你即是亲母一般,凡事将就些。反故意打得如此模样!"焦榕假意埋怨了妹子几句,陪个不是,道:"舍妹一来年纪小,不知世故;二来也因从幼养娇了性子,在家任意惯了。妹丈不消气得!"又道:"省得在此不喜欢,待我接回去住几日,劝喻他下次不可如此。"道罢,作别而去。少顷,雇乘轿子,差个女使接焦氏到家。那婆娘一进门,就埋怨焦榕道:"哥哥,奴总有甚不好处,也该看爹娘分上访个好对头匹配才是,怎么胡乱肮脏送在这样人家,误我的终身?"焦榕笑道:"论起嫁这锦衣卫千户,也不算肮脏了。但是你自己没有见识,怎么抱怨别人?"焦氏道:"那见得我没有见识?"焦榕道:"妹夫既将儿女爱惜,就顺着他性儿,一般着些痛热。"焦氏嚷道:"又不是亲生的,教我着疼热,还要算计哩!"焦榕笑道:"正因这上,说你没见识。自古道:'将欲取之,必固与之①。'你心下越不喜欢这男女,越该加意爱护。"焦氏道:"我恨不得顷刻除了这几个冤孽,方才干净,为何反要将他爱护?"焦榕道:"大抵小儿女,料没甚大过失。况婢仆都是他旧人,与你恩义尚疏。稍加责罚,此辈就到家主面前轻事重报,说你怎地凌虐。妹夫

① 将欲取之,必固与之——语见《老子》第三十六章。意思是说:将要占有这件东西,必须先表示自己不要;然后再瞅着机会占取过来。这里的意思是:要毒害前妻的子女,就事先故意对他们亲切,关心,以便将来达到毒害的目的。

必然着意防范，何繇除得？他存了这片疑心，就是生病死了，还要疑你有甚缘故，可不是无丝有线！你若将就容得，落得做好人。抚养大了，不怕不孝顺你。”焦氏把头三四摇道：“这是断然不成！”焦榕道：“毕竟容不得，须依我说话。今后将他如亲生看待，婢仆们施些小惠，结为心腹，暗地察访。内中倘有无心向你，并口嘴不好的，便赶逐出去。如此过了一年两载，妹夫信得你真了，婢仆又皆是心腹，你也必然生下子女，分了其爱。那时觑个机会，先除却这孩子，料不疑虑到你。那几个丫头，等待年长，叮嘱童仆们一齐驾起风波，只说有私情勾当。妹夫是有官职的，怕人耻笑，自然逼其自尽。是恁样阴唆阳劝做去，岂不省了目下受气？又见得你是好人。”焦氏听了这片言语，不胜喜欢道：“哥哥言之有理！是我错埋怨你了。今番回去，依此而行。倘到紧要处，再来与哥哥商量。”

不题焦榕兄妹计议。且说李雄因老婆凌贱儿女，反添上一顶愁帽儿，想道：“指望娶他来看顾儿女，却到增了一个魔头！后边日子正长，教这小男女怎生得过？”左思右算，想出一个道理。你道是什么道理？元来收拾起一间书室，请下一个老儒，把玉英、承祖送入书堂读书。每日茶饭俱着人送进去吃。直至晚方才放学。教他远了晚娘，躲这打骂。那桃英、月英自有奶子照管，料然无妨。常言：夫妻是打骂不开的。过了数日，只得差人去接焦氏。焦榕备些礼物，送将回来。焦氏知得请下先生，也解了其意，更不道破。这番归来，果然比先大不相同，一味将笑撮在脸上，调引这几个小男女，亲亲热热，胜如亲生。莫说打骂，便是气儿也不再呵一口。待婢仆们也十分宽恕，不常赏赐小东西。大凡下人，肚肠极是窄狭，得了须微之利，便极口称功诵德，欢声溢耳。李雄初时甚觉奇异，只道惧怕他闹吵，当面假意殷勤，背后未必如此。几遍暗地打听，冷眼偷瞧，更不见有甚别样做作。过了年馀，愈加珍爱。李雄万分喜悦，想道："不知大舅怎生样劝喻，便能改过从善。如此可见好人原容易做的，只在一转念耳。"从此放下这片肚肠。夫妻恩爱愈笃。那焦氏巴不能生下个儿子。谁知做亲二年，尚没身孕。心中着急，往各处寺观庵堂，烧香许愿。那菩萨果是有些灵验。烧了香，许过愿，真个就身怀六甲。到得十月满足，生下一个儿子，乳名亚奴。你道为何叫这般名字？元来民间有个俗套，恐怕小儿家养不大，常把贱物为名，取其易长的意思。因此每每有牛儿狗儿之名。那焦氏也恐难养，又不好叫恁般名色，故只唤做亚奴，以为比奴仆尚次一等，即如牛儿狗儿之意。李雄只道焦氏真心爱惜儿女，今番生下亚奴，亦十分珍重。三朝满月，遍请亲友吃庆喜筵宴，不在话下。常言说得好：只愁不养，不愁不长。眨眼间，不觉亚奴又已周岁。那时玉英已是十龄，长得婉丽飘逸，如画图中人物。且又赋性敏慧，读书过目成诵，善能吟诗作赋。其他描花刺绣，不教自会。兄弟李承祖，虽然也是个聪明孩子，到底赶不上姐姐。曾咏绿萼梅，诗云：

并是调羹种，偏栽碧玉枝。
不夸红有艳，兼笑白无奇。
蕊绽莺忘啄，花香蝶未窥。
陇头羌笛奏，芳草总堪疑。

因有了这般才藻，李雄倍加喜欢。连桃英、月英也送入书堂读书。又尝对焦氏说道："玉英女儿，有如此美才，后日不舍得嫁他出去。访一个有才学的秀士入赘家来，待他夫妇唱和，可不好么？"焦氏口虽赞美，心下越增妒忌。正要设计下手。不想其年乃正德十四年，陕西反贼杨九儿据皋兰山作乱。累败官军,地方告急。朝廷遣都指挥赵忠充总兵官,统领兵马前去征讨。赵忠知得李雄智勇相兼,特荐为前部先锋。你想军情之事,火一般紧急,可能勾少缓?半月之间,择日出师。李雄收拾行装器械,带领家丁起程。临行时又叮嘱焦氏,好生看管儿女。焦氏答道:“这事不消分付!但愿你阵面上神灵护祐,马到成功,博个封妻荫子。”夫妻父子正在分别,外边报:“赵爷传令教场相会。”李雄洒泪出衙。急急上马,直至教场中演武厅上与诸将参谒已毕,朝廷又差兵部官犒劳,三军齐向北阙谢恩,口称万岁三声。赵爷分付李雄带领前部军马先行。李雄领了将令,放起三个轰天大炮,众军一声呐喊,遍地锣鸣,离了教场,望陕西而进。军容整肃,器仗鲜明,一路上逢山开径,遇水叠桥,不则一日,已至陕西地面,安营下寨,等大军到来,一齐进发。与贼兵连战数阵,互相胜负。到七月十四,贼兵挑战。赵爷令李雄出阵。那李雄统领部下精兵,奋勇杀入。贼兵抵挡不住,大败而走。李雄乘胜追逐数里。不想贼人伏兵四起,团团围住,左冲右突,不能得脱。外面救兵又被截断。李雄部下虽然精勇,终是众寡不敌。鏖战到晚,一军尽没。可怜李雄盖世英雄,到此一场春梦!正是:

正气千寻横宇宙,孤魂万里占清寒。

赵忠出征之事,按下不题。却说焦氏方要下手,恰好遇着丈夫出征,可不天凑其便。李雄去了数日,一乘轿子,抬到焦榕家里,与他商议。焦榕道:“据我主意,再缓几时。”焦氏道:“却是为何?”焦榕道:“妹夫不在家,死了定生疑惑。如今还是把他倍加好好看承。妹夫回家知道,越信你是个好人。那时出其不意,弄个手脚,必无疑虑。可不妙哉!”焦氏依了焦榕说话,真个把玉英姊妹看承比前又胜几分。终日盼望李雄得胜回朝。谁知已到八月初旬,陕西报到京中，说七月十四日与贼交锋，前部千户李雄恃勇深入，先胜后败，全军尽没。焦榕是专在各衙门打干的，早已知得这个消息，吃了一惊，如飞报与妹子。焦氏闻说丈夫战死，放声号恸。那玉英姊妹尤为可怜，一个个哭得死而复苏。焦氏与焦榕商议，就把先生打发出门，合家挂孝，招魂设祭，摆设灵座。亲友尽来吊唁。那时焦氏将脸皮翻转，动辄便是打骂。又过了月馀，焦氏向焦榕道："如今丈夫已死，更无别虑。动了手罢。"焦榕道："我有个妙策在此，不消得下手。只教他死在他乡外郡，又怨你不着。"焦氏忙问有何妙策。焦榕道："妹夫阵亡，不知尸首下落。再捱两月，等到严寒天气，差一个心腹家人，同承祖去陕西寻觅妹夫骸骨。他是个孩子家，那曾经途路风霜之苦。水土不服，自然中道病死。设或熬得到彼处，叮嘱家人撇了他，暗地自回。那时身畔没了盘缠，进退无门，不是冻死，定是饿死。这几个丫头，饶他性命，卖与人为妾作婢，还值好些银子。岂非一举两得！"焦氏连称有理。耐至腊月初旬，焦氏唤过李承祖说道："你父亲半世辛勤，不幸丧于沙场，无葬身之地。虽在九泉，安能瞑目！昨日闻得舅舅说，近日赵总兵连胜数阵，贼兵退去千里之外，道路已是宁静。我欲亲往陕西寻觅你父亲骸骨归葬，少尽夫妻之情。又恐我是个少年寡妇，出头露面，必被外人谈耻。故此只得叫家人苗全服事你去走遭。倘能寻得回来，也见你为子的一点孝心。行装都已准备下了，明早便可登程。"承祖闻言，双眼流泪道："母亲言之有理！孩儿明早便行。"玉英料道不是好意，大吃一惊，乃道："告母亲：爹爹暴弃沙场，理合兄弟前去寻觅。但他年纪幼小，道途跋涉，未曾经惯。万一有些山高水低，可不枉送一死？何不再差一人，与苗全同去，总是一般的。”焦氏大怒道:“你这逆种!当初你父存日,将你姊妹如珍宝一般爱惜。如今死了,就忘恩背义,连骸骨也不要了!你读了许多书,难道不晓得昔日木兰代父征西,缇萦①上书代刑?这两个一般也是幼年女子,有此孝顺之心。你不能够学他恁般志气,也去寻觅父亲骸骨,反来阻当兄弟莫去!况且承祖还是个男儿,一路又有人服事,须不比木兰女上阵征战,出生入死。那见得有什么山高水低,枉送了性命!要你这样不孝女何用!”一顿乱嚷,把玉英羞得满面通红,哭告道:“孩儿岂不念爹爹生身大恩,要寻访骸尸归葬?止因兄弟年纪尚幼,恐受不得辛苦。孩儿情愿代兄弟一行。”焦氏道:“你便想要到外边去游山玩景快活,只怕我心里还不肯哩。”当晚玉英姊妹挤在一处言别,呜呜的哭了半夜。李承祖道:“姐姐,爹爹骸骨暴弃在外,就死也说不得。待我去寻觅回来,也教母亲放心。不必你忧虑。”到了次早,焦氏催促起程。姊妹们洒泪而别。焦氏又道:“你若寻不着父亲骸骨,也不必来见我。”李承祖哭道:“孩儿如不得爹爹骨殖,料然也无颜再见母亲。”苗全扶他上了生口,经出京师。你道那苗全是谁?乃焦氏带来赠嫁的家人中第一个心腹,已暗领了主母之意,自在不言之表。主仆二人离了京师,望陕西进发。此时正是隆冬天气,朔风如箭,地上积雪有三四尺高。往来生口,恰如在绵花堆里行走。那李承祖不上十岁的孩子,况且从幼娇养,何曾受这般苦楚!在生口背上把不住的寒颤,常常望着雪窝里颠将下来。在路晓行夜宿,约走了十数日。李承祖渐

① 木兰、缇萦——木兰,古诗《木兰辞》中的女主角。她女扮男装,代替父亲当兵打仗。缇萦,汉太仓令淳于意的少女。意有罪关在牢里,缇萦向皇帝上书,愿作官婢以赎父罪。

渐饮食减少,生起病来。对苗全道:“我身子觉得不好,且将息两日再行。”苗全道:“小官人,奶奶付的盘缠有限,忙忙趱到那边,只怕转去还用度不来。路上若再担阁两日,越发弄不来了。且勉强捱到省下,那时将养几日罢。”李承祖又问:“到省下还有几多路?”苗全笑道:“早哩!极快还要二十个日子。”李承祖无可奈何,只得熬着病体,含泪而行。有诗为证:

可怜童稚离家乡,匹马迢迢去路长!

遥望沙场何处是?乱云衰草带斜阳。

又行了两日。李承祖看看病体转重,生口甚难坐。苗全又不肯暂停,也不雇脚力,故意扶着步行。明明要送他上路的意思。又捱了半日,来到一个地方名唤保安村。李承祖道:“苗全,我半步移不动了,快些寻个宿店歇罢。”苗全闻言,暗想道:“看他这个模样,料然活不成了。若到店客中住下,便难脱身。不如撇在此间,回家去罢。”乃道:“小官人,客店离此尚远。你既行走不动,且坐在此,待我先去放下包裹,然后来背你去,何如?”李承祖道:“这也说得有理。”遂扶至一家门首,阶沿上坐下。苗全拽开脚步,走向前去,问个小路抄转,买些饭食吃了,雇个生口,原从旧路回家去了。不在话下。

且说李承祖坐在阶沿上,等了一回,不见苗全转来。自觉身子存坐不安,倒身卧下,一觉睡去。那个人家却是个孤孀老妪,住得一间屋儿,坐在门口纺纱。初时见一汉子扶个小厮,坐于门口,也不在其意。直至傍晚,拿只桶儿要去打水,恰好拦门熟睡,叫道:“兀那小官人快起来!让我们打水。”李承祖从梦中惊醒,只道苗全来了。睁眼看时,乃是那屋里的老妪。便挣扎坐起道:“老婆婆有甚话说?”那老妪听得语音不是本地上人物,问道:“你是何处来的,却睡在此间?”李承祖道:“我是京中来的。只因身子有病,行走不动,借坐片时。等家人来到,即便去了。”老妪道:“你家人在那里?”李承祖道:“他说先至客店中,放了包裹,然后来背我去。”老妪道:“哎约!我见你那家人去时,还是上午。如今天将晚了,难道还走不到?想必包裹中有甚银两,撇下你逃走去了。”李承祖因睡得昏昏沉沉,不曾看天色早晚,只道不多一回。闻了此言,急回头仰天观望,果然日已矬西。吃了一惊,暗想道:“一定这狗才料我病势渐凶,懒得伏侍,逃走去了。如今教我进退两难,怎生是好!”禁不住眼中流泪,放声啼哭。有几个邻家俱走来观看。那老妪见他哭得苦楚,亦觉孤恓,倒放下水桶,问道:“小官人,你父母是何等样人?有甚紧事,恁般寒天冷月,随个家人行走?还要往那里走?”李承祖带泪说道:“不瞒老婆婆说,我父亲是锦衣卫千户,因随赵总兵往陕西征讨反贼,不幸父亲阵亡。母亲着我同家人苗全到战场上寻觅骸骨归葬。不料途中患病,这奴才就撇我而逃。多分也做个他乡之鬼了。”说罢,又哭。众人闻言,各各嗟叹。那老妪道:“可怜,可怜!元来是好人家子息,些些年纪,有如此孝心,难得,难得!只是你身子既然有病,睡在这冷石上,愈加不好了。且闸阓[①]起来,到我铺上去睡睡。或者你家人还来也未可知。”李承祖道:“多谢婆婆美情!恐不好打搅。”那老妪道:“说那里话!谁人没有患难之处。”遂向前扶他进屋里去。邻家也各自

① 闸阓(zhèng chuài)——有两意:一、同“挣扎”,勉强支持;二、同“挣”,出力图谋,用力取得。这里是用第一意。

散了。承祖跨入门槛,看时,侧边便是个火炕,那铺儿就在炕上。老妪支持他睡下,急急去汲水烧汤,与承祖吃。到半夜间,老妪摸他身上,犹如一块火炭。至天明看时,神思昏迷,人事不省。那老妪央人去请医诊脉,取出钱钞,赎药与他吃,早晚伏侍。那些邻家听见李承祖病凶,在背后笑那老妪着甚要紧,讨这样烦恼!老妪听见,只做不知,毫无倦怠。这也是李承祖未该命绝,得遇恁般好人。有诗为证:

家中母子犹成怨,路次闲人反着疼!

美恶性生天壤异,反教陌路笑亲情。

李承祖这场大病,捱过残年,直至二月中方才稍可。在铺上看着那老妪谢道:“多感婆婆慈悲,救我性命!正是再生父母。若能挣扎回去,定当厚报大德。”那老妪道:“小官人何出此言!老身不过见你路途孤苦,故此相留,有何恩德,却说厚报二字!”光阴迅速,倏忽又三月已尽,四月将交。那时李承祖病体全愈,身子硬挣,遂要别了老妪,去寻父亲骸骨。那老妪道:“小官人,你病体新痊,只怕还不可劳动。二来前去不知尚有几多路程,你孤身独自,又无盘缠,如何去得。不如住在这里,待我访问近边有入京的,托他与你带信到家,教个的当亲人来同去方好。”承祖道:“承婆婆过念。只是家里也没有甚亲人可来。二则在此久扰,于心不安。三则恁般温和时候,正好行走。倘再捱几时,天道炎热,又是一节苦楚。我的病症,觉得全妥,料也无妨。就是一路去,少不得是个大道,自然有人往来。待我慢慢求乞前去,寻着了父亲骸骨,再来相会。”那老妪道:“你纵到彼寻着骸骨,又无银两装载回去,也是徒然。”李承祖道:“那边少不得有官府。待我去求告,或者可怜我父为国身亡，设法装送回家，也未可知。”那老妪再三苦留不住，又去寻凑几钱银子相赠。两下凄凄惨惨，不忍分别，到像个嫡亲子母。临别时，那老妪含着眼泪嘱道：“小官人转来，是必再看看老身，莫要竟自过去！”李承祖喉间哽咽，答应不出，点头泣涕而去。走两步，又回过头来观看。那老妪在门首，也直至望不见了，方才哭进屋里。这些邻家没一个不笑他是个痴婆子：“一个远方流落的小厮，白白里赔钱赔钞，伏侍得才好，急松松就去了。有甚好处，还这般哭泣！不知他眼泪是何处来的？”遂把这事做笑话传说。看官，你想那老妪乃是贫穷寡妇，倒有些义气。一个从不识面的患病小厮，收留回去，看顾好了，临行又赍赠银两，依依不舍。像这班邻里，都是须眉男子，自己不肯施仁仗义，及见他人做了好事，反又撅唇簸嘴。可见人面相同，人心各别。闲话休题。

且说李承祖又无脚力，又不认得路径，顺着大道，一路问讯，捱向前去。觉道劳倦，随分庵堂寺院，市镇乡村，即便借宿。又亏着那老妪这几钱银子，将就半饥半饱，度到临洮府。那地方自遭兵火之后，道路荒凉，人民稀少。承祖问了向日争战之处，直至皋兰山相近，思想要祭奠父亲一番。怎奈身边止存着十数文铜钱，只得单买了一陌纸钱，讨个火种，向战场一路跑来。远远望去，只见一片旷野，并无个人影来往，心中先有五分惧怯。便立住脚，不敢进步。却又想道：“我受了千辛万苦，方到此间。若是害怕，怎能够寻得爹爹骸骨？须索拚命前去。”大着胆飞奔到战场中。举目看时，果然好凄惨也！但见：

荒原漠漠，野草萋萋；四郊荆棘交缠，一望黄沙无际。髑髅暴露，堪怜昔日英雄；白骨抛残，可惜当年壮士！阴风刁刁，惟闻鬼哭神号;寒雾濛濛,但见狐奔兔走。猿啼夜月肠应断,雁唳秋云魂自消。

李承祖吹起火种,焚化纸钱,望空哭拜一回。起来仔细寻觅,团团走遍,但见白骨交加,并没一个全尸。元来赵总兵杀退贼兵,看见尸横遍野,心中不忍,即于战场上设祭阵亡将士,收拾尸骸焚化,因此没有全尸遗存。李承祖寻了半日,身子困倦,坐于乱草之中,歇息片时,忽然想起:"征战之际,遇着便杀,即为战场。料非只此一处。正不知爹爹当日丧于那个地方?我却专在此寻觅,岂不是个騃子?"却又想道:"我李承祖好十分懵懂!爹爹身死已久,血肉定自腐坏,骸骨纵在目前,也难厮认。若寻认不出,可不空受这番劳碌!"心下苦楚,又向空祷告道:"爹爹阴灵不远:孩儿李承祖千里寻访至此,收取骸骨。怎奈不能识认!爹爹,你生前尽忠报国,死后自必为神。乞显示骸骨所在,奉归安葬,免使暴露荒丘,为无祀之鬼。"祝罢,放声号哭。又向白骨丛中,东穿西走一回。看看天色渐晚,料来安身不得,随路行走,要寻个歇处。行不上一里田地,斜插里林子中,走出一个和尚来。那和尚见了李承祖,把他上下一相,说道:"你这孩子,好大胆!此是什么所在,敢独自行走?"李承祖哭诉道:"小的乃京师人氏,只因父亲随赵总兵出征阵亡,特到此寻觅骸骨归葬。不道没个下落,天又将晚,要觅个宿处。师父若有庵院,可怜借歇一晚,也是无量功德!"那和尚道:"你这小小孩子,反有此孝心,难得,难得!只是尸骸都焚化尽了,那里去寻觅!"李承祖见说这话,哭倒在地。那和尚扶起道:"小官人,哭也无益。且随我去住一晚,明日打点回家去罢。"李承祖无奈,只得随着和尚,又行了三里多路,来到一个小小村落。看来只有五六家人家。那和尚住的是一座小茅庵。开门进去,吹起火来,收拾些饭食,与李承祖吃了。问道:“小官人,你父亲是何卫军士?在那个将官部下?叫甚名字?”李承祖道:“先父是锦衣卫千户,姓李名雄。”和尚大惊道:“元来是李爷的公子!”李承祖道:“师父,你如何晓得我先父?”和尚道:“实不相瞒,小僧原是羽林卫军人,名叫曾虎二,去年出征,拨在老爷部下。因见我勇力过人,留我帐前亲随,另眼看承。许我得胜之日,扶持一官。谁知七月十四,随老爷上阵,先斩了数百馀级,敌人败去。一时恃勇,追逐十数里,深入重地。贼人伏兵四起,围裹在内。外面救兵又被截住,全军战没。止存老爷与小僧二人,各带重伤。只得同伏在乱尸之中。到深夜起来逃走,不想老爷已死。小僧望见傍边有一带土墙,随负至墙下,推倒墙土掩埋。那时贼兵反拦在前面,不能归营。逃到一个山湾中,遇一老僧,收留在庵。亏他服事,调养好了金疮。朝暮劝化我出家。我也想:死里逃生,不如图个清闲自在。因此依了他,削发为僧。今年春间,老师父身故。有两个徒弟道我是个洊来僧,不容住在庵中。我想既已出家,争甚是非?让了他们,要往远方去,行脚经过此地,见这茅庵空闲,就做个安身之处,往远近村坊抄化度日。不想公子亲来,天遣相遇。”李承祖见说父亲尸骨尚存,倒身拜谢。和尚连忙扶住,又问道:“公子恁般年娇力弱,如何家人也不带一个,独自行走?”李承祖将中途染病,苗全抛弃逃回,亏老妪救济前后事细细说出。又道:“若寻不见父亲骨殖,已拚触死沙场。天幸得遇吾师,使我父子皆安。”和尚道:“此皆老爷英灵不泯,公子孝行感格,天使其然。只是公子孑然一身,又没盘缠,怎能够装载回去?”公子道:“意欲求本处官府设法,不知可肯?”和尚笑道："公子差矣！常言道：官情如纸薄。总然极厚相知，到得死后，也还未可必；何况素无相识？却做恁般痴想！"李承祖道："如此便怎么好？"和尚沉吟半晌，乃道："不打紧！我有个道理在此。明日将骸骨盛在一件家伙之内，待我负着，慢慢一路抄化至京，可不好么？"李承祖道："吾师肯恁般用情，生死衔恩不浅！"和尚道："我蒙老爷识拔之恩，少效犬马之劳，何足挂齿！"

到了次日，和尚向邻家化了一只破竹笼，两条索子，又借柄锄头，又买了几陌纸钱，锁上庵门，引李承祖前去。约有数里之程，也是一个村落，一发没个人烟。直到土墙边放下竹笼。李承祖就哭啼起来。和尚将纸钱焚化，拜祝一番，运起锄头，掘开泥土，露出一堆白骨。从脚上逐节儿收置笼中，掩上笼盖，将索子紧紧捆牢。和尚负在背上。李承祖捎了锄头，回至庵中。和尚收拾衣钵被窝，打个包儿，做成一担，寻根竹子，挑出庵门。把锄头还了，又与各邻家作别，央他看守。二人离了此处，随路抄化，盘缠尽是有馀。不则一日，已至保安村。李承祖想念那老妪的恩义，经来谢别。谁知那老妪自从李承祖去后，日夕挂怀，染成病症，一命归泉。有几个亲戚，与他备办后事，送出郊外，烧化久矣。李承祖问知邻里，望空遥拜，痛哭一场，方才上路。共行了三个多月，方达京都。离城尚有十里之远，见旁边有个酒店。和尚道："公子且在此少歇。"齐入店中，将竹笼放于桌上。对李承祖说道："本该送公子到府，向灵前叩个头儿才是。只是我原系军人，虽则出家，终有人认得。倘被拿作逃军，便难脱身。只得要在此告别，异日再图相会。"李承祖垂泪道："吾师言虽有理，但承大德，到我家中，或可少尽。今在此处，无以为报，如之奈何？"和尚道："何出此言！此行一则感老爷昔年恩谊，二则见公子穷途孤弱，故护送前来。那个贪图你的财物？”正说间，酒保将过酒肴。和尚先摆在竹笼前祭奠，一连叩了四五个头，起来又与李承祖拜别。两下各各流泪。饮了数杯，算还酒钱，又将钱雇个生口，与李承祖乘坐。把竹笼教脚夫背了。自己也背上包裹，齐出店门，洒泪而别。有诗为证：

欲收父骨走风尘，千里孤穷一病身。

老妪周旋僧作伴，皇天不负孝心人。

话分两头。却说苗全自从撇了李承祖，雇着生口赶到家中，只说已至战场，无处寻觅骸骨。小官人患病身亡。因少了盘缠，不能带回，就埋在彼。暗将真信透与焦氏。那时玉英姊妹一来思念父亲，二来被焦氏日夕打骂，不胜苦楚。又闻了这个消息，愈加悲伤。焦氏也假意啼哭一番。那童仆们见家主阵亡，小官人又死，各寻旺处飞去。单单剩得苗全夫妻和两个养娘，门庭冷如冰炭。焦氏恨不得一口气吹大了亚奴，袭了官职，依然热闹。又闻得兵科给事中①上疏，奏请优恤阵亡将士。圣旨下在兵部查覆。焦氏多将金银与焦榕，到部中上下使用，要谋升个指挥之职。那焦榕平日与人干办，打惯了偏手，就是妹子也说不得也要下只手儿。一日，焦榕走来回覆妹子说话。焦氏安排酒肴款待。元来他兄妹都与酒瓮同年，吃杀不醉的。从午后吃起直至申牌时分，酒已将竭，还不肯止。又教苗全去买酒。苗全提个酒瓶走出大门，刚欲跨下阶头，远远望见一骑生口，上坐一个小厮，却是小主人李承祖。吃这惊不小！暗

① 兵科给事中——官名。明代有吏、户、礼、兵、刑、工六科给事中，掌侍从、规谏，稽察六部百官的事。

道:“元来这冤家还在!”掇转身跑入里边,悄悄报知焦氏。焦氏即与焦榕商议停当,教苗全出后门去买砒礵。二人依旧坐着饮酒。等候李承祖进来,不题。

且说李承祖到了自家门首,跳下生口,赶脚的背着竹笼,跟将进来。直至堂中,静悄悄并不见一人。心内伤感道:“爹爹死了,就弄得这般冷落!”教赶脚的把竹笼供在灵座上,打发自去。李承祖向灵前叩拜,转着去时的苦楚,不觉泪如泉涌,哭倒在拜台之上。焦氏听得哭声,假意教丫头出来观看。那丫头跑至堂中,见是李承祖,惊得魂不附体,带跌而奔。报道:“奶奶,公子的魂灵来家了!”焦氏照面一口涎沫,道:“啐!青天白日这样乱话!”丫头道:“见在灵前啼哭。奶奶若不信,一同去看。”焦榕也假意说道:“不信有这般奇事!”一齐走出外边。李承祖看见,带着眼泪向前拜见。焦榕扶住道:“途路风霜,不要拜了。”焦氏挣下几点眼泪,说道:“苗全回来,说你有不好的信息。日夜想念。懊悔当初教你出去。今幸无事,万千之喜了!只是可曾寻得骸骨?”李承祖指着竹笼道:“这个里边就是。”焦氏捧着竹笼,便哭起天来。玉英姊妹,已是知得李承祖无恙,又惊又喜。奔至堂前,四个男女,抱做一团而哭。哭了一回,玉英道:“苗全说你已死,怎地却又活了?”李承祖将途中染病,苗全不容暂停,直至遇见和尚送归始末,一一道出。焦榕怒道:“苗全这奴才恁般可恶!待我送他到官,活活敲死,与贤甥出气。”李承祖道:“若得舅舅主张,可知好么!”焦氏道:“你途中辛苦了,且进去吃些酒饭,将息身子。”遂都入后边。焦榕扯李承祖坐下,玉英姊妹,自避过一边。焦氏一面教丫头把酒去热,自己趄到后门首。恰好苗全已在那里等候。焦氏接了药,分付他停一回进来。焦氏到厨下,将丫鬟使开,把药倾入壶中。依原走来坐下。少顷,丫头将酒镟汤得飞滚,拿至桌边。焦榕取过一只茶瓯,满斟一杯,递与承祖道:“贤甥,借花献佛,权当与你洗尘。”承祖道:“多谢舅舅!”接过手放下,也要斟一杯回敬。焦榕又拿起,直推至口边道:“我们饮得多了,这壶中所存有限,你且乘热饮一杯。”李承祖不知好歹,骨都都饮个干净。焦榕又斟过一杯道:“小官人家须要饮个双杯。”又推到口边。那李承祖因是尊长相劝,不敢推托,又饮干了。焦榕再把壶斟时,只有小半杯,一发劝李承祖饮了。那酒不饮也罢,才到腹中,便觉难过。连叫肚痛。焦氏道:“想是路上触了臭气了。”李承祖道:“也不曾触甚臭气。”焦氏道:“或者三不知,那里觉得!”须臾间药性发作,犹如钢枪攒刺,烈火焚烧,疼痛难忍。叫声:“痛死我也!”跌倒在地。焦榕假惊道:“好端端地,为何痛得恁般利害?”焦氏道:“一定是绞肠沙①了。”急教丫头扶至玉英床上睡下,乱攧乱跌,只叫难过。慌得玉英姊妹手足无措。那里按得他住。不消半个时辰,五脏迸裂,七窍流红,大叫一声,命归泉府。旁边就哭杀了玉英姊妹,喜杀了焦氏婆娘,也假哭几声。焦榕道:“看这个模样,必是触犯了神道,被丧煞打了。如今幸喜已到家里,还好。只是占了甥女卧处,不当稳便。就今夜殓过,省得他们害怕。”焦氏便去取出些银钱。那时苗全已转进前门,打探听得里边哭声鼎沸,量来已是完帐。径走入来。焦氏恰好看见,把银递与苗全,急忙去买下一具棺木,又买两壶酒,与苗全吃够一醉。先把棺木放在一门厢房里,然后揎拳裸臂,跨入房中,教玉英姊妹

① 绞肠沙——即乾霍乱。

走开。向床上翻那尸首,也不揩抹去血污,也不换件衣服,伸着双手,便抱起来。一则那厮有些蛮力,二则又趁着酒兴,三则十数岁孩子,原不甚重,轻轻的托在两臂,直至厢房内盛殓。玉英姊妹,随后哭泣。谁知苗全落了银子,买小了棺木,尸首放下去,两只腿露出了五六寸。只得将腿儿竖起,却又顶浮了棺盖。苗全扯来拽去,没做理会。玉英姊妹看了这个光景,越发哭得惨伤。焦氏沉吟半晌,心生一计。把玉英姊妹并丫头都打发出外,掩上门儿,教苗全将尸首拖在地上,提起斧头,砍下两只小腿,横在头下,倒好做个枕儿。收拾停当,钉上棺盖,开门出来。焦榕自回家去。玉英觑见棺已钉好,暗想道:"适来放不下,如何打发我姊妹出来了,便能钉上棺盖?难道他们有甚法术,把棺木化大了,尸首缩小了?"好生委决不下。过了两日,焦氏备起衣衾棺椁,将丈夫骸骨重新殓过。择日安葬祖茔。恰好优恤的覆本已下:李雄止赠忠勇将军,不准升袭指挥。焦氏用费若干银两,空自送在水里。到了安葬之日,亲邻齐来相送。李承祖也就埋在坟侧。偶有人问及,只说路上得了病症,到家便亡。那亲戚都不是切己之事,那个去查他细底。可怜李承祖沙场内倒阐阂得性命,家庭中反断送了残生。正是:

非故翻如故,宜亲却不亲。

万般皆是命,半点不由人。

常言道:痛定思痛。李承祖死时,玉英慌张慌智①,不暇致详。到葬后渐渐想出疑惑来。他道:"如何不前不后,恰恰里到家便死,不信有恁般凑巧!况兼口鼻中又都出血;且又不拣个时辰,也

① 慌张慌智——慌里慌张。

不收拾个干净;棺木小了,也不另换,哄了我们转身,不知怎地,胡乱送入里边。那苗全听说要送他到官,至今半句不题,比前反觉亲密,显系是母亲指使的。看起那般做作,我兄弟这死,必定蹊跷!"心中虽则明白,然亦无可奈何。只索付之涕泣而已。那焦氏谋杀了李承祖之后,却又想道:"这小杀才已除,那几个小贱人,日常虽受了些磨折,也只算与他拂养。须是教他大大吃些苦楚,方不敢把我轻觑。"自此日逐寻头讨脑,动辙便是一顿皮鞭,打得体无完肤。却又不许啼哭。若还则一则声①,又重新打起。每日止给两餐稀汤薄粥,如做少了生活,打骂自不消说,连这稀汤薄粥也没有得吃了。身上的好衣服,尽都剥去。将丫头们的旧衣旧裳,换与穿着。腊月天气,也只得三四层单衣,背上披一块旧绵絮。夜间止有一条稾荐,一条破被单遮盖,寒冷难熬,如蛆虫般,搅做一团,苦楚不能尽述。玉英姊妹捱忍不过,几遍要寻死路。却又指望还有个好日,舍不得性命,互相劝解。真个求生不能,求死不得。

看看过了残岁,又是新年。玉英已是十二岁了。那年二月间,正德爷晏驾,嘉靖爷嗣统。下速诏遍选嫔妃。府司着令民间挨家呈报。如有隐匿,罪坐邻里。那焦氏的邻家,平日晓得玉英才貌兼美,将名具报本府。一张上选的黄纸帖在门上。那时焦氏就打张了做皇亲国戚的念头,掉过脸来,将玉英百般奉承,通身换了绫罗锦绣,肥甘美味,与他调养。又将银两教焦榕到礼部使用。那玉英虽经了许多磨折,到底骨格犹存。将息数日,面容顿改。又兼穿起华丽衣服,便似画图中人物。府司选到无数女子,推他为第一。备

① 则一则声——作一作声;哭叫一声的意思。

文齐送到礼部选择。礼部官见了玉英这个容仪,已是万分好了。但只年纪幼小,恐不谙侍御,发回宁家。那焦氏因用了许多银子,不能够中选,心中懊悔气恼。原翻过向日嘴脸,好衣服也剥去了,好饮食也没得吃了,打骂也更觉勤了。常言说得好:坐吃山空,立吃地陷。当初李雄家业,原不甚大。自从阵亡后,焦氏单单算计这几个小儿女,那个思想去营运。一窝子坐食,能够几时。况兼为封荫选妃二事,又用空了好些。日渐日深,看看弄得罄尽。两个丫头也卖来,完在肚里。那时没处出豁,只得将住房变卖。谁知苗全这厮,见家中败落,亚奴年纪正小,袭职日子尚远,料想日前没甚好处。趁焦氏卖得房价,夜间挟入卧房,偷了银两,领着老婆,逃往远方受用去了。到次早,焦氏方才觉得。这股闷气无处发泄,又迁怒到玉英姊妹,说道:“如何不醒睡,却被他偷了东西去?”又都奉承一顿皮鞭。一面教焦榕告官缉捕。过了两月,那里有个踪迹。此时买主又来催促出房。无可奈何,与焦榕商议,要把玉英出脱。焦榕道:“玉英这个模样儿,慢慢的觅个好主顾,怕道不是一大注银子。如今急切里寻人,能值得多少?不若先把小的胡乱货一个来使用。”焦氏依了焦榕,便把桃英卖与一个豪富人家为婢。姊妹分别之时,你我不忍分舍,好不惨伤!焦氏赁了一处小房,择日迁居。玉英想起祖父累世安居,一旦弃诸他人,不胜伤感。走出堂前,抬头看见梁间燕子,补缀旧垒,旁边又营一个新巢,暗叹道:“这燕儿是个禽鸟,秋去春来,倒还有归旧巢之日!我李玉英今日离了此房,反没个再来之期了!”抚景伤心,托物喻意,乃作《别燕诗》一首。诗云:

新巢泥落旧巢欹,尘半疏帘欲掩迟。

愁对呢喃终一别,画堂依旧主人非。

元来焦氏要依傍焦榕,却搬在他侧边小巷中,相去只有半箭之远。间壁乃是贵家的花园。那房屋止得两间,诸色不便。要桶水儿,直要到邻家去汲。那焦氏平昔受用惯的,自去不成。少不得通在玉英、月英两个身上。姊妹此时也难顾羞耻,只得出头露面。又过了几时,桃英的身价渐渐又将摸完。一日傍晚,焦氏引着亚奴在门首闲立。见一个乞丐女儿,止有十数岁,在街上求讨,声音叫得十分惨切。有个邻家老妪对他说道:"这般时候,那个肯舍!不时回去罢。"那叫化女儿哭道:"奶奶,你那里晓得我的苦楚!我家老的,限定每日要讨五十文钱。若少了一文,便打个臭死。夜饭也不与我吃。又要在明日补足。如今还少六七文,怎敢回去!"那老妪听说得苦恼,就舍了两文。旁边的人,见老妪舍了,一时助兴,你一文,我一文,登时到有十数文。那叫化女儿,千恩万谢,转身去了。焦氏听了这片言语,那知反拨动了个贪念,想着:"这个小化子,一日倒讨得许多钱。我家月英那贱人,面貌又不十分标致,卖与人,也值得有限。何不教他也做这桩道路,倒是个永远利息?"正在沉吟,恰好月英打水回来。焦氏道:"小贱人,你可见那叫街的丫头么?他年纪比你还小,每日倒趁五十文钱。你可有处寻得三文五文哩?"月英道:"他是个乞丐,千爷爷,万奶奶,叫来的。孩儿怎比得他!"焦氏喝道:"你比他有甚么差!自明日为始,也要出去寻五十文一日,若少一文,便打下你下半截来。"玉英姊妹见说要他求乞,惊得他面面相觑,满眼垂泪,一齐跪下,说道:"母亲,我家世代为官,多有人认得,也要存个体面。若教出去求乞,岂不辱抹门风,被人耻笑!"焦氏道:"现今饭也没有得吃了,还要甚么体面,怕甚么耻笑!"月英又苦告道:"任凭母亲打死了,我决不去的。"焦氏怒道:“你这贱人,恁般不听教训!先打个样儿与你尝尝。”即去寻了一块木柴,揪过来,没头没脑乱敲。月英疼痛难忍,只得叫道:“母亲饶恕则个!待我明日去便了。”焦氏放下月英,向玉英道:“不教你去,是我的好情了,反来放屁阻挠?”掩翻在地,也吃一顿木柴。到次早,即赶逐月英出门求乞。月英无奈,忍耻依随。自此日逐沿街抄化。若足了这五十文,还没得开口。些儿欠缺,便打个半死。光阴如箭,不觉玉英年已一十六岁。时直三月下旬,焦榕五十寿诞,焦氏引着亚奴同往祝寿。月英自向街坊抄化去了。止留玉英看家。玉英让焦氏去后,掩上门儿,走入里边,手中拈着针指,思想道:“爹爹当年生我姊妹,犹如掌上之珠,热气何曾轻呵一口。谁道遇着这个继母,受万般凌辱。兄弟被他谋死,妹子为奴为丐,一个家业弄得瓦解冰消。沦落到恁样地位,真个草菅不如!尚不知去后,还是怎地结果?”又想道:“在世料无好处,不如早死为幸。趁他今日不在家,何不寻个自尽,也省了些打骂之苦?”却又想道:“我今年已十六岁了。再忍耐几时,少不得嫁个丈夫,或者有个出头日子。岂可枉送这条性命?”把那前后苦楚事,想了又哭,哭了又想。直哭得个有气无力,没情没绪。放下针指,走至庭中,望见间壁园内,红稀绿暗,燕语莺啼,游丝斜袅,榆荚乱坠。看了这般景色,触目感怀。遂吟《送春诗》一首。诗云:

柴扉寂寞锁残春,满地榆钱不疗贫。
云鬓衣裳半泥土,野花何事独撩人。

玉英吟罢,又想道:“自爹爹亡后,终日被继母磨难,将那吟咏之情,久已付之流水。自移居时,作了《别燕诗》,倏忽又经年许。时光迅速如此!”嗟叹了一回,又恐误了女工,急走入来趱赶。见桌上有个帖儿,便是焦榕请妹子吃寿酒的。玉英在后边裁下两折,寻出笔砚,将两首诗录出,细细展玩。又叹口气道:“古来多少聪明女子,或共姊妹赓酬,或是夫妻唱和,成千秋佳话。偏我李玉英恁般命薄!埋没至此,岂不可惜可悲!”又伤感多时,愈觉无聊。将那纸左折右折,随手折成个方胜儿,藏于枕边。却忘收了笔砚,忙忙的趱完针指,天色傍晚,刚是月英到家。焦氏接脚也至。见他泪痕未干,便道:“那个难为了你,又在家做妖势?”玉英不敢回答。将做下女工与他点看。月英也把钱交过,收拾些粥汤吃了。又做半夜生活,方才睡卧。到了明日,焦氏见桌上摆着笔砚,检起那帖儿,后边已去了几折。疑惑玉英写他的不好处,问道:“你昨日写的是何事?快把来我看。”玉英道:“偶然写首诗儿,没甚别事。”焦氏嚷道:“可是写情书约汉子,坏我的帖儿?”玉英被这两句话,羞得彻耳根通红。焦氏见他脸涨红了,只道真有私情勾当,逼他拿出这纸来。又见折着方胜,一发道是真了。寻根棒子,指着玉英道:“你这贱人恁般大胆!我刚不在家,便写情书约汉子。快些实说是那个?有情儿时了?”玉英哭道:“那哩说起!却将无影丑事来肮脏!可不屈杀了人!”焦氏怒道:“赃证现在,还要口硬!”提起棒子,没头没脑乱打。打得玉英无处躲闪。挣脱了往门首便跑。焦氏道:“想是要去叫汉子,相帮打我么?”随后来赶。不想绊上一交,正磕在一块砖上,磕碎了头脑,鲜血满面,嚷道:“打得我好!只教你不要慌!”月英上前扶起,又要赶来。到亏亚奴紧紧扯住道:“娘,饶了姐姐罢。”那婆娘恐带跌了儿子,只得立住脚,百般辱骂。玉英闪在门旁啼哭。那邻家每日听得焦氏凌虐这两个女儿,今日又听得打得利害,都在门首议论。恰好焦榕撞来,推门进去。

那婆娘一见焦榕,便嚷道:"来得好!玉英这贱人偷了汉子,反把我打得如此模样!"焦榕看见他满面是血,信以为实,不问情由,抢过焦氏手中棒子,赶近前,将玉英揪过来便打。那邻家抱不平,齐走来说道:"一个十五六岁女子家,才打得一顿大棒,不指望你来劝解,反又去打他!就是做母舅的,也没有打甥女之理!"焦榕自觉乏趣,撇下棒子,径自去了。那邻家又说道:"也不见这等人家,无一日不打骂这两个女儿!如今一发连母舅都来助兴了。看起来,这两个女子也难存活。"又一个道:"若死了,我们就具个公呈,不怕那姓焦的不偿命!"焦氏一句句听见,邻家发作,只得住口。喝月英推上大门。自去揩抹血污,依旧打发月英出去求乞。玉英哭了一回,忍着疼痛,原入里边去做针指。那焦氏恨声不绝。到了晚间,吞声饮泣。想道:"人生百岁,总只一死,何苦受恁般耻辱打骂!"等至焦氏熟睡,悄悄抽身起来,扯下脚带,悬梁高挂。也是命不该绝。这到亏了晚母不去料理他身上,莫说衣衫褴褛,只这脚带不知缠过了几个年头,布缕虽连,没有筋骨,一用力就断了。刚刚上吊,扑通的跌下地来。惊觉月英,身边不见了阿姐,情知必走这条死路。叫声:"不好了!"急跳起身,救醒转来。兀自呜呜而哭。那焦氏也不起身,反骂道:"这贱人!你把死来诈我么?且到明日与你理会。"

至次早,分付月英在家看守,叫亚奴引着到焦榕家里,将昨日邻家说话,并夜来玉英上吊事说与。又道:"倘然死了,反来连累着你。不如先送到官,除了这个祸根罢。"焦榕道:"要摆布他也不难。那锦衣卫堂上,昔年曾替他打干,与我极是相契。你家又是卫籍①,竟送他到这个衙门,谁个敢来放屁!”焦氏大喜,便教焦榕央人写下状词,说玉英奸淫忤逆,将那两首诗做个执证,一齐至锦衣卫衙门前。焦榕与衙门中人,都是厮熟的,先央进去道知其意。少顷升堂,准了焦氏状词,差四个校尉前去,拘拿玉英到来。那问官听了一面之词,不论曲直,便动刑具。玉英再三折辩,那里肯听。可怜受刑不过,只得屈招,拟成剐罪,发下狱中。两个禁子扶出衙门,正遇月英妹子。元来月英见校尉拿去阿姐,吓得魂飞魄散,急忙锁上门儿,随后跟来打探。望见禁子扶挟出来,便钻向前抱住放声大哭,旁边转过焦氏,一把扯开道:“你这小贱人,家里也不顾了,来此做甚!”月英见了焦氏,犹如老鼠见猫,胆丧心惊,不敢不跟着他走。到家又打勾半死。恨道:“你下次若又私地去看了这贱人,查访着实,好歹也送你到这所在去!”月英口虽答应,终是同胞情分,割舍不下。过了两三日,多求乞得几十文钱,悄地踅到监门口,来探望不题。再说玉英下到狱中,那禁子头见他生得标致,怀个不良之念,假慈悲,照顾他。住在一个好房头,又将些饮食调养。玉英认做好人,感激不尽。叮嘱他:“有个妹子月英,定然来看,千万放他进来,相见一面。”那禁子紧紧记在心上。至第四日午后,月英到监门口道出姓名,那禁子流水开门引见玉英。两下悲号,自不必说。渐至天晚,只得分别。自此月英不时进监看觑。不在话下。且说那禁子贪爱玉英容貌,眠思梦想,要去奸他。一来耳目众多,无处下手,二则恐玉英不从,喊叫起来,坏了好事。捉空就走去说长问短,把几句风话撩拨。玉英是聪明女子,见话儿说得

① 卫籍——就是军籍的意思。明代户口分为民、军、匠三类。

蹊跷,已明白是个不良之人,留心提防,便不十分招架。一日,正在槛上闷坐,忽见那禁子轻手轻脚走来,低声哑气,笑嘻嘻的说道:“小娘子可晓得我一向照顾你的意思么?”玉英知其来意,即立起身道:“奴家不晓得是甚意思。”那禁子又笑道:“小娘子是个伶俐人,难道不晓得?”便向前搂抱。玉英着了急,乱喊“杀人!”那禁子见不是话头,急忙转身。口内说道:“你不从我么?今晚就与你个辣手。”玉英听了这话,捶胸跌脚的号哭。惊得监中人俱来观看。玉英将那禁子调戏情由,告诉众人。内中有几个抱不平的,叫过那禁子说道:“你强奸犯妇,也有老大的罪名。今后依旧照顾他,万事干休;倘有些儿差错,我众人连名出首,但凭你去计较。”那禁子情亏理虚,满口应承,陪告不是:“下次再不敢去惹他。”正是:

羊肉馒头没得吃,空教惹得一身膻。

玉英在狱不觉又经两月有馀,已是六月初旬。元来每岁夏间,朝廷例有宽恤之典,差太监审录各衙门未经发落之事。凡事枉人冤,许诸人陈奏。比及六月初旬,玉英闻得这个消息,想起一家骨肉,俱被焦氏陷害,此番若不伸冤,再无昭雪之日矣。遂草起辨冤奏章,将合家受冤始末,细细详述。教月英赍奏,其略云:

臣闻先正①有云:五刑以不孝为先,四德以无义为耻。故窦氏投崖,云华坠井②:是皆毕命于纲常,流芳于后世也。臣

① 先正——前贤,古代的贤人。

② 窦氏投崖,云华坠井——窦氏投崖,唐代永泰时,窦家有两个女儿,到山谷中去避难,被贼人所逼,她们不愿受辱,都投谷而死。事见《旧唐书》。云华坠井,事迹未详,待考。

父锦衣卫千户李雄，先娶臣母，生臣姊妹三人，及弟李承祖。不幸丧母之日，臣等俱在孩提。父每见怜，仍娶继母焦氏抚养。臣父于正德十四年七月十四日征陕西反贼阵亡。天祸臣家，流移日甚。臣年十六，未获结褵。姊妹伶仃，孑无依荷。标梅已过，红叶无凭。尝有《送春诗》一绝云云。又有《别燕诗》一绝云云。是皆有感而言，情非得已。奈母氏不察臣衷，疑为外遇，逼舅焦榕，拿送锦衣卫，诬臣奸淫不孝等情。问官昧臣事理，坐臣极刑。臣女流难辨，俯首听从。盖不敢逆继母之情，以重不孝之罪也。迩蒙圣恩熟审，凡事枉人冤，许诸人陈奏。钦此钦遵。故不得不生乐生之心，以冀超脱。臣父本武人，颇知典籍。臣虽妾妇，幸领遗教。臣继母年二十，有弟亚奴，生方周岁。母图亲儿荫袭，故当父方死之时，计令臣弟李承祖十岁孩儿，亲往战场，寻父遗骨。陷之死地，以图己私，幸赖天佑父灵，抱骨以归。前计不成，仍将臣弟毒药身死，支解弃埋。又将臣妹李桃英卖为人婢，李月英屏去衣食，沿街抄化。今将臣诬陷前情。臣设有不才，四邻何不纠举？又不曾经获某人，只凭数句之诗，寻风捉影，以陷臣罪。臣之死，固当矣。十岁之弟，有何罪乎？数岁之妹，有何辜乎？臣母之过，臣不敢言。《凯风》有诗①，臣当自责。臣死不足惜，恐天下后世之为继母者，得以肆其奸妒而无忌也！伏望陛下俯察臣心，将臣所奏付诸有司。先将臣速斩，以快母氏之心。次将臣诗

① 《凯风》有诗——《凯风》，《诗经·邶风》篇名。内容是讲七个儿子能尽孝、自责，感动了母亲。

委勘，有无事情。推详臣母之心，尽在不言之表。则臣之生平获雪，而臣父之灵亦有感于地下矣！

这一篇章疏奏上，天子重瞳亲照，怜其冤抑，倒下圣旨，着三法司①严加鞫审。三法司官不敢怠慢，会同拘到一干人犯，连桃英也唤至当堂，逐一细问。焦氏、焦榕初时抵赖。动起刑法，方才吐露真情。与玉英所奏无异。勘得焦氏叛夫杀子，逆理乱伦，与无故杀子孙轻律不同。宜加重刑，以为继母之戒。焦榕通同谋命，亦应抵偿。玉英、月英、亚奴发落宁家。又令变卖焦榕家产，赎回桃英。覆本奏闻，请旨。天子怒其凶恶，连亚奴俱敕即日处斩。玉英又上疏恳言："亚奴尚在襁褓，无所知识。且系李氏一线不绝之嗣，乞赐矜宥。"天子准其所奏，诏下刑部，止将焦榕、焦氏二人绑付法场，即日双双受刑。亚奴终身不许袭职。另择嫡枝次房承荫，以继李雄之嗣。玉英、月英、桃英俱择士人配嫁。至今《列女传》中载有李玉英②辨冤奏本，又为赞云：

李氏玉英，父死家倾。《送春》《别燕》，母疑外情。

置之重狱，险罹非刑。陈情一疏，冤滞始明。

后人又有诗叹云：

昧心晚母曲如钩，只为亲儿起毒谋。

假饶血化西江水，难洗黄泉一段羞。

---

① 三法司——明代以刑部、都察院、大理寺为"三法司"。遇有重大案件，由三法司会审。

② 李玉英——"玉"，原来误作"月"；据文意改。

第二十八卷

吴衙内邻舟赴约

贪花费尽采花心，身损精神德损阴。

劝汝遇花休浪采，佛门第一戒邪淫。

话说南宋时，江州有一秀才，姓潘名遇，父亲潘朗，曾做长沙太守，高致①在家。潘遇已中过省元，别了父亲，买舟往临安会试。前一夜，父亲梦见鼓乐旗彩，送一状元匾额进门。匾上正注潘遇姓名。早起唤儿子说知。潘遇大喜，以为春闱首捷无疑。一路去高歌畅饮，情怀开发。不一日，到了临安，寻觅下处，到一个小小人家。主翁相迎，问："相公可姓潘么？"潘遇道："然也。足下何以知之？"主翁道："夜来梦见土地公公说道今科状元姓潘，明日午时到此。你可小心迎接。相公正应其兆。若不嫌寒舍简慢，就在此下榻何如？"潘遇道："若果有此事，房价自当倍奉。"即命家人搬运行李到其家停宿。主人有女年方二八，颇有姿色，听得父亲说其梦兆，道潘郎有状元之分，在窗下偷觑，又见他仪容俊雅，心怀契慕，

① 高致——高，清高；致，致仕。就是告老回家，不作官的意思。

无繇通款①。一日,潘生因取砚水,偶然童子不在,自往厨房,恰与主人之女相见。其女一笑而避之。潘生魂不附体,遂将金戒指二枚,玉簪一只,嘱付童儿,觑空致意此女,恳求幽会。此女欣然领受,解腰间绣囊相答。约以父亲出外,亲赴书斋。一连数日,潘生望眼将穿,未得其便。直至场事已毕,主翁治杯节劳。饮至更深,主翁大醉。潘生方欲就寝,忽闻轻轻叩门之声,启而视之,乃此女也。不及交言,捧进书斋,成其云雨,十分欢爱。约以成名之后,当娶为侧室。是夜,潘朗在家,复梦向时鼓乐旗彩,迎状元匾额过其门而去。潘朗梦中唤云:"此乃我家旗匾。"送匾者答云:"非是。"潘朗追而看之,果然又一姓名矣。送匾者云:"今科状元合是汝子潘遇。因做了欺心之事,天帝命削去前程,另换一人也。"潘朗惊醒,将信将疑。未几揭晓,潘朗阅登科记②,状元果是梦中所迎匾上姓名。其子落第。待其归而叩之,潘遇抵赖不过,只得实说。父子嗟叹不已。潘遇过了岁馀,心念此女,遣人持金帛往聘之,则此女已适他人矣。心中甚是懊悔。后来连走数科不第,郁郁而终。

因贪片刻欢娱景,误却终身富贵缘。

说话的,依你说,古来才子佳人,往往私谐欢好,后来夫荣妻贵,反成美谈,天公大算盘,如何又差错了?看官有所不知。大凡行奸卖俏,坏人终身名节,其过非小。若是五百年前合为夫妇,月下老赤绳系足,不论幽期明配,总是前缘判定,不亏行止。听在下

① 无繇通款——繇,通"由";款,衷情,心中的事。无繇通款,没有方法向对方表达自己的心事。

② 登科记——考中了进士的人的名册。

再说一件故事，也出在宋朝，却是神宗皇帝年间，有一位官人，姓吴名度，汴京人氏，进士出身。除授长沙府通判。夫人林氏，生得一位衙内，单讳个彦字，年方一十六岁，一表人才，风流潇洒；自幼读书，广通经史；吟诗作赋，件件皆能。更有一件异处，你道是甚异处？这等一个清标人物，却吃得东西，每日要吃三升米饭，二斤多肉，十馀斤酒。其外饮馔不算。这还是吴府尹恐他伤食，酌中定下的规矩。若论起吴衙内，只算做半饥半饱，未能趁心像意。是年三月间，吴通判任满，升选扬州府尹。彼处吏书差役，带领马船①，直至长沙迎接。吴度即日收拾行装，辞别僚友起程。下了马船，一路顺风顺水。非止一日，将近江州。昔日白乐天赠商妇《琵琶行》云："江州司马青衫湿"，便是这个地方。吴府尹船上正扬着满帆，中流稳度。倏忽之间，狂风陡作，怒涛汹涌，险些儿掀翻。莫说吴府尹和夫人们慌张，便是篙师舵工无不失色。急忙收帆拢岸。只有四五里江面，也挣了两个时辰。回顾江中往来船只，那一只上不手忙脚乱。求神许愿，挣得到岸，便谢天不尽了，这里吴府尹马船至了岸旁抛锚系缆。那边已先有一只官船停泊。两下相隔约有十数丈远。这官船舱门上帘儿半卷，下边站着一个中年妇人，一个美貌女子。背后又侍立三四个丫鬟。吴衙内在舱中帘内，早已瞧见。那女子果然生得娇艳。怎见得？有诗为证：

秋水为神玉为骨，芙蓉如面柳如眉。

分明月殿瑶池女，不信人间有异姿。

吴衙内看了，不觉魂飘神荡，恨不得就飞到他身边，搂在怀中。

① 马船——大船，官船。

只是隔着许多路,看得不十分较切。心生一计,向吴府尹道:“爹爹,何不教水手移去,帮在这只船上?到也安稳。”吴府尹依着衙内,分付水手移船。水手不敢怠慢,起锚解缆,撑近那只船旁。吴衙内指望帮过了船边,细细饱看。谁知才傍过去,便掩上舱门,把吴衙内一团高兴,直冷淡到脚指尖上。你道那船中是甚官员?姓甚名谁?那官人姓贺名章,祖贯建康人氏,也曾中过进士。前任钱塘县尉,新任荆州司户。带领家眷前去赴任,亦为阻风,暂驻江州。三府是他同年,顺便进城拜望去了,故此家眷开着舱门闲玩。中年的便是夫人金氏,美貌女子乃女儿秀娥。元来贺司户没有儿子,止得这秀娥小姐。年才十五,真有沉鱼落雁之容,闭月羞花之貌。女工针指,百伶百俐,不教自能。兼之幼时,贺司户曾延师教过读书识字,写作俱高。贺司户夫妇,因是独养女儿,钟爱胜如珍宝。要赘个快婿,难乎其配,尚未许人。当下母子正在舱门口观看这些船只慌乱,却见吴府尹马船帮上来。夫人即叫丫鬟下帘掩门进去。吴府尹是仕路上人,便令人问是何处官府。不一时回报说:“是荆州司户,姓贺讳章,今去上任。”吴府尹对夫人道:“此人昔年至京应试,与我有交。向为钱塘县尉,不道也升迁了。既在此相遇,礼合拜访。”教从人取帖儿过去传报。从人又禀道:“那船上说,贺爷进城拜客未回。”正说间,船头上又报道:“贺爷已来了。”吴府尹教取公服穿着。在舱中望去,贺司户坐着一乘四人轿,背后跟随许多人从。元来贺司户去拜三府,不想那三府数日前丁忧去了,所以来得甚快。抬到船边下轿。看见又有一只座船,心内也暗转:“不知是何使客?”走入舱中,方待问手下人,吴府尹帖儿早已递进。贺司户看罢,即教相请。恰好舱门相对,走过来就是。见礼已毕,各叙间阔寒温。吃过两杯茶,吴府尹起身作别。不一时,贺司户回拜。吴府尹款留小酌,唤出吴衙内相见。命坐于旁。贺司户因自己无子,观见吴彦仪表超群,气质温雅,先有四五分欢喜。及至问些古今书史,却又应答如流。贺司户愈加起敬,称赞不绝。暗道:“此子人才学识,尽是可人。若得他为婿,与女儿恰好正是一对。但他居汴京,我住建康,两地相悬,往来遥远,难好成偶,深为可惜。”此乃贺司户心内之事,却是说不出的话。吴府尹问道:“老先生有几位公子?”贺司户道:“实不相瞒,止有小女一人,尚无子嗣。”吴衙内也暗想道:“适来这美貌女子,必定是了。看来年纪与我相仿。若求得为妇,平生足矣。但他止有此女,料必不肯远嫁。说也徒然。”又想道:“莫说求他为妇,今后要再见一面,也不能勾了。怎做恁般痴想!”吴府尹听得贺司户尚没有子,乃道:“原来老先生还无令郎。此亦不可少之事。须广置姬妾,以图生育便好。”贺司户道:“多承指教!学生将来亦有此意。”彼此谈论,不觉更深方止。临别时,吴府尹道:“倘今晚风息,明晨即行,恐不及相辞了。”贺司户道:“相别已久,后会无期。还求再谈一日。”道罢,回到自己船中。夫人小姐都还未卧,秉烛以待。贺司户酒已半酣,向夫人说起吴府尹高情厚谊,又夸扬吴衙内青年美貌,学问广博,许多好处,将来必是个大器①。明日要设席请他父子。因有女儿在旁,不好说出意欲要他为婿这一段情来。那晓得秀娥听了,便怀着爱慕之念。至次日,风浪转觉狂大,江面上一望去,烟水迷濛,浪头推起约有二三丈高,惟闻澎湃之声。往来要一只船儿做样,却也没

① 大器——大材,能作大事的人。

有。吴府尹只得住下。贺司户清早就送请帖,邀他父子赴酌。那吴衙内记挂着贺小姐,一夜卧不安稳。早上贺司户相邀,正是挖耳当招①,巴不能到他船中,希图再得一觑。偏这吴府尹不会凑趣,道是父子不好齐扰。吴府尹②至午后,独自过去。替儿子写帖辞谢。吴衙内难好说得,好不气恼!幸喜贺司户不听,再三差人相请。吴彦不敢自专,又请了父命,方才脱换服饰,过船相见,入坐饮酒。早惊动后舱贺小姐,悄悄走至遮堂后,门缝中张望。那吴衙内妆束整齐,比平日愈加丰采飘逸。怎见得?也有诗为证:

何郎俊俏颜如粉,荀令风流坐有香。

若与潘生同过市,不知掷果向谁傍?

贺小姐看见吴衙内这表人物,不觉动了私心。想道:"这衙内果然风流俊雅。我若嫁得这般个丈夫,便心满意足了。只是怎好在爹妈面前启齿?除非他家来相求才好。但我便在思想吴衙内如何晓得?欲待约他面会,怎奈爹妈俱在一处,两边船上,耳目又广,没讨个空处。眼见得难就,只索罢休!"心内虽如此转念,那双眼却紧紧觑定吴衙内。大凡人起了爱念,总有十分丑处,俱认作美处。何况吴衙内本来风流,自然转盼生姿,愈觉可爱。又想道:"今番错过此人,后来总配个豪家宦室,恐未必有此才貌兼全!"左思右想,把肠子都想断了,也没个计策与他相会。心下烦恼,倒走去坐下。席还未暖,恰像有人推起身的一般,两只脚又早到屏门后张望。看了一回,又转身去坐。不上吃一碗茶的工夫,却又走来观

① 挖耳当招——人家用手挖耳朵,却误会以为人家是在召唤自己;比喻希望达到目的的心情非常迫切的意思。

② 吴府尹——原作"贺司尹",误;据文意改。

看。犹如走马灯一般，顷刻几个盘旋。恨不得三四步撵至吴衙内身边，把爱慕之情，一一细罄。说话的，我且问你，那后舱中，非止贺小姐一人，须有夫人丫鬟等辈，难道这般着迷光景，岂不要看出破绽？看官，有个缘故。只因夫人平素有件毛病，刚到午间，便要熟睡一觉，这时正在睡乡，不得工夫。那丫头们，巴不得夫人小姐不来呼唤，背地自去打伙作乐，谁个管这样闲帐。为此并无人知觉。少顷，夫人睡醒，秀娥只得耐住双脚，闷坐呆想。正是：

相思相见知何日？此时此际难为情。

且说吴衙内身虽坐于席间，心却挂在舱后。不住偷眼瞧看。见屏门紧闭，毫无影响，暗叹道："贺小姐，我特为你而来，不能再见一面，何缘分浅薄如此！"快快不乐，连酒也懒得去饮。抵暮席散，归到自己船中，没情没绪，便向床上和衣而卧。这里司户送了吴府尹父子过船，请夫人女儿到中舱夜饭。秀娥一心忆着吴衙内，坐在旁边，不言不语，如醉如痴，酒也不沾一滴，箸也不动一动。夫人看了这个模样，忙问道："儿，为甚一毫东西不吃。只是呆坐？"连问几声，秀娥方答道："身子有些不好，吃不下。"司户道："既然不自在，先去睡罢。"夫人便起身，叫丫鬟掌灯，送他睡下，方才出去。停了一回，夫人又来看觑一番，催丫鬟吃了夜饭，进来打铺相伴。秀娥睡在帐中，翻来覆去，那里睡得着。忽闻舱外有吟咏之声，侧耳听时，乃是吴衙内的声音。其诗云：

天涯犹有梦，对面岂无缘。

莫道欢娱暂，还期盟誓坚。

秀娥听罢，不胜欢喜道："我想了一日，无计见他一面。如今在外吟诗，岂非天付良缘！料此更深人静，无人知觉，正好与他相会。"又恐丫鬟们未睡,连呼数声,俱不答应,量已熟睡。即披衣起身,将残灯挑得亮亮的,轻轻把舱门推开。吴衙内恰如在门首守候的一般,门启处便钻入来。两手搂抱。秀娥又惊又喜。日间许多想念之情,也不暇诉说。连舱门也不曾闭上。相偎相抱,解衣就寝。成其云雨。正在酣美深处,只见丫鬟起来解手,喊道:"不好了,舱门已开,想必有贼!"惊动合船的人,都到舱门口观看。司户与夫人推门进来,教丫鬟点火寻觅。吴衙内慌做一堆,叫道:"小姐,怎么处?"秀娥道:"不要着忙,你只躲在床上,料然不寻到此。待我打发他们出去,送你过船。"刚抽身下床,不想丫鬟照见了吴衙内的鞋儿,乃道:"贼的鞋也在此,想躲在床上。"司户夫妻便来搜看。秀娥推住,连叫没有,那里肯听。向床上搜出吴衙内。秀娥只叫得"苦也!"司户道:"叵耐这厮,怎来点污我家?"夫人便说:"吊起拷打。"司户道:"也不要打。竟撇入江里去罢。"教两个水手,扛头扛脚,抬将出去。吴衙内只叫饶命。秀娥扯住叫道:"爹妈,都是孩儿之罪,不干他事。"司户也不答应,将秀娥推上一交,把吴衙内扑通撇在水里。秀娥此时也不顾羞耻,跌脚捶胸,哭道:"吴衙内,是我害着你了!"又想道:"他既因我而死,我又何颜独生?"遂抢出舱门,向着江心便跳。

可怜嫩玉娇香女,化作随波逐浪魂!

秀娥刚跳下水,猛然惊觉,却是梦魇。身子仍在床上。旁边丫鬟还在那里叫喊:"小姐苏醒!"秀娥睁眼看时,天已明了。丫鬟俱已起身。外边风浪,依然狂大。丫鬟道:"小姐梦见甚的?恁般啼哭,叫唤不醒。"秀娥把言语支吾过了。想道:"莫不我与吴衙内没有姻缘之分,显这等凶恶梦兆?"又想道:"若得真如梦里这回恩爱,就死亦所甘心。”此时又被梦中那段光景在腹内打搅,越发想得痴了。觉道睡来没些聊赖,推枕而起。丫鬟们都不在眼前。即将门掩上,看着舱门,说道:“昨夜吴衙内明明从此进来,搂抱至床,不信到是做梦。”又想道:“难道我梦中便这般侥幸,醒时却真个无缘不成?”一头思想,一面随手将舱门推开,用目一觑。只见吴府尹船上舱门大开,吴衙内向着这边船上呆呆而坐。原来二人卧处,都在后舱,恰好间壁,只隔得五六尺远。若去了两重窗槅,便是一家。那吴衙内也因夜来魂颠梦倒,清早就起身,开着窗儿,观望贺司户船中。这也是癞虾蟆想天鹅肉吃的妄想。那知姻缘有分,数合当然,凑巧贺小姐开窗,两下正打个照面,四目相视,且惊且喜。恰如识熟过的,彼此微微而笑。秀娥欲待通句话儿,期他相会,又恐被人听见。遂取过一幅桃花笺纸,磨得墨浓,蘸得笔饱,题诗一首,折成方胜,袖中摸出一方绣帕包裹,卷做一团,掷过船去。吴衙内双手承受,深深唱个肥喏,秀娥还了个礼。然后解开看时,其诗云:

花笺裁锦字,绣帕裹柔肠。

不负襄王梦,行云在此方。

傍边又有一行小字道:“今晚妾当挑灯相候,以剪刀声响为号,幸勿爽约。”吴衙内看罢,喜出望外。暗道:“不道小姐又有如此秀美才华,真个世间少有!”一头赞美,即忙取过一幅金笺,题诗一首,腰间解下一条锦带,也卷成一块,掷将过来。秀娥接得看时,这诗与梦中听见的一般,转觉骇然!暗道:“如何他才题的诗,昨夜梦中倒先见了?看起来我二人合该为配,故先做这般真梦。”诗后边也有一行小字道:“承芳卿雅爱,敢不如命。”看罢,纳诸袖中。

正在迷恋之际，恰值丫鬟送面水叩门。秀娥轻轻带上槅子，开放丫鬟。随后夫人也来询视。见女儿已是起身，才放下这片愁心。那日乃是吴府尹答席。午前贺司户就去赴宴。夫人也自昼寝。秀娥取出那首诗来，不时展玩，私心自喜，盼不到晚。有恁般怪事！每常时，霎霎眼便过了一日。偏生这日的日子，恰像有条绳子系住，再不能勾下去。心下好不焦躁！渐渐捱至黄昏。忽地想着这两个丫鬟碍眼，不当稳便。除非如此如此。到夜饭时，私自赏他贴身伏侍的丫鬟一大壶酒，两碗菜蔬。这两个丫头，犹如渴龙见水，吃得一滴不留。少顷贺司户筵散回船，已是烂醉。秀娥恐怕吴衙内也吃醉了，不能赴约，反增忧虑。回到后舱，掩上门儿，教丫鬟将香儿熏好了衾枕，分付道："我还要做些针指。你们先睡则个。"那两个丫鬟正是酒涌上来，面红耳热，脚软头旋，也思量干这道儿。只是不好开口。得了此言，正中下怀，连忙收拾被窝去睡。头儿刚刚着枕，鼻孔中就扇风箱般打鼾了。秀娥坐了更馀，仔细听那两船人声静悄，寂寂无闻。料得无事，遂把剪刀向桌儿上厮琅的一响。那边吴衙内早已会意。原来吴衙内记挂此事，在席上酒也不敢多饮。贺司户去后，回至舱中，侧耳专听。约莫坐了一个更次，不见些影响，心内正在疑惑。忽听得了剪刀之声，喜不自胜，连忙起身，轻手轻脚，开了窗儿，跨将出去，依原推上。耸身跳过这边船来。向窗门上轻轻弹了三弹。秀娥便来开窗，吴衙内钻入舱中。秀娥原复带上。两下又见了个礼儿。吴衙内在灯下把贺小姐仔细一观，更觉千娇百媚。这时彼此情如火热，那有闲工夫说甚言语。吴衙内捧过贺小姐，松开钮扣，解卸衣裳，双双就枕。酥胸紧贴，玉体轻偎。这场云雨，十分美满。但见：

舱门轻叩小窗开，瞥见犹疑梦里来。

万种欢娱愁不足，梅香熟睡莫惊猜。

一回儿云收雨散，各道想慕之情。秀娥又将梦中听见诗句，却与所赠相同的话说出。吴衙内惊讶道："有恁般奇事！我昨夜所梦，与你分毫不差。因道是奇异，闷坐呆想。不道天使小姐也开窗观觑，遂成好事。看起来，多分是宿世姻缘，故令魂梦先通。明日即恳爹爹求亲，以图偕老百年。"秀娥道："此言正合我意。"二人说到情浓之际，阳台重赴，恩爱转笃，竟自一觉睡去。不想那晚夜半，风浪平静，五鼓时分，各船尽皆开放。贺司户、吴府尹两边船上，也各收拾蓬樯，解缆开船。众水手齐声打号子起蓬，早把吴衙内、贺小姐惊醒。又听得水手说道："这般好顺风，怕赶不到蕲州！"吓得吴衙内暗暗只管叫苦，说道："如今怎生是好？"贺小姐道："低声。倘被丫鬟听见，反是老大利害。事已如此，急也无用。你且安下，再作区处。"吴衙内道："莫要应了昨晚的梦便好？"这句话却点醒了贺小姐。想梦中被丫鬟看见鞋儿，以致事露。遂伸手摸起吴衙内那双丝鞋藏过。贺小姐踌躇了千百万遍，想出一个计来，乃道："我有个法儿在此。"吴衙内道："是甚法儿？"贺小姐道："日里你便向床底下躲避，我也只推有病，不往外边陪母亲吃饭，竟讨进舱来。待到了荆州，多将些银两与你，趁起岸时人从分纭，从闹中脱身，觅个便船回到扬州，然后写书来求亲。爹妈若是允了，不消说起。倘或不肯，只得以实告之。爹妈平日将我极是爱惜。到此地位，料也只得允从。那时可不依旧夫妻会合！"吴衙内道："若得如此，可知好哩。"到了天明，等丫鬟起身出舱去后，二人也就下床。吴衙内急忙钻入床底下，做一堆儿伏着。两旁俱有箱笼遮隐,床前自有帐幔低垂。贺小姐又紧紧坐在床边,寸步不离。盥漱过了,头也不梳,假意靠在桌上。夫人走入看见,便道:“呵呀!为何不梳头,却靠在此?”秀娥道:“身子觉道不快,怕得梳头。”夫人道:“想是起得早些,伤了风了。还不到床上去睡睡?”秀娥道:“因是睡不安稳,才坐在这里。”夫人道:“既然要坐,还该再添件衣服,休得冻了,越加不好。”教丫鬟寻过一领披风,与他穿起。又坐了一回,丫鬟请吃朝膳。夫人道:“儿,身子不安,莫要吃饭,不如教丫鬟香香的煮些粥儿调养,倒好。”秀娥道:“我心里不喜欢吃粥,还是饭好。只是不耐烦走动。拿进来吃罢。”夫人道:“既恁般,我也在此陪你。”秀娥道:“这班丫头,背着你眼,就要胡做了。母亲还到外边去吃。”夫人道:“也说得是。”遂转身出去,教丫鬟将饭送进摆在桌上。秀娥道:“你们自去,待我唤时方来。”打发丫鬟去后,把门顶上,向床底下招出吴衙内来吃饭。那吴衙内爬起身,把腰伸了一伸,举目看桌上时,乃是两碗荤菜,一碗素菜,饭只有一吃一添。原来贺小姐平日饭量不济,额定两碗,故此只有这些。你想吴衙内食三升米的肠子,这两碗饭填在那处?微微笑了一笑,举起箸两三超,就便了帐,却又不好说得。忍着饿原向床下躲过。秀娥开门,唤过丫鬟又教添两碗饭来吃了。那丫鬟互相私议道:“小姐自来只吃得两碗,今日说道有病,如何反多吃了一半,可不是怪事!”不想夫人听见,走来说道:“儿,你身子不快,怎的又吃许多饭食?”秀娥道:“不妨事,我还未饱哩。”这一日三餐俱是如此。司户夫妇只道女儿年纪长大,增了饭食;正不知舱中,另有个替吃饭的,还饿得有气无力哩。正是:

安排布地瞒天谎，成就偷香窃玉[1]情。

当晚夜饭过了。贺小姐既教吴衙内先上床睡卧，自己随后解衣入寝。夫人又来看时，见女儿已睡，问了声自去。丫鬟也掩门歇息。吴衙内饥馁难熬，对贺小姐说道："事虽好了，只有一件苦处。"秀娥道："是那件？"吴衙内道："不瞒小姐说，我的食量颇宽。今日这三餐，还不勾我一顿。若这般忍饿过日，怎能捱到荆州？"秀娥道："既恁地，何不早说？明日多讨些就是。"吴衙内道："十分讨得多，又怕惹人疑惑。"秀娥道："不打紧，自有道理。但不知要多少才勾？"吴衙内道："那里像得我意！每顿十来碗也胡乱度得过了。"到次早，吴衙内依旧躲过。贺小姐诈病在床，呻吟不绝。司户夫人担着愁心，要请医人调治。又在大江中，没处去请。秀娥却也不要，只叫肚里饿得慌。夫人流水催进饭来，又只嫌少，共争了十数多碗，倒把夫人吓了一跳，劝他少吃时，故意使起性儿，连叫："快拿去！不要吃了。索性饿死罢。"夫人是个爱女，见他使性，反陪笑脸道："儿，我是好话，如何便气？你若吃得，尽意吃罢了。只不要勉强。"亲自拿起碗箸，递到他手里。秀娥道："母亲在此看着，孩儿吃不下去。须通出去了，等我慢慢的，或者吃不完，也未可知。"夫人依他言语，教丫鬟一齐出外。秀娥披衣下床，将门掩上。吴衙内便钻出来。因是昨夜饿坏了，看见这饭，也不谦让，也不抬头，一连十数碗，吃个流星赶月。约莫存得碗馀，方才住手。把贺小姐到看呆了。低低问道："可还少么？"吴衙内道："将就些

[1] 偷香窃玉——偷香，晋代贾充的女儿热爱韩寿，她不惜把晋武帝（司马炎）赐给她父亲的西域异香偷送给韩寿用。窃玉，元代散曲和杂剧里常有郑生兰房窃玉的话；故事详情还待考。

罢,再吃便没意思了。”泻杯茶漱漱口儿,往床下飕的又钻入去了。贺小姐将馀下的饭吃罢,拽开门儿,原到床上睡卧。那丫鬟专等他开门,就奔进去。看见饭儿菜儿,都吃得精光,收着家伙,一路笑道:“原来小姐患的却是吃饭病。”报知夫人。夫人闻言,只把头摇,说道:“亏他怎地吃上这些!那病儿也患得蹊跷!”急请司户来说知,教他请医问卜。连司户也不肯信,分付午间莫要依他,恐食伤了五脏,便难医治。那知未到午时,秀娥便叫肚饥。夫人再三把好言语劝谕时,秀娥就啼哭起来。夫人没法,只得又依着他。晚间亦是如此。司户夫妻,只道女儿得了怪病,十分慌张。

这晚已到蕲州停泊,分付水手,明日不要开船。清早差人入城,访问名医。一面求神占卦。不一时,请下个太医来。那太医衣冠齐楚,气宇轩昂,贺司户迎至舱中,叙礼看坐。那太医晓得是位官员,礼貌甚恭。献过两杯茶,问了些病缘,然后到后舱诊脉。诊过脉,复至中舱坐下。贺司户道:“请问太医,小女还是何症?”太医先咳了一声嗽,方答道:“令爱是疳膨食积①。”贺司户道:“先生差矣!疳膨食积乃婴儿之疾,小女今年十五岁了,如何还犯此症?”太医笑道:“老先生但知其一,不知其二。令爱名虽十五岁,即今尚在春间,只有十四岁之实。倘在寒月所生,才十三岁有馀。老先生,你且想,十三岁的女子,难道不算婴孩。大抵此症,起于饮食失调,兼之水土不伏,食积于小腹之中,凝滞不消,遂至生热,升至胸中,便觉饥饿。及吃下饮食,反资其火。所以日盛一日。若再

① 疳(gān)膨食积——中医医学名词;小儿患肠胃病,饮食减少,血气虚弱,叫作疳积。

过月馀不医,就难治了。”贺司户见说得有些道理,问道:“先生所见,极是有理了。但今如何治之?”太医道:“如今学生先治其积滞,去其风热,住了热,饮食自然渐渐减少,平复如旧矣。”贺司户道:“若得如此神效,自当重酬。”道罢,太医起身作别。贺司户封了药资,差人取得药来,流水煎起,送与秀娥。那秀娥一心只要早到荆州,那个要吃什么汤药。初时见父母请医,再三阻挡不住,又难好道出真情,只得由他慌乱。晓得了医者这班言语,暗自好笑,将来的药,也打发丫鬟将去,竟泼入净桶。求神占卦,有的说星辰不利,又触犯了鹤神,须请僧道禳解,自然无事;有的说在旷野处遇了孤魂饿鬼,若设醮追荐,便可痊愈。贺司户夫妻一一依从。见服了几剂药,没些效验,吃饭如旧。又请一个医者。那医者更是扩而充之,乘着轿子,三四个仆从跟随。相见之后,高谈阔论,也先探了病源,方才诊脉,问道:“老先生可有那个看过么?”贺司户道:“前日曾请一位看来。”医者道:“他看的是何症?”贺司户道:“说是痞膨食积。”医者呵呵笑道:“此乃痨瘵①之症,怎说是痞膨食积?”贺司户道:“小女年纪尚幼,如何有此症候?”医者道:“令爱非七情六欲痨怯之比,他本秉气虚弱,所谓孩儿痨便是。”贺司户道:“饮食无度,这是为何?”医者道:“寒热交攻,虚火上延,因此容易饥饿。”夫人在屏后打听,教人传说,小姐身子并不发热。医者又道:“乃内热外寒骨蒸之症,故不觉得。”又讨前日医家药剂见了,说道:“这般克罚药,削弱元气。再服几剂,便难救了。待学生先以煎剂治其虚热。调和脏腑,节其饮食。那时,方以滋阴降火养血补原的

① 痨瘵——旧时称肺结核一类的病为痨瘵。

丸药,慢慢调理,自当痊可。”贺司户称谢道:“全仗神力。”遂辞别而去。少顷,家人又请一个太医到来。那太医却是个老者,须鬓皓然,步履蹒跚①。刚坐下,便夸张善识疑难怪异之病。“某官府亏老夫救的,某夫人又亏老夫用甚药奏效。”那门面话儿就说了一大派。又细细问了病者起居饮食,才去诊脉。贺司户被他大话一哄,认做有意思的,暗道:“常言老医少卜,或者这医人有些效验,也未可知。”医者诊过了脉,向贺司户道:“还是老先生有缘,得遇老夫。令爱这个病症,非老夫不能识。”贺司户道:“请问果是何疾?”医者道:“此乃有名色的,谓之膈病②。”贺司户道:“吃不下饮食,方是膈病。目今比平常多食几倍,如何是这症候?”医者道:“膈病原有几般。像令爱这膈病俗名唤做老鼠膈。背后尽多尽吃;及至见了人,一些也难下咽喉。后来食多发涨,便成蛊胀。二病相兼,便难医治。如今幸而初起,还不妨得。包在老夫身上,可以除根。”言罢,起身。贺司户送出船头方别。那时一家都认做老鼠膈。见神见鬼的,请医问卜。那晓得贺小姐把来的药,都送在净桶肚里,背地冷笑。贺司户在蕲州停了几日,算来不是长法,与夫人商议,与医者求了个药方,多买些药材,一路吃去,且到荆州另请医人。那老儿因要他写方,着实诈了好些银两,可不是他的造化!有诗为证:

医人未必尽知医,却是将机便就机。

无病妄猜云有病,却教司户折便宜。

① 蹒跚(pán jú)——走不动,行动很慢的样子。

② 膈(gé)病——脾胃间像有什么东西堵住,吃不下食物,叫作“膈病”。

常言说得好,少女少郎,情色相当。贺小姐初时,还是个处子,云雨之际,尚是逡巡畏缩。况兼吴衙内心慌胆怯,不敢恣肆,彼此未见十分美满。两三日后,渐入佳境,恣意取乐,忘其所以。一晚夜半,丫鬟睡醒,听得床上唧唧哝哝,床棱戛戛的响。隔了一回,又听得气喘吁吁。心中怪异。次早报与夫人。夫人也因见女儿面色红活,不像个病容,正有些疑惑。听了这话,合着他的意思。不去通知司户,竟走来观看,又没些破绽。及细看秀娥面貌,愈加丰采倍常,却又不好开口问得,倒没了主意。坐了一回,原走出去。朝饭已后,终是放心不下,又进去探觑,把远话挑问。秀娥见夫人话儿问得蹊跷,便不答应。耳边忽闻得打齁之声。原来吴衙内夜间多做了些正经,不曾睡得,此时吃饱了饭,在床底下酣睡。秀娥一时遮掩不来,被夫人听见,将丫鬟使遣开去,把门顶上,向床下一望。只见靠壁一个拢头孩子,曲着身体,睡得好不自在。夫人暗暗叫苦不迭!对秀娥道:“你做下这等勾当,却诈推有病,吓得我夫妻心花儿急碎了!如今羞人答答,怎地做人!这天杀的,他是那里来的?”秀娥羞得满面通红,说道:“是孩儿不是,一时做差事了!望母亲遮盖则个!这人不是别个,便是吴府尹的衙内。”夫人失惊道:“吴衙内与你从未见面,况那日你爹在他船上吃酒,还在席间陪侍,夜深方散,四鼓便开船了,如何得能到此?”秀娥从实将司户称赞留心,次日屏后张望,夜来做梦,早上开窗订约,并睡熟船开,前后事细细说出。又道:“不肖女一时情痴,丧名失节,玷辱父母,罪实难逭。但两地相隔数千里,一旦因阻风而会,此乃宿世姻缘,天遣成配,非繇人力。儿与吴衙内誓同生死,各不更改。望母亲好言劝爹曲允,尚可挽回前失。倘爹有别念,儿即自尽,决不偷生苟活。今蒙耻禀知母亲,一任主张。"道罢,泪如雨下,这里母子便说话,下边吴衙内打鼾声越发雷一般响了。此时夫人又气又恼。欲待把他难为,一来娇养惯了,那里舍得;二来恐婢仆闻知,反做话靶。吞声忍气,拽开门走往外边去了。

秀娥等母亲转身后,急下床顶上门儿,在床下叫醒吴衙内,埋怨道:"你打鼾,也该轻些儿,惊动母亲,事都泄漏了。"吴衙内听说事露,吓得浑身冷汗直淋,上下牙齿,顷刻就趷蹬蹬的相打,半句话也挣不出。秀娥道:"莫要慌!适来与母亲如此如此说了。若爹爹依允,不必讲起。不肯时,拚得学梦中结局,决不教你独受其累。"说到此处,不觉泪珠乱滚。

且说夫人急请司户进来,屏退丫鬟,未曾开言,眼中早已簌簌泪下。司户还道愁女儿病体,反宽慰道:"那医者说,只在数日便可奏效,不消烦恼。"夫人道:"听那老光棍花嘴!什么老鼠膈!论起恁样太医,莫说数日内奏效,就一千年还看不出病体。"司户道:"你且说怎的?"夫人将前事细述。把司户气得个发昏章第十一①。连声道:"罢了,罢了!这等不肖之女,做恁般丑事,败坏门风,要他何用?趁今晚都结果了性命,也脱了这个丑名。"这两句话惊得夫人面如土色,劝道:"你我已在中年,止有这点骨血。一发断送,更有何人?论来吴衙内好人家子息,才貌兼全,招他为婿,原是门当户对。独怪他不来求亲,私下做这般勾当。事已如此,也说不得了。将错就错,悄地差人送他回去,写书与吴府尹,令人来下聘,然

① 发昏章第十一——古代书籍中表明篇章的次序,常常是写着:"某某章第一""某某章第二";后来,小说里模仿这种格式,用来打诨,把"发昏"说成"发昏章第十一",就是发昏的意思。

后成礼,两全其美。今若声张,反妆幌子①。"司户沉吟半晌,无可奈何,只得依着夫人。出来问水手道:"这里是甚地方?"水手答道:"前边已是武昌府了。"司户分付就武昌暂停,要差人回去。一面修起书札,唤过一个心腹家人,分付停当。不一时到了武昌。那家人便上涯写下船只,旁在船边。贺司户与夫人同至后舱。秀娥见了父亲,自觉无颜,把被蒙在面上。司户也不与他说话。只道:"做得好事!"向床底下,呼唤吴衙内。那吴衙内看见贺司户夫妇,不知是甚意儿,战兢兢爬出来,伏在地上,口称死罪。司户低责道:"我只道你少年博学,可以成器!不想如此无行,辱我家门!本该撇下江里,才消这点恶气。今姑看你父亲面皮,饶你性命,差人送归。若得成名,便把不肖女与你为妻;如没有这般志气,休得指望。"吴衙内连连叩头领命。司户原教他躲过,捱至夜深人静,悄地教家人引他过船,连丫鬟不容一个见面。彼时两下分别,都还道有甚歹念,十分凄惨,又不敢出声啼哭。秀娥又扯夫人到背后,说道:"此行不知爹爹有甚念头,须教家人回时,讨吴衙内书信覆我,方才放心。"夫人真个依着他。又叮嘱了家人。次日清早开船自去。贺司户船只也自望荆州进发。贺小姐诚恐吴衙内途中有变,心下忧虑。即时真个倒想出病来。正是:

乍别冷如冰,动念热如火。

三百六十病,唯有相思苦。

---

① 今若声张,反妆幌子——幌子,商店门外表示所卖货物的招牌或标志物。这两句是说:如若把这件事说出去,大家知道,反而是替自己挂了一个标志。

话分两头。且说吴府尹自那早离了江州,行了几十里路,已是朝膳时分,不见衙内起身。还道夜来中酒。看看至午,不见声息,以为奇怪。夫人自去叫唤,并不答应。那时着了忙。吴府尹教家人打开观看,只有一个空舱。吓得府尹夫妻,魂魄飞散,呼天怆地的号哭!只是解说不出。合船的人,都道:“这也作怪!总来只有只船,那里去了?除非落在水里。”吴府尹听了众人,遂泊住船,寻人打捞。自江州起至泊船之所,百里内外,把江也捞遍了,那里罗得尸首。一面招魂设祭,把夫人哭得死而复苏。吴府尹因没了儿子,连官也不要做了。手下人再三苦劝,方才前去上任。不则一日,贺司户家人送吴衙内到来。父子一见,惊喜相半。看了书札,方知就里。将衙内责了一场,款留贺司户家人,住了数日。准备聘礼,写起回书,差人同去求亲。吴衙内也写封私书寄与贺小姐。两下家人领着礼物,别了吴府尹,直至荆州,参见贺司户。收了聘礼,又做回书,打发吴府尹家人回去。那贺小姐正在病中,见了吴衙内书信,然后渐渐痊愈。那吴衙内在衙中,日夜攻书。候至开科,至京应试,一举成名,中了进士。凑巧除授荆州府湘潭县县尹。吴府尹见儿子成名,便告了致仕,同至荆州上任,择吉迎娶贺小姐过门成亲。同僚们前来称贺。

两个花烛下新人,锦衾内一双旧友。

秀娥过门之后,孝敬公姑,夫妻和顺,颇有贤名。后来贺司户因念着女儿,也入籍汴京,靠老终身。吴彦官至龙图阁学士,生得二子,亦登科甲。这回书唤做《吴衙内邻舟赴约》。诗云:

佳人才子貌相当,八句新诗暗自将。

百岁姻缘床下就,丽情千古播词场。

第二十九卷

卢太学诗酒傲王侯

卫河东岸浮丘高，竹舍云居隐凤毛。
遂有文章惊董贾，岂无名誉驾刘曹①。
秋天散步青山郭，春日催诗白兔毫。
醉倚湛卢②时一啸，长风万里破洪涛。

这首诗，系本朝嘉靖年间，一个才子所作。那才子是谁？姓卢名楠字少楩，一字子赤，大名府浚县人也。生得丰姿潇洒，气宇轩昂，飘飘有出尘之表。八岁即能属文，十岁便娴诗律，下笔数千言，倚马可待。人都道他是李青莲再世，曹子建后身。一生好酒任侠，放达不羁，有轻财傲物之志。真个名闻天下，才冠当今。与他往来的，俱是名公巨卿。又且世代簪缨，家赀巨富，日常供奉，拟于王侯。所居在城外浮丘山下，第宅壮丽，高耸云汉。后房粉黛，一个个声色兼妙；又选小奚③秀美者数人，教成吹弹歌曲，日以自娱。

① 董、贾、刘、曹——董，董仲舒；贾，贾谊：两人都是汉代的文学家。刘，刘桢；曹，曹植：两人都是三国时魏国的文学家。
② 湛卢——古代欧冶子所炼的一种最好的宝剑。
③ 小奚——小童，小男仆。

至于僮仆厮养，不计其数。宅后又构一园，大可两三顷，凿池引水，叠石为山，制度极其精巧，名曰啸圃。大凡花性喜暖，所以名花俱出南方，那北地天气严寒，花到其地，大半冻死，因此至者甚少。设或到得一花一草，必为金珰大畹①所有，他人亦不易得。这浚县又是个拗处，比京都更难，故宦家园亭虽有，俱不足观。偏卢楠立心要胜似他人，不惜重价，差人四处构取名花异卉，怪石奇峰，落成这园，遂为一邑之胜。真个景致非常！但见：

楼台高峻，庭院清幽；山叠岷峨怪石，花栽阆苑奇葩。水阁遥通竹坞，风轩斜透松寮。回塘曲槛，层层碧浪漾琉璃；叠嶂层峦，点点苍苔铺翡翠。牡丹亭畔，孔雀双栖；芍药栏边，仙禽对舞。萦纡松径，绿阴深处小桥横；屈曲花岐，红艳丛中乔木耸。烟迷翠黛，意淡如无；雨洗青螺，色浓似染。木兰舟荡漾芙蓉水际；秋千架摇拽垂杨影里。朱槛画栏相掩映，湘帘绣幙两交辉。

卢楠日夕吟花课鸟，笑傲其间，虽南面②至乐，亦不是过！凡朋友去相访，必留连尽醉方止。倘遇着个声气相投，知音的知己，便兼旬累月，款留在家，不肯轻放出门。若有人患难来投奔的，一一俱有赍发，决不令其空过。因此四方慕名来者，络绎不绝。真个是：

座上客常满，尊中酒不空。

---

① 金珰大畹——金珰，汉代侍中、中常侍冠上的饰物；因作权宦的代称。大畹，指皇亲国戚住的地方；因作贵族的代称。

② 南面——指帝王。

卢楠只因才高学广，以为掇青紫如拾针芥①；那知文福不齐，任你锦绣般文章，偏生不中试官之意，一连走上几次，不能勾飞黄腾达。他道世无识者，遂绝意功名，不图进取；惟与骚人剑客，羽士高僧，谈禅理，论剑术，呼卢浮白②，放浪山水，自称浮丘山人。曾有五言古诗云：

逸翮奋霄汉，高步蹑天关。
褰衣在椒涂，长风吹海澜。
琼树系游镳，瑶华代朝餐。
恣情戏灵景，静啸喈鸣鸾。
浮世信淆浊，焉能濡羽翰！

话分两头，却说浚县知县，姓汪名岑，少年连第，贪婪无比，性复猜刻，又酷好杯中之物。若擎着酒杯，便直饮到天明。自到浚县，不曾遇着对手。平昔也晓得卢楠是个才子，当今推重，交游甚广。又闻得邑中园亭，推他家为最，酒量又推尊第一。因这三件，有心要结识他，做个相知。差人去请来相会。你道有这般好笑的事么？别个秀才要去结交知县，还要捱风缉缝，央人引进，拜在门下，认为老师。四时八节，馈送礼物，希图以小博大。若知县自来相请，就如朝廷征聘一般，何等荣耀！还把名帖粘在壁上，夸炫亲

① 掇青紫如拾针芥——语见《汉书》。汉代，丞相和太尉是金印、紫绶；御史大夫是银印、青绶。后来就用"青紫"代表作大官。这句是说：弄一个极大的官职作，就像在地上拾一根针、一根草一样的容易。

② 呼卢浮白——呼卢，古代樗蒲之戏：五个子上，分别刻着枭、卢、雉、犊、塞，作为胜负的标志。枭最胜，卢次之，雉、犊又次之，塞为最下。就是赌博的意思。浮白，本作罚酒解；一般作为饮一杯酒的意思。

友。这虽是不肖者所为,有气节的未必如此。但知县相请,也没有不肯去的。偏有卢楠比他人不同,知县一连请了五六次,只当做耳边风,全然不睬,只推自来不入公门。你道因甚如此?那卢楠才高天下,眼底无人,天生就一副侠肠傲骨,视功名如敝蓰,等富贵犹浮云。就是王侯卿相,不曾来拜访,要请去相见,他也断然不肯先施①,怎肯轻易去见个县官?真个是天子不得臣,诸侯不得友,绝品的高人。这卢楠已是个清奇古怪的主儿,撞着知县又是个耐烦琐碎的冤家。请人请到四五次不来,也索罢了,偏生只管去缠帐。见卢楠决不肯来,却到情愿自去就教。又恐卢楠他出,先差人将帖子订期。差人领了言语,一直径到卢家,把帖子递与门公说道:"本县老爷,有紧要话,差我来传达你相公,相烦引进。"门公不敢怠慢,即引到园上,来见家主。差人随进园门,举目看时,只见水光绕绿,山色送青,竹木扶疏,交相掩映,林中禽鸟,声如鼓吹。那差人从不曾见这般景致,今日到此,恍如登了洞天仙府,好生欢喜,想道:"怪道老爷要来游玩,原来有恁地好景!我也是有些缘分,方得至此观玩这番,也不枉为人一世。"遂四下行走,恣意饱看。湾湾曲曲,穿过几条花径,走过数处亭台,来到一个所在,周围尽是梅花,一望如雪,霏霏馥馥,清香沁人肌骨。中间显出一座八角亭子,朱甍碧瓦,画栋雕梁,亭中悬一个匾额,大书"玉照亭"三字。下边坐着三四个宾客,赏花饮酒,傍边五六个标致青衣②,调丝品竹,按板而歌。有高太史③《梅花诗》为证:

---

① 先施——朋友抢先馈送礼物或拜访,叫作"先施"。
② 标致青衣——即漂亮的侍女的意思。
③ 高太史——指高启;明代诗人,曾官编修,与修《元史》,故称为"太史"。

琼姿只合在瑶台，谁向江南处处栽。

雪满山中高士卧，月明林下美人来。

寒依疏影萧萧竹，春掩残香漠漠苔。

自去渔郎无好韵，东风愁寂几回开！

门公同差人站在门外，候歌完了，先将帖子禀知，然后差人向前说道："老爷令小人多多拜上相公，说既相公不屑到县，老爷当来拜访；但恐相公他出，又不相值，先差小人来期个日子，好来请教。二来闻府上园亭甚好，顺便就要游玩。"大凡事当凑就不起，那卢楠见知县频请不去，恬不为怪，却又情愿来就教，未免转过念头，想："他虽然贪鄙，终是个父母官儿，肯屈己敬贤，亦是可取；若又峻拒不许，外人只道我心胸褊狭，不能容物了。"又想道："他是个俗吏，这文章定然不晓得的；那诗律旨趣深奥，料必也没相干；若论典籍，他又是个后生小子，徼幸在睡梦中偷得这进士到手，已是心满意足，谅来还未曾识面。至于理学禅宗，一发梦想所不到了。除此之外，与他谈论，有甚意味，还是莫招揽罢。"却又念其来意惓惓，如拒绝了，似觉不情。正沉吟间，小童斟上酒来。他触境情生，就想到酒上，道："倘会饮酒，亦可免俗。"问来人道："你本官可会饮酒么？"答道："酒是老爷的性命，怎么不会饮？"卢楠又问："能饮得多少？"答道："但见拿着酒杯，整夜吃去，不到酩酊不止，也不知有几多酒量。"卢楠心中喜道："原来这俗物，却会饮酒，单取这节罢。"随教童子取个帖儿，付与来人道："你本官既要来游玩，趁此梅花盛时，就是明日罢。我这里整备酒盒相候。"差人得了言语，原同门公一齐出来，回到县里，将帖子回覆了知县。知县大喜，正要明日到卢楠家去看梅花;不想晚上人来报新按院到任,连夜起身往府,不能如意。差人将个帖儿辞了。知县到府,接着按院,伺行香过了,回到县时,往还数日,这梅花已是:

纷纷玉瓣堆香砌,片片琼英绕画栏。

汪知县因不曾赴梅花之约,心下怏怏,指望卢楠另来相邀。谁知卢楠出自勉强,见他辞了,即撇过一边,那肯又来相请。看看已到仲春时候,汪知县又想到卢楠园上去游春,差人先去致意。那差人来到卢家园中,只见园林织锦,堤草铺茵,莺啼燕语,蝶乱蜂忙,景色十分艳丽。须臾,转到桃蹊上,那花浑如万片丹霞,千重红锦,好不烂熳。有诗为证:

桃花开遍上林红,耀服繁华色艳浓。

含笑动人心意切,几多消息五更风。

卢楠正与宾客在花下击鼓催花,豪歌狂饮,差人执帖子上前说知。卢楠乘着酒兴对来人道:“你快回去与本官说,若有高兴,即刻就来,不必另约。”众宾客道:“使不得!我们正在得趣之时,他若来了,就有许多文诌诌①,怎能尽兴?还是改日罢。”卢楠道:“说得有理,便是明日。”遂取个帖子,打发来人,回复知县。你道天下有这样不巧的事!次日汪知县刚刚要去游春,谁想夫人有五个月身孕,忽然小产起来,晕倒在地,血污浸着身子。吓得知县已是六神无主,还有甚心肠去吃酒,只得又差人辞了卢楠。这夫人病体直至三月下旬,方才稍可。那时卢楠园中牡丹开放,冠绝一县。真是

① 许多文诌诌——诌,一般作“绉”。文人的动作迂缓安详,你谦我让,叫作“文绉绉”。这句指的是:相见时行礼、说客套话等等虚文礼节。

好花,有《牡丹诗》为证:

洛阳千古斗春芳,富贵争夸浓艳妆。
一自《清平》传唱后,至今人尚说花王。

汪知县为夫人这病,乱了半个多月,情绪不佳,终日只把酒来消闷,连政事也懒得去理。次后闻得卢家牡丹茂盛,想要去赏玩,因两次失约,不好又来相期,差人送三两书仪①,就致看花之意。卢楠日子便期了,却不肯受这书仪。璧返数次,推辞不脱,只得受了。那日天气晴爽,汪知县打帐早衙完了就去,不道刚出私衙,左右来报:"吏科给事中某爷告养亲归家,在此经过。"正是要道之人,敢不去奉承么?急忙出郭迎接,馈送下程,设宴款待。只道一两日就行,还可以看得牡丹,那知某给事,又是好胜的人,教知县陪了游览本县胜景之处,盘桓七八日方行。等到去后,又差人约卢楠时,那牡丹已萎谢无遗。卢楠也向他处游玩山水,离家两日矣。不觉春尽夏临,弹指间又早六月中旬,汪知县打听卢楠已是归家,在园中避暑,又令人去传达,要赏莲花。那差人径至卢家,把帖儿教门公传进。须臾间,门公出来说道:"相公有话,唤你当面去分付。"差人随着门公,直到一个荷花池畔,看那池团团约有十亩多大,堤上绿槐碧柳,浓阴蔽日;池内红妆翠盖,艳色映人。有诗为证:

凌波仙子斗新妆,七窍虚心吐异香。
何似花神多薄幸,故将颜色恼人肠。

原来那池也有个名色,唤做滟碧池。池心中有座亭子,名曰锦

① 书仪——以送钱买书为名义送点钱给人家,这种钱叫作"书仪"。

云亭。此亭四面皆水,不设桥梁,以采莲舟为渡,乃卢楠纳凉之处。门公与差人下了采莲舟,荡动画桨,顷刻到了亭边,系舟登岸。差人举目看那亭子:周围朱栏画槛,翠幔纱窗,荷香馥馥,清风徐徐,水中金鱼戏藻,梁间紫燕寻巢,鸥鹭争飞叶底,鸳鸯对浴岸傍。去那亭中看时,只见藤床湘簟,石榻竹几,瓶中供千叶碧莲,炉内焚百和名香。卢楠科头跣足,斜据石榻。面前放一帙古书,手中执着酒杯。傍边冰盘中,列着金桃雪藕,沉李浮瓜,又有几味案酒。一个小厮捧壶,一个小厮打扇。他便看几行书,饮一杯酒,自取其乐。差人未敢上前,在侧边暗想道:“同是父母生长,他如何有这般受用!就是我本官中过进士,还有许多劳碌,怎及得他的自在!”卢楠抬头看见,即问道:“你就是县里差来的么?”差人应道:“小人正是。”卢楠道:“你那本官到也好笑,屡次订期定日,却又不来;如今又说要看荷花;恁样不爽利,亏他怎地做了官!我也没有许多闲工夫与他缠帐,任凭他有兴便来,不奈烦又约日子。”差人道:“老爷多拜上相公,说久仰相公高才,如渴思浆,巴不得来请教,连次皆为不得已事羁住,故此失约。还求相公期个日子,小人好去回话。”卢楠见来人说话伶俐,却也听信了他,乃道:“既如此,竟在后日。”差人得了言语,讨个回帖,同门公依旧下船,捽到柳阴堤下上岸,自去回复了知县。那汪知县至后日,早衙发落了些公事,约莫午牌时候,起身去拜卢楠。谁想正值三伏之时,连日酷热非常,汪知县已受了些暑气,这时却又在正午,那轮红日犹如一团烈火,热得他眼中火冒,口内烟生。刚到半路,觉道天旋地转,从轿上直撞下来,险些儿闷死在地。从人急忙救起,抬回县中,送入私衙,渐渐苏醒。分付差人辞了卢楠,一面请太医调治。足足里病了一个多月,方才出堂理事,不在话下。

且说卢楠一日在书房中,查点往来礼物,检着汪知县这封书仪,想道:“我与他水米无交,如何白白里受他的东西?须把来消豁①了,方才干净。”到八月中,差人来请汪知县中秋夜赏月。那知县却也正有此意。见来相请,好生欢喜,取回帖打发来人,说:“多拜上相公,至期准赴。”那知县乃一县之主,难道刚刚只有卢楠请他赏月不成?少不得初十边,就有乡绅同僚中相请,况又是个好饮之徒,可有不去的理么?定然一家家捱次都到,至十四这日,辞了外边酒席,于衙中整备家宴,与夫人在庭中玩赏。那晚月色分外皎洁,比寻常更是不同。有诗为证:

玉宇淡悠悠,金波彻夜流。

最怜圆缺处,曾照古今愁。

风露孤轮影,山河一气秋。

何人吹铁笛?乘醉倚南楼。

夫妻对酌,直饮到酩酊,方才入寝。那知县一来是新起病的人,元神未复;二来连日沉酣糟粕,趁着酒兴,未免走了酒字下这道儿②;三来这晚露坐夜深,着了些风寒:三合凑又病起来。眼见得卢楠赏月之约,又虚过了。调摄数日,方能痊可。那知县在衙中无聊,量道卢楠园中桂花必盛,意欲借此排遣,适值有个江南

① 消豁——打发掉,花费掉。

② 走了酒字下这道儿——指“色”。“酒色”二字常连用,所以“酒”下边的是“色”。

客来打抽丰①,送两大罈惠山泉酒,汪知县就把一罈,差人转送与卢楠。卢楠见说是美酒,正中其怀,无限欢喜,乃道:“他的政事文章,我也一概勿论,只这酒中,想亦是知味的了。”即写帖请汪知县后日来赏桂花。有诗为证:

凉影一帘分夜月,天宫万斛动秋风。

淮南何用歌《招隐》?自可淹留桂树丛。

自古道:“一饮一啄,莫非前定。”像汪知县是个父母官,肯屈己去见个士人,岂不是件异事。谁知两下机缘未到,临期定然生出事故,不能相会。这番请赏桂花,汪知县满意要尽竟日之欢,罄夙昔仰想之诚。不料是日还在眠床上,外面就传板②进来报:“山西理刑赵爷行取入京,已至河下。”恰正是汪知县乡试房师③,怎敢怠慢?即忙起身梳洗,出衙上轿,往河下迎接,设宴款待。你想两个得意师生,没有就相别之理,少不得盘桓数日,方才转身。这桂花已是:

飘残金粟随风舞,零乱天香地满铺。

却说卢楠素性刚直豪爽,是个傲上矜下之人,见汪知县屡次卑词尽敬,以其好贤,遂有俯交之念。时值九月末旬,园中菊花开遍,那菊花种数甚多,内中惟有三种为贵。那三种?

鹤翎　剪绒　西施

① 打抽丰——亦作“打秋风”。意同分肥。一般是利用各种关系向人取得财物赠与的意思。

② 传板——官厅里悬在堂口,有紧急事情所敲击的大木板。

③ 乡试房师——主持乡试的官员,除了主考、副主考外,还有同考官,分房荐卷,由主考官决定。考取的举人称正、副主考为“座师”,称分房荐卷的同考官为“房师”或“帘师”。

每一种各有几般颜色，花大而媚，所以贵重。有《菊花诗》为证：

不共春风斗百芳，自甘篱落傲秋霜。

园林一片萧疏景，几朵依稀散晚香。

卢楠因想汪知县几遍要看园景，却俱中止，今趁此菊花盛时，何不请来一玩？也不枉他一番敬慕之情。即写帖儿，差人去请次日赏菊。家人拿着帖子，来到县里，正值知县在堂理事，一径走到堂上跪下，把帖子呈上，禀道："家相公多拜上老爷，园中菊花盛开，特请老爷明日赏玩。"汪知县正想要去看菊，因屡次失约，难好启齿；今见特地来请，正是挖耳当招，深中其意。看了帖子，乃道："拜上相公，明日早来领教。"那家人得了言语，即便归家回覆家主道："汪大爷拜上相公，明日绝早就来。"那知县说明日早来，不过是随口的话，那家人改做绝早就来，这也是一时错讹之言。不想因这句错话上，得罪于知县，后来把天大家私，弄得罄尽，险些儿连性命都送了。正是：

舌为利害本，口是祸福门。

当下卢楠心下想道："这知县也好笑，那见赴人筵席，有个绝早就来之理。"又想道："或者慕我家园亭，要尽竟日之游。"分付厨夫："大爷明日绝早就来，酒席须要早些完备。"那厨夫听见知县早来，恐怕临时误事，隔夜就手忙脚乱收拾。卢楠到次早分付门上人："今日若有客来，一概相辞，不必通报。"又将个名帖，差人去邀请知县。不到朝食时，酒席都已完备，排设在园上燕喜堂中。上下两席，并无别客相陪。那酒席铺设得花锦相似。正是：

富家一席酒，穷汉半年粮。

且说知县那日早衙投文已过，竟不退堂，就要去赴酌，因见天色太早，恐酒席未完，吊一起公事来问。那公事却是新拿到一班强盗，专在卫河里打劫来往客商，因都在娼家宿歇，露出马脚，被捕人拿住解到本县，当下一讯都招。内中一个叫做石雪哥，又扳出本县一个开肉铺的王屠，也是同伙，即差人去拿到。知县问道："王屠，石雪哥招称你是同伙，赃物俱窝顿你家，从实供招，免受刑罚。"王屠禀道："老爷，小人是个守法良民，就在老爷马足下开个肉铺生理，平昔间就街市上不十分行走，那有这事。莫说与他是个同伙，就是他面貌，从不曾识认。老爷不信，拘邻里来问，平日所行所为，就明白了。"知县又叫石雪哥道："你莫要诬陷平人，若审出是扳害的，本时就打死你这奴才。"石雪哥道："小的并非扳害，真实是同伙。"王屠叫道："我认也认不得你，如何是同伙？"石雪哥道："王屠，我与你一向同做伙计，怎么诈不认得？就是今日，本心原要出脱你的，只为受刑不过，一时间说了出来，你不要怪我！"王屠叫屈连天道："这是那里说起？"知县喝交一声夹起来，可怜王屠夹得死而复苏，不肯招承。这强盗咬定是个同伙，虽夹死终不改口。是巳牌时分，夹到日已倒西，两下各执一词，难以定招。此时知县一心要去赴宴，已不耐烦，遂依着强盗口词，葫芦提将王屠问成死罪，其家私尽作赃物入官。画供已毕，一齐发下死囚牢里，即起身上轿，到卢楠家去吃酒不题。

你道这强盗为甚死咬定王屠是个同伙？那石雪哥当初原是个做小经纪的人，因染了时疫症，把本钱用完，连几件破家伙，也卖来吃在肚里。及至病好，却没本钱去做生意，只存得一只锅儿,要把去卖几十文钱,来营运度日。旁边却又有些破的,生出一个计较,将锅煤拌着泥儿涂好,做个草标儿,提上街去卖。转了半日,都嫌是破的,无人肯买。落后走到王屠对门开米铺的田大郎门首,叫住要买。那田大郎是个近觑眼,却看不出损处,一口就还八十文钱。石雪哥也就肯了。田大郎将钱递与石雪哥,接过手刚在那里数明,不想王屠在对门看见,叫道:“大郎,你且仔细看看,莫要买了破的。”这是嘲他眼力不济,乃一时戏谑之言。谁知田大郎真个重新仔细一看,看出那个破损处来,对王屠道:“早是你说,不然几乎被他哄了。果然是破的。”连忙讨了铜钱,退还锅子。石雪哥初时买成了,心中正在欢喜,次后讨了钱去,心中痛恨王屠,恨不得与他性命相博。只为自已货儿果然破损,没个因头,难好开口,忍着一肚子恶气,提着锅子转身。临行时,还把王屠怒目而视,巴不能等他问一声,就要与他厮闹。那王屠出自无心,那个去看他。石雪哥见不来招揽,只得自去。不想心中气闷,不曾照管得,脚下绊上一交,把锅子打做千百来块,将王屠就恨入骨髓。思想没了生计,欲要寻条死路,诈那王屠,却又舍不得性命。没甚计较,就学做夜行人①,到也顺溜,手到擒来。做了年馀,嫌这生意微细,合入大队里,在卫河中巡绰②,得来大碗酒、大块肉,好不快活!那时反又感激王屠起来,他道是:“当日若没有王屠说这句话,卖成这只锅子,有了本钱,这时只做小生意度日,那有恁般快活!”及至恶贯满盈,被拿到官,情真罪

① 夜行人——小偷。

② 巡绰——本义是巡查、警备;这里是拦路打劫的意思。

当,料无生理,却又想起昔年的事来:“那日若不是他说破,卖这几十文钱做生意度日,不见致有今日。”所以扳害王屠,一口咬定,死也不放。故此他便认得王屠,王屠却不相认。后来直到秋后典刑,齐绑在法场上,王屠问道:“今日总是死了,你且说与我有甚冤仇,害我致此?说个明白,死也甘心。”石雪哥方把前情说出。王屠连喊冤枉,要辨明这事。你想:此际有那个来采你?只好含冤而死。正是:

只因一句闲言语,断送堂堂六尺躯。

闲话休题,且说卢楠早上候起,已至巳牌,不见知县来到,又差人去打听,回报说在那里审问公事。卢楠心上就有三四分不乐,道:“既约了绝早就来,如何这时候还问公事?”停了一回,还不见到,又差人去打听,来报说:“这件公事还未问完哩。”卢楠不乐有六七分了,想道:“是我请他的不是,只得耐这次罢。”俗语道得好,等人性急。略过一回,又差人去打听,这人行无一箭之远,又差一人前来,顷刻就差上五六个人去打听。少停一齐转来回覆说:“正在堂上夹人,想这事急切未得完哩。”卢楠听见这话,凑成十分不乐,心中大怒道:“原来这俗物,一无可取,都只管来缠帐,几乎错认了。如今幸尔还好。”即令家人撇开下面这桌酒席,走上前居中向外而坐,叫道:“快把大杯洒热酒来,洗涤俗气。”家人都禀道:“恐大爷一时来到。”卢楠睁起眼喝道:“哇!还说甚大爷?我这酒可是与俗物吃的么?”家人见家主发怒,谁敢再言,只得把大杯斟上,厨下将肴馔供出。小奚在堂中宫商迭奏,丝竹并呈。卢楠饮了数杯,又讨出大碗,一连吃上十数多碗,吃得性起,把巾服都脱去了,跣足蓬头,踞坐于椅上,将肴馔撤去,止留果品案酒,又吃上十来大碗,连果品也赏了小奚,惟饮寡酒。又吃上几碗。卢楠酒量虽高,原吃不得急酒,因一时恼怒,连饮了几十碗,不觉大醉,就靠在桌上齁齁睡去。家人谁敢去惊动,整整齐齐,都站在两旁伺候。里边卢楠便醉了,外面管园的却不晓得。远远望见知县头踏来,急忙进来通报。到了堂中,看见家主已醉,到吃一惊道:“大爷已是到了,相公如何先饮得这个模样?”众家人听得知县来到,都面面相觑,没做理会,齐道:“那桌酒便还在,但相公不能勾醒,却怎好?”管园的道:“且叫醒转来,扶醉陪他一陪也罢。终不然特地请来,冷淡他去不成。”众家人只得上前叫唤,喉咙都喊破了,如何得醒?渐渐听得人声喧杂,料道是知县进来,慌了手脚,四散躲过。单单撇下卢楠一人。只因这番,有分教:佳宾贤主,变为百世冤家;好景名花,化作一场春梦。正是:

盛衰有命天为主,祸福无门人自生。

且说汪知县离了县中,来到卢家园门首,不见卢楠迎接,也没有一个家人俟候,从人乱叫:“门上有人么?快去通报,大爷到了。”并无一人答应。知县料是管门的已进去报了,遂吩咐:“不必呼唤。”竟自进去。只见门上一个匾额,白地翠书“啸圃”两个大字。进了园门,一带都是柏屏,转过湾来,又显出一座门楼,上书“隔凡”二字。过了此门,便是一条松径。绕出松林,打一看时,但见山岭参差,楼台缥缈,草木萧疏,花竹围环。知县见布置精巧,景色清幽,心下暗喜道:“高人胸次,自是不同。”但不闻得一些人声,又不见卢楠相迎,未免疑惑。也还道是园中径路错杂,或者从别道往外迎我,故此相左。一行人在园中,任意东穿西走,反去寻觅主人。次后来到一个所在,却是三间大堂。一望菊花数百,霜英灿烂,枫叶万树,拥若丹霞,橙橘相亚,累累如金。池边芙蓉千百株,颜色或深或浅,绿水红葩,高下相映,鸳鸯凫鸭之类,戏狎其下。汪知县想道:“他请我看菊,必在这个堂中了。”径至堂前下轿。走入看时,那里见甚酒席,惟有一人蓬头跣足,居中向外而坐,靠在桌上打齁。此外更无一个人影。从人赶向前乱喊:“老爷到了,还不起来!”汪知县举目看他身上服色不像以下之人,又见旁边放着葛巾野服,吩咐且莫叫唤,看是何等样人?那常来下帖的差人,向前仔细一看,认得是卢楠,禀道:“这就是卢相公,醉倒在此。”汪知县闻言,登时紫涨了面皮,心下大怒道:“这厮恁般无理!故意哄我上门羞辱。”欲得教从人将花木打个希烂,又想不是官体,忍着一肚子恶气,急忙上轿,分付回县。轿夫抬起,打从旧路,直至园门首,依原不见一人。那些皂快,没一个不摇首咋舌道:“他不过是个监生,如何将官府恁般藐视?这也是件异事。”知县在轿上听见,自觉没趣,怒恼愈加,想道:“他总然才高,也是我的治下,曾请过数遍,不肯来见,情愿就见,又馈送银酒,我亦可为折节敬贤之至矣。他却如此无理,将我侮慢。且莫说我是父母官,即使平交,也不该如此!”到了县里,怒气不息,即便退入私衙不题。且说卢楠这些家人小厮,见知县去后,方才出头,到堂中看家主时,睡得正浓,直至更馀方醒。众人说道:“适才相公睡后,大爷就来,见相公睡着,便起身而去。”卢楠道:“可有甚话说?”众人道:“小人们恐难好答应,俱走过一边,不曾看见。”卢楠道:“正该如此!”又懊悔道:“是我一时性急,不曾分付闭了园门,却被这俗物,直至此间,践污了地上。”教管园的,明早快挑水将他进来的路径扫涤干净。又着人寻访常来下帖的差人,将向日所送书仪,并那罈泉酒,发还与他。那差人不敢隐匿,遂即到县里去缴还,不在话下。

却说汪知县退到衙中,夫人接着,见他怒气冲天,问道:“你去赴宴,如何这般气恼?”汪知县将其事道知。夫人道:“这都是自取,怪不得别人!你是个父母官,横行直撞,少不得有人奉承;如何屡屡卑污苟贱,反去请教子民。他总是有才,与你何益?今日讨恁般怠慢,可知好么!”汪知县又被夫人抢白了几句,一发怒上加怒,坐在交椅上,气愤愤的半晌无语。夫人道:“何消气得,自古道:破家县令。”只这四个字,把汪知县从睡梦中唤醒,放下了怜才敬士之心,顿提起生事害人之念。当下口中不语,心下踌躇,寻思计策安排卢生:“必置之死地,方泄吾恨。”当夜无话。汪知县早衙已过,次日唤一个心腹令史,进衙商议。那令史姓谭名遵,颇有才干,惯与知县通赃过付,是一个积年滑吏。当下知县先把卢楠得罪之事叙过,次说要访他过恶参之,以报其恨。谭遵道:“老爷要与卢楠作对,不是轻举妄动的。须寻得一件没躲闪的大事,坐在他身上,方可完得性命。那参访一节,恐未必了事,在老爷反有干碍。”汪知县道:“却是为何?”谭遵道:“卢楠与小人原是同里,晓得他多有大官府往来,且又家私豪富。平昔虽则恃才狂放,却没甚违法之事。总然拿了,少不得有天大分上到上司处挽回,决不致死的田地。那时怀恨挟仇,老爷岂不反受其累?”汪知县道:“此言虽是,但他恁地放肆,定有几件恶端。你去细细访来,我自有处。”谭遵答应出来,只见外边缴进原送卢楠的书仪泉酒。知县见了，转觉没趣。无处出气，迁怒到差人身上，说道不该收他的回来，打了二十毛板，就将银酒都赏了差人。正是：

劝君莫作伤心事，世上应多切齿人。

话分两头。却说浮丘山脚下有个农家，叫做钮成，老婆金氏。夫妻两口，家道贫寒，却又少些行止；因此无人肯把田与他耕种。历年只在卢楠家做长工过日。二年前，生了个儿子，那些一般做工的，同卢家几个家人斗分子与他贺喜。论起钮成恁般穷汉，只该辞了才是。十分情不可却，称家有无，胡乱请众人吃三杯，可也罢了。不想他却去弄空头，装好汉，写身子与卢楠家人卢才，抵借二两银子，整个大大筵席款待众人。邻里尽送汤饼，热烘烘倒像个财主家行事。外边正吃得快活，那知孩子隔日被猫惊了，这时了帐，十分败兴，不能勾尽欢而散。

那卢才肯借银子与钮成，原怀个不良之念。你道为何？因见钮成老婆有三四分颜色，指望以此为繇，要勾搭这婆娘。谁知缘分浅薄，这婆娘情愿白白里与别人做些交易，偏不肯上卢才的桩儿。反去学向老公说卢才怎样来调戏。钮成认做老婆是个贞节妇人，把卢才恨入骨髓，立意要赖他这项银子。卢才踅了年馀，见这婆娘妆乔做样，料道不能勾上钩，也把念头休了，一味索银，两下面红了好几场，只是没有。有人教卢才个法儿道："他年年在你家做长工，何不耐到发工银时，一并扣清，可不干净？"卢才依了此言，再不与他催讨。等到十二月中，打听了发银日子，紧紧伺候。那卢楠田产广多，除了家人，顾工的也有整百。每年至十二月中预发来岁工银。到了是日,众长工一齐进去领银。卢楠恐家人们作弊,短少了众人的,亲自唱名亲发,又赏一顿酒饭。吃个醉饱,叩谢而出。刚至宅门口,卢才一把扯住钮成,问他要银。那钮成一则还钱肉痛,二则怪他调戏老婆,乘着几杯酒兴,反撒赖起来。将银塞在兜肚里,骂道:“狗奴才!只欠得这丢银子,便生心来欺负老爷!今日与你性命相博!”当胸撞一个满怀。卢才不曾提防,踉踉跄跄倒退了十数步,几乎跌上一交。恼动性子,赶上来便打。那句“狗奴才”却又犯了众怒,家人们齐道:“这厮恁般放泼!总使你的理直,到底是我家长工,也该让我们一分;怎地欠了银子,反要行凶?打这狗亡八!”齐拥上前乱打。常言道,双拳不敌四手。钮成独自一个,如何抵当得许多人,着实受了一顿拳脚。卢才看见银子藏在兜肚中,扯断带子,夺过去了。众长工再三苦劝,方才住手。推着钮成回家。不道卢楠在书房中隐隐听得门首喧嚷,唤管门的查问。他的家法最严,管门的恐怕连累,从实禀说。卢楠即叫卢才进去,说道:“我有示在先,家人不许擅放私债,盘算小民。如有此等,定行追还原券,重责逐出。你怎么故违我法;却又截抢工银,行凶打他?这等放肆可恶!”登时追出兜肚银子并那纸文契。打了二十,逐出不用。分付管门的:“钮成来时,着他来见我,领了银券去。”管门的连声答应,出来,不题。

且说钮成刚吃饱得酒食,受了这顿拳头脚尖,银子原被夺去,转思转恼,愈想愈气。到半夜里,火一般发热起来,觉道心头胀闷难过。次日便爬不起。到第二日早上,对老婆道:“我觉得身子不好,莫不要死?你快去叫我哥哥来商议。”自古道:无巧不成话。元来钮成有个嫡亲哥子钮文，正卖与令史谭遵家为奴。金氏平昔也曾到谭家几次，路径已熟，故此教他去叫。当下金氏听见老公说出要死的话，心下着忙，带转门儿，冒着风寒，一径往县中去寻钮文。

那谭遵四处察访卢楠的事过，并无一件；知县又再三催促，到是个两难之事。这一日正坐在公廨中，只见一个妇人慌慌张张的走入来，举目看时，不是别人，却是家人钮文的弟妇。金氏向前道了万福，问道："请问令史：我家伯伯可在么？"谭遵道："到县门前买小菜就来，你有甚事恁般惊惶？"金氏道："好教令史知得：我丈夫前日与卢监生家人卢才费口，夜间就病起来，如今十分沉重，特来寻伯伯去商量。"谭遵闻言，不胜喜欢。忙问道："且说为甚与他费口？"金氏即将与卢才借银起，直至相打之事，细细说了一遍。谭遵道："原来恁地。你丈夫没事便罢；有些山高水低，急来报知，包在我身上，与你出气。还要他一注大财乡，彀你下半世快活。"金氏道："若得令史张主，可知好么。"正说间，钮文已回。金氏将这事说知，一齐同去。临出门时，谭遵又嘱付道："如有变故，速速来报。"钮文应允。离了县中，不消一个时辰，早到家中。推门进去，不见一些声息。到床上看时，把二人吓做一跳。——元来直僵僵挺在上面，不知死过几时了。金氏便号淘大哭起来。正是：

夫妻本是同林鸟，大限来时各自飞。

那些东邻西舍听得哭声，都来观看。齐道："虎一般的后生，活活打死了。可怜！可怜！"钮文对金氏说道："你且莫哭，同去报与我主人，再作区处。"金氏依言，锁了大门，嘱付邻里看觑则个。跟着钮文就走。那邻里中商议道:“他家一定去告状了。地方人命重情,我们也须呈明,脱了干系。”随后也往那里去呈报。其时远近村坊尽知钮成已死,早有人报与卢柟。那卢柟原是疏略之人,两日钮成不去领这银券,连其事却也忘了;及至闻了此信,即差人去寻获卢才送官。那知卢才听见钮成死了,料道不肯干休,已先桃之夭夭,不在话下。

且说钮文、金氏,一口气跑到县里,报知谭遵。谭遵大喜,悄悄的先到县中,禀了知县。出来与二人说明就里,教了说话,流水写起状词,单告卢柟强占金氏不遂,将钮成擒归打死,教二人击鼓叫冤。钮文依了家主,领着金氏,不管三七念一,执了一块木柴,把鼓乱敲,口内一片声叫喊:“救命!”衙门差役,自有谭遵分付,并无拦阻。汪知县听得击鼓,即时升堂,唤钮文、金氏至案前。才看状词,恰好地邻也到了。知县专心在卢柟身上,也不看地邻呈子是怎样情繇,假意问了几句,不等发房,即时出签,差人捉卢柟立刻赴县。公差又受了谭遵的叮嘱,说:“大爷恼得卢柟要紧,你们此去,只除妇女孩子,其馀但是男子汉,尽数拿来。”众皂快素知知县与卢监生有仇,况且是个大家,若还人少,进不得他家大门,遂聚起三兄四弟,共有四五十人,分明是一群猛虎。此时隆冬日短,天已傍晚,彤云密布,朔风凛冽,好不寒冷!谭遵要奉承知县,陪出酒浆,与众人先发个兴头。一家点起一根火把,飞奔至卢家门首,发一声喊,齐抢入去,逢着的便拿。家人们不知为甚,吓得东倒西歪,儿啼女哭,没奔一头处。卢柟娘子正同着丫鬟们在房中围炉向火,忽闻得外面人声鼎沸,只道是漏了火,急叫丫鬟们观看。尚未动步,房门口早有家人报道:“大娘,不好了！外边无数人执着火把，打进来也。”卢楠娘子还认是强盗来打劫，惊得三十六个牙齿，矻噔噔的相打，慌忙叫丫鬟快闭上房门。言犹未毕，一片火光，早已拥入房里。那些丫头们奔走不迭，只叫：“大王爷饶命！”众人道：“胡说！我们是本县大爷差来拿卢楠的。什么大王爷？”卢楠娘子见说这话，就明白向日丈夫怠慢了知县，今日寻事故来摆布。便道：“既是公差，难道不知法度的？我家总有事在县，量来不过户婚田土的事罢了，须不是大逆不道；如何白日里不来，黑夜间率领多人，明火执杖，打入房帷，乘机抢劫，明日到公堂上去讲，该得何罪？”众公差道：“只要还了我卢楠，但凭到公堂上去讲。”遂满房遍搜一过，只拣器皿宝玩，取勾像意，方才出门。又打到别个房里，把姬妾们都惊得躲入床底下去。各处搜到，不见卢楠，料想必在园上，一齐又赶入去。卢楠正与四五个宾客，在暖阁上饮酒，小优两傍吹唱，恰好差去拿卢才的家人，在那里回话，又是两个乱喊上楼报道：“相公，祸事到也！”卢楠带醉问道：“有何祸事？”家人道：“不知为甚？许多人打进大宅抢劫东西，逢着的便被拿住，今已打入相公房中去了。”众宾客被这一惊，一滴酒也无了，齐道：“这是为何？可去看来！”便要起身。卢楠全不在意，反拦住道：“由他自抢，我们且吃酒，莫要败兴。快斟热酒来。”家人跌足道：“相公，外边恁般慌乱，如何还要饮酒！”说声未了，忽见楼前一派火光闪烁，众公差齐拥上楼。吓得那几个小优满楼乱滚，无处藏躲。卢楠大怒，喝道：“甚么人？敢到此放肆！叫人快拿。”众公差道：“本县大爷请你说话，只怕拿不得的！”一条索子，套在颈里道：“快走！快走！”卢楠道：“我有何事？这等无礼！偏不去！”众公差道：

"老实说:向日请便请你不动,如今拿到要拿去的。"牵着索子,推的推,扯的扯,拥下楼来。家人共拿了十四五个,众人还想连宾客都拿。内中有人认得俱是贵家公子,又是有名头秀才,遂不敢去惹他。一行人离了园中,一路闹炒炒直至县里。这几个宾客,放心不下,也随来观看。躲过的家人,也自出头,奉着主母之命,将了银两,赶来央人使用打探,不在话下。

且说汪知县在堂等候,堂前灯笼火把,照耀浑如白昼,四下绝不闻一些人声。众公差押卢楠等,直至丹墀下,举目看那知县,满面杀气,分明坐下个阎罗天子;两行隶卒排列,也与牛头夜叉无二。家人们见了这个威势,一个个胆战心惊。众公差跑上堂禀道:"卢楠一起拿到了。"将一干人带上月台,齐齐跪下。钮文、金氏另跪在一边。惟有卢楠挺然居中而立。汪知县见他不跪,仔细看了一看,冷笑道:"是一个土豪!见了官府,犹恁般无状!在外安得不肆行无忌。我且不与你计较,暂请到监里去坐一坐。"卢楠倒走上三四步,横挺着身子说道:"就到监里去坐也不妨。只要说个明白,我得何罪,昏夜差人抄没?"知县道:"你强占良人妻女不遂,打死钮成,这罪也不小!"卢楠闻言,微微笑道:"我只道有甚天大事情,原来为钮成之事。据你说止不过要我偿他命罢了,何须大惊小怪。但钮成原系我家佣奴,与家人卢才口角而死,却与我无干。即使是我打死,亦无死罪之律;若必欲借彼证此,横加无影之罪,以雪私怨,我卢楠不难屈承,只怕公论难泯!"汪知县大怒道:"你打死平人,昭然耳目,却冒认为奴,污蔑问官,抗拒不跪。公堂之上,尚敢如此狂妄;平日豪横,不问可知矣!今且勿论人命真假,只抗逆父母官,该得何罪?"喝教拿下去打。众公差齐声答应,赶向前一把揪翻。卢楠叫道:“士可杀而不可辱,我卢楠堂堂汉子,何惜一死！却要用刑？任凭要我认那一等罪,无不如命,不消责罚。”众公差那里繇他做主,按倒在地,打了三十。知县喝教住了,并家人齐发下狱中监禁。钮成尸首着地方买棺盛殓,发至官坛候验。钮文、金氏干证人等,召保听审。卢楠打得血肉淋漓,两个家人扶着,一路大笑走出仪门。这几个朋友上前相迎,家人们还恐怕来拿,远远而立,不敢近身。众友问道:“为甚事,就到杖责?”卢楠道:“并无别事,汪知县公报私仇,借家人卢才的假人命,装在我名下,要加个小小死罪。”众友惊骇道:“不信有此等奇冤。”内中一友叫道:“不打紧,待小弟回去,与家父说了,明日拉合县乡绅孝廉,与县公讲明,料县公难灭公论,自然开释。”卢楠道:“不消兄等费心,但凭他怎地摆布罢了！只有一件紧事,烦到家间说一声,教把酒多送几坛到狱中来。”众友道:“如今酒也该少饮。”卢楠笑道:“人生贵在适意,贫富荣辱,俱身外之事,于我何有。难道因他要害我,就不饮酒了?这是一刻也少不得的!”正在那里说话,一个狱卒推着背道:“快进狱去,有话另日再说。”那狱卒不是别人,叫做蔡贤,也是汪知县得用之人。卢楠睁起眼喝道:“哇！可恶！我自说话,与你何干?”蔡贤也焦躁道:“呵呀！你如今是在官人犯了,这样公子气质,且请收起,用不着了。”卢楠大怒道:“什么在官人犯,就不进去,便怎么!”蔡贤还要回话,有几个老成的,将他推开,做好做歹,劝卢楠进了监门,众友也各自回去。卢楠家人自归家回复主母,不在话下。

原来卢楠出衙门时,谭遵紧随在后,察访这些说话,一句句听得明白,进衙报与知县。知县到次早只说有病,不出堂理事,众乡官来时,门上人连帖也不受。到午后忽地升堂,唤齐金氏一干人犯,并忤作人等,监中吊出卢楠主仆,径去检验钮成尸首。那忤作人已知县主之意,轻伤尽报做重伤,地邻也理会得知县要与卢楠作对,齐咬定卢楠打死。知县又哄卢楠将出钮成佣工文券,只认做假的,尽皆扯碎。严刑拷打,问成死罪。又加二十大板,长枷手扭,下在死囚牢里。家人们一概三十,满徒三年,召保听候发落。金氏、钮文干证人等,发回宁家。尸棺俟详转定夺①。将招繇叠成文案,并卢楠抗逆不跪等情,细细开载在内,备文申报上司。虽众乡绅力为申理,知县执意不从。有诗为证:

县令从来可破家,冶长非罪亦堪嗟。

福堂今日容高士,名圃无人理百花。

且说卢楠本是贵介之人,生下一个脓窠疮儿,就要请医家调治的,如何经得这等刑杖?到得狱中,昏迷不醒。幸喜合监的人,知他是个有钱主儿,奉承不暇,流水把膏药末药送来。家中娘子又请太医来调治,外修内补,不匀一月,平服如旧。那些亲友,络绎不绝,到监中候问。狱卒人等,已得了银子,欢天喜地,繇他们直进直出,并无拦阻。内中单有蔡贤是知县心腹,如飞禀知县主,魆地②到监点闸,搜出五六人来,却都是有名望的举人秀士,不好将他难为,教人送出狱门。又把卢楠打上二十。四五个狱卒,一概重责。那狱卒们明知是蔡贤的缘故,咬牙切齿;因是

① 详转定夺——详,下呈上的公文。这句是说:等待上司批准决定。

② 魆(xū)地——暗地里,不使人知道。

县主得用之人,谁敢与他计较。那卢楠平日受用的高堂大厦,锦衣玉食,眼内见的是竹木花卉,耳中闻的是笙箫细乐;到了晚间,娇姬美妾,倚翠偎红,似神仙般散诞的人。如今坐于狱中,住的却是钻头不进半塌不倒的房子;眼前见的无非死犯重囚,言语嘈杂,面目凶顽,分明一班妖魔鬼怪;耳中闻的不过是脚镣手杻铁链之声。到了晚间,提铃喝号,击柝鸣锣,唱那歌儿①,何等凄惨!他虽是豪迈之人,见了这般景象,也未免睹物伤情。恨不得胁下顷刻生出两个翅膀飞出狱中。又恨不得提把板斧,劈开狱门,连众犯也都放走。一念转着受辱光景,毛发倒竖,恨道:“我卢楠做了一世好汉,却送在这个恶贼手里!如今陷于此间,怎能勾出头日子。总然挣得出去,亦有何颜面见人!要这性命何用?不如寻个自尽,到得干净。”又想道:“不可,不可!昔日成汤文王,有夏台羑里之囚,孙膑、马迁有刖足腐刑之辱②:这几个都是圣贤,尚忍辱待时,我卢楠岂可短见!”却又想道:“我卢楠相知满天下,身列缙绅者也不少,难道急难中就坐观成败?还是他们不晓得我受此奇冤?须索写书去通知,教他们到上司处挽回。”遂写起若干书启,差家人分头投递那些相知。也有见任,也有林下,见了书札,无不骇然。也有直达汪知县,要他宽罪的,也有托上司

① 提铃喝号,击柝鸣锣,唱那歌儿——过去监狱里晚上防备犯人逃走的各种办法:摇着铃子,挨号点名;并派人敲木梆、打锣在外边巡查,口里唱着歌儿。

② 成汤、文王、孙膑、马迁——成汤,即商汤;据传说,他曾被夏朝囚在夏台。文王,即周文王;他曾被商纣囚在羑(yǒu)里。孙膑,战国时的兵法家。庞涓忌妒他的才能,使计陷害,把他的脚砍掉了。马迁,即司马迁,西汉时的大史学家和文学家;因救护李陵的事而被罚受宫刑。

开招的。那些上司官，一来也晓得卢楠是当今才子，有心开释，都把招详驳下县里。回书中又露个题目，教卢楠家属前去告状，转批别衙门开招出罪。卢楠得了此信，心中暗喜，即教家人往各上司诉冤，果然都批发本府理刑勘问。理刑官先已有人致意，不在话下。

却说汪知县几日间连接数十封书札，都是与卢楠求解的；正在踌躇，忽见各上司招详，又都驳转。隔了几日，理刑厅又行牌到县，吊卷提人。已明知上司有开招放他之意，心下老大惊惧，想道："这厮果然神通广大，身子坐在狱中，怎么各处关节已是布置到了？若此番脱漏出去，如何饶得我过！一不做，二不休，若不斩草除根，恐有后患。"当晚差谭遵下狱，教狱卒蔡贤拿卢楠到隐僻之处，遍身鞭朴，打勾半死，推倒在地，缚了手足，把土囊压住鼻口，那消一个时辰，呜呼哀哉！可怜满腹文章，到此冤沉狱底。正是：

英雄常抱千年恨，风木寒烟空断魂。

话分两头，却说浚县有个巡捕县丞，姓董名绅，贡士出身，任事强干，用法平恕，见汪知县将卢楠屈陷大辟，十分不平；只因官卑职小，不好开口。每下狱查点，便与卢楠谈论，两下遂成相知。那晚恰好也进监巡视，不见了卢楠，问众狱卒时，都不肯说。恼动性子，一片声喝打，方才低低说："大爷差谭令史来讨气绝，已拿向后边去了。"董县丞大惊道："大爷乃一县父母，那有此事？必是你们这些奴才，索诈不遂，故此谋他性命！快引我去寻来。"众狱卒不敢违逆，直引至后边一条夹道中，劈面撞着谭遵、蔡贤。喝教拿住。上前观看，只见卢楠仰在地上，手足尽皆绑缚，面上压个土囊。董县丞叫左右提起土囊,高声叫唤,也是卢楠命不该死,渐渐苏醒。与他解去绳索,扶至房中,寻些热汤吃了,方能说话。乃将谭遵指挥蔡贤打骂谋害情繇说出。董县丞安慰一番,教人伏事他睡下。然后带谭遵二人到于厅上,思想:"这事虽出是县主之意,料今败露,也不敢承认。欲要拷问谭遵,又想他是县主心腹,只道我不存体面,反为不美。"单唤过蔡贤,要他招承与谭遵索诈不遂,同谋卢楠性命。那蔡贤初时只推县主所遣,不肯招承。董县丞大怒,喝教夹起来。那众狱卒因蔡贤向日报县主来闸监,打了板子,心中怀恨,寻过一副极短极紧的夹棍,才套上去,就喊叫起来,连称愿招。董县丞即便教住了。众狱卒恨着前日的毒气,只做不听见,倒务命收紧,夹得蔡贤叫爹叫娘,连祖宗十七八代尽叫出来。董县丞连声喝住,方才放了。把纸笔要他亲供。蔡贤只得依着董县丞说话供招。董县丞将来袖过,分付众狱卒:"此二人不许擅自释放,待我见过大爷,然后来取。"起身出狱回衙,连夜备了文书。次早汪知县升堂,便去亲递。汪知县因不见谭遵回覆,正在疑惑;又见董县丞呈说这事,暗吃一惊。心中虽恨他冲破了网,却又奈何他不得。看了文书,只管摇头:"恐没这事。"董县丞道:"是晚生亲眼见的,怎说没有?堂尊①若不信,唤二人对证便了。那谭遵犹可恕,这蔡贤最是无理,连堂尊也还污蔑;若不究治,何以惩戒后人!"汪知县被道着心事,满面通红,生怕传扬出去,坏了名声,只得把蔡贤问徒发遣②。自此怀恨董县丞,寻两件风流事过③,参与上司,罢官而去。

---

① 堂尊——明清时代,属吏对衙门的长官的尊称。

② 问徒发遣——判徒刑,发配到别地服劳役。徒,旧时五种刑法中的一种,即徒刑。

③ 风流事过——指细微的、不关紧要的事故、罪过。

此是后话不题。

再说汪知县因此谋不谐，遂具揭呈，送各上司，又差人往京中传送要道之人，大抵说：卢楠恃富横行乡党，结交势要，打死平人，抗送问官，营谋关节，希图脱罪。把情节做得十分利害，无非要张扬其事，使人不敢救援。又教谭遵将金氏出名，连夜刻起冤单，遍处粘帖，布置停当，然后备文起解到府。那推官原是没担当懦怯之辈，见汪知县揭帖并金氏冤单，果然恐怕是非，不敢开招，照旧申报上司。大凡刑狱，经过理刑问结，别官就不敢改动。卢楠指望这番脱离牢狱，谁道反坐实了一重死案。依旧发下浚县狱中监禁。还指望知县去任，再图昭雪。那知汪知县因扳翻了个有名富豪，京中多道他有风力，到得了个美名，行取入京，升为给事之职。他已居当道，卢楠总有通天摄地的神通，也没人敢翻他招案。有一巡按御史樊某，怜其冤枉，开招释罪。汪给事知道，授意与同科官，劾樊巡按一本，说他得了贿赂，卖放重囚，罢官回去。着府县原拿卢楠下狱。因此后来上司虽知其冤，谁肯舍了自己官职，出他的罪名。光阴迅速，卢楠在狱不觉又是十有馀年，经了几个县官。那时金氏、钮文，虽都病故，汪给事却升了京堂之职，威势正盛，卢楠也不做出狱指望。不道灾星将退，那年又选一个新知县到任。只因这官人来，有分教：

此日重阴方启照，今朝甘露不成霜。

却说浚县新任知县，姓陆名光祖，乃浙江嘉兴府平湖县人氏。那官人胸藏锦绣，腹隐珠玑，有经天纬地之才，济世安民之术。出京时，汪公曾把卢楠的事相嘱，心下就有些疑惑，想道："虽是他旧任之事，今已年久，与他还有甚相干，谆谆教谕？其中必有缘故。"到任之后，访问邑中乡绅，都为称枉，叙其得罪之繇。陆公还恐卢楠是个富家央浼下的,未敢全信。又四下暗暗体访,所说皆同。乃道:“既为民上,岂可以私怨罗织,陷人大辟?”欲要申文到上司,与他昭雪。又想道:“若先申上司,必然行查驳勘,便不能决截了事;不如先开释了,然后申报。”遂吊出那宗卷来,细细查看,前后招繇,并无一毫空隙。反覆看了几次,想道:“此事不得卢才,如何结案?”乃出百金为信赏钱,立限与捕役要拿卢才。不一月,忽然获到,将严刑究讯,审出真情。遂援笔批云:

审得钮成以领工食银于卢楠家,为卢才叩债,以致争斗,则钮成为卢氏之雇工人也明矣。雇工人死,无家翁偿命之理。况放债者才,叩债者才,厮打者亦才,释才坐楠,律何称焉?才遁不到官,累及家翁,死有馀辜,拟抵不枉。卢楠久陷于狱,亦一时之厄也!相应释放云云。

当日监中取出卢楠,当堂打开枷杻,释放回家。合衙门人无不惊骇,就是卢楠也出自意外,甚以为异。陆公备起申文,把卢才起衅根繇,并受枉始末,一一开叙,亲至府中,相见按院呈递。按院看了申文,道他擅行开释,必有私弊,问道:“闻得卢楠家中甚富,贤令独不避嫌乎?”陆公道:“知县但知奉法,不知避嫌。但知问其枉不枉,不知问其富不富。若是不枉,夷齐亦无生理;若是枉,陶朱亦无死法①。”按院

① 若是不枉,夷齐亦无生理;若是枉,陶朱亦无死法——夷齐即伯夷、叔齐。陶朱,即范蠡;他佐越王勾践灭吴之后,就变名姓,泛游江湖,成了大富人。这两句是说:若真是有罪,不冤枉的话,就连伯夷、叔齐那样好、那样穷困的人也不能活;相反,若有冤枉,就连陶朱公那样有钱的人也不可使他受屈而死。

见说得词正理直，更不再问，乃道：“昔张公为廷尉，狱无冤民①，贤令近之矣。敢不领教！”陆公辞谢而出，不题。

且说卢楠回至家中，合门庆幸，亲友尽来相贺。过了数日，卢楠差人打听陆公已是回县，要去作谢，他却也素位而行，换了青衣小帽。娘子道：“受了陆公这般大德大恩，须备些礼物去谢他便好！”卢楠说：“我看陆公所为，是个有肝胆的豪杰，不比那龌龊贪利的小辈。若送礼去，反轻亵他了！”娘子道：“怎见得是反为轻亵？”卢楠道：“我沉冤十馀载，上官皆避嫌不肯见原；陆公初莅此地，即廉知枉，毅然开释：此非有十二分才智，十二分胆识，安能如此！今若以利报之，正所谓故人知我，我不知故人也。如何使得？”即轻身而往。陆公因他是个才士，不好轻慢，请到后堂相见。卢楠见了陆公，长揖不拜。陆公暗以为奇，也还了一礼。遂教左右看坐。门子就扯把椅子，放在傍边。看官，你道有恁样奇事！那卢楠乃久滞的罪人，亏陆公救援出狱，此是再生恩人，就磕穿头，也是该的，他却长揖不拜。若论别官府见如此无礼，心上定然不乐了，那陆公毫不介意，反又命坐。可见他度量宽洪，好贤极矣！谁想卢楠见教他傍坐，倒不悦起来，说道：“老父母②，但有死罪的卢楠，没有傍坐的卢楠。”陆公闻言，即走下来，重新叙礼，说道：“是学生得罪了。”即逊他上坐。两下谈今论古，十分款洽，只恨相见之晚；遂为至友。有诗为证：

---

① 昔张公为廷尉，狱无冤民——张公，指张释之；西汉时的廷尉（管理全国刑狱的长官）。当时的人说：“张释之为廷尉，天下无冤民。”

② 老父母——封建时代对知县的尊称；是说他像老百姓的家长一样。

昔闻长揖大将军①,今见卢生抗陆君。

夕释桁阳②朝上坐,丈夫意气薄青云。

话分两头,却说汪公闻得陆公释了卢楠,心中不忿,又托心腹,连按院劾上一本。按院也将汪公为县令时,挟怨诬人始末,细细详辩一本。倒下圣旨,将汪公罢官回去,按院照旧供职,陆公安然无恙。那时谭遵已省察在家,专一挑写词状。陆公廉访得实,参了上司,拿下狱中,问边远充军。卢楠从此自谓馀生,绝意仕进,益放于诗酒;家事渐渐沦落,绝不为意。再说陆公在任,分文不要,爱民如子,况又发奸摘隐,剔清利弊,奸宄慑伏,盗贼屏迹,合县遂有神明之称,声名振于都下。只因不附权要,止迁南京礼部③主事。离任之日,士民攀辕卧辙,泣声盈道,送至百里之外。那卢楠直送五百馀里,两下依依不舍,欷歔而别。后来陆公累官至南京吏部尚书。卢楠家已赤贫,乃南游白下④,依陆公为主,陆公待为上宾。每日供其酒资一千,纵其游玩山水。所到之处,必有题咏。都中传诵。一日游采石李学士祠,遇一赤脚道人,风致飘然,卢楠邀之同饮。道人亦出葫芦中玉液以酌卢楠。楠饮之,甘美异常,问道:"此酒出于何处?"道人答道:"此酒乃贫道所自造也。贫道结庵于庐山五老峰下,居士若能同游,当恣君斟酌耳。"卢楠道:"既有美酝,何

① 长揖大将军——大将军,指汉代卫青。他作大将军,地位尊贵,公卿都向他拜(磕头),唯独汲黯揖而不拜。

② 桁阳——夹脚及颈所用的刑具。

③ 南京礼部——明初定都在南京;明成祖(朱棣)夺取帝位后,迁都北京;把原设在南京的六部等衙门仍旧不动,叫作南京某部,以别于北京新成立的部。

④ 白下——南京的别称。

惮相从!”即刻到李学士祠中,作书寄谢陆公,不携行李,随着那赤脚道人而去。陆公见书,叹道:“翛然而来,翛然而去,以乾坤为逆旅,以七尺为蜉蝣,真狂士也!”遣人于庐山五老峰下访之不获。后十年,陆公致政归田,朝廷遣官存问,陆公使其次子往京谢恩,从人见之于京都。寄问陆公安否。或云:遇仙成道矣,后人有诗赞云:

命蹇英雄不自繇,独将诗酒傲公侯。

一丝不挂飘然去,赢得高名万古留。

后人又有一诗警戒文人,莫学卢公以傲取祸。诗曰:

酒癖诗狂傲骨兼,高人每得俗人嫌。

劝人休蹈卢公辙,凡事还须学谨谦。

第三十卷

李汧公穷邸遇侠客

世事纷纷如弈棋，输赢变幻巧难窥。

但存方寸公平理，恩怨分明不用疑。

话说唐玄宗天宝年间，长安有一士人，姓房名德，生得方面大耳，伟干丰躯。年纪三十以外，家贫落魄，十分淹蹇，全亏着浑家贝氏纺织度日。时遇深秋天气，头上还裹着一顶破头巾，身上穿着一件旧葛衣，那葛衣又逐缕缕开了，却与蓑衣相似。思想："天气渐寒，这模样怎生见人?"知道老婆馀得两匹布儿，欲要讨来做件衣服。谁知老婆原是小家子出身，器量最狭，却又配着一副悍毒的狠心肠。那张嘴头子，又巧于应变，赛过刀一般快，凭你什么事，高来高就，低来低对，死的也说得活起来，活的也说得死了去，是一个翻唇弄舌的婆娘。那婆娘看见房德没甚活路，靠他吃死饭，常把老公欺负。房德因不遇时，说嘴不响，每事只得让他，渐渐有几分惧内。是日贝氏正在那里思想，老公恁般的狼狈，如何得个好日？却又怨父母，嫁错了对头，赚了终身，心下正是十分烦恼，恰好触在气头上，乃道："老大一个汉子，没处寻饭吃，靠着女人过日。如今连衣服都要在老娘身上出豁，说出来可不羞么?"房德被抢白了这两句,满面羞惭。事在无奈,只得老着脸,低声下气道:“娘子,一向深亏你的气力,感激不尽!但目下虽是落薄①,少不得有好的日子,权借这布与我,后来发积②时,大大报你的情罢!”贝氏摇手道:“你的甜话儿哄得我多年了!信不过。这两匹布,老娘自要做件衣服过寒的,休得指望。”房德布又取不得,反讨了许多没趣。欲待厮闹一场,因怕老婆嘴舌又利,喉咙又响,恐被邻家听见,反妆幌子。敢怒而不敢言,别口气撞出门去,指望寻个相识告借。

走了大半日,一无所遇。那天却又与他做对头,偏生的忽地发一阵风雨起来。这件旧葛衣被风吹得飕飕如落叶之声,就长了一身寒栗子,冒着风雨,奔向前面一古寺中躲避。那寺名为云华禅寺。房德跨进山门看时,已先有个长大汉子,坐在左廊槛上。殿中一个老僧诵经。房德就向右廊槛上坐下,呆呆的看着天上,那雨渐渐止了,暗道:“这时不走,只怕少刻又大起来。”却待转身,忽掉转头来,看见墙上画了一只禽鸟,翎毛儿,翅膀儿,足儿尾儿,件件皆有,单单不画鸟头。天下有恁样空脑子的人,自己饥寒尚且难顾,有甚心肠,却评品这画的鸟来!想道:“常闻得人说:画鸟先画头。这画法怎与人不同?却又不画完,是甚意故?”一头想,一头看,转觉这鸟画得可爱,乃道:“我虽不晓此道,谅这鸟头也没甚难处,何不把来续完。”即往殿上与和尚借了一枝笔,蘸得墨饱,走来将鸟头画出,却也不十分丑,自觉欢喜道:“我若学丹青,到可成得!”刚画时,左廊那汉子就捱过来观看,把房德上下仔细一相,笑容可掬,

① 落薄——落魄,倒霉。
② 发积——即发迹;旧时所谓的走运,升官发财。

向前道:“秀才,借一步说话。”房德道:“足下是谁?有甚见教?”那汉道:“秀才不消细问,同在下去,自有好处。”房德正在困穷之乡,听见说有好处,不胜之喜。将笔还了和尚,把破葛衣整一整,随那汉子前去。此时风雨虽止,地上好生泥泞,却也不顾。离了云华寺,直走出升平门到乐游原①傍边。这所在最是冷落。那汉子向一小角门上连叩三声。停了一回,有个人开门出来,也是个长大汉子,看见房德,亦甚欢喜,上前声喏。房德心中疑道:“这两个汉子,是何等样人?不知请我来有甚好处?”问道:“这里是谁家?”二汉答道:“秀才到里边便晓得。”房德走入门里,二汉原把门撑上,引他进去。房德看时,荆蓁满目,衰草漫天,乃是个败落花园,弯弯曲曲,转到一个半塌不倒的亭子上,里边又走出十四五个汉子,一个个拳长臂大,面貌狰狞,见了房德,满面堆下笑来,道:“秀才请进。”房德暗自惊骇道:“这班人来得跷蹊,且看他有甚话说?”众人迎进亭中,相见已毕,逊在板凳上坐下,问道:“秀才尊姓?”房德道:“小生姓房,不知列位有何说话?”起初同行那汉道:“实不相瞒,我众弟兄乃江湖上豪杰,专做这件没本钱的生意。只为俱是一勇之夫,前日几乎弄出事来;故此对天祷告,要觅个足智多谋的好汉,让他做个大哥,听其指挥。适来云华寺墙上画不完的禽鸟,便是众弟兄对天祷告,设下的誓愿,取羽翼俱全,单少头儿的意思。若合该兴隆,天遣个英雄好汉,补足这鸟,便迎请来为头。等候数日,未得其人。且喜天随人愿,今日遇着秀才恁般魁伟相貌,一定智勇兼备。正是真命寨主了。众兄弟今后任凭调度,保个终身安

① 乐游原——地名。在今陕西长安县南。

稳快活,可不好么?”对众人道:“快去宰杀牲口,祭拜天地。”内中有三四个,一溜烟跑向后边去了。房德暗讶①道:“原来这班人,却是一伙强盗!我乃清清白白的人,如何做恁样事?”答道:“列位壮士在上,若要我做别事则可,这一桩实不敢奉命。”众人道:“却是为何?”房德道:“我乃读书之人,还要巴个出身日子,怎肯干这等犯法的勾当?”众人道:“秀才所言差矣!方今杨国忠为相,卖官鬻爵,有钱的,便做大官,除了钱时,就是李太白恁样高才,也受了他的恶气,不能得中,若非辨识番书②,恐此时还是个白衣秀士哩。不是冒犯秀才说,看你身上这般光景,也不像有钱的,如何指望官做?不如从了我们,大碗酒大块肉,整套穿衣,论秤分金,且又让你做个掌盘③,何等快活散诞!倘若有些气象时,据着个山寨,称孤道寡,也繇得你。”房德沉吟未答。那汉又道:“秀才十分不肯时,也不敢相强。但只是来得去不得,不从时,便要坏你性命,这却莫怪!”都向靴里飕的拔出刀来,吓得房德魂不附体,倒退下十数步来道:“列位莫动手,容再商量。”众人道:“从不从,一言而决,有甚商量?”房德想道:“这般荒僻所在,若不依他,岂不白白送了性命,有那个知得?且哄过一时,到明日脱身去出首罢。”算计已定,乃道:“多承列位壮士见爱,但小生平昔胆怯,恐做不得此事。”众人道:“不打紧,初时便胆怯,做过几次,就不觉了。”房德道:“既如

① 暗讶——原本作“闻言”,与文意不合;据《今古奇观》改。

② 李太白……若非辨识番书——李白,字太白,唐代大诗人。唐玄宗曾召见他,命他“草答番书”。见《唐书》本传。后来小说、戏剧里就有醉草吓蛮书的说法。

③ 掌盘——这里指强盗伙中作主的首脑人物。

此，只得顺从列位。”众人大喜，把刀依旧纳在靴中道：“即今已是一家，皆以弟兄相称了。快将衣服来与大哥换过，好拜天地。”便进去捧出一套锦衣，一顶新唐巾①，一双新靴。房德着扮起来，威仪比前更是不同。众人齐声喝采道：“大哥这个人品，莫说做掌盘，就是皇帝，也做得过。”古语云：不见可欲，使心不乱②。房德本是个贫士，这般华服，从不曾着体；如今忽地焕然一新，不觉移动其念，把众人那班说话，细细一味，转觉有理。想道：“如今果是杨国忠为相，贿赂公行，不知埋没了多少高才绝学。像我恁样平常学问，真个如何能勾官做？若不得官，终身贫贱，反不如这班人受用了。”又想起：“见今恁般深秋天气，还穿着破葛衣。与浑家要匹布儿做件衣服，尚不能勾；及至仰告亲识，又并无一个肯慨然周济。看起来到是这班人义气：与他素无相识，就把如此华美衣服与我穿着，又推我为主。便依他们胡做一场，到也落过半世快活。”却又想道：“不可，不可！倘被人拿住，这性命就休了！”正在胡思乱想，把肠子搅得七横八竖，疑惑不定。只见众人忙摆香案，抬出一口猪，一腔羊，当天排列，连房德共是十八个好汉，一齐跪下，拈香设誓，歃血为盟。祭过了天地，又与房德八拜为交，各叙姓名。少顷摆上酒肴，请房德坐了第一席。肥甘美酝，恣意饮啖。房德日常不过黄齑淡饭，尚且自不全，间或觅得些酒肉，也不能勾趁心醉饱。今日这番受用，喜出望外。且又众人轮流把盏，大哥前，大哥后，奉承得眉花眼笑。起初还在欲为未为之间，到此时便肯死心塌地，做

① 唐巾——唐代所创行的一种巾，后来成为读书人所戴的常巾。

② 不见可欲，使心不乱——意思是说：如果不见到外物的引诱，也就不会动心。“使”，应作“此”。

这桩事了。想道:“或者我命里合该有些造化,遇着这班弟兄扶助,真个弄出大事业来也未可知。若是小就时,只做两三次,寻了些财物,即便罢手,料必无人晓得。然后去打杨国忠的关节,觅得个官儿,岂不美哉!万一败露,已是享用过头,便吃刀吃剐,亦所甘心,也强如担饥受冻,一生做个饿莩。”有诗为证:

风雨萧萧夜正寒,扁舟急桨上危滩。

也知此去波涛恶,只为饥寒二字难。

众人杯来盏去,直吃到黄昏时候。一人道:“今日大哥初聚,何不就发个利市?”众人齐声道:“言之有理。还是到那一家去好?”房德道:“京都富家,无过是延平门①王元宝这老儿为最;况且又在城外,没有官兵巡逻,前后路径,我皆熟惯。上这一处,就抵得十数家了。不知列位以为何如?”众人喜道:“不瞒大哥说,这老儿我们也在心久了。只因未得其便,不想却与大哥暗合,足见同心。”即将酒席收过,取出硫磺焰硝火把器械之类,一齐扎缚起来。但见:

白布罗头,鞠鞋兜脚。脸上抹黑搽红,手内提刀持斧。袴裩刚过膝,牢拴裹肚;衲袄却齐腰,紧缠搭膊。一队么魔来世界,数群虎豹入山林。

众人结束停当,挨至更馀天气,出了园门,将门反撑好了,如疾风骤雨而来。这延平门离乐游原约有六七里之远,不多时就到了。且说王元宝乃京兆尹王𫓧的族兄,家有敌国之富,名闻天下。玄宗天子亦尝召见。三日前被小偷窃了若干财物,告知王𫓧,责令不良人②捕获,

① 延平门——长安西南角上的一个城门名。

② 不良人——唐代称管缉捕事情的番役为“不良人”;他们的首脑叫作“不良帅”。

又拨三十名健儿防护。不想房德这班人晦气,正撞在网里。当下众强盗取出火种,引着火把,照耀浑如白昼,轮起刀斧,一路砍门进去。那些防护健儿并家人等,俱从睡梦中惊醒,鸣锣呐喊,各执棍棒上前擒拿。庄前庄后邻家闻得,都来救护。这班强盗见人已众了,心下慌张,便放起火来,夺路而走。王家人分一半救火,一半追赶上去,团团围住。众强盗拚命死战,戳伤了几个庄客。终是寡不敌众,被打翻数人,馀皆尽力奔脱。房德亦在打翻数内。一齐绳穿索缚,等至天明,解进京兆尹衙门。王鉷发下畿尉①推问。那畿尉姓李名勉,字玄卿,乃宗室之子。素性忠贞尚义,有经天纬地之才,济世安民之志。只为李林甫、杨国忠,相继为相,妒贤嫉能,病国殃民,屈在下僚,不能施展其才。这畿尉品级虽卑,却是个刑名②官儿。凡捕到盗贼,俱属鞫讯。上司刑狱,悉委推勘。故历任的畿尉,定是酷吏,专用那周兴、来俊臣、索元礼③遗下有名色的极刑。是那几般名色?有〔西江月〕为证:

　　犊子悬车可畏,驴儿拔橛堪哀!凤凰晒翅命难捱,童子参禅魂捽。　　玉女登梯最惨,仙人献果伤哉!猕猴钻火不招来,换个夜叉望海。

那些酷吏,一来仗刑立威;二来或是权要嘱托,希承其旨:每事不问情真情枉,一味严刑锻炼,罗织成招。任你铜筋铁骨的好汉,到此也

---

① 畿尉——唐代各县,有赤、畿、望、紧、上、中、下七等之分。畿尉,就是京城附近畿县的尉。县尉,管缉捕盗贼的事。

② 刑名——管司法、审案的官吏。

③ 周兴、来俊臣、索元礼——三人都是唐代有名的酷吏,对待罪犯非常残暴。他们所创的酷刑,有地牢、向鼻孔里灌醋、铁笼晒翅等。见《唐书·酷吏传》。

胆丧魂惊，不知断送了多少忠臣义士！惟有李勉与他尉不同，专尚平恕，一切惨酷之刑，置而不用，临事务在得情，故此并无冤狱。那一日正值早衙，京尹发下这件事来，十来个强盗，五六个戳伤庄客，跪做一庭；行凶刀斧，都堆在阶下。李勉举目看时，内中惟有房德，人材雄伟，丰彩非凡，想道："恁样一条汉子，如何为盗？"心下就怀个矜怜之念。当下先唤巡逻的，并王家庄客，问了被劫情由；然后又问众盗姓名，逐一细鞫。俱系当时就擒，不待用刑，尽皆款伏。又招出党羽窟穴。李勉即差不良人前去捕缉。问至房德，乃匍匐到案前，含泪而言道："小人自幼业儒，原非盗辈。止因家贫无措，昨到亲戚处告贷，为雨阻于云华寺中，被此辈以计诱威逼入伙，出于无奈。"遂将画鸟及入伙前后事，一一细诉。李勉已是惜其材貌，又见他说得情词可悯，便有意释放他。却又想："一伙同罪，独放一人，公论难泯。况是上司所委，如何回覆？——除非如此如此。"乃假意叱喝下去，分付俱上了枷杻，禁于狱中，俟拿到馀党再问。砍伤庄客，遣回调理。巡逻人记功有赏。发落众人去后，即唤狱卒王太进衙。——原来王太昔年因误触了本官，被诬构成死罪，也亏李勉审出，原在衙门服役。那王太感激李勉之德，凡有委托，无不尽力。为此就参他做押狱之长。——当下李勉分付道："适来强人内，有个房德，我看此人相貌轩昂，言词挺拔，是个未遇时的豪杰。有心要出脱他，因碍着众人，不好当堂明放；托在你身上，觑个方便，纵他逃走。"取过三两一封银子，教他递与，赠为盘费，速往远处潜避，莫在近边，又为人所获。王太道："相公分付，怎敢有违？但恐遗累众狱卒，却如何处？"李勉道："你放他去后，即引妻小，躲入我衙中，将申文俱做于你的名下，众人自然无事。你在我左右，做个亲随，岂不强如为这贱役？"王太道："若得相公收留，在衙伏侍，万分好了。"将银袖过,急急出衙,来到狱中,对小牢子道:“新到囚犯,未经刑杖,莫教聚于一处,恐弄出些事来。”小牢子依言,遂将众人四散分开。王太独引房德置在一个僻静之处,把本官美意,细细说出,又将银两交与。房德不胜感激道:“烦禁长哥致谢相公,小人今生若不能补报,死当作犬马酬恩。”王太道:“相公一片热肠救你,那指望报答?但愿你此去,改行从善,莫负相公起死回生之德!”房德道:“多感禁长哥指教,敢不佩领。”捱到傍晚,王太眼同众牢子将众犯尽上囚床,第一个先从房德起,然后挨次而去。王太觑众人正手忙脚乱之时,捉空踅过来,将房德放起,开了枷锁,又把自己旧衣帽与他穿了,引至监门口。且喜内外更无一人来往,急忙开了狱门,扨他出去。房德拽开脚步,不顾高低,也不敢回家,挨出城门,连夜而走。心中思想:“多感畿尉相公救了性命,如今投兀谁好?想起当今惟有安禄山,最为天子宠任,收罗豪杰,何不投之?”遂取路直至范阳。恰好遇着个故友严庄,为范阳长史,引见禄山。那时安禄山久蓄异志,专一招亡纳叛,见房德生得人材出众,谈吐投机,遂留于部下。房德住了几时,暗地差人迎取妻子到彼,不在话下。正是:

挣破天罗地网,撇开闷海愁城。
得意尽夸今日,回头却认前生。

且说王太当晚,只推家中有事要回,分付众牢子好生照管,将匙钥交付明白,出了狱门,来至家中,收拾囊箧,悄悄领着妻子,连夜躲入李勉衙中,不题。且说众牢子到次早放众囚水火①,看房德

① 放水火——大小便。

时,枷锁撇在半边,不知几时逃去了。众人都惊得面如土色,叫苦不迭道:"恁样紧紧上的刑具,不知这死囚怎地捽脱逃走了?却害我们吃屈官司!又不知从何处去的?"四面张望墙壁,并不见块砖瓦落地,连泥屑也没有一些,齐道:"这死囚昨日还哄畿尉相公,说是初犯;到是个积年高手。"内中一人道:"我去报知王狱长,教他快去禀官,作急缉获。"那人一口气跑到王太家,见门闭着,一片声乱敲,那里有人答应。间壁一个邻家走过来,道:"他家昨夜乱了两个更次,想是搬去了。"牢子道:"并不见王狱长说起迁居,那有这事!"邻家道:"无过止这间屋儿,如何敲不应?难道睡死不成?"牢子见说得有理,尽力把门拟开,原来把根木子反撑的,里边止有几件粗重家伙,并无一人。牢子道:"却不作怪!他为甚么也走了?这死囚莫不到是他卖放的?休管是不是,且都推在他身上罢了。"把门依旧带上,也不回狱,径望畿尉衙门前来。恰好李勉早衙理事,牢子上前禀知。李勉佯惊道:"向来只道王太小心,不想恁般大胆,敢卖放重犯!料他也只躲在左近,你们四散去缉访,获到者自有重赏。"牢子叩头而出。李勉备文报府。王𫓹以李勉疏虞防闲,以不职奏闻天子,罢官为民。一面悬榜,捕获房德、王太。李勉即日纳还官诰,收拾起身,将王太藏于女人之中,带回家去。

不因济困扶危意,肯作藏亡匿罪人?

李勉家道素贫,却又爱做清官,分文不敢妄取。及至罢任,依原是个寒士。归到乡中,亲率童仆,躬耕而食。家居二年有馀,贫困转剧,乃别了夫人,带着王太并两个家奴,寻访故知。由东都一路,直至河北。闻得故人颜杲卿新任常山太守,遂往谒之。路经柏乡县过,这地方离常山尚有二百馀里。李勉正行间,只见一行头踏①,手持白棒,开道而来,呵喝道:"县令相公来,还不下马?"李勉引过半边回避。王太远远望见那县令,上张皂盖,下乘白马,威仪济济,相貌堂堂。仔细认时,不是别个,便是昔年释放的房德。乃道:"相公不消避得,这县令就是房德。"李勉闻言,心中甚喜,道:"我说那人是个未遇时的豪杰,今却果然。但不知怎地就得了官职?"欲要上前去问,又想道:"我若问时,此人只道晓得他在此做官,来与索报了,莫问罢!"分付王太禁声,把头回转,让他过去。那房德渐渐至近,一眼觑见李勉背身而立,王太也在傍边,又惊又喜。连忙止住从人,跳下马来,向前作揖道:"恩相见了房德,如何不唤一声,反掉转头去?险些儿错过。"李勉还礼道:"恐妨足下政事,故不敢相通。"房德道:"说那里话,难得恩相至此,请到敝衙少叙。"李勉此时,鞍马劳倦,又见其意殷勤,答道:"既承雅情,当暂话片时。"遂上马并辔而行,王太随在后面。不一时到了县中,直至厅前下马。房德请李勉进后堂,转过左边一个书院中来,分付从人不必跟入,止留一个心腹干办陈颜,在门口伺候,一面着人整备上等筵席。将李勉四个生口,发于后槽喂养,行李即教王太等搬将入去。又教人传话衙中,唤两个家人来伏侍。那两个家人,一个教做路信,一个教做支成,都是房德为县尉时所买。且说房德为何不要从人入去?只因他平日冒称是宰相房玄龄之后,在人前夸炫家世,同僚中不知他的来历,信以为真,把他十分敬重。今日李勉来至,相见之间,恐题起昔日为盗这段情由,怕众人闻得,传说开去,

① 头踏——官员出行时走在前面的仪仗队。

被人耻笑,做官不起。因此不要从人进去,这是他用心之处。当下李勉步入里边去看时,却是向阳一带三间书室,侧边又是两间厢房。这书室庭户虚敞,牕槅明亮,正中挂一幅名人山水,供一个古铜香炉,炉内香烟馥郁。左边设一张湘妃竹榻,右边架上堆满若干图书。沿牕一只几上,摆列文房四宝。庭中种植许多花木,铺设得十分清雅。这所在乃是县官休沐之处,故尔恁般齐整。

且说房德让李勉进了书房,忙忙的掇过一把椅子,居中安放,请李勉坐下,纳头便拜。李勉急忙扶住道:"足下如何行此大礼?"房德道:"某乃待死之囚,得恩相超拔,又赐赠盘缠,遁逃至此,方有今日。恩相即某之再生父母,岂可不受一拜!"李勉是个忠正之人,见他说得有理,遂受了两拜。房德拜罢起来,又向王太礼谢,引他三人到厢房中坐地。又叮咛道:"倘隶卒询问时,切莫与他说昔年之事。"王太道:"不消分付,小人理会得。"房德复身到书房中,扯把椅儿,打横相陪道:"深蒙相公活命之恩,日夜感激,未能酬报。不意天赐至此相会。"李勉道:"足下一时被陷,吾不过因便斡旋,何德之有?乃承如此垂念。"献茶已毕,房德又道:"请问恩相,升在何任,得过敝邑?"李勉道:"吾因释放足下,京尹论以不职,罢归乡里。家居无聊,故遍游山水,以畅襟怀。今欲往常山,访故人颜太守,路经于此;不想却遇足下,且已得了官职,甚慰鄙意。"房德道:"元来恩相因某之故,累及罢官,某反苟颜窃禄于此,深切惶愧!"李勉道:"古人为义气上,虽身家尚然不顾,区区卑职,何足为道!但不识足下别后,归于何处,得宰此邑?"房德道:"某自脱狱,逃至范阳,幸遇故人,引见安节使,收于幕下,甚蒙优礼。半年后,即署此县尉之职。近以县主身故,遂表某为令。自愧谫陋菲才,滥叨民社,还要求恩相指教。”李勉虽则不在其位,却素闻安禄山有反叛之志,今见房德乃是他表举的官职,恐其后来党逆,故就他请教上,把言语去规训道:“做官也没甚难处,但要上不负朝廷,下不害百姓,遇着死生利害之处,总有鼎镬在前,斧锧[1]在后,亦不能夺我之志;切勿为匪人所惑,小利所诱,顿尔改节,虽或侥幸一时,实是贻笑千古。足下立定这个主意,莫说为此县令,就是宰相,亦尽可做得过!”房德谢道:“恩相金玉之言,某当终身佩铭。”两下一递一答,甚说得来。少顷,路信来禀:“筵宴已完,请爷入席。”房德起身,请李勉至后堂,看时乃是上下两席。房德教从人将下席移过左傍。李勉见他要傍坐,乃道:“足下如此相叙,反觉不安,还请坐转。”房德道:“恩相在上,侍坐已是僭妄,岂敢抗礼?”李勉道:“吾与足下今已为声气之友,何必过谦!”遂令左右,依旧移在对席。从人献过杯箸,房德安席定位。庭下承应乐人,一行儿摆列奏乐。那筵席杯盘罗列,非常丰盛:

虽无炮凤烹龙,也极山珍海错。

当下宾主欢洽,开怀畅饮,更馀方止。王太等另在一边款待,自不必说。此时二人转觉亲热,携手而行,同归书院。房德分付路信,取过一副供奉上司的铺盖,亲自施设裀褥,提携溺器。李勉扯住道:“此乃仆从之事,何劳足下自为!”房德道:“某受相公大恩,即使生生世世,执鞭随镫,尚不能报万一,今不过少尽其心,何足为劳!”铺设停当,又教家人另放一榻,在傍相陪。李勉见其言词诚恳,以为信义之士,愈加敬重。两下挑灯对坐,彼此倾心吐胆,各道

① 斧锧——刑具。斧,斩人的大斧子。锧,斩人时下面垫的厚木板。

生平志愿,情投契合,遂为至交,只恨相见之晚。直至夜分,方才就寝。次日同僚官闻得,都来相访。相见之间,房德只说:“是昔年曾蒙识荐,故此有恩!”同僚官又在县主面上讨好,各备筵席款待,话休烦絮。房德自从李勉到后,终日饮酒谈论,也不理事,也不进衙,其侍奉趋承,就是孝子事亲,也没这般尽礼。李勉见恁样殷勤,诸事俱废,反觉过意不去,住了十来日,作辞起身。房德那里肯放,说道:“恩相至此,正好相聚,那有就去之理!须是多住几月,待某拨夫马送至常山便了。”李勉道:“承足下高谊,原不忍言别。但足下乃一县之主,今因我在此,耽误了许多政务,倘上司知得,不当稳便。况我去心已决,强留于此,反不适意!”房德料道留他不住,乃道:“恩相既坚执要去,某亦不好苦留。只是从此一别,后会无期,明日容治一樽,以尽竟日之欢,后日早行何如?”李勉道:“既承雅意,只得勉留一日。”房德留住了李勉,唤路信跟着回到私衙,要收拾礼物馈送。只因这番,有分教李畿尉险些儿送了性命。正是:

祸兮福所倚,福兮祸所伏。

所以恬淡人,无营心自足。

话分两头,却说房德老婆贝氏,昔年房德落薄时,让他做主惯了,到今做了官,每事也要乔主张。此番见老公唤了两个家人出去,一连十数日,不见进衙,只道瞒了他做甚事体,十分恼恨。这日见老公来到衙里,便待发作。因要探口气,满脸反堆下笑来,问道:“外边有何事,久不退衙?”房德道:“不要说起,大恩人在此,几乎当面错过。幸喜我眼快瞧着,留得到县里,故此盘桓了这几日。特来与你商量,收拾些礼物送他。”贝氏道:“那里什么大恩人?”房德道:“哎呀!你如何忘了?便是向年救命的畿尉李相公,只为我走了，带累他罢了官职，今往常山去访颜太守，路经于此。那狱卒王太也随在这里。”贝氏道：“元来是这人么？你打帐送他多少东西？”房德道：“这个大恩人，乃再生父母，须得重重酬报。”贝氏道：“送十匹绢可少么？”房德呵呵大笑道：“奶奶到会说耍话，恁地一个恩人，这十匹绢送他家人也少！”贝氏道：“胡说！你做了个县官，家人尚没处一注赚十匹绢，一个打抽丰的，如何家人便要许多？老娘还要算计哩。如今做我不着，再加十匹，快些打发起身。”房德道：“奶奶怎说出恁样没气力的话来？他救了我性命，又赍赠盘缠，又坏了官职，这二十匹绢当得甚的？”贝氏从来鄙吝，连这二十匹绢还不舍得的，只为是老公救命之人，故此慨然肯出，他已算做天大的事了。房德兀自嫌少，心中便有些不悦，故意道：“一百匹何如？”房德道：“这一百匹只勾送王太了。”贝氏见说一百匹只勾送王太，正不知要送李勉多少，十分焦躁道：“王太送了一百匹，畿尉极少也送得五百匹哩。”房德道：“五百匹还不勾。”贝氏怒道：“索性凑足一千何如？”房德道：“这便差不多了。”贝氏听了这话，向房德劈面一口涎沫道：“啐！想是你失心风了！做得几时官，交多少东西与我？却来得这等大落①！恐怕连老娘身子卖来，还凑不上一半哩。那里来许多绢送人？”房德看见老婆发喉急，便道：“奶奶有话好好商量，怎就着恼！”贝氏嚷道：“有甚商量，你若有，自去送他，莫向我说。”房德道：“十分少，只得在库上撮去。”贝氏道：“啧啧，你好天大的胆儿！库藏乃朝廷钱粮，你敢私自用得的！倘此时上司查核，那时怎地回答？”房德闻言，心中烦恼道：“话虽

① 大落——大脚大手，很大方，把财物看得不在乎的意思。

有理，只是恩人又去的急，一时没处设法，却怎生处？”坐在旁边踌躇。

谁想贝氏见老公执意要送恁般厚礼，就是割身上肉，也没这样疼痛，连肠子也急做千百段，顿起不良之念，乃道：“看你枉做了个男子汉，这些事没有决断，如何做得大官？我有个捷径法儿在此，到也一劳永逸。”房德认做好话，忙问道：“你有甚么法儿？”贝氏答道：“自古有言，大恩不报。不如今夜覷个方便，结果了他性命，岂不干净。”只这句话，恼得房德彻耳根通红，喝道：“你这不贤妇！当初只为与你讨匹布儿做件衣服不肯，以致出去求告相识，被这班人诱去入伙，险些儿送了性命！若非这恩人，舍了自己官职，释放出来，安得今日夫妻相聚？你不劝我行些好事，反教伤害恩人，于心何忍！”贝氏一见老公发怒，又陪着笑道：“我是好话，怎到发恶！若说得有理，你便听了；没理时，便不要听，何消大惊小怪。”房德道：“你且说有甚理？”贝氏道：“你道昔年不肯把布与你，至今恨我么？你且想，我自十七岁随了你，日逐所需，那一件不亏我支持，难道这两匹布，真个不舍得？因闻得当初有个苏秦，未遇时，合家佯为不礼，激励他做到六国丞相。我指望学这故事，也把你激发。不道你时运不济，却遇这强盗，又没苏秦那般志气，就随他们胡做，弄出事来，此乃你自作之孽，与我什么相干？那李勉当时岂真为义气上放你么？”房德道：“难道是假意？”贝氏笑道：“你枉自有许多聪明，这些事便见不透。大凡做刑名官的，多有贪酷之人，就是至亲至戚，犯到手里，尚不肯顺情。何况与你素无相识，且又情真罪当，怎肯舍了自己官职，轻易纵放个重犯？无非闻说你是个强盗头儿，劫来赃物窝顿，指望放了暗地去孝顺，将些去买上嘱下，这官又不坏，又落些入己。不然，如何一伙之中，独独纵你一个？那里知道你是初犯的穷鬼，竟一溜烟走了，他这官又罢休。今番打听着在此做官，可可①的来了。”房德摇首道：“没有这事。当初放我，乃一团好意，何尝有丝毫别念。如今他自往常山，偶然遇见，还怕误我公事，把头掉转，不肯相见，并非特地来相见，不要疑坏了人。”贝氏又叹道：“他说往常山乃是假话，如何就信以为真。且不要论别件，只他带着王太同行，便见其来意了。”房德道：“带王太同行便怎么？”贝氏道：“你也忒杀懵懂！那李勉与颜太守是相识，或者去相访是真了；这王太乃京兆府狱卒，难道也与颜太守有旧去相访？却跟着同走。若说把头掉转不来招揽，此乃冷眼觑你，可去相迎？正是他奸巧之处，岂是好意？如果真要到常山，怎肯又住这几多时！”房德道：“他那里肯住，是我再三苦留下的。”贝氏道：“这也是他用心处，试你待他的念头诚也不诚。”房德原是没主意的人，被老婆这班话一耸，渐生疑惑，沈吟不语。贝氏又道：“总来这恩是报不得的！”房德道：“如何报不得？”贝氏道：“今若报得薄了，他一时翻过脸来，将旧事和盘托出，那时不但官儿了帐，只怕当做越狱强盗拿去，性命登时就送。若报得厚了，他做下额子②，不常来取索。如照旧馈送，自不必说；稍不满欲，依然揭起旧案，原走不脱，可不是到底终须一结。自古道：先下手为强。今若不依我

① 可可——恰恰，恰巧。

② 做下额子——做出例子、定额、标准的意思。

言,事到其间①,悔之晚矣!"房德闻说至此,暗暗点头,心肠已是变了。又想了一想,乃道:"如今原是我要报他恩德,他却从无一字题起,恐没这心肠。"贝氏笑道:"他还不曾见你出手,故不开口。到临期自然有说话的。还有一件,他此来这番,纵无别话,你的前程,已是不能保了。"房德道:"却是为何?"贝氏道:"李勉至此,你把他万分亲热,衙门中人不知来历,必定问他家人,那家人肯替你遮掩?少不得以直告之。你想衙门人的口嘴,好不利害,知得本官是强盗出身,定然当做新闻,互相传说。同僚们知得,虽不敢当面笑你,背后诽议也经不起。就是你也无颜再存坐得住。这个还算小可的事。那李勉与颜太守既是好友,到彼难道不说,自然一一道知其详。闻得这老儿最古怪,且又是他属下,倘被遍河北一传,连夜走路,还只算迟了。那时可不依旧落薄,终身怎处!如今急急下手,还可免得颜太守这头出丑。"房德初时,原怕李勉家人走漏了消息,故此暗地叮咛王太。如今老婆说出许多利害,正投其所忌,遂把报恩念头,撇向东洋大海,连称:"还是奶奶见得到,不然,几乎反害自己。但他来时,合衙门人通晓得,明日不见了,岂不疑惑?况那尸首也难出脱。"贝氏道:"这个何难?少停出衙,止留几个心腹人答应,其馀都打发去了,将他主仆灌醉,到夜静更深,差人刺死,然后把书院放上一把火烧了,明日寻出些残尸剩骨,假哭一番,衣棺盛殓。那时人只认是火烧死的,有何疑惑!"房德大喜道:"此计甚妙!"便要起身出衙。那婆娘晓得老公心是活的,恐两下久坐

① 其间——间,原文作"彼",欠妥;据《今古奇观》改。

长谈,说得入港①,又改过念来,乃道:“总则天色还早,且再过一回出去。”房德依着老婆,真个住下。有诗为证:

猛虎口中剑,长蛇尾上针。

两般犹未毒,最毒妇人心。

自古道:隔墙须有耳,窗外岂无人。房德夫妻在房说话时,那婆娘一味不舍得这绢匹,专意撺唆老公害人,全不提防有人窥听。况在私衙中,料无外人来往,恣意调唇弄舌。不想家人路信,起初闻得贝氏焦躁,便覆在间壁墙上听他们争多竞少,直至放火烧屋,一句句听得十分仔细,到吃了一惊,想道:“原来我主人曾做过强盗,亏这官人救了性命,今反恩将仇报,天理何在!看起来这般大恩人,尚且如此,何况我奴仆之辈。倘稍有过失,这性命一发死得快了。此等残薄之人,跟他何益。”又想道:“常言救人一命,胜造七级浮屠。何不救了这四人,也是一点阴骘。”却又想道:“若放他们走了,料然不肯饶我,不如也走了罢。”遂取些银两,藏在身边,觑个空,悄悄闪出私衙,一径奔入书院。只见支成在厢房中烹茶,坐于槛上,执着扇子打盹,也不去惊醒他;竟踅入书室,看王太时,却都不在;止有李勉正襟据案而坐,展玩书籍。路信走近案傍,低低道:“相公,你祸事到了!还不快走,更待几时?”李勉被这惊不小,急问:“祸从何来?”路信扯到半边,将适才所闻,一一细说,又道:“小人因念相公无辜受害,特来通报,如今不走,少顷就不能免祸了。”李勉听了这话,惊得身子犹如吊在冰桶里,把不住的寒颤,向着路信倒身下拜道:“若非足下仗义救我,李勉性命定然休矣!

① 入港——情意非常投合,对了劲儿。

大恩大德，自当厚报。决不学此负心之人。”急得路信答拜不迭，道：“相公莫要高声，恐支成听得，走漏了消息，彼此难保。”李勉道：“但我走了，遗累足下，于心何安？”路信道：“小人又无妻室，待相公去后，亦自远遁，不消虑得。”李勉道：“既如此，何不随我同往常山？”路信道：“相公肯收留，小人情愿执鞭随镫。”李勉道：“你乃大恩人，怎说此话？”遂叫王太，一连十数声，再没一人答应。跌足叫苦道：“他们都往那里去了？”路信道：“待小人去寻来。”李勉又道：“马匹俱在后槽，却怎处？”路信道：“也等小人去哄他带来。”急出书室，回头看支成已不在槛上打盹了。路信即走入厢房中观看，却也不在。原来支成登东厮①去了。路信只道被他听得，进衙去报房德，心下慌张，覆转身向李勉道：“相公，不好了！想被支成听见，去报主人了，快走罢！等不及管家矣。”李勉又吃一惊，半句话也应答不出，弃下行李，光身子，同着路信踉踉跄跄抢出书院。做公的见了李勉，坐下的都站起来，李勉两步并作一步，奔出仪门外。见有三骑马系着，是俟候县令主簿县尉出入的。路信心生一计，对马夫道：“李相公要往西门拜客，快带马来。”那马夫晓得李勉是县主贵客，且又县主管家分付，怎敢不依。连忙牵过两骑。李勉刚刚上马，王太撞至马前，手中提着一双麻鞋，问道：“相公往何处去？”路信接口道：“相公要往西门拜客，你们通到那里去了？”王太道：“因麻鞋坏了，上街去买，相公拜那个客？”路信道：“你跟来罢了，问怎的？”又叫马夫带那骑马与他乘坐，齐出县门，马夫在后跟随。

① 东厮——古代房屋建筑，厕所多半在屋子东边，所以称厕所为“东司”或“东厮”。

路信分付道："顷刻就来，不消你随了。"那马夫真个住下。离了县中，李勉加上一鞭，那马如飞而走。王太见家主恁般慌促，且不知要拜甚客。行不上一箭之地，两个家人，也各提着麻鞋而来，望见家主，便闪在半边，问道："相公往那里去？"李勉道："你且莫问，快跟来便了。"话还未了，那马已跑向前去，二个负命的赶，如何跟得上。看看行近西门，早有两人骑着生口，从一条巷中横冲出来。路信举目观看，不是别人，却是干办陈颜，同着一个令史。二人见了李勉，滚鞍下马声喏。路信见景生情，急叫道："李相公管家们还少生口，何不借陈干办的暂用？"李勉暗地意会，遂收缰勒马道："如此甚好。"路信向陈颜道："李相公要去拜客，暂借你的生口与管家一乘，少顷便来。"二人巴不能奉承得李勉欢喜，指望在本官面前，增添些好言语，可有不肯的理么？连声答应道："相公要用，只管乘去。"等了一回，两个家人带跌的赶到，走得汗淋气喘。陈颜二人将鞭缰递与，两个家人上了马，随李勉趱出城门。纵开丝缰，二十个马蹄，如撒钹相似，循着大道，望常山一路飞奔去了。正是：

折破玉笼飞彩凤，顿开金锁走蛟龙。

话分两头。且说支成上了东厮转来，烹了茶，捧进书室，却不见了李勉。只道在花木中行走，又遍寻一过，也没个影儿，想道："是了，一定两日久坐在此，心中不舒畅，外边闲游去了。"约莫有一个时辰，还不见进来。走出书院去观看，刚至门口，劈面正撞着家主。元来房德被老婆留住，又坐了一大回，方起身打点出衙，恰好遇见支成，问："可见路信么？"支成道："不见，想随李相公出外闲走去了。"房德心中疑虑，正待差支成去寻觅，只见陈颜来到。

房德问道:"曾见李相公么?"陈颜道:"方才出西门遇见。路信说:要往那里去拜客,连小人的生口,都借与他管家乘坐。一行共五个马,飞跑如云,正不知有甚紧事?"房德听罢,料是路信走漏消息,暗地叫苦。也不再问,覆转身,原入私衙,报与老婆知得。那婆娘听说走了,到吃一惊道:"罢了,罢了!这祸一发来得速矣。"房德见老婆也着了急,慌得手足无措,埋怨道:"未见得他怎地!都是你说长道短,如今到弄出事来了。"贝氏道:"不要慌,自古道:一不做,二不休。事到其间,说不得了。料他去也不远,快唤几个心腹人,连夜追赶前去,扮作强盗,一齐砍了,岂不干净。"房德随唤陈颜进衙,与他计较。陈颜道:"这事行不得,一则小人们只好趋承奔走,那杀人勾当,从不曾习惯。二则倘一时有人救应拿住,反送了性命。小人到有一计在此,不消劳师动众,教他一个也逃不脱。"房德欢喜道:"你且说有甚妙策?"陈颜道:"小人间壁,一月前有一个异人,搬来居住,不言姓名,也不做甚生理,每日出去吃得烂醉方归。小人见他来历跷蹊,行迹诡秘,有心去察他动静。忽一日,有一豪士青布锦袍,跃马而来,从者数人,径到此人之家,留饮三日方去。小人私下问那从者,宾主姓名,都不肯说。有一人悄对小人说:'那人是个剑侠,能飞剑取人之头,又能飞行,顷刻百里。且是极有义气,曾与长安市上代人报仇,白昼杀人,潜踪于此。'相公何不备些礼物前去,只说被李勉陷害,求他报仇。若得应允,便可了事,可不好么!"房德道:"此计虽好,只恐他不肯。"陈颜道:"他见相公是一县之主,屈己相求,必不推托。还怕连礼物也未必肯受哩。"贝氏在屏风后听得,便道:"此计甚妙!快去求之。"房德道:"将多少礼物送去?"陈颜道:"他是个义士,重情不重物,得三百金足矣。”贝氏一力撺掇，就备就了三百金礼物。天色傍晚，房德易了便服，陈颜、支成相随，也不乘马，悄悄的步行到陈颜家里。原来却住在一条冷巷中，不上四五家邻舍，好不寂静。陈颜留房德到里边坐下，点起灯火，向壁缝中张看，那人还未曾回。走出门口观望，等了一回，只见那人又是烂醉，东倒西歪的，撞入屋里去了。陈颜奔入报知，房德起身就走。陈颜道：“相公须打点了一班说话，更要屈膝与他，这事方谐。”房德点头道：“是。”一齐到了门首，向门上轻轻扣上两下，那人开门出问：“是谁？”陈颜低声哑气答道：“本县知县相公，在此拜访义士。”那人带醉说道：“咱这里没有什么义士。”便要关门。陈颜道：“且莫闭门，还有句说话。”那人道：“咱要紧去睡，谁个耐烦！有话明日来说。”房德道：“略话片时，即便相别。”那人道：“既如此，到里面来。”三人跨进门内，掩上门儿，引过一层房子，乃是小小客坐，点将灯烛荧煌。房德即倒身下拜道：“不知义士驾临敝邑，有失迎迓，今日幸得识荆，深慰平生。”那人将手扶住道：“足下一县之主，如何行此大礼！岂不失了体面。况咱并非什么义士，不要错认了。”房德道：“下官专来拜访义士，安有差错之理！”教陈颜、支成将礼物献上，说道：“些小薄礼，特献义士为斗酒之资，望乞哂留。”那人笑道：“咱乃闾阎无赖，四海为家，无一技一能，何敢当义士之称？这些礼物也没用处，快请收去。”房德又躬身道：“礼物虽微，出自房某一点血诚，幸勿峻拒！”那人道：“足下蓦地屈身匹夫，且又赐恁般厚礼，却是为何？”房德道：“请义士收了，方好相告。”那人道：“咱虽贫贱，誓不取无名之物。足下若不说明白，断然不受。”房德假意哭拜于地道：“房某负戴大冤久矣！今仇在目前，无能雪耻；特慕义士是个好男子，有聂政、荆卿①之技，故敢斗胆，叩拜阶下；望义士怜念房某含冤负屈，少展半臂之力，刺死此贼，生死不忘大德！”那人摇手道：“我说足下认错了，咱资身②尚且无策，安能为人谋大事？况杀人勾当，非通小可，设或被人听见这话，反是累咱家，快些请回。”言罢转身，先向外而走。房德上前，一把扯住，道：“闻得义士，素抱忠义，专一除残祛暴，济困扶危，有古烈士之风。今房某身抱大冤，义士反不见怜，料想此仇永不能报矣！”道罢，又假意啼哭。那人冷眼瞧了这个光景，只道是真情，方道：“足下真个有冤么？”房德道：“若没大冤，不敢来求义士。”那人道：“既恁样，且坐下，将冤抑之事并仇家姓名，今在何处，细细说来。可行则行，可止则止。”两下遂对面而坐，陈颜、支成站于旁边。房德捏出一段假情，反说：“李勉昔年诬指为盗，百般毒刑拷打，陷于狱中，几遍差狱卒王太谋害性命，皆被人知觉，不致于死。幸亏后官审明释放，得官此邑。今又与王太同来挟制。索诈千金，意犹未足；又串通家奴，暗地行刺事露，适来连此奴挈去，奔往常山，要唆颜太守来摆布。”把一片说话，妆点得十分利害。那人听毕大怒道：“原来足下受此大冤，咱家岂忍坐视。足下且请回县，在咱身上，今夜往常山一路，找寻此贼，为足下报仇。夜半到衙中复命。”房德道：“多感义士高义！某当秉烛以待。事成之日，另有厚报。”那人作色道：“咱一生路见不平，拔刀相助，那个希图你的厚报？这礼物咱也不受。”说犹未绝，飘然出门，其去如风，须臾不见了。房德与众人惊得目睁口呆，连

① 聂政、荆卿——两人都是战国时有名的刺客。
② 资身——生活、养活自己。资，供给。

声道:“真异人也!”权将礼物收回,待他复命时再送。有诗为证:

报仇凭一剑,重义藐千金。

谁谓奸雄舌,能违烈士心?

话分两头。且说王太同两个家人,见家主出了城门,又不拜甚客,只管乱跑,正不知为甚缘故。一口气就行了三十馀里,天色已晚,却又不寻店宿歇。那晚乃是十三,一轮明月,早已升空,趁着月色,不顾途路崎岖,负命而逃,常恐后面有人追赶。在路也无半句言语,只管趱向前去。约莫有二更天气,共行了六十多里,来到一个村镇,已是井陉县地方。那时走得口中又渴,腹内又饥,马也渐渐行走不动。路信道:“来路已远,料得无事了,且就此觅个宿处,明日早行。”李勉依言,径投旅店。谁想夜深了,家家闭户关门,无处可宿。直到市梢头,见一家门儿半开半掩,还在那里收拾家伙,遂一齐下马,走入店门。将生口卸了鞍辔,系在槽边喂料。路信道:“主人家,拣一处洁净所在,与我们安歇。”店家答道:“不瞒客官说,小店房头,没有个不洁净的。如今也止空得一间在此。”教小二掌灯引入房中。李勉向一条板凳上坐下,觉得气喘吁吁。王太忍不住问道:“请问相公,那房县主惓惓苦留,后日拨夫马相送,从容而行,有何不美?却反把自己行李弃下,犹如逃难一般,连夜奔走,受这般劳碌!路管家又随着我们同来,是甚意故?”李勉叹口气道:“汝那知就里?若非路管家,我与汝等死无葬身之地矣。今幸得脱虎口,已谢天不尽了。还顾得什么行李、辛苦?”王太惊问其故。李勉方待要说,不想店主人见他们五人五骑,深夜投宿,一毫行李也无,疑是歹人,走进来盘问脚色,说道:“众客长做甚生意？打从何处来，这时候到此？”李勉一肚子气恨，正没处说，见店主相问，答道：“话头甚长，请坐下了，待我细诉。”乃将房德为盗犯罪，怜其才貌，暗令王太释放，以致罢官；及客游遇见，留回厚款，今日午后，忽然听信老婆谗言，设计杀害，亏路信报知逃脱，前后之事，细说一遍。王太听了这话，连声唾骂：“负心之贼！”店主人也不胜嗟叹。王太道：“主人家，相公鞍马辛苦，快些催酒饭来吃了，睡一觉好赶路。”店主人答应出去。只见床底下忽地钻出一个大汉，浑身结束，手持匕首，威风凛凛，杀气腾腾。吓得李勉主仆魂不附体，一齐跪倒，口称：“壮士饶命！”那人一把扶起李勉道：“不必慌张，自有话说。咱乃义士，平生专抱不平，要杀天下负心之人。适来房德假捏虚情，反说公诬陷，谋他性命，求咱来行刺；那知这贼子恁般狼心狗肺，负义忘恩！早是公说出前情，不然，险些误杀了长者。”李勉连忙叩下头去道：“多感义士活命之恩！”那人扯住道：“莫谢莫谢，咱暂去便来。”即出庭中，耸身上屋，疾如飞鸟，顷刻不见。主仆都惊得吐了舌，缩不上去，不知再来还有何意。怀着鬼胎，不敢睡卧，连酒饭也吃不下。有诗为证：

奔走长途气上冲，忽然床下起青锋。

一番衷曲殷勤诉，唤醒奇人睡梦中。

再说房德的老婆，见丈夫回来，大事已就，礼物原封不动，喜得满脸都是笑靥，连忙整备酒席，摆在堂中，夫妻秉烛以待。陈颜也留在衙中俟候。三更时分，忽听得庭前宿鸟惊鸣，落叶乱坠，一人跨入堂中。房德举目看时，恰便是那个义士，打扮得如天神一般，比前大似不同，且惊且喜，向前迎接。那义士全不谦让，气忿忿的大踏步走入去，居中坐下。房德夫妻叩拜称谢。方欲启问，只见那义士怒容可掬，飕地掣出匕首，指着骂道："你这负心贼子！李畿尉乃救命大恩人，不思报效，反听妇人之言，背恩反噬。既已事露逃去，便该悔过，却又假捏虚词，哄咱行刺。若非他道出真情，连咱也陷于不义。剐你这负心贼一万刀，方出咱这点不平之气！"房德未及措辨，头已落地。惊得贝氏慌做一堆。平时且是会说会讲，到此心胆俱裂，一张嘴犹如胶漆粘牢，动弹不得。义士指着骂道："你这泼贱狗妇！不劝丈夫为善，反教他伤害恩人，我且看你肺肝是怎样生的！"托地跳起身来，将贝氏一脚踢翻，左脚踏住头发，右膝捺住两腿。这婆娘连叫："义士饶命！今后再不敢了。"那义士骂道："泼贱淫妇！咱也到肯饶你，只是你不肯饶人。"提起匕首向胸膛上一刀，直剖到脐下。将匕首衔在口中，双手拍开，把五脏六腑，抠将出来，血沥沥提在手中，向灯下照看道："咱只道这狗妇肺肝与人不同，原来也只如此，怎生恁般狠毒！"遂撇过一边，也割下首级，两颗头结成一堆，盛在革囊之中。揩抹了手上血污，藏了匕首，提起革囊，步出庭中，逾垣而去。

说时义胆包天地，话起雄心动鬼神。

再说李勉主仆在旅店中，守至五更时分，忽见一道金光，从庭中飞入，众人一齐惊起，看时正是那义士。放下革囊，说道："负心贼已被咱刳腹屠肠，今携其首在此。"向革囊中取出两颗首级。李勉又惊又喜，倒身下拜道："足下高义，千古所无！请示姓名，当图后报。"义士笑道："咱自来没有姓名，亦不要人酬报。顷咱从床下而来，日后设有相逢，竟以'床下义士'相呼便了。"道罢，向怀中取一包药儿，用小指甲挑了少许，弹于首级断处，举手一拱，早已腾上屋檐，挽之不及，须臾不知所往。李勉见弃下两个人头，心中慌张，正在摆布。可霎作怪！看那人头时,渐渐缩小,须臾化为一搭清水,李勉方才放心。坐至天明,路信取些钱钞,还了店家,收拾马匹上路。说话的,据你说,李勉共行了六十多里方到旅店,这义士又无牲口,如何一夜之间,往返如风。这便是前面说起,顷刻能飞行百里,乃剑侠常事耳。那义士受房德之托,不过黄昏时分,比及追赶,李勉还在途中驰骤,未曾栖息;他先一步埋伏等候,一往一来,有风无影,所以伏于床下,店中全然不知。此是剑术妙处。

且说李勉当夜无话,次日起身,又行了两日,方到常山,径入府中,拜谒颜太守。故人相见,喜随颜开,遂留于衙署中安歇。颜太守也见没有行李,心中奇怪,问其缘故。李勉将前事一一诉出,不胜骇异。过了两日,柏乡县将县宰夫妻被杀缘由,申文到府。原来是夜陈颜、支成同几个奴仆,见义士行凶,一个个惊号鼠窜,四散潜躲。直至天明,方敢出头。只见两个没头尸首,横在血泊里,五脏六腑,都抠在半边,首级不知去向,桌上器皿,一毫不失。一家叫苦连天,报知主簿县尉,俱吃一惊,齐来验过。细询其情,陈颜只得把房德要害李勉,央人行刺始末说出。主簿县尉,即点起若干做公的,各执兵器,押陈颜作眼,前去捕获刺客。那时哄动合县人民,都跟来看。到了陈颜间壁,打将入去,惟有几间空房,那见一个人影。主簿与县尉商议申文,已晓得李勉是颜太守的好友,从实申报,在他面上,怕有干碍;二则又见得县主薄德;乃将真情隐过,只说半夜被盗越入私衙,杀死县令夫妇,窃去首级,无从捕获。两下周全其事。一面实棺盛殓。颜太守依拟,申文上司。那时河北一路,都是安禄山专制,知得杀了房德,岂不去了一个心腹,倒下回文,着令严加缉获。李勉闻了这个消息,恐怕缠到身上,遂作别颜太守,回归长安故里。恰好王铁坐事下狱,凡被劾罢官,尽皆起任。李勉原起畿尉,不上半年,即升监察御史。一日,在长安街上行过,只见一人身衣黄衫,坐下白马,两个胡奴跟随,望着节导①中乱撞。从人呵喝不住。李勉举目观看,却便是昔日床下义士,遂滚鞍下马,鞠躬道:"义士别来无恙?"那义士笑道:"亏大人还认得咱家。"李勉道:"李某日夜在心,安有不识之理?请到敝衙少叙。"义士道:"咱另日竭诚来拜,今日实不敢从命。倘大人不弃,同到敝寓一话何如?"李勉欣然相从,并马而行,来到庆元坊,一个小角门内入去。过了几重门户,忽然显出一座大宅院,厅堂屋舍,高耸云汉。奴仆趋承,不下数百。李勉暗暗点头道:"真是个异人。"请入堂中,重新见礼,分宾主而坐。顷刻摆下筵席,丰富胜于王侯。唤出家乐在庭前奏乐,一个个都是明眸皓齿,绝色佳人。义士道:"随常小饭,不足以供贵人,幸勿怪!"李勉满口称谢。当下二人席间谈论些古今英雄之事,至晚而散。次日李勉备了些礼物,再来拜访时,止存一所空宅,不知搬向何处去了。嗟叹而回。后来李勉官至中书门下平章事,封为汧国公②。王太、路信亦扶持做个小小官职。诗云:

从来恩怨要分明,将怨酬恩最不平。
安得剑仙床下士,人间遍取不平人!

① 节导——仪仗队、警卫、随从人员。

② 汧国公——李勉,字玄卿,唐代有名的鲠直清廉的官员。作过开封县尉、监察御史、滑亳节度使、检校司空同中书门下平章事等官,封汧国公。见《唐书》本传。

第三十一卷

郑节使立功神臂弓

颠狂弥勒到明州，布袋横拖拄杖头。

饶你化身千万亿，一身还有一身愁。

话说东京汴梁城开封府，有个万万贯的财主员外，姓张，排行第一，双名俊卿。这个员外，冬眠红锦帐，夏卧碧纱厨①，两行珠翠引，一对美人扶。家中有赤金白银，斑点玳瑁，鹘轮珍珠，犀牛头上角，大象口中牙。门首一壁开个金银铺，一壁开所质库。他那爹爹大张员外，方死不多时，只有妈妈在堂。张员外好善，人叫他做张佛子。忽一日在门首观看，见一个和尚，打扮非常。但见：

双眉垂雪，横眼碧波。衣披烈火，七幅鲛绡；杖拄降魔，九环锡杖。若非圆寂光中客，定是楞严峰顶人。

那和尚走至面前，道："员外拜揖。"员外还礼毕。只见和尚袖中取出个疏头来，上面写道：竹林寺特来抄化五百香罗木②。员外口中不说，心下思量："我从小只见说竹林寺，那曾见有；况兼这香

---

① 碧纱厨——帏帐一类的东西，以木为架，顶及四周蒙上碧纱，可折叠。

② 香罗木——当即香楠木；最高的有十几丈，粗数十围，气味芬芳，纹理细致，很坚硬，可作建筑之用。

罗木,是我爹在日许下愿心,要往东峰、岱岳盖嘉宁大殿,尚未答还。”员外便对和尚道:“此是我先人在日,许下愿心,不敢动着。若是吾师要别物,但请法旨。”和尚道:“若员外不肯舍施,贫僧到晚自教人取。”说罢转身。员外道:“这和尚莫是风!”天色渐晚,员外吃了三五杯酒,却待去睡,只见当值的来报:“员外祸事！家中后园火发。”吓杀员外,慌忙走来时,只见焰焰地烧着。去那火光之中,见那早来和尚,将着百十人,都长七八尺,不类人形,尽数搬这香罗板去。员外赶上看时,火光顿息,和尚众人都不见了。却再来园中一看,不见了那五百片香罗木,枯炭也没些个。却是作怪!“我爹爹许下愿心,却如何好!”一夜不眠。但见:

玉漏声残,金乌吐影。邻鸡三唱,唤佳人傅粉施珠;宝马频嘶,催行客争名夺利。几片晓霞飞海峤,一轮红日上扶桑。

员外起来洗漱罢,去家堂神道前烧了香,向堂前请见妈妈,把昨夜事说了一遍,道:“三月二十八日,却如何上得东峰、岱岳,与爹爹答还心愿?”妈妈道:“我儿休烦恼,到这日却又理会。”员外见说,辞了妈妈,退去金银铺中坐地。却正是二月半天气。正是:

金勒马嘶芳草地,玉楼人醉杏花天。

只听得街上锣声响,一个小节级①同个茶酒保,把着团书来请张员外团社②。原来大张员外在日,起这个社会,朋友十人,近来死了一两人,不成社会。如今这几位小员外,学前辈做作,约十个

① 节级——唐宋时代的小军吏名。宋代,在都头(管带一百人的军官)之下,设有“节级”四人。后来作为一般小军官和禁子头的称呼。

② 团书、团社——团,聚会。社,多人聚会的团体,这里指朝山敬神的团体。团书,聚会的通知书。

朋友起社。却是二月半，便来团社。员外道：“我去不得，要与爹爹还愿时，又不见了香罗木，如何去得？”那人道：“若少了员外一个，便拆散了社会。”员外与决不下，去堂前请见妈妈，告知：“众员外请儿团社，缘没了香罗木与爹爹还愿，儿不敢去。”妈妈就手把着锦袋，说向儿子道：“我这一件宝物，是你爹爹泛海外得来的无价之宝，我儿将此物与爹爹还愿心。”员外接得，打开锦袋红纸包看时，却是一个玉结连绦环。员外谢了妈妈，留了请书团了社，安排上庙。那九个员外，也准备行李，随行人从，不在话下。却说张员外打扮得一似军官。

裹四方大万字头巾，带一双扑兽匾金环，着西川锦纻丝袍，系一条乾红大匾绦，挥一把玉靶压衣刀，穿一双鞾鞋。

员外同几个社友，离了家中，迤逦前去。饥飡渴饮，夜住晓行。不则一日，到得东岳。就客店歇了。至日，十个员外都上庙来烧香，各自答还心愿。员外便把玉结连绦环，舍入炳灵公殿内。还愿都了，别无甚事，便在廊下看社火酌献。这几个都是后生家，乘兴去游山。员外在后，徐徐而行。但见：

山明水秀，风软云闲。一岩风景如屏，满目松筠似画。轻烟淡淡，数声啼鸟落花天；丽日融融①，是处绿杨芳草地。

员外自觉脚力疲困，却教众员外先行，自己走到一个亭子上歇脚。只听得斧凿之声。看时见一所作场，竹笆夹着。望那里面时，都是七八尺来长大汉做生活。忽地凿出一片木屑来，员外拾起看时，正是园中的香罗木，认得是爹爹花押。疑怪之间，只见一个行

① 融融——明朗、和暖的意思。

者,开笆门,来面前相揖道:"长老法旨,请员外略到山门献茶。"员外入那笆门中,一似身登月殿,步入蓬瀛。但见:

三门高耸,梵宇清幽。当门敕额字分明,两个金刚形勇猛。观音位接水陆台,宝盖相随鬼子母。

员外到得寺中,只见一个和尚出来相揖道:"外日深荷了办缘事,今日幸得员外至此,请过方丈献茶。"员外远观不审,近睹分明,正是向日化香罗木的和尚,只得应道:"日昨多感吾师过访,接待不及。"和尚同至方丈,叙礼分宾主坐定。点茶吃罢,不曾说得一句话。只见黄巾力士走至面前,暴雷也似声个喏:"告我师,炳灵公相见。"吓得员外神魂荡漾,口中不语,心下思量:"炳灵公是东岳神道,如何来这里相见?"那和尚便请员外"屏风后少待,贫僧断了此事,却与员外少叙。"员外领法旨,潜身去屏风后立地看时,见十数个黄巾力士,随着一个神道入来,但见:

眉单眼细,貌美神清。身披红锦衮龙袍,腰系蓝田白玉带。裹簇金帽子,着侧面丝鞋。

员外仔细看时,与岳庙塑的一般。只见和尚下阶相揖,礼毕,便问:"昨夜公事如何?"炳灵公道:"此人直不肯认做诸侯,只要做三年天子。"和尚道:"直恁难勘,教押过来。"只见几个力士,押着一大汉,约长八尺,露出满身花绣。至方丈,和尚便道:"教你做诸侯,有何不可?却要图王争帝!好打。"道不了,黄巾力士扑翻长汉在地,打得几杖子。那汉子叹一声道:"休休!不肯还我三年天子,胡乱认做诸侯罢。"黄巾力士即把过文字安在面前,教他押了花字,便放他去。炳灵公抬身道:"甚劳吾师心力。"相辞别去。和尚便请员外出来坐定。和尚道:"出门无可见意,略备水酒三杯,少延清话。"员外道:"深感吾师见爱。"道罢,酒至面前。吃了几杯,便教收过一壁。和尚道:"员外可同往山后闲游。"员外道:"谨领法旨。"二人同至山中闲走。但见:

奇峰耸翠,佳木交阴。千层怪石惹闲云,一道飞泉垂素练。万山横碧落,一柱入丹霄。

员外观看之间,喜不自胜,便问和尚:"此处峭壁,直恁险峻!"和尚道:"未为险峻,请员外看这路水。"员外低头看时,被和尚推下去。员外吃一惊,却在亭子上睡觉来,道:"作怪!欲道是梦来,口中酒香。道不是梦来,却又不见踪迹。"正疑惑间,只见众员外走来道:"员外,你却怎地不来?独自在这里打磕睡。"张员外道:"贱体有些不自在,有失陪步,得罪得罪!"也不说梦中之事。众员外游山都了,离不得买些人事,整理行装,厮赶归来。单说张员外到家,亲邻都来远接,与员外洗拂。见了妈妈,欢喜不尽。只见:

四时光景急如梭,一岁光阴如捻指。

却早腊月初头,但见北风凛冽,瑞雪纷纷,有一只〔鹧鸪天〕词为证:

凛冽严凝雾气昏,空中瑞雪降纷纷。须臾四野难分别,顷刻山河不见痕。　银世界,玉乾坤,望中隐隐接昆仑。若还下到三更后,直要填平玉帝门!

员外看见雪却大,便教人开仓库散些钱米与穷汉。且说一个人在客店中,被店小二埋怨道:"喏大个汉!没些运智①,这早晚兀自不起。今日又是两个月,不还房钱。哥哥你起休!"那人长叹一

① 运智——运气、智谋。

声："苦，苦！小二哥莫怪，我也是没计奈何。"店小二道："今日前巷张员外散贫，你可讨些汤洗了头脸，胡乱讨得些钱来，且做盘缠。我又不指望你的。"那人道："罪过你！"便去带了那顶搭圾①头巾，身上披着破衣服，露着腿，赤着脚，离了客店，迎着风雪走到张员外宅前。事有斗巧，物有故然，却来得迟些，都散了。这个人走至宅前，见门公唱个喏："闻知宅上散贫。"门公道："却不早来，都散了。"那人听得，叫声："苦！"匹然倒地。员外在窗中看见，即时教人扶起。顷刻之间，三魂再至，七魄重来。员外仔细看时吃一惊，这人正是亭子上梦中见的，却恁地模样！便问那汉："你是那里人？姓甚名谁？见在那里住？"那人叉着手，告员外："小人是郑州泰宁军大户财主人家孩儿。父母早丧，流落此间，见在宅后王婆店中安歇。姓郑名信。"员外即时讨几件旧衣服与他，讨些饭食请他吃罢，便问："你会甚手艺？"那人道："略会些书算。"员外见说，把些钱物与他，还了店中，便收留他。见他会书算，又似梦中见的一般，便教他在宅中做主管。那人却伶俐，在宅中小心向前。员外甚是敬重，便做心腹人。

又过几时，但见时光如箭，日月如梭，不觉又是二月半间。那众员外便商量来请张员外同去出郊。一则团社，二则赏春。那几个员外，隔夜点了妓弟②，一家带着一个寻常间来往说得着行首③。知得张员外有孝，怕他不肯带妓女，先请他一个得意的表子在那里。张员外不知是计，走到花园中，见了几个行首厮叫了。只

① 搭圾——敝旧，破烂。
② 妓弟——妓女。
③ 行首——妓女的首领，犹如说"花魁"；后作为名妓的泛称。

见众中走出一个行首来。他是两京诗酒客烟花杖子头,唤做王倩。却是张员外说得着的顶老①。员外见了,却待要走,被王倩一把扯住道:"员外,久别台颜,一向疏失。"员外道:"深荷姐姐厚意,缘先父亡去,持服在身,恐外人见之,深为不孝。"便转身来辞众员外道:"俊卿荷诸兄见爱,偶贱体不快,坐侍不及,先此告辞。"那众员外和王倩再三相留,员外不得已,只得就席,和王行首并坐。众员外身边一家一个妓弟。便教整顿酒来,正吃得半酣,只见走一个人入来。如何打扮?

裹一头蓝青头巾,带一对扑匾金环,着两上领白绫子衫,腰系乾红绒线绦,下着多耳麻鞋,手中携着一个篮儿。

这人走至面前,放下篮儿,叉着手唱三个喏。众员外道:"有何话说?"只见那汉就篮内取出砧刀,借个盘子,把块牛肉来切得几片,安在盘里。便来众员外面前道:"得知众员外在此吃酒,特来送一劝。"道罢,安在面前,唱个喏便去。张员外看了,暗暗叫苦道:"我被那厮诈害几遍了。"——元来那厮是东京破落户姓夏名德,有一个浑名,叫做"扯驴"。先年曾有个妹子,嫁在老张员外身边,为争口闲气,一条绳缢死了。夏德将此人命为繇,屡次上门吓诈,在小张员外手里,也诈过了一二次。众员外道:"不须忧虑,他只是讨些赏赐,我们自吃酒。"道不了,那厮立在面前道:"今日夏德有采,遭际这一会员外。"众人道:"各支二两银子与他。"讨至张员外面前,员外道:"依例支二两。"那厮看着张员外道:"员外依例不得。别的员外二两,你却要二百两。"张员外道:"我比别的加

① 顶老——对妓女的一种轻薄的称呼。

倍,也只四两,如何要二百两?”夏德道:“别的员外没甚事,你却有些瓜葛,莫待我说出来不好看!”张员外被他直诈到二十两。众员外道:“也好了。”那厮道:“看众员外面也罢,只求便赐。”张员外道:“没在此间,把批子①去我宅中质库内讨。”

夏扯驴得了批子,唱个喏,便出园门,一径来到张员外质库里,揭起青布帘儿,走入去,唱个喏。众人还了礼。未发迹的贵人②问道:“你赎典,还是解钱?”夏扯驴道:“不赎不解,员外有批子在此,教支二十两银。”郑信道:“员外买你甚么?支许多银?”那厮道:“买我牛肉吃。”郑信道:“员外直吃得许多牛肉!”夏扯驴道:“主管莫问,只照批子付与我。”两个说来说去,一声高似一声。这郑信只是不肯付与他,将了二十两银在手道:“夏扯驴,我说与你,银子已在此了,我同到花园中,去见员外。若是当面分付得有话,我便与你。”夏扯驴骂道:“打脊客作儿③!员外与我银子,干你甚事!却要你作难!便与你去见员外。这批子须不是假的。”这郑信和夏扯驴一径到花园中,见众员外在亭子上吃酒,进前唱个喏。张员外见郑信来,便道:“主管没甚事?”郑信道:“覆使头④,蒙台批,支二十两银,如今自把来取台旨。”张员外道:“这厮是个破落户,把与他去罢。”夏扯驴就来郑信手中抢那银子。郑信那肯与他,便对夏扯驴道:“银子在这里,员外教把与你,我却不肯。你倚着东京破落户,要平白地骗人钱财。别的怕你,我郑信不怕你。就众员外

① 批子——批写的支取银钱的条子。
② 未发迹的贵人——这里指郑信。
③ 打脊客作儿——打脊,打背,骂人该挨杖刑的意思;客作儿,雇工。
④ 使头——仆人对主人的称呼,犹如称“侍长”。

面前，与你比试。你打得我过，便把银子与你；打我不过，教你许多时声名，一旦都休。”夏扯驴听得说：“我好没兴，吃这客作欺负！”郑信道：“莫说你强我会，这里且是宽，和你赌个胜负。”郑信脱膊下来，众人看了喝采。先自人才出众，那堪满体雕青：左臂上三仙仗剑，右臂上五鬼擒龙；胸前一搭御屏风，脊背上巴山龙出水。夏扯驴也脱膊下来，众人打一看时，那厮身上刺着的是木拐梯子，黄胖儿忍字①。当下两个在花园中厮打，赌个输赢。这郑信拳到手起，去太阳上打个正着。夏扯驴扑的倒地，登时身死。吓得众员外和妓弟都走了。即时便有做公的围住。郑信拍着手道：“我是郑州泰宁军人，见今在张员外宅中做主管，夏扯驴来骗我主人，我拳手重，打杀了他，不干他人之事。便把条索子缚我去。”众人见说道：“好汉子！与我东京除了一害，也不到得偿命。”离不得解到开封府，押下凶身对尸。这郑信一发都招认了，下狱定罪。张员外在府里使钱，教好看他，指望迁延，等天恩大赦，不在话下。

忽一日开封府大尹出城谒庙，正行轿之间，只见路傍一口古井，黑气冲天而起。大尹便教住轿，看了道：“怪哉！”便去庙中烧了香。回到府，不入衙中，便教客将请众官来。不多时，众官皆至，相见茶汤已毕。大尹便道：“今日出城谒庙，路傍见一口古井，其中黑气冲天，不知有何妖怪？”众官无人敢应，只有通判起身道：“据小官愚见，要知井中怪物，何不具奏朝廷，照会将见在牢中该

① 满体雕青……黄胖儿忍字——古代野蛮风俗的遗迹：在人身体上雕画各种花纹，涂上青色，使它永远不脱落，叫作“文身”，后来也叫作“雕青”。这里所说的“三仙仗剑”、“五鬼擒龙”等等，都是花纹的名色。

死罪人，教他下井，去看验的实，必知休咎。”大尹依言，即具奏朝廷，便指挥狱中，拣选当死罪人下井，要看仔细。大尹和众人到地头，将那罪人把篮盛了，用辘轳放将下去。只听铃响，绞上来看时，止有骨头。一个下去一个死，二人下去一双亡。似此坏了数十人。狱中受了张员外嘱托，也要藏留郑信。大尹台旨，教狱中但有罪人都要押来。却藏留郑信不得，只得押来。大尹教他下井去。郑信道：“下去不辞，愿乞五件物。”大尹问：“要甚五件？”郑信道：“要讨头盔衣甲和靴，剑一口，一斗酒，二斤肉，炊饼之类。”大尹即时教依他所要，一一将至面前。郑信唱了喏，把酒肉和炊饼吃了，披挂衣甲，仗了剑。众人喝声采。但见：

头盔似雪，衣甲如银。穿一辆抹绿皂靴，手仗七星宝剑。

郑信打扮了，坐在篮中，辘轳放将下去。铃响绞上来看时，不见了郑信。那井中黑气也便不起。大尹再教放下篮去取时，杳无踪迹。一似石沉大海，线断风筝。大尹和众官等候多时，且各自回衙去。

却说未发迹变泰[①]国家节度使郑信到得井底，便走出篮中，仗剑在手，去井中一壁立地。初下来时便黑，在下多时却明。郑信低头看时，见一壁厢一个水口，却好容得身，挨身入去。行不多几步，抬头看时，但见：

山岭相连，烟霞缭绕。芳草长茸茸嫩绿，岩花喷馥馥清

① 发迹变泰——宋元说书的内容之一；就是讲述一个人由贫困到发达，后来作达官显宦的故事。

香。苍崖郁郁长青松,曲涧涓涓流细水。

郑信正行之间,闷闷不已。知道此处是那里?又没人烟,日中前后,去松阴竹影稀处望时,只见飞檐碧瓦,栋宇轩窗,想有幽人居止。遂登危历险,寻径而往。只闻流水松声,步履之下,渐渐林麓两分,峦峰四合。但见:

溪深水曲,风静云闲。青松锁碧瓦朱甍,修竹映雕檐玉砌。楼台高耸,院宇深沉。若非王者之宫,必是神仙之府。

郑信见这一所宫殿,便去宫前立地多时,更无一人出入。抬头看时,只见门上一面硃红牌金字,写着:“日霞之殿”。里面寂寥,杳无人迹。仗剑直入宫门。走到殿内,只见一个女子,枕着件物事,齁齁地裸体而卧。但见:

兰柔柳困,玉弱花羞。似杨妃初浴转香衾,如西子心疼欹玉枕。柳眉敛翠,桃脸凝红。却是西园芍药倚朱栏,南海观音初入定。

郑信见了女子,这却是此怪。便悄悄地把只手衬着那女子,拿了枕头的物事。又轻轻放下女子头,走出外面看时,却是个乾红色皮袋。郑信不解其故,把这件物事,去花树下,将剑掘个坑埋了。又回身仗剑再入殿中,看着那女子,尽力一喝道:“起!”只见那女子闪开那娇滴滴眼儿,慌忙把万种妖娆吓做一团,回头道:“郑郎,你来也!妾守空房,等你多时。妾与你五百年前姻眷,今日得见你。”那女子初时待要变出本相,却被郑信偷了他的神通物事,只得将错就错。若是生得不好时,把来一剑剁了,却见他如花似玉,不觉心动。便问:“女子孰氏?”女子道:“丈夫,你可放下手中宝剑,脱了衣甲,妾和你少叙绸缪。”但见:

暮云笼帝榭，薄霭罩池塘。双双粉蝶宿芳丛，对对黄鹂栖翠柳。画梁悄悄，珠帘放下燕归来；小院沉沉，绣被薰香人欲睡。风定子规啼玉树，月移花影上纱窗。

女子便叫青衣，安排酒来。顷刻之间，酒至面前。百味珍羞俱备。饮至数杯，酒已半酣。女子道："今日天与之幸，得见丈夫。尽醉方休。"郑信推辞。女子道："妾与郑郎，是五百年前姻眷，今日岂可推托。"又吃了多时，乃令青衣收过杯盘，两个同携素手，共入兰房。正是：

绣幌低垂，罗衾漫展。两情欢会，共诉海誓山盟；二意和谐，多少云情雨意。云淡淡天边鸾凤；水沉沉交颈鸳鸯。写成今世不休书，结下来生合欢带。

到得天明，女子起来道："丈夫，夜来深荷见怜。"郑信道："深感娘娘见爱，未知孰氏？恐另日相见，即当报答深恩。"女子道："妾乃日霞仙子，我与丈夫尽老百年，何有思归之意？"这两日儿，同行并坐，暮乐朝欢。忽一日那女子对郑信道："丈夫，你耐静则个！我出去便归。"郑信道："到那里去？"女子道："我今日去赴上界蟠桃宴便归，留下青衣相伴。如要酒食，旋便指挥。有件事嘱付丈夫，切不可去后宫游戏，若还去时，利害非轻。"那女子分付了，暂别。两个青衣伏侍。郑信独自无聊，遂令安排几杯酒消遣，思量："却似一场春梦，留落在此。适来我妻分付，莫去后宫，想必另有景致，不交我去。我再试探则个。"遂移步出门，迤逦奔后宫来。打一看，又是一个去处，一个宫门。到得里面，一个大殿，金书牌额："月华之殿"。正看之间，听得鞋履响声，咭咯语笑喧杂之声。只见一簇青衣拥着一个仙女出来，生得：

盈盈玉貌,楚楚梅妆。口点樱桃,眉舒柳叶。轻叠乌云之发,风消雪白之肌。不饶照水芙蓉,恐是凌波菡萏。一尘不染,百媚俱生。

郑信见了,喜不自胜。只见那女子便道:“好也!何处不寻,甚处不觅,元来我丈夫只在此间。”不问事繇,便把郑信簇拥将去,叫道:“丈夫你来也!妾守空房,等你久矣!”郑信道:“娘娘错认了,我自有浑家在前殿。”那女子不繇分说,簇拥在殿上,便教安排酒来。那女和郑信饮了数杯,二人携手入房。向鸳帏之中,成夫妇之礼。顷刻间云收雨散,整衣而起。只见青衣来报:“前殿日霞娘娘来见。”这女子慌忙藏郑信不及。日霞仙子走至面前道:“丈夫,你却走来这里则甚!”便拖住郑信臂膊,将归前殿。月华仙子见了,柳眉剔竖,星眼圆睁道:“你却将身嫁他,我却如何?”便带数十个青衣奔来,直至殿上道:“姐姐,我的丈夫,你却如何夺了?”日霞仙子道:“妹妹,是我丈夫,你却说甚么话!”两个一声高似一声。这郑信被日霞仙子把来藏了。月华仙子无计奈何,两个打做一团,纽做一块。斗了多时,月华仙子觉道斗姐姐不下,喝声起,跳至虚空,变出本相。那日霞仙子,也待要变,元来被郑信埋了他的神通,便变不得,却输了。慌忙走来见郑信,两泪交流道:“丈夫,只因你不信我言,故有今日之苦。又被你埋了我的神通,我变不得。若要奈何得他,可把这件物事还我。”郑信见他哀求不已,只得走来殿外花树下,掘出那件物事来。日霞仙子便再和月华仙子斗圣。日霞仙子又输了,走回来。郑信道:“我妻又怎的奈何他不下?”日霞仙子道:“为我身怀六甲,赢那贱人不得。我有件事告你。”郑信道:“我妻有话但说。”日霞仙子教青衣去取来。不多时,把一张弓,一只箭道:“丈夫,此弓非人间所有之物,名为神臂弓,百发百中。我在空中变就神通,和那贱人斗法,你可在下看着白的,射一箭助我一臂之力。”郑信道:“好,你但放心。”说不了,月华仙子又来。两个上云中变出本相相斗。郑信在下看时,那里见两个如花似玉的仙子?只见一个白一个红,两个蜘蛛在空中相斗。郑信道:“元来如此!”只见红的输了便走,后面白的赶来,被郑信弯弓,觑得亲,一箭射去,喝声“着!”把那白蜘蛛射了下来。月华仙子大痛无声,便骂:“郑信负心贼!暗算了我也!”自往后殿去,不题。这里日霞仙子,收了本相,依先一个如花似玉佳人,看着郑信道:“丈夫,深荷厚恩,与妾解围,使妾得遂终身偕老之愿。”两个自此越说得著,行则并肩,坐则叠股,无片时相舍。正是:

春和淑丽,同携手于花前;夏气炎蒸,共纳凉于花下。秋光皎洁,银蟾与桂偶同圆;冬景严凝,玉体与香肩共暖。受物外无穷快乐,享人间不尽欢娱。

倏忽间过了三年,生下一男一女。郑信自思:“在此虽是朝欢暮乐;作何道理,发迹变态?”遂告道:“感荷娘娘收留在此,一住三年,生男育女。若得前途发迹,报答我妻,是吾所愿。”日霞仙子见说,泪下如雨道:“丈夫你去,不争教我如何!两个孩儿却是怎地!”郑信道:“我若得一官半职,便来取你们。”仙子道:“丈夫你要何处去?”郑信道:“我往太原投军。”仙子见说,便道:“丈夫,我与你一件物事,教你去投军,有分发迹。”便叫青衣,取那张神臂克敌弓,便是今时踏凳弩。分付道:“你可带去军前立功,定然有五等诸侯之贵。这一男一女,与你扶养在此,直待一纪之后,奴自遣人送还。”郑信道:“我此去若有发迹之日,早晚来迎你母子。”仙子道:“你我相遇,亦是夙缘,今三年限满,仙凡路隔,岂复有相见之期乎!”说罢,不觉潸然下泪。郑信初时求去,听说相见无期,心中感伤,亦流泪不已,情愿再住几时。仙子道:“夫妻缘尽,自然分别。妾亦不敢留君,恐误君前程,必遭天谴。”即命青衣置酒饯别。饮至数杯,仙子道:“丈夫,你先前携来的剑,和那一副盔甲,权留在此。他日送儿女还你,那时好作信物。”郑信道:“但凭贤妻主意。”仙子又亲劝别酒三杯。取一大包金珠相赠,亲自送出宫门。约行数里之程,远远望见路口,仙子道:“丈夫,你从此出去,便是大路。前程万里,保重!保重!”郑信方欲眷恋,忽然就脚下起阵狂风,风定后已不见了仙子。但见:

青云藏宝殿,薄雾隐回廊。静听不闻消息之声,回视已失峰峦之势。日霞宫想归海上,神仙女料返蓬莱。多应看罢僧繇画,卷起丹青一幅图。

郑信抱了一张神臂弓,呆呆的立了半晌,没奈何,只得前行。到得路口看时,却是汾州大路。此路去河北太原府不远。那太原府主,却是种相公,讳师道①,见在出榜招军。郑信走到辕门投军,献上神臂弓。种相公大喜,分付工人如法制造数千张,遂补郑信为帐前管军指挥。后来收番累立战功,都亏那神臂弓之用。十馀年间,直做到两川节度使之职。时常思念日霞公主恩义,并不婚娶。

话分两头,再说张俊卿员外,自从那年郑信下井之后,好生思念。每年逢了此日,就差主管备下三牲祭礼,亲到井边祭奠。也是

① 种(chóng)师道——字叔彝,官京畿河北制置使;北宋末抗敌的名将。

不忘故旧之意。如此数年,未尝有缺。忽一日祭奠回来,觉得身子困倦,在厅屋中,少憩片时,不觉睡去。梦见天上五色云霞,灿烂夺目,忽然现出一位红衣仙子,左手中抱着一男,右手中抱着一女,高叫:"张俊卿,这一对男女,是郑信所生,今日交付与你,你可好生抚养。待郑信发迹之后,送至剑门,不可负吾之托。"说罢,将手中男女,从半空里撇下来。员外接受不迭,惊出一身冷汗。蓦然醒来,口称奇怪。尚未转动,只见门公报道:"方才有个白须公公,领着一男一女,送与员外,说道:'员外在古井边,曾受他之托。'又有送这个包裹,这一口剑,说是两川节度使的信物在内,教员外亲手开看。男女不知好歹,特来报知。"张员外听说,正符了梦中之言,打开包裹看时,却是一副盔甲在内,和这口剑。收起,亲走出门看时,已不见了白须公公,但见如花似玉的一双男女,约莫有三四岁长成。问其来历,但云:"娘是日霞①公主,教我去跟寻郑家爹爹。"再叩其详,都不能言。张员外想道:"郑信已堕井中,几曾出来?那里又有儿女,莫非是同名同姓的?"又想起岳庙之梦,分明他有五等诸侯之贵。心中委决不下,且收留着这双男女,好生抚养。一面打探郑信消息。光阴如箭,看看长大。张员外把作自己亲儿女看成,男取名郑武,女取名彩娘。张员外自有一子,年纪相方,叫做张文。一文一武,如同胞兄弟,同在学堂攻书。彩娘自在闺房针指。又过了几年,并不知郑信下落。忽一日,张员外走出厅来,忽见门公来报:"有两川节度使,差来进表官员,写了员外姓名居址,问到这里,他要亲自求见。"员外心中疑虑,忙教请进。只见那

① 日霞——原本误作"日华",与上文不合,今改正,下文同。

差官：

头顶缠棕大帽，脚踏粉底乌靴。身穿蜀锦窄袖袄子，腰系间银纯铁挺带。行来魁岸之容，面带风尘之色。从者牵着一匹大马相随。

张员外降阶迎接，叙礼已毕。那差官取出一包礼物，并书信一封，说道："节使郑爷多多拜上。"张员外拆书看时，认得是郑信手笔，书上写道：

信向蒙恩人青目，狱中又多得看觑，此乃莫大之恩也！前入古井，自分无幸，何期有日霞仙子之遇。伉俪三年，复赠资斧，送出汾州投军，累立战功。今叨福庇，得抚蜀中。向无便属，有失奉候。今因进表之便，薄具黄金三十两，蜀锦十端，权表微忱。倘不畏蜀道之艰，肯到敝治光顾，信之万幸！悬望悬望！

张员外看罢，举手加额道："郑家果然发迹变泰，又不忘故旧，远送礼物，真乃有德有行之人也！"遂将向来梦中之事，一一与差官说知。差官亦惊讶不已。是日设筵，款待差官。那差官虽然是有品级的武职，却受了节使分付言语来迎取张员外的，好生谦谨。张员外就留他在家中作寓，日日宴会。闲话休叙。过了十来日，公事了毕，差官催促员外起身。张员外与院君商量，要带那男女送还郑节使，又想女儿不便同行，只得留在家中，单带那郑武上路。随身行李，童仆四人，和差官共是七个马，一同出了汴京，望剑门一路进发。不一日，到了节度使衙门，差官先入禀复。郑信忙教请进私衙，以家人之礼相见。员外率领郑武拜认父亲，叙及白发公公领来相托。献上盔甲、腰刀信物，并说及两翻奇梦。郑信念起日霞仙子情分，凄然伤感。屈指算之，恰好一十二年，男女皆一十二岁。仙子临行所言，分毫之不爽。其时大排筵会，管待张员外，礼为上宾。就席间将女儿彩娘许配员外之子张文。亲家相称。此谓以德报德也。

却说郑信思念日霞仙子不已，于绵江之傍，建造日霞行宫，极其壮严。岁时亲往行香。

再说张员外住了三月有馀，思想家乡，郑信不敢强留，安排车马，送出十里长亭之外。赠遗之厚，自不必说。又将黄金百两，供员外施舍岳庙修造炳灵公大殿。后来因金兀术①入寇，天子四下征兵，郑信带领儿子郑武勤王，累败金兵，到汴京复与张俊卿相会，方才认得女婿张文，及女儿彩娘。郑信寿至五十馀，白日看见日霞仙子车驾来迎，无疾而逝。其子郑武以父荫累官至宣抚使②。其后金兵入寇不已，各郡县俱仿神臂弓之制，多能杀贼。到徽钦北狩，康王渡江③，为金兵所追，忽见空中有金甲神人，率领神兵，以神臂弓射贼，贼兵始退。康王见旗帜上有郑字，以问从驾之臣，有人奏言："前两川节度使郑信，曾献克敌神臂弓，此必其神来护驾耳。"康王既即位，敕封明灵昭惠王，立庙于江上，至今古迹犹存。诗曰：

① 金兀术——即完颜宗弼。金国屡次侵略宋的时候，他常作侵略军的统帅。

② 宣抚使——官名。宋代管一方征讨的军政统帅，叫作"宣抚使"。

③ 徽钦北狩，康王渡江——宋靖康二年（1127）金人攻陷开封，把宋徽宗（赵佶）、钦宗（赵桓）掳去，后来，徽宗的儿子康王（赵构）渡江，在建康即位，即宋高宗。北狩，古代皇帝到某地去，叫作"巡狩某地"。这里因不便直说被掳，只好说是"北狩"去了。

郑信当年未遇时，俊卿梦里已先知。

运来自有因缘到，到手休嫌早共迟。

第三十二卷

黄秀才徼灵玉马坠

净几明窗不染尘，图书镇日与相亲。

偶然谈及风流事，多少风流误了人。

话说唐乾符年间，扬州有一秀士，姓黄名损①，字益之，年方二十一岁，生得丰姿韵秀，一表人才。兼之学富五车，才倾八斗，同辈之中，推为才子。原是阀阅名门，因父母早丧，家道零落。父亲手里遗下一件宝贝，是一块羊脂白玉②雕成个马儿，唤做玉马坠，色泽温润，镂刻精工。虽然是小小东西，等闲也没有第二件胜得他的。黄损秀才，自幼爱惜，佩带在身，不曾顷刻之离。偶一日闲游市中，遇着一个老叟，生得怎生模样？

头带箬叶冠，身穿百衲袄，腰系黄丝绦，手执逍遥扇。童颜鹤发，碧眼方瞳。不是蓬莱仙长，也须学道高人。

那老者看见黄生，微微而笑。黄生见其仪容古雅，悚然起敬，邀至

① 黄损——字益之，五代南汉人。梁龙德时进士，官至尚书左仆射。著有《桂香集》。

② 羊脂白玉——一种纯白的美玉的名称。形容它像羊的油脂一样，又白又润。

茶坊献茶叙话。那老者所谈,无非是理学名言,玄门妙谛。黄生不觉叹服。正当语酣之际,黄生偶然举袂,老者看见了那玉马坠儿,道:“愿借一观。”黄生即时解下,双手献与老者。老者看了又看,啧啧叹赏,问道:“此坠价值几何?老汉意欲奉价相求,未审郎君允否?”黄生答道:“此乃家下祖遗之物,老翁若心爱,便当相赠,何论价乎!”老者道:“既蒙郎君慷慨不吝,老汉何敢固辞。老汉他日亦有所报。”遂将此坠悬挂在黄丝绦上,挥手而别,其去如飞。生愕然惊怪,想道:“此老定是异人,恨不曾问其姓名也!”这段且阁过不题。

却说荆襄节度使刘守道,平昔慕黄生才名,差官持手书一封,白金采币,聘为幕宾。如何叫做幕宾?但凡幕府军民事冗,要人商议,况一应章奏及书札,亦须要个代笔,必得才智兼全之士,方称其职,厚其礼币,奉为上宾:所以谓之幕宾,又谓之书记。有官职者,则谓之记室参军。黄损秀才,正当穷困无聊之际,却闻得刘节使有此美意,遂欣然许之。先写了回书,打发来人,约定了日期,自到荆州谒见。差官去了,黄生收拾衣装,别过亲友,一路搭船。行至江州,忽见巨舟泊岸,篷窗雅洁,朱栏油幕,甚是整齐。黄生想道:“我若趁得此船,何愁江中波浪之险乎!”适有一水手上岸沽酒,黄生尾其后而问之:“此舟从何而来?今往何处?”水手答道:“徽人姓韩,今往蜀中做客。”黄生道:“此去蜀中,必从荆江而过,小生正欲往彼,未审可容附舟否?”水手道:“船颇宽大,那争趁你一人!只是主人家眷在上,未知他意允否若何?”黄生取出青蚨①三百,奉为酒资,求其代言。水手道:“官人但少停于此,

① 青蚨——本是虫名。《淮南子》上有“青蚨还钱”的说法:把青蚨的血涂在钱上,这种钱用出去了还会回来;以后“青蚨”就成了钱的代称。

待我禀过主人，方敢相请。”须臾，水手沽酒回来，黄生复嘱其善言方便，水手应允。不一时，见船上以手相招，黄生即登舟相问。水手道：“主人最重斯文，说是个单身秀士，并不推拒；但前舱货物充满，只可于艄头存坐，夜间在后火舱歇宿。主人家眷在于中舱，切须谨慎，勿取其怪。”遂引黄生见了主人韩翁。言谈之间，甚相器重。是夜，黄生在后火舱中坐了一回，方欲解衣就寝，忽闻筝声凄婉，其声自中舱而出。黄生披衣起坐，侧耳听之：

乍雄乍细，若沉若浮。或如雁语长空，或如鹤鸣旷野，或如清泉赴壑，或如乱雨洒窗。汉宫初奏《明妃曲》，唐家新谱《雨淋铃》。

唐时第一琵琶手是康昆仑。第一筝手是郝善素。扬州妓女薛琼琼独得郝善素指法。琼琼与黄生最相契厚。僖宗皇帝妙选天下知音女子，入宫供奉，扬州刺史以琼琼应选。黄生思之不置，遂不忍复听弹筝。今日所闻筝声，宛似琼琼所弹。黄生暗暗称奇。时夜深人静，舟中俱已睡熟。黄生推篷而起，悄然从窗隙中窥之，见舱中一幼女年未及笄，身穿杏红轻绡，云鬟半亸，娇艳非常。燃兰膏，焚凤脑，纤手如玉，抚筝而弹。须臾曲罢，兰销篆灭，杳无所闻矣。那时黄生神魂俱荡，如逢神女仙妃，薛琼琼辈又不足道也！在舱中展转不寐，吟成小词一首。词云：

生平无所愿，愿伴乐中筝。得近佳人纤手子，研罗裙上放娇声；便死也为荣。

一夜无眠，巴到天明起坐，便取花笺一幅，楷写前词，后题维扬黄损四字，叠成方胜，藏于怀袖。梳洗已毕，频频向中舱观望，绝无动静。少顷，韩翁到后艄答拜，就拉住前舱献茶。黄生身对老翁,心怀幼女。自觉应对失次,心中惭悚;而韩翁殊不知也。忽闻中舱金盆响声,生意此女盥漱,急急起身,从船舷而过。偷眼窥睹窗棂,不甚分明,而香气芬馥,扑于鼻端。生之魂已迷,而骨故软矣。急于袖中取出花笺小词,从窗隙中投入。诚恐舟人旁睏,移步远远而立。两只眼觑定窗棂,真个是目不转睛。

却说中舱那女子梳妆盥手刚毕,忽闻窗间簌簌之响,取而观之,解开方胜,乃是小词一首。读罢,赞叹不已。仍折做方胜,藏于裙带上锦囊之中。明明晓得趁船那秀才夜来闻筝而作,情词俱绝,心中十分欣慕;但内才如此,不知外才何如?遂启半窗,舒头外望,见生凝然独立,如有所思。麟凤之姿,皎皎绝尘,虽潘安卫玠①,无以过也!心下想道:"我生长贾家,耻为贩夫贩妇,若与此生得偕伉俪,岂非至愿!"本欲再看一时,为舟中耳目甚近,只得掩窗。黄生亦退于舱后,然思慕之念益切。时舟尚停泊未开,黄生假推上岸,屡从窗边往来。女闻窗外履声,亦必启窗露面,四目相视,未免彼此送情。只是不能接语。正是:

彼此满怀心腹事,大家都在不言中。

到午后,韩翁有邻舟相识,拉上岸于酒家相款。舟人俱整理篷楫,为明早开船之计。黄生注目窗棂,适此女推窗外望,见生忽然退步,若含羞欲避者。少顷复以手招生。生喜出望外,移步近窗,女乃开窗细语道:"夜勿先寝,妾有一言。"黄生再欲叩之,女已掩窗

---

① 卫玠——晋代人,长得很清秀、漂亮,当时称为"玉人"。

而去矣。黄生大喜欲狂,恨不能一拳打落日头,把孙行者①的磕睡虫,遍派满船之人,等他呼呼睡去,独留他男女二人,说一个心满意足。正是:

无情不恨良宵短,有约偏嫌此日长。

至夜韩翁扶醉而归,到船即睡。捱至更深,舟子俱已安息,微闻隔壁弹指三声。黄生急整冠起视。时新月微明,轻风徐拂,女已开半户,向外而立。黄生即于船舷上作揖,女于舱中答礼。生便欲跨足下舱,女不许,向生道:"慕君之才,本欲与君吐露心怀,幸勿相逼!"黄生不敢造次,乃矬身坐于窗口。女问生道:"君何方人氏?有妻室否?"黄生答道:"维扬秀才,家贫未娶。"女道:"妾之母裴姓,亦维扬人也。吾父虽徽籍,浮家蜀中,向到维扬,聘吾母为侧室,止生妾一人。十二岁吾母见背,今三年丧毕,吾父移妾归蜀耳。"黄生道:"既如此,则我与小娘子同乡故旧,安得无情乎?幸述芳名,当铭胸臆。"女道:"妾小字玉娥,幼时吾母教以读书识字,颇通文墨。昨承示佳词,逸思新美,君真天下有心人也!愿得为伯鸾妇,效孟光举案齐眉,妾愿足矣。"黄生道:"小娘子既有此心,我岂木石之比,誓当竭力图之。若不如愿,当终身不娶,以报高情。"女道:"慕君才调,不羞自媒。异日富贵,勿令妾有白头之叹。"黄生道:"卿家雅意,阳侯、河伯②,实闻此言,如有负心,天地不宥。但小娘子乃尊翁之爱女,小生逆旅贫儒,即使通媒,尊翁未必肯从。异日舟去人离,相会不知何日?不识小娘子有何奇策,

① 孙行者——神话故事小说《西游记》中的一个神猴,神通广大,能用瞌睡虫使人睡着。

② 阳侯、河伯——都是水神名。

使小生得遂盟言?”女道:“夜话已久,严父酒且醒矣,难以尽言。此后三月,必到涪州,十月初三日,乃水神生日,吾父每出入,必往祭赛,舟人尽去。君以是日能到舟次一会,当为决终身之策,幸勿负约,使妾望穿两眸也。”黄生道:“既蒙良约,敢不趋赴。”言毕,舒手欲握女臂,忽闻韩翁酒醒呼茶,女急掩窗。黄生逡巡就寝,忽忽如有所失。从此合眼便见此女,顷刻不能忘情。此女亦不复启窗见生矣。舟行月馀,方抵荆江,正值上水顺风,舟人欲赶程途,催生登岸。生虽徘徊不忍,难以推托。将酒钱赠了舟子,别过韩翁,取包裹上岸,复伫立凝视中舱,凄然欲泪。女亦微启窗棂,停眸相送。俄顷之间,扬帆而去,迅速如飞。黄生盼望良久,不见了船,不觉堕泪。傍人问其缘故,黄生哽咽不能答一语。正是:

不如意事常八九,可与人言无二三。

黄生呆立江岸,直至天晚,只得就店安歇。次早问了守帅府前投了名刺,刘公欣然接纳,叙起敬慕之意,即日开筵相待。黄生于席间,思念玉娥,食不下咽。刘公见其精神恍惚,疑有心事,再三问之,黄生含泪不言。但云:“中途有病未痊。”刘公亦好言抚慰。至晚刘公亲自送入书馆,铺设极其华整,黄生心不在焉,郁郁而已。过了数日,黄生恐误玉娥之期,托言欲往邻都访一故友,暂假出外月馀即返。刘公道:“军务倥偬,政欲请教,且待少暇,当从尊命。”又过了数日,生再开言,刘公只是不允。生度不可强,又公馆守卫严密,夜间落锁,不便出入。一连踌躕了三日夜,更无良策。忽一日问馆童道:“此间何处可以散闷?”馆童道:“一墙之隔,便是本府后花园中,亭台树木,尽可消遣。”黄生命童子开了书馆,引入后园。游玩了一番,问道:“花园之外,还是何处?”馆童道:“墙外便是街坊，周围有人巡警。日则敲梆，夜则打更。老爷法度，好不严哩！”黄生听在肚里，暗暗打帐：“除非如此如此。”是夜和衣而卧，寝不成寐。捱到五更，鼓声已绝，寂无人声，料此际司更的辛苦了一夜，必然困倦，此时不去，更待何时。近墙有石榴树一株，黄生攀援而上，耸身一跳，出了书房的粉墙，静悄悄一个大花园，园墙上都有荆棘。黄生心生一计，将石块填脚，先扒开那些棘刺，逾墙而出，并无人知觉。早离了帅府。趁此天色未明，拽开脚步便走。忙忙若丧家之狗，急急如漏网之鱼。有诗为证：

已效郗生入幕，何当干木逾垣①！
岂有墙东窥宋②，却同月下追韩③。

次日馆中童子早起承值，叫声：“奇怪！门不开，户不开，房中不见了黄秀才。”忙去报知刘公。刘公见说，吃了一惊，亲到书房看了一遍，一步步看到后园，见棘刺扒动，墙上有缺，想必那没行止的秀才，从此而去，正不知甚么急务。当下传梆升帐，拘巡警员役询问，皆云：“不知。”刘公责治了一番。因他说邻邦访友，差人于襄邓各府逐县挨查缉访，并无踪影，叹息而罢。

话分两头。却说黄秀才自离帅府，挨门出城，又怕有人追赶。放脚飞跑，逢人问路。晚宿早行，径望涪州而进。自古道：无巧不

① 干木逾垣——干木，指段干木；战国时晋国人。隐居在魏国，不肯作官；魏文侯去拜访他，他跳墙出去，躲避不见。

② 墙东窥宋——宋，指宋玉；战国时楚国的文学家。他对楚王说，邻家有一个女子，老是隔着墙窥视他，有爱慕他的意思。

③ 月下追韩——韩，指韩信。韩信原来在项羽部下作一个很小的军官，后投到刘邦的部队里，没有得到重视，他就私自逃走。刘邦的谋臣萧何知道了，连夜把他追赶回来；并劝刘邦用他作大将。后来替刘邦立过大功。

成话。赶到涪州,刚刚是十月初三日。且说黄秀才在帅府中,担阁多日,如何还赶得上。只因客船重大,且是上水有风则行,无风则止。黄秀才从陆路短盘,风雨无阻,所以赶着了。沿江一路抓寻,只见高樯巨舰,比次凑集,如鱼鳞一般,逐只挨去,并不见韩翁之舟。心中早已着忙,莫非忙中有错,还是再捱转去。方欲回步,只见面前半箭之地,江岸有枯柳数株,下面单单泊着一只船儿。上前仔细观看,那船上寂无一人,止中舱有一女子,独倚篷窗,如有所待。那女子非别,正是玉娥。因为有黄生之约,恐众人耳目之下,相见不便,在父亲前,只说爱那柳树之下泊船,僻静有趣。韩翁爱女,言无不从。此时黄生一见,其喜非小。

漫说洞房花烛夜,且喜他乡遇故知。

那玉娥望见黄生,笑容可掬。其船离岸尚远,黄生便欲跳上。玉娥道:"水势甚急,须牵缆至近方可。"黄生依言,便举手去牵那缆儿,也是合当有事,那缆带在柳树根上,被风浪所激,已自松了。黄生去拿他时,便脱了结。你说巨舟在江涛汹涌之中,何等力气,黄生又是个书生,不是筋节的,一只手如何带得住,说时迟那时快,只叫得一声:"阿呀!"但见舟逐顺流下水,去若飞电,若现若隐,瞬息之间,不知几里。黄生沿岸叫呼,众船上都往水神庙祭赛去了。便有来往舟只,那涪江水势又与下面不同,离川江不远,瞿塘三峡,一路下来,如银河倒泻一般,各船过此,一个个手忙脚乱,自顾且不暇,何暇顾别人。黄生狂走约有一二十里,到空阔处,不见了那船。又走二十来里,料无觅处。欲待转去报与韩翁知道,又恐反惹其祸。对着江面,痛哭了一场。想起远路天涯,孤身无倚,欲再见刘公,又无颜面。况且盘缠缺少,有家难奔,有国难投:"不如投向江流，或者得小娘子魂魄相见，也见我黄损不是负心之人。罢！罢！罢！”

人生自古谁无死，留与风流作话文。

黄秀才方欲投江，只听得背后一人叫道：“不可，不可！”黄生回头看时，不是别人，正是维扬市上曾遇着请他玉马坠儿这个老叟。黄生见了那老叟，又羞又苦，泪如雨下。老叟道：“郎君有何痛苦？说与老汉知道，或者可以分忧一二。”黄生道：“到此地位，不得不说了。”便将初遇玉娥，及相约涪江缆断舟行之事，备细述了一遍。老叟呵呵大笑，道：“原来如此，些须小事，如何便拚得一条性命！”黄生道：“老翁是局外之人，把这事看得小。依小生看来，比天更高，比海更阔，这事大得多哩！”老叟把十指一轮，说道：“老汉颇通数学，方才轮算，尊可①命不该绝，郎君还有相会之期。此去前面一里之外，有一茅庵，是我禅兄所居，郎君但往借宿，徐以此事求之，彼必能相济。老汉不及奉陪。”黄生道：“老翁若不同去，恐禅师未必相信，不肯留宿。”老叟道：“郎君前所惠玉马坠儿，老汉佩带在身，我禅兄所常见，但以此为信可也。”说罢，就黄丝绦上解下玉马坠来，递与黄生。黄生接得在手，老叟竟自飘然去了。黄生为心事扰乱，依旧不曾问得姓名，懊悔无及。天色已晚，且自前去。约行一里之外，果然荒野中，独独有个茅庵，其门半掩。黄生捱身而入，佛堂中一盏琉璃灯，半明不灭。居中放个蒲团，一位高年胡僧与塑的西番罗汉无二，盘膝

① 尊可——宋元戏曲小说中，对人谈话时，谦称自己为“小可”，表示轻贱之意。尊可，与“小可”恰相反，是对于对方尊敬之词。

打坐，双眸紧闭，如入定①之状。黄生不敢惊动，端跪于前。约有一个时辰，胡僧开眼看见，喝道："何物俗子，敢来混人！"黄生再拜奉上玉马坠，代老叟致意："今晚求借一宿。"胡僧道："一宿不难，但尘路茫茫，郎君此行将何底止？"黄生道："小生黄损正有心愿，欲求圣僧指迷。"遂将玉娥涪州之约始终叙述。因叩首问计。胡僧道："俺出家人，心如死灰，那管人间儿女之事！"黄生拜求不已。胡僧道："郎君念既至诚，可通神明。但观郎君，必是仕宦中人品。大丈夫以致身青云，显宗扬名为本，此事须于成名之后，从容及之。"黄生又拜道："小生举目无亲，口食尚然不周，那有功名之念。适间若非老翁相救，已作江中之鬼矣。"胡僧道："佛座下有白金十两，聊助郎君路费。且往长安，俟机缘到日，当有以报命耳。"说罢，依先闭目入定去了。黄生身体亦觉困倦，就蒲团之侧，曲肱而枕之，猛然睡去。醒将转来，已是黎明时候，但见破败荒庵，墙壁俱无，并不见坐禅胡僧的踪迹。上边佛像也剥落破碎，不成模样。佛座下露出白晃晃一锭大银锭，上凿有黄损二字。黄生叫声"惭愧！"方知夜来所遇，真圣僧也。向佛前拜祷了一番，取了这锭银子，权为路费，径往长安。正是：人有逆天之时，天无绝人之路。

万事不由人计较，一生都是命安排。

话分两头。却说韩翁同舟人赛神回来，不见了船，急忙寻问，别个守船的看见，都说："断了缆，被流水滚下去多时了，我们没本

① 入定——佛教术语：入于禅定的意思；就是心神定于一处，毫无杂念的一种境界。

事救得。”韩翁大惊，一路寻将下来，闻岸上人所说，亦是如此。抓寻了两三日，并无影响。痛哭而回，不在话下。

再说扬州妓女薛琼琼鸨儿叫做薛媪，为女儿琼琼以弹筝充选，入宫供奉，已及二载。薛媪自去了这女儿，门户萧条，乃买舟欲往长安探女，希求天子恩泽。其舟行至汉水，见有一覆舟自上流而下，回避不迭，碰的一声，正触了船头。那只船就停止不行了。舟人疑覆舟中必有财物，遂牵近岸边，用斧劈开，其中有一女子。薛媪闻知，忙教救出，已是淹淹将尽，只有一丝未断。原来冬天水寒，但是下水便没了命。只因此女藏在中舱，船底遮盖，暖气未泄，所以留得这一息生气。舟中货物，已自漂失了，便有存留，舟人都分散去讫。薛媪为去了女儿琼琼，正想没有个替代，见此女容貌美丽，喜不可言，慌忙将通身湿衣解下，置于絮被之内，自己将肉身偎贴。那女子得了暖气，渐渐苏醒。然后将姜汤粥食，慢慢扶持。又将好言抚慰，女子渐能言语，索取湿衣中锦囊。薛媪问其来历，女子答道：“奴家姓韩小字玉娥，随父往蜀。舟至涪州，父亲同舟人往赛水神，奴家独守舟中，偶因缆脱，漂没到此。”薛媪道：“可曾适人么？”玉娥道：“与维扬黄损秀才，曾有百年之约。锦囊中藏有花笺小词，即黄郎所赠也。”薛媪道：“黄秀才原是我女儿琼琼旧交，此人才貌双全，与小娘子正是一对良缘。小娘子不须忧虑，随老身同到长安，来年大比①，黄秀才必来应举，那时待老身寻访他来，与娘子续秦晋之盟，岂不美乎！”玉娥道：“若得如此，便是重生父

① 大比——科举时代，举行乡试、会试的考试叫作“大比”，那一年叫作“大比之年”。

母。”自此玉娥，遂拜薛媪为义母。薛媪亦如己女相待。正是：

休言事急且相随，受恩深处亲骨肉。

不一日，行到长安，薛媪赁了小小一所房子，同玉娥住下。其时琼琼入宫进御，宠幸无比。晓得假母到来，无繇相会。但遣人不时馈送些东西候问。玉娥又扃户深藏，终日针指，以助薪水之费。所以薛媪日用宽然有馀。光阴似箭，不觉岁尽春来。怎见得？有诗为证：

爆竹声中一岁除，春风送暖入屠苏。

千门万户曈曈日，总把新桃换旧符。

且说除夜，玉娥想着母死父离，情人又无消息，暗暗坠泪。是夜睡去，梦见天门大开，一尊罗汉从空中出现。玉娥拜诉衷情，罗汉将黄纸一书，从空掷下，纸上写：“维扬黄损佳音”六字。玉娥大喜，方欲开看，忽闻霹雳一声，蓦然惊觉，乃是人家岁朝开门，放火炮声响。玉娥想了一回，凄然不乐。其日新年，只得强起梳妆。薛媪往邻家拜年去了。玉娥垂下竹帘，立于门内，眼觑街市上人来人往，心中想道：“今年是大比之期，不知黄郎曾到长安否？若得他此地经过，重逢一面，应着夜来之梦，也不枉奴死里逃生。”方才转动念头，忽见一个胡僧当帘而立，高叫道：“募化有缘男女。”玉娥从帘中仔细一看，那胡僧面貌与夜来梦中所见罗汉无异，不觉悚然起敬。孤身女子，却又不好招接他。正在踌躇，那胡僧竟自揭帘而入。玉娥倒退几步，闪在一边。胡僧走入中庭，盘膝而坐，顶上现出毫光数道，直透天门。玉娥大惊，跪拜无数，禀道：“弟子堕落火坑，有夙缘未遂，望罗汉指示迷津，救拔苦海。”胡僧道：“汝诚念皈依，但尚有尘劫未脱，老僧赠汝一物，可密藏于身畔，不许一人知道，他日夫妇重逢，自有灵验。”当下取出一件宝贝，赠与玉娥，乃是玉马坠儿。玉娥收讫。即见一道金光，冲天而起，胡僧忽然不见。玉娥知是圣僧显化，望空拜谢。将玉马坠牢系襟带之上，薛媪回来，并不题起。

满怀心事无人诉，一炷心香礼圣僧。

再说黄损秀才，得胡僧助了盘缠，一径往长安应试。然虽如此，心上只挂着玉娥，也不去温习经史，也不去静养精神，终日串街走巷，寻觅圣僧，庶几一遇。早出晚回，终日闷闷而已。试期已到，黄生只得随例入场，举笔一挥，绝不思索。他也只当应个故事，那有心情去推敲磨练。谁知那偏是应故事的文字容易入眼。正是：

不愿文章中天下，只愿文章中试官。

金榜开时，高高挂一个黄损名字，除授部郎①之职。其时吕用之专权乱政，引用无籍小人，左道惑众，中外嫉之如仇。然怕他权势，不敢则声。黄损独条陈他前后奸恶，事事有据。天子听信，敕吕用之免官就第。黄生少年高第，又上了这个疏，做了天下第一件快心之事。那一个不钦服他！真个名倾朝野。长安贵戚，闻黄生尚未娶妻，多央媒说合，求他为婿。黄生心念玉娥，有盟言在前，只是推托不允。那时薛媪也风闻得黄损登第，欲待去访他，到是玉娥教他：“且慢！贵易交，富易妻，人情乎，未知黄郎真心何如？”这也是他把细处。

① 部郎——部，指吏、户、礼、兵、刑、工等六部。郎，泛指部里中下级如郎中、员外郎、主事一类的官员。

话分两头，且说吕用之闲居私第，终日讲炉鼎之事，差人四下缉访名姝美色，以为婢妾。有人夸薛媪的养女，名曰玉娥，天下绝色，只是不肯轻易见人。吕用之道："只怕求而没有，那怕有而难求。"当下差干仆数十人，以五百金为聘，也不通名道姓，竟撒向薛媪家中，直入卧房抢出玉娥，不由分说，抬上花花暖轿，望吕府飞奔而走。吓得薛媪软做一团，急忙里想不出的道理。后来晓得吕府中要人，声也不敢则了。欲待投诉黄损，恐无益于事，反讨他抱怨。只得忍气吞声，不在话下。且说玉娥到了府中，吕用之亲自卷帘，看见姿容绝世，喜不自胜。即命丫鬟养娘，扶至香房，又取出锦衣数箱，奇样首饰，教他装扮。玉娥只是啼哭，将首饰掷之于地，一件衣服也不肯穿。丫鬟养娘回覆吕相公。吕相公只教："莫难为了他！好言相劝。"众人领命，你一句，我一句，只是劝他顺从。玉娥全然不理。正是：

万事可将权势使，寸心不为绮罗移。

姻缘自古皆前定，堪笑狂夫妄用机。

却说吕家门生故吏，闻得相公纳了新宠，都来拜贺，免不得做庆贺筵席。饮至初更，只见后槽马夫喘吁吁堂上禀事："适间有白马一匹，约长丈馀，不知那里来的，突入后槽，啮伤群马；小人持棍赶他，那马直入内宅去了。"吕用之大惊道："那有此事？"即命干仆明火执杖，同着马夫于各房搜检。马屁也不闻得一个，都来回话。吕相公心知不祥之事，不肯信以为然，只怪马夫妄言，不老实，打四十棍，革去不用。众客咸不欢而散。吕用之乘着酒兴，径入新房。玉娥兀自哭哭啼啼。吕用之一般也会帮衬，说道："我富贵无比，你若顺从，明日就立你为夫人，一生受用不尽。"玉娥道："奴家虽是女流，亦知廉耻，曾许配良人，一女不更二夫；况相公珠翠成群，岂少奴家一人。愿赐矜怜，以全名节。”吕用之那里肯听，用起拔山之力，抱向床头按住，亲解其衣。玉娥双手拒之，气力不加，口中骂声不绝。正在危急之际，忽有白马一匹，约长丈馀，从床中奔出，向吕用之乱扑乱咬。吕用之着忙，只得放手，喝教侍婢上前。那白马在房中乱舞，逢着便咬，咬得侍婢十损九伤。吕用之惊惶逃窜。比及吕用之出了房门，那白马也不见了。吕用之明明晓得是个妖孽，暗地差人四下访求高人禳解。次日有胡僧到门，自言：“善能望气、预知凶吉。今见府上妖气深重，特来禳解。”门上通报了用之，即日请进，甚相敬礼。胡僧道：“府上妖气深重，主有非常之祸。”吕用之道：“妖气在于何处？”胡僧道：“似在房闱之内，待老僧细查。”吕用之亲自引了胡僧，各房观看，行至玉娥房头，胡僧大惊道：“妖气在此！不知此房中是相公何人？”吕用之道：“新纳小妾，尚未成婚。”胡僧道：“恭喜相公，洪福齐天，得遇老僧。若成亲之后，相公必遭其祸矣。此女乃上帝玉马之精，来人间行祸者。今已到相公府中，若不早些发脱，祸必不免。”吕用之被他说着玉马之事，连呼为神人，请问如何发脱？胡僧道：“将此女速赠他人，使他人代受其祸，相公便没事了。”吕用之虽然爱那女色，性命为重，说得活灵活现，怎的不怕？又问了“赠与谁人方好”？胡僧道：“只拣相公心上第一个不快的，将此女赠之，一月之内，此人必遭奇祸。相公可高枕无忧也。”吕用之被黄损一本劾奏罢官，心中最恨的。那时便定了个主意，即忙作礼道：“领教，领教。”分付干仆备斋相款，多取金帛厚赠。胡僧道：“相公天下福人，老僧特来相救，岂敢受赐！”连斋也不吃，拂衣而去。

分明一席无稽话，却认非常禳祸功。

吕用之当时差人唤取薛媪到府说话。薛媪不敢不来。吕用之便道："你女儿年幼，不知礼数，我府中不好收用。闻得新进士黄损尚无妻室，此人与我有言，我欲将此女送他，解释其恨，须得你亲自送去，善言道达，必得他收纳方好。"薛媪叩首道："相公钧旨，敢不遵依！"吕用之又道："房中衣饰箱笼，尽作嫁资，你可自去收拾，竟自抬去，连你女儿也不消相见了。"薛媪闻言，正中其怀。中堂自有人引进香房。玉娥见薛媪到来，认是吕用之着他来劝解，心头突突的跳。薛媪向女儿耳边低说道："你如今好了，相公不用，着我另送与一个知趣的人。"玉娥道："奴家所以贪生忍耻，跟随到此，只望黄郎①一会；若转赠他人，与陷身此地何异？奴家宁死，不愿为逐浪之萍，随风之絮也！"薛媪道："方才说知趣的人儿，正是黄郎。房中衣饰箱笼，尽数相赠，快些出门，防他有翻悔之事。"玉娥道："原来如此。"当下母子二人，忙忙的收拾停当。嘱付丫鬟养娘，寄谢相公。唤下脚力，一道烟去了。

鳌鱼脱却金钩去，摆尾摇头再不来。

却说黄损闲坐衙斋，忽见门役来报："有维扬薛妈妈求见。"黄生忙教请进。薛媪一见了黄生，连称："贺喜！"黄生道："下官何喜可贺？"薛媪道："老身到长安，已半年有馀，平时不敢来冒渎，今日特奉一贵官之命，送一位小娘子到府成亲。"黄生问道："贵官是那个？"薛媪道："是新罢职的吕相公。"黄生大怒道："这个奸雄，敢以美人局戏我！若不看你旧时情分，就把你叱咤一场。"薛媪道："官

---

① 黄郎——原本误作"韩郎"，与上文不合，今改正。

人休恼！那美人非别，却是老身的女儿，与官人有瓜葛的。”黄生闻言，就把怒容放下了五分，从容问道：“令爱琼琼，久已入宫供奉，以下更有谁人？与下官有何瓜葛？”薛媪道：“是老身新认的小女，姓韩名玉娥。”黄生大惊道：“你在那里相会来？”薛媪便把汉江捞救之事，说了一遍。“近日被吕相公用强夺去，女儿抵死不从。不知何故，分付老身送与官人，权为修好之意。”黄生摇首道：“既被吕用之这厮夺去，必然玷污，岂有白白发出之理。又如何偏送与下官？”薛媪道：“只问我女儿便知。”黄生道：“莫非不是那维扬韩玉娥么？”薛媪道：“见有官人所赠花笺小词为证。”遂出诸袖中，还是被水浸湿过的，都绉了。黄生见之，提起昔日涪江光景，不觉惨然泪下。即刻命肩舆人从，同薛媪迎接玉娥到衙相会。两下抱头大哭。哭罢，各叙衷肠。玉娥举玉马坠，对生说道：“妾若非此物，必为吕贼所污，当以颈血溅其衣，不复得见君面矣。”黄生见坠，大惊道：“此玉马坠，原是吾家世宝，去年涪洲献与胡僧，芳卿何以得之？”玉娥道：“妾除夜曾得一梦，次日岁朝遇一胡僧，宛如梦中所见，将此坠赠我，嘱付我夫妻相会，都在这个坠上。妾谨藏于身。那夜吕贼用强相犯，忽有白马从床头奔出，欲啮吕贼，吕贼惊惶逃去。后闻得也有个胡僧，对吕贼说：‘白马为妖，不利主人。’所以将妾赠君，欲贻祸于君耳。”黄生道：“如此说，你我夫妻重会，皆胡僧之力。胡僧皆神人，玉马坠真神物也！今日礼当谢之。”遂命设下香案，供养玉马坠于上，摆列酒脯之仪，夫妻双双下拜。薛媪亦从旁叩头。忽见一白马约长丈馀，从香案上跃出，腾空而起。众人急出户看之，见云端里面站着一人，须眉可辨。那人是谁？

维扬市上初相识，再向涪江渡口逢。

今日云端来显相，方知玉马主人翁。

那人便是起首说，维扬市上相遇，请那玉马坠的老翁。

老翁跨上白马，须臾烟云缭绕，不知所往。黄生想起江头活命之恩，望空再拜。看案上玉马坠已不见矣。是夜，黄损与玉娥遂为夫妇。薛媪养老送终。黄损又差人持书往蜀中访问韩翁，迎来奉养。岁时必设老叟及胡僧神位，焚香礼拜。后黄损官至御史中丞。玉娥生三子，并列仕途。夫妇百年偕老。有诗赞云：

一曲筝声江上听，知音遂缔百年盟。

死生离合皆前定，不是姻缘莫强争。

第三十三卷

十五贯戏言成巧祸宋本作错斩崔宁

聪明伶俐自天生，懵懂①痴呆未必真。

嫉妒每因眉睫浅，戈矛时起笑谈深。

九曲黄河心较险，十重铁甲面堪憎。

时因酒色亡家国，几见诗书误好人！

这首诗，单表为人难处。只因世路窄狭，人心叵测②。大道既远，人情万端。熙熙攘攘③，都为利来。蚩蚩蠢蠢④，皆纳祸去。持身保家，万千反覆。所以古人云：颦有为颦，笑有为笑⑤。颦笑之间，最宜谨慎。这回书，单说一个官人，只因酒后一时戏笑之言，遂至杀身破家，陷了几条性命。且先引下一个故事来，权做个德胜头回。

却说故宋朝中，有一个少年举子，姓魏名鹏举，字冲霄，年方一

---

① 懵（měng）懂——无知的样子。

② 叵（pǒ）测——叵是不可二字的合音。叵测就是不可猜测，难以猜测。

③ 熙熙攘攘——人多往来嘈杂的样子。

④ 蚩（chī）蚩蠢蠢——痴呆愚昧。

⑤ 颦（pín）有为颦，笑有为笑——颦，就是愁眉苦脸。这两句是说，愁眉苦脸有它的目的，笑也有目的。也就是说，一哭一笑，都是有所为而发的。

十八岁，娶得一个如花似玉的浑家。未及一月，只因春榜动，选场开①，魏生别了妻子，收拾行囊，上京取应。临别时，浑家分付丈夫："得官不得官，早早回来，休抛闪了恩爱夫妻！"魏生答道："功名二字，是俺本领前程，不索贤卿忧虑。"别后登程到京，果然一举成名，除授一甲第二名榜眼及第。在京甚是华艳动人，少不得修了一封家书，差人接取家眷入京。书上先叙了寒温及得官的事，后却写下一行，道是："我在京中早晚无人照管，已讨了一个小老婆，专候夫人到京，同享荣华。"家人收拾书程②，一径到家，见了夫人，称说贺喜。因取家书呈上。夫人拆开看了，见是如此如此，这般这般，便对家人道："官人直恁③负恩！甫能④得官，便娶了二夫人。"家人便道："小人在京，并没见有此事。想是官人戏谑之言！夫人到京，便知端的，休得忧虑！"夫人道："恁地说，我也罢了！"却因人舟未便，一面收拾起身，一面寻觅便人，先寄封平安家书到京中去。那寄书人到了京中，寻问新科魏榜眼寓所，下了家书，管待酒饭自回，不题。

却说魏生接书拆开来看了，并无一句闲言闲语，只说道："你在京中娶了一个小老婆，我在家中也嫁了一个小老公，早晚同赴京师也。"魏生见了，也只道是夫人取笑的说话，全不在意。未及收

① 春榜动，选场开——科举时代，进士考试，多在春天举行。这两句是说，春天将举行进士考试了。

② 书程——书是书信；程是铺程（或作"铺陈"）行李，旅行时所携用的卧具。

③ 直恁——竟如此。

④ 甫能——刚刚，才。

好，外面报说：有个同年[1]相访。京邸寓中，不比在家宽转，那人又是相厚的同年，又晓得魏生并无家眷在内，直至里面坐下，叙了些寒温。魏生起身去解手，那同年偶翻桌上书帖，看见了这封家书，写得好笑，故意朗诵起来。魏生措手不及，通红了脸，说道："这是没理的话！因是小弟戏谑了他，他便取笑写来的。"那同年呵呵大笑道："这节事却是取笑不得的。"别了就去。那人也是一个少年，喜谈乐道，把这封家书一节，顷刻间遍传京邸。也有一班妒忌魏生少年登高科的，将这桩事只当做风闻言事[2]的一个小小新闻，奏上一本，说这魏生年少不检，不宜居清要[3]之职，降处外任。魏生懊恨无及。后来毕竟做官蹭蹬[4]不起，把锦片也似一段美前程，等闲放过去了。这便是一句戏言，撒漫了一个美官。今日再说一个官人，也只为酒后一时戏言，断送了堂堂六尺之躯，连累两三个人，枉屈害了性命。却是为着甚的？有诗为证：

世路崎岖实可哀，傍人笑口等闲开。
白云本是无心物，又被狂风引出来。

却说南宋时，建都临安，繁华富贵，不减那汴京故国。去那城中箭桥左侧，有个官人，姓刘名贵，字君荐，祖上原是有根基的人家。到得君荐手中，却是时乖运蹇。先前读书，后来看看不济，却去改业做生意，便是半路上出家的一般。买卖行中，一发不是本等

① 同年——同在一榜考上进士的人，彼此互称同年。
② 风闻言事——把传闻的事向皇帝报告。风闻，传闻。言事，向皇帝奏闻。
③ 清要——指地位高尚，职务重要的官职。
④ 蹭蹬(cèng dèng)——失势、不得意。

伎俩，又把本钱消折去了。渐渐大房改换小房，赁得两三间房子，与同浑家王氏，年少齐眉。后因没有子嗣，娶下一个小娘子，姓陈，是陈卖糕的女儿，家中都呼为二姐。这也是先前不十分穷薄的时，做下的勾当。至亲三口，并无闲杂人在家。那刘君荐，极是为人和气，乡里见爱，都称他刘官人。“你是一时运限不好，如此落莫，再过几时，定须有个亨通的日子！”说便是这般说，那得有些些好处？只是在家纳闷，无可奈何！

却说一日闲坐家中，只见丈人家里的老王——年近七旬——走来对刘官人说道：“家间老员外生日，特令老汉接取官人娘子，去走一遭。”刘官人便道：“便是我日逐愁闷过日子，连那泰山①的寿诞，也都忘了。”便同浑家王氏，收拾随身衣服，打叠个包儿，交与老王背了。分付二姐：“看守家中，今日晚了，不能转回，明晚须索来家。”说了就去。离城二十馀里，到了丈人王员外家，叙了寒温。当日坐间客众，丈人女婿，不好十分叙述许多穷相。到得客散，留在客房里宿歇。直到天明，丈人却来与女婿攀话，说道：“姐夫，你须不是这等算计，坐吃山空，立吃地陷。咽喉深似海，日月快如梭。你须计较一个常便！我女儿嫁了你，一生也指望丰衣足食，不成只是这等就罢了！”刘官人叹了一口气道：“是。泰山在上，道不得个上山擒虎易，开口告人难。如今的时势，再有谁似泰山这般怜念我的。只索守困，若去求人，便是劳而无功。”丈人便道：“这也难怪你说。老汉却是看你们不过，今日赍助你些少本钱，胡乱去开个柴米店，撰得些利息来过日子，却不好么？”刘官人道：“感蒙泰山恩顾，可知是好。”当下吃了午饭，丈人取出十五贯钱来，付

① 泰山——指岳丈。

与刘官人道:“姐夫,且将这些钱去,收拾起店面,开张有日,我便再应付你十贯。你妻子且留在此过几日,待有了开店日子,老汉亲送女儿到你家,就来与你作贺,意下如何?”刘官人谢了又谢,驮了钱一径出门。到得城中,天色却早晚了,却撞着一个相识,顺路在他家门首经过。那人也要做经纪的人,就与他商量一会,可知是好。便去敲那人门时,里面有人应喏,出来相揖,便问:“老兄下顾,有何见教?”刘官人一一说知就里。那人便道:“小弟闲在家中,老兄用得着时,便来相帮。”刘官人道:“如此甚好。”当下说了些生意的勾当。那人便留刘官人在家,现成杯盘,吃了三杯两盏。刘官人酒量不济,便觉有些朦胧起来,抽身作别,便道:“今日相扰,明早就烦老兄过寒家,计议生理。”那人又送刘官人至路口,作别回家,不在话下。若是说话的同年生,并肩长,拦腰抱住,把臂拖回,也不见得受这般灾悔!却教刘官人死得不如:

《五代史》李存孝,《汉书》中彭越①。

却说刘官人驮了钱,一步一步捱到家中。敲门已是点灯时分,小娘子二姐独自在家,没一些事做,守得天黑,闭了门,在灯下打瞌睡。刘官人打门,他那里便听见,敲了半晌,方才知觉。答应一声来了,起身开了门。刘官人进去,到了房中,二姐替刘官人接了钱,放在桌上,便问:“官人何处那移这项钱来,却是甚用?”那刘官人一来有了几分酒,二来怪他开得门迟了,且戏言吓他一吓,便道:“说出来,又恐你见怪;不说时,又须通你得知。只是我一时无奈,

① 李存孝、彭越——李存孝,五代时李克用的义子,屡立战功,后因谗害,被车裂而死。彭越,汉朝的功臣,封为梁王;后来被刘邦杀掉,并诛三族。

没计可施,只得把你典与一个客人,又因舍不得你,只典得十五贯钱。若是我有些好处,加利赎你回来。若是照前这般不顺溜,只索罢了!”那小娘子听了,欲待不信,又见十五贯钱,堆在面前。欲待信来,他平白与我没半句言语,大娘子又过得好,怎么便下得这等狠心辣手!疑狐不决。只得再问道:“虽然如此,也须通知我爹娘一声。”刘官人道:“若是通知你爹娘,此事断然不成。你明日且到了人家,我慢慢央人与你爹娘说通,他也须怪我不得。”小娘子又问:“官人今日在何处吃酒来?”刘官人道:“便是把你典与人,写了文书,吃他的酒,才来的。”小娘子又问:“大姐姐如何不来?”刘官人道:“他因不忍见你分离,待得你明日出了门才来,这也是我没计奈何,一言为定。”说罢,暗地忍不住笑。不脱衣裳,睡在床上,不觉睡去了。那小娘子好生摆脱不下:“不知他卖我与甚色样人家?我须先去爹娘家里说知。就是他明日有人来要我,寻到我家,也须有个下落。”沉吟了一会,却把这十五贯钱,一垛儿堆在刘官人脚后边。趁他酒醉,轻轻的收拾了随身衣服,款款的开了门出去,拽上了门。却去左边一个相熟的邻舍,叫做朱三老儿家里,与朱三妈借宿了一夜,说道:“丈夫今日无端卖我,我须先去与爹娘说知。烦你明日对他说一声,既有了主顾,可同我丈夫到爹娘家中来,讨个分晓,也须有个下落。”那邻舍道:“小娘子说得有理,你只顾自去,我便与刘官人说知就理。”过了一宵,小娘子作别去了不题。正是:

鳌鱼脱却金钩去,摆尾摇头再不回。

放下一头。却说这里刘官人一觉,直至三更方醒,见桌上灯犹未灭,小娘子不在身边。只道他还在厨下收拾家火,便唤二姐讨茶吃。叫了一回,没人答应,却待挣扎起来,酒尚未醒,不觉又睡了去。不想却有一个做不是的,日间赌输了钱,没处出豁,夜间出来掏摸些东西,却好到刘官人门首。因是小娘子出去了,门儿拽上不关,那贼略推一推,豁地开了。捏手捏脚,直到房中,并无一人知觉。到得床前,灯火尚明。周围看时,并无一物可取。摸到床上,见一人朝着里床睡去,脚后却有一堆青钱,便去取了几贯。不想惊觉了刘官人,起来喝道:"你须不近道理!我从丈人家借办得几贯钱来,养身活命;不争你偷了我的去,却是怎的计结!"那人也不回话,照面一拳,刘官人侧身躲过,便起身与这人相持。那人见刘官人手脚活动,便拔步出房。刘官人不舍,抢出门来,一径赶到厨房里。恰待声张邻舍,起来捉贼;那人急了,正好没出豁,却见明晃晃一把劈柴斧头,正在手边;也是人急计生,被他绰起,一斧正中刘官人面门,扑地倒了,又复一斧,斫倒一边。眼见得刘官人不活了,呜呼哀哉,伏惟尚飨①。那人便道:"一不做,二不休,却是你来赶我,不是我来寻你。"索性翻身入房,取了十五贯钱。扯条单被,包裹得停当,拽扎得爽俐,出门,拽上了门就走,不题。

次早邻舍起来,见刘官人家门也不开,并无人声息,叫道:"刘官人,失晓了②。"里面没人答应。挨将进去,只见门也不关。直到里面,见刘官人劈死在地。"他家大娘子,两日家前已自往娘家去了,小娘子如何不见?"免不得声张起来。却有昨夜小娘子借宿的邻家朱三老儿说道:"小娘子昨夜黄昏时,到我宿歇,说道:刘

① 呜呼哀哉,伏惟尚飨——过去,祭奠死人的祭文里,末尾多用这两句话作结。这里借用来说刘官人死了的意思。

② 失晓了——天亮了。

官人无端卖了他,他一径先到爹娘家里去了,教我对刘官人说,既有了主顾,可同到他爹娘家中,也讨得个分晓。今一面着人去追他转来,便有下落。一面着人去报他大娘子到来,再作区处。”众人都道:“说得是。”先着人去到王老员外家报了凶信。老员外与女儿大哭起来,对那人道:“昨日好端端出门,老汉赠他十五贯钱,教他将来作本,如何便恁的被人杀了?”那去的人道:“好教老员外大娘子得知,昨日刘官人归时,已自昏黑,吃得半酣,我们都不晓得他有钱没钱,归迟归早。只是今早刘官人家,门儿半开,众人推将进去,只见刘官人杀死在地,十五贯钱一文也不见,小娘子也不见踪迹。声张起来,却有左邻朱三老儿出来,说道:‘他家小娘子昨夜黄昏时分,借宿他家。小娘子说道:刘官人无端把他典与人了,小娘子要对爹娘说一声。住了一宵,今日径自去了。’如今众人计议,一面来报大娘子与老员外,一面着人去追小娘子。若是半路里追不着的时节,直到他爹娘家中,好歹追他转来,问个明白。老员外与大娘子,须索去走一遭,与刘官人执命①。”老员外与大娘子急急收拾起身,管待来人酒饭,三步做一步,赶入城中,不题。

却说那小娘子,清早出了邻舍人家,挨上路去,行不上一二里,早是脚疼走不动,坐在路傍。却见一个后生,头带万字头巾,身穿直缝宽衫,背上驮了一个搭膊,里面却是铜钱,脚下丝鞋净袜,一直走上前来。到了小娘子面前,看了一看:虽然没有十二分颜色,却也明眉皓齿,莲脸生春,秋波送媚,好生动人。正是:

---

① 执命——偿命。

野花偏艳目,村酒醉人多。

那后生放下搭膊,向前深深作揖。“小娘子独行无伴,却是往那里去的?”小娘子还了万福①,道:“是奴家要往爹娘家去,因走不上,权歇在此。”因问:“哥哥是何处来?今要往何方去?”那后生叉手不离方寸②:“小人是村里人,因往城中卖了丝帐,讨得些钱,要往褚家堂那边去的。”小娘子道:“告哥哥则个,奴家爹娘也在褚家堂左侧,若得哥哥带挈奴家,同走一程,可知是好。”那后生道:“有何不可!既如此说,小人情愿伏侍小娘子前去。”两个厮赶着,一路正行,行不到二三里田地,只见后面两个人脚不点地,赶上前来。赶得汗流气喘,衣襟敞开。连叫:“前面小娘子慢走,我却有话说知。”小娘子与那后生看见赶得蹊跷,都立住了脚。后边两个赶到跟前,见了小娘子与那后生,不容分说,一家扯了一个,说道:“你们干得好事!却走往那里去?”小娘子吃了一惊,举眼看时,却是两家邻舍,一个就是小娘子昨夜借宿的主人。小娘子便道:“昨夜也须告过公公得知,丈夫无端卖我,我自去对爹娘说知。今日赶来,却有何说?”朱三老道:“我不管闲帐,只是你家里有杀人公事,你须回去对理。”小娘子道:“丈夫卖我,昨日钱已驮在家中,有甚杀人公事?我只是不去。”朱三老道:“好自在性儿!你若真个不去,叫起地方有杀人贼在此,烦为一捉,不然,须要连累我们。你这里地方也不得清净。”那个后生见不是话头,便对小娘子道:“既如

① 万福——旧时,妇女对人用双手在左衣襟前拂一拂,口中说“万福”,表示行礼、祝福;这种动作,称为“万福”。

② 叉手不离方寸——叉手,拱手。方寸,心。叉手不离方寸,就是双手拱在胸前行礼的意思。

此说，小娘子只索回去，小人自家去休！”那两个赶来的邻舍，齐叫起来说道：“若是没有你在此便罢，既然你与小娘子同行同止，你须也去不得！”那后生道：“却又作怪，我自半路遇见小娘子，偶然伴他行一程路儿，却有甚皂丝麻线①，要勒掯我回去？”朱三老道：“他家现有杀人公事，不争放你去了，却打没对头官司！”当下不容小娘子和那后生做主。看的人渐渐立满，都道：“后生你去不得。你日间不作亏心事，半夜敲门不吃惊。便去何妨！”那赶来的邻舍道：“你若不去，便是心虚。我们却和你罢休不得。”四个人只得厮挽着一路转来。

到得刘官人门首，好一场热闹！小娘子入去看时，只见刘官人斧劈倒在地死了，床上十五贯钱分文也不见。开了口合不得，伸了舌缩不上去。那后生也慌了，便道：“我恁的晦气！没来由和那小娘子同走一程，却做了干连人。”众人都和闹着。正在那里分豁不开，只见王老员外和女儿一步一攧走回家来，见了女婿身尸，哭了一场，便对小娘子道：“你却如何杀了丈夫？劫了十五贯钱，逃走出去？今日天理昭然，有何理说！”小娘子道：“十五贯钱，委是有的。只是丈夫昨晚回来，说是无计奈何，将奴家典与他人，典得十五贯身价在此，说过今日便要奴家到他家去。奴家因不知他典与甚色样人家，先去与爹娘说知，故此趁他睡了，将这十五贯钱，一垛儿堆在他脚后边，拽上门，借朱三老家住了一宵，今早自去爹娘家里说知。临去之时，也曾央朱三老对我丈夫说，既然有了主顾，便同到我爹娘家里来交割。却不知因甚杀死在此？”那大娘子道：“可又来！

① 皂丝麻线——表示黑白、是非，比喻牵连、纠葛的意思。

我的父亲昨日明明把十五贯钱与他驮来作本，养赡妻小，他岂有哄你说是典来身价之理？这是你两日因独自在家，勾搭上了人；又见家中好生不济，无心守耐；又见了十五贯钱，一时见财起意，杀死丈夫，劫了钱，又使见识，往邻舍家借宿一夜，却与汉子通同计较，一处逃走。现今你跟着一个男子同走，却有何理说，抵赖得过！”众人齐声道：“大娘子之言，甚是有理。”又对那后生道：“后生，你却如何与小娘子谋杀亲夫？却暗暗约定在僻静处等候一同去，逃奔他方，却是如何计结！”那人道：“小人自姓崔名宁，与那小娘子无半面之识。小人昨晚入城，卖得几贯丝钱在这里，因路上遇见小娘子，小人偶然问起往那里去的，却独自一个行走。小娘子说起是与小人同路，以此作伴同行，却不知前后因依①。”众人那里肯听他分说，搜索他搭膊中，恰好是十五贯钱，一文也不多，一文也不少。众人齐发起喊来道：“是天网恢恢，疏而不漏②。你却与小娘子杀了人，拐了钱财，盗了妇女，同往他乡，却连累我地方邻里打没头官司！”

当下大娘子结扭了小娘子，王老员外结扭了崔宁，四邻舍都是证见，一哄都入临安府中来。那府尹听得有杀人公事，即便升堂。便叫一干人犯，逐一从头说来。先是王老员外上去，告说：“相公在上，小人是本府村庄人氏，年近六旬，只生一女，先年嫁与本府城中刘贵为妻。后因无子，娶了陈氏为妾，呼为二姐。一向三口在家过活，并无片言。只因前日是老汉生日，差人接取女儿女婿在家，住了一夜。次日，因见女婿家中全无活计，养赡不起，把十五贯钱

① 因依——原因，缘由。

② 天网恢恢，疏而不漏——古人把天比作广大的罗网，认为它无所不包，没有东西能漏掉；所以常用这两句话，比喻作坏事的人，逃不脱“天”的处罚。

与女婿作本,开店养身。却有二姐在家看守。到得昨夜,女婿到家时分,不知因甚缘故,将女婿斧劈死了,二姐却与一个后生,名唤崔宁,一同逃走,被人追捉到来。望相公可怜见老汉的女婿,身死不明,奸夫淫妇,赃证现在,伏乞相公明断。”府尹听得如此如此,便叫陈氏上来:“你却如何通同奸夫,杀死了亲夫,劫了钱,与人一同逃走,是何理说?”二姐告道:“小妇人嫁与刘贵,虽是个小老婆,却也得他看承[1]得好。大娘子又贤慧,却如何肯起这片歹心?只是昨晚丈夫回来,吃得半酣,驮了十五贯钱进门,小妇人问他来历,丈夫说道,为因养赡不周,将小妇人典与他人,典得十五贯身价在此,又不通我爹娘得知,明日就要小妇人到他家去。小妇人慌了,连夜出门,走到邻舍家里,借宿一宵。今早一径先往爹娘家去,教他对丈夫说,既然卖我有了主顾,可到我爹妈家里来交割。才走得到半路,却见昨夜借宿的邻家赶来,捉住小妇人回来,却不知丈夫杀死的根由。”那府尹喝道:“胡说!这十五贯钱,分明是他丈人与女婿的,你却说是典你的身价,眼见的没巴臂[2]的说话了。况且妇人家,如何黑夜行走?定是脱身之计。这桩事须不是你一个妇人家做的,一定有奸夫帮你谋财害命,你却从实说来。”那小娘子正待分说,只见几家邻舍一齐跪上去告道:“相公的言语,委是青天。他家小娘子,昨夜果然借宿在左邻第二家的,今早他自去了。小的们见他丈夫杀死,一面着人去赶,赶到半路,却见小娘子和那一个后生同走,苦死不肯回来。小的们勉强捉他转来,却又一面着人去接他大娘子

① 看承——看待。
② 巴臂——同“把柄”;凭据的意思。

与他丈人,到时,说昨日有十五贯钱,付与女婿做生理的。今者女婿已死,这钱不知从何而去。再三问那小娘子时,说道:他出门时,将这钱一堆儿堆在床上。却去搜那后生身边,十五贯钱,分文不少。却不是小娘子与那后生通同作奸?赃证分明,却如何赖得过?”府尹听他们言言有理,就唤那后生上来道:“帝辇之下①,怎容你这等胡行?你却如何谋了他小老婆,劫了十五贯钱,杀死他亲夫?今日同往何处?从实招来。”那后生道:“小人姓崔名宁,是乡村人氏,昨日往城中卖了丝,卖得这十五贯钱。今早偶然路上撞着这小娘子,并不知他姓甚名谁,那里晓得他家杀人公事?”府尹大怒喝道:“胡说!世间不信有这等巧事!他家失去了十五贯钱,你却卖的丝恰好也是十五贯钱,这分明是支吾的说话了。况且他妻莫爱,他马莫骑,你既与那妇人没甚首尾,却如何与他同行共宿?你这等顽皮赖骨,不打,如何肯招?”当下众人将那崔宁与小娘子,死去活来,拷打一顿。那边王老员外与女儿并一干邻佑人等,口口声声,咬他二人。府尹也巴不得了结这段公案。拷讯一回,可怜崔宁和小娘子,受刑不过,只得屈招了。说是一时见财起意,杀死亲夫,劫了十五贯钱,同奸夫逃走是实。左邻右舍都指画了十字,将两人大枷枷了,送入死囚牢里。将这十五贯钱,给还原主,也只好奉与衙门中人做使用,也还不勾哩。府尹叠成文案,奏过朝廷,部覆申详,倒下圣旨,说:“崔宁不合奸骗人妻,谋财害命,依律处斩。陈氏不合通同奸夫,杀死亲夫,大逆不道,凌迟示众。”当下读了招状,大牢内取出二人来,当厅判一个斩字,一个剐字,押赴市曹,行刑示众。两

① 帝辇之下——皇帝的车子经过的地方;指首都地方。

人浑身是口,也难分说。正是:

哑子谩尝黄檗①味,难将苦口对人言。

看官听说,这段公事,果然是小娘子与那崔宁谋财害命的时节,他两人须连夜逃走他方,怎的又去邻舍人家借宿一宵?明早又走到爹娘家去,却被人捉住了?这段冤枉,仔细可以推详出来。谁想问官糊涂,只图了事,不想捶楚②之下,何求不得。冥冥之中,积了阴骘,远在儿孙近在身。他两个冤魂,也须放你不过。所以做官的,切不可率意断狱,任情用刑,也要求个公平明允。道不得个死者不可复生,断者不可复续,可胜叹哉!

闲话休题。却说那刘大娘子到得家中,设个灵位,守孝过日。父亲王老员外劝他转身③,大娘子说道:"不要说起三年之久,也须到小祥④之后。"父亲应允自去。光阴迅速,大娘子在家,巴巴结结,将近一年,父亲见他守不过,便叫家里老王去接他来,说:"叫大娘子收拾回家,与刘官人做了周年,转了身去罢。"大娘子没计奈何。细思:"父言亦是有理。"收拾了包裹,与老王背了,与邻舍家作别,暂去再来。一路出城,正值秋天,一阵乌风猛雨,只得落路,往一所林子去躲,不想走错了路。正是:

猪羊走屠宰之家,一脚脚来寻死路。

走入林子里去,只听他林子背后,大喝一声:"我乃静山大王

① 黄檗(bò)——即黄柏,植物名。可作药,味道极苦。
② 捶(chuí)楚——与"箠楚"同。用竹杖或木杖打人。
③ 转身——寡妇改嫁的意思。
④ 小祥——封建礼法:服丧满了一年叫作小祥。

在此！行人住脚，须把买路钱与我。"大娘子和那老王吃那一惊不小，只见跳出一个人来：

头带乾红凹面巾，身穿一领旧战袍，腰间红绢搭膊裹肚，脚下蹬一双乌皮皂靴，手执一把朴刀。

舞刀前来。那老王该死，便道："你这剪径①的毛团！我须是认得你，做这老性命着与你兑了罢。"一头撞去，被他闪过空。老人家用力猛了，扑地便倒。那人大怒道："这牛子②好生无礼！"连搠一两刀，血流在地，眼见得老王养不大了。那刘大娘子见他凶猛，料道脱身不得，心生一计，叫做脱空计。拍手叫道："杀得好！"那人便住了手，睁员怪眼，喝道："这是你甚么人？"那大娘子虚心假气的答道："奴家不幸丧了丈夫，却被媒人哄诱，嫁了这个老儿，只会吃饭。今日却得大王杀了，也替奴家除了一害。"那人见大娘子如此小心，又生得有几分颜色，便问道："你肯跟我做个压寨夫人么？"大娘子寻思，无计可施，便道："情愿伏侍大王。"那人回嗔作喜，收拾了刀杖，将老王尸首撺入涧中。领了刘大娘子到一所庄院前来，甚是委曲。只见大王向那地上，拾些土块，抛向屋上去，里面便有人出来开门。到得草堂之上，分付杀羊备酒，与刘大娘子成亲。两口儿且是说得着。正是：

明知不是伴，事急且相随。

不想那大王自得了刘大娘子之后，不上半年，连起了几主大财，家间也丰富了。大娘子甚是有识见，早晚用好言语劝他："自

① 剪径——盗匪在道途上打劫，就是截短路的意思。

② 牛子——骂人的话，骂人像牛一样的蠢笨、拗执。

古道:瓦罐不离井上破,将军难免阵中亡①。你我两人,下半世也勾吃用了,只管做这没天理的勾当,终须不是个好结果!却不道是梁园虽好,不是久恋之家②。不若改行从善,做个小小经纪,也得过养身活命。”那大王早晚被他劝转,果然回心转意,把这门道路撇了。却去城市间赁下一处房屋,开了一个杂货店。遇闲暇的日子,也时常去寺院中,念佛赴斋。忽一日在家闲坐,对那大娘子道:“我虽是个剪径的出身,却也晓得冤各有头,债各有主。每日间只是吓骗人东西,将来过日子。后来得有了你,一向买卖顺溜,今已改行从善。闲来追思既往,只曾枉杀了两个人,又冤陷了两个人,时常挂念,思欲做些功果,超度他们,一向未曾对你说知。”大娘子便道:“如何是枉杀了两个人?”那大王道:“一个是你的丈夫,前日在林子里的时节,他来撞我,我却杀了他。他须是个老人家,与我往日无仇,如今又谋了他老婆,他死也是不肯甘心的!”大娘子道:“不恁地时,我却那得与你厮守?这也是往事,休题了!”又问:“杀那一个,又是甚人?”那大王道:“说起来这个人,一发天理上放不过去;且又带累了两个人,无辜偿命。是一年前,也是赌输了,身边并无一文,夜间便去掏摸些东西。不想到一家门首,见他门也不闩,推进去时,里面并无一人。摸到门里,只见一人醉倒在床,脚后却有一堆铜钱,便去摸他几贯。正待要走,却惊醒了。那人起来说道:

① 瓦罐不离井上破二句——古典小说戏曲中常用的话,意思是说,常处在危险的境地,最后不会有好结果。

② 梁园虽好,不是久恋之家——汉朝梁孝王(刘武)在开封盖了一所很大的花园,名为梁园,接待各方文士、宾客。梁园虽然很好,可不是宾客们自己的家,难以久恋。因此后来有这两句谚语。

这是我丈人家与我做本钱的,不争你偷去了,一家人口都是饿死。起身抢出房门,正待声张起来。是我一时见他不是话头,却好一把劈柴斧头在我脚边,这叫做人急计生,绰起斧来,喝一声道,不是我,便是你,两斧劈倒。却去房中将十五贯钱,尽数取了。后来打听得他,却连累了他家小老婆,与那一个后生,唤做崔宁,说他两人谋财害命,双双受了国家刑法。我虽是做了一世强人,只有这两桩人命,是天理人心打不过去的!早晚还要超度他,也是该的。"那大娘子听说,暗暗地叫苦:"原来我的丈夫也吃这厮杀了,又连累我家二姐与那个后生无辜被戮。思量起来,是我不合当初执证他两人偿命;料他两人阴司中,也须放我不过。"当下权且欢天喜地,并无他说。明日捉个空,便一径到临安府前,叫起屈来。那时换了一个新任府尹,才得半月。正值升厅,左右捉将那叫屈的妇人进来。刘大娘子到于阶下,放声大哭。哭罢,将那大王前后所为:"怎的杀了我丈夫刘贵。问官不肯推详,含糊了事,却将二姐与那崔宁,朦胧偿命。后来又怎的杀了老王,奸骗了奴家。今日天理昭然,一一是他亲口招承。伏乞相公高抬明镜,昭雪前冤。"说罢又哭。府尹见他情词可悯,即着人去捉那静山大王到来,用刑拷讯,与大娘子口词一些不差。即时问成死罪,奏过官里。待六十日限满,倒下圣旨来,勘得:"静山大王,谋财害命,连累无辜,准律:杀一家非死罪三人者,斩加等,决不待时[①]。原问官断狱失情,削职为民。崔宁与陈氏枉死可怜,有司访其家,谅行优恤。王氏既系强徒威逼成亲,又能伸雪夫冤,着将贼人家产,一半没入官,一半给与王氏养赡终

① 决不待时——封建时代,处决死囚,多在秋后。决不待时,因为案情重大,立即处决的意思。

身。"刘大娘子当日往法场上,看决了静山大王,又取其头去祭献亡夫并小娘子及崔宁,大哭一场。将这一半家私,舍入尼姑庵中,自己朝夕看经念佛,追荐亡魂,尽老百年而绝。有诗为证:

善恶无分总丧躯,只因戏语酿殃危。
劝君出话须诚信,口舌从来是祸基。

第三十四卷

一文钱小隙造奇冤

世上何人会此言，休将名利挂心田。
等闲倒尽十分酒，遇兴高歌一百篇。
物外烟霞为伴侣，壶中日月任婵娟。
他时功满归何处？直驾云车入洞天。

这八句诗，乃回道人所作。那道人是谁？姓吕，名嵒，号洞宾，岳州河东人氏。大唐咸通中应进士举，游长安酒肆，遇正阳子钟离先生，点破了黄粱梦，知宦途不足恋，遂求度世之术。钟离先生恐他立志未坚，十遍试过，知其可度。欲授以黄白秘方，使之点石成金，济世利物，然后三千功满，八百行圆。洞宾问道："所点之金，后来还有变异否？"钟离先生答道："直待三千年后，还归本质。"洞宾愀然不乐道："虽然遂我一时之愿，可惜误了三千年后遇金之人。弟子不愿受此方也。"钟离先生呵呵大笑道："汝有此好心，三千八百尽在于此。吾向蒙苦竹真君分付道：'汝游人间，若遇两口的，便是你的弟子。'遍游天下，从没见有两口之人，今汝姓吕，即其人也。"遂传以分合阴阳之妙。洞宾修炼丹成，发誓必须度尽天下众生，方肯上升。从此混迹尘途，自称为回道人。回字也是二口，暗藏著吕字。尝游长沙，手持小小磁罐乞钱，向市上大言："我有长生不死之方，有人肯施钱满罐，便以方授之。"市人不信，争以钱投罐，罐终不满。众皆骇然。忽有一僧人推一车子钱从市东来，戏对道人说："我这车子钱共有千贯，你罐里能容之否？"道人笑道："连车子也推得进，何况钱乎？"那僧不以为然，想着："这罐子有多少大嘴，能容得车儿？明明是说谎。"道人见其沉吟，便道："只怕你不肯布施，若道个肯字，不愁这车子不进我罐儿里去。"此时众人聚观者极多，一个个肉眼凡夫，谁人肯信，都去撺掇那僧人。那僧人也道必无此事，便道："看你本事，我有何不肯？"道人便将罐子侧着，将罐口向着车儿，尚离三步之远，对僧人道："你敢道三声'肯'么？"僧人连叫三声："肯，肯，肯。"每叫一声"肯"，那车子便近一步。到第三个"肯"字，那车儿却像罐内有人扯拽一般，一溜子滚入罐内去了。众人一个眼花，不见了车儿，发声齐喊道："奇怪！奇怪！"都来张那罐口，只见里面黑洞洞地。那僧人就有不悦之意，问道："你那道人是神仙，还是幻术？"道人口占八句道：

非神亦非仙，非术亦非幻。
天地有终穷，桑田经几变。
此身非吾有，财又何足恋。
苟不从吾游，骑鲸腾汗漫。

那僧人疑心是个妖术，欲同众人执之送官。道人道："你莫非懊悔，不舍得这车子钱财么？我今还你就是。"遂索纸笔，写一道符，投入罐内。喝声："出，出！"众人千百只眼睛，看着罐口，并无动静。道人说道："这罐子贪财，不肯送将出来，待贫道自去讨来还你。"说声未了，耸身望罐口一跳，如落在万丈深潭，影儿也不见了。那僧人连呼:“道人出来！道人快出来!”罐里并不则声。僧人大怒,提起罐儿,向地下一掷,其罐打得粉碎,也不见道人,也不见车儿,连先前众人布施的散钱并无一个,正不知那哩去了？只见有字纸一幅,取来看时,题得有诗四句道:

　　寻真要识真,见真浑未悟。

　　一笑再相逢,驱车东平路。

众人正在传观,只见字迹渐灭,须臾之间,连这幅白纸也不见了。众人才信是神仙,一哄而散。只有那僧人失脱了一车子钱财,意气沮丧,忽想着诗中“一笑再相逢,驱车东平路”之语,急急回归,行到东平路上,认得自家车儿,车上钱物宛然分毫不动。那道人立于车傍,举手笑道:“相待久矣！钱车可自收之。”又叹道:“出家之人,尚且惜钱如此,更有何人不爱钱者？普天下无一人可度,可怜哉！可痛哉!”言讫腾云而去。那僧人惊呆了半晌,去看那车轮上,每边各有一口字,二口成吕,乃知吕洞宾也。懊悔无及。正是:

　　天上神仙容易遇,世间难得舍财人。

方才说吕洞宾的故事,因为那僧人舍不得这一车子钱,把个活神仙,当面挫过。有人论:这一车子钱,岂是小事,也怪那僧人不得。世上还有一文钱也舍不得的。依在下看来,舍得一车子钱,就从那舍得一文钱这一念推广上去。舍不得一文钱,就从那舍不得一车子钱这一念算计入来。不要把钱多钱少,看做两样。如今听在下说这一文钱小小的故事。列位看官们,各宜警醒,惩忿窒欲①,且休望超凡入道,也

① 惩忿窒欲——《易经·损卦》:“君子以惩忿窒欲。”据古人的解释是:惩止忿怒,窒塞情欲。就是说,修道的人,应不生气,不要任何欲望的意思。

是保身保家的正理。诗云：

不争闲气不贪钱，舍得钱时结得缘。

除却钱财烦恼少，无烦无恼即神仙。

话说江西饶州府浮梁县，有景德镇，是个马头去处。镇上百姓，都以烧造磁器为业，四方商贾，都来载往苏杭各处贩卖，尽有利息。就中单表一人，叫做邱乙大，是窑户一个做手。浑家杨氏，善能描画。乙大做就磁胚，就是浑家描画花草人物，两口俱不吃空。住在一个冷巷里，尽可度日有馀。那杨氏年三十六岁，貌颇不丑，也肯与人活动①。只为老公利害，只好背地里偶一为之，却不敢明当做事。所生一子，名唤邱长儿，年十四岁，资性愚鲁，尚未会做活，只在家中走跳。忽一日杨氏患肚疼，思想椒汤吃，把一文钱教长儿到市上买椒。长儿拿了一文钱，才走出门，刚刚遇着东间壁一般做磁胚刘三旺的儿子，叫做再旺，也走出门来。那再旺年十三岁，比长儿到乖巧，平日喜的是攧钱耍子。——怎的样攧钱？也有八个六个，攧出或字或背，一色的谓之浑成。也有七个五个，攧去一背一字间花儿去的，谓之背间。——再旺和长儿，闲常有钱时，多曾在巷口一个空阶头上耍过来。这一日巷中相遇，同走到当初耍钱去处，再旺又要和长儿耍子，长儿道："我今日没有钱在身边。"再旺道："你往那里去？"长儿道："娘肚疼，叫我买椒泡汤吃。"再旺道："你买椒，一定有钱。"长儿道："只有得一文钱。"再旺道："一文钱也好耍，我也把一文与你赌个背字②，两背的便都赢去，两

① 也肯与人活动——指和人发生不正当的男女关系。

② 背字——古时用的铜钱，正面写着"××通宝"，就是本文所说的"字"；背面写着"一文"，就是本文所说的"背"。

字便输，一字一背不算。”长儿道：“这文钱是要买椒的，倘或输与你了，把什么去买？”再旺道：“不妨事，你若赢了是造化，若输了时，我借与你，下次还我就是。”长儿一时不老成，就把这文钱撇在地上。再旺在兜里也摸出一个钱丢下地来。长儿的钱是个背，再旺的是个字。这撷钱也有先后常规，该是背的先撷。长儿检起两文钱，摊在第二手指上，把大拇指掐住，曲一曲腰，叫声：“背。”撷将下去，果然两背。长儿赢了。收起一文，留一文在地。再旺又在兜肚里摸出一文钱来，连地下这文钱拣起，一般样，摊在第二手指上，把大拇指掐住，曲一曲腰，叫声：“背。”撷将下去，却是两个字，又是再旺输了。长儿把两个钱都收起，和自己这一文钱，共是三个。长儿赢得顺流，动了赌兴，问再旺道：“还有钱么？”再旺道：“钱尽有，只怕你没造化赢得。”当下伸手在兜肚里摸出十来个净钱，捻在手里，啧啧夸道：“好钱！好钱！”问长儿：“还敢撷么？”又丢下一文来。长儿又撷了两背，第四次再旺撷，又是两字。一连撷了十来次，都是长儿赢了，共得了十二文。分明是掘藏一般。喜得长儿笑容满面，拿了钱便走。再旺那肯放他，上前拦住，道：“你赢了我许多钱，走那里去？”长儿道：“娘肚疼，等椒汤吃，我去去，闲时再来。”再旺道：“我还有钱在腰里，你赢得时，我送你。”长儿只是要去，再旺发起喉急来，便道：“你若不肯撷时，还了我的钱便罢。你把一文钱来骗了我许多钱，如何就去？”长儿道：“我是撷得有采，须不是白夺你的。”再旺索性把兜肚里钱，尽数取出，约莫有二三十文，做一堆儿堆在地下道：“待我输尽了这些钱，便放你走。”长儿是个小厮家，眼孔浅，见了这钱，不觉贪心又起；况且再旺抵死缠住，只得又撷。谁知风无常顺，兵无常胜。这番采头又论到再旺了。照前撷了一二十次,虽则中间互有胜负,却是再旺赢得多。到结末来,这十二文钱,依旧被他复去。长儿刚刚原剩得一文钱。自古道:赌以气胜。初番长儿撷赢了一两文,胆就壮了,偶然有些采头,就连赢数次。到第二番又撷时,不是他心中所愿,况且着了个贪心,手下就觉有些矜持。到一连撷输了几文,去一个舍不得一个,又添了个吝字,气便索然。怎当再旺一股愤气,又且稍粗胆壮,自然赢了。大凡人富的好过,贫的好过,只有先富后贫的,最是难过。据长儿一文钱起手时,赢得一二文也是勾了,一连得了十二文钱,一拳头捻不住,就似白手成家,何等欢喜!把这钱不看做倘来之物①,反认作自己东西,重复输去,好不气闷,痴心还想再像初次赢将转来。"就是输了,他原许下借我的,有何不可?"这一交,合该长儿撷了,忍不住按定心坎,再复一撷,又是二字,心里着忙,就去抢那钱,手去迟些,先被再旺抢到手中,都装入兜肚里去了。长儿道:"我只有这文钱,要买椒的,你原说过赢时借我,怎的都收去了?"再旺怪长儿先前赢了他十二文钱就要走,今番正好出气。君子报仇,直待三年,小人报仇,只在眼前。怎么还肯把这文钱借他?把长儿双手挡开,故意的一跳一舞,跑入巷去了。急得长儿且哭且叫,也回身进巷扯住再旺要钱,两个扭做一堆厮打。

孙庞斗智谁为胜,楚汉争锋那个强?

却说杨氏,专等椒来泡汤吃,望了多时,不见长儿回来,觉得肚疼定了,走出门来张看,只见长儿和再旺扭住厮打,骂道:"小杀

① 倘来之物——倘,应作"傥"。傥来之物,语见《庄子》,意为无意中得来的东西。

才！教你买椒不买，到在此寻闹，还不撒开。”两个小厮听得骂，都放了手。再旺就闪在一边。杨氏问长儿：“买的椒在那里？”长儿含着眼泪回道：“那买椒的一文钱，被再旺夺去了。”再旺道：“他与我攧钱，输与我的。”杨氏只该骂自己儿子，不该攧钱，不该怪别人。况且一文钱，所值几何，既输了去，只索罢休。单因杨氏一时不明，惹出一场大祸，展转的害了多少人的性命。正是：

事不三思终有悔，人能百忍自无忧。

杨氏因等候长儿不来，一肚子恶气，正没出豁，听说赢了他儿子的一文钱，便骂道：“天杀的野贼种！要钱时，何不教你娘趁汉？却来骗我家小厮攧钱！”口里一头说，一头便扯再旺来打。恰正抓住了兜肚，凿下两个栗暴。那小厮打急了，把身子负命一挣，却挣断了兜肚带子，落下地来。索郎一声响，兜肚子里面的钱，撒做一地。杨氏道：“只还我那一文便了。”长儿得了娘的口气，就势抢了一把钱，奔进自屋里去。再旺就叫起屈来。杨氏赶进屋里，喝教长儿还了他钱。长儿被娘逼不过，把钱对着街上一撒。再旺一头哭，一头骂，一头检钱。检起时，少了六七文钱，情知是长儿藏下，拦着门只顾骂。杨氏道：“也不见这天杀的野贼种，恁地撒泼！”把大门关上，走进去了。再旺敲了一回门，又骂了一回，哭到自屋里去。母亲孙大娘正在灶下烧火，问其缘故。再旺哭诉道：“长儿抢了我的钱，他的娘不说他不是，到骂我天杀的野贼种，要钱时何不教你娘趁汉。”孙大娘不听时，万事全休，一听了这句不入耳的言语，不觉：

怒从心上起，恶向胆边生。

原来孙大娘最痛儿子，极是护短，又兼性暴，能言快语，是个揽事的女都头。若相骂起来，一连骂十来日，也不口干，有名叫做绰板婆。他与邱家只隔得三四个间壁居住，也晓得杨氏平日有些不三不四的毛病，只为从无口面①，不好发挥出来。一闻再旺之语，太阳里爆出火来，立在街头，骂道："狗泼妇，狗淫妇！自己瞒着老公趁汉子，我不管你罢了，到来谤别人。老娘人便看不像，却替老公争气。前门不进师姑，后门不进和尚，拳头上立得人起，臂膊上走得马过②，不像你那狗淫妇，人硬货不硬，表壮里不壮，作成老公带了绿帽儿，羞也不羞！还亏你老着脸在街坊上骂人。便臊贱时，也不恁般般做作！我家小厮年幼，连头带脑，也还不勾与你补空，你休得缠他！臊发时还去寻那旧汉子，是多寻几遭，多养了几个野贼种，大起来好做贼。"一声泼妇，一声淫妇，骂一个路绝人稀。杨氏怕老公，不敢揽事，又没处出气，只得骂长儿道："都是你那小天杀的，不学好，引这长舌妇开口。"提起木柴，把长儿劈头就打，打得长儿头破血淋，豪淘大哭。邱乙大正从窑上回来，听得孙大娘叫骂，侧耳多时，一句句都听在肚里，想道："是那家婆娘不秀气？替老公妆幌子，惹得绰板婆叫骂。"及至回家，见长儿啼哭，问起缘繇，到是自家家里招揽的是非。邱乙大是个硬汉，怕人耻笑，声也不啧，气忿忿地坐下。远远的听得骂声不绝，直到黄昏后，方才住口。邱乙大吃了几碗酒，等到夜深人静，叫老婆来盘问道："你这贱人瞒着我做的好事！趁的许多汉子，姓甚名谁？好好招将出来，我自去寻他说话。"那婆娘原是怕老公的，听得这句话，分明似半空中响一个霹雳，战兢兢还敢开口？邱乙大道："泼贱妇，你有本

① 口面——口角，争吵。

② 拳头上立得人起，臂膊上走得马过——比喻光明正大，没有见不得人的事情。

事偷汉子,如何没本事说出来？若要不知,除非莫为。瞒得老公,瞒不得邻里,今日教我如何做人？你快快说来,也得我心下明白。"杨氏道:"没有这事,教我说谁来?"邱乙大道:"真个没有?"杨氏道:"没有。"邱乙大道:"既是没有时,他们如何说你,你如何凭他说,不则一声？显是心虚口软,应他不得。若是真个没有,是他们诈说你时,你今夜吊死在他门上,方表你清白,也出脱了我的丑名。明日我好与他讲话。"那婆娘怎肯走动,流下泪来,被邱乙大三两个巴掌,撷出大门。把一条麻索丢与他,叫道:"快死快死!不死便是恋汉子了。"说罢,关上门儿进来。长儿要来开门,被乙大一顿栗暴,打得哭了一场睡去了。乙大有了几分酒意,也自睡去。单剩杨氏在门外好苦,上天无路,入地无门。千不是,万不是,只是自家不是,除却死,别无良策。自悲自怨了多时,恐怕天明,慌慌张张的取了麻索,去认那刘三旺的门首。也是将死之人,失魂颠智,刘家本在东间壁第三家,却错走到西边去,走过了五六家,到第七家。见门面与刘家相像,忙忙的把几块乱砖衬脚,搭上麻索于檐下,系颈自尽。可怜伶俐妇人,只为一文钱斗气,丧了性命。正是:

地下新添恶死鬼,人间不见画花人。

却说西邻第七家,是个打铁的匠人门首。这匠人浑名叫做白铁,每夜四更,便起来打铁。偶然开了大门撒溺,忽然一阵冷风,吹得毛骨竦然,定睛看时,吃了一惊。

不是傀儡场中鲍老①,竟像秋千架上佳人。

---

① 鲍老——宋代百戏中,有一种脚色假面披发,口吐狼牙烟火,扮作鬼神的形状的叫作"鲍老"。

檐下挂着一件物事,不知是那里来的?好不怕人!犹恐是眼花,转身进屋,点个亮来一照,原来是新缢的妇人,咽喉气断,眼见得救不活了。欲待不去照管他,到天明被做公的看见,却不是一场飞来横祸,辨不清的官司。思量一计:"将他移在别处,与我便无干了。"耽着惊恐,上前去解这麻索。那白铁本来有些蛮力,轻轻的便取下挂来,背出正街,心慌意急,不暇致详,向一家门里撇下。头也不回,竟自归家,兀自连打几个寒噤,铁也不敢打了,复上床去睡卧,不在话下。

且说邱乙大,黑早起来开门,打听老婆消息,走到刘三旺门前,并无动静,直走到巷口,也没些踪影,又回来坐地寻思:"莫不是这贱妇逃走他方去了?"又想:"他出门稀少,又是黑暗里,如何行动?"又想道:"他若不死时,麻索必然还在。"再到门前去看时,地下不见麻绳,"定是死了刘家门首,被他知觉,藏过了尸首,与我白赖。"又想:"刘三旺昨晚不回,只有那绰板婆和那小厮在家,那有力量搬运?"又想道:"虫蚁也有几只脚儿,岂有人无帮助?且等他开门出来,看他什么光景,见貌辨色,可知就里。"等到刘家开门,再旺出来,把钱去市心里买馍馍点心,并不见有一些惊慌之意。邱乙大心中委决不下,又到街前街后闲荡,打探一回,并无影响。回来看见长儿还睡在床上打齁,不觉怒起,掀开被,向腿上四五下,打得这小厮睡梦里直跳起来。邱乙大道:"娘也被刘家逼死了,你不去讨命,还只管睡!"这句话,分明邱乙大教长儿去惹事,看风色。长儿听说娘死了,便哭起来,忙忙的穿了衣服,带着哭,一径直赶到刘三旺门首,大骂道:"狗娼根狗淫妇!还我娘来?"那绰板婆孙大娘,见长儿骂上门,如何耐得,急赶出来,骂道:"千人射的野贼种,敢上门欺负老娘么?”便揪着长儿头发,却待要打,见邱乙大过来,就放了手。这小厮满街乱跳乱舞,带哭带骂讨娘。邱乙大已耐不住,也骂起来。那绰板婆怎肯相让,旁边钻出个再旺来相帮,两下干骂一场,邻里劝开。邱乙大教长儿看守家里,自去街上央人写了状词,赶到浮梁县告刘三旺和妻孙氏人命事情。大尹准了状词,差人拘拿原被告,和邻里干证,到官审问。原来绰板婆孙氏平昔口嘴不好,极是要冲撞人,邻里都不欢喜;因此说话中间,未免偏向邱乙大几分,把相骂的事情,增添得重大了,隐隐的将这人命,射实在绰板婆身上。这大尹见众人说话相同,信以为实。错认刘三旺将尸藏匿在家,希图脱罪。差人搜检,连地也翻了转来,只是搜寻不出,故此难以定罪。且不用刑,将绰板婆拘禁,差人押刘三旺寻访杨氏下落,邱乙大讨保在外。这场官司好难结哩!有分教:

绰板婆消停口舌,磁器匠担误生涯。

这事且阁过不题。再说白铁将那尸首,却撇在一个开酒店的人家门首。那店主人王公,年纪六十馀岁,有个妈妈,靠着卖酒过日。是夜睡至五更,只听得叩门之声,醒时又不听得。刚刚合眼,却又闻得闲闲声叩响。心中惊异,披衣而起,即唤小二起来,开门观看。只见街头上,不横不直,挡着这件物事。王公还道是个醉汉,对小二道:“你仔细看一看,还是远方人,是近处人?若是左近邻里,可叩他家起来,扶了去。”小二依言,俯身下去认看,因背了星光,看不仔细。见颈边拖着麻绳,却认做是条马鞭,便道:“不是近边人,想是个马夫。”王公道:“你怎么晓得他是个马夫?”小二道:“见他身边有根马鞭,故此知得。”王公道:“既不是近处人,由他罢!”小二欺心,要拿他的鞭子,伸手去拾时,却拿不起,只道压了身底下,尽力一扯,那尸首直竖起来,把小二吓了一跳,叫道:“阿呀!”连忙放手。那尸扑的倒下去了。连王公也吃一惊,问道:“这怎么说?”小二道:“只道是根鞭儿,要拿他的,不想却是缢死的人,颈下扣的绳子。”王公听说,慌了手脚。欲待叫破地方,又怕这没头官司惹在身上。不报地方,这事□□洗身不清。便与小二商议,小二道:“不打紧,只教他离了我这里,就没事了。”王公道:“说得有理,还是拿到那里去好?”小二道:“撇他在河里罢。”当下二人动手,直抬到河下。远远望见岸上有人,打着灯笼走来,恐怕被他撞见,不管三七二十一,撇在河边,奔回家去了,不在话下。

且说岸上打灯笼来的是谁?那人乃是本镇一个大户叫做朱常,为人奸诡百出,变诈多端,是个好打官司的主儿。因与隔县一个姓赵的人家争田。这一早要到田头去割稻,同着十来个家人,拿了许多扁挑索子镰刀,正来下舡。那提灯的在前,走下岸来,只见一人横倒在河边,也认做是个醉汉,便道:“这该死的贪这样脓血!若再一个翻身,却不滚在河里,送了性命?”内中一个家人,叫做卜才,是朱常手下第一出尖的帮手,他只道醉汉身边有些钱钞,就蹲倒身,伸手去摸他腰下,却冰一般冷,缩手不迭,便道:“元来死的了!”朱常听说是死人,心下顿生不良之念。忙叫:“不要嚷。拿灯来照看,是老的?是少的?”众人在灯下仔细打灯认,却是个缢死的妇人。朱常道:“你们把他颈里绳子快解掉了,扛下艄里去藏好。”众人道:“老爹,这妇人正不知是甚人谋死的?我们如何到去招揽是非?”朱常道:“你莫管他,我自有用处。”众人只得依他,解去麻绳,叫起看船的,扛上船,藏在艄里,将平基盖好。朱常道:“卜才,你回去,媳妇子叫五六个来。”卜才道:“这二三十亩稻,勾什么砍,要这许多人去做甚?”朱常道:“你只管叫来,我自有用处。”卜才不知是甚意见,即便提灯回去。不一时叫到,坐了一舡,解缆开船。两人荡桨,离了镇上。众人问道:“老爹载这东西去有甚用处?”朱常道:“如今去割稻,赵家定来拦阻,少不得有一场相打,到告状结杀。如今天赐这东西与我,岂不省了打官司。还有许多妙处。”众人道:“老爹怎见省了打官司?又有何妙处?”朱常道:“有了这尸首时,只消如此如此,这般这般,却不省了打官司。你们也有些财采。他若不见机,弄到当官,定然我们占个上风。可不好么!”众人都喜道:“果然妙计!小人们怎省得?”正是:

算定机谋夸自己,安排圈套害他人。

这些人都是愚野村夫,晓得什么利害?听见家主说得都有财采,当做瓮中取鳖,手到擒来的事,乐极了,巴不得赵家的人,这时便到河边来厮闹便好。心急发狠,荡起桨来,这船恰像生了七八个翅膀一般,顷刻就飞到了。此时天色渐明,朱常教把船歇在空阔无人居住之处,离田中尚有一箭之路。众人都上了岸,寻出一条一股连一股断的烂草绳,将船缆在一颗草根上,只留一人坐在艄上看守,众男女都下田砟稻。朱常远远的立在岸上打探消耗。元来这地方叫做鲤鱼桥,离景德镇只有十里多远,再过去里许,又唤做太白村,乃南直隶徽州府婺源县所管。因是两省交界之处,人民错壤而居。与朱常争田这人名唤赵完,也是个大富之家,原是浮梁县人户,却住在婺源县地方。两县俱置得有田产。那争的田,只得三十馀亩,乃赵完族兄赵宁的。先把来抵借了朱常银子,却又卖与赵完,恐怕出丑,就拦来佃种,两边影射了三四年。不想近日身死,故此两家相争。这稻子还是赵宁所种。

说话的,这田在赵完屋脚跟头,如何不先砟了,却留与朱常来割?看官有所不知,那赵完也是个强横之徒,看得自己大了,道这田是明中正契买族兄的,又在他的左近;朱常又是隔省人户,料必不敢来砟稻,所以放心托胆。那知朱常又是个专在虎头上做窠,要吃不怕死的魍魉,竟来放对,正在田中砍稻。早有人报知赵完。赵完道:“这厮真是吃了大虫的心,豹子的胆,敢来我这里撩拨!想是来送死么!”儿子赵寿道:“爹,自古道:来者不惧,惧者不来。也莫轻觑了他!”赵完问报人道:“他们共有多少人在此?”答道:“十来个男子,六七个妇人。”赵完道:“既如此,也教妇人去。男的对男,女对女,都拿回来,敲断他的孤拐子,连船都拔他上岸,那时方见我的手段。”即便唤起二十多人,十来个妇人,一个个粗脚大手,裸臂揎拳,如疾风骤雨而来。赵完父子随后来看。且说众人远远的望着田中,便喊道:“偷稻的贼不要走!”朱常家人媳妇,看见赵家有人来了,连忙住手,望河边便跑。到得岸旁,朱常连叫快脱衣服。众人一齐卸下,堆做一处,叫一个妇人看守,复身转来,叫道:“你来你来,若打输与你,不为好汉。”赵完家有个雇工人,叫做田牛儿,自恃有些气力,抢先飞奔向前。朱家人见他势头来得勇猛,两边一闪,让他冲将过来,才让他冲进时,男子妇人,一裹转来围住。田牛儿叫声:“来的好!”提起升箩般拳头,拣着个精壮村夫面上,一拳打去,只指望先打倒了一个硬的,其馀便如摧枯拉朽了。谁知那人却也来得,拳到面上时,将头略偏一偏,这拳便打个空,刚落下来,就顺手牵羊,把拳留住,田牛儿挣脱不得,急起左拳来打,手尚未起,又被一人接住,两边扯开。田牛儿便施展不得。朱家人也不打他,推的推,扯的扯,到像八抬八绰一般,脚不点地竟拿上船。那烂草绳系在草根上，有甚筋骨，初踏上船就断了。艄上人已预先将篙拦住，众人将田牛儿纳在舱中乱打。赵家后边的人，见田牛儿捉上船去，蜂拥赶上船抢人。朱家妇女，都四散走开，放他上去。说时迟，那时快，拦篙的人一等赵家男子妇人上齐船时，急掉转篙，望岸上用力一点，那船如箭一般，向河心中直荡开去。人众船轻，三四幌便翻将转来。两家男女四十多人，尽都落水。这些妇人各自挣扎上岸，男子就在水中相打，纵横搅乱，激得水溅起来，恰如骤雨相似。把岸上看的人眼都耀花了，只叫莫打，有话上岸来说。正打之间，卜才就人乱中，把那缢死①妇人尸首，直掇过去，便喊起来道："地方救护，赵家打死我家人了！"朱常同那六七个妇人，在岸边接应。一齐喊叫，其声震天动地。赵家的妇人，正绞挤湿衣，听得打死了人，带水而逃。水里的人，一个个吓得胆战心惊，正不知是那个打死的，巴不能搠脱逃走，被朱家人乘势追打，吃了老大的亏，挣上了岸，落荒逃奔。此时只恨父母少生了两只脚儿。朱家人欲要追赶，朱常止住道："如今不是相打的事了，且把尸首收拾起来，抬放他家屋里了，再处。"众人把尸首拖到岸上，卜才认做妻子，假意啼啼哭哭。朱常又教捞起船上篙桨之类，寄顿佃户人家；又对看的人道："列位地方邻里，都是亲眼看见，活打死的，须不是诬陷赵完，倘到官司时，少不得要相烦做个证见，但求实说罢了。"这几句乃朱常引人来兜揽处和的话。此时内中若有个有力量的，出来担当，不教朱常把尸首抬去赵家说和，这事也不见得后来害许多人的性命。只因赵完父子，平日是个难说话的，恐怕说而

① 缢死——原本误作"缢水"，与上文不合，今改正。

不听,反是一场没趣。况又不晓得朱常心中是甚样个意儿?故此并无一人招揽。朱常见无人招架,教众人穿起衣服,把尸首用芦席卷了,将绳索络好,四人扛着,望赵完家来。看的人随后跟来,观看两家怎地结局?

铜盆撞了铁扫帚,恶人自有恶人磨。

且说赵完父子随后走来,远望着自家人追赶朱家的人,心中欢喜。渐渐至近,只见妇女家人,浑身似水,都像落汤鸡一般,四散奔走。赵完惊讶道:"我家人多,如何反被他都打下水去?"急挪步上前,众人看见,乱喊道:"阿爹不好了!快回去罢。"赵寿道:"你们怎地恁般没用?都被打得这模样!"众人道:"打是小事,只是他家死了人却怎处?"赵完听见死了个人,吓得就酥了半边,两只脚就像钉了,半步也行不动。赵寿与田牛儿,两边挟着胳膊而行,扶至家中坐下,半晌方才开言,问道:"如何就打死了人?"众人把相打翻船之事,细说一遍。又道:"我们也没有打妇人,不知怎地死了?想是淹死的。"赵完心中没了主意,只叫:"这事怎好?"那时合家老幼,都丛在一堆,人人心下惊慌。正说之间,人进来报:"朱家把尸首抬来了。"赵完又吃这一吓,恰像打坐的禅和子①,急得身色一毫不动。自古道:物极则反,人急计生。赵寿忽地转起一念,便道:"爹莫慌,我自有对付他的计较在此。"便对众人道:"你们多向外边闪过,让他们进来之后,听我鸣锣为号,留几个紧守门口,其馀都赶进来拿人,莫教走了一个。解到官司,见许多人白日抢劫,这人命自然从轻。"众人得了言语,一齐转身。赵完恐又打坏了人,分

---

① 禅和子——和尚。

付:“只要拿人,不许打人。”众人应允,一阵风出去。赵寿只留了一个心腹义孙赵一郎道:“你且在此。”又把妇女妻小打发进去,分付:“不要出来。”赵完对儿子道:“虽然告他白日打抢,总是人命为重,只怕抵当不过。”赵寿走到耳根前,低低道:“如今只消如此这般。”赵完听了大喜,不觉身子就健旺起来,乃道:“事不宜迟,快些停当!”赵寿先把各处门户闭好,然后寻了一把斧头,一个棒槌,两扇板门,都已完备,方教赵一郎到厨下叫出一个老儿来。那老儿名唤丁文,约有六十多岁,原是赵完的表兄,因有了个懒黄病,吃得做不得,却又无男无女,捱在赵完家烧火,博口饭吃。当下那老儿不知头脑,走近前问道:“兄弟有甚话?”赵完还未答应,赵寿闪过来,提起棒槌,看正太阳,便是一下。那老儿只叫得声阿呀,翻身跌倒。赵寿赶上,又复一下,登时了帐。当下赵寿动手时,以为无人看见,不想田牛儿的娘田婆,就住在赵完宅后,听见打死了人,恐是儿子打的,心中着急,要寻来问个仔细,从后边走出,正撞着赵寿行凶。吓得蹲倒在地,便立不起身。口中念声:“阿弥陀佛!青天白日,怎做这事!”赵完听得,回头看了一看,把眼向儿子一颠,赵寿会意,急赶近前,照顶门一棒槌打倒,脑浆鲜血一齐喷出。还怕不死,又向肋上三四脚,眼见得不能勾活了。只因这一文钱上起,又送了两条性命。正是:

含容终有益,任意定生灾。

且说赵一郎起初唤丁老儿时,不道赵寿怀此恶念,蓦见他行凶,惊得直缩到一壁角边去。丁老儿刚刚完事,接脚又撞个田婆来凑成一对,他恐怕这第三棒槌轮到头上,心下着忙,欲待要走,这脚上却像被千百斤石头压住,那里移得动分毫。正在慌张,只见赵完叫道:"一郎快来帮一帮。"赵一郎听见叫他相帮,方才放下肚肠,挣扎得动,向前帮赵寿拖这两个尸首,放在遮堂背后,寻两扇板门压好,将遮堂都起浮了窠臼。又分付赵一郎道:"你切不可泄漏,待事平了,把家私分一股与你受用。"赵一郎道:"小人靠阿爹洪福过日的,怎敢泄漏?"刚刚准备停当,外面人声鼎沸,朱家人已到了。赵完三人退入侧边一间屋里,掩上门儿张看。且说朱常引家人媳妇,扛着尸首赶到赵家,一路打将进去。直到堂中,见四面门户紧闭,并无一个人影。朱常教"把尸首居中停下,打到里边去拿赵完这老亡八出来,锁在死尸脚上。"众人一齐动手,乒乒乓乓将遮堂乱打,那遮堂已是离了窠臼的,不消几下,一扇扇都倒下去,尸首上又压上一层。众人只顾向前,那知下面有物。赵寿见打下遮堂,把锣筛起。外边人听见,发声喊,抢将入来。朱常听得筛锣,只道有人来抢尸首,急掣身出来,众人已至堂中,两下你揪我扯,搅做一团,滚做一块。里边赵完三人大喊:"田牛儿!你母亲都被打死了,不要放走了人。"田牛儿听见,急奔来问:"我母亲如何却在这里?"赵完道:"他刚同丁老官走来问我,遮堂打下,压死在内。我急走得快,方逃得性命。若迟一步儿,这时也不知怎地了!"田牛儿与赵一郎将遮堂搬开,露出两个尸首。田牛儿看娘时,头已打开脑浆,鲜血满地,放声大哭。朱常听见,只道还是假的,急抽身一望,果然有两个尸首,着了忙,往外就跑。这些家人媳妇,见家主走了,各要挪脱逃走,一路揪扭打将出来。那知门口有人把住,一个也走不脱,都被拿住。赵完只叫:"莫打坏了人。"故此朱常等不十分吃亏。赵寿取出链子绳索,男子妇女锁做一堂。田牛儿痛哭了一回,心中忿怒,跳起身来。"我把朱常这狗王八,照依母亲打死罢了。”赵完拦住道:“不可不可!如今自有官法治了,你打他做甚?”教众人扯过一边。此时已哄动远近村坊,地方邻里,无有不到赵家观看。赵完留到后边,备起酒席款待,要众人具个“白昼劫杀”公呈。那些人都是赵完的亲戚佃户雇工人等,谁敢不依?赵完连夜装起四五只农船,载了地邻干证人等,把两只将朱常一家人锁缚在舱里。行了一夜,方到婺源县中,候大尹早衙升堂。地方人等先将呈子具上。这大尹展开观看一过,问了备细,即差人押着地方并尸亲赵完、田牛儿、卜才前去,将三个尸首盛殓了,吊来相验。朱常一家人,都发在铺里羁候。那时,朱常家中自有佃户报知,儿子朱太星夜赶来看觑,自不必说。

有句俗语道得好:官无三日急。那尸棺便吊到了,这大尹如何就有工夫去相验?隔了半个多月,方才出牌,着地方备办登场法物。铺中取出朱常一干人,都到尸场上。仵作人逐一看报,道:“丁文太阳有伤,周围二寸有馀,骨头粉碎。田婆脑门打开,脑髓漏尽,右肋骨踢折三根。二人实系打死。卜才妻子颈下有缢死绳痕,遍身别无伤损。此系缢死是实。”大尹见报,心中骇异道:“据这呈子上称说船翻落水身死,如何却是缢死的?”朱常就禀道:“爷爷,众耳众目所见,如何却是缢死的?这明明仵作人得了赵完银子,妄报老爷。”大尹恐怕赵完将别个尸首颠换了,便唤卜才:“你去认这尸首,正是你妻子的么?”卜才上前一认,回复道:“正是小人妻子。”大尹道:“是昨日登时死的?”卜才道:“是。”大尹问了详细,自走下来把三个尸首逐一亲验,仵作人所报不差,暗称奇怪。分付把棺木盖上封好,带到县里来审。大尹在轿上,一路思想,心下明白。回县坐下,发众犯都跪在仪门外。单唤朱常上去,道:

"朱常,你不但打死赵家二命,连这妇人,也是你谋死的!须从实招来。"朱常道:"这是家人卜才的妻子余氏,实被赵完打下水死的,地方上人,都是见的,如何反是小人谋死?爷爷若不信,只问卜才便见明白。"大尹喝道:"胡说!这卜才乃你一路之人,我岂不晓得!敢在我面前支吾!夹起来。"众皂隶一齐答应上前,把朱常鞋袜去了,套上夹棍,便喊起来。那朱常本是富足之人,虽然好打官司,从不曾受此痛苦,只得一一吐实:"这尸首是浮梁江口不知何人撇下的。"大尹录了口词,叫跪在丹墀下。又唤卜才进来,问道:"死的妇人果是你妻子么?"卜才道:"正是小人妻子。"大尹道:"既是你妻子,如何把他谋死了,诈害赵完?"卜才道:"爷爷,昨日赵完打下水身死,地方上人,都看见的。"大尹把气拍①在桌上一连七八拍,大喝道:"你这该死的奴才!这是谁家的妇人,你冒认做妻子,诈害别人!你家主已招称,是你把他谋死。还敢巧辩,快夹起来。"卜才见大尹像道士打灵牌一般,把气拍一片声乱拍乱喊,将魂魄都惊落了。又听见家主已招,只得禀道:"这都是家主教小人认作妻子,并不干小人之事。"大尹道:"你一一从实细说。"卜才将下船遇见尸首,定计诈赵完前后事细说一遍,与朱常无二。大尹已知是实,又问道:"这妇人虽不是你谋死,也不该冒认为妻,诈害平人。那丁文田婆却是你与家主打死的,这须没得说。"卜才道:"爷爷,其实不曾打死,就夹死小人,也不招的。"大尹也教跪在丹墀。又唤赵完并地方来问,都执朱常扛尸到家,乘势打死。大尹因朱常

① 气拍——即惊堂木。审案时,拍打案桌,使罪犯注意、害怕的一块长方形的木头。

造谋诈害赵完事实,连这人命也疑心是真,又把朱常夹起来。朱常熬刑不起,只得屈招。大尹将朱常、卜才各打四十,拟成斩罪,下在死囚牢里。其馀十人,各打二十板,三个充军,七个徒罪,亦各下监。六个妇人,都是杖罪,发回原籍。其田断归赵完,代赵宁还原借朱常银两。又行文关会浮梁县查究妇人尸首来历。那朱常初念,只要把那尸首做个媒儿,赵完怕打人命官司,必定央人兜收私处,这三十多亩田,不消说起归他,还要扎诈①一注大钱,故此用这一片心机。谁知激变赵寿做出没天理事来对付,反中了他计。当下来到牢里,不胜懊悔,想道:"这早若不遇这尸首,也不见得到这地位!"正是:

早知更有强中手,却悔当初枉用心。

朱常料道:"此处定难翻案。"叫儿子分付道:"我想三个尸棺,必是钉稀板薄,交了春气,自然腐烂。你今先去会了该房,捺住关会文书。回去教妇女们,莫要泄漏这缢死尸首消息。一面向本省上司去告准,捱至来年四五月间,然后催关去审,那时烂没了缢死绳痕,好与他白赖。一事虚了,事事皆虚,不愁这死罪不脱。"朱太依着父亲,前去行事,不在话下。

却说景德镇卖酒王公家小二因相帮撇了尸首,指望王公些东西,过了两三日,却不见说起。小二在口内野唱,王公也不在其意。又过了几日,小二不见动静,心中焦躁,忍耐不住,当面明明说道:"阿公,前夜那话儿,亏我把去出脱了还好;若没我时,到天明地方报知官司,差人出来相验,饶你硬挣,不使酒钱,也使茶钱。就拌上十来担涎吐,只怕还不得干净哩!如今省了你许多钱钞,怎么竟不

① 扎诈——讹诈。

说起谢我?"大凡小人度量极窄,眼孔最浅:偶然替人做件事儿,徼幸得效,便道是天大功劳,就来挟制那人,责他厚报;稍不遂意,便把这事翻局来害。往往人家用错了人,反受其累。譬如小二不过一时用得些气力,便想要王公的银子,那王公若是个知事的,不拘多寡与他些也就罢了,谁知王公又是舍不得一文钱的慳吝老儿,说着要他的钱,恰像割他身上的肉,就面红颈赤起来了。当下王公见小二要他银子,便发怒道:"你这人忒没理!吃黑饭,护漆柱①。吃了我家的饭,得了我的工钱,便是这些小事,略走得几步,如何就要我钱?"小二见他发怒,也就嚷道:"嗜呀!就不把我,也是小事,何消得喉急?用得我着,方吃得你的饭,赚得你的钱,须不是白把我用的。还有一句话,得了你工钱,只做得生活,原不曾说替你拽死尸的。"王婆便走过来道:"你这蛮子,真个惫懒!自古道:茄子也让三分老。怎么一个老人家,全没些尊卑,一般样与他争嚷。"小二道:"阿婆,我出了力,不把银子与我,反发喉急,怎不要嚷?"王公道:"什么!是我谋死的?要诈我钱!"小二道:"虽不是你谋死,便是擅自移尸,也须有个罪名。"王公道:"你到去首了我来。"小二道:"要我首也不难,只怕你当不起这大门户。"王公赶上前道:"你去首,我不怕。"望外劈颈就扠。那小二不曾提防,捉脚不定,翻筋斗直跌出门外,磕碎脑后,鲜血直淌。小二跌毒了,骂道:"老忘八!亏了我,反打么!"就地下拾起一块砖来,望王公掷去,谁知数合当然,这砖不歪不斜,恰恰正中王公太阳,一交跌倒,再不则声。

① 吃黑饭,护漆柱——黑饭、漆柱,都是黑色的;比喻不明白道理,黑心眼的意思。

王婆急上前扶时,只见口开眼定,气绝身亡。跌脚叫苦,便哭起天来。只因这一文钱上,又断送了一条性命。

总为惜财丧命,方知财命相连。

小二见王公死了,爬起来就跑。王婆喊叫邻里,赶上拿转,锁在王公脚上。问王婆:"因甚事起?"王婆一头哭,一头将前情说出,又道:"烦列位与老身作主则个。"众人道:"这厮元来恁地可恶!先教他吃些痛苦,然后解官。"三四个邻里走前来,一顿拳头脚尖,打得半死,方才住手。教王婆关闭门户,同到县中告状。此时纷纷传说,远近人都来观看。且说邱乙大正访问妻子尸首不着,官司难结,心中气闷。这一日闻得小二打王公的根由,想道:"这妇人尸首,莫不就是我的妻子么?"急走来问,见王婆锁门要去告状。邱乙大上前问了个详细,计算日子,正是他妻子出门这夜,便道:"怪道我家妻子尸首,当朝就不见踪影,原来却是你们撇掉了。到如今有了实据,绰板婆却白赖不过了。我同你们见官去。"当下一干人牵了小二,直到县里。次早大尹升堂,解将进去,地方将前后事由细禀。大尹又唤王婆,问了备细。小二料道情真难脱,不待用刑,从实招了。打了三十,问成死罪,下在狱中。邱乙大禀说妻子被刘三旺谋死,正是此日,这尸首一定是他撇下的。证见已确,要求审结。此时婺源县知会文书未到,大尹因没有尸首,终无实据。原发落出去寻觅。再说小二,初时已被邻里打伤,那顿板子,又十分利害。到了狱中,没有使用,又且一顿拳头,三日之间,血崩身死。为这一文钱起,又送一条性命。

见因贪白镪①,番自丧黄泉。

且说邱乙大从县中回家,正打白铁门首经过,只听得里边叫天

① 白镪——指银钱。

叫地的啼哭。原来白铁自那夜担着惊恐,出脱这尸首,冒了风寒,回家上得床,就发起寒热,病了十来日,方才断命。所以老婆啼哭。眼见为这一文钱,又送一条性命。

化为阴府惊心鬼,失却阳间打铁人。

邱乙大闻知白铁已死,叹口气道:"恁般一个好汉!有得几日,却又了帐。可见世人真是没根的!"走到家里,单单止有这个小厮,鬼一般缩在半边,要口热水,也不能勾。看了那样光景,方懊悔前日逼勒老婆,做了这件拙事。如今又弄得不尴不尬①,心下烦恼,连生意也不去做,终日东寻西觅,并无尸首下落。看看捱过残年,又早五月中旬。那时朱常儿子朱太已在按院告准状词,批在浮梁县审问,行文到婺源县关提人犯尸棺。起初朱太还不上紧,到了五月间,料得尸首已是腐烂,大大送个东道与婺源县该房,起文关解。那赵完父子因婺源县已经问结,自道没事,毫无畏惧,抱卷赴理。两县解子领了一干人犯,三具尸棺,直至浮梁县当堂投递。大尹将人犯羁禁,尸棺发置官坛候检,打发婺源回文,自不必说。不则一日,大尹吊出众犯,前去相验。那朱太合衙门通买嘱了,要胜赵完。大尹到尸场上坐下,赵完将浮梁县案卷呈上。大尹看了,对朱常道:"你借尸索诈,打死二命,事已问结,如何又告?"朱常禀道:"爷爷,赵完打余氏落水身死,众目共见;却买嘱了地邻仵作,妄报是缢死的。那丁文、田婆,自己情慌,谋害抵饰,硬诬小人打死。且不要论别件,但据小人主仆俱被拿住,赵完是何等势力,却容小人打死二命?况死的俱年七十多岁,难道恁地不知利害,只拣

① 不尴(gān)不尬(gà)——事情多生枝节,难于处置的意思。

垂死之人来打？爷爷推详这上，就见明白。”大尹道：“既如此，当时怎就招承？”朱常道：“那赵完衙门情熟，用极刑拷逼，若不屈招，性命已不到今日了。”赵完也禀道：“朱常当日倚仗假尸，逢着的便打，合家躲避；那丁文、田婆年老奔走不及，故此遭了毒手。假尸缢死绳痕，是婺源县太爷亲验过的，岂是仵作妄报。如今日久腐烂，巧言诳骗爷爷，希图漏网反陷。但求细看招卷，曲直立见。”大尹道：“这也难凭你说。”即教开棺检验。天下有这等作怪的事，只道尸首经了许久，料已腐烂尽了，谁知都一毫不变，宛然如生。那杨氏颈下这条绳痕，转觉显明，倒教仵作人没做理会。你道为何？他已得了朱常的钱财，若尸首烂坏了，好从中作弊，要出脱朱常，反坐赵完。如今伤痕见在，若虚报了，恐大尹还要亲验。实报了，如何得朱常银子。正在踌躇，大尹早已瞧破，就走下来亲验。那仵作人被大尹监定，不敢隐匿，一一实报。朱常在傍暗暗叫苦。大尹将所报伤处，将卷对看，分毫不差，对朱常道：“你所犯已实，怎么又往上司诳告？”朱常又苦苦分诉。大尹怒道：“还要强辨！夹起来！快说这缢死妇人是那里来的？”朱常受刑不过，只得招出：“本日早起，在某处河沿边遇见，不知是何人撇下？”那大尹极有记性，忽地想起：“去年邱乙大告称，不见了妻子尸首；后来卖酒王婆告小二打死王公，也称是日抬尸首，撇在河沿上起衅。至今尸首没有下落，莫不就是这个么？”暗记在心。当下将朱常、卜才都责三十，照旧死罪下狱，其馀家人减徒招保。赵完等发落宁家，不题。

且说大尹回到县中，吊出邱乙大状词，并王小二那宗案卷查对，果然日子相同，撇尸地处一般，更无疑惑。即着原差，唤到邱乙大、刘三旺干证人等，监中吊出绰板婆孙氏，齐至尸场认看。此时正是五月天道，监中瘟疫大作，那孙氏刚刚病好，还行走不动，刘三旺与再旺扶挟而行。到了尸场上，仵作揭开棺盖，那邱乙大认得老婆尸首，放声号恸，连连叫道："正是小人妻子。"干证邻里也道："正是杨氏。"大尹细细鞫问致死情由，邱乙大咬定："刘三旺夫妻登门打骂，受辱不过，以致缢死。"刘三旺、孙氏，又苦苦折辩。地邻俱称是孙氏起衅，与刘三旺无干。大尹喝教将孙氏拶起。那孙氏是新病好的人，身子虚弱，又行走这番，劳碌过度，又费唇费舌折辩，渐渐神色改变。经着拶子，疼痛难忍，一口气收不来，翻身跌倒，呜呼哀哉！只因这一文钱上起，又送一条性命。正是：

地狱又添长舌鬼，阳间少了绰板声。

大尹看见，即令放拶。刘三旺向前叫喊，喊破喉咙，也唤不转。再旺在旁哀哀啼哭，十分凄惨。大尹心中不忍，向邱乙大道："你妻子与孙氏角口而死，原非刘三旺拳手相交。今孙氏亦亡，足以抵偿。今后两家和好，尸首各自领归埋葬，不许再告；违者，定行重治。"众人叩首依命，各领尸首埋葬，不在话下。

且说朱常、卜才下到狱中，想起枉费许多银两，反受一场刑杖，心中气恼，染起病来，却又沾着瘟气，二病夹攻，不勾数日，双双而死。只因这一文钱上起，又送两条性命。

未诈他人，先损自己。

说话的，我且问你：朱常生心害人，尚然得个丧身亡家之报；那赵完父子活活打死无辜二人，又诬陷了两条性命，他却漏网安享，可见天理原有报不到之处。看官，你可晓得，古老有几句言语么？是那几句？古语道：

善有善报，恶有恶报。不是不报，时辰未到。

那天公算子，一个个记得明白。古往今来，曾放过那个？这赵完父子漏网受用，一来他的顽福未尽；二来时候不到；三来小子只有一张口，没有两副舌，说了那边，便难顾这边，少不得逐节儿还你一个报应。闲话休题。且说赵完父子，又胜了朱常，回到家中，亲戚邻里，齐来作贺。吃了好几日酒。又过数日，闻得朱常、卜才，俱已死了，一发喜之不胜。田牛儿念着母亲暴露，领归埋葬不题。时光迅速，不觉又过年馀。原来赵完年纪虽老，还爱风月，身边有个偏房，名唤爱大儿。那爱大儿生得四五分颜色，乔乔画画，正在得趣之时。那老儿虽然风骚，到底老人家，只好虚应故事，怎能勾满其所欲？看见义孙赵一郎，身材雄壮，人物乖巧，尚无妻室，到有心看上了。常常走到厨房下，捱肩擦背，调嘴弄舌。你想世上能有几个坐怀不乱的鲁男子，妇人家反去勾搭，他可有不肯之理。两下眉来眼去，不则一日，成就了那事。彼此俱在少年，犹如一对饿虎，那有个饱期，捉空就闪到赵一郎房中，偷一手儿。那赵一郎又有些本领，弄得这婆娘体酥骨软，魄散魂销，恨不时刻并做一块。约莫串了半年有馀，一日，爱大儿对赵一郎说道："我与你虽然快活了这几多时，终是碍人耳目，心忙意急，不能勾十分尽兴。不如悄地逃往远处，做个长久夫妻。"赵一郎道："小娘子若真肯跟我，就在此，可做得夫妻，何必远去？"爱大儿道："你便是心上人了，有甚假意？只是怎地在此就做的夫妻！"赵一郎道："向年丁老官与田婆，都是老爹与大官人自己打死诈赖朱家的，当时教我相帮他扛抬，曾许事完之日，分一分家私与我。那个棒槌，还是我藏好。一向多承小娘子相爱，故不说起。你今既有此心，我与老爹说，先要了那一分家私，寻个所在住下，然后再央人说，要你为配，不怕他不肯。他若舍不得，那时你悄地竟自走了出来，他可敢道个不字么？设或不达时务，便报与田牛儿，同去告官，教他性命也自难保。”爱大儿闻言，不胜欢喜，道：“事不宜迟，作速理会。”说罢，闪出房去。次日赵一郎探赵完独自个在堂中闲坐，上前说道：“向日老爹许过事平之后，分一分家私与我。如今朱家了帐已久，要求老爹分一股儿，自去营运。”赵完答道：“我晓得了。”再过一日，赵一郎转入后边，遇着爱大儿，递个信儿道：“方才与老爹说了，娘子留心察听，看可像肯的。”爱大儿点头会意，各自开去不题。

且说赵完叫赵寿到一个厢房中去，将门掩上，低低把赵一郎说话，学与儿子，又道：“我一时含糊应了他，如今还是怎地计较？”赵寿道：“我原是哄他的甜话，怎么真个就做这指望？”老儿道：“当初不合许出了，今若不与他些，这点念头，如何肯息？”赵寿沉吟了一回，又生起歹念，乃道：“若引惯了他，做了个月月红，倒是无了无休的诈端①。想起这事，止有他一个晓得，不如一发除了根，永无挂虑。”那老儿若是个有仁心的，劝儿子休了这念，胡乱与他些小东西，或者免得后来之祸，也未可知。千不合，万不合，却说道：“我也有这念头，但没有个计策。”赵寿道：“有甚难处，明日去买些砒礵，下在酒中，到晚灌他一醉，怕道不就完事。外边人都晓得平日将他厚待的，决不疑惑。”赵完欢喜，以为得计。他父子商议，只道神鬼不知；那晓得却被爱大儿瞧见，料然必说此事，悄悄走来覆在壁上窥听。虽则听着几句，不当明白，恐怕出来撞着，急闪入去。欲要报与赵一郎，因听得不甚真切，不好轻事重报。心生一计，到

① 诈端——讹诈的由头，借口。

晚间,把那老儿多劝上几杯酒,吃得醉熏熏,到了床上,爱大儿反抱定了那老儿撒娇撒痴,淫声浪语。那老儿迷魂了,乘着酒兴,未免做些没正经事体。方在酣美之时,爱大儿道:“有句话儿要说,恐气坏了你,不好开口。若不说,又气不过。”这老儿正顽得气喘吁吁,借那句话头,就停住了,说道:“是那个冲撞了你?如此着恼!”爱大儿道:“叵耐一郎这厮,今早把风话撩拨我,我要扯他来见你,倒说:‘老爹和大官人,性命都还在我手里,料道也不敢难为我。’不知有甚缘故,说这般满话。倘在外人面前,也如此说,必疑我家做甚不公不法勾当,可不坏了名声?那样没上下的人,怎生设个计策摆布死了,也省了后患。”那老儿道:“元来这厮恁般无礼!不打紧,明晚就见功效了。”爱大儿道:“明晚怎地就见功效?”那老儿也是合当命尽,将要药死的话,一五一十说出。那婆娘得了实言,次早闪来报知赵一郎。赵一郎闻言,吃那惊不小,想道:“这样反面无情的狠人!倒要害我性命,如何饶得他过?”摸了棒槌,锁上房门,急来寻着田牛儿,把前事说与。田牛儿怒气冲天,便要赶去厮闹。赵一郎止住道:“若先嚷破了,反被他做了准备。不如竟到官司,与他理论。”田牛儿道:“也说得是。还到那一县去?”赵一郎道:“当初先在婺源县告起,这大尹还在,原到他县里去。”那太白村离县止有四十馀里,二人拽开脚步,直跑至县中。正好大尹早堂未退,二人一齐喊叫。大尹唤入,当厅跪下,却没有状词,只是口诉。先是田牛儿哭禀一番,次后赵一郎将赵寿打死丁文、田婆,诬陷朱常、卜才情繇细诉,将行凶棒槌呈上。大尹看时,血痕虽干,鲜明如昨。乃道:“既有此情,当时为何不首?”赵一郎道:“是时因念主仆情分,不忍出首。如今恐小人泄漏,昨日父子计议,要在今晚将毒药鸩害小人,故不得不来投生。”大尹道:“他父子私议,怎地你就晓得?”赵一郎急遽间,不觉吐出实话,说道:“亏主人偏房爱大儿报知,方才晓得。”大尹道:“你主人偏房,如何肯来报信?想必与你有奸么?”赵一郎被问破心事,脸色俱变,强词抵赖。大尹道:“事已显然,不必强辨。”即差人押二人去拿赵完父子并爱大儿前来赴审。到得太白村,天已昏黑,田牛儿留回家歇宿,不题。

且说赵寿早起就去买下砒礵,却不见了赵一郎,问家中上下,都不知道。父子虽然有些疑惑,那个虑到爱大儿泄漏。次日清晨,差人已至,一索捆翻,拿到县中。赵完见爱大儿也拿了,还错认做赵一郎调戏他不从,因此牵连在内。直至赵一郎说出,报他谋害情由,方知向来有奸,懊悔失言。两下辨论一番,不肯招承。怎当严刑煅炼,疼痛难熬,只得一一细招。大尹因他①害了四命,情理可恨,赵完父子,各打六十,依律问斩。赵一郎奸骗主妾,背恩反噬;爱大儿通同奸夫,谋害亲夫,各责四十,杂犯死罪,齐下狱中。田牛儿发落宁家。一面备文,申报上司,具疏题请,不一日,刑部奉旨,倒下号札,四人俱依拟,秋后处决。只因这一文钱,又送了四条性命。虽然是冤各有头,债各有主,若不因那一文钱争闹,杨氏如何得死?没有杨氏的死尸,朱常这诈害一事,也就做不成了。总为这一文钱,共害了十三条性命。这段话叫做《一文钱小隙造奇冤》。奉劝世人,舍财忍气为上。有诗为证:

相争只为一文钱,小隙谁知奇祸连!
劝汝舍财兼忍气,一生无事得安然。

---

① 因他——原本无“他”,据上文补。

第三十五卷

徐老仆义愤成家

犬马犹然知恋主,况于列在生人。为奴一日主人身:情恩同父子,名分等君臣。　　主若虐奴非正道,奴如欺主伤伦。能为义仆是良民:盛衰无改节,史册可传神。

说这唐玄宗时,有一官人姓萧,名颖士①,字茂挺,兰陵人氏。自幼聪明好学,该博②三教九流,贯串诸子百家。上自天文,下至地理,无有不通,无有不晓。真个胸中书富五车,笔下句高千古。年方一十九岁,高掇巍科,名倾朝野,是一个广学的才子。家中有个仆人,名唤杜亮。那杜亮自萧颖士数龄时,就在书房中服事起来。若有驱使,奋勇直前,水火不避,身边并无半文私蓄。陪伴萧颖士读书时,不待分付,自去千方百计,预先寻觅下果品饮馔供奉。有时或烹瓯茶儿,助他清思;或暖杯酒儿,节他辛苦。整夜直服事到天明,从不曾打个瞌睡。如见萧颖士读到得意之处,他在旁也十分欢喜。那萧颖士般般皆好,件件俱美,只有两桩儿毛病。你道是

① 萧颖士——唐代文学家,事迹见《唐书·文苑传》。

② 该博——博览;学问很多的意思。

那两桩？第一件：乃是恃才傲物，不把人看在眼内。才登仕籍，便去冲撞了当朝宰相。那宰相若是个有度量的，还恕得他过，又正冲撞了是第一个忌才的李林甫。那李林甫混名叫做李猫儿，平昔不知坏了多少大臣，乃是杀人不见血的刽子手。却去惹他，可肯轻轻放过？被他略施小计，险些连性命都送了。又亏着座主搭救，止削了官职，坐在家里。第二件：是性子严急，却像一团烈火。片语不投，即暴躁如雷，两太阳火星直爆。奴仆稍有差误，便加捶挞。他的打法，又与别人不同。有甚不同？别人责治家奴，定然计其过犯大小，讨个板子，教人行杖，或打一十，或打二十，分个轻重。惟有萧颖士，不论事体大小，略触着他的性子，便连声喝骂，也不用什么板子，也不要人行杖，亲自跳起身来一把揪翻，随分①掣着一件家火，没头没脑乱打。凭你什么人劝解，他也全不作准，直要打个气息。若不像意，还要咬上几口，方才罢手。因是恁般利害，奴仆们惧怕，都四散逃去，单单存得一个杜亮。论起萧颖士，止存得这个家人种儿，每事只该将就些才是。谁知他是天生的性儿，使惯的气儿，打溜的手儿，竟没丝毫更改，依然照旧施行。起先奴仆众多，还打了那个，空了这个。到得秃秃里独有杜亮时，反觉打得勤些。论起杜亮，遇着这般难理会的家主，也该学众人逃走去罢了，偏又寸步不离，甘心受他的责罚。常常打得皮开肉绽，头破血淋，也再无一点退悔之念，一句怨恨之言。打罢起来，整一整衣裳，忍着疼痛，依原在旁答应。说话的，据你说，杜亮这等奴仆，莫说千中选一，就是走尽天下，也寻不出个对儿。这萧颖士又非黑漆皮灯，泥塞竹

① 随分——随便；这里是遇着什么就拿什么的意思。

管，是那一窍不通的蠢物；他须是身登黄甲，位列朝班，读破万卷，明理的才人：难道恁般不知好歹，一味蛮打，没一点仁慈改悔之念不成？看官有所不知，常言道得好，江山易改，禀性难移。那萧颖士平昔原爱杜亮小心驯谨，打过之后，深自懊悔道："此奴随我多年，并无十分过失，如何只管将他这样毒打？今后断然不可！"到得性发之时，不觉拳脚又轻轻的生在他身上去了。这也不要单怪萧颖士性子急躁；谁教杜亮刚闻得叱喝一声，恰如小鬼见了钟馗一般，扑秃的两条腿就跪倒在地。萧颖士本来是个好打人的，见他做成这个要打局面，少不得奉承几下。

杜亮有个远族兄弟杜明，就住在萧家左边，因见他常打得这个模样，心下到气不过，撺掇杜亮道："凡做奴仆的，皆因家贫力薄，自难成立，故此投靠人家。一来贪图现成衣食，二来指望家主有个发迹日子，带挈风光，摸得些东西做个小小家业，快活下半世。像阿哥如今随了这措大①，早晚辛勤服事，竭力尽心，并不见一些好处，只落得常受他凌辱痛楚。恁样不知好歉的人，跟他有何出息？他家许多人都存住不得，各自四散去了。你何不也别了他，另寻头路？有多少不如你的，投了大官府人家，吃好穿好，还要作成趁一贯两贯。走出衙门前，谁不奉承：那边才叫'某大叔，有些小事相烦。'还未答应时，这边又叫'某大叔，我也有件事儿劳动。'真个应接不暇，何等兴头。若是阿哥这样肚里又明白，笔下又来得，做人且又温存小心，走到势要人家，怕道不是重用？你那措大，虽然中个进士，发利市就与李丞相作对，被他弄来，坐在家中，料道也没个

① 措大——指穷困的读书人；含有轻视之意。

起官的日子,有何撇不下,定要与他缠帐?”杜亮道:“这些事,我岂不晓得?若有此念,早已去得多年了,何待吾弟今日劝谕。古语云:良臣择主而事,良禽择木而栖。奴仆虽是下贱,也要择个好使头。像我主人,止是性子躁急,除此之外,只怕舍了他,没处再寻得第二个出来。”杜明道:“满天下无数官员宰相,贵戚豪家,岂有反不如你主人这个穷官?”杜亮道:“他们有的,不过是爵位金银二事。”杜明道:“只这两样尽勾了,还要怎样?”杜亮道:“那爵位乃虚花之事,金银是臭污之物。有甚希罕?如何及得我主人这般高才绝学,拈起笔来,顷刻万言,不要打个稿儿。真个烟云缭绕,华彩缤纷。我所恋恋不舍者,单爱他这一件耳。”杜明听得说出爱他的才学,不觉呵呵大笑,道:“且问阿哥:你既爱他的才学,到饥时可将来当得饭吃,冷时可作得衣穿么?”杜亮道:“你又说笑话,才学在他腹中,如何济得我的饥寒?”杜明道:“元来又救不得你的饥,又遮不得你的寒,爱他何用?当今有爵位的人,尚然只喜趋权附势,没一个肯怜才惜学。你我是个下人,但得饱食暖衣,寻觅些钱钞做家,乃是本等;却这般迂阔,爱什么才学,情愿受其打骂,可不是个呆子!”杜亮笑道:“金银,我命里不曾带来,不做这个指望,还只是守旧。”杜明道:“想是打得你不爽利,故此尚要捱他的棍棒。”杜亮道:“多承贤弟好情,可怜我做兄的;但我主这般博奥才学,总然打死,也甘心服事他。”遂不听杜明之言,仍旧跟随萧颖士。不想今日一顿拳头,明日一顿棒子,打不上几年,把杜亮打得渐渐遍身疼痛,口内吐血,成了个伤痨症候。初日还强勉趋承,以后打熬不过,半眠半起。又过几时,便久卧床席。那萧颖士见他呕血,情知是打上来的,心下十分懊悔,指望还有好的日子。请医调治,亲自煎汤送药。捱了两月,呜呼哀哉!萧颖士想起他平日的好处,只管涕泣,备办衣棺埋葬。萧颖士日常亏杜亮服事惯了,到得死后,十分不便,央人四处寻觅仆从,因他打人的名头出了,那个肯来跟随。就有个肯跟他的,也不中其意。有时读书到忘怀之处,还认做杜亮在傍,抬头不见,便掩卷而泣。后来萧颖士知得了杜亮当日不从杜明这班说话,不觉气咽胸中,泪如泉涌,大叫一声:“杜亮!我读了一世的书,不曾遇着个怜才之人,终身沦落;谁想你到是我的知己。却又有眼无珠,枉送了你性命,我之罪也!”言还未毕,口中的鲜血,往外直喷。自此也成了个呕血之疾。将书籍尽皆焚化,口中不住的喊叫杜亮,病了数月,也归大梦①。遗命教迁杜亮与他同葬。有诗为证:

纳贿趋权步步先,高才曾见几人怜?
当路若能如杜亮,草莱②安得有遗贤?

说话的,这杜亮爱才恋主,果是千古奇人。然看起来,毕竟还带些腐气,未为全美。若有别桩希奇故事,异样话文,再讲回出来。列位看官稳坐着,莫要性急。适来小子道这段小故事,原是入话③,还未曾说到正传。那正传却也是个仆人。他比杜亮更是不同:曾独力与孤孀主母,挣起个天大家事,替主母嫁三个女儿,与小主人娶两房娘子,到得死后,并无半文私蓄,至今名垂史册。待小

① 大梦——古人有“人生如大梦”的说法;这里指人死了。
② 草莱——指田野、乡间。
③ 入话——宋元时代,说书的人在讲正故事之前,先讲一段小故事,以引起正文,叫作“入话”。

子慢慢的道来，劝谕那世间为奴仆的，也学这般尽心尽力帮家做活，传个美名；莫学那样背恩反噬，尾大不掉的，被人唾骂。你道这段话文，出在那个朝代？什么地方？元来就在本朝嘉靖爷年间，浙江严州府淳安县，离城数里，有个乡村，名曰锦沙村。村上有一姓徐的庄家，恰是弟兄三人。大的名徐言，次的名徐召，各生一子。第三个名徐哲，浑家颜氏，却到生得二男三女。他弟兄三人，奉着父亲遗命，合锅儿吃饭，并力的耕田。挣下一头牛儿，一骑马儿。又有一个老仆，名叫阿寄，年已五十多岁，夫妻两口，也生下一个儿子，还只有十来岁。那阿寄也就是本村生长，当先因父母丧了，又无力殡殓，故此卖身在徐家。为人忠谨小心，朝起晏眠，勤于种作。徐言的父亲大得其力，每事优待。到得徐言辈掌家，见他年纪有了，便有些厌恶之意。那阿寄又不达时务，遇着徐言弟兄行事有不到处，便苦口规谏。徐哲尚肯服善，听他一两句，那徐言徐召是个自作自用的性子，反怪他多嘴擦舌，高声叱喝，有时还要奉承几下消食拳头。阿寄的老婆劝道："你一把年纪的人了，诸事只宜退缩算。他们是后生家世界，时时新，局局变，由他自去主张罢了；何苦定要多口，常讨恁样凌辱！"阿寄道："我受老主之恩，故此不得不说。"婆子道："累说不听，这也怪不得你了！"自此阿寄听了老婆言语，缄口结舌，再不干预其事，也省了好些耻辱。正合着古人两句言语，道是：

闭口深藏舌，安身处处牢。

不则一日，徐哲忽地患了个伤寒症候，七日之间，即便了帐。那时就哭杀了颜氏母子，少不得衣棺盛殓，做些功果追荐。过了两月，徐言与徐召商议道："我与你各只一子，三兄弟到有两男三女，一分就抵着我们两分。便是三兄弟在时,一般耕种,还算计不就,何况他已死了。我们日夜吃辛吃苦挣来,却养他一窝子吃死饭的。如今还是小事,到得长大起来,你我儿子婚配了,难道不与他婚男嫁女,岂不比你我反多去四分。意欲即今三股分开,撇脱了这条烂死蛇,由他们有得吃,没得吃,可不与你我没干涉了。只是当初老官儿遗嘱,教道莫要分开,今若违了他言语,被人谈论,却怎么处?”那时徐召若是个有仁心的,便该劝徐言休了这念才是;谁知他的念头,一发起得久了,听见哥子说出这话,正合其意,乃答道:“老官儿虽有遗嘱,不过是死人说话了,须不是圣旨,违背不得的。况且我们的家事,那个外人敢来谈论!”徐言连称有理。即将田产家私,都暗地配搭停当,只拣不好的留与侄子。徐言又道:“这牛马却怎地分?”徐召沉吟半晌,乃道:“不难。那阿寄夫妻年纪已老,渐渐做不动了,活时到有三个吃死饭的,死了又要赔两口棺木,把他也当作一股,派与三房里,卸了这干系,可不是好。”计议已定,到次日备些酒肴,请过几个亲邻坐下,又请出颜氏,并两个侄儿。那两个孩子,大的才得七岁,唤做福儿,小的五岁,叫做寿儿,随着母亲,直到堂前,连颜氏也不知为甚缘故。只见徐言弟兄立起身来道:“列位高亲在上,有一言相告:昔年先父原没甚所遗,多亏我弟兄,挣得些小产业,只望弟兄相守到老,传至子侄等辈分析。不幸三舍弟近日有此大变,弟妇又是个女道家,不知产业多少。况且人家消长不一,到后边多挣得,分与舍侄便好;万一消乏了,那时只道我们有甚私弊,欺负孤儿寡妇,反伤骨肉情义了。故此我兄弟商量,不如趁此完美之时,分作三股,各自领去营运,省得后来争多竞少,特请列位高亲来作眼。”遂向袖中摸出三张分书来,说道:

“总是一样配搭，至公无私，只劳列位着个花押。”颜氏听说要分开自做人家，眼中扑簌簌珠泪交流，哭道：“二位伯伯，我是个孤孀妇人，儿女又小，就是没脚蟹一般！如何撑持的门户？昔日公公原分付莫要分开，还是二位伯伯总管在那里，扶持小儿女大了，但凭胡乱分些便罢，决不敢争多竞少。”徐召道：“三娘子，天下无有不散筵席，就合上一千年，少不得有个分开日子。公公乃过世的人了，他的说话，那里作得准。大伯昨日要把牛马分与你；我想侄儿又小，那个去看养，故分阿寄来帮扶。他年纪虽老，筋力还健，赛过一个后生家种作哩。那婆子绩麻纺线，也不是吃死饭的。这孩子再耐他两年，就可下得田了，你不消愁得。”颜氏见他弟兄如此，明知已是做就，料道拗他不过，一味啼哭。那些亲邻看了分书，虽晓得分得不公道，都要做好好先生，那个肯做闲冤家，出尖说话；一齐着了花押，劝慰颜氏收了进去，入席饮酒。有诗为证：

分书三纸语从容，人畜均分禀至公。
老仆不如牛马用，拥孤孀妇泣西风。

却说阿寄，那一早差他买东买西，请张请李，也不晓得又做甚事体。恰好在南村去请个亲戚，回来时里边事已停妥。刚至门口，正遇着老婆。那婆子恐他晓得了这事，又去多言多语，扯到半边，分付道：“今日是大官人分拨家私，你休得又去闲管，讨他的怠慢！”阿寄闻言，吃了一惊，说道：“当先老主人遗嘱，不要分开，如何见三官人死了，就撇开这孤儿寡妇，教他如何过活？我若不说，再有何人肯说？”转身就走。婆子又扯住道：“清官也断不得家务事，适来许多亲邻，都不开口；你是他手下人，又非甚么高年族长，怎好张主？”阿寄道：“话虽有理，但他们分的公道，便不开口；若有些欺心,就死也说不得,也要讲个明白。”又问道:“可晓得分我在那一房?”婆子道:“这到不晓得。”阿寄走到堂前,见众人吃酒,正在高兴,不好遽然问得,站在旁边。间壁一个邻家抬头看见,便道:“徐老官,你如今分在三房里了。他是孤孀娘子,须是竭力帮助便好。”阿寄随口答道:“我年纪已老,做不动了。”口中便说,心下暗转道:“原来拨我在三房里,一定他们道我没用了,借手推出的意思。我偏要争口气,挣个事业起来,也不被人耻笑。”遂不问他们分析的事,一径转到颜氏房门口,听得在内啼哭。阿寄立住脚听时,颜氏哭道:“天阿! 只道与你一竹竿到底白头相守,那里说起半路上就抛撇了,遗下许多儿女,无依无靠! 还指望倚仗做伯伯的扶养长大,谁知你骨肉未寒,便分拨开来。如今教我没投没奔,怎生过日?”又哭道:“就是分的田产,他们通是亮里,我是暗中,凭他们分派,那里知得好歹。只一件上,已见他们的肠子狠了。那牛儿可以耕田,马儿可雇倩①与人,只拣两件有利息的拿了去;却推两个老头儿与我,反要费我的衣食。”那老儿听了这话,猛然揭起门帘叫道:“三娘,你道老奴单费你的衣食,不及马牛的力么?”颜氏魆地里被他钻进来说这句话,到惊了一跳,收泪问道:“你怎地说?”阿寄道:“那牛马每年耕种雇倩,不过有得数两利息,还要赔个人去喂养跟随。若论老奴,年纪虽有,精力未衰,路还走得,苦也受得。那经商道业,虽不曾做,也都明白。三娘急急收拾些本钱,待老奴出去做些生意,一年几转,其利岂不胜似马牛数倍! 就是我的婆子,平昔又勤于纺织,亦可少助薪水之费。那田产莫管好歹,

① 雇倩——出租。

把来放租与人,讨几担谷子,做了桩主,三娘同姐儿们,也做些活计,将就度日,不要动那货本。营运数年,怕不挣起个事业?何消愁闷。"颜氏见他说得有些来历,乃道:"若得你如此出力,可知好哩。但恐你有了年纪,受不得辛苦。"阿寄道:"不瞒三娘说,老便老,健还好,眠得迟,起的早,只怕后生家还赶我不上哩。这到不消虑得。"颜氏道:"你打帐做甚生意?"阿寄道:"大凡经商,本钱多便大做,本钱少便小做。须到外边去,看临期着便,见景生情,只拣有利息的就做,不是在家论得定的。"颜氏道:"说得有理,待我计较起来。"阿寄又讨出分书,将分下的家火,照单逐一点明,搬在一处,然后走至堂前答应。众亲邻直饮至晚方散。

次日,徐言即唤个匠人,把房子两下夹断,教颜氏另自开个门户出入。颜氏一面整顿家中事体,自不必说;一面将簪钗衣饰,悄悄教阿寄去变卖,共凑了十二两银子。颜氏把来交与阿寄道:"这些少东西,乃我尽命之资,一家大小俱在此上。今日交付与你,大利息原不指望,但得细微之利也就勾了。临事务要斟酌,路途亦宜小心!切莫有始无终,反被大伯们耻笑。"口中便说,不觉泪随言下。阿寄道:"但请放心,老奴自有见识在此,管情不负所托。"颜氏又问道:"何时起身?"阿寄回道:"本钱已有了,明早就行。"颜氏道:"可要拣个好日?"阿寄道:"我出去做生意,便是好日了,何必又拣?"即把银子藏在兜肚之中,走到自己房里,向婆子道:"我明早要出门去做生意,可将旧衣旧裳,打叠在一处。"元来阿寄止与主母计议,连老婆也不通他知得。这婆子见蓦地说出那句话,也觉骇然,问道:"你往何处去?做甚生意?"阿寄方把前事说与。那婆子道:"阿呀!这是那里说起!你虽然一把年纪,那生意行中,从不曾着脚，却去弄虚头，说大话，兜揽这帐。孤孀娘子的银两，是苦恼东西，莫要把去弄出个话靶，连累他没得过用，岂不终身抱怨。不如依着我，快快送还三娘，拚得早起晏眠，多吃些苦儿，照旧耕种帮扶，彼此到得安逸。”阿寄道：“婆子家晓道什么？只管胡言乱语！那见得我不会做生意，弄坏了事，要你未风先雨。”遂不听老婆，自去收拾了衣服被窝。却没个被囊，只得打个包儿，又做起一个缠袋，准备些干粮。又到市上买了一顶雨伞，一双麻鞋。打点完备，次早先到徐言、徐召二家说道：“老奴今日要往远处做生意，家中无人照管，虽则各分门户，还要二位官人早晚看顾。”徐言二人听了，不觉暗笑，答道：“这到不消你叮嘱，只要赚了银子回来，送些人事与我们。”阿寄道：“这个自然。”转到家中，吃了饭食，作别了主母，穿上麻鞋，背着包裹雨伞，又分付老婆，早晚须要小心。临出门，颜氏又再三叮咛，阿寄点头答应，大踏步去了。

且说徐言弟兄，等阿寄转身后，都笑道：“可笑那三娘子好没见识，有银子做生意，却不与你我商量，倒听阿寄这老奴才的说话。我想他生长已来，何曾做惯生意？哄骗孤孀妇人的东西，自去快活。这本钱可不白白送落。”徐召道：“便是当初合家时，却不把出来营运，如今才分得，即教阿寄做客经商。我想三娘子又没甚妆奁，这银两定然是老官儿存日，三兄弟克剥下的，今日方才出豁。总之，三娘子瞒着你我做事，若说他不该如此，反道我们妒忌了。且待阿寄折本回来，那时去笑他。”正是：

云端看厮杀，毕竟孰输赢？

路遥知马力，日久见人心。

再说阿寄离了家中，一路思想：“做甚生理便好？”忽地转着道:“闻得贩漆这项道路,颇有利息,况又在近处,何不去试他一试?”定了主意,一直来至庆云山中。从来采漆之处,原有牙行,阿寄就行家住下。那贩漆的客人,却也甚多,都是挨次儿打发。阿寄想道:“若慢慢的挨去,可不担搁了日子,又费去盘缠。”心生一计,捉个空扯主人家到一村店中,买三杯请他,说道:“我是个小贩子,本钱短少,守日子不起的。望主人家看乡里分上,怎地设法先打发我去。那一次来,大大再整个东道请你。”也是数合当然,那主人家却正撞着是个贪杯的,吃了他的软口汤,不好回得,一口应承。当晚就往各村户凑足其数,装裹停当,恐怕客人们知得嗔怪,到寄在邻家放下,次日起个五更,打发阿寄起身。那阿寄发利市,就得了便宜,好不喜欢。教脚夫挑出新安江口,又想道:“杭州离此不远,定卖不起价钱。”遂雇船直到苏州。正遇在缺漆之时,见他的货到,犹如宝贝一般,不勾三日,卖个干净。一色都是见银,并无一毫赊帐。除去盘缠使用,足足赚个对合①有馀。暗暗感谢天地。即忙收拾起身。又想道:“我今空身回去,须是趁船,这银两在身边,反担干系;何不再贩些别样货去,多少寻些利息也好。”打听得枫桥籼米到得甚多,登时落了几分价钱,乃道:“这贩米生意,量来必不吃亏。”遂籴了六十多担籼米,载到杭州出脱。那时乃七月中旬,杭州有一个月不下雨,稻苗都干坏了,米价腾涌。阿寄这载米,又值在巧里,每一挑长了二钱,又赚十多两银子。自言自语道:“且喜做来生意,颇颇顺溜,想是我三娘福分到了。”却又想道:“既在此间,怎不去问问漆价?若与苏州相去不远,也省好些盘缠。”

① 对合——对本。

细细访问时,比苏州更反胜。你道为何?元来贩漆的,都道杭州路近价贱,俱往远处去了,杭州到时常短缺。常言道:货无大小,缺者便贵。故此比别处反胜。阿寄得了这个消息,喜之不胜,星夜赶到庆云山。已备下些小人事,送与主人家,依旧又买三杯相请。那主人家得了些小便宜,喜逐颜开,一如前番,悄悄先打发他转身。到杭州也不消三两日,就都卖完。计算本利,果然比起先这一帐又多几两,只是少了那回头货的利息。乃道:"下次还到远处去。"与牙人算清了帐目,收拾起程。想道:"出门好几时了,三娘必然挂念,且回去回覆一声,也教他放心。"又想道:"总是收漆,要等候两日;何不先到山中,将银子教主人家一面先收,然后回家,岂不两便。"定了主意,到山中把银两付与牙人,自己赶回家去。正是:

先收漆货两番利,初出茅庐第一功。

且说颜氏自阿寄去后,朝夕悬挂,常恐他消折了这些本钱,怀着鬼胎。耳根边又听得徐言弟兄在背后攧唇簸嘴,愈加烦恼。一日正在房中闷坐,忽见两个儿子乱喊进来道:"阿寄回家了。"颜氏闻言,急走出房,阿寄早已在面前。他的老婆也随在背后。阿寄上前,深深唱个大喏。颜氏见了他,反增着一个蹬心拳头①,胸前突突的乱跳,诚恐说出句扫兴话来。便问道:"你做的是什么生意?可有些利钱?"那阿寄叉手不离方寸,不慌不忙的说道:"一来感谢天地保佑,二来托赖三娘洪福,做的却是贩漆生意,赚得五六倍利息。如此如此,这般这般,恐怕三娘放心不下,特归来回覆一声。"颜氏听罢,喜从天降,问道:"如今银子在那里?"阿寄道:"留与主

① 蹬心拳头——打击心头的拳头。

人家收漆，不曾带回，我明早就要去的。”那时合家都欢天喜地。阿寄住了一晚，次日清早起身，别了颜氏，又往庆云山去了。

且说徐言弟兄，那晚在邻家吃社酒醉倒，故此阿寄归家，全不晓得。到次日齐走过来，问道：“阿寄做生意归来，趁了多少银子？”颜氏道：“好教二位伯伯知得，他一向贩漆营生，倒觅得五六倍利息。”徐言道：“好造化！恁样赚钱时，不勾几年，便做财主哩。”颜氏道：“伯伯休要笑话，免得饥寒便勾了。”徐召道：“他如今在那里？出去了几多时？怎么也不来见我？这样没礼。”颜氏道：“今早原就去了。”徐召道：“如何去得恁般急速？”徐言又问道：“那银两你可曾见见数么？”颜氏道：“他说俱留在行家买货，没有带回。”徐言呵呵笑道：“我只道本利已在手了，原来还是空口说白话，眼饱肚中饥。耳边到说得热哄哄，还不知本在何处，利在那里，便信以为真。做经纪的人，左手不托右手，岂有自己回家，银子反留在外人。据我看起来，多分这本钱弄折了，把这鬼话哄你。”徐召也道：“三娘子，论起你家做事，不该我们多口，但你终是女眷家，不知外边世务，既有银两，也该与我二人商量，买几亩田地，还是长策。那阿寄晓得做甚生理？却瞒着我们，将银子与他出去瞎撞。我想那银两，不是你的妆奁，也是三兄弟的私蓄，须不是偷来的，怎看得恁般轻易！”二人一吹一唱，说得颜氏哑口无言，心下也生疑惑，委决不下。把一天欢喜，又变为万般闷愁。按下此处不题。

再说阿寄这老儿急急赶到庆云山中，那行家已与他收完，点明交付。阿寄此番不在苏杭发卖，径到兴化地方，利息比这两处又好。卖完了货，打听得那边米价一两三担，斗斛又大。想起杭州见今荒歉,前次粜客贩的去,尚赚了钱,今在出处贩去,怕不有一两个对合。遂装上一大载米至杭州,准准粜了一两二钱一石,斗斛上多来,恰好顶着船钱使用。那时到山中收漆,便是大客人了,主人家好不奉承。一来是颜氏命中合该造化,二来也亏阿寄经营伶俐。凡贩的货物,定获厚利。一连做了几帐,长有二千馀金。看看捱着残年,算计道:"我一个孤身老儿,带着许多财物,不是要处!倘有差跌,前功尽弃。况且年近岁逼,家中必然悬望,不如回去,商议置买些田产,做了根本,将馀下的再出来运弄。"此时他出路行头,诸色尽备;把银两逐封紧紧包裹,藏在顺袋中;水路用舟,陆路雇马,晏行早歇,十分小心。非止一日,已到家中,把行李驮入。婆子见老公回了,便去报知颜氏。那颜氏一则以喜,一则以惧。所喜者,阿寄回来,所惧者,未知生意长短若何?因向日被徐言弟兄奚落了一场,这般心里比前更是着急。三步并作两步,奔至外厢,望见这堆行李,料道不像个折本的,心下就安了一半。终是忍不住,便问道:"这一向生意如何?银两可曾带回?"阿寄近前见了个礼,说道:"三娘不要性急,待我慢慢的细说。"教老婆顶上中门,把行李尽搬至颜氏房中打开,将银子逐封交与颜氏。颜氏见着许多银两,喜出望外,连忙开箱启笼收藏。阿寄方把往来经营的事说出。颜氏因怕惹是非,徐言当日的话,一句也不说与他知道,但连称:"都亏你老人家气力了,且去歇息则个。"又分付:"倘大伯们来问起,不要与他讲真话。"阿寄道:"老奴理会得。"正话间,外面闹闹声叩门,原来却是徐言弟兄听见阿寄归了,特来打探消耗。阿寄上前作了两个揖。徐言道:"前日闻得你生意十分旺相,今番又趁若干利息?"阿寄道:"老奴托赖二位官人洪福,除了本钱盘费,干净趁得四五十两。”徐召道：“阿呀！前次便说有五六倍利了，怎地又去了许多时，反少起来？”徐言道：“且不要问他趁多趁少，只是银子今次可曾带回？”阿寄道：“已交与三娘了。”二人便不言语，转身出去。

再说阿寄与颜氏商议，要置买田产，悄地央人寻觅。大抵出一个财主，生一个败子。那锦沙村有个晏大户，家私豪富，田产广多，单生一子名为世保，取世守其业的意思。谁知这晏世保，专于嫖赌，把那老头儿活活气死。合村的人道他是个败子，将晏世保三字，顺口改为献世宝。那献世宝同着一班无藉，朝欢暮乐，弄完了家中财物，渐渐摇动产业。道是零星卖来不勾用，索性卖一千亩，讨价三千馀两，又要一注儿交银。那村中富者虽有，一时凑不起许多银子，无人上桩。延至岁底，献世宝手中越觉干逼，情愿连一所庄房，只要半价。阿寄偶然闻得这个消息，即寻中人去，讨个经帐①，恐怕有人先成了去，就约次日成交。献世宝听得有了售主，好不欢喜。平日一刻也不着家的，偏这日足迹不敢出门，呆呆的等候中人同往。且说阿寄料道献世宝是爱吃东西的，清早便去买下佳肴美酝，唤个厨夫安排。又向颜氏道：“今日这场交易，非同小可。三娘是个女眷家，两位小官人又幼，老奴又是下人，只好在旁说话，难好与他抗礼；须请间壁大官人弟兄来作眼，方是正理。”颜氏道：“你就过去请一声。”阿寄即到徐言门首，弟兄正在那里说话。阿寄道：“今日三娘买几亩田地，特请二位官人来张

① 经帐——出卖田产时，载明田产的经界、亩数及价格等等的说明书叫作“经帐”；犹如后来的“水程”。

主。”二人口中虽然答应，心内又怪颜氏不托他寻觅，好生不乐。徐言说道：“既要买田，如何不托你我，又教阿寄张主。直至成交，方才来说。只是这村中，没有什么零星田卖。”徐召道：“不必猜疑，少顷便见着落了。”二人坐于门首，等至午前光景，只见献世宝同着几个中人，两个小厮，拿着拜匣，一路拍手拍脚的笑来，望着间壁门内齐走进去。徐言弟兄看了，倒吃一吓，都道：“咦！好作怪！闻得献世宝要卖一千亩田，实价三千馀两，不信他家有许多银子？难道献世宝又零卖一二十亩？”疑惑不定。随后跟入，相见已罢，分宾而坐。阿寄向前说道：“晏官人，田价昨日已是言定，一依分付，不敢短少。晏官人也莫要节外生枝，又更他说。”献世宝乱嚷道：“大丈夫做事，一言已出，驷马难追。若又有他说，便不是人养的了。”阿寄道：“既如此，先立了文契，然后兑银。”那纸墨笔砚，准备得停停当当，拿过来就是。献世宝拈起笔，尽情写了一纸绝契，又道：“省得你不放心，先画了花押①，何如？”阿寄道：“如此更好。”徐言兄弟看那契上，果是一千亩田，一所庄房，实价一千五百两。吓得二人面面相觑，伸出了舌头，半日也缩不上去。都暗想道：“阿寄生意总是趁钱，也趁不得这些！莫不是做强盗打劫的，或是掘着了藏？好生难猜。”中人着完花押，阿寄收进去交与颜氏。他已先借下一副天秤法马，提来放在桌上，与颜氏取出银子来兑，一色都是粉块细丝。徐言、徐召眼内放出火来，喉间烟也直冒，恨不得推开众人，通抢回去。不一时兑完，摆出酒肴，饮至更深方散。次日，阿寄又向颜氏道：“那庄房

① 花押——正式契约未签订以前的草约。

甚是宽大,何不搬在那边居住?收下的稻子,也好照管。”颜氏晓得徐言弟兄妒忌,也巴不能远开一步。便依他说话,选了新正初六,迁入新房。阿寄又请个先生,教他两位小官人读书,大的取名徐宽,次的名徐宏。家中收拾得十分次第。那些村中人见颜氏买了一千亩田,都传说掘了藏,银子不计其数,连坑厕说来都是银的,谁个不来趋奉。再说阿寄将家中整顿停当,依旧又出去经营。这番不专于贩漆,但闻有利息的便做。家中收下米谷,又将来腾那①。十年之外,家私巨富。那献世宝的田宅,尽归于徐氏。门庭热闹,牛马成群,婢仆雇工人等,也有整百,好不兴头!正是:

富贵本无根,尽从勤里得。

请观懒惰者,面带饥寒色。

那时颜氏三个女儿,都嫁与一般富户。徐宽徐宏也各婚配。一应婚嫁礼物,尽是阿寄支持,不费颜氏丝毫气力。他又见田产广多,差役烦重,与徐宽弟兄,俱纳个监生,优免若干田役②。颜氏与阿寄儿子完了姻事;又见那老儿年纪衰迈,留在家中照管,不肯放他出门,又派个马儿与他乘坐。那老儿自经营以来,从不曾私吃一些好饮食,也不曾自私做一件好衣服,寸丝尺帛,必禀命颜氏,方才敢用。且又知礼数,不论族中老幼,见了必然站起。或乘马在途中遇着,便跳下来闪在路傍,让过去了,然后又行。因此远近亲邻,没一人不把他敬重。就是颜氏母子,也如尊长看承。那徐言、徐召,虽也挣起些田产,比着颜氏,尚有天渊之隔,终日眼红颈赤。那老

① 腾那——移动,掉换。这里是说:把家中的谷米卖出的钱再拿去作生意。

② 优免若干田役——明代规定:有了秀才(包括监生)的资格,就可获得免除某些项差役的权利。

儿揣知二人意思,劝颜氏各助百金之物。又筑起一座新坟,连徐哲父母,一齐安葬。那老儿整整活到八十,患起病来,颜氏要请医人调治,那老儿道:"人年八十,死乃分内之事,何必又费钱钞。"执意不肯服药。颜氏母子,不住在床前看视,一面准备衣衾棺椁。病了数日,势渐危笃,乃请颜氏母子到房中坐下,说道:"老奴牛马力已少尽,死亦无恨。只有一事,越分张主,不要见怪!"颜氏垂泪道:"我母子全亏你气力,方有今日;有甚事体,一凭分付,决不违拗。"那老儿向枕边摸出两纸文书,递与颜氏道:"两位小官人,年纪已长,日后少不得要分析,倘那时嫌多道少,便伤了手足之情。故此老奴久已将一应田房财物等件,均分停当;今日交付与二位小官人,各自去管业。"又叮嘱道:"那奴仆中难得好人,诸事须要自己经心,切不可重托。"颜氏母子,含泪领命。他的老婆儿子,都在床前啼啼哭哭,也嘱咐了几句。忽地又道:"只有大官人二官人,不曾面别,终是欠事,可与我去请来。"颜氏即差个家人去请。徐言徐召说道:"好时不直得帮扶我们,临死却来思想,可不扯淡!不去不去!"那家人无法,只得转身。却着徐宏亲自奔来相请,二人灭不过①侄儿面皮,勉强随来。那老儿已说话不出,把眼看了两看,点点头儿,奄然而逝。他的老婆儿媳啼哭,自不必说。只这颜氏母子俱放声号恸,便是家中大小男女,念他平日做人好处,也无不下泪。惟有徐言、徐召反有喜色。可怜那老儿:

辛勤好似蚕成茧,茧老成丝蚕命休。

又似采花蜂酿蜜,甜头到底被人收。

① 灭不过——碍不过情面;无法打发过去的意思。

颜氏母子哭了一回,出去支持殡殓之事。徐言、徐召看见棺木坚固,衣衾整齐,扯徐宽弟兄到一边,说道:"他是我家家人,将就些罢了!如何要这般好断送①?就是当初你家公公与你父亲,也没恁般齐整!"徐宽道:"我家全亏他挣起这些事业,若薄了他,内心上也打不过去。"徐召笑道:"你老大的人,还是个呆子!只是你母子命中合该有此造化,岂真是他本事挣来的哩。还有一件,他做了许多年数,克剥的私房,必然也有好些,怕道没得结果,你却挖出肉里钱来,与他备后事。"徐宏道:"不要冤枉好人!我看他平日,一厘一毫,都清清白白交与母亲,并不见有什么私房。"徐召又道:"做的私房,藏在那里,难道把与你看不成?若不信时,如今将那房中一检,极少也有整千银子。"徐宽道:"总有也是他挣下的,好道拿他的不成?"徐言道:"虽不拿他的,见个明白也好。"徐宽弟兄被二人说得疑疑惑惑,遂听了他,也不通颜氏知道,一齐走至阿寄房中,把婆子们哄了出去,闭上房门,开箱倒笼,遍处一搜,只有几件旧衣旧裳,那有分文钱钞。徐召道:"一定藏在儿子房里,也去一检。"寻出一包银子,不上二两,包中有个帐儿。徐宽仔细看时,还是他儿子娶妻时,颜氏助他三两银子,用剩下的。徐宏道:"我说他没有什么私房,却定要来看!还不快收拾好了,倘被人撞见,反道我们器量小了。"徐言、徐召自觉乏趣,也不别颜氏,径自去了。徐宽又把这事学向母亲,愈加伤感。令合家挂孝,开丧受吊,多修功果追荐。七②终之后,即安葬于新坟傍边。祭葬之礼,每事

① 断送——这里指衣衾棺木等物。

② 七——过去迷信的习俗:人死后七天为一"七",共七个"七"。每逢"七"这天,就烧纸诵经,据说可以"超度死者"。

从厚。颜氏主张，将家产分一股与他儿子，自去成家立业，奉养其母。又教儿子们以叔侄相称。此亦见颜氏不泯阿寄恩义的好处。合村的人，将阿寄生平行谊，具呈府县，要求旌奖，以劝后人。府县又查勘的实，申报上司，具疏奏闻。朝廷旌表其间。至今徐氏子孙繁衍，富冠淳安。诗云：

年老筋衰逊马牛，千金致产出人头。

托孤寄命真无愧，羞杀苍头不义侯①。

---

① 苍头不义侯——苍头，奴仆。东汉初，彭宠自立为燕王。他的苍头子密等趁他睡着，捆在床上，劫取宝物，把他杀了，投降汉光武帝(刘秀)。刘秀封子密为不义侯。

第三十六卷

蔡瑞虹忍辱报仇

酒可陶情适性,兼能解闷消愁。三杯五盏乐悠悠,痛饮翻能损寿。　　谨厚化成凶险,精明变作昏流。禹疏仪狄①岂无由?狂药使人多咎。

这首词名为〔西江月〕,是劝人节饮之语。今日说一位官员,只因贪杯上,受了非常之祸。话说这宣德年间,南直隶淮安府淮安卫,有个指挥姓蔡,名武。家资富厚,婢仆颇多。平昔别无所好,偏爱的是杯中之物,若一见了酒,连性命也不相顾,人都叫他做"蔡酒鬼"。因这件上,罢官在家。不但蔡指挥会饮,就是夫人田氏,却也一般善酌,二人也不像个夫妻,到像两个酒友。偏生奇怪,蔡指挥夫妻都会饮酒,生得三个儿女,却又酒滴不闻。那大儿蔡韬,次子蔡略,年纪尚小。女儿到有一十五岁,生时因见天上有一条虹霓,五色灿烂,正环在他家屋上,蔡武以为祥瑞,遂取名叫做瑞虹。那女子生得有十二分颜色,善能描龙画凤,刺绣拈花。不独女工伶

① 禹疏仪狄——历史传说:仪狄会造酒,夏禹喝了,觉得很甘美,就说:"后世必有以酒亡其国者。"于是疏远了仪狄。见《战国策》。

俐,且有智识才能,家中大小事体,到是他掌管。因见父母日夕沉湎,时常规谏,蔡指挥那里肯依。

话分两头,且说那时有个兵部尚书赵贵,当年未达时,住在淮安卫间壁,家道甚贫,勤苦读书,夜夜直读到鸡鸣方卧。蔡武的父亲老蔡指挥,爱他苦学,时常送柴送米,资助赵贵。后来连科及第,直做到兵部尚书,思念老蔡指挥昔年之情,将蔡武特升了湖广荆襄等处游击将军①。是一个上好的美缺,特地差人将文凭送与蔡武。蔡武心中欢喜,与夫人商议,打点择日赴任。瑞虹道:"爹爹,依孩儿看起来,此官莫去做罢!"蔡武道:"却是为何?"瑞虹道:"做官的一来图名,二来图利,故此千乡万里远去。如今爹爹在家,日日只是吃酒,并不管一毫别事。倘若到任上也是如此,那个把银子送来,岂不白白里乾折了盘缠辛苦,路上还要担惊受怕。就是没得银子趁,也只算是小事,还有别样要紧事体,担干系哩!"蔡武道:"除了没银子趁罢了,还有甚么干系?"瑞虹道:"爹爹,你一向做官时,不知见过多少了,难道这样事到不晓得?那游击官儿,在武职里便算做美任,在文官上司里,不过是个守令官,不时衙门伺候,东迎西接,都要早起晏眠。我想你平日在家,单管吃酒,自在惯了,倘到那里,依原如此,岂不受上司责罚,这也还不算利害。或是汛地②盗贼生发,差拨去捕获;或者别处地方有警,调遣去出征:那时不是马上,定是舟中,身披甲胄,手执戈矛,在生死关系之际,倘若一般终

① 游击将军——明代置正副总兵官、参将、游击将军、守备、把总等武官领军镇守各要地。游击将军,是第三级的武官。

② 汛(xùn)地——汛,"讯"字的假借。汛地,本指关卡盘查来往行人的处所;引申为军队驻防的防地。

日吃酒,岂不把性命送了?不如在家安闲自在,快活过了日子,却去讨这样烦恼吃!”蔡武道:“常言说得好,酒在心头,事在肚里。难道我真个单吃酒不管正事不成?只为家中有你掌管,我落得快活,到了任上,你替我不得时,自然着急,不消你担隔夜忧。况且这样美缺,别人用银子谋干,尚不能勾;如今承赵尚书一片好念,特地差人送上大门,我若不去做,反拂了这段来意。我自有主意在此,你不要阻当。”瑞虹见父亲立意要去,便道:“爹爹既然要去,把酒来戒了,孩儿方才放心。”蔡武道:“你晓得我是酒养命的,如何全戒得,只是少吃几杯罢。”遂说下几句口号:

老夫性与命,全靠水边西。
宁可不吃饭,岂可不饮酒。
今听汝忠言,节饮知谨守。
每常十遍饮,今番一加九。
每常饮十升,今番只一斗。
每常一气吞,今番分两口。
每常床上饮,今番地下走。
每常到三更,今番二更后。
再要裁减时,性命不值狗。

且说蔡武次日即教家人蔡勇,在淮关写了一只民座船,将衣饰细软,都打叠带去。粗重家伙,封锁好了,留一房家人看守。其馀童仆尽随往任所。又买了许多好酒,带路上去吃。择了吉日,备猪羊祭河,作别亲戚,起身下船。稍公扯起篷,由扬州一路进发。你道稍公是何等样人?那稍公叫做陈小四,也是淮安府人,年纪三十已外,雇着一班水手,共有七人,唤做白满、李癞子、沈铁甏、秦小圆、胡蛮二、余蛤蚆、凌歪嘴。这班人都是凶恶之徒,专在河路上谋劫客商。不想蔡武今日晦气,下了他的船只。陈小四起初见发下许多行李,眼中已是放出火来,及至家小下船,又一眼瞧着瑞虹美艳,心中愈加着魂。暗暗算计:“且远一步儿下手,省得在近处,容易露人眼目。”不一日,将到黄州,乃道:“此去正好行事了,且与众兄弟们说知。”走到稍上,对众水手道:“舱中一注大财乡,不可错过,乘今晚取了罢。”众人笑道:“我们有心多日了,因见阿哥不说起,只道让同乡分上,不要了。”陈小四道:“因一路来,没个好下手处,造化他多活了几日!”众人道:“他是个武官出身,从人又众,不比其他,须要用心。”陈小四道:“他出名的蔡酒鬼,有什么用?少停,等他吃酒到更深,放开手砍他娘罢了;只饶了这小姐,我要留他做个押舱娘子。”商议停当。少顷,到黄州江口泊住,买了些酒肉,安排起来。众水手吃个醉饱。扬起满帆,舟如箭放。那一日正是十五,刚到黄昏,一轮明月,如同白昼。至一空阔之处,陈小四道:“众兄弟,就此处罢,莫向前了。”霎时间,下篷抛锚,各执器械,先向前舱而来。迎头遇着一个家人,那家人见势头来得凶险,叫声:“老爷不好了!”说时迟,那时快,叫声未绝,顶门上已遭一斧,翻身跌倒。那些家人,一个个都抖衣而颤,那里动弹得。被众强盗刀砍斧切,连排价杀去。且说蔡武自从下船之后,初时几日,酒还少吃,以后觉道无聊,夫妻依先大酌,瑞虹劝谏不止。那一晚与夫人开怀畅饮,酒量已吃到九分,忽听得前舱发喊。瑞虹急叫丫鬟来看,那丫鬟吓得寸步难移,叫道:“老爹,前舱杀人哩。”蔡奶奶惊得魂不附体,刚刚立起身来,众凶徒已赶进舱。蔡武兀自朦胧醉眼,喝道:“我老爷在此,那个敢?”沈铁甏早把蔡武一斧砍倒,众男女一齐跪下，道：“金银任凭取去，但求饶命。”众人道：“两件俱是要的。”陈小四道：“也罢，看乡里情上，饶他砍头①，与他一个全尸罢了。”即教快取索子，两个奔向后艄，取出索子，将蔡武夫妻二子，一齐绑起，止空瑞虹。蔡武哭对瑞虹道：“不听你言，致有今日。”声犹未绝，都撺向江中去了。其馀丫鬟等辈，一刀一个，杀个干净。有诗为证：

金印将军酒量高，绿林暴客气雄高。

无情波浪兼天涌，疑是胥江起怒涛。

瑞虹见合家都杀，独不害他，料然必来污辱。奔出舱门，望江中便跳。陈小四放下斧头，双手抱住道：“小姐不要惊恐！还你快活。”瑞虹大怒，骂道：“你这班强盗，害了我全家，尚敢污辱我么！快快放我自尽。”陈小四道：“你这般花容月貌，教我如何舍得？”一头说，一头抱入后舱。瑞虹口中千强盗，万强盗，骂不绝口。众人大怒道：“阿哥，那里不寻了一个妻子，便受这贱人之辱！”便要赶进来杀。陈小四拦住道：“众兄弟，看我分上饶他罢！明日与你陪情。”又对瑞虹道：“快些住口，你若再骂时，连我也不能相救。”瑞虹一头哭，心中暗想：“我若死了，一家之仇，那个去报？且含羞忍辱，待报仇之后，死亦未迟。”方才住口，跌足又哭。陈小四安慰一番。众人已把尸首尽抛入江中，把船揩抹干净，扯起满帆，又使到一个沙洲边，将箱笼取出，要把东西分派。陈小四道：“众兄弟且不要忙，趁今日十五团圆之夜，待我做了亲，众弟兄吃过庆喜的筵席，然后自由自在均分，岂不美哉！”众人道：“也说得是。”连忙将

① 砍头——原本作“砍伤”，与文意不合；据《今古奇观》改。

蔡武带来的好酒,打开几坛,将那些食物东西,都安排起来,团团坐在舱中,点得灯烛辉煌,取出蔡武许多银酒器,大家痛饮。陈小四又抱出瑞虹坐在旁边,道:“小姐,我与你郎才女貌,做对夫妻也不辱抹了你!今夜与我成亲,图个白头到老。”瑞虹掩着面只是哭。众人道:“我众兄弟各人敬阿嫂一杯酒。”便筛过一杯,送在面前。陈小四接在手中,拿向瑞虹口边道:“多谢众弟兄之情,你略略沾些儿。”瑞虹那里采他,把手推开。陈小四笑道:“多谢列位美情,待我替娘子饮罢。”拿起来一饮而尽。秦小圆道:“哥不要吃单杯,吃个双双到老。”又送过一杯,陈小四又接来吃了。也筛过酒,逐个答还。吃了一会,陈小四被众人劝送,吃到八九分醉了。众人道:“我们畅饮,不要难为新人。哥,先请安置罢。”陈小四道:“既如此,列位再请宽坐,我不陪了。”抱起瑞虹,取了灯火,径入后舱。放下瑞虹,掩上舱门,便来与他解衣。那时瑞虹身不由主,被他解脱干净,抱向床中,任情取乐。可惜千金小姐,落在强徒之手。

暴雨摧残娇蕊,狂风吹损柔芽。

那是一宵恩爱,分明夙世冤家。

不题陈小四。且说众人在舱中吃酒,白满道:“陈四哥此时正在乐境了。”沈铁甏道:“他便乐,我们却有些不乐。”秦小圆道:“我们有甚不乐?”沈铁甏道:“皆是同样做事,他到独占了第一件便宜。明日分东西时,可肯让一些么?”李虦子道:“你道是乐,我想这一件,正是不乐之处哩。”众人道:“为何不乐?”李虦子道:“常言说的好,斩草不除根,萌芽依旧发。杀了他一家,恨不得把我们吞在肚里,方才快活,岂肯安心与陈四哥做夫妻?倘到人烟凑集所在,叫喊起来,众人性命,可不都送在他的手里。”众人尽道:“说得是，明日与陈四哥说明，一发杀却，岂不干净。”答道：“陈四哥今日得了甜头，怎肯杀他？”白满道：“不要与陈四哥说知，悄悄竟行罢。”李豳子道：“若瞒着他杀了，弟兄情上就到不好开交。我有个两得其便的计儿在此：趁陈四哥睡着，打开箱笼，将东西均分，四散去快活。陈四哥已受用了一个妙人，多少留几件与他，后边露出事来，止他自去受累，与我众人无干。或者不出丑，也是他的造化。恁样又不伤了弟兄情分，又连累我们不着，可不好么？”众人齐称道：“好。”立起身把箱笼打开，将出黄白之资，衣饰酒器，都均分了，只拣用不着的留下几件。各自收拾，打了包裹，把舱门关闭，将船使到一个通官路所在泊住，一齐上岸，四散而去。

箧中黄白皆公器，被底红香偏得意。

蜜房割去别人甜，狂蜂犹抱花心睡。

且说陈小四专意在瑞虹身上，外边众人算计，全然不知。直至次日巳牌时分，方才起身来看，不见一人，还只道夜来中酒睡着。走至稍上，却又不在；再到前船去看，那里有个人的影儿？惊骇道：“他们通往何处去了？”心内疑惑。复走入舱中，看见箱笼俱已打开；逐只检看，并无一物，止一只内存些少东西，并书帙之类：方明白众人分去，敢怒而不敢言。想道：“是了，他们见我留着这小姐，恐后事露，故都悄然散去。”又想道：“我如今独自个又行不得这船，住在此，又非长策，到是进退两难。欲待上涯，村中觅个人儿帮行，到有人烟之处，恐怕这小姐喊叫出来，这性命便休了。势在骑虎，留他不得了，不如斩草除根罢。”提起一柄板斧，抢入后舱。瑞虹还在床上啼哭，虽则泪痕满面，愈觉千娇百媚。那贼徒看了，神荡魂迷，臂垂手软，把杀人肠子，顿时熔化。一柄板斧，扑秃的落在地下。又腾身上去,捧着瑞虹淫媾。可怜嫩蕊娇花,怎当得风狂雨骤?那贼徒恣意轻薄了一回,说道:“娘子,我晓的你劳碌了,待我去收拾些饮食与你好将息。”跳起身,往稍上打火煮饭。忽地又想起道:“我若迷恋这女子,性命定然断送;欲要杀他,又不忍下手。罢,罢,只算我晦气,弃了这船,也向别处去过日。倘有采头,再觅一注钱财,原旧挣个船儿,依旧快活。那女子留在船中,有命时便遇人救了,也算我一点阴骘。”却又想道:“不好不好,如不除他,终久是个祸根。只饶他一刀,与个全尸罢。”煮些饭食吃饱,将平日所积囊资,并留下的些小东西,叠成一个大包,放在一边;寻了一条索子,打个圈儿,赶入舱来。这时瑞虹恐又来淫污,已是穿起衣服,向着里床垂泪,思算报仇之策,不堤防这贼徒来谋害。说时迟,那时快,这贼徒奔近前,左手托起头儿,右手就将索子套上。瑞虹方待喊叫,被他随手扣紧,尽力一收,瑞虹疼痛难忍,手足乱动,扑的跳了几跳,直挺挺横在床上便不动了。那贼徒料是已死,即放了手,到外舱拿起包裹,提着一根短棍,跳上涯,大踏步而去。正是:

虽无并枕欢娱,落得一身干净。

原来瑞虹命不该绝,喜得那贼打的是个单结,虽然被这一收时,气断昏迷;才放下手,结就松开;不比那吊死的越坠越紧。咽喉间有了一线之隙,这点气回复透出,便不致于死。渐渐苏醒,只是遍体酥软,动掸不得,倒像被按摩的捏了个醉杨妃光景①。喘了一回,觉的颈下难过,勉强挣起手扯开,心内苦楚,暗哭道:“爹阿,当时若听了我的言语,那有今日?只不知与这伙贼徒,前世有甚冤

① 醉杨妃光景——像唐代杨贵妃醉酒后浑身瘫软的样子。

业,合家遭此惨祸。"又哭道:"我指望忍辱偷生,还图个报仇雪耻,不道这贼原放我不过。我死也罢了,但是冤沉海底,安能瞑目。"转思转哭,愈想愈哀。正哭之间,忽然稍上,扑涵的一声响亮,撞得这船幌上几幌,睡的床铺,险些攧翻。瑞虹被这一惊,哭也倒止住了。侧耳听时,但闻隔船人声喧闹,打号撑篙,这本船不见一些声息。疑惑道:"这班强盗为何被人撞了船,却不开口?莫非那船也是同伙?"又想道:"或者是捕盗船儿,不敢与他争论。"便欲喊叫,又恐不能了事。方在惶惑之际,船仓中忽地有人大惊小怪,又齐拥入后舱。瑞虹还道是这班强盗,暗道:"此番性命定然休矣!"只听众人说道:"不知是何处官府,打劫的如此干净?人样也不留一个!"瑞虹听了这句话,已知不是强盗了,挣扎起身,高喊:"救命!"众人赶向前看时,见是个美貌女子,扶持下床,问他被劫情由。瑞虹未曾开言,两眼泪珠先下。乃将父亲官爵籍贯,并被难始末,一一细说。又道:"列位大哥,可怜我受屈无伸,乞引到官司告理,擒获强徒正法,也是一点阴骘。"众人道:"原来是位小姐,可恼受着苦了!但我们都做主不得,须请老爹来与你计较。"内中一个便跑去相请。不多时,一人跨进舱中,众人齐道:"老爹来也!"瑞虹举目看那人面貌魁梧,服饰齐整,见众人称他老爹,料必是个有身家的,哭拜在地。那人慌忙扶住道:"小姐何消行此大礼?有话请起来说。"瑞虹又将前事细说一遍。又道:"求老爹慨发慈悲,救护我难中之人,生死不忘大德!"那人道:"小姐,不消烦恼。我想这班强盗,去路还未远,即今便同你到官司呈告,差人四处追寻,自然逃走不脱。"瑞虹含泪而谢。那人分付手下道:"事不宜迟,快扶蔡小姐过船去罢。"众人便来搀扶。瑞虹寻了鞋儿穿起,走出舱门观看,乃是一只双开篷顶号货船。过得船来,请入舱中安息。众水手将贼船上家火东西,尽情搬个干净,方才起篷开船。

你道那人是谁?原来姓卞名福,汉阳府人氏。专在江湖经商,挣起一个老大家业,打造这只大船。众水手俱是家人。这番在下路脱了粮食,装回头货回家,正趁着顺风行走,忽地被一阵大风,直打向到岸边去。稍公把舵务命推挥,全然不应,径向贼船上当稍一撞。见是座船①,恐怕拿住费嘴,好生着急。合船人手忙脚乱,要撑开去,不道又阁在浅处;牵扯不动,故此打号用力。因见座船上没个人影,卞福以为怪异,教众水手过来看。已后闻报,止有一个美女子,如此如此,要求搭救。卞福即怀不良之念,用一片假情,哄得过船,便是买卖了。那里是真心肯替他伸冤理枉。那瑞虹起初因受了这场惨毒,正无门伸诉,所以一见了卞福,犹如见了亲人一般,求他救济,又见说出那班言语,便信以为真,更不疑惑。到得过船心定,想起道:"此来差矣!我与这客人,非亲非故,如何指望他出力,跟着同走?虽承他一力担当,又未知是真是假。倘有别样歹念,怎生是好?"方在疑虑,只见卞福,自去安排着佳肴美馔,奉承瑞虹,说道:"小娘子一定饿了,且吃些酒食则个。"瑞虹想着父母,那里下得咽喉。卞福坐在旁边,甜言蜜语,劝了两小杯,开言道:"小子有一言商议,不知小姐可肯听否?"瑞虹道:"老客有甚见谕?"卞福道:"适来小子一时义愤,许小姐同到官司告理,却不曾算到自己这一船货物。我想那衙门之事,原论不定日子的。倘或牵缠半年六月,事体还不能完妥,货物又不能脱去,岂不两下担阁。

① 座船——官船,官员所坐的船。

不如小姐且随我回去,先脱了货物,然后另换个小船,与你一齐下来理论这事,就盘桓几年,也不妨得。更有一件,你我是个孤男寡女,往来行走,必惹外人谈议,总然彼此清白,谁人肯信?可不是无丝有线?况且小姐举目无亲,身无所归;小子虽然是个商贾,家里颇颇得过,若不弃嫌,就此结为夫妇。那时报仇之事,水里水去,火里火去,包在我身上,一个个缉获来,与你出气,但未知尊意若何?”瑞虹听了这片言语,暗自心伤,簌簌的泪下,想道:“我这般命苦!又遇着不良之人。只是落在他套中,料难摆脱。”乃叹口气道:“罢,罢,父母冤仇事大,辱身事小。况已被贼人玷污,总今就死也算不得贞节了。且待报仇之后,寻个自尽,以洗污名可也。”踌躇已定,含泪答道:“官人果然真心肯替奴家报仇雪耻,情愿相从。只要设个誓愿,方才相信。”卞福得了这句言语,喜不自胜,连忙跪下设誓道:“卞福若不与小姐报仇雪耻,翻江而死。”道罢起来,分付水手:“就前途村镇停泊,买办鱼肉果品之类,合船吃杯喜酒。”到晚成就好事。

不则一日,已至汉阳。谁想卞福老婆,是个拈酸的领袖,吃醋的班头。卞福平昔极惧怕的,不敢引瑞虹到家,另寻所在安下。叮嘱手下人,不许泄漏。内中又有个请风光博笑脸的①,早去报知。那婆娘怒气冲天,要与老公厮恼。却又算计,没有许多闲工夫淘气。倒一字不提,暗地教人寻下掠贩的②,期定日子,一手交钱,一手交人。到了是日,那婆娘把卞福灌的烂醉,反锁在房。一乘轿

① 请风光博笑脸的——拍马屁,讨好卖乖的人。
② 掠贩的——用抢骗等方式贩卖人口的人。

子，抬至瑞虹住处。掠贩的已先在彼等候，随那婆娘进去，教人报知瑞虹说："大娘来了。"瑞虹无奈，只得出来相迎。掠贩的在旁，细细观看，见有十二分颜色，好生欢喜。那婆娘满脸堆笑，对瑞虹道："好笑官人，作事颠倒，既娶你来家，如何又撇在此，成何体面。外人知得，只道我有甚缘故。适来把他埋怨一场，特地自来接你回去，有甚衣饰快些收拾。"瑞虹不见卞福，心内疑惑，推辞不去。那婆娘道："既不愿同住，且去闲玩几日，也见得我亲来相接之情。"瑞虹见这句说得有理，便不好推托，进房整饰。那婆娘一等他转身，即与掠贩的议定身价，教家人在外兑了银两，唤乘轿子，哄瑞虹坐下，轿夫抬起，飞也似走，直至江边一个无人所在，掠贩的引至船边歇下。瑞虹情知中了奸计，放声号哭，要跳向江中。怎当掠贩的两边扶挟，不容转动。遂推入舱中，打发了中人、轿夫，急忙解缆开船，扬着满帆而去。且说那婆娘卖了瑞虹，将屋中什物收拾归去，把门锁上。回到家中，卞福还正酣睡。那婆娘三四个把掌打醒，数说一回，打骂一回，整整闹了数日，卞福脚影不敢出门。一日捉空踅到瑞虹住处，看见锁了门户，吃了一惊。询问家人，方知被老婆卖去久矣。只气得发昏章第十一。那卞福只因不曾与瑞虹报仇，后来果然翻江而死，应了向日之誓。那婆娘原是个不成才的烂货，自丈夫死后，越发恣意把家私贴完，又被奸夫拐去，卖与烟花门户。可见天道好还，丝毫不爽。有诗为证：

忍耻偷生为父仇，谁知奸计觅风流。

劝人莫设虚言誓，湛湛青天在上头。

再说瑞虹被掠贩的纳在船中，一味悲号。掠贩的劝慰道："不须啼泣，还你此去丰衣足食，自在快活！强如在卞家受那大老婆的气。”瑞虹也不理他，内心暗想道：“欲待自尽，怎奈大仇未报；将为不死，便成淫荡之人。”踌躇千百万遍，终是报仇心切，只得宁耐①，看个居止下落，再作区处。行不多路，已天晚泊船。掠贩的逼他同睡，瑞虹不从，和衣缩在一边。掠贩的便来搂抱，瑞虹乱喊杀人。掠贩的恐被邻船听得，弄出事来，放手不迭，再不敢去缠他。径载到武昌府，转卖与乐户王家。那乐户家里先有三四个粉头，一个个打扮得乔乔画画，傅粉涂脂，倚门卖俏。瑞虹到了其家，看见这般做作，转加苦楚。又想道：“我今落在烟花地面，报仇之事，已是绝望，还有何颜在世！”遂立意要寻死路，不肯接客。偏又作怪，但是瑞虹走这条门路，就有人解救，不致伤身。乐户与鸨子商议道：“他既不肯接客，留之何益！倘若三不知，做出把戏，倒是老大利害。不如转货与人，另寻个罢。”常言道：事有凑巧，物有偶然。恰好有一绍兴人，姓胡名悦，因武昌太守是他的亲戚，特来打抽丰，倒也作成寻觅了一大注钱财。那人原是贪花恋酒之徒，做的寓所，近着妓家，闲时便去串走，也曾见过瑞虹是个绝色丽人，心内着迷，几遍要来入马。因是瑞虹寻死觅活，不能到手。今番听得乐户有出脱的消息，情愿重价娶为偏房。也是有分姻缘，一说就成。

胡悦娶瑞虹到了寓所，当晚整备着酒肴，与瑞虹叙情。那瑞虹只是啼哭，不容亲近。胡悦再三劝慰不止，到没了主意，说道：“小娘子，你在娼家，或者道是贱事，不肯接客；今日与我成了夫妇，万分好了，还有甚苦情，只管悲恸！你且说来，若有疑难事体，我可以替你分忧解闷。倘事情重大，这府中太爷，是我舍亲，就转托他与

① 宁耐——安心忍耐。

你料理,何必自苦如此。”瑞虹见他说话有些来历,方将前事,一一告诉。又道:“官人若能与奴家寻觅仇人,报冤雪耻,莫说得为夫妇,便做奴婢,亦自甘心。”说罢又哭。胡悦闻言答道:“原来你是好人家子女,遭此大难,可怜可怜!但这事非一时可毕,待我先教舍亲出个广捕到处挨缉;一面同你到淮安告官,拿众盗家属追比,自然有个下落。”瑞虹拜倒在地道:“若得官人肯如此用心,生生世世,衔结报效。”胡悦扶起道:“既为夫妇,事同一体,何出此言!”遂携手入寝。那知胡悦也是一片假情,哄骗过了几日,只说已托太守出广捕缉获去了。瑞虹信以为实,千恩万谢。又住了数日,雇下船只,打叠起身,正遇着顺风顺水,那消十日,早至镇江,另雇小船回家。把瑞虹的事,阁过一边,毫不题起。瑞虹大失所望,但到此地位,无可奈何,遂吃了长斋,日夜暗祷天地,要求报冤。在路非止一日,已到家中。胡悦老婆见娶个美人回来,好生妒忌,时常厮闹。瑞虹总不与他争论,也不要胡悦进房,这婆娘方才少解。

原来绍兴地方,惯做一项生意:凡有钱能干的,便到京中买个三考吏名色,钻谋好地方去做个佐贰官①出来,俗名唤做“飞过海”。——怎么叫做“飞过海”?大凡吏员考满,依次选去,不知等上几年;若用了钱,空选在别人前面,指日便得做官,这谓之“飞过海”。还有独自无力,四五个合做伙计,一人出名做官,其馀坐地分赃。到了任上,先备厚礼,结好堂官,叨揽事管,些小事体,经他衙里,少不得要诈一两五钱。到后觉道声息不好,立脚不住,就悄

① 三考吏、佐贰官——三考吏,明代规定:吏员三年一考绩,分上中下三等,叫作“初考”;六年“再考”;九年“通考”。三考满再经过吏部考试,合格的就可授官。佐贰官,例如县丞、主簿之类的辅佐知县的官。

地桃之夭夭。十个里边,难得一两个来去明白,完名全节。所以天下衙官,大半都出绍兴。那胡悦在家住了年馀,也思量到京干这桩事体。更兼有个相知,见在当道,写书相约,有扶持他的意思,一发喜之不胜。即便处置了银两,打点起程。单虑妻妾在家不睦;与瑞虹计议,要带他同往,许他谋选彼处地方,访觅强盗踪迹。瑞虹已被骗过一次,虽然不信,也还希冀出外行走,或者有个机会,情愿同去。胡悦老婆得知,翻天作地,与老公相打相骂,胡悦全不作准。择了吉日,雇下船只,同瑞虹径自起身。一路无话,直至京师寻寓所,安顿了瑞虹。次日整备礼物,去拜那相知官员。谁想这官人一月前暴病身亡,合家慌乱,打点扶柩归乡。胡悦没了这个倚靠,身子就酥了半边。思想银子带得甚少,相知又死,这官职怎能弄得到手?欲待原复归去,又恐被人笑耻,事在两难,狐疑未决。寻访同乡一个相识商议。这人也是走那道儿的,正少了银两,不得完成,遂设计哄骗胡悦,包揽替他图个小就。设或短少,寻人借债。胡悦合该晦气,被他花言巧语,说得热闹,将所带银两一包儿递与。那人把来完成了自己官职,悄地一溜烟径赴任去了。胡悦止剩得一双空手,日逐时需,渐渐欠缺。寄书回家取索盘缠,老婆正恼着他,那肯应付分文。自此流落京师,逐日东走西撞,与一班京花子合了伙计,骗人财物。一日商议要大大寻一注东西,但没甚为由,却想到瑞虹身上,要把来认作妹子,做个美人局。算计停当,胡悦又恐瑞虹不肯,生出一段说话哄他道:"我向日指望到此,选得个官职,与你去寻访仇人;不道时运乖蹇,相知已死,又被那天杀的,骗去银两;沦落在此,进退两难。欲待回去,又无处设法盘缠。昨日与朋友们议得个计策,到也尽通。"瑞虹道:"是甚计策?"胡悦道:"只说你是我的妹子,要与人为妾;倘有人来相看,你便见他一面。等哄得银两到手,连夜悄然起身,他们那里来寻觅。顺路先到淮安,送你到家,访问强徒,也了我心上一件未完。”瑞虹初时本不欲得,次后听说顺路送归家去,方才许允。胡悦讨了瑞虹一个肯字,欢喜无限,教众光棍四处去寻主顾。正是:

安排地网天罗计,专待落坑堕堑人。

话分两头。却说浙江温州府有一秀士,姓朱名源,年纪四旬以外,尚无子嗣。娘子几遍劝他取个偏房。朱源道:“我功名淹蹇①,无意于此。”其年秋榜高登,到京会试。谁想福分未齐,春闱不第,羞归故里;与几个同年相约,就在京中读书,以待下科。那同年中晓得朱源还没有儿子,也苦劝他娶妾。朱源听了众人说话,教人寻觅。刚有了这句口风,那些媒人互相传说,几日内便寻下若干头脑,请朱源逐一相看拣择,没有个中得意的。众光棍缉着那个消息,即来上桩,夸称得瑞虹姿色绝世无双,古今罕有。哄动朱源期下日子,亲去相看。此时瑞虹身上衣服,已不十分整齐;胡悦教众光棍借来妆饰停当。众光棍引了朱源到来,胡悦向前迎迓,礼毕就坐,献过一杯茶,方请出瑞虹站在遮堂门边。朱源走上一步,瑞虹侧着身子,道个万福。朱源即忙还礼。用目仔细一觑,端的娇艳非常,暗暗喝采道:“真好个美貌女子!”瑞虹也见朱源人材出众,举止闲雅,暗道:“这官人到好个仪表,果是个斯文人物。但不知甚么晦气,投在网中。”心下存了个懊悔之念。略站片时,转身进去。

① 功名淹蹇(yān jiǎn)——功名,指中科第,作官。淹,迟缓。蹇,困迫。就是说:没有考上科举,没作官,很不得意。

众光棍从旁衬道:“相公,何如?可是我们不说谎么?”朱源点头微笑道:“果然不谬。可到小寓议定财礼,择日行聘便了。”道罢起身,众人接脚随去,议了一百两财礼。朱源也闻得京师骗局甚多,恐怕也落了套儿,讲过早上行礼,到晚即要过门。众光棍又去与胡悦商议。胡悦沉吟半晌,生出一个计,恐瑞虹不肯。教众人坐下,先来与他计较道:“适来这举人已肯上桩,只是当日便要过门,难做手脚。如今只得将计就计,依着他送你过去。少不得备下酒肴,你慢慢的饮至五更时分,我同众人便打入来,叫破地方,只说强占有夫妇女,就引你回来,声言要往各衙门呈告。他是个举人,怕干碍前程,自然反来求伏。那时和你从容回去,岂不美哉!”瑞虹闻言,愀然不乐,答道:“我前生不知作下甚业?以至今世遭许多磨难!如何又作恁般没天理的事害人?这个断然不去。”胡悦道:“娘子,我原不欲如此,但出于无奈,方走这条苦肉计。千万不要推托!”瑞虹执意不从。胡悦就双膝跪下道:“娘子,没奈何将就做这一遭,下次再不敢相烦了。”瑞虹被逼不过,只得应允。胡悦急急跑向外边,对众人说知就里。众人齐称妙计,回覆朱源,选起吉日,将银两兑足,送与胡悦收了。众光棍就要把银两分用,胡悦道:“且慢着,等待事妥,分也未迟。”到了晚间,朱源叫家人雇乘轿子,去迎瑞虹,一面分付安排下酒馔等候。不一时,已是娶到。两下见过了礼,邀入房中。叫家人管待媒人酒饭,自不必说。

单讲朱源同瑞虹到了房中,瑞虹看时,室中灯烛辉煌,设下酒席。朱源在灯下细观其貌,比前倍加美丽,欣欣自得,道声:“娘子请坐。”瑞虹羞涩不敢答应,侧身坐下。朱源叫小厮斟过一杯酒,恭恭敬敬递至面前放下,说道:“小娘子,请酒。”瑞虹也不敢开言,也不回敬。朱源知道他是怕羞，微微而笑。自己斟上一杯，对席相陪。又道："小娘子，我与你已为夫妇，有甚害羞！请少沾一盏儿。小生候乾。"瑞虹只是低头不应。朱源想道："他是女儿家，一定见小厮们在此，所以怕羞。"即打发出外，掩上门儿，走至身边道："想是酒寒了，可换些热的饮一杯，不要拂了我的敬意。"遂自斟一杯，递与瑞虹。瑞虹看了这个局面，转觉羞惭，蓦然伤感。想起幼时父母何等珍惜，今日流落至此，身子已被玷污，大仇又不能报，又强逼做这般丑态骗人，可不辱没祖宗。柔肠一转，泪珠簌簌乱下。朱源看见流泪，低低道："小娘子，你我千里相逢，天缘会合，有甚不足，这般愁闷？莫不宅上还有甚不堪之事，小娘子记挂么？"连叩数次，并不答应。觉得其容转戚。朱源又道："细观小娘子之意，必有不得已事，何不说与我知，倘可效力，决不推故。"瑞虹又不则声。朱源到没做理会，只得自斟自饮。吃勾半酣，听谯楼已打二鼓。朱源道："夜深了，请歇息罢。"瑞虹也全然不采。朱源又不好催逼，到走去书桌上，取过一本书儿观看，陪他同坐。瑞虹见朱源殷勤相慰，不去理他，并无一毫愠怒之色，转过一念道："看这举人到是个盛德君子，我当初若遇得此等人，冤仇申雪久矣。"又想道："我看胡悦这人，一味花言巧语，若专靠在他身上，此仇安能得报？他今明明受过这举人之聘，送我到此；何不将计就计，就跟着他，这冤仇或者到有报雪之期。"左思右想，疑惑不定。朱源又道："小娘子请睡罢。"瑞虹故意又不答应。朱源依然将书观看。看看三鼓将绝，瑞虹主意已定。朱源又催他去睡，瑞虹才道："我如今方才是你家的人了。"朱源笑道："难道起初还是别家的人么？"瑞虹道："相公那知就里。我本是胡悦之妾，只因流落京师，与一班光棍生出这计,哄你银子。少顷即打入来,抢我回去,告你强占良人妻女。你怕干碍前程,还要买静求安。”朱源闻言大惊道:“有恁般异事!若非小娘子说出,险些落在套中。但你既是胡悦之妾,如何又泄漏与我?”瑞虹哭道:“妾有大仇未报,观君盛德长者,必能为妾伸雪,故愿以此身相托。”朱源道:“小娘子有何冤抑,可细细说来,定当竭力为你图之。”瑞虹乃将前后事泣诉,连朱源亦自惨然下泪。正说之间,已打四更。瑞虹道:“那一班光棍,不久便到;相公若不早避,必受其累。”朱源道:“不要着忙。有同年寓所,离此不远,他房屋尽自深邃。且到那边暂避过一夜,明日另寻所在,远远搬去,有何患哉!”当下开门,悄地唤家人点起灯火,径到同年寓所,敲开门户。那同年见夜半而来,又带着个丽人,只道是来历不明的,甚以为怪。朱源一一道出。那同年即移到外边去睡,让朱源住于内厢。一面叫家人们相帮,把行李等件,尽皆搬来,止存两间空房。不在话下。

且说众光棍一等瑞虹上轿,便逼胡悦将出银两分开。买些酒肉,吃到五更天气,一齐赶至朱源寓所,发声喊打将入去。只见两间空屋,那有一个人影。胡悦到吃了一惊,说道:“他如何晓得?预先走了!”对众光棍道:“一定是你们倒勾结来捉弄我的,快快把银两还了便罢。”众光棍大怒,也翻转脸皮,说道:“你把妻子卖了,又要来打抢,反说我们有甚勾当,须与你干休不得!”将胡悦攒盘打勾臭死。恰好五城兵马①经过,结扭到官,审出骗局实情,一概

① 五城兵马——明代,在北京设中、东、西、南、北五城兵马指挥司,有指挥、副指挥、吏目等官,管理巡捕盗贼,疏理街道沟渠,及囚犯火禁等事。

三十，银两追出入官。胡悦短递回籍。有诗为证：

牢笼巧设美人局，美人原不是心腹。

赔了夫人又打臀，手中依旧光陆秃。

且说朱源自娶了瑞虹，彼此相敬相爱，如鱼似水。半年之后，即怀六甲。到得十月满足，生下一个孩子，朱源好不喜欢，写书报知妻子。光阴迅速，那孩子早又周岁。其年又值会试，瑞虹日夜向天祷告，愿得丈夫黄榜题名，早报蔡门之仇。场后开榜，朱源果中了六十五名进士，殿试三甲，该选知县。恰好武昌县缺了县官，朱源就讨了这个缺。对瑞虹道："此去仇人不远，只怕他先死了，便出不得你的气。若还在时，一个个拿来沥血祭献你的父母，不怕他走上天去。"瑞虹道："若得相公如此用心，奴家死亦瞑目。"朱源一面先差人回家，接取家小在扬州伺候，一同赴任。一面候吏部领凭①。不一日领了凭限，辞朝出京。原来大凡吴、楚之地作宦的，都在临清张家湾雇船，从水路而行，或径赴任所，或从家乡而转，但从其便。那一路都是下水，又快又稳；况带着家小，若没有勘合、脚力②，陆路一发不便了。每常有下路粮船，运粮到京，交纳过后，那空船回去，就揽这行生意，假充座船，请得个官员坐舱，那船头便去包揽他人货物，图个免税之利，这也是个旧规。却说朱源同了小奶奶到临清雇船，看了几个舱口，都不称怀，只有一只整齐，中了

① 凭——凭照；指委派令一类的证件。

② 勘合、脚力——勘合，古时调遣军队，用竹木作符契，上盖印信，剖为两半；一半交奉令去调遣的人，一半交被调遣的主将。军队到时，将两半相合，勘验真伪，这种符契叫作"勘合"。明代，公差来往，照例要拿勘合，以凭查验。脚力，指马伕。

朱源之意。船头递了姓名手本,磕头相见。管家搬行李安顿舱内,请老爷奶奶下船。烧了神福,船头指挥众人开船。瑞虹在舱中,听得船头说话,是淮安声音,与贼头陈小四一般无二。问丈夫什么名字,朱源查那手本写着:船头吴金叩首。姓名都不相同,可知没相干了。再听他声口,越听越像。转展生疑,放心不下。对丈夫说了,假托分付说话,唤他近舱,瑞虹闪于背后断认其面貌,又与陈小四无异;只是姓名不同,好生奇怪。欲待盘问,又没个因由。偶然这一日,朱源的座师船到,过船去拜访,那船头的婆娘进舱来拜见奶奶,送茶为敬,瑞虹看那妇人:

虽无十分颜色,也有一段风流。

瑞虹有心问那妇人道:"你几岁了?"那妇人答道:"二十九岁了。"又问:"那里人氏?"答道:"池阳人氏。"瑞虹道:"你丈夫不像个池阳人。"那妇人道:"这是小妇人的后夫。"瑞虹道:"你几岁死过丈夫的?"那妇人道:"小妇人夫妇为运粮到此,拙夫一病身亡。如今这拙夫是武昌人氏,原在船上做帮手,丧事中亏他一力相助,小妇人孤身无倚,只得就从了他,顶着前夫名字,完这场差使。"瑞虹问在肚里,暗暗点头。将香帕赏他。那妇人千恩万谢的去了。瑞虹等朱源上船,将这话述与他听了。眼见吴金即是陈小四,正是贼头。朱源道:"路途之间不可造次,且忍耐他到地方上施行,还要在他身上追究馀党。"瑞虹道:"相公所见极明;只是仇人相见,分外眼睁,这几日何如好过!"恨不得借滕王阁的顺风①,一阵吹到

① 借滕王阁的顺风——这是关于唐代文学家王勃的传说故事;详见本书第四十卷《马当神风送滕王阁》。

武昌。

饮恨亲冤已数年,枕戈思报叹无缘。

同舟敌国今相遇,又隔江山路几千。

却说朱源舟至扬州,那接取大夫人的还未曾到,只得停泊码头等候。瑞虹心上一发气闷。等到第三日,忽听得岸上鼎沸起来。朱源叫人问时,却是船头与岸上两个汉子扭做一团厮打。只听得口口声声说道:"你干得好事!"朱源见小奶奶气闷,正没奈何,今番且借这个机会,敲那贼头几个板子,权发利市。当下喝教水手:"与我都拿过来。"原来这班水手,与船头面和意不和,也有个缘故。——当初陈小四缢死了瑞虹,弃船而逃,没处投奔,流落到池阳地面,偶值吴金这只粮船起运,少个帮手,陈小四就上了他的船。见吴金老婆像个爱吃枣儿汤①的,岂不正中下怀,一路行奸卖俏搭识上了。两个如胶似漆,反多那老公碍眼。船过黄河,吴金害了个寒症,陈小四假意殷勤,赎药调理。那药不按君臣,一服见效②,吴金死了。妇人身边取出私财,把与陈小四,只说借他的东西,断送老公。过了一两个七,又推说欠债无偿,就将身子白白的嫁了他。虽然备些酒食,暖住了众人,却也中心不伏。为这缘故,所以面和意不和。——听得舱里叫一声:"都拿过来。"蜂拥的上岸,将三个人一齐扣下船来,跪于将军柱边。朱源问道:"为何厮打?"船头禀道:"这两个人原是小人合本撑船伙计,因盗了资本,背地逃走,两

① 爱吃枣儿汤——比喻爱勾勾搭搭,搞不正当的男女关系。

② 那药不按君臣,一服见效——中医治病所开药方,是按照"君臣佐使"的原则来配置主药和辅药的分量。如不按一定比例配方,就会把病治坏或治死。一服见效,是反话,就是治死了。

三年不见面。今日天遣相逢，小人与他取讨，他倒图赖小人，两个来打一个。望老爷与小人做主。”朱源道：“你二人怎么说？”那两个汉子道：“小人并没此事，都是一派胡言。”朱源道：“难道一些影儿也没有，平地就厮打起来？”那两个汉子道：“有个缘故。当初小的们，虽然与他合本撑船，只为他迷恋了个妇女，小的们恐误了生意，把自己本钱收起，各自营运，并不曾欠他分毫。”朱源道：“你两个叫什么名字？”那两个汉子不曾开口，到是陈小四先说道：“一个叫沈铁甏，一个叫秦小圆。”朱源却待再问，只见背后有人扯拽，回头看时，却是丫鬟，悄悄传言，说道：“小奶奶请老爷说话。”朱源走进后舱，见瑞虹双行流泪，扯住丈夫衣袖，低声说道：“那两个汉子的名字，正是那贼头一伙，同谋打劫的人，不可放他走了。”朱源道：“原来如此。事到如今，等不得到武昌了。”慌忙写了名帖，分付打轿，喝叫地方，将三人一串儿缚了，自去拜扬州太守，告诉其事。太守问了备细，且教把三个贼徒收监，次日面审。朱源回到船中，众水手已知陈小四是个强盗，也把谋害吴金的情节，细细禀知。朱源又把这些缘繇，备写一封书帖，送与太守，并求究问馀党。太守看了，忙出飞签，差人拘那妇人，一并听审。扬州城里传遍了这出新闻，又是盗案，又是奸淫事情，有妇人在内，那一个不来观看。临审之时，府前好不热闹。正是：

好事不出门，恶事传千里。

却说太守坐堂，吊出三个贼徒，那妇人也提到了，跪于阶下。陈小四看见那婆娘也到，好生惊怪，道：“这厮打小事，如何连累家属？”只见太守却不叫吴金名字，竟叫陈小四。吃这一惊非小，凡事逃那实不过，叫一声不应，再叫一声不得不答应了。太守相公冷笑一声道:“你可记得三年前蔡指挥的事么?天网恢恢,疏而不漏。今日有何理说!”三个人面面相觑,却似鱼胶粘口,一字难开。太守又问:“那时同谋还有李鬍子、白满、胡蛮二、凌歪嘴、余蛤蚆,如今在那里?”陈小四道:“其时虽在那里,一些财帛也不曾分受。都是他这几个席卷而去,只问他两个便知。”沈铁甏、秦小圆道:“小的虽然分得些金帛,却不像陈小四强奸了他家小姐。”太守已知就里,恐坏了朱源体面,便喝住道:“不许闲话!只问你那几个贼徒,现在何处?”秦小圆说:“当初分了金帛,四散去了。闻得李鬍子、白满随着山西客人,贩买绒货;胡蛮二、凌歪嘴、余蛤蚆三人,逃在黄州撑船过活。小的们也不曾相会。”太守相公又叫妇人上前问道:“你与陈小四奸密,毒杀亲夫,遂为夫妇,这也是没得说了。”妇人方欲抵赖,只见阶下一班水手都上前禀话,如此如此,这般这般,说得那妇人顿口无言。太守相公大怒,喝教选上号毛板,不论男妇,每人且打四十,打得皮开肉绽,鲜血迸流。当下录了口词,三个强盗通问斩罪,那妇人问了凌迟。齐上刑具,发下死囚牢里。一面出广捕,挨获白满、李鬍子等。太守问了这桩公事,亲到船上答拜朱源,就送审词与看。朱源感谢不尽。瑞虹闻说,也把愁颜放下七分。

又过几日,大奶奶已是接到。瑞虹相见,一妻一妾,甚是和睦。大奶奶又见儿子生得清秀,愈加欢喜。不一日,朱源于武昌上任,管事三日,便差的当捕役缉访贼党胡蛮等。果然胡蛮二、凌歪嘴在黄州江口撑船,手到拿来。招称:“余蛤蚆一年前病死,白满、李鬍子见跟陕西客人,在省城开铺。”朱源权且收监,待拿到馀党,一并问罪。省城与武昌县相去不远,捕役去不多日,把白满、李鬍子二人一索子捆来，解到武昌县。朱源取了口词，每人也打四十。备了文书，差的当公人，解往扬州府里，以结前卷。朱源做了三年县宰，治得那武昌县道不拾遗，犬不夜吠，行取御史，就出差淮扬地方。瑞虹嘱付道："这班强盗，在扬州狱中，连岁停刑，想未曾决。相公到彼，可了此一事；就与奴家沥血祭奠父亲，并两个兄弟。一以表奴家之诚，二以全相公之信。还有一事，我父亲当初曾收用一婢，名唤碧莲，曾有六个月孕；因母亲不容，就嫁出与本处一个朱裁为妻。后来闻得碧莲所生，是个男儿。相公可与奴家用心访问。若这个儿子还在，可主张他复姓，以续蔡门宗祀，此乃相公万代阴功。"说罢，放声大哭，拜倒在地。朱源慌忙扶起道："你方才所说二件，都是我的心事。我若到彼，定然不负所托。就写书信报你得知。"瑞虹再拜称谢。

再说朱源赴任淮、扬，这是代天子巡狩，又与知县到任不同。真个：

号令出时霜雪凛，威风到处鬼神惊。

其时七月中旬，未是决囚之际。朱源先出巡淮安，就托本处府县访缉朱裁及碧莲消息，果然访着。那儿子已八岁了，生得堂堂一貌。府县奉了御史之命，好不奉承。即日香汤沐浴，换了衣履，送在军卫供给，申文报知察院。朱源取名蔡续，特为起奏一本，将蔡武被祸事情，备细达于圣聪。"蔡氏当先有汗马功劳，不可令其无后。今有幼子蔡续，合当归宗，俟其出幼承袭。其凶徒陈小四等，秋后处决。"圣旨准奏了。其年冬月，朱源亲自按临扬州，监中取出陈小四与吴金的老婆，共是八个，一齐绑赴法场，剐的剐，斩的斩，干干净净。正是：

善有善报，恶有恶报。若还不报，时辰未到。

朱源分付刽子手，将那几个贼徒之首，用漆盘盛了，就在城隍庙里设下蔡指挥一门的灵位，香花灯烛，三牲祭醴，把几颗人头，一字儿摆开。朱源亲制祭文拜奠。又于本处选高僧做七七功德，超度亡魂。又替蔡续整顿个家事，嘱付府县青目①。其母碧莲一同居住，以奉蔡指挥岁时香火。朱裁另给银两别娶。诸事俱已停妥，备细写下一封家书，差个得力承舍②，赍回家中，报知瑞虹。瑞虹见了书中之事，已知蔡氏有后，诸盗尽已受刑，沥血奠祭；举手加额，感谢天地不尽。是夜，瑞虹沐浴更衣，写下一纸书信，寄谢丈夫；又去拜谢了大奶奶；回房把门栓上，将剪刀自刺其喉而死。其书云：

> 贱妾瑞虹百拜相公台下：虹身出武家，心娴闺训。男德在义，女德在节；女而不节，与禽何别！虹父韬钤不戒③，麯蘖④迷神。海盗⑤亡身，祸及母弟，一时并命。妾心胆俱裂，浴泪弥年。然而隐忍不死者，以为一人之廉耻小，阖门之仇怨大。

---

① 青目——特别照顾的意思。晋代阮籍能为青白眼：用青眼对他所看得起的人，用白眼对待看不起的人。后来把“青目”、“青睐”引申为看得起、照顾的意思。

② 承舍——衙门里传递公文信件的小吏。

③ 韬钤不戒——古兵书中有“六韬”及“玉钤篇”，故用“韬钤”为兵法的代称。不戒，没有戒备。就是说：蔡指挥是军官，懂得兵法，但疏于戒备，以致被杀。

④ 麯蘖——一般写作“麴蘖”；酒酿，酿酒所用的发酵的药麯。引申作酒的代称。

⑤ 海盗——《易经·系辞》：“慢藏诲盗。”意思是说：如不把财物藏好，暴露在外边，就等于告诉盗贼来取财物。

昔李将军忍耻降虏,欲得当以报汉①;妾虽女流,志窃类此。不幸历遭强暴,衷怀未申。幸遇相公,拔我于风波之中,谐我以琴瑟之好。识荆之日,便许复仇。皇天见怜,宦游早遂。诸奸贯满,相次就毙;而且明正典刑,沥血设饷。蔡氏已绝之宗,复蒙披根见本,世禄复延。相公之为德于衰宗者,天高地厚,何以喻兹。妾之仇已雪而志以遂矣。失节贪生,贻玷阀阅②,妾且就死,以谢蔡氏之宗于地下。儿子年已六岁,嫡母怜爱,必能成立。妾虽死之日,犹生之年。姻缘有限,不获面别,聊寄一笺,以表衷曲。

大奶奶知得瑞虹死了,痛惜不已,殡殓悉从其厚。将他遗笔封固,付承舍寄往任上。朱源看了,哭倒在地,昏迷半晌方醒。自此患病,闭门者数日,府县都来候问。朱源哭诉情繇,人人堕泪,俱夸瑞虹节孝,今古无比,不在话下。后来朱源差满回来,历官至三边总制③。瑞虹所生之子,名曰朱懋,少年登第,上疏表陈生母蔡瑞虹一生之苦,乞赐旌表。圣旨准奏,特建节孝坊,至今犹在。有诗赞云:

报仇雪耻是男儿,谁道裙钗有执持。

堪笑硁硁④真小谅,不成一事枉嗟咨。

---

① 昔李将军忍耻降虏,欲得当以报汉——李陵,西汉时的将军。他在一次对匈奴的作战中,因兵少无援,被俘投降。他后来向人表示,他想暂时忍辱投降,等待适当机会,再立功报答汉朝。可是他这个愿望始终没有实现。

② 贻玷阀阅——玷,污。阀阅,古代官宦人家门前立的两根大柱子;引申为贵家巨室的代称。贻玷阀阅,污辱了官家门户的意思。

③ 三边总制——官名。明代防守从东北到西北一带边防的军事长官。

④ 硁(kēng)硁——语出《论语》:“硁硁然小人哉。”硁硁,小人鄙贱之貌。这里是说:按一般人的见识,就不可能像瑞虹那样忍辱负重,待机复仇。

第三十七卷

杜子春三入长安

想多情少宜求道，想少情多易入迷。

总是七情难断灭，爱河波浪更堪悲。

话说隋文帝开皇年间，长安城中，有个子弟姓杜，双名子春，浑家韦氏，家住城南，世代在扬州做盐商营运。真有万万贯家资，千千顷田地。那杜子春倚藉着父祖资业，那晓得稼穑艰难。且又生性豪侠，要学那石太尉的奢华，孟尝君①的气概。宅后造起一座园亭，重价构取名花异卉，巧石奇峰，妆成景致。曲房深院中，置买歌儿舞女，艳妾妖姬，居于其内。每日开宴园中，广召宾客。你想那扬州乃是花锦地面，这些浮浪子弟，轻薄少年，却又尽多，有了杜子春恁样撒漫财主，再有那个不来。虽无食客三千，也有帮闲几百。相交了这般无藉，肯容你在家受用不成？少不得引诱到外边游荡。杜子春心性又是活的，有何不可？但见：

轻车怒马，春陌游行；走狗擎鹰，秋田较猎。青楼买笑，缠

---

① 石太尉、孟尝君——石太尉，指石崇。晋代人。曾官荆州刺史，卫尉。因作海外贸易致富；和王恺、羊琇等人以奢靡豪华互相夸耀。孟尝君，即田文。战国时齐国的相，“孟尝君”是他的封号。他经常养着食客数千人。

头那惜千缗;博局呼卢,一掷常输十万。画船箫管,恣意逍遥;选胜探奇,任情散诞。风月场中都总管,烟花寨内大主盟。

杜子春将银子认做没根的,如土块一般挥霍。那韦氏又是掐得水出的女儿家,也只晓得穿好吃好,不管闲帐。看看家中金银搬完,屯盐卖完,手中干燥,央人四处借债。扬州城中那个不晓得杜子春是个大财主,才说得声,东也挜来,西来送至,又落得几时脾胃。到得没处借时,便去卖田园,货屋宅。那些债主,见他产业摇动,都来取索。那时江中芦洲也去了,海边盐场也脱了,只有花园住宅,不舍得与人,到把衣饰器皿变卖。他是用过大钱的,这些少银两,犹如吃碗泡茶,顷刻就完了。你想杜子春自幼在金银堆里滚大起来,使滑的手,若一刻没得银用,便过不去。难道用完了这项,却就罢休不成,少不得又把花园住宅出脱。大凡东西多的时节,便觉用之不尽,若到少来,偏觉得易完。卖了房屋,身子还未搬出,银两早又使得干净。那班朋友,见他财产已完,又向旺处去了,谁个再来趋奉。就是奴仆,见家主弄到恁般地位,赎身的赎身,逃走的逃走,去得半个不留。姬妾女婢,标致的准了债去,貌丑的卖来用度,也自各散去讫。单单剩得夫妻二人相向,几间拉脚屋里居住,渐渐衣服凋敝,米粮欠缺。莫说平日受恩的不来看觑他,就是杜子春自已也无颜见人,躲在家中。正是:

床头黄金尽,壮士无颜色。

杜子春在扬州做了许多时豪杰,一朝狼狈,再无面目存坐得住,悄悄的归去长安祖居,投托亲戚。元来杜陵韦曲①二姓,乃是

① 杜陵韦曲——在陕西长安县东南,是汉唐时代的胜地;杜韦两大姓住在这里。

长安巨族,宗支十分蕃盛。也有为官作宦的,也有商贾经营的,排家都是至亲至戚,因此子春起这念头;也不指望他资助,若肯借贷,便好度日。岂知亲眷们都道,子春泼天家计,尽皆弄完,是个败子,借贷与他,断无还日。为此只推着没有,并无一个应承。便十二分至戚,情不可却,也有周济些的;怎当得子春这个大手段,就是热锅头上,洒着一点水,济得甚事!好几日,没饭得饱吃,东奔西趁,没个头脑。偶然打向西门经过,时值十二月天气,大雪初晴,寒威凛烈。一阵西风,正从门圈子里刮来,身上又无绵衣,肚中又饿,刮起一身鸡皮栗子①,把不住的寒颤。叹口气道:"我杜子春岂不枉然!平日攀这许多好亲好眷,今日见我沦落,便不礼我,怎么受我恩的也做这般模样?要结那亲眷何用?要施那仁义何用?我杜子春也是一条好汉,难道就没再好的日子?"正在那里自言自语,偶有一老者从旁走过,见他叹气,便立住脚问道:"郎君为何这般长叹?"杜子春看那老者,生得:

　　童颜鹤发,碧眼庞眉。声似铜钟,须如银线。戴一顶青绢唐巾,披一领茶褐道袍,腰系丝绦,脚穿麻履。若非得道仙翁,定是修行长者。

杜子春这一肚子气恼,正莫发脱处,遇着这老者来问,就从头备诉一遍。那老者道:"俗语有云:世情看冷暖,人面逐高低。你当初有钱是个财主,人自然趋奉你;今日无钱,是个穷鬼,便不礼你,又何怪哉!虽然如此,天不生无禄之人,地不长无根之草;难道

① 鸡皮栗子——即俗语所说的"鸡皮疙瘩";因寒冷而皮肤上起的皱纹和颗粒。

你这般汉子,世间就没个慷慨仗义的人周济你的?只是你目下须得银子几何,才勾用度?”子春道:“只三百两足矣。”老者道:“量你好大手段,这三百两干得甚事?再说多些。”子春道:“三千两。”老者摇手道:“还要增些。”子春道:“若得三万两,我依旧到扬州去做个财主了。只是难讨这般好施主。”老者道:“我老人家虽不甚富,却也一生专行好事,便助你三万两。”袖里取出三百个钱,递与子春,聊备一饭之费。“明日午时,可到西市波斯馆①里会我,郎君勿误!”那老者说罢,径一直去了。子春心中暗喜道:“我终日求人,一个个不肯周济,只道一定饿死;谁知遇着这老者发个善心,一送便送我三万两,岂不是天上吊下来的造化!如今且将他赠的钱,买些酒饭吃了,早些安睡。明日午时,到波斯馆里,领他银子去。”走向一个酒店中,把三百钱都先递与主人家,放开怀抱,吃个醉饱,回至家中去睡。却又想道:“我杜子春聪明一世,懵懂片时。我家许多好亲好眷,尚不礼我;这老者素无半面之识,怎么就肯送我银子?况且三万两,不是当要的,便作石头也老重一块。量这老者有多大家私,便把三万两送我?若不是见我嗟叹,特来宽慰我的;必是作耍我的:怎么信得他?明日一定是不该去。”却又想道:“我细看那老者,是个至诚的。我又不曾与他那求乞,他没有银子送我便罢了,说那谎话怎的?难道是舍真财调假谎,先送我三百个钱,买这个谎说?明日一定是该去,去也是,不去也是。”想了一会,笑道:“是了,是了!那里是三万两银子,敢只把三万个钱送我,总是三

① 西市波斯馆——唐代长安有东西两市,商业极盛。波斯馆,是波斯国商人所开的铺馆。

万之数,也不见得。俗谚道得好:饥时一口,胜似饱时一斗。便是三万个钱,也值三十多两,勾我好几日用度,岂可不去?”子春被这三万银子在肚里打搅,整整一夜不曾得睡。巴到天色将明,不想精神困倦,到一觉睡去。及至醒来,早已日将中了,忙忙的起来梳洗。他若是个有见识的,昨日所赠之钱,还存下几文,到这早买些点心吃了去也好;只因他是使溜的手儿,撒漫的性儿,没钱便烦恼,及至钱入手时,这三百文又不在他心上了。况听见有三万银子相送,已喜出望外,那里算计至此。他的肚皮,两日到饿服了,却也不在心上。梳裹完了,临出门又笑道:“我在家也是闲,那波斯馆又不多远,做我几步气力不着,便走走去何妨。若见那老者,不要说起那银子的事,只说昨夜承赐铜钱,今日特来相谢,大家心照,岂不美哉!”元来波斯馆,都是四夷进贡的人,在此贩卖宝货,无非明珠美玉,文犀瑶石,动是上千上百的价钱,叫做金银窠里。子春一心想着要那老者的银子,又怕他说谎,这两只脚虽则有气没力的,一步步荡到波斯馆来;一只眼却紧紧望那老者在也不在。到得馆前,正待进门,恰好那老者从里面出来,劈头撞见。那老者嗔道:“郎君为甚的爽约?我在辰时到此,渐渐的日影挫西,还不见来,好守得不耐烦!你岂不晓得秦末张子房曾遇黄石公①于圯桥之上,约后五日五更时分,到此传授兵书,只因子房来迟,又约下五日,直待走了三次,半夜里便去等候,方才传得三略之法,辅佐汉高祖平定天下,封为留侯。我便不如黄石公,看你怎做得张子房?敢是你疑心

① 张子房曾遇黄石公——张良,字子房;遇黄石公事,见《史记·留侯世家》。

我没银子把你么？我何苦讨你的疑心。你且回去，我如今没银子了。”只这一句话，吓得子春面如土色，懊悔不及。恰像折翅的老鹤，两只手不觉直掉了下去。想道：“三万银子到手快了，怎么恁样没福，到熟睡了去，弄至这时候！如今他却不肯了。”又想道：“他若也像黄石公肯再约日子，情愿隔夜打个铺儿睡在此伺候。”又想道：“这老官儿既有心送我银子，早晚总是一般的，又吊什么古今，论什么故事？”又想道：“还是他没有银子，故把这话来遮掩。”正在胡猜乱想，那老者恰像在他腹中走过一遭的，便晓得了，乃道：“我本待再约个日子，也等你走几遭儿，则是你疑我道一定没有银子，故意弄这腔调。罢！罢！罢！有心做个好事，何苦又要你走，可随我到馆里来。”子春见说原与他银子，又像一个跳虎拨着关捩子①直竖起来。急松松跟着老者径到西廊下第一间房内，开了壁厨，取出银子，一划都是五十两一个元宝大锭，整整的六百个，便是三万两，摆在子春面前，精光耀目。说道：“你可将去，再做生理，只不要负了我相赠的一片意思。”你道杜子春好不莽撞，也不问他姓甚名谁？家居那里？刚刚拱手，说得一声：“多谢，多谢！”便雇三十来个脚夫，竟把银子挑回家去。杜子春到明日绝早，就去买了一匹骏马，一付鞍辔，又做了几件时新衣服，便去夸耀众亲家眷，说道：“据着你们待我，我已饿死多时了。谁想天无绝人之路，却又有做方便的送我好几万银子。我如今依旧往扬州去做盐商，特来相别。有一首《感怀诗》在此，请政。”诗云：

九叩高门十不应，耐他凌辱耐他憎。

① 关捩子——简单的机捩、机括；一种半自动性的装置。

如今骑鹤扬州去，莫问腰缠有几星。

那些亲眷们一向讪笑杜子春这个败子，岂知还有发迹之日。这些时见了那首《感怀诗》，老大的好没颜色。却又想道："长安城中，那有这等一舍便舍三万两的大败主？难道我们都不晓得？一定没有这事。"也有说他祖上埋下的银子，想被他掘着了。也有说道，莫非穷极无计，交结了响马强盗头儿，这银子不是打劫客商的，便是偷窃库藏的。都在半信半不信之间。这也不在话下。

且说子春那银子装上几车，出了东都门，径上扬州而去。路上不则一日，早来到扬州家里，浑家韦氏迎着道："看你气色这般光彩，行李又这般沉重，多分有些钱钞。但不知那一个亲眷借贷你的？"子春笑道："银倒有数万，却一分也不是亲眷的。"备细将西门下叹气，波斯馆里赠银的情节，说了一遍。韦氏便道："世间难得这等好人？可曾问他甚么名姓？等我来生也好报答他的恩德。"子春却呆了一饷，说道："其时我只看见银子，连那老者也不看见，竟不曾问得。我如今谨记你的言语，倘或后来再赠我的银子时节，我必先问他名姓便了。"那子春平时的一起宾客，闻得他自长安还后，带得好几万银子来，依旧做了财主；无不趋奉，似蝇攒蚁附一般，因而撺掇他重妆气象，再整风流。只他是使过上百万银子的，这三万两能勾几时挥霍，不及两年，早已罄尽无馀了。渐渐的卖了马骑驴，卖了驴步走，熬枯受淡，度过日子。岂不知坐吃山空，立吃地陷，终是没有来路。日久岁长，怎生捱得！悔道："千错万错，我当初出长安别亲眷之日，送什么《感怀诗》，分明与他告绝了，如今还有甚嘴脸好去干求他？便是干求，料他也决不礼我。弄得我有家难奔，有国难投，教我怎处！"韦氏道："倘或前日赠银子的老儿尚在，再赠你些，也不见得。”子春冷笑道：“你好痴心妄想！那个老儿生死若何？贫富若何？怎么还望他赠银子。只是我那亲眷都是肺腑骨肉，到底割不断的。常言傍生不如傍熟。我如今没奈何，只得还至长安去，求那亲眷。”正是：

要求生活计，难惜脸皮羞。

杜子春重到长安，好不卑词屈体，去求那众亲眷。岂知亲眷们如约会的一般，都说道：“你还去求那顶尖的大财主；我们有甚力量扶持得你起？”只这冷言冷语，带讥带讪的，教人怎么当得！险些把子春一气一个死。忽一日打从西门经过，劈面遇着老者，子春不胜感愧，早把一个脸都挣得通红了。那老者问道：“看你气色，像个该得一注横财的；只是身上衣服，怎么这般褴褛？莫非又消乏了？”子春谢道：“多蒙老翁送我三万银子，我只说是用不尽的；不知略撒漫一撒漫，便没有了。想是我流年不利，故此没福消受，以至如此。”老者道：“你家好亲好眷，遍满长安，难道更没周济你的？”子春听见说亲眷周济这句话，两个眉头，就攒做一堆，答道：“亲眷虽多，一个个都是一钱不舍的悭吝鬼，怎比得老翁这般慷慨？”老者道：“如今本当再赠你些才是，只是你三万银子不勾用得两年，若活了一百岁，教我那里去讨那百多万赠你？休怪休怪！”把手一拱，望西去了。正是：

须将有日思无日，休想今人似昔人。

那老者去后，子春叹道：“我受了亲眷们许多讪笑，怎么那老者最哀怜我的，也发起说话来。敢是他硬做好汉，送了我三万银子，如今也弄得手头干了。只是除了他，教我再望着那一个搭救。”正在那里自言自语，岂知老者去不多远，却又转来，说道：“人家败子也尽有,从不见你这个败子的头儿,三万银子,恰像三个铜钱,娶娶眼就弄完了。论起你恁样会败,本不该周济你了,只是除了我,再有谁周济你的? 你依旧饥寒而死,却不枉了前一番功果。常言道:杀人须见血,救人须救彻。还只是废我几两银子不着,救你这条穷命。"袖里又取出三百个铜钱,递与子春道:"你可将去买些酒饭吃,明日午时仍到波斯馆西廊下相会。既道是三万银子不勾用度,今次须送你十万两。只是要早来些,莫似前番又要我等你。"且莫说那老者发这样慈悲心,送过了三万,还要送他十万,倒也亏杜子春好一副厚面皮,明日又去领受他的。当下子春见老者不但又肯周济,且又比先反增了七万,喜出望外,双手接了三百铜钱,深深作了个揖起来,举举手大踏步就走,一直径到一个酒店中,依然把三百个钱做一垛儿先付与酒家。走上酒楼,拣副座头坐下。酒保把酒肴摆将过来。子春一则从昨日至今,还没饭在肚里;二则又有十万银子到手,欢喜过望,放下愁怀,恣意饮啖。那酒家只道他身边还有铜钱,嗄饭案酒,流水搬来。子春又认做三百钱内之物,并不推辞,尽情吃个醉饱,将剩下东西,都赏了酒保。那酒保们见他手段来得大落,私下议道:"这人身上便褴褛,到好个撒漫主顾!"子春下楼,向外便走。酒家道:"算明了酒钱去。"子春只道三百钱还吃不了,乃道:"馀下的赏你罢,不要算了。"酒家道:"这人好混帐,吃透①了许多东西,到说这样冠冕话。"子春道:"却不干我事,你自送我吃的。"彻身又走,酒家上前一把扯住道:"说得好自在! 难道再多些,也是送你吃的!"两下便争嚷起来。旁边走过几

① 透——这里是超过了,欠的意思。

个邻里相劝,问:“吃透多少?”酒家把帐一算,说:“还该二百。”子春呵呵大笑道:“我只道多吃了几万,恁般着忙!原来止得二百文,乃是小事,何足为道。”酒家道:“正是小事,快些数了撒开。”子春道:“却今日带得钱少,我明日送来还你。”酒家道:“认得你是那个,却赊与你?”杜子春道:“长安城中,谁不晓得我城南杜子春是个大财主?莫说这二百文,再多些决不少你的。若不相托,写个票儿在此,明日来取。”众人见他自称为大财主,都忍不住笑,把他上下打料。内中有个闻得他来历的,在背后笑道:“原来是这个败子,只怕财主如今轮不着你了。”子春早又听见,便道:“老丈休得见笑!今日我便是这个嘴脸,明午有个相识,送我十万银子,怕道不依旧做财主么?”众人闻得这话,一发都笑倒了,道:“你这人莫不是风了?天下那有送十万银子的,相识在那里?”酒家道:“我也不管你有十万二十万,只还了我二百钱走路。”子春道:“要,便明日多赏了你两把,今日却一文没有。”酒家道:“你是甚么鸟人?吃了东西,不肯还钱。”当胸揪住,却待要打,子春正挣脱不开,只听有人叫道:“莫打,有话讲理。”分开众人,捱身进来。子春睁睛观看,正好是西门老者,忙叫道:“老翁来得恰好!与我评一评理。”老者问道:“你们为何揪住这位郎君厮闹?”酒家道:“他吃透了二百钱酒,却要白赖,故此取索。”子春道:“老翁所赠三百文,先交付与他,然后饮酒,他自要多把东西与人吃,干我甚事?今情愿明日多还他些,执意不肯,反要打我。老翁,你且说谁个的理直?”老者向酒家道:“既是先交钱后饮酒,如何多把与他吃?这是你自己不是。”又对子春道:“你在穷困之乡,也不该吃这许多。如今通不许多说,我存得二百钱在此,与你两下和了罢。”袖里摸出钱来,递与酒家。酒家连称多谢。子春道:“又蒙老翁周全,无可为报。若不相弃,就此小饮三杯,奉酬何如?”老者微微笑道:“不消,改日扰你罢。”向众人道声请了,原覆转身而去。子春也自归家。这一夜,杜子春心下想道:“我在贫窘之中,并无一个哀怜我的,多亏这老儿送我三万银子,如今又许我十万,就是今日,若不遇他来周全,岂不受这酒家罗唣。明日到波斯馆里,莫说有银子,就做没有,也不可不去。况他前次既不说谎,难道如今却又弄谎不成?”巴不到明日早,一径的投波斯馆来,只见那老者已先在彼,依旧引入西廊下房内,搬出二千个元宝锭,便是十万两,交付子春收讫。叮嘱道:“这银子难道不许你使用;但不可一造的用尽了,又来寻我。”子春谢道:“我杜子春若再败时,老翁也不必看觑我了。”即便顾了车马,将银子装上,向老者叫声聒噪,押着而去。

元来偷鸡猫儿到底不改性的,刚刚挑得银子到家,又早买了鞍马,做了衣服,去辞别他众亲眷,说道:“多承指示,教我去求那大财主,果然财主手段,略不留难,又送我十万银子。我如今有了本钱,便住在城中,也有坐位了。只是我杜子春天生败子,岂不玷辱列位高亲?不如仍往扬州与盐商合伙,到也稳便。”这个说话,明明是带着刺儿的。那亲眷们却也受了子春一场呕气,敢怒而不敢言。且说子春,整备车马,将那十万银子,载的载,驮的驮,径往扬州。韦氏看见许多车马,早知道又弄了些银子回来了,便问道:“这行李莫非又是西门老儿资助你的?”子春道:“不是那老儿,难道还有别个?”韦氏道:“可曾问得名姓么?”子春睁着眼道:“哎呀!他在波斯馆里搬出十万银子时节,明明记得你的分付,正待问他,却被他婆儿气,再四叮嘱我,好做生理,切不可浪费了,我不免回答他几句。其时一地的元宝锭,又要顾车顾马,看他装载;又要照顾地下,忙忙的收拾不迭;怎讨得闲工夫,又去问他名姓。虽然如此,我也甚是懊悔,万一我杜子春旧性发作,依先用完了,怎么又好求他?却不是天生定该饿死的。"韦氏笑道:"你今有了十万银子,还怕穷哩!"元来子春初得银子时节,甚有做人家的意思,及到扬州,豪心顿发,早把穷愁光景尽皆忘了。莫说旧时那些帮兴不帮败的朋友,又来撺哄;只那韦氏出自大家,不把银子放在眼里的,也只图好看,听其所为。真个银子越多,用度越广,不上三年,将这十万两荡得干干净净,倒比前次越穷了些。韦氏埋怨道:"我教你问那老儿名姓,你偏不肯问,今日如何?"子春道:"你埋怨也没用。那老儿送了三万,又送十万,便问得名姓,也不好再求他了。只是那老儿不好求,亲眷又不好求,难道杜子春便是这等坐守死了!我想长安城南祖居,尽值上万多银子。众亲眷们,都是图谋的,我既穷了,左右没有面孔在长安住,还要这宅子怎么?常言道:有千年产,没千年主,不如将来变卖,且作用度,省得靠着米囤却饿死了。"这叫做杜子春三入长安,岂不是天生的一条的痴汉!有诗为证:

莫恃黄金积满阶,等闲费尽几时来?

十年为侠成何济,万里投人谁见哀!

却表子春到得长安,再不去求众亲眷,连那老儿也怕去见他;只住在城南宅子里,请了几个有名的经纪①,将祖遗的厅房土库几所,下连基地,时值价银一万两,二面议定,亲笔填了文契,托他绝

① 经纪——作买卖双方的中间人、介绍人,叫作经纪。也作为买卖人的代称。

卖。只道这价钱是瓮中捉鳖,手到拿来;岂知亲眷们量他穷极,故意要死他的货,偏不肯买。那经纪都来回了。子春叹道:“我杜子春直恁的命低!似这寸金田地,偏有卖主,没有受主。敢则经纪们不济,须自家出去寻个头脑。”刚刚到得大街上,早望见那老者在前面来了,连忙的躲在众人丛里,思量避他。岂知那老者却从背后一把曳住袖子,叫道:“郎君,好负心也!”只这一声,羞得杜子春再无容身之地。老者道:“你全不记在西门叹气之日乎!老夫虽则凉薄,也曾两次助你好几万银子,且莫说你怎么样报我,难道喏也唱不得一个?见了我到躲了去。我何不把这银子料①在水里,也呼地的响一声?”子春谢罪道:“我杜子春,单只不会做人家,心肝是有的,宁不知感老翁大恩!只是两次银子,都一造的荡废②,望见老翁,不胜惭愧,就恨不得立时死了。以此躲避,岂敢负心!”那老者便道:“既是这等,则你回心转意;肯做人家,我还肯助你。”子春道:“我这一次,若再败了,就对天设下个誓来。”老者笑道:“誓到不必设;你只把做人家勾当说与我听着。”子春又道:“我祖上遗下海边上盐场若干所,城里城外冲要去处,店房若干间,长江上下芦洲若干里,良田若干顷,极是有利息的。我当初要银子用,都烂贱③的典卖与人了。我若有了银子,尽数取赎回来,不消两年,便可致富。然后兴建义庄,开辟义冢,亲故们羸老的养膳他,幼弱的抚育他,孤孀的存恤他,流离颠沛的拯救他,尸

① 料——这里同“撂”;扔,丢。

② 都一造的荡废——都一起花光、浪费掉了。

③ 烂贱——即“滥贱”;价钱非常贱。

骸暴露的收埋他,我于名教①复圆矣。”老者道:“你果有此心,我依旧助你。”便向袖里一摸,却又摸出三百个钱,递与子春,约道:“明日午时到波斯馆里来会我,再早些便好。”子春因前次受了酒家之气,今番也不去吃酒;别了老者,一径回去。一头走,一头思想道:“我杜子春天生莽汉,幸遇那老者两次赠我银子,我不曾问得他名姓,被妻子埋怨一个不了。如今这次,须不可不问。”只待天色黎明,便投波斯馆去。在门上坐了一会,方才那老者走来。此时尚是辰牌时分。老者喜道:“今日来得恰好。我想你说的做人家勾当,若银子少时,怎济得事?须把三十万两助你。算来三十万,要六千个元宝锭,便数也数得一日,故此要你早些来。”便引子春入到西廊下房内,只一搬,搬出六千个元宝锭来,交付明白,叮嘱道:“老夫一生家计,尽在此了;你若再败时节,也不必重来见我。”子春拜谢道:“敢问老翁高姓大名?尊府那里?”老者道:“你待问我怎的?莫非你思量报我么?”子春道:“承老翁前后共送了四十三万,这等大恩,还有甚报得?只是狗马之心,一毫难尽。若老翁要宅子住,小子卖契尚在袖里,便敢相奉。”老者笑道:“我若要你这宅子,我只守了自家的银子却不好。”子春道:“我这杜子春贫乏了,平时亲识没有一个看顾我的;独有老翁三次周济。想我杜子春若无可用之处,怎肯便舍这许多银子?倘或要用我杜子春,敢不水里水里去,火里火里去。”老者点着头道:“用便有用你去处,只是尚早。且待你家道成立,三年之后,来到华山云台峰上,老君祠前

① 名教——封建社会里,讲求名分、伦常的道理,称为“名教”;如君臣、父子、夫妇、兄弟、朋友,各有相对的名义,也各有相对的权利和义务。

双桧树下,见我便了。”有诗为证:

四十三万等闲轻,末路犹然讳姓名。

他日云台虽有约,不知何事用狂生?

却说子春把那三十万银子,扛回家去,果然这一次顿改初心,也不去整备鞍马,也不去制备衣服,也不去辞别亲眷,悄悄的雇了车马,收拾停当,径往扬州。原来有了银子,就天上打一个霹雳,满京城无有不知的。那亲眷们都说道:“他有了三十万银子,一般财主体面;况又沾亲,岂可不去饯别。”也有说道:“他没了银子时节,我们不曾礼他;怎么有了银子便去饯别?这个叫做前倨后恭,反被他小觑了我们。”到底愿送者多,不愿送者少,少的拗不过多的,一齐备了送出东都门外,与杜子春饯别。只见酒到三巡,子春起来谢道:“列位高亲光送,小子信口挡得个曲儿,回敬一杯,休得见笑。”你道是什么曲儿?原来都是叙述穷苦无处求人的意思,只教那亲眷们听着,坐又坐不住,去又去不得,倒是不来送行也罢了,何苦自讨这场没趣。曲云:

我生来的是富家,从幼的喜奢华,财物撒漫贱如沙。觑着囊资渐寡,看看手内光光乍,看看身上丝丝挂。欢娱博得叹和嗟,枉教人作话靶。

待求人难上难,说求人最感伤。朱门走遍自徬徨,没半个钱儿到掌。若没有城西老者宽洪量,三番相赠多情况;这微躯已丧路途傍,请列位高亲主张。

子春唱罢,拍手大笑,向众亲眷说声请了,洋洋而去。心里想道:“我当初没银子时节,去访那亲眷们,莫说请酒,就是一杯茶也没有;今日见我有了银子,便都设酒出门外送我。原来银子这般不可少的,我怎么将来容易荡费了!”一路上好生感叹。到得扬州,韦氏只道他止卖得些房价在身,不勾撒漫,故此服饰舆马,比前十分收敛。岂知子春在那老者眼前,立下个做人家的誓愿,又被众亲眷们这席酒识破了世态,改转了念头,早把那扶兴不扶败的一起朋友,尽皆谢绝,影也不许他上门。方才陆续的将典卖过盐场客店,芦洲稻田,逐一照了原价,取赎回来。果然本钱大,利钱也大。不上两年,依旧泼天巨富。又在两淮南北,直到瓜州地面,造起几所义庄,庄内各有义田、义学、义冢。不论孤寡老弱,但是要养育的,就给衣食供膳他;要讲读的,就请师傅教训他;要殡殓的,就备棺椁埋葬他。莫说千里内外,感被恩德;便是普天下,那一个不赞道:“杜子春这等败了,还挣起人家。才做得家成,又干了多少好事,岂不是天生的豪杰!”原来子春牢记那老者期约在心,刚到三年,便把家事一齐交付与妻子韦氏,说道:“我杜子春三入长安,若没那老者相助,不知这副穷骨头死在那里?他约我家道成立,三年之外,可到华山云台峰上老君祠前,双桧树下,与他相见,却有用着我的去处。如今已是三年时候,须索到华山去走一遭。”韦氏答道:“你受他这等大恩,就如重生父母一般,莫说要用着你,便是要用我时,也说不得了。况你贫穷之日,留我一个在此,尚能支持,如今现有天大家私,又不怕少了我吃的,又不怕少了我穿的,你只管放心,自去便了。”当日整治一杯别酒,亲出城西饯送子春上路。

竹叶杯中辞少妇,莲花峰上访真人。

子春别了韦氏,也不带从人,独自一个上了牲口,径往华山路上前去。原来天下名山,无如五岳。你道那五岳?

中岳嵩山　　东岳泰山　　北岳恒山

南岳霍山① 西岳华山

这五岳都是神仙窟宅。五岳之中,惟华山最高。四面看来,都是方的,如刀斧削成一片,故此俗人称为“削成山”。到了华山顶上,别有一条小路,最为艰险,须要攀藤扪葛而行。约莫五十馀里,才是云台峰。子春抬头一望,早见两株桧树,青翠如盖,中间显出一座血红的山门,门上竖着扁额,乃是“太上老君之祠”六个老大的金字。此时乃七月十五,中元令节,天气尚热,况又许多山路,走得子春浑身是汗,连忙拭净敛容,向前顶礼仙像。只见那老者走将出来,比前大是不同,打扮得似神仙一般。但见他:

戴一顶玲珑碧玉星冠,被一领织锦绛绡羽衣,黄丝绶腰间婉转,红云履足下蹒跚。颈下银须洒洒,鬓边华发斑斑。两袖香风飘瑞霭,一双光眼露朝星。

那老者遥问道:“郎君果能不负前约,远来相访乎!”子春上前纳头拜了两拜,躬身答道:“我这身子,都是老翁再生的。既蒙相约,岂敢不来!但不知老翁有何用我杜子春之处?”老者道:“若不用你,要你冲炎冒暑来此怎的!”便引着子春进入老君祠后。这所在,乃是那老者炼药去处。子春举目看时,只见中间一所大堂,堂中一座药灶,玉女九人环灶而立,青龙白虎分守左右。堂下一个大瓮,有七尺多高,瓮口有五尺多阔,满瓮贮着清水。西壁下铺着一张豹皮。老者教子春靠壁向东盘膝坐下,却去提着一壶酒,一盘食来。你道盘中是甚东西?乃是三个白石子。子春暗暗想道:“这

① 南岳霍山——霍山,古代本指湖南省的衡山;后因汉武帝移岳祠于安徽省的天柱山,后人于是称天柱山为霍山。

硬石子怎生好吃?”原来煮熟的,就如芋头一般,味尤甘美。子春走了许多山路,正在饥渴之际,便把酒食都吃尽了。其时红日沉西,天色傍晚,那老者分付道:“郎君不远千里,冒暑而来,所约用你去处,单在于此。须要安神定气,坐到天明。但有所见,皆非实境。任他怎生样凶险,怎生样苦毒,都忍着,不可开言。”分付已毕,自向药灶前去,却又回头叮嘱道:“郎君切不可忘了我的分付,便是一声也则不得的。牢记!牢记!”子春应允。刚把身子坐定,鼻息调得几口,早看见一个将军,长有一丈五六,头戴凤翅金盔,身穿黄金铠甲,带领着四五千人马,鸣锣击鼓,呐喊摇旗,拥上堂来,喝问:“西边坐着的是谁?怎么不回避我?快通名姓。”子春全不答应。激得将军大怒,喝教人攒箭射来,也有用刀夹背斫的,也有用枪当心戳的,好不利害!子春谨记老者分付,只是忍着,并不做声。那将军没奈何他,引着兵马也自去了。金甲将军才去,又见一条大蟒蛇,长可十馀丈,将尾缠住子春,以口相向,焰焰的吐出两个舌尖,抵入鼻子孔中。又见一群狼虎,从头上扑下,咆哮之声,振动山谷,那獠牙就如刀锯一般锋利,遍体咬伤,流血满地。又见许多凶神恶鬼,都是铜头铁角,狰狞可畏,跳跃而前。子春任他百般簸弄,也只是忍着。猛地里又起一阵怪风,刮得天昏地黑,大雨如注,堂下水涌起来,直漫到胸前。轰天的霹雳,当头打下,电火四掣,须发都烧。子春一心记着老者分付,只不做声。渐渐的雷收雨息,水也退去。子春暗暗喜道:“如今天色已霁,想再没有甚么惊吓我了。”岂知前次那金甲大将军,依旧带领人马,拥上堂来,指着子春喝道:“你这云台山妖民,到底不肯通名姓,难道我就奈何不得你?”便令军士,疾去扬州,擒他妻子韦氏到来。说声未毕,韦氏已到,按在地上,先打三百杀威棒,打得个皮开肉绽,鲜血迸流。韦氏哀叫道:“贱妾虽无容德,奉事君子有年,岂无伉俪之情。乞赐一言,救我性命。”子春暗想老者分付,说是“随他所见,皆非实境,安知不是假的?况我受老者大恩,便真是妻子,如何顾得。”并不开言。激得将军大怒,遂将韦氏千刀万剐。韦氏一头哭,一头骂,只说:“枉做了半世夫妻,忍心至此!我死在九泉之下,誓必报冤。”子春只做不听得一般。将军怒道:“这贼妖术已成,留他何用?便可一并杀了。”只见一个军士,手提大刀,走上前来,向子春颈上一挥,早已身首分为两处。你看杜子春,刚才挣得成家,却又死于非命,岂不痛惜可怜!

游魂渺渺归何处?遗业忙忙付甚人?

那子春颈上被斫了一刀,已知身死,早有夜叉在旁,领了他魂魄竟投十地阎君殿下,都道:“子春是个云台峰上妖民,合该押赴酆都地狱,遍受百般苦楚,身躯靡烂。”原来被业风一吹,依然如旧。却又领子春魂魄,托生在宋州原任单父县丞叫做王劝家做个女儿。从小多灾多病,针灸汤药,无时间断。渐渐长成,容色甚美。只是说不出一句说话来,是个哑的。同乡有个进士,叫做卢珪,因慕他美貌,要求为妻。王家推辞,哑的不好相许。卢珪道:“人家取媳妇,只要有容有德,岂在说话?便是哑,不强似长舌的。”却便下了财礼,迎取过门,夫妻甚是相得。早生下儿子,已经两岁,生得眉清目秀,红的是唇,白的是齿,真个可爱!忽一日卢珪抱着抚弄,却问王氏道:“你看这样儿子,生得好么?”王氏笑而不答。卢珪怒道:“我与你结发三载,未尝肯出一声,这是明明鄙贱着我,还说甚恩情那里,总要儿子何用?”到提着两只脚,向石块上只一扑,可怜掌上明珠,扑做一团肉酱。子春却忘记了王家哑女儿,就是他的前身,看见儿子被丈夫活活扑死了,不胜爱惜,刚叫得一个"噫"字,岂知药灶里迸出一道火光,连这一所大堂险些烧了。其时天已将明,那老者忙忙向前提着子春的头发,将他浸在水瓮里,良久方才火息。老者跌脚叹道:"人有七情,乃是喜怒忧惧爱恶欲。我看你六情都尽,惟有爱情未除。若再忍得一刻,我的丹药已成,和你都是仙了。今我丹药还好修炼,只是你的凡胎,却几时脱得?可惜老大世界,要寻个仙才,难得如此!"子春懊悔无地,走到堂上,看那药灶时,只见中间贯着手臂大一根铁柱,不知仙药都飞在那里去了?老者脱了衣服,跳入灶中,把刀在铁柱上,刮得些药末下来,教子春吃了,遂打发下山。子春伏地谢罪,说道:"我杜子春不才,有负老师嘱付。如今情愿跟着老师出家,只望哀怜弟子,收留在山上罢。"老者摇手道:"我这所在,如何留得你?可速回去,不必多言。"子春道:"既然老师不允,容弟子改过自新,三年之后,再来效用。"老者道:"你若修得心尽时,就在家里也好成道。若修心不尽,便来随我,亦有何益。勉之!勉之!"子春领命,拜别下山。不则一日,已至扬州。韦氏接着问道:"那老者要你去,有何用处?"子春道:"不要说起,是我不才,负了这老翁一片美情。"韦氏问其缘故,子春道:"他是个得道之人,教我看守丹灶,嘱付不许开言。岂知我一时见识不定,失口叫了一个'噫'字,把他数十年辛勤修合[1]的丹药,都弄走了。他道我再忍得一刻,他的丹药成就,连我也做了神仙。这不是坏了他的事,连我的事也坏了?以此归来,重

[1] 合——原本作"命",与文意不符,今改。

加修省。”韦氏道：“你为甚却道这‘噫’字?”子春将所见之事，细细说出，夫妻不胜嗟叹。自此之后，子春把天大家私，丢在脑后，日夕焚香打坐，涤虑凝神，一心思想神仙路上。但遇孤孀贫苦之人，便动千动百的舍与他，虽不比当初败废，却也渐渐的十不存一。倏忽之间，又是三年。一日对韦氏说道：“如今待要再往云台求见那老者，超脱尘凡。所馀家私，尽着勾你用度，譬如我已死，不必更想念了。”那韦氏也是有根器的，听见子春要去，绝无半点留念，只说道：“那老者为何肯舍这许多银子送你，明明是看你有神仙之分，故来点化，怎么还不省得?”明早要与子春饯行。岂知子春这晚题下一诗，留别韦氏，已潜自往云台去了。诗云：

骤兴骤败人皆笑，旋死旋生我自惊。
从今撒手离尘网，长啸一声归白云。

你道子春为何不与韦氏面别，只因三年斋戒，一片诚心，要从扬州步行到彼；恐怕韦氏差拨伴当跟随，整备车马送他，故此悄地出了门去。两只脚上，都走起茧子来，方才到得华州地面。上了华山，径奔老君祠下，但见两株桧树，比前越加葱翠。堂中绝无人影，连那药灶也没了踪迹。子春叹道：“一定我杜子春不该做神仙，师父不来点化我了。虽然如此，我发了这等一个愿心，难道不见师父就去了不成？今日死也死在这里，断然不回去了。”便住在祠内，草衣木食，整整过了三年。守那老者不见，只得跪在仙像前叩头，祈告云：

窃惟弟子杜子春，下土愚民，尘凡浊骨。奔逐货利之场，迷恋身色之内。蒙本师慨发慈悲，指皈大道，奈弟子未断爱情，难成正果。遣归修省，三载如初。再叩丹台，一诚不二。

洗心涤虑，六根清净无为；养性修真，万缘去除都尽。伏愿道缘早启，仙驭速临。拔凡骨于尘埃，开迷踪于觉路。云云。

子春正在神前祷祝，忽然祠后走出一个人来，叫道："郎君，你好至诚也！"子春听见有人说话，抬起头来看时，却正是那老者。又惊又喜，向前叩头道："师父，想杀我也！弟子到此盼望三年，怎的再不能一面？"老者笑道："我与你朝夕不离，怎说三年不见？"子春道："师父既在此间，弟子缘何从不看见？"老者道："你且看座上神像，比我如何？"子春连忙走近老君神像之前，定睛细看，果然与老者全无分别，乃知向来所遇，即是太上老君。便伏地请罪，谢道："弟子肉眼怎生认得？只望我师哀怜弟子，早传大道。"老君笑道："我因怕汝处世日久，尘根不断，故假摄七种情缘，历历试汝。今汝心下已皆清净，又何言哉！我想汉时淮南王刘安，专好神仙，真感得八公①下界，与他修合丹药。炼成之日，合宅同升，连那鸡儿狗儿，餂了鼎中药末，也得相随而去，至今鸡鸣天上，犬吠云间。既是你做神仙，岂有妻子偏不得道。我这有神丹三丸，特相授汝，可留其一，持归与韦氏服之。教他免堕红尘，早登紫府。"子春再拜，受了神丹，却又禀道："我弟子贫穷时节，投奔长安亲眷，都道我是败子，并无一个慈悲我的。如今弟子要同妻韦氏，再往长安，将城南祖居舍为太上仙祠，祠中铸造丈六金身，供奉香火。待众亲眷聚集，晓喻一番，也好打破他们这重魔障。不知我师可容许我弟子否？"老君赞道："善哉！善哉！汝既有此心，待金像铸成之日，吾

① 八公——神仙故事中的八个神仙；据说他们变化为十五岁的童子，度化淮南王刘安成了仙。

当显示神道，挈汝升天，未为晚也。”正是：

十年一觉扬州梦，赢得人间败子名。

话分两头，却说韦氏，自子春去后，却也一心修道，屏去繁华，将所遗家私尽行布施，只在一个女道士观中，投斋度日。满扬州人见他夫妻云游的云游，乞丐的乞丐，做出这般行径，都莫知其故。忽一日子春回来，遇着韦氏，两个俱是得道之人，自然不言而喻。便把老君所授神丹，付与韦氏服了，只做抄化模样，径赴长安去投见那众亲眷，呈上一个疏簿，说把城南祖居，舍作太上老君神庙，特募黄金十万两，铸造丈六天身，供奉殿上。要劝那众亲眷，共结善缘。其时亲眷都笑道：“他两次得了横财，尽皆废败，这不必说了；后次又得一大注，做了人家，如何三年之后，白白的送与人去？只他丈夫也罢了，怎么韦氏平时既不谏阻，又把分拨与他用度的，亦皆散舍？岂不夫妻两个都是薄福之人，消受不起，致有今日。眼见得这座祖宅，还值万数银子，怎么又要舍作道院；别来募化黄金，兴铸仙像。这等痴人，便是募得些些，左右也被人骗去。我们礼他则甚！”尽都闭了大门，推辞不管闲事。子春夫妻含笑而归。那亲眷们都量定杜子春夫妻，断然铸不起金像的，故此不肯上疏。岂知半月之后，子春却又上门递进一个请帖儿，写着道：

子春不自量力，谨舍黄金六千斤，铸造老君仙像。仰仗众缘，法相院成，拟于明日奉像升座。特备小斋，启请大德，同观胜事，幸勿他辞！

那亲眷们看见，无不惊讶，叹道：“怎么就出得这许多金子？又怎么铸造得这等神速？”连忙差人前去打听，只见众亲眷们上和满都城士庶人家，都是同日有一个杜子春亲送请帖，也不知杜子春有多少身子，都道：“这事有些跷蹊。”到次日，没一个不来。到得城南，只见人山人海，填街塞巷，合城男女，都来随喜。早望见门楼已都改造过了，造得十分雄壮，上头写着栲栳①大金字；是：“太上行宫”四个字。进了门楼，只见殿宇廊庑，一划的金碧辉煌，耀睛夺目，俨如天宫一般。再到殿上看时，真个黄金铸就的丈六天身，庄严无比。众亲眷看了，无不摇首咋舌道：“真个他弄起恁样大事业！但不知这些金子是何处来的？”又见神座前，摆下一大盘蔬菜，一卮子酒，暗暗想道：“这定是他办的斋了。纵便精洁，无过有一两器，不消一个人，便一口吃完了；怎么下个请帖，要遍斋许多人众？”你道好不古怪。只见子春夫妇，但遇着一个到金像前瞻礼的，便捧过斋来请他吃些，没个不吃，没个不赞道甘美。那亲眷们正在惊叹之际，忽见金像顶上，透出一道神光，化做三朵白云，中间的坐了老君，左边坐了杜子春，右边坐了韦氏，从殿上出来，升到空里，约莫离地十馀丈高。只见子春举手与众人作别，说道：“横眼凡民，只知爱惜钱财，焉知大道。但恐三灾横至，四大②崩摧，积下家私，抛于何处？可不省哉！可不惜哉！”晓喻方毕，只听得一片笙箫仙乐，响振虚空，旌节导前，旛盖拥后，冉冉升天而去。满城士庶，无不望空合掌顶礼。有诗为证：

千金散尽贫何惜，一念皈依死不移。
慷慨丈夫终得道，白云朵朵上天梯。

---

① 栲栳——用柳条或竹子编制成的盛物器；又叫作“笆斗”。

② 三灾、四大——三灾，佛教的说法：小三灾指刀兵、饥馑、疫疠，起于住劫中灭劫之末。大三灾指火、水、风，起于坏劫之末。四大，佛教名词；指地、水、火、风。

第三十八卷

李道人独步云门

尽说神仙事渺茫，谁人能脱利名缰？
今朝偶读云门传，阵阵薰风透体凉。

话说昔日隋文帝开皇初年，有个富翁，姓李名清，家住青州城里，世代开染坊为业。虽则经纪人家，宗族到也蕃盛，合来共有五六千丁，都是有本事，光着手赚得钱的。因此家家饶裕，远近俱称为李半州。一族之中，惟李清年齿最尊，推为族长。那李清天性仁厚，族中不论亲疏远近，个个亲热，一般看待，再无两样心肠。为这件上，合族长幼男女，没一个不把他敬重。每年生日，都去置办礼物，与他续寿。宗族已是大了，却又好胜，各自搜觅异样古物器玩锦绣绫罗馈送。他生平省俭惜福，不肯过费，俱将来藏置土库中。逐年堆积上去，也不计其数。只有一件事，再不吝惜。你道是那一件？他自幼行善，利人济物，兼之慕仙好道，整千贯价布施。若遇个云游道士，方外全真①，即留至家中供养，学些丹术，讲些内养。

---

① 全真——金代道士王嚞融合儒、佛、道三教为一，创立“全真教”，成为道教中的一个支派。后来当作一般道士的称呼。隋代还没有这个名称。

谁想那班人都是走方光棍，一味说骗钱财，何曾有真实学问！枉自费过若干东西，便是戏法讨不得一个。然虽如此，他这点精诚，终是不改，每日焚香打坐，养性存心，有出世之念。

其年恰好齐头七十。那些子孙们，两月前便在那里商议，说道："七十古稀之年，是人生最难得的，须不比平常诞日。各要寻几件希奇礼物上寿，祝他个长春不老。"李清也料道子孙辈必然如此，预先设下酒席，分着一支一支的，次第请来赴宴。因对众人说："赖得你等勤力，各能生活，每年送我礼物，积至近万，衣装器具，华侈极矣，只是我平生好道，布衣蔬食，垂五十年，要这般华侈的东西，也无用处；我因不好拂你等盛情，所以有受无却。然而一向贮在土库，未尝检阅，多分已皆朽坏了。费你等钱帛，做我的粪土，岂不可惜！今日幸得天曹尚未录我魂气，生日将到，料你等必然经营庆生之礼，甚非我的本意！所以先期相告，切莫为此！"子孙辈皆道："庆生的礼，自古叫做续寿。况兼七十岁，人生能有几次，若不庆贺，何以少展卑下孝顺之心？这可是少得的！"李清道："既你等主意难夺，只凭我所要的，将来送我何如？"子孙辈欣然道："愿闻尊命！"李清道："我要生日前十日，各将手指大麻绳百尺送我，总算起来约有五六万丈，以此续寿，岂不更为长远！"众人闻声，暗暗称怪，齐问道："太公分付，敢不奉命。但不知要他做甚？"李清笑道："且待你等都送齐了，然后使你等知之，今犹未可轻言也。"众子孙领了李清分付之后，真个一传十，十传百，都将麻绳百尺，赶在生日前交纳，地上叠得高高的，竟成一座绳山。只是不知他要这许多绳何用？

元来离着青州城南十里，有一座山叫做云门山，山顶上分做两个,俨如斧劈开的。青州城里人家,但是向南的,无不看见这山飞云度鸟,窳儿①内经过,皆历历可数。俗人又称为劈山。那山顶中间,却有个大穴,澒澒洞洞②的,不知多少深。也有好事的,把大石块投下,从不曾听见些声响。以此人都道是没底的。只见李清受了麻绳之后,便差人到那山上紧靠著穴口,竖起两个大橛子,架上辘轳。家里又唤打竹家火的,做一个结结实实的大竹篮,又到铜铺里买上大小铜铃好几百个,也不知道弄出什么勾当?子孙辈一齐的都来请问,李清方才答道:"我元说终使你等知之,难道我就瞒着去了。我自幼好道,今经五十馀年,一无所得。常见《图经》载那云门山是神仙第七个洞府。我年已七十,便活在世上,也不过两三年了。趁今手足尚还强健,欲于生日这一日,借你等所送的麻绳,用著四根,悬在大竹篮四角,中间另是一根,系上铜铃,待我坐于篮内,却慢慢的绞下。若有些不虞去处,见我摇动中间这绳,或听见铃响,便好将我依旧盘上。万一有缘,得与神仙相遇,也少不得回来,报知你等。"说犹未毕,只见子孙辈都叩头谏道:"不可,不可!这个大穴里面,且莫说山精木魅,毒蛇怪兽,藏著多少;只是那一道乌黑的臭气,也把人熏死了。高年之人,怎么禁得这般利害?"李清道:"我意已决,便死无悔!你等若不容我,必然私自逃去,从空投下。不得麻绳竹篮,永无出来的日子。"内中也有老成的,晓得他生平是个执性的人,便道:"恭敬不如从命。只是这等天大的事,岂可悄然便去;须要遍告亲戚,同赴云门山相送。也使

① 窳(yǔ)儿——指山顶上的缺口。

② 澒(hòng)澒洞洞——没有边际,广大深远的样子。

四海流传,做个美谈,不亦可乎!”李清道:“这却使得。”那李家一姓子孙,原有五六千,又去通知亲眷,同来拜送。只算一人一个,却不就是上万的人了。到得李清生辰这一日,无不陈了鼓乐,携了酒馔,一齐的捧著李清,竟往云门山去。随着去看的人,也不知有多少,几乎把青州城都出空了。不一时,到了云门山顶。众人举目四下一望,果然好景。但见:

众峰朝拱,列嶂环围。响泠泠流泉幽咽,密葺葺乱草迷离。崖边怪树参天,岩上奇花映日。山径烟深,野色过桥。青霭近冈形势远,松声隔水白云连。淅淅但闻林坠露,萧萧只听叶吟风。

那竹篮绳索等件,俱已整备停当。众亲眷们,都更递的上前奉酒。内中也有一样高年的说道:“老亲家,你好道之心,这般决烈,必然是神仙路上人,此去保无他虑;但我等做事也要老成,方无后悔。我想这等黑洞洞深穴,从来没人下去,怎把千金之体,轻投不测?今日既有竹篮绳索,不若先取一个狗来,放下去看。若是这狗无事,再把一个伶俐些家人下去,看道有甚么仙迹在那里。待他上来说了,方才送老亲家下去,岂不万全。”李清笑道:“承教,承教!只是要求道的,长拚个死,才得神仙可怜,或肯收为弟子。这个穴内,相传是神仙第七洞府,又不比砒霜毒药,怎么要试他利害?似此疑惑,便是退悔道心,怎能勾超凡脱浊?我主意已定,好歹要下去走遭。不消列位高亲担忧。老汉信口诌得四句俚言,在此留别,望勿见笑!”众亲眷齐道:“愿闻珠玉。”李清随念出一首诗来,诗云:

久拚残命已如无,挥手云门愿不孤。

翻笑壶公①曾得道，犹烦市上有悬壶。

众人听了这诗，无不点头嗟叹，勉强解慰道："老亲家道心恁般坚固，但愿一下去，便得逢仙。"李清道："多谢列位祈祝，且看老汉缘法何如。"遂起来向空拜了两拜，便去坐在竹篮内，挥手与众亲眷子孙辈作别，再也不说甚话，一径的将麻绳轫轫轹轹放将下去。莫说众亲眷子孙辈，都一个个面色如土，连那看的人也惊呆了，摇头咋舌道："这老儿好端端在家受用到不好，却痴心妄想，往恁样深穴中去求仙！可不是讨死吃么？"噫！李清这番下去下，不知几时才出世哩？正是：

神仙本是凡人做，只为凡人不肯修。

却说李清放下也不知有几千多丈，觉得到了底上，便爬出竹篮，去看那里面有何仙迹。岂知穴底黑洞洞的，已是不见一些高低；况是地下有水一般，又滑又烂。还不曾走得一步，早跌上一交。那七十岁老人家，有甚气力，才挣得起，又闪上一跌。只两交，就把李清跌得昏晕了去。那上面亲眷子孙辈，看看日色傍晚，又不见中间的麻绳曳动，又不听得铜铃响，都猜着道："这老人家被那股阴湿的臭气相触，多分不保了。"且把辘轳绞上竹篮看时，只见一个空篮，不见了李清。其时就着了忙，只得又把竹篮放下。守了一会，再绞上来，依旧是个空篮。那伙看的人，也有嗟叹的，也有发笑的，都一哄走了。子孙辈只是向着穴口放声大哭，埋怨道："我们苦苦谏阻，只不肯听，偏要下去。七十之人，不为寿夭，只是死便死

① 壶公——东汉时，有一老翁名王壶公，在市上卖药，常悬一壶，卖药毕，即跳入壶中，见《后汉书》。

了,也留个骸骨,等我们好办棺椁葬他。如今弄得尸首都没了,这事怎处?”那亲眷们人人哀感,无不洒泪。内中也有达者说道:“人之生死,无非大数。今日生辰,就是他数尽之日,便留在家里,也少不得是死的。况他志向如此,纵死已遂其志,当无所悔。虽然没了尸首,他衣冠是有的,不若今晚且回去,明早请几个有法力的道士,重到这里,招他魂去。只将衣冠埋葬,也是古人一个葬法。我闻轩辕皇帝,得了大道,已在鼎湖升天去了,还留下一把剑,两只履,装在棺内,葬于桥山①。又安知这老翁不做了神仙,也要教我们与他做个空冢。只管对着穴口啼啼哭哭,岂不惑哉!”子孙辈只得依允,拭了眼泪,收拾回家。到明日重来山顶,招魂回去。一般的设座停棺,少不得诸亲众眷都来祭奠。过了七七四十九日,造坟下葬,不在话下。

且说李清被这两跌,晕去好几时,方才醒得转来,又去细细的摸看。元来这穴底,也不多大,只有一丈来阔,周围都是石壁,别无甚奇异之处。况且脚下烂泥,又滑得紧,不能举步,只得仍旧去寻那竹篮坐下,思量曳动绳索,摇响铜铃,待他们再绞上去。伸手遍地摸着,已不见了竹篮,叫又叫不应,飞又飞不出,真个来时有路,去日无门,教李清怎么处置?只得盘膝儿,坐在地下。也不知捱了几日,但觉饥渴得紧,一时难过,想道古人啮雪吞毡,尚且救了性命;这里无雪无毡,只有烂泥在手头,便去抓一把来咽下。岂知神仙窟宅,每遇三千年才一开底里,迸出泥来,叫做“青泥”,专是把与仙人做饭吃的,尽也有些味道,可解饥渴。吃了几口,觉得精神

① 桥山——在今陕西黄陵县,有黄帝轩辕氏的陵墓在那里。

好些。却又去细细摸看,只见石壁擦底下,又有个小穴,高不上二尺,心下想道:“只管坐在泥中,有何了期!左右没命的人了,便这里面有甚么毒蛇妖怪,也顾不得,且是爬将进去,看个下落。”只因这番,直教黑茫茫断头之路,另见个境界风光;活喇喇拚命之夫,重开个铺行生理①。正是:

阎王未注今朝死,山穴宁无别道通?

李清不顾性命,钻进小穴里去,约莫的爬了六七里,觉得里面渐渐高了二尺来多,左右是立不直的,只是爬着地走。那老人家也不知天晓日暗,倦时就睡上一觉,饥时就把青泥吃上几口,又爬了二十馀里。只见前面透出星也似一点亮光,想道:“且喜已有出路了。”再把青泥吃些,打起精神,一钻钻向前去,出了穴口,但见青的山,绿的水,又是一个境界。李清起来伸一伸腰,站一站脚,整衣拂履,望空谢道:“惭愧!今朝脱得这一场大难!”依着大路,走上十四五里,腹中渐渐饥馁,路上又没一个人家卖得饭吃。总有得买,腰边也没钱钞。穴里的青泥,又不曾带得些出来,看看走不动了。只见路傍碧靛青的流水,两岸覆着菊花,且去捧些水吃。岂知这水也不是容易吃的,仙家叫做“菊泉”,最能延年却病。那李清才吃得几口,便觉神清气爽,手脚都轻快了。又走上十多里,忽望见树顶露出琉璃瓦盖造的屋脊,金碧闪烁,不知甚么所在?飞撚的赶到那里去看,却是血红的观门,周围都是白玉石砌就台基。共有九层,每一层约有一丈多高。又没个阶坡,只得攀藤扪葛,拚命吊

① 重开个铺行生理——重新开一个店铺生活;就是另找出一条生路的意思。

将上去。那门儿又闭着,不敢擅自去扣,只得屏气而待。直等到一佛出世,二佛升天①,方才有个青衣童子开门出来,喝道:“李清,你来此怎么?”李清连忙的伏地叩头,称道:“青州染匠李清不揣凡庸,冒叩洞府,伏乞收为弟子,生死难忘!”那童子笑道:“我怎好收留得你?且引你进去恳求我主人便了。”那青衣童子,入去不久,便出来引李清进去,到玉墀之下,仰看壁上华丽如天宫一般,端的好去处。但见:

朱甍耀日,碧瓦标霞。起百尺琉璃宝殿,甃九层白玉瑶台。隐隐雕梁镌玳瑁,行行绣柱嵌珊瑚。琳宫贝阙,飞檐长接彩云浮;玉宇琼楼,画栋每含苍雾宿。曲曲栏干围玛瑙,深深帘幕挂珍珠。青鸾玄鹤双双舞,白鹿丹麟对对游。野外千花开烂熳,林间百鸟啭清幽。

李清去那殿中看时,只见正居中坐着一位仙长,头戴碧玉莲冠,身披缕金羽衣,腰系黄绦,足穿朱舄,手中执着如意,有神游八极之表。东西两傍,每边又坐着四位,一个个仙风道骨,服色不一。满殿祥云缭绕,香气氤氲,真个万籁无声,一尘不到,好生严肃。李清上前,逐位叩了头,依旧将这冒死投见的情节,表诉一遍。只见中间的仙长说道:“李清,你未该来此,怎么就擅自投到?我这里没有你的坐位,快回去罢!”李清便涕泣禀道:“我李清一生好道,不曾有些儿效验,今日幸得到了仙宫,面见仙长,岂肯空手回去?我已是七十岁的人,左右回去,也没多儿时活,难道还再来得成?

① 一佛出世,二佛升天——出世,表示“生”;升天,表示“死”。这句话是说:一直等到一佛生、二佛死;时间很长的意思。

情愿死便死在阶下,断然不回去了。”那仙长只是摇头不允。却得傍边的替他禀道:“虽则李清未该到此,但他一片虔诚,亦自可怜!我今若不留他,只道神仙到底修不得的了。况我法门中,本以度人为第一功德。姑且收留门下,若是不堪受教,再遣他回去,亦未迟也!”那仙长才点着头道:“也罢!也罢!姑容他在西边耳房暂住。”李清连忙拜谢。一头走到耳房里去,一头想道:“我若没有些道气,怎得做仙家弟子?只是当初曾与子孙们约道,遇得仙时,少不得给假回去,报知你等。今我再三哀禀,又得傍边这几位仙长相劝,才许收留,怎么又请回去?万一触忤了他,嗔责我尘缘未净,如何是好?且自安心静坐,再过几时,另作区处。”那李清走到西边耳房下,尚未坐定,只见一个老者,从门外进来,禀道:“蓬莱山霞明观丁尊师初到,西王母特启瑶池大宴,请群真同赴。”并不见有人陈设,早已九乘鹤驾鸾车,齐齐整整,摆列殿下。其时中间的仙长在前,两傍的八位在后,次第步出殿来。那李清也免不得随着那伙青衣童子,在丹墀里候送。只见仙长觑着李清分付道:“你在此,若要观山玩水,任意无拘;惟有北窗,最是轻易开不得的,谨记谨记!”说罢,各各跨上鸾鹤,腾空而起。自然有云霞拥护,箫管喧阗,这也不能备述。

岂知李清在耳房下,凭窗眺望,看见三面景致。幽禽怪鸟,四时有不绝之音;异草奇花,八节有长春之色。真个观之不足,玩之有馀。渐渐转过身来。只见北窗斜掩,想道:“既是三面都好看得,怎么偏生一个北窗,却看不得?必定有甚奇异之处,故不把与我看。如今仙长已去赴会,不知多少程途,未必就回,且待我悄悄的开来看看。仙家那里便知道了。”走向前轻轻把手一推,呀的一声,那窗早已开了。举目仔细一观,有恁般作怪的事!一座青州城正临在北窗之下。见州里人家,历历在目。又见所住高房大宅,渐已残毁,近族傍支,渐已零落,不胜慨叹道:“怎么我出来得这几日,家里便是这等一个模样了?俗语道得好,家无主,屋倒柱。我若早知如此,就不到得这里也罢!何苦使我子孙恁般不成器,坏了我的门风。”不觉归心顿然而起。岂知叹声未毕,众仙长已早回来了。只听得殿上大叫:“李清!李清!”那李清连忙掩上北窗,走到阶下。中间的仙长大怒道:“我分付你不许偷开北窗,你怎么违命,擅自开了?又嗟叹懊悔,思量回去。我所以不肯收留者,正为你尘心不断故也。今日如何还容得你在此!便可速回,无得溷我洞府。”那李清无言可答,只是叩头请罪,哀告道:“我来时不知吃了多少苦楚,真个性命是毫厘丝忽①上挣来的。如今回去,休说竹篮绳索,已被家里人绞上;就是这三十多里小小穴道中,我老人家怎么还爬得过?”仙长笑道:“这不必忧虑,我另有个路径,教人指引你出去。”那李清方才放下了这条肚肠,起来拜谢出门。只见东手头一位,向着仙长不知说甚话,仙长便唤李清:“你且转来。”李清想道:“一定的又似前番相劝,收留我了。”不胜欣然。急急走转去跪下,听候法旨。你道那仙长唤李清回来,说些甚么?说道:“我遣便遣你回去,只是你没个生理,何以度日?我书架上有的是书,你可随意取一本去,若是要觅衣饭,只看这书上,自然有了。”李清口里答应,心里想道:“元来仙长也只晓得这里的事,不晓得

① 毫厘丝忽——旧时作为重量中最轻最小的四个单位;这里比喻极其轻微之意。

我青州郡里的事。我本有万金家计,就是子孙辈连年送的生日礼物,也有好几千,怎么刚出来得这两日,便回去没有饭吃了?”只是难得他一片好意,不免走近书架上,取了一本最薄的,过去拜谢。那仙长问道:“书有了么?”李清道:“有了。”仙长道:“既有了书,去罢!”李清正待出门,只见西手头一位,向着仙长,也不知说甚话,那仙长把头一点,又叫道:“李清你且转来。”李清想道:“难道这一番不是劝他收留我的?”岂知仍旧不是。只见仙长道:“你回去,也要走好些路,才到得家里。便到了家里,也不能勾就有饭吃,你可吃饱了去。”早有童子,拿出两个大芋头来,递与李清吃。元来是煮熟的鹅卵石,就似芋头一般,软软的嫩嫩的,又香又甜,比着云门穴底的青泥,越加好吃。再走过去拜谢。那仙长道:“李清,你此去,也只消七十多年,还该到这里的。但是青州一郡,多少小儿的性命,都还在你身上!你可广行方便,休得堕落。我有四句偈语,把与你一生受用,你紧记着!”偈语云:

见“石”而行,听“简”而问。傍“金”而居,先“裴”而遁。

李清再拜受了这偈语,却教初来时元引进的童子送他回去。竟不知又走出个甚的路径来,总便不消得万丈麻绳,难道也没有一些险处?元来那童子指引的路径,全不是旧时来的去处,却绕着这一所仙院,倒转向背后山坡上去。只见一个所在,出得好白石头,有许多人在那里打他。李清问道:“仙家要这石头何用?”童子道:“这个是白玉,因为早晚又有一个尊师该来,故此差人打去,要做第十把交椅。”李清便问道:“这个尊师,是甚么名姓?”童子道:“连我们也只听得是这等说,怎么知道?便知道,也不好说得,恐怕泄漏天机,被主人见罪。”一头说,一头走,也行了十四五里,都是龟背大路,两傍参天的古树,间着奇花异卉,看不尽的景致,便再走两里,也不觉的。又走过一座高山,这路径渐渐僻小,童子把手指道:“此去不上十里,就是青州北门了。”李清道:“我前日来时,是出南门的,怎么今日却进北门?我生长在青州已七十岁了,那晓得这座云门山是环着州城的。可知道开了北窗,便直看见青州城里。但不知那一边是前路?那一边是后路?可指示我,等我日后再来叩见仙长,只打这条路上来,却不省费许多麻绳吊去云门穴里去?”问未绝口,岂知飕飕的一阵风起,托地跳出一个大虫来,向着李清便扑。惊得李清魂胆俱丧,叫声:“苦也!”望后便倒,吓死在地。可怜:

身名未得登仙府,支体先归虎腹中。

说话的,我且问你:尝闻得古老传说,那青泥白石,乃仙家粮糗,凡人急切难遇,若有缘的尝一尝,便疾病不能侵,妖怪不能近,虎狼不能伤。这李清两件既已都曾饱食,况又在洞府中住过,虽则道心不坚,打发回去,却又原许他七十年后,还归洞府,分明是神仙了,如何却送在大虫口里?看官们莫要性急,待在下慢慢表白出来。那大虫不是平常吃人的虎,乃是个神虎,专与仙家看山守门的。是那童子故意差来把李清惊吓,只教他迷了来路,元非伤他性命。那李清死去半晌,渐渐的醒转来,口里只叫:“救命,救命!”慢慢挣扎坐起看时,大虫已是不见,连青衣童子也不见去向,跌足道:“罢了!罢了!这童子一定被大虫驮去吃了。可怜!可怜!”却又想道:“那童子是侍从仙长的,料必也有些仙气,大虫如何敢去伤他?决无此理。只是因甚不送我到家,半路就撇了去。”心下好生疑惑,爬将起来,把衣服整顿好了,忽地回头观看,又吃一惊:怎么那来路一划都是高山陡壁，全无路径？连称："奇怪！奇怪！"口里便说，心中只怕又跳出一个大虫来，却不丧了这条老命。且自负命跑去，约莫走上四五里，却是三叉路口，又没一个行人来往，可以问信。看看日色傍晚，万一走差路头怎了！正在没摆布处，猛然看见一条路上，却有块老大的石头，支出在那里，因而悟道："仙长传授我的偈语，有句道：'见石而行。'却不是教我往这条路去？"果然又走上四五里，早是青州北门了。进了城门，觉得街道还略略可认，只是两边的屋宇，全比往时不同，莫测其故。欲要问人，偏生又不遇着一个熟的。渐渐天色又黑，只得赶回家去。岂知家里房子，也都改换，却另起了大门楼，两边八字墙，好不雄壮！李清暗道："莫非错走到州前来了？"仔细再看："像便像个衙门，端只是我家里。难道这等改换了，我便认不得。想我离家去，只在云门穴里，不知担阁了几日，也是有数的。后面钻出小穴来，总是今日这一日，怎么便有这许多差异的事？莫非州里见我不在，就把我家房子，白白的占做衙门？可道凡事也不问个主。只可惜今日晚了，拚到明日，打进状词，与他理会。随你官府，也少不得给官价还我。"只得寻个客店安歇，争奈身边一个钱也没有，不免解件衣服下来，换了一贯钱。还觉腹中是饱的，只买一角酒来吃了。便待去睡，终久心下徬徨，这夜如何睡得着。李清在床上翻来覆去，自嗟自叹，悔道："我怎么倒去抱怨仙长？他明明说我回去将何度日？教我取书一本，别做生理。又道是：我回去，就也未有饭吃，把两个煮熟的石子与我，岂不是预知已有今日了。"便去袖里把书一摸，且喜得尚在，只如今未有工夫去看。

待到天明，还了房钱，便遍著青州大街上都走转来，莫说众亲眷子孙没有一个,连那染坊铺面,也没一间留下的。只得陪个小心,逢人便问,岂知个个摇头,人人努嘴,都说道:“我们并不知道有甚李清。也并不曾见说云门山穴里有人下去得的?”只教李清茫然莫知所以。看看天晚,只得又向客店中安歇。到第二日,又向小巷儿里,东抄西转,也不曾遇着一个。但是问人,都与大街上说话一般。一发把李清弄呆了,想道:“我也怪前日出来的路径,有些差异,莫非这座青州城是新建的?不是我旧青州,故此没个熟人相遇。天下云门山只有一个,绝无两个。我何不出了南门,径到云门山上一看,若云门山无异,这便是我旧青州了。再慢慢的访问,好歹究出甚的缘故来。”忙忙的奔出南门,径往云门山去。将至山顶,早见一座亭子,想道:“这路径明明是云门山的,几时有个亭子在这里?且待我看是甚么亭?”元来题着“烂绳亭。开皇四年立。”李清道:“是了!昔日樵夫曾遇见仙人下棋,他看得一局棋完,不知已过了多少年岁,这斧柄坐在身下,已烂坏了,至今世人传说烂柯的故事。多分是我众子孙,道我将这麻绳吊下云门穴底,也去遇了神仙,把绳都烂掉在山上,故建立这座亭子,名为烂绳亭。无非要四方流传,做个美谈的意思。看他后面写着开皇四年立,却不仍是今年的日月,怎么城里人家就是这等改换了?且再到上边去看。”只见当着穴口,竖个碑石,题道:“李清招魂处。”李清吓了一跳道:“我现今活活的在此,又不曾死,要招我的魂做甚么?”又想了一想道:“是了是了!是我下到这般险处,提起竹篮上来,又不见了我,疑心道死了,故在此招我的魂。”回去又想一想道:“咦!莫非是我真个死了,今日是魂灵到此?”心下反徬徨起来,不能自决。想道:“既是招魂,必有个葬处,若是葬,必在祖茔左右,人家虽有改换之日，祖宗坟墓，却千年不改换的。何不再去祖坟上一看，或者倒有个明白。”下了云门山，一径的转过东门，远远望见祖坟上，山势活似一条青龙，从天上飞将下来的。想起：“《葬经》①上面有云：‘山如凤举，或似龙蟠，一千年后当出仙官。’看我祖坟上有这等风水，怎么刚出得我一个，才遇见仙人，又被赶逐回家，焉能勾升天日子。却不知这风水，毕竟应在那个身上？”到了祖坟，不免拜了两拜。只见许多合抱的青松白杨，尽被人伐去。坟上的碑石，也有推倒的，也有打断的，全不似旧时模样。不胜凄感，叹道：“我家众子孙，真个都死断了，就没一个来到坟上照管？”单有一个碑，倒还是竖着的，碑上字迹，仿佛可认，乃是“故道士李清之墓”七个字。李清道：“既是招魂葬，无过把些衣冠埋在里面，料必是个空冢。只是碑石，已被苔藓驳蚀几尽，须不是开皇四年立的，可知我死已多时了。今日来家的，一定是我魂灵，故此幽冥间隔，众亲眷子孙，都不得与我相见。不然，这上千上万的人，怎么就没一个在的？”那李清满肚子疑心：“只当青天白日，做梦一般。又不知是生，又不知是死，教我那里去问个明白？”正在徬徨之际，忽听得隐隐的渔鼓简②响，走去看时，却是东岳庙前一个瞎老儿，在那里唱道情，向着人掠钱。方才想起：“临出山时，仙长传授我的偈语，第二句道：‘听简而问。’这个不是渔鼓简？我该问他的。且自站在一边，待众人散后，过去问他便了。”只见那瞎老儿，止掠得十来文钱，便没人肯出。内中一个道：“先生，你且说唱起来，待我们

① 《葬经》——旧题“晋郭璞撰”；是一部讲风水迷信的书。

② 渔鼓简——渔鼓，竹筒两端蒙上鱼皮的乐器。简，用绳子串起来的两块板。都是唱道情时伴奏的简单乐器；口里一面唱，手里一面敲打作响。

敛足与你。”瞽者道：“不成不成！我是个瞎子，倘说完了，都一溜走开，那里来寻讨？”众人道：“岂有此理！你是个残疾人，哄了你也不当人子。”那瞽者听信众人，遂敲动渔鼓简板，先念出四句诗来道：

暑往寒来春复秋，夕阳桥下水东流。

将军战马今何在？野草闲花满地愁。

念了这四句诗，次第敷衍正传，乃是“庄子叹骷髅”一段话文，又是道家故事，正合了李清之意。李清挤近一步，侧耳而听，只见那瞽者说一回，唱一回，正叹到骷髅皮生肉长，复命还阳，在地下直跳将起来。那些人也有笑的，也有嗟叹的，却好是个半本，瞽者就住了鼓简，待掠钱足了，方才又说。——此乃是说平话①的常规。谁知众人听话时一团高兴，到出钱时，面面相觑，都不肯出手。又有身边没钱的，假意说几句冷话，佯佯的走开去了。刚刚又只掠得五文钱。那掠钱的人，心中焦躁，发起喉急，将众人乱骂。内中有一后生出尖揽事，就与那掠钱的争嚷起来。一递一句，你不谦，我不让，便要上交厮打。把前后掠的十五文钱，撒做一地。众人发声喊，都走了。有几个不走的，且去劝厮打，单撇着瞽者一人。李清动了个恻隐之心，一头在地上捡起那十五文钱，交付与瞽者，一头口里叹道：“世情如此硗薄，钱财恁般珍重！”瞽者接钱在手，闻其叹语，问道：“你是兀谁？”李清道：“老汉是问信的。你若晓得些根由，到送你几十文酒钱。”瞽者道：“问甚么信？”李清道：“这青州城内，有个做染匠的李家，你可晓得么？”瞽者道：“在下正姓李，敢问

① 说平话——平话，一作“评话”。说平话，就是“说书”。

老翁高姓大名?”李清道:“我叫做李清,今年七十岁了。”瞽者笑道:“你怎么欺我瞎子,就要讨我的便宜。我也不是个小伙子,年纪倒比你长些,今年七十六岁了。只我嫡堂的叔曾祖,叫做李清。你怎么也叫做李清?”李清见他说话有些来历,便改着口道:“天下尽有同名同姓的,岂敢讨你的便宜?我且问你,那令曾叔祖,如今到那里去了?”瞽者道:“这说话长哩。直在隋文帝开皇四年,我那叔曾祖也是七十岁,要到云门山穴里,访甚么神仙洞府,备下了许多麻绳,一吊吊将下去。你道这个穴里,可是下去得的,自然死了。元来我家合族全仗他一个福力。自他死后,家事都就零落;况又遭着兵火,遂把我合族子孙,都灭尽了。单留得我一个现世报,还在这里;却又无男无女,靠唱道情度日。”李清暗忖道:“元来都认我死在云门穴里了。”又问道:“他吊下云门穴去,才只一年里面,怎么家事就这等零落得快?合族的人,也这等死灭得尽?”瞽者道:“哎呀!敢是你老翁说梦哩。如今须不是开皇四年,是大唐朝高宗皇帝永徽五年了。隋文帝坐了二十四年天下,传与炀帝,也做了十四年,被宇文化及谋杀了,因此天下大乱。却是唐太宗打了天下,又让与父亲做皇帝,叫做高祖,坐了九年;太宗自家坐了二十三年;如今皇帝就是太宗的太子,又登基五年了。从开皇四年算起,共是七十二年。我那叔曾祖去世时节,我只有得五岁,如今现活七十六岁了,你还说道快哩。”李清又道:“闻得李家族里,有五六千丁,便隔得七十二年,也不该就都死灭,只剩得你一个。”瞽者道:“老翁你怎知这个缘故?只因我族里人,都也有些本事,会光着手赚得钱的。不料隋炀帝死后,有个王世充造反,到我青州,看见我族里人丁精壮,尽皆拿去当军。那王世充又十分不济,屡战屡败,遂把手下军马，都消折了。我那时若不亏着是个带残疾的，也留不到今日。”李清听了这一篇说话，如梦初觉，如醉方醒，把一肚子疑心，才得明白。身边只有三四十文钱，尽数送与瞽者，也不与他说明这些缘故，便作别转身，再进青州城来。

一路想道：“古诗有云：‘山中方七日，世上已千年。’果然有这等异事！我从开皇四年，吊下云门穴去，往还能得几日，岂知又是唐高宗永徽五年，相隔七十二年了。人世光阴，这样容易过的！若是我在里面多住几时，却不连这青州城也没有了。如今我的子孙已都做故人，自己住的高房大屋，又皆属了别姓，这也不必说起。只是我身边没有半分钱钞，眼前又别无熟识，可以挪借，教我把甚么度日？左右也是个死，那仙长何苦定要赶我回来怎的？”叹了几声，想了一会，猛然省道：“我李清这般懵懂，怎么思量还要做仙哩？我临出门时，仙长明明说我回家来，怕没饭吃，曾教我到他书架上拿本书去，如今现在袖里，何不取出书来，看道另做甚么生意？”你道这本书，是甚么书？元来是本医书，专治小儿的病症，也不多几个方子在上面。那李清看见，方才悟道：“仙长曾对我说，此去不消七十多年，依旧容我来到那里。我想这七十年，非比云门穴底下，须在人世上好几时，不是容易过的。况我老人家，从来药材行里，不曾着脚，怎便莽莽广广①的要去行医！且又没些本钱，置办药料；不如到药铺里寻个老成人，与他商量，好做理会。”刚刚走得三百馀步，就有一个白粉招牌，上写着道：“积祖金铺出卖川广道地生熟药材。”当下李清看见，便大喜道：“仙长传授我的第三

① 莽莽广广——莽莽闯闯；卤莽的意思。

句偈语,说道:'傍金而居。'这不是姓金的了？世称神仙未卜先知,岂不信哉！岂不信哉!"只见铺中坐的,还不上二十多岁,叫做金大郎。李清连忙向前,与他唱个喏,问道:"你这药材,还是现卖,也肯赊卖?"金大郎道:"别人家买药的,就要现钱才卖;只有行医开铺的,是长久主顾,但要药料,只上个帐簿取去,或一季或一月一算,总数还钱。叫做半赊半现。"李清便扯个谎道:"我原是个幼科医人,一向背着包,沿村走的。如今年纪老了,也要开个铺面,坐地行医,不知那里有空房,可以赁住？乞赐指引。也好与贵铺做个主顾。"金大郎道:"就是我家隔壁,有一间空房。不见门上贴着招赁两字么？只怕窄狭,不彀居住。"李清道:"我老身别无家小,便一间也尽勾了。只是铺前须要竖面招牌,铺内须要药厢药刀,各色家伙,方才像个行医的。这几件,都在那里去置办？不知可也赊得否?"金大郎道:"我铺里尽有现成馀下的在此,我一发都借了你去。待生意兴旺时,连那药帐,一总算还与我,岂不两得其便。"那李清亏得金大郎一力周旋,就在他药铺间壁住下。想起:"当初在云门山上,与亲族告别之时,曾有诗云:翻笑壶公曾得道,犹烦市上有悬壶。不意今日回来,又要行医,却不应了两句谶语。"遂在门前,横吊起一面小牌,写着"悬壶处"三个字。直竖起一面大牌,写着"李氏专医小儿疑难杂症"十个字。铺内一应什物家伙,无不完备。真个装一佛像一佛,自然像个专门的太医起来。

恰好这一年青州城里,不论大小人家,都害时行天气,叫做小儿瘟,但沾着的便死。那幼科就没请处,连大方脉的,也请了去。岂知这病,偏生利害,随你有名先生下的药,只当投在水里,眼睁睁都看他死了。只有李清这老儿古怪,不消自到病人家里切脉看病,只要说个症候，怎生模样，便随手撮上一帖药，也不论这药料，有贵有贱，也不论见效不见效，但是一帖，要一百个钱。若讨他两帖的，便道："我的药，怎么还用两帖?"情愿退还了钱，连这一帖也不发了。那讨药的人，都也半信半不信。无奈病势危急，只得也赎一帖，回去吃看。你道有这等妙药？才到得小儿口里，病就好一半，一咽咽下肚里去，便全然好了。还有拿得药回去，小儿已是死了的，但要煎的药香，冲在那小儿鼻孔内，就醒将转来。这名头就满城传遍，都称他做李一帖。从此后，也不知医好了多少小儿，也不知赚过了多少钱钞。我想李清是个单身子，日逐用度有限，除算还了房钱药钱，和那什物家伙钱以外，赢馀的难道似平时积攒生日礼一般，都烂着在家里？毕竟有个来处，也有个去处。元来李清这一次回来，大不比当初性子，有积无散。除还了金大郎铺内赊下各色家伙，并生熟药料的钱，其馀只勾了日逐用度，尽数将来赈济贫乏，略不留难。这叫做广行方便，无量功德。以此声名，越加传播。莫说青州一郡，遍齐鲁地方，但是要做医的，闻得李一帖名头，那一个不来拜从门下，希图学些方术。只见李清再不看甚医书，又不亲到病人家里诊脉，凡遇讨药人来，收了铜钱便撮，止一帖药，又不多几样药味。也有说来病症是一样的，倒与他各样的药，也有说来病症是各样的，倒与他一样药。但见拿药去吃的，无有不效。众皆茫然，莫测其故，只得觅个空间，小心请教。李清道："你等疑我不曾看脉，就要下药。不知医道中，本以望闻问切，目为神圣工巧①，可见看脉是医

① 望闻问切，目为神圣工巧——语见中医医书《难经》："望而知之谓之'神'，闻而知之谓之'圣'，问而知之谓之'工'，切脉而知之谓之'巧'。"望闻问切，是中医诊断病状的四种方法：望，望气色；闻，听声音；问，问病情；切，摸脉搏。

家第四等,不是上等。况小儿科与大方脉不同,他气血未全,有何脉息,可以看得。总之,医者意也。无过要心下明,指下明,把一个意思揣摩将去。怎么靠得死方子,就好疗病?你等但看我的下药,便当想我所以下药的意思。那《大观本草》这部书,却不出在我山东的,你等熟读本草,先知了药性,才好用药。上者要看本年是甚司天,就与他分个温凉。二者看害病的是那地方人,或近山或近水,就与他分个燥湿。三者看是甚等样人家,富贵的人,多分柔脆,贫贱的人,多分坚强,就与他分个消补。细细的问了症候,该用何等药味,然后出些巧思,按着君臣佐使,加减成方,自然药与病合,病随药去。所以古人将用药比之用兵,全在用得药当,不在药多。赵括徒读父书,终致败灭①,此其鉴也!"众等皆拜谢教而退。岂知李清身边,自有薄薄的一本仙书,怎肯轻易泄漏?正是:

小儿有命终须救,老子无书把甚看。

李清自唐高宗永徽五年,行医开铺起,真个光阴迅速,不觉过了第六年,又是显庆五年,龙朔三年,麟德二年,乾封二年,总章二年,咸亨四年,上元二年,仪凤三年,调露一年,永隆一年,开耀一年,一总共是二十七年了。这一年却是永淳②元年,忽然有个诏书下来,说御驾亲幸泰山,要修汉武帝封禅的故事。你道如何叫做封禅?只为天下五座名山,称做五岳。五岳之中无如泰山,尤为灵

① 赵括徒读父书,终致败灭——赵括,战国时赵国的名将赵奢的儿子;少学兵法,自以为天下无敌;后来在对秦国的战役中,大败被杀。这里是比喻不可拘泥于书本知识的意思。

② 永徽、显庆、龙朔、麟德、乾封、总章、咸亨、上元、仪凤、调露、永隆、开耀、永淳——都是唐高宗(李治)的年号。

秀，上通于天，云雨皆从此出。故有得道的皇帝，遇着天下太平，风调雨顺，亲到泰山顶上，祭祀岳神，刻下一篇纪功德的颂，告成天地。那碑上刻的字，都是赤金填的，叫做金书。碑外又有个白玉石的套子，叫做玉检。最是朝廷盛举。那天帝是不好欺的，颂上略有些不实，便起怪风暴雨，不能终事。这也不是汉武帝一个创起的，直从大禹以前，就有七十九代，都曾封禅。后来只有秦始皇和汉武帝两个，这怎叫得有道之君。无非要粉饰太平，侈人观听。毕竟秦始皇遇着大雨，只得躲避松树底下；汉武帝下山，也被伤了左足。故此武帝之后，再没有敢去封禅的。那唐高宗这次诏书，已是第三次了。青州地方，正是上泰山的必由去处，刺史官接了诏，不免点起排门夫，填街砌路，迎候圣驾。那李清既有铺面，便也编在人夫数内，催去着役。

其时青州自有了李清行医，羞得那幼科先生，都关了铺门，再没个敢出头的。若教他去做夫砌路，万一小儿们有个急病，一时怎么就请得他到，讨得药吃？因此合郡的人，都到州里去替他禀脱。少不得推几个能言会语的做头，向前禀道："现今行医的李清已是九十七岁近百的人，有甚么气力当夫？我们情愿替他出钱，另雇精壮少年应役，仍留他在铺里，也好保全我一州的小儿性命。"元来李清开铺这一年，依还说是七十岁。因此人只认他九十七岁，那知他已是一百六十八岁了。从来律上凡七十以上的，即系是年老，准免差役。所以合郡的人，借这个名色，要与他雇工替役，仍留他在铺行医。岂知州刺史是岭南人，他那地方，最是信巫不信医的，说道："虽然李清已有九十七岁，想他筋力强健，尽好做工，怎么手里撮得药，偏修不得路？不见姜太公八十二岁，还要辅佐周武王，兴兵上阵。既做了朝廷的百姓，死也则索要做，躲避到那里去？总便他会医小儿，难道偌大一坐青州，只有他幼科一个？查他开铺以来，只得二十七年，以前的青州人家小儿，也不曾见都死绝了。怎么独独除下他一个名字，何以服众？"随他合郡的人，再三苦禀，只是不听。急得那许多人，就没个处置。都走到李清铺前商议，要央个紧要的分上，再去与州官说。李清道："多谢列位盛情！以我老朽看来，到不去说也罢。你道一些小事有何难，听那州官这等拘执，无过虑着圣驾亲来，非寻常上司之比。少有不当，便是砍头的罪过。故此只要正身著役。恐怕雇工的做出事来，以后不好查究。做官的肚肠，大概如此，断然不肯再听人说。但我揣度事势，这诏书也多分要停止的。在麟德二年一次，调露元年又一次。如今却是第三次。既是前两次不来，难道这一次又来得成。包你五日里面，就有决裂。不若且放下胆，凭他怎生样差拨便了！"众人听了这篇说话，都怪道："眼见得州里早晚就要佥了牌，分了路数，押夫着役，如火急一般，那老儿倒说得冰也似冷。若是诏书一日不停止，怕你一日不做夫！我们倒思量与他央个分上，保求顶替，他偏生自要去当。想是在铺里收钱不迭，只要到州里来领他二分一日的工食哩。"都冷笑一声，各自散去。岂知高宗皇帝这一次，已是决意要到泰山封禅，诏下礼部官，草定了一应仪注①，只待择个黄道吉日，御驾启行；忽然患了个痿痹的症候，两只脚都站不起来，怎么还去行得这等大礼？因此青州上司，隔不得三日之内，移文下来，将前诏停止。那合郡的人，方信李清神见，越加叹服。

① 仪注——礼节，仪式。

元来山东地面,方术之士最多,自秦始皇好道,遣徐福载了五百个童男童女到蓬莱山,采不死之药。那徐福就是齐人。后来汉武帝也好道,拜李少君为文成将军①,栾大为五利将军,日逐在通天台、竹宫、桂馆,祈求神仙下降。那少君栾大也是齐人。所以世代相传,常有此辈。一向看见李清自七十岁开医铺起,过了二十七年,已是近百的人,再不见他添了一些儿老态,反觉得精神颜色,越越强壮,都猜是有内养的。如今又见他预知过往未来之事,一定是得道之人,与董奉韩康一般,隐名卖药。因此那些方士,纷纷然都来拜从门下,参玄访道,希图窥他底蕴。屡屡叩问李清,求传大道。李清只推着老朽,元没甚知觉,唯有三十岁起,便绝了欲,万事都不营心,图个静养而已,所以一向没病没痛,或者在此。方士们疑他隐讳,不肯轻泄。却又问道:"寿便养得,那过去未来之事,须不是容易晓得的。不知老师有何法术,就预期五日内当有停止诏书消息?"李清道:"我那里真是活神仙,能未卜先知的人。岂不知孔夫子萍实商羊故事②!只是平日里,听得童谣,揣度将去,偶然符合。盖因童谣出于无心,最是天地间一点灵机,所以有心的试他,无有不验。我从永徽五年,在此开医铺起,听见龙朔年间,就有个童谣,料你等也该记得的。那童谣上说道:上泰山高,高几层?不怕上不

---

① 拜李少君为文成将军——据《史记》记载,是拜文翁为文成将军,不是拜李少君。

② 萍实商羊故事——都是孔子(丘)的传说故事:楚昭王渡江,有种东西像斗大,撞着他的船。他派人问孔子,孔子说:这是"萍实",可以吃;惟有霸者才能获得这种东西。商羊,传说中的鸟名。齐国有一只脚的鸟,齐君派人问孔子,孔子说:这种鸟叫作"商羊",它一出现,天就将要下大雨。

得,倒怕不得登。三度征兵马,旁道打腾腾。三度去,登不得。果然前两度已验,故知今次断无登理。大抵老人家闻见多,经验多,也无过因此识彼,难道有甚的法术不成!”这方士们见他不肯说,又常是收钱撮药,忙忙的没个闲暇,还有那伙要赈济的来打搅,以此渐渐的也散去了。明年高宗皇帝晏驾,却是武则天皇后临朝,坐了二十一年,才是太子中宗皇帝,坐了六年,又被韦皇后谋乱。却是睿宗皇帝除了韦后,也坐了六年,传位玄宗皇帝,初年叫做开元,不觉又过了九年,总共四十三年。满青州城都晓得李清,已是一百四十岁。一来见他医药神效如旧,二来容颜不老,也如旧日,虽或不是得道神仙,也是个高年人瑞。因此学医的,学道的,还有真实信他的,只在门下不肯散去。正是:

神仙原在阎浮界,骨肉还须夙世成。

话分两头,却说玄宗天子,也志慕神仙,尊崇道教,拜着两个天师,一个叶法善,一个邢和璞,皆是得道的,专为天子访求异人,传授玄素赤黄,及还婴泝流①之事。这一年却是开元九年,邢叶二天师奏道:“现有三个真仙在世,一个叫做张果,是恒州条山人。一个叫做罗公远,是鄂州人。一个叫做李清,是北海人。虽然在烟霞之外,无意世上荣华,若是朝廷虔心遣使聘他,或者肯降体而来,也未可知。”因此玄宗天子,差中书舍人徐峤去聘张果,太常博士崔仲芳去聘罗公远,通事舍人裴晤聘李清。三个使臣辞朝别圣,捧着玺书,各自去征聘不题。元来李清尘世限满,功行已圆,自然神性

① 玄素赤黄、还婴泝流——道教迷信的方术:玄素,炼黄白丹药。赤黄,聚敛魂魄。还婴,返老还童。泝流,阴阳采补。

灵通，早已知裴舍人早晚将到，省起昔日仙长分付的偈语：“第四句说道：‘先裴而遁。’这个‘遁’字，是逃遁之遁，难道叫我逃走不成？明明是该尸解去了。”你道怎么叫做尸解？从来仙家成道之日，少不得要离人世，有一样白日飞升的谓之羽化，有一样也似世人一般死了的，只是棺中到底没有尸骸，这为之尸解。惟有尸解这门，最是不同。随他五行，皆可解去。以此世人却有不知道他是神仙的。

且说李清一个早起，教门生等休挂牌面，说道：“我今日不卖药了，只在午时，就要与汝等告别。”众门生齐吃一惊，道：“师父好端端的，如何说出这般没正经话来？况弟子辈久侍门下，都不曾传授得师父一毫心法，怎的就去了？还是再留几时，把玄妙与弟子们细讲一讲，那时师父总然仙去，道统流传，使后世也知师父是个有道之人。”李清笑道：“我也没甚玄秘可传，也不必后人晓得。今大限已至，岂可强留。只是隔壁金大郎，又不在此，可烦汝等为我买具现成棺木，待我气绝之后，即便下棺，把钉钉上，切不可停到明日。我铺里一应家伙什物，都将来送与金大郎，也见得我与他七十年老邻老舍，做主顾的意思。”众门生一一领命，流水去买办棺木等件，顷刻都完。那金大郎也年八十九岁了，筋骨亦甚强健，步履如飞，挣了老大家业，儿孙满堂，人都叫他是金阿公。只有李清还在少年时看他老起来的，所以原呼他为大郎。那日起五更往乡间去了，所以不在。李清到了午时，香汤沐浴，换了新衣，走入房中。那些门生，都紧紧跟着。李清道：“你们且到门首去，待我静坐片时，将心境清一清，庶使临期不乱。”问：“金大郎回了，请来面别，也不枉一向相处之情。”众门生依言，齐走出门，就问金大郎，却还未回。隔了片时,进房观看李清,已是死了。众门生中,也有相从久的,一般痛哭流涕,也有不长俊的,只顾东寻西觅,搜索财物。乱了一回,依他分付,即便入棺。元来这尸,也有好些异处。但见他一双手,两只脚,都交在胸前,如龙蟠一般。怎好便放下去?待要与他扯一扯直,岂知是个僵尸,就如一块生铁打成,动也动不得。只得将就抬入棺中,钉上材盖,停在铺里。李清是久名向知的,顷刻便传遍了半个青州城,主顾人家都来吊探。众门生迎来送往,一个个弄得口苦舌干,腰驼背曲。有诗为证:

百年踪迹混风尘,一旦辞归御白云。

羽盖霓旌何处在?空留药臼付门人。

却说通事舍人裴晤,一路乘传而来,早到青州境上。那刺史官已是知得,帅着合郡父老,香烛迎接。直到州堂开读诏书,却是征聘仙人李清。刺史官茫然无知,遂问众父老。父老们禀道:"青州地方,但有个行小儿科的李清,他今年一百四十岁,昨日午时,无病而死。此外并不曾闻有甚仙人李清在那里。"裴舍人见说,倒吃了一惊,叹道:"下官受了多少跋涉,赍诏到此,正聘行医的仙人李清,指望敦请得入朝,也叫做不辱君命。偏生不凑巧,刚刚的不先不后,昨日死了,连面也不曾得见。这等无缘,岂不可惜!我想汉武帝时,曾闻得有人修得神仙不死之药,特差中大夫去求他药方,这中大夫也是未到前,适值那人死了。武帝怪他去迟,不曾求得药方,要杀这大夫。亏着东方朔谏道:'那人既有不死之药,定然自己吃过,不该死了,既死了,药便不验,要这方也没用。'武帝方悟。今幸我天子神明,胜于汉武,纵无东方朔之谏,必不至有中大夫之恐。但那叶二天师既称他是仙人,自当后天不老,怎么会死?若果死，就不是仙人了。虽然如此，一百四十岁的人，无病而死，便不是仙人，却也难得。”即便分付州官，取左右邻不扶结状①，见得李清平日有何行谊，怎地修行的，于某年月某日时，已经身死，方好复命。刺史不敢怠慢，即唤李清左近邻佑，责令具结前来，好送天使起身。那些邻舍领命出去。内中一个道：“我们尽是后生，不晓得他当初来历详细，如何具结？闻说止有金阿公是他起头相处的，必然知他始末根由。昨日往乡间去了，少不得只在今日明早便归，待他斟酌写一张同去呈递，也好回答。”众人齐称有理。同回家去。恰好金老儿从乡间归来，一个人背着一大包草头跟着，劈面遇见。众人迎住道：“好了，金阿公回也！你昨日不到乡间去，也好与你老友李太医作别。”金老儿道：“他往那里去，要作别？”众人道：“他昨日午时，已辞世了。”金老儿道：“罪过！罪过！我昨日在南门遇见的，怎说恁样话咒他？”众人反吃一惊道：“死也死了，怎么你又看见？想是他的魂灵了。”金老儿也惊道：“不信有这等奇事！”也不回家，一径奔到李清铺里，只见摆着灵柩，众门生一片都带着白，好些人在那里吊问。金老儿只管摇首道：“怪哉！怪哉！”众门生向前道：“我师父昨日午时归天了，因为你老人家不在，这灵柩还停在此。”又递过一张单来，道铺内一应什物家伙，遗命送与你做遗念的。金老儿接了单，也不观看，只叫道：“难道真个死了！我却不信。”众邻舍问道：“金阿公，你且说昨日怎的看见他来？”金老儿道：“昨日我出门虽早，未出南门，就遇了一个亲戚，苦留回去吃

① 不扶结状——扶，指“扶同”，一名“苻同”，明代法律名词。不扶结状，众口一辞，证明无伪，对某一案件具结的状词。

饭,直弄到将晚,方才别得。走到云门山下,已是午牌时分。因见了几种好草药,方在那里收采,撞见一个青衣童子,捧个香炉前走,我也不在其意。不上六七十步,便是你师父来,不知何故,左脚穿着鞋子,右脚却是赤的。我问他到那里去?他说道:'我因云门山上烂绳亭子里,有九位师父师兄,专等我说话,还有好几日,未得回来哩。'他又在袖里取出一封书,一个锦囊,囊里像是个如意一般,递与我,教带到州里;好好的送甚裴舍人,不要误了他事。即今书与锦囊现在我处,如何却是死了?"便向袖中摸出来看。众门生起初疑心金老捣鬼,还不肯信,直待见了所寄东西,方才信道:"且莫论午时不午时;只是我师父,从不见出铺门,怎有这东西寄送?岂不古怪!"众邻舍也道:"真也是希见的事!他已死了,如何又会寄东西?却又先晓得裴舍人来聘他,便做道魂灵出现,也没恁般显然!一定是真仙了。"金老儿问道:"什么裴舍人聘他?"众邻舍将朝廷差裴舍人征聘,州官知得已死,着令结状之事说出。金老儿道:"元来如此。如今他既有信物,何必又要结状。我同你们去叩见州官,转达天使。"众人依着金老儿说话,一齐跟来。金老儿持了书与锦囊,直至州中,将李清昨日遇见寄书的话禀知。州官也道奇异,即带一干人同去回覆天使。那裴舍人正道此行没趣,连催州里结状,就要起身。只见州官引众人捧着书礼,禀是李清昨日午时,转托邻佑金老儿送上天使的,请自启看。裴舍人就教拆开书来,却是一通谢表。表上说道:

陛下玉书金格,已简于九清矣。真人降化,保世安民,但当法唐虞之无为,守文景之俭约。恭候运数之极,便登蓬阆之庭。何必木食草衣,刳心灭智,与区区山泽之流,学习方术者哉！无论臣初窥大道，尚未证入仙班；即张果仙尊，罗公远道友，亦将告还方外，皆不能久侍清朝，而共佐至理者也。昔秦始皇远聘安期生于东海之上，安期不赴，因附使者回献赤玉舄一双。臣虽不才，敢忘答效？谨以绿玉如意一枚，聊布鄙忱，愿陛下鉴纳。

裴舍人看罢，不胜叹异，说道："我闻神仙不死，死者必尸解也。何不启他棺看？若果系空的，定为神仙无疑。却不我回朝去，好复圣上，连众等亦解了无穷之惑。"合州官民皆以为然。即便同赴铺中，将棺盖打开看时，棺中止有青竹杖一根，鞋一只，竟不知昨日尸首在那里去了？倒是不开看也罢，既是开看之后，更加奇异。但见一道青烟，冲天而起，连那一具棺木，都飞向空中，杳无踪影。唯闻得五样香气，遍满青州，约莫三百里内外，无不触鼻。裴舍人和合州官民，尽皆望空礼拜。少不得将谢表锦囊，好好封裹，送天使还朝去讫。到得明年，普天下疫疠大作，只有青州但闻的这香气的，便不沾染。方知李清死后，为着故里，犹留下这段功果。至今云门山上立祠，春秋祭祀不绝。诗云：

观棋曾说烂柯亭，今日云门见烂绳。
尘世百年如旦暮，痴人犹把利名争。

第三十九卷

汪大尹火焚宝莲寺

削发披缁修道，烧香礼佛心虔。不宜潜地去胡缠，致使清名有玷。　念佛持斋把素，看经打坐参禅。逍遥散诞胜神仙，万贯腰缠不羡。

话说昔日杭州金山寺，有一僧人，法名至慧，从幼出家，积资富裕。一日在街坊上行走，遇着了一个美貌妇人，不觉神魂荡漾，遍体酥麻，恨不得就抱过来，一口水咽下肚去。走过了十来家门面，尚回头观望，心内想道："这妇人不知是甚样人家？却生得如此美貌！若得与他同睡一夜，就死甘心！"又想道："我和尚一般是父娘生长，怎地剃掉了这几茎头发，便不许亲近妇人。我想当初佛爷，也是扯淡！你要成佛作祖，止戒自己罢了，却又立下这个规矩，连后世的人都戒起来。我们是个凡夫，那里打熬得过！又可恨昔日置律法的官员，你们做官的出乘骏马，入罗红颜，何等受用！也该体恤下人，积点阴骘，偏生与和尚做尽对头，设立恁样不通理的律令！如何和尚犯奸，便要责杖？难道和尚不是人身？就是修行一事，也出于各人本心，岂是捉缚加拷得的！"又归怨父母道："当时既是难养，索性死了，倒也干净！何苦送来做了一家货，今日教我寸步难行。恨得这口怨气,不如还了俗去,娶个老婆,生男育女,也得夫妻团聚。”又想起做和尚的不耕而食,不织而衣,住下高堂精舍,烧香吃茶,恁般受用,放掉不下。一路胡思乱想,行一步,懒一步,慢腾腾的荡至寺中。昏昏闷坐,未到晚便去睡卧,心上记挂这美貌妇人,难得到手,长吁短叹,怎能合眼。想了一回,又叹口气道:“不知这佳人姓名居止,我却在此痴想,可不是个呆子!”又想道:“不难,不难,女娘弓鞋小脚,料来行不得远路,定然只在近处。拚几日工夫,到那答地方,寻访消息,或者姻缘有分,再得相遇,也未可知。那时暗地随去,认了住处,寻个熟脚,务要弄他到手。”算计已定,盼望天明,起身洗盥,取出一件新做的细绢褊衫,并着干鞋净袜,打扮得轻轻薄薄,走出房门,正打从观音殿前经过,暗道:“我且问问菩萨,此去可能得遇。”遂双膝跪到,拜了两拜。向桌上拿过签筒,摇了两三摇,扑的跳出一根,取起看时,乃是第十八签,注着上上二字。记得这四句签诀云:

天生与汝有姻缘,今日相逢岂偶然。

莫惜勤劳问贪懒,管教目下胜从前。

求了这签,喜出望外,道:“据这签诀上,明明说只在早晚相遇,不可错过机会。”又拜了两拜,放下签筒,急急到所遇之处,见一妇人,冉冉而来。仔细一觑,正是昨日的欢喜冤家,身伴并无一人跟随。这时又惊又喜,想道菩萨的签,果然灵验,此番必定有些好处,紧紧的跟在后边。那妇人向着侧边一个门面,揭起班竹帘儿,跨脚入去,却又掉转头,对他嘻嘻的微笑,把手相招。这和尚一发魂飞天外,喜之不胜。用目四望,更无一人往来,慌忙也揭起帘儿径钻进去问讯。那妇人也不还礼,绰起袖子望头上一扑,把僧帽打下地来,又赶上一步,举起尖趫趫小脚儿一踨,谷碌碌直滚开在半边,口里格格的冷笑。这和尚惟觉得麝兰扑鼻,说道:“娘子休得取笑!”拾取帽子戴好。那妇人道:“你这和尚,青天白日,到我家来做甚?”至慧道:“多感娘子错爱,见招至此,怎说这话!”此时色胆如天,也不管他肯不肯,向前搂抱,将衣服乱扯。那妇人笑道:“你这贼秃!真是不见妇人面的,怎的就恁般粗卤!且随我进来。”湾湾曲曲,引入房中。彼此解衣,抱向一张榻上行事。刚刚肤肉相凑,只见一个大汉,手提钢斧,抢入房来,喝道:“你是何处秃驴?敢至此奸骗良家妇女!”吓得至慧战做一团,跪到在地下道:“是小僧有罪了!望看佛爷面上,乞饶狗命,回寺去诵十部《法华经》,保佑施主福寿绵长。”这大汉那里肯听,照顶门一斧,砍翻在地。你道被这一斧,还是死也不死?元来想极成梦,并非实境。那和尚撒然惊觉,想起梦中被杀光景,好生害怕。乃道:“偷情路险,莫去惹他,不如本分还俗,倒得安稳。”自此即蓄发娶妻,不上三年,痨瘵而死。离寺之日,曾作诗云:

少年不肯戴儒冠,强把身心赴戒坛。
雪夜孤眠双足冷,霜天剃发髑髅寒。
朱楼美女应无分,红粉佳人不许看。
死后定为惆怅鬼,西天依旧黑漫漫。

适来说这至慧和尚,虽然破戒还俗,也还算做完名全节。如今说一件故事,也是佛门弟子。只为不守清规,弄出一场大事,带累佛面无光,山门失色。这话文出在何处?出在广西南宁府永淳县,在城有个宝莲寺。这寺还是元时所建,累世相传,房廊屋舍,数百多间，田地也有上千馀亩。钱粮广盛，衣食丰富，是个有名的古刹。本寺住持，法名佛显，以下僧众，约有百馀，一个个都分派得有职掌。凡到寺中游玩的，便有个僧人来相迎，先请至净室中献茶，然后陪侍遍寺随喜一过，又摆设茶食果品，相待十分尽礼。虽则来者必留，其中原分等则。若遇官宦富豪，另有一般延款，这也不必细说。大凡僧家的东西，赛过吕太后的筵宴①，不是轻易吃得的！却是为何？那和尚们，名虽出家，利心比俗人更狠，这几瓯清茶，几碟果品，便是钓鱼的香饵。不管贫富，就送过一个疏簿，募化钱粮，不是托言塑佛妆金，定是说重修殿宇。再没话讲，便把佛前香灯油为名，若遇着肯舍的，便道是可扰之家，面前千般谄谀，不时去说骗。设遇着不肯舍的，就道是鄙吝之徒，背后百样诋毁，走过去还要唾几口涎沫。所以僧家再无个餍足之期。又有一等人，自己亲族贫乏，尚不肯周济分文，到得此辈募缘，偏肯整几两价布施，岂不是舍本从末的痴汉！有诗为证：

人面不看看佛面，平人不施施僧人。

若念慈悲分缓急，不如济苦与怜贫。

惟有宝莲寺与他处不同，时常建造殿宇楼阁，并不启口向人募化。为此远近士庶，都道此寺和尚善良，分外敬重，反肯施舍，比募缘的，倒胜数倍。况兼本寺相传有个子孙堂，极是灵应，若去烧香求嗣的，真个祈男得男，祈女得女。你道是怎地样这般灵感？元来子孙堂两傍，各设下净室十数间，中设床帐，凡祈嗣的，须要壮年无

① 吕太后的筵宴——汉高祖（刘邦）死后，他的妻子吕雉听政，称为吕太后。有一次她请群臣吃酒，用军法劝酒，有一人避酒逃去，当场就被杀了头。因此，后来就有这句谚语，表示这酒不是好吃的。

病的妇女，斋戒七日，亲到寺中拜祷，向佛讨筶①。如讨得圣筶，就宿于净室中一宵，每房只宿一人。若讨不得圣筶，便是举念不诚，和尚替他忏悔一番，又斋戒七日，再来祈祷。那净室中四面严密，无一毫隙缝，先教其家夫男仆从，周遭点检一过。任凭拣择停当，至晚送妇女进房安歇，亲人仆从睡在门外看守。为此并无疑惑。那妇女回去，果然便能怀孕，生下男女，且又魁伟肥大，疾病不生。因有这些效验，不论士宦民庶眷属，无有不到子孙堂求嗣。就是邻邦隔县闻知，也都来祈祷。这寺中每日人山人海，好不热闹。布施的财物不计其数。有人问那妇女，当夜菩萨有甚显应。也有说梦佛送子的，也有说梦罗汉来睡的，也有推托没有梦的，也有羞涩不肯说的，也有祈后再不往的，也有四时不常去的。你且想：佛菩萨昔日自己修行，尚然割恩断爱；怎肯管民间情欲之事，夜夜到这寺中，托梦送子？可不是个乱话。只为这地方，元是信巫不信医的，故此因邪入邪，认以为真，迷而不悟，白白里送妻女到寺，与这班贼秃受用。正是：

　　分明断肠草，错认活人丹。

原来这寺中僧人，外貌假作谦恭之态，却倒十分贪淫奸恶。那净室虽然紧密，俱有暗道可入，俟至钟声定后，妇女睡熟，便来奸宿。那妇女醒觉时，已被轻薄，欲待声张，又恐反坏名头，只得忍羞而就。一则妇女身无疾病，且又斋戒神清；二则僧人少年精壮，又重价修合种子丸药，送与本妇吞服，故此多有胎孕，十发九中。那

① 讨筶——就是“掷珓”；在神前用两块挖空的木块，丢在地下，看它俯仰的情况，以定吉凶。这种迷信的动作，叫作“讨筶”或“掷珓”。

妇女中识廉耻的,好似哑子吃黄连,苦在心头,不敢告诉丈夫。有那一等无耻淫荡的,倒借此为繇,不时取乐。如此浸淫,不知年代。也是那班贼秃恶贯已盈,天遣一位官人前来。那官人是谁?就是本县新任大尹,姓汪名旦,祖贯福建泉州晋江县人氏。少年科第,极是聪察。晓得此地夷汉杂居,土俗慓悍,最为难治。莅任之后,摘伏发隐①,不畏豪横,不上半年,治得县中奸宄②敛迹,盗贼潜踪,人民悦服。访得宝莲寺,有祈嗣灵应之事,心内不信。想道:"既是菩萨有灵,只消祈祷,何必又要妇女在寺宿歇,其中定有情弊。但未见实迹,不好轻举妄动,须到寺亲验一番,然后相机而行。"择了九月朔日,特至宝莲寺行香。一行人从簇拥到寺前。汪大尹观看那寺周围,都是粉墙包裹,墙边种植古柳高槐,血红的一座朱漆门楼,上悬金书扁额,题着"宝莲禅寺"四个大字。山门对过,乃是一带照墙,傍墙停下许多空轿。山门内外,烧香的往来挤拥,看见大尹到来,四散走去。那些轿夫,也都手忙脚乱,将轿抬开。汪大尹分付左右,莫要惊动他们。住持僧闻知本县大爷亲来行香,撞起钟鼓,唤齐僧众,齐到山门口跪接。汪大尹直至大雄宝殿,方才下轿。看那寺院,果然造得齐整,但见:

层层楼阁,叠叠廊房。大雄殿外,彩云缭绕罩朱扉;接众堂前,瑞气氤氲笼碧瓦。老桧修篁,掩映画梁雕栋;苍松古柏,荫遮曲槛回栏。果然净土人间少,天下名山僧占多。

汪大尹向佛前拈香礼拜,暗暗祷告,要究求嗣弊窦。拜罢,佛

① 摘伏发隐——除去、消灭尚未暴露的隐患、坏事。
② 奸宄(guǐ)——盗贼、坏人。

显率众僧向前叩见，请入方丈坐下。献茶已毕，汪大尹向佛显道："闻得你合寺僧人，焚修勤谨，戒行精严，都亏你主持之功。可将年贯开来，待我申报上司，请给度牒与你，就署为本县僧官①，永持此寺。"佛显闻言，喜出意外，叩头称谢。汪大尹又道："还闻得你寺中祈嗣，最是灵感，可有这事么？"佛显禀道："本寺有个子孙堂，果然显应的！"汪大尹道："祈嗣的可要做甚斋醮？"佛显道："并不要设斋诵经，止要求嗣妇女，身无疾病，举念虔诚，斋戒七日，在佛前祷祝，讨得圣筶，就旁边净室中安歇，祈得有梦，便能生子。"汪大尹道："妇女家在僧寺安歇，只怕不便。"佛显道："这净室中，四围紧密，一女一室，门外就是本家亲人守护，并不许一个闲杂人往来，原是稳便的！"汪大尹道："原来如此。我也还无子嗣，但夫人不好来得。"佛显道："老爷若要求嗣，只消亲自拈香祈祷，夫人在衙斋戒，也能灵验。"汪大尹道："民俗都要在寺安歇，方才有效，怎地夫人不来也能灵验？"佛显道："老爷乃万民之主，况又护持佛法，一念之诚，便与天地感通，岂是常人可比！"你道佛显为何不要夫人前来？俗语道得好，贼人心虚。他做了这般勾当，恐夫人来时，随从众多，看出破绽，故此阻当。谁知这大尹也是一片假情，探他的口气。当下汪大尹道："也说得是。待我另日竭诚来拜，且先去游玩一番。"即起身教佛显引导，从大殿旁穿过，便是子孙堂。那些烧香男女，听说知县进来，四散潜躲不迭。汪大尹看这子孙堂，也是三间大殿，雕梁绣柱，画栋飞甍，金碧耀目。正中间一座神

① 僧官——历代于省、府、县设置管理该地的和尚的官员，称为僧官；有僧正、僧统、僧录等名称。

厨,内供养着一尊女神,珠冠璎珞,绣袍彩帔,手内抱着一个孩子,旁边又站四五个男女,这神道便叫做子孙娘娘。神厨上黄罗绣幔,两下银钩挂开,舍下的神鞋,五色相兼,约有数百馀双。绣旛宝盖,重重叠叠,不知其数。架上画烛火光,照彻上下。炉内香烟喷薄,贯满殿庭。左边供的是送子张仙,右边便是延寿星官。汪大尹向佛前作个揖,四下闲走一回,又教佛显引去观宿歇妇女的净室。元来那房子是逐间隔断,上面天花顶板,下边尽铺地平,中间床帏桌椅,摆设得甚是济楚。汪大尹四遭细细看觑,真个无丝毫隙缝。就是鼠虫蚂蚁,无处可匿。汪大尹寻不出破绽,原转出大殿上轿。佛显又率众僧到山门外跪送。

汪大尹在轿上一路沉吟道:“看这净室,周回严密,不像个有情弊的。但一块泥塑木雕的神道,怎地如此灵感?莫不有甚邪神,托名诳惑?”左想右算,忽地想出一个计策。回至县中,唤过一个令史①,分付道:“你悄地去唤两名妓女,假妆做家眷,今晚送至宝莲寺宿歇。预备下朱墨汁两碗,夜间若有人来奸宿,暗涂其头,明早我亲至寺中查勘。切不可走漏消息。”令史领了言语,即去接了两个相熟表子来家,唤做张媚姐、李婉儿。令史将前事说与。两个妓女,见说县主所差,怎敢不依?捱到傍晚,妓女妆束做良家模样,顾下两乘轿子,仆从扛抬铺盖,把朱墨汁藏在一个盒子中,跟随于后,一齐至宝莲寺内。令史拣了两间净室,安顿停当,留下家人,自去回覆县主。不一时,和尚教小沙弥②来掌灯送茶。是晚祈嗣的

① 令史——官名;这里指县衙门里管文书等事的吏。
② 小沙弥——小和尚。

妇女，共有十数馀人，那个来查考这两个妓女是不曾烧香讨筶过的。须臾间，钟鸣鼓响，已是起更时分，众妇女尽皆入寝。亲戚人等，各在门外看守。和尚也自关闭门户进去不题。

且说张媚姐掩上门儿，将银哘碗放在枕边，把灯挑得明亮，解衣上床，心中有事，不敢睡着，不时向帐外观望。约莫一更天气，四下人声静悄，忽听得床前地平下，格格的响，还道是鼠虫作耗，抬头看时，见一扇地平板，渐渐推过在一边，地下钻出一个人头，直立起来，乃是一个和尚，到把张媚姐吓了一跳，暗道："元来这些和尚，设下恁般贼计，奸骗良家妇女，怪道县主用这片心机。"且不做声，看那和尚轻手轻脚，走去吹灭灯火，步到床前，脱卸衣服，揭开帐幔，捱入被中。张媚姐只做睡着。那和尚到了被里，腾身上去，款款托起双股，就弄起来。张媚姐假作梦中惊醒，说道："你是何人？黉夜至此淫污。"举手推他下去。那和尚双手紧紧搂抱，说道："我是金身罗汉，特来送子与你。"口中便说，下边恣意狂荡。那和尚颇有本领，云雨之际，十分勇猛。张媚姐是个宿妓，也还当他不起。顽得个气促声喘。趁他情浓深处，伸手蘸了银硃，向和尚头上，尽都抹到。这和尚只道是爱他，全然不觉。一连耍了两次，方才起身下床，递过一个包儿道："这是调经种子丸，每服三钱，清晨滚汤送下，连服数日，自然胎孕坚固，生育快易。"说罢而去。张媚姐身子已是烦倦，朦胧合眼，觉得身边又有人捱来。这和尚更是粗卤，方到被中，双手流水掐开两股，望下乱掇。张媚姐还道是初起的和尚，推住道："我顽了两次，身子疲倦，正要睡卧，如何又来？怎地这般不知餍足？"和尚道："娘子不要错认了，我是方到的新客，滋味还未曾尝，怎说不知餍足？"张媚姐看见和尚轮流来宿，心内惧怕,说道:“我身体怯弱,不惯这事,休得只管胡缠。”和尚道:“不打紧,我有绝妙春意丸在此,你若服了,就通宵顽耍,也不妨得。”即伸手向衣服中,摸个纸包递与。张媚姐恐怕药中有毒,不敢吞服,也把银硃,涂了他头上。那和尚比前的又狠,直戏到鸡鸣时候方去。原把地平盖好不题。

再说李婉儿才上得床,不想灯火被火蛾儿扑灭,却也不敢合眼。更馀时候,忽然床后簌簌的声响,早有一人扯起帐子,钻上床来,捱身入被,把李婉儿双关抱紧,一张口就凑过来做嘴。李婉儿伸手去摸他头上,乃是一个精光葫芦,却又性急,便蘸着墨汁满头摩弄,问道:“你是那一房长老?”这和尚并不答言,径来行事。李婉儿年纪比张媚姐还小几年,性格风骚,经着这件东西又惊又喜,想道:“一向闻得和尚极有本事,我还未信,不想果然。”不觉兴动,遂耸身而就,这场云雨端的快畅:

一个是空门释子;一个是楚馆佳人。空门释子假作罗汉真身;楚馆佳人错认良家少妇。一个似积年石臼,经几多碎捣零捶;一个似新打木桩,尽耐得狂风骤浪。一个不管佛门戒律,但恣欢娱;一个虽奉县主叮咛,且图快乐。浑似阿难菩萨逢魔女,犹如玉通和尚戏红莲。

云雨刚毕,床后又钻一个人来,低低说道:“你们快活得勾了,也该让我来顽顽,难道定要十分尽兴。”那和尚微微冷笑,起身自去。后来的和尚到了被中,轻轻款款,把李婉儿满身抚摸。李婉儿假意推托不肯,和尚捧住亲个嘴道:“娘子想是适来被他顽倦了,我有春意丸在此,与你发兴。”遂嘴对嘴吐过药来。李婉儿咽下肚去,觉得香气透鼻,交接之间,体骨酥软,十分得趣。李婉儿虽然淫乐,不敢有误县主之事,又蘸了墨汁,向和尚头上周围摸转,说道:“倒好个光头。”和尚道:“娘子,我是个多情知趣的妙人,不比那一班粗蠢东西,若不弃嫌,常来走走。”李婉儿假意应承。云雨之后,一般也送一包种子丸药。到鸡鸣时分,珍重而别。正是:

偶然僧俗一宵好,难算夫妻百夜恩。

话分两头,且说那夜,汪大尹得了令史回话,至次日五鼓出衙,唤起百馀名快手民壮,各带绳索器械,径到宝莲寺前,分付伏于两旁,等候呼唤。随身止带十数馀人。此时天已平明,寺门未开,教左右敲开。里边住持佛显知得县主来到,衣服也穿不及,又唤起十数个小和尚,急急赶出迎接。直到殿前下轿,汪大尹也不拜佛,径入方丈坐下。佛显同众僧叩见,汪大尹讨过众僧名簿查点。佛显教道人撞起钟鼓,唤集众僧。那些和尚都从睡梦中惊醒,闻得知县在方丈中点名,个个仓忙奔走。不一时都已到齐。汪大尹教众僧把僧帽尽皆除去。那些和尚怎敢不依,但不晓得有何缘故。当时不除,到也罢了,才取下帽子,内中显出两个血染的红头,一双墨涂的黑顶。汪大尹喝令左右,将四个和尚锁住,推至面前跪下,问道:“你这四人为何头上涂抹红硃黑墨?”那四僧还不知是那里来的,面面相觑,无言可对。众和尚也各骇异。汪大尹连问几声,没奈何,只得推称同伴中取笑,并非别故。汪大尹笑道:“我且唤取笑的人来,与你执证。”即教令史去唤两个妓女。谁知都被那和尚们盘桓了一夜,这时正好熟睡。那令史和家人险些敲折臂膊,喊破喉咙,方才惊觉起身,跟至方丈中跪下。汪大尹问道:“你二人夜来有何所见?从实说来。”二妓各将和尚轮流奸宿,并赠春意种子丸药,及硃墨涂顶,前后事一一细说。袖中摸出种子春意丸呈上。众僧见事已败露，都吓得胆战心惊，暗暗叫苦。那四个和尚，一味叩头乞命。汪大尹喝道："你这班贼驴！焉敢假托神道，哄诱愚民，奸淫良善！如今有何理说？"佛显心生一计，教众僧徐徐跪下，禀道："本寺僧众，尽守清规；止有此四人，贪淫奸恶，屡训不悛，正欲合词呈治，今幸老爷察出，罪实该死。其馀实是无干，望老爷超拔。"汪大尹道："闻得昨晚求嗣的也甚众，料必室中都有暗道。这四个奸淫的，如何不到别个房里，恰恰都聚在一处，入我彀中，难道有这般巧事？"佛显又禀道："其实净室，惟此两间有个私路，别房俱各没有。"汪大尹道："这也不难，待我唤众妇女来问，若无所见，便与众僧无干。"即差左右，将祈嗣妇女，尽皆唤至盘问，异口同声，俱称并无和尚奸宿。汪大尹晓得他怕羞不肯实说，喝令左右搜检身边，各有种子丸一包。汪大尹笑道："既无和尚奸宿，这种子丸是何处来的？"众妇人个个羞得是面红颈赤。汪大尹又道："想是春意丸，你们通服过了。"众妇人一发不敢答应。汪大尹更不穷究，发令回去。那些妇女的丈夫亲属，在旁听了，都气得遍身麻木，含着羞耻，领回不题。佛显见搜出了众妇女种子丸，又强辨是入寺时所送。两个妓女又执是奸后送的。汪大尹道："事已显露，还要抵赖！"教左右唤进民壮快手人等，将寺中僧众，尽都绑缚，止空了香公道人，并两个幼年沙弥。佛显初时意欲行凶，因看手下人众，又有器械，遂不敢动手。汪大尹一面分付令史，将两个妓女送回。起身上轿，一行人押着众僧在前。那时哄动了一路居民，都随来观看。汪大尹回到县中，当堂细审，用起刑具。众和尚平日本是受用之人，如何熬得？才套上夹棍，就从实招称。汪大尹录了口词，发下狱中监禁，准备文书，申报上司，不在话下。

且说佛显来到狱中，与众和尚商议一个计策，对禁子①凌志说道："我们一时做下不是，悔之无及！如今到了此处，料然无个出头之期。但今早拿时，都是空身，把甚么来使用？我寺中向来积下的钱财甚多，若肯悄地放我三四人回寺取来，禁牌②的常例③，自不必说，分外再送一百两雪花。"那凌志见说得热闹动火，便道："我们同辈人多，不繇一人作主，这百金四散分开，所得几何，岂不是有名无实。如出得二百两与众人，另外我要一百两偏手，若肯出这数，即今就同你去。"佛显一口应承道："但凭禁牌分付罢了，怎敢违拗！"凌志即与众禁子说知，私下押着四个和尚回寺，到各房搜括，果然金银无数。佛显先将三百两交与凌志。众人得了银子，一个个眉花眼笑。佛显又道："列位再少待片时，待我收拾几床铺盖进去，也好睡卧。"众人连称："有理。"纵放他们去打叠。这四个和尚把寺中短刀斧头之类，裹在铺盖之中，收拾完备，教香公唤起几个脚夫，一同抬入监去。又买起若干酒肉，遍请合监上下，把禁子灌得烂醉，专等黄昏时候，动手越狱。正是：

打点劈开生死路，安排跳出鬼门关。

且说汪大尹，因拿出这个弊端，心中自喜，当晚在衙中秉烛而坐，定稿申报上司，猛地想起道："我收许多凶徒在监，倘有不测之变，如何抵当？"即写硃票，差人遍召快手，各带兵器到县，直宿防卫。约莫更初时分，监中众僧，取出刀斧，一齐呐喊，砍翻禁子，打开狱门，把重囚尽皆放起，杀将出来，高声喊叫："有冤报冤，有仇

① 禁子——管监牢狱的牢兵。
② 禁牌——对禁子的尊称。
③ 常例——指平时规定应送的贿赂。

报仇,只杀知县,不伤百姓。让我者生,挡我者死。”其声震天动地。此时值宿兵快,恰好刚到,就在监门口战斗。汪大尹衙中闻得,连忙升堂,县旁百姓听得越狱,都执枪刀前来救护。和尚虽然拚命,都是短兵,快手俱用长枪,故此伤者甚多,不能得出。佛显知事不济,遂教众人住手,退入监中,把刀斧藏过,扬言道:“谋反的止是十数馀人,都已当先被杀,我等俱不愿反,容至当堂禀明。”汪大尹见事已定,差刑房吏带领兵快,到监查验,将应有兵器,尽数搜出,当堂呈看。汪大尹大怒,向众人说道:“这班贼驴,淫恶滔天,事急又思谋反。我若没有防备,不但我一人遭他凶手,连满城百姓,尽受荼毒了。若不尽诛,何以儆后?”唤过兵快,将出的刀斧,给散与他,分付道:“恶僧事虽不谐,久后终有不测,难以防制。可乘他今夜反狱,除一应人犯,留明日审问,其馀众僧,各砍首级来报。”众人领了言语,点起火把,蜂拥入监。佛显见势头不好,连叫:“谋反不是我等。”言还未毕,头已落地。须臾之间,百馀和尚,齐皆斩讫,犹如乱滚西瓜。正是:

善恶到头终有报,只争来早与来迟。

汪大尹次日吊出众犯,审问狱中缘何藏得许多兵器?众犯供出禁子凌志等得了银子,私放僧人回去,带进兵器等情。汪大尹问了详细,原发下狱,查点禁子凌志等,俱已杀死。遂连夜备文,申详上司,将宝莲寺尽皆烧毁。其审单云:

看得僧佛显等,心沉欲海,恶炽火坑。用智设机,计哄良家祈嗣;穿墉穴地,强邀信女通情。紧抱着娇娥,兀的是菩萨从天降;难推去和尚,则索道罗汉梦中来。可怜嫩蕊新花,拍残狂蝶;却恨温香软玉,抛掷终风。白练受污,不可洗也。黑夜忍辱,安敢言乎!乃使李婉儿硃抹其顶,又遣张媚姐墨涅其颠。红艳欲流,想长老头横冲经水;黑煤如染,岂和尚颈倒浸墨池。收送福堂,波罗蜜自做甘受;陷入色界,磨兜坚有口难言。乃藏刀剑于皮囊,寂灭翻成贼虐;顾动干戈于圜棘,慈悲变作强梁。夜色正昏,护法神通开犴狴;钟声甫定,金刚勇力破拘挛。釜中之鱼,既漏网而又跛扈;柙中之虎,欲走圹而先噬人。奸窈窕,淫良善,死且不宥;杀禁子,伤民壮,罪欲何逃!反狱奸淫,其罪已重;戮尸枭首,其法允宜。僧佛显众恶之魁,粉碎其骨;宝莲寺藏奸之薮,火焚其巢。庶发地藏之奸,用清无垢之佛。

这篇审单一出,满城传诵,百姓尽皆称快。往时之妇女,曾在寺求子,生男育女者,丈夫皆不肯认,大者逐出,小者溺死。多有妇女怀羞自缢,民风自此始正。各省直州府传闻此事,无不出榜戒谕,从今不许妇女入寺烧香。至今上司往往明文严禁,盖为此也!后汪大尹因此起名,遂钦取为监察御史。有诗为证:

子嗣原非可强求,况于入寺起淫偷。

从今勘破鸳鸯梦,泾渭分源莫混流。

第四十卷

马当神风送滕王阁

山藏异宝山含秀，沙有黄金沙放光。

好事若藏人肺腑，言谈语话不寻常。

这四句诗，单说着自古至今，有那一等怀才抱德，韬光晦迹①的文人秀才，就比那奇珍异宝，良金美玉，藏于泥土之中；一旦出世，遇良工匠，切磋琢磨，方始成器。故秀才二字，不可乱称。秀者江山之秀，才者天下之才。但凡人胸中有秀气，腹内有才识，出言吐语，自是一般。所以谓之不寻常。说话的，兀的说这才学则甚！因在下今日要说一桩“风送滕王阁”的故事。那故事出在大唐高宗朝间，有一秀士，姓王名勃，字子安，祖贯晋州龙门人氏。幼有大才，通贯九经，诗书满腹。时年一十三岁，常随母舅游于江湖。一日从金陵欲往九江，路经马当山下，此乃九江第一险处。怎见得？有陆鲁望②《马当山铭》为证：

山之险莫过于太行，水之险莫过于吕梁，合二险而为一，

① 韬光晦迹——收敛光芒、隐藏踪迹；不使人家知道自己的才能的意思。

② 陆鲁望——陆龟蒙，字鲁望，唐代诗人。

吾又闻乎马当。

王勃舟至马当，忽然风涛乱滚，碧波际天，云阴罩野，水响翻空，那船将次倾覆。满船的人尽皆恐惧，虔诚祷告江神，许愿保护；惟有王勃端坐船上，毫无惧色，朗朗读书。舟人怪异，问道："满船之人，死在须臾，今郎君全无惧色，却是为何？"王勃笑道："我命在天，岂在龙神！"舟人大惊道："郎君勿出此言！"王勃道："我当救此数人之命。"道罢，遂取纸笔，吟诗一首，掷于水中。须臾云收雾散，风浪俱息。其诗曰：

唐圣非狂楚，江渊异汨罗。

平生仗忠节，今日任风波。

此时满船人相贺道："郎君奇才，能动江神，乃得获安；不然，诸人皆不免水厄。"王勃道："生死在天，有何可避！"众人深服其言。少顷船皆泊岸，舟人视时，即马当山也。舟人皆登岸。王勃上岸，独自闲游。正行之间，只见当道路边，青松影里，绿桧阴中，见一古庙。王勃向前看时，上面有朱红漆牌金篆书字，写着："敕赐中源水府行宫。"王勃一见，就身边取笔，吟诗一首于壁上。诗曰：

马当山下泊孤舟，岸侧芦花簇翠流。

忽睹朱门斜半掩，层层瑞气锁清幽。

诗罢，走入庙中，四下看时，真个好座庙宇。怎见得？有诗为证：

碧瓦连云起，朱门映日开。

一团金作栋，千片玉为街。

帝子亲书额，名人手篆碑。

庇民兼护国，风雨应时来。

王勃行至神前，焚香祝告已毕，又赏玩江景多时。正欲归舟，忽于江水之际，见一老叟，坐于块石之上：碧眼长眉，须鬓皤然，颜如莹玉，神清气爽，貌若神仙。王勃见而异之，乃整衣向前，与老人作揖，老叟道："子非王勃乎？"王勃大惊道："某与老叟素不相识，亦非亲旧，何以知勃名姓？"老叟道："我知之久矣！"王勃知老叟不是凡人，遂拱手立于块石之侧。老叟命勃同坐，王勃不敢，再三相让方坐。老叟道："吾早来闻尔于船内作诗，义理可观。子有如此清才，何不进取，身达青霄之上；而困于家食，受此旅况之凄凉乎？"王勃答道："家寒窘迫，缺乏盘费，不能特达，以此流落穷途，有失青云之望。"老叟道："来日重阳佳节，洪都阎府君①，欲作《滕王阁记》。子有绝世之才，何不竟往献赋，可获资财数千，且能垂名后世。"王勃道："此到洪都，有几多路程？"老叟道："水路共七百馀里。"王勃道："今已晚矣！止有一夕，焉能得达？"老叟道："子但登舟，我当助清风一帆，使子明日早达洪都。"王勃再拜道："敢问老丈，仙耶神耶？"老叟道："吾即中源水君，适来山上之庙，便是我的香火。"王勃大惊，又拜道："勃乃三尺童稚，一介寒儒，肉眼凡夫，冒渎尊神，请勿见罪！"老叟道："是何言也！但到洪都，若得润笔之金，可以分惠。"王勃道："果有所赠，岂敢自私。"老叟笑道："吾戏言耳！"须臾有一舟至，老叟令王勃乘之。勃乃再拜，辞别老叟上船。方才解缆张帆，但见祥风缥缈，瑞气盘旋，红光罩岸，紫雾笼堤。王勃骇然回视，江岸老叟，不知所在，已失故地矣。只见：

① 洪都阎府君——洪都，即江西南昌。阎府君，指阎伯屿，当时在洪州作都督。

风声飒飒，浪势淙淙。帆开若翅展，舟去似星飞。回头已失千山，眨眼如趋百里。晨鸡未唱，须臾忽过鄱阳；漏鼓犹传，仿佛已临江右。这叫做：运去雷轰荐福碑，时来风送滕王阁。

顷刻天明，船头一望，果然已到洪都。王勃心下且惊且喜，分付舟人："只于此相等。"揽衣登岸，徐步入城，看那洪都果然好景。有诗为证：

洪都风景最繁华，仿佛参差十万家。

水绿山蓝花似锦，连城带阁锁烟霞。

是日正是九月九日。王勃直诣帅府，正见本府阎都督果然开宴，遍请江左名儒，士夫秀士，俱会堂上。太守开筵命坐，酒果排列，佳肴满席，请各处来到名儒，分尊卑而坐。当日所坐之人，与阎公对席者，乃新除澧州牧学士宇文钧，其间亦有赴任官，亦有进士刘祥道、张禹锡等。其他文词超绝，抱玉怀珠者百馀人，皆是当世名儒。王勃年幼，坐于座末。少顷，阎公起身，对诸儒道："帝子旧阁，乃洪都绝景。是以相屈诸公至此，欲求大才，作此《滕王阁记》，刻石为碑，以记后来，留万世佳名，使不失其胜迹。愿诸名士勿辞为幸！"遂使左右朱衣吏人，捧笔砚纸至诸儒之前。诸人不敢轻受，一个让一个，从上至下，却好轮到王勃面前。王勃更不推辞，慨然受之。满座之人，见勃年幼，却又面生，心各不美。相视私语道："此小子是何氏之子？敢无礼如是耶！"此时阎公见王勃受纸，心亦怏怏。遂起身更衣，至一小厅之内。阎公口中不言，自思道："吾有婿乃长沙人也，姓吴名子章，此人有冠世之才。今日邀请诸儒作此记，若诸儒相让，则使吾婿作此文，以光显门庭也。是何小子，辄敢欺在堂名儒，无分毫礼让！"分付吏人，观其所作，可来报知。良久，一吏报道："南昌故郡，洪都新府。"阎公道："此乃老生常谈，谁人不会！"一吏又报道："星分翼轸，地接衡庐。"阎公道："此故事也。"又一吏报道："襟三江而带五湖，控蛮荆而引瓯越。"阎公不语。又一吏报道："物华天宝，龙光射斗牛之墟；人杰地灵，徐孺下陈蕃之榻。"阎公道："此子意欲与吾相见也。"又一吏报道："雄州雾列，俊彩星驰。台隍枕夷夏之邦，宾主接东南之美。"阎公心中微动，想道："此子之才，信亦可人①！"数吏分驰报句，阎公暗暗称奇。又一吏报道："落霞与孤鹜齐飞，秋水共长天一色。"阎公听罢，不觉以手拍几道："此子落笔若有神助，真天才也！"遂更衣复出至座前。宾主诸儒，尽皆失色。阎公视王勃道："观子之文，乃天下奇才也！"欲邀勃上座。王勃辞道："待俚语成篇，然后请教。"须臾文成，呈上阎公。公视之大喜，遂令左右，从上至下，遍示诸儒。一个个面如土色，莫不惊伏，不敢拟议一字。其全篇刻在古文中，至今为人称诵。阎公乃自携王勃之手，坐于左席道："帝子之阁，风流千古，有子之文，使吾等今日雅会，亦得闻于后世。从此洪都风月，江山无价，皆子之力也。吾当厚报。"正说之间，忽有一人，离席而起，高声道："是何三尺童稚？将先儒遗文，伪言自己新作，瞒昧左右，当以盗论；兀自扬扬得意耶！"王勃闻言大惊。太守阎公举目视之，乃其婿吴子章也。子章道："此乃旧文，吾收之久矣。"阎公道："何以知之？"子章道："恐诸儒不信，吾试念一遍。"当下子章遂对众客之前，朗朗而诵，从头至尾，无一字差错。念毕，座间诸儒失色。阎公亦疑。众犹豫不决。王勃听罢，颜色不变，徐

① 可人——行为性格可取的人；引申为值得欣赏、赞美的人。

徐说道："观公之记问，不让杨修之学，子建之能，王平之阅市，张松①之一览。"吴子章道："乃是先儒旧文，吾素所背诵耳。"王勃又道："公言先儒旧文，别有诗乎？"子章道："无诗。"道罢，王勃遂起身离席，对诸儒问道："此文果新文旧文乎？后有诗八句，诸公莫有记之者否？"问之再三，人皆不答。王勃乃拂纸如飞，有如宿搆。其诗曰：

滕王高阁临江渚，珮玉鸣銮罢歌舞。
画栋朝飞南浦云，珠帘暮卷西山雨。
闲云潭影日悠悠，物换星移几度秋。
阁中帝子今何在？槛外长江空自流！

诗罢呈上，太守阎公，并座间诸儒、其婿吴子章看毕。王勃道："此新文旧文乎？"子章见之，大惭惶恐而退。众宾齐起坐向阎公道："王子之作性，令婿之记性，皆天下罕有，真可谓双璧矣！"阎公曰："诸公之言诚然也！"于是吴子章与王勃互相钦敬，满座欢然。饮宴至暮方散。众宾去后，阎公独留勃饮。次日王勃告辞，阎公乃赐五百缣及黄白酒器，共值千金。勃拜谢辞归，阎公使左右相送下船，舟人解缆而行。勃但闻水声潺潺，疾如风雨。诘旦，船复至马当山下，维舟泊岸。王勃将阎公所赠金帛，携至庙中，陈于中源水君之前，叩头称谢。起身，见壁上所题之诗，宛然如新。遂依前韵，

① 杨修、子建、王平、张松——都是三国时代博闻强记的几个才子。杨修，字德祖；聪慧好学，作曹操的主簿，常常能窥测出曹操的意旨。曹植，字子建；他曾在走七步路的时间里作成了一首诗。王平，疑为"正平"之误。祢衡，字正平；某次他和人出外游玩，看到蔡邕作的一篇碑文，回家之后，能一字不误的写出来。张松，刘璋的别驾。有一次，杨修把曹操所著的兵书给他看，他看毕了就能背诵无误。

复作诗一首：

好风一夜送轻舟，倏忽征帆达上流。

深感神功知夙契，来生愿得伴清幽。

王勃题诗已毕，步出庙门，欲买牲牢酒礼以献，看岸边船已不见了，其舟人亦不知所在。正犹豫间，忽然祥云瑞霭，笼罩庙堂，香风起处，见一老人，坐于石矶之上，即前日所见中源水君。勃向前再拜，谢道："前得蒙上圣，助一帆之风，到于洪都，使勃得获厚利。勃当备牲牢酒礼，至于庙下，拜谢尊神，以表吾心。"老人见说，俛首而笑："子适来言供备牲牢者，何牢也？吾闻少牢者羊，太牢者牛。礼，诸侯无故不杀牛，大夫无故不杀羊。吾岂可以一帆风，而受子之厚献乎！吾水府以好生为德，杀生以祀，吾亦不敢享也。更不必费子措置。适来观子庙下留题，有伴我清幽之意，吾亦甚喜。但子命数未终，凡限未绝，更俟数年，吾当图相会耳。"王勃遂稽首拜谢道："愿从尊命！然勃之寿算前程，可得闻乎？"老叟道："寿算者阴府主之，不敢轻泄天机，而招阴祸。吾言子之穷通①，无害也。吾观子之躯，神强而骨弱，气清而体羸，况子脑骨亏陷，目睛不全，子虽有子建之才，高士之俊，终不能贵矣。况富贵乃神主之，人之一钟一粟，皆由分定，何况卿相乎？昔孔子大圣，为帝王师范，尚不免陈蔡之厄。所谓秀而不实者也。子但力行善事，自有天曹注福，穷通寿夭，皆不足计矣！子切记之！"于是与勃作别。叟行数步，复又走回，对王勃道："吾有少意相托：子若过长芦之祠，当买阴帛，与我焚之。"王勃道："此何由也？"老叟道："吾昔负长芦之神薄

① 穷通——指"命运"的好坏。

债未偿,子可与吾偿之。”王勃道:“非勃不舍,适来观上圣殿上,金钱堆积如山,何不以此还之?”老叟道:“汝不知殿上之钱,皆是贪利酷求之人,害物私心之辈,损人益己,克众成家,偶一过此,妄求非福,神不危而心自危之,所以求献于庙。此乃枉物,譬如吾之赃矣,焉敢用哉!”王勃再拜受教。老叟即化清风而去。王勃骇然,仍携金帛之类,离马当山,趁船径往长芦。每思神所说脑骨亏陷,目睛不全,终不能贵,心怀怏怏不乐。船至长芦,正思神叟所嘱,化财还债之言,忽然寒风大作,雪浪翻空,群鸦绕船,噪声不绝。其鸦或歇桅橹,或落船头,船不能进。满船人莫不惊骇畏惧。王勃亦自骇然,乃问舟人:“此是何处?”舟人道:“此是长芦地方。”王勃听了,方想江神之言,遂焚香默祷江神,候风息上岸,买金钱答还。祝毕,香烟未绝,群鸦皆散,浪息风平。于是一船人莫不欣喜。次日舟人以船泊岸,王勃买金钱十万下船,复至夜来风起之处焚化,船乃前进。后来罗隐先生到此,曾作八句诗道:

江神有意怜才子,倏忽威灵助去程。
一夕清风雷电疾,满碑佳句雪冰清。
直教丽藻传千古,不但雄名动两京。
不是明灵祐祠客,洪都佳景绝无声。

王勃亲远任海隅,策骑往省,至一驿舍,欲求暂歇,方询问驿吏,忽闻驿堂上,一人口呼:“王君,久不拜见,今日何由至此?”王勃闻言大惊,视之略有面善,似曾相识,忘其姓名。只见其人道:“王君何忘乎?昔日洪府相会,学士宇文钧也。”勃大喜,乃整衣而揖,遂邀王勃同坐。叙话间,命驿吏献茶。茶罢,学士道:“某想洪府之乐,安知今日有海道之忧,岂不悲哉!”王勃道:“学士因何至此?”学士道:“钧累任教授,后越阙为右司谏官,唐天子欲征高丽,钧直谏,触犯龙颜,将钧迁于海岛。千里独行,方悲寂寞!何期旅邸,得遇故人。某有《迁客诗》一首,为君诵之。”诗曰:

万里为迁客,孤舟泛渺芒。
湖田多种藕,海岛半收粮。
愿遂归秦计,劳收辟瘴方。
每思缄口者,帝德在君旁。

王勃道:“有犯无隐,事君之礼。学士虽为迁客,直声播于千古矣。”遂答诗一首。诗曰:

食禄只忧贫,何名是直臣!
能言真为国,获罪岂惭人。
海驿程程远,霜髯日日新。
史官如下笔,应也泪沾巾。

当夜二人互相吟咏,至半夜同宿于驿舍。次日学士置酒管待王勃毕,至第三日学士邀勃同行,俄然天色下雨,复留海驿。二人谈论,终日不倦。至第五日,方始天晴,二人同下海船,饮食宿卧,皆于一处。船开数日,至大洋深波之中,忽然狂风怒吼,怪浪波番,其舟在水,飘飘如一叶,似欲倾覆。舟人皆大恐。学士宇文钧心中大惊,骇叹道:“远谪海隅,不想又遭风波,此实命也!”王勃面不改容,因述昔年马当山遇风始末,并叙中源水君,两次相遇之语,真个是死生有命,富贵在天。风波虽大,不足介意!谈论方终,却见波涛暂息,风浪不生。舟人皆喜。满船之人,忽闻水上仙乐飘然而至,五色祥云从天降下,浮于水面,看看来到王勃船边。众人皆惊。只见祥云影里,幢幡宝盖,绛节旌旗,锦衣对对,绣袄攒攒,花帽双双,朱衣簇簇,两行摆开。前面有数十人,皆仙娥玉女,仙衣灼灼,玉珮珊珊。前有一青衣女童,手执碧符,遂呼王勃道:“奉娘娘之命,特来召子。”王勃愕然,问女童道:“娘娘是何人也?”女童道:“乃掌天下水籍文簿,上仙高贵玉女吴彩鸾便是。今于蓬莱方丈,翠华居止,其内有马当山水君,举子文章贯古今,特来请子同往蓬莱方丈,作词文记,以表蓬莱之佳景。可速往,不可违娘娘之命。”王勃道:“与君人神异途,焉有相召之言?我闻生死分定于天,寿算乃阴府所主,岂有玉女召我作文?何召之有?吾实不从。”道罢,女童道:“君如不去,中源水君必自至矣。”道犹未了,只见一朵乌云,自东南角上而来,看看至近,到于船边,从空坠下。就水面之上,见一神人,头戴黄罗包巾,身穿百花绣袍,手仗除妖七星剑,高声大叫:“王勃!吾奉蓬莱仙女敕,召汝作文词,何不往也?况中源水君亦在蓬莱赴会。今众仙等之久矣。子亦有仙骨之分。昔日你曾庙下题诗,愿伴清幽,岂可忘之!”王勃听言自思:“马当山中源水君曾言日后遇于海岛,岂非前定乎?”遂忻然道:“愿从命矣!”神人见说,遂召鬼卒,牵马来至舟侧。王勃甚喜,亦忘深渊,意为平地。乃回身与学士及满船之人作别,牵衣出马,望水面攀鞍上马。但见乌云惨惨,黑雾漫漫,云霄隐隐,满船之人及宇文钧学士无不惊骇!同视王勃,不知所在。须臾,雾散云收,风恬浪静,满船之人俱各无事,唯有王勃乃作神仙去矣!

从来才子是神仙,风送南昌岂偶然!

赋就滕王高阁句,便随仙仗伴中源。